DIANA GABALDON

Ein Schatten von Verrat und Liebe

Buch

Es ist Juni 1778, als sich die britischen Truppen aus Philadelphia zurückziehen, George Washington in Valley Forge die Verfolgung der feindlichen Armee aufnimmt – und Jamie Fraser von den Toten wiederaufersteht. Seine Rückkehr steht im Zeichen zahlreicher Überraschungen: Nicht nur hat seine Frau in der Zwischenzeit Jamies besten Freund geheiratet; der junge Graf von Ellesmere sieht rot, als er begreifen muss, dass er der uneheliche Sohn des totgeglaubten Rebellen ist. Unterdessen bekommt es Claire Fraser mit einem asthmakranken britischen Herzog zu tun und mit der Angst, dass einer ihrer Ehemänner den anderen umgebracht haben könnte.

Im Jahr 1980 hingegen beginnt sich ihre Tochter Brianna zu fragen, ob das Leben im achtzehnten Jahrhundert nicht doch unkomplizierter war als in der Gegenwart. Nach der Entführung ihres Sohnes hat sich ihr Mann Roger auf eine verzweifelte Mission in die Vergangenheit begeben und sie nur mit ein paar harmlosen Haushaltsgegenständen bewaffnet zurückgelassen. Als sie begreift, dass sich eine Verschwörung rings um den alten Familiensitz Lallybroch zusammenbraut, sieht auch sie nur einen Ausweg…

Autorin

Diana Gabaldon war Honorarprofessorin für Tiefseebiologie und Zoologie an der Universität von Arizona, bevor sie sich hauptberuflich dem Schreiben widmete. Bereits ihr erster Roman Feuer und Stein wurde international zu einem gigantischen Erfolg und führte dazu, dass Millionen von Lesern zu begeisterten Fans ihrer Romane wurden. Zuletzt wurde Gabaldons Highland-Saga unter dem Titel Outlander hochkarätig fürs Fernsehen verfilmt. Diana Gabaldon ist Mutter dreier erwachsener Kinder und lebt mit ihrem Mann in Scottsdale, Arizona.

Bei Blanvalet von Diana Gabaldon bereits erschienen:

Die Highland-Saga
Feuer und Stein * Die geliehene Zeit * Ferne Ufer * Der Ruf der Trommel *
Das flammende Kreuz * Ein Hauch von Schnee und Asche * Echo der Hoffnung *
Ein Schatten von Verrat und Liebe
Zeit der Stürme. Vier Highland-Kurzromane
Der magische Steinkreis. Das große Begleitbuch zur Highland-Saga.
Feuer und Stein. Eine Liebe in den Highlands, Graphic Novel

Die Lord-John-Grey Saga
Das Meer der Lügen * Die Sünde der Brüder * Die Fackeln der Freiheit *
Die Hand des Teufels. Drei Kurzromane in einem Band

www.dianagabaldon.de
www.blanvalet.de

Diana Gabaldon

Ein Schatten von Verrat und Liebe

Roman

Deutsch von Barbara Schnell

blanvalet

Die amerikanische Originalausgabe erschien 2014
unter dem Titel »Written in My Own Heart's Blood«
bei Delacorte Press, Random House, Inc., New York.

MIX
Papier aus verantwortungsvollen Quellen
FSC® C014496
FSC
www.fsc.org

Verlagsgruppe Random House FSC® N001967
Das für dieses Buch verwendete FSC®-zertifizierte Papier
Salzer Alpin liefert Salzer Papier, St. Pölten, Austria.

1. Auflage
Taschenbuchausgabe November 2015 bei Blanvalet, einem Unternehmen
der Verlagsgruppe Random House GmbH, München.

Umschlaggestaltung und -motiv: www.buerosued.de
BL · Herstellung: LW
Satz: Uhl + Massopust, Aalen
Druck und Einband: GGP Media GmbH, Pößneck
Printed in Germany
ISBN: 978-3-7341-0097-0

www.blanvalet.de

Dieses Buch ist ALLEN gewidmet, die (neben mir)
wie die Wilden daran gearbeitet haben, es für Sie fertigzustellen.
Vor allem

Jennifer Hershey (Lektorin, US)
Bill Massey (Lektor, UK)
Kathleen Lord (alias »Hercules« – Redakteurin)
Barbara Schnell (Übersetzerin und tapfere Mitstreiterin, Deutschland)
Catherine MacGregor, Catherine-Ann MacPhee und Adhamh O Broin
(Gaelisch-Experten)
Virginia Norey (alias »Büchergöttin« – Gestalterin)
und
Kelly Chian und dem Produktionsteam bei Random House
sowie
Beatrice Lampe und Petra Zimmermann in München.

INHALT

PROLOG

Im Licht der Ewigkeit wirft die Zeit keine Schatten.

»Eure Ältesten sollen Träume haben, und eure Jünglinge sollen Gesichte sehen.« Doch was ist es, das die alten Frauen sehen?

Wir sehen die Notwendigkeit, und wir tun die Dinge, die getan werden müssen.

Junge Frauen sehen nicht – sie sind, und die Quelle des Lebens fließt in ihnen.

Wir sind die Hüter der Quelle, Beschützer des Lichts, das wir erweckt haben, der Flamme, die wir sind.

Was habe ich gesehen? Du bist das Gesicht meiner Jugend, der Traum all meiner Lebensalter. Funke, der mich entzündet.

Hier stehe ich nun wieder an der Schwelle des Krieges, meine Heimat ist kein Ort und keine Zeit; kein Land außer mir selbst… und dies ein Land, dessen einziges Meer das Blut ist, dessen einzige Grenze der Verlauf des Gesichtes, das ich liebe.

ERSTER TEIL

NEXUS

1

ZENTNERWEISE STEINE

16. Juni 1778
Im Wald zwischen Philadelphia und Valley Forge

Ian Murray stand da, einen Stein in der Hand, und betrachtete die Stelle, die er ausgewählt hatte. Eine kleine, abgelegene Lichtung zwischen ein paar mit Flechten überzogenen Felsbrocken, überschattet von Fichten am Fuß einer hohen Zeder; ein Ort, den kein Wanderer zufällig aufsuchen würde, der aber dennoch nicht unzugänglich war. Er hatte vor, sie hierherzubringen – die Familie.

Zuerst Fergus. Vielleicht nur Fergus allein. Mama hatte Fergus großgezogen, seit er zehn war; vorher hatte er keine Mutter gehabt. Ian war ungefähr zur gleichen Zeit zur Welt gekommen, also hatte Fergus Mama genauso lange gekannt wie er selbst und sie genauso geliebt. *Vielleicht sogar mehr*, dachte er, und Schuldgefühle vergrößerten seinen Schmerz. Fergus war bei ihr in Lallybroch geblieben und hatte sich mit um sie und den Hof gekümmert; er nicht. Er schluckte krampfhaft, trat auf die kleine freie Stelle hinaus und legte seinen Stein in die Mitte. Dann trat er einen Schritt zurück.

Und ertappte sich dabei, dass er den Kopf schüttelte. Nein, es mussten zwei Grabhügel sein. Seine Mama und Onkel Jamie waren Bruder und Schwester, und die Familie konnte sie hier gemeinsam betrauern – doch vielleicht würde er auch andere hierherführen, damit sie sie nicht vergaßen und ihnen die letzte Ehre erwiesen. Und das waren Menschen, die zwar Jamie Fraser gekannt und geliebt hatten, die aber keine Ahnung hatten, wer Jenny Murray war.

Das Bild seiner Mutter in einem Grab durchbohrte ihn wie eine Forke, verblasste, als ihm einfiel, dass sie ja gar nicht in einem Grab lag, und stieß dann noch einmal umso brutaler zu. Er konnte es nicht ertragen, sich vorzustellen, wie sie ertranken, sich vielleicht aneinanderklammerten, während sie versuchten, sich über …

»*A Dhia!*«, stieß er aus, ließ den Stein fallen und machte auf dem Absatz kehrt, um mehr zu suchen. Er hatte selbst schon Menschen ertrinken sehen.

Mit dem Schweiß des Sommertags rannen ihm die Tränen über das Gesicht; er achtete nicht darauf und hielt nur hin und wieder inne, um sich die Nase am Ärmel abzuwischen. Er hatte sich ein zusammengerolltes Halstuch um den Kopf gebunden, um sich die Haare und den beißenden Schweiß aus den Augen zu halten; es war triefend nass, bevor er auch nur zwanzig Steine auf jeden der Grabhügel gelegt hatte.

Seine Brüder hatten gewiss auf dem Friedhof von Lallybroch einen Grabhügel für seinen Vater errichtet. Und dann war die ganze Familie gekommen, gefolgt von den Pächtern und danach den Dienstboten, und jeder hatte dem Gewicht der Erinnerung seinen eigenen Stein hinzugefügt.

Fergus also. Oder … nein, was dachte er da nur. Tante Claire musste die Erste sein, die er hierherbrachte. Sie war zwar keine Schottin, aber sie wusste genau, was ein solcher Grabhügel bedeutete, und vielleicht würde es sie ja ein wenig trösten, einen für Onkel Jamie zu sehen. Aye, gut. Tante Claire, dann Fergus. Onkel Jamie hatte Fergus an Sohnes statt angenommen; es war Fergus' gutes Recht. Und dann vielleicht Marsali und die Kinder. Doch möglicherweise war Germain ja alt genug, um mit Fergus zu kommen? Er war jetzt fast elf, beinahe Mann genug, um zu verstehen und wie ein Mann behandelt zu werden. Onkel Jamie war schließlich sein Großvater; es war nur recht und billig so.

Wieder trat er zurück und wischte sich keuchend über das Gesicht. Insekten summten ihm um die Ohren und umschwärmten ihn, gierig nach seinem Blut, doch er hatte sich bis auf einen Lendenschurz ausgezogen und sich nach Art der Mohawk mit Bärenschmalz und Minze eingerieben; sie rührten ihn nicht an.

»Wache über sie, oh Geist der roten Zeder«, sagte er leise auf Mohawk und blickte in das duftende Geäst des Baumes auf. »Hüte ihre Seelen und lasse sie hier verweilen, so frisch wie deine Zweige.«

Er bekreuzigte sich und bückte sich, um im verrottenden Laub zu graben. Ein paar Steine noch, dachte er. Für den Fall, dass ein Tier sie verstreute. Verstreut wie seine Gedanken, die rastlos unter den Gesichtern seiner Familie umherstreiften, den Bewohnern von Fraser's Ridge – Gott, ob er je dorthin zurückkehren würde? Brianna. Oh Himmel, Brianna …

Er biss sich auf die Unterlippe und schmeckte Salz, leckte es ab und grub weiter. Sie war in Sicherheit bei Roger Mac und den Kindern. Doch, Gott, er hätte ihren Rat brauchen können – Roger Macs allerdings sogar noch mehr.

Wen konnte er jetzt noch fragen, wenn er Hilfe brauchte, sich um sie alle zu kümmern?

Rachel kam ihm in den Sinn, und ihm wurde ein wenig leichter ums Herz. Aye, wenn er Rachel hätte … Sie war jünger als er, nicht älter als neunzehn, und da sie Quäkerin war, hatte sie sehr seltsame Vorstellungen davon, wie die Dinge sein sollten, doch wenn er sie hätte, hätte er massiven Fels unter den Füßen. Er hoffte, *dass* er sie bekommen würde, aber es gab immer noch Dinge, die er ihr sagen musste, und bei dem Gedanken an dieses Gespräch kehrte die Enge in seine Brust zurück.

Das Bild seiner Cousine Brianna kehrte jedoch ebenfalls zurück und blieb vor seinem inneren Auge stehen: hochgewachsen mit der langen Nase und dem kräftigen Knochenbau ihres Vaters … und damit erhob sich gleichzeitig das Bild seines Vetters. Briannas Halbbruder. Großer Gott, William! Was fing er nur mit William an? Er bezweifelte, dass der Mann die Wahrheit kannte, wusste, dass er Jamie Frasers Sohn war – war es Ians Aufgabe, es ihm zu sagen? Ihn hierherzubringen und ihm zu erklären, was er verloren hatte?

Er musste bei diesem Gedanken aufgestöhnt haben, denn sein Hund Rollo hob den kräftigen Kopf und sah ihn besorgt an.

»Nein, *das* weiß ich auch nicht«, sagte Ian zu ihm. »Lassen wir es einfach dabei, aye?« Rollo legte den Kopf wieder auf die Pfoten, schüttelte sich die Fliegen aus dem Zottelpelz und sank erneut in seinen seligen Frieden.

Ian arbeitete noch eine Weile weiter und ließ seine Gedanken mit dem Schweiß und den Tränen verrinnen. Er hielt schließlich inne, als die sinkende Sonne die Spitzen seiner Grabhügel berührte, müde, aber friedvoller als zuvor. Die Hügelchen waren kniehoch, Seite an Seite, klein, aber solide.

Eine Weile stand er still, ganz ohne zu denken, und lauschte dem Zirpen der Vögel und dem Atem des Windes in den Bäumen. Dann seufzte er tief auf, hockte sich hin und berührte den einen der Hügel.

»*Mo ghràdh, a mhathair*«, sagte er leise. *Meine Liebe ist mit dir, Mutter.* Schloss die Augen und legte die aufgeschürfte Hand auf den anderen Steinhaufen. Unter dem Schmutz, den er sich in die Haut gerieben hatte, fühlten sich seine Finger seltsam an, als könnte er geradewegs durch die Erde greifen und das berühren, was er so sehr brauchte.

Er verharrte reglos und atmete, dann öffnete er die Augen.

»Hilf mir dabei, Onkel Jamie«, sagte er. »Ich glaube, das schaffe ich nicht allein.«

2

DRECKIGER BASTARD

William Ransom, der neunte Graf von Ellesmere, Vicomte Ashness, schob sich durch das Gedränge auf der Broad Street, ohne den Protest der Fußgänger zu beachten, die er unwirsch beiseitestieß.

Er wusste nicht, wohin er ging oder was er tun würde, wenn er dort anlangte. Alles, was er wusste, war, dass er platzen würde, wenn er stehen blieb.

Sein Kopf pochte wie ein entzündeter Abszess. Alles pochte. Seine Hand! Wahrscheinlich hatte er sich etwas gebrochen, doch das kümmerte ihn jetzt nicht. Sein Herz, das wund in seiner Brust hämmerte. Sein Fuß, zum Kuckuck, was denn, hatte er etwa auch noch zugetreten? Er holte aus und traf einen losen Pflasterstein, der mitten durch eine Schar von Gänsen flog, die lauthals zu gackern begannen und sich zischend auf ihn stürzten, während sie ihm die Flügel um die Schienbeine schlugen.

Es regnete Federn und Gänsekot, und die Leute stoben in alle Himmelsrichtungen auseinander.

»Bastard!«, kreischte die Gänsemagd und schlug mit ihrem Hirtenstab auf ihn ein, bis sie ihn übel am Ohr erwischte. »Der Teufel soll dich holen, du dreckiger Bastard!«

Eine ganze Reihe anderer wütender Stimmen schloss sich dieser Verwünschung an, und er bog in eine kleine Gasse ein, gefolgt von aufgeregtem Gackern und Rufen.

Er rieb sich das dröhnende Ohr und taumelte im Vorübergehen gegen die Häuserwände, doch er nahm nichts anderes wahr als dieses eine Wort, das ihm nur noch lauter durch den Kopf dröhnte. *Bastard!*

»Bastard!«, sagte er laut und schrie dann »Bastard, Bastard, *Bastard*!«, so laut er konnte, während er mit der Faust auf die nächste Ziegelmauer einhämmerte.

»Wer ist ein Bastard?«, fragte eine amüsierte Stimme hinter ihm. Er fuhr herum und sah eine junge Frau, die ihn neugierig betrachtete. Ihr Blick wanderte langsam über seine Gestalt hinweg und registrierte seine keuchende Brust, die Blutflecken an den Besätzen seines Uniformrockes und den grünen Gänsemist auf seiner Hose, langte an den Silberschnallen seiner Schuhe an und kehrte noch neugieriger zu seinem Gesicht zurück.

»Ich«, sagte er leise und verbittert.

»Oh, wirklich?« Sie trat aus dem schützenden Hauseingang, in dem sie gestanden hatte, und überquerte die Gasse, um sich vor ihn hinzustellen. Sie war hochgewachsen und schlank und hatte zwei hübsche feste Brüste – die unter ihrem dünnen Musselinhemd deutlich zu sehen waren, denn sie trug zwar einen seidenen Unterrock, jedoch weder Korsett noch Mieder. Und auch kein Häubchen – das Haar fiel ihr lose über die Schulter. Eine Hure.

»Ich habe eine Vorliebe für Bastarde«, sagte sie und berührte ihn sacht am Arm. »Was für ein Bastard seid Ihr denn? Ein übler? Ein durchtriebener?«

»Ein trauriger«, sagte er und musterte sie finster, als sie lachte. Sie bemerkte seine finstere Miene zwar, wich aber nicht zurück.

»Kommt doch herein«, sagte sie und ergriff seine Hand. »Ihr seht so aus, als könntet Ihr etwas zu trinken gebrauchen.« Er sah, wie sie seine aufgeplatzten, blutenden Fingerknöchel betrachtete und sich mit ihren kleinen weißen Zähnen auf die Unterlippe biss. Doch sie schien keine Angst zu haben, und er ließ sich widerstandslos von ihr in den dunklen Eingang ziehen.

Was für eine Rolle spielte es auch?, dachte er plötzlich zu Tode erschöpft. *Was für eine Rolle spielte überhaupt irgendetwas?*

3

IN WELCHEM DIE FRAUEN WIE IMMER DIE SCHERBEN AUFSAMMELN

Chestnut Street Nr. 17, Philadelphia
Wohnsitz von Lord und Lady John Grey

William hatte das Haus wie ein Donnerschlag verlassen, und es sah so aus, als sei vorher der Blitz eingeschlagen. Ich fühlte mich jedenfalls tatsächlich so, als hätte ich ein furchtbares Gewitter überlebt; Haare und Nerven standen mir gleichermaßen zu Berge und bebten vor Aufregung.

Jenny Murray hatte das Haus gleich nach Williams Aufbruch betreten, und auch wenn ihr Anblick kein ganz so großer Schock war wie der Rest, so verschlug er mir doch die Sprache. Ich starrte meine ehemalige Schwägerin mit großen Augen an – wobei sie ja bei Licht betrachtet immer noch meine Schwägerin war, weil Jamie noch lebte. *Er lebte.*

Es war keine zehn Minuten her, dass er in meinen Armen gelegen hatte, und die Erinnerung an seine Berührung durchzuckte mich flackernd wie elektrische Funken in einer Leidener Flasche. Mir war dumpf bewusst, dass ich lächelte wie eine Idiotin, trotz der Zerstörungen, der erschütternden Szenen, trotz Williams verstörter Reaktion – wenn man eine solche Explosion denn als »Verstörung« bezeichnen konnte –, trotz der Gefahr, in der sich Jamie befand, und trotz der vagen Neugier, was Jenny oder aber auch Mrs. Figg, Lord Johns Köchin und Haushälterin, wohl im nächsten Moment sagen würden.

Mrs. Figg war glatt, rund und glänzend schwarz, und sie hatte die Angewohnheit, sich lautlos gleitend von hinten anzuschleichen wie eine Stahlkugel.

»Was ist denn *hier los*?«, knurrte sie, während sie plötzlich hinter Jenny auftauchte.

»Heilige Mutter Gottes!« Jenny wirbelte mit großen Augen herum und fuhr sich mit der Hand an die Brust. »Wer in Gottes Namen seid Ihr?«

»Das ist Mrs. Figg«, sagte ich und verspürte ein surreales Bedürfnis zu lachen, trotz – oder vielleicht auch wegen – der Ereignisse, die sich just abgespielt hatten. »Lord John Greys Köchin. Und Mrs. Figg, dies ist Mrs. Murray. Meine, äh, meine …«

»Schwägerin«, sagte Jenny entschlossen. Sie zog ihre schwarze Augenbraue hoch. »Wenn du mich noch nimmst, Claire?« Ihr Blick war unverwandt und offen, und das Bedürfnis zu lachen verwandelte sich abrupt in ein nicht minder heftiges Bedürfnis, in Tränen auszubrechen. Von allen Quellen des Beistandes, die ich mir ausgemalt hätte … Ich holte tief Luft und streckte die Hand aus.

»Oh ja.«

Ihre kleinen festen Finger verwoben sich mit den meinen, und so einfach war es besiegelt. Es waren weder Entschuldigungen nötig noch Worte der Verzeihung. Die Maske, die Jamie trug, hatte sie nie gebraucht. Was sie dachte und fühlte, sah man ihren Augen an, diesen schrägen blauen Katzenaugen, die sie mit ihrem Bruder gemeinsam hatte. Sie wusste jetzt, wer und was ich war – und wusste, dass ich ihren Bruder mit Herz und Seele liebte, ihn immer geliebt hatte, trotz der geringfügigen Komplikation, dass ich gegenwärtig mit jemand anderem verheiratet war. Und dieses Wissen löschte Jahre des Misstrauens, des Argwohns und der Verletzungen aus.

»Das ist ja wirklich wunderbar«, sagte Mrs. Figg in dem Moment knapp. Sie kniff die Augen zusammen und drehte sich geschmeidig um die eigene Achse, um das Panorama der Zerstörung zu betrachten. Das Treppengeländer war oben abgerissen. Zerborstene Geländerteile, löcherige Wände und blutige Flecken markierten den Weg, den William nach unten genommen hatte. Kristallsplitter des Lüsters übersäten den Boden und glitzerten festlich im Licht, das durch die offene Tür hereinströmte, die wie trunken an einer Angel hing.

»*Merde* auf Toast«, murmelte Mrs. Figg. Abrupt wandte sie sich mir zu, die schwarzen Johannisbeeraugen immer noch zusammengekniffen. »Wo ist Seine Lordschaft?«

»Ah«, sagte ich. Ich merkte, dass dies eine zähe Angelegenheit werden würde. Mrs. Figg empfand zwar für die meisten Leute nur tiefe Missbilligung, doch John war sie treu ergeben. Sie würde alles andere als angetan sein zu hören, dass Seine Lordschaft entführt worden war, und zwar von …

»Da wir gerade dabei sind, wo ist mein Bruder?«, erkundigte sich Jenny und sah sich um, als erwartete sie, dass Jamie plötzlich unter der Sitzbank hervorkriechen würde.

»Oh«, sagte ich. »Hm. Nun ja …« Möglicherweise sogar mehr als zäh. Denn …

»Und wo ist mein lieber William?«, wollte Mrs. Figg wissen und zog die Nase kraus. »Er ist hier gewesen; ich rieche das stinkende Toilettenwasser, das er für seine Wäsche benutzt.« Missbilligend stieß sie mit der Schuhspitze gegen ein Stück Putz, das sich gelöst hatte.

Ich holte noch einmal tief Luft und klammerte mich fest an die Reste meines Verstandes.

»Mrs. Figg«, sagte ich, »vielleicht wärt Ihr ja so freundlich und würdet uns allen eine Tasse Tee machen?«

WIR SASSEN IM SALON, während Mrs. Figg sich von den Verwüstungen weiterhin murmelnd und kopfschüttelnd einen Überblick verschafft hatte. Nach vollendeter Inspektion war sie zum Küchenhaus geeilt, um neben der Teezubereitung auch ihre Schildkrötensuppe im Auge zu behalten.

»Schildkrötensuppe lässt man besser nicht verschmoren, oh nein«, sagte sie streng zu uns, als sie bei ihrer Rückkehr die Teekanne mit dem gepolsterten gelben Teewärmer abstellte. »Nicht, wenn sie so viel Sherry enthält, wie Seine Lordschaft es gerne hat. Fast eine ganze Flasche – das wäre eine schlimme Verschwendung guten Alkohols.«

Mein Inneres kehrte sich prompt nach außen. Schildkrötensuppe – mit viel Sherry – war für mich mit einer lebhaften und sehr intimen Erinnerung verbunden, die sich um Jamie und ein Fieberdelirium drehte und darum, wie das Auf und Ab eines Schiffes dem Beischlaf förderlich ist. Ein Gedanke, der dem bevorstehenden Gespräch wiederum nicht im Mindesten förderlich sein würde. Ich massierte mir die Stelle zwischen den Augenbrauen, um die summende Wolke der Verwirrung zu zerstreuen, die sich dort sammelte. Die Luft im Haus fühlte sich immer noch elektrisiert an.

»Apropos Sherry«, sagte ich. »Oder was Ihr sonst an Hochprozentigem greifbar hättet, Mrs. Figg …«

Sie sah mich nachdenklich an, nickte und griff nach der Karaffe auf der Anrichte.

»Brandy ist stärker«, entschied sie und stellte sie vor mich hin.

Jenny betrachtete mich mit der gleichen Nachdenklichkeit. Sie streckte die Hand aus, goss einen ordentlichen Schluck Brandy in meine Tasse und verfuhr ähnlich mit der ihren.

»Nur für alle Fälle«, sagte sie mit hochgezogener Augenbraue, und wir tranken erst einmal. Ich glaubte zwar, dass ich etwas Kräftigeres brauchen würde als Tee mit Brandy, um die Wirkung der jüngsten Ereignisse auf meine Nerven zu lindern – Laudanum zum Beispiel oder einen ordentlichen schottischen Whisky –, doch der Tee half sicher fürs Erste auch ein bisschen. Er war heiß und aromatisch und ließ sich als sanftes Wärmerinnsal in meiner Mitte nieder.

»Nun denn. Besser, ja?« Jenny stellte ihre Tasse ab und sah mich erwartungsvoll an.

»Es ist zumindest ein Anfang.« Ich holte tief Luft und lieferte ihr eine kurze Zusammenfassung der Ereignisse des Morgens.

Jennys Augen waren denen ihres Bruders verstörend ähnlich. Sie sah mich an, kniff sie zu, dann noch einmal, schüttelte den Kopf, wie um ihn zu klären … und akzeptierte, was ich ihr gerade erzählt hatte.

»Jamie ist also mit deinem Lord John auf und davon, die britische Armee ist hinter ihnen her, der hochgewachsene, aufgebrachte Junge, dem ich auf der Eingangstreppe begegnet bin, ist Jamies Sohn – nun, natürlich ist er das; das könnte selbst ein Blinder sehen –, und in der Stadt wimmelt es von britischen Soldaten. Und das ist alles?«

»Eigentlich ist er gar nicht *mein* Lord John«, widersprach ich. »Ansonsten, ja, das ist im Wesentlichen die Lage. Dann hat dir Jamie also von William erzählt?«

»Aye, das hat er.« Sie grinste mich über den Rand ihrer Teetasse hinweg an. »Ich freue mich so für ihn. Aber was hat der Junge denn dann? Er sah eher danach aus, als würde er nicht einmal einem Bären aus dem Weg gehen.«

»Was habt Ihr gesagt?«, unterbrach uns Mrs. Figgs Stimme abrupt. Sie stellte das Tablett hin, das sie mitgebracht hatte, und der silberne Milchkrug und das Zuckerschälchen klapperten wie Kastagnetten. »William ist *wessen* Sohn?«

Ich kräftigte mich mit einem Schluck Tee. Mrs. Figg wusste, dass ich mit einem gewissen James Fraser verheiratet gewesen und theoretisch seine Witwe war. Doch das war alles, was sie wusste.

»Nun«, sagte ich und hielt inne, um mich zu räuspern. »Der, äh, hochgewachsene Herr mit dem roten Haar, der gerade hier war – Ihr habt ihn doch gesehen?«

»Ja.« Mrs. Figg sah mich mit zusammengekniffenen Augen an.

»Habt Ihr ihn Euch genau angesehen?«

»Habe nicht besonders auf sein Gesicht geachtet, als er an die Tür kam und nach Euch gefragt hat, aber von hinten habe ich ihn gut gesehen, als er mich aus dem Weg geschoben hat und die Treppe hochgelaufen ist.«

»Aus diesem Blickwinkel ist die Ähnlichkeit möglicherweise nicht ganz so ausgeprägt.« Ich trank noch einen Schluck Tee. »Äh … dieser Herr ist James Fraser, mein … äh … mein …« »Erster Ehemann«, war nicht korrekt, genauso wenig wie »letzter Ehemann« oder auch – unglücklicherweise – »jüngster Ehemann«. Ich entschied mich für die einfachste Alternative. »Mein Ehemann. Und, äh … Williams Vater.«

Mrs. Figgs Mund öffnete sich, erst einmal tonlos. Sie ging langsam rückwärts und setzte sich mit einem *Pfmpf* auf eine bestickte Ottomane.

»Weiß William das?«, fragte sie, nachdem sie einen Moment überlegt hatte.

»*Jetzt* ja«, sagte ich und wies mit einer knappen Geste auf die Verwüstung im Treppenhaus, die durch die offene Tür des Salons, in dem wir saßen, gut zu sehen war.

»*Merde* auf … ich meine, heiliges Lamm Gottes, behüte uns.« Mrs. Figgs zweiter Ehemann war Methodistenprediger, und sie war stets bemüht, sich seiner würdig zu erweisen, doch ihr erster Mann war ein französischer Glücksspieler gewesen. Ihre Augen richteten sich auf mich wie zielende Kanonenrohre.

»Und Ihr seid seine Mutter?«

Ich verschluckte mich an meinem Tee.

»Nein«, sagte ich und wischte mir das Kinn mit einer Leinenserviette ab. »Ganz so kompliziert ist es dann doch nicht.« Eigentlich war es sogar noch komplizierter, aber ich hatte nicht vor zu erklären, wie William gezeugt worden war, weder Mrs. Figg noch Jenny. Jamie musste ihr zwar erzählt haben, wer Williams Mutter war, aber ich bezweifelte, dass er seiner Schwester erzählt hatte, dass Williams Mutter, Geneva Dunsany, ihn mit Drohungen gegenüber Jennys Familie in ihr Bett gezwungen hatte. Welcher echte Kerl gibt schon gerne zu, dass er sich von einer Achtzehnjährigen hat erpressen lassen?

»Lord John ist Williams Vormund geworden, als Williams Großvater gestorben ist, und zu diesem Zeitpunkt hat Lord John auch Lady Isobel Dunsany geheiratet, die Schwester von Willies Mutter. Sie hatte sich um Willie gekümmert, seit seine Mutter bei seiner Geburt gestorben war, und sie und Lord John sind eigentlich von Kindesbeinen an Willies Eltern gewesen. Isobel ist dann gestorben, als er ungefähr elf war.«

Mrs. Figg folgte dieser Erklärung aufmerksam, ließ sich aber nicht von der Hauptsache ablenken.

»James Fraser«, sagte sie mit einem vorwurfsvollen Blick auf Jenny und tippte sich mit ihren breiten Fingern auf das Knie. »Wie kommt es, dass er nicht tot ist? Es hieß doch, er ist ertrunken.« Sie richtete den Blick auf mich. »Ich dachte, Seine Lordschaft würde sich ebenfalls in den Hafen stürzen, als er es gehört hat.«

Ich erschauerte plötzlich und schloss die Augen, während das salzig-kalte Grauen dieser Nachricht mich mit einer Woge der Erinnerung überspülte. Obwohl ich das Glück von Jamies Berührung noch auf meiner Haut spürte und das Wissen, dass er da war, mir das Herz wärmte, durchlebte ich erneut den überwältigenden Schmerz zu hören, dass er tot war.

»Nun, zumindest was das angeht, kann ich Euch aufklären.«

Ich öffnete die Augen und sah, wie Jenny einen Zuckerklumpen in ihren frischen Tee fallen ließ und Mrs. Figg zunickte. »Wir – mein Bruder und ich – sollten von Brest aus mit einem Schiff namens *Euterpe* fahren. Aber der durchtriebene Dieb von einem Kapitän ist ohne uns losgesegelt. Hat sich ja sehr für ihn ausgezahlt«, fügte sie stirnrunzelnd hinzu.

So konnte man es ausdrücken. Die *Euterpe* war bei einem Sturm im Atlantik gesunken und mit Mann und Maus verloren gegangen. Wie man mir – und John Grey – gesagt hatte.

»Jamie hat uns ein anderes Schiff gesucht, aber es ist in Virginia gelandet, und wir mussten an der Küste entlang nach Norden fahren, zum Teil mit der Kutsche, zum Teil mit dem Paketboot, um den Soldaten aus dem Weg zu gehen. Diese Nädelchen, die du Jamie gegen die Seekrankheit gegeben hast, wirken Wunder«, fügte sie beifällig an mich gewandt hinzu. »Er hat mir gezeigt, wohin ich sie stecken muss. Aber als wir gestern nach Philadelphia gekommen sind«, fuhr sie mit ihrer Erzählung fort, »haben wir uns bei Nacht in die Stadt gestohlen wie zwei Diebe und uns den Weg zu Fergus' Druckerei gesucht. Himmel, ich dachte ein Dutzend Mal, mir würde das Herz stehen bleiben!«

Sie lächelte, als sie daran dachte, und mir fiel auf, wie sehr sie sich verändert hatte. Ihr Gesicht war immer noch von Trauer überschattet, und sie war dünn und von der Reise mitgenommen, aber die schreckliche Last des langen Sterbens ihres Mannes Ian hatte sich von ihr gehoben. Ihre Wangen hatten wieder Farbe, und ihre Augen leuchteten so, wie ich es zuletzt bei unserer ersten Begegnung vor dreißig Jahren gesehen hatte. Sie hat ihren Frieden gefunden, dachte ich und empfand eine Dankbarkeit, bei der es auch mir leichter ums Herz wurde.

»Jamie klopft also an die Hintertür, und es kommt keine Antwort, obwohl wir ein Feuer durch die Fensterläden leuchten sehen können. Er klopft noch einmal, diesmal ein kleines Liedchen …« Sie pochte sacht mit den Fingerknöcheln auf den Tisch, pom-pe-di-pom-pe-di-pomp-pomp-pomp, und mein Herz tat einen Satz, als ich die Titelmelodie der »Texas Rangers« erkannte, die Brianna ihm beigebracht hatte.

»Und kurz darauf«, fuhr Jenny fort, »ruft eine Frauenstimme heftig, ›Wer ist da?‹. Und Jamie sagt auf *Gaidhlig*: ›Es ist dein Vater, meine Tochter, und er ist durchgefroren, nass und hungrig.‹ Es hat nämlich in Strömen geregnet, und wir waren beide nass bis auf die Haut.«

Sie lehnte sich ein wenig zurück und erzählte genüsslich weiter.

»Es öffnet sich die Tür, aber nur einen Spalt, und da steht Marsali mit einer Pistole in der Hand und ihre beiden kleinen Mädchen hinter ihr, kämpferisch wie die Erzengel, jede mit einem Holzscheit, um es dem Dieb vor das Schienbein zu schlagen. Dann sehen sie den Feuerschein auf Jamies Gesicht fallen, und alle drei schreien los, als wollten sie die Toten wecken, und stürzen sich auf ihn und zerren ihn hinein und reden alle gleichzeitig und fragen, ob er ein Gespenst ist und warum er nicht ertrunken ist, und da haben wir zum ersten Mal davon gehört, dass die *Euterpe* gesunken war.« Sie bekreuzigte sich. »Gott sei ihren armen Seelen gnädig«, sagte sie und schüttelte den Kopf.

Ich bekreuzigte mich ebenfalls und sah, wie mir Mrs. Figg einen Seitenblick zuwarf; ihr war nicht klar gewesen, dass ich Papistin war.

»Ich bin natürlich auch hineingegangen«, fuhr Jenny fort, »aber alle reden gleichzeitig und hasten hin und her, um trockene Kleider und heiße Getränke zu holen, und ich sehe mich einfach nur um, weil ich noch nie zuvor in einer Druckerei gewesen bin. Der Geruch nach Tinte, Papier und Blei ist ein Wunder für mich, und plötzlich zupft es an meinem Rock, und dieser Kleine mit dem süßen Gesicht sagt zu mir: ›Und wer seid Ihr, Madame? Möchtet Ihr etwas Cidre?‹«

»Henri-Christian«, murmelte ich und lächelte bei dem Gedanken an Marsalis Jüngsten, und Jenny nickte.

»›Nun, ich bin deine Oma Janet, mein Sohn‹, sage ich, und er bekommt große Augen, und er kreischt los und umarmt meine Beine so fest, dass ich aus dem Gleichgewicht gerate und auf die Kaminbank falle. Ich habe einen blauen Fleck am Hintern, der so groß ist wie deine Hand«, fügte sie aus dem Mundwinkel an mich gerichtet hinzu.

Ich spürte, wie sich ein kleiner Knoten der Anspannung löste, den ich gar nicht bemerkt hatte. Jenny wusste natürlich, dass Henri-Christian von Geburt an zwergenwüchsig war – aber etwas zu wissen und es zu sehen sind manchmal zwei sehr verschiedene Dinge. Für Jenny war es eindeutig nicht so gewesen.

Mrs. Figg hatte diesen Bericht interessiert verfolgt, ohne jedoch ihre Zurückhaltung aufzugeben. Bei der Erwähnung der Druckerei nahm diese Zurückhaltung nun noch ein wenig zu.

»Diese Leute – dann ist Marsali Eure Tochter, Ma'am?« Ich wusste, was sie dachte. Die ganze Stadt Philadelphia wusste, dass Jamie ein Rebell war – und ich damit eine Rebellin. Es war die Tatsache, dass mir die Verhaftung drohte, die Lord John dazu bewegt hatte, darauf zu beharren, dass ich ihn in den Wirren des Tumults heiratete, der auf die Nachricht von Jamies Tod gefolgt war. Die Erwähnung einer Druckerei im britisch besetzten Philadelphia führte unweigerlich zu weiteren Fragen, *was* genau dort gedruckt wurde und von wem.

»Nein, ihr Mann ist der Adoptivsohn meines Bruders«, erklärte Jenny. »Aber ich habe Fergus selbst großgezogen, seit er ein kleiner Junge war, also ist er nach der Sitte der Highlands auch mein angenommenes Kind.«

Mrs. Figg kniff die Augen zu. Bis jetzt hatte sie tapfer versucht, die Figuren der Handlung auseinanderzuhalten, doch nun gab sie es auf und schüttelte so heftig den Kopf, dass die rosa Bändchen ihrer Haube wie Fühler hin und her wackelten.

»Also, wo zum Teufel … ich meine wo in aller Welt ist Euer Bruder mit Seiner Lordschaft hin?«, wollte sie wissen. »Glaubt Ihr, sie sind zu dieser Druckerei?«

Jenny und ich wechselten einen Blick.

»Das bezweifle ich«, sagte ich. »Vermutlich hat er eher die Stadt verlassen und John – äh, Seine Lordschaft – als Geisel benutzt, um an den Wachtposten vorbeizukommen, falls notwendig. Wahrscheinlich lässt er ihn laufen, sobald sie weit genug entfernt sind.«

Mrs. Figg stieß ein missbilligendes Brummen aus.

»Vielleicht geht er aber auch nach Valley Forge und liefert ihn den Rebellen aus.«

»Oh, das glaube ich nicht«, sagte Jenny beruhigend. »Was sollten sie schon mit ihm wollen?«

Mrs. Figg blinzelte, verblüfft über die Vorstellung, dass irgendjemand Seiner Lordschaft nicht dieselbe Wertschätzung entgegenbringen könnte wie sie selbst, doch nachdem sie kurz die Nase gerümpft hatte, fand sie sich mit dieser Möglichkeit ab.

»Er war aber nicht in Uniform, oder, Ma'am?«, fragte sie mich mit gerunzelter Stirn. Ich schüttelte den Kopf. John besaß zurzeit kein Offizierspatent. Er war Diplomat, wenn auch theoretisch immer noch Oberstleutnant im Regiment seines Bruders, und legte seine Uniform daher zu feierlichen Anlässen an oder wenn es jemanden einzuschüchtern galt. Doch offiziell befand er sich im Ruhestand und würde in normaler Kleidung als Zivilist gelten, nicht als Soldat – und daher für General Washingtons Soldaten in Valley Forge kaum von besonderem Interesse sein.

Ich glaubte aber ohnehin nicht, dass Jamie nach Valley Forge wollte. Ich wusste mit absoluter Gewissheit, dass er zurückkommen würde. Hierher. Zu mir.

Dieser Gedanke entfaltete sich tief in meinem Inneren und stieg als Welle der Wärme in mir auf, so dass ich die Nase in meiner Teetasse vergrub, damit man nicht sah, wie ich rot wurde.

Er lebte. Ich liebkoste diese Worte, wiegte sie in meinem Herzen. Jamie lebte. So glücklich ich darüber war, Jenny zu sehen – und noch glücklicher darüber, dass sie mir einen Olivenzweig anbot –, am liebsten wäre ich hinauf in mein Zimmer gegangen, hätte die Tür geschlossen und mich mit fest geschlossenen Augen an die Wand gelehnt, um erneut die Sekunden nach seinem Eintreten zu durchleben, als er mich in die Arme genommen, mich an die Wand gedrückt und geküsst hatte, als mich die schlichte, greifbare, warme Tatsache seiner Gegenwart so überwältigt hatte, dass ich ohne die stützende Wand möglicherweise zu Boden gegangen wäre.

Er lebt, wiederholte ich lautlos zu mir selbst, *er lebt*.

Alles andere war gleichgültig. Obwohl ich mich doch flüchtig fragte, was er mit John angestellt hatte.

4

FRAG LIEBER NICHT, WENN DU DIE ANTWORT DOCH NICHT HÖREN WILLST

Im Wald, eine Stunde außerhalb von Philadelphia

Eigentlich war er voll und ganz darauf gefasst gewesen zu sterben; rechnete mit nichts anderem, seit ihm dieser Satz entfahren war: »Ich habe deiner Frau beigewohnt.« Die einzige Frage, die ihm noch durch den Kopf ging, war die, ob ihn Jamie Fraser wohl erschießen oder erstechen würde oder ob er ihm mit bloßen Händen die Eingeweide herausreißen würde.

Dass ihn der gehörnte Ehemann in aller Ruhe betrachtete und einfach nur »Oh? Warum?« fragte, kam nicht nur unerwartet, sondern es war auch … unerhört. Absolut unerhört.

»Warum?«, wiederholte John Grey ungläubig. »Hast du *warum* gesagt?«

»Ja. Und ich würde eine Antwort sehr zu schätzen wissen.«

Jetzt hatte Grey beide Augen offen; er konnte sehen, dass Frasers äußerliche Ruhe längst nicht so unerschütterlich war, wie er zunächst vermutet hatte. Eine Ader pochte in Frasers Schläfe, und er hatte das Gewicht ein wenig verlagert, so wie es ein Mann im Umfeld einer Wirtshausschlägerei tun mochte, nicht unbedingt, um von sich aus gewalttätig zu werden, sondern um darauf gefasst zu sein, dass andere es wurden. Perverserweise fand Grey diesen Anblick beruhigend.

»Wie zum Henker meinst du das, ›Warum‹?«, fragte er plötzlich gereizt. »Und warum zum Kuckuck bist du nicht tot?«

»Das frage ich mich auch oft«, erwiderte Fraser höflich. »Dann hast du also gedacht, ich wäre es?«

»Ja, und deine Frau ebenso! Hast du die geringste Vorstellung davon, was ihr dieses Bewusstsein angetan hat?«

Die dunkelblauen Augen verengten sich kaum merklich.

»Willst du damit andeuten, dass ihr die Nachricht von meinem Tod derart den Verstand geraubt hat, dass sie jede Vernunft verloren hat und dich in ihr Bett gezwungen hat? Denn«, fuhr er fort und schnitt Grey das erhitzte Wort ab, »wenn ich in Bezug auf deine Natur nicht ernsthaft in die Irre geführt wurde, würde es doch beachtlicher Gewaltanwendung bedürfen, dich zu einem solchen Schritt zu zwingen? Oder sehe ich das falsch?«

Die Augen waren immer noch schmal. Grey erwiderte Frasers Blick. Dann schloss er kurz die Augen und rieb sich mit beiden Händen das Gesicht, als erwachte er aus einem Alptraum. Er ließ die Hände sinken und öffnete die Augen wieder.

»Du wurdest nicht in die Irre geführt«, brachte er zwischen zusammengebissenen Zähnen heraus. »Und du *siehst* es falsch.«

Frasers rote Augenbrauen fuhren in die Höhe – aufrichtig erstaunt, dachte er.

»Du hast es getan, weil – aus *Verlangen*?« Auch er erhob jetzt die Stimme. »Und sie hat das zugelassen? Das glaube ich nicht.«

Die Farbe kroch Fraser über den sonnengebräunten Hals, leuchtend wie eine Kletterrose. Grey sah das nicht zum ersten Mal, und tollkühn beschloss er, dass die beste – die einzig mögliche – Verteidigung darin bestand, die Beherrschung als Erster zu verlieren. Es war so erleichternd.

»Wir dachten, du wärst *tot*, du altes Arschloch!«, schrie er außer sich. »Alle beide! Tot! Und wir … wir … haben eines Abends zu viel getrunken … viel zu viel … wir haben von dir gesprochen … und … Verdammt, keiner von uns hat den anderen geliebt – wir haben es beide mit *dir* getrieben!«

Frasers Gesicht verlor abrupt jeden Ausdruck, und sein Mund klappte auf. Grey erfreute sich den Bruchteil einer Sekunde an diesem Anblick, bevor ihm eine kräftige Faust mit voller Wucht unter die Rippen fuhr, so dass er rückwärts geschleudert wurde, noch ein paar Schritte weiterstolperte und dann zu Boden fiel. Vollkommen atemlos lag er im Laub, und sein Mund öffnete und schloss sich wie der eines gestrandeten Fisches.

Also schön, dachte er. *Dann also mit bloßen Händen.*

Die Hände krallten sich in sein Hemd und zerrten ihn wieder hoch. Es gelang ihm, sich hinzustellen, und eine Spur von Luft sickerte ihm in die Lunge. Frasers Gesicht war keine drei Zentimeter von dem seinen entfernt. Fraser war ihm sogar so nah, dass er die Miene des Mannes nicht sehen konnte – nur zwei blutunterlaufene, irre Augen aus nächster Nähe. Das reichte ihm. Er fühlte sich jetzt völlig ruhig. Es würde nicht lange dauern.

»Du erzählst mir jetzt haarklein, was passiert ist, du dreckiger kleiner Perverser«, flüsterte Fraser, und sein Atem, der nach Ale roch, strömte heiß über Greys Gesicht. Er schüttelte Grey sacht. »Jedes Wort. Jede Geste. *Alles.*«

Grey bekam gerade eben genug Luft, um zu antworten.

»Nein«, sagte er entschlossen. »Dann bring mich lieber um.«

FRASER SCHÜTTELTE IHN SO HEFTIG, dass seine Zähne schmerzhaft aufeinanderschlugen und er sich auf die Zunge biss. Er stieß einen erstickten Laut aus, und ein Fausthieb, den er nicht hatte kommen sehen, traf sein rechtes Auge. Er fiel wieder zu Boden, während sein Kopf in bunte Fragmente und schwarze Punkte zersprang, und es roch durchdringend nach verrottendem Laub. Fraser zerrte ihn hoch und stellte ihn wieder hin, hielt dann aber inne, wahrscheinlich, um zu entscheiden, wie er seine Vivisektion am besten fortsetzte.

Da ihm das Blut in den Ohren hämmerte und Fraser keuchend atmete, hatte er nichts gehört, doch als er jetzt vorsichtig sein gesundes Auge öffnete, um zu sehen, woher der nächste Hieb kommen würde, entdeckte er den Mann. Ein verwahrlost aussehender, schmutziger Strolch mit einem Fransenjagdhemd, der stupide unter einem Baum hervorglotzte.

»Jethro!«, bellte der Mann und nahm sein Gewehr fester in die Hand.

Eine Anzahl Männer kam aus den Büschen. Ein oder zwei trugen die Reste einer Uniform, doch die meisten waren in grobes Leinen gekleidet, allerdings ergänzt durch die bizarren Rebellenmützen, enge Strickmützen aus Wolle, die ihnen bis über die Ohren gingen, so dass die Männer in Johns tränenden Augen aussahen wie lebende Bombenhülsen.

Die Ehefrauen, die ihnen diese Kleidungsstücke wahrscheinlich gestrickt hatten, hatten ihnen Mottos wie »Unabhängigkeit« oder »Freiheit« in die Bündchen gestrickt, aber eine besonders blutrünstige Handarbeiterin hatte ihrem Mann die Worte »Töte sie!« in die Mütze eingearbeitet. Der Mann selbst war, wie Grey bemerkte, ein kleines, schmächtiges Exemplar mit einer Brille, deren eines Glas zersprungen war.

Fraser hatte innegehalten, als er die Männer kommen hörte, und baute sich jetzt vor ihnen auf wie ein von Hunden gestellter Bär. Die Hunde blieben abrupt in sicherem Abstand stehen.

Grey presste die Hand auf seine Leber, die vermutlich einen Riss hatte, und keuchte. Er würde jeden Atemhauch brauchen.

»Wer seid Ihr?«, wollte einer der Männer wissen und stocherte kampflustig mit einem langen Stock auf Jamie ein.

»Oberst James Fraser, Morgans Scharfschützen«, erwiderte Fraser kalt, ohne den Stock zu beachten. »Und Ihr?«

Das schien den Mann ein wenig aus der Fassung zu bringen, doch er überspielte es mit großen Worten.

»Korporal Jethro Woodbine, Dunnings Waldläufer«, sagte er schroff. Er wies mit einer abrupten Kopfbewegung auf seine Begleiter, die sich augenblicklich in aller Seelenruhe auf der Lichtung verteilten. »Und wer ist Euer Gefangener?«

Grey spürte, wie sich sein Magen zusammenballte, was angesichts des Zustandes seiner Leber schmerzhaft war. Doch er antwortete mit zusammengebissenen Zähnen, ohne auf Jamie zu warten.

»Ich bin Lord John Grey. Falls Euch das etwas angeht.« Seine Gedanken hüpften umher wie Flöhe, während er versuchte, sich auszurechnen, ob seine Überlebenschancen bei Jamie Fraser oder bei dieser Bande von Rüpeln besser standen. Noch vor wenigen Augenblicken hatte er sich in die Idee gefügt gehabt, durch Jamies Hand zu sterben, doch wie so viele Ideen war auch diese in der Vorstellung reizvoller als in der Durchführung.

Die Enthüllung seiner Identität schien die Männer zu verwirren, die ihn unter skeptischem Gemurmel anblinzelten.

»Hat keine Uniform an«, bemerkte einer von ihnen *sotto voce* an einen anderen gerichtet. »Ob er überhaupt Soldat ist? Sonst haben wir doch nichts mit ihm zu schaffen, oder?«

»Doch, das haben wir«, verkündete Woodbine, der jetzt ein wenig von seinem Selbstbewusstsein zurückerlangte. »Und wenn Oberst Fraser ihn gefangen genommen hat, wird er doch wohl einen Grund haben?« Seine Stimme hob sich fragend, wenn auch zögernd. Jamie gab keine Antwort, und sein Blick war fest auf Grey gerichtet.

»Er ist Soldat.« Köpfe verdrehten sich, um zu sehen, wer das gesagt hatte. Es war der schmächtige Mann mit der zersprungenen Brille, die er jetzt mit einer Hand zurechtgerückt hatte, um Grey durch das verbleibende Glas besser betrachten zu können. Ein feuchtes graues Auge inspizierte ihn, dann nickte der Mann, der sich seiner Sache jetzt sicherer war.

»Er ist Soldat«, wiederholte der Mann. »Ich habe ihn in Philadelphia mit seiner Uniform auf der Veranda vor einem Haus an der Chestnut Street sitzen gesehen, wie er leibt und lebt. Er ist Offizier«, fügte er unnötigerweise hinzu.

»Er ist kein Soldat«, sagte Fraser und wandte den Kopf, um den Brillenträger scharf zu mustern.

»Hab's gesehen«, knurrte der Mann. »Klar und deutlich. Mit Goldlitze«, murmelte er beinahe unhörbar und senkte den Blick.

»Aha.« Jethro Woodbine trat auf Grey zu und betrachtete ihn sorgfältig. »Nun, habt Ihr etwas zu Eurer Verteidigung zu sagen, Lord Grey?«

»Lord John«, sagte Grey gereizt und strich sich ein zerdrücktes Laubstückchen von der Zunge. »Ich bin nicht der Titelträger, sondern mein älterer Bruder ist es. Grey ist mein Nachname. Was die Uniform betrifft; ich bin Soldat gewesen. Ich besitze zwar noch einen Dienstrang innerhalb meines Regiments, aber kein gültiges Patent. Reicht Euch das, oder wollt Ihr auch noch wissen, was ich heute gefrühstückt habe?«

Er war dabei, sie absichtlich gegen sich aufzubringen, denn ein Teil von ihm hatte beschlossen, dass er lieber mit Woodbine gehen und sich von den Kontinentalen inspizieren lassen würde, statt hierzubleiben und weiterer Inspektion durch Jamie Fraser entgegenzusehen. Fraser musterte ihn mit zusammengekniffenen Augen. Er kämpfte gegen das Bedürfnis an, den Blick abzuwenden.

Es ist die Wahrheit, dachte er trotzig. *Was ich dir gesagt habe, ist die Wahrheit. Und jetzt weißt du es.*

Ja, sagte Frasers schwarzer Blick. *Und du glaubst, ich werde still damit leben?*

»Er ist kein Soldat«, wiederholte Fraser und wandte Grey betont den Rücken zu, um sich ganz auf Woodbine zu konzentrieren. »Er ist mein Gefangener, weil ich ihn verhören wollte.«

»Worüber denn?«

»Das geht Euch nichts an, Mr. Woodbine«, sagte Jamie, und seine tiefe Stimme klang zwar sanft, hatte aber einen stählernen Unterton. Jethro Woodbine ließ sich jedoch von niemandem etwas vormachen, und daran wollte er absolut keinen Zweifel lassen.

»Was mich etwas angeht, entscheide ich selbst, Sir«, fügte er also nach einer merklichen Pause hinzu. »Woher wissen wir denn, dass Ihr seid, wer Ihr sagt, wie? Ihr tragt keine Uniform. Kennt einer von euch Kameraden diesen Mann?«

Die derart angesprochenen Kameraden zogen überraschte Mienen. Sie blickten einander unsicher an; ein oder zwei Köpfe schüttelten sich verneinend.

»Nun denn«, sagte Woodbine ermutigt. »Wenn Ihr nicht beweisen könnt, wer Ihr seid, dann werden wir diesen Mann wohl mit ins Lager nehmen, um ihn zu verhören.« Er lächelte unangenehm, da ihm anscheinend noch ein anderer Gedanke gekommen war. »Ob wir Euch auch mitnehmen sollen?«

Im ersten Moment stand Fraser völlig reglos da und betrachtete Woodbine so, wie ein Tiger wohl einen Igel betrachten würde: Ja, er konnte ihn fressen, aber würde es die Unannehmlichkeit wert sein, ihn hinunterzuschlucken?

»Dann nehmt ihn eben mit«, entschied er abrupt und entfernte sich von Grey. »Ich habe anderswo zu tun.«

Woodbine hatte Widerspruch erwartet; er blinzelte verblüfft und hob zwar seinen Stock, blieb aber stumm, als Fraser auf die andere Seite der Lichtung zustapfte. Als er die Bäume erreichte, drehte er sich um und warf Grey einen ausdruckslosen, finsteren Blick zu.

»Wir sind noch nicht fertig, Sir«, sagte er.

Grey richtete sich zu voller Größe auf, ohne seine schmerzende Leber und die Tränen zu beachten, die ihm aus dem verletzten Auge liefen.

»Stets zu Diensten, Sir«, gab er knapp zurück. Fraser funkelte ihn an und tauchte in den wogenden grünen Schatten ein, ohne Woodbine und seine Männer noch eines Blickes zu würdigen. Ein oder zwei von ihnen blickten den Korporal an, dem man seine Unentschlossenheit ansehen konnte. Grey jedoch empfand nichts dergleichen. Just bevor Frasers hochgewachsene Silhouette endgültig verschwand, formte er mit den Händen einen Trichter vor seinem Mund.

»Und es tut mir nicht leid, verdammt!«, rief er laut.

5

DIE LEIDEN DER JUNGEN HERREN

Jenny war zwar fasziniert von Williams Geschichte und den dramatischen Umständen, unter denen er gerade von seiner wahren Vaterschaft erfahren hatte, doch ihre eigentliche Sorge galt einem anderen jungen Mann.

»Weißt du, wo Ian ist?«, fragte sie wissbegierig. »Und hat er seine junge Frau gefunden, das Quäkermädchen, von dem er seinem Pa erzählt hat?«

Bei dieser Frage entspannte ich mich ein wenig; Ian und Rachel Hunter standen – Gott sei Dank – nicht auf der Liste der problematischen Verwicklungen. Zumindest im Moment nicht.

»Ja, das hat er«, sagte ich und lächelte. »Aber wo er ist …? Ich habe ihn seit ein paar Tagen nicht mehr gesehen, aber oft ist er noch länger fort. Er arbeitet hin und wieder als Kundschafter für die Kontinentalarmee, aber da sie sich schon so lange in ihrem Winterquartier in Valley Forge befindet, wurden seine Dienste in letzter Zeit weniger gebraucht. Trotzdem ist er häufig dort, weil Rachel es auch ist.«

Jenny blinzelte erstaunt.

»Ach ja? Warum denn? Haben die Quäker nicht etwas gegen den Krieg?«

»Mehr oder weniger. Aber ihr Bruder Denzell ist Militärarzt – aber ein richtiger Arzt, keiner von den Pferdedoktoren und Quacksalbern, die man sonst in der Armee findet –, und er ist seit Dezember in Valley Forge. Rachel kommt immer wieder nach Philadelphia – sie darf die Wachtposten passieren und bringt ihm Essen und medizinischen Nachschub –, aber sie arbeitet an Dennys Seite und hält sich öfter dort auf als hier, um ihm bei seinen Patienten zu helfen.«

»Erzähle mir von ihr«, bat Jenny und beugte sich gebannt vor. »Ist sie ein liebes Mädchen? Und meinst du, dass sie Ian liebt? Nach allem, was sein Vater mir erzählt hat, liebt der Junge sie sehr, hatte aber noch nichts zu ihr gesagt, weil er nicht wusste, wie sie es aufnehmen würde. Er war sich nicht sicher, dass sie damit zurechtkommen würde, dass er … ist, wer er ist.« Ihre rasche Geste umfasste Ians Persönlichkeit und seine Entwicklung vom Highlandjungen zum Mohawk-Krieger. »Er würde ja weiß Gott niemals einen anständigen Quäker abgeben, und ich gehe davon aus, dass ihm das ebenso klar ist.«

Ich lachte bei diesem Gedanken, obwohl es gut möglich war, dass das Thema tatsächlich eine ernste Rolle spielen würde; ich wusste nicht, was eine Quäkerzusammenkunft von einem solchen Paar halten würde, hatte aber das dumpfe Gefühl, dass man alarmiert darauf reagieren würde. Ich wusste allerdings nicht das Geringste über die Ehe unter den Quäkern.

»Sie ist ein sehr liebes Mädchen«, versicherte ich Jenny. »Extrem vernünftig, sehr kompetent – und jeder sieht, dass sie Ian liebt, obwohl ich glaube, dass sie es ihm auch noch nicht gesagt hat.«

»Ah. Kennst du ihre Eltern?«

»Nein, sie sind beide gestorben, als Rachel noch ein Kind war. Sie ist mehr oder weniger von einer Quäkerwitwe großgezogen worden und dann mit sechzehn zu ihrem Bruder gezogen, um ihm den Haushalt zu führen.«

»Sprecht Ihr von der kleinen Quäkerin?« Mrs. Figg war mit einer Vase Rosen ins Zimmer gekommen, die nach Myrrhe und Zucker dufteten. Jenny atmete den Duft tief ein und richtete sich auf. »Mercy Woodcock ist ganz begeistert von ihr. Sie schaut jedes Mal, wenn sie in der Stadt ist, bei Mercy vorbei, um diesen jungen Mann zu besuchen.«

»Jungen Mann?«, fragte Jenny und runzelte die Stirn.

»Williams Vetter Henry«, erklärte ich hastig. »Denzell und ich haben im Winter eine sehr ernste Operation an ihm durchgeführt. Rachel kennt William und Henry, und sie ist so gütig, regelmäßig nach Henry zu sehen. Mrs. Woodcock ist seine Quartierswirtin.«

Mir fiel ein, dass ich selbst vorgehabt hatte, heute Vormittag nach Henry zu sehen. Es gab Gerüchte von einem Rückzug der Briten aus der Stadt, und ich musste mir einen Eindruck davon verschaffen, ob er schon reisefähig war. Letzte Woche war es ihm zwar schon recht gut gegangen, doch er hatte nicht mehr als ein paar Schritte gehen können und sich dabei auf Mercy Woodcocks Arm gestützt.

Und was ist mit Mercy Woodcock?, fragte ich mich mit einem kleinen Stich in der Magengrube. Mir und auch John war klar, dass es eine ernste – und wachsende – Zuneigung zwischen der freien Schwarzen und ihrem aristokratischen jungen Untermieter gab. Ich war Mercys Ehemann ein Jahr zuvor während des Rückzugs aus Fort Ticonderoga begegnet. Er war schwer verletzt gewesen, und da es seitdem kein Lebenszeichen von ihm gegeben hatte, hielt ich es für sehr wahrscheinlich, dass er nach seiner Gefangennahme durch die Briten gestorben war.

Doch die Möglichkeit, dass John Woodcock wundersam von den Toten zurückkehrte – es kam schließlich vor, dachte ich, und wieder stieg bei diesem Gedanken die Freude in mir auf –, war das geringste Problem. Ich konnte mir nicht vorstellen, dass Johns Bruder, der gestrenge Herzog von Pardloe, entzückt sein würde zu hören, dass sein jüngster Sohn vorhatte, eine Zimmermannswitwe zu heiraten, ganz gleich welcher Hautfarbe.

Und dann war da noch seine Tochter Dottie, wo wir gerade bei Quäkern waren … Sie war mit Denzell Hunter verlobt, und ich fragte mich, was der Herzog wohl davon halten würde. John, der gern wettete, hatte fünfzig zu fünfzig auf Dottie und ihren Vater gesetzt.

Ich schüttelte den Kopf und verwarf das Dutzend Dinge, an denen ich nichts ändern konnte. Während meines kleinen Gedankenausflugs schienen Jenny und Mrs. Figg über William und seinen abrupten Aufbruch von der Szene gesprochen zu haben.

»Wohin kann *er* nur gegangen sein, frage ich mich?« Mrs. Figg blickte sorgenvoll auf die Wand des Treppenhauses, in der Williams blutverschmierte Faust lauter Löcher hinterlassen hatte.

»Entweder sucht er Streit oder eine Flasche oder eine Frau«, sagte Jenny mit der Autorität einer Ehefrau, einer Schwester und einer Mutter mehrerer Söhne. »Vielleicht auch alles gleichzeitig.«

Elfreths Gasse

ES WAR NOCH NICHT MITTAG, und die einzigen Stimmen, die in dem Haus zu hören waren, waren die einer Gruppe plaudernder Frauen. Im Salon war niemand zu sehen, als sie vorübergingen, und es zeigte sich auch niemand, als sie ihn über eine abgenutzte Treppe in ihr Zimmer führte. Das löste ein seltsames Gefühl in ihm aus, als wäre er unsichtbar. Er fand diese Vorstellung tröstlich; er konnte sich selbst nicht ertragen.

Sie trat vor ihm ein und öffnete die Fensterläden. Er hätte sie gern gebeten, sie wieder zu schließen; in der Flut des Sonnenlichts fühlte er sich furchtbar entblößt. Doch es war Sommer; es war heiß und stickig im Zimmer, und er schwitzte bereits heftig. Die Luft, die hereinwirbelte, duftete nach Harz, und die Sonne spiegelte sich flüchtig auf ihrem glatten Scheitel wie der Glanz einer frischen Kastanie. Sie drehte sich um und lächelte ihn an.

»Eins nach dem anderen«, verkündete sie ruhig. »Zieht Euren Rock und Eure Weste aus, bevor Ihr noch erstickt.« Ohne abzuwarten, ob er diesem Vorschlag Folge leistete, wandte sie sich wieder um und griff nach Wasserkrug und Schüssel. Sie füllte die Schüssel, trat zurück und winkte ihn zum Waschtisch, auf dessen abgenutztem Holz ein Handtuch und ein vielbenutztes Stück Seife lagen.

»Ich hole uns etwas zu trinken, ja?« Und mit diesen Worten war sie fort, und ihre nackten Füße trippelten geschäftig die Treppe hinunter.

Er begann mechanisch, sich zu entkleiden. Er blinzelte die Waschschüssel verständnislos an, doch dann fiel ihm ein, dass in den besseren Häusern manchmal von einem Mann verlangt wurde, sich erst zu waschen. Diese Sitte war ihm bereits einmal untergekommen, doch bei dieser Gelegenheit hatte die Hure die Waschung für ihn vorgenommen – und ihn mit der Seife so wirkungsvoll geknetet, dass das erste Aufeinandertreffen bereits in der Schüssel geendet hatte.

Bei dieser Erinnerung stieg ihm erneut die Röte ins Gesicht, und er riss so heftig an seinem Hosenlatz, dass ihm ein Knopf abplatzte. Sein gesamter Körper pulsierte immer noch schmerzhaft, doch das Gefühl begann jetzt, sich an einer Stelle zu konzentrieren.

Er konnte die Hände nicht ruhig halten und fluchte leise, denn seine aufgeschürfte Haut erinnerte ihn erneut an seinen überstürzten Aufbruch aus dem Haus seines Vaters. Nein, verdammt, *nicht* dem Haus seines Vaters. Lord Johns Haus.

»Du verdammter *Bastard*!«, murmelte er. »Du hast es gewusst. Du hast es die ganze Zeit gewusst!« Das versetzte ihn beinahe noch mehr in Wut als die erschütternde Enthüllung, wer sein Vater *war* – dass sein Stiefvater, den er geliebt hatte, dem er mehr als jedem anderen Menschen vertraut hatte … dass ihn der verdammte Lord John Grey sein Leben lang angelogen hatte!

Alle hatten ihn angelogen.

Alle.

Er fühlte sich plötzlich, als sei er in eine Kruste aus gefrorenem Schnee eingebrochen und darunter geradewegs in einen unvermuteten Fluss gestürzt. Als sei er unter dem Eis in die schwarze Atemlosigkeit gerissen worden, hilflos und stumm, während die ungezügelte Kälte sein Herz umklammerte.

Hinter ihm ertönte ein leises Geräusch, und er fuhr instinktiv herum, doch erst beim Anblick der erschütterten Hure begriff er, dass er hemmungslos weinte. Die Tränen liefen ihm über das Gesicht, und sein feuchter, halb versteifter Schwanz hing ihm aus der Hose.

»Verschwindet«, krächzte er, während er hektisch versuchte, seine Kleider wieder zu ordnen.

Statt zu verschwinden, kam sie auf ihn zu, eine Karaffe in der einen und zwei Zinnbecher in der anderen Hand.

»Fehlt Euch etwas?«, fragte sie und sah ihn von der Seite an. »Kommt, ich schenke Euch etwas ein. Ihr könnt es mir doch erzählen.«

»Nein!«

Sie kam auf ihn zu, jedoch langsamer. Durch seine tränennassen Augen sah er ihren Mund zucken, als sie seinen Schwanz sah.

»Das Wasser war für Eure armen Hände gedacht«, sagte sie und gab sich sichtlich Mühe, nicht zu lachen. »Ich muss aber zugeben, dass Ihr ein echter Gentleman seid.«

»Das bin ich nicht!«

Sie blinzelte.

»Ist es etwa eine Beleidigung, Euch so zu nennen?«

Überwältigt vor Wut, hieb er blind um sich und schlug ihr die Karaffe aus der Hand. Sie zerbarst in tausend Scherben, und es regnete billigen Wein. Sie schrie auf, als das Rot ihren Unterrock durchtränkte.

»*Bastard!*«, kreischte sie, dann holte sie aus und warf ihm die Becher an den Kopf. Sie traf jedoch nicht, und die Zinngefäße fielen scheppernd zu Boden und rollten davon. Sie war im Begriff, sich der Tür zuzuwenden, und rief »Ned! Ned!«, als er auf sie zustürmte und sie abfing.

Er wollte doch nur, dass sie aufhörte zu kreischen, wollte doch nur verhindern, dass sie die männliche Aufsicht des Hauses herbeirief. Er legte ihr die Hand auf den Mund, riss sie von der Tür zurück und versuchte mit der anderen Hand, ihre rudernden Arme unter Kontrolle zu bringen.

»Tut mir leid, tut mir leid«, sagte er immer wieder. »Ich wollte nicht … ich will nicht … oh, *verdammt*!« Sie hatte ihn abrupt mit dem Ellbogen an der Nase erwischt, und er ließ sie fahren und hob die Hand an sein Gesicht. Das Blut tropfte ihm zwischen den Fingern hindurch.

Ihr Gesicht hatte dort, wo er sie festgehalten hatte, einen roten Abdruck, und ihr Blick war wild. Sie wich zurück und rieb sich mit dem Handrücken über den Mund.

»Fort … mit Euch!«, keuchte sie.

Das ließ er sich nicht zweimal sagen. Er rauschte an ihr vorbei, schob sich an einem kräftigen Kerl vorbei, der die Treppe hinaufgerannt kam, und lief auf die Gasse hinaus. Erst als er die Straße erreichte, begriff er, dass er in Hemdsärmeln war, weil er Rock und Weste zurückgelassen hatte, und dass sein Hosenlatz offen stand.

»Ellesmere!«, sagte eine entsetzte Stimme. Er blickte entgeistert auf und stellte fest, dass er den Mittelpunkt der Aufmerksamkeit einer Gruppe von englischen Offizieren bildete, unter ihnen Alexander Lindsay, der Graf von Balcarres.

»Guter Gott, Ellesmere, was ist denn passiert?« Sandy war sein Freund, und er war bereits dabei, sich ein großes, schneeweißes Taschentuch aus dem Ärmel zu ziehen. Das drückte er William vor die Nase, kniff ihm die Nasenlöcher zu und bestand darauf, dass er den Kopf in den Nacken legte.

»Hat man Euch etwa aufgelauert und Euch ausgeraubt?«, wollte einer der anderen wissen. »Gott! Diese grässliche Stadt!«

Ihre Gegenwart tröstete ihn – und brachte ihn gleichzeitig furchtbar in Verlegenheit. Er war schließlich keiner der Ihren mehr.

»War es so? Ein Überfall?«, sagte der Nächste und sah sich kampflustig um. »Wir finden die Bastarde, die das getan haben, bei meiner Ehre, wir finden sie! Wir holen Euch Euer Eigentum zurück und erteilen ihnen eine Lehre.«

Das Blut lief ihm durch die Kehle; es schmeckte scharf nach Eisen, und er hustete, bemühte sich jedoch nach Kräften, gleichzeitig zu nicken und mit den Achseln zu zucken. Man *hatte* ihn beraubt. Doch das, was er heute verloren hatte, würde ihm niemand je zurückgeben.

6

UNTER MEINEM SCHUTZ

Die Glocke der Presbyterianerkirche, die zwei Häuserblocks entfernt war, schlug halb elf, und mein Magen ließ ein Echo ertönen und erinnerte mich daran, dass ich im Strudel der Ereignisse noch nicht gefrühstückt hatte.

Jenny hatte zwar mit Marsali und den Kindern einen Happen gegessen, erklärte aber, ein Ei würde sie wohl noch bezwingen, falls es eines gäbe, also schickte ich Mrs. Figg in die Küche, um nachzusehen, und innerhalb von zwanzig Minuten schwelgten wir – ganz zivilisiert – in weich gekochten Eiern, Bratkartoffeln mit Truthahnresten und Pfannkuchen mit Butter und Honig – etwas, was Jenny noch nie gesehen hatte und begeistert aufnahm.

»Sieh nur, wie sie den Honig aufsaugen!«, rief sie und drückte mit der Gabel auf den Pfannkuchen, um ihn dann wieder loszulassen. »Ganz anders als unser Fladenbrot!« Sie sah sich um, dann beugte sie sich zu mir hinüber und senkte die Stimme. »Meinst du, die Köchin zeigt mir, wie es geht, wenn ich sie frage?«

Sie wurde durch ein schüchternes Klopfen an der beschädigten Haustür unterbrochen, und als ich mich umdrehte, wurde die geborstene Tür aufgedrückt, und ein langer Schatten fiel über den bemalten Leinenteppich, dicht gefolgt von seinem Besitzer. Ein junger britischer Subalternoffizier blickte in den Salon, sichtlich bestürzt über das Trümmerfeld im Foyer.

»Oberstleutnant Grey?«, fragte er hoffnungsvoll und ließ den Blick zwischen mir und Jenny hin und her schweifen.

»Seine Lordschaft ist gerade nicht hier«, sagte ich um einen selbstbewussten Ton bemüht. Ich fragte mich, wie oft ich das wohl noch würde sagen müssen – und zu wem.

»Oh.« Der junge Mann sah jetzt noch bestürzter aus. »Könnt Ihr mir sagen, wo er ist, Ma'am? Oberst Graves hat ihm heute Morgen eine Nachricht geschickt und Oberstleutnant Grey gebeten, sich sofort bei General Clinton einzufinden, und der General war doch, äh … sehr verwundert, warum der Oberstleutnant noch nicht eingetroffen war.«

»Ah«, sagte ich mit einem Seitenblick auf Jenny. »Nun ja. Seine Lordschaft wurde leider in einer dringlichen Angelegenheit fortgerufen, bevor er die Nachricht des Generals erhalten hat.« Das musste das Papier gewesen sein, das John Sekunden vor Jamies dramatischem Wiederauftauchen aus dem feuchten Grab erhalten hatte. Er hatte zwar einen Blick darauf geworfen, es dann aber ungelesen in seine Hosentasche geschoben.

Der Soldat stieß einen leisen Seufzer aus, blieb aber unverzagt.

»Ja, Ma'am. Wenn Ihr mir einfach sagt, wo Seine Lordschaft ist, gehe ich ihn dort holen. Ich kann auf keinen Fall ohne ihn zurückkommen.« Er warf mir einen leidenden Blick zu, wenn auch mit dem Hauch eines bezaubernden Lächelns. Ich erwiderte das Lächeln mit einem leisen Anflug von Panik in meinem Bauch.

»Es tut mir so leid, aber ich weiß wirklich nicht, wo er sich gerade befindet«, sagte ich und stand auf, weil ich hoffte, ihn so zur Tür zurückzutreiben.

»Nun, Ma'am, wenn Ihr mir einfach nur sagt, wohin er unterwegs war, werde ich dorthin gehen und mich weiter durchfragen«, sagte er und blieb unbeirrt stehen.

»Er hat es mir nicht gesagt.« Ich trat einen Schritt auf ihn zu, doch er wich nicht von der Stelle. Das wurde allmählich so absurd, dass es schon wieder ernst war. Ich war General Clinton vor ein paar Wochen kurz beim Mischianza-Ball begegnet – Gott, war das wirklich nur Wochen her? Es schienen mir Ewigkeiten zu sein –, und er hatte sich mir gegenüber zwar höflich gezeigt, doch ich glaubte nicht, dass er ein *nolle prosequi* meinerseits mit Wohlwollen aufnehmen würde. Generäle neigten dazu, eine hohe Meinung von ihrer eigenen Bedeutung zu hegen.

»Ihr wisst doch, dass Seine Lordschaft kein gültiges Offizierspatent besitzt?«, sagte ich in der schwachen Hoffnung, den jungen Mann abzuwiegeln. Er zog ein überraschtes Gesicht.

»Doch, das tut er, Ma'am. Der General hatte seinem Brief heute Morgen die Benachrichtigung beigefügt.«

»Was? Das kann er doch nicht machen – äh, oder?«, fragte ich, und ein dumpfes Gefühl kroch mir plötzlich über den Rücken.

»Was denn, Ma'am?«

»Seiner – Seiner Lordschaft einfach mitteilen, dass sein Patent reaktiviert wurde?«

»Oh, nein, Ma'am«, versicherte er mir. »Der Oberst seines Regiments hat ihn wieder in den Dienst gerufen. Der Herzog von Pardloe.«

»Jesus H. Roosevelt Christ«, sagte ich und setzte mich. Jenny schnappte nach ihrer Serviette, um etwas zu ersticken, was eindeutig ein Lachen war; es war fünfundzwanzig Jahre her, dass sie mich das zuletzt hatte sagen hören. Ich warf ihr einen Blick zu, doch dies war nicht der richtige Zeitpunkt, um in Erinnerungen zu schwelgen.

»Also schön«, sagte ich wieder an den jungen Mann gewandt und holte tief Luft. »Ich werde Euch besser zum General begleiten.« Ich erhob mich wieder, und erst jetzt begriff ich, dass ich nichts weiter trug als ein Hemd und einen Morgenmantel.

»Ich helfe dir beim Ankleiden«, sagte Jenny und erhob sich eilig. Sie warf dem Soldaten ein freundliches Lächeln zu und deutete auf den Tisch, der jetzt mit Toast, Marmelade und einer dampfenden Schüssel Heringe gedeckt war. »Esst doch einen Bissen, während Ihr wartet, Junge. Es wäre schade um das gute Essen.«

JENNY STECKTE DEN KOPF IN DEN FLUR HINAUS und lauschte, doch unten deuteten das leise Klappern einer Gabel auf Porzellan und Mrs. Figgs Stimme darauf hin, dass der Soldat ihren Vorschlag angenommen hatte. Leise schloss sie die Tür.

»Ich gehe mit dir«, sagte sie. »Die ganze Stadt ist voller Soldaten; du solltest nicht allein gehen.«

»Mir wird schon nichts …«, fing ich an, hielt dann aber unsicher inne. Die meisten britischen Offiziere in Philadelphia kannten mich zwar als Lady John Grey, doch das bedeutete ja nicht, dass die normalen Soldaten dieses Wissen und den normalerweise daraus folgenden Respekt auch teilten. Hinzu kam, dass ich mir wie eine Betrügerin vorkam, doch das tat nichts zur Sache, denn man sah es mir ja nicht an.

»Danke«, sagte ich abrupt. »Ich nehme dich gern mit.« So unsicher, wie ich mir in jeder Hinsicht war – abgesehen allein von meiner Überzeugung, dass Jamie kommen würde –, war ich für ein wenig moralische Unterstützung wirklich dankbar. Allerdings fragte ich mich, ob ich Jenny wohl ermahnen musste, umsichtig zu sein, wenn ich mit General Clinton sprach.

»Ich werde selbst kein Wort sagen«, versicherte sie mir und ächzte leise, während sie mir das Korsett zuzog. »Meinst du, du solltest ihm sagen, was mit Lord John passiert ist?«

»Nein, definitiv nicht«, sagte ich und atmete heftig aus. »Das ist … fest genug.«

»Mm.« Sie war bereits halb im Schrank verschwunden und sah meine Kleider durch. »Was ist mit diesem hier? Es hat einen tiefen Ausschnitt, und du hast immer noch einen schönen Busen.«

»Ich will den Mann doch nicht verführen!«

»Oh doch, das willst du«, sagte sie völlig ungerührt. »Oder ihn zumindest ablenken. Falls du nicht vorhast, ihm die Wahrheit zu sagen, meine ich.« Sie zog die Augenbraue hoch. »Wenn ich ein britischer General wäre und mitgeteilt bekäme, dass mein Oberst von einem großen bösen Highlander entführt worden ist, wäre ich, glaube ich, nicht begeistert.«

Dieser Argumentation hatte ich nichts entgegenzusetzen und wand mich mit einem kurzen Achselzucken in das bernsteinfarbene Seidengewand mit den sahnefarbigen Biesen und den kleinen Rüschen in derselben Farbe an den Kanten des Mieders.

»Oh, aye, das ist gut«, sagte Jenny, nachdem sie das Mieder zugeschnürt hatte, und trat einen Schritt zurück, um die Wirkung beifällig zu betrachten. »Die Einfassung hat fast die Farbe deiner Haut, dadurch sieht der Ausschnitt noch tiefer aus.«

»Man könnte meinen, dass du die letzten dreißig Jahre entweder als Besitzerin eines Modesalons oder eines Bordells verbracht hast, nicht auf einer Farm«, sagte ich, denn die Nervosität machte mich gereizt. Sie prustete.

»Ich habe drei Töchter und neun Enkeltöchter und auf Ians Seite sechzehn Nichten und Großnichten. Das ist oft ziemlich ähnlich.«

Das brachte mich zum Lachen, und sie grinste mich an. Im nächsten Moment kämpfte ich mit den Tränen und sie ebenfalls – denn plötzlich kam uns der Gedanke an die, die wir verloren hatten, an Brianna und Ian –, und wir nahmen uns fest in die Arme, um nicht von der Trauer überwältigt zu werden.

»Ist ja gut«, flüsterte sie und drückte mich fest. »Du hast deine Tochter nicht verloren. Sie lebt doch noch. Und Ian ist bei mir. Er wird nie von meiner Seite gehen.«

»Ich weiß«, sagte ich tränenerstickt. »Ich weiß.« Ich ließ sie los, richtete mich auf und wischte mir schluchzend mit dem Finger die Tränen ab. »Hast du ein Taschentuch?«

Sie hatte zwar sogar eins in der Hand, griff aber in die Tasche an ihrer Taille und zog ein anderes, frisch gewaschenes und zusammengefaltetes Taschentuch hervor, das sie mir reichte.

»Ich bin Oma«, sagte sie und putzte sich kräftig die Nase. »Ich habe *immer* ein Taschentuch übrig. Oder drei. Also, was machen wir mit deinen Haaren? So kannst du unmöglich auf die Straße gehen.«

Bis wir mein Haar einigermaßen zur Ordnung gebracht, in ein Netz gezwängt und anständig unter einem breitkrempigen Strohhut festgesteckt hatten, hatte ich zumindest eine grobe Ahnung, was ich General Clinton erzählen würde. *Immer so dicht wie möglich bei der Wahrheit bleiben.* Das war das erste Prinzip der erfolgreichen Lüge, auch wenn es schon einige Zeit her war, dass ich es zuletzt hatte anwenden müssen.

Nun denn. Es war ein Bote für Lord John gekommen – das stimmte – und hatte einen Brief überbracht … dito. Ich hatte keine Ahnung, was in dem Brief stand – die reine Wahrheit. Daraufhin hatte Lord John mit dem Boten das Haus verlassen, ohne mir jedoch zu sagen, wohin sie wollten. Im Prinzip ebenfalls wahr, abgesehen von der einen Abweichung, dass es ein anderer Bote gewesen war. Nein, ich hatte nicht gesehen, in welche Richtung sie gegangen waren; nein, ich wusste nicht, ob sie zu Fuß gegangen oder geritten waren – Lord Johns Pferd war in Davisons Mietstall an der Walnut Street einquartiert, zwei Häuserblocks entfernt.

Das klang gut. Falls General Clinton Erkundigungen einholte, war ich mir hinreichend sicher, dass er das Pferd in seinem Stall vorfinden und daraus schließen würde, dass sich Lord John irgendwo in der Stadt aufhielt. Außerdem würde er wahrscheinlich das Interesse an mir als Informationsquelle verlieren und Soldaten zu den Orten schicken, die ein Mann wie Lord John vermutlich aufsuchen mochte.

Und mit einem winzigen bisschen Glück würde Lord John wieder da sein, bis der General die Möglichkeiten erschöpft hatte, die sich in Philadelphia boten, und dann konnte er seine verdammten Fragen selbst beantworten.

»Und was ist mit Jamie?«, fragte Jenny, die plötzlich ein wenig nervös aussah. »Er wird doch wohl nicht in die Stadt zurückkommen?«

»Ich hoffe nicht.« Ich bekam kaum Luft, und das nicht nur wegen des engen Schnürmieders. Ich konnte mein Herz gegen das Korsettgitter trommeln spüren.

Jenny musterte mich mit zusammengekniffenen Augen und schüttelte den Kopf.

»Nein, das stimmt nicht«, sagte sie. »Du glaubst, dass er geradewegs hierherkommen wird. Zu dir. Und du hast recht. Das wird er.« Sie überlegte noch einen Moment und runzelte die Stirn. »Am besten bleibe ich hier«, sagte sie abrupt. »Falls er zurückkommt, während du beim General bist, muss er ja wissen, wie der Stand der Dinge ist. Und ich traue der Köchin zu, dass sie mit einer Toastgabel auf ihn losgeht, falls er unangekündigt in ihrer Tür auftaucht.«

Ich lachte, denn ich konnte mir nur zu gut vorstellen, wie Mrs. Figg auf das plötzliche Auftauchen eines Highlanders in ihrem Reich reagieren würde.

»Außerdem«, fügte sie hinzu, »muss irgendjemand hier aufräumen, und darin habe ich ebenfalls *reichlich* Übung.«

DER JUNGE SOLDAT reagierte erleichtert auf mein etwas verzögertes Erscheinen, und wenn er mich auch nicht am Arm packte und mich über den Bordstein zerrte, so bot er mir doch seinerseits den Arm an und stiefelte dann derart zügig los, dass ich beinahe zum Laufschritt gezwungen war, um mit ihm mitzuhalten. Es war nicht weit bis zu dem Haus, in dem Clinton sein Hauptquartier aufgeschlagen hatte, doch der Tag war warm, und ich traf verschwitzt und keuchend dort ein. Haarsträhnen, die unter meinem Strohhut entwischt waren, klebten mir an Hals und Wangen, und der Schweiß glitt mir in langsamen Serpentinen unter dem Mieder entlang.

Meine Eskorte übergab mich – mit einem unüberhörbaren Seufzer der Erleichterung – an einen anderen Soldaten im Inneren des geräumigen, mit Parkett ausgelegten Foyers, und ich hatte kurz Zeit, mir den Staub aus den Röcken zu schütteln, den Hut gerade zu rücken und wieder festzustecken und mir diskret mit einem damenhaften Spitzentaschentuch über Gesicht und Hals zu tupfen. Das beschäftigte mich so sehr, dass es einen Moment dauerte, bis ich den Mann erkannte, der auf der anderen Seite des Foyers auf einem der kleinen vergoldeten Stühle saß.

»Lady John«, sagte er und stand auf. »Euer Diener, Ma'am.« Er lächelte schwach, obwohl es seinen Augen nicht einen Hauch von Wärme verlieh.

»Hauptmann Richardson«, sagte ich tonlos. »Wie schön.« Ich hielt ihm nicht die Hand entgegen, und er verneigte sich nicht. Es war sinnlos, auch nur zu versuchen, so zu tun, als seien wir irgendetwas anderes als Feinde – und zwar keine besonders herzlichen. Er hatte meine überstürzte Heirat mit Lord John herbeigeführt, indem er sich bei John erkundigte, ob dieser irgendein persönliches Interesse an mir habe, da er, Richardson, vorhabe, mich auf der Stelle wegen Spionage und Verbreitung aufrührerischen Materials verhaften zu lassen. Beide Anklagen entsprachen vollkommen der Wahrheit, und auch wenn John dies vielleicht nicht wusste, so nahm er Richardson doch bezüglich seiner Absichten beim Wort, teilte ihm höflich mit, dass keinerlei persönliches Interesse bestünde – ebenfalls durchaus wahr –, und zwei Stunden später stand ich vor Schreck und Schmerz benommen in seinem Salon und erwiderte mechanisch »Ja, ich will« auf Fragen, die ich weder hörte noch verstand.

Damals kannte ich Richardson kaum dem Namen nach, geschweige denn persönlich. John hatte mich ihm – mit kalter Formalität – vorgestellt, als Richardson bei der Mischianza auf uns zukam, dem großen Ball, den die Loyalistenfrauen Philadelphias einen Monat zuvor für die britischen Offiziere gegeben hatten. Erst *da* hatte er mir von Richardsons Drohungen erzählt und mich knapp ermahnt, dem Mann aus dem Weg zu gehen.

»Wartet Ihr darauf, zu General Clinton vorgelassen zu werden?«, erkundigte ich mich höflich. Sollte es so sein, so erwägte ich schon, mich in aller Stille zur Hintertür hinauszustehlen, während er mit dem General beschäftigt war.

»So ist es«, erwiderte er und fügte großzügig hinzu, »doch ich lasse Euch natürlich vor, Lady John. Meine Angelegenheit kann warten.«

Das klang ein wenig unheimlich, doch nach einem unverbindlichen »Hm« neigte ich nur höflich den Kopf.

So wie sich eine Magenverstimmung ankündigt, dämmerte mir, dass meine Position gegenüber der britischen Armee im Allgemeinen und Hauptmann Richardson im Besonderen kurz davorstand, in völlig neuem Licht zu erscheinen. Sobald es sich herumsprach, dass Jamie nicht tot war – war ich nicht länger Lady John Grey. Ich war wieder Mrs. James Fraser, und das war zwar ein Anlass zu ekstatischer Freude, doch es raubte Hauptmann Richardson auch jeden Grund, seine niederen Instinkte zu beherrschen.

Bevor mir etwas Nützliches einfiel, das ich zu ihm sagen konnte, erschien ein schlaksiger junger Leutnant, um mich zum General zu führen. Der große Salon, den man in Clintons Hauptbüro umgewandelt hatte, befand sich in einem Zustand organisierter Unordnung. Eine Wand war mit Verpackungskisten gesäumt; nackte Fahnenstangen waren zusammengebunden wie ein Bündel Kienscheite, während ein Korporal am Fenster die Banner, die normalerweise daran befestigt waren, energisch zu ordentlichen Päckchen zusammenfaltete. Ich hatte gehört – wahrscheinlich hatte es die ganze Stadt gehört –, dass sich die britische Armee aus Philadelphia zurückzog. Offenbar tat sie das mit beträchtlicher Hast.

Mehrere andere Offiziere waren damit beschäftigt, Dinge herein- und hinauszutragen, doch zwei Männer hatten sich niedergesetzt, auf jeder Seite des Schreibtischs einer.

»Lady John«, sagte Clinton, der zwar überrascht aussah, sich aber vom Schreibtisch erhob und zu mir kam, um sich über meine Hand zu beugen. »Euer gehorsamster Diener, Ma'am.«

»Guten Tag, Sir«, sagte ich. Mein Herz hatte ohnehin schon schnell geschlagen; es beschleunigte sich noch beim Anblick des anderen Mannes, der sich von seinem Stuhl erhoben hatte und jetzt dicht hinter dem General stand. Er war in Uniform und sah extrem vertraut aus, doch ich war mir sicher, dass ich ihn noch nie gesehen hatte. Wer …?

»Ich bedaure sehr, Euch gestört zu haben, Lady John. Ich hatte gehofft, Euren Gemahl zu überraschen«, sagte der General unterdessen. »Doch wie ich höre, ist er nicht zu Hause?«

»Äh … nein. Das ist er nicht.« Der Fremde – ein Infanterieoberst, obwohl auf seiner Uniform noch mehr Goldlitze zu glänzen schien als üblich – zog bei diesen Worten die Augenbraue hoch. Angesichts der plötzlichen Vertrautheit dieser Geste wurde mir leise schwindelig.

»Ihr seid ein Verwandter von Lord John Grey«, platzte ich heraus und starrte ihn an. Das musste es sein. Der Mann trug sein eigenes Haar, genau wie John, obwohl das seine unter dem Puder dunkel war. Sein Kopf war genauso geformt wie Johns – fein gemeißelt und schmal –, und das Gleiche galt für die Haltung seiner Schultern. Auch im Gesicht ähnelte er John, doch das seine war vom Wetter gezeichnet und eingefallen, vom langen Heeresdienst und der Anstrengung seiner Führungsposition zerfurcht. Ich brauchte die Uniform nicht, um zu sehen, dass er schon sein Leben lang Soldat war.

Er lächelte, und sein Gesicht war plötzlich wie verwandelt. Johns Charme besaß er anscheinend auch.

»Sehr scharfsinnig von Euch, Madam«, sagte er, während er vortrat, dem General elegant meine erschlaffte Hand abnahm und nach kontinentaler Sitte einen kurzen Kuss darauf drückte, ehe er sich aufrichtete und mich neugierig betrachtete.

»General Clinton teilt mir mit, dass Ihr die Gattin meines Bruders seid.«

»Oh«, sagte ich und versuchte verzweifelt, mich zu sammeln. »Dann müsst Ihr Hal sein! Äh … bitte um Verzeihung. Ich meine, Ihr seid der … es tut mir leid, ich weiß, dass Ihr ein Herzog seid, aber ich erinnere mich leider nicht an Euren Titel, Durchlaucht.«

»Pardloe«, sagte er. Er hielt immer noch meine Hand fest und lächelte mich an. »Aber mein Vorname *ist* Harold, Ihr könnt ihn gern benutzen. Willkommen in der Familie, meine Liebe. Ich hatte keine Ahnung, dass John geheiratet hatte. Ist es richtig, dass das Ereignis erst vor Kurzem stattgefunden hat?« Seine Worte waren ausgesprochen herzlich, doch ich war mir der gebannten Neugier hinter seinen guten Manieren bewusst.

»Ah«, sagte ich unverbindlich. »Ja, vor ganz Kurzem.« Ich war gar nicht auf die Idee gekommen, mich zu fragen, ob John seiner Familie geschrieben hatte, um ihr von mir zu erzählen, und falls ja, konnten sie den Brief doch gerade erst erhalten haben. Ich wusste ja nicht einmal, wer die Mitglieder seiner Familie waren – wobei ich allerdings von Hal gehört hatte, der schließlich der Vater von Johns Neffen war, welcher …

»Oh, natürlich, Ihr seid hier, um Henry zu besuchen!«, rief ich aus. »Er wird sich so freuen, Euch zu sehen! Seine Genesung verläuft sehr gut«, versicherte ich ihm.

»Ich habe Henry schon besucht«, versicherte mir der Herzog seinerseits. »Er spricht mit der größten Bewunderung von der Kunstfertigkeit, mit der Ihr ihm Teile seiner Eingeweide entfernt und die Überbleibsel wieder verbunden habt. Doch sosehr ich auch darauf gebrannt habe, meinen Sohn zu sehen – und meine Tochter …« Seine Lippen pressten sich einen Moment aufeinander; anscheinend hatte Dottie ihre Eltern von ihrer Verlobung unterrichtet. »Und so entzückt ich natürlich sein werde, meinen Bruder wiederzusehen, ist es aber tatsächlich meine Dienstpflicht, die mich nach Amerika gerufen hat. Mein Regiment ist gerade in New York gelandet.«

»Oh«, sagte ich. »Äh … wie schön.« John hatte eindeutig nichts davon gewusst, dass sein Bruder kommen würde, von seinem Regiment ganz zu schweigen. Dumpf regte sich der Gedanke, dass ich den beiden Fragen stellen und so viel wie möglich über die Pläne des Generals herausfinden sollte, doch dies schien weder der Zeitpunkt noch der Ort dafür zu sein.

Der General hüstelte höflich.

»Lady John – ist Euch zufällig bekannt, wo sich Euer Gatte im Moment befindet?«

Der Schreck über die Begegnung mit Herzog Harold von Pardloe hatte mir den Grund für meine Anwesenheit vollständig aus dem Kopf gefegt, doch diese Frage brachte ihn mir mit einem Schlag wieder zu Bewusstsein.

»Nein, das weiß ich leider nicht«, sagte ich, so ruhig es ging. »Ich habe es Eurem Korporal doch schon gesagt. Heute Morgen kam ein Bote mit einer Nachricht, und Lord John ist mit ihm aus dem Haus gegangen. Allerdings hat er nicht gesagt, wohin er ging.«

Der General presste kurz die Lippen aufeinander.

»Bei allem Respekt«, sagte er immer noch höflich. »Das ist nicht wahr. Oberst Graves hat den Boten zu Euch geschickt, mit einer Nachricht, die ihn von seinem neuen Patent in Kenntnis setzte und ihn anwies, sofort hierherzukommen. Das hat er nicht getan.«

»Oh«, sagte ich, und es klang so leer wie ich mich fühlte. Unter den Umständen schien nichts dagegenzusprechen, mir das anmerken zu lassen, und so ließ ich es zu. »Oje. Wenn das so ist… Er ist aber mit irgendjemandem gegangen.«

»Aber Ihr wisst nicht, mit wem?«

»Ich habe ihn nicht gehen sehen«, sagte ich und wich der Frage zielsicher aus. »Leider hat er mir nicht ausrichten lassen, wohin er unterwegs war.«

Clinton zog seine kräftige schwarze Augenbraue hoch und warf Pardloe einen Blick zu.

»In diesem Fall wird er wohl bald wieder da sein«, sagte der Herzog achselzuckend. »Es ist ja schließlich nicht dringend.«

General Clinton sah zwar so aus, als teile er diese Meinung durchaus nicht, musterte mich jedoch nur noch kurz und sagte nichts mehr. Allerdings hatte er eindeutig keine Zeit zu verschwenden, und mit einer höflichen Verbeugung wünschte er mir einen guten Tag.

Ich machte mich hastig davon, nachdem ich dem Herzog mit den nötigsten Worten versichert hatte, dass es mir eine Freude sei, ihn kennengelernt zu haben, und wohin ihm sein Bruder denn eine Nachricht schicken könnte…?

»Ich wohne im King's Arms«, sagte Pardloe. »Soll ich…«

»Nein, nein«, sagte ich eilig, um seinem Angebot zuvorzukommen, mich nach Hause zu begleiten. »Ich komme schon zurecht. Danke, Sir…« Ich verneigte mich vor dem General, dann vor Hal und hielt mit wirbelnden Röcken – und Gefühlen – auf die Tür zu.

Hauptmann Richardson war nicht mehr im Foyer, doch ich hatte keine Zeit, mich zu fragen, wohin er gegangen war. Ich nickte dem Soldaten an der Tür mit einem raschen Lächeln zu, und dann war ich draußen an der frischen Luft und atmete, als sei ich gerade aus einer Taucherkugel gestiegen.

Und jetzt?, fragte ich mich, während ich zwei kleinen Jungen auswich, die einen Reifen über die Straße rollen ließen, bis er den Soldaten vor die Beine prallte, die Pakete und Möbelstücke zu einem großen Wagen trugen. Sie mussten zu einem von Clintons Offizieren gehören, da die Soldaten sie gewähren ließen.

John hatte ziemlich oft von seinem Bruder gesprochen und dabei auch Hals Neigung zur rücksichtslosen Willkür erwähnt. Alles, was uns in der gegenwärtigen Lage noch fehlte, war, dass sich ein vorwitziger Wichtigtuer mit Autoritätsgelüsten einmischte. Ich fragte mich kurz, ob sich William wohl gut mit seinem Onkel verstand; falls ja, konnte Hal vielleicht abgelenkt werden und sich nützlich machen, indem er ihn zur Vernunft … Nein, nein, natürlich nicht. Hal durfte nichts von Jamie wissen – zumindest noch nicht –, und er würde keine zwei Worte mit Willie wechseln können, ohne es herauszufinden … vorausgesetzt, William redete überhaupt darüber, aber das …

»Lady John.« Eine Stimme hinter meinem Rücken ließ mich innehalten, zwar nur kurz, aber lange genug, um es dem Herzog von Pardloe zu ermöglichen, mich einzuholen. Er nahm mich beim Arm, so dass ich stehen bleiben musste.

»Ihr seid eine sehr schlechte Lügnerin«, stellte er mit Interesse fest. »Aber in Bezug worauf habt Ihr gelogen, frage ich mich.«

»Wenn man mich vorwarnt, kann ich es etwas besser«, giftete ich. »Allerdings lüge ich im Moment doch gar nicht.«

Das brachte ihn zum Lachen. Er beugte sich dichter zu mir herüber und betrachtete mein Gesicht aus nächster Nähe. Seine Augen waren blassblau wie Johns, doch die dunkle Färbung seiner Augenbrauen und Wimpern verlieh ihnen etwas besonders Durchdringendes.

»Vielleicht«, sagte er immer noch mit amüsierter Miene. »Aber selbst wenn Ihr nicht lügt, erzählt Ihr mir noch lange nicht alles, was Ihr wisst.«

»Ich bin ja auch gar nicht verpflichtet, Euch *irgendetwas* zu erzählen, was ich weiß«, sagte ich würdevoll und versuchte, meinen Arm zurückzubekommen. »Lasst mich los.«

Er ließ los, wenn auch widerstrebend.

»Ich bitte um Verzeihung, Lady John.«

»Gewiss doch«, sagte ich knapp und machte Anstalten, an ihm vorbeizugehen. Er reagierte blitzschnell und verstellte mir den Weg.

»Ich will wissen, wo mein Bruder ist«, sagte er.

»Das würde ich auch gern wissen«, erwiderte ich und versuchte, mich an ihm vorbeizuwinden.

»Wohin geht Ihr, wenn ich fragen darf?«

»Nach Hause.« Es fühlte sich immer noch merkwürdig an, Lord Johns Haus »Zuhause« zu nennen, und doch hatte ich kein anderes. *Oh doch*, sagte eine leise, klare Stimme in meinem Herzen. *Du hast Jamie*.

»Warum lächelt Ihr?«, fragte Pardloe, der verblüfft klang.

»Bei dem Gedanken daran, nach Hause zu kommen und diese Schuhe auszuziehen«, sagte ich und verkniff mir hastig das Lächeln. »Sie bringen mich um.«

Sein Mund zuckte ein wenig.

»Gestattet mir, Euch meine Sänfte zur Verfügung zu stellen, Lady John.«

»Oh nein, das ist doch wirklich nicht…« Doch er hatte bereits eine Holzpfeife aus seiner Tasche gezogen und stieß einen durchdringenden Ton aus, der zur Folge hatte, dass zwei kräftige, muskulöse Männer – die einander so ähnlich sahen, dass es nur Brüder sein konnten – um die Ecke getrabt kamen, die eine Sänfte zwischen sich trugen.

»Nein, nein, das ist doch wirklich nicht nötig«, protestierte ich. »Außerdem sagt John, dass Ihr Gicht habt, Ihr braucht die Sänfte doch selbst.«

Das gefiel ihm nicht; er kniff die Augen zusammen und verzog den Mund.

»Ich komme schon zurecht, Madam«, sagte er knapp, fasste mich wieder am Arm, zerrte mich zu der Sänfte und schob mich so abrupt hinein, dass mir der Hut in die Augen rutschte. »Die Dame steht unter meinem Schutz. Bringt sie zum King's Arms«, wies er Tweedle-dum und Tweedle-dee an und schloss die Tür. Und ehe ich »Schlagt ihm den Kopf ab!« sagen konnte, rumpelten wir im Eiltempo die Straße entlang.

Ich packte den Türgriff, um hinauszuspringen, selbst wenn ich dabei Schürfwunden und blaue Flecken riskierte, doch der Mistkerl hatte von außen den Stift zum Verschließen hindurchgeschoben, und ich konnte ihn von innen nicht erreichen. Ich brüllte den Sänftenträgern zu, sie sollten stehen bleiben, doch sie ignorierten mich und galoppierten über das Pflaster, als säße ihnen der Teufel im Nacken.

Keuchend und wütend lehnte ich mich zurück und riss mir den Hut vom Kopf. Was glaubte Pardloe, was er da tat? Johns Erzählungen und den Bemerkungen nach, die die Kinder des Herzogs über ihren Vater gemacht hatten, war mir klar, dass er es gewohnt war, seinen Kopf durchzusetzen.

»Na, *das* werden wir ja sehen«, brummte ich und steckte die lange, mit einer Perle verzierte Hutnadel in die Krempe. Das Netz, das mein Haar zusammengehalten hatte, hatte sich ebenfalls gelöst; ich stopfte es in den Hut und schüttelte mir das lose Haar über die Schultern.

Wir bogen in die Second Street ein, die mit Ziegeln gepflastert war, nicht mit Kopfsteinpflaster, und das Schaukeln ließ nach. Ich brauchte mich nicht mehr am Sitz festzuhalten und versuchte mein Glück mit dem Fenster. Wenn es mir gelang, es zu öffnen, konnte ich vielleicht den Stift erreichen, und selbst wenn die Tür dann aufflog und ich auf die Straße kippte, würde es den Machenschaften des Herzogs ein Ende setzen.

Das Fenster funktionierte mit einem Schiebemechanismus, hatte aber keinen Griff; die einzige Möglichkeit, es zu öffnen, war, die Fingerspitzen in eine flache Vertiefung an der einen Seite zu drücken und zu schieben. Ich versuchte gerade grimmig, dies zu tun, obwohl die Sänfte jetzt wieder heftig rumpelte, als ich hörte, wie die Stimme des Herzogs, der gerade den Trägern den Weg diktierte, röchelnd verstummte.

»An…halten. Ich… kann nicht…« Seine Worte verstummten, die Sänftenträger kamen unentschlossen zum Stehen, und ich presste mein Gesicht an das plötzlich bewegungslose Fenster. Der Herzog stand mitten auf der Straße, eine

Faust gegen seine Weste gepresst, und rang nach Luft. Sein Gesicht war tiefrot, doch seine Lippen waren blau angelaufen.

»Stellt mich ab und öffnet auf der Stelle diese verflixte Tür!«, brüllte ich durch das Fenster einem der Träger zu, der sich gerade mit besorgter Miene umsah. Sie gehorchten, und ich rauschte mit explodierenden Röcken aus der Tür, während ich mir die Hutnadel ins Mieder steckte. Vielleicht brauchte ich sie ja noch.

»Setzt Euch doch, zum Kuckuck«, befahl ich, als ich Pardloe erreichte. Er schüttelte zwar den Kopf, ließ sich aber von mir zu der Sänfte führen, wo ich ihn zwang, sich zu setzen, obwohl meine Genugtuung über diese Umkehrung der Verhältnisse durch die Angst gedämpft wurde, dass er in Lebensgefahr sein könnte.

Mein erster Gedanke – dass er einen Herzinfarkt hatte – war verschwunden, sobald ich ihn atmen hörte. Das Keuchen eines Menschen in den Klauen einer Asthma-Attacke war unverwechselbar, aber vorsichtshalber ergriff ich dennoch sein Handgelenk und zählte seinen Puls. Heftig, aber regelmäßig, und er schwitzte zwar, doch es war der normale warme Schweiß, der durch die Hitze verursacht wurde, nicht die plötzliche klamme Ausdünstung, die oft mit einem Myokardinfarkt einherging.

Ich berührte seine Faust, die sich immer noch in seinen Bauch grub.

»Habt Ihr hier Schmerzen?«

Er schüttelte den Kopf, hustete heftig und zog die Hand fort.

»Brauche… Pillendo…«, brachte er hervor, und ich sah, dass seine Weste eine kleine Tasche hatte, in die er zu greifen versucht hatte. Ich steckte zwei Finger hinein und zog eine kleine Emaildose hervor, in der sich ein verkorktes Fläschchen befand.

»Was… egal.« Ich zog den Korken heraus, roch daran und keuchte meinerseits auf, als mir plötzlich Ammoniakdämpfe in die Nase schossen.

»Nein«, sagte ich entschieden, während ich den Korken wieder in das Fläschchen schob und dieses mitsamt der Dose in meine Tasche steckte. »Das wird Euch nicht helfen. Spitzt die Lippen und pustet.« Seine Augen quollen ein wenig vor, doch er tat es; ich konnte die Luft sacht in meinem ebenfalls schweißbedeckten Gesicht spüren.

»Gut so. Jetzt entspannt Euch, *nicht* nach Luft schnappen, lasst sie einfach kommen. Pusten, bei vier. Eins… zwei… drei… vier. Einatmen bei zwei, gleicher Rhythmus… ja. Pusten bei vier, hereinlassen bei zwei… ja, gut so. Keine Sorge, Ihr werdet nicht ersticken, Ihr könnt es den ganzen Tag so machen.« Ich lächelte ihn ermutigend an, und er brachte ein Nicken zuwege. Ich stand auf und sah mich um; wir befanden uns auf der Walnut Street, und Petermans Wirtshaus war nicht mehr als einen Häuserblock von uns entfernt.

»Ihr da«, sagte ich zu einem der Sänftenträger, »lauft zum Wirtshaus und holt einen Krug starken Kaffee. Er bezahlt«, fügte ich mit einer Handbewegung in Richtung des Herzogs hinzu.

Allmählich zogen wir Publikum an. Ich sah mich argwöhnisch um; Dr. Hebdys

Räumlichkeiten waren nicht weit entfernt, womöglich kam er ja ins Freie und sah den Aufruhr, und das Allerletzte, was ich brauchte, war, dass dieser Scharlatan mit seiner Aderlassklinge hier auftauchte.

»Ihr habt Asthma«, sagte ich wieder an den Herzog gewendet. Ich kniete mich auf den Boden, so dass ich ihm ins Gesicht sehen konnte, während ich seinen Puls kontrollierte. Er war jetzt besser, merklich langsamer, obwohl ich glaubte, das merkwürdige Phänomen zu spüren, das man als »paradoxen Puls« bezeichnet und das man manchmal bei Asthmatikern beobachtet, bei denen der Herzschlag beim Ausatmen schneller und beim Einatmen langsamer wird. Nicht, dass ich Zweifel gehabt hätte. »Wusstet Ihr das?«

Er nickte, während er immer noch vorsichtig ausatmete.

»Ja«, brachte er kurz angebunden heraus, ehe er wieder einatmete.

»Seid Ihr damit schon beim Arzt gewesen?« Kopfnicken. »Und er hat tatsächlich Riechsalz dafür empfohlen?« Ich wies auf das Fläschchen in meiner Tasche. Er schüttelte den Kopf.

»Gegen … Ohnmacht«, brachte er heraus. »Hatte sonst … nichts.«

»Ah.« Ich legte ihm die Hand unter das Kinn und drückte seinen Kopf nach hinten, um seine Pupillen zu untersuchen, die völlig normal waren. Ich konnte spüren, wie der Krampf nachließ, und er spürte es ebenfalls; seine Schultern senkten sich allmählich, und der Blauton seiner Lippen war verschwunden. »Das dürft Ihr nicht benutzen, wenn Ihr einen Asthmaanfall habt; durch den Husten und die tränenden Augen wird alles nur schlimmer, weil sich dabei Schleim bildet.«

»Was steht ihr hier alle untätig herum? Lauf und hole den Arzt, Junge!«, hörte ich eine scharfe Frauenstimme hinter mir in der Menschenmenge sagen. Ich verzog das Gesicht, und der Herzog sah es; er zog fragend die Augenbrauen hoch.

»*Diesen* Arzt wollt Ihr bestimmt nicht, glaubt mir.« Ich erhob mich und überlegte, während ich mich der Menge zuwandte.

»Nein, wir brauchen keinen Arzt, vielen Dank«, sagte ich so charmant wie möglich. »Er hat nur eine Magenverstimmung – hat irgendetwas gegessen. Es geht ihm schon wieder gut.«

»Er sieht aber nicht besonders gut aus, Ma'am«, sagte eine andere Stimme skeptisch. »Ich glaube, wir holen besser den Arzt.«

»Lasst ihn doch verrecken!«, erscholl ein Ruf in den hinteren Reihen. »Verfluchter Rotrock!«

Bei diesen Worten lief ein seltsamer Schimmer durch die Menge, und ich spürte, wie mir die Angst den Magen verkrampfte. Sie hatten ihn zunächst nicht als britischen Soldaten betrachtet, sondern nur als Spektakel. Jetzt jedoch …

»Ich hole den Arzt, Lady John!« Zu meinem Entsetzen drängte sich jetzt Mr. Caulfield vor, ein prominenter Tory, der dabei großzügig Gebrauch von seinem Spazierstock mit dem Goldknauf machte. »Hinweg, Ungeziefer!«

Er bückte sich, um in die Sänfte zu schauen, und zog den Hut vor Hal.

»Euer Diener. Es ist gleich Hilfe da, das versichere ich Euch!«

Ich fasste ihn am Ärmel. Die Menge war Gott sei Dank geteilter Meinung. Es erklangen zwar Pfiffe und Beleidigungen, die sich gegen Pardloe und mich richteten, doch es wurde auch Widerspruch von Loyalisten laut (oder vielleicht auch nur vernünftigeren Köpfen, deren politische Philosophie ihnen nicht unbedingt befahl, einen kranken Mann auf der Straße zu attackieren), die argumentierten, protestierten – und ihrerseits nicht mit lautstarken Beleidigungen sparten.

»Nein, nein!«, sagte ich. »Lasst jemand anders den Arzt holen, bitte. Wir dürfen doch Seine Durchlaucht hier nicht ohne Schutz zurücklassen.«

»Seine Durchlaucht?« Caulfield kniff die Augen zu, zog sorgsam seinen goldgeränderten Zwicker aus einer kleinen Schatulle, setzte ihn auf und bückte sich erneut, um Pardloe anzusehen, der ihm würdevoll zunickte, während er gewissenhaft mit seiner Atemübung fortfuhr.

»Der Herzog von Pardloe«, sagte ich hastig, ohne Mr. Caulfields Ärmel loszulassen. »Durchlaucht, darf ich Euch Mr. Phineas Graham Caulfield vorstellen?« Ich winkte vage mit der Hand vom einen zum anderen, dann … erblickte ich den Sänftenträger, der mit einem Krug zurückgaloppiert kam, und rannte auf ihn zu, um ihn zu erwischen, bevor er in Hörweite der Menge kam.

»Danke«, sagte ich keuchend und riss ihm den Krug aus der Hand. »Wir müssen ihn fortschaffen, bevor die Leute wütend werden – noch wütender«, verbesserte ich beim Klang des scharfen *Krack!*, mit dem ein Kieselstein vom Dach der Sänfte abprallte. Mr. Caulfield duckte sich.

»Heda!«, rief der Sänftenträger, aufgebracht über diesen Angriff auf seinen Broterwerb. »Weg da!« Er hielt mit geballten Fäusten auf die Menge zu, und ich packte ihn mit der freien Hand bei den Rockschößen.

»Schafft ihn – *und* Eure Sänfte – fort!«, sagte ich so eindringlich wie möglich. »Bringt ihn nach … nach …« Nicht ins King's Arms; das Wirtshaus war eine bekannte Hochburg der Loyalisten und würde etwaige Verfolger nur noch mehr in Rage versetzen. Außerdem wollte ich auch nicht unter der Fuchtel des Herzogs stehen, wenn wir erst dort waren.

»Bringt uns zur Chestnut Street 17!«, sagte ich hastig, grub mit einer Hand in meiner Tasche, griff nach einer Münze und drückte sie ihm in die Hand. »Schnell!« Er hielt nicht inne, um zu überlegen, sondern nahm das Geldstück und hielt im Laufschritt auf die Sänfte zu, die Fäuste immer noch geballt, und ich trabte ihm nach, so schnell es meine roten Lederschühchen erlaubten, den Kaffee fest umklammert. Seine Nummer war auf ein Band gestickt, das er am Ärmel trug: neununddreißig.

Es hagelte jetzt Kiesel gegen die Wände der Sänfte, und der zweite Sänftenträger – Nummer vierzig – schlug danach, als seien sie ein Bienenschwarm, während er den Leuten ganz sachlich, wenn auch etwas monoton sein »VERPISST euch!« zurief. Mr. Caulfield leistete ihm etwas zivilisierter Schützenhilfe: »Fort mit euch!« oder »Hört sofort auf damit!«, rief er und unterstrich seine Worte, indem er mit seinem Spazierstock nach den wagemutigeren Kindern hieb, die nach vorn gerannt kamen, um den Spaß zu sehen.

»Hier«, keuchte ich und beugte mich in die Sänfte. Hal lebte noch und atmete noch. Er zog die Augenbraue hoch und wies kopfnickend auf die Menge. Ich schüttelte den Kopf und drückte ihm den Kaffee in die Hände.

»Trinkt… das«, brachte ich heraus, »und denkt ans Atmen.« Ich knallte die Tür der Sänfte zu, verriegelte sie mit dem Stift, was mir einen Moment der Genugtuung verschaffte, und als ich mich aufrichtete, sah ich Fergus' ältesten Sohn Germain an meiner Seite stehen.

»Hast du wieder einmal Ärger angefangen, *Grand-mere*?«, fragte er ungerührt angesichts der Steine, die – jetzt verstärkt durch frische Pferdeäpfel – an unseren Köpfen haarscharf vorbeisausten.

»So könnte man es sagen, ja«, sagte ich. »Nicht…« Doch ehe ich weitersprechen konnte, drehte er sich um und brüllte der Menge mit überraschend lauter Stimme zu: »DAS IST MEINE OMA. Krümmt ihr auch nur EIN EINZIGES HAAR, dann…« Mehrere Leute lachten, und ich hob die Hand an meinen Kopf. Ich hatte den Verlust meines Hutes ganz vergessen, und mein Haar stand in alle Himmelsrichtungen ab – soweit es mir nicht an meinem feuchten Gesicht oder am Hals klebte. »… dann bist du erledigt, BROWN!«, rief Germain. »Aye, DU bist gemeint, Shecky Loew! Und du auch, Joe Grume!«

Zwei halbwüchsige Jungen zögerten, die Drecksklumpen noch in der Hand. Offenbar kannten sie Germain.

»Und meine Oma erzählt eurem Pa, was ihr getan habt!« Das gab den Ausschlag, und die Jungen traten einen Schritt zurück, ließen ihre Drecksklumpen fallen und zogen Gesichter, als hätten sie nicht die geringste Ahnung, woher diese gekommen waren.

»Komm, *Grand-mère*«, sagte Germain und nahm meine Hand. Die Sänftenträger, die recht schnell von Begriff waren, hatten schon nach ihren Griffen gefasst und die Sänfte hochgehoben. Ich würde mit meinen Absätzen niemals mit ihnen Schritt halten. Während ich die Schuhe auszog, sah ich den rundlichen Dr. Hebdy die Straße entlangschnaufen, im Schlepptau der Frau, die den Vorschlag gemacht hatte, ihn zu holen, und die jetzt triumphierend im Wind ihres Heldenmuts herbeigesegelt kam.

»Danke, Mr. Caulfield«, sagte ich hastig, nahm die Schuhe in die Hand und folgte der Sänfte. Ich konnte zwar nicht verhindern, dass meine Röcke über das schmutzige Pflaster schleiften, doch das war jetzt nicht meine größte Sorge. Germain folgte uns zwar in einigem Abstand und verhinderte mit Drohgebärden, dass uns jemand folgte, doch ich konnte hören, dass die vorübergehende Feindseligkeit der Leute in Belustigung umgeschlagen war. Obwohl uns weitere Beleidigungen hinterherklangen, folgten ihnen keine Wurfgeschosse mehr.

Sobald wir um die Ecke gebogen waren, verlangsamten die Sänftenträger ihr Tempo ein wenig, und es gelang mir, auf dem flachen Ziegelpflaster der Chestnut Street aufzuholen, bis ich mich neben der Sänfte befand. Hal blickte aus dem Seitenfenster. Er sah deutlich besser aus. Der Kaffeekrug stand neben ihm auf dem Sitz, offensichtlich leer.

»Wohin … gehen wir, Madam?«, rief er durch das Fenster, als er mich sah. Soweit ich es im rhythmischen Schuhgeklapper der Sänftenträger hören konnte, klang er auch viel besser.

»Macht Euch keine Sorgen, Durchlaucht«, erwiderte ich, während ich neben der Sänfte hertrabte. »Ihr steht unter meinem Schutz!«

7

DIE UNBEABSICHTIGTEN FOLGEN UNÜBERLEGTEN TUNS

Jamie schob sich durch das Unterholz, ohne die Brombeerranken zu beachten, die an ihm zerrten, oder die Zweige, die nach ihm schlugen. Was auch immer ihm in den Weg geriet, sollte sich trollen oder zertrampelt werden.

Er zögerte nicht länger als eine Sekunde, als er die beiden Pferde erreichte, die mit Beinfesseln grasten. Er band sie beide los und versetzte der Stute einen Klaps, so dass sie schnaubend im Unterholz verschwand. Selbst wenn sich niemand mit dem herrenlosen Pferd davonmachte, bevor die Miliz John Grey laufen ließ, hatte er nicht vor, dem Mann die Rückkehr nach Philadelphia leicht zu machen. Was immer ihn dort erwartete, würde sehr viel leichter sein, ohne dass die Anwesenheit Seiner Lordschaft alles verkomplizierte.

Und was *würde* er tun?, fragte er sich, während er dem Pferd die Fersen in die Flanken drückte und es auf die Straße zulenkte. Er stellte mit einiger Überraschung fest, dass seine Hände zitterten, und schloss die Fäuste fest um das Leder, um dem Zittern Einhalt zu gebieten.

Die Fingerknöchel seiner rechten Hand pulsierten, und weiß glühender Schmerz durchfuhr seine Hand an der Stelle, wo sein amputierter Finger gewesen war, so dass er zischend Luft holte.

»Warum zum Teufel hast du es mir nur *erzählt*, du kleiner Idiot«, murmelte er und trieb sein Pferd zum Galopp an. »Was *dachtest* du denn, was ich tue?«

Genau das, was du auch getan hast, war die Antwort. John hatte keinen Widerstand geleistet. »*Bring mich doch um*«, hatte der kleine Mistkerl gesagt. Frische Wut stieg in Jamie auf, und er ballte die Hände zu Fäusten, während er sich nur allzu deutlich ausmalte, wie er genau das tat. Ob er es tatsächlich getan hätte, wenn dieser lachhafte Woodbine und seine Miliz nicht aufgetaucht wären?

Nein. Nein, das hätte er nicht. Noch während er am liebsten zurückgegangen wäre und Grey erwürgt hätte, begann er, sich seine Frage selbst zu beantworten, und die Vernunft kämpfte sich durch den Dunst der Rage. Warum *hatte* Grey es ihm erzählt? Das lag auf der Hand – und war der Grund, warum er aus schierem Reflex auf den Mann eingeschlagen hatte, der Grund, warum er jetzt so zitterte. Weil ihm Grey die Wahrheit gesagt hatte.

Wir haben es beide mit dir getrieben. Er atmete angestrengt und tief, so schnell, dass ihm schwindelig wurde, aber das Zittern hörte auf, und er verlangsamte sein Tempo ein wenig; sein Pferd hatte die Ohren angelegt, und sie zuckten nervös.

»Ist ja gut, *a nighean*«, sagte er. Er atmete immer noch schwer, aber langsamer. »Ist ja gut.«

Einen Moment lang dachte er, er müsste sich übergeben, schaffte es dann aber, es nicht zu tun, und setzte sich wieder tief in den Sattel, ruhiger jetzt.

Er konnte sie immer noch fassen, diese wunde Stelle, die Jack Randall auf seiner Seele zurückgelassen hatte. Er hatte gedacht, sie wäre inzwischen so gut vernarbt, dass er außer Gefahr war, aber nein, der verdammte John Grey hatte sie mit diesen wenigen Worten wieder aufgerissen. *Wir haben es beide mit dir getrieben.* Und er konnte ihm deshalb eigentlich keine Vorwürfe machen – zumindest sollte er das nicht, dachte er, während die Vernunft hartnäckig gegen seine Wut ankämpfte, obwohl er nur zu gut wusste, was für eine schwache Waffe die Vernunft gegen dieses Gespenst war. Grey konnte ja nicht wissen, was ihm diese Worte angetan hatten.

Doch die Vernunft war nicht gänzlich nutzlos. Es war die Vernunft, die ihn an den zweiten Schlag erinnerte. Der erste war blinder Reflex gewesen, der zweite nicht. Auch der Gedanke *daran* brachte Wut mit sich – und Schmerz, jedoch von einer anderen Art.

Ich habe deiner Frau beigewohnt.

»Du Mistkerl«, flüsterte er und klammerte sich so abrupt und krampfhaft an die Zügel, dass das Pferd erschrocken den Kopf hochriss. »Warum? Warum hast du mir das gesagt, du Mistkerl!«

Und die zweite Antwort kam etwas verspätet, jedoch nicht weniger deutlich als die erste: *Weil sie es mir erzählen würde, bei der ersten Gelegenheit. Und das wusste er genau. Er hat gedacht, wenn ich schon jemandem Gewalt antue, wenn ich es höre, dann lieber ihm.*

Aye, sie hätte es ihm gesagt. Er schluckte. *Und sie* wird *es mir sagen.* Was würde er wohl sagen – oder tun –, wenn sie es tat?

Er zitterte jetzt wieder, und er war unwillkürlich langsamer geworden, so dass das Pferd nun beinahe Schritt ging. Es witterte nach rechts und links und drehte dabei den Kopf.

Es ist nicht ihre Schuld. Ich weiß *das. Es ist nicht ihre Schuld.* Sie hatten ihn für tot gehalten. Er wusste, wie dieser Abgrund aussah, er hatte ja selbst lange dort gelebt. Und er wusste, was Verzweiflung und Alkohol bewirken konnten. Aber die Vorstellung – oder das Fehlen jeder Vorstellung … wie hatte es sich zugetragen? Wo? Zu wissen, dass es geschehen war, war schlimm genug; nicht zu wissen, wie und warum, war nahezu unerträglich.

Das Pferd war stehen geblieben; die Zügel hingen durch. Er stand mitten auf der Straße, die Augen geschlossen, atmete, versuchte, die Vorstellung zu verdrängen, versuchte zu beten.

Die Vernunft hatte ihre Grenzen; das Gebet nicht. Er brauchte eine kleine Weile, bis seine Gedanken ihn aus der Umklammerung ihrer gemeinen Neugier entließen, ihrer Gier zu *wissen*. Doch nach einiger Zeit hatte er das Gefühl, weiterreiten zu können, und nahm die Zügel wieder auf.

All das konnte warten. Doch er musste Claire sehen, ehe er irgendetwas anderes tat. Er hatte zwar nicht die geringste Ahnung, was er sagen – oder tun – würde, wenn er sie sah, doch er musste sie sehen, empfand dieselbe Not, wie sie wohl ein Mann verspürte, der auf See verschollen und ohne Nahrung und Wasser gestrandet war.

DAS BLUT RAUSCHTE JOHN GREY so laut in den Ohren, dass er die Unterhaltung seiner Häscher kaum hörte. Nach ein paar grundlegenden Vorsichtsmaßnahmen – sie hatten ihn durchsucht und ihm die Hände vor dem Bauch gefesselt – hatten sie sich ein paar Meter entfernt umeinander geschart und zischelten untereinander wie Gänse auf dem Bauernhof, während sie hin und wieder feindselige Blicke in seine Richtung warfen.

Es war ihm gleichgültig. Er konnte mit dem linken Auge nichts sehen und war sich inzwischen ziemlich sicher, dass seine Leber einen Riss hatte, doch auch das war ihm gleichgültig. Er hatte Jamie Fraser die Wahrheit gesagt – die *ganze* verdammte Wahrheit –, und er empfand dieselbe Mischung heftigster Gefühle, die auch mit einem Sieg in der Schlacht einhergeht: die durchdringende Erleichterung, am Leben zu sein, die schwindelerregende Gefühlswoge, die einen trägt wie ein Rausch und dann verebbt, so dass man benommen über den Strand wankt – und das absolute Unvermögen, jetzt schon den Schaden abzuwägen.

Auch seine Knie waren diesem Gefühlsansturm wie nach einer Schlacht ausgesetzt, und sie gaben nach. Er setzte sich ohne Umschweife ins Laub und schloss sein gesundes Auge.

Nach einer kurzen Pause, in der ihm eigentlich nur bewusst war, dass sich sein Herzschlag allmählich verlangsamte, begann das Dröhnen in seinen Ohren nachzulassen, und er bemerkte, dass jemand seinen Namen rief.

»Lord Grey!«, sagte die Stimme erneut, diesmal lauter und so dicht bei ihm, dass er einen Hauch von warmem, faulem Tabakatem in seinem Gesicht spürte.

»Mein Name ist nicht Lord Grey«, sagte er ziemlich gereizt und öffnete das Auge. »Das sagte ich doch bereits.«

»Ihr habt gesagt, Ihr seid Lord John Grey«, sagte sein Gegenüber und runzelte unter der grauen Matte, die sein Gesicht überwucherte, die Stirn. Es war der hochgewachsene Mann mit dem verdreckten Jagdhemd, der ihn und Fraser entdeckt hatte.

»Der bin ich. Wenn Ihr mich unbedingt ansprechen müsst, nennt mich Mylord oder einfach nur Sir, wenn Euch das lieber ist. Was wollt Ihr?«

Der Mann wich ein wenig zurück und zog ein beleidigtes Gesicht.

»Nun, da Ihr fragt … *Sir*. Erstens wollen wir wissen, ob Euer älterer Bruder Generalmajor Charles Grey ist.«

»Nein.«
»Nein?« Der Mann zog seine buschigen Augenbrauen zusammen. »*Kennt* Ihr Generalmajor Charles Grey? Ist er mit Euch verwandt?«
»Ja, das ist er. Er ist ...« Grey versuchte, das genaue Verhältnis auszurechnen, gab dann aber auf und winkte ab. »Irgendein Vetter.«
In den Gesichtern, die auf ihn hinunterblickten, erklang zufriedenes Gebrumm. Der Mann namens Woodbine hockte sich neben ihn, ein zusammengefaltetes Papierbündel in der Hand.
»Lord John«, sagte er mehr oder weniger höflich. »Ihr habt gesagt, Ihr besitzt gegenwärtig kein gültiges Offizierspatent in der Armee Seiner Majestät?«
»Das ist korrekt.« Grey unterdrückte das plötzliche Bedürfnis zu gähnen. Die Erregung in seinem Blut hatte sich jetzt gelegt, und er hätte sich am liebsten hingelegt.
»Würdet Ihr mir dann bitte diese Dokumente erklären, Mylord? Wir haben sie in Eurer Hose gefunden.« Er faltete die Papiere vorsichtig auseinander und hielt sie Grey unter die Nase.
John blinzelte sie mit seinem einsatzfähigen Auge an. Die obere Notiz stammte von General Clintons Adjutanten; eine kurze Bitte, den General baldmöglichst aufzusuchen. Ja, das hatte er gesehen, obwohl er nur einen oberflächlichen Blick darauf geworfen hatte, bevor das erschütternde Auftauchen des von den Toten auferstandenen Jamie Fraser es aus seinen Gedanken gelöscht hatte. Trotz allem, was sich inzwischen ereignet hatte, musste er lächeln. *Er lebt.* Der verflixte Kerl *war am Leben*!
Dann nahm Woodbine die Notiz beiseite und gab das nächste Papier frei; das Dokument, das gemeinsam mit Clintons Nachricht gekommen war. Es war ein kleines Stück Papier mit einem roten Wachssiegel, das er sofort erkannte; es war ein Offizierszertifikat, das sein Patent bestätigte und das er allzeit bei sich zu tragen hatte. Grey blinzelte es in schlichtem Unglauben an, und die krakelige Sekretärsschrift verschwamm ihm vor den Augen. Doch ganz unten, unter der Unterschrift des Königs, befand sich eine andere Signatur in deutlichen, schwarzen, unverwechselbaren Schnörkeln.
»Hal!«, rief er aus. »Du *Mistkerl*!«

»HAB EUCH DOCH GESAGT, er ist Soldat«, sagte der schmächtige Mann mit dem Sprung in der Brille und betrachtete Grey unter seiner »Töte sie!«-Mütze hinweg mit einem Feuereifer, den Grey ziemlich anstößig fand. »Und nicht nur Soldat, auch noch Spion! Also, wir könnten ihn auf der Stelle hängen!«
Es folgte ein Ausbruch begeisterten Beifalls, den Korporal Woodbine nur unter Schwierigkeiten unterdrückte, indem er sich erhob und lauter brüllte als die Befürworter einer unverzüglichen Exekution, bis diese schließlich murrend aufgaben. Grey saß da, das zusammengeknüllte Patent in den gefesselten Händen, und sein Herz hämmerte.
Sie konnten ihn tatsächlich hängen. Vor einem Jahr hatte Howe genau das

mit einem Kontinentalhauptmann namens Hale getan, den sie als Zivilist verkleidet beim Spionieren erwischt hatten, und den Rebellen wäre nichts lieber gewesen als eine Chance zur Vergeltung. William war dabei gewesen, sowohl bei Hales Verhaftung als auch bei seiner Hinrichtung, und hatte Grey das Geschehen in knappen Worten beschrieben, deren Nüchternheit schockierend war.

William. Himmel, William! Im Trubel der Ereignisse hatte er kaum einen Gedanken für seinen Sohn übrig gehabt. Er und Fraser hatten sich vom Dach aus mit Hilfe eines Fallrohrs davongemacht und William allein im Flur des oberen Stockwerks zurückgelassen.

Nein. Nicht allein. Claire war dort gewesen, und dieser Gedanke beruhigte ihn ein wenig. Sie hatte gewiss mit William sprechen können, ihn beruhigen können, alles erklären … nun, vielleicht nicht alles erklären können, und wahrscheinlich hatte sie ihn auch nicht beruhigen können – doch wenn man Grey in den nächsten Minuten hängte, würde William die Situation zumindest nicht allein bewältigen müssen.

»Wir nehmen ihn mit ins Lager«, sagte Woodbine gerade hartnäckig und nicht zum ersten Mal. »Was hätten wir davon, ihn hier zu hängen?«

»Einen Rotrock weniger? *Mir* würde das reichen!«, gab der kräftige Kerl mit dem Jagdhemd zurück.

»Aber, aber, Gershon, ich sage doch nicht, dass wir ihn nicht hängen sollen. Ich sagte, nicht hier und nicht jetzt.« Woodbine hielt die Muskete in beiden Händen und sah die Männer in der Runde nacheinander durchdringend an. »Nicht hier, nicht jetzt«, wiederholte er. Grey bewunderte Woodbines Charakterstärke und hätte beinahe zustimmend genickt.

»Wir nehmen ihn mit ins Lager. Ihr habt alle gehört, was er gesagt hat; er ist mit Generalmajor Charles Grey verwandt. Möglich, dass ihn Oberst Smith im Lager hängen möchte – aber es könnte ja sogar sein, dass er ihn zu General Wayne schicken möchte. Vergesst Paoli nicht!«

»Vergesst Paoli nicht!«, antworteten ihm heisere Stimmen, und Grey rieb sich das geschwollene Auge mit dem Ärmel – es tränte, und das kitzelte im Gesicht. Paoli? Was zum Teufel war denn Paoli? Und was hatte es damit zu tun, ob, wann oder wie er gehängt werden sollte? Er beschloss, jetzt lieber nicht zu fragen, und als sie ihn zum Stehen hochzerrten, folgte er ihnen klaglos.

8

DER MENSCH BRAUCHT LUFT ZUM ATMEN

Als der Träger Nummer neununddreißig feierlich die Tür der Sänfte öffnete, war das Gesicht des Herzogs gefährlich rot angelaufen, und zwar, so glaubte ich, nicht von der Hitze.

»Ihr wolltet doch Euren Bruder sehen oder nicht?«, erkundigte ich mich, bevor er genügend zu Atem kam, um irgendetwas von dem auszusprechen, was ihm auf der Zunge lag. Ich zeigte auf das Haus. »Das ist sein Haus.« Die Tatsache, dass sich John gegenwärtig nicht *in* diesem Haus befand, konnte warten.

Er warf mir einen vielsagenden Blick zu, doch er war immer noch kurzatmig und besaß die Klugheit, sparsam mit seiner Luft umzugehen, während er gereizt die helfende Hand des Trägers Nummer vierzig ausschlug und sich aus der Sänfte kämpfte. Er bezahlte den Träger – zum Glück, da ich kein Geld mehr dabeihatte –, verneigte sich keuchend vor mir und bot mir seinen Arm an. Ich ergriff ihn, da ich nicht wollte, dass er im Vorgarten hinfiel. Germain, der ohne erkennbare Anstrengung mit der Sänfte Schritt gehalten hatte, folgte in taktvollem Abstand.

Mrs. Figg stand im Hauseingang und beobachtete unser Herannahen mit Interesse. Die beschädigte Tür, die man aus den Angeln gehoben hatte, lag jetzt auf zwei Sägeböcken neben einem Kamelienbusch, wo sie vermutlich der Zuwendung eines Fachmanns harrte.

»Darf ich Euch Mrs. Mortimer Figg vorstellen, Durchlaucht?«, sagte ich höflich und wies kopfnickend in ihre Richtung. »Mrs. Figg ist die Haushälterin und Köchin Seiner Lordschaft. Mrs. Figg, dies ist Seine Durchlaucht, der Herzog von Pardloe. Lord Johns Bruder.«

Ich sah ihre Lippen die Worte »*Merde* auf Toast« formen, glücklicherweise jedoch lautlos. Trotz ihres Körperumfangs bewegte sie sich flink die Treppe hinunter und fasste Hal am anderen Arm, um ihn zu stützen, denn er begann wieder blau zu werden.

»Spitzt die Lippen und pustet«, sagte ich knapp. »Auf der Stelle!« Er stieß ein unschönes Würgegeräusch aus, begann aber zu pusten, obwohl er böse Grimassen in meine Richtung schnitt.

»Was im Namen des ewig währenden Heiligen Geistes habt Ihr ihm angetan?«, fragte Mrs. Figg mich vorwurfsvoll. »Hört sich an, als würde er gleich sterben.«

»Erst einmal habe ich ihm das Leben gerettet«, sagte ich genauso knapp. »Na dann los, Durchlaucht!« Zu zweit hievten wir ihn die Eingangsstufen hinauf. »Dann habe ich ihn davor bewahrt, von einer aufgebrachten Menschenmenge gesteinigt und verprügelt zu werden – mit Germains unschätzbarer Hilfe«, fügte ich mit einem Blick auf Germain hinzu, der mich breit angrinste. Hinzu kam, dass ich gerade dabei war, ihn zu entführen, doch ich war der Meinung, darauf jetzt nicht näher eingehen zu müssen.

»Und ich glaube, ich stehe kurz davor, ihm erneut das Leben zu retten«, sagte ich und hielt auf der Veranda inne, um meinerseits hechelnd Luft zu holen. »Haben wir ein Zimmer, in dem wir ihn unterbringen können? Williams Zimmer vielleicht?«

»Will…«, setzte der Herzog an, doch dann begann er krampfhaft zu husten und nahm eine hässlich violette Färbung an. »Wa… wa…«

»Oh, ich vergaß«, sagte ich. »Natürlich, William ist ja Euer Neffe, nicht wahr? Er ist im Moment nicht hier.« Ich sah Mrs. Figg scharf an, und sie schnaubte zwar, sagte aber nichts. »Pusten, Durchlaucht.«

Innen sah ich, dass man Fortschritte bei der Wiederherstellung der Ordnung gemacht hatte. Die Trümmer lagen zusammengefegt auf einem Haufen neben dem Eingang, und Jenny Murray saß daneben auf einer Ottomane und zog die unversehrten Kristalle des abgestürzten Kronleuchters aus dem Abfall und legte sie in eine Schüssel. Sie sah mich mit hochgezogener Augenbraue an, erhob sich aber ohne Eile und stellte die Schüssel beiseite.

»Was brauchst du, Claire?«, sagte sie.

»Kochendes Wasser«, sagte ich und ächzte leise, als wir Pardloe – er war zwar schlank und feingliedrig wie John, aber dennoch ein kräftiger Mann – jetzt auf einen Armsessel manövrierten. »Mrs. Figg? Tassen, mehrere Tassen, und Jenny, meine Arzneitruhe. Seht zu, dass Ihr nicht aus dem Rhythmus kommt, Durchlaucht… pusten… zwei… drei… vier… *nicht* keuchen, kleine Atemzüge, Ihr bekommt genug Luft, das verspreche ich.« Hals schweißglänzendes Gesicht zuckte. Er hatte sich zwar noch im Griff, doch ich konnte sehen, wie ihm die Panik die Haut rings um die Augen in Falten zog, während sich seine Atemwege mehr und mehr verschlossen.

Ich kämpfte selbst ein ganz ähnliches Gefühl der Panik nieder; das würde nun wirklich keinem von uns helfen. Es war ja durchaus möglich, *dass* er starb. Er erlitt gerade einen ernsten Asthmaanfall, und unter diesen Umständen kam es selbst dann zu Todesfällen, wenn man Zugriff auf Epinephrin-Injektionen und auf die Möglichkeiten eines modernen Krankenhauses hatte… nämlich durch Herzinfarkte aufgrund der Überanstrengung und des Sauerstoffmangels oder weil man schlicht erstickte.

Er hatte seine Hände in die Knie gekrallt, seine lederne Kniehose war zerknittert und dunkel vom Schweiß, und die Sehnen an seinem Hals malten sich vor Anstrengung deutlich ab. Unter Schwierigkeiten löste ich eine seiner Hände und nahm sie fest in die meine. Ich musste ihn von der Panik ablenken, die ihm den Verstand verfinsterte, wenn er überhaupt eine Chance haben sollte.

»Seht mich an«, sagte ich. Ich beugte mich zu ihm hinüber und sah ihm direkt in die Augen. »Es wird alles gut. Hört Ihr mich? Nickt, wenn Ihr mich hören könnt.«

Er brachte ein kurzes Nicken zuwege. Er pustete, jedoch zu schnell; meine Wange wurde nur von einem winzigen Lufthauch gestreift. Ich drückte ihm die Hand.

»Langsamer«, sagte ich, so ruhig ich konnte. »Jetzt atmet mit mir gemeinsam. Spitzt die Lippen … pusten …« Ich zählte bis vier, indem ich ihm regelmäßig mit der freien Hand auf das Knie klopfte, so langsam ich es wagte. Zwischen zwei und drei ging ihm die Luft aus, doch er spitzte mit letzter Kraft weiter die Lippen.

»Langsam!«, sagte ich scharf, als sein Mund sich keuchend öffnete, um nach Luft zu schnappen. »Lasst die Luft von selbst hinein … eins … zwei … pusten!« Ich konnte hören, wie Jenny mit meiner Arzneitruhe die Treppe hinunterhastete. Mrs. Figg war wie der Wind in Richtung des Küchenhauses verschwunden, wo sie immer kochendes Wasser über dem Feuer hatte – ja, da kam sie, drei Teetassen an die Finger der einen Hand gehängt, während sie mit der anderen eine in ein Handtuch gewickelte Kanne heißes Wasser an ihre Brust drückte.

»… drei … vier … Meerträubel, Jenny … eins … zwei … *pusten* … zwei … drei … vier … eine gute Handvoll in jede Tasse … zwei, ja, genau so, pusten …« Ohne den Blick von seinen Augen abzuwenden, beschwor ich ihn zu atmen; wenn er aus dem Rhythmus kam, würden seine Atemwege kollabieren, und dann … Ich verdrängte den Gedanken, drückte seine Hand, so fest ich konnte, und gab meine abgehackten Anweisungen, während ich den Rhythmus vor mich hin betete. Meerträubel … was zum Teufel hatte ich sonst noch?

Nicht viel, lautete die Antwort. Dreiblattspiere, Stechapfel … viel zu giftig und gefährlich und nicht schnell genug … »Indische Narde, Jenny«, sagte ich abrupt. »Die Wurzel … zerstoßen.« Ich zeigte auf die zweite Tasse, dann die dritte. »… zwei … drei … vier …« In jeder Tasse befand sich bereits eine große Handvoll zerkrümelten Meerträubels, der in heißem Wasser zog. Die erste Tasse würde ich ihm geben, sobald sie so weit abgekühlt war, dass man sie trinken konnte, doch das Kraut musste eine gute halbe Stunde ziehen, um eine ernsthaft wirksame Konzentration zu erzielen … »Noch ein paar Tassen, bitte, Mrs. Figg … einatmen, eins … zwei … so ist es gut …«

Die Hand in der meinen war schweißnass, und er klammerte sich mit aller Kraft an mich; ich konnte spüren, wie meine Knochen knirschten, und wand die Hand, um mir Erleichterung zu verschaffen. Er sah es und verminderte den Druck ein wenig. Ich beugte mich vor und nahm seine Hand in beide Hände – und nutzte dabei beiläufig die Gelegenheit, seinen Puls zu fühlen.

»Ihr werdet nicht sterben«, sagte ich zu ihm leise, doch so nachdrücklich, wie ich konnte. »Ich lasse Euch nicht sterben.« In seinen winterklaren blauen Augen flackerte etwas auf, das zu schwach war, um ein Lächeln zu sein, doch er bekam nicht genug Luft, um ans Sprechen auch nur zu denken. Seine Lippen waren immer noch blau, sein Gesicht trotz der Temperatur so weiß wie Papier.

Die erste Tasse Meerträubeltee half ihm, zumindest kurz, wobei die Hitze und die Feuchtigkeit genauso viel beisteuerten wie das Heilkraut; Meerträubel enthielt Epinephrin und war das einzige gute Asthmamittel, das mir zur Verfügung stand – doch nach nur zehn Minuten enthielt die Tasse längst nicht genug des Wirkstoffes. Aber selbst diese vorübergehende Erleichterung machte ihm Mut. Seine Hand drehte sich, er verschlang die Finger mit den meinen und drückte zu.

Ich wusste genau, wann ich einen Kämpfer vor mir hatte, und ich lächelte unwillkürlich.

»Setzt du noch drei Tassen auf, bitte, Jenny?« Wenn er sie langsam und kontinuierlich trank – und er konnte ohnehin nur nippen, wenn er nicht gerade nach Luft schnappte –, sollten wir ihm nach der sechsten, am stärksten konzentrierten Tasse eine anständige Menge des Stimulanzmittels eingeflößt haben. »Und Mrs. Figg, wenn Ihr bitte drei Hände voll Meerträubel und die Hälfte der Indischen Narde eine Viertelstunde in einem halben Liter Kaffee kochen und dann ziehen lassen würdet?« Wenn er nicht starb, wollte ich eine konzentrierte Tinktur zur Hand haben; dies war offensichtlich nicht sein erster Anfall, und wenn es nicht der letzte war … würde irgendwann ein anderer folgen. Und zwar sehr wahrscheinlich schon bald.

In meinem Hinterkopf war ich unterdessen diagnostische Möglichkeiten durchgegangen, und da ich jetzt hinreichend sicher war, dass er erst einmal überleben würde, konnte ich mir die Zeit nehmen, sie mir bewusst vorzunehmen.

Der Schweiß rann ihm über das fein gemeißelte Gesicht; ich hatte ihn sofort von Rock, Weste und Lederkragen befreit, das Hemd klebte ihm an der Brust, und seine Hose war in den Falten im Schritt schwarz vor Nässe. Das war jedoch angesichts der Hitze, seines angestrengten Kampfes und des heißen Suds kein Wunder. Die blaue Färbung seiner Lippen ließ immer mehr nach, und es gab keine Anzeichen für Ödeme in seinem Gesicht oder an den Händen … keine Erweiterung der Blutgefäße an seinem Hals, trotz seiner Kraftanstrengung.

Ich konnte das Rasseln in seiner Lunge problemlos ohne Stethoskop hören, doch es war keine Thoraxvergrößerung festzustellen; sein Oberkörper war genauso schlank und muskulös wie Johns, die Brust ein wenig schmaler. Wahrscheinlich also keine chronisch obstruktive Lungenerkrankung … und ich hatte nicht das Gefühl, dass es chronische Herzinsuffizienz war. Seine Gesichtsfarbe war ja zunächst gesund gewesen, und sein Puls schlug auch jetzt noch sehr gleichmäßig unter meinen Fingern, schnell, aber ohne Störungen, ohne Arrhythmie …

Mir wurde bewusst, dass Germain neben mir stand. Er hatte den Blick neugierig auf den Herzog gerichtet, der sich inzwischen so weit gefangen hatte, dass er den Blick des Jungen mit hochgezogener Augenbraue erwidern konnte, auch wenn er noch nichts sagen konnte.

»Mm?«, sagte ich, bevor ich mit dem inzwischen automatischen Zählen der Atemzüge fortfuhr.

»Ich dachte nur, *Grand-mère*, es könnte doch sein, dass man seine Durchlaucht…«, er wies kopfnickend auf Pardloe, »…vielleicht vermisst. Sollte ich nicht jemandem eine Nachricht bringen, damit sie ihm keine Soldaten hinterherschicken? Die Sänftenträger werden doch reden, oder nicht?«

»Ah.« Das war allerdings keine schlechte Idee. General Clinton wusste mit Sicherheit, dass man Pardloe zuletzt in meiner Begleitung gesehen hatte. Ich hatte keine Ahnung, wer Pardloes Reisebegleiter waren oder ob er sein Regiment selbst befehligte. Falls das so war, war man gewiss längst auf der Suche nach ihm; ein Offizier konnte sich nicht lange unbemerkt von seinem angestammten Platz entfernen.

Und Germain – der wirklich exzellent mitdachte – hatte recht, was die Sänftenträger betraf. Ihre Nummern bedeuteten, dass sie bei der zentralen Organisation der Sänftenträger Philadelphias registriert waren; es würde die Untergebenen des Generals nur Augenblicke kosten, Nummer neununddreißig und Nummer vierzig ausfindig zu machen und herauszufinden, wohin sie den Herzog von Pardloe gebracht hatten.

Jenny, die sich um die gesammelten Teetassen gekümmert hatte, kam jetzt mit der dritten Tasse, kniete sich neben Pardloe und gab mir kopfnickend zu verstehen, dass sie seine Atmung kontrollieren würde, während ich mich mit Germain besprach.

»Er hat die Sänftenträger beauftragt, mich zum King's Arms zu bringen«, sagte ich zu Germain, nachdem wir uns auf die Veranda zurückgezogen hatten, wo wir ungehört sprechen konnten. »Und begegnet sind wir uns in General Clintons Amtsstube im…«

»Ich weiß, wo sie ist, *Grand-mère.*«

»Dachte ich mir. Hast du eine bestimmte Idee?«

»Tja, ich dachte…« Er blickte zum Haus zurück, dann sah er mich an, die Stirn nachdenklich gerunzelt. »Wie lange willst du ihn denn gefangen halten, *Grand-mere*?«

Meine Motive waren Germain also nicht entgangen. Das überraschte mich nicht; zweifellos hatte er von Mrs. Figg alles über die Aufregungen des Vormittags gehört – und da er Jamie kannte, hatte er daraus wahrscheinlich seine Schlüsse gezogen. Ich fragte mich, ob er William wohl gesehen hatte. Falls ja, wusste er wahrscheinlich schon alles. Wenn er es aber nicht wusste, brauchte ich ihm *diese* kleine Komplikation nicht zu enthüllen, solange es nicht notwendig war.

»Bis dein Großvater zurückkommt«, sagte ich. »Oder vielleicht auch Lord John«, fügte ich hinzu. Ich hoffte aus tiefster Seele, dass Jamie bald zurückkommen würde. Doch es war ja denkbar, dass er außerhalb der Stadt bleiben musste und John mit Neuigkeiten vorschickte. »Sobald ich den Herzog gehen lasse, wird er die ganze Stadt auf den Kopf stellen, um seinen Bruder zu finden. Immer vorausgesetzt natürlich, dass er dabei nicht tot umfällt.« Und das Allerletzte, was ich wollte, war, ein Schleppnetz auszuwerfen, in dem sich Jamie am Ende verfing.

Germain rieb sich nachdenklich das Kinn – eine seltsame Geste für ein Kind, das noch zu jung für Bartstoppeln war, doch er ähnelte dabei seinem Vater so sehr, dass ich lächeln musste.

»Das dauert ja vielleicht nicht lange«, sagte er. »*Grand-père* wird auf dem schnellsten Weg zurückkommen; er war gestern ganz wild darauf, dich zu sehen.« Er grinste mich an, dann blickte er noch einmal durch die offene Tür zurück und spitzte die Lippen.

»Was den Herzog betrifft, so kannst du nicht geheim halten, wo er ist«, sagte er. »Aber wenn du einen Brief an den General schicken würdest und vielleicht noch einen an das Wirtshaus und darin schreibst, dass er sich bei Lord John aufhält, würden sie zumindest nicht sofort anfangen, nach ihm zu suchen. Und selbst wenn später jemand vorbeikommt und Fragen stellt, könntest du ihm ja etwas verabreichen, damit er still ist, und einfach sagen, er wäre gegangen? Oder ihn vielleicht in die Besenkammer sperren? Geknebelt, falls er bis dahin seine Stimme wiederhat«, fügte er hinzu. Germain war ein ausgesprochen logischer, gründlicher Mensch, das hatte er von Marsali.

»Hervorragende Idee«, sagte ich, ohne weiter darauf einzugehen, was ich von den möglichen Methoden zu Pardloes Ruhigstellung hielt. »Lass mich das schnell tun.«

Nachdem ich einen raschen Blick auf Pardloe geworfen hatte, dem es besser ging, auch wenn er immer noch heftig keuchte, lief ich nach oben und klappte Johns Schreibtisch auf. Es war eine Sache von wenigen Minuten, das Tintenpulver anzumischen und die Briefe zu schreiben. Bei der Unterschrift zögerte ich einen Moment, doch dann fiel mein Blick auf Johns Siegelring auf der Ankleide; er war heute Morgen nicht dazu gekommen, ihn anzuziehen.

Dieser Gedanke versetzte mir einen leisen Stich; inmitten der überwältigenden Freude, Jamie lebend zu sehen, gefolgt von Williams schockierendem Eintreffen, Johns Geiselnahme durch Jamie und schließlich Williams heftigem Abgang – guter Gott, wo mochte William nur sein? –, hatte ich John in meinen Gedanken weit zurückgedrängt.

Dennoch, so sagte ich mir, er war absolut in Sicherheit. Jamie würde nicht zulassen, dass ihm etwas zustieß, und sobald er wieder in Philadelphia war … Das Bimmeln der Uhr auf dem Kaminsims unterbrach mich, und ich warf einen Blick darauf: drei Uhr.

»Kinder, wie die Zeit vergeht«, murmelte ich, fabrizierte eine Unterschrift, die Johns Signatur hinreichend ähnlich sah, zündete in der Kaminglut eine Kerze an, träufelte Wachs auf die zusammengefalteten Briefe und drückte den Siegelring mit dem lächelnden Halbmond hinein. Vielleicht war John ja schon zurück, bevor die Briefe auch nur ihre Adressaten erreichten. Und Jamie würde mit Sicherheit bei mir sein, sobald der Schutz der Dunkelheit es zuließ.

9

DIE GEZEITEN WENDEN SICH

Jamie war nicht allein auf der Straße. Er hatte zwar dumpf wahrgenommen, dass ihn Pferde passierten, hatte Fußgänger wie aus der Ferne sprechen hören, doch jetzt, da er allmählich aus seinem roten Nebel auftauchte, verblüffte es ihn zu sehen, wie viele es waren. Er sah etwas, das eindeutig eine Milizkompanie war, zwar nicht im Gleichschritt, aber doch als Gruppe unterwegs, kleinere Ansammlungen von Männern, vereinzelte Reiter und einige Wagen aus der Stadt kommend, auf denen sich Haushaltsgüter türmten und die von Frauen und Kindern zu Fuß begleitet wurden.

Er hatte zwar einige Leute gesehen, die Philadelphia verließen, als er gestern eintraf – Gott, war das wirklich erst *gestern* gewesen? –, und hatte vorgehabt, Fergus darauf anzusprechen, hatte es aber in der Aufregung seiner Ankunft und der späteren Komplikationen ganz vergessen.

Sein ungutes Gefühl nahm noch zu, und er trieb sein Pferd zu einer schnelleren Gangart an. Es waren nicht mehr als zehn Meilen bis in die Stadt; er würde weit vor der Dämmerung dort sein.

Vielleicht gar nicht so schlecht, wenn es dunkel ist, dachte er grimmig. Es würde leichter sein, sich allein und ungestört mit Claire auszusprechen – und ganz gleich, ob diese Aussprache dann zu Schlägen oder ins Bett führte, er wünschte keine Unterbrechung.

Dieser Gedanke war so, als zündete er eines von Briannas Streichhölzern an. Das Wort »Bett« reichte aus, und wieder brannte er vor Wut.

»*Ifrinn!*«, sagte er laut und schlug mit der Faust gegen den Sattelknauf. Er hatte sich so mühsam beruhigt, und nun war alles in einer Sekunde dahin! Gott*verdammt* – er, sie, John Grey, *alles* sollte verflucht sein!

»Mr. Fraser!«

Er fuhr zusammen, als hätte man ihn in den Rücken geschossen, und das Pferd wurde augenblicklich langsamer und schnaubte.

»Mr. Fraser!«, ertönte die laute, keuchende Stimme erneut, und Daniel Morgan tauchte auf einem kleinen, kräftigen Braunen neben ihm auf. Er grinste über das ganze vernarbte Gesicht. »Wusste ich doch, dass Ihr das seid, ich wusste es! Einen Schuft mit so rotem Haar gibt es nicht noch einmal, und wenn doch, dann möchte ich ihm nicht begegnen.«

»Oberst Morgan«, sagte er angesichts der ungewohnten Uniform des alten Daniel und der neuen Abzeichen an seinem Kragen. »Auf dem Weg zu Eurer Hochzeit?« Er gab sich alle Mühe zu lächeln, obwohl es in ihm tobte wie die Strudel vor den Felsen von Stroma.

»Was? Oh, das«, sagte Dan und versuchte, sich selbst auf den Hals zu blicken.

»Ach was. Washington legt gesteigerten Wert auf die ›propere Uniform‹. Die Kontinentalarmee hat mehr Generäle als einfache Soldaten. Sobald ein Offizier zwei Schlachten überlebt, befördern sie ihn. Den Sold dafür zu bekommen ist allerdings eine andere Sache.«

Er schob sich den Hut aus dem Gesicht und betrachtete Jamie von Kopf bis Fuß.

»Gerade aus Schottland zurück? Habe gehört, dass Ihr Brigadier Frasers Leiche das Geleit gegeben habt – ein Verwandter, nehme ich an?« Er schüttelte bedauernd den Kopf. »Eine Schande. Guter Soldat, guter Mann.«

»Aye, das war er. Wir haben ihn zu Hause in Balnain begraben.«

Sie ritten gemeinsam weiter; der alte Dan stellte ihm Fragen, und Jamie antwortete so knapp, wie es ihm seine guten Manieren – und seine aufrichtige Zuneigung gegenüber Morgan – erlaubten. Sie waren sich seit Saratoga nicht mehr begegnet, wo er als Scharfschütze unter Morgan gedient hatte, und es gab viel zu erzählen. Dennoch war er froh über die Gesellschaft und sogar über die Fragen; sie lenkten ihn ab und verhinderten, dass ihn sein Kopf erneut in fruchtlose Wut und Verwirrung katapultierte.

»Hier trennen sich unsere Wege dann wohl«, sagte Jamie nach einer Weile. Sie näherten sich einer Kreuzung, und Dan hatte sein Tempo ein wenig verlangsamt. »Ich bin in die Stadt unterwegs.«

»Warum denn das?«, sagte Morgan ziemlich überrascht.

»Ich – um meine Frau zu sehen.« Seine Stimme drohte bei dem Wort »Frau« zu zittern, und er biss es scharf ab.

»Ach ja? Hättet Ihr vielleicht eine Viertelstunde Zeit übrig?« In Dans Blick lag etwas Berechnendes, das Jamie umgehend nervös machte. Doch die Sonne stand noch hoch am Himmel, und er wollte Philadelphia ja nicht vor Anbruch der Dunkelheit betreten.

»Aye, vielleicht«, erwiderte er vorsichtig. »Wofür denn?«

»Ich bin auf dem Weg zu einem Freund – möchte, dass Ihr ihn kennenlernt. Es ist ganz in der Nähe, dauert nicht lange. Kommt mit!« Morgan bog rechts ab und winkte Jamie, ihm zu folgen, was dieser auch tat, obwohl er sich bereits einen Narren schalt.

Chestnut Street Nummer 17

ICH WAR GENAUSO sehr in Schweiß gebadet wie der Herzog, als der Krampf schließlich so weit nachließ, dass er ohne die bewusste Druckunterstützung atmen konnte. Ich war zwar nicht ganz so müde wie er – er lehnte mit geschlossenen Augen erschöpft in seinem Sessel und holte langsam und flach, aber ungehindert Atem –, doch viel fehlte nicht dazu. Außerdem war mir schwindelig; man kann einem anderen nicht beim Atmen helfen, ohne selbst im Akkord zu atmen, und ich hatte es eindeutig übertrieben.

»Hier, *a pheathar-bhean*«, erklang Jennys Stimme an meinem Ohr, und erst als ich überrascht die Augen öffnete, wurde mir bewusst, dass ich sie geschlossen hatte. Sie drückte mir ein kleines Glas Brandy in die Hand. »Es gibt keinen Whisky im Haus, aber das wird wohl auch helfen. Soll ich Seiner Durchlaucht auch einen Schluck geben?«

»Ja, das sollt Ihr«, sagte der Herzog und strahlte dabei Autorität aus, ohne dass er einen Muskel geregt oder die Augen geöffnet hätte. »Danke, Madame.«

»Es wird ihm nicht schaden«, sagte ich, während ich mich aufrichtete und mich reckte. »Und dir auch nicht. Setz dich und trink etwas. Ihr auch, Mrs. Figg.« Jenny und Mrs. Figg hatten fast genauso hart gearbeitet wie ich – sie hatten Kräuter geholt, zerstampft und gekocht, kühle Tücher gebracht, um dem Herzog den Schweiß abzuwischen, hatten mich hin und wieder beim Zählen unterstützt und ihre nicht unbeträchtliche Willenskraft mit der meinen vereint, um ihn am Leben zu halten.

Mrs. Figg hatte sehr feste Vorstellungen von dem, was sich gehört, und dazu zählte es nicht, sich mit ihrer Brotherrin hinzusetzen und etwas zu trinken, geschweige denn mit einem Herzog, der zu Besuch war, doch selbst sie musste zugeben, dass die Umstände ungewöhnlich waren. Mit dem Glas in der Hand hockte sie sich züchtig auf eine Ottomane neben der Salontür, von wo aus sie sich um potentielle Eindringlinge oder häusliche Notfälle kümmern konnte.

Eine Zeit lang sagte niemand etwas, doch es herrschte eine friedvolle Atmosphäre im Zimmer. Die heiße, reglose Luft trug immer noch diesen seltsamen Geist der Kameradschaft in sich, der Menschen verbindet, die gemeinsam etwas durchgestanden haben – wenn auch nur vorübergehend. Allmählich kam mir zu Bewusstsein, dass die Luft auch Geräusche von der Straße hereintrug. Gruppen von Menschen, die sich eilig fortbewegten, Rufe aus dem benachbarten Häuserblock und das Rattern von Wagen. Und ferne Trommelwirbel.

Auch der guten Mrs. Figg entging das alles nicht; ich sah, wie sie den Kopf hob, so dass die Bänder auf ihrer Haube fragend erzitterten.

»Lieber Jesus, hab Erbarmen«, sagte sie schließlich und stellte vorsichtig ihr leeres Glas hin. »Es ist etwas im Anmarsch.«

Jenny schien verblüfft und warf mir einen nervösen Blick zu.

»Im Anmarsch?«, sagte sie. »Was denn?«

»Die Kontinentalarmee, vermute ich«, sagte Pardloe. Er ließ den Kopf zurückfallen und seufzte. »Guter Gott. Wie wundersam … zu atmen.« Er hob feierlich sein Glas in meine Richtung. »Danke, meine … Liebe. Ich stand ja … bereits in Eurer Schuld, weil Ihr … meinem Sohn geholfen habt, aber …«

»Was meint Ihr damit, ›die Kontinentalarmee‹?«, unterbrach ich ihn. Auch ich stellte mein Glas hin, das jetzt leer war. Mein Herzschlag hatte sich nach den Anstrengungen der letzten Stunde gerade erst beruhigt, doch jetzt beschleunigte er sich abrupt wieder.

Pardloe schloss ein Auge und betrachtete mich mit dem anderen.

»Die Amerikaner«, sagte er nachsichtig. »Die Rebellen. Was sollte ... ich wohl sonst meinen?«

»Und wenn Ihr sagt ›im Anmarsch‹«, sagte ich vorsichtig.

»Das war ich nicht«, sagte er und wies kopfnickend auf Mrs. Figg. »Sie war es. Aber sie hat recht. General Clintons ... Truppen sind ... auf dem Rückzug aus Philadelphia. Washington steht ... mit Sicherheit ... zum Einmarsch bereit.«

Jenny verspritzte etwas von dem Brandy in ihrem Mund, und Mrs. Figg sagte etwas sehr Gotteslästerliches auf Französisch und schlug sich dann die breite Hand vor den Mund.

»Oh«, sagte ich und muss genauso verständnislos geklungen haben, wie ich mich fühlte. Ich war vorhin während des Zusammentreffens mit Clinton so zerstreut gewesen, dass mir die logische Konsequenz eines britischen Rückzugs gar nicht in den Sinn gekommen war.

Mrs. Figg stand auf.

»Dann gehe ich besser das Silber vergraben«, sagte sie nüchtern. »Ihr findet es unter dem Goldregen neben dem Küchenhaus, Lady John.«

»Wartet«, sagte ich und hob die Hand. »Ich glaube, das brauchen wir noch nicht zu tun, Mrs. Figg. Die Armee hat die Stadt ja noch gar nicht verlassen; die Amerikaner hecheln uns noch nicht ins Ohr. Und wir werden sicher ein paar Gabeln für das Abendessen brauchen.«

Sie stieß ein tiefes Brummen aus, schien das jedoch einzusehen; sie nickte und begann stattdessen, die Brandygläser einzusammeln.

»Was möchtet Ihr denn zum Abendessen? Ich habe einen kalten gekochten Schinken, aber eigentlich wollte ich Hühnerfrikassee machen, das mag William so gern.« Sie warf einen trostlosen Blick in den Flur, wo die Blutflecken auf der Tapete inzwischen braun geworden waren. »Meint Ihr, er kommt zum Abendessen zurück?« William hatte ein Offiziersquartier irgendwo in der Stadt, schlief aber häufig zu Hause – vor allem, wenn Mrs. Figg Hühnerfrikassee kochte.

»Weiß der Himmel«, sagte ich. Angesichts der Ereignisse hatte ich noch keine Zeit gehabt, mir Gedanken über William zu machen. War es *denkbar*, dass er zurückkam, wenn er sich beruhigt hatte, um die Konfrontation mit John zu suchen? Ich hatte schon öfter einen Fraser in Rage gesehen – sie neigten nicht zum Schmollen. Sie tendierten zu direktem Handeln, und zwar lieber jetzt als gleich. Ich warf Jenny einen spekulativen Blick zu, den sie erwiderte. Dann stützte sie den Ellbogen beiläufig auf den Tisch, das Kinn in der Hand, und tippte sich nachdenklich mit den Fingern an die Lippen. Ich lächelte ihr verstohlen zu.

»Wo ist mein Neffe überhaupt?«, fragte Hal, der jetzt endlich in der Lage war, auf etwas anderes als auf seine Atmung zu achten. »Und was das betrifft ... wo ist mein Bruder?«

»Ich weiß es nicht«, sagte ich und stellte mein Glas auf Mrs. Figgs Tablett, hob das seine auf und stellte es ebenfalls dazu. »Ich habe wirklich nicht gelogen. Aber ich gehe davon aus, dass er bald zurückkommt.« Ich rieb mir das Gesicht und strich meine Haare glatt, so gut es ging. Alles zu seiner Zeit. Ich hatte einen Patienten zu versorgen.

»John freut sich bestimmt genauso sehr darauf, Euch zu sehen, wie Ihr ihn. Aber …«

»Oh, das bezweifle ich«, sagte der Herzog. Er ließ den Blick langsam über mich hinwegwandern, von den nackten Füßen zu den zerzausten Haaren, und der Hauch von Belustigung in seiner Miene nahm zu. »Ihr müsst mir einmal erzählen, wie es gekommen ist, dass John … Euch geheiratet hat … wenn dazu Zeit ist.«

»Eine Verzweiflungstat«, sagte ich knapp. »Erst einmal aber müsst Ihr ins Bett. Mrs. Figg, können wir das hintere Schlafzimmer …«

»Danke, Mrs. Figg«, unterbrach der Herzog, »ich brauche … kein …« Er versuchte, sich aus dem Sessel zu kämpfen, und bekam doch kaum genug Luft zum Sprechen. Ich trat auf ihn zu und setzte meine beste Oberschwesternmiene auf.

»Harold«, sagte ich in gemessenem Ton. »Ich bin nicht nur Eure Schwägerin.« Ein seltsamer Schauder durchlief mich bei diesem Wort, aber ich achtete nicht darauf. »Ich bin Eure Ärztin. Wenn Ihr nicht … was?«, wollte ich wissen. Er blickte mit einem höchst merkwürdigen Gesichtsausdruck zu mir auf, irgendwo zwischen Überraschung und Belustigung. »Ihr habt mich doch aufgefordert, Euren Vornamen zu benutzen, oder nicht?«

»Das habe ich«, räumte er ein. »Aber ich glaube nicht, dass mich irgendjemand … ernsthaft Harold genannt hat, seit … ich drei war.« Jetzt lächelte er, ein charmantes Lächeln, das ganz er selber war. »Die Familie nennt mich Hal.«

»Hal also«, sagte ich und erwiderte das Lächeln, ließ mich aber nicht ablenken. »Wir werden Euch jetzt schön waschen, und dann geht Ihr ins Bett.«

Er lachte – brach aber ab, weil er zu keuchen begann. Er hustete ein wenig und hielt sich die geballte Faust unter die Rippen. Seine Miene war beklommen, doch es hörte wieder auf, und er räusperte sich und blickte zu mir auf.

»Man könnte meinen, ich *wäre* … drei Jahre alt. Schwägerin. Wollt Ihr mich etwa auch … ohne Essen ins Bett schicken?« Er richtete sich vorsichtig auf und machte sich zum Aufstehen bereit. Ich legte ihm die Hand auf die Brust und drückte. Er hatte keine Kraft in den Beinen und fiel in den Sessel zurück, erstaunt und beleidigt. Und verängstigt – ihm war gar nicht klar gewesen – oder zumindest hatte er es sich nicht eingestanden –, wie schwach er war. Ein schwerer Anfall endete normalerweise in totaler Erschöpfung, und oftmals war die Lunge zunächst immer noch gefährlich instabil.

»Seht Ihr?«, sagte ich ein wenig sanfter. »Ihr habt doch schon öfter solche Anfälle gehabt, oder?«

»Nun … ja«, sagte er unwillig, »aber …«

»Und wie lange habt Ihr nach dem letzten im Bett gelegen?«

Er presste die Lippen zusammen.

»Eine Woche. Aber der Narr von einem Arzt …«

Ich legte ihm meine Hand auf die Schulter, und er verstummte – aufgrund der Berührung, aber ebenso, weil ihm die Luft ausging.

»Ihr. Könnt. Noch. Nicht. Allein. Atmen«, sagte ich und betonte jedes Wort einzeln. »Hört mir zu, Hal. Überlegt bitte, was heute Nachmittag passiert ist. Ihr habt angefangen zu husten, als ich Euch in Clintons Amtsstube begegnet bin. Dann hattet Ihr auf offener Straße einen ziemlich schweren Anfall; wenn der Pöbel auf der Walnut Street beschlossen hätte, auf uns loszugehen, wärt Ihr vollkommen hilflos gewesen – keine Widerrede, Hal, ich war dabei.« Ich sah ihn mit zusammengekniffenen Augen an. Er erwiderte den Blick, widersprach mir aber nicht.

»Dann hat Euch der Fußweg von der Straße zur Haustür – keine sieben Meter – in den vollendeten *status asthmaticus* befördert. Habt Ihr diesen Ausdruck schon einmal gehört?«

»Nein«, murmelte er.

»Nun, jetzt habt Ihr ihn gehört, und Ihr wisst genau, was er bedeutet. Und Ihr habt beim letzten Mal eine Woche im Bett gelegen? War es so schlimm wie diesmal?«

Seine Lippen waren dünn wie ein Strich, und seine Augen blitzten. Wahrscheinlich redeten die meisten Leute nicht so mit einem Herzog – ganz zu schweigen von einem Regimentskommandeur. Ich hatte das Gefühl, dass es ihm ganz guttun würde.

»Verdammter Arzt ... hat gesagt, es wäre mein Herz.« Seine Faust hatte sich geöffnet, und die Finger rieben langsam über seine Brust. »Wusste ich doch, dass es das nicht war.«

»Ich vermute, da habt Ihr recht«, räumte ich ein. »War das derselbe Arzt, von dem Ihr das Riechsalz habt? Totaler Quacksalber, wenn ja.«

Er lachte, ein kurzer, atemloser Ton.

»Ja, das ist er.« Er hielt einen Moment inne, um zu atmen. »Obwohl ich ... das Salz ... ehrlicherweise nicht ... von ihm habe. Habe es ... mir selbst besorgt. Gegen die Ohnmacht ... sagte ich doch.«

»Das stimmt.« Ich setzte mich neben ihn und ergriff sein Handgelenk. Er ließ es geschehen und beobachtete mich neugierig. Sein Puls war gut; er hatte sich verlangsamt und schlug regelmäßig vor sich hin.

»Wie lange leidet Ihr schon an Ohnmachtsanfällen?«, fragte ich und beugte mich vor, um ihm aus der Nähe in die Augen zu sehen. Keine Anzeichen geplatzter Äderchen, keine Gelbfärbung, beide Pupillen gleich groß ...

»Schon lange«, sagte er und zog sein Handgelenk abrupt fort. »Ich habe keine Zeit, über meine Gesundheit zu plaudern, Madame. Ich ...«

»Claire«, sagte ich und drückte ihm erneut mit der Hand gegen die Brust. »Ihr seid Hal, ich bin Claire – und Ihr werdet nirgendwo hingehen, Durchlaucht.«

»Nehmt Eure Hand da weg!«

»Ich bin ernsthaft in Versuchung, genau das zu tun und Euch aufs Gesicht fallen zu lassen«, sagte ich zu ihm. »Aber wartet doch bitte, bis Mrs. Figg die Tinktur fertig gekocht hat. Ich möchte nicht, dass Ihr Euch am Boden windet und nach Luft schnappt wie ein Fisch an Land, ohne dass Euch jemand den Haken aus dem Mund ziehen kann.«

Dennoch nahm ich ihm die Hand von der Brust, erhob mich und trat in den Flur, bevor er genügend bei Atem war, um etwas zu sagen. Jenny hatte an der offenen Tür Stellung bezogen und blickte auf der Straße auf und ab.

»Was geht denn draußen vor?«, fragte ich.

»Ich weiß es nicht«, sagte sie, ohne den Blick von einigen wenig vertrauenerweckend aussehenden Männern abzuwenden, die auf der anderen Straßenseite herumlungerten. »Aber die Atmosphäre gefällt mir nicht. Meinst du, er hat recht?«

»Dass sich die britische Armee auf dem Abmarsch befindet? Ja. Und wahrscheinlich auch die Hälfte der Loyalisten in der Stadt.« Ich wusste genau, was sie damit meinte, dass ihr die Atmosphäre nicht gefiel. Es war heiß und stickig, überall surrten die Zikaden, und an den Kastanien auf der Straße hing das Laub so schlaff wie Putzlappen. *Irgendetwas* war trotzdem in Bewegung. Erregung? Panik? Angst? Alles zusammen, dachte ich.

»Meinst du, ich sollte lieber in die Druckerei gehen?«, fragte sie und wandte sich mir mit einem kleinen Stirnrunzeln zu. »Also wäre es für Marsali und die Kinder sicherer, wenn ich sie hierherholen würde, meine ich damit. Wenn es vielleicht Unruhen gäbe?«

Ich schüttelte den Kopf.

»Ich glaube nicht. Sie sind als Patrioten bekannt. Es sind die Loyalisten, die in Gefahr sein werden, wenn sich die britische Armee zurückzieht. Sie werden schutzlos sein, und es ist gut möglich, dass sich die Rebellen … an ihnen vergreifen. Und …«, ich spürte, wie mir ein äußerst unangenehmes Gefühl über den Rücken fuhr wie ein kalter, glitschiger Finger, »… das hier ist ein Loyalistenhaushalt.« *Der nicht einmal eine Haustür hat, die man schließen und verriegeln könnte*, hätte ich hinzufügen können, tat es aber nicht.

Aus dem Salon erklang ein Rumpeln, als sei ein Mensch zu Boden gestürzt, doch weder Jenny noch ich zuckten auch nur mit der Wimper. Wir hatten beide reichlich Erfahrung mit sturen Männern. Ich konnte ihn atmen hören; falls er wieder anfing zu keuchen, würde ich hineingehen.

»Wird es dich denn nicht in Gefahr bringen, ihn hier zu haben?«, fragte sie *sotto voce* und wies mit dem Kopf zum Salon. »Möglicherweise ist es ja besser, wenn du mit zur Druckerei kommst.«

Ich schnitt eine Grimasse, während ich versuchte, die Möglichkeiten abzuwägen. Die Briefe, die ich Germain mitgegeben hatte, würden eventuelle Erkundigungen hinauszögern, und falls jemand kam, konnte ich ihn abwimmeln. Das bedeutete aber auch, dass ich keine unmittelbare Hilfe von der Armee erwarten konnte, falls wir Hilfe brauchten. Und das war gut möglich; irgendjemand in diesem feindseligen Pöbel auf der Walnut Street hatte ja vielleicht die Adresse gehört, die ich dem Sänftenträger genannt hatte. Plötzlich bekam diese Feindseligkeit noch einen ganz anderen Anstrich.

Wenn die Rebellen in der Stadt im Begriff waren, sich zu erheben und sich gegen die schutzlosen Loyalisten zu wenden … Diese Strömungen, deren Wirbel ich in den Straßen spürte, waren wirklich finster …

»Könnte ja sein, dass jemand mit einem Fass Teer und einem Sack Federn vor deiner Haustür auftaucht«, sagte Jenny und nahm meinen Gedanken damit auf höchst beunruhigende Weise auf.

»Nun, das wäre nicht sehr förderlich für das Asthma des Herzogs«, sagte ich, und sie lachte.

»Solltest du ihn General Clinton nicht besser zurückgeben?«, schlug sie vor. »Ich habe es schon erlebt, dass Soldaten mein Haus durchsuchten, während ich einen Flüchtling mit einem Neugeborenen im Schrank sitzen hatte. Ich glaube ebenso nicht, dass es besser für unsere Nerven wäre, wenn die Söhne der Freiheit das Haus nach Seiner Durchlaucht durchsuchen, wenn auch nur die Hälfte von dem stimmt, was Marsali mir über sie erzählt hat.«

»Wahrscheinlich stimmt es.« Ein Gewehrschuss knallte dumpf durch die stickige Luft, irgendwo am Fluss, und wir erstarrten beide. Doch das Geräusch wiederholte sich nicht, und kurz darauf holte ich wieder Luft.

»Er ist einfach noch nicht über den Berg. Ich kann es nicht riskieren, ihn durch Straßen voller Staub und Pollen zu transportieren und ihn dann der Obhut eines Militärarztes oder gar dieses Quacksalbers Hebdy zu überlassen. Wenn er noch einen Anfall erleidet, und es ist niemand da, der ihm helfen kann, ihn durchzustehen.«

Jenny verzog das Gesicht.

»Aye, du hast recht«, sagte sie widerstrebend. »Und aus demselben Grund kannst du auch nicht gehen und ihn hierlassen.«

»Das stimmt.« Und Jamie würde hierherkommen, um mich zu sehen. Ich würde nicht gehen.

»Du weißt doch, dass Jamie sofort zur Druckerei gehen würde, wenn er dich hier nicht fände«, merkte Jenny an, und mir standen die Nackenhaare zu Berge.

»Könntest du damit aufhören?«

»Womit?«, fragte sie verblüfft.

»Meine Gedanken zu lesen.«

»Ach so.« Sie grinste mich an, und ihre blauen Augen verengten sich zu Dreiecken. »Alles, was du denkst, steht dir ins Gesicht geschrieben, Claire. Das muss dir Jamie doch schon gesagt haben?«

Eine tiefe Röte brannte sich ihren Weg aus meinem weit ausgeschnittenen Dekolleté nach oben, und erst in diesem Moment wurde mir wieder bewusst, dass ich immer noch das sahnefarbene Seidenkleid trug, das jetzt mit Schweiß durchtränkt, mit Staub gerändert und überhaupt recht mitgenommen war. Und ein ziemlich enges Korsett. Ich hoffte sehr, dass mir nicht *alles*, was ich dachte, ins Gesicht geschrieben stand, weil es doch einiges gab, das ich Jenny im Moment lieber nicht mitteilen wollte.

»Nun, ich kann nicht *jeden* deiner Gedanken lesen«, räumte sie ein – und machte es verflixt noch mal schon wieder! –, »aber es ist gut zu sehen, wenn du an Jamie denkst.«

Ich beschloss, dass ich wirklich nicht hören wollte, wie ich aussah, wenn ich an Jamie dachte, und war gerade im Begriff, mich zu entschuldigen, um nach dem Herzog zu sehen, den ich im Salon husten und atemlos vor sich hin fluchen hörte, als mein Augenmerk auf einen Jungen gelenkt wurde, der die Straße entlanggerannt kam, als sei der Teufel hinter ihm her. Er trug seinen Rock mit dem Futter nach außen, und seine Hemdschöße wehten hinter ihm her.

»Colenso!«, rief ich aus.

»Was?«, sagte Jenny aufgeschreckt.

»Nicht was. Wer. Da«, sagte ich und zeigte auf die verdreckte kleine Gestalt, die jetzt den Weg entlanggekeucht kam. »Colenso Baragwanath. Williams Stallknecht.«

Colenso, der immer so aussah, als gehörte er auf einen Fliegenpilz, kam so heftig auf den Eingang zugeschossen, dass Jenny und ich aus dem Weg sprangen. Colenso stolperte über die Türschwelle und fiel der Länge nach hin.

»Du siehst ja aus, als wäre der Leibhaftige hinter dir her«, sagte Jenny und bückte sich, um ihm aufzuhelfen. »Und was ist mit deiner Hose passiert?«

In der Tat war der Junge barfuß und trug nur sein Hemd unter dem Rock.

»Die haben sie«, entfuhr es ihm, während er nach Luft schnappte.

»Wer?«

»Sie«, sagte er mit einer hoffnungslosen Geste in Richtung Locust Street. »Ich habe den Kopf ins Wirtshaus gesteckt, um zu sehen, ob Lord Ellesmere dort war – das ist er ja manchmal –, und da war ein Haufen Männer, die wie ein Bienenschwarm zugange waren. Kräftige Jungs dabei. Einer davon kannte mich und hat mich gesehen und schreit los, ich würde ihnen nachspionieren und es der Armee erzählen, und dann haben sie mich gepackt und mich Verräter genannt und mir den Rock falsch herum angezogen, und einer hat gesagt, er würde mir eine Tracht Prügel verpassen und es mir schon zeigen und hat mir die Hose ausgezogen, und … und … jedenfalls habe ich mich aus seinen Händen gewunden, bin auf den Boden gefallen und unter den Tischen durch, und dann bin ich losgelaufen.« Er wischte sich mit dem Ärmel über die Nase, die immer noch lief. »Ist Seine Lordschaft hier, Ma'am?«

»Nein«, sagte ich. »Warum suchst du ihn?«

»Oh, ich nicht, Ma'am«, versicherte er mir sichtbar aufrichtig. »Major Findlay sucht ihn. Dringend.«

»Hmm … nun, wo auch immer er im Moment ist, heute Abend wird er gewiss sein Quartier aufsuchen. Du weißt doch, wo das ist, oder?«

»Ja, Ma'am, aber ich gehe nicht wieder ohne meine Hose auf die Straße!« Seine Miene war entsetzt und entrüstet zugleich, und Jenny lachte.

»Das kann ich gut verstehen, Junge«, meinte sie. »Aber ich sage dir etwas – mein ältester Enkelsohn hat bestimmt eine alte Hose, die er entbehren kann. Ich gehe in die Druckerei«, sagte sie zu mir, »hole die Hose und erstatte Marsali Bericht.«

»Gut«, sagte ich, obwohl ich sie nur widerstrebend gehen ließ. »Aber komm bald zurück. Und sag ihr, sie soll *ja* nichts davon in der Zeitung drucken!«

10

IN WELCHEM DER HEILIGE GEIST ÜBER EINEN ZÖGERNDEN JÜNGER KOMMT

Dan Morgans »Es« war tatsächlich in der Nähe; eine baufällige Blockhütte in einem kleinen Ulmenhain, die durch einen kurzen Feldweg von der Straße getrennt war. Vor der Hütte graste ein großer Schimmelwallach, dessen Zaumzeug auf der Veranda lag; er hob kurz den Kopf und wieherte den Neuankömmlingen zu.

Jamie folgte Dan geduckt durch die Tür und fand sich in einem dunklen, schäbigen Zimmer wieder, in dem es beißend nach Kohlbrühe, Schmutz und Urin roch. Es hatte ein Fenster, dessen Läden offen standen, um Luft einzulassen, und das einfallende Sonnenlicht umriss den kurz geschorenen Kopf eines kräftigen Mannes, der am Tisch saß und den Kopf hob, als sich die Tür öffnete.

»Oberst Morgan«, sagte er mit leiser Stimme, in der ein Hauch von Virginia-Akzent mitschwang. »Bringt Ihr gute Nachrichten mit?«

»So ist es«, sagte der alte Dan und schob Jamie vor sich her auf den Tisch zu. »Diesen Gauner hier habe ich unterwegs getroffen und ihn gebeten mitzukommen. Das ist Oberst Fraser, von dem ich Euch erzählt habe. Gerade zurück aus Schottland und genau der Mann, den Ihr braucht.«

Der kräftige Mann hatte sich vom Tisch erhoben und streckte lächelnd die Hand aus – obwohl er mit fest aufeinandergepressten Lippen lächelte, als hätte er Angst, dass etwas entweichen könnte. Der Mann war genauso groß wie Jamie, und dieser sah sich einem scharfsichtigen grauen Augenpaar gegenüber, das nicht länger brauchte, um ihn einzuschätzen, als der Händedruck dauerte.

»George Washington«, sagte der Mann. »Euer Diener, Sir.«

»James Fraser«, sagte Jamie hinreichend verblüfft. »Euer… gehorsamster Diener, Sir.«

»Setzt Euch zu mir, Oberst Fraser.« Der Mann aus Virginia wies auf eine der grob gezimmerten Bänke am Tisch. »Mein Pferd ist lahm geworden, und mein Sklave ist unterwegs, um mir ein anderes zu suchen. Keine Ahnung, wie lange es dauern wird, weil ich ein kräftiges Tier brauche, das mein Gewicht tragen kann, und davon gibt es dieser Tage nicht viele.« Er betrachtete Jamie unverblümt von

Kopf bis Fuß; sie hatten dieselbe Körpergröße. »Ihr habt nicht zufällig ein anständiges Pferd dabei, Sir?«

»Doch, das habe ich.« Es war klar, was Washington erwartete, und Jamie ergab sich mit Anstand in sein Schicksal. »Würdet Ihr mir die Ehre erweisen, es anzunehmen, General?«

Der alte Dan stieß ein missmutiges Geräusch aus, und es war ihm anzusehen, dass er gern widersprochen hätte, doch Jamie warf ihm einen kurzen Blick zu und schüttelte den Kopf. Es war nicht mehr weit nach Philadelphia; er konnte zu Fuß gehen.

Washington sah erfreut aus und dankte Jamie seinerseits mit Anstand. Man werde ihm das Pferd zurückbringen, sobald ein anderes geeignetes Tier gefunden sei.

»Aber es ist wirklich unerlässlich, dass ich im Moment beweglich bin, Oberst«, stellte Washington entschuldigend fest. »Euch ist doch bewusst, dass sich Clinton auf dem Rückzug aus Philadelphia befindet, oder?«

Der Schreck durchfuhr ihn wie ein heißer Penny, der auf ein Stück Butter fällt.

»Es ... äh ... Nein, Sir. Das war mir nicht bewusst.«

»Ich war gerade im Begriff, es anzusprechen«, sagte Dan gereizt. »Niemand lässt mich auch nur ein Wort einwerfen.«

»Nun, das war ja jetzt eins«, sagte Washington belustigt. »Vielleicht schafft Ihr noch ein zweites, wenn Ihr schnell genug den Mund aufmacht, bevor Lee eintrifft. Setzt Euch doch, meine Herren. Ich warte auf – ah, da sind sie ja.« Geräusche im Freien verkündeten die Ankunft mehrerer Reiter, und innerhalb von Sekunden wimmelte es in der Hütte von Kontinentaloffizieren.

Sie waren ein faltiger, verwitterter Haufen, der mit zusammengewürfelten Uniformstücken bekleidet war, zu denen sich wenig passende Jagdhemden oder Leinenhosen gesellten. Selbst diejenigen, deren Kleidung aus einem Guss war, waren mit Schlamm bespritzt und heruntergekommen, und der Geruch von Männern, die eine Zeit lang im Freien gelebt haben, überlagerte die weniger aufdringlichen, häuslichen Aromen der Hütte.

Während des Hin und Hers der aufgeregten Begrüßung jedoch bemerkte Jamie die Quelle des Uringeruchs; eine Frau mit einem hageren Gesicht stand mit dem Rücken in eine Zimmerecke gepresst, einen Säugling in einem zerschlissenen Schultertuch an die Brust gedrückt, und ihr Blick huschte zwischen den Eindringlingen hin und her. Auf dem Tuch war ein dunkler, feuchter Fleck zu sehen, doch es war klar, dass die Frau Angst hatte, sich vom Fleck zu bewegen, um das Baby zu wickeln, und dass sie stattdessen von einem Bein auf das andere trat und das Kind tätschelte, um es zu beruhigen.

»Oberst Fraser! Wie schön, Euch zu sehen!« Die Stimme riss seine Aufmerksamkeit von der Frau fort, und zu seinem Erstaunen stellte er fest, dass es Anthony Wayne war, der ihm die Hand schüttelte – inzwischen offen als der »irre Anthony« bekannt. Er hatte ihn das letzte Mal einige Wochen vor dem Fall von Ticonderoga gesehen.

»Geht es Eurer Gemahlin gut, Sir, und Eurem indianischen Neffen?«, fragte Wayne jetzt und strahlte zu ihm hinauf. Anthony war kurz und gedrungen mit den Pausbacken eines Erdmännchens, aber auch einer scharfen, vorstehenden Nase, über der seine Augen hin und wieder in Flammen zu stehen schienen. Jamie sah erleichtert, dass sie im Moment nur freundlich interessiert zu leuchten schienen.

»Alles bestens, Sir, danke. Und …«

»Sagt mir, ist Eure Frau vielleicht in der Nähe?« Wayne kam ein wenig näher und senkte die Stimme. »Mein Gichtfuß lässt mir keine Ruhe, und sie hat doch solche Wunder mit dem Abszess unten an meinem Rücken gewirkt, als wir in Ti…«

»Oberst Fraser, gestattet mir, Euch mit Generalmajor Charles Lee und mit General Nathanael Greene bekannt zu machen.« Zu seiner Erleichterung trieb George Washingtons Virginianerstimme einen sauberen Keil zwischen ihn und das untere Ende von Anthonys Rücken.

Neben Washington war Charles Lee derjenige der Männer, der am besten ausgestattet war. Er trug eine komplette Uniform, von der Halsberge bis zu den blank geputzten Stiefeln. Jamie war ihm zwar noch nie begegnet, doch er hätte ihn in jeder Menschenansammlung als Berufssoldaten erkannt, ganz gleich, was er trug. Lee war ein Engländer von der Sorte, die ständig etwas Verdächtiges zu riechen schien, doch er schüttelte ihm höflich mit einem knappen »Euer Diener, Sir« die Hand. Jamie wusste genau zwei Dinge über Charles Lee, und beide hatte Ian ihm erzählt – nämlich dass der Mann mit einer Mohawkfrau verheiratet war. Und dass die Mohawk ihn »Ounewaterika« nannten. Ian sagte, das bedeute »Kochendes Wasser«.

In Gesellschaft des irren Anthony *und* des Mannes mit dem Namen »Kochendes Wasser« beschlich Jamie nun doch das Gefühl, er hätte seinem Pferd die Sporen geben und die Flucht ergreifen sollen, als er Dan Morgan auf der Straße begegnete, aber jetzt war es für jede Reue zu spät.

»Setzt Euch, meine Herren, wir haben keine Zeit zu verlieren.« Washington wandte sich an die Frau in der Ecke. »Habt Ihr etwas zu trinken, Mrs. Hardman?«

Jamie sah, wie sich ihre Kehle bewegte, als sie schluckte und dabei das Kind so fest drückte, dass es aufkreischte wie ein Ferkel und zu schreien begann. Er spürte, wie mehrere der Männer, zweifelsohne Väter, bei diesem Geräusch zusammenzuckten.

»Nein, Freund«, sagte sie, und er begriff, dass sie Quäkerin war. »Nichts außer Wasser aus dem Brunnen. Soll ich einen Eimer holen?«

»Mach dir keine Umstände, Freundin Hardman«, sagte Nathanael Greene sanft. »Ich habe zwei Flaschen in meiner Satteltasche, die uns reichen dürften.« Er trat langsam auf die Frau zu, um ihr keine Angst zu machen, und nahm sie sacht beim Arm. »Komm nach draußen. Wir wollen dich nicht stören mit dem, was wir zu besprechen haben.« Er war ein gewaltiger, Achtung gebietender

Mann, der beim Gehen deutlich humpelte, doch es schien sie zu beruhigen, dass er nach Art der Quäker mit ihr sprach, und sie ging mit ihm, auch wenn sie sich nervös umsah, als hätte sie Angst, die Männer könnten ihr das Haus anzünden.

Eine Viertelstunde später war sich Jamie gar nicht mehr so sicher, dass sie die Hütte nicht durch die schiere Wucht ihrer Erregung in Brand setzen würden. Washington und seine Männer hatten die letzten sechs Monate in Valley Forge festgesessen und exerziert, was das Zeug hielt, und die Generäle brannten darauf, sich auf den Feind zu stürzen.

Gerede, Gerede, Pläne wurden vorgeschlagen, diskutiert, verworfen, wieder aufgegriffen. Jamie hörte mit halbem Ohr zu, das andere war in Philadelphia. Er hatte von Fergus genug gehört, um zu wissen, dass die Stadt gespalten war und es regelmäßige Zusammenstöße zwischen Patrioten und Loyalisten gab, die nur aufgrund der Anwesenheit der britischen Soldaten nicht ausuferten. In dem Moment, in dem der Schutz der Armee verschwand, würden die Loyalisten den Rebellen auf Gedeih und Verderb ausgeliefert sein – und von Rebellen, die monatelang unterdrückt worden waren, war wohl kaum Gnade zu erwarten.

Und Claire… Sein Mund wurde trocken. Soweit man es in Philadelphia wusste, war Claire die Frau von Lord John Grey, einem prominenten Loyalisten. Und Jamie selbst hatte sie um Lord Johns Schutz gebracht und sie allein und hilflos in einer Stadt zurückgelassen, die kurz vor der Explosion stand.

Wie viel Zeit blieb ihm noch, bis die Briten die Stadt verließen? Niemand am Tisch wusste es.

Er beteiligte sich so wenig wie möglich an der Unterhaltung, erstens, weil er überlegte, wie schnell er Philadelphia zu Fuß erreichen konnte, wenn er sich nicht zum Abort begeben und das Pferd zurückstehlen wollte, das er Washington gerade überlassen hatte – und zweitens, weil er nicht vergessen hatte, was der alte Dan zu General Washington gesagt hatte, als er Jamie hierhergeschleift hatte. Das Allerletzte, was er wollte, war…

»Und Ihr, Oberst Fraser«, sagte Washington. Jamie schloss die Augen und befahl Gott seine Seele an. »Würdet Ihr mir den außerordentlichen Dienst erweisen und den Befehl über Henry Taylors Bataillon übernehmen? General Taylor ist krank geworden und vor zwei Tagen gestorben.«

»Ich… fühle mich geehrt, Sir«, brachte Jamie heraus, während er hektisch überlegte. »Aber ich habe dringend… in Philadelphia zu tun. Ich stehe Euch gern zu Diensten, sobald dies erledigt ist – und ich könnte Euch dann natürlich berichten, wie genau es um General Clintons Truppen bestellt ist.« Washington hatte anfangs ernst dreingeschaut, doch bei seinem letzten Satz brummten Greene und Morgan beifällig, und Waynes Erdmännchenkopf nickte.

»Könnt Ihr in drei Tagen damit fertig sein, Oberst?«

»Ja, Sir!« Es waren nicht mehr als zehn Meilen bis zur Stadt; das konnte er in zwei oder drei Stunden schaffen. Und er würde nicht mehr als dreißig Sekunden brauchen, um Claire aus diesem Haus zu holen, wenn er erst dort war.

»Also schön. Ich ernenne Euch vorübergehend in den Feldrang eines General-Leutnants. Das …«

»*Ifrinn!*«

»Verzeihung, Oberst?«, sagte Washington fragend. Dan Morgan, der Jamie schon öfter auf Gälisch fluchen gehört hatte, schüttelte sich tonlos neben ihm.

»Ich … danke Euch, Sir.« Er schluckte und spürte, wie ihn eine schwindelerregende Hitzewelle überlief.

»Wobei der Kongress Eurer Ernennung noch zustimmen muss«, fuhr Washington mit einem kleinen Stirnrunzeln fort, »und es lässt sich nicht mit Sicherheit sagen, was diese zänkischen Buchhalter tun werden.«

»Ich verstehe, Sir«, versicherte ihm Jamie. Er konnte nur hoffen. Dan Morgan reichte ihm eine Flasche, und er trank einen großen Schluck, wobei er kaum Notiz davon nahm, was sie enthielt. Heftig schwitzend, sank er auf die Bank zurück und hoffte, nicht noch einmal aufzufallen.

Himmel, was jetzt? Er hatte vorgehabt, in aller Stille in die Stadt zu schlüpfen und mit Claire wieder hinaus, dann nach Süden zu gehen, um seine Druckerpresse an sich zu bringen und vielleicht in Charleston oder Savannah ein kleines Geschäft aufzumachen, bis der Krieg vorbei war und sie heim nach Fraser's Ridge gehen konnten. Doch er *hatte* gewusst, dass ein Risiko bestand; jeder Mann unter sechzig Jahren konnte in den Milizdienst gepresst werden, und wenn er es genau betrachtete, war er als General wahrscheinlich etwas weniger gefährdet als ein Milizkommandeur. Vielleicht. Und ein General konnte zurücktreten; das war ein ermutigender Gedanke.

Trotz der vielen Worte und der beunruhigenden Aussichten auf die unmittelbare Zukunft ertappte sich Jamie dabei, dass er mehr auf Washingtons Gesicht achtete als auf das, was er sagte, dass er genau beobachtete, wie der Mann redete und sich hielt, um es Claire erzählen zu können. Er wünschte, er könnte es Brianna erzählen; sie und Roger Mac hatten manchmal darüber spekuliert, wie es wohl sein würde, jemandem wie Washington zu begegnen. Doch da er selbst schon einigen Berühmtheiten begegnet war, hatte er ihr gesagt, dass es sich wahrscheinlich eher als Enttäuschung herausstellen würde.

Allerdings musste er zugeben, dass Washington wusste, was er tat; er hörte mehr zu, als dass er redete, und wenn er etwas sagte, traf es den Kern der Sache. Und er strahlte eine Art entspannter Autorität aus, obwohl es klar war, dass ihn das gegenwärtige Unterfangen sehr erregte. Seine Gesicht war pockennarbig, kräftig und alles andere als gut aussehend, doch es war voller Würde und Charakter.

Inzwischen war Bewegung in seine Züge gekommen, und er ging sogar so weit, hin und wieder zu lachen, wobei er sehr schlechte, fleckige Zähne zeigte. Jamie war fasziniert; Brianna hatte ihm gesagt, dass sie falsch waren, aus Holz oder Flusspferdelfenbein, und plötzlich versetzte ihn die Erinnerung an seinen Großvater an einen ganz anderen Ort; der Alte Fuchs hatte ein Gebiss aus Buchenholz gehabt. Jamie hatte es im Streit ins Feuer geworfen – und nur für einen Moment war er dort, in Schloss Beaufort; er roch Torfrauch und Wildbraten, und jedes Haar an seinem Körper sträubte sich warnend, denn er war von Verwandten umringt, die ihn töten würden, ohne mit der Wimper zu zucken.

Und genauso plötzlich war er wieder da, eingequetscht zwischen Lee und dem alten Dan, roch Schweiß und Aufregung und spürte ganz unwillkürlich, wie sich die zunehmende Erregung der Männer auch in sein eigenes Blut zu stehlen begann.

Es versetzte ihm auf einmal einen seltsamen Stich in der Magengegend, keinen halben Meter von einem Mann entfernt zu sitzen, den er überhaupt nicht kannte, über den er aber vermutlich mehr wusste als der Mann selbst.

Gewiss, er hatte viele Abende mit Charles Stuart verbracht und gewusst – und geglaubt –, was ihm Claire über dessen Schicksal erzählt hatte. Aber dennoch … Christus hatte dem ungläubigen Thomas gesagt: »Selig, die nicht sehen und doch glauben.« Jamie fragte sich, wie man wohl diejenigen bezeichnete, die gesehen *haben* und gezwungen sind, mit dem daraus resultierenden Wissen zu leben. Er vermutete, dass »selig« wohl nicht das richtige Wort war.

ES WAR MEHR ALS EINE Stunde später, als Washington und die anderen aufbrachen; eine Stunde, in deren Verlauf Jamie immer wieder dachte, er würde jeden Moment einfach aufstehen, den Tisch umstürzen und zur Tür hinauslaufen, um die Kontinentalarmee sich selbst zu überlassen.

Er wusste natürlich genau, dass sich eine Armee nur langsam bewegte, außer im Kampf. Und Washington ging eindeutig davon aus, dass es noch eine Woche oder länger dauern würde, bis die Briten Philadelphia tatsächlich verließen. Doch es war zwecklos, seinem Körper Vernunft zu predigen, denn wie immer setzte dieser seine eigenen Prioritäten. Hunger, Durst, Erschöpfung oder eine Verletzung konnte er ignorieren oder unterdrücken. Das Drängen, Claire zu sehen, konnte er *nicht* unterdrücken.

Wahrscheinlich war es ja das, was sie und Brianna Testosteronvergiftung nannten, dachte er gedankenverloren – ihre Bezeichnung für die auf der Hand liegenden Dinge, die Männer taten und die Frauen nicht verstanden. Irgendwann musste er sie einmal fragen, was Testosteron war. Er setzte sich verkrampft auf der schmalen Bank zurecht und zwang sich, wieder auf das zu achten, was Washington sagte.

Endlich, endlich klopfte es an der Tür, und ein Schwarzer steckte den Kopf zur Tür herein und nickte Washington zu.

»Fertig, Sir«, sagte er mit demselben sanften Virginia-Akzent wie sein Herr.

»Danke, Caesar«, erwiderte Washington und nickte dem Mann zu, stützte übergangslos die Hände auf den Tisch und erhob sich rasch. »Dann sind wir uns also einig, meine Herren? Ihr kommt mit mir, Lee. Den Rest von euch treffe ich zum verabredeten Zeitpunkt auf Sutfins Farm, es sei denn, ihr hört etwas anderes.«

Jamies Herz tat einen Satz, und auch er machte Anstalten, sich zu erheben, aber der alte Dan legte ihm die Hand auf den Ärmel.

»Setzt Euch noch ein bisschen, Jamie«, sagte er. »Ihr müsst sicher etwas über Euren neuen Posten wissen, oder?«

»Ich …«, begann er, doch es war nicht zu ändern. Er setzte sich wieder und wartete, während sich Nathanael Greene bei Mrs. Hardman für die Gastfreundschaft bedankte und sie bedrängte, eine kleine Gegenleistung der Armee für den zivilen Empfang der Männer anzunehmen. Jamie wäre jede Wette eingegangen, dass die Münzen, die er aus seiner Geldbörse holte, ihm selbst gehörten und nicht der Armee, doch die Frau nahm sie an, auch wenn die Regung in ihrem abgehärmten Gesicht zu schwach blieb, um als Freude bezeichnet zu werden. Er sah, wie sie erleichtert die Schultern fallen ließ, als sich die Tür hinter den Generälen schloss, und er begriff, dass ihre Gegenwart sie und ihr Kind in beträchtliche Gefahr hätte bringen können, wenn die falschen Leute gesehen hätten, dass ihr Haus von uniformierten Kontinentaloffizieren besucht wurde.

Sie warf einen abschätzenden Blick auf ihn und Dan, doch er merkte, dass sie beide der Frau weitaus weniger Sorgen machten. Er begriff, dass sie beide in Zivil gekleidet waren. Dan hatte seinen Uniformrock ausgezogen, das Futter nach außen gekehrt und ihn zusammengefaltet neben sich auf die Bank gelegt.

»Habt Ihr vielleicht gerade das Gefühl, dass sich Feuerzungen auf Euren Kopf senken, Jamie?«, fragte Dan, der seinen Blick sah.

»Was?«

»*Am Abend aber desselben ersten Tages der Woche, da die Jünger versammelt und die Türen verschlossen waren aus Furcht vor den Juden, kam Jesus und trat mitten ein und sprach zu ihnen: Friede sei mit euch*«, zitierte Dan und quittierte seinen erstaunten Blick mit einem breiten Grinsen.

»Meine Abigail kann lesen, und sie liest mir regelmäßig aus der Bibel vor, weil sie hofft, dass ich mich bessern werde, obwohl sie da bis jetzt nicht viel Glück hatte.« Er griff nach dem Rucksack, den er mit in die Hütte gebracht hatte, und suchte darin herum, bis er ein zusammengefaltetes Bündel eselsohriger Papiere, ein Tintenhorn und ein paar zerfledderte Federkiele zum Vorschein brachte.

»Nun, da sich der Vater, der Sohn und der Heilige Geist entfernt haben, um sich um ihre eigenen Angelegenheiten zu kümmern, will ich Euch die Namen Eurer Kompaniekommandeure aufschreiben, die Milizen, die Euch zur Verfügung stehen, und wo sie alle sind, denn es ist ja nicht so, als wären sie alle in Kasernen – oder auch nur im selben Dorf. Mrs. Hardman, dürfte ich Euch um einen Tropfen Wasser bitten für meine Tinte?«

Jamie konzentrierte sich unter Schwierigkeiten auf das, was zu besprechen war, um sich schneller wieder anderen Dingen widmen zu können, und es dauerte keine Viertelstunde, bis er die Listen zusammenpackte, die Dan langsam mit seiner krakeligen Handschrift verfasst hatte. *Zwei Stunden bis nach Philadelphia … vielleicht drei …*

»Habt Ihr denn überhaupt Geld?«

»Nicht einen Penny«, gab Jamie mit einem Blick auf die Stelle an seinem Gürtel zu, an der normalerweise sein Geldbeutel hing. Während der Reise hatte er ihn Jenny anvertraut, weil es ihr solche Freude machte, die kleinen Einkäufe für sie beide zu erledigen. Und heute Morgen hatte er so sehr darauf gebrannt, Claire zu sehen, dass er nichts als die Kleider an seinem Leib und das Päckchen Papiere für Fergus dabeigehabt hatte, als er die Druckerei verließ. Er hielt einen Moment inne, um sich zu fragen, ob jetzt wohl alles anders wäre, wenn ihn die Soldaten nicht dabei gesehen hätten, wie er Fergus die Papiere gab, und sie ihm nicht zu Lord Johns Haus gefolgt wären … und William … Ach was, Reue war jetzt zwecklos.

Dan grub noch einmal in seinem Sack, brachte einen kleineren Beutel und eine klingelnde Börse zum Vorschein und warf Jamie beides zu.

»Etwas zu essen für unterwegs und ein Vorschuss auf Euren Generalssold«, sagte er und gluckste vor Belustigung über seinen Witz. »Heutzutage müsst Ihr eine Uniform mit harter Münze bezahlen; kein Schneider in Philadelphia nimmt Kontinentalnoten. Und wehe, wenn Ihr vor seiner Verehrenswürdigkeit George Washington nicht anständig aufgemacht erscheint. Er besteht auf einer korrekten Uniform – man kann nicht erwarten, als Befehlshaber Respekt zu ernten, wenn man nicht so aussieht, als hätte man ihn verdient, sagt er. Aber ich denke, darüber wisst Ihr ja Bescheid.«

Dan, der in beiden Schlachten von Saratoga im Jagdhemd gekämpft und seinen Uniformrock wegen der Hitze im Lager über einen Ast gehängt hatte, lächelte Jamie breit an, so dass sich die Narbe, die ihm eine Kugel von der Oberlippe durch das Gesicht gezogen hatte, weiß auf seiner verwitterten Haut abmalte.

»So lebt denn wohl, General Fraser!«

Jamie prustete, lächelte aber trotzdem, als er sich erhob, um Dan die Hand zu schütteln. Dann wandte er sich wieder den Hinterlassenschaften auf dem Tisch zu und verstaute die Papiere und den Geldbeutel – und einen Federkiel, den Dan übersehen und liegen gelassen hatte – in dem Beutel. Er war dankbar für das Essen; der Geruch von Trockenfleisch und Brot stieg aus dem Segeltuch auf, und unten konnte er die festen Umrisse einiger Äpfel fühlen. Er war überstürzt ohne Frühstück aus der Druckerei aufgebrochen.

Er richtete sich auf, und ein sengender Schmerz fuhr ihm wie der Blitz von der Mitte der Wirbelsäule bis zur Sohle hinunter. Er keuchte auf und ließ sich auf einen Hocker fallen, während der Krampf seine untere Rückenhälfte und die linke Gesäßbacke fest im Griff hielt.

»Jesus, Maria und Bride – doch nicht *jetzt*«, knirschte er mit zusammengebissenen Zähnen, und es war halb als Gebet, halb als Fluch gedacht. Er hatte gespürt, wie etwas in seinem Rücken nachgab oder riss, als er John Grey den Hieb versetzte, aber in der Hitze des Gefechts war es ihm nicht wichtig erschienen. Beim Gehen hatte es ihn kaum gestört – er hatte den Kopf so voll gehabt, dass er kaum Notiz davon genommen hatte –, doch jetzt, da er eine Weile gesessen hatte und seine Muskulatur abgekühlt war …

Er versuchte vorsichtig aufzustehen, sackte wieder zusammen. Schwitzend und mit geballten Fäusten über den Tisch gebeugt, gab er einige Dinge auf Gälisch von sich, die sich absolut nicht zum Gebet eigneten.

»Geht es dir nicht gut?« Die Dame des Hauses beugte sich über ihn und blinzelte ihn besorgt an.

»Einen … Moment«, brachte er heraus, während er versuchte, das zu tun, was Claire ihm empfohlen hatte – also sich durch den Krampf zu atmen.

»Wie Wehen«, hatte sie ihn belustigt aufgeklärt. Er hatte es schon beim ersten Mal nicht komisch gefunden, und das war jetzt nicht anders.

Der Schmerz ließ nach. Er streckte das Bein aus und beugte es dann vorsichtig wieder. So weit, so gut. Doch als er erneut aufzustehen versuchte, klemmte seine untere Rückenhälfte in einem Schraubstock fest, und ein atemberaubender Schmerz fuhr ihm durch das Gesäß.

»Habt Ihr … irgendetwas wie … Whisky? Rum?« Wenn es ihm nur gelang, auf die Beine zu kommen … Doch die Frau schüttelte den Kopf.

»Es tut mir leid. Ich habe nicht einmal Bier. Nicht einmal mehr Milch für die Kinder«, fügte sie mit einer gewissen Bitterkeit hinzu. »Die Armee hat mir die Ziegen weggenommen.«

Sie sagte nicht, welche Armee, doch er vermutete, dass es für sie sowieso keine Rolle spielte. Er stieß einen entschuldigenden Laut aus für den Fall, dass es die Kontinentalen oder die Miliz gewesen war, und sank dann schwer atmend wieder zusammen. Das war ihm schon dreimal passiert; genau der gleiche sengende Schmerz, die gleiche Bewegungsunfähigkeit. Einmal hatte es vier Tage gedauert, bis er wieder humpeln konnte; die beiden anderen Male war er innerhalb von zwei Tagen auf den Beinen gewesen und hatte wenigstens langsam gehen können, selbst wenn es ihn noch zwei Wochen sporadisch gezwickt hatte.

»Bist du krank? Ich könnte dir Rhabarbersirup geben«, bot sie ihm an. Er brachte ein Lächeln zuwege und schüttelte den Kopf.

»Ich danke Euch, Ma'am. Es ist nur ein Krampf in meinem Rücken. Wenn er nachlässt, wird alles gut.« Nur, dass er, *bis* der Krampf nachließ, so gut wie hilflos war, und als ihm das jetzt dämmerte, empfand er plötzlich Panik.

»Oh.« Die Frau blieb einen Moment zögernd bei ihm stehen, doch dann fing das Baby an zu schreien, und sie wandte sich ab, um es zu holen. Ein kleines Mädchen, fünf oder sechs, dachte er, ein kümmerliches kleines Ding kroch unter dem Bett hervor und sah ihn neugierig an.

»Bleibst du zum Essen?«, fragte sie mit hoher, klarer Stimme. Sie betrachtete ihn mit einem abschätzenden Stirnrunzeln. »Du siehst so aus, als würdest du eine Menge essen.«

Er korrigierte seine Einschätzung ihres Alters auf acht oder neun und lächelte sie an. Er schwitzte immer noch vor Schmerzen, doch sie ließen jetzt ein wenig nach.

»Ich werde dir nicht das Essen wegnehmen, *a nighean*«, versicherte er ihr. »Im Gegenteil, in dem Beutel dort ist ein gutes Brot und Trockenfleisch; nimm das ruhig.« Ihre Augen wurden rund wie Pennystücke, und er ergänzte: »Für deine Familie.«

Sie warf einen sehnsüchtigen Blick auf den Beutel und schluckte krampfhaft, weil ihr das Wasser im Mund zusammenlief; er konnte ihr leises Schlucken hören, und es brach ihm fast das Herz.

»Pru!«, flüsterte sie und wandte sich hastig dem Tisch zu. »Essen!«

Ein weiteres kleines Mädchen kam hervorgekrochen und stellte sich neben seine Schwester. Sie waren beide nicht besonders hübsch, hatten aber auch keine große Ähnlichkeit miteinander.

»Hab's gehört«, sagte das zweite Mädchen zu seiner Schwester und richtete den Blick dann ernst auf Jamie.

»Lass dir keinen Rhabarbersirup von Mama geben«, riet sie ihm. »Davon musst du scheißen wie verrückt, und wenn du nicht zum Abort gehen kannst, dann …«

»Prudence!«

Prudence schloss brav den Mund, ließ den Blick aber weiter neugierig über Jamie hinwegschweifen. Ihre Schwester kniete sich hin und kramte unter dem Bett, bis sie mit dem Familien-Nachttopf wieder auftauchte, einem schlichten Gegenstand aus braunem Ton, den sie ihm feierlich zur Betrachtung entgegenhielt.

»Wir drehen uns auch um, wenn du ihn benutzen …«

»Patience!«

Mit rotem Kopf nahm Mrs. Hardman ihrer Tochter den Nachttopf ab und scheuchte die beiden Mädchen zum Tisch, wo sie – mit einem Blick in Jamies Richtung, um sicherzugehen, dass er es ernst gemeint hatte – das Brot und die Äpfel aus seinem Beutel holte und das Essen gewissenhaft in drei Portionen aufteilte, zwei große für die Mädchen und eine kleinere für sich selbst, die sie für später beiseitestellte. Dann half sie ihm vorsichtig auf die Maisstroh-Matratze.

Das Baby war aufgewacht und lag zappelnd in der Wiege, wo es jaulte wie ein Fuchswelpe. Mrs. Hardman hob das Kind heraus und zog sich mit dem Fuß einen schäbigen Lehnstuhl zum Feuer. Sie legte das Baby neben ihm auf das Bett, um dann mit einer Hand ihre Bluse zu öffnen und die andere automatisch nach einem Apfel auszustrecken, der auf die Tischkante zurollte, weil ihn eins der Mädchen mit dem Ellbogen angestoßen hatte.

Das Baby schmatzte mit den Lippen, denn es war genauso hungrig wie seine Schwestern. »Und das ist dann wohl die kleine Chastity, nehme ich an?«, sagte er.

Mrs. Hardman sah ihn mit offenem Mund an. »Woher kennst du denn ihren Namen?«

Er richtete den Blick auf Prudence und Patience, die sich schweigend mit Brot und Fleisch vollstopften, so schnell sie essen konnten. »Nun, der Rest der himmlischen Tugenden gibt wohl nicht so schöne Mädchennamen ab«, sagte er geduldig. »Die Kleine trieft ja, habt Ihr eine saubere Windel für sie?«

Vor dem Feuer hingen zwei Tücher zum Trocknen; sie holte eins davon, und als sie zurückkam, hatte er das Baby schon aus der nassen Windel gewickelt und ihm den Hintern abgewischt, während er die winzigen Fußgelenke in einer Hand hielt.

»Du hast Kinder, wie ich sehe.« Mrs. Hardman nahm ihm mit hochgezogenen Augenbrauen die schmutzige Windel ab, nickte dankend und warf sie in einen Eimer mit Essigwasser, der hinten in einer Ecke stand.

»Und Enkelkinder«, sagte er und wackelte vor Chastitys Nase mit dem Finger. Sie fing an zu schielen und gurgelte, während sie begeistert mit den Beinchen strampelte. »Ganz zu schweigen von meinen sechs Neffen und Nichten.« *Und wo sind Jem und die kleine Mandy jetzt, frage ich mich? Kann sie nun wieder unbeschwert atmen, die arme Kleine?* Sanft kitzelte er das Baby unter den rosa Füßchen und dachte dabei an die seltsame, herzzerreißende Schönheit der sanften Blaufärbung von Mandys langen Zehen, elegant wie die eines Froschs.

»*Genau wie deine*«, hatte Claire zu ihm gesagt und war mit dem Fingernagel sacht über Mandys Fußsohle gefahren, so dass der dicke Zeh plötzlich von den anderen fortsprang. Wie hatte sie das genannt?

Vorsichtig versuchte er es selbst und lächelte entzückt, als mit Chastitys Knubbelzehen dasselbe passierte.

»Babinski«, sagte er zu Mrs. Hardman und empfand tiefe Genugtuung, weil er sich an den Namen erinnerte. »So heißt das, wenn der dicke Zeh eines Babys das macht. Ein Babinskireflex.«

Mrs. Hardman zog ein erstauntes Gesicht – allerdings noch viel mehr, als er gekonnt die neue Windel festheftete und die kleine Chastity wieder in ihre Decke wickelte. Sie nahm ihm das Baby ab, ließ sich mit einem unsicheren Blick auf den Lehnstuhl sinken und zog dem Baby ihr zerschlissenes Schultertuch über den Kopf. Da er sich nicht so einfach umdrehen konnte, schloss er stattdessen die Augen, um ihr so viel Zurückgezogenheit zu gewähren, wie es ihm möglich war.

11

VERGESST PAOLI NICHT!

Es war schwer, sich mit gefesselten Händen den Schweiß abzuwischen, und unmöglich, das beißende Salz von seinem verletzten Auge fernzuhalten, das jetzt so geschwollen war, dass er es nicht mehr selbst schließen konnte. Das Wasser lief ihm unablässig über die Wange und tropfte ihm vom Kinn. John Grey blinzelte, übersah bei dem vergeblichen Versuch, den Blick klar zu bekommen, einen Ast, der ihm im Weg lag, und stürzte heftig.

Die Männer hinter ihm auf dem schmalen Pfad blieben abrupt stehen, und er hörte kleine Kollisionen, klirrende Waffen und Feldflaschen, Verwirrung und Ungeduld. Grobe Hände packten ihn und zerrten ihn wieder hoch, doch der hochgewachsene, sehnige Mann, den man ihm als Eskorte zugeteilt hatte, sagte nur nachsichtig: »Aufpassen, Mylord«, und stupste ihn sacht weiter, statt ihn zu stoßen.

Durch dieses Anzeichen von Rücksichtnahme ermuntert, dankte er dem Mann und fragte ihn nach seinem Namen.

»Ich?« Der Mann klang überrascht. »Oh. Bumppo. Natty Bumppo.« Nach kurzer Pause fügte er hinzu: »Aber meistens nennen mich die Leute ›Falkenauge‹.«

»Das wundert mich nicht«, sagte Grey leise. Er verneigte sich, so gut er es im Gehen konnte, und wies nickend auf die lange Büchse, die dem Mann in einer Schlinge auf dem Rücken hing. »Euer Diener, Sir. Daraus schließe ich, dass Ihr ein guter Schütze seid?«

»Das habt Ihr klug geschlossen, Eure Lordschaft.« Bumppos Stimme klang belustigt. »Warum? Möchtet Ihr, dass ich für Euch auf etwas schieße? Oder jemanden?«

»Ich führe eine Liste«, entgegnete Grey. »Ich sage Euch Bescheid, wenn sie vollständig ist.«

Er spürte das Lachen des anderen eher, als dass er es hörte – die Belustigung des Mannes war zwar deutlich, aber so gut wie geräuschlos.

»Lasst mich raten, wer ganz oben auf Eurer Liste steht – der Schotte, der Euch das Licht ausgepustet hat.«

»Ziemlich weit oben, ja.« Eigentlich konnte er sich nicht entscheiden, wen er gern zuerst erschossen sähe: Jamie Fraser oder seinen eigenen verflixten Bruder. Hal wahrscheinlich, wenn er es recht bedachte. Welche Ironie, wenn Hal jetzt *ihn* vor ein Erschießungskommando brachte. Obwohl seine Häscher sehr davon überzeugt zu sein schienen, dass Erhängen die Methode der Wahl sein würde.

Das erinnerte ihn wieder an die Diskussion, die sich zugetragen hatte, bevor man ihn über einen Waldpfad schleifte, auf dem es nicht an Dornenranken, niedrig hängenden Ästen, Zecken und Stechfliegen von der Größe seiner Daumenspitze mangelte.

»Wisst Ihr zufällig, was – oder möglicherweise wer – Paoli ist, Mr. Bumppo?«, fragte er höflich und trat einen Fichtenzapfen beiseite.

»Was Paoli ist?« Die Stimme des Mannes war voller Erstaunen. »Oh Mann, seid Ihr denn gerade erst in diese Gegend gekommen?«

»Erst vor Kurzem«, erwiderte Grey vorsichtig.

»Oh.« Bumppo überlegte, während er seine langen Schritte an Greys kürzere Beine anpasste. »Nun, das war wirklich ein infamer Überfall. Euer Verwandter, der erwähnte Generalmajor Grey, und seine Soldaten haben sich bei Nacht an die Stelle herangeschlichen, an der General Waynes Männer ihr Lager hatten. Grey wollte nicht das Risiko eingehen, dass aus Versehen ein Feuerstein Funken schlug und sie verriet, also gab er den Befehl, alle Feuersteine aus den

Gewehren zu nehmen und die Bajonette zu benutzen. Sind über die Amerikaner hergefallen und haben kaltblütig fast hundert Männer in ihren Betten bajonettiert!«

»Tatsächlich?« Grey versuchte, diesen Bericht mit den jüngsten Schlachten in Einklang zu bringen, von denen *er* wusste, doch es gelang ihm nicht. »Und… Paoli?«

»Oh. Das ist der Name des Wirtshauses in der Nähe – Paolis Wirtshaus.«

»Ah. Wo ist das? Geografisch meine ich. Und wann genau hat sich diese Schlacht zugetragen?«

Bumppo spitzte nachdenklich die ausgeprägten Lippen und zog sie dann wieder ein.

»In der Nähe von Malvern, letzten September. Das Paolimassaker nennen sie es«, fügte er mit einer gewissen Skepsis hinzu.

»Massaker?«, wiederholte Grey. Der Zusammenstoß hatte vor seiner Ankunft in Philadelphia stattgefunden. Er hatte davon gehört – im Vorübergehen, und natürlich hatte es niemand als Massaker bezeichnet. Aber die Wahrnehmung dieses Ereignisses war gezwungenermaßen unterschiedlich, je nachdem, von welcher Position aus man es betrachtete. William Howe hatte es beifällig erwähnt – als erfolgreichen Angriff, bei dem eine minimale Anzahl britischer Soldaten eine ganze amerikanische Division ausgemerzt und dabei nur sieben Mann verloren hatte.

Bumppo schien geneigt zu sein, Greys Ansicht in Bezug auf die rhetorische Natur der Bezeichnung zu teilen, wenn auch von einer weiteren, dritten Position aus.

»Nun, Ihr wisst ja, wie die Leute reden«, sagte er und zuckte mit der Schulter. »*Ich* würde das nicht als richtiges Massaker bezeichnen, aber die meisten Leute haben ja auch noch nie eins gesehen. Ich dagegen schon.«

»Ach ja?« Grey blickte an dem hochgewachsenen, bärtigen Raubein empor und glaubte ihm sofort.

»Bin als Indianer groß geworden«, erklärte Bumppo sichtlich stolz. »Bei den Mohikanern. Meine Familie ist umgekommen, als ich noch ein Winzling war. Aye, ich habe schon das eine oder andere Massaker miterlebt.«

»Wirklich?«, sagte Grey, und seine angeborene Neugier drängte ihn, den Mann einzuladen, näher darauf einzugehen, falls er das wünschte. Außerdem würde es ihnen die Zeit vertreiben; sie schienen schon seit Stunden unterwegs zu sein, ohne dass ein Ende in Sicht war – nicht, dass er sich dem Ende unbedingt entgegensehnte…

Mr. Bumppos Erinnerungen vertrieben ihnen die Zeit sogar so gut, dass Grey ganz überrascht war, als Korporal Woodbine die Kompanie am Rand eines recht großen Lagers zum Halten aufrief. Doch er war froh über den Halt; er trug Stadtschuhe, die sich überhaupt nicht für dieses Gelände eigneten, und sie hatten ihm die Strümpfe zerschlissen und seine Füße blutig gescheuert.

»Kundschafter Bumppo«, sagte Woodbine mit einem knappen Nicken zu

Greys Begleiter. »Ihr führt die Kompanie weiter zu Zeke Bowens Farm. Ich übergebe den Gefangenen an Oberst Smith.«

Diese Anordnung löste laute Unzufriedenheit aus, woraus Grey schloss, dass die Kompanie Woodbine gern begleitet hätte, um Greys Hinrichtung nicht zu versäumen, mit der sie unmittelbar nach seiner Übergabe an den erwähnten Oberst Smith zu rechnen schienen. Woodbine ließ jedoch nicht mit sich reden, und unter demokratischem Raunen und Fluchen entfernte sich die Miliz widerstrebend, angeführt von Natty Bumppo.

Woodbine sah ihnen nach, bis sie verschwunden waren, dann richtete er sich auf, strich sich eine verirrte Raupe von der Brust seines schäbigen Rocks und rückte sich den Gaunerhut gerade.

»Nun denn, Oberstleutnant Grey. Gehen wir?«

NATTY BUMPPOS Erinnerungen an die korrekte Art, ein Massaker durchzuführen, hatten Grey mit dem Gefühl zurückgelassen, dass Hängen im Vergleich möglicherweise gar nicht die schlimmste Todesart war. Er hatte zwar noch nie ein erstklassiges Massaker mit angesehen, allerdings hatte er schon Männer am Galgen sterben sehen, und das aus nächster Nähe. Bei der Erinnerung daran wurde ihm die Kehle trocken.

Die Tränenflüssigkeit aus seinem Auge war zwar noch nicht komplett eingetrocknet, floss allerdings spärlicher. Doch die Haut fühlte sich wund und entzündet an, und durch die Schwellung hatte er das ärgerliche Gefühl, dass sein Kopf grässlich ausgebeult war. Dennoch richtete er sich auf und schritt erhobenen Kinns vor Korporal Woodbine in das zerschlissene Leinenzelt hinein.

Oberst Smith blickte von der Schreibunterlage auf seinem Schoß auf, verblüfft über den Besuch – jedoch deutlich weniger verblüfft als Grey.

Das letzte Mal hatte er Hauptmann Watson Smith vor zwei Jahren im Salon seiner Schwägerin in London gesehen, wo er Gurkensandwiches aß. In der Uniform eines Hauptmanns des Royal East Kent Regiments.

»Mr. Smith«, sagte er, nachdem er als Erster die Fassung wiedergefunden hatte. Er verneigte sich äußerst korrekt. »Euer Diener, Sir.« Er versuchte erst gar nicht, den gereizten Ausdruck seiner Stimme – oder seiner Miene – zu unterdrücken. Er setzte sich auf einen freien Hocker, ohne eingeladen worden zu sein, und sah Smith so direkt und durchdringend an, wie es mit nur einem funktionierenden Auge eben möglich war.

Smith' Wangen erröteten, doch er lehnte sich ein wenig zurück, sammelte sich ebenfalls und zahlte Grey seinen Blick mit Zinsen zurück, bevor er antwortete. Er war zwar nicht sehr groß, aber er hatte breite Schultern und eine sehr präsente Art – und Grey kannte ihn als außerordentlich kompetenten Soldaten. Kompetent genug, um Grey nicht direkt zu antworten, sondern sich stattdessen an Korporal Woodbine zu wenden.

»Korporal. Wie kommt dieser Herr hierher?«

»Das ist Oberstleutnant Lord John Grey, Sir«, sagte Woodbine. Er platzte fast vor Stolz über seinen Fang und legte Greys Einsatzbefehl und Graves' begleitende Notiz auf den wackeligen Tisch wie ein Butler, der einem Monarchen einen gebratenen Fasan mit Diamantaugen auftischt. »Wir haben ihn in der Nähe von Philadelphia im Wald erwischt. Ohne Uniform. Äh … wie Ihr seht, Sir.« Er räusperte sich, um seine Worte zu unterstreichen. »*Und* er gibt zu, dass er ein Vetter von Generalmajor Charles Grey ist. Ihr wisst schon – das Paolimassaker.«

»Tatsächlich?« Smith ergriff die Papiere, blickte aber mit hochgezogener Augenbraue in Greys Richtung. »Was hat er denn da getan?«

»Sich von Oberst Fraser verprügeln lassen, Sir – das ist einer von Morgans Offizieren. Hat er gesagt«, fügte Woodbine deutlich weniger sicher hinzu.

Smith blickte verständnislos drein.

»Fraser … glaube nicht, dass ich ihn kenne.« Jetzt richtete er seine Aufmerksamkeit auf Grey und sprach ihn das erste Mal an. »Kennt *Ihr* Oberst Fraser … Oberst Grey?« Das betonte Zögern sprach Bände. Nun, er hatte auch nichts anderes erwartet. Grey wischte sich die Nase mit dem Unterarm ab, so gut er konnte, und setzte sich aufrecht hin.

»Ich lehne es ab, Eure Fragen zu beantworten, Sir. Sie sind unziemlich. Ihr kennt meinen Namen, meinen Rang und mein Regiment. Was darüber hinausgeht, ist allein meine Sache.«

Smith starrte ihn mit zusammengekniffenen Augen an. Smith' Augen waren sehr attraktiv, blassgrau mit schwarzen Brauen und Wimpern, ausgesprochen dramatisch. Sie waren ihm schon aufgefallen, als der Mann Minnie zum Tee besuchte.

Woodbine hüstelte.

»Äh … Oberst Fraser hat gesagt, der Mann wäre sein Gefangener, Sir. Er wollte aber nicht sagen, warum, und als ich auf den Grund gedrängt habe, ist er … äh … gegangen. Dann haben wir Lord … äh, Lord Oberst hier durchsucht und seine Papiere gefunden.«

»Er ist gegangen«, wiederholte Smith sorgfältig. »Und Ihr habt ihm gestattet zu gehen, Korporal?«

Woodbine schien sich jetzt seiner Sache gar nicht mehr so sicher zu sein, doch Grey sah, dass er auch nicht von der Sorte war, die leicht einzuschüchtern war. Er runzelte die Stirn und sah Smith seinerseits finster an.

»Hätte ihn nicht aufhalten können, ohne ihn zu erschießen, Sir«, fügte er schlicht hinzu. Smith wurde bleich um die Nase, und Grey hatte den deutlichen Eindruck, dass der Engländer seinen neuen Posten nicht ganz seinen Gewohnheiten entsprechend zu finden schien.

Das Quartier entsprach ihnen zumindest gewiss nicht. Smith' Kontinentaluniform war zwar in gutem Zustand, genau wie seine Perücke, und sein Zelt war auch ziemlich geräumig, schien aber bereits einige Feldzüge hinter sich zu haben. Es war an einigen Stellen auffällig fadenscheinig und an anderen geflickt. Was eigentlich gar nicht so schlecht war, dachte Grey und schloss kurz die

Augen, als ein schwacher Abendhauch durch die Zeltwände wehte und die drückende Hitze milderte. Er hatte starke Kopfschmerzen, und selbst diese kaum merkliche Linderung war ihm willkommen.

»Nun denn, Korporal«, sagte Smith, nachdem er offenbar vergeblich versucht hatte, sich eine neue Frage einfallen zu lassen. »Gut gemacht«, fügte er als verspätete Gratulation hinzu.

»Danke, Sir.« Woodbine blieb, wo er war, denn er wollte offensichtlich seinen Anteil an der Aufregung bis zum Letzten auskosten. »Wenn ich fragen darf, Sir – was habt Ihr mit dem Gefangenen vor?«

Grey öffnete sein Auge zur Hälfte, neugierig, wie die Antwort lauten würde, und sah, dass ihn Smith auf eine Weise betrachtete, die etwas schwach Raubtierhaftes an sich hatte. Der Verräter lächelte.

»Oh, mir fällt schon etwas ein, Korporal Woodbine«, sagte er. »Ihr seid entlassen. Guten Abend.«

SMITH STAND auf und trat auf Grey zu, um sich über ihn zu beugen und sein Gesicht zu betrachten. Grey konnte seinen Schweiß riechen, scharf und muffig.

»Braucht Ihr einen Arzt?«, fragte er ohne Mitgefühl, aber auch ohne jede Feindseligkeit.

»Nein«, sagte Grey. Sein Kopf und seine Seite schmerzten zwar heftig, und ihm war schwindelig, aber er bezweifelte, dass ein Arzt daran etwas ändern konnte. Und er musste feststellen, dass er der heilenden Zunft nach längerem Kontakt mit Claire noch weniger Vertrauen entgegenbrachte als zuvor. Es war allerdings noch nie besonders groß gewesen.

Smith nickte. Er erhob sich, ging zu einer mitgenommenen Feldtruhe hinüber und grub zwei zerbeulte Zinnbecher und eine Steingutflasche aus, deren Inhalt sich als Apfelwein entpuppte. Er schenkte beiden großzügig ein, und eine Weile saßen sie schweigend da und nippten.

So kurz vor dem Mittsommertag war es immer noch hell draußen, obwohl Grey das Klappern und Hantieren eines Lagers hören konnte, das mit seiner Abendroutine begann. Ein Maultier brüllte, und mehrere andere antworteten lautstark im Chor. Wagen also … vielleicht Artillerie? Er atmete tief ein, so dass sich seine Nasenlöcher weiteten; einer Artilleriekompanie haftete ein ganz bestimmter Geruch an, eine Art Destillat aus Schweiß, Schwarzpulver und heißem Metall, viel durchdringender als der Geruch einer Infanteriekompanie mit ihren Musketen – der Geruch des heißen Eisens sickerte einem Artilleristen in die Kleider … und in die Seele.

Smith trank aus, füllte beide Becher nach und räusperte sich.

»Ich werde Euch keine lästigen Fragen stellen, da Ihr sie ja nicht zu beantworten wünscht«, sagte er bedächtig. »Im Interesse einer zivilen Unterhaltung jedoch … solltet Ihr mich etwas fragen wollen, würde ich keinen Anstoß daran nehmen.«

Grey lächelte ironisch.

»Sehr großzügig von Euch, Sir. Würdet Ihr gern Eure gegenwärtige Loyalität vor mir rechtfertigen? Ich versichere Euch, es ist nicht notwendig.«

Kleine rote Flecken erschienen augenblicklich auf Smith' Wangenknochen.

»Das war nicht meine Absicht, Sir«, sagte er steif.

»Dann entschuldige ich mich«, erwiderte Grey und trank noch einen Schluck. Der kräftige süße Cidre half genauso gegen sein Magenknurren wie gegen seine Seitenschmerzen, obwohl er zugegebenermaßen nicht gut gegen den Schwindel war. »Was dachtet Ihr denn, was ich fragen würde? Wie ist der gegenwärtige Zustand der Kontinentalarmee? Das könnte ich wohl sehr leicht aus dem Zustand des Herrn schließen, der mich festgenommen hat, und… aus anderen Hinweisen.« Er ließ seinen Blick betont durch das Zelt schweifen und betrachtete den Nachttopf mit dem ausgebrochenen Rand unter dem schiefen Feldbett, das schmutzige Leinen, das aus einem Koffer in der Ecke hing; offenbar hatte Smith entweder keinen Adjutanten – oder dieser war unfähig. Einen Moment lang dachte er wehmütig an Tom Byrd, den besten Leibdiener, den er je gehabt hatte.

Smith' Röte war verblichen; er stieß ein kurzes, ironisches Lachen aus. »Das könntet Ihr wohl. Es ist auch kein großes Geheimnis. Nein, ich dachte eher, Ihr wärt vielleicht neugierig, was ich mit Euch vorhabe.«

»Ach das.« Grey stellte seinen Becher hin und rieb sich vorsichtig die Stirn, wobei er versuchte, die Schwellung rings um sein Auge nicht zu berühren. »Das hatte ich vor lauter Überraschung, Euch zu sehen, ganz vergessen. Und angesichts der freundlichen Bewirtung«, fügte er hinzu und hob ohne jede Ironie seinen Becher. »Korporal Woodbine und seine Männer schienen der Meinung zu sein, dass man mich auf der Stelle hängen sollte, einerseits wegen des Vorwurfs der Spionage und andererseits wegen des deutlich ernsteren Vergehens meiner Verwandtschaft mit Generalmajor Charles Grey, der, wie ich höre, an einem Ort namens Paoli irgendeine Grausamkeit begangen haben soll.«

Smith zog die Stirn in Falten.

»Leugnet Ihr etwa, dass Ihr ein Spion seid?«

»Macht Euch doch nicht lächerlich, Smith. Ich bin Oberstleutnant. Was in aller Welt sollte ich in einem verlassenen Wald ausspionieren wollen? Nun, zumindest war er verlassen, bis Woodbine und seine fröhlichen Gesellen aufgetaucht sind«, fügte er hinzu. Sein Becher war leer; er starrte hinein und fragte sich, wie das wohl gekommen war. Mit einem kleinen Seufzer schenkte Smith ihm nach.

»Außerdem hatte ich keinerlei Dokumente mit Informationen dabei, keine geheimen Schriftstücke – nichts, was irgendwie auf Spionage hingedeutet hätte.«

»Das habt Ihr doch mit Sicherheit alles auswendig gelernt«, sagte Smith im Tonfall zynischer Belustigung. »Ich erinnere mich an Euer fantastisches Gedächtnis.« Er stieß ein leises Prusten aus, das man gut auch als böses Kichern bezeichnen konnte. *»Sprach die Sally fingerflink, ihre Hand an seinem Ding…«*

Grey hatte in der Tat ein exzellentes Gedächtnis. Gut genug, um sich noch an eine Dinnergesellschaft zu erinnern, bei der eine Reihe von Offizieren aus verschiedenen Regimentern zu Gast gewesen waren. Als die Herren beim Portwein saßen, hatte Grey – auf vielfache Bitte und unter tosendem Applaus – eine der längeren und ziemlich geschmacklosen Oden aus Harry Quarrys berüchtigtem Büchlein »Einige Verse über die Natur des Eros« rezitiert, das in der feinen Gesellschaft immer noch heiß begehrt war und heimlich weitergereicht wurde, obwohl seine Veröffentlichung fast zwanzig Jahre zurücklag.

»Was in aller Welt *gibt* es denn hier zu spionieren?«, wollte er wissen und erkannte die logische Falle zu spät. Smith verzog den Mund.

»Ihr erwartet, dass ich Euch das sage?« Denn die Antwort war natürlich, dass sich Washingtons gesamte Streitmacht vermutlich in seiner unmittelbaren Umgebung in Bewegung befand und sich für den Vormarsch auf Philadelphia in Position brachte – und mit großer Wahrscheinlichkeit gleichzeitig für einen Angriff auf Clintons abziehende Truppen.

Grey verwarf Smith' Frage als rhetorisch und schlug einen anderen Kurs ein – allerdings einen gefährlichen.

»Woodbines Einschätzung der Umstände, unter denen er mich entdeckt hat, war korrekt«, sagte er. »Oberst Fraser hatte mich eindeutig nicht *in flagranti* ertappt, denn dann hätte er ja schlicht das Gleiche getan wie Korporal Woodbine und mich festgenommen.«

»Wollt Ihr damit sagen, dass sich Oberst Fraser absichtlich mit Euch getroffen hat, um Informationen an Euch weiterzugeben?«

Himmel. Er hatte zwar gewusst, dass diese Vorgehensweise gefährlich war, aber *diese* Möglichkeit hatte er nicht vorausgesehen – dass man Jamie Fraser verdächtigen könnte, mit ihm im Bunde zu sein. Verständlich, dass Smith auf so etwas kam, wenn man bedachte, wie er selbst die Seiten gewechselt hatte.

»Gewiss nicht«, sagte Grey und gestattete sich einen gewissen scharfen Unterton. »Die Begegnung, deren Zeuge Korporal Woodbine geworden ist, war rein persönlicher Natur.«

Smith, der eindeutig das eine oder andere über Verhöre wusste, sah ihn mit hochgezogener Augenbraue an. Grey wusste ebenfalls das eine oder andere darüber und lehnte sich zurück, um an seinem Cidre zu nippen, als hätte dieser Satz die Sache ein für alle Mal geregelt.

»Sie *werden* Euch wahrscheinlich hängen, wisst Ihr«, sagte Smith nach einer angemessenen Pause. Sein Ton war ganz beiläufig, der Blick auf die bernsteinfarbene Flüssigkeit gerichtet, während er beide Becher noch einmal füllte. »Nach dem, was Howe mit Hauptmann Hale gemacht hat? Erst recht nach Paoli. Charles Grey ist doch Euer Vetter, oder nicht?«

»Zweiten oder dritten Grades, ja.« Grey kannte den Mann, auch wenn sie sich nicht in denselben Kreisen bewegten, weder gesellschaftlich noch militärisch. Charles Grey war ein widerwärtiger Berufsmörder, kein Soldat, und wenn er auch seine Zweifel daran hatte, dass sich das Paolimassaker wirklich so zugetragen hatte, wie man es beschrieb – was für Idioten lagen denn auf dem Boden und warteten darauf, dass man sie in ihren Betten erstach? Obwohl er zwar keine Sekunde lang glaubte, dass sich eine Infanteriekolonne in der Dunkelheit auf unebenem Terrain bis auf Bajonettlänge anschleichen konnte – ohne ihre Anwesenheit zumindest irgendwie preiszugeben –, so war er doch mit Charles' gnadenloser Bajonett-Taktik in Culloden vertraut.

»Unsinn«, sagte Grey mit aller Zuversicht, die er aufbringen konnte. »Was man auch immer über das Militärkommando der Amerikaner denken mag, ich glaube nicht, dass es komplett aus Dummköpfen besteht. Meine Hinrichtung würde gar nichts bewirken, während ein Austausch … vielleicht von Wert sein könnte. Mein Bruder ist ja nicht ohne Einfluss.«

Smith lächelte, nicht ohne Mitgefühl.

»Ein exzellentes Argument, Lord John, das bei Washington gewiss Gehör finden würde. Unglücklicherweise können sich der Kongress und der König nicht einigen, was den Austausch von Gefangenen angeht; gegenwärtig gibt es keinen Mechanismus dafür.«

Das versetzte ihm einen Schlag in die Magengrube. Er wusste nur zu gut, dass es keine offiziellen Kanäle für einen Austausch gab; er versuchte ja seit Monaten, für William einen Austausch zu bewirken.

Smith drehte die Flasche auf den Kopf und ließ die letzten goldenen Tropfen in Greys Becher laufen.

»Seid Ihr mit der Bibel vertraut, Oberst Grey?«

Grey sah ihn verständnislos an.

»Nicht sehr. Aber ich habe sie gelesen. Teilweise. Nun ja … das eine oder andere. Warum?«

»Ich hatte mich gefragt, ob Euch wohl der Begriff des Sündenbocks vertraut ist.« Smith setzte sich ein wenig entspannter hin und sah Grey mit diesen hübschen Augen an, aus denen eine gewisse Sympathie zu sprechen schien – obwohl das möglicherweise auch nur der Cidre war. »Denn ich fürchte, darin liegt Euer hauptsächlicher Wert, Oberst. Es ist kein Geheimnis, dass sich die Kontinentalarmee in erbärmlichem Zustand befindet, dass es ihr an Geld fehlt und sich Mutlosigkeit und Desertion breitmachen. Nichts würde die Männer mehr bestärken – oder eine deutlichere Botschaft an General Clinton signalisieren – als der Schauprozess und die höchst öffentliche Hinrichtung eines hochrangigen britischen Offiziers, eines verurteilten Spions und nahen Verwandten des berüchtigten Grey von Paoli.«

Er rülpste sacht und blinzelte, den Blick nach wie vor fest auf Grey geheftet.

»Ihr habt gefragt, was ich mit Euch vorhabe.«

»Nein, das habe ich nicht.«

Smith ignorierte ihn und zeigte mit seinem langen, knotigen Finger auf ihn.

»Ich schicke Euch zu General Wayne, der, glaubt mir, das Wort ›Paoli‹ in sein Herz geritzt trägt.«

»Wie überaus schmerzhaft für ihn«, sagte Grey höflich und leerte seinen Becher.

12

EINE KLEINE NACHTMUSIK

Jetzt ging der endlose Tag doch zögerlich zur Neige, und mit dem schwindenden Licht wich auch die Hitze allmählich aus dem Wald. Er ging nicht davon aus, dass man ihn direkt zu General Wayne bringen würde, es sei denn, besagter Würdenträger befände sich in der Nähe, und das glaubte er nicht. Die Geräusche und die Atmosphäre des Lagers verrieten ihm, dass es nicht groß war, und Major Smith war eindeutig der ranghöchste Offizier vor Ort.

Smith hatte ihn *pro forma* gefragt, ob er ihm sein Ehrenwort geben würde, nicht zu fliehen – und er war verblüfft gewesen, als Grey dies abgelehnt hatte.

»Wenn ich tatsächlich ein britischer Offizier im Dienst bin«, hatte Grey erläutert, »so ist es selbstverständlich meine Pflicht zu entfliehen.«

Smith betrachtete ihn, und das verblassende Licht tauchte sein Gesicht in derart zweideutige Schatten, dass sich Grey nicht sicher war, ob er gegen den Impuls ankämpfte zu lächeln oder nicht. Wahrscheinlich nicht.

»Ihr entflieht mir nicht«, sagte er entschlossen und ging ins Freie. Grey konnte eine kurze, erhitzte, dennoch leise Diskussion hören, in der es darum ging, was mit ihm zu tun sei. Grey amüsierte sich damit, sich im Geiste auszumalen, wie Smith sein schmales Feldbett mit ihm teilen musste, um sich seines Gefangenen sicher zu sein.

Stattdessen kam jedoch ein Korporal mit einem Paar rostiger Handschellen herein, die aussahen, als seien sie zuletzt während der Inquisition benutzt worden, und führte Grey zum Rand des Lagers, wo ein Soldat, der im richtigen Leben Schmied gewesen war, sie mit einem stabilen Hammer anbrachte, indem er einen einigermaßen flachen Stein als Amboss benutzte.

Ihn durchliefen die seltsamsten Empfindungen, als er im Zwielicht am Boden kniete, während ihn eine neugierige Gruppe von Milizionären umringte, um sich nichts entgehen zu lassen. Er war gezwungen, sich halb hockend vorzubeugen und die Hände vor sich zu legen, als würde man ihn enthaupten, und das Echo der Hammerschläge setzte sich durch das Metall bis in die Knochen seiner Handgelenke und Arme fort.

Er ließ den Hammer nicht aus den Augen, nicht nur aus Angst, dass der Schmied in der zunehmenden Dämmerung danebentreffen und ihm eine Hand zerschmettern würde. Unter dem Einfluss des Alkohols und einer wachsenden, tiefer gehenden Angst, die er sich nicht eingestehen wollte, spürte er die Mischung aus Neugier und Feindseligkeit, die ihn umgab, wie ein herannahendes Gewitter. Elektrizität ließ seine Haut kribbeln, und die drohende Vernichtung durch Blitzschlag war so nah, dass er ihre Schärfe riechen konnte, vermischt mit Schießpulver und dem beißenden Schweißgeruch der Männer.

Ozon. Sein Verstand klammerte sich an das Wort, eine kleine Flucht in die Rationalität. So hatte Claire den Geruch der Blitze genannt. Er hatte zu ihr gesagt, er glaube, es stamme vom griechischen *ozon*, dem Partizip Präsens von *ozein*, riechen.

Er begann, im Kopf methodisch die gesamte Konjugation durchzugehen; bis er damit durch war, würden sie doch sicher fertig sein. *Ozein*, riechen. Ich rieche…

Er konnte seinen eigenen Schweiß riechen, beißend und süß. In alter Zeit hatte die Enthauptung als besserer Tod gegolten. Gehängt zu werden war schändlich, der Tod des gemeinen Volkes, der Kriminellen. Langsamer. Das zumindest wusste er genau.

Ein letzter heftiger Schlag und ein Laut tiefer Genugtuung aus den Kehlen der Männer. Jetzt war er endgültig ein Gefangener.

DA ES KEINEN ANDEREN Unterschlupf gab als die Wigwams aus Geäst und die Fetzen von Zeltleinen, die die Milizionäre neben ihren Feuern hochgezogen hatten, eskortierte man ihn wieder zu Smith' großem, zerschlissenem Zelt zurück, gab ihm Abendessen – welches er hinunterzwang, ohne groß darauf zu achten, was er aß – und band ihn mit einem langen, dünnen Strick, den man durch die Kette seiner Eisen zog, am Zeltpfosten fest, wobei man ihm genug Spiel ließ, um ihm das Hinlegen oder die Benutzung des Nachtgeschirrs zu ermöglichen.

Weil Smith darauf beharrte, nahm er das Feldbett und legte sich mit einem kurzen erleichterten Aufstöhnen hin. Seine Schläfen dröhnten mit jedem Herzschlag, genau wie seine komplette linke Gesichtshälfte, die ihm jetzt kleine, unangenehme Stöße durch die oberen Zähne jagte. Der Schmerz in seiner Seite war nur noch tief und dumpf, vergleichsweise unbedeutend. Zum Glück war er so müde, dass der Schlaf überwältigender war als jedes Unbehagen, und er versank mit einem Gefühl der tiefen Dankbarkeit.

Einige Zeit später erwachte er in völliger Dunkelheit. Er war in Schweiß gebadet, und sein Herz hämmerte von einem verzweifelten Traum. Er hob eine Hand, um sich das nasse Haar aus dem Gesicht zu schieben, und spürte das Scheuern der schweren Eisen, die er ganz vergessen hatte. Sie klirrten, und die dunkle Gestalt eines Wachtpostens, den er als Umriss im Gegenlicht des Feuerscheins vor dem Zelteingang sah, wandte sich abrupt zu ihm um, entspannte sich dann aber, als er sich unter weiterem Klirren auf dem Feldbett umdrehte.

Verdammt, dachte er immer noch schlaftrunken. *Könnte nicht einmal masturbieren, wenn ich es wollte.* Der Gedanke brachte ihn zum Lachen, obwohl es zum Glück nur ein leises Hauchen war.

In seiner Nähe drehte sich noch jemand um, raschelnd und schwerfällig. Smith wahrscheinlich, der auf einem mit Gras gefüllten Bettsack schlief; er konnte den Wiesengeruch trockenen Heus riechen, etwas gammelig in der feuchten Luft. Der Bettsack gehörte zur Standardausrüstung der britischen Armee; Smith musste ihn behalten haben, genau wie sein Zelt und seine restliche Ausrüstung, und nur die Uniform abgelegt haben.

Warum hatte er die Seiten gewechselt?, fragte Grey sich vage, während er einen Blick auf Smith' gekrümmte Gestalt warf, die sich schwach vor dem hellen Leinen abmalte. Beförderung? Da es den Kontinentalen so sehr an Berufssoldaten mangelte, lockten sie mit Offiziersrängen; ein Hauptmann einer beliebigen europäischen Armee konnte hier im Handumdrehen alles vom Major bis zum General werden, während in England die einzige Möglichkeit, einen höheren Rang zu erwerben, darin lag, das Geld für den Kauf einen Patents aufzutreiben.

Doch was war ein hoher Rang ohne Bezahlung? Grey war zwar kein Spion mehr, doch einst war er einer gewesen – und er kannte immer noch Männer, die in diesen dunklen Gefilden arbeiteten. Nach allem, was er gehört hatte, hatte der amerikanische Kongress keinerlei Geld und war von Krediten abhängig – deren Höhe und Regelmäßigkeit unvorhersehbar war und die zum Teil aus französischen oder spanischen Quellen stammten, obwohl die Franzosen das natürlich nicht zugaben. Ein Teil war auch von jüdischen Geldverleihern, sagte einer seiner Korrespondenten. *Salomon, Solomon … ein Name in der Art.*

Diese Gedankengänge wurden durch ein Geräusch unterbrochen, das ihn erstarren ließ. Das Lachen einer Frau.

Es waren Frauen im Lager, die mit ihren Männern in den Krieg gezogen waren. Ein paar von ihnen hatte er gesehen, als er durch das Lager geführt wurde, und eine hatte ihm das Abendessen gebracht und ihn unter ihrem Häubchen hervor argwöhnisch angesehen. Aber dieses Lachen *kannte* er, tief, gurgelnd und vollkommen selbstvergessen!

»Himmel«, murmelte er. »Dottie?«

Unmöglich war es nicht. Er schluckte, um sein linkes Ohr zu befreien und in der Menge der kleinen Geräusche im Freien etwas ausmachen zu können. Denzell Hunter war Stabsarzt bei der Kontinentalarmee, und Dottie hatte sich – zum Entsetzen ihres Bruders, ihres Vetters und ihres Onkels – dem Armeetross in Valley Forge angeschlossen, um ihrem Verlobten zu helfen, obwohl sie regelmäßig nach Philadelphia ritt, um ihren Bruder Henry zu besuchen. Wenn Washingtons Truppen auf dem Marsch waren – was ganz offensichtlich der Fall war –, war es ja sehr wahrscheinlich, dass sich unter ihnen auch ein Arzt befand.

Eine hohe, klare Stimme, die sich fragend erhob. Eine englische Stimme, sehr gepflegt. Er lauschte angestrengt, konnte aber die Worte nicht ausmachen. Er wünschte, sie würde noch einmal lachen.

Wenn es Dottie *war* … Er atmete tief durch und versuchte zu überlegen. Nach ihr rufen konnte er nicht; er hatte schließlich die Feindseligkeit der Männer gespürt, die sich gegen ihn richtete. Ihre Verwandtschaft preiszugeben würde gefährlich für sie und für Denzell sein, und auch Grey würde es mit Sicherheit nicht helfen. Und doch musste er es riskieren – sie würden ihn am Morgen abtransportieren.

Weil ihm absolut nichts Besseres einfallen wollte, setzte er sich auf dem Feldbett hin und begann, »Die Sommernacht« zu singen. Erst leise, doch dann nahm sein Gesang an Ausdruck und Lautstärke zu. Als er »in den Kulungen wehn« sang, so laut es sein klangvoller Tenor erlaubte, fuhr Smith wie ein Schachtelteufel auf und sagte im Tonfall äußersten Erstaunens: »*Was*?«

»So umschatten mich Gedanken an das Grab
meiner Geliebten, und ich seh' im Walde
nur es dämmern, und es weht mir
von der Blüte nicht her.«

Grey sang weiter, drosselte allerdings seine Lautstärke ein wenig. Er wollte nicht, dass Dottie – wenn es Dottie war – zu ihm kam; er wollte sie nur wissen lassen, dass er hier war. Er hatte ihr dieses Lied beigebracht, als sie vierzehn war; sie sang es oft bei musikalischen Darbietungen.

»Ich genoss einst, oh ihr Toten, es mit euch!
Wie umwehten uns der Duft und die Kühlung,
wie verschönt warst du von dem Monde,
du, oh schöne Natur!«

Er hielt inne, hüstelte und wandte sich dann etwas lallend, als sei er immer noch angetrunken, an die geladene Stille vor ihm. Und stellte fest, dass er tatsächlich noch angetrunken war.

»Könnte ich ein wenig Wasser haben, Major?«

»Werdet Ihr weitersingen, wenn ich es Euch gebe?«, fragte Smith zutiefst argwöhnisch.

»Nein, ich glaube, ich bin jetzt fertig«, beruhigte ihn Grey. »Konnte nicht schlafen, wisst Ihr – zu viel getrunken –, aber ich muss sagen, ein Lied beruhigt mich immer ganz bem… bemerkenswert.«

»Ach ja?« Smith atmete einen Moment schwer vor sich hin, rappelte sich dann aber hoch und holte den Krug von seiner Waschschüssel. Grey konnte spüren, wie er den Impuls unterdrückte, seinen Gefangenen mit dem Inhalt zu überschütten, doch Smith war ein Mann von starkem Charakter und hielt ihm den Krug nur zum Trinken hin, dann stellte er ihn zurück und begab sich wieder zu Bett, ohne allzu gereizt zu klingen.

Das Lied war im Lager nicht unkommentiert geblieben, und ein paar musikalische Seelen fühlten sich dadurch inspiriert, selbst zu singen, alles von »Greensleeves« – eine sehr treffende, gefühlvolle Interpretation – bis hin zu »Chester«. Grey hatte seine Freude an dem Gesang, verkniff es sich jedoch dank seines ebenfalls starken Charakters, seine Handschellen zu schütteln, als es am Ende hieß:

»Soll'n die Tyrannen doch mit Eisen droh'n.
Und Kettenklirren sei der Sklaven Lohn.«

Sie sangen immer noch, als er wieder einschlief, um in nervösen Bruchstücken zu träumen, während ihm die Cidredämpfe durch die Höhlungen seines Kopfes wehten.

Chestnut Street Nr. 17

DIE GLOCKE DER Presbyterianerkirche schlug Mitternacht, doch die Stadt schlief nicht. Die Geräusche waren jetzt verstohlener, von der Dunkelheit gedämpft, doch die Straßen waren voller dahineilender Füße und ratternder Wagen – und ich hörte, wie weiter entfernt ein schwaches »Feuer!« erklang.

Ich stand am offenen Fenster, prüfte, ob Rauch zu riechen war, und hielt Ausschau nach etwaigen Anzeichen von Flammen, die sich in unsere Richtung ausbreiteten. Mir war zwar nicht bekannt, dass Philadelphia je niedergebrannt war wie London oder Chicago, aber ein Brand, der nur unser Viertel verschlang, würde von meinem Standpunkt aus genauso schlimm sein.

Es wehte keinerlei Wind; das war immerhin etwas. Die Sommerluft hing schwer über uns, feucht wie ein Schwamm. Ich wartete ein wenig, doch die Rufe verstummten, und ich sah keinen roten Gluthauch vor dem dunstigen Himmel. Keine Spur von Feuer außer den kühlen grünen Funken der Glühwürmchen, die im Vorgarten im Schatten des Laubes dahinschwebten.

Eine Weile stand ich da, ließ die Schultern fallen und verabschiedete mich von meinen halb durchdachten Plänen für eine Notfallevakuierung. Ich war zwar erschöpft, konnte aber nicht schlafen. Abgesehen von der Notwendigkeit, meinen ruhelosen Patienten im Auge zu behalten, und von der ebenso ruhelosen Atmosphäre jenseits des stillen Zimmers fand ich auch selbst keine Ruhe. Seit heute Morgen waren meine Ohren gespitzt, wartete ich in Habtachtstellung auf einen vertrauten Schritt, auf den Klang von Jamies Stimme. Doch er war nicht gekommen.

Was, wenn er von John erfahren hatte, dass ich an jenem einen betrunkenen Abend sein Bett geteilt hatte? Würde der Schock dieser Tatsache, wenn er unvorbereitet oder ohne ausreichende Erklärung damit konfrontiert wurde, ausreichen, um ihn davonzujagen – für immer?

Ich spürte, wie mir plötzlich die Tränen in die Augen stiegen, und ich schloss sie fest, um den Fluss zu unterbinden, während ich mich mit beiden Händen an die Fensterbank klammerte.

Mach dich doch nicht lächerlich. Er kommt, sobald er kann, ganz gleich, was geschehen ist. Das weißt du genau. Ich wusste es tatsächlich. Doch der freudige Schreck, ihn lebend zu sehen, hatte Nerven geweckt, die lange taub gewesen waren, und ich mochte zwar äußerlich ruhig erscheinen, doch im Inneren standen meine Gefühle kurz vor dem Siedepunkt. Der Druck des Dampfes stieg, und ich hatte keine Möglichkeit, ihn zu verringern – außer durch sinnlose Tränen, und das kam nicht infrage.

Schon allein deshalb, weil ich möglicherweise nicht imstande sein würde, wieder aufzuhören. Ich drückte mir kurz den Ärmel meines Morgenrocks gegen die Augen und wandte mich dann resolut wieder der Dunkelheit des Zimmers zu.

Neben dem Bett brannte ein kleines Kohlebecken unter einem kleinen Zelt aus einem feuchten Tuch und warf einen flackernden roten Schein auf Pardloes scharf geschnittene Gesichtszüge. Seine Atmung wurde von einem hörbaren Kratzen begleitet, und ich konnte bei jedem Ausatmen hören, wie seine Lunge rasselte, aber er atmete tief und regelmäßig. Mir kam der Gedanke, dass ich wahrscheinlich gar nicht in der Lage gewesen wäre, den Rauch eines Feuers im Freien zu riechen, wenn es dort gebrannt hätte; im Zimmer roch es stark nach Pfefferminzöl, Eukalyptus … und Cannabis. Trotz des feuchten Tuchs war so viel Rauch aus dem Kohlebecken entwichen, dass er als Wolke aus Rauchkringeln über uns hing, die sich wie Gespenster in der Dunkelheit bewegten.

Ich sprenkelte frisches Wasser auf das Musselinzelt und setzte mich in den kleinen Armsessel neben dem Bett. Dort atmete ich die gesättigte Atmosphäre vorsichtig, aber mit einem angenehmen Gefühl des illegalen Vergnügens ein. Hal hatte mir erzählt, dass er regelmäßig Hanf rauchte, um seine Lunge zu entspannen, und dass es zu wirken schien. Er hatte »Hanf« gesagt, und das war es zweifellos, was er rauchte; die suchterzeugende Form der Pflanze wuchs in England nicht und wurde eigentlich auch nicht importiert.

Ich hatte zwar keine Hanfblätter in meinen medizinischen Vorräten, aber ich hatte reichlich *Ganja*, das John bei einem Kaufmann in Philadelphia erworben hatte, der zwei Ostindienfahrer besaß. Es war nützlich bei der Behandlung von Grünem Star, wie ich bei der Behandlung von Jamies Tante Jocasta erfahren hatte; es half bei Übelkeit und Nervosität – und es hatte auch seinen gelegentlichen nicht-medizinischen Nutzen, wie mir John zu meiner geheimen Belustigung mitgeteilt hatte.

Der Gedanke an John schürte meine Angst um Jamie mit weiteren Zweifeln, und ich atmete die süße, würzige Luft in tiefen Zügen ein. Wo war *er*? Was hatte Jamie mit ihm angestellt?

»Kommt es manchmal vor, dass Ihr mit Gott eine Abmachung schließt?«, kam Hals Stimme leise aus dem Halbdunkel.

Mir musste unterbewusst klar gewesen sein, dass er nicht schlief, denn ich erschrak nicht.

»Das macht doch jeder«, sagte ich. »Sogar Leute, die gar nicht an Gott glauben. Ihr nicht?«

Husten folgte auf den Hauch eines Lachens, hörte aber schnell wieder auf. Vielleicht half der Rauch ja tatsächlich.

»Denkt Ihr etwa über eine solche Abmachung nach?«, fragte ich genauso sehr aus Neugier wie um Konversation zu betreiben. »Ihr werdet nämlich nicht sterben. Das lasse ich nicht zu.«

»Ja, das sagtet Ihr bereits«, stellte er trocken fest. Nach kurzem Zögern drehte er sich auf die Seite, um mich anzusehen. »Ich glaube es Euch«, sagte er sehr förmlich. »Und … ich danke Euch.«

»Gern geschehen. Ich kann Euch ja nicht in Johns Haus sterben lassen; er wäre sehr bestürzt.«

Er lächelte; ich sah sein Gesicht im Leuchten des Kohlebeckens. Eine Weile schwiegen wir, blickten stattdessen einander nur an, ohne uns dabei irgendwie befangen zu fühlen, beruhigt durch den Rauch und das schläfrige Zirpen der Grillen im Freien. Die Geräusche der Wagenräder waren verstummt, doch es kamen immer noch Leute am Haus vorbei. Ich würde doch Jamies Schritte wohl erkennen, in der Lage sein, sie selbst aus so vielen herauszuhören …

»Ihr sorgt Euch um ihn, oder?«, fragte er. »John.«

»Nein«, sagte ich hastig, doch ich sah, wie er die Augenbraue hochzog, und mir fiel wieder ein, dass er ja schon wusste, dass ich eine schlechte Lügnerin war. »Das heißt … ich bin mir sicher, dass es ihm gut geht. Aber ich *hätte* erwartet, dass er inzwischen wieder da ist. Und bei so viel Aufruhr in der Stadt …« Ich wies mit der Hand zum Fenster. »Man weiß nicht, was geschehen könnte, nicht wahr?«

Ich hörte, wie er einatmete, wobei seine Brust nach wie vor schwach rasselte, und er sich räusperte.

»Und Ihr lehnt es immer noch ab, mir zu sagen, wo er ist.«

Ich zuckte mit den Schultern; es erschien mir sinnlos zu wiederholen, dass ich es nicht wusste, obwohl das ja die Wahrheit war. Stattdessen nahm ich einen Kamm vom Tisch und begann, mich in aller Ruhe mit meinen Haaren zu befassen. Ich entknotete und glättete die wilden Massen und genoss ihre Kühle in meinen Händen. Nachdem wir Hal gebadet und zu Bett gebracht hatten, hatte ich mir eine Viertelstunde Zeit genommen, um mich selbst in aller Ruhe zu waschen, und hatte mir den Staub und Schweiß aus den Haaren gespült, obwohl ich wusste, dass es in der feuchtwarmen Luft Stunden dauern würde, bis es trocknete.

»Bei der Abmachung, die mir vorschwebte, ging es nicht um mein eigenes Leben«, sagte er nach einer Weile. »Zumindest nicht direkt.«

»Ich bin mir sicher, dass John nicht sterben wird, falls es das ist, was Ihr …«

»Nicht John. Mein Sohn. Meine Tochter. Und mein Enkel. Ihr habt doch selber Enkel, glaube ich? Habe ich nicht gehört, wie Euch dieser ritterliche junge Mann heute Nachmittag ›Oma‹ genannt hat?« Ein Hauch von Belustigung lag in seiner Stimme.

»Das habt Ihr, und so ist es. Ihr meint Eure Tochter Dorothea? Stimmt denn etwas nicht mit ihr?« Alarmiert legte ich den Kamm beiseite. Ich hatte Dottie noch vor ein paar Tagen gesehen, in dem Haus, in dem sich ihr Bruder Henry aufhielt.

»Abgesehen von der Tatsache, dass sie im Begriff zu stehen scheint, einen Rebellen zu heiraten, und mir ihre Absicht kundgetan hat, den Mann auf Schlachtfelder zu begleiten und mit ihm unter den ungesündesten Umständen dort zu leben?«

Er setzte sich im Bett auf, und seine Erregung war unüberhörbar, doch ich musste über seine Ausdrucksweise lächeln; offenbar hatte er diese mit seinem Bruder gemeinsam. Um es mir nicht anmerken zu lassen, hüstelte ich und erwiderte so taktvoll wie möglich:

»Äh … dann habt Ihr Dottie also gesehen?«

»Ja, das habe ich«, sagte er knapp. »Sie war bei Henry, als ich ihn gestern besucht habe, und sie trug ein ganz außergewöhnliches Gewand. Anscheinend ist der Mann, als dessen Verlobte sie sich betrachtet, Quäker, und sie behauptet, diese Religion ebenfalls angenommen zu haben.«

»So hat man mir zu verstehen gegeben«, murmelte ich. »Ihr … äh … hattet noch nicht davon gehört?«

»Nein, das hatte ich nicht! Und ich werde John das eine oder andere zu sagen haben, sowohl was seine Feigheit betrifft, es mir nicht zu sagen, als auch in Bezug auf die unverzeihlichen Winkelzüge seines Sohns …« Der Zorn seiner Worte verschlug ihm buchstäblich den Atem, und er musste innehalten und husten und hielt sich fest, indem er die Arme um die Knie schlang, während ihn die Krämpfe schüttelten.

Ich griff nach dem Fächer, den ich vorhin auf den Tisch gelegt hatte, und wedelte ihm ein wenig Rauch aus dem Kohlebecken ins Gesicht. Er keuchte, hustete im ersten Moment noch krampfhafter, kam dann jedoch japsend zur Ruhe.

»Ich würde Euch ja empfehlen, Ihr sollt Euch nicht aufregen, wenn auch nur die geringste Chance bestünde, dass Ihr auf mich hört«, merkte ich an und reichte ihm einen Becher der in Kaffee gekochten *Ephedra*tinktur.

»Trinkt das. Langsam. Und was John betrifft«, fuhr ich fort, während ich zusah, wie er angesichts des bitteren Geschmacks das Gesicht verzog, »er hatte vor, Euch zu schreiben, als er herausgefunden hat, was Dottie vorhatte. Er hat es nicht getan, weil er zunächst dachte, es sei nicht mehr als eine vorübergehende Laune, und sie würde es sich anders überlegen, sobald sie gesehen hätte, was für ein Leben Denny – äh, das ist ihr Verlobter, Dr. Hunter – tatsächlich führt. Und in diesem Fall gab es ja keinen Grund, Euch und Eure Frau in Alarm zu versetzen. Er hat im Leben nicht damit gerechnet, dass Ihr hier auftaucht.«

Hal hustete noch einmal, dann holte er vorsichtig Luft.

»Ich auch nicht«, sagte er. Er stellte den Becher beiseite, hustete erneut und lehnte sich in den Kissenberg zurück. »Das Kriegsministerium hat beschlossen, mein Regiment zu Clintons Unterstützung zu entsenden, als die neue Strategie beschlossen wurde; mir blieb keine Zeit zu schreiben.«

»Was denn für eine neue Strategie?«, fragte ich ohne großes Interesse.

»Die südlichen Kolonien vom Norden zu trennen, die Rebellion dort niederzuschlagen und den Norden dann bis zur Aufgabe auszuhungern. Und die verdammten Franzosen von den Westindischen Inseln fernzuhalten«, fügte er hinzu. »Meint Ihr, Dottie könnte es sich anders überlegen?« Er klang zwar skeptisch, aber hoffnungsvoll.

»Eigentlich nicht«, sagte ich. Ich reckte mich und fuhr mir mit den Fingern durch das feuchte Haar, das sich sanft auf meinen Schultern niedergelassen hatte und sich sacht und kitzelnd um mein Gesicht ringelte. »Ich hatte mich schon gefragt, ob sie ihre Sturheit wohl von Euch oder von Eurer Frau hat, aber in der Sekunde, in der ich Euch begegnet bin, war es klar.«

Er funkelte mich böse an, besaß aber den Anstand, wenigstens dünn zu lächeln.

»So ist es«, gab er zu. »Genau wie Benjamin, mein ältester Sohn. Henry und Adam haben ihren Charakter von meiner Frau. Was nicht bedeutet, dass sie sich nicht auch durchsetzen können«, fügte er nachdenklich hinzu. »Nur, dass sie deutlich diplomatischer dabei vorgehen.«

»Ich würde Eure Frau gern einmal kennenlernen«, sagte ich und lächelte ebenfalls. »Ihr Name ist Minnie, sagt John?«

»Minerva«, sagte er, und sein Lächeln wurde herzlicher. »Minerva Cunnegunda, um genau zu sein. Kann sie ja nicht ›Cunni‹ nennen, oder?«

»Zumindest wohl nicht in der Öffentlichkeit, nein.«

»Ich würde es nicht einmal unter vier Augen versuchen«, versicherte er mir. »Sie ist sehr sittsam – zumindest, wenn man sie so ansieht.«

Ich lachte und warf einen raschen Blick auf das Kohlebecken. Ich hatte nicht gedacht, dass die aktiven Substanzen der Ganjablätter sehr stark sein würden, wenn man sie als Räucherwerk verwendete, statt sie direkt zu rauchen. Dennoch wirkten sie offensichtlich nicht nur wohltuend auf Hals Asthma, sondern ebenso auf seine Stimmung, und auch mir war bewusst, dass sich ein leises Wohlgefühl in meine Gedanken schlich. Ich machte mir immer noch Sorgen um Jamie – und John –, doch die Sorge hatte sich von meinen Schultern gehoben und schien in geringem Abstand über meinem Kopf zu schweben, so dass sie zwar noch sichtbar war, in eine dumpfe, rötlich graue Farbe getaucht, aber sie schwebte. *Wie ein Bleiballon*, dachte ich mit einem leisen, belustigten Prusten.

Hal lag mit halb geschlossenen Augen in den Kissen und beobachtete mich mit einer Art leichter Neugier.

»Ihr seid eine schöne Frau«, sagte er und klang schwach überrascht. »Aber alles andere als sittsam«, fügte er mit einem leisen Glucksen hinzu. »Was mag sich John nur gedacht haben?«

Ich wusste zwar, was sich John gedacht hatte, wollte aber nicht darüber reden … aus diversen Gründen.

»Was habt Ihr vorhin gemeint«, fragte ich neugierig, »was die Abmachung mit Gott betrifft?«

»Ah.« Seine Augenlider schlossen sich langsam. »Als ich heute Morgen in General Clintons Amtsstube eintraf – Gott, war das wirklich erst heute Morgen? –, hatte er ziemlich schlechte Nachrichten für mich … und einen Brief. Vor ein paar Wochen in New Jersey abgeschickt und im Lauf der Zeit durch die Militärpost zu ihm weitergeleitet. Mein ältester Sohn Benjamin ist am Brandywine in die Hände der Rebellen gefallen«, sagte er beinahe leidenschaftslos. Beinahe, das Licht reichte gerade aus, um seinen angespannten Kinnmuskel zu sehen. »Es gibt zurzeit keine Abmachung mit den Amerikanern, was den Austausch von Gefangenen angeht, und so befindet er sich nach wie vor in Gefangenschaft.«

»Wo denn?«, fragte ich, bestürzt über diese Nachricht.

»Das weiß ich nicht«, sagte er knapp. »Noch nicht. Aber ich werde seinen Aufenthaltsort so schnell wie möglich in Erfahrung bringen.«

»Viel Glück«, sagte ich aufrichtig. »War der Brief von Benjamin?«

»Nein.« Sein Kinn verspannte sich noch ein wenig mehr.

Der Brief stammte von einer jungen Frau namens Amaranthus Cowden, die Seiner Durchlaucht, dem Herzog von Pardloe, mitteilte, dass sie die Frau seines Sohnes Benjamin sei – und die Mutter von Benjamins Sohn Trevor Wattiswade Grey, drei Monate alt. *Nach Benjamins Gefangennahme geboren*, dachte ich und fragte mich, ob Benjamin von dem Baby wusste.

Die junge Mrs. Grey befand sich in schwierigen Umständen, schrieb sie, was sie der bedauerlichen Abwesenheit ihres Gatten verdankte, und schlug daher vor, sich zu ihren Verwandten in Charleston zu begeben. Es war ihr zwar peinlich, Seine Durchlaucht um Hilfe zu bitten, doch ihre Lage ließ ihr keine große Wahl, und sie hoffte, dass er ihr ihre Kühnheit verzeihen und ihre Bitte wohlwollend betrachten würde. Sie fügte eine Haarlocke ihres Sohnes bei, da Seine Durchlaucht ja vielleicht gern ein solches Andenken an seinen Enkel hätte.

»Ach du liebe Güte«, sagte ich. Ich zögerte einen Moment, doch der Gedanke musste ihm gewiss auch schon gekommen sein. »Meint Ihr, sie sagt die Wahrheit?«

Er seufzte, halb besorgt, halb gereizt.

»Beinahe mit Sicherheit. Wattiswade war der Mädchenname meiner Frau, doch das würde kaum jemand außerhalb der Familie wissen.« Er wies kopfnickend zum Schrank, an den Mrs. Figg seine Uniform gehängt hatte. »Der Brief ist in meinem Rock, falls Ihr ihn lesen möchtet.«

Ich winkte nur höflich ab.

»Ich verstehe, was Ihr gemeint habt, bezüglich der Abmachung mit Gott. Ihr möchtet weiterleben, um Euren Enkel zu sehen – und Euren Sohn natürlich.«

Er seufzte erneut, und sein sehniger Körper schien kaum merklich zu schrumpfen. Mrs. Figg hatte ihm – sehr gegen seinen Willen – den Soldatenzopf gelöst, ihm das Haar gebürstet und es zu einem losen Pferdeschwanz zusammengebunden, der ihm jetzt über die Schulter fiel, ein sanftes Dunkelbraun mit weißen Strähnen, die rot und golden im Feuerschein glänzten.

»Nicht ganz. Natürlich möchte ich das, aber …« Er rang um Worte, ganz anders als sein bisheriger Redefluss. »Man würde doch mit Freuden für sie sterben. Die eigene Familie. Aber gleichzeitig denkt man, Himmel, ich *kann* nicht sterben! Was würde aus ihnen werden, wenn ich nicht hier wäre?« Er lächelte mich an, ironisch und reumütig zugleich. »Und man weiß verdammt genau, dass man ihnen meistens sowieso nicht helfen kann; sie müssen es allein tun – oder lassen.«

»Unglücklicherweise ja.« Ein plötzlicher Luftzug bewegte die Musselinvorhänge und verwirbelte die Rauchwolke, die über uns hing. »Aber das gilt nicht für die Enkelkinder. Ihnen kann man helfen.« Und plötzlich fehlte mir Henri-Christians sanftes Gewicht, sein fester Kopf an meiner Schulter. Ich hatte ihm das Leben gerettet, indem ich ihm die Mandeln und die Polypen entfernte, und Gott gedankt, dass ich noch rechtzeitig gekommen war. Und Mandy … *Gott, gib auf sie acht,* betete ich plötzlich inbrünstig. Ich hatte Brianna gesagt, was mit Mandy nicht stimmte und dass es behoben werden konnte – doch *ich* konnte ihren Herzfehler nicht beheben und bedauerte diese Unfähigkeit an jedem Tag meines Lebens. Wenn ich die notwendige Operation hier hätte durchführen können, wären sie alle noch hier …

Die Vorhänge bewegten sich erneut, und die drückende Atmosphäre holte plötzlich Luft. Ich atmete tief ein und fing einen schwachen, scharfen Geruch nach Ozon auf. »Regen«, sagte ich. »Es zieht Regen auf.«

Der Herzog antwortete nicht, sondern drehte sich um und hob das Gesicht zum Fenster. Ich stand auf und schob den unteren Fensterflügel höher, um dankbar den kühlen Lufthauch einzulassen. Wieder blickte ich in die Nacht hinaus; Wolken trieben schnell vor dem Mond vorbei, so dass das Licht, statt zu flackern, zu pulsieren schien wie der Schlag eines Herzens. Die Straßen waren dunkel, und nur hier und da zeugte der Schein einer Laterne in Bewegung von der gedämpften Erregung in der Stadt.

Regen konnte sowohl die Bewegungen der flüchtenden Loyalisten als auch der Armee verlangsamen, die sich auf den Abzug vorbereitete. Würde es Jamie im Schutz des Sturms leichter fallen, in die Stadt zu kommen? Ein sehr heftiges Gewitter konnte ihn aufhalten, wenn es die Straßen in Schlamm verwandelte. Wie weit war er entfernt?

Der Bleiballon hatte sich auf meinen Kopf gesenkt. Meine Stimmung war plötzlich im Keller, vielleicht durch die Erschöpfung, vielleicht aufgrund des aufziehenden Gewitters, vielleicht auch nur als natürliche Wirkung des Cannabinols. Ich erschauerte, obwohl es immer noch heiß war, und konnte nicht verhindern, dass mein Gehirn mir aufs Lebhafteste sämtliche finsteren Möglichkeiten ausmalte, die einem Mann zwischen zwei Armeen allein in der Nacht widerfahren konnten.

Vielleicht allein. Was *hatte* er mit John gemacht? Er konnte doch wohl nicht …

»Ich war einundzwanzig, als mein Vater gestorben ist«, sagte Hal plötzlich. »Erwachsen. Hatte mein eigenes Leben, hatte eine Frau …« Er brach abrupt ab, und sein Mund verzog sich. »Hätte nie gedacht, dass ich ihn brauche, bis er plötzlich nicht mehr da war.«

»Was hätte er denn für Euch tun können?«, fragte ich und setzte mich wieder. Ich war neugierig – brannte aber auch darauf, meinen eigenen dahinrasenden Gedanken aus dem Weg zu gehen.

Hal zuckte mit seinen schlanken Schultern. Der Ausschnitt des Nachthemds war aufgeknöpft, sowohl wegen der Hitze als auch, damit ich den Pulsschlag an seinem Hals besser sehen konnte. Es hing offen, denn der Stoff war schlaff vor Feuchtigkeit, und ich konnte die klaren, geschwungenen Linien seines Schlüsselbeins sehen, dessen Schatten sich scharf auf seiner Haut abmalten.

»Er hätte da sein können«, sagte er schlicht. »Zuhören können. Mir vielleicht … seine Bestätigung geben können.« Die letzten Worte kamen leise, kaum hörbar. »Oder vielleicht auch nicht. Aber er hätte … da sein können.«

»Ich weiß, was Ihr meint«, sagte ich mehr zu mir selbst als zu ihm. Ich hatte Glück gehabt; ich war sehr jung gewesen, als meine Eltern starben, und mein Onkel war prompt und zuverlässig in mein Leben getreten, um für mich da zu sein. Auch wenn sein Leben unkonventionell gewesen war – er *war* immer da. Sein Tod hatte mich zwar geschmerzt, aber damals war ich schon verheiratet gewesen – bei dem Gedanken an Frank packte mich plötzliches Schuldgefühl. Schlimmer noch bei dem Gedanken an Brianna. Sie *hatte* ich verlassen – und dann hatte sie mich verlassen.

Das löste eine ganze Lawine morbider Gedanken aus – an Laoghaire, die von beiden Töchtern verlassen worden war und die ihre Enkel, die jetzt die meinen waren, wahrscheinlich nie zu Gesicht bekommen würde. An Jem und Mandy … und Jamie.

Wo *war* er? Und warum war er nicht hier? Was auch immer John zu ihm gesagt haben mochte, konnte doch nicht …

»Oje«, murmelte ich hoffnungslos. Ich konnte spüren, wie beißende Tränen in mir aufstiegen und gegen den Damm meiner Entschlossenheit drückten.

»Wisst Ihr – ich habe ganz außerordentlichen Hunger«, sagte Hal und klang überrascht. »Habt Ihr etwas zu essen im Haus?«

JAMIES MAGEN KNURRTE, und er hustete, um das Geräusch zu übertönen, doch es war unnötig. Die kleinen Mädchen lagen wie zwei Igel mit Leinenhäubchen unter einem zerschlissenen Quilt am sanft vor sich hin glimmenden Kamin und schnarchten Rücken an Rücken wie betrunkene Hummeln. Mrs. Hardman saß auf der Kaminbank und sang dem Baby leise etwas vor. Er konnte die Worte zwar nicht ausmachen, so dass er nicht erkennen konnte, was für ein Lied es war, aber er stellte sich vor, dass es ein Wiegenlied war. Andererseits hatte er schon oft gehört, wie die Highlandfrauen ihre Babys mit Liedern wie *Grioghal Chridhe* in den Schlaf sangen, das von abgetrennten Köpfen und blutdurchtränktem Boden handelte. Aber Mrs. Hardman war ja Quäkerin; ein solches Wiegenlied kam für sie wahrscheinlich nicht infrage. Vielleicht das Lied vom *Silkie* von Sule Skerry, dachte er und entspannte sich allmählich. Quäker hatten ja eindeutig nichts gegen die körperliche Liebe an und für sich …

Das erinnerte ihn an den verdammten John Grey, und er verzog das Gesicht, um sich dann das Aufstöhnen zu verkneifen, als sein Rücken einen Warnschuss durch sein Bein entsandte und ihm andeutete, dass selbst eine solch geringfügige Bewegung nicht geduldet werden würde.

Das Lied war genauso wenig Musik für ihn wie das Schnarchen, aber beides waren sanfte Klänge, und er ließ sich vorsichtig auf das Bett sinken, stellte sicher, dass er Messer und Pistole greifbar hatte, und schloss die Augen. Er war durch und durch müde, bezweifelte aber, dass er schlafen würde. Er konnte ja nicht einmal seine Lage im Bett verändern, ohne dass ihn weiß glühender Schmerz in den Rücken stach wie der Dreizack des Teufels.

Es war Jahre her, dass ihm sein Rücken das zuletzt angetan hatte. Zwar schmerzte er oft, war hin und wieder morgens steif, aber das war … zehn Jahre her? Er erinnerte sich noch lebhaft daran. Es war kurz nach ihrer Ankunft in Fraser's Ridge gewesen; er und Ian hatten die Blockhütte gerade fertig gehabt. Er war auf die Jagd gegangen, war über eine Böschung gesprungen, als er einem flüchtenden Elch nachsetzte, und hatte sich am Fuß der Böschung bewegungsunfähig auf dem Bauch wiedergefunden.

Dem Himmel sei Dank hatte sich Claire auf die Suche nach ihm gemacht – er lächelte ironisch bei diesem Gedanken; sie war so stolz darauf gewesen, seiner Spur im Wald gefolgt zu sein. Wenn sie ihn nicht gefunden hätte … nun, dann wäre es Glückssache gewesen, ob ihm ein Panther, Bär oder Wolf begegnete, ehe sein Rücken den Klammergriff löste und zuließ, dass er sich bewegte. Er vermutete, dass er nicht erfroren wäre, obwohl es gut möglich war, dass ihm ein paar Zehen abgefroren wären.

Sie …

Ein Geräusch ließ ihn hastig den Kopf heben. Sein Rücken stach heftig, doch er biss die Zähne zusammen, ignorierte die Schmerzen und zog die Pistole unter dem Kissen hervor.

Bei seiner Bewegung fuhr auch Mrs. Hardmans Kopf auf. Sie sah ihn mit großen Augen an, dann hörte sie, was er gehört hatte, und stand hastig auf. Schritte auf dem Weg, mehr als ein paar. Sie wandte sich nach der Wiege um, doch er schüttelte den Kopf.

»Behaltet das Kleine bei Euch«, sagte er leise. »Antwortet, wenn sie klopfen, öffnet, wenn sie darum bitten.«

Er sah sie schlucken, doch sie tat, was er sagte. Sie waren zu dritt oder zu viert, dachte er, aber sie führten nichts Böses im Schilde. Er hörte Schritte auf der Veranda, leises Murmeln und Gelächter. Es klopfte, und Mrs. Hardman rief: »Wer ist da?«

»Freunde, Ma'am«, lallte eine betrunkene Männerstimme. »Lasst uns herein.«

Sie warf Jamie einen angstvollen Blick zu, doch er nickte, und sie hob den Riegel und öffnete der Nacht die Tür. Der erste Mann machte Anstalten einzutreten, doch dann sah er Jamie im Bett und blieb mit offenem Mund stehen.

»Guten Abend«, sagte Jamie höflich, hielt den Mann dabei jedoch fest im Blick. Die Pistole lag unübersehbar unter seiner Hand.

»Oh«, sagte der andere Mann verwirrt. Er war jung und ziemlich kräftig, trug Jagdkleidung, aber auch ein Milizabzeichen; er sah sich nach seinen Begleitern um, die hinter ihm auf der Schwelle stehen geblieben waren. »Ich ... äh ... guten Abend, Sir. Wir wollten nicht ... äh ... wir dachten ...« Er räusperte sich.

Jamie, der genau wusste, was die drei dachten, lächelte ihm zu. Er behielt den Mann im Augenwinkel, während er sich Mrs. Hardman zuwandte und ihr mit einer Geste bedeutete, sich zu setzen. Das tat sie, beugte den Kopf über das Kind und hauchte mit den Lippen über Chastitys kleines Häubchen.

»Wir können euch nichts zu essen anbieten, meine Herren«, sagte Jamie. »Aber es gibt kaltes Wasser aus dem Brunnen und ein Bett im Schuppen, falls ihr es braucht.«

Die anderen beiden Männer traten draußen verlegen von einem Bein auf das andere. Sie strömten zwar kräftigen Alkoholgeruch aus, aber sie waren nicht hier, um Unheil zu stiften.

»Schon gut«, sagte der junge Mann und bewegte sich rückwärts auf seine Freunde zu. Sein rundes Gesicht war rot, vor Verlegenheit genauso wie vom Alkohol. »Wir werden einfach ... tut mir leid, dass wir Euch gestört haben, Sir.«

Die anderen beiden nickten, und alle drei zogen sich so hastig zurück, dass sie sich dabei gegenseitig im Weg waren. Der Letzte zog die Tür zu, jedoch nicht ganz. Mrs. Hardman erhob sich und drückte sie mit einem leisen Knall zu, dann lehnte sie sich mit geschlossenen Augen dagegen, das Kind an ihre Brust gedrückt.

»Danke«, flüsterte sie.

»Nicht der Rede wert«, sagte er. »Sie werden nicht zurückkommen. Kommt, legt das Kind hin und verriegelt die Tür, aye?«

Das tat sie, dann drehte sie sich um, lehnte sich noch einmal dagegen und presste die Hände flach an die Tür. Sie blickte auf den Boden zwischen ihren Füßen, atmete einen Moment hörbar ein und aus, dann richtete sie sich langsam auf.

Ihre schmucklose Jacke war mit Nadeln verschlossen – er wusste nicht, ob sie damit die Eitelkeit von Knöpfen vermeiden wollte, wie es die Deutsch-Lutheraner taten, oder ob sie einfach zu arm für Knöpfe war. Sie fingerte nervös an der oberen Nadel herum, dann zog sie sie plötzlich heraus und legte sie auf das Wandbord. Dann sah sie ihn direkt an und griff nach dem Kopf der nächsten Nadel. Ihre Oberlippe war fest auf die Unterlippe gepresst und glänzte vor nervösem Schweiß.

»Denkt nicht einmal daran«, sagte er unverblümt. »In meinem gegenwärtigen Zustand könnte ich's noch nicht einmal mit einem toten Schaf treiben. Ganz zu schweigen davon, dass ich alt genug bin, um Euer Vater zu sein – und außerdem bin ich verheiratet.«

Ihr Mund bebte sacht, obwohl er nicht sagen konnte, ob vor Enttäuschung oder Erleichterung. Doch ihre Finger entspannten sich, und sie ließ die Hand an ihre Seite sinken.

»Ihr braucht mir nichts für das Essen zu bezahlen«, sagte er. »Es war ein Geschenk.«

»Ich … ja, ich weiß. Ich danke dir, Freund.« Sie wandte den Blick ab und schluckte leicht. »Ich hatte nur … gehofft, du würdest vielleicht … bleiben. Eine Weile.«

»Ich bin verheiratet, Kleine«, wiederholte er leise. Nach einer etwas peinlichen Pause musste er dann einfach fragen: »Habt Ihr oft solche Besucher?« Es war für ihn offensichtlich gewesen, dass die Männer Fremde für sie waren – sie aber nicht für die Männer. Sie hatten von der Quäkerfrau gehört, die mit drei kleinen Mädchen allein lebte …

»Ich gehe mit ihnen in den Schuppen«, platzte sie heraus, und ihr Gesicht wurde röter, als der Feuerschein es färbte. »Wenn die Mädchen schlafen.«

»Mmpfm«, sagte er nach einer weiteren Pause, die sich zu lange hinzog. Sein Blick wanderte zur Wiege und dann hastig wieder fort. Er fragte sich, wie lange Gabriel Hardman wohl schon fort war, doch das ging ihn nichts an. Ebenso wenig wie die Art, auf die sie es schaffte, ihre Mädchen zu ernähren.

»Schlaf, Kleine«, sagte er. »Ich halte Wache.«

13

MORGENLÜFTE VOLLER ENGEL

Tags darauf

Jamie erwachte vom Geruch gebratenen Fleischs und fuhr senkrecht im Bett auf, ohne an seinen Rücken zu denken.

»Der Herr sei uns gnädig«, sagte Mrs. Hardman und sah sich um. »Ein solches Geräusch habe ich nicht mehr gehört, seit Gabriel zuletzt ein Schwein geschlachtet hat.« Sie schüttelte den Kopf und wandte sich wieder der Kochstelle zu. Sie goss Teig in eine gusseiserne Stielpfanne, die auf den Kohlen stand und traurig vor sich hin qualmte und zischte.

»Ich bitte um Verzeihung, Ma'am – ich meine, Freundin Silvia«, sagte er mit zusammengebissenen Zähnen. Bei seinem unwillkürlichen Ruck in die Senkrechte hatte er die Knie angezogen, die er jetzt mit den Armen umschlang. Er legte sein verschwitztes Gesicht auf den zerschlissenen Quilt, der sie bedeckte, und versuchte, seinen widerspenstigen Rücken zu strecken. Diese Anstrengung fuhr ihm schmerzhaft in das rechte Bein und verursachte in seiner linken Wade einen spontanen Krampf, den er stöhnend und keuchend bis zum Ende ertrug.

»Es freut mich, dich sitzen zu sehen, Freund Jamie«, sagte Silvia Hardman und brachte ihm einen Teller mit Wurst, gebratenen Zwiebeln und Pfannenbrot. »Dann geht es deinem Rücken also etwas besser?« Sie lächelte ihn an.

»Etwas«, brachte er heraus und erwiderte ihr Lächeln, so gut es ging, während er sich das Stöhnen verkniff. »Ihr habt … frisches Essen, wie ich sehe.«

»Ja, Gott sei Dank«, sagte sie inbrünstig. »Ich habe Pru und Patience bei Tagesanbruch an die Straße geschickt, um nach Wagen Ausschau zu halten, die nach Philadelphia zum Markt fahren, und sie sind mit einem Pfund Wurst, zwei Pfund Maismehl, einem Beutel Hafer und einem Dutzend Eiern zurückgekommen. Iss nur!« Sie stellte den Holzteller mit einem Holzlöffel neben ihm auf das Bett.

Hinter ihr konnte er sehen, wie sich Prudence und Patience geschäftig mit dem Pfannenbrot das Wurstfett von den Tellern wischten. Er drehte sich vorsichtig, um sich mit dem Rücken an die Wand zu lehnen, und streckte die Beine aus, ergriff den Teller und folgte ihrem Beispiel.

Das Essen erfüllte ihn mit einem überraschenden Wohlgefühl, und als er schließlich den Teller beiseitestellte, war er zu allem entschlossen.

»Ich würde gern Euren Abort benutzen, Freundin Silvia. Aber ich brauche möglicherweise Hilfe beim Aufstehen.«

Als er erst einmal stand, stellte er fest, dass er ein paar Zentimeter am Stück voranwanken konnte und Prudence und Patience ihm dann augenblicklich zur Seite eilten, um ihm wie kleine Strebepfeiler unter die Ellbogen zu greifen.

»Sorge dich nicht«, ermahnte ihn Prudence, die sich aufrichtete und selbstbewusst zu ihm aufblickte. »Wir lassen dich nicht hinfallen.«

»Gewiss nicht«, sagte er ernst. Die kleinen Mädchen besaßen in der Tat eine drahtige Körperkraft, die ihr zerbrechliches Aussehen Lügen strafte, und er empfand ihre Anwesenheit tatsächlich als Hilfe, weil er sich an ihnen festhalten konnte, um nicht das Gleichgewicht zu verlieren, wenn er anhalten musste – und das war etwa jeden Meter.

»Erzählt mir von den Wagen, die nach Philadelphia fahren«, sagte er bei einem solchen Zwischenhalt, sowohl, um Konversation zu treiben, als auch, weil diese Information für ihn wichtig war. »Kommen sie meistens am frühen Morgen?«

»Meistens«, sagte Patience. »Ein oder zwei Stunden vor Sonnenuntergang kommen sie leer zurück.« Sie stellte die Füße breiter auseinander, um fester zu stehen. »Ist schon gut«, versicherte sie ihm. »Stütz dich nur auf mich. Du scheinst etwas wackelig auf den Beinen zu sein.«

Er drückte ihr zum Dank sacht die Schulter und stützte sich ein wenig auf sie. Wackelig auf den Beinen, in der Tat. Es war mehr als eine halbe Meile bis zur Straße; es würde über eine Stunde dauern, so weit zu wanken, selbst mit Hilfe der Mädchen, und die Möglichkeit, dass ihm sein Rücken erneut den Dienst versagte und er auf halber Strecke strandete, war noch zu groß, um es zu riskieren. Ganz zu schweigen von dem Risiko, bewegungsunfähig in Philadelphia einzutreffen. Morgen hingegen …

»Und habt ihr Soldaten auf der Straße gesehen?«, fragte er und wagte einen vorsichtigen Schritt, der ihn von der Hüfte bis zum Fuß mit Schmerzen durchzog. »Au!«

»Ja«, sagte Patience und umklammerte seinen Ellbogen noch ein wenig fester. »Nur Mut, Freund. Du wirst es schaffen. Wir haben drei Milizkompanien gesehen und einen Kontinentaloffizier auf einem Maultier.«

»Ein paar britische Soldaten haben wir aber auch gesehen«, meldete sich Prudence zu Wort, die keinesfalls übersehen werden wollte. »Sie haben eine Wagenkolonne begleitet, die in die andere Richtung unterwegs war.«

»In die andere … fort aus Philadelphia?«, fragte Jamie, und sein Herz tat einen Satz. Hatte die Evakuierung der britischen Armee bereits begonnen? »Konntet ihr sehen, was in den Wagen war?«

Prudence zuckte mit den Schultern. »Möbel. Koffer und Körbe. Manchmal fuhren auch feine Damen mit, obwohl die meisten nebenhergegangen sind. Kein Platz«, erklärte sie. »Achte auf deine Hemdschöße, Freund, sonst ist dein Anstand in Gefahr.« Der Morgen war kühl und windig, und ein verirrter Windstoß hatte sich erhoben und sein Hemd aufgebläht – wundervoll an seinem verschwitzten Körper, aber definitiv eine Gefahr für jungfräuliche Augen.

»Soll ich dir die Schöße zwischen den Beinen verknoten?«, erkundigte sich Patience. »Ich kann einen Altweiberknoten, einen Sackstich oder einen Doppelknoten. Mein Papa hat es mir beigebracht!«

»Sei doch nicht albern, Patience«, sagte ihre Schwester gereizt. »Wenn du ihm das Hemd verknotest, wie soll er es dann zum Scheißen hochheben? Niemand bekommt ihre Knoten wieder auf«, vertraute sie Jamie an. »Sie zieht sie jedes Mal zu fest.«

»Oh, das stimmt gar nicht, du Lügnerin!«

»Pfui, Schwester! Ich sage Mami, was du gesagt hast!«

»Wo ist denn euer Vater?«, mischte sich Jamie ein, der den Streit beenden wollte, bevor sie anfingen, sich gegenseitig an den Haaren zu ziehen. Sie hörten tatsächlich auf und sahen einander kurz an, bevor sie antworteten.

»Wir wissen es nicht«, sagte Prudence mit leiser, trauriger Stimme. »Er ist vor einem Jahr eines Tages auf die Jagd gegangen und nicht zurückgekommen.«

»Könnte sein, dass ihn die Indianer entführt haben«, sagte Patience um einen hoffnungsvollen Ton bemüht. »Dann kann er ja vielleicht eines Tages fliehen und kommt zurück.«

Prudence seufzte.

»Vielleicht«, sagte sie tonlos. »Mami meint, die Miliz hat ihn erschossen.«

»Warum denn?«, fragte Jamie und blickte zu ihr hinunter. »Warum sollten sie ihn erschießen?«

»Weil er Quäker ist«, erklärte Patience. »Er hat sich geweigert zu kämpfen, also haben sie gesagt, er wäre Loyalist.«

»Ich verstehe. War er … äh, ich meine, *ist* er das denn?« Prudence sah ihn an, dankbar für das *ist*.

»Ich glaube nicht. Aber Mami sagt, die Zusammenkunft in Philadelphia hat allen gesagt, alle Quäker sollten für den König sein, denn der König würde für Frieden sorgen, und die Rebellen wollten ihn brechen. Also …«, sagte sie achselzuckend, »denken die Leute, dass alle Quäker Loyalisten sind.«

»Papa aber nicht«, wandte Patience ein. »Er hat alles Mögliche über den König gesagt, und Mama hat sich dann Sorgen gemacht und ihn gebeten, seine Zunge zu hüten. Hier ist der Abort«, sagte sie überflüssigerweise und ließ Jamies Ellbogen los, um die Tür zu öffnen. »Bitte wisch dich nicht mit dem Handtuch ab; es ist für die Hände. Im Korb sind Maiskolben.«

JOHN GREY ERWACHTE fiebrig und mit schweren Gliedern, mit dröhnenden Kopfschmerzen und stechenden Schmerzen im linken Auge, als er versuchte, es zu öffnen. Beide Augen waren verkrustet und verklebt. Er hatte in lebhaften Bruchstücken geträumt, ein Durcheinander aus Bildern, Stimmen, Gefühlen … Jamie Fraser hatte ihn angeschrien, das Gesicht von Leidenschaft verfinstert, doch dann veränderte sich etwas, eine Verfolgung begann, und er verfiel in einen schwindelerregenden Alptraum. Sie rannten zusammen durch einen Sumpf; der Morast sog an seinen Füßen, und Fraser saß unmittelbar vor ihm kämpfend in der Falle, schrie ihn an zurückzugehen, doch er konnte es nicht, seine Füße saßen fest, und er versank, während er um sich schlug, aber nirgendwo Halt finden konnte …

»Gaah!« Eine Hand schüttelte ihn an der Schulter und schreckte ihn aus dem Morast hoch. Krampfhaft öffnete er sein unverletztes Auge und sah die verschwommene Gestalt eines adretten jungen Mannes mit einem dunklen Rock und einer Brille, der seltsam vertraut auf ihn hinunterblickte.

»John Grey?«, sagte der junge Mann.

»Der bin ich«, sagte er. Er schluckte schmerzhaft. »Habe ich … die Ehre Eurer Bekanntschaft, Sir?«

Der junge Mann errötete ein wenig.

»So ist es, Freund Grey«, sagte er leise. »Ich bin …«

»Oh!«, sagte Grey und setzte sich hastig auf. »Natürlich, Ihr – oh. Oh Himmel.« Durch die abrupte Haltungsänderung aufgestört, hatte sein Kopf anscheinend beschlossen, ihm von den Schultern zu fliegen und gegen die nächste Wand zu prallen. Der junge Mann … *Hunter*, dachte er und fand, dass der Name erstaunlich geradlinig aus dem Chaos im Inneren seines Schädels auftauchte. *Doktor* Hunter. Dotties Quäker.

»Ich glaube, du legst dich besser hin, Freund.«

»Ich glaube, ich übergebe mich besser zuerst.«

Hunter riss den Topf gerade noch rechtzeitig unter dem Bett hervor. Nachdem er Grey Wasser verabreicht – »Trink langsam, Freund, wenn du es bei dir behalten willst« – und beim Hinlegen geholfen hatte, ragte Oberst Smith hinter ihm auf.

»Was sagt Ihr, Doktor?« Smith runzelte die Stirn und machte einen besorgten

Eindruck. »Ist er bei Sinnen? Letzte Nacht hat er gesungen, jetzt stöhnt er und redet wirr, und er sieht so aus …« Smith verzog das Gesicht auf eine Weise, bei der sich Grey fragte, *wie* er denn aussah.

»Er hat hohes Fieber«, sagte Hunter und warf Grey einen durchdringenden Blick durch seine Brille zu, während er sich über ihn beugte und sein Handgelenk ergriff. »Und du siehst ja, in welchem Zustand sich sein Auge befindet. Es wäre gefährlich, ihn zu transportieren. Jedes weitere Paravasat in seinem Hirn …«

Smith stieß ein missmutiges Geräusch aus und presste die Lippen aufeinander. Er stieß Hunter beiseite und beugte sich über Grey.

»Könnt Ihr mich hören, Oberst?«, fragte er in dem langsamen, deutlichen Ton, den man bei Idioten und Ausländern benutzte.

»Ich bin ein Fisch …«, murmelte Grey glückselig und schloss die Augen.

»Sein Puls ist sehr unregelmäßig«, sagte Hunter warnend, den Daumen auf Greys Handgelenk gedrückt. Seine Hand war kühl und fest; Grey fand die Berührung tröstend. »Ich kann keine Verantwortung für die Konsequenzen tragen, wenn man ihn abrupt bewegt.«

»Ich verstehe.« Smith stand einen Moment still; Grey konnte ihn schwer atmen hören, verzichtete jedoch darauf, die Augen zu öffnen. »Nun denn, also schön.« Er lachte humorlos auf. »Wenn der Prophet nicht zum Berg gehen kann, muss der Berg eben einfach hierherkommen. Ich werde General Wayne eine Nachricht senden. Tut Ihr bitte, was Ihr könnt, damit er zurechnungsfähig ist, Doktor?«

MIT DEM GESUNDEN AUGE konnte er Denzell Hunter sehen; das war beruhigend; er war also nicht blind. Noch nicht. Hunter hatte seine Brille abgesetzt, um sich die Verletzung genauer anzusehen; er selbst hatte sehr hübsche Augen, dachte Grey – eine Iris von der Farbe einer reifen Olive mit kleinen tiefgrünen Streifen.

»Nach oben schauen bitte«, murmelte er. Grey versuchte, ihm Folge zu leisten.

»Au!«

»Nein? Dann nach unten.« Dieser Versuch war auch nicht erfolgreicher; außerdem konnte er das Auge weder nach rechts noch nach links bewegen. Es schien in der Augenhöhle fest geworden zu sein wie ein hart gekochtes Ei. Diese Theorie teilte er Hunter mit, welcher lächelte, wenn auch ziemlich besorgt.

»Es ist wirklich stark geschwollen. Was auch immer dich getroffen hat, ist sehr kraftvoll gewesen.« Hunters Finger wanderten sanft über sein Gesicht und drückten hier und da fragend zu. »Tut das …«

»Ja, so war es. Hört auf, mich zu fragen, ob es weh tut; mir tut vom Scheitel bis zum Kinn alles weh, einschließlich meines linken Ohrs. Was Ihr gesagt habt bezüglich des Paravasats in meinem Hirn … war das ernst gemeint?«

»Möglich ist es.« Doch Hunter lächelte. »Da du jedoch keine Neigung zu

Krämpfen oder Ohnmachtsanfällen an den Tag legst – zumindest über den Alkoholrausch hinaus – und da du anscheinend nach der Verletzung noch mehrere Stunden zu Fuß gegangen bist, halte ich die Wahrscheinlichkeit für gering. Allerdings *sehe* ich eine Blutung unterhalb der Lederhaut.« Seine kühlen Fingerspitzen berührten das geschwollene Lid. »Dein Augapfel ist ganz rot, genau wie deine Bindehaut. Es sieht sehr … dramatisch aus.« Seine Worte hatten einen deutlich belustigten Unterton, was Grey beruhigend fand.

»Oh, schön«, sagte er trocken. »Wie lange wird es dauern, bis es verschwunden ist?«

Der Quäker verzog das Gesicht und schüttelte den Kopf.

»Das Blut braucht eine Woche bis einen Monat – im Prinzip ist es genau wie bei einer normalen Prellung, bei der unter der Haut kleine Blutgefäße platzen. Was mir Sorgen bereitet, ist die Tatsache, dass du das Auge nicht bewegen kannst. Ich glaube, dass du eine Fraktur der Augenhöhle hast, die irgendwie den Augenmuskel einklemmt. Ich wünschte, deine Frau wäre hier; sie besitzt ein viel größeres …«

»Meine Frau«, sagte Grey ausdruckslos. »Oh!« Die Erinnerung kollidierte mit dem Moment des Begreifens, und seine Stimmung hob sich plötzlich. »Sie ist nicht meine Frau! Nicht mehr«, fügte er hinzu und ertappte sich dabei, dass er grinste. Er beugte sich vor, um dem erstaunten Hunter zuzuflüstern: »Jamie Fraser ist gar nicht tot!«

Hunter starrte ihn an, blinzelte, setzte die Brille wieder auf und starrte weiter auf Grey, während er offensichtlich sein Urteil über dessen Hirn noch einmal überdachte.

»Er ist es, der mir den Fausthieb versetzt hat«, sagte Grey hilfsbereit. »Schon gut«, fügte er angesichts von Hunters Stirnrunzeln hinzu, »ich habe es darauf angelegt.«

»Gott sei gepriesen«, flüsterte Hunter und brach in ein breites Grinsen aus – anscheinend wegen der Neuigkeit von Frasers Überleben, weniger aufgrund von Greys Ausführungen über die Moralität seines Handelns. »Ian wird sich …« Er verstummte mit einer Geste, die seiner Unfähigkeit Ausdruck verlieh, Ian Murrays wahrscheinliche Gefühle zu beschreiben.

»Und Claire!«, rief er aus, und seine Augen wurden hinter den Brillengläsern riesengroß. »Weiß sie es schon?«

»Ja, aber …« Schritte näherten sich, und Grey warf sich wieder auf das Bett, begleitet von einem vollkommen authentischen Schmerzensruf. Er schloss die Augen und drehte stöhnend den Kopf zur Seite.

»Der Berg scheint sich bei General Washington zu befinden«, sagte Smith hörbar wenig erbaut. Grey spürte, wie er vor dem Bett stehen blieb und es mit den Beinen berührte. »Tut, was Ihr könnt, damit er morgen reisefähig ist, Doktor – wenn nötig laden wir ihn auf einen der Wagen.«

ALS SEINE DURCHLAUCHT am Morgen erwachte, waren seine Augen so rot wie die eines Frettchens, und seine Laune ähnelte der eines tollwütigen Dachses. Hätte ich einen Beruhigungspfeil gehabt, hätte ich damit auf ihn geschossen, ohne eine Sekunde zu zögern. So jedoch ordnete ich an, dass man seinem Frühstückskaffee einen ordentlichen Schuss Brandy hinzufügte, und goss selbst – nach kurzem Ringen mit meinem hippokratischen Gewissen – noch eine kleine Dosis Laudanum hinzu.

Viel konnte ich ihm nicht geben; unter anderem lähmte es die Atmung. Dennoch, so argumentierte ich beim Zählen der rötlich braunen Tropfen, die glucksend in den Brandy fielen, war es eine menschenfreundlichere Art, ihn ruhig zu stellen, als ihm den Nachttopf über den Schädel zu ziehen oder Mrs. Figg zu rufen, damit sie sich auf ihn setzte, während ich ihn ans Bett fesselte und knebelte.

Und es war dringend nötig, dass er für kurze Zeit schwieg und sich nicht regte. Mr. Figg, ein Methodistenprediger, würde gleich mit zwei jungen Männern aus seiner Gemeinde kommen, die Zimmerleute waren und die Eingangstür wieder einhängen und die Fenster im Erdgeschoss vernageln würden, für den Fall umherziehenden Pöbels. Ich hatte Mrs. Figg gesagt, dass sie ihrem Mann natürlich unsere Situation anvertrauen könnte – ich konnte sie ja kaum daran hindern –, dass sie sich vielleicht aber überreden ließ, nichts von der Anwesenheit Seiner Durchlaucht zu erzählen, im Interesse von Lord Johns Sicherheit und seines Eigentums, ganz zu schweigen von Seiner Durchlaucht persönlich, der ja immerhin Lord Johns vermutlich geliebter Bruder war.

Mrs. Figg hätte den Herzog zwar fröhlich ausgeliefert, damit man ihn teeren und federn konnte, doch ein Appell im Namen Lord Johns fand bei ihr immer Gehör, und so nickte sie nüchtern und zustimmend. Solange Seine Durchlaucht keine Aufmerksamkeit auf sich zog, indem er aus dem Fenster im ersten Stock brüllte oder die Arbeiter mit Gegenständen bewarf, ging sie davon aus, dass sich seine Anwesenheit wohl verheimlichen ließ.

»Aber was habt Ihr nur mit ihm vor, Lady John?«, fragte sie mit einem argwöhnischen Blick zur Zimmerdecke. Wir standen im hinteren Salon und unterhielten uns mit gesenkter Stimme, während Jenny Hal das Frühstück verabreichte und dafür sorgte, dass der mit Brandy versetzte Kaffee komplett getrunken wurde. »Und was, wenn die Armee jemanden vorbeischickt, der sich nach ihm erkundigt?«

Ich machte eine hilflose Handbewegung.

»Ich habe keine Ahnung«, gestand ich. »Ich muss ihn nur hierbehalten, bis entweder Lord John oder mein … äh, Mr. Fraser kommt. Sie werden schon wissen, was mit ihm zu tun ist. Was die Armee betrifft – falls jemand kommt und sich nach Seiner Durchlaucht erkundigt, werde ich … äh … mit ihm sprechen.«

Sie warf mir einen Blick zu, der besagte, dass sie schon bessere Pläne gehört hatte, nickte aber widerstrebend und entfernte sich, um ihren Marktkorb zu holen. Das Erste, was in einer frisch besetzten Stadt einsetzt, ist Lebensmittelknappheit, und da die Kontinentalarmee kurz davorstand, wie eine Heuschreckenplage über Philadelphia herzufallen, würden die Wagen, die normalerweise Nahrungsmittel vom Land in die Stadt brachten, wahrscheinlich selten werden. Falls sich auch nur eine der beiden Armeen bereits in Marsch gesetzt hatte, würde sie alles beschlagnahmen, was des Weges kam.

Doch an der Tür blieb Mrs. Figg stehen und wandte sich um.

»Was ist mit William?«, wollte sie wissen. »Falls er zurückkommt …« Sie war offensichtlich hin und her gerissen zwischen ihrer Hoffnung, *dass* er zurückkommen würde – sie sorgte sich um ihn –, und ihrer Beunruhigung, was geschehen könnte, wenn er seinen Onkel als Gefangenen entdeckte.

»Ich werde mit ihm reden«, wiederholte ich entschlossen und winkte sie zur Tür.

Dann rannte ich nach oben und traf Hal gähnend vor seinem fast komplett geleerten Frühstückstablett an, während ihm Jenny dienstbeflissen das Eigelb aus dem Mundwinkel tupfte. Sie hatte die Nacht in der Druckerei verbracht, war aber zurückgekehrt, um uns zu helfen, und hatte einen zerschlissenen Koffer voller möglicherweise nützlicher Gegenstände mitgebracht.

»Seine Durchlaucht hat gut gefrühstückt«, berichtete sie und trat einen Schritt zurück, um ihr Werk kritisch zu begutachten. »Und er hatte Verdauung. Ich habe vorsichtshalber dafür gesorgt, dass er den Topf benutzte, bevor er den Kaffee getrunken hat. Wusste ja nicht, wie schnell er wirkt.«

Hal sah sie stirnrunzelnd an, obwohl ich nicht sagen konnte, ob er verwundert oder beleidigt war. Seine Pupillen waren bereits merklich verkleinert, was ihm einen etwas stieren Blick verlieh. Er blinzelte mich an und schüttelte den Kopf, als sähe er verschwommen.

»Ich würde Euch gern kurz untersuchen, Durchlaucht«, sagte ich lächelnd und kam mir vor wie Judas. Er *war* mein Patient … doch Jamie war mein Mann, und meine Entschlossenheit wuchs.

Sein Pulsschlag war langsam und absolut regelmäßig, was mich beruhigte. Ich holte mein Stethoskop hervor, knöpfte ihm das Nachthemd auf und lauschte: ein schöner, steter Herzschlag, doch seine Lunge gurgelte wie eine undichte Zisterne, und seine Atmung wurde von kleinen Keuchlauten unterbrochen.

»Am besten trinkt er etwas von der *Ephedra*tinktur«, sagte ich und richtete mich auf. Die Tinktur war ein Stimulanzmittel. Sie würde zwar dem Opiat in seinem Blutkreislauf entgegenwirken, doch ich konnte nicht riskieren, dass er im Schlaf aufhörte zu atmen. »Ich bleibe bei ihm, würdest du nach unten gehen und eine Tasse holen? Sie braucht nicht erhitzt zu werden, kalt reicht es auch.« Ich war mir nicht sicher, ob er noch bei Bewusstsein bleiben würde, bis die Tasse aufgewärmt war.

»Ich muss heute wirklich zu General Clinton«, sagte Pardloe überraschend entschlossen, wenn man seinen vernebelten Kopf bedachte. Er räusperte sich und hustete. »Es sind Vorkehrungen zu treffen … mein Regiment …«

»Ah. Äh … wo *ist* Euer Regiment eigentlich?«, fragte ich vorsichtig. Wenn es in Philadelphia war, würde sich Hals Adjutant jede Minute ernsthaft auf die Suche nach ihm machen. Es war ja denkbar, dass er die Nacht bei seinem Sohn oder seiner Tochter verbracht hatte, aber inzwischen … und ich wusste nicht, welchen Ablenkungswert meine gefälschten Noten gehabt haben mochten.

»New York«, erwiderte er. »Zumindest hoffe ich das.« Er schloss kurz die Augen, schwankte sacht und richtete sich ruckartig wieder auf. »Sind dort gelandet. Ich bin nach Philadelphia geritten … um Henry zu sehen … Dottie.« Sein Gesicht verzog sich schmerzhaft. »Habe vor … mit Clinton zurückzukehren.«

»Natürlich«, sagte ich beruhigend und versuchte zu überlegen. *Wann* genau würden Clinton und seine Truppen aufbrechen? Angenommen, er erholte sich so weit, dass er auch ohne meine Hilfe außer Lebensgefahr war, konnte ich Pardloe herausrücken, sobald sich der Exodus in Marsch gesetzt hatte. An diesem Punkt würde es ihm nicht mehr möglich sein, eine größere Suche nach John durchzuführen und Jamie in Gefahr zu bringen. Aber Jamie würde doch gewiss jeden Moment zurückkehren – mit oder ohne John?

Wer tatsächlich zurückkehrte, war Jenny mit der *Ephedra*tinktur – und einem Hammer in der Schürzentasche und drei stabilen Brettern unter dem Arm. Kommentarlos reichte sie mir den Becher und machte sich daran, die Bretter vor das Fenster zu nageln, und zwar überraschend zielsicher und gekonnt.

Hal nippte langsam an seiner Tinktur und beobachtete Jenny erstaunt.

»Warum macht sie das?«, fragte er, allerdings so, als interessiere er sich nicht besonders für die Antwort.

»Hurrikane, Eure Durchlaucht«, sagte sie, ohne eine Miene zu verziehen, und huschte davon, um den Hammer an die Zimmerleute zurückzugeben, deren fröhliches Klopfen sich anhörte, als würde das Haus von einem ganzen Bataillon von Spechten attackiert.

»Oh«, sagte Hal. Er sah sich vage im Zimmer um, vermutlich auf der Suche nach seiner Hose, die Mrs. Figg in weiser Voraussicht mitgenommen und in der Küche versteckt hatte. Sein Blick ruhte einen Moment auf dem kleinen Stapel mit Willies Büchern, die ich auf den Nachttisch gelegt hatte. Offenbar erkannte er das eine oder andere davon, denn er sagte: »Oh. William. Wo *ist* William?«

»Willie hat heute gewiss viel zu tun«, sagte ich und griff noch einmal nach seinem Handgelenk. »Vielleicht sehen wir ihn später.« Sein Herzschlag war langsam, aber kräftig. Ich fing den leeren Becher auf, just als sich sein Griff lockerte, und stellte ihn auf den Tisch. Sein Kopf sank vornüber, und ich legte ihn vorsichtig auf das Kissen zurück, den Kopf erhöht, damit er leichter atmen konnte.

»*Falls er zurückkommt …*«, hatte Mrs. Figg über Willie gesagt und damit offensichtlich die nächste Frage angedeutet: »Was dann?«

In der Tat, was dann?

Colenso war nicht zurückgekehrt, also hatte er William vermutlich gefunden; das war beruhigend. Aber was William gerade tat … oder dachte …

14
DONNERDROHEN

Ein Einsatz, der sich mit Eurer ungewöhnlichen Situation verträgt«, hatte Oberst Findlay gesagt. Findlay hatte ja keine Ahnung, sinnierte William bitter. Nicht, dass seine Situation nicht »ungewöhnlich« gewesen wäre, selbst ohne seine jüngsten Entdeckungen.

Er hatte im Oktober '77 gemeinsam mit Burgoynes restlicher Armee in Saratoga kapituliert. Die britischen Soldaten und ihre deutschen Verbündeten waren gezwungen gewesen, ihre Waffen auszuliefern, doch man garantierte ihnen, sie nicht zu Gefangenen zu machen; die Konvention von Saratoga, unterzeichnet von Burgoyne und dem kontinentalen General Gates, hatte festgelegt, dass man es sämtlichen Soldaten gestatten würde, nach Europa zurückzukehren, sobald sie ihr Ehrenwort gegeben hatten, im amerikanischen Konflikt nicht noch einmal zu den Waffen zu greifen.

Doch während der Winterstürme konnten keine Schiffe segeln, und irgendetwas musste man ja mit den unterlegenen Soldaten tun. Unter dem Spitznamen »Konventionsarmee« hatte man die gesamte Truppe nach Cambridge in Massachusetts marschieren lassen, wo sie den Frühling und die Heimreise abwarten sollte. Alle bis auf William und ein paar andere, die wie er entweder einflussreiche Verbindungen in Amerika hatten oder Beziehungen zu Sir Henry, der Howes Nachfolger als Oberbefehlshaber des Amerikafeldzugs war.

William, der Glückspilz, verfügte über beides; er hatte in Howes persönlichem Stab gedient, sein Onkel war Oberst eines Regiments, und sein Vater war ein einflussreicher Diplomat, der sich gegenwärtig in Philadelphia aufhielt. Man hatte ihn gegen ein besonderes persönliches Ehrenwort entlassen, um General Howe einen Gefallen zu tun, und ihn zu Lord John geschickt. Jedoch gehörte er nach wie vor zur britischen Armee, und ihm war nur der eigentliche Kampfeinsatz verboten. Und die Armee hielt reihenweise lästige Aufgaben bereit, die nichts mit Kämpfen zu tun hatten; General Clinton hatte ihn mit Begeisterung für seine Zwecke eingesetzt.

Weil ihm diese Situation gründlich die Laune verdarb, hatte William seinen Vater gebeten zu versuchen, ihn austauschen zu lassen; damit wären die Bedingungen seines Aufenthalts auf Ehrenwort hinfällig gewesen, und es hätte ihm freigestanden, auch wieder Dienst an der Waffe zu leisten. Lord John war mehr als bereit dazu gewesen, doch im Januar 1776 war es zu einem Zerwürfnis zwischen General Burgoyne und dem Kontinentalkongress gekommen, weil sich der Erstere weigerte, eine Liste der entsprechenden Offiziere zur Verfügung zu stellen, woraufhin der Kongress die Konvention von Saratoga für null und nichtig erklärt und verkündet hatte, dass er die gesamte Konventionsarmee festsetzen werde, bis König George die Konvention (und die dazugehörige Liste) ratifizierte. Natürlich hatte der Kongress genau gewusst, dass der König nichts dergleichen tun würde, da eine solche Handlungsweise einer Anerkennung der Unabhängigkeit der Kolonien gleichgekommen wäre. Infolge all dessen gab es im Moment überhaupt keinen Mechanismus für den Austausch von Gefangenen. Sämtlicher Gefangenen.

Was William in eine zutiefst ungewisse Lage versetzte. Theoretisch war er ein entflohener Gefangener, und in dem höchst unwahrscheinlichen Fall, dass er erneut in die Hände der Amerikaner fiel und diese feststellten, dass er einer der Offiziere aus Saratoga war, würde man ihn prompt nach Massachusetts bringen, um dort den Rest des Krieges abzuwarten. Gleichzeitig jedoch war sich niemand sicher, ob es für ihn infrage kam, wieder zu den Waffen zu greifen – zwar galt die Konvention nicht mehr, doch William hatte ja sein persönliches Ehrenwort gegeben.

Was ihn in seine gegenwärtige, wenig beneidenswerte Lage gebracht hatte, in der er Soldaten befehligte, welche bei der Evakuierung der betuchten Loyalisten von Philadelphia halfen. Er konnte sich nur eines vorstellen, was schlimmer war, nämlich eine Schweineherde durch ein Nadelöhr zu treiben.

Während die ärmeren Bürger, die sich durch das Heranrücken von General Washingtons Milizen bedroht fühlten, gezwungen waren, den Gefahren der Straße zu trotzen und mit Wagen, Handkarren oder zu Fuß abzurücken, gestattete man den Reichen eine weniger gefahrvolle und theoretisch luxuriösere Abreise auf dem Schiff. Es war allerdings unmöglich, auch nur einem von ihnen klarzumachen, dass es in der Tat nur ein Schiff gab – General Howes Schiff – und dass darauf nur sehr begrenzt Platz war.

»Nein, Madam, ich bedaure, aber es ist völlig unmöglich, Platz zu finden für …«

»Unsinn, junger Mann, mein Urgroßvater hat diese Standuhr 1610 in den Niederlanden erworben. Sie zeigt nicht nur die Zeit an, sondern auch die Mondphasen und eine vollständige Gezeitentabelle der Bucht von Neapel! Ihr könnt doch nicht erwarten, dass ich zulasse, dass ein solches Instrument in die Hände der Rebellen fällt?«

»Doch, Ma'am, ich fürchte, ja. Nein, Sir. Keine Dienstboten; nur die engsten Familienmitglieder und kleines Gepäck. Ich bin sicher, Eure Leibeigenen können Euch gefahrlos auf dem Landweg fol…«

»Aber sie werden verhungern!«, rief ein Herr mit dem Aussehen eines Kadavers, der sich nicht von seiner talentierten Köchin und einem wohlproportionierten Hausmädchen trennen wollte, das, falls es nicht gut staubwischen konnte, zweifellos andere wünschenswerte Qualitäten besaß, die nicht zu übersehen waren. »Oder man wird sie entführen! Ich bin für sie verantwortlich! Ihr könnt doch nicht …«

»Doch, das kann ich«, sagte William unbeirrbar mit einem beifälligen Seitenblick auf das Hausmädchen, »und das muss ich vor allem. Korporal Higgins, bitte begleitet Mr. Hennings' Leibeigene unbehelligt vom Kai. Nein, Madam, ich bin absolut Eurer Meinung, dass Eure Sesselgarnitur sehr wertvoll ist, doch das gilt genauso für das Leben der Menschen, die ertrinken werden, wenn das Schiff sinkt. Ja, Eure Kaminuhr könnt Ihr mitnehmen.« Er hob die Stimme und brüllte: »Leutnant Rendill!«

Rendill kämpfte sich hochrot und schweißtriefend durch die Menge der schubsenden, fluchenden, drängelnden, kreischenden Flüchtlinge. Als er William erreichte, der auf einer Kiste thronte, um nicht von der Menge zertrampelt oder ins Wasser geschubst zu werden, salutierte er, wurde aber von mehreren Personen, die versuchten, William auf sich aufmerksam zu machen, brutal hin und her geschoben, so dass ihm seine Perücke über die Augen rutschte.

»Ja, Sir?«, sagte er trotz allem gutmütig, schob sie wieder zurecht und stieß einen Mann mit dem Ellbogen beiseite, so höflich er konnte.

»Hier ist eine Liste mit General Howes engen Bekannten, Rendill. Geht an Bord und schaut, ob sie es alle geschafft haben – wenn nicht …« Er warf einen vielsagenden Blick über das Gedränge auf dem Dock und die Berge mehr oder minder verlassener Besitztümer und zertrampelter Gepäckstücke und drückte dem Leutnant die Liste ohne Umschweife in die Hand. »Macht sie ausfindig.«

»Oh Gott«, sagte Rendill. »Ich meine … ja, Sir. Sofort, Sir.« Mit hoffnungsloser Miene wandte er sich ab und begann, sich mit den leicht abgewandelten, aber heftigen Bewegungen eines Brustschwimmers durch die Menge zu schieben.

»Rendill!«

Gehorsam machte Rendill kehrt und kehrte resigniert wieder in Hörweite zurück, ein kräftiger roter Delfin, der Schwärme hysterischer Heringe zerteilte.

»Sir?«

William beugte sich zu ihm hinunter und senkte seine Stimme, so dass ihn die Umstehenden nicht hören konnten. Er wies kopfnickend auf die Möbel- und Gepäckstücke, die überall auf dem Dock zu wackeligen Haufen aufgetürmt waren – manche davon gefährlich dicht an der Kante.

»Bitte sagt den Kameraden auf dem Dock im Vorübergehen, dass sie sich keine große Mühe geben brauchen zu verhindern, dass diese Stapel in den Fluss fallen, ja?«

Rendills schweißnasses Gesicht erhellte sich ganz erstaunlich.

»Ja, Sir!« Er salutierte und schwamm erneut davon, diesmal sichtlich enthusiastischer, und William, dessen Seele zumindest ein wenig getröstet war, wandte sich höflich der Beschwerde eines geplagten deutschen Vaters mit sechs Töchtern zu, die anscheinend alle ihre gesamte prunkvolle Garderobe dabeizuhaben schienen, so dass ihre nervösen runden Gesichter zwischen den Krempen ihrer breiten Strohhüte und den Bergen von Seide und Spitze auf ihren Armen hochrot hervorlugten.

Paradoxerweise passten die Hitze und das Donnerdrohen in der Luft zu seiner Laune, und die schiere Unlösbarkeit seiner Aufgabe entspannte ihn. Sobald er begriffen hatte, dass es schlichtweg unmöglich war, all diese Menschen zufriedenzustellen – oder auch nur ein Zehntel von ihnen –, hatte er aufgehört, sich darüber zu sorgen. Er tat, was er konnte, um die Ordnung zu wahren, und ließ seine Gedanken wandern, während er sich höflich verneigte und die Phalanx der ängstlichen Gesichter, die auf ihn zudrängten, mit tröstenden Lauten beruhigte.

Wäre er in der Stimmung für Ironie gewesen, so überlegte er, hätte es mehr als Grund genug dafür gegeben. Er war, wie man so schön sagte, weder Fisch noch Fleisch. Weder richtiger Soldat noch freier Zivilist. Und offensichtlich ja auch weder Engländer noch Graf... und doch... wie sollte er denn kein Engländer sein, zum Kuckuck?

Sobald er wieder klar denken konnte, hatte er begriffen, dass er *vor dem Gesetz* nach wie vor der neunte Graf von Ellesmere war, unabhängig davon, wer sein Vater war. Seine Eltern... seine tatsächlichen Eltern... seine *theoretisch* tatsächlichen Eltern waren zum Zeitpunkt seiner Geburt unleugbar verheiratet gewesen. Im Moment jedoch schien das alles nur schlimmer zu machen. Wie konnte er zulassen, dass die Leute dachten – und so handelten –, als sei er der Erbe des alten Ellesmere-Blutes, wo er doch verdammt gut wusste, dass er in Wirklichkeit der Sohn des...

Er würgte diesen Gedanken ab und verdrängte ihn mit Gewalt. »Sohn des« hatte ihn unmittelbar an Lord John erinnert. Er sog die heiße, stickige, nach Fisch riechende Luft tief in seine Lunge und versuchte, den plötzlichen Stich zu unterdrücken, den er bei dem Gedanken an Papa verspürte.

Er gab es nur ungern zu, doch er hatte den ganzen Tag in der Menge Ausschau gehalten und unter den Gesichtern nach seinem Va... ja, verdammt, seinem Vater gesucht! Lord John war immer noch genauso sehr sein Vater wie zuvor. *Gottverdammter Lügner oder nicht.* Und allmählich machte sich William Sorgen um ihn. Colenso hatte ihm heute Morgen berichtet, dass Lord John nicht nach Hause gekommen war – und inzwischen *sollte* Lord John doch zurück sein. Und wenn er es wäre, hätte er William aufgesucht, dessen war er sich sicher. Es sei denn, Fraser hatte ihn umgebracht.

Bei diesem Gedanken kam ihm der Magen hoch. Warum sollte er? Die Männer waren doch einmal Freunde gewesen, gute Freunde.

Natürlich trennte der Krieg solche Freundschaftsbande. Aber selbst dann...

Vielleicht wegen Mutter Claire? Auch vor diesem Gedanken schreckte er zurück, zwang sich aber, sich damit zu befassen. Er konnte ihr Gesicht noch vor sich sehen, leuchtend trotz des Aufruhrs, brennend wie eine Flamme vor Freude über Jamie Frasers Anblick, und empfand um seines Vaters willen einen Stich der Eifersucht. Falls Fraser ähnlich leidenschaftlich empfand, ob er womöglich... Nein, das war Unsinn! Er musste doch gewiss begreifen, dass Lord John sie nur in seinen Schutz genommen hatte – und zwar für seinen guten Freund!

Andererseits *waren* sie verheiratet. Sein Vater war immer ganz offen gewesen, was Fragen der Sexualität betraf... Sein Gesicht begann noch mehr zu brennen vor Verlegenheit über die Vorstellung, wie sein Vater voller Hingabe mit der noch nicht ganz ehemaligen Mrs. Fraser ins Bett ging. Und wenn Fraser das herausgefunden hatte …

»Nein, Sir!«, sagte er scharf zu dem aufdringlichen Kaufmann, der – wie ihm etwas spät auffiel – gerade versucht hatte, ihn zu bestechen, damit er die Kaufmannsfamilie auf Howes Schiff ließ. »Wie könnt Ihr es wagen? Fort mit Euch, und schätzt Euch glücklich, dass ich keine Zeit habe, um mich so mit Euch zu befassen, wie ich es sollte!«

Der Mann schlurfte nun trostlos davon, und William spürte einen leisen Stich des Bedauerns – aber es gab ja tatsächlich kaum etwas, was er tun konnte. Selbst wenn er imstande gewesen wäre, ein Auge zuzudrücken, blieb ihm im Moment einer versuchten Bestechung keine Wahl mehr.

Selbst wenn es die Wahrheit war, wie konnte Fraser es herausgefunden haben? Lord John war doch gewiss nicht so töricht gewesen, es ihm zu erzählen. Nein, es musste etwas anderes sein, das Papas Rückkehr verzögerte – zweifellos das Gewirr der Menschen, die Philadelphia verließen, die Straßen mussten verstopft sein …

»Ja, Madam, ich glaube, wir haben Platz für Euch und Eure Tochter«, sagte er zu einer jungen, völlig verängstigt aussehenden Mutter, die ein Baby an ihre Schulter geklammert hielt. Er streckte die Hand aus und berührte die Wange des Kindes; dem Kind war warm, es hatte aber keine Angst in der Menge und betrachtete ihn mit sanften, braunen, von langen Wimpern überschatteten Augen. »Hallo, Kleine. Möchtest du mit deiner Mami auf ein Schiff?«

Die Mutter stieß einen erstickten Seufzer der Erleichterung aus.

»Oh, danke, Lord – Ihr seid doch Lord Ellesmere, nicht wahr?«

»Ja«, sagte er automatisch und fühlte sich dann, als hätte man ihn in den Magen geboxt. Er schluckte, und sein Gesicht brannte.

»Mein Mann ist Leutnant Beaman Gardner«, sagte sie, um ihm mit Hilfe des Namens ängstlich die Rechtfertigung für sein Erbarmen zu liefern, und machte einen kleinen Hofknicks. »Wir sind uns schon einmal begegnet. Auf der Mischianza?«

»Ja, natürlich!«, sagte er, obwohl er sich nicht im Geringsten an Mrs. Leutnant Gardner erinnerte. »Es ist mir eine Ehre, der Frau eines Offizierskameraden zu Diensten zu sein, Ma'am. Wenn Ihr die Güte hättet, unverzüglich an Bord zu gehen, bitte? Korporal Anderson, eskortiert Mrs. Gardner und Miss Gardner an Bord.«

Er verneigte sich erneut und wandte sich ab. Er fühlte sich, als hätte man ihm die Eingeweide herausgerissen. *Offizierskamerad. Mylord.* Und was hätte Mrs. Leutnant Gardner wohl gedacht, wenn sie es gewusst hätte? Was würde der Leutnant denken?

Er seufzte tief und schloss die Augen für ein kurzes Entrinnen. Und sah sich, als er sie wieder öffnete, Auge in Auge mit Hauptmann Ezekiel Richardson.

»*Stercus!*«, rief er aus, denn vor Schreck war er in die Angewohnheit seines

Onkels Hal verfallen, in Augenblicken extremer Anspannung auf Lateinisch zu fluchen.

»So ist es«, stellte Richardson höflich fest. »Könnte ich Euch kurz sprechen? Ja, einfach so – Leutnant!« Er winkte Rendill, der mit einer älteren Dame in schwarzem Bombasin diskutierte, die nicht weniger als vier kleine Kläffer dabeihatte, die von einem kleinen schwarzen Jungen mit Engelsgeduld an der Leine geführt wurden. Rendill winkte ihr zu schweigen und wandte sich zu Richardson um.

»Sir?«

»Löst Hauptmann Lord Ellesmere ab, bitte. Ich benötige ihn kurz.«

Ehe William entscheiden konnte, ob er widersprechen sollte oder nicht, hatte ihn Richardson beim Ellbogen gepackt und zog ihn aus dem Gewühl in den Windschatten eines adretten, kleinen, himmelblau angestrichenen Bootshauses am Flussufer.

William atmete erleichtert auf, als der Schatten auf ihn fiel. Er hatte sich inzwischen gefasst. Sein erster Impuls war es gewesen, Richardson scharf zurechtzuweisen – und ihn im Anschluss vielleicht in den Fluss zu werfen. Doch die Klugheit riet ihm anderes.

Es war Richardsons Anregung gewesen, die William für kurze Zeit zu einem Kundschafter für die Armee gemacht hatte, der auf seinen Reisen Informationen sammelte und sie Richardson überbrachte. Auf der letzten dieser Missionen jedoch, die ihn in den Great-Dismal-Sumpf in Virginia führte, hatte William das Pech gehabt, sich zu verirren, eine Verletzung zu erleiden und Fieber zu bekommen, das ihn mit Sicherheit das Leben gekostet hätte, wenn ihn Ian Murray nicht gefunden und gerettet hätte. Dieser hatte ihm dabei mitgeteilt, dass er ziemlich sicher in die Irre geführt und nicht in den Schoß der britischen Alliierten geschickt worden war, sondern in ein Nest von Rebellen, die ihn gehängt hätten, wenn sie herausgefunden hätten, wer er war.

Er war geteilter Meinung, ob er Murray glauben sollte oder nicht – vor allem, seit Jamie Frasers Eintreffen ihm klargemacht hatte, dass Murray sein Vetter war, es jedoch nicht für notwendig gehalten hatte, ihn davon in Kenntnis zu setzen. Doch er hegte nach wie vor tiefen Argwohn gegenüber Richardson und seinen Motiven, und so war es kein freundliches Gesicht, das er dem Mann jetzt zuwandte.

»Was wollt Ihr?«, sagte er abrupt.

»Euren Vater«, erwiderte Richardson, woraufhin Williams Herz so heftig schlug, dass er das Gefühl hatte, sein Gegenüber hätte es hören müssen. »Wo ist Lord John?«

»Ich habe nicht die geringste Ahnung«, antwortete William knapp. »Ich habe ihn seit vorgestern nicht mehr gesehen.« *Seit dem Tag, an dem mein verdammtes Leben geendet hat.* »Was wollt Ihr denn von ihm?«, fragte er, ohne sich auch nur den Anschein höflicher Manieren zu geben.

Richardson zuckte mit der Augenbraue, reagierte ansonsten aber nicht auf seinen Ton.

»Sein Bruder, der Herzog von Pardloe, ist verschwunden.«

»Der – was?« William starrte ihn einen Moment lang verständnislos an. »Sein Bruder? Verschwunden … von wo? Wann?«

»Offensichtlich aus dem Haus Eures Vaters. Was das Wann betrifft – Lady John sagt, er hätte das Haus Donnerstagnachmittag just nach dem Tee verlassen, vermutlich, um nach Eurem Vater zu suchen. Habt Ihr ihn seitdem gesehen?«

»Ich habe ihn überhaupt nicht gesehen.« William spürte ein deutliches Klingeln in seinen Ohren, vermutlich sein Hirn, das versuchte, auf diesem Weg ins Freie zu gelangen. »Was – ich meine, ich hatte keine Ahnung, dass er in Philadelphia war. Oder überhaupt in den Kolonien. Wann ist er denn angekommen?« *Himmel, ist er hier, um sich mit Dottie und ihrem Quäker zu befassen? Nein, das kann nicht sein, er hatte nicht genug Zeit gehabt … oder doch?*

Richardson sah ihn mit zusammengekniffenen Augen an und versuchte wohl festzustellen, ob er die Wahrheit sagte.

»Ich weiß es nicht«, sagte William geradeheraus. »Ich habe keinen von ihnen gesehen. Wenn Ihr mich jetzt entschuldigt, Hauptmann …« Vom Dock her war ein lautes Aufklatschen zu hören, gefolgt von einem Aufschrei des Entsetzens und der Bestürzung. »Entschuldigt mich«, wiederholte William und wandte sich ab.

Richardson packte ihn am Arm und versuchte mit allen Mitteln, William in die Augen zu sehen. William wandte den Blick bewusst ab und richtete ihn auf seine vernachlässigten Pflichten.

»*Wenn* Ihr einen von ihnen seht, Hauptmann Ransom, seid so gut und lasst es mich wissen. Es würde … vielen Menschen eine große Hilfe sein.«

William riss seinen Arm los und stapfte wortlos davon. Richardson hatte seinen Familiennamen statt seines Titels benutzt – hatte das etwas zu bedeuten außer blanker Unhöflichkeit? Im Moment kümmerte es ihn nicht. Er konnte nicht kämpfen, er konnte niemandem helfen, er konnte nicht die Wahrheit sagen, und er würde keine Lüge leben. Gottverdammt, er steckte fest wie ein Schwein, das mit den Haxen im Sumpf hing.

Er wischte sich mit dem Ärmel den Schweiß aus dem Gesicht, richtete sich auf und schritt zurück ins Gewühl. Alles, was er tun konnte, war seine Pflicht.

15

EINE ARMEE IM AUFBRUCH

Wir hatten Glück. Kaum hatte ich hinter dem leise schnarchenden Pardloe die Zimmertür geschlossen, als es unten an der frisch eingehängten Haustür klopfte. Ich eilte hinunter und traf Jenny Auge in Auge mit einem britischen Soldaten an, diesmal ein Leutnant. Offenbar wurde es General Clinton immer ernster mit seinen Erkundigungen.

»Oh nein, Junge«, sagte sie gerade im Ton sanfter Überraschung. »Der Oberst ist nicht hier. Er war gestern zum Tee bei Lady John, aber dann ist er seinen Bruder suchen gegangen. Seine Lordschaft ist noch nicht wieder da, und …« Ich sah, wie sie sich dichter zu ihm hinüberbeugte, und ihre Stimme senkte sich dramatisch. »Lady John macht sich solche Sorgen. Ihr habt nicht zufällig von ihm gehört, oder?«

Das war mein Stichwort, und ich kam vom Treppenabsatz, wobei ich zu meiner Überraschung feststellte, dass ich mir in der Tat »solche Sorgen« machte. Mich um Hal zu kümmern hatte mich vorübergehend abgelenkt, aber inzwischen ließ sich nicht mehr leugnen, dass irgendetwas ernsthaft nicht stimmte.

»Lady John.« Der Leutnant verbeugte sich mit einem professionellen Lächeln, das sein leichtes Stirnrunzeln nicht verbarg. Die Armee machte sich allmählich ebenfalls Sorgen, und das war verdammt gefährlich. »Euer Diener, Ma'am. Habt Ihr wirklich nichts von Lord John oder Lord Melton gehör… oh, ich bitte um Verzeihung, Mylady, ich meine, von Seiner Durchlaucht?«

»Glaubst du etwa, ich habe gelogen, Junge?«, fauchte Jenny ihn gereizt an.

»Oh! Nein, Ma'am, bestimmt nicht«, sagte er und wurde rot. »Aber der General besteht darauf, dass ich mit Lady John spreche.«

»Natürlich«, sagte ich beruhigend, obwohl mir das Herz in der Kehle flatterte. »Sagt dem General, dass ich nicht das Geringste von meinem Mann gehört habe.« *Von keinem der beiden.* »Ich bin wirklich in großer Sorge.« Ich war zwar keine gute Lügnerin, aber das war ja nicht gelogen.

Er verzog das Gesicht.

»Es ist so, Ma'am, dass die Armee mit dem Abzug aus Philadelphia begonnen hat, und man rät den Loyalisten, die noch in der Stadt sind, sich … äh … zu wappnen.« Er verzog flüchtig den Mund, während er zur Treppe mit ihrem zerstörten Geländer und den blutigen Faustabdrücken blickte. »Wie … ich sehe, habt Ihr selbst schon … Schwierigkeiten gehabt?«

»Ach, nein«, sagte Jenny und trat mit einem ironischen Blick in meine Richtung näher an den Leutnant heran, legte ihm die Hand auf den Arm und schob ihn sanft auf die Tür zu. Er entfernte sich automatisch mit ihr, und ich hörte sie murmeln: »… nur ein kleiner Familienstreit … Seine Lordschaft …«

Der Leutnant warf mir einen raschen Blick zu, in dem sich Überraschung mit einem gewissen Mitgefühl vermischte. Jetzt hatte er eine Erklärung, die er mit zu Clinton nehmen konnte.

Bei seinem Blick schoss mir das Blut in die Wangen – als hätte es tatsächlich einen Familienstreit gegeben, in dessen Verlauf Lord John aus dem Haus gestampft war, Spuren der Zerstörung hinter sich gelassen hatte und seine Frau dem Gutdünken der Rebellen auslieferte. Es *war* natürlich ein Familienstreit gewesen, aber die Umstände waren doch eher hinter dem Spiegel zu suchen als in einem gewöhnlichen Skandal.

Das weiße Kaninchen schloss unsere neue Tür fest hinter Leutnant Roswell, drehte sich zu mir um und lehnte sich mit dem Rücken dagegen.

»Lord Melton?«, fragte sie und zog ihre schwarze Augenbraue hoch.

»Einer der Titel des Herzogs, den er benutzt hat, bevor er Herzog von Pardloe wurde. Leutnant Roswell muss ihn schon länger kennen«, erklärte ich.

»Oh, aye. Nun, Graf oder Herzog, wie lange können wir ihn noch im Schlaf halten?«, fragte sie.

»Das Laudanum wird noch ein oder zwei Stunden wirken«, erwiderte ich mit einem Blick auf die Messinguhr auf dem Kaminsims, die der Zerstörung irgendwie entgangen war. »Aber er hatte gestern einen sehr harten Tag und eine sehr unruhige Nacht; es ist gut möglich, dass er ganz natürlich weiterschläft, wenn die Wirkung der Droge nachlässt. Falls niemand vorbeikommt und uns das Haus abreißt«, fügte ich hinzu und zuckte zusammen, als die Geräusche einer gewaltsamen Auseinandersetzung irgendwo in der Nähe zu uns drangen.

Jenny nickte. »Aye. Dann gehe ich jetzt besser zur Druckerei, um zu hören, was es Neues in der Stadt gibt. Und eventuell ist Jamie ja bereits dort«, fügte sie hoffnungsvoll hinzu. »Weil er es für zu gefährlich hielt hierherzukommen, meine ich, weil doch die Straßen voller Soldaten sind.«

Diese Vermutung ließ einen Hoffnungsfunken aufflammen wie ein Streichholz. Doch kaum begann ich, mir diese Möglichkeit auszumalen, wusste ich, dass Jamie, falls er überhaupt in der Stadt war, in dieser Sekunde vor mir stehen würde. Vielleicht in Rage, vielleicht bestürzt, aber hier vor mir.

Jetzt, da die Armee bereits mit ihrem Rückzug begann und es überall öffentliche Unruhen gab, wäre niemandem danach gewesen, Notiz von einem hochgewachsenen Schotten zu nehmen, geschweige denn ihn festzunehmen, nur weil man vermutete, dass er verdächtige Dokumente weitergereicht haben könnte. Es war ja nicht so, dass es eine dringende Fahndung nach ihm gab – zumindest hoffte ich das. William war der einzige Soldat, der wusste, dass Jamie Lord John als Geisel genommen hatte, und seinem wütenden Aufbruch nach ging ich sehr davon aus, dass ein ausführlicher Bericht an seine Vorgesetzten das Letzte war, was William in den Sinn gekommen wäre.

Das sagte ich auch zu Jenny, teilte aber ihre Meinung, dass sie zur Druckerei gehen sollte, um sich nach dem Wohlergehen von Fergus und Marsalis Familie zu erkundigen, aber ebenso, um herauszufinden, was die Rebellen in der Stadt trieben.

»Auf der Straße wird dir doch nichts zustoßen?«, fragte ich, während ich ihren Umhang auseinanderfaltete und ihn ihr hinhielt, damit sie ihn anlegen konnte.

»Oh, ich denke nicht«, sagte sie energisch. »Es achtet doch niemand auf eine alte Frau. Aber ich denke, das hier stecke ich besser ein.«

»Das hier« war eine kleine silberne Taschenuhr mit einem filigran gearbeiteten Deckelchen, die sie an ihr Mieder geheftet trug.

»Jamie hat sie mir in Brest gekauft«, erklärte sie, als sie meinen Blick sah. »Ich habe ihm gesagt, dass ich es töricht fand; dass ich genauso wenig wie er eine Uhr bräuchte, um zu wissen, wie spät es ist. Aber er hat gesagt, nein, ich müsste sie haben; dass einem das Wissen, wie viel Uhr es ist, die Illusion gibt, zumindest ein bisschen Kontrolle über sein Leben zu haben. Du weißt ja, wie er ist«, fügte sie hinzu und steckte die Uhr vorsichtig in ihre Tasche. »Immerzu erklärt er einem die Welt. Obwohl ich ja sagen muss, dass er meistens recht hat. Also gut«, sagte sie und wandte sich zu mir um, während sie die Tür öffnete. »Ich komme zurück, bevor der Herr dort oben aufwacht, es sei denn, ich kann nicht. Dann schicke ich dir Germain.«

»Warum solltest du denn nicht können?«, fragte ich überrascht.

»Ian«, sagte sie nicht minder überrascht, dass ich darauf nicht selbst gekommen war. »Da sich die Armee im Aufbruch befindet, ist er womöglich inzwischen aus Valley Forge zurück – und du weißt doch, dass der arme Junge glaubt, ich bin tot.«

16

RAUM FÜR GEHEIMNISSE

Im Wald fünf Meilen von Valley Forge entfernt

Glauben Quäker eigentlich an den Himmel?«, fragte Ian Murray.

»Manche ja«, erwiderte Rachel Hunter und blieb stehen, um mit der Schuhspitze einen großen Pilz umzudrehen. »Nein, Hund, nicht. Siehst du nicht, welche Farbe die Lamellen haben?« Rollo, der zu ihr gekommen war, um an dem Pilz zu schnüffeln, ließ mit einem gleichgültigen Niesen wieder davon ab und hob die Schnauze in den Wind, weil er auf vielversprechendere Beute hoffte.

»Tante Claire sagt, Hunde können keine Farben sehen«, merkte Ian an. »Und wie meinst du das, ›manche schon‹? Gibt es etwa unterschiedliche Meinungen zu diesem Thema?« Der Quäkerglaube verwunderte ihn nach wie vor maßlos, doch er fand Rachels Erklärungen ohne Ausnahme unterhaltsam.

»Vielleicht riechen sie sie ja stattdessen. Die Hunde, meine ich. Aber um auf deine Frage zurückzukommen, wir betrachten unser Leben hier auf Erden als Sakrament, das im Lichte Christi gelebt wird. Möglich, dass es ein Leben danach gibt, aber da noch niemand zurückgekommen ist, um zu sagen, dass es so ist, bleibt es der Spekulation jedes Einzelnen überlassen.«

Sie hatten im Schatten eines kleinen Walnusshains Halt gemacht, und das weiche grüne Sonnenlicht, das flackernd durch die Blätter fiel, tauchte Rachel in ein unirdisches Leuchten, um das sie wohl jeder Engel beneidet hätte.

»Nun, ich bin ja auch noch nicht dort gewesen, also werde ich gewiss nicht behaupten, dass das falsch ist«, sagte er und beugte sich zu ihr hinüber, um sie just über dem Ohr zu küssen. Der Anflug einer Gänsehaut huschte über ihre Schläfe, und der Anblick rührte sein Herz.

»Warum denkst du überhaupt an den Himmel?«, fragte sie neugierig. »Meinst du, in der Stadt wird es Kämpfe geben? Ich habe bis jetzt noch nicht erlebt, dass du Angst um dein Leben hattest.« Als sie Valley Forge vor einer Stunde verließen, hatte dort ein Gewimmel geherrscht wie in einem Weizensack voller Maden, während die Soldaten packten und aus dem Lager retteten, was sie konnten, frische Musketenkugeln gossen und Patronenhülsen füllten, um für den Marsch auf Philadelphia bereit zu sein, sobald bekannt gegeben wurde, dass sich Clintons Männer zurückgezogen hatten.

»Ach, nein. In der Stadt wird es keine Kämpfe geben. Washington wird versuchen, Clintons Männer auf dem Rückzug zu erwischen.« Er nahm ihre Hand, klein, braun und rau von der Arbeit, aber mit beruhigend kräftigen Fingern, die jetzt die seinen ergriffen. »Nein, ich habe an meine Mama gedacht – wie gern ich ihr Orte wie diesen hier gezeigt hätte.« Er zeigte auf die kleine Lichtung, auf der sie standen. Eine kleine Quelle von unglaublichem Blau sprudelte zu ihren Füßen aus dem Felsen auf, von einer wilden gelben Kletterrose überwuchert, in der die Bienen summten. »Sie hatte in Lallybroch eine große gelbe Kletterrose an der Wand; meine Großmutter hat sie gepflanzt.« Er hatte einen kleinen Kloß im Hals und schluckte. »Aber dann habe ich gedacht, vielleicht ist sie ja glücklicher im Himmel mit meinem Pa, als sie es hier ohne ihn gewesen wäre.«

Rachels Hand drückte fest die seine.

»Sie wäre doch immer bei ihm, im Leben wie im Tod«, flüsterte sie und stellte sich auf die Zehenspitzen, um seinen Kuss zu erwidern. »Und du wirst mich eines Tages nach Schottland bringen und mir die Rose deiner Großmutter zeigen.«

Eine Weile standen sie schweigend da, und Ian spürte, wie ihm Rachels mitfühlende Gesellschaft das Herz erleichterte, das sich bei dem Gedanken an seine Mutter in plötzlichem Schmerz verkrampft hatte. Er hatte es zwar nicht so gesagt, doch was er am meisten bedauerte, war nicht seine Unfähigkeit, seiner Mutter die Schönheit Amerikas zu zeigen, sondern die Tatsache, dass er ihr Rachel nicht zeigen konnte.

»Sie hätte dich gemocht«, entfuhr es ihm. »Meine Mum.«

»Ich hoffe, dass es so gewesen wäre«, sagte Rachel, wenn auch mit einem Hauch von Skepsis. »Hast du ihr von mir erzählt? In Schottland? Dass ich Quäkerin bin, meine ich? Manche Katholiken finden uns skandalös.«

Ian versuchte, sich zu erinnern, ob er das gegenüber seiner Mutter erwähnt *hatte*, konnte es aber nicht. Es bedeutete ohnehin keinen Unterschied, und er zuckte mit den Achseln. »Ich habe ihr gesagt, dass ich dich liebe. Das schien genug zu sein. Aber wenn ich es bedenke … Mein Pa hat mir alle möglichen Fragen über dich gestellt; er wollte alles wissen, was er erfahren konnte. Er wusste, dass du Quäkerin bist, das heißt, sie hat es also auch gewusst.« Er nahm ihren Ellbogen, um ihr von dem Felsen hinunterzuhelfen.

Sie nickte nachdenklich, doch während sie ihm von der Lichtung folgte, hörte er sie hinter sich fragen: »Meinst du, ein Ehepaar sollte sich gegenseitig alles anvertrauen – einander nicht nur die Vergangenheit mitteilen, meine ich, sondern jeden Gedanken?«

Das jagte ihm einen Gewissensbiss über das Rückgrat wie eine Maus mit kalten Füßen, und er holte tief Luft. Er liebte Rachel mit jeder Faser seines Wesens, doch er fand ihre anscheinende Fähigkeit, ihn zu lesen wie ein Buch – wenn nicht sogar seine Gedanken tatsächlich zu hören, und manchmal glaubte er wirklich, dass sie genau das tat – enervierend.

Denn eigentlich hatte er nur deshalb vorgeschlagen, dass sie zu Fuß zusammen zur Matson's Furt gingen und dort auf Denzell und den Wagen trafen, damit er genug Zeit und Zurückgezogenheit hatte, um einige notwendige Dinge mit ihr zu besprechen. Zwar hätte er sich lieber von den Abenaki foltern lassen, als ihr einiges davon zu erzählen, doch es war nur recht, dass sie es erfuhr, ganz gleich, wozu das führte.

»Aye. Ich meine … nun ja, soweit man das kann, denke ich, ein Ehepaar sollte das tun. Nicht jeden Gedanken, das meine ich nicht, aber wichtige Dinge. Äh … Vergangenheit, wie du schon sagst. Komm, setz dich eine Weile hierher.« Er führte sie zu einem großen, umgestürzten Baumstamm, halb verrottet und mit Moos und grauen Flechten bedeckt, und setzte sich im duftenden Schatten einer hohen Rotzeder neben sie.

Sie blieb stumm, zog aber fragend die Augenbraue hoch.

»Nun ja.« Er holte tief Luft … und hatte das Gefühl, dass es im ganzen Wald nicht genug Luft für diese Worte gab. »Wusstest du … dass ich schon einmal verheiratet war?«

Ihr Gesicht flackerte, und ihre Überraschung wich so schnell der Entschlossenheit, dass er sie nie gesehen hätte, wenn er sie nicht so genau beobachtet hätte.

»Das wusste ich nicht«, sagte sie und begann, mit einer Hand die Falten ihres Rockes zu kneten, während sich ihre klaren grünbraunen Augen fest auf sein Gesicht richteten. »Du hast gesagt, du *warst* verheiratet. Dann bist du es jetzt nicht mehr?«

Er nickte und fühlte sich ein wenig erleichtert – und war ihr sehr dankbar. Nicht jede junge Frau hätte das so ruhig aufgenommen.

»Nein. Sonst hätte ich dich nicht angesprochen – ich meine, dich gefragt, ob du mich heiratest.«

Sie spitzte ein wenig die Lippen und kniff die Augen zusammen.

»Eigentlich«, sagte sie nachdenklich, »*hast* du mich noch gar nicht gefragt, ob ich dich heirate.«

»Nicht?«, fragte er fassungslos. »Bist du sicher?«

»Es wäre mir aufgefallen«, erwiderte sie ernst. »Nein, das hast du nicht. Ich kann mich zwar an einige sehr bewegende Liebeserklärungen erinnern, doch ein Heiratsantrag war nicht darunter.«

»Aber – hm.« Die Hitze war ihm in die Wangen gestiegen. »Ich … aber du …

du hast doch gesagt…« Vielleicht hatte sie ja recht. Sie *hatte* doch gesagt… oder? »Hast du denn nicht gesagt, dass du mich liebst?«

Ihre Mundwinkel verzogen sich ein wenig nach oben, doch er konnte an ihren Augen sehen, dass sie ihn anlachte.

»Nicht wörtlich. Aber ich habe es dir zu verstehen gegeben, ja. Zumindest hatte ich die Absicht.«

»Oh. Ja dann…«, sagte er um einiges glücklicher. »Das hast du.« Und er zog sie in seinen gesunden Arm und küsste sie mit großer Leidenschaft. Leise keuchend erwiderte sie den Kuss, ihre Fäuste in den Stoff seines Hemdes gekrallt, dann wich sie zurück. Sie sah ein wenig benommen aus; ihre Lippen waren geschwollen, die Haut ringsum gerötet vom Kratzen seines Bartes.

»Vielleicht«, sagte sie und schluckte, dann legte sie ihm die Hand flach auf die Brust und schob ihn von sich, »vielleicht solltest du mir erst davon erzählen, dass du nicht verheiratet bist, ehe wir weitergehen? Wer war deine… deine Frau, und was ist mit ihr geschehen?«

Er ließ sie widerstrebend los, doch ihre Hand gab er nicht auf. Sie fühlte sich wie ein kleines lebendes Wesen an, warm in der seinen.

»Ihr Name ist Wakyo'teyehsnohnsa«, sagte er und empfand den gewohnten inneren Ruck, als er den Namen aussprach, als sei die Grenze zwischen seinem Mohawk-Selbst und seinem weißen Selbst vorübergehend verschwunden, so dass er beklommen dazwischenhing. »Es bedeutet ›Die mit den Händen arbeitet‹.« Er räusperte sich. »Ich habe sie Emily genannt. Meistens.«

Rachels Hand zuckte in der seinen.

»Ist?«, sagte sie und blinzelte. »Du hast gesagt *ist*? Deine Frau *lebt noch*?«

»Vor einem Jahr jedenfalls noch«, sagte er, und es kostete ihn große Anstrengung, sich nicht an ihre Hand zu klammern, sondern sie ihr wieder zu überlassen. Sie faltete die Hände in ihrem Schoß, richtete den Blick auf ihn und schluckte; er sah, wie sich ihre Kehle bewegte.

»Also gut«, sagte sie, und in ihrer Stimme lag ein ganz schwaches Beben. »Erzähle mir von ihr.«

Er holte noch einmal tief Luft, während er versuchte zu überlegen, wie er *das* tun sollte, doch dann gab er seine Mühen auf und begann einfach.

»Möchtest du das wirklich wissen, Rachel? Oder möchtest du einfach nur wissen, ob ich sie geliebt habe – oder ob ich sie noch liebe?«

»Fang damit an«, sagte sie und zog die Augenbraue hoch. »*Liebst* du sie?«

»Ich… ja«, sagte er, denn er konnte nicht anders, als ihr die Wahrheit zu sagen. Rollo, der die Unruhe in seinem Rudel spürte, stand von seinem Ruheplatz auf und tappte zu Rachel hinüber. Er setzte sich zu ihren Füßen hin und ließ keinen Zweifel daran, auf wessen Seite er stand. Dann warf er Ian über Rachels Knie hinweg einen gelbäugigen Wolfsblick zu, der unangenehme Ähnlichkeit mit ihrem eigenen Blick besaß. »Aber…«

Die Augenbraue hob sich noch einige Millimeter weiter.

»Sie… war meine Zuflucht«, platzte er heraus. »Als ich meine Familie verlassen habe und Mohawk wurde, habe ich es genauso sehr getan, um bei ihr zu sein, wie weil ich musste.«

»Weil du … was musstest?« Sie wirkte verblüfft, und er sah, wie sich ihr Blick ein wenig senkte und den tätowierten Linien auf seinen Wangenknochen folgte. »Du musstest ein Mohawk werden? Warum denn?«

Er nickte, denn das war zumindest vorerst festerer Boden. Diese Geschichte konnte er ihr erzählen; es war ja nur das, was geschehen war. Sie bekam große Augen, als er ihr erklärte, wie er und Onkel Jamie auf Roger Wakefield getroffen waren, ohne zu begreifen, wer er war. Da sie ihn für den Mann hielten, der seine Cousine Brianna vergewaltigt und geschwängert hatte, hätten sie ihn um ein Haar umgebracht, es sich dann aber anders überlegt.

»Oh, gut«, sagte Rachel halb zu sich selbst. Er warf ihr einen Seitenblick zu, konnte aber nicht einschätzen, ob sie das ironisch meinte oder nicht, also hüstelte er und fuhr fort, ihr zu erzählen, wie sie den Mann stattdessen an die Tuscarora übergeben hatten, die ihn wiederum als Sklaven an die Mohawk weiter im Norden verkauft hatten.

»Wir wollten nicht riskieren, dass er je zurückkam, um Brianna zu behelligen, aye? Aber dann …« Er schluckte und durchlebte dann in seiner Erinnerung noch einmal seine Angst in dem Moment, als er um Briannas Hand angehalten hatte, und den Augenblick äußersten Entsetzens, als Brianna eine Zeichnung des Mannes angefertigt hatte, den sie liebte, des Mannes, auf den sie wartete … und die prägnanten dunklen Züge des Mannes, den sie den Mohawk überlassen hatten, vor ihnen erschienen waren.

»Du hast deine Cousine gefragt, ob sie dich heiratet? Wolltest du das denn?« Ihre Miene war argwöhnisch; allmählich musste sie ja denken, dass er jede dritte oder vierte Frau, die ihm begegnete, um ihre Hand anhielt, und er beeilte sich, diesen Eindruck zurechtzurücken.

»Nein, ich meine … nun ja, Brianna ist eine … also, es hätte mir nichts *ausgemacht*, wir wären gut miteinander ausgekommen, und sie … nun ja … ich meine, nein, eigentlich nicht«, fügte er hastig hinzu, als er sah, wie sich Rachels anmutige Augenbrauen zusammenzogen. Die Wahrheit war, dass er achtzehn gewesen war und Brianna mehrere Jahre älter; sie hatte ihm Todesangst eingejagt, aber der Gedanke, mit ihr ins Bett zu gehen, hatte … Er verscheuchte diesen Gedanken, als wäre er eine Giftschlange.

»Es war Onkel Jamies Idee«, sagte er so beiläufig, wie er es in seiner Überrumpelung zuwege brachte. »Um dem Kind einen Namen zu geben, aye? Ich habe gesagt, ich würde es tun für die Familienehre.«

»Die Familienehre«, wiederholte sie und warf ihm einen argwöhnischen Blick zu. »Natürlich. Aber dann …«

»Aber dann haben wir herausgefunden, dass es Roger Mac war – er hatte seinen eigenen Namen MacKenzie wieder angenommen, deshalb wussten wir nicht, wer er war –, den wir aus Versehen den Indianern übergeben hatten, und so sind wir aufgebrochen, um ihn zurückzuholen«, sagte er hastig. Als er damit fertig war, die gesamten Ereignisse zu schildern, die darin gegipfelt hatten, dass er sich bereit erklärt hatte, den Platz eines Mohawk einzunehmen, der bei Rogers Rettung umgekommen war… die Waschung seines Körpers im Fluss, bei der ihn die Mohawkfrauen mit Sand abgerieben hatten, um die letzte Spur seines weißen Blutes zu beseitigen, die Entfernung seines Haars und die Tätowierungen, dachte er, seine Heirat mit Emily würde vielleicht nur wie ein weiteres pittoreskes Detail erscheinen.

Doch natürlich tat sie das nicht.

»Ich…« Er brach ab, denn er begriff plötzlich, dass das Gespräch im Begriff war, noch heikler zu werden, als er gedacht hatte. Er sah sie nervös an, und das Herz schlug ihm in Hals und Ohren. Doch sie sah ihn nach wie vor an; die Röte rings um ihren Mund war jetzt deutlicher zu sehen, weil sie ein wenig blass geworden war – doch sie sah ihn klar und unverwandt an.

»Ich… ich war keine Jungfrau mehr, als ich geheiratet habe«, entfuhr es ihm.

Die Augenbraue hob sich erneut.

»Ich weiß wirklich nicht genau, was ich fragen soll«, sagte sie und musterte ihn auf die Art, wie seine Tante Claire eine grauenvolle Verwachsung betrachtet hätte – fasziniert anstatt angewidert, jedoch unbeirrbar zu einem Entschluss bereit, wie man am besten mit dem anstößigen Körperteil verfuhr. Er hoffte inbrünstig, dass sie nicht vorhatte, ihn aus ihrem Leben zu schneiden wie eine Warze oder ihn zu amputieren wie einen vom Wundbrand befallenen Zeh.

»Ich… ich erzähle dir alles, was du wissen willst«, sagte er tapfer. »Alles.«

»Ein großzügiges Angebot«, sagte sie, »das ich auch annehmen werde – aber ich glaube, ich muss dir das Gleiche zugestehen. Möchtest du gar nicht fragen, ob ich noch Jungfrau bin?«

Ihm stand der Mund offen, und ihre Schultern bebten kurz.

»Du bist… nicht?«, krächzte er.

»Doch, doch«, versicherte sie ihm und bebte immer noch, weil es so anstrengend war, sich das Lachen zu verkneifen. »Doch warum solltest du davon ausgehen?«

»Warum?« Er spürte, wie ihm das Blut ins Gesicht stieg. »Weil… jeder, der dich ansieht, sofort weiß, dass du eine… eine… eine anständige Frau bist!«, schloss er und war erleichtert, eine vernünftige Formulierung gefunden zu haben.

»Es könnte ja sein, dass ich vergewaltigt wurde«, wandte sie ein. »Das würde doch nicht bedeuten, dass ich nicht anständig bin, oder?«

»Ich… nun ja. Nein, ich denke nicht.« Er wusste, dass es genug Leute gab, die in der Tat denken würden, dass eine vergewaltigte Frau ihren Anstand verloren hatte – und Rachel wusste es ebenso. Er stand jetzt kurz vor der völligen Verwirrung, und auch das wusste sie; er konnte sehen, dass sie sich große Mühe gab, nicht zu lachen. Er richtete sich auf und stieß einen tiefen Seufzer aus, dann sah er ihr in die Augen.

»Willst du von jeder Frau hören, deren Bett ich geteilt habe? Denn wenn ja, erzähle ich es dir. Ich habe nie eine Frau gegen ihren Willen genommen – obwohl die meisten Huren waren. Aber ich habe keine Seuche«, versicherte er ihr. »Das solltest du wissen.«

Sie dachte einen Moment darüber nach.

»Ich glaube, ich brauche die Einzelheiten nicht zu hören«, sagte sie schließlich. »Aber sollten wir je einer Frau begegnen, mit der du geschlafen hast, möchte ich es wissen. Du hast aber nicht vor, weiter herumzuhuren, wenn wir verheiratet sind, oder?«

»Nein!«

»Gut«, sagte sie, lehnte sich ein wenig auf dem Baumstamm zurück, verschränkte die Hände vor den Knien und betrachtete ihn aufmerksam.

Er konnte die Wärme ihres Beins, ihres Körpers dicht neben sich spüren. Sie war nicht von ihm fortgerückt, als er davon gesprochen hatte, dass er mit Huren geschlafen hatte. Die Stille ringsum nahm zu, und irgendwo im Wald rief ein Eichelhäher.

»Wir haben einander geliebt«, sagte er schließlich leise, den Blick zu Boden gerichtet. »Und ich habe sie begehrt. Ich … konnte mit ihr reden. Damals zumindest.«

Rachel holte Luft, schwieg aber. Er nahm all seinen Mut zusammen und hob den Kopf. Ihr Gesicht war betont ausdruckslos, ihre Augen waren fest auf sein Gesicht gerichtet. »Ich weiß nicht, wie ich es ausdrücken soll«, sagte er. »Es war nicht so, wie ich dich begehre – aber ich möchte nicht, dass es so klingt, als ob … als ob Emily mir nichts bedeutet hätte. Denn das hat sie«, fügte er fast unhörbar hinzu und blickte wieder zu Boden.

»Und … sie tut es immer noch?«, fragte Rachel leise nach einer langen Pause. Nach einer noch längeren Pause nickte er und schluckte.

»Aber«, sagte er und hielt inne, suchte nach den nächsten Worten, denn sie kamen jetzt zum gefährlichsten Teil seiner Beichte, jenem Teil, der dazu führen konnte, dass Rachel aufstand und ging und sein Herz durch die Felsen und Büsche hinter sich herschleifte.

»Aber?«, wiederholte sie, und ihre Stimme war sanft.

»Die Mohawk«, begann er und musste innehalten, um Atem zu holen. »Es ist die Entscheidung der Frau zu heiraten. Wenn eine Frau aus irgendeinem Grund nichts mehr mit ihrem Mann zu tun haben möchte – wenn er sie schlägt oder ein fauler Trunkenbold ist oder beim Furzen zu sehr stinkt …« Er blickte verstohlen zur Seite und sah, wie ihr Mundwinkel zuckte, was ihn ein wenig ermutigte. »Dann stellt sie seine Sachen vor das Langhaus, und er muss wieder zu den unverheirateten Männern ziehen – oder sich eine andere Frau suchen, die ihn an ihrem Feuer aufnimmt. Oder ganz gehen.«

»Und Emily hat dich aus ihrem Haus verbannt?« Sie klang verblüfft und ein wenig bestürzt zugleich. Jetzt sah er sie mit einem kleinen Lächeln an.

»Aye, das hat sie. Aber nicht, weil ich sie geschlagen habe. Wegen … der Kinder.«

Er spürte, wie ihm die Tränen in die Augen stiegen, und ballte frustriert die Hände auf den Knien zu Fäusten. Verdammt, er hatte sich doch geschworen, dass er nicht weinen wollte. Entweder würde sie glauben, dass er seinen Schmerz zur Schau stellte, um ihr Mitgefühl zu gewinnen … oder sie würde zu tief in ihn hineinschauen; er war noch nicht so weit. Doch er musste es ihr sagen, er hatte dies in der Absicht begonnen, es ihr zu sagen, sie musste es wissen …

»Ich konnte ihr keine Kinder schenken«, entfuhr es ihm. »Das erste – war eine kleine Tochter, die zu früh geboren und gestorben ist. Ich habe sie Iseabail genannt.« Er wischte sich heftig mit dem Handrücken über die Nase und schluckte seinen Schmerz herunter. »Danach ist sie – Emily – sie ist wieder schwanger geworden. Und wieder. Und als sie das dritte verloren hat … ist auch ihr Herz für mich gestorben.«

Rachel stieß ein leises Geräusch aus, doch er sah sie nicht an. Konnte es nicht. Saß einfach nur vornübergebeugt auf dem Baumstamm wie ein Pilz, die Schultern bis zu den Ohren hochgezogen, während ihm die Tränen, die er nicht vergießen konnte, vor den Augen verschwammen.

Eine kleine warme Hand legte sich auf die seine.

»Und dein Herz?«, fragte sie. »Ist es auch gestorben?«

Er schloss seine Hand um die ihre und nickte. Und dann atmete er eine Weile nur und hielt sich an ihrer Hand fest, bis er wieder sprechen konnte, ohne dass ihm die Stimme versagte.

»Die Mohawk glauben, dass der Geist des Mannes mit dem der Frau kämpft, wenn sie … zusammen sind. Und sie wird nicht schwanger, wenn sein Geist den ihren nicht überwältigen kann.«

»Oh, ich verstehe«, sagte Rachel leise. »Also hat sie dir die Schuld gegeben.« Er zuckte mit den Achseln.

»Ich kann nicht sagen, dass sie unrecht hatte.« Er drehte sich etwas auf dem Baumstamm, um sie direkt anzusehen. »Und ich kann nicht sagen, ob es anders wäre – mit uns. Aber ich habe Tante Claire gefragt, und sie hat mir von Dingen in unserem Blut erzählt … also, vielleicht solltest du sie bitten, es dir zu erklären, mir würde es sowieso nicht gelingen. Aber das Wichtigste war, dass sie meinte, es könnte mit einer anderen Frau anders sein. Dass ich es vielleicht könnte. Dir Kinder schenken, meine ich.«

Er merkte erst, dass Rachel den Atem angehalten hatte, als sie ausatmete, ein Seufzer, der seine Wange streifte. »Willst du …«, begann er, doch sie hatte sich ein wenig aufgerichtet, sich ihm zugeneigt, und sie küsste ihn sanft auf den Mund, dann hielt sie seinen Kopf an ihre Brust, nahm das Ende ihres Halstuchs und wischte erst ihm die Augen und dann sich selbst.

»Oh Ian«, flüsterte sie. »Ich liebe dich.«

17

FREIHEIT!

Grey verbrachte einen weiteren endlosen – wenn auch weniger ereignisreichen – Tag, der nur dadurch unterbrochen wurde, dass er Oberst Smith beim Schreiben von Depeschen beobachtete, was dieser im Akkord tat, und seine Feder kratzte mit dem Geräusch einer hastenden Kakerlake über das Papier. Dieses Bild war nicht besonders zuträglich für Greys Verdauung, die in seinem verkaterten Zustand nicht gut mit dem kalten, fettverkrusteten Maisküchlein und dem Kaffee aus verbrannten Eicheln zurechtgekommen war, aus denen sein Frühstück bestanden hatte.

Trotz seines körperlichen Unwohlseins und seiner ungewissen Zukunft stellte er jedoch fest, dass er überraschend gute Laune hatte. Jamie Fraser *war* am Leben, und er, John, war nicht verheiratet. Angesichts dieser beiden Wunder bereiteten ihm die zweifelhafte Aussicht auf Flucht und die deutlich größere Wahrscheinlichkeit, gehängt zu werden, höchstens schwache Sorgen. So gelassen er konnte, fügte er sich in das Schicksal des Wartenden und schlief, soweit es ihm sein Kopf gestattete, oder sang leise vor sich hin – eine Tätigkeit, die Smith dazu trieb, die Schultern bis zu den Ohren hochzuziehen und schneller zu kratzen.

Boten kamen und gingen mit großer Häufigkeit. Wenn er nicht bereits gewusst hätte, dass die Kontinentalen nicht nur auf dem Marsch waren, sondern sich dazu auf einen Kampf vorbereiteten, wäre es ihm innerhalb einer Stunde klar gewesen. Die heiße Luft war geladen mit dem Geruch geschmolzenen Bleis und dem Sirren eines Schleifsteins, und das ganze Lager verbreitete eine Dringlichkeit, die jeder Soldat sofort gespürt hätte.

Smith gab sich keine Mühe zu verhindern, dass er mithörte, was zu und von den Boten und Subalternen gesagt wurde; er ging eindeutig nicht davon aus, dass das Gehörte Grey irgendetwas nutzen würde. Nun … wenn er ehrlich war, ging auch Grey nicht davon aus.

Gegen Abend wurde der Zelteingang durch eine schlanke Frauengestalt verdunkelt. Grey richtete sich zum Sitzen auf, wobei er auf seinen empfindlichen Kopf Rücksicht nahm, denn sein Herz hatte wieder kräftig zu schlagen begonnen, und sein Auge pulsierte.

Seine Nichte Dottie trug nüchterne Quäkerkleidung, doch das sanfte Blau des oft gewaschenen Indigostoffs passte überraschend schmeichelhaft zu ihrer englischen Rosenfarbe – und sie sah erstaunlich gut aus. Sie nickte Oberst Smith zu und stellte ihr Tablett auf seinen Schreibtisch, bevor sie den Blick über seine Schulter hinweg auf den Gefangenen richtete. Ihre blauen Augen weiteten sich vor Schreck, und Grey grinste ihr über die Schulter des Obersts hinweg zu. Denzell musste sie zwar gewarnt haben, doch er vermutete, dass er mit seinem grotesk geschwollenen Gesicht und seinem starrenden roten Auge tatsächlich erschreckend aussah.

Sie blinzelte und schluckte, dann sagte sie mit einer fragenden Geste in Greys Richtung leise etwas zu Smith. Er nickte ungeduldig, den Löffel schon in der Hand, und sie wickelte einen dicken Lappen um eines der dampfenden Blechgefäße auf dem Tablett und kam zu Greys Liege herüber.

»Oje, Freund«, sagte sie leise. »Du scheinst ja schwer verletzt zu sein. Doktor Hunter sagt, du darfst so viel Fleisch essen, wie dir schmeckt, und er wird dich später aufsuchen, um dir das Auge zu verbinden.«

»Danke, junge Frau«, sagte er ernst. Er vergewisserte sich, dass ihnen Smith den Rücken zudrehte, dann nickte er ihr zu. »Ist das Eichhörnchen?«

»Opossum, Freund«, sagte sie. »Hier, ich habe dir einen Löffel mitgebracht. Der Eintopf ist kochend heiß, sei vorsichtig.« Sie stellte sich zwischen ihn und Smith, stellte ihm das eingewickelte Gefäß zwischen die Knie und berührte mit hochgezogenen Augenbrauen erst die Lappen, dann die Kette seiner Handeisen. Ein Hornlöffel kam aus der Tasche zum Vorschein, die sie um die Taille gebunden trug – und zugleich ein Messer, das unter sein Kopfkissen geschoben wurde, mit Fingern so flink wie die eines Zauberkünstlers.

Der Puls in ihrem Hals raste, und auf ihren Schläfen glänzte der Schweiß. Sanft berührte er ihre Hand und ergriff den Löffel.

»Danke«, sagte er erneut. »Sagt Doktor Hunter, ich freue mich darauf, ihn wiederzusehen.«

DER STRICK WAR aus Pferdehaar und das Messer stumpf, und so wurde es sehr spät, und zahllose kleine Schnittwunden bissen in seine Hände und Finger, als sich Grey schließlich verstohlen von der Liege erhob. Sein Herz hämmerte; er konnte es heftig hinter seinem verletzten Auge spüren und hoffte, dass das Auge davon nicht explodieren würde.

Er bückte sich, ergriff den Nachttopf aus Blech und benutzte ihn. Smith schlief Gott sei Dank sehr tief. Falls er überhaupt wach wurde, würde er das vertraute Geräusch hören, sich beruhigt fühlen und – wahrscheinlich – wieder einschlafen, um dann unbewusst sämtliche weiteren Geräusche in der Annahme zu ignorieren, dass es Grey war, der sich wieder hinlegte.

Smith' Atmung änderte sich nicht. Sein Schnarchen war ein leises Summen wie eine Biene, die in einer Blüte am Werk ist, ein aufgeräumtes, geschäftiges Geräusch, das Grey ein bisschen komisch fand. Er ließ sich langsam zwischen dem Feldbett und Smith' Strohlager auf die Knie sinken und unterdrückte den flüchtigen, irrsinnigen Impuls, Smith auf das Ohr zu küssen – er hatte hübsche kleine Ohren, ganz rosig. Doch der Impuls verschwand sofort wieder, und er kroch auf Händen und Knien zur Zeltwand. Er hatte die Lumpen und die Gaze, die Denzell Hunter als Verbandsmaterial benutzt hatte, durch die Kettenglieder seiner Handeisen gefädelt, bewegte sich aber dennoch mit äußerster Vorsicht.

Für ihn würde es schlecht sein, wenn man ihn erwischte; für Hunter und Dottie würde es eine Katastrophe sein.

Seit Stunden hatte er aufmerksam auf die Wachtposten gelauscht. Das Zelt des Obersts wurde von zwei Männern bewacht; er war sich hinreichend sicher, dass sich beide im Moment am Eingang befanden und sich am Feuer wärmten; der Tag war zwar heiß gewesen, doch so spät in der Nacht erkaltete das Blut des Waldes. Genau wie das seine.

Er legte sich hin und wand sich unter der Kante des Zeltes hindurch, so schnell er konnte. Dabei hielt er das Zeltleinen fest, damit das Zelt nicht wackelte – obwohl er im Verlauf des Abends immer wieder an seinem Strick geruckt hatte, so dass sich etwaige Bewegungen des Zeltes auf seine normalen Bewegungen zurückführen ließen.

Draußen! Er gestattete sich einen tiefen Atemzug – die Luft war frisch und kalt und duftete nach Laub. Dann erhob er sich, die gepolsterten Eisen fest an seinen Körper gedrückt, und entfernte sich so lautlos wie möglich vom Zelt. Er durfte nicht laufen.

Er hatte mit Hunter eine kurze, heftige, geflüsterte Diskussion geführt, als ihn dieser am Abend aufsuchte und sie den kurzen Moment nutzten, als Smith das Zelt verlassen hatte, um die Latrine aufzusuchen. Hunter hatte darauf beharrt, dass sich Grey in seinem Wagen verstecken sollte; jeder wusste, dass er nach Philadelphia fahren würde; es würde keinen Argwohn geben, und Grey würde vor den Patrouillen sicher sein. Zwar wusste Grey Hunters Wunsch, ihn zu retten, zu schätzen, doch er konnte den Arzt – von Dottie ganz zu schweigen – unmöglich in Gefahr bringen, und es würde nun einmal Gefahr bedeuten. Das Erste, was er an Smith' Stelle tun würde, wäre zu verhindern, dass irgendjemand das Lager verließ, das Zweite, das gesamte Lager auf den Kopf zu stellen.

»Wir haben keine Zeit«, hatte Hunter gesagt, während er energisch das Ende des Verbandes feststeckte, den er Grey um den Kopf gewickelt hatte, »und womöglich hast du recht.« Er sah sich um; Smith würde jede Minute zurück sein. »Ich lege ein Bündel mit Essen und Kleidern für dich in meinen Wagen. Solltest du beschließen, es zu benutzen, freue ich mich. Falls nicht, so gehe Gott mit dir!«

»Halt!« Grey packte ihn am Ärmel, so dass seine Eisen klapperten. »Woran werde ich erkennen, welcher Wagen Euch gehört?«

»Oh.« Hunter hustete, anscheinend verlegen. »Er hat ein … äh … handgemaltes Schild an der Ladeklappe. Dottie hat es gekauft, bei … Nun, gib auf dich acht, Freund«, sagte er und hob abrupt die Stimme. »Iss reichlich, aber langsam, trink keinen Alkohol und bewege dich vorsichtig. Erhebe dich nicht zu schnell.«

Oberst Smith kam herein, und da er den Arzt sah, kam er näher, um den Patienten persönlich zu inspizieren.

»Fühlt Ihr Euch besser, Oberst?«, erkundigte er sich höflich. »Oder leidet Ihr immer noch an dem Drang, in Gesang auszubrechen? Falls ja, so schlage ich vor, es jetzt zu tun und Euch davon zu erleichtern, bevor ich mich für die Nacht zurückziehe.«

Hunter – der natürlich in der Nacht zuvor sein Lied gehört hatte – stieß einen leisen Kehllaut aus, doch es gelang ihm, sich zu verabschieden, ohne die Beherrschung zu verlieren.

Grey grinste verstohlen, als er sich an Smith' finstere Miene erinnerte – und sich vorstellte, wie dieser wohl in ein paar Stunden aussehen würde, wenn er beim Erwachen entdeckte, dass ihm sein Singvogel entflogen war. Er umrundete das Lager und wich den Maultieren und Pferden aus – leicht auszumachen am Dunggeruch. Die Wagen standen in der Nähe; keine Artillerie, wie er bemerkte.

Der Himmel war bedeckt, der Halbmond schimmerte unentschlossen zwischen den dahinrasenden Wolken auf, und in der Luft kündigte sich Regen an. Schön. Es gab Schlimmeres, als nass zu werden und zu frieren, und Regen würde seine Verfolgung erschweren, falls jemand sein Fehlen vor Tagesanbruch entdeckte.

Keine unnormalen Geräusche aus dem Lager hinter ihm; niemand, den er im Lärmen seines eigenen Herzens und seiner Atmung hören konnte. Hunters Wagen war leicht zu finden, selbst in der flackernden Dunkelheit. Er hatte gedacht, der Arzt hätte ein Namensschild gemeint, doch es war eins dieser Schilder, die manche deutschen Immigranten auf ihre Häuser und Scheunen malten. Er lächelte, als sich die Wolken teilten und es deutlich beleuchteten, und er sah, warum Dottie es ausgewählt hatte: Es war ein großer Kreis, in dem zwei komische Vögel miteinander schnäbelten. *Distelfink*. Das Wort kam ihm in den Kopf geschwebt; irgendjemand hatte ihm irgendwann von diesem Vogel erzählt und ihm gesagt, er sei ein Glücksbringer.

»Gut«, sagte er leise und kletterte in den Wagen. »Glück werde ich brauchen.«

Er fand das Bündel unter dem Sitz, wie ihm Hunter gesagt hatte, und er nahm sich kurz die Zeit, die Silberschnallen von seinen Schuhen zu entfernen und sie stattdessen mit Lederbändern zuzuschnüren, die anscheinend für sein Haar gedacht gewesen waren. Er schob die Schnallen unter den Sitz, zog den schäbigen Rock an, der kräftig nach schalem Bier roch und nach etwas, das er für altes Blut hielt, und warf einen Blick auf die Strickmütze, die zwei Maisküchlein enthielt, einen Apfel und eine kleine Feldflasche mit Wasser. Er klappte den Rand der Mütze um und las im flackernden Mondlicht »FREIHEIT ODER TOD« in dicken weißen Buchstaben.

ER SCHLUG KEINE BESTIMMTE Richtung ein; selbst bei klarem Himmel wäre ihm das Terrain zu unbekannt gewesen, um anhand der Sterne zu navigieren. Sein einziges Ziel war es, sich so weit wie möglich von Smith zu entfernen, ohne einer weiteren Milizkompanie zu begegnen oder einer Patrouille der Kontinentalen. Nach Sonnenaufgang konnte er sich orientieren; Hunter hatte ihm gesagt, dass die Straße etwa vier Meilen südwestlich des Lagers verlief.

Was sich die Leute angesichts eines Mannes denken würden, der in Eisen über die Hauptstraße schlenderte, war eine andere Frage, die er im Moment aber nicht zu beantworten brauchte. Nachdem er etwa eine Stunde gegangen war, fand er eine geschützte Stelle zwischen den Wurzeln einer gigantischen Kiefer, zog das Messer und säbelte sich das Haar ab, so gut er konnte. Er stopfte die abgeschnittenen Locken tief unter eine Wurzel, rieb sich die Hände mit Erde ein und verteilte den Schmutz energisch in Haaren und Gesicht, bevor er seine Revoluzzermütze aufsetzte.

Derart verkleidet, häufte er eine dicke Schicht aus abgefallenen Kiefernnadeln über sich auf, rollte sich zusammen und schlief ein, während über ihm der Regen auf die Bäume prasselte – endlich wieder ein freier Mann.

18

NAMENLOS, HEIMATLOS, TROSTLOS UND WIRKLICH SEHR BETRUNKEN

Ihm war heiß, seine Uniform sah mitgenommen aus, und nach seinem Zusammentreffen mit Richardson war er immer noch durch und durch übel gelaunt, als er den Rückweg durch das Gedränge antrat. Wenigstens noch eine Nacht in einem anständigen Bett. Morgen würde er Philadelphia gemeinsam mit den paar verbleibenden Kompanien verlassen und Clinton nach Norden folgen – und die letzten Loyalisten sich selbst überlassen. Er war hin und her gerissen zwischen Erleichterung und Gewissensbissen bei diesem Gedanken, hatte aber kaum noch Energie, um weiter darüber nachzudenken.

Als er in seinem Quartier eintraf, stellte er fest, dass seine Ordonanz desertiert war und Williams besten Rock, zwei Paar Seidenstrümpfe, eine halbe Flasche Brandy und die mit Perlen gerahmte Doppelminiatur von Williams Mutter Geneva und seiner anderen Mutter, ihrer Schwester Isobel, mitgenommen hatte.

Das war so weit jenseits der verdammten Grenze des Erträglichen, dass er nicht einmal mehr fluchte; er sank einfach nur auf die Bettkante und atmete mit zusammengebissenen Zähnen, bis der Schmerz in seinem Magen nachließ und eine empfindliche Leere zurückließ. Er besaß diese Miniatur seit seiner Geburt und war es gewohnt, ihr vor dem Einschlafen gute Nacht zu sagen, auch wenn er das lautlos tat, seit er nicht mehr zu Hause wohnte.

Er redete sich ein, dass es keine Rolle spielte; dass er wohl kaum vergessen würde, wie seine Mütter aussahen – daheim in Helwater gab es andere Gemälde. Er erinnerte sich an Mama Isobel. Und er konnte die Spuren seiner richtigen Mutter in seinem Gesicht sehen …

Unwillkürlich blickte er in den Rasierspiegel an der Wand – den hatte der Deserteur seltsamerweise in seiner Hast übersehen – und spürte, wie sich die Leere in seinem Inneren mit heißem Teer füllte. Er sah nicht länger den geschwungenen Mund seiner Mutter, ihr gewelltes kastanienbraunes Haar; er sah stattdessen die zu lange Nase mit dem schmalen Rücken, die schrägen Augen und die breiten Wangenknochen.

Einen Moment lang starrte er diesen krassen Beweis des Verrats an, dann machte er kehrt und stampfte hinaus.

»Hol's der Teufel!«, knurrte er und knallte die Tür hinter sich zu.

Er achtete nicht darauf, wohin er ging, doch innerhalb weniger Straßen traf er auf Balcarres und ein paar andere Kameraden, die alle vorhatten, das Beste aus ihrem letzten Abend in einer halbwegs zivilisierten Stadt zu machen.

»Komm mit, Ellesmere«, sagte Sandy, packte ihn am Kragen und schob ihn die Straße entlang. »Sorgen wir dafür, dass wir etwas haben, woran wir uns in den langen Winternächten im Norden erinnern können, wie?«

Einige Stunden später betrachtete William die Welt durch den Boden eines Bierglases und fragte sich, ob Erinnerungen auch zählten, wenn man sich nicht an sie … erinnern konnte. Er hatte schon vor einiger Zeit den Überblick verloren, was – und wie viel davon – er getrunken hatte. Er hatte außerdem das Gefühl, dass ihm zwei oder drei der Kameraden abhandengekommen waren, mit denen er den Abend begonnen hatte, hätte es aber nicht beschwören können.

Sandy war noch da; er stand schwankend vor ihm, sagte etwas, drängte ihn zum Aufstehen. Er lächelte der Bedienung vage zu, grub in seiner Tasche und legte sein letztes Geldstück auf den Tisch. Nicht schlimm; er hatte ja noch mehr in seinem Koffer, in seine Ersatzstrümpfe gewickelt.

Er folgte Sandy ins Freie, in die Nacht hinaus, die sie packte und sich an sie klebte. Die heiße Luft war so stickig, dass man kaum atmen konnte, voll mit den Gerüchen nach Pferdemist, Menschenkot, Fischschuppen, verwelktem Gemüse und frisch geschlachtetem Fleisch. Es war spät und dunkel; der Mond schien nicht, und er stolperte über das Pflaster und stieß wankend mit Sandy zusammen, ein dunklerer Fleck vor ihm in der Nacht.

Dann eine Tür, verschwommenes Licht, und sie tauchten in den heißen Geruch von Alkohol und Frauen ein, den Duft ihrer Haut, ihres Parfums, verwirrender als das plötzliche Licht. Eine Frau mit einem Schleifenhäubchen begrüßte ihn lächelnd, zu alt für eine Hure. Er nickte ihr freundlich zu und öffnete den Mund, um überrascht festzustellen, dass er vergessen hatte, wie man redet. Er schloss den Mund und fuhr fort zu nicken; die Frau lächelte ihr professionelles Lächeln und führte ihn zu einem abgewetzten Sessel, wo sie ihn absetzte wie ein Paket, das später abgeholt werden würde.

Eine Weile saß er zusammengesunken da und dämmerte vor sich hin, und der Schweiß lief ihm in den Kragen und durchnässte sein Hemd. In der Nähe seiner Beine brannte ein Kaminfeuer, über dem ein kleiner Kessel mit Rumpunsch dampfte, und ihm wurde mulmig von dem Geruch. Er hatte das Gefühl zu schmelzen wie eine Kerze, konnte sich aber nicht bewegen, ohne dass ihm übel wurde. Er schloss die Augen.

Etwas später wurde ihm langsam bewusst, dass in seiner Nähe Stimmen erklangen. Er lauschte eine Weile, ohne irgendwelche Worte ausmachen zu können, doch er empfand ihre Melodie als vage beruhigend wie Meereswogen. Sein Magen hatte sich wieder besänftigt, und mit den Augenlidern auf Halbmast betrachtete er friedlich das Spiel von Licht und Schatten im Sand, unterbrochen von leuchtenden Farben wie umhersausenden Tropenvögeln.

Er blinzelte einige Male, und die Farben nahmen schimmernd ihre wahre Form an; die Haare und Bänder und weißen Hemden von Frauen, die roten Röcke der Infanterie, zwischen denen sich ein blauer Artillerist umherbewegte. Ihre Stimmen hatten ihm den Eindruck von Vögeln vermittelt, hohes Trillern, hin und wieder Gackern oder auch Schimpfen wie die Drosseln, die auf der großen Eiche vor dem Plantagenhaus in Mount Josiah lebten. Doch es waren nicht die Frauenstimmen, die jetzt seine Aufmerksamkeit erregten.

Zwei Dragoner saßen auf der Kaminbank, tranken Rumpunsch und betrachteten die Frauen. Er glaubte zwar, dass sie sich schon einige Zeit unterhielten, doch erst jetzt konnte er die Worte verstehen.

»Schon mal eine von hinten gebumst?«, fragte einer der Dragoner seinen Freund. Der Freund kicherte und wurde rot, schüttelte den Kopf und murmelte etwas, das sich anhörte wie »mein Geld zu schade«.

»Am besten nimmt man eine, die das hasst.« Der Dragoner hatte den Blick nicht von den Frauen auf der anderen Seite des Zimmers abgewendet. Er hob die Stimme nur ein wenig. »Sie verkrampfen sich und versuchen, dich loszuwerden. Aber es geht nicht.«

William wandte den Kopf und sah den Mann angewidert an, ohne einen Hehl aus seinem Ekel zu machen. Der Mann beachtete ihn nicht. Er kam ihm vage vertraut vor, ein dunkles, kräftiges Gesicht, doch es war niemand, den William mit Namen kannte.

»Dann nimmst du ihre Hand und zwingst sie, dich anzufassen. Gott, wie sie sich windet – sie melkt dich wie ein Milchmädchen!« Der Mann, der immer noch quer durch das Zimmer starrte, lachte laut, und als William jetzt aufblickte, sah er das Ziel dieses brutalen Gefasels. Drei Frauen standen beieinander, zwei in ihren Hemden, unter deren feuchtem Stoff sich ihre Körper abmalten, eine in einem bestickten Unterrock, doch es war nicht zu übersehen, wem die Andeutungen des Dragoners galten: der etwas hochgewachseneren Frau mit dem Unterrock, die den Blick des Dragoners erwiderte, als wollte sie ihm ein Loch in die Stirn brennen.

Die Herrin des Etablissements stand ein Stück weiter und betrachtete den Dragoner stirnrunzelnd. Sandy war verschwunden. Die anderen Männer, die noch da waren, tranken und unterhielten sich mit vier Mädchen am anderen Ende des Zimmers; sie hatten diese widerliche Obszönität nicht gehört. Der Freund des Dragoners war so rot wie sein Rock vor Alkohol, Belustigung und Verlegenheit.

Der dunkelhaarige Dragoner war ebenfalls rot, eine brennende Linie zog sich über sein stoppelbärtiges Kinn, dort wo es gegen seinen Lederkragen drückte. Seine Hand zupfte geistesabwesend am schweißfleckigen Schritt seiner ledernen Kniehose. Doch er hatte viel zu viel Freude am Spiel mit seiner Beute, um die Jagd abzukürzen.

»Aber es darf keine sein, die daran gewöhnt ist. Sie soll ja eng sein.« Er beugte sich ein wenig vor, die Ellbogen auf den Knien, den Blick unverwandt auf die hochgewachsene junge Frau gerichtet. »Aber es darf auch keine sein, die das noch nie gemacht hat. Besser, wenn sie weiß, was auf sie zukommt, wie?«

Sein Freund murmelte etwas Unverständliches, richtete den Blick auf das Mädchen und wandte ihn hastig wieder ab. Auch William sah noch einmal in ihre Richtung, und als sie jetzt eine kleine unwillkürliche Bewegung machte – nur ein angedeutetes Zusammenzucken –, fiel der Kerzenschein für eine Sekunde auf ihren Scheitel, in dessen glattem, kastanienbraunem Haar eine frische Beule glänzte. Ach, du liebe Güte!

Bevor er wusste, wie ihm geschah, war er auf den Beinen. Mit zwei Schritten schwankte er auf die Puffmutter zu, berührte sie höflich an der Schulter, und als sie sich überrascht zu ihm umwandte – ihre ganze Aufmerksamkeit hatte dem Dragoner gegolten, und sie hatte eine Sorgenfalte zwischen den Augen –, sagte er langsam, um nicht zu lallen: »Ich möchte diese dort, bitte. Die – Große dort. Mit dem Rock. Für die ganze Nacht.«

Ihre gezupften Augenbrauen verschwanden fast in ihrer Haube. Sie warf einen raschen Blick auf den Dragoner, der immer noch so sehr auf seine Beute konzentriert war, dass er William gar nicht bemerkt hatte – anders als sein Freund; dieser stieß den Dragoner an und murmelte ihm etwas ins Ohr.

»Wie? Was geht hier vor?« Der Mann war bereits dabei, sich hochzukämpfen. William suchte hastig in seiner Tasche; zu spät fiel ihm ein, dass er ja kein Geld hatte.

»Was soll das, Madge?« Der Dragoner stand jetzt bei ihnen und ließ seinen finsteren Blick von der Puffmutter zu William und zurück schweifen. William richtete sich instinktiv zu seiner vollen Größe auf – er war gute zwanzig Zentimeter größer als der Mann. Der Dragoner machte sich anscheinend zunächst ein Bild von seiner Größe und seinem Alter und zog dann die Oberlippe hoch, so dass sein Eckzahn sichtbar wurde. »Arabella gehört mir, Sir. Ich bin sicher, dass Madge eine andere junge Dame für Euch finden wird.«

»Ich war eher da, Sir«, sagte William und neigte seinen Kopf einen halben Zentimeter, ohne die Kanaille aus dem Auge zu lassen. Er traute es dem Mistkerl zu, dass er versuchte, ihn in die Eier zu treten – und seiner Miene nach womöglich noch mehr.

»So ist es, Hauptmann Harkness«, sagte Madge rasch und stellte sich zwischen die Männer. »Er hat sie bereits bestellt, und da Ihr Euch ja noch nicht entschieden hattet …« Ihr Blick war nicht auf Harkness gerichtet; sie wies mit einem heftigen Ruck ihres Kinns auf eins der Mädchen, das zuerst alarmiert reagierte, dann aber schnell durch eine Tür an der Rückseite verschwand. *Jetzt holt [illegible] Ned*, dachte William automatisch und fragte sich eine Sekunde lang dumpf, [illegible]er er den Namen des Türstehers kannte.

»Aber Ihr habt doch sein Geld noch gar nicht gesehen, oder?« Harkness fasste sich ins Hemd und zog eine gut gefüllte Brieftasche heraus, aus der er achtlos ein Bündel Scheine zog. »Ich bekomme sie.« Er grinste William unangenehm zu. »Für die ganze Nacht.«

William zog sich prompt die Halsberge aus, ergriff die Hand der Puffmutter und legte die Silbersichel hinein.

»Für die ganze Nacht«, wiederholte er höflich, machte ohne weitere Umschweife kehrt und durchschritt das Zimmer, obwohl der Boden unter seinen Füßen sanfte Wellen zu schlagen schien. Er nahm Arabella – *Arabella*? – beim Arm und schob sie auf die Hintertür zu. Ihre Miene war empört – sie erkannte ihn zweifellos –, doch ein rascher Blick auf Hauptmann Harkness brachte sie zu der Überzeugung, dass William das kleinere Übel war.

Er konnte Harkness hinter sich rufen hören, doch just in diesem Moment öffnete sich die Tür, und ein sehr großer, zäh aussehender Mann kam herein. Er hatte nur ein Auge, das sich allerdings sofort auf Harkness richtete, und er steuerte auf den Hauptmann zu, indem er mit geballten Fäusten auf den Fußballen ging. *Ehemaliger Boxer*, dachte William erfreut. *Na gut, nimm das, Harkness!*

Dann fand er sich dabei wieder, dass er einem runden, beweglichen Hintern die Treppe hinauffolgte, eine Hand an der Treppenhauswand, um nicht zu stolpern, und so stieg er dieselben abgewetzten, nach billiger Seife riechenden Stufen hinauf wie schon vor zwei Tagen und fragte sich, was in aller Welt er zu ihr sagen sollte, wenn er oben ankam.

ER HATTE DIE VAGE HOFFNUNG gehabt, dass es nicht dasselbe Zimmer sein würde, doch das war es. Aber jetzt war es Nacht, und die Fenster standen offen. Die Wärme des Tages hing noch in den Wänden und im Boden, doch es *gab* einen Luftzug, gewürzt mit Harz und dem Atem des Flusses, der die einsame Kerzenflamme zum Flackern brachte. Das Mädchen ließ ihn eintreten, dann schloss sie die Tür und lehnte sich mit dem Rücken dagegen, ohne den Drücker loszulassen.

»Ich tue dir nicht weh«, platzte er heraus. »Es war schon beim letzten Mal keine Absicht.« Ihre Hand entspannte sich ein wenig, obwohl sie ihn weiter stirnrunzelnd ansah. Sie stand im Dunklen, und er konnte gerade eben das Schimmern ihrer Augen sehen. Sie sah nicht freundlich aus.

»Du hast mir nicht weh getan«, sagte sie. »Aber du hast mir meinen besten Rock ruiniert und eine Karaffe Wein. Das hat mich eine Tracht Prügel und einen Wochenlohn gekostet.«

»Es tut mir leid«, sagte er. »Wirklich. Ich … ich bezahle für den Wein und den Rock.« *Und womit*?, fragte er sich. Erst jetzt war ihm eingefallen, dass die Ersatzstrümpfe, in denen er sein Geld aufbewahrte, gemeinsam mit seiner Ordonanz verschwunden waren, und damit zweifellos auch das Geld. Nun, er würde irgendetwas zum Pfandleiher bringen, wenn er musste, oder sich etwas leihen. »An der Prügel kann ich nicht viel ändern. Aber es *tut* mir leid.«

Sie schnaubte leise durch die Nase, doch sie schien seine Worte zu akzeptieren. Sie löste ihre Hand vom Türknauf und trat etwas weiter ins Zimmer, so dass er ihr Gesicht im Kerzenschein sehen konnte. Sie war sehr hübsch, trotz der argwöhnischen Miene, und er spürte leise Erregung in sich aufsteigen.

»Nun.« Sie betrachtete ihn von oben bis unten, in etwa so, wie sie es getan hatte, als sie ihm auf der Straße begegnete. »William hast du gesagt, heißt du?«

»Ja.« Das Schweigen dauerte einen Herzschlag zu lange, und er fragte beinahe wahllos: »Ist dein Name wirklich Arabella?«

Das überraschte sie, und ihr Mund zuckte ein wenig, auch wenn sie nicht lachte.

»Nein. Aber ich bin eine von den begehrteren Mädchen, und Madge meint, sie sollten heißen wie … wie … feine Damen?« Sie zog die Augenbraue hoch, und er war sich nicht sicher, ob sie ihn fragte, ob feine Damen Namen wie Arabella trugen oder was er von Madges Philosophie hielt.

»Ich kenne tatsächlich zwei Arabellas«, kam er ihr entgegen. »Die eine ist sechs, die andere zweiundachtzig.«

»Und es sind feine Damen?« Sie winkte ab, kaum dass sie gefragt hatte. »Natürlich sind sie das. Sonst würdest du sie ja nicht kennen. Möchtest du, dass ich Wein kommen lasse? Oder Punsch?« Sie sah ihn abschätzend an. »Nur, wenn du etwas tun möchtest, glaube ich wirklich, dass du keinen Alkohol trinken solltest. Deine Entscheidung.« Sie hob halbherzig die Hand an den Verschluss ihres Rockes, zog aber nicht daran. Sie brannte eindeutig nicht darauf, ihn dazu zu verleiten, »etwas zu tun«.

Er rieb sich das verschwitzte Gesicht, hatte das Gefühl, den Alkohol durch seine Poren riechen zu können, und wischte die Hand an seiner Hose ab.

»Ich möchte keinen Wein, nein. Und ich möchte auch nicht … nichts tun … nun, das stimmt nicht«, räumte er ein. »Ich möchte es sogar sehr«, fügte er hastig hinzu, damit sie sich nicht beleidigt fühlte, »aber ich werde es nicht tun.«

Sie sah ihn mit offenem Mund an.

»Warum denn nicht?«, sagte sie schließlich. »Du hast doch mehr als genug für alles bezahlt, was dir in den Sinn kommt. Einschließlich dafür, es von hinten zu tun, falls du das möchtest.« Ihre Lippen verzogen sich ein wenig. Er wurde rot bis auf die Kopfhaut.

»Du glaubst, ich würde dich … davor bewahren und es dann *selbst* tun?«

»Ja. Männer kommen oft erst auf eine Sache, wenn ein anderer sie erwähnt, und dann können sie es gar nicht abwarten, es selbst auszuprobieren.«

Er war entrüstet.

»Was für eine oberflächliche Meinung von Männern du hast!«

Ihr Mund zuckte erneut, und sie sah ihn so unverhohlen belustigt an, dass ihm das Blut im Gesicht und in den Ohren brannte.

»Aha«, sagte er steif und holte dann tief Luft. »Es soll eine Entschuldigung sein, wenn du möchtest.« Es kostete ihn große Mühe, den Blick nicht von ihr abzuwenden. »Für das, was letztes Mal geschehen ist.«

Ein schwacher Luftzug wehte herein, hob ihr das Haar von den Schultern und blähte ihr Hemd, so dass er ihre Brustwarze sehen konnte wie ein dunkle Rose im Kerzenlicht. Er schluckte und wandte den Blick ab.

»Mein … äh … Stiefvater … hat mir erzählt, eine Puffmutter, die er kennt, hätte einmal zu ihm gesagt, das beste Geschenk, was man einer Hure machen kann, ist eine durchgeschlafene Nacht.«

»Es liegt also in der Familie, wie? Bordelle zu besuchen?« Sie wartete nicht auf eine Antwort. »Aber er hat recht. Heißt das, du willst wirklich, dass ich … schlafe?« Sie klang so ungläubig, als hätte er sie gebeten, etwas noch Perverseres zu tun als das, was Harkness vorgehabt hatte.

Er beherrschte sich mühsam.

»Du kannst auch singen oder dich auf den Kopf stellen, wenn dir das lieber ist«, sagte er. »Ich habe nicht vor, dich … äh … zu belästigen. Alles Weitere liegt bei dir.«

Sie starrte ihn an, die Stirn leicht gerunzelt, und er konnte sehen, dass sie ihm nicht glaubte.

»Ich … würde ja gehen«, sagte er jetzt wieder verlegen. »Aber ich mache mir Sorgen, dass Hauptmann Harkness vielleicht noch hier ist, und falls er feststellt, dass du allein bist …« Und irgendwie konnte er zusätzlich sein leeres Zimmer nicht ertragen. Nicht heute Nacht.

»Ich gehe davon aus, dass Ned sich um ihn gekümmert hat«, sagte sie und stand auf. Sie räusperte sich. »Aber geh nicht. Wenn du es tust, schickt mir Madge jemand anderen nach oben.« Ohne jede Koketterie, ohne jede verführerische Bewegung zog sie ihren Rock aus. In der Ecke stand eine spanische Wand; sie trat dahinter, und er hörte es plätschern, als sie einen Nachttopf benutzte.

Sie kam hervor, sah ihn an und sagte mit einer kleinen Handbewegung in Richtung der Wand: »Da drüben. Falls du …«

»Äh … danke.« Tatsächlich musste er zwar dringend pinkeln, doch die Vorstellung, ihren Nachttopf zu benutzen, und das so kurz nach ihr, machte ihn über die Maßen verlegen. »Es geht schon.« Er sah sich um, fand einen Sessel, setzte sich darauf, streckte demonstrativ die Stiefel aus und lehnte sich augenscheinlich entspannt zurück. Er schloss die Augen … fast.

Durch die Schlitze seiner Lider sah er, wie sie ihn einen Moment genau beobachtete, dann beugte sie sich vor und blies die Kerze aus. Wie ein Geist in der Dunkelheit stieg sie in ihr Bett – die Seile ächzten unter ihrem Gewicht – und zog die Decke hoch. Ein leiser Seufzer drang inmitten der Geräusche des Bordells zu ihm hinüber.

»Äh … Arabella?« Er erwartete zwar eigentlich keinen Dank, aber irgendetwas wollte er von ihr.

»Was denn?« Sie klang resigniert, weil sie offenbar davon ausging, dass er es sich doch noch anders überlegt hatte.

»Wie heißt du wirklich?«

Eine Minute herrschte Schweigen, während sie überlegte. Doch die junge Dame hatte nichts Geziertes an sich, und als sie dann antwortete, geschah es ohne Zögern.

»Jane.«

»Oh. Nur ... noch eine Frage. Mein Rock ...«

»Ich habe ihn verkauft.«

»Oh. Äh ... dann gute Nacht.«

Es folgte ein Moment, der sich in die Länge zog, angefüllt mit den unausgesprochenen Gedanken zweier Menschen, dann ein tiefer, enervierter Seufzer.

»Komm her und steig ins Bett, du Idiot.«

ER KONNTE JA NICHT in voller Uniform ins Bett steigen. Also behielt er das Hemd an, um ihres Anstands und seiner ursprünglichen Absicht willen. Er lag stocksteif neben ihr und gab sich alle Mühe, sich vorzustellen, er wäre die Grabfigur eines Kreuzritters; ein marmornes Denkmal des ritterlichen Verhaltens, auf Keuschheit nicht nur eingeschworen, sondern ihre Stein gewordene Verkörperung.

Unglücklicherweise war es ein ziemlich kleines Bett, und William war ziemlich groß. Und Arabella-Jane gab sich nicht die geringste Mühe zu vermeiden, dass sie *ihn* berührte. Sie versuchte zwar genauso wenig, ihn zu erregen, aber das gelang ihr schon durch ihre bloße Gegenwart.

Jeder Zentimeter seines Körpers und jeder Punkt, der sie berührte, war ihm aufs Intensivste bewusst. Er konnte ihr Haar riechen, in dem sich schwacher Seifenduft mit süßem Tabakrauch vermischte. Auch ihr Atem war süß und roch nach verbranntem Rum. Er wollte ihn in ihrem Mund schmecken, den letzten Hauch der Klebrigkeit des Brandys mit ihr teilen. Er schloss die Augen und schluckte.

Es gelang ihm nur deshalb, die Finger von ihr zu lassen, weil er dringend pinkeln musste. Er befand sich in jenem Stadium der Trunkenheit, in dem man ein Problem zwar wahrnehmen konnte, sich aber keine Lösung dafür ausdenken konnte, und das schiere Unvermögen, zwei Dinge gleichzeitig zu denken, hinderte ihn sowohl daran, mit ihr zu sprechen, als auch, sie zu berühren.

»Was ist denn los?«, flüsterte sie heiser. »Du windest dich, als hättest du Kaulquappen in der Unterhose – nur, dass du gar keine anhast, oder?« Sie kicherte, und ihr Atem kitzelte sein Ohr. Er stöhnte leise.

»Also ...« Ihre Stimme nahm einen alarmierten Tonfall an, und sie setzte sich im Bett hin, drehte sich um und sah ihn an. »Du wirst dich nicht in meinem Bett übergeben! Steh auf! Steh sofort auf!« Sie schubste ihn heftig mit ihren kleinen Händen, und er stolperte schwankend aus dem Bett und klammerte sich an die Möbel, um nicht hinzufallen.

Das offene Fenster klaffte vor ihm in die Nacht hinaus, und über ihnen schien ein hübscher Sichelmond. Er betrachtete dies als himmlische Aufforderung, hob sein Hemd, klammerte sich an den Fensterrahmen und pisste im hohen Bogen selig in die Nacht hinaus.

Seine Erleichterung war so immens, dass er danach erst einmal gar nichts merkte, bis ihn Arabella-Jane am Arm packte und ihn vom Fenster fortzog.

»Geh doch aus dem Blickfeld, in Gottes Namen!« Sie riskierte einen hastigen Blick nach unten, dann fuhr sie kopfschüttelnd zurück. »Ach, sei's drum. Es ist ja nicht so, als hätte Hauptmann Harkness jemals vorgehabt, dich für eine Mitgliedschaft in seinem bevorzugten Herrenclub vorzuschlagen, oder?«

»Harkness?« William schwankte blinzelnd auf das Fenster zu. Unten erscholl eine erstaunliche Menge Geschrei und Gefluche, doch er hatte Schwierigkeiten, scharf zu sehen, und erblickte nichts als das Flackern roter Uniformen, die im Licht der Laterne über der Tür des Etablissements noch röter erschienen.

»Egal. Wahrscheinlich denkt er ohnehin, dass ich es war«, sagte Arabella-Jane mit einem finsteren Unterton.

»Aber du bist doch ein Mädchen«, merkte William in aller Logik an. »Du könntest doch gar nicht aus einem Fenster pinkeln.«

»Nicht, ohne mich ordentlich zum Gespött zu machen«, pflichtete sie ihm bei. »Aber es wäre ja nicht das erste Mal, dass eine Hure den Inhalt ihres Nachttopfes zufällig mit Absicht auf jemanden schüttet. Nun denn.« Sie zuckte mit den Achseln, ging hinter die spanische Wand und kam mit dem erwähnten Gefäß zum Vorschein, welches sie prompt zum offenen Fenster hinausschüttete. Als Erwiderung auf das erneute Geheul von unten lehnte sie sich hinaus und kreischte mehrere Beleidigungen, deren stolzer Urheber jeder Regimentssergeant gern gewesen wäre, bevor sie den Kopf einzog und die Fensterläden zuknallte.

»Wenn schon, denn schon«, sagte sie und nahm ihn erneut beim Arm. »Komm wieder ins Bett.«

William setzte sich abrupt auf das Bett, da sich das Zimmer heftig um ihn zu drehen begonnen hatte. Gleichzeitig war Arabella-Jane dabei, ihm das Hemd aufzuknöpfen. Er hob eine Hand, um sie aufzuhalten, fragte sich, warum er das tun sollte, und ließ die Hand in der Luft hängen. Der letzte Knopf gab nach, und ein schwacher Luftzug spielte mit den Haaren auf Williams Brust.

Jetzt fiel ihm wieder ein, warum er sie hätte aufhalten sollen, doch sie hatte den Kopf in die offene Vorderseite seines Hemdes gesteckt und leckte schon an seiner Brustwarze, bevor seine freischwebende Hand ihre Bewegung vollenden konnte, und als sie es schließlich tat, senkte sie sich nur sanft auf ihren Kopf, der überraschend warm war. So wie ihr Atem. So wie ihre Hand, die sich besitzergreifend um seinen Schwanz gelegt hatte.

»Nein«, sagte er nach einer Weile, die ihm sehr lange vorkam, aber kaum mehr als Sekunden gedauert haben konnte. Seine Hand senkte sich und schloss sich – bedauernd – um die ihre. »Ich … ich habe es ernst gemeint. Ich werde dich nicht belästigen.«

Sie ließ zwar nicht los, tauchte aber auf, um Luft zu holen. Sie setzte sich gerade hin und betrachtete ihn mit einer Art verwunderter Ungeduld, die er im Schein der Laterne, der durch die Fensterläden drang, gerade eben wahrnehmen konnte.

»Wenn du mich belästigst, sage ich dir, dass du aufhören sollst, wie wäre das?«, kam sie ihm entgegen.

»Nein«, wiederholte er. Er konzentrierte sich jetzt angestrengt; es schien ihm außerordentlich wichtig, dass sie verstand. »Ehre. Es ist wegen meiner Ehre.«

Sie stieß ein leises Geräusch aus, das sowohl Ungeduld als auch Belustigung hätte sein können.

»Vielleicht hättest du an deine Ehre denken sollen, bevor du in ein Bordell gegangen bist. Oder hat dich jemand gegen deinen Willen hierhergeschleift?«

»Ich bin mit einem Freund hier«, sagte er würdevoll. Sie hatte immer noch nicht losgelassen, konnte ihre Hand aber auch nicht bewegen, da er die seine fest darum geklammert hatte. »Das habe ich … nicht gemeint. Ich meine …« Die Worte, die ihm gerade noch ohne Schwierigkeiten eingefallen waren, waren ihm wieder entschlüpft, und sein Kopf war leer.

»Du könntest es mir später erklären, wenn du gründlich nachgedacht hast«, schlug sie vor, und er stellte erstaunt fest, dass sie *zwei* Hände hatte und auch mit der anderen einiges anzufangen wusste.

»Lass meine …« *Verdammt, wie hieß nur das verflixte Wort*? »Lass meine Hoden los, bitte.«

»Wie du wünschst«, erwiderte sie, und während sie seiner Bitte Folge leistete, schob sie den Kopf wieder in sein feuchtes, riechendes Hemd, nahm seine Brustwarze zwischen die Zähne und saugte so fest daran, dass es ihm auch das letzte Wort aus dem Kopf zog.

Danach ging es unruhig, aber vornehmlich angenehm weiter, obwohl er sich einmal dabei ertappte, dass er sich murmelnd über ihr aufbäumte, während ihm der Schweiß vom Gesicht auf ihre Brüste tropfte: »Ich bin ein Bastard, ich bin ein Bastard, ich bin ein *Bastard*, verstehst du das denn nicht?«

Sie antwortete nicht darauf, sondern streckte ihren langen weißen Arm aus, legte ihm die Hand um den Hinterkopf und zog ihn wieder hinunter.

»Das ist der Grund.« Allmählich kam er zu sich, und plötzlich wurde ihm bewusst, dass er redete, anscheinend schon eine ganze Weile, obwohl sein Kopf an ihrer Schulter ruhte, seine Sinne in ihrem Moschus badeten (*wie eine schwitzende Blume*, dachte er verträumt) und ihre süße Brustwarze dunkel vor seiner Nase aufragte. »Die einzige Ehre, die ich noch besitze, ist mein Wort. Muss es halten.« Dann stiegen ihm mit der Erinnerung an die gerade vergangenen Momente die Tränen in die Augen. »Warum hast du mich mein Wort brechen lassen?«

Eine Weile antwortete sie nicht, und er hätte gedacht, sie wäre eingeschlafen, wenn ihre Hand nicht über seinen Rücken gewandert wäre, sanft wie ein Flüstern.

»Hast du schon einmal daran gedacht, dass eine Hure vielleicht auch ihre Ehre hat?«, sagte sie schließlich.

Das hatte er offen gestanden nicht, und er hatte schon den Mund geöffnet, um es ihr zu sagen, doch wieder waren ihm die Worte abhandengekommen. Er schloss die Augen und schlief auf ihrer Brust ein.

19

HARTE MASSNAHMEN

Silvia Hardman betrachtete Jamie mit gerunzelter Stirn, die Lippen konzentriert gespitzt. Schließlich schüttelte sie den Kopf, seufzte und richtete sich auf.

»Ich nehme an, du meinst es ernst?«

»So ist es. Ich muss so schnell wie möglich nach Philadelphia. Und zu diesem Zweck muss ich an die Straße. Morgen früh muss ich imstande sein zu laufen, und sei es noch so stockend.«

»Nun denn. Patience, hol mir die spezielle Flasche deines Vaters. Und Prudence, würdest du bitte eine ordentliche Portion Senfsamen zermahlen…« Sie trat ein wenig dichter an das Bett und betrachtete Jamies Rücken mit zusammengekniffenen Augen, so als wollte sie sein Ausmaß abschätzen. »Eine gute Handvoll – nein, lieber zwei, du hast ja kleine Hände.« Sie nahm eine winzige Holzschaufel vom Wandbord an der Tür, zögerte aber, bevor sie diese öffnete. »Du darfst deine Augen und dein Gesicht nicht berühren, Pru – und auf keinen Fall darfst du Chastity anfassen, ohne dir vorher die Hände zu waschen. Patience soll sich um sie kümmern, falls sie weint.«

Chastity stieß ungeduldige Geräusche aus, obwohl sie frisch gestillt und gewickelt war. Patience war allerdings schon zur Tür hinausgelaufen, so dass sich Jamie fragte, wo sich diese spezielle Flasche ihres Vaters wohl befand. Offensichtlich versteckt.

»Legt die Kleine neben mich«, schlug er vor. »Ich kann eine Weile auf sie aufpassen.«

Das tat Silvia, ohne zu zögern, was ihn freute, und dann lag er Nase an Nase mit der kleinen Chastity da und unterhielt sie beide, indem er Gesichter schnitt. Sie kicherte – genau wie Prudence, während ihr Stößel durch den Mörser schabte und der scharfe Geruch des geriebenen Senfs die Luft durchzog. Er streckte die Zunge heraus und wackelte damit; Chastity schüttelte sich wie eine kleine Qualle und streckte selbst ihre rosa Zungenspitze heraus, was wiederum *ihn* zum Lachen brachte.

»Warum lacht ihr alle?«, wollte Patience wissen, die jetzt die Tür öffnete. Sie blickte stirnrunzelnd von der einen Schwester zur anderen, und sie mussten alle nur noch mehr lachen. Als Mrs. Hardman kurz darauf mit einer großen schmutzigen Wurzel in der Hand hereinkam, hatten sie den Punkt erreicht, an dem sie über jede Nichtigkeit lachten, und sie blinzelte verwundert, schüttelte dann aber den Kopf und lächelte.

»Nun, es heißt ja, Lachen ist die beste Medizin«, stellte sie fest, als die Ausgelassenheit verebbt war. Die Mädchen hatten rote Köpfe, und Jamie fühlte sich ein wenig besser – zu seiner Überraschung. »Darf ich mir dein Messer borgen, Freund James? Es ist besser geeignet als das meine.«

Das stimmte unleugbar; ihr Messer war eine grobe Eisenklinge, die schlecht geschliffen war, und der Griff war mit einer Schnur daran befestigt. Jamie hatte ein gutes Taschenmesser mit einem Elfenbeingriff und einer Klinge aus gehärtetem Stahl, das er in Brest gekauft hatte und das so scharf war, dass er sich damit die Haare vom Arm rasieren konnte. Er sah ihr unwillkürliches Lächeln, weil es sich gut in ihrer Hand anfühlte, und musste augenblicklich an Brianna denken, wie sie vorsichtig eine Klinge ihres Schweizer Armeemessers öffnete und sich dabei Zufriedenheit über ihr Gesicht breitete.

Auch Claire wusste gutes Handwerkszeug zu schätzen. Doch wenn sie ein Werkzeug berührte, hatte sie dabei schon im Kopf, was sie damit vorhatte, statt nur seine Eleganz und Funktionalität zu bewundern. Eine Klinge war in ihrer Hand nicht länger ein Instrument, sondern eine Verlängerung ihrer Hand. Auch er schloss die Hand, und der Daumen rieb sacht gegen seine Fingerspitzen, als er an das Messer dachte, das er für sie angefertigt hatte und dessen Griff er sorgfältig eingekerbt und dann glatt geschmirgelt hatte, damit er sich exakt in ihre Hand fügte. Dann ballte er die Faust, denn er wollte nicht so intim an sie denken. Nicht jetzt.

Nachdem sie die Mädchen gebeten hatte, ein Stück zurückzutreten, hatte Silvia die Wurzel vorsichtig geschält und in eine kleine Holzschale gerieben. Sie hielt das Gesicht so weit wie möglich von den aufsteigenden Dämpfen des frischen Meerrettichs abgewandt, doch trotzdem liefen ihr die Tränen über das Gesicht. Dann wischte sie sich die Augen an ihrer Schürze ab, griff nach der »speziellen Flasche« – einer dunkelbraunen Steingutflasche mit Erdflecken (hatte das Mädchen sie gerade ausgegraben?) – und goss vorsichtig einen kleinen Schluck des offensichtlich alkoholischen Inhalts in die Schale. Was war es?, fragte sich Jamie und schnüffelte vorsichtig. Sehr alter Cidre? Doppelt fermentierter Pflaumenbrandy? Wahrscheinlich war die Flüssigkeit in ihrem früheren Leben einmal eine Frucht gewesen, doch es war schon lange her, dass diese Frucht an einem Baum gehangen hatte.

Mrs. Hardman entspannte sich und steckte den Korken wieder in die Flasche, als sei sie erleichtert, dass der Inhalt beim Ausschütten nicht explodiert war.

»Nun denn«, sagte sie und trat an das Bett, um Chastity aufzuheben, die quietschte und quäkte, weil man sie von Jamie wegnahm, den sie offenbar als großes Spielzeug betrachtete. »Das muss ein paar Stunden ziehen. Du solltest schlafen, wenn du kannst. Ich weiß, dass du eine unruhige Nacht hinter dir hast, und die nächste wird vielleicht nicht besser.«

JAMIE HATTE SICH MIT einer Mischung aus Beklommenheit und Neugier darauf gefasst gemacht, Meerrettichschnaps zu trinken. Erstere wich zwar vorübergehend der Erleichterung, als er feststellte, dass Mrs. Hardman gar nicht vorhatte, ihm das Gemisch zu trinken zu geben, kehrte aber heftigst zurück, als er sich im nächsten Moment bäuchlings auf dem Bett wiederfand, das Hemd bis zu den Achseln hochgeschoben, während ihm seine Gastgeberin kräftig die Gesäßbacken damit einrieb.

»Seid vorsichtig, Silvia«, brachte er heraus und versuchte, den Kopf so weit zu wenden, dass er den Mund vom Kissen heben konnte, ohne sich den Rücken zu verrenken – oder seinen Hintern zu entspannen. »Wenn Ihr mir das in die Pofalte tropft, könnte es sein, dass ich plötzlich gewaltsam geheilt werde.«

Ein leises belustigtes Prusten kitzelte die Härchen in seinem Kreuz, wo seine Haut von ihrer Zuwendung noch schmerzte und kribbelte.

»Meine Großmutter hat immer schon gesagt, mit diesem Rezept könnte man Tote erwecken«, sagte sie leise, um die Mädchen nicht zu stören, die vor dem Kamin in ihre Decken gerollt lagen wie Raupen. »Vielleicht ist sie ja bei der Anwendung weniger vorsichtig gewesen.«

»DU BRAUCHST WÄRME«, hatte sie gesagt. Nach der Meerretticheinreibung und mit dem Senfpflaster im Kreuz hatte er das Gefühl, er könnte jeden Moment ein Opfer spontaner Selbstentzündung werden. Er war sich sicher, dass seine Haut Blasen schlug. *»Ich weiß, dass du eine unruhige Nacht hinter dir hast, und die nächste wird vielleicht nicht besser.«* Da hatte sie recht.

Er versuchte, sich verstohlen auf die Seite zu drehen, ohne Lärm zu machen oder das Pflaster zu lösen – sie hatte es an seinem Kreuz befestigt, indem sie es mit Flanellstreifen um seinen Körper gebunden hatte, doch diese neigten dazu zu verrutschen. Die Bewegung schmerzte ihn tatsächlich viel weniger, was er sehr ermutigend fand. Andererseits fühlte er sich, als würde eine Kiefernfackel immer wieder dicht an seinem Körper vorbeigeschwenkt. Und sie *war* zwar sehr vorsichtig gewesen, als sie ihn von den Rippen bis zu den Knien eingerieben hatte, doch ein Tropfen der beißenden Flüssigkeit war an seine Hoden gelangt, so dass er ein gar nicht unangenehmes Gefühl extremer Hitze zwischen seinen Beinen verspürte, aber auch einen unkontrollierbaren Drang, sich zu winden.

Er hatte sich nicht geregt, während sie seinen Rücken bearbeitete, und kein Wort gesagt. Nicht, nachdem er den Zustand ihrer Hände gesehen hatte: rot wie eine Engländeruniform, und an der Seite ihres Daumens hatte sich eine milchige Blase gebildet. Auch sie hatte kein Wort gesagt; ihm nur das Hemd hinuntergezogen, als sie fertig war, und ihm sanft auf den Rücken geklopft, bevor sie sich waschen ging und sich dann vorsichtig ein bisschen Schmalz in die Hände rieb.

Sie schlief jetzt, eine in der Ecke der Kaminbank zusammengekrümmte Gestalt, zu ihren Füßen die Wiege der kleinen Chastity, in sicherem Abstand von der zugedeckten Glut des Feuers. Hin und wieder spaltete sich eines der glühenden Holzscheite mit einem lauten *Knack!* und einer kleinen Funkenfontäne.

Vorsichtig reckte er sich versuchsweise. Besser. Doch ob er nun am Morgen geheilt war oder nicht; er würde aufbrechen – und wenn er sich auf den Ellbogen zur Straße schleppen musste. Die Hardmans brauchten ihr Bett zurück – und er das seine. Claires Bett.

Bei diesem Gedanken erfüllte die Hitze seiner Haut ebenfalls sein Inneres, und er wand sich doch. Auch seine Gedanken wanden sich, und er packte einen davon und drückte ihn zu Boden wie einen ungehorsamen Hund.

Es ist nicht ihre Schuld, dachte er grimmig. *Sie hat mir kein Unrecht getan*. Sie hatten ihn für tot gehalten – Marsali hatte ihm davon erzählt und ihm gesagt, dass Lord John Claire in aller Eile geheiratet hatte, nachdem sie von Jamies Tod erfahren hatten, um nicht nur sie, sondern auch Fergus und Marsali vor der drohenden Verhaftung zu bewahren.

Aye, und dann ist er mit ihr ins Bett gegangen! Die Fingerknöchel seiner linken Hand schmerzten, als er sie zur Faust ballte. »*Schlag die Leute nie ins Gesicht, Junge.*« Dougal hatte das vor einer Ewigkeit zu ihm gesagt, als sie auf dem Burghof von Leoch einen Boxkampf zwischen zwei von Colums Männern beobachteten. »*Schlag sie in die Weichteile.*«

Sie hatten *ihn* in die Weichteile geschlagen.

»Nicht ihre Schuld«, murmelte er und drehte sich unruhig mit dem Gesicht in das Kissen. Doch was zum *Teufel* war passiert? Wie hatten sie es getan – warum?

Er fühlte sich, als hätte er Fieber, benommen von den Hitzewellen, die seinen Körper überliefen. Und wie die verschwommenen Dinge in einem Fiebertraum sah er ihre nackte Haut, hell und schweißglänzend in der schwülen Nacht, feucht und glatt unter John Greys Hand …

Wir haben es mit dir getrieben!

Sein Rücken fühlte sich an, als hätte jemand eine heiße Pfanne daraufgestellt. Mit einem tiefen, ungeduldigen Stöhnen drehte er sich wieder auf die Seite und kämpfte mit den Stoffstreifen, die das brennende Pflaster auf seiner Haut festhielten, bis er sich schließlich der sengenden Umarmung entwand. Er ließ es auf den Boden fallen und warf den Quilt zurück, der ihn bedeckte. Sein Körper und sein Geist sehnten sich nach kühler Luft.

Doch die Hütte war bis zum Dachbalken mit dem warmen Mief des Feuers und der Schläfer und der Hitze erfüllt, die zwischen seinen Beinen Wurzeln geschlagen zu haben schien. Er krampfte die Fäuste in die Bettwäsche, versuchte, sich nicht zu winden, versuchte, sich zu beruhigen.

»Herr, lass mich den Abstand wahren«, flüsterte er auf *Gaidhlig*. »Gib, dass ich Erbarmen und Vergebung walten lasse. Gib, dass ich verstehe!«

Was sein Kopf stattdessen für ihn bereithielt, war ein flüchtiges Gefühl, die Erinnerung an Kälte, ebenso verblüffend wie erfrischend. Es war im Nu vorbei, doch seine Hand kribbelte, als hätte er an kalten Stein gefasst, kalte Erde, und er klammerte sich an die Erinnerung, schloss die Augen, drückte in seiner Vorstellung die heiße Wange an die Wand der Höhle.

Denn es war seine Höhle. Der Ort, an dem er sich versteckt hatte, an dem er gelebt hatte, in den Jahren nach Culloden. Auch dort waren Hitze und Schmerz durch seinen Körper pulsiert, Rage und Fieber, Trostlosigkeit und der süße, kurze Trost der Träume, in denen er seine Frau wiedergesehen hatte. Und er spürte im Kopf die Kälte, den dunklen Frost, von dem er geglaubt hatte, er würde sein Tod sein, der ihm aber jetzt in der Wüste seiner Gedanken Erleichterung brachte. Er stellte sich vor, seinen nackten, versengten Rücken an die raue feuchte Höhlenwand zu pressen, beschwor die Kälte, in seine Haut einzudringen, das Feuer zu löschen.

Sein Körper, stocksteif, entspannte sich ein wenig, und er atmete langsam, wobei er die kräftigen Gerüche der Hütte sturköpfig ignorierte, die Dämpfe von Meerrettich, Pflaumenbrandy und Senf, die Kochgerüche, die selten gewaschenen Körper. Versuchte, die durchdringende Reinheit des Nordwindes einzuatmen, den Duft von Ginster und Heide.

Und was er roch, war …

»Mary«, flüsterte er und riss erschrocken die Augen auf.

Der Geruch grüner Zwiebeln und noch nicht ganz reifer Kirschen. Ein kalter gekochter Fasan. Und der warme Geruch der Haut einer Frau, etwas bitter durch den Schweiß in ihren Kleidern, überdeckt vom milden, fettigen Geruch der Seife seiner Schwester.

Er holte tief Luft, als könnte er mehr davon einfangen, doch die kühle Luft der Highlands hatte sich verflüchtigt, seine Lunge füllte sich mit scharfem Senf, und er hustete.

»Aye, ist ja gut«, murmelte er unfreundlich an Gott gewandt. »Ich habe es verstanden.«

Selbst in der größten Einsamkeit hatte er keine Frau aufgesucht, während er in der Höhle lebte. Doch als Mary MacNab am Vorabend seines Aufbruchs in ein englisches Gefängnis zu ihm gekommen war, hatte er in ihren Armen Linderung für seinen Schmerz gefunden. Nicht als Ersatz für Claire, niemals – doch er hatte sich so verzweifelt nach dem Geschenk der Berührung gesehnt, dem Geschenk, eine kleine Weile nicht allein zu sein, und hatte es dankbar angenommen. Wie konnte er etwas Falsches daran finden, dass Claire das Gleiche getan hatte?

Er seufzte und wand sich, um eine bequemere Lage zu finden. Die kleine Chastity stieß einen leisen Schrei aus, und Silvia Hardman setzte sich sofort mit raschelnden Kleidern hin und beugte sich schlaftrunken murmelnd über die Wiege.

Erst jetzt fiel ihm der Name des Kindes auf. Chastity. Keuschheit. Das Baby war vielleicht drei oder vier Monate alt. Wie lange war Gabriel Hardman schon fort? Über ein Jahr, dachte er, nach dem, was die kleinen Mädchen erzählt hatten. Keuschheit, in der Tat. War der Name nur der passende Begleiter für Prudence, die Besonnenheit, und Patience, die Geduld – oder drückte er Mrs. Hardmans eigene Bitterkeit aus, einen Vorwurf an ihren vermissten Mann?

Er schloss die Augen und suchte nach der Kühle in der Dunkelheit. Er fand, er hatte lange genug gebrannt.

20

VON KOHLKÖPFEN UND KÖNIGEN

Kurz vor dem Morgengrauen ging er zur Straße und verzichtete dabei auf jede Hilfe von Prudence und Patience, obwohl sie darauf bestanden mitzukommen, falls er doch hinfiel, von plötzlicher Lähmung heimgesucht wurde oder in ein Erdhörnchenloch trat und sich den Knöchel verstauchte. Sie hatten zwar große Zweifel an seiner Bewegungsfähigkeit, besaßen aber die guten Manieren, rechts und links von ihm einen knappen halben Meter Abstand zu halten, während ihre Hände wie kleine weiße Schmetterlinge im Halbdunkel neben seinen Ellbogen schwebten.

»Seit ein paar Tagen fahren nicht mehr so viele Wagen in die Stadt«, stellte Patience in einem Tonfall irgendwo zwischen Angst und Hoffnung fest. »Möglicherweise findest du gar keine passende Möglichkeit.«

»Ich wäre schon mit einem Mistkarren oder einem Wagen voller Kohlköpfe zufrieden«, versicherte er ihr und blickte bereits die Straße entlang. »Ich muss wirklich dringend in die Stadt.«

»Das wissen wir«, rief ihm Prudence ins Gedächtnis. »Wir waren ja unter dem Bett, als dich Washington verpflichtet hat.« Ihr Ton war ein wenig reserviert; als Quäkerin war sie Gegnerin des Krieges, und er lächelte über den Ernst in ihrem kleinen Gesicht, das den breiten Mund und die gütigen Augen ihrer Mutter hatte.

»Washington ist nicht meine größte Sorge«, sagte er. »Ich muss meine Frau sehen, bevor … bevor ich irgendetwas anderes tue.«

»Du hast sie schon länger nicht gesehen?«, fragte Prudence überrascht. »Warum?«

»Ich wurde in Schottland aufgehalten«, sagte er und beschloss, nicht zu erwähnen, dass er sie noch vor zwei Tagen gesehen hatte. »Meinst du, das, was da kommt, ist ein Wagen?«

Tatsächlich war es ein Viehtreiber mit einer Schweineherde, und sie mussten sich hastig vom Straßenrand zurückziehen, um nicht gebissen oder überrannt zu werden. Doch als die Sonne schließlich am Himmel stand, floss auch der Verkehr mit einiger Regelmäßigkeit.

Er kam zum Großteil aus Philadelphia, wie es ihm die Mädchen gesagt hatten; Loyalistenfamilien, die es sich nicht leisten konnten, mit dem Schiff abzureisen, und die mit allem, was sie tragen konnten, aus der Stadt flohen, manche mit Wagen oder Handkarren, manche nur mit dem, was sie auf dem Rücken oder den Armen tragen konnten. Dazu britische Soldaten in Gruppen und Kolonnen, die sie begleiteten und die Loyalisten davor beschützten, angegriffen oder ausgeplündert zu werden, falls auf einmal Rebellenmilizen aus dem Wald kamen.

Dieser Gedanke erinnerte ihn plötzlich an John Grey – der gnädigerweise schon seit Stunden nicht mehr in seinen Gedanken aufgetaucht war. Jamie schob ihn mit aller Macht wieder von sich und murmelte: »Aye, bleib, wo du bist.« Doch dann kam ihm zögerlich ein Hintergedanke – was, wenn Grey doch sofort von der Miliz auf freien Fuß gesetzt worden war und schon wieder in Philadelphia war? Einerseits … würde er für Claires Sicherheit sorgen, darauf war Verlass. Andererseits aber …

Aye, nun ja. Wenn er in das Haus kam und Grey dort bei ihr antraf, würde er sie einfach mitnehmen und nichts sagen. Es sei denn …

»Macht dir der Meerrettich noch zu schaffen, Freund Jamie?«, fragte Patience höflich. »Du schnaufst ganz furchterregend. Vielleicht nimmst du besser mein Taschentuch.«

Im Wald außerhalb von Philadelphia

GREY ERWACHTE ABRUPT, weil es heller Tag war und ihm jemand einen Musketenlauf in den Bauch drückte.

»Kommt mit erhobenen Händen heraus«, sagte eine kalte Stimme. Es gelang ihm, sein gesundes Auge so weit zu öffnen, dass er sehen konnte, dass sein Gegenüber den zerschlissenen Rock eines Kontinentaloffiziers über einer Leinenhose und einem am Hals offenen Hemd trug, dazu einen Schlapphut mit einer Truthahnfeder in der Krempe. Rebellenmiliz. Mit dem Herzen im Hals kroch er steif aus seiner Zuflucht hervor und stand mit erhobenen Händen auf.

Sein Häscher blinzelte angesichts von Greys zerschundenem Gesicht, dann angesichts der Eisen, aus deren rostigen Kettengliedern die Musselinstreifen hingen. Er zog die Muskete ein Stück zurück, ließ sie aber nicht sinken. Jetzt, da er stand, konnte Grey noch mehrere andere Männer sehen, die ihn allesamt extrem neugierig betrachteten.

»Äh … woher seid Ihr denn entflohen?«, fragte der Offizier mit der Muskete bedachtsam.

Es gab zwei mögliche Antworten, und er entschied sich für die riskantere Variante. Hätte er »Gefängnis« gesagt, hätten sie ihn wahrscheinlich in Ruhe gelassen oder ihn schlimmstenfalls mitgenommen, ihm aber in jedem Fall die Eisen gelassen.

»Ich wurde von einem britischen Offizier in Ketten gelegt, der mich als Spion festgenommen hat«, sagte er unverblümt. *So weit absolut wahr*, dachte er.

Ein interessiertes Brummen durchlief die Männer, die sich näher herandrängten, um ihn zu betrachten, und der vorwitzige Musketenlauf wurde ganz zurückgezogen.

»Ist das so«, sagte sein Häscher, der eine gepflegte englische Stimme hatte, deren schwacher Akzent nach Dorset wies. »Und wie lautet wohl Euer Name, Sir?«

»Bertram Armstrong«, erwiderte er prompt und benutzte seine Zweitnamen. »Und dürfte ich auch das Vergnügen haben, Euren Namen zu erfahren, Sir?«

Der Mann spitzte zwar die Lippen, antwortete dann aber bereitwillig.

»Ich bin Reverend Peleg Woodsworth, Oberst der sechzehnten Kompanie aus Pennsylvania, Sir. Und Eure Kompanie?« Grey sah, wie Woodsworth' Blick zu seiner Rebellenmütze mit dem kühnen Motto huschte.

»Ich bin noch keiner Kompanie beigetreten, Sir«, sagte er und ließ seinen Akzent ein klein wenig weicher klingen. »Ich war unterwegs, um genau das zu tun, als ich auf eine britische Patrouille getroffen bin und mich kurz darauf in der Misere wiederfand, die Ihr hier seht.« Er hob die klirrenden Handgelenke ein wenig. Das interessierte Brummen erhob sich erneut, diesmal mit einem eindeutigen Unterton des Beifalls.

»Nun denn«, sagte Woodsworth und hob die Muskete auf seine Schulter. »Kommt mit uns, Mr. Armstrong, dann denke ich, können wir etwas gegen Eure Misere tun.«

21

MÄNNER…

Sobald sie den Büffelpfad erreichten, trafen sie auf Pferde, Maultiere und Wagen sowie Milizkompanien. Rachel konnte bis zur Matson's Furt, wo sie Denzell und Dottie treffen wollten, auf einem Gespann mit Gerstensäcken mitfahren, während Ian und Rollo nebenhertrotteten. Sie warteten bis zum späten Vormittag an der Furt, doch es war keine Spur von Denzells Wagen zu sehen, und keine der Milizgruppen, die den Fluss überquerten, hatte ihn gesehen.

»Es gab bestimmt einen Notfall«, sagte Rachel und zog resigniert die Schulter hoch. »Am besten gehen wir allein weiter; vielleicht können wir auf der Hauptstraße einen Wagen finden, der uns in die Stadt mitnimmt.« Sie war nicht beunruhigt; jede Arztfamilie war es gewohnt, unerwartet auf sich selbst gestellt zu sein. Und sie war gern mit Ian allein, redete mit ihm, sah ihm ins Gesicht.

Ian war ebenfalls der Meinung, dass das vernünftig war, und sie nahmen ihre Schuhe in die Hände und platschten durch den Fluss. Das kalte Wasser war eine Erlösung. Selbst im Wald war die Luft stickig und heiß, und umherziehender Donner ließ Unruhe aufkommen, ohne je so nah zu kommen, dass er etwas ausgerichtet hätte.

»Hier«, sagte er zu Rachel und gab ihr seine Mokassins, sein Gewehr und den Gürtel mit Pulverhorn, Patronenbeutel und Dolch. »Geh ein Stück zurück, aye?« Er konnte eine tiefe Stelle im Flussbett sehen, die von einem hartnäckigen Strudel ausgespült worden war, ein dunkler, einladender Schatten in den Wellen des Flusses. Er hüpfte von Stein zu Stein und sprang vom letzten ins Wasser, so dass er mit einem satten *PLONK!* wie ein Kiesel in dem Wasserloch versank. Rollo, der bis zum Bauch in der Furt stand und bis zu den Schultern nass war, bellte und überschüttete Rachel schwanzwedelnd mit Wasser.

Ians Kopf kam wieder in Sicht. Das Wasser strömte ihm vom Scheitel, und er streckte seinen langen, dünnen Arm nach ihrem Bein aus, um sie aufzufordern, zu ihm zu kommen. Sie wich zwar nicht zurück, hielt aber sein Gewehr auf Armeslänge von sich fort und zog die Augenbraue hoch. Er ließ von seiner Einladung ab und krabbelte auf Händen und Knien aus dem Loch. In der Furt stand er auf und schüttelte sich wie Rollo, so dass sie erneut mit eisigen Tropfen bespritzt wurde.

»Möchtest du auch?«, fragte er und grinste, während er seine Waffen wieder an sich nahm. Er wischte sich mit dem Handrücken das Wasser von Stirn und Kinn. »Es kühlt dich herrlich ab.«

»Ich würde ja gern«, sagte sie und verteilte mit einer Hand die kalten Tropfen in ihrem verschwitzten Gesicht, »wenn meine Kleider den Elementen so widerstehen würden wie deine.« Er trug seine abgenutzten Lederleggings und den Lendenschurz mit einem Kalikohemd, das so verblichen war, dass die roten Blüten darauf fast die gleiche Farbe angenommen hatten wie der braune Hintergrund. Weder Wasser noch Sonne machten diesen Kleidern etwas aus, und er sah nass genauso aus wie trocken – während sie den ganzen Tag aussehen würde wie eine ertrunkene Ratte, noch dazu eine schamlose ertrunkene Ratte, wenn Hemd und Kleid vom Wasser halb durchsichtig an ihr klebten.

Dieser beiläufige Gedanke kam ihr im selben Moment, in dem Ian seinen Gürtel anlegte und seine Bewegung ihren Blick auf das Vorderteil seines Leinenschurzes lenkte – oder besser auf die Stelle, an der es sich befunden hatte, bevor er es ergriff, um es über den Gürtel zu ziehen.

Sie holte hörbar Luft, und er blickte überrascht zu ihr auf.

»Hä?«

»Nichts«, sagte sie, und trotz des kühlen Wassers wurde ihr Gesicht heiß. Doch er folgte ihrer Blickrichtung, und dann sah er ihr direkt in die Augen, und sie empfand einen starken Impuls, geradewegs ins Wasser zu springen, ganz gleich, was aus ihrer Kleidung wurde.

»Machst du dir Gedanken?«, fragte er mit hochgezogenen Augenbrauen, während er am nassen Stoff seines Lendenschurzes zupfte und dann das Vorderteil fallen ließ.

»Nein«, sagte sie würdevoll. »Es ist nicht das erste Mal, dass ich einen sehe, weißt du. Ich habe schon viele gesehen. Nur …« *Nur keinen, mit dem ich demnächst intime Bekanntschaft schließen werde.* »Nur nicht … deinen.«

»Ich glaube nicht, dass er etwas Besonderes ist«, versicherte er ihr ernst. »Aber du kannst ihn dir gern ansehen, wenn du möchtest. Vorsichtshalber. Ich meine, ich möchte ja nicht, dass du überrascht wirst.«

»Überrascht«, wiederholte sie und warf ihm einen stirnrunzelnden Blick zu. »Wenn du glaubst, dass ich mir in Bezug auf das Objekt oder den Vorgang irgendwelche Illusionen mache, nachdem ich monatelang in einem Militärlager gelebt habe … Ich glaube nicht, dass ich erschrecken werde, wenn die Gelegenheit ent…« Sie verstummte eine Sekunde zu spät.

»…steht«, sprach er grinsend für sie zu Ende. »Ich glaube, ich werde sehr enttäuscht sein, wenn du es nicht bist, ja?«

TROTZ IHRER RÖTE, die sich von ihrem Scheitel geradewegs bis in ihre niederen Regionen zu erstrecken schien, nahm sie ihm den Scherz auf ihre Kosten nicht übel. Alles, was ihn zum Lächeln brachte, war Balsam ebenfalls für ihre Seele.

Er war zutiefst bedrückt, seit die Nachricht vom Untergang des Schiffs eingetroffen war. Er hatte es zwar mit dem Stoizismus ertragen, von dem sie glaubte, dass er sowohl den Highlandern als auch den Indianern angeboren war, und hatte kaum ein Wort darüber verloren, doch er hatte auch nicht versucht, seine Trostlosigkeit vor ihr zu verbergen. Darüber war sie froh, trotz ihrer eigenen Trauer um Mr. Fraser, für den sie tiefen Respekt und große Zuneigung empfand.

Was Ians Mutter betraf, so fragte sie sich, wie sie wohl mit ihr zurechtgekommen wäre. Im besten Fall hätte sie selbst wieder eine Mutter gehabt – und das wäre ein großer Segen gewesen. Doch sie hatte gar nicht mit dem Besten gerechnet; sie bezweifelte, dass Jenny Murrays Begeisterung über die Vorstellung, dass ihr Sohn eine Quäkerin heiratete, größer gewesen wäre als die einer Zusammenkunft der Freunde, wenn sie hörten, dass Rachel nicht nur einen Indianer heiraten wollte, sondern obendrein noch einen Katholiken. Sie war sich zwar nicht sicher, welche dieser Tatsachen die größere Bestürzung auslösen würde, doch sie *war* sich sicher, dass Ians Tätowierungen im Verhältnis zu seiner Verbindung mit dem Papst verblassen würden.

»Was meinst du, wie wir heiraten werden?« Ian, der vor ihr hergegangen war, um ihr das Geäst aus dem Weg zu schieben, blieb stehen, drehte sich um und wartete auf sie, denn der Pfad war hier breit genug, um eine Weile nebeneinander herzugehen.

»Ich weiß es nicht«, sagte sie ganz offen zu ihm. »Ich glaube, dass ich mich nicht guten Gewissens katholisch taufen lassen kann, genauso wenig wie du guten Gewissens als Quäker leben könntest.«

»Heiraten Quäker denn nur andere Quäker?« Sein Mundwinkel verzog sich. »Ich würde meinen, dass die Auswahl ein bisschen klein ist. Oder heiratet ihr am Ende eure Vettern und Cousinen?«

»Sie heiraten andere Quäker, sonst werden sie von der Zusammenkunft ausgeschlossen«, sagte sie, ohne den Seitenhieb zu beachten. »Mit seltenen Ausnahmen. Eine Heirat zwischen einem Quäker und einem Nicht-Quäker könnte in einem Fall widerer Umstände gestattet werden – nachdem sich ein Komitee der Klarheit mit Braut und Bräutigam beraten hat –, aber es ist selten. Ich fürchte, dass selbst Dorothea Schwierigkeiten haben könnte, trotz der offensichtlichen Aufrichtigkeit ihrer Konversion.«

Ian lachte bei dem Gedanken an Dennys Verlobte. Lady Dorothea Jacqueline Benedicta Grey entsprach dem Klischee der sittsamen und bescheidenen Quäkerin in keiner Weise – doch was das betraf, so war Rachel der Meinung, dass jeder, der davon ausging, dass Quäkerinnen sittsam und bescheiden waren, noch nie eine getroffen hatte.

»Hast du Denny denn gefragt, was sie vorhaben?«

»Nein«, gab sie zu. »Um die Wahrheit zu sagen, habe ich Angst davor zu fragen.«

Ians feine Augenbrauen fuhren in die Höhe.

»Angst? Warum denn?«

»Seinet- und unseretwegen. Du weißt ja, dass wir von der Zusammenkunft in Virginia ausgeschlossen wurden – oder vielmehr wurde er ausgeschlossen, und ich bin ihm gefolgt. Es hat ihn sehr getroffen, und ich weiß, dass er sich mehr als alles andere wünscht, Dottie richtig zu heiraten, vor den Augen einer Zusammenkunft, der sie beide angehören.«

Ian warf ihr einen raschen Blick zu, und sie wusste, dass er im Begriff war zu fragen, ob sie das ebenso empfand. Sie sprach hastig weiter, um ihm zuvorzukommen.

»Doch es gibt noch andere Quäker in derselben Situation; Männer, die den Gedanken nicht ertragen können, vor dem König zu kapitulieren, und die sich verpflichtet fühlen, der Kontinentalarmee zu helfen. ›Kämpfende Quäker‹ nennen sie sich.« Sie konnte sich das Lächeln bei diesem Namen nicht verkneifen; er beschwor solch paradoxe Bilder herauf.

»Einige von ihnen haben hin und wieder in Valley Forge eine Zusammenkunft abgehalten, aber die Jahreszusammenkunft in Philadelphia erkennt sie nicht an. Denny hat mit ihnen zu tun, ist ihnen aber noch nicht beigetreten.«

»Aye?« Der Weg war wieder schmaler geworden, und Ian ging voraus, wandte aber den Kopf nach ihr um, damit sie wusste, dass er ihr zuhörte. Doch sie war ein wenig abgelenkt; das Leder trocknete langsam und schmiegte sich feucht um Ians lange, sehnige Unterschenkel, was sie an seinen Lendenschurz erinnerte.

»Ja«, sagte sie und nahm ihren Gedankengang wieder auf. »Es ist so – bist du mit religiöser Disputation vertraut, Ian?«

Das brachte ihn abermals zum Lachen.

»Dachte ich mir, dass du es nicht bist«, sagte sie trocken. »Ich schon. Und es ist so, wenn eine Gruppe von … von … Personen, die eine zentrale Doktrin nicht …«

»Ketzer?«, warf er hilfsbereit ein. »Quäker würden doch niemanden verbrennen, oder?«

»Menschen, denen der Geist einen anderen Weg weist, erklären wir es so«, sagte sie ein wenig gereizt. »Und nein, das würden sie nicht. Aber was ich sagen will, ist, wenn eine solche Gruppierung sich absetzt, klammern sie sich oft noch viel rigoroser an den Rest ihres Glaubens und sind noch strenger als die ursprüngliche Gruppe.«

Ians Kopf hob sich, genau wie Rollos. Die beiden Jäger wandten sich hin und her, die Nüstern gebläht, schüttelten sich dann aber leicht und gingen weiter.

»Aye, und?«, sagte Ian, um sie an das zu erinnern, worauf sie hinauswollte.

»Selbst wenn Denny also zu der Überzeugung gelangen sollte, dass er einer Zusammenkunft kämpfender Quäker angehören möchte, würde es dieser vielleicht noch mehr widerstreben, ein Mitglied wie Dottie zu akzeptieren. Falls sie aber bereit wären, das zu tun, *könnte* das bedeuten, dass sie unsere Heirat zumindest in Betracht ziehen würden …« Sie bemühte sich um einen hoffnungsvollen Ton, als sie das sagte, doch in Wahrheit glaubte sie, dass eher Ostern und Pfingsten auf einen Tag fallen würden, als dass eine Quäkerzusammenkunft Ian Murray akzeptieren würde – oder umgekehrt.

»Hörst du mir zu, Ian?«, fragte sie ein wenig scharf. Denn Mann und Hund waren zwar noch in Bewegung, doch mit einer Vorsicht, die neu war; Rollo hatte die Ohren aufmerksam gespitzt, und Ian nahm das Gewehr von der Schulter in die Hand. Innerhalb weniger Schritte hörte auch Rachel, was die beiden gehört hatten; die fernen Geräusche von Wagenrädern und marschierenden Füßen. Eine Armee auf dem Marsch, und der Gedanke daran ließ ihr die Härchen auf den Armen trotz der Hitze zu Berge stehen.

»Was?« Ian wandte sich ausdruckslos zu ihr um, dann kam er zu sich und lächelte. »Nein. Ich habe mich gefragt, was wohl ein widriger Umstand sein könnte. Für Quäker.«

Rachel hatte sich das ebenfalls schon gefragt, wenn auch nur kurz. »Nun …«, begann sie skeptisch. Eigentlich hatte sie keine Ahnung, unter was für widrigen Umständen eine solche Heirat denkbar werden könnte, geschweige denn akzeptabel.

»Ich habe nur gedacht«, fuhr er fort, bevor ihr etwas einfiel. »Onkel Jamie hat mir erzählt, wie es war, als seine Eltern geheiratet haben. Sein Vater hat seine Mutter aus dem Haus ihrer Brüder entführt, und sie waren gezwungen, sich zu verstecken, denn den MacKenzies aus Leoch geht man besser aus dem Weg, wenn sie in Rage sind.«

Sein Gesicht war voller Leben, als er die Geschichte erzählte.

»Sie konnten nicht in der Kirche heiraten, weil das Aufgebot nicht bestellt werden durfte und sie entdeckt worden wären, sobald sie aus ihrem Versteck kamen, um mit einem Priester zu sprechen. Also haben sie sich weiter versteckt, bis Ellen – das war meine Oma, aye? – hochschwanger war, und dann sind sie hervorgekommen. An diesem Punkt konnten ihre Brüder nichts mehr gegen die Heirat einwenden, und so sind sie getraut worden.« Er zuckte mit den Achseln. »Also habe ich mich nur gefragt: Würden Quäker ein kommendes Kind als widrigen Umstand betrachten?«

Rachel starrte ihn an.

»Wenn du glaubst, dass ich mit dir schlafen werde, ohne verheiratet zu sein, Ian Murray«, sagte sie in gemessenem Ton, »dann hast du keine Ahnung, wie widrig deine Umstände vielleicht noch werden können.«

ALS SIE DIE Hauptstraße erreichten, die nach Philadelphia führte, hatte der Lärm erstaunlich zugenommen – genau wie der Verkehr, der ihn auslöste. Was normalerweise eine geschäftige Straße war, die Reisende und Wagen voller Lebensmittel aus der Umgebung in die Stadt transportierte oder umgekehrt, war jetzt so gut wie verstopft mit schreienden Maultieren, brüllenden Kindern, gehetzten Eltern, die nach ihrem Nachwuchs riefen, während sie ihre Besitztümer in Handkarren über die Straße schoben, hin und wieder gemeinsam mit einem missmutigen Schwein, das sie an einem Strick um den Hals mit sich zogen, oder einem Korb voller Hühner, der schwankend ganz oben stand.

Und inmitten des Gedränges der Zivilisten, die im Schritt-Tempo flüchteten, war die Armee. Zu zweit nebeneinander in Marschkolonnen, mit ächzendem Lederzeug und durchgeschwitzten Röcken, die Gesichter in der Hitze röter als ihre verblassenden Uniformen. Kleine Kavallerieabteilungen, nach wie vor schmuck auf ihren Pferden, Trüppchen grün gekleideter Hessen und hier und da am Straßenrand stationierte Infanteriekompanien zur Unterstützung der Offiziere, die immer wieder Wagen anhielten und sie manchmal beschlagnahmten, manchmal weiterwinkten.

Ian blieb im Schatten der Bäume stehen, um sich einen Überblick zu verschaffen. Die Sonne stand fast über ihnen, reichlich Zeit. Und sie hatten nichts, das die Armee wollen würde; niemand würde sie aufhalten.

Auch die Milizkompanien waren ihm nicht entgangen. Im Wald waren ihnen mehrere davon begegnet. Sie hielten sich weitgehend von der Straße fern und bewegten sich behutsam am Rand entlang, allein, zu zweit oder zu dritt, zwar nicht versteckt, aber auch nicht darauf aus, Aufmerksamkeit auf sich zu ziehen.

»Sieh nur!«, rief Rachel aus, und ihre Hand legte sich fester um seinen Arm. »Da ist ja William! Lord Johns Sohn.« Sie zeigte auf den hochgewachsenen Offizier auf der anderen Straßenseite und blickte zu Ian auf. Ihr Gesicht leuchtete wie Sonnenschein auf dem Wasser. »Wir müssen mit ihm sprechen.«

Ians Hand hatte sich automatisch fester um ihre Schulter gelegt, und er spürte die Aufregung, die ihre Haut überlief – aber auch die feine Zerbrechlichkeit der Knochen darunter.

»Nicht du«, sagte er und wies mit dem Kinn auf die dahintrottenden Reihen übel gelaunter, verschwitzter, staubiger Soldaten. »Ich möchte dich nicht in ihrer Sichtweite haben.«

Sie kniff die Augen nur ein winziges bisschen zusammen – doch Ian war schließlich verheiratet gewesen und nahm seine Hand prompt von ihrer Schulter.

»Ich meine«, sagte er hastig, »ich gehe zu William und spreche mit ihm. Ich bringe ihn her zu dir.«

Rachel öffnete den Mund, um zu antworten, doch er schob sich hastig durch das Gebüsch, bevor sie etwas sagen konnte.

»Bleib!«, befahl er Rollo streng und drehte sich noch einmal kurz um. Der Hund, der sich nicht von seinem gemütlichen Fleck zu Rachels Füßen gerührt hatte, zuckte nur mit einem Ohr.

William stand am Straßenrand und sah verschwitzt, müde, mitgenommen und durch und durch unglücklich aus. Kein Wunder, dachte Ian mitfühlend. Er wusste, dass William in Saratoga kapituliert hatte; wahrscheinlich musste er nach England – wenn er Glück hatte –, oder ihm stand ein langer Aufenthalt auf Ehrenwort in irgendeinem schäbigen Quartier weit im Norden bevor. In jedem Fall war seine aktive Rolle als Soldat erst einmal vorüber.

Williams Gesicht veränderte sich abrupt, als er Ian sah. Überraschung, aufkommende Entrüstung, dann sah er sich rasch um, und Entschlossenheit nahm seine Gesichtszüge ein. Im ersten Moment war Ian überrascht, dass er Williams Miene so leicht interpretieren konnte, doch dann fiel ihm ein, warum. Onkel Jamie kontrollierte seinen Gesichtsausdruck zwar, wenn er sich in Gesellschaft befand – aber nicht, wenn er mit Ian zusammen war. Doch Ian ließ sich dieses Wissen nicht anmerken, und auch William nahm ihn einfach jetzt nur schlecht gelaunt zur Kenntnis.

»Kundschafter«, sagte er mit einem knappen Kopfnicken. Der Korporal, mit dem er sich unterhalten hatte, warf Ian einen kurzen, gleichgültigen Blick zu, dann salutierte er William und begab sich wieder in den dahinschleichenden Strom.

»Was zum Teufel willst *du* denn?« William fuhr sich mit dem schmutzigen Ärmel über das verschwitzte Gesicht. Ian war ein wenig überrascht über diese unverhohlene Feindseligkeit; sie waren bei ihrer letzten Begegnung freundschaftlich auseinandergegangen – obwohl sie damals kaum geredet hatten, da William gerade einem Verrückten, der versucht hatte, Rachel, Ian oder beide mit einer Axt umzubringen, eine Pistolenkugel ins Hirn gejagt hatte. Ians Arm war zwar so weit geheilt, dass er keine Schlinge mehr brauchte, aber er war immer noch steif.

»Da ist eine junge Dame, die gern mit dir sprechen würde«, sagte er, ohne Williams zusammengekniffene Augen zu beachten, die sich dann ein wenig entspannten.

»Miss Hunter?« Ein schwacher freudiger Glanz erhellte Williams Augen, und Ian kniff die seinen ein wenig zusammen. *Aye, gut*, dachte er, *soll sie es ihm sagen.*

William winkte einem anderen Korporal in der Kolonne zu, der zurückwinkte, dann folgte er Ian von der Straße fort. Ein paar der Soldaten sahen sich nach Ian um, doch er hatte nichts Besonderes an sich, die doppelte Linie aus tätowierten Punkten auf seinen Wangen, die Lederhose und seine sonnengebräunte Haut zeichneten ihn als Indianerkundschafter aus. Viele davon waren aus der britischen Armee desertiert, doch es waren auch viele geblieben, zum Großteil Loyalisten wie Joseph Brant, der Land in Pennsylvania und New York besaß, obwohl hier und da auch noch Gruppen der Irokesen umherzogen, die nach Süden gekommen waren, um in Saratoga zu kämpfen.

»William!« Rachel kam über die kleine Lichtung gerannt, fasste den hochgewachsenen Hauptmann an den Händen und strahlte so glücklich zu ihm auf, dass er sie anlächelte und seine gereizte Miene verschwand. Ian hielt sich ein wenig im Hintergrund, um ihr Zeit zu geben. Das war bei ihrem letzten Zusammentreffen nicht möglich gewesen, denn Rollo hatte mit blutrünstigem Gebell an Arch Bugs elendem altem Kadaver gezerrt, Rachel hatte vor Schreck erstarrt auf dem Boden gelegen, er selbst hatte in Strömen Blut verloren, und draußen hatte die halbe Straße Zeter und Mordio gebrüllt.

William hatte Rachel auf die Beine gezogen und sie der nächstbesten Frau in die Arme gedrückt – zufällig war es Marsali gewesen.

»Bring sie hier raus!«, hatte William sie angeherrscht. Doch Rachel, Ians nussbraune Maid – braun mit vielen Blutflecken –, hatte sich sofort wieder zusammengerissen und die Zähne zusammengebissen – er hatte es tatsächlich gesehen, während er vom Schock benommen dalag und die Ereignisse beobachtete wie im Traum –, um dann über Archs Leiche hinwegzusteigen, in der Sauerei aus Hirn und Blut auf die Knie zu sinken und ihre Schürze fest um seinen verletzten Arm zu wickeln und sie mit ihrem Halstuch festzubinden, bevor sie ihn mit Marsalis Hilfe aus der Druckerei auf die Straße schleifte, wo er prompt in Ohnmacht fiel und erst wieder zu sich kam, als Tante Claire seinen Arm zu nähen begann.

Ian war nicht dazu gekommen, William zu danken, selbst wenn er in der Lage gewesen wäre zu sprechen, und er hatte vorgehabt, das so bald wie möglich nachzuholen. Doch Rachel wollte eindeutig zuerst mit ihm sprechen, und so wartete er und dachte, wie wunderschön sie aussah mit ihren sanften grünbraunen Augen, ihrem klugen Gesicht, in dem das Leben brannte.

»Aber du bist müde, William, und so dünn«, sagte sie gerade und fuhr ihm tadelnd mit dem Finger über die Wange. »Geben sie dir nichts zu essen? Ich hatte gedacht, es wären nur die Kontinentalen, denen die Vorräte knapp werden.«

»Oh. Ich … ich bin in letzter Zeit nicht dazu gekommen.« Das Glück, das Williams Züge erhellt hatte, während er mit Rachel sprach, verblasste merklich. »Wir … nun, du siehst es ja.« Er wies mit dem Arm auf die unsichtbare Straße, wo das heisere Rufen der Sergeanten im Schlurfen der Schritte klang wie das Muhen schlecht gelaunter Kühe.

»Ja, das sehe ich. Wohin gehst du denn?«

William rieb sich mit dem Handrücken über den Mund und warf Ian einen Blick zu.

»Wahrscheinlich sollte er das nicht sagen«, erklärte Ian, der jetzt dazukam und Rachels Arm berührte, während er William entschuldigend anlächelte. »Wir sind schließlich der Feind, *a nighean donn.*«

William musterte Ian scharf, als er seinen Ton hörte, dann Rachel, deren Hand er immer noch hielt.

»Wir sind verlobt, William – Ian und ich«, sagte sie. Sie zog ihre Hand sanft aus der seinen und legte sie auf Ians.

Williams Gesicht veränderte sich abrupt, und die letzte Spur von Glück verschwand. Er betrachtete Ian mit einer Miene, die bemerkenswert nach purer Abneigung aussah.

»Ist das so«, sagte er ausdruckslos. »Dann muss ich euch wohl alles Glück der Welt wünschen. Guten Tag.« Er machte auf dem Absatz kehrt, und Ian streckte überrascht die Hand aus, um ihn zurückzuziehen.

»Warte…«, sagte er, worauf sich William umdrehte und ihn vor den Mund schlug.

Er lag auf dem Rücken im Laub und blinzelte ungläubig, als Rollo mit einem Satz über ihn hinwegsprang und seine Zähne – dem Aufschrei und Rachels kurzem Schreckensruf nach – in einen von Williams weicheren Körperteilen senkte.

»Rollo! *Böser* Hund – und du bist auch ein böser Hund, William Ransom! Was zum Teufel soll denn das bedeuten?«

Ian setzte sich hin und betastete seine blutende Lippe. Rollo war auf Rachels Tadel hin zwar etwas zurückgewichen, hielt seine gelben Augen aber unverwandt auf William geheftet und fletschte die Zähne, während ein kaum hörbares Knurren aus seiner gewaltigen Brust grollte.

»*Sheas*«, sagte Ian knapp zu ihm und stand auf. William hatte sich hingesetzt und betrachtete seine Wade, aus der es durch seinen zerrissenen Seidenstrumpf blutete, wenn auch nicht schlimm. Als er Ian sah, rappelte er sich auf. Sein Gesicht war knallrot, und er sah aus, als hätte er entweder vor, einen Mord zu begehen, oder in Tränen auszubrechen. *Vielleicht ja beides*, dachte Ian überrascht.

Er achtete peinlich darauf, William nicht mehr zu berühren, sondern trat einen Schritt zurück – und stellte sich vor Rachel, für den Fall, dass der Mann vorhatte, noch einmal zuzuschlagen. Er *war* schließlich bewaffnet; er trug Pistole und Schwert an seinem Gürtel.

»Fehlt dir etwas, Mann?«, fragte er in dem freundlich besorgten Ton, den er manchmal bei seinem Vater gehört hatte, wenn dieser mit seiner Mutter oder Onkel Jamie sprach. Es war offenbar genau der richtige Ton, den man bei einem Fraser anschlug, der kurz vor der Explosion stand, denn William schnaufte einige Male heftig, dann bekam er sich in den Griff.

»Ich bitte um Verzeihung«, sagte er und hielt sich so steif wie ein Stock aus Gebirgsahorn. »Das war unverzeihlich. Ich… gehe jetzt. Ich… Miss Hunter… ich…« Er machte kehrt, stolperte aber, und dadurch hatte Rachel Zeit, sich blitzschnell vor ihn zu stellen.

»William!« Ihr Gesicht war voller Sorge. »Was ist denn? Habe ich…«

Er blickte auf sie hinunter, das Gesicht verzerrt, doch er schüttelte den Kopf.

»Du hast nichts getan«, sagte er, auch wenn es ihn sichtlich Mühe kostete. »Du… du könntest niemals etwas tun, das…« Er fuhr zu Ian herum, die Faust um sein Schwert geballt. »Aber *du*, du verdammter Bas… du Hurensohn! *Vetter!*«

»Oh«, sagte Ian ausdruckslos. »Dann weißt du es also.«

»Ja, ich weiß es, verdammt! Du hättest es mir doch sagen können, in Teufels Namen!«

»Was weiß er?« Rachel ließ ihren Blick zwischen Ian und William hin und her schweifen.

»Sag es ihr ja nicht!«, knurrte William böse.

»Sei doch nicht albern«, sagte Rachel im Ton der Vernunft. »Natürlich sagt er es mir, sobald wir allein sind. Möchtest du es mir nicht selbst sagen? Vielleicht vertraust du ja nicht darauf, dass Ian es richtig ausdrückt.« Ihr Blick ruhte auf Ians Lippe, und ihr Mund zuckte. Ian hätte sich vielleicht über ihre Worte geärgert, wenn Williams Elend nicht so deutlich gewesen wäre.

»Es ist doch aber keine Schande …«, fing er an, trat aber hastig einen Schritt zurück, als Williams geballte Faust ausholte.

»Glaubst du nicht?« William war so wütend, dass seine Stimme fast unhörbar war. »Herauszufinden, dass ich … dass mich ein schottischer Verbrecher gezeugt hat? Dass ich ein verfluchter *Bastard* bin?«

Trotz seiner Entschlossenheit, geduldig zu bleiben, spürte Ian, wie auch in ihm die Wut aufstieg.

»Verbrecher, ha!«, fuhr er William an. »Andere wären stolz darauf, Jamie Frasers Sohn zu sein!«

»Oh«, sagte Rachel und kam damit Williams nächster aufgebrachter Bemerkung zuvor. »Das.«

»Was?« Er blickte funkelnd auf sie hinunter. »Wie zum Teufel meinst du das, *das*?«

»Wir dachten schon, dass es wohl der Fall sein musste, Denny und ich.« Sie zuckte mit den Schultern, ohne den Blick von William abzuwenden, der aussah, als würde er gleich losgehen wie ein Zwölfpfünder. »Aber wir sind davon ausgegangen, dass du nicht wolltest, dass darüber gesprochen wird. Ich wusste nicht, dass du – wie ist es denn möglich, dass du das nicht wusstest?«, fragte sie neugierig. »Die Ähnlichkeit …«

»Zur Hölle mit der Ähnlichkeit!«

Ian vergaß Rachel und ließ beide Fäuste auf Williams Schädel niedersausen, so dass dieser in die Knie ging, dann trat er ihn in die Magengrube. Wäre der Tritt dort gelandet, wohin er gezielt hatte, wäre die Angelegenheit damit erledigt gewesen, doch William war um einiges schneller, als Ian gedacht hatte. Er verdrehte sich seitwärts, packte Ians Fuß und zog. Ian landete mit dem Ellbogen auf dem Boden, rollte sich wieder hoch und bekam Williams Ohr zu fassen. Ihm war dumpf bewusst, dass Rachel schrie, und es tat ihm kurz leid, doch die Erleichterung des Kampfes war zu groß, um an irgendetwas anderes zu denken, und sie verschwand, als die Wut in ihm hochkochte.

Er hatte Blut im Mund, und seine Ohren schrillten, doch er hatte eine Hand an Williams Hals und zielte mit den Fingern der anderen nach seinen Augen, als ihn Hände an den Schultern packten und ihn von seinem sich windenden Vetter hochzerrten.

Er schüttelte den Kopf, um ihn klar zu bekommen, und riss keuchend an der Person, die ihn plötzlich festhielt – die Schufte waren zu zweit. Das brachte ihm einen Hieb in die Rippen ein, der ihm den restlichen Atem verschlug.

William ging es nicht viel besser. Er stand auf und wischte sich mit dem Handrücken über die Nase, die heftig blutete. Er warf einen Blick darauf, verzog angewidert das Gesicht und wischte sich die Hand an seinem Rock ab.

»Nehmt ihn fest«, sagte er mühselig atmend, aber beherrscht. Eines seiner Augen war fast zugeschwollen, doch das andere warf Ian einen unverhohlen blutrünstigen Blick zu – und trotz der Umstände verblüffte es Ian auch jetzt, eine von Onkel Jamies Mienen in einem anderen Gesicht zu sehen.

Rollo stieß ein donnerndes Grollen aus. Rachel hielt seinen Nacken fest verdreht, doch Ian wusste genau, dass sie ihn nicht halten konnte, wenn er beschloss, über William herzufallen. »*Sheas, a cu!*«, sagte er mit aller Autorität, die er aufbringen konnte. Die Soldaten würden Rollo töten, ohne zu überlegen, wenn er William an die Kehle ging. Der Hund setzte sich auf die Hinterbeine, blieb aber angespannt, die triefenden Zähne gefletscht, während ein tiefes Knurren unablässig durch seine mächtige Brust rollte.

William warf einen Blick auf Rollo, dann wandte er dem Hund den Rücken zu. Er zog die Nase hoch, drehte den Kopf zur Seite und spuckte Blut. Schließlich ging er schwer atmend weiter. »Bringt ihn zur Spitze der Kolonne, zu Oberst Prescott. Er steht unter Arrest, weil er einen Offizier angegriffen hat; wir befassen uns heute Abend im Lager mit ihm.«

»Was meinst du damit, ›befassen‹?«, wollte Rachel wissen, während sie sich an den beiden Soldaten vorbeischob, die Ian festhielten. »Und wie kannst du es wagen, William Ransom? Wie … wie … wie *kannst* du nur?« Ihr Gesicht war weiß vor Wut, ihre kleinen Fäuste bebten geballt an ihren Seiten, und Ian grinste sie an, während er sich das frische Blut von seiner aufgeplatzten Lippe leckte. Doch sie beachtete ihn gar nicht; ihr geballter Zorn galt William, der sich jetzt zu voller Größe aufrichtete und finster auf sie hinunterblickte.

»Das betrifft Euch nicht länger, Madam«, sagte er so kalt, wie es einem Mann möglich war, der so rot war wie ein Stück Flanell und aus dessen Ohren schier die Funken schossen.

Ian glaubte, Rachel würde William tatsächlich vor das Schienbein treten, und er hätte dafür bezahlt, das zu sehen, doch ihre Quäkerprinzipien gewannen die Oberhand, und auch sie richtete sich zu ihrer nicht unbedeutenden Größe auf – sie war so groß wie Tante Claire – und schob ihm kampflustig das Kinn entgegen.

»Du bist ein Feigling und ein Rüpel«, erklärte sie, so laut sie konnte, fuhr dann zu den Männern herum, die Ian festhielten, und fügte hinzu: »Genau wie ihr Rüpel und Feiglinge seid, weil ihr einen Befehl befolgt, der absolut ungerechtfertigt ist!«

Einer der Soldaten kicherte, hüstelte dann aber, als Williams blutunterlaufener Blick auf ihn fiel.

»Nehmt ihn mit«, wiederholte William. »Sofort!« Er machte auf dem Absatz kehrt und stapfte davon.

»Trollt Euch besser, Miss«, riet einer der Soldaten Rachel nicht unfreundlich. »Ihr solltet nicht allein unter den Soldaten bleiben.«

»Ich werde mich nicht trollen«, sagte Rachel und fixierte den Mann mit zusammengekniffenen Augen auf eine Weise, die Ian an einen Panther kurz vor dem Absprung erinnerte. »Was plant Ihr diesem Mann anzutun?« Sie wies auf Ian, der allmählich wieder Luft bekam.

»Rachel«, begann er, wurde aber durch den anderen Soldaten unterbrochen.

»Tätlicher Angriff gegen einen Offizier? Vielleicht fünfhundert Hiebe. Denke nicht, dass sie ihn hängen würden«, fügte der Mann gleichgültig hinzu. »Da der junge Galahad ja keinen dauerhaften Schaden genommen hat, meine ich.«

Bei diesen Worten wurde Rachel noch weißer, und Ian riss an seinen Armen und kam wieder fest zum Stehen.

»Es wird alles gut, *a nighean*«, sagte er und hoffte, dass er beruhigend klang. »Rollo! *Sheas!* Aber er hat recht – das Lager ist kein Ort für dich, und du kannst mir nicht helfen, indem du dort hinkommst. Geh in die Stadt zurück, aye? Erzähle Tante Claire, was passiert ist – vielleicht hilft uns L… *angk*!« Ein dritter Soldat, der aus dem Nichts auftauchte, hatte ihm einen Musketenkolben in die Magengrube gerammt.

»Was treibt ihr euch hier herum? Ab mit euch. Und Ihr …« Er baute sich mit finsterer Miene vor Rachel und dem Hund auf. »Ab!« Er wies mit einem Ruck seines Kopfes auf Ians Häscher, die Ian gehorsam herumzerrten. Er versuchte, den Kopf zu drehen, um noch ein letztes Wort zu Rachel zu sagen, doch sie rissen ihn zurück und schoben ihn entschlossen zur Straße.

Er hielt stolpernd Schritt, statt sich voranschleifen zu lassen, und überlegte krampfhaft. Tante Claire war seine beste Chance – wahrscheinlich seine einzige. Wenn sie Lord John bewegen konnte, sich einzumischen und entweder mit Willie oder direkt mit diesem Oberst Prescott zu sprechen … Er blickte zur Sonne auf. Mittag, mehr oder weniger. Und wenn sie auf dem Marsch waren, führten die Briten routinemäßige Auspeitschungen oder andere Bestrafungen nach dem Abendessen durch; er hatte es hin und wieder gesehen, und er hatte auch schon hin und wieder den Rücken seines Onkels gesehen. Ein kalter Wurm kroch ihm durch den schmerzenden Bauch.

Sechs Stunden. Vielleicht.

Er riskierte einen weiteren raschen Blick zurück. Rachel rannte, und Rollo sprang neben ihr her.

WILLIAM BETUPFTE SICH DAS GESICHT mit den Überresten seines Taschentuchs. Seine Gesichtszüge fühlten sich fremd an, zerbeult und geschwollen, und er untersuchte das Innere seines Mundes vorsichtig mit der Zunge; es fehlten keine Zähne, ein paar waren lose, und er hatte einen beißenden Riss an der Innenseite der Wange. Nicht schlecht. Er glaubte, Murray Schlimmeres zugefügt zu haben, und das freute ihn.

Er zitterte nach wie vor – nicht vor Schock, sondern weil er am liebsten jemandem alle Gliedmaßen einzeln ausgerissen hätte. Gleichzeitig jedoch begann er, den Schock zu *spüren*, obwohl ihm immer noch flüchtig bewusste Gedanken kamen. Was zum Teufel hatte er getan?

Eine kurze Kolonne Soldaten marschierte vorüber, und ein paar davon starrten ihn offen an. Er warf ihnen einen bösen Blick zu, und ihre Köpfe zuckten so schnell wieder geradeaus, dass er das Leder ihrer Krägen ächzen hören konnte.

Er hatte gar nichts getan. Murray hatte *ihn* attackiert. Was fiel Rachel Hunter ein, ihn einen feigen Rüpel zu nennen? Er spürte, wie ihm das Blut aus dem Nasenloch rann, und stillte es, indem er in das schmutzige Tuch schniefte. Er sah jemanden auf der Straße näher kommen, begleitet von einem großen Hund. Er richtete sich auf und stopfte das Tuch in seine Tasche.

»Wenn man vom Teufel spricht«, knurrte er und hustete. Seine Kehle war wund, und er schmeckte Blut und Eisen.

Rachel Hunter war bleich vor Wut. Offenbar hatte sie nicht kehrtgemacht, um sich für ihre Beleidigungen zu entschuldigen. Sie hatte sich die Haube vom Kopf gerissen und umklammerte sie mit einer Hand – hatte sie etwa vor, ihn damit zu bewerfen?, fragte er sich sowohl erstaunt als auch benebelt.

»Miss Hunter …«, begann er mit krächzender Stimme, und er hätte sich verneigt, wenn er nicht befürchtet hätte, dass seine Nase von der Bewegung wieder anfangen würde zu bluten.

»Das kannst du nicht ernst meinen, William!«

»Was denn?«, fragte er, und sie warf ihm einen Blick zu, der ihm die Haare vom Körper gesengt hätte, hätte er nicht selbst noch in Flammen gestanden.

»Sei doch nicht so schwer von Begriff!«, fuhr sie ihn an. »Was ist nur in dich gefahren, dass du …«

»Was ist in deinen … deinen *Verlobten* gefahren?«, erwiderte er. »Habe ich ihn etwa angegriffen? Nein!«

»Doch, das hast du! Du hast ihn ohne die geringste Provokation vor den Mund geschlagen …«

»Und er hat mich ohne Vorwarnung auf den Kopf geschlagen! Wenn hier jemand ein Feigling ist …«

»Wage es nicht, Ian Murray einen Feigling zu nennen, du … du …«

»Ich nenne ihn, wie auch immer ich es möchte, nenne ihn das, was er nun einmal *ist*. Genau wie sein gottverdammter Onkel, gottverdammter schottischer Bas… ich meine …«

»Sein Onkel? Dein *Vater*?«

»Sei still!«, brüllte er und spürte, wie ihm das Blut ins Gesicht schoss und in all die wunden Stellen biss. »Nenne ihn nicht meinen Vater!«

Sie atmete einen Moment angestrengt durch die Nase und funkelte zu ihm auf.

»Wenn du das zulässt, William Ransom, werde ich … werde ich …«

William konnte spüren, wie sich das Blut in seinem Bauch sammelte, und dachte, er würde in Ohnmacht fallen, wenn auch nicht aufgrund ihrer Drohungen.

»Du wirst was?«, fragte er halb atemlos. »Du bist Quäkerin. Du lehnst die Gewalt ab. Deshalb kannst … oder zumindest wirst …«, verbesserte er sich angesichts des gefährlichen Ausdrucks in ihren Augen, »du mich nicht erstechen. Wahrscheinlich wirst du mich nicht einmal schlagen. An was hattest du also gedacht?«

Sie schlug ihn doch. Ihre Hand holte aus wie eine Schlange und ohrfeigte ihn so fest, dass er stolperte.

»Nun hast du also Ian dem Verderben anheimgegeben, deinen Vater geschmäht und mich dazu gebracht, meine Prinzipien zu verraten. Was kommt als Nächstes?«

»Oh, zur Hölle«, sagte er, packte ihre Arme, zog sie grob an sich und küsste sie. Er ließ sie los und trat schnell zurück. Sie wiederum stand wie vom Donner gerührt mit aufgerissenen Augen da und keuchte. Der Hund knurrte ihn mit gefletschten Zähnen an, und Rachels Augen verengten sich unvermittelt zu gefährlich blitzenden Schlitzen. Sie spuckte William vor die Füße, wischte sich die Lippen an ihrem Ärmel ab, wandte sich ab und begann davonzumarschieren, gefolgt von dem Hund, der William mit glühenden Augen fixierte.

»Gehört es etwa zu deinen verdammten Prinzipien, Leute anzuspucken?«

Sie fuhr herum, die Fäuste an den Seiten geballt.

»Gehört es etwa zu deinen, dich an Frauen zu vergreifen?«, brüllte sie zurück, zur Belustigung der Infanteristen, die auf ihre Waffen gestützt reglos an der Straße gestanden und der Theatervorstellung mit offenem Mund gefolgt waren.

Sie warf ihm die Haube vor die Füße, fuhr auf dem Absatz herum und stampfte davon, bevor er noch etwas sagen konnte.

JAMIE ERBLICKTE EINE kleine Gruppe von Rotröcken, die die Straße entlangkamen, und ließ sich auf dem Kutschbock zusammensinken, den Hut in die Augen gezogen. Jetzt, da die britische Armee auf dem Marsch war, würde niemand nach ihm suchen, und selbst wenn man ihn erkannte, würde sich inmitten eines solchen Abzugs wahrscheinlich niemand damit abgeben, ihn festzunehmen oder zu verhören. Er würde allerdings wahrscheinlich sein Leben lang beim Anblick britischer Soldaten ein mulmiges Gefühl bekommen, und der heutige Tag war keine Ausnahme.

Er wandte den Kopf beiläufig zur anderen Straßenseite, als die Soldaten vorbeikamen, doch dann hörte er eine sehr vertraute Stimme laut »*Ifrinn!*« sagen, und als er automatisch herumfuhr, sah er sich dem verblüfften, entsetzten Gesicht seines Neffen Ian gegenüber.

Er war nicht minder verblüfft – und nicht minder entsetzt – zu sehen, wie Ian, die Hände auf dem Rücken gefesselt, blut- und schmutzverschmiert und sichtlich mitgenommen von zwei gereizt aussehenden britischen Gefreiten vorangeschoben wurde, die mit roten Köpfen in ihren schweren Uniformen schwitzten.

Er unterdrückte den Impuls, vom Wagen zu springen, und sah Ian durchdringend an, beschwor den Jungen, nichts zu sagen. Das tat er auch nicht; er starrte einfach nur mit großen Augen zurück, die ihm fast aus dem Kopf kullerten, das Gesicht leichenblass, als ob er ein Gespenst gesehen hätte, und ging vorbei.

»Himmel«, murmelte Jamie, als er begriff. »Er glaubt ja tatsächlich, er hat meinen Geist gesehen.«

»Wer glaubt was?«, fragte der Kutscher, wenn auch ohne großes Interesse.

»Ich glaube, ich muss hier aussteigen, Sir, wenn Ihr so freundlich wärt anzuhalten? Aye, danke.« Ohne einen Gedanken an seinen Rücken schwang er sich vom Wagen; sein Kreuz ziepte zwar, doch es folgte kein warnender Stich in seinem Bein – und selbst wenn, wäre er auf der Straße weitergegangen, so schnell er konnte, denn in einiger Entfernung sah er eine kleine Gestalt vor sich herlaufen wie ein Kaninchen, dessen Schwanz in Flammen stand. Die Gestalt war eindeutig weiblich, sie wurde von einem großen Hund begleitet, und ihm kam der fast unglaubliche Gedanke, dass es vielleicht Rachel Hunter sein könnte.

Sie war es tatsächlich, und es gelang ihm mit Mühe, sie einzuholen. Sie hatte die Röcke gerafft, ihre Füße hämmerten im Staub, und er packte sie im Laufen am Arm.

»Komm mit mir, Kleine«, sagte er drängend, fasste sie um die Taille und zog sie von der Straße. Sie stieß einen unterdrückten Schrei aus – und dann einen lauten, als sie aufblickte und sein Gesicht sah.

»Nein, ich bin nicht tot«, sagte er hastig. »Später, aye? Komm jetzt wieder mit mir auf die Straße, sonst sieht noch jemand nach, ob ich dich im Gebüsch vergewaltige. *Ciamar a tha thu, a cu*«, fügte er an Rollo gewandt hinzu, der ihn emsig beschnüffelte.

Sie stieß ein seltsames Gurgelgeräusch aus und starrte ihn zunächst weiter an, nickte dann aber blinzelnd, und im nächsten Moment waren sie wieder auf der Straße. Jamie nickte lächelnd einem Mann zu, der mitten auf der Straße stehen geblieben war und die Griffe seiner Schubkarre losgelassen hatte. Der Mann sah sie argwöhnisch an, doch nach einem Moment der Verblüffung winkte ihm Rachel mit einem reichlich verrutschten Lächeln zu, und er zuckte mit den Achseln und griff wieder nach seiner Schubkarre.

»W-was …«, krächzte sie. Sie sah so aus, als könnte sie jeden Moment zusammenbrechen oder sich übergeben; sie atmete heftig, und ihr Gesicht wurde abwechselnd scharlachrot und weiß. Sie hatte ihre Haube verloren, und ihr dunkles Haar war verschwitzt und klebte an ihrem Gesicht.

»Später«, sagte er erneut, doch diesmal sanft. »Was ist mit Ian geschehen? Wohin bringen sie ihn?«

Nach Atem ringend, erzählte sie ihm, was sich zugetragen hatte.

»*Mac an diabhoil*«, sagte er leise und fragte sich den Bruchteil einer Sekunde, was – oder wen – er damit meinte. Doch der Gedanke verschwand, als er die Straße entlangblickte. Vielleicht eine Viertelmeile hinter sich konnte er den langgestreckten, langsamen Zug der Flüchtlinge sehen, eine chaotische Masse dahinschleichender Wagen und schlurfender Menschen. Die geordneten roten Kolonnen der Soldaten teilten sich, um sie zu überholen, und gingen dann zu viert nebeneinander vor ihnen her.

»Aye, nun denn«, sagte er grimmig und berührte Rachels Schulter. »Mach dir keine Sorgen. Sieh zu, dass du wieder zu Atem kommst, und dann folge Ian, aber geh nicht so dicht heran, dass die Soldaten dich bemerken. Sobald er frei ist, müsst ihr beide sofort in die Stadt zurück. Geht zur Druckerei. Oh – und den Hund solltest du besser mit deinem Gürtel anleinen. Du willst ja nicht, dass er jemanden frisst.«

»Frei? Aber was … was wirst du denn tun?« Sie hatte sich das Haar aus den Augen gestrichen und war jetzt ruhiger, obwohl das Weiße in ihren Augen immer noch zu sehen war. Sie erinnerte ihn an ein in die Enge getriebenes Dachsjunges, das panisch die Zähne fletschte, und bei dieser Vorstellung musste er ein wenig lächeln.

»Ich habe vor, ein Wort mit meinem Sohn zu wechseln«, sagte er, ließ sie stehen und schritt zielstrebig die Straße entlang.

ER ERKANNTE WILLIAM SCHON aus beträchtlicher Entfernung; der junge Mann stand ohne Kopfbedeckung mit unordentlichen Kleidern und ziemlich mitgenommen am Straßenrand, bemühte sich aber sichtlich darum, einen gefassten Eindruck abzugeben; er hatte die Hände hinter dem Rücken verschränkt und schien die vorüberfahrenden Wagen zu zählen. Er war allein, und Jamie beschleunigte seine Schritte, um ihn zu erreichen, bevor ihn jemand anders ansprechen konnte; er musste sein Gespräch unter vier Augen führen.

Er war sich hinreichend sicher, dass ihm Rachel nicht alles über den jüngsten Zusammenstoß erzählt hatte, und fragte sich, ob sie wohl mit der Grund dafür gewesen war. Sie *hatte* gesagt, der Ärger hätte begonnen, just nachdem sie William von ihrer Verlobung mit Ian erzählt hatte. Ihr Bericht war ein wenig verworren gewesen, doch im Kern hatte er verstanden, und er biss die Zähne zusammen, als er William erreichte und seine Miene sah.

Himmel, sehe ich etwa auch so aus, wenn ich wütend bin?, fragte er sich kurz. Es hatte etwas Verstörendes, einen Mann anzusprechen, der so aussah, als sei es sein sehnlichster Wunsch, jemandem alle Gliedmaßen einzeln auszureißen und dann auf den Resten zu tanzen.

»Nur zu, Junge«, sagte er leise. »Wir werden ja sehen, wer am Ende tanzt.« Er blieb neben William stehen und zog seinen Hut.

»Du«, sagte er schlicht, da er den Jungen weder mit seinem Namen noch seinem Titel ansprechen wollte, »komm mit mir an die Seite. Sofort.«

In Williams Miene wich die Mordlust demselben verblüfften Entsetzen, das er gerade ebenfalls bei Ian ausgelöst hatte. In einer anderen Situation hätte Jamie gelacht. Jetzt jedoch packte er William fest am Oberarm, brachte ihn aus dem Gleichgewicht und hatte ihn in den Schutz eines kleinen Gehölzes befördert, bevor er wieder fest stand.

»Du! Ihr!«, entfuhr es William, und er riss sich los. »Was zum Teufel macht Ihr hier? Und wo ist mein … was habt Ihr …« Er winkte mit einer krampfhaften Geste ab. »Was *macht* Ihr hier?«

»Mit dir reden, falls du einmal eine Sekunde den Mund hältst«, herrschte Jamie ihn an. »Hör mir zu, Junge, weil ich dir jetzt sage, was du tun wirst.«

»Ihr sagt mir *gar nichts*«, begann William wütend und ballte die Hand zur Faust. Jamie packte ihn erneut am Oberarm, und diesmal bohrte er die Finger fest in die Stelle, die Claire ihm gezeigt hatte, an der Unterseite des Knochens. William stieß ein ersticktes »Agh!« aus und begann zu keuchen, während seine Augen vorquollen.

»Du wirst die Männer einholen, denen du Ian übergeben hast, und ihnen sagen, dass sie ihn freilassen sollen«, befahl Jamie nun gelassen. »Wenn nicht, werde ich mit einer Parlamentärsflagge in das Lager gehen, in das sie ihn bringen, mich vorstellen, dem Kommandeur sagen, wer *du* bist, und ihm erklären, was der Grund für den Streit gewesen ist. Du wirst dabei an meiner Seite stehen. Habe ich mich verständlich ausgedrückt?«, fragte er, und seine Finger drückten noch etwas fester zu.

»Ja!« Das Wort kam als Zischen heraus, und Jamie ließ sofort los und rollte die Finger zur Faust zusammen, um sich nicht anmerken zu lassen, dass sie vor Anstrengung zitterten und zuckten.

»Gott verdamme Euch, Sir«, flüsterte William, und seine Augen waren schwarz vor Wut. »Der Teufel soll Euch holen.« Sein Arm hing schlaff an seiner Seite; er musste ihn schmerzen, doch er rieb ihn nicht, nicht, solange Jamie zusah.

Jamie nickte. »Gewiss doch«, sagte er leise und ging in den Wald. Außer Sichtweite der Straße lehnte er sich an einen Baum und spürte, wie ihm der Schweiß über das Gesicht lief. Sein Rücken fühlte sich an wie in Zement gegossen. Er zitterte am ganzen Leib, doch er hoffte, dass William zu abgelenkt gewesen war, um es zu bemerken.

Gott, wäre es zum Kampf gekommen, ich hätte keine Chance gehabt.

Er schloss die Augen und lauschte seinem Herzen, das wie eine *Bodhran*trommel schlug. Nach einer Weile hörte er Hufgetrappel auf der Straße, und als er den Kopf wandte und zwischen den Bäumen hindurchspähte, sah er William vorüberdonnern, unterwegs in die Richtung, in die man Ian gebracht hatte.

22

STURM ZIEHT AUF

Um die Frühstückszeit war ich zu dem Schluss gelangt, dass entweder der Herzog von Pardloe weichen musste oder ich. Wenn ich im Haus blieb, würde bei Sonnenuntergang nur noch einer von uns leben. Denzell Hunter musste inzwischen in der Stadt sein, dachte ich; er schaute täglich bei Mrs. Woodcock vorbei, wo sich Henry Grey im Zustand der Genesung befand. Als ebenso gütiger wie fähiger Arzt konnte er sich problemlos mit Hals Gesundung befassen – und vielleicht würde ihm sein zukünftiger Schwiegervater die professionelle Zuwendung ja danken.

Bei diesem Gedanken musste ich lachen, obwohl ich zunehmend nervös wurde.

An Dr. Denzell Hunter
Von Dr. C. B. R. Fraser

Ich muss nach Kingsessing und werde den Tag dort verbringen. Ich überlasse den Herzog von Pardloe Eurer kundigen Obhut, in der freudigen Zuversicht, dass Euch Eure religiösen Skrupel daran hindern werden, ihm eine Axt in den Schädel zu rammen.

Aufrichtig Eure
C.

Postscriptum: Ich bringe Euch dafür Fliegenpilze und Ginsengwurzeln mit.

Post-Postscriptum: Ich rate Euch, Dottie nicht mitzunehmen, es sei denn, Ihr besitzt ein Paar Handschellen. Besser noch zwei.

Ich löschte die Tinte mit Sand, gab Colenso den Brief, damit er ihn zu Mrs. Woodcocks Haus brachte, und schlich lautlos zur Haustür hinaus, bevor Jenny oder Mrs. Figg auftauchten und wissen wollten, wohin ich ging.

Es war kaum sieben Uhr, doch die Luft erwärmte sich bereits zunehmend und mit ihr die ganze Stadt. Um die Mittagszeit würde man die durchdringende Mischung aus Tieren, Menschen, Abwasser, fauligen Pflanzenresten, Baumharz, Schlamm und heißen Ziegeln schneiden können, doch im Moment verlieh der schwache Geruch der milden Luft nur eine würzige Note. Ich war versucht zu Fuß zu gehen, doch selbst meine praktischsten Schuhe waren einem einstündigen Spaziergang über Landstraßen nicht gewachsen – und wenn ich den Sonnenuntergang und die Abkühlung des Abends abwartete, bis ich den Rückweg antrat, würde ich sehr spät zurückkommen.

Außerdem war es keine gute Idee, als Frau allein zu Fuß unterwegs zu sein. Egal, ob bei Tag oder Nacht.

Ich dachte, die drei Häuserblocks bis zum Mietstall würde ich wohl ungestört schaffen, doch an der Ecke der Market und der Seventh Street rief mich eine vertraute Stimme aus einem Kutschenfenster an.

»Mrs. Fraser? Oh, Mrs. Fraser!«

Ich blickte verblüfft auf und sah Benedict Arnolds hakennasiges Gesicht auf mich herunterlächeln. Seine normalerweise wohlgenährten Gesichtszüge waren eingefallen und zerfurcht, und seine rosige Gesichtsfarbe war der Blässe eines Stubenhockers gewichen, doch er war es unverkennbar.

»Oh!«, sagte ich mit einer hastigen Verneigung. »Wie schön, Euch zu sehen, General!«

Mein Herz schlug schneller. Ich hatte von Denny Hunter gehört, dass man Arnold zum Militärgouverneur von Philadelphia ernannt hatte, doch ich hatte nicht damit gerechnet, ihn so schnell zu Gesicht zu bekommen – falls überhaupt.

Ich hätte es dabei belassen sollen, doch ich musste einfach fragen: »Wie geht es dem Bein?« Ich wusste, dass er in Saratoga schwer verwundet worden war – ein Schuss in das Bein, das kurz zuvor erst verletzt und dann übel zugerichtet worden war, als sein Pferd bei der Erstürmung von Breymans Schanze gemeinsam mit ihm gestürzt war –, doch ich hatte ihn dort nicht zu Gesicht bekommen. Die Armeeärzte hatten sich um ihn gekümmert, und nach allem, was ich über ihre Arbeitsweise wusste, überraschte es mich sehr, dass er nicht nur überlebt hatte, sondern zusätzlich noch im Besitz beider Beine war. Ein Schatten überzog sein Gesicht, doch er lächelte weiter.

»Immer noch an Ort und Stelle, Mrs. Fraser. Wenn auch zwei Zoll kürzer als das andere. Wohin des Weges?« Er blickte automatisch an mir vorbei und registrierte zwar, dass ich ohne Dienstmagd oder sonstige Begleiter unterwegs war, doch er wusste, wer und was ich war – und wusste es zu schätzen. Auch ich wusste, was er war – und was er werden würde.

Das Dumme daran war, dass ich den Mann *mochte.*

»Äh … ich bin unterwegs nach Kingsessing.«

»Zu Fuß?« Sein Mund zuckte.

»Eigentlich hatte ich daran gedacht, einen Gig zu mieten.« Ich wies nickend in die Richtung von Davisons Mietstall. »Dort um die Ecke. Schön, Euch zu sehen, General.«

»Wartet doch bitte einen Moment, Mrs. Fraser …« Er wandte sich seinem Adjutanten zu, der sich über seine Schulter gebeugt hatte, in meine Richtung deutete und etwas sagte, das ich nicht hören konnte. Ehe ich michs versah, öffnete sich die Tür der Kutsche, und der Adjutant sprang heraus und bot mir seinen Arm an.

»Bitte steigt ein, Ma'am.«

»Aber…«

»Hauptmann Evans sagt, der Mietstall ist geschlossen, Mrs. Fraser. Gestattet mir, Euch meine Kutsche zur Verfügung zu stellen.«

»Aber…« Bevor mir etwas zur Vervollständigung meines Satzes einfiel, wurde ich hinaufgereicht, dem General gegenübergesetzt und die Tür fest geschlossen. Hauptmann Evans hüpfte behände neben den Kutscher.

»Mr. Davison ist anscheinend Loyalist gewesen«, sagte General Arnold und betrachtete mich.

»*Was?*«, fragte ich sehr alarmiert. »Was ist denn mit ihm geschehen?«

»Hauptmann Evans sagt, Davison und seine Familie haben die Stadt verlassen.«

So war es. Die Kutsche war in die Fifth Street eingebogen, und ich konnte den Mietstall sehen, dessen Tore offen hingen – eines war ganz herausgerissen und lag auf der Straße. Der Stall war leer, genau wie der Innenhof, denn der Wagen, der Gig und die kleine Kutsche waren samt den Pferden verschwunden. Verkauft oder gestohlen. Nebenan im Haus baumelten Mrs. Davisons Spitzenvorhänge schlaff aus einem zerbrochenen Fenster.

»Oh«, sagte ich und schluckte. Ich warf einen raschen Blick auf General Arnold. Er hatte mich »Mrs. Fraser« genannt. Offensichtlich war ihm meine gegenwärtige Situation nicht vertraut – und ich konnte mich nicht entschließen, ihm davon zu erzählen. Impulsiv beschloss ich, es nicht zu tun. Je weniger offizielle Erkundigungen es über die Vorgänge im Haus Chestnut Street Nummer 17 gab, desto besser, ganz gleich, ob sie von Briten oder Amerikanern eingeholt wurden.

»Man sagt mir, die Briten hätten die Whigs in der Stadt ziemlich unter ihrer Knute gehabt«, fuhr er fort und betrachtete mich voll Neugier. »Ich hoffe, man hat Euch nicht zu sehr zugesetzt, Euch und dem Oberst?«

»Oh nein«, sagte ich. »Eigentlich nicht.« Ich holte tief Luft und suchte verzweifelt nach einem Thema, auf das ich das Gespräch lenken konnte. »Aber mir sind die Neuigkeiten knapp geworden – äh, amerikanische Neuigkeiten, meine ich. Hat es in jüngster Zeit irgendwelche… bemerkenswerten Entwicklungen gegeben?«

Er lachte über diese Frage, allerdings ironisch.

»Womit soll ich anfangen, Madam?«

Trotz meiner Beklommenheit über das Wiedersehen mit Benedict Arnold war ich froh über sein freundliches Angebot, mich mitzunehmen; es herrschte hohe Luftfeuchtigkeit, und der Himmel war weiß wie ein Musselinlaken. Mein Hemd war feucht vom Schweiß, und das schon nach einem so kurzen Fußweg; wenn ich bis Kingsessing gelaufen wäre, hätte man mich auswringen können, und wahrscheinlich hätte ich kurz vor einem Hitzschlag gestanden.

Der General war aufgeregt, sowohl über sein neues Amt als auch über die bevorstehenden militärischen Entwicklungen. Es stand ihm nicht frei, mir zu erzählen, worin diese bestanden – doch Washington hatte sich in Marsch gesetzt. Aber ich konnte auch sehen, dass seine Erregung durch Bedauern getrübt wurde; er war ein geborener Krieger, und hinter einem Schreibtisch zu sitzen – ganz gleich wie bedeutsam und prunkvoll – war kein Ersatz für das Herzklopfen, wenn man Männer in einen verzweifelten Kampf führte.

Während ich beobachtete, wie er auf seinem Sitz hin und her rutschte und beim Reden die Fäuste auf den Oberschenkeln ballte und wieder löste, spürte ich, wie meine Beklommenheit zunahm. Nicht nur in Bezug auf ihn, sondern gleichzeitig auf Jamie. Sie waren zwar völlig unterschiedliche Männer – doch der Geruch einer Schlacht ließ Jamies Blut genauso erwachen. Was für ein Kampf sich auch immer anbahnte, ich konnte nur hoffen, dass er nicht in der Nähe sein würde.

Der General setzte mich an der Fähre ab; Kingsessing lag auf der anderen Seite des Schuykill. Er stieg persönlich aus, um mir aus der Kutsche zu helfen, trotz seines verletzten Beins, und er drückte mir zum Abschied die Hand.

»Soll ich Euch die Kutsche schicken, um Euch wieder abzuholen, Mrs. Fraser?«, fragte er und blickte zum milchig weißen Himmel auf. »Der Himmel sieht nicht sehr vertrauenerweckend aus.«

»Oh nein«, versicherte ich ihm. »Ich brauche hier nicht viel länger als ein oder zwei Stunden; vor vier Uhr wird es nicht regnen; das tut es um diese Jahreszeit nie. Sagt mir zumindest mein Sohn.«

»Euer Sohn? Kenne ich Euren Sohn?« Seine Stirn legte sich in Falten; er war sehr stolz auf sein Gedächtnis, sagte Jamie.

»Ich glaube nicht. Fergus Fraser ist sein Name; er ist eigentlich der Adoptivsohn meines Mannes. Er und seine Frau besitzen die Druckerei an der Market Street.«

»Ach ja?« Neugier belebte sein Gesicht, und er lächelte. »Eine Zeitung namens… ›Die Zwiebel‹? Ich habe heute Morgen beim Frühstück im Wirtshaus gehört, wie sich jemand darüber unterhalten hat. Ein patriotisches Periodikum, wie ich höre, mit einem Hang zur Satire?«

»*L'Oignon*«, pflichtete ich ihm lachend bei. »Fergus ist Franzose, und seine Frau hat einen ausgeprägten Sinn für Humor. Sie drucken aber auch andere Dinge. Und sie verkaufen natürlich Bücher.«

»Ich werde ihnen einen Besuch abstatten«, verkündete Arnold. »Ich habe im Moment überhaupt keine Bücher, da mir meine Habseligkeiten erst noch nachgesandt werden. Doch ernsthaft, meine Liebe, wie werdet Ihr denn nach Philadelphia zurückkommen?«

»Ich kann bestimmt eine Transportmöglichkeit von den Bartrams ausleihen«, versicherte ich ihm. »Ich habe ihre Gärten schon mehrfach besucht; sie kennen mich.« Tatsächlich hatte ich vor, zu Fuß zu gehen – ich hatte keine Eile, zur Chestnut Street und zu meinem griesgrämigen Gefangenen zurückzukehren (was zum Teufel würde ich nur mit ihm tun? Vor allem jetzt, da die Briten abgezogen waren…), und der Fußweg dauerte nicht mehr als eine Stunde. Doch ich war nicht so unklug, ihm das zu sagen, und wir trennten uns unter gegenseitigen Versicherungen unserer Wertschätzung.

Der Weg von der Fähre zu Bartrams Gärtnerei dauerte nicht länger als eine Viertelstunde, doch ich ließ mir Zeit, teils wegen der Hitze, teils, weil meine Gedanken noch bei General Arnold weilten.

Wann?, fragte ich mich beklommen, wann würde es beginnen? Noch nicht, dessen war ich mir so gut wie sicher. Was war es, was würde es sein, das diesen ritterlichen, ehrenhaften Mann vom Patrioten zum Verräter machte? Mit wem würde er sprechen, welches Wort würde das tödliche Samenkorn pflanzen?

Gott, dachte ich in einem Moment des plötzlichen, entsetzten Gebets, *bitte! Gib, dass es nichts ist, was ich zu ihm gesagt habe!*

Der bloße Gedanke ließ mich erschauern, trotz der drückenden Hitze. Je mehr ich erlebte, desto weniger wusste ich. Roger machte sich viele Gedanken darum, das wusste ich – um das *Warum*. Warum waren einige Menschen dazu imstande? Was bewirkten die Reisenden – bewusst oder unbewusst? Und welche Konsequenzen sollten sie – wir – daraus ziehen?

Mein Wissen, was aus Charles Stuart und dem Aufstand werden würde, hatte ihn nicht aufgehalten, und es hatte auch nicht verhindert, dass wir in die Tragödie hineingezogen wurden. Doch es hatte – vielleicht – einigen Männern, die Jamie kurz vor der Schlacht aus Culloden fortgeholt hatte, das Leben gerettet. Es *hatte* Frank das Leben gerettet, zumindest dachte ich das. Doch hätte ich Jamie davon erzählt, wenn ich gewusst hätte, welchen Preis er und ich dafür zahlen würden? Und wenn ich es ihm *nicht* erzählt hätte, wären wir trotzdem hineingezogen worden?

Nun, es gab keine verflixten Antworten, genauso wie die hundert Male zuvor, als ich diese verflixten Fragen gestellt hatte, und ich seufzte erleichtert, als der Eingang zu Bartrams Gärtnerei in Sicht kam. Eine Stunde inmitten endlosen kühlenden Grüns war genau das, was ich brauchte.

23

IN WELCHEM MRS. FIGG EINGREIFT

Jamie fiel das Atmen schwer, und er ertappte sich dabei, dass er die Fäuste ballte und wieder löste, als er in die Chestnut Street einbog. Nicht, um sich im Zaum zu halten – er hatte sich fest im Griff, und das würde auch so bleiben –, sondern nur, um noch mehr von der Energie in seinem Inneren hinauszulassen.

Sie ließ ihn erzittern, diese Sehnsucht, sie zu sehen, sie zu berühren, sie dicht an sich zu spüren. Nichts anderes war wichtig. Sie würden reden, sie mussten reden – doch das konnte warten. Alles konnte warten.

Er hatte sich an der Ecke der Market und der Second Street von Rachel und

Ian getrennt, die zur Druckerei gehen und Jenny suchen wollten, und er opferte eine Sekunde für ein Gebet, dass seine Schwester und die kleine Quäkerin gut miteinander auskommen würden, doch dann löste es sich in Luft auf.

Er spürte ein Brennen unter seinen Rippen, das sich ausbreitete und in seinen ruhelosen Fingern pulsierte. Auch in der Stadt roch es nach Brand; Rauch hing unter einem drückenden Himmel. Mechanisch nahm er die Spuren von Plündereien und Gewalt wahr – eine angesengte Mauer, auf deren Putz ein Rußfleck wie der Fingerabdruck eines Riesen prangte, zerborstene Fenster, die Haube einer Frau, die sich in einem Busch verfangen hatte und jetzt schlaff in der schwülen Luft hing. Die Straßen ringsum waren voller Menschen, die teils auf dem Marsch waren und sich argwöhnisch umsahen, teils in losen Gruppen zusammenstanden und sich aufgeregt unterhielten.

All das war ihm gleichgültig, solange es nur Claire nicht betraf.

Da war es ja, Nummer siebzehn, das adrette zweistöckige Backsteinhaus, in das er vor drei Tagen hinein- und wieder hinausgehastet war. Der Anblick traf ihn wie ein Schlag in die Magengrube. Er war vielleicht fünf Minuten im Inneren des Hauses gewesen und erinnerte sich an jede Sekunde. Claires halb gebürstetes Haar, das sich wie eine Wolke um sein Gesicht legte, als er sich zu ihr niederbeugte. Ihr Geruch nach Bergamotte, Vanille und ihrem eigenen grünen Duft. Ihre Wärme, ihr Körper in seinen Armen, seinen Händen; er hatte sie um den Hintern gefasst, ihren wunderbaren Hintern, so warm und fest unter dem dünnen Hemd, und seine Handflächen kribbelten bei der Erinnerung an die spontane Lust. Und keinen Augenblick später …

Er verdrängte die Erinnerung an William. Auch William konnte warten.

Sein Klopfen wurde von der rundlichen Schwarzen beantwortet, die er schon bei seinem ersten Eintreffen gesehen hatte, und er begrüßte sie ganz ähnlich, wenn auch nicht ganz mit denselben Worten.

»Guten Tag, Madam. Ich bin hier, um meine Frau zu sehen.« Er trat ein, vorbei an ihrem offenen Mund und ihren hochgezogenen Augenbrauen, und blieb blinzelnd stehen, als er die Verwüstung sah.

»Was ist passiert?«, wollte er wissen und baute sich vor der Haushälterin auf. »Geht es ihr gut?«

»Ich gehe davon aus, falls Ihr Lady John meint«, sagte die Frau, die den Namen sehr betont aussprach. »Was all das hier angeht …« Sie drehte sich fließend um sich selbst und zeigte auf die durchlöcherte, blutverschmierte Wand, das zerbrochene Geländer und das eiserne Skelett eines Lüsters, der wie betrunken in einer Ecke der Eingangshalle lag. »Das war Hauptmann Lord Ellesmere, Lord Johns *Sohn*.« Sie kniff die Augen zusammen und funkelte Jamie auf eine Weise an, die keinen Zweifel daran ließ, dass sie genau wusste, was sich oben im Flur zugetragen hatte, als er auf William getroffen war – und dass sie alles andere als glücklich darüber war.

Er hatte keine Zeit, sich um ihre Gefühle zu kümmern, und stieg die Treppe hinauf, so schnell es ihm seine zuckenden Rückenmuskeln gestatteten.

Oben angekommen, hörte er eine Frauenstimme – doch es war nicht Claire. Zu seinem Erstaunen war es die Stimme seiner Schwester, und als er die Tür des letzten Zimmers erreichte, sah er den Rücken seiner Schwester, die die Tür blockierte. Und über ihre Schulter hinweg …

Schon seit seinem Wortwechsel mit William am Straßenrand hatte er ein unwirkliches Gefühl. Jetzt war er fest davon überzeugt, dass er halluzinierte, denn was er zu sehen *glaubte*, war der Herzog von Pardloe, der sich mit ärgerlich verzogenem Gesicht von einem Sessel erhob und nichts als ein Nachthemd trug.

»Setzt Euch!« Die Worte wurden zwar leise gesprochen, doch ihre Wirkung auf Pardloe ließ keine Sekunde auf sich warten. Er erstarrte, und bis auf seine Augen verlor sein Gesicht jeden Ausdruck.

Als sich Jamie vorbeugte, um Jenny über die Schulter zu schauen, sah er eine große Highlandpistole in ihrer Hand, deren Vierzig-Zentimeter-Lauf geradewegs auf die Brust des Herzogs zielte. Das, was er von ihrem Gesicht sehen konnte, war weiß und so reglos wie Marmor. »Ihr habt mich gehört«, sagte sie, ihre Stimme kaum mehr als ein Flüstern.

Sehr langsam trat Pardloe – ja, er war es tatsächlich, wie Jamies Augen seinem benommenen Hirn mitteilten – zwei Schritte zurück und ließ sich in den Sessel sinken. Jamie konnte das Schwarzpulver in der Ladepfanne riechen und ging davon aus, dass der Herzog es sehr wahrscheinlich ebenfalls konnte.

»Lord Melton«, sagte Jenny und bewegte sich sacht, um in dem gedämpften Gegenlicht, das durch die Fensterläden fiel, seinen Umriss zu sehen. »Meine Schwägerin sagt, dass Ihr Lord Melton seid – oder wart. Ist das so?«

»Ja«, sagte Pardloe. Er bewegte sich nicht, doch Jamie sah, dass er sich mit sprungbereiten Beinen hingesetzt hatte; er konnte mit einem Satz aus dem Sessel sein, wenn er es wollte. Jamie bewegte sich lautlos zur Seite. Er stand so dicht hinter Jenny, dass sie ihn eigentlich hätte spüren müssen, doch er konnte sehen, warum sie es nicht tat; ihre Schulterblätter waren angespannt vor Konzentration und malten sich scharfkantig wie ein Paar Falkenflügel unter dem Stoff ab.

»Es waren Eure Männer, die zu meinem Haus gekommen sind«, sagte sie mit gesenkter Stimme. »Mehr als einmal gekommen sind, um zu plündern und zu zerstören, um uns das Essen aus dem Mund zu stehlen. Die meinen Mann mitgenommen haben …« Der Lauf erbebte kurz, beruhigte sich aber wieder. »Mit in das Gefängnis, wo er die Krankheit bekommen hat, die ihn umgebracht hat. Bewegt Euch einen Zentimeter, Mylord, und ich schieße Euch in die Eingeweide. Ihr werdet zwar schneller sterben als er, aber ich verspreche Euch, dass es Euch nicht schnell genug vorkommen wird.«

Pardloe sagte kein Wort, sondern bewegte kaum merklich den Kopf, um ihr zu bedeuten, dass er sie verstanden hatte. Seine Hände, die sich an die Armlehnen des Sessels geklammert hatten, entspannten sich. Seine Augen ließen von der Pistole ab – und sahen Jamie. Sein Mund klappte auf, er bekam große Augen, und Jennys Finger wurde am Abzug weiß.

Jamie schob die Hand unter die Pistole, just als sie mit einer schwarzen

Qualmwolke losging, und der Knall des Schusses erklang zugleich mit der Explosion einer Porzellanfigur auf dem Kaminsims.

Pardloe saß einen Moment erstarrt da, dann hob er – extrem vorsichtig – die Hand und entfernte eine große Porzellanscherbe aus seinem Haar.

»Mr. Fraser«, sagte er, und seine Stimme war beinahe ruhig. »Euer Diener, Sir.«

»Gehorsamst, Durchlaucht«, erwiderte Jamie, der von einem irren Bedürfnis zu lachen geplagt wurde und nur durch die Gewissheit daran gehindert wurde, dass seine Schwester augenblicklich nachladen und ihn aus nächster Nähe erschießen würde. »Wie ich sehe, habt Ihr gerade Bekanntschaft mit meiner Schwester geschlossen, Mrs. Murray.«

»Eure … großer Gott, ja.« Pardloes Blick war zwischen ihren Gesichtern hin und her gehuscht, und jetzt holte er langsam tief Luft. »Neigt Eure ganze Familie so zur Reizbarkeit?«

»Ja, Eure Durchlaucht, danke für das Kompliment«, sagte Jamie und legte Jenny die Hand auf den Rücken. Er konnte selbst an der Stelle das Hämmern ihres Herzens spüren, sie atmete flach und schnell. Er legte die Pistole beiseite und nahm ihre Hand. Sie war eiskalt, trotz der Temperatur im Zimmer, in dem es dank des geschlossenen und vernagelten Fensters heißer als im Hades war.

»Würdet Ihr so freundlich sein, etwas vom Inhalt dieser Karaffe in ein Glas zu füllen, Durchlaucht?«

Das tat Pardloe und näherte sich argwöhnisch mit dem Glas – es war Brandy; Jamie konnte das scharfe Aroma riechen.

»Lass ihn nicht aus dem Zimmer«, sagte Jenny, die jetzt die Kontrolle wiederfand. Sie funkelte Pardloe an und nahm den Brandy, dann funkelte sie Jamie an. »Und wo in Maria Magdalenas Namen bist *du* die letzten drei Tage gewesen?«

Bevor er antworten konnte, hasteten schwere Schritte durch den Flur, und die schwarze Haushälterin erschien heftig atmend in der Tür, in der Hand eine silberverzierte Schrotflinte. Sie erweckte ganz den Eindruck, als wüsste sie, wie man damit umgeht.

»Ihr beide könnt Euch einfach auf der Stelle hinsetzen«, sagte sie und bewegte den Lauf der Waffe mit Nachdruck zwischen Pardloe und Jamie hin und her. »Wenn Ihr glaubt, dass Ihr diesen Mann mitnehmen könnt, dann …«

»Ich habe Euch doch gesagt – Verzeihung, Madam, aber würdet Ihr mir die Ehre erweisen, mir Euren Namen zu sagen?«

»Ihr … was?« Das brachte die Haushälterin aus der Fassung, und sie blinzelte. »Ich … Mrs. Mortimer Figg, falls es Euch überhaupt etwas angeht, und *das* bezweifle ich.«

»Ich auch«, versicherte Jamie ihr, ohne sich zu setzen. Der Herzog, so sah er, saß. »Mrs. Figg, wie ich schon unten zu Euch gesagt habe, bin ich hier, um meine Frau zu holen. Das ist alles. Wenn Ihr mir sagt, wo sie ist, überlasse ich Euch Euren Angelegenheiten. Was auch immer die sein mögen«, fügte er mit einem Blick in Pardloes Richtung hinzu.

»*Eure* Frau«, wiederholte Mrs. Figg, und der Lauf schwenkte auf ihn zu. »Soso. Ich glaube, Ihr solltet Euch einfach hinsetzen und warten, bis Seine Lordschaft zurückkommt, dann sehen wir ja, was er dazu zu sagen hat.«

»Sei doch nicht dumm, Jerusha«, sagte Jenny ziemlich ungeduldig. »Du weißt genau, dass Claire die Frau meines Bruders ist; sie hat es dir doch selbst erzählt.«

»Claire?«, rief Pardloe aus und erhob sich wieder. Er hatte aus der Karaffe getrunken und hielt sie jetzt achtlos in der Hand. »Die Frau *meines* Bruders?«

»Nichts da«, sagte Jamie gereizt. »Sie ist meine Frau, und ich wäre wirklich dankbar, wenn mir jemand sagen könnte, wo sie ist.«

»Sie ist zu einem Ort namens Kingsessing gegangen«, sagte Jenny prompt. »Um Kräuter zu pflücken und so. Wir haben diesen *mac na gallagh* verarztet…« Sie warf Pardloe einen finsteren Blick zu. »Hätte ich gewusst, wer Ihr seid, *mac an diabhoil*, hätte ich Euch zerstoßenes Glas ins Essen getan.«

»Das kann ich mir vorstellen«, murmelte Pardloe und trank noch einen Schluck aus der Karaffe. Er wandte sich an Jamie. »*Ihr* wisst auch nicht zufällig, wo sich mein Bruder im Moment befindet?«

Jamie starrte ihn an, und sein Nacken kribbelte plötzlich beklommen. »Ist er denn nicht hier?«

Pardloe wies mit einer ausladenden Geste durch das Zimmer und lud Jamie wortlos ein, sich selbst zu überzeugen. Jamie beachtete ihn nicht und wandte sich an die Haushälterin. »Wann habt Ihr ihn zuletzt gesehen, Madam?«

»Kurz bevor er mit Euch aus dem Speicherfenster gehüpft ist«, erwiderte sie kurz angebunden und stieß ihm den Lauf der Schrotflinte in die Rippen. »Was habt Ihr mit ihm gemacht, *fils de salope*?«

Jamie schob den Lauf vorsichtig mit einem Finger zur Seite. Die Schrotflinte war zwar geladen, aber noch nicht gespannt.

»Ich habe mich vor zwei Tagen im Wald vor der Stadt von ihm getrennt«, sagte er, und seine Kreuzmuskeln spannten sich in plötzlicher Unruhe an. Er wich an die Wand zurück und presste diskret den Hintern dagegen, um seinem Rücken Erleichterung zu verschaffen. »Ich war davon ausgegangen, ihn hier anzutreffen – mit meiner Frau. Dürfte ich mich erkundigen, was Euch hierherverschlagen hat, Durchlaucht?«

»Claire hat ihn entführt«, sagte Jenny, bevor Pardloe sprechen konnte. Die Augen des Herzogs quollen ein wenig vor, doch Jamie konnte nicht sagen, ob das eine Reaktion auf Jennys Bemerkung war oder auf die Tatsache, dass sie begonnen hatte, die Pistole erneut zu laden.

»Oh, aye? Was wollte sie denn mit ihm, hat sie das gesagt?«

Seine Schwester warf ihm einen vielsagenden Blick zu.

»Sie hatte Angst, dass er die Stadt auf den Kopf stellen würde, um seinen Bruder zu finden, und dass du dabei festgenommen werden könntest.«

»Aye, nun ja, ich glaube, ich bin jetzt außer Gefahr«, versicherte er Jenny. »Meinst du nicht, du solltest ihn laufen lassen?«

»Nein«, sagte sie prompt und rammte die Kugel in den Lauf. Sie griff in ihre

Schürze und holte ein winziges Pulverhorn hervor. »Das können wir nicht; es könnte sein, dass er stirbt.«

»Oh.« Er dachte einen Moment über diese Worte nach und beobachtete den Herzog, dessen Gesicht sich schwach lila verfärbt hatte. »Und warum?«

»Er kann nicht richtig atmen, und sie hatte Angst, dass er auf der Straße sterben würde, wenn sie ihn laufen lassen würde, bevor er es ganz überstanden hatte. Das hat ihr Gewissen nicht zugelassen.«

»Ich verstehe.« Der Drang zu lachen war wieder da, doch er beherrschte sich tapfer. »Du warst also im Begriff, ihn im Haus zu erschießen, um zu verhindern, dass er auf der Straße stirbt.«

Sie kniff ihre dunkelblauen Augen zusammen, hielt den Blick aber fest auf das Pulver gerichtet, das sie jetzt auf das Ladepfännchen schüttete.

»Ich hätte ihm nicht in die Eingeweide geschossen«, sagte sie, obwohl ihre zusammengepressten Lippen verrieten, dass ihr nichts lieber gewesen wäre als das. »Ich hätte ihm nur eine ins Bein verpasst. Oder ihm vielleicht ein paar Zehen weggeschossen.«

Pardloe stieß ein Geräusch aus, das Entrüstung hätte sein können, doch Jamie kannte ihn gut und hörte das mühsam unterdrückte Lachen heraus. Er hoffte, dass seine Schwester es nicht merken würde. Er öffnete den Mund, um zu fragen, wie lange Pardloe hier schon gefangen gehalten wurde, doch bevor er etwas sagen konnte, klopfte es unten an der Tür. Er sah Mrs. Figg an, doch die Haushälterin betrachtete ihn immer noch mit zusammengekniffenen Augen und machte keinerlei Anstalten, die Flinte zu senken oder nach unten an die Tür zu gehen.

»Herein!«, rief Jamie, der dazu den Kopf in den Flur steckte und ihn dann schnell wieder ins Zimmer zog, bevor Mrs. Figg noch auf die Idee kam, dass er zu entwischen versuchte, und ihm eine Ladung Schrot in den Hintern jagte.

Die Tür öffnete sich, schloss sich, es folgte eine Pause, da sich der Besucher anscheinend im verwüsteten Eingangsbereich umsah, dann kamen leichte, schnelle Schritte die Treppe herauf.

»Lord John!«, hauchte Mrs. Figg, und ihr strenges Gesicht erhellte sich.

»Hier!«, rief der Herzog, als die Schritte oben ankamen. Im nächsten Moment erschien Denzell Hunters schlanke, bebrillte Gestalt in der Tür.

»*Merde!*«, sagte Mrs. Figg und richtete ihre Flinte auf den Neuankömmling. »Ich meine, guter Hirte aus Judäa! Wer im Namen der Heiligen Dreifaltigkeit seid Ihr denn?«

HUNTER WAR FAST genauso bleich wie Jenny, dachte Jamie. Dennoch zögerte er keine Sekunde, sondern schritt auf Pardloe zu und sagte: »Ich bin Denzell Hunter, Freund Grey. Ich bin Arzt und bin hier auf Bitten Claire Frasers, um nach dir zu sehen.«

Der Herzog ließ die Karaffe fallen. Sie kippte um und entleerte die wenigen Tropfen, die sie noch enthielt, auf den Flechtteppich vor dem Kamin.

»Ihr!«, sagte er und richtete sich abrupt zu voller Größe auf. Eigentlich war er nicht größer als Hunter, doch es war nicht zu übersehen, dass er es gewohnt war, Befehle zu erteilen. »Ihr seid der durchtriebene Geselle, der die Kühnheit besessen hat, meine Tochter zu verführen, und Ihr wagt es, hierherzukommen und mir Eure ärztlichen Dienste anzubieten? Geht mir aus den Augen, bevor ich …«

An diesem Punkt dämmerte es Pardloe, dass er im Nachthemd und noch dazu unbewaffnet war. Davon unbeeindruckt hob er die Karaffe vom Boden auf und hieb damit nach Denzells Kopf.

Denzell duckte sich, und Jamie bekam Pardloes Handgelenk zu fassen, bevor dieser es noch einmal versuchen konnte. Denny richtete sich auf, und hinter seiner Brille schleuderten seine Augen Blitze.

»Ich verbitte mir sowohl deine Beschreibung meines Verhaltens als auch deine Verunglimpfung des guten Rufes deiner Tochter«, sagte er scharf. »Ich kann nur vermuten, dass die Ordnung deiner Gedanken durch die Krankheit oder durch Drogen aus dem Lot geraten ist, denn es ist doch gewiss unmöglich, dass der Mann, der eine Person wie Dorothea gezeugt und aufgezogen hat, so böse von ihr spricht oder so wenig Vertrauen in ihre Charakterstärke und ihre Tugend besitzt, dass er glaubt, irgendjemand könne sie verführen.«

»Ich bin mir sicher, dass Seine Durchlaucht keine körperliche Verführung gemeint hat«, sagte Jamie hastig und verdrehte Pardloe das Handgelenk, damit er die Karaffe losließ.

»Ist es die Tat eines Ehrenmanns, Sir, eine junge Frau zu überreden, mit ihm davonzulaufen? Au! Lasst los, verdammt!«, sagte er und ließ die Karaffe fallen, als ihm Jamie den Arm auf den Rücken drehte. Sie landete auf der Kaminplatte und zersprang in einem Schauer aus Glas, doch der Herzog achtete nicht im Geringsten darauf.

»Ein Ehrenmann hätte den Vater der jungen Dame um seine Zustimmung gebeten, Sir, ehe er sie überhaupt das erste Mal ansprach!«

»Das habe ich auch«, sagte Denzell, gelassener jetzt. »Das heißt, ich habe dir sofort geschrieben und mich dafür entschuldigt, dass es mir nicht möglich war, eher mit dir zu sprechen, sowie erklärt, dass Dorothea und ich den Wunsch hatten, uns zu verloben, und deinen Segen für unser Begehren erbeten. Ich bezweifle jedoch, dass du meinen Brief vor deinem Aufbruch nach Amerika erhalten hast.«

»Oh, ist das so? Euer *Begehren*?« Pardloe prustete und warf sich eine lose Haarsträhne aus dem Gesicht. »Wollt Ihr mich wohl loslassen, Ihr verflixter Schotte! Was glaubt Ihr denn, was ich tun werde, ihn mit seinem eigenen Halstuch erwürgen?«

»Möglich«, sagte Jamie und lockerte seinen Griff, ohne jedoch Pardloes Handgelenk loszulassen. »Jenny, würdest du die Pistole bitte außerhalb der Reichweite Seiner Durchlaucht deponieren?«

Prompt reichte Jenny die geladene Pistole an Denzell weiter, der sie zwar automatisch nahm, den Gegenstand in seiner Hand dann aber erstaunt betrachtete. »Ihr habt sie nötiger als ich«, sagte sie und warf dem Herzog einen grimmigen Blick zu. »Wenn Ihr ihn erschießt, werden wir alle schwören, dass es Notwehr war.«

»Das werden wir *nicht*«, sagte Mrs. Figg entrüstet. »Wenn Ihr glaubt, ich werde Seiner Lordschaft sagen, dass ich zugelassen habe, dass sein Bruder kaltblütig ermordet wurde …«

»Freund Jamie«, unterbrach Denny und streckte die Hand mit der Pistole aus. »Ich wäre sehr viel glücklicher, wenn du Dorotheas Vater loslassen und das hier in deine Obhut nehmen würdest. Ich glaube, das würde zum zivilen Ton unserer Unterhaltung beitragen.«

»Möglich«, sagte Jamie skeptisch, doch er ließ Pardloe los und ergriff die Pistole.

Denny näherte sich dem Herzog, indem er die Glasscherben beiseiteschob, und sah ihm sorgfältig ins Gesicht.

»Ich werde mich gern mit dir besprechen und dich in Bezug auf deine Tochter beruhigen, soweit es in meiner Macht liegt. Doch deine Atmung alarmiert mich, und ich würde dich gern erst untersuchen.«

Tatsächlich stieß der Herzog leise Keuchgeräusche aus, und Jamie bemerkte, dass der Hauch von Violett in seinem Gesicht zugenommen hatte. Bei Denzells Worten überspülte ihn eine Woge von dumpfem Rot.

»Ihr rührt mich nicht an, Ihr Qu… Quacksalber!«

Denzell sah sich um und wandte sich an Jenny als die wahrscheinlich beste Informationsquelle.

»Was hat Claire über ihn gesagt, seine Krankheit und die Behandlung betreffend?«

»Asthma und Ephedra in Kaffee gekocht«, erwiderte Jenny prompt, um sich dann an Pardloe zu wenden. »Wisst Ihr, das musste ich ihm nicht sagen. Ich hätte Euch ersticken lassen können, aber ich denke, so verhält sich ein guter Christenmensch nicht. Sind Quäker eigentlich Christen?«, fragte sie Denny neugierig.

»Ja«, erwiderte er und ging vorsichtig weiter auf Pardloe zu, den Jamie zum Hinsetzen gezwungen hatte, indem er ihm auf die Schulter drückte. »Wir glauben, dass das Licht Christi in allen Menschen zugegen ist … auch wenn es in manchen Fällen etwas schwer zu erkennen ist«, fügte er hinzu, leise, aber doch laut genug für Jamie – und den Herzog.

Pardloe versuchte anscheinend zu pfeifen; er blies mit gespitzten Lippen, während er Denzell anfunkelte. Er atmete keuchend ein und brachte einige weitere Worte zuwege.

»Ich werde mich … nicht … von Euch verarzten lassen, Sir.« Erneute Pause, Pusten, Keuchen. Jamie sah, wie sich Mrs. Figg nervös bewegte und einen Schritt auf die Tür zuging. »Ich werde … meine Tochter … nicht in Euren Klauen … zurücklassen …« Pust. Keuch. »Und wenn Ihr mich umbringt.« Pust. Keuch. »Oder das Risiko … eingehen, dass … Ihr mich rettet und … ich Euch etwas … schulde.« Die Mühe, die ihn dieser Satz kostete, ließ ihn eine gespenstische graue Farbe annehmen, die Jamie ernstlich alarmierte.

»Gibt es Medizin für ihn, Jenny?«, fragte er drängend. Seine Schwester presste die Lippen aufeinander, nickte aber und eilte aus dem Zimmer, nachdem sie dem Herzog einen letzten finsteren Blick zugeworfen hatte.

Mit der Vorsicht eines Menschen, der ein Krokodil umarmt, ging Denzell Hunter in die Hocke, ergriff das Handgelenk des Herzogs und sah ihm scharf in die Augen, welche ihm die Zuwendung heimzahlten, indem sie sich so bedrohlich verengten, wie es einem Menschen nur möglich ist, der gerade den Erstickungstod stirbt. Nicht zum ersten Mal empfand Jamie widerstrebend Bewunderung für Pardloes Charakterstärke – obwohl er zugeben musste, dass ihm Hunter diesbezüglich beinahe ebenbürtig war.

Seine Konzentration auf das Schauspiel vor ihm wurde gestört, weil unten eine Faust an die Haustür hämmerte. Die Tür öffnete sich, und er hörte seinen Neffen Ian »Mama!« rufen, gleichzeitig mit dem erstaunten »Ian!« seiner Schwester. Jamie trat aus dem Zimmer, stand mit ein paar Schritten vor dem zerstörten Geländer und sah seine Schwester in der Umarmung ihres hochgewachsenen Sohns verschwinden.

Ians Augen waren geschlossen und seine Wangen feucht, als er seine schmächtige Mutter fest in den Armen hielt, und Jamie hatte plötzlich einen Kloß im Hals. Was hätte er nicht dafür gegeben, seine Tochter noch einmal so zu umarmen?

Eine kleine Bewegung zog seine Aufmerksamkeit auf sich, und er sah Rachel Hunter schüchtern im Hintergrund stehen. Lächelnd beobachtete sie Mutter und Sohn, und auch ihre Augen füllten sich mit Tränen. Sie betupfte sich die Nase mit einem Taschentuch, blickte dann zufällig nach oben, sah Jamie und blinzelte erstaunt.

»Miss Rachel«, sagte er und lächelte zu ihr hinunter. Er wies auf einen Krug, der auf einem Tischchen an der Tür stand und vermutlich Pardloes Medizin enthielt. »Könntet Ihr mir diesen Krug bringen? Schnell?« Er konnte Pardloe hinter sich im Zimmer schwer atmen hören; es schien zwar nicht schlimmer zu werden, war aber immer noch besorgniserregend.

Das Keuchen ging vorübergehend im Geräusch von Schritten unter, als Mrs. Figg mit ihrer Schrotflinte hinter ihm erschien. Sie blickte über das Geländer hinweg auf die rührende Szene unten, dann auf Rachel Hunter, die mit dem Krug die Treppe hinaufgelaufen kam.

»Und wer ist *das*?«, wollte sie von Jamie wissen und fuchtelte ihm mit ihrer Waffe mehr oder weniger resolut vor der Nase herum.

»Dr. Hunters Schwester«, sagte er zu ihr und schob sich zwischen Rachel, die ein verblüfftes Gesicht machte, und die erregte Haushälterin. »Euer Bruder braucht das Mittel in dem Krug, Miss Rachel.«

Mrs. Figg stieß ein leises Brummen aus, trat aber zurück und ließ Rachel vorbei. Mit einem letzten trostlosen Blick auf Jenny und Ian, die sich nun so weit voneinander gelöst hatten, dass sie sprechen konnten, und die sich aufgeregt gestikulierend auf Gälisch unterhielten, folgte sie Rachel in das Zimmer. Jamie zögerte einen Moment, denn am liebsten wäre er zur Haustür hinausgestürzt und nach Kingsessing aufgebrochen, doch ein morbides Verantwortungsgefühl zwang ihn, ihr zu folgen.

Denny hatte sich den Hocker von der Ankleidekommode geholt und hielt immer noch Pardloes Handgelenk, während er in ruhigem Ton auf ihn einredete.

»Du bist nicht unmittelbar in Gefahr, wie du wahrscheinlich weißt. Dein Puls ist kräftig und regelmäßig, und auch wenn dir das Atmen noch schwerfällt, glaube ich… ah, ist das die Tinktur, von der die Schottin gesprochen hat? Ich danke dir, Rachel, könntest du sie…« Doch Rachel, die mit medizinischen Notfällen bestens vertraut war, war bereits dabei, die schwärzlich braune Flüssigkeit, die aussah wie der Inhalt eines Spucknapfes, in ein Brandyglas einzuschenken.

»Soll ich…« Denzells Versuch, das Glas festzuhalten, scheiterte daran, dass Pardloe es selbst ergriff und einen Schluck trank, der ihn fast auf der Stelle erstickt hätte. Hunter beobachtete das Husten und Prusten in aller Ruhe, dann reichte er ihm ein Taschentuch.

»Ich habe von der Theorie gehört, dass solche Atemnot, wie du sie erlebst, durch Anstrengung, rapide Temperaturveränderungen, Rauch oder Staub oder manchmal auch durch heftige Emotionen ausgelöst wird. Im gegenwärtigen Fall glaube ich, dass ich die Krise möglicherweise durch mein Erscheinen ausgelöst habe, und falls ja, bitte ich um Verzeihung.« Denny nahm das Taschentuch zurück und reichte Pardloe das Glas wieder, war allerdings so klug, ihn nicht zum Nippen zu ermahnen.

»Vielleicht kann ich dir jedoch Entschädigung dafür anbieten«, sagte er. »Ich vermute, dass dein Bruder nicht zu Hause ist, da ich mir nicht vorstellen kann, dass er dieser Zusammenkunft fernbleiben würde, es sei denn, er läge tot im Keller, und ich hoffe, das ist nicht der Fall. Hast du ihn in letzter Zeit gesehen?«

»Das habe ich… nicht.« Pardloes Atmung beruhigte sich tatsächlich, und sein Gesicht nahm jetzt eine normalere Farbe an, obwohl es unverändert eine Raubtiermiene trug. »Ihr etwa?«

Hunter setzte seine Brille ab, und Jamie bemerkte die Güte in seinen Augen. Er sah Rachel an; ihre Augen waren von leuchtendem Grünbraun, nicht sanft und braun wie die ihres Bruders. Zwar sprach auch aus ihnen Gutmütigkeit, jedoch gepaart mit Wachsamkeit. Jamie hielt Wachsamkeit bei Frauen für eine gute Eigenschaft.

»Das habe ich, Freund. Deine Tochter und ich haben ihn ein Stück von der Stadt entfernt in einem Milizlager entdeckt. Man hatte ihn gefangen genommen und…« Pardloes Ausruf erklang gleichzeitig mit Jamies, und Hunter bat mit einer Geste um Aufmerksamkeit. »Wir konnten ihm bei der Flucht behilflich sein, und er war zwar bei seiner Gefangennahme verletzt worden, doch ich habe ihn behandelt; seine Verletzungen waren eigentlich nicht ernst.«

»Wann?«, fragte Jamie. »Wann habt Ihr ihn gesehen?« Sein Herz hatte bei der Nachricht, dass John Grey nicht tot war, einen kleinen, beunruhigend glücklichen Satz getan.

»Gestern Abend«, sagte Denny zu ihm. »Wir haben heute Morgen von seiner Flucht erfahren und während unseres Rückwegs nach Philadelphia nicht gehört, dass man ihn wieder eingefangen hätte, obwohl ich mich bei jeder Milizgruppe erkundigt habe, der wir begegnet sind. Er muss sich vorsichtig bewegt haben, da sowohl in den Wäldern als auch auf der Straße viele Menschen unterwegs waren, doch ich gehe davon aus, dass er bald bei euch sein wird.«

Pardloe holte ausgiebig Luft.

»Oh Gott«, sagte er und schloss die Augen.

24

SELIGE KÜHLE IN DER GLUT, TROST INMITTEN ALL DER TRAUER

Es herrschte kein Mangel an kühlendem Grün; die Gärten erstreckten sich über gut vierzig Hektar Land, mit Bäumen, Büschen, Ranken und Blumen jeder Beschreibung – und zur Abwechslung dem einen oder anderen exotischen Pilz. John Bartram hatte fast sein gesamtes langes Leben damit zugebracht, die amerikanischen Kontinente nach botanischen Kostbarkeiten zu durchkämmen, von denen er die meisten nach Hause transportiert und zum Wachsen bewogen hatte. Ich bedauerte es, den alten Herrn nicht kennengelernt zu haben; er war voriges Jahr gestorben und hatte seine berühmten Gärten in den fähigen Händen seiner Kinder zurückgelassen.

Ich traf den jungen Mr. Bartram – er war etwa vierzig, doch man nannte ihn so, um ihn von seinem älteren Bruder zu unterscheiden – in der Mitte der Gärten an, wo er im Schatten einer immensen Kletterpflanze saß, die die halbe Veranda seines Hauses überwucherte. Er hatte ein offenes Skizzenbuch vor sich auf dem Tisch liegen und fertigte sorgfältig Zeichnungen einer Handvoll heller, länglicher Wurzeln an, die auf einer Serviette lagen.

»Ginseng?«, sagte ich und beugte mich darüber, um sie genauer zu betrachten.

»Ja«, sagte er, ohne den Blick von der feinen Linie abzuwenden, die sein Stift zog. »Guten Morgen, Lady John. Die Wurzel ist Euch also vertraut.«

»Sie ist keine Seltenheit in den Bergen North Carolinas, wo ich … einmal gelebt habe.« Der beiläufige Satz blieb mir unerwartet im Hals stecken. Urplötzlich roch ich die Wälder von Fraser's Ridge, die durchdringend nach Balsamfichte und Pappelharz dufteten, nach Judasohren und dem bittersüßen Aroma wilder Trauben.

»So ist es.« Er hatte seine Linie zu Ende gezeichnet, legte den Stift beiseite, zog seine Brille ab und sah mich mit dem leuchtenden Gesicht eines Menschen an, der für Pflanzen lebt und absolut davon ausgeht, dass die ganze Welt seine Obsession teilt. »Das hier ist chinesischer Ginseng; ich möchte sehen, ob ich ihn dazu bewegen kann, hier zu wachsen …« Er wies mit der Hand auf die riesige Fläche des blühenden Gartens, der uns umgab. »Der Ginseng aus Carolina vegetiert vor sich hin, und der aus Kanada weigert sich standhaft, es auch nur zu versuchen!«

»Perverses Gewächs. Obwohl es vermutlich zu heiß ist«, stellte ich fest, während ich mir den Hocker nahm, auf den er zeigte, und meinen Korb auf den Boden stellte. Das Hemd klebte mir am Leib, und ich konnte einen großen feuchten Fleck spüren, der sich zwischen meinen Schulterblättern ausbreitete, dort, wo mir der Schweiß aus dem Haar auf den Rücken tropfte. »Ginseng hat es lieber kühl.«

Die lebhafte Erinnerung an den Wald war zu einer plötzlichen, starken Sehnsucht nach Fraser's Ridge geworden, so unmittelbar, dass ich spürte, wie sich der Geist meines verschwundenen Hauses rings um mich erhob, umweht vom kalten Bergwind, und als ich die Hand hängen ließ, glaubte ich, ich könnte Adsos weichen grauen Pelz unter meinen Fingern spüren. Ich schluckte krampfhaft.

»Es *ist* heiß«, sagte er, obwohl er selbst so trocken aussah wie die Wurzeln vor ihm auf dem Tisch, gefleckt vom Schatten seiner Kletterpflanze. »Darf ich Euch eine Erfrischung anbieten, Lady John? Ich habe eisgekühlten Punsch im Haus.«

»Das wäre schön«, sagte ich aus tiefstem Herzen. »Aber … eisgekühlt?«

»Oh, wir haben ein großes Eishaus am Fluss, Sissy und ich«, sagte er stolz. »Wartet, ich sage ihr nur kurz …«

Ich *hatte* die Weitsicht besessen, einen Fächer mitzubringen, den ich jetzt aus meinem Korb zog. Meine Sehnsucht hatte sich plötzlich in eine neue – wundervolle – Erkenntnis verwandelt. *Wir konnten heimkehren.* Jamie war seines Dienstes in der Kontinentalarmee enthoben worden, um die Leiche seines Vetters nach Schottland zu überführen. Er hatte vorgehabt, am Ende dieser Reise nach North Carolina zurückzukehren, seine Druckerpresse wieder in Betrieb zu nehmen und mit der Feder für die Revolution zu kämpfen, nicht mit dem Schwert.

Dieser Plan war gemeinsam mit dem Rest meines Lebens verschwunden, als uns berichtet wurde, er sei ertrunken. Aber jetzt … Aufregung durchfuhr mich, und sie musste mir anzusehen sein, denn Mr. und Miss Bartram schauten mich beide blinzelnd an, als sie jetzt auf die Veranda hinaustraten. Sie waren Zwillinge, aber ihre Gesichtszüge besaßen nur eine schwache Ähnlichkeit, doch sie trugen oft die gleiche Miene – so auch jetzt, als sie beide etwas überrascht, aber erfreut dreinblickten.

Ich konnte es mir nur mit Mühe verkneifen, meinen wunderbaren Gedanken mit ihnen zu teilen, doch das ging nicht, und ich brachte es fertig, an meinem Punsch zu nippen – Portwein mit heißem Wasser, Zucker und Gewürzen gemischt und dann zu einer kalten, *wirklich* kalten Köstlichkeit abgekühlt, von der das Wasser abperlte – und ganz zivil meiner Bewunderung über die fortwährenden Verbesserungen der Gärtnerei Ausdruck zu verleihen, die ohnehin schon für ihre Schönheit und Vielfalt berühmt war. Der alte Mr. Bartram hatte fast fünfzig Jahre damit zugebracht, seine Gärten zu planen, zu bepflanzen und zu erweitern, und seine Kinder hatten offenbar nicht nur die Gärten geerbt, sondern ebenso die Familienmanie.

»… und wir haben den Uferweg am Fluss ausgebaut, und wir haben gerade eine *viel* größere Scheune zum Umtopfen gebaut«, erzählte Sissy Bartram gerade begeistert. »Wir haben so viele Kunden, die Topfpflanzen für ihre Salons und ihre Wintergärten kaufen! Obwohl ich nicht weiß …« Ihre Begeisterung verblasste ein wenig, und Zweifel schlichen sich in ihre Miene. »Dieser ganze Aufruhr … der Krieg ist *so* schlecht für das Geschäft!«

Mr. Bartram hüstelte. »Das kommt ganz darauf an, was für ein Geschäft«, sagte er geduldig. »Und ich fürchte, wir werden bald einen deutlich erhöhten Bedarf an Heilkräutern haben.«

»Aber wenn die Armee doch abzieht …«, begann Miss Bartram hoffnungsvoll, doch ihr Bruder schüttelte den Kopf, und seine Miene wurde nüchtern.

»Spürst du denn nicht, wie es in der Luft liegt, Sissy?«, sagte er leise. »Es ist etwas im Anmarsch. Meinst du nicht auch, Freundin Claire?« Er hob das Gesicht, als röche er etwas in der schwülen Luft, und sie streckte die Hand aus, um sie ihm auf den Arm zu legen, während sie schweigend mit ihm nach Geräuschen der Gewalt lauschte.

»Ich wusste gar nicht, dass Ihr Quäker seid, Mr. Bartram«, sagte ich, um das ominöse Schweigen zu brechen. Sie blinzelten beide und lächelten mich an.

»Oh«, sagte Miss Bartram. »Vater wurde vor Jahren von der Zusammenkunft ausgeschlossen. Aber manchmal kehren die Angewohnheiten der Kindheit zurück, wenn man am wenigsten damit rechnet.« Sie zog ihre rundlichen Schultern hoch und lächelte, doch es lag etwas Bedauerndes darin. »Ich sehe, Ihr habt eine Liste dabei, Lady John?«

Das erinnerte mich abrupt wieder an den Grund für meinen Ausflug, und wir verbrachten die nächste Stunde damit, die Gärten zu erkunden, über die Vor- und Nachteile diverser Heilkräuter zu diskutieren, in den weitläufigen Trockenräumen getrocknete Kräuter auszusuchen und frische aus den Beeten zu schneiden. Angesichts meiner plötzlichen Erkenntnis, dass wir vielleicht schon bald nach Fraser's Ridge zurückkehren würden, und der scharfsichtigen Feststellung Mr. Bartrams über den bevorstehenden Bedarf an Heilkräutern kaufte ich viel mehr, als ich ursprünglich beabsichtigt hatte, und füllte nicht nur meine üblichen Vorräte wieder auf (einschließlich eines Pfunds getrockneter Ephedra, für alle Fälle. Was *würde* ich nur mit dem verflixten Mann anstellen?), sondern deckte mich auch mit Chinarinde, Helenenkraut und sogar Lobelien ein.

Am Ende war es zu viel für meinen Korb, und Miss Bartram sagte, sie würde es verpacken und von einem der Hilfsgärtner ausliefern lassen, der in der Stadt wohnte und es auf dem Heimweg mitnehmen konnte.

»Würdet Ihr gern den Uferweg sehen, bevor Ihr geht?«, fragte sie mich mit einem raschen Blick zum Himmel. »Er ist natürlich noch nicht fertig, aber wir haben ein paar wirklich erstaunliche Dinge gepflanzt, und um diese Tageszeit ist es dort herrlich kühl.«

»Oh, danke. Ich muss wirklich – halt. Ihr habt dort unten nicht zufällig frisches Pfeilkraut, oder?« Ich hatte nicht daran gedacht, es auf meine Liste zu setzen, aber wenn es vorrätig war …

»Oh doch!«, rief sie strahlend. »Massenweise!« Wir standen in der größten Trockenscheune, und das Licht des Spätnachmittags, das durch die Wandbretter fiel, streifte die Luft mit Linien aus schwimmendem Gold und beleuchtete den unablässigen Pollenregen, der aus den trocknenden Blüten rieselte. Auf dem Tisch lagen einige Werkzeuge, und sie zog, ohne zu zögern, eine Holzschaufel und ein stabiles Messer aus dem Haufen. »Würdet Ihr es gern selbst ausgraben?«

Ich lachte vor Vergnügen. In der feuchten Erde zu buddeln war ein Angebot, das nicht viele Frauen ausgesprochen hätten – schon gar nicht gegenüber einer anderen Frau, die in blassblauen Musselin gekleidet war. Doch Miss Bartram sprach meine Sprache. Seit Monaten hatte ich die Hände nicht mehr in der Erde gehabt, und bei dem bloßen Vorschlag kribbelten mir die Finger.

DER UFERWEG WAR wunderhübsch, gesäumt mit Weiden und Silberbirken, die ihren flackernden Schatten über die Brunnenkresse und die Azaleen am Wegrand warfen und die dahintreibenden Kressebüschel im Wasser. Ich spürte, wie mein Blutdruck sank, während wir dort entlangschlenderten und über dieses und jenes plauderten.

»Würde es Euch etwas ausmachen, wenn ich Euch eine Frage über die Quäker stelle?«, fragte ich. »Ich habe einen Kollegen, der von der Zusammenkunft ausgeschlossen wurde – er und seine Schwester –, weil er sich freiwillig als Stabsarzt in der Kontinentalarmee gemeldet hat. Da Ihr Euren Vater erwähnt habt … habe ich mich gefragt, wie wichtig das wohl ist. Einer Zusammenkunft anzugehören, meine ich.«

»Oh!« Zu meiner großen Überraschung lachte sie. »Das kommt wohl ganz auf den Einzelnen an – wie eigentlich alles bei den Quäkern. Mein Vater zum Beispiel – man *hat* ihn von der Zusammenkunft ausgeschlossen, weil er sich geweigert hat, die Göttlichkeit Jesu Christi anzuerkennen, aber er hat die Zusammenkunft einfach weiterbesucht und sich gar nicht daran gestört.«

»Oh.« Das war ja sehr beruhigend. »Was, wenn – wie sieht es mit einer Eheschließung bei Quäkern aus? Müsste man einer Zusammenkunft angehören, um zu heiraten?«

Das fand sie interessant und summte eine Weile leise vor sich hin.

»Nun, eine Hochzeit zwischen zwei Quäkern … ist eine Sache der beiden, die heiraten. Kein Prediger, meine ich, und kein besonderes Gebet, kein besonderer Gottesdienst. Die beiden Quäker heiraten *einander*, es ist kein Sakrament, das von einem Priester gestiftet wird oder so. Aber es muss vor Zeugen geschehen«, fügte sie hinzu, und zwischen ihren Augenbrauen bildete sich eine kleine Falte. »Vor anderen Quäkern – und ich vermute, dass es beträchtlichen Widerspruch geben würde, wenn die Eheleute – oder einer von ihnen – offiziell Ausgestoßene wären.«

»Wie interessant – danke!« Ich fragte mich, inwieweit das wohl Denzell und Dorothea betreffen würde, und noch mehr, wie es Rachel und Ian betreffen würde. »Kann ein Quäker eigentlich einen, äh, Nicht-Quäker heiraten?«

»Oh ja, natürlich. Obwohl ich vermute, dass man sie daraufhin von der Zusammenkunft ausschließen würde«, fügte sie skeptisch hinzu. »Es könnte allerdings sein, dass man widrige Umstände geltend macht. Die Zusammenkunft würde dann wohl ein Komitee der Klarheit einberufen, um die Situation zu beurteilen.«

Ich hatte noch nicht so weit gedacht, dass mir widrige Umstände in den Sinn gekommen wären, doch ich dankte ihr, und unser Gespräch wandte sich wieder den Pflanzen zu.

Sie hatte recht gehabt, was das Pfeilkraut betraf; es wuchs tatsächlich in rauen Mengen. Sie lächelte glücklich über mein Erstaunen, überließ mich dann aber mir selbst, nachdem sie mir versichert hatte, ich könnte auch gern Lotus und Kalmuswurzeln mitnehmen, wenn ich wollte. »Und natürlich frische Kresse!«, rief sie mir im Zurückblicken zu und wies zum Wasser. »So viel Ihr wollt!«

Sie hatte freundlicherweise einen Jutesack mitgenommen, auf den ich mich knien konnte; ich breitete ihn vorsichtig aus, um nichts zu zerquetschen, und raffte meine Röcke beiseite, so gut es ging. Es wehte ein schwacher Luftzug wie stets über fließendem Wasser, und ich seufzte erleichtert auf, weil es so kühl war und weil ich plötzlich allein war. Die Gesellschaft von Pflanzen wirkt immer beruhigend, und nach der unablässigen … nun, als Geselligkeit konnte man es eigentlich nicht bezeichnen, nach der unablässigen *Anwesenheit* von Menschen, mit denen ich mich in den letzten Tagen unterhalten musste, denen ich Anweisungen erteilen musste, die ich umherscheuchen musste, mit denen ich schimpfen musste, mit denen ich mich beratschlagen musste, die ich überreden oder anlügen musste, empfand ich die tief verwurzelte Stille, den rauschenden Bach und die raschelnden Blätter als Balsam für die Seele.

Und ich war ganz offen der Meinung, dass meine Seele ein wenig Balsam brauchen konnte. Wenn ich an Jamie dachte, an John, Hal, William, Ian, Denny Hunter und Benedict Arnold (ganz zu schweigen von Hauptmann Richardson, General Clinton, Colenso und der ganzen verflixten Kontinentalarmee), so hatte mich das männliche Geschlecht in letzter Zeit wirklich Nerven gekostet.

Ich grub langsam und friedlich vor mich hin, hob die triefenden Wurzeln in meinen Korb und packte eine Matte aus Brunnenkresse zwischen jede Schicht. Der Schweiß lief mir über das Gesicht und zwischen die Brüste, doch ich nahm keine Notiz davon; ich verschmolz in aller Stille mit der Landschaft, Atem und Muskeln wurden zu Wind und Erde und Wasser.

Zikaden summten laut in den Bäumen, und Mücken und Moskitos begannen, sich über mir in unangenehmen Wolken zu sammeln. Zum Glück wurden sie mir nur lästig, wenn sie mir in die Nase flogen oder zu dicht vor meinem Gesicht schwebten; anscheinend reizte mein Blut aus dem zwanzigsten Jahrhundert die Insekten des achtzehnten Jahrhunderts nicht, und ich wurde fast nie gestochen – ein großer Segen für einen Gärtner. Ganz in Gedanken hatte ich jedes Gefühl für die Tageszeit und meine Umgebung verloren, und als ein Paar große, zerschlissene Schuhe in meinem Sichtfeld auftauchten, blinzelte ich sie im ersten Moment nur an wie einen plötzlich aufgetauchten Frosch.

Dann blickte ich auf.

»OH«, SAGTE ICH ETWAS AUSDRUCKSLOS. Dann: »Da bist du ja!«, und ich ließ das Messer fallen und erhob mich auf den Flügeln freudiger Erleichterung. »Wo zum Teufel bist du nur gewesen?«

Ein Lächeln huschte kurz über Jamies Gesicht, und er nahm meine Hände, so nass und schmutzig, wie sie waren. Seine Hände waren groß und warm und fest.

»Zuletzt in einem Wagen voller Kohlköpfe«, sagte er, und das Lächeln fand Halt, während er mich betrachtete. »Du siehst gut aus, Sassenach. Gesund und munter.«

»Du nicht«, sagte ich unverblümt. Er war schmutzig und abgemagert, und er sah übernächtigt aus; er hatte sich zwar rasiert, doch sein Gesicht war hager und eingefallen. »Was ist passiert?«

Er öffnete den Mund, um zu antworten, schien es sich dann aber anders zu überlegen. Er ließ meine Hände los, räusperte sich mit einem leisen schottischen Geräusch und heftete seine Augen auf die meinen. Das Lächeln war fort.

»Du bist mit John Grey ins Bett gegangen, aye?«

Ich blinzelte verblüfft, dann sah ich ihn stirnrunzelnd an. »Äh, nein, das würde ich nicht sagen.«

Seine Augenbrauen hoben sich.

»Er hat es mir aber gesagt.«

»Mit diesen Worten?«, sagte ich überrascht.

»Mpfm.« Jetzt war es an ihm, die Stirn zu runzeln. »Er hat mir gesagt, er hätte dir beigewohnt. Warum sollte er in einer solchen Angelegenheit lügen?«

»Oh«, sagte ich. »Nein, das stimmt. ›Beigewohnt‹ ist eine sehr adäquate Beschreibung für das, was geschehen ist.«

»Aber …«

»›Ins Bett gehen‹ dagegen … nun, erstens haben wir das nicht getan. Es hat auf einer Ankleidekommode angefangen und – soweit ich mich erinnere – auf dem Fußboden geendet.« Jamies Augen weiteten sich sichtlich, und ich beeilte mich, den Eindruck zu korrigieren, zu dem er offensichtlich gerade gelangte. »Zweitens wird mit dieser Formulierung unterstellt, dass wir beschlossen haben, einander zu lieben, und dass wir Hand in Hand davongeschlendert sind, um genau das zu tun, und das war ganz und gar nicht das, was geschehen ist. Ähm … vielleicht sollten wir uns setzen?« Ich zeigte auf eine rustikale Bank, die knietief in sattgelben Butterblumenbüscheln stand.

Ich hatte keinen einzigen Gedanken an diese Nacht verschwendet, seit ich wusste, dass Jamie am Leben war, doch allmählich dämmerte mir, dass sie Jamie möglicherweise wichtig war – und dass es knifflig werden würde, ihm zu erklären, was wirklich geschehen war.

Er nickte überaus steif und wandte sich der Bank zu. Ich folgte ihm und nahm besorgt zur Kenntnis, wie er seine Schultern hielt.

»Hast du dich am Rücken verletzt?«, fragte ich und runzelte die Stirn, als ich sah, wie vorsichtig er sich setzte.

»Was *ist* denn geschehen?«, fragte er, ohne meine Frage zu beachten. Höflich, aber hörbar gereizt.

Ich holte tief Luft und atmete dann hilflos durch den Mund aus.

Er knurrte. Ich sah ihn erschrocken an, denn ein solches Geräusch hatte ich noch nie von ihm gehört – zumindest nicht gegen mich gerichtet. Anscheinend war es einiges mehr als wichtig.

»Äh …«, begann ich vorsichtig und setzte mich neben ihn. »Was *genau* hat John denn gesagt? Nachdem er dir erzählt hatte, dass er mir beigewohnt hat, meine ich.«

»Er wollte, dass ich ihn umbringe. Und wenn du mir jetzt auch sagst, dass du lieber möchtest, dass ich dich umbringe, als mir zu sagen, was geschehen ist, dann warne ich dich, denn ich übernehme keine Verantwortung für das, was *dann* passiert.«

Ich musterte ihn scharf. Er machte zwar einen beherrschten Eindruck, doch seine Haltung hatte unleugbar etwas Angespanntes an sich.

»Nun … ich weiß zumindest noch, wie es angefangen hat …«

»Dann fang doch genau damit an«, schlug er vor, und der gereizte Unterton wurde deutlicher.

»Ich habe in meinem Zimmer gesessen, Pflaumenbrandy getrunken und versucht, einen Selbstmord vor mir selbst zu rechtfertigen, wenn du es wirklich wissen musst«, sagte ich, jetzt ebenfalls gereizt. Ich funkelte ihn an und verbat mir jedes Wort, doch er nickte mir nur mit einer Geste zu, die »Erzähl weiter« hieß.

»Mir ist der Brandy ausgegangen, und ich habe versucht, mich zu entscheiden, ob ich es nach unten schaffen und dort mehr auftreiben könnte, ohne mir den Hals zu brechen, oder ob ich wohl schon genug intus hatte, um stattdessen ohne Schuldgefühle die ganze Flasche Laudanum zu trinken. Und dann ist John hereingekommen.« Ich schluckte, denn mein Mund war plötzlich trocken und verklebt, so wie er es in jener Nacht gewesen war.

»Er hat ebenfalls gesagt, dass Alkohol im Spiel war«, merkte Jamie an.

»In Mengen. Er sah fast so betrunken aus, wie ich es war, nur, dass er noch stehen konnte.« Ich konnte Johns Gesicht genau vor mir sehen, kreidebleich bis auf die Augen, die so rot und geschwollen waren, als hätte man sie mit Sandpapier bearbeitet. Und der Ausdruck dieser Augen! »Er sah aus, wie ein Mensch aussieht, kurz bevor er von einer Klippe springt«, sagte ich leise, den Blick auf meine gefalteten Hände gerichtet. Ich holte noch einmal Luft.

»Er hatte eine frische Karaffe Brandy in der Hand. Er hat sie neben mir auf die Kommode gestellt, mich angesehen und gesagt: ›Ich werde heute Nacht nicht allein um ihn trauern.‹« Ein tiefer Schauer durchlief mich bei der Erinnerung an diese Worte.

»Und …?«

»Und genau das hat er auch nicht«, sagte ich ein wenig gereizt. »Ich habe ihn aufgefordert, sich zu setzen, was er getan hat. Und dann hat er uns Brandy eingeschenkt, und wir haben ihn getrunken, und ich habe nicht die geringste Ahnung, was wir gesagt haben, aber wir haben von dir gesprochen. Und dann ist er aufgestanden, und ich bin auch aufgestanden. Und … ich konnte es nicht ertragen, allein zu sein, und ich konnte es nicht ertragen, dass *er* allein war, und ich habe mich ihm mehr oder weniger an den Hals geworfen, weil ich in diesem Moment jemanden brauchte, der mich berührte.«

»Und er hat dir offensichtlich den Gefallen getan.«

Der Ton dieser Worte war unüberhörbar zynisch, und ich spürte, wie mir die Röte in die Wangen stieg, nicht vor Verlegenheit, sondern vor Wut.

»Hat er dich gebumst?«

Ich sah ihn lange an. Er meinte es ernst.

»Du absoluter Mistkerl«, knirschte ich mindestens so erstaunt wie wütend. Dann kam mir ein Gedanke. »Du sagst, er hat den Wunsch geäußert, dass du ihn umbringst«, sagte ich langsam. »Das hast du aber nicht getan, oder?«

Seine Augen waren wie ein Gewehrlauf auf mich gerichtet.

»Würde es dir etwas ausmachen, wenn ich es getan hätte?«, fragte er leise.

»Ja, das würde es, zum Kuckuck«, sagte ich so nachdrücklich wie es mir in der wachsenden Verwirrung meiner Gefühle möglich war. »Aber das hast du nicht – ich *weiß*, dass du es nicht getan hast.«

»Nein«, sagte er noch leiser. »Das weißt du nicht.«

Obwohl ich überzeugt war, dass er bluffte, ließ mir ein kleiner Schauer die Härchen auf den Unterarmen zu Berge stehen.

»Ich hätte jedes Recht gehabt«, behauptete er nun.

»Das hättest du nicht«, protestierte ich, und der Schauer verwandelte sich in Ärger. »Du hattest überhaupt keine Rechte. Du warst tot, verdammt!« Trotz des Ärgers überschlug sich meine Stimme bei dem Wort »tot« etwas, und sein Gesicht veränderte sich auf der Stelle.

»Was?«, fragte ich gereizt und wandte mich ab. »Hast du etwa gedacht, das würde keine *Rolle* spielen?«

»Nein«, sagte er und ergriff meine schmutzige Hand. »Aber ich habe nicht gewusst, dass es eine so große Rolle spielte.« Seine Stimme war jetzt heiser, und als ich mich ihm wieder zuwandte, sah ich, dass ihm die Tränen in den Augen standen. Mit einem zusammenhanglosen Laut warf ich mich in seine Arme und umklammerte ihn, während ich törichte kleine krampfhafte Schluchzer ausstieß.

Er hielt mich fest, sein Atem warm auf meinem Scheitel, und als ich schließlich aufhörte, schob er mich ein wenig von sich und nahm mein Gesicht in seine Hände.

»Ich habe dich vom ersten Moment an geliebt, Sassenach«, sagte er sehr leise und hielt meine Augen mit den seinen fest, blutunterlaufen und von Müdigkeit gezeichnet, aber sehr blau. »Ich werde dich immer lieben. Es spielt keine Rolle, wenn du mit der ganzen englischen Armee schläfst … na ja«, verbesserte er sich, »es würde eine Rolle spielen, aber es würde mich nicht daran hindern, dich zu lieben.«

»Das habe ich mir gedacht.« Ich zog die Nase hoch, und er holte ein Taschentuch aus seinem Ärmel und reichte es mir. Es war aus abgenutztem weißem Batist und hatte die Initiale »P« etwas ungeschickt mit blauem Faden in eine Ecke gestickt. Ich konnte mir zwar nicht vorstellen, woher er so etwas wohl hatte, fragte unter den Umständen aber auch lieber nicht nach.

Die Bank war nicht sehr groß, und sein Knie war nur ein paar Zentimeter von meinem entfernt. Doch er berührte mich nicht mehr, und mein Herzschlag begann, sich merklich zu beschleunigen. Was er gesagt hatte, dass er mich liebte, war ihm ernst, doch das bedeutete nicht, dass die nächsten Minuten angenehm werden würden.

»Ich hatte den Eindruck, dass er es mir gesagt hat, weil er sich sicher war, dass *du* es mir ohnehin sagen würdest«, sagte er bedacht.

»Das hätte ich auch«, gab ich prompt zu und wischte mir die Nase ab. »Obwohl ich möglicherweise gewartet hätte, bis du zu Hause bist, gebadet hast und etwas zu essen bekommen hast. Wenn ich eines über Männer weiß, dann ist es, dass man sie mit so etwas nicht auf nüchternen Magen konfrontiert. Wann hast du zuletzt etwas gegessen?«

»Heute Morgen. Würstchen. Lenke nicht vom Thema ab.« Seine Stimme war zwar gleichmütig, doch darunter kochte einiges an Gefühl; er hätte genauso gut ein Topf mit simmernder Milch sein können. Noch ein Grad Hitze, und es würde eine Eruption geben, und alles wäre voll mit übergekochter Milch. »Ich verstehe es ja, aber ich möchte – ich muss – wissen, was geschehen ist.«

»Du verstehst es?«, wiederholte ich und klang sogar für meine Ohren ungläubig. Ich hoffte, dass er es tatsächlich verstand, aber sein Verhalten stand mehr als nur ein wenig im Gegensatz zu seinen Worten. Meine Hände waren jetzt nicht mehr kalt; sie fingen an zu schwitzen, und ich packte den Rock über meinen Knien, ohne mich um die Schmutzflecken zu kümmern.

»Nun ja, ich bin nicht *begeistert*«, sagte er verkrampft. »Aber ich verstehe es.«

»Wirklich?«

»Wirklich«, sagte er und betrachtete mich. »Ihr dachtet beide, ich wäre tot. Und ich weiß ja, wie du bist, wenn du etwas trinkst, Sassenach.«

Ich ohrfeigte ihn so schnell und so hart, dass er keine Zeit hatte, sich zu ducken, und durch den Schlag zurückgeworfen wurde.

»Du … du …«, keuchte ich, denn mir fiel nichts ein, was böse genug gewesen wäre, um der Heftigkeit meiner Gefühle Ausdruck zu verleihen. »Wie zum *Teufel* kannst du es wagen?«

Er fasste sich vorsichtig an die Wange. Sein Mund zuckte.

»Ich … äh … habe es nicht so gemeint, wie es geklungen hat, Sassenach«, sagte er. »Außerdem, bin ich denn hier nicht der Leidtragende?«

»Nein, verdammt, das bist du *nicht*!«, herrschte ich ihn an. »Du gehst einfach los und … und ertrinkst und lässt mich allein m-mit all den Spionen und S-Soldaten und den Kindern … Du und Fergus, alle beide, ihr Mistkerle! Lasst mich und Marsali allein mit … mit …« Ich war so aufgewühlt, dass mir die Luft wegblieb und ich nicht weitersprechen konnte. Doch ich wollte verdammt sein, wenn ich weinte, *verdammt*, wenn ich noch einmal vor ihm weinte.

Er streckte vorsichtig die Hand aus und ergriff die meine. Ich ließ es zu, ließ zu, dass er mich dichter zu sich zog, so dicht, dass ich den schwachen Schatten seiner Bartstoppeln sah, den Straßenstaub und den getrockneten Schweiß in seinen Kleidern riechen konnte, die Wärme spüren konnte, die sein Körper ausstrahlte.

Ich saß bebend da und prustete und pufftte, weil ich vor lauter Empörung kein Wort mehr herausbrachte. Er ging nicht darauf ein, sondern breitete meine Finger zwischen den seinen aus und streichelte mir sanft mit seinem großen, rauen Daumen über die Handfläche.

»Ich wollte damit nicht andeuten, dass ich dich für trunksüchtig halte, Sassenach«, sagte er, ganz offensichtlich um Versöhnlichkeit bemüht. »Es ist einfach nur so, dass du mit deinem Körper denkst, Claire; das war schon immer so.«

Nicht minder bemüht, fand ich die Worte wieder.

»Dann bin ich also eine … eine … als was bezeichnest du mich denn jetzt? Als leichtes Mädchen? Als Flittchen? Und du meinst, das ist besser, als mich der Trunksucht zu bezichtigen?!«

Er stieß ein leises Prusten aus, das Belustigung hätte sein können. Ich zerrte an meiner Hand, doch er ließ nicht los.

»Ich habe genau das gesagt, was ich gemeint habe, Sassenach«, sagte er. Seine Finger schlossen sich fester um meine Hand, und seine andere Hand legte sich um meinen Unterarm, um mich am Aufstehen zu hindern. »Du denkst mit deinem Körper. Das ist es doch, was dich zur Ärztin macht, oder nicht?«

»Ich … oh.« Ich beherrschte vorübergehend meine Wut und musste zugeben, dass dieser Beobachtung etwas Wahres anhaftete.

»Möglich«, sagte ich steif, ohne ihn anzusehen. »Aber ich glaube nicht, dass es das ist, was du gemeint hast.«

»Nicht ganz, nein.« Der gereizte Unterton in seiner Stimme war zurück, doch ich sah ihn nicht an. »Hör mir zu.«

Einen Moment lang saß ich sturköpfig schweigend da, doch er hielt mich einfach nur fest, und ich wusste, dass er von Natur aus sturköpfiger war, als ich es mit der größten Mühe je sein würde. Ich würde hören, was er zu sagen hatte – und ich würde ihm sagen, was er hören wollte –, ob es mir gefiel oder nicht.

»Ich höre«, sagte ich. Er holte Luft und entspannte sich ein wenig, doch seine Umklammerung ließ nicht nach.

»Ich habe schon mindestens tausendmal mit dir geschlafen, Sassenach«, sagte er. »Meinst du, ich habe dabei nicht auf dich geachtet?«

»Mindestens zwei- oder dreitausendmal«, sagte ich im Interesse strikter Genauigkeit und starrte dabei auf das Messer, das ich fallen gelassen hatte. »Und nein.«

»Na also. Ich weiß doch, wie du im Bett bist. Und ich sehe vor mir – viel zu gut«, fügte er hinzu, und seine Lippen pressten sich aufeinander, »wie das wahrscheinlich gewesen ist.«

»Nein, das tust du nicht«, wehrte ich mit Nachdruck ab.

Wieder stieß er einen schottischen Laut aus, der diesmal Zögern signalisierte.

»Doch«, sagte er, jedoch mit Bedacht. »Als ich dich verloren hatte, nach Culloden ... ich wusste, dass du nicht tot warst, aber das hat es nur schlimmer gemacht, wenn du mich fragst ... hm?«

Ich hatte meinerseits ein Geräusch ausgestoßen, winkte ihm aber fortzufahren.

»Ich habe dir doch von Mary MacNab erzählt, aye? Wie sie zu mir gekommen ist, in der Höhle?«

»Mehrere Jahre danach«, sagte ich ziemlich kalt. »Doch, ja, irgendwann hast du dich dazu aufgerafft.« Ich sah ihn vielsagend an. »Ich mache dir deswegen gewiss keine Vorwürfe – und ich habe dich auch nicht nach den Einzelheiten gefragt.«

»Nein, das hast du nicht«, räumte er ein. Er rieb sich mit dem Fingerknöchel über den Nasenrücken. »Vielleicht warst du ja nicht eifersüchtig. Ich bin es aber.« Er zögerte. »Aber ich würde es dir erzählen – wie es war –, wenn du es wissen wolltest.«

Ich sah ihn an und biss mir skeptisch auf die Lippe. *Wollte* ich es wissen? Wenn nicht – und ich war mir wirklich nicht sicher –, würde er daraus schließen, dass es mir gleichgültig war? Und sein kurzes »Ich bin es aber« war mir nicht entgangen.

Ich holte tief Luft und ließ mich auf den Handel ein, den er mir anbot.

»Erzähle es mir«, sagte ich, »wie es war.«

Jetzt wandte er den Blick ab, und ich sah, wie sich seine Kehle bewegte, als er schluckte.

»Es war ... zärtlich«, begann er einen Moment später leise. »Traurig.«

»Traurig«, wiederholte ich. »Inwiefern?«

Er sah nicht auf, sondern hielt den Blick auf die Blumen gerichtet und folgte den Bewegungen einer großen schwarzen Hummel durch die eingerollten Blüten.

»Wir trauerten beide um Dinge, die verloren waren«, sagte er langsam, die Augenbrauen nachdenklich zusammengezogen. »Sie hat gesagt, sie wollte dich für mich lebendig halten, wollte, dass ich … dass ich mir vorstellte, dass du es bist, vermute ich.«

»Und ist es so gewesen?«

»Nein.« Jetzt sah er mich an, geradeheraus, und sein Blick durchfuhr mich wie eine Klinge. »Es kann niemanden wie dich geben.«

Es klang nicht wie ein Kompliment, eher wie eine unumstößliche Tatsache – oder vielleicht sogar wie ein Vorwurf.

Ich zog kurz die Schultern hoch. Es gab nicht viel, das ich sagen konnte.

»Und?«

Er seufzte und richtete die Augen auf seine knotigen Hände. Er drückte die Finger seiner schmaleren rechten Hand mit der Linken, als wollte er sich an den fehlenden Finger erinnern.

»Es war still«, fuhr er fort, an seinen Daumen gerichtet. »Wir haben eigentlich nichts gesagt, nicht, nachdem wir … begonnen hatten.« Er schloss die Augen, und ich fragte mich mit einem leisen Stich der Neugier, was genau er sah. Es überraschte mich festzustellen, dass Neugier alles war, was ich empfand – vielleicht gepaart mit Mitleid für sie beide. Ich hatte die Höhle gesehen, in der sie miteinander geschlafen hatten, ein kaltes Granitgrab, und ich wusste, wie hoffnungslos die Lage in den Highlands damals gewesen war. Die simple Verheißung von etwas menschlicher Wärme … »*Wir trauerten beide um Dinge, die verloren waren*«, hatte er gesagt.

»Es war nur das eine Mal. Es hat nicht lange gedauert; ich … Es war lange her gewesen«, sagte er, und eine leichte Röte erschien auf seinen Wangen. »Aber … ich habe es sehr gebraucht. Hinterher hat sie mich festgehalten, und … das habe ich noch mehr gebraucht. Ich bin in ihren Armen eingeschlafen; sie war fort, als ich aufgewacht bin. Aber ich habe ihre Wärme bei mir getragen. Lange Zeit«, bekannte er ganz leise.

Das versetzte mir einen unerwarteten Stich der Eifersucht, und ich richtete mich ruckartig auf und kämpfte mit geballten Fäusten dagegen an. Das merkte er und wandte mir den Kopf zu. Er hatte gespürt, wie sich diese kleine Flamme entzündete – die genauso in ihm brannte.

»Und bei dir?«, fragte er und sah mich fest und unverwandt an.

»Es war nicht zärtlich«, antwortete ich jetzt wieder gereizt. »Und es war nicht traurig. Es hätte so sein sollen. Als er in mein Zimmer kam und gesagt hat, er würde nicht allein um dich trauern, und wir uns unterhalten haben, da bin ich aufgestanden und zu ihm gegangen und habe es erwartet … wenn man es Erwartung nennen kann; ich glaube nicht, dass ich noch bewusst gedacht habe …«

»Nein?« Auch er klang gereizt. »Stockbesoffen, wie?«

»Ja, das war ich, verdammt, und er war es auch.« Ich wusste, woran er dachte; er machte keinen Hehl daraus, und ich erinnerte mich plötzlich lebhaft daran, wie ich mit ihm in der Ecke eines Wirtshauses in Cross Creek gesessen hatte und er plötzlich mein Gesicht in die Hände nahm und mich küsste und die warme Süße des Weins aus seinem Mund in meinen überging. Ich sprang auf und schlug mit der Hand auf die Bank.

»Ja, verdammt!«, wiederholte ich wütend. »Ich war jeden Tag betrunken, seit ich von deinem Tod erfahren hatte.«

Er holte tief, tief Luft, und ich sah, wie sich sein Blick auf seine Hände richtete, die seine Knie umklammerten. Er atmete ganz langsam aus.

»Und was hat er dir dann gegeben?«

»Etwas, worauf ich einschlagen konnte«, sagte ich. »Zumindest anfangs.«

Er blickte verblüfft zu mir auf.

»Du hast ihn geschlagen?«

»Nein, ich habe *dich* geschlagen«, fuhr ich ihn an. Meine Hand hatte sich zur Faust geballt, ohne dass ich es merkte, und drückte gegen meinen Oberschenkel. Ich erinnerte mich an meinen ersten Schlag, einen blindwütigen Hieb, der ihn unerwartet mit der ganzen Wucht meiner Trauer traf. Der Rückstoß, der mir erst das Gefühl der Wärme nahm, um sie dann mit einem Aufprall zurückzubringen, der mich auf die Kommode warf, niedergedrückt vom Gewicht eines Mannes, der meine Handgelenke fest umklammert hielt, während ich brüllte vor Wut. Ich erinnerte mich nicht genau, was dann kam – oder vielmehr erinnerte ich mich äußerst lebhaft an manche Dinge, hatte aber keine Ahnung, in welcher Reihenfolge sie sich zugetragen hatten.

»Es war alles wie verschwommen«, sagen die Leute, wenn sie eigentlich sagen wollen, dass es unmöglich ist, eine solche Erfahrung von außen zu beschreiben, dass jede Erklärung vergeblich ist.

»Mary MacNab«, sagte ich abrupt. »Sie hat dir … Zärtlichkeit gegeben, sagst du. Es sollte ein Wort dafür geben, was das war, was John mir gegeben hat, aber es ist mir noch nicht eingefallen.« Ich brauchte ein Wort, das vieles umfasste. Bis jetzt hatte ich noch keins gefunden.

»Gewalt«, sagte ich. »Das war ein Teil davon.« Jamie erstarrte und musterte mich scharf. Ich wusste, was er dachte, und schüttelte den Kopf. »Nicht das. Ich war wie betäubt – mit Absicht betäubt, weil ich es nicht aushalten konnte, etwas zu fühlen. Er konnte es; sein Mut war größer als der meine. Und er hat mich gezwungen, es auch zu fühlen. Deshalb habe ich nach ihm geschlagen.«

Ich war betäubt gewesen, und John hatte den Verband des Leugnens abgerissen, die Pflaster der kleinen Alltäglichkeiten, die mich auf den Beinen hielten; seine körperliche Nähe hatte die Bandagen aus Trauer entfernt und freigelegt, was darunterlag: ich, blutend, unverheilt.

Ich spürte die Luft schwül in meiner Kehle, feucht und heiß und juckend auf meiner Haut. Und am Ende fand ich das Wort.

»Triage«, sagte ich abrupt. »Unter der Betäubung war ich … wund. Blutig. *Wie enthäutet*. Bei der Triage … stillt man erst die Blutung. Das ist das Wichtigste. Man stillt die Blutung, oder der Patient stirbt. Er hat sie gestillt.«

Er hatte sie gestillt, indem er seinen eigenen Schmerz, seine eigene Wut über das aufquellende Blut gepresst hatte. Zwei Wunden, aufeinandergedrückt, immer noch blutend – doch mein Blut floss nicht mehr davon, sondern in den Körper eines anderen, und sein Blut in den meinen, heiß, sengend, nicht willkommen – aber Leben spendend.

Jamie sagte leise etwas auf Gälisch. Das meiste davon verstand ich nicht. Er saß mit gesenktem Kopf da, die Ellbogen auf den Knien und den Kopf in den Händen, und atmete hörbar ein und aus.

Nach einem Moment setzte ich mich wieder neben ihn und atmete ebenfalls schwer ein und aus. Die Zikaden wurden jetzt lauter, ein drängendes Surren, das das Rauschen des Wassers und das Rascheln des Laubes übertönte und in meinem Innersten widerhallte.

»Verdammt soll er sein«, murmelte Jamie und setzte sich auf. Er sah verstört aus, wütend – aber nicht auf mich.

»John … äh, es *geht* ihm doch gut, oder?«, fragte ich zögernd. Zu meiner Überraschung – und meiner leisen Beklommenheit – verzog sich Jamies Mund ein wenig.

»Aye. Nun ja. Gewiss doch«, sagte er in einem Ton, der gewisse Zweifel einräumte, was ich alarmierend fand.

»Was zum Teufel hast du mit ihm angestellt?«, fragte ich aufgebracht und setzte mich kerzengerade hin.

Er presste kurz die Lippen aufeinander.

»Ich habe ihn geschlagen«, erwiderte er. »Zweimal«, fügte er hinzu und wandte den Blick ab.

»Zweimal?«, wiederholte ich überrascht. »Hat er sich gewehrt?«

»Nein«, sagte er knapp.

»Tatsächlich.« Ich lehnte mich ein wenig zurück und betrachtete ihn. Jetzt, nachdem ich mich genügend beruhigt hatte, um genauer hinzusehen, hatte ich das Gefühl, dass er … was an den Tag legte? Sorge? Schuld?

»Warum hast du ihn geschlagen?«, fragte ich und bemühte mich eher um einen neugierigen als um einen anklagenden Ton. Offensichtlich war ich damit alles andere als erfolgreich, denn er ging auf mich los wie ein von einer Biene gestochener Bär.

»*Warum?* Du wagst es, mich zu fragen, *warum*?«

»Das tue ich in der Tat«, sagte ich und gab den nachsichtigen Tonfall auf. »Was hat er getan, das dich dazu gebracht hat, ihn zu schlagen. Und das *zweimal*?« Jamie hatte kein Problem damit, brutal vorzugehen, doch normalerweise brauchte er einen Grund dazu.

Er stieß einen zutiefst mürrischen schottischen Laut aus, doch vor langer Zeit hatte er mir Aufrichtigkeit versprochen und dieses Versprechen nie gebrochen. Er drückte seinen Rücken durch und sah mir geradewegs in die Augen.

»Das erste Mal war es persönlich; es war ein Hieb, den ich ihm schon lange schuldig war.«

»Und du hast einfach die Gelegenheit ergriffen, ihm eine zu verpassen, weil es sich gerade anbot?«, sagte ich, weil ich ein wenig Angst davor hatte, ihn direkt zu fragen, was zum Teufel er mit »persönlich« meinte.

»Ich konnte nicht anders«, knurrte er aufgebracht. »Er hat etwas gesagt, und ich habe ihn geschlagen.«

Ich verstummte, atmete aber so laut durch die Nase ein, dass er es hören musste. Es folgte ein langer Moment erwartungsvollen Schweigens, das nur vom Rauschen des Flusses unterbrochen wurde.

»Er hat gesagt, es wäre keine körperliche Liebe zwischen euch gewesen«, murmelte er schließlich und starrte zu Boden.

»Nein, das war es auch nicht«, entgegnete ich leicht überrascht. »Wir haben es beide mit … oh!«

Da hob er den Kopf und blitzte mich an.

»Oh«, echote er, und das Wort triefte vor Sarkasmus. »Ihr habt es beide mit mir getrieben, hat er gesagt.«

»Oh, ich verstehe«, sagte ich überrumpelt. »Nun ja. Äh. Ja, das stimmt.« Ich rieb mir den Nasenrücken. »Ich verstehe«, wiederholte ich und vermutete, dass es tatsächlich so war. Zwischen Jamie und John herrschte eine lange, tiefe Freundschaft. Doch mir war bewusst, dass eine der Säulen, auf denen sie ruhte, die strikten Vermeidung jeder Anspielung auf die Tatsache war, dass sich John sexuell zu Jamie hingezogen fühlte. Wenn John so weit aus der Fassung geraten war, dass er diese Säule unter ihnen beiden weggestoßen hatte …

»Und das zweite Mal?«, fragte ich, denn ich entschied, ihn nicht um weitere Erläuterungen des ersten Faustschlags zu bitten.

»Aye, nun ja, dabei ging es dann um dich«, stellte er klar, und seine Stimme und seine Miene entspannten sich ein wenig.

»Ich fühle mich geschmeichelt«, sagte ich so trocken wie möglich. »Aber das wäre doch wirklich nicht nötig gewesen.«

»Das weiß ich jetzt auch«, sagte er und errötete ein bisschen. »Aber ich hatte bereits die Beherrschung verloren und hatte mich noch nicht wieder im Griff. *Ifrinn*«, brummte er, dann bückte er sich, hob das Messer vom Boden auf und rammte es neben sich in die Bank.

Danach schloss er die Augen, presste die Lippen fest aufeinander, saß da und klopfte mit den Fingern seiner rechten Hand gegen sein Bein. Das hatte er nicht mehr getan, seit ich ihm die Überreste seines steifen Ringfingers amputiert hatte, und es erstaunte mich, es in diesem Moment zu sehen. Erst jetzt begann ich zu begreifen, wie kompliziert die Situation tatsächlich war.

»Sag es mir«, sagte ich deutlich lauter als die Zikaden. »Sag mir, an was du denkst.«

»An John Grey. An Helwater.« Er holte tief und ungeduldig Luft und öffnete die Augen, obwohl er mich nicht ansah. »Dort habe ich es fertiggebracht. In meiner Betäubung zu verharren, wie du sagst. Ich hätte vielleicht auch in der Trunkenheit verharren können, wenn ich es mir hätte leisten können.« Sein Mund verzerrte sich, und er ballte die rechte Hand zur Faust. Dann sah er sie überrascht an; das war ihm seit dreißig Jahren nicht mehr gelungen. Er öffnete sie und legte die Hand flach auf sein Knie.

»Ich habe es fertiggebracht«, wiederholte er. »Aber dann kam Geneva – und wie das war, habe ich dir ja erzählt, oder?«

»Ja.«

Er seufzte. »Danach kam William. Als Geneva durch meine Schuld gestorben ist, war es ein Messerstich in mein Herz – und dann William ...« Sein Mund wurde sanfter. »Der Junge hat mich letztlich ganz aufgeschnitten, Sassenach. Er hat mein Inneres nach außen gekehrt.«

Ich legte meine Hand auf die seine, und er drehte sie um und schloss die Finger um die meine.

»Und dieser verdammte englische Sodomit hat mir die Wunden verbunden«, sagte er so leise, dass ich ihn im Rauschen des Flusses kaum hören konnte. »Mit seiner Freundschaft.«

Noch einmal holte er Luft und atmete heftig aus. »Nein, ich habe ihn nicht umgebracht. Ich weiß nicht, ob ich froh bin oder nicht – aber ich habe es nicht getan.«

Auch ich atmete mit einem tiefen Seufzer aus und lehnte mich an ihn.

»Das habe ich gewusst. Ich bin froh.«

Der bedeckte Himmel hatte sich zu stahlgrauen Wolken verdichtet, die zielstrebig den Fluss heraufkamen und donnerten und grollten. Ich füllte mir die Lunge mit Ozon, dann noch einmal mit dem Geruch seiner Haut. Ich entdeckte darin den animalischen Mann, an und für sich schon sehr appetitlich, doch darüber hinaus schien er sich ein sehr ungewöhnliches – aber köstliches – Bouquet zugelegt zu haben: ein Hauch von Bratwurst, kräftiger, bitterer Kohlgeruch und ... ja, Senf mit etwas seltsam Würzigem versetzt. Ich roch noch einmal und verkniff es mir, an ihm zu lecken.

»Du riechst wie ...«

»Ich rieche wie ein großer Teller *choucroute garni*«, unterbrach er mich mit einer kleinen Grimasse. »Warte einen Moment; ich gehe mich waschen.« Er machte Anstalten aufzustehen und zum Fluss zu gehen, und ich streckte die Hand aus und fasste ihn am Arm.

Er sah mich einen Moment an, dann holte er tief Luft, streckte seinerseits die Hand aus und zog mich an sich. Ich leistete keinen Widerstand – im Gegenteil, meine Arme legten sich automatisch um ihn, und in der Erleichterung unserer Umarmung seufzten wir wie aus einem Munde auf.

Ich wäre völlig zufrieden damit gewesen, für immer dazusitzen, seinen Geruch nach Mann und Staub und Kohl einzuatmen und dem Schlagen seines Herzens unter meinem Ohr zu lauschen. Alles, was wir gesagt hatten – und alles, was geschehen war –, umgab uns wie die Wolke aus der Büchse der Pandora, doch in diesem einen Moment gab es nichts als uns beide.

Nach einer Weile bewegte sich seine Hand, um mir die losen, feuchten Locken hinter dem Ohr glatt zu streichen. Er räusperte sich und bewegte sich ein wenig, um sich aufzurichten, und ich ließ ihn widerstrebend los, obwohl ich meine Hand auf seinem Oberschenkel liegen ließ.

»Ich würde gern etwas sagen«, sagte er in einem Ton, als wolle er vor Gericht eine offizielle Erklärung abgeben. Mein Herz hatte sich beruhigt, während er mich in den Armen hielt; jetzt flatterte es wieder nervös drauflos.

»Was denn?« Ich klang so angespannt, dass er lachte. Es war nur ein Atemhauch, aber er lachte, und ich konnte wieder atmen. Er nahm meine Hand fest in die seine und hielt sie, während er mir in die Augen sah.

»Ich sage nicht, dass mir all das nichts ausmacht, denn das tut es. Und ich sage auch nicht, dass ich später deswegen keine Szene machen werde, denn wahrscheinlich werde ich das. Was ich aber sage, ist, dass es in dieser und in der nächsten Welt nichts gibt, das dich mir nehmen kann – oder das mich dir nehmen wird.« Er zog die Augenbraue hoch. »Willst du mir widersprechen?«

»Oh nein«, sagte ich inbrünstig.

Wieder holte er Luft, und seine Schultern senkten sich etwas.

»Nun, das ist gut, denn es würde dir auch nichts nützen. Nur die eine Frage«, sagte er. »Bist du meine Frau?«

»Natürlich bin ich das«, antwortete ich völlig erstaunt. »Wie könnte ich das nicht sein?«

Da veränderte sich sein Gesicht; er holte tief Luft und nahm mich in die Arme. Ich umarmte ihn fest, und wir stießen gemeinsam einen tiefen Seufzer aus, der uns zur Ruhe brachte. Sein Kopf beugte sich über den meinen, und er küsste mein Haar; mein Gesicht schmiegte sich an seine Schulter und legte sich mit offenem Mund an den Ausschnitt seines offenen Hemdes; unsere Knie gaben in geteilter Erleichterung nach, bis wir in der frisch umgegrabenen Erde knieten, aneinandergeklammert, verwurzelt wie ein Baum, mit wogendem Laub und weit verzweigt, doch mit einem gemeinsamen festen Stamm.

Die ersten Regentropfen begannen zu fallen.

SEIN GESICHT WAR JETZT offen und seine Augen klar, blau und ohne Sorge – zumindest vorerst. »Wo ist nur ein Bett? Ich muss mit dir nackt sein.«

Ich konnte diesem Vorschlag zwar nur zustimmen, doch die Frage traf mich unvorbereitet. Natürlich konnten wir nicht zu Johns Haus gehen – zumindest nicht, um zusammen ins Bett zu gehen. Selbst wenn es John nicht zustand, Widerspruch einzulegen, war die bloße Vorstellung, was Mrs. Figg wohl sagen würde, wenn ich mit einem großen Schotten ins Haus spazierte und unverzüglich mit ihm zu meinem Schlafzimmer hinaufstieg, wenig einladend … und dann war da noch Jenny … Andererseits wollte ich bei aller Liebe auch nicht nackt mit ihm zwischen den Butterblumen enden, wo wir jeden Moment von Bartrams, Hummeln oder Regentropfen unterbrochen werden konnten.

»Ein Gasthaus?«, schlug ich vor.

»Gibt es eins, wo man dich nicht kennt? Ein anständiges, meine ich?«

Ich runzelte die Stirn und überlegte. Nicht das *King's Arms*, definitiv nicht.

Ansonsten … kannte ich nur die zwei oder drei Wirtshäuser, wo Marsali Ale oder Brot kaufte, und dort kannten mich die Leute mit ziemlicher Sicherheit, und zwar als Lady John Grey.

Es war glücklicherweise nicht mehr so, dass Jamie es vermeiden musste, gesehen zu werden – aber sein angeblicher Tod und meine Heirat mit John waren eine Tragödie gewesen, die für reichliches Interesse gesorgt hatte. Wenn es sich herumsprach, dass der eigentlich verblichene Oberst Fraser plötzlich von den Toten auferstanden war, um sich seine Frau zurückzuholen, würde es so viel Gerede geben, dass es selbst den Rückzug der britischen Armee in den Schatten stellte. Ich musste unvermittelt an unsere Hochzeitsnacht denken, die aus nächster Nähe von einem Haufen lärmender betrunkener Highland-Clansmänner miterlebt worden war, und stellte mir eine Neuauflage dieses Erlebnisses vor, mit interessierten Kommentaren der Gäste des Wirtshauses.

Ich blickte zum Fluss und fragte mich, ob ein schöner schützender Busch nicht doch … Aber es war später Nachmittag, der Himmel war bewölkt, und zwischen den Bäumen hingen Wolken fleischfressender Mücken und Moskitos. Jamie bückte sich plötzlich und hob mich auf.

»Ich finde schon etwas.«

ES RUMPELTE HÖLZERN, als er die Tür des neuen Pflanzhauses auftrat, und mit einem Mal befanden wir uns in der lichtgestreiften Dunkelheit, die nach sonnengewärmten Brettern, Erde, Wasser, feuchtem Ton und Pflanzen roch.

»Was denn, *hier*?«

Es war hinreichend klar, dass er die Zurückgezogenheit nicht für weitere Fragen, Erörterungen oder Vorwürfe suchte. Allerdings war meine Frage sowieso weitgehend rhetorisch.

Er stellte mich auf die Füße, zog mir die Jacke aus, drehte mich um und begann, meine Schnürbänder zu öffnen. Ich konnte seinen Atem auf der Haut in meinem Nacken spüren, und die Härchen dort erschauerten.

»Bist du …«, setzte ich an, nur um von einem schroffen »Schsch« unterbrochen zu werden. Ich verstummte. Jetzt konnte ich auch hören, was er gehört hatte – die Bartrams, die sich miteinander unterhielten. Doch sie waren ein Stück weit entfernt; auf der Veranda ihres Hauses, dachte ich, die durch eine dicke Eibenhecke vom Uferweg abgeschirmt wurde.

»Ich glaube nicht, dass sie uns hören können«, sagte ich, senkte allerdings die Stimme.

»Ich bin fertig mit Reden«, flüsterte er. Er beugte sich vor und schloss seine Zähne sanft um mein entblößtes Genick.

»Schsch«, machte er erneut, allerdings nachsichtig. Eigentlich hatte ich gar nichts gesagt, und das schrille Geräusch, das ich ausgestoßen hatte, hätte höchstens die Aufmerksamkeit einer vorüberfliegenden Fledermaus erregt. Ich atmete heftig durch die Nase aus und hörte ihn tief in seiner Kehle glucksen.

Mein Mieder löste sich, und kühle Luft strömte durch den feuchten Musselin meines Hemdes. Er hielt inne, eine Hand an den Bändern meiner Unterröcke, um mich mit der anderen zu umfassen und sanft eine Brust anzuheben, schwer und frei. Sein Daumen rieb die Brustwarze, hart und rund wie ein Kirschkern. Ich stieß ein anderes Geräusch aus, diesmal tiefer.

Vage dachte ich, was für ein Glück es doch war, dass er Linkshänder war, denn das war die Hand, die sich jetzt geschickt damit befasste, meine Röcke zu entfernen. Sie sanken rauschend in einem Haufen von Stoff auf meine Füße, und ich stellte mir plötzlich vor – just als seine Hand von meiner Brust abließ und mir das Hemd um die Ohren wehte –, wie der junge Mister Bartram von einem plötzlichen Drang gepackt wurde, eine Reihe Rosmarinableger einzutopfen. Der Schreck würde ihn zwar wahrscheinlich nicht umbringen, aber …

»Ganz oder gar nicht«, forderte Jamie, der meinen Gedanken offenbar an der Tatsache abgelesen hatte, dass ich mich umgedreht hatte und meine intimeren Stellen nach Art von Botticellis »Venus« schützte. »Und ich will dich nackt haben.«

Er grinste mich an, zog sich das schmutzverschmierte Hemd aus – seinen Rock hatte er abgelegt, als er mich absetzte – und riss sich die Hose herunter, ohne sie vorher zu öffnen. Er war so dünn, dass das ohne weiteres möglich war; die Hose hing ihm auf den Hüftknochen und hielt gerade noch knapp von selbst, und ich sah den Schatten seiner Rippen unter seiner Haut, als er sich bückte, um sich die Strümpfe auszuziehen.

Er richtete sich auf, und ich legte ihm eine Hand auf die Brust. Sie war feucht und warm, und die rötlichen Haare richteten sich bei meiner Berührung zu einer Gänsehaut auf. Ich konnte seine Lust riechen, selbst inmitten der Gärtnereidünste des Schuppens und der Reste des Kohlgeruchs.

»Nicht so schnell«, flüsterte ich.

Er stieß einen schottischen Fragelaut aus und streckte die Hand nach mir aus, und ich bohrte die Finger in seinen Brustmuskel.

»Erst will ich einen Kuss.«

»Und du meinst, es steht dir zu, Forderungen zu stellen?«, flüsterte er und verstärkte seinen Griff. Die kleine Spitze entging mir nicht.

»Worauf du dich verlassen kannst«, sagte ich und verlagerte *meinen* Griff um einiges tiefer. Er würde jedenfalls keine Fledermäuse anlocken, dachte ich.

Wir umklammerten uns auf Augenhöhe, atmeten den Atem des anderen, so nah, dass wir selbst im Zwielicht jede Nuance in der Miene des anderen sehen konnten. Ich sah den Ernst unter seinem Lachen … und den Zweifel unter der Selbstsicherheit.

»Ich *bin* deine Frau«, wisperte ich, und meine Lippen streiften die seinen.

»Das weiß ich«, flüsterte er und küsste mich. Sanft. Dann schloss er die Augen und fuhr mit den Lippen über mein Gesicht, weniger ein Kuss als vielmehr ein Abtasten der Konturen von Wangenknochen und Stirn und Kinn, der empfindlichen Haut unter dem Ohr, auf der Suche nach dem Vertrauten jenseits der Haut, jenseits des Atems, im Innersten von Mark und Bein, in dem Herzen, das darunter schlug.

Ich stieß ein leises Geräusch aus und versuchte, seinen Mund mit dem meinen zu finden, presste mich an ihn, die bloßen Körper kühl und feucht, Haare, die sich angenehm rieben, und zwischen uns beiden er. Doch er ließ nicht zu, dass ich ihn küsste. Seine Hand legte sich in meinen Nacken und umfasste meinen Kopf, während die andere Hand weiter Blindekuh spielte.

Es schepperte; ich war mit dem Rücken gegen eine Bank mit Töpfen gestoßen und hatte ein Tablett mit kleinen Setzlingstöpfen in Vibrationen versetzt, so dass die würzigen Basilikumblätter aufgeregt schwankten. Jamie schob das Tablett mit einer Hand beiseite, dann fasste er mich an den Ellbogen und hob mich auf die Bank.

»Jetzt«, sagte er halb außer Atem. »Ich muss dich jetzt haben.«

So geschah es, und es kümmerte mich nicht mehr, ob die Bank vielleicht Splitter hatte.

Ich schlang meine Beine um ihn, und er legte mich hin und beugte sich über mich, die Hände auf die Bank gestützt, mit einem Laut irgendwo zwischen Seligkeit und Schmerz. Er bewegte sich langsam in mir, und ich keuchte auf.

Der Regen war vom Tröpfeln zum ohrenbetäubenden Lärm auf dem Blechdach geworden, der jedes meiner Geräusche übertönte, und das war auch gut so, dachte ich dumpf. Die Luft hatte sich zwar abgekühlt, war aber sehr feucht; unsere Haut war glatt und kochte bei jeder Berührung. Er ging langsam und bedächtig vor, und ich bäumte mich auf und drängte ihn. Als Antwort nahm er mich bei den Schultern, beugte sich tiefer über mich und küsste mich sacht. Er bewegte sich kaum.

»Ich werde es nicht tun«, flüsterte er und hielt mich fest, als ich mich unter ihm wand, weil ich vergeblich versuchte, ihn zu der heftigen Erwiderung zu bewegen, die ich mir wünschte – die ich brauchte.

»Was denn?«, fragte ich keuchend.

»Ich werde dich nicht dafür bestrafen«, sagte er so leise, dass ich ihn trotz seiner Nähe kaum hören konnte. »Das tue ich nicht, hörst du?«

»Das will ich doch auch gar nicht, du Mistkerl.« Ich stöhnte vor Anstrengung, und meine Schultergelenke ächzten, als ich versuchte, mich aus seiner Umklammerung zu befreien. »Ich will, dass du … Gott, du weißt doch, was ich will!«

»Aye, das tue ich.« Seine Hand ließ von meiner Schulter ab und schob sich unter mein Gesäß, berührte die Stelle, an der wir verbunden waren, gedehnt und schlüpfrig. Ich ergab mich mit einem leisen Geräusch, und meine Knie lockerten sich.

Er zog sich zurück, dann drang er wieder in mich ein, so kräftig, dass ich einen kleinen, schrillen Aufschrei der Erleichterung ausstieß.

»Bitte mich in dein Bett«, sagte er atemlos, die Hände auf meinen Armen. »Und ich komme zu dir. Obwohl … ich komme so oder so, ob du mich bittest oder nicht. Aber vergiss nicht, Sassenach – ich bin dein Mann, ich diene dir, wie ich es will.«

»Tu's«, sagte ich. »*Bitte* tu's, Jamie, ich will dich so sehr.«

Er packte meinen Hintern mit beiden Händen, fest genug, um blaue Flecken zu hinterlassen, und ich bäumte mich zu ihm auf, fasste nach seiner verschwitzten Haut, rutschte ab.

»Gott, Claire, ich brauche dich!«

Regen toste jetzt über das Blechdach, und dicht in der Nähe schlug der Blitz ein, blauweiß und scharf vom Ozon. Er nahm uns mit, geblendet und atemlos, und der Donner rollte durch unsere Körper.

25

SCHENKT MIR FREIHEIT, SONST …

Und als sich die Sonne senkte am dritten Tage, seit er sein Heim verlassen hatte, fand sich Lord John Grey in Freiheit wieder. Mit vollem Bauch, schwindeligem Kopf, einer schlecht geflickten Muskete und schmerzhaft aufgescheuerten Handgelenken stand er vor Reverend Peleg Woodsworth, die rechte Hand erhoben, und wiederholte wie verlangt:

»Ich, Bertram Armstrong, schwöre, den Vereinigten Staaten von Amerika treu zu sein und ihnen aufrecht und gewissenhaft gegen all ihre Feinde und Gegner zu dienen; und die Anordnungen des Kontinentalkongresses zu achten und zu befolgen sowie die Befehle der Generäle und Offiziere, die dieser über mich stellt.«

Tod und Teufel, dachte er. *Und jetzt?*

ZWEITER TEIL

UNERWARTETE HILFE

26

EIN SCHRITT INS DUNKLE

30. Oktober 1980
Craigh na Dun

Ein Schweißfleck verdunkelte das Hemd zwischen William Buccleighs Schulterblättern; der Tag war zwar kühl, doch der Aufstieg zum Kamm des Craigh na Dun war steil – und der Gedanke an das, was sie dort oben erwartete, hätte jeden zum Schwitzen gebracht.

»Du musst nicht mitkommen«, sagte Roger an Buccleighs Rücken gewandt.

»Leck mich«, erwiderte sein Ur-ur-ur-ur-urgroßvater knapp. Sein Ton war jedoch geistesabwesend, denn genau wie Roger konzentrierte er sich ganz auf den Hügelkamm über ihnen.

Roger konnte die Steine von hier aus hören. Ein leises, dumpfes Summen wie von einem aufgebrachten Bienenstock. Er spürte, wie sich das Geräusch bewegte, wie es ihm unter die Haut kroch, und er kratzte sich heftig am Ellbogen, als könnte er es abschütteln.

»Die Steine hast du, ja?« Buck blieb stehen und hielt sich mit einer Hand an einem Birkenschössling fest, während er sich umsah.

»Ja«, sagte Roger kurz. »Möchtest du deine schon haben?«

Buck schüttelte den Kopf und wischte sich mit dem freien Handrücken das blonde Zottelhaar aus der Stirn.

»Zeit genug«, sagte er und begann wieder zu klettern.

Roger wusste zwar, dass die Diamanten da waren – er wusste, dass Buck es auch wusste –, doch er schob trotzdem die Hand in seine Jackentasche. Zwei spitze Metallstücke stießen klirrend aneinander; die Hälften einer alten Brosche, die Brianna mit der Geflügelschere zerteilt hatte. Beide Hälften waren mit kleinen Diamanten gesprenkelt, kaum mehr als Splitter. Er hoffte bei Gott, dass es reichen würde. Wenn nicht…

Der Tag war zwar nur kühl, doch ihm fuhr ein Schauer durch Mark und Bein. Er hatte es schon zweimal getan – dreimal, wenn man den ersten Versuch mitzählte, der ihn beinahe umgebracht hätte. Es wurde mit jedem Mal schlimmer. Beim letzten Mal hatte er gedacht, er würde es nicht schaffen, als sie sich in Ocracoke auf den Rückweg machten und Kopf und Körper in Fetzen flogen an jenem Ort, der weder Standort noch Durchgang war. Es war einzig Jem in seinen Armen gewesen, der ihn hatte durchhalten lassen, der ihn hatte ankommen lassen. Und es war einzig Jem, den er finden musste, der ihn dazu bringen konnte, es noch einmal zu tun.

30. Oktober 1980
Ein hydroelektrischer Tunnel unter dem Damm von Loch Errochty

ER MUSSTE SICH JETZT dem Ende des Tunnels nähern. Jem erkannte das an der Art, wie sich die Luft in sein Gesicht drückte. Das Einzige, was er sehen konnte, war das kleine rote Licht auf dem Armaturenbrett des Wagens – sagte man bei einem Zug auch Armaturenbrett?, fragte er sich. Er wollte nicht anhalten, weil er dann aus dem Zug aussteigen und es mit der Dunkelheit aufnehmen musste. Doch auf Dauer würde ihm nicht viel anderes übrig bleiben.

Er zog sacht an dem Hebel, der den Zugwagen steuerte, und er wurde langsamer. Noch langsamer. Noch ein Stückchen, dann rastete der Hebel ein, und der Zug blieb mit einem kleinen Ruck stehen, so dass Jem stolperte. Er packte zur Sicherheit mit der rechten Hand den Rand der Kabine.

Ein elektrischer Zug fuhr zwar ohne Motorengeräusche, doch die Räder ratterten über die Schienen, und der Zug machte im Rollen leise Quietschgeräusche. Als er jetzt anhielt, hörten auch die Geräusche auf. Es war wirklich sehr still.

»Hey!«, sagte er laut, weil er nicht hören wollte, wie sein Herz schlug. Das Geräusch hallte als Echo wider, und er blickte erschrocken auf. Mama hatte gesagt, der Tunnel wäre sehr hoch, über zehn Meter, doch er hatte nicht mehr daran gedacht. Die Vorstellung, dass über ihm diese große Leere hing, die er nicht sehen konnte, beunruhigte ihn sehr. Er schluckte und stieg aus der kleinen Kabine aus. Dabei hielt er sich mit der einen Hand weiter an der Kante fest.

»Hey!«, rief er der unsichtbaren Decke entgegen. »Sind da oben vielleicht Fledermäuse?«

Stille. Er hatte so sehr auf Fledermäuse gehofft. Er hatte keine Angst vor ihnen – in dem alten Turm auf ihrem Grundstück lebten Fledermäuse, und er saß an schönen Sommerabenden gerne da und beobachtete sie bei ihrer Jagd. Doch hier war er allein. Allein bis auf die Dunkelheit.

Seine Hände schwitzten. Er ließ das stählerne Führerhaus los und schob beide Hände in seine Jeans. Jetzt konnte er sich auch noch atmen hören.

»Mist«, flüsterte er. Danach ging es ihm besser, also sagte er es noch einmal. Möglicherweise sollte er ja stattdessen lieber beten, doch noch war ihm nicht danach zumute.

Mama hatte gesagt, es gäbe eine Tür. Am Ende des Tunnels. Sie führte in den Maschinenraum, von dem aus man die großen Turbinen anheben konnte, wenn sie repariert werden mussten. Ob die Tür wohl abgeschlossen sein würde?

Plötzlich begriff er, dass er sich von dem Zug entfernt hatte und er nicht mehr wusste, ob er zum Ende des Tunnels blickte oder in die Richtung, aus der er gekommen war. In Panik stolperte er mit ausgestreckten Händen hin und her, um den Zug zu suchen. Er fiel über die Schiene und landete mit ausgestreckten Armen und Beinen auf dem Boden. Eine Sekunde lag er da und sagte »Mist-Mist-Mist-Mist-*Mist*!«, weil er sich beide Knie und die Handflächen aufgeschürft hatte. Doch eigentlich fehlte ihm nichts, und vor allem wusste er nun, wo die Schiene war, so dass er ihr folgen konnte, ohne sich zu verlaufen.

Er stand auf, wischte sich die Nase ab und schlurfte langsam vorwärts. Alle paar Schritte trat er gegen die Schiene, um sich zu vergewissern, dass sie ihm nicht verloren ging. Er glaubte, sich vor der Stelle zu befinden, an der der Zug stehen geblieben war, daher war es eigentlich auch nicht so wichtig, in welche Richtung er ging – entweder fand er den Zug oder das Ende des Tunnels. Und dann die Tür. Falls sie verschlossen *war*, konnte er ja vielleicht …

Eine Art elektrischer Schock fuhr geradewegs durch ihn hindurch. Er keuchte auf und fiel rückwärts hin. Sein einziger Gedanke war, dass ihn ein Laserschwert wie das von Luke Skywalker getroffen hatte, und im ersten Moment dachte er, es hätte ihm den Kopf abgeschnitten.

Er konnte seinen Körper nicht spüren und stellte sich vor, dass sein Körper blutend in der Dunkelheit lag, während sein Kopf genau hier auf den Schienen stand, ohne seinen Körper sehen zu können oder auch nur zu wissen, dass er nicht mehr daran befestigt war. Er stieß ein atemloses Geräusch aus, das gern ein Schrei gewesen wäre, doch sein Bauch bewegte sich dabei, das *spürte* er, und plötzlich war ihm sehr viel mehr nach Beten zumute.

»*Gratia … Deo!*«, keuchte er. Das war es, was Opa immer sagte, wenn er von einem Kampf erzählte oder vom Töten. Das hier war natürlich nicht dasselbe, doch es schienen ihm trotzdem die richtigen Worte zu sein.

Jetzt konnte er sich wieder ganz spüren, doch er setzte sich trotzdem zuerst mal hin und fasste sich an den Hals, nur um sicher zu sein, dass sein Kopf noch darauf saß. Seine Haut zuckte ganz seltsam. Wie bei einem Pferd, wenn es von einer Bremse gebissen wird, aber überall. Er schluckte und schmeckte gezuckertes Silber, und wieder keuchte er auf, denn er wusste jetzt, was ihn getroffen hatte. In etwa jedenfalls.

Es war nicht ganz genauso, wie es gewesen war, als sie alle in die Steine auf Ocracoke geschritten waren. In der einen Minute hatte ihn sein Vater auf dem Arm gehabt, in der nächsten war es so gewesen, als wäre er in beweglichen kleinen Stückchen überall verteilt wie das verschüttete Quecksilber in Omas Sprechzimmer. Dann war er wieder eins. Pa hielt ihn immer noch so fest, dass er keine Luft bekam, und er konnte Pa schluchzen hören. Und das machte ihm Angst, und er hatte einen komischen Geschmack im Mund, und kleine Stücke von ihm versuchten immer noch zu entwischen, aber sie saßen unter seiner Haut fest …

Ja. Das war es, warum seine Haut zuckte, und das Atmen fiel ihm leichter, weil er jetzt wusste, was es war. Das war okay, ihm fehlte nichts, es würde gleich aufhören.

Es hörte schon auf; das Zucken verschwand. Er fühlte sich immer noch ein wenig wackelig, doch er stand auf. Vorsichtig, weil er ja nicht wusste, wo *es* war.

Moment … doch, er wusste es. Er wusste es genau.

»Das ist ja komisch«, sagte er, ohne so recht zu merken, dass er es laut sagte, weil er nun keine Angst mehr vor der Dunkelheit hatte; sie war nicht mehr so wichtig.

Er konnte es nicht richtig *sehen*, nicht mit den Augen, zumindest nicht genau. Blinzelnd versuchte er, sich zu überlegen, *wie* er es sah, er kannte jedoch kein Wort für das, was er da tat. So ähnlich wie hören oder riechen oder tasten, aber eigentlich keins davon.

Doch er wusste, wo es war. Es war genau *hier*, eine Art … Schauder … in der Luft, und wenn er es ansah, hatte er im Hinterkopf ein hübsches Glitzergefühl wie Sonnenlicht auf dem Meer und die Art, wie eine Kerzenflamme aussah, wenn sie durch einen Rubin hindurchleuchtete. Aber er wusste, dass er das alles nicht wirklich *sah*.

Es zog sich quer durch den Tunnel, bis hinauf zur hohen Decke, das konnte er spüren. Es war allerdings nicht greifbar, es war so dünn wie die Luft.

Deswegen hatte es ihn wohl auch nicht verschluckt, wie das Ding in den Steinen auf Ocracoke es getan hatte. Zumindest … glaubte er, dass es das nicht getan hatte, und einen Moment lang sorgte er sich, dass er vielleicht in eine andere Zeit gegangen war. Doch er glaubte es nicht. Der Tunnel fühlte sich unverändert an, genau wie er selbst, jetzt, da seine Haut nicht mehr zuckte. Als sie es getan hatten, auf Ocracoke, hatte er sofort gewusst, dass alles anders war.

Eine Minute stand er da und schaute einfach nur vor sich hin und überlegte. Dann schüttelte er den Kopf und drehte sich um, während er sich mit dem Fuß vorantastete. Durch *das* würde er nicht zurückgehen, was auch immer geschah. Er würde einfach hoffen müssen, dass er die Tür erreichte und sie nicht abgeschlossen war.

30. Oktober 1980
Das Studierzimmer des Gutsherrn, Lallybroch

BRIANNAS HAND schloss sich um den Brieföffner, doch noch während sie über die Entfernung nachdachte, über das Hindernis des Schreibtischs zwischen ihr und Rob Cameron und die mangelnde Stabilität der hölzernen Klinge, kam sie widerstrebend zu dem Schluss, dass sie den Mistkerl nicht umbringen konnte. Noch nicht.

»Wo ist mein Sohn?«

»Es geht ihm gut.«

Sie stand plötzlich auf, und er fuhr automatisch ein wenig zurück. Er wurde rot, setzte aber sofort wieder eine fest entschlossene Miene auf.

»Das will ich auch verdammt hoffen«, fuhr sie ihn an. »Ich sagte, wo ist er?«

»Oh nein, Herzchen«, antwortete er und verlagerte sein Gewicht ein wenig auf die Fersen, um sich lässig zu geben. »So läuft das Spiel nicht. Nicht heute Abend.«

Himmel, warum bewahrte Roger eigentlich keinen Hammer oder einen Meißel oder irgendetwas *Nützliches* in seiner Schreibtischschublade auf? Erwartete er etwa, dass sie dieses Arschloch mit dem Tacker erledigte? Sie legte beide Hände flach auf den Schreibtisch, um nicht hinüberzuspringen und ihm an die Kehle zu gehen.

»Ich spiele nicht«, knirschte sie hinter zusammengebissenen Zähnen hervor. »Und du auch nicht. *Wo ist Jemmy?*«

Er zielte mit seinem langen Zeigefinger auf sie. Seine Augen brannten, und sie konnte die Schweißperlen in seinen Koteletten sehen.

»Du bist hier nicht mehr der Boss, Mrs. MacKenzie. Ich sage jetzt, wo's langgeht.«

»Ach, meinst du?«, entgegnete sie, so geduldig sie konnte. Ihre Gedanken rauschten vorbei wie die Körnchen in einer Sanduhr, eine dahingleitende Kaskade von was-wenn, wie, soll-ich, nein, ja …

»Das meine ich, aye.« Seine Gesichtsfarbe, die ohnehin schon leuchtete, wurde noch intensiver, und er leckte sich die Lippen. »Du wirst jetzt herausfinden, wie es ist, wenn man unten liegt, Herzchen. Steh auf.«

Sie richtete sich langsam auf, die Augen auf Cameron geheftet. Sein dunkles Haar war kurz geschnitten, und auch über seinen Ohren glitzerte der Schweiß. War er irgendwie high? Sie glaubte es nicht. Er trug eine Trainingshose, und seine Finger huschten unbewusst über die Vorderseite, wo sich jetzt eine beträchtliche Wölbung zeigte. Ihre Lippen spannten sich an, als sie das sah.

Im Leben nicht, Kumpel.

Sie versuchte, sich eine Übersicht zu verschaffen, ohne seinen Blick von ihren Augen abzulenken. Sie *glaubte* nicht, dass er bewaffnet war, obwohl er die Jackentaschen voll mit irgendwas hatte. Dachte er wirklich, dass er sie ohne Handschellen und einen großen Hammer zum Sex mit ihm zwingen konnte?

Er ließ seinen Zeigefinger kreisen und deutete vor sich auf den Boden.

»Komm hierher, Herzchen«, befahl er leise, »und zieh deine Jeans aus. Tut dir vielleicht gut zu lernen, wie es ist, in den Hintern gefickt zu werden. Das machst du ja schließlich schon seit Monaten mit mir – jeder ist mal dran, aye?«

Ganz langsam umrundete sie den Schreibtisch, blieb aber außerhalb seiner Reichweite stehen. Mit kalten Fingern kämpfte sie mit den Knöpfen ihrer Jeans, wollte nicht hinuntersehen, wollte ihn nicht aus den Augen lassen. Das Herz schlug ihr so heftig in den Ohren, dass sie kaum hören konnte, wie schwer er atmete.

Seine Zungenspitze tauchte kurz und unwillkürlich auf, als sie sich die Jeans über die Hüften schob, und er schluckte.

»Das Höschen auch«, ächzte er halb außer Atem. »Zieh es aus!«

»Du vergewaltigst nicht besonders oft jemanden, oder?«, knurrte sie böse und stieg aus der zusammengesunkenen Jeans. »Warum so eilig?« Sie bückte sich und hob die schwere Denimhose auf, schüttelte die Beine aus und drehte sich um, als wollte sie sie auf den Schreibtisch legen. Dann fuhr sie zurück, fasste die Jeans gleichzeitig an den Knöcheln und peitschte damit nach seinem Kopf, so fest sie konnte.

Der schwere Stoff mit dem Reißverschluss und den Messingknöpfen traf ihn mitten ins Gesicht, und er stolperte mit einem überraschten Grunzen rückwärts und fasste nach der Jeans. Brianna ließ augenblicklich los, sprang auf den Schreibtisch und stürzte sich mit der Schulter voran auf ihn.

Sie stürzten mit einem Knall zu Boden, der die Bodendielen erschütterte, doch Brianna landete oben. Sie kletterte im Bruchteil einer Sekunde ganz auf ihn und rammte ihm dabei das Knie in den Bauch. Dann packte sie ihn an beiden Ohren und schlug seinen Kopf auf den Boden, so fest sie konnte. Er stieß einen Schmerzensschrei aus und griff nach ihren Handgelenken. Sie ließ prompt seine Ohren los, lehnte sich nach hinten und fasste ihm in den Schritt.

Wenn es ihr gelungen wäre, seine Hoden durch den weichen Stoff richtig zu fassen zu bekommen, hätte sie sie zerquetscht. So jedoch konnte sie nur kurz und heftig zudrücken, doch immerhin jaulte er drauflos und bäumte sich auf, so dass sie fast den Halt verloren hätte.

Einen Faustkampf konnte sie nicht gewinnen. Konnte nicht zulassen, dass er sie traf. Sie rappelte sich zum Stehen hoch, sah sich wild nach etwas Schwerem um, womit sie ihn schlagen konnte, ergriff die Holzkiste mit den Briefen und ließ sie auf seinen Kopf niedersausen, als er Anstalten machte aufzustehen. Er fiel zwar nicht hin, ließ aber den Kopf hängen, benommen unter einer Kaskade aus Briefen, und sie trat ihn mit voller Wucht vor das Kinn. Sie rutschte zwar an der verschwitzten Haut ab, doch sie hatte ihm weh getan.

Auch sich selbst hatte sie weh getan; hatte zwar versucht, ihn mit der Ferse zu treffen, doch sie spürte einen stechenden Schmerz in ihrem Mittelfuß; sie hatte sich entweder etwas gezerrt oder gar gebrochen, doch das spielte im Moment keine Rolle.

Cameron schüttelte heftig den Kopf, um ihn wieder klar zu bekommen. Er kam jetzt auf allen vieren auf sie zugekrochen und streckte den Arm nach ihrem Bein aus. Sie wich zurück, bis sie an den Schreibtisch stieß. Mit einem ohrenbetäubenden Schrei rammte sie ihm das Knie ins Gesicht, entwand sich seinem Griff und rannte humpelnd in den Flur.

An den Wänden des Eingangsbereiches hingen Waffen, Tartschen und Schwerter, die sie zur Zierde dort angebracht hatten, allerdings ziemlich hoch, damit die Kinder sie nicht erreichen konnten. Doch sie hatte eine bessere Waffe in Reichweite. Sie griff hinter die Garderobe und packte Jems Kricketschläger.

Du kannst ihn nicht umbringen, dachte sie unablässig, dumpf überrascht, dass ihr Verstand noch funktionierte. *Bring ihn nicht um. Noch nicht. Nicht, solange er nicht gesagt hat, wo Jemmy ist.*

»Verdammte … *Hexe*!« Er war fast bei ihr, keuchend, halb geblendet durch das Blut, das ihm über die Stirn lief, halb schluchzend durch das Blut, das ihm aus der Nase strömte. »Fick dich, reiß dich auf, fick dich von …«

»*Caisteal DUUUN!*«, brüllte sie, kam hinter der Garderobe hervorgeschossen und schwang den Schläger im hohen Bogen, so dass sie seine Rippen traf. Er stieß ein gurgelndes Geräusch aus und klappte zusammen, die Arme vor dem Bauch verschränkt. Sie holte tief Luft, schwang den Schläger, so hoch sie konnte, und ließ ihn mit aller Kraft auf seinen Scheitel krachen.

Der Aufprall ließ ihre Arme und Schultern vibrieren, und sie ließ den Schläger mit einem *Klonk!* fallen und stand da, keuchend, zitternd und in Schweiß gebadet.

»Mami?«, sagte ein leises, wackeliges Stimmchen am Fuß der Treppe. »Warum hast du keine Hose an, Mami?«

GOTT SEI DANK FÜR DEN INSTINKT, war ihr erster zusammenhängender Gedanke. Sie hatte den Eingangsflur durchquert, hatte Mandy aufgehoben und streichelte sie schon tröstend, bevor sie die geringste bewusste Entscheidung getroffen hatte, sich zu bewegen.

»Hose?«, sagte sie und betrachtete Rob Camerons reglose Gestalt. Er hatte nicht mehr gezuckt, seit er zu Boden gegangen war, doch sie glaubte nicht, dass sie ihn umgebracht hatte. Sie würde sichergehen müssen, dass er vorerst ausgeschaltet war, und zwar schnell. »Oh, die Hose. Ich wollte gerade ins Bett, als dieser böse Mann aufgetaucht ist.«

»Oh.« Mandy beugte sich in ihren Armen vor und betrachtete Cameron. »Isst Mister Rob! Isst ein Einbrecher? Isst böser Mann?«

»Ja, beides«, sagte Brianna bewusst beiläufig. Mandy legte beim Sprechen dieses Zischen an den Tag, wenn sie nervös oder aufgeregt war, doch die Kleine schien sich ziemlich schnell von dem Schreck zu erholen, ihrer Mutter dabei zuzusehen, wie sie in T-Shirt und Unterhose im Flur einen Einbrecher niederschlug. Bei diesem Gedanken hätte sie Cameron am liebsten noch in die Eier getreten, doch sie verkniff es sich. Keine Zeit.

Mandy klammerte sich an ihren Hals, doch Brianna stellte sie entschlossen auf die Treppe.

»Mami möchte, dass du hierbleibst, *a chuisle*. Ich muss Mister Rob an einen sicheren Ort bringen, wo er nichts Böses anstellen kann.«

»Nein!«, rief Mandy, als sie sah, wie ihre Mutter auf die gekrümmte Gestalt zusteuerte, doch Brianna winkte ihr auf eine Weise zu, von der sie hoffte, dass sie beruhigend wirkte, griff für alle Fälle nach dem Kricketschläger und stieß ihren Gefangenen vorsichtig mit dem Zeh in die Rippen. Er wackelte zwar hin und her, bewegte sich aber nicht. Vorsichtshalber stellte sie sich hinter ihn und stieß ihm den Schläger unsanft zwischen die Gesäßbacken, was Mandy zum Kichern brachte. Er bewegte sich nicht, und zum ersten Mal seit … es kam ihr wie Stunden vor … holte sie tief Luft.

Sie ging wieder zur Treppe, bat Mandy, den Schläger festzuhalten, und lächelte sie an. Sie schob sich eine verschwitzte Haarsträhne hinter das Ohr.

»Okay. Wir bringen Mister Rob in das Priesterloch. Du kommst mit und machst Mami die Tür auf, ja?«

»Schlage ich auch?«, fragte Mandy hoffnungsvoll und umklammerte den Schläger.

»Nein, ich glaube, das brauchst du nicht, Schätzchen. Mach nur die Tür auf.«

Ihre Werkzeugtasche hing an der Garderobe, darin lag eine große Rolle Panzerband griffbereit. Sie umwickelte mit aller Kraft Camerons Fuß- und Handgelenke je ein Dutzend Mal, dann bückte sie sich, packte ihn an den Fußgelenken und zerrte ihn zu der Schwingtür am Ende des Flurs, die die Küche vom Rest des Hauses trennte.

Er begann sich zu regen, als sie den großen Küchentisch umrundeten, und sie ließ seine Füße fallen.

»Mandy«, sagte sie, so ruhig sie konnte. »Ich muss mich mit Mister Rob unterhalten, nur für die Großen. Gib mir den Schläger. Dann gehst du in die Stiefelkammer und wartest da auf mich, okay?«

»Mami …« Mandy wich gegen die Spüle zurück und hatte ihre großen Augen auf den stöhnenden Cameron geheftet.

»*Geh*, Mandy. Sofort! Mami ist bei dir, ehe du bis hundert zählen kannst. Fang *jetzt* an zu zählen. Eins … zwei … drei …« Sie stellte sich zwischen Cameron und Mandy und zeigte entschlossen auf die Tür.

Mandy setzte sich widerstrebend in Bewegung, murmelte: »Vier … fünf … sechs … sieben …«, und verschwand durch die Hintertür der Küche. In der Küche war es warm von der Zündflamme des Aga-Herdes, und obwohl sie kaum etwas anhatte, lief ihr der Schweiß über den Körper. Sie konnte sich riechen, wild und scharf, und stellte fest, dass sie sich durch den Geruch stärker fühlte. Sie war sich nicht sicher, ob sie den Begriff »blutrünstig« bis jetzt richtig verstanden hatte, doch nun verstand sie ihn.

»Wo ist mein Sohn?«, sagte sie zu Cameron und blieb auf Abstand für den Fall, dass er versuchte, sich auf sie zuzuwälzen. »Antworte mir, du Stück Scheiße, sonst prügele ich dich grün und blau und rufe die Polizei.«

»Ach ja?« Er wälzte sich langsam auf die Seite und stöhnte. »Und was genau erzählst du denen? Dass ich deinen Jungen entführt habe? Wie willst du das denn beweisen?« Er lallte; seine Lippe war von ihrem Tritt geschwollen.

»Gut«, fuhr sie ihn an, »dann prügele ich dich eben nur grün und blau.«

»Was, einen hilflosen Mann? Ein schönes Vorbild für dein kleines Mädchen.« Mit einem unterdrückten Grunzen rollte er sich auf den Rücken.

»Was die Polizei betrifft, so kann ich ja sagen, dass du hier eingebrochen bist und mich angegriffen hast.« Sie zeigte mit dem Fuß auf ihn, so dass er die roten Kratzer auf ihrem Bein sehen konnte. »Du hast mit Sicherheit meine Hautzellen unter den Fingernägeln. Und ich würde Mandy das zwar lieber ersparen, aber sie würde ihnen mit Sicherheit erzählen, was du vorhin im Flur gesagt hast.«

Und ob sie das würde, dachte Brianna. Mandy war ein sehr präziser Kassettenrekorder, vor allem, wenn es um Schimpfwörter ging.

»Nng.« Cameron hatte die Augen geschlossen, weil ihn das Licht über der Spüle blendete, doch jetzt öffnete er sie wieder. Seine Benommenheit ließ nach; sie konnte das berechnende Glitzern wieder in seinen Augen sehen. Wie die meisten Männer, dachte sie, war er wahrscheinlich schlauer, wenn er nicht sexuell erregt war – und *dafür* hatte sie ja gesorgt.

»Aye. Und ich sage ihnen, es war nur ein Sexspielchen, das ausgeufert ist, und du sagst nein, und sie sagen, aye, schön, junge Frau, und wo ist dann Ihr Mann?« Die unverletzte Seite seines Mundes verzog sich. »Du bist heute Abend ein bisschen schwer von Begriff, Herzchen. Aber wann bist du das auch nicht?«

Als er Roger erwähnte, schoss ihr das Blut in die Ohren. Sie antwortete nicht, sondern steckte sich das Messer zwischen die Zähne und zog ihn unsanft durch die Küche in den hinteren Teil. Das Gitter über dem Priesterloch war versteckt unter einer Bank und mehreren Kästen mit Milchflaschen, reparaturbedürftiger Ausrüstung und anderen Gegenständen, die keinen richtigen Platz hatten. Sie ließ Robs Füße auf den Boden plumpsen, schob die Bank beiseite, legte das Messer auf die Bank und hob das Gitter an. Eine Leiter führte in das dunkle Kellerchen hinunter; sie zog sie hoch und schob sie hinter die Bank. *Diese* kleine Annehmlichkeit würden sie nicht brauchen.

»Hey!« Rob riss die Augen auf. Entweder hatte er nicht gewusst, dass es tatsächlich ein Priesterloch im Haus gab, oder er hatte nicht gedacht, dass sie es tun würde. Ohne ein Wort packte sie ihn unter den Armen, zerrte ihn zu dem Loch und schob ihn hinein. Die Füße zuerst, denn wenn er sich den Hals brach, konnte er ihr ja nicht sagen, wo Jem war.

Er fiel mit einem grellen Jaulen hinein, das durch einen schweren Aufprall beendet wurde. Bevor sie sich besorgt fragen konnte, ob er es am Ende doch fertiggebracht hatte, auf dem Kopf zu landen, hörte sie ihn stöhnen, und dann raschelte es, als er sich zu bewegen begann. Einige unflätig dahingeknurrte Flüche überzeugten sie weiter davon, dass es ihm gut genug ging, um Fragen zu beantworten. Sie holte die große Taschenlampe aus der Küchenschublade und leuchtete damit in das Loch. Camerons Gesicht starrte schmerzverzerrt und blutverschmiert zu ihr auf. Er krümmte sich zusammen und wand sich unter Schwierigkeiten zum Sitzen hoch.

»Du hast mir das Bein gebrochen, du Miststück!«

»Gut«, sagte sie kalt, obwohl sie es bezweifelte. »Sobald ich Jem wiederhabe, bringe ich dich zum Arzt.«

Er atmete heftig durch die Nase, was ein ekelhaftes Schniefgeräusch erzeugte, dann wischte er sich mit den beiden zusammengebundenen Händen über das Gesicht und verschmierte das Blut auf seiner Wange.

»Du willst ihn zurück? Hol mich hier heraus, und zwar schnell!«

Sie hatte diverse Vorgehensweisen in Betracht gezogen – und verworfen – wie ein Kartendeck, seit sie ihn mit dem Panzerband gefesselt hatte. Ihn hinauszulassen zählte nicht zu denen, über die sie nachgedacht hatte. Sie *hatte* daran gedacht, das Gewehr zu holen, das ihre Familie für die Jagd auf Ratten benutzte, um damit auf einige seiner weniger wichtigen Körperteile einzuschlagen. Doch dabei hätte sie entweder riskiert, ihn wirklich so schwer zu verletzen, dass er ihr nichts mehr nutzte, oder ihn unabsichtlich zu töten, indem sie eine gefährliche Stelle traf, weil er sich bewegte.

»Beeil dich mit dem Überlegen«, rief er zu ihr hinauf. »Deine Tochter wird jede Sekunde die Hundert erreichen und zurückkommen!«

Trotz der Umstände lächelte Brianna. Sie hatten Mandy erst kürzlich mit der Vorstellung vertraut gemacht, dass Zahlen unendlich waren, und sie war hin und weg gewesen. Sie würde nicht aufhören zu zählen, bis ihr die Luft ausging oder jemand sie anhielt. Sei's drum, sie hatte nicht vor, sinnlos mit ihrem Gefangenen zu diskutieren.

»Okay«, sagte sie und griff nach dem Abdeckgitter. »Wir werden ja sehen, wie gesprächig du nach vierundzwanzig Stunden ohne Essen und Trinken bist, nicht wahr?«

»Du Miststück!« Er versuchte aufzuspringen, kippte aber zur Seite und wand sich hilflos. »Du … du … überleg dir das gut, aye? Wenn ich nichts zu essen und zu trinken bekomme, bekommt dein Junge auch nichts!«

Sie erstarrte, und die Metallkante des Gitters bohrte sich in ihre Finger.

»Rob, du bist einfach nur dumm«, sagte sie. Sie war erstaunt über den lockeren Konversationston ihrer Stimme; Wogen des Grauens, der Erleichterung und dann wieder des Grauens spülten über ihre Schultern hinweg, und etwas Primitives hatte in ihrem Hinterkopf angefangen zu schreien.

Trotziges Schweigen von unten, während er versuchte herauszuknobeln, was er gerade verraten hatte.

»Jetzt weiß ich, dass du Jem nicht durch die Steine in die Vergangenheit geschickt hast«, erklärte sie ihm. Sie verkniff es sich zu kreischen: *Aber du hast Roger in die Vergangenheit geschickt, um ihn zu suchen! Und er wird ihn niemals finden. Du … du …* »Er ist noch hier in dieser Zeit.«

Wieder Schweigen.

»Ja«, sagte er langsam. »Okay, das weißt du also. Aber du weißt nicht, wo er ist. Und du wirst es auch erst erfahren, wenn du mich freilässt. Ich habe es ernst gemeint, Herzchen – er hat bestimmt schon Durst. *Und* Hunger. Morgen früh wird es noch schlimmer sein.«

Ihre Hand legte sich fester um das Messer. »Ich kann nur hoffen, dass du lügst«, sagte sie gleichmütig. »In deinem eigenen Interesse.« Sie legte das Gitter an seinen Platz zurück und trat dagegen, so dass es klickend in seinen Rahmen glitt. Das Priesterloch war buchstäblich ein Loch; ein Kämmerchen, das etwa eins achtzig mal eins zwanzig groß und etwas über drei Meter tief war. Selbst wenn Rob Cameron nicht an Händen und Füßen gefesselt gewesen wäre, hätte er nicht hoch genug springen können, um das Gitter zu fassen zu bekommen, geschweige denn den Riegel, mit dem es befestigt war.

Ohne die wütenden Rufe von unten zu beachten, ging Brianna ihre Tochter und ihre Jeans holen.

DIE STIEFELKAMMER WAR LEER, und im ersten Moment wurde sie von Panik ergriffen – doch dann sah sie das nackte Füßchen, das unter der Bank hervorlugte, die langen Zehen entspannt wie bei einem Frosch, und ihre Herzfrequenz sank. Ein wenig.

Mandy hatte sich unter Rogers altem Regenmantel zusammengerollt und schlief tief und fest, den Daumen halb im Mund. Ihr erster Impuls war es, Mandy in ihr Bettchen zu tragen und sie schlafen zu lassen, bis es hell wurde. Brianna legte ihrer Tochter sacht die Hand unter die schwarzen Locken – so schwarz wie Rogers, und es presste ihr das Herz zusammen wie eine Zitrone. Sie musste gleichzeitig noch an ein anderes Kind denken.

»Wach auf, Schätzchen«, flüsterte sie und schüttelte das Kind sanft. »Wach auf, Süße. Wir müssen Jem suchen gehen.«

Mandy wach zu bekommen, kostete sie einiges an Überredung und ein Glas Coca-Cola – eine seltene Köstlichkeit, und so spät am Abend hatte es das noch nie gegeben, wie aufregend! Und sobald die Kleine ganz da war, konnte sie es gar nicht abwarten, sich auf die Jagd nach ihrem Bruder zu begeben.

»Mandy«, sagte Brianna so beiläufig wie möglich, während sie Mandy den rosafarbenen Steppmantel zuknöpfte, »kannst du Jem spüren? Jetzt im Moment?«

»Ah-hah«, erwiderte Mandy völlig ungerührt, und Briannas Herz tat einen Satz. Letzte Nacht war das Kind schreiend aus dem Tiefschlaf aufgewacht und hatte hysterisch weinend darauf beharrt, Jem sei fort. Sie war untröstlich gewesen und hatte gejammert, »große böse Teine« hätten ihren Bruder gefressen – eine Behauptung, die ihren Eltern Todesangst eingejagt hatte, denn sie kannten die Schrecken dieser Steine nur zu gut.

Doch dann hatte sich Mandy ein paar Minuten später plötzlich beruhigt. Jem war da, sagte sie. Er war da in ihrem Kopf. Und war wieder eingeschlafen, als wäre nichts geschehen.

In der Bestürzung, die auf diese Episode gefolgt war – und auf die Entdeckung, dass Rob Cameron, einer von Briannas Kollegen aus dem Wasserkraftwerk, Jem tatsächlich entführt und möglicherweise durch die Steine in die Vergangenheit mitgenommen hatte –, war ihnen keine Zeit geblieben, sich Mandys Bemerkung ins Gedächtnis zu rufen, Jem sei wieder in ihrem Kopf, geschweige denn, ihr weitere Fragen zu stellen. Doch jetzt arbeitete Briannas Verstand mit Lichtgeschwindigkeit und gelangte mit Riesensätzen von einer grauenvollen Erkenntnis zur nächsten, während er zu Schlüssen gelangte, für die sie in kaltblütigerem Zustand Stunden gebraucht hätte.

Grauenvolle Erkenntnis Nummer eins: Jem war gar nicht in die Vergangenheit gereist. Das war zwar an und für sich unleugbar *gut*, doch es machte die grauenvolle Erkenntnis Nummer zwei umso schlimmer: Roger und William Buccleigh *waren* zweifellos durch die Steine gegangen, um nämlich Jemmy zu suchen. Sie hoffte, dass sie tatsächlich in der Vergangenheit waren und nicht tot – die Reise durch was-auch-immer-die-Steine-waren war ein verdammt gefährliches Unterfangen –, doch wenn es so war, führte es Brianna geradewegs zurück zu ihrer grauenvollen Erkenntnis Nummer eins: Jem war *nicht* in der Vergangenheit. Und wenn er nicht dort war, würde Roger ihn nicht finden. Und da Roger die Suche niemals aufgeben würde…

Sie schob ihre grauenvolle Erkenntnis Nummer drei mit aller Macht von sich, und Mandy blinzelte sie ein wenig erschrocken an.

»Warum ziehst du solche Gesichter, Mami?«

»Ich übe für Halloween.« Sie erhob sich, lächelte, so gut es ging, und griff nach ihrem Dufflecoat.

Mandy runzelte nachdenklich die Stirn.

»Wann ist denn Halloween?«

Kälte fuhr über sie hinweg, und sie rührte nicht nur von dem Luftzug unter der Hintertür. *Haben sie es geschafft?* Sie glaubten, dass das Portal an den Sonnenfesten und den Feuerfesten am aktivsten war – und Samhain war ein bedeutendes Feuerfest –, aber sie konnten nicht noch einen Tag warten, weil sie Angst hatten, dass Jem nach der Passage durch die Steine dann schon zu weit von Craigh na Dun entfernt war.

»Morgen«, sagte sie. Ihre Finger zitterten vom Adrenalin und rutschten von den Knebelknöpfen ab.

»Toll, toll, toll!«, quietschte Mandy und hüpfte auf und ab wie eine Heuschrecke. »Kann ich meine Maske anziehen, wenn wir Jemmy suchen?«

27

WER SUCHT, DER FINDET

Er hatte gespürt, wie die Diamanten explodierten. Eine Zeit lang war das sein einziger Gedanke gewesen. *Gespürt.* Ein Moment, kürzer als ein Herzschlag, ein Puls aus Licht und Hitze in seiner Hand, dann eine Vibration, die ihn durchfuhr, ihn einhüllte, und dann…

Nicht »dann«, dachte er benommen. *Es gab kein Dann. Gab auch kein Jetzt. Jetzt aber doch…*

Er öffnete die Augen und stellte fest, dass es tatsächlich ein Jetzt gab. Er lag auf Steinen und Heidekraut, und eine Kuh atmete ihm… nein, keine Kuh… er versuchte, sich zu erheben, und schaffte es immerhin, den Kopf einen Zentimeter zu wenden. Es war ein Mann, der zusammengekauert auf dem Boden lag und atmete. In tiefen krampfhaften, unregelmäßigen, keuchenden Schluchzern atmete. *Wer…?*

»Oh«, sagte er laut, zumindest beinahe. »Du bist's.« Die Worte kamen als Knoten heraus, der ihn im Hals schmerzte, und er hustete, was ebenfalls schmerzte. »Alles klar bei dir?«, fragte er heiser.

»Nein.« Es kam als schmerzerfülltes Grunzen heraus, und der Schreck war Rogers Antrieb, sich auf alle viere aufzurappeln, auch wenn sich alles um ihn drehte. Er keuchte ebenfalls ein wenig, doch er kroch auf Buck zu, so schnell er konnte.

William Buccleigh lag zusammengekrümmt am Boden, die Arme verschränkt, und hielt sich den linken Oberarm. Sein Gesicht war bleich und schweißüberströmt, und er presste die Lippen so fest aufeinander, dass sich ein weißer Ring um seinen Mund abmalte.

»Verletzt?« Roger hob die Hand, war sich aber nicht sicher, wo er nachfühlen sollte. Er sah jedenfalls kein Blut.

»Meine … Brust«, keuchte Buck. »Arm.«

»Ach du lieber Himmel«, sagte Roger, und ein Adrenalinstoß fegte die letzten Reste seiner Benommenheit fort. »Hast du etwa einen verdammten Herzinfarkt?«

»Was …« Buck verzog das Gesicht, doch dann schien seine Verkrampfung ein wenig nachzulassen. Er schluckte Luft. »Woher soll *ich* das wissen?«

»Es ist … egal. Leg dich hin, ja?« Roger sah sich panisch um, begriff aber sofort, wie sinnlos es war. Die Gegend rings um den Craigh na Dun war schon in seiner eigenen Zeit wild und menschenleer, von dieser Zeit ganz zu schweigen. Und selbst wenn jemand aus der Heide aufgetaucht wäre, standen die Chancen, dass er ausgerechnet Arzt war, sehr gering.

Er fasste Buck an den Schultern und half ihm vorsichtig wieder zum Liegen hinunter, dann beugte er sich über ihn und legte dem Mann sein Ohr auf die Brust. Er kam sich wie ein Idiot dabei vor.

»Hörst du etwas?«, fragte Buck ängstlich.

»Nicht, wenn du redest, nein. Ruhe.« Er glaubte, einen Herzschlag hören zu können, hatte aber keine Ahnung, ob er irgendwie auffällig war. Er verharrte noch einen Moment in dieser Haltung, wenn auch nur, um sich zu sammeln.

Verhalte dich immer so, als wüsstest du, was du tust, selbst wenn es nicht stimmt. Diesen Rat hatten ihm schon viele Leute gegeben, angefangen von Künstlern, die mit ihm aufgetreten waren, bis hin zu seinen Professoren … und in sehr viel jüngerer Vergangenheit seine beiden Schwiegereltern.

Er legte Buck die Hand auf die Brust und sah dem Mann ins Gesicht. Er schwitzte immer noch und hatte sichtlich Angst, doch seine Wangen hatten jetzt etwas mehr Farbe. Seine Lippen waren nicht blau, das schien ein gutes Zeichen zu sein.

»Schön weiteratmen«, riet er seinem Vorfahren. »Langsam, aye?«

Er versuchte, diesen Rat auch selbst zu befolgen; sein Herz hämmerte, und der Schweiß lief ihm über den Rücken, trotz des kalten Windes, der ihm an den Ohren vorbeipfiff.

»Wir haben es geschafft, aye?« Bucks Brust bewegte sich jetzt langsamer unter seiner Hand. Er wandte den Kopf, um sich umzusehen. »Es ist … anders. Oder?«

»Ja.« Trotz der Situation und der überwältigenden Sorge um Jem wurde Roger von Jubel und Erleichterung gepackt. Es *war* anders: Von hier aus konnte er die Straße am Fuß des Hügels sehen – jetzt nicht mehr als ein zugewucherter Viehtreiberpfad statt eines grauen Asphaltstreifens. Die Bäume und Büsche, auch sie waren anders – er sah Kiefern, die großen kaledonischen Kiefern, die aussahen wie gigantische Brokkolistängel. Sie *hatten* es geschafft.

Er grinste Buck an. »Wir haben es geschafft. Stirb mir jetzt bloß nicht, du Mistkerl.«

»Tue mein Bestes.« Buck klang schroff, sah allmählich aber doch etwas besser aus. »Was passiert eigentlich, wenn man außerhalb seiner eigenen Zeit stirbt? Verschwindet man einfach, als hätte es einen nie gegeben?«

»Vielleicht explodiert man ja in Einzelteile. Ich weiß es nicht, und ich möchte es gewiss nicht herausfinden. Zumindest nicht, während ich neben dir stehe.« Roger zog die Beine an und kämpfte eine Welle des Schwindels nieder. Sein Herz schlug nach wie vor so heftig, dass er es in seinem Hinterkopf spürte. Er holte Luft, so tief er konnte, und stand auf.

»Ich … hole dir Wasser. Bleib hier, aye?«

ROGER HATTE EINE kleine leere Feldflasche mitgebracht, obwohl er sich besorgt gefragt hatte, was unterwegs wohl mit dem Metall passieren könnte. Was auch immer es war, das jeden Edelstein pulverisierte, interessierte sich aber offensichtlich nicht für Blech; die Feldflasche war unversehrt, genau wie das kleine Messer und der kleine Silber-Flachmann mit Brandy.

Als Roger mit dem Wasser vom nächsten Bach zurückkehrte, traf er Buck im Sitzen an, und nachdem sich dieser das Gesicht mit Wasser abgewischt und den halben Brandy getrunken hatte, erklärte er sich für genesen.

Roger war sich da nicht ganz so sicher; der Mann hatte nach wie vor eine komische Farbe – doch er sorgte sich viel zu sehr um Jem, um weiteres Abwarten vorzuschlagen. Sie hatten sich auf der Fahrt zum Craigh na Dun darüber unterhalten und sich zumindest für den Anfang auf eine grundlegende Strategie geeinigt.

Wenn Cameron und Jem es heil hindurchgeschafft hatten – und Roger verspürte einen Stich bei diesem Gedanken, denn er musste an Geillis Duncans akribische Sammlung von Nachrichten über Menschen denken, die man in der Nähe von Steinkreisen gefunden hatte, die meisten davon tot –, dann mussten sie zu Fuß unterwegs sein. Jem war zwar ein kräftiger Junge, der ein ordentliches Stück laufen konnte, doch er bezweifelte, dass sie viel mehr als zehn Meilen am Tag auf unbefestigtem Terrain zurücklegen konnten.

Die einzige Straße war der Viehtreiberweg, der am Fuß des Hügels entlangführte. Einer von ihnen würde also die Richtung einschlagen, die auf General Wades gute Straße nach Inverness zuführte, der andere würde dem Pfad auf den Pass zu folgen, der nach Lallybroch und weiter nach Cranesmuir führte.

»Ich halte Inverness für das Wahrscheinlichste«, wiederholte Roger vermutlich zum sechsten Mal. »Er ist ja hinter dem Gold her, und er weiß, dass es in Amerika ist. Er hat bestimmt nicht vor, aus den Highlands bis nach Edinburgh zu laufen, um ein Schiff zu finden, nicht mit dem Winter im Nacken.«

»Im Winter wird er nirgendwo ein Schiff finden«, wandte Buck ein. »Kein Kapitän würde im November den Atlantik überqueren!«

»Meinst du, er weiß das?«, fragte Roger. »Er ist schließlich Amateurarchäologe, kein Historiker. Und die meisten Leute im zwanzigsten Jahrhundert haben Schwierigkeiten, sich vorzustellen, dass in der Vergangenheit irgendetwas anders gewesen sein könnte, abgesehen von der komischen Kleidung und der Tatsache, dass es kein fließendes Wasser im Haus gab. Die Vorstellung, dass das Wetter sie von einer Reise abhalten könnte… Nein, gut möglich, dass er davon ausgeht, dass der Schiffsverkehr das ganze Jahr über einem regulären Fahrplan folgt.«

»Mmpfm. Tja, vielleicht hat er ja vor, mit dem Jungen in Inverness zu überwintern, sich Arbeit zu suchen und bis zum Frühjahr zu warten. Möchtest du also nach Inverness?« Buck wies mit dem Kinn in die Richtung der unsichtbaren Stadt.

»Nein.« Roger schüttelte den Kopf und begann, seine Taschen abzutasten, um zu kontrollieren, ob er alles hatte. »Jem kennt sich hier aus.« Er wies nickend auf die Steine über ihnen. »Ich bin mehrfach mit ihm hier gewesen, um sicherzugehen, dass er niemals aus Versehen über diese Stelle stolpert. Das heißt, er weiß – zumindest einigermaßen –, wie er von hier aus nach Hause kommt… nach Lallybroch, meine ich. Falls er Cameron entwischt ist – und, Gott, ich hoffe, das ist er! –, würde er nach Hause laufen.«

Er machte sich nicht die Mühe zu erwähnen, dass – selbst wenn Jem nicht dort war – Briannas Verwandte dort waren, ihre Cousinen und ihre Tante. Er war ihnen zwar noch nie begegnet, doch sie wussten aus Jamies Briefen, wer er war; wenn Jem nicht dort war – und, Herr, wie sehr er doch hoffte, dass er es war! –, würden sie ihm bei der Suche helfen. Wie viel er ihnen erzählen konnte… das konnte warten.

»Also schön.« Buck knöpfte sich den Rock zu und zog sich den gestrickten Schal zum Schutz gegen den Wind um den Hals. »Vielleicht drei Tage für den Weg nach Inverness und die Suche in der Stadt und zwei oder drei für den Rückweg. Ich treffe dich hier in sechs Tagen wieder. Wenn du nicht hier bist, folge ich dir nach Lallybroch.«

Roger nickte. »Und wenn ich sie nicht finde, aber etwas über sie erfahren konnte, hinterlasse ich dir eine Nachricht in Lallybroch. Falls…« Er zögerte, doch es musste gesagt werden. »… falls du deine Frau findest und ihr euch aussprecht…«

Bucks Mund verzog sich, und er wandte den Kopf ab.

»Das ist schon geschehen«, sagte er. »Doch aye. Ich komme trotzdem zurück.«

»Aye, gut.« Roger zog die Schultern hoch, denn er brannte darauf zu gehen, selbst wenn ihn der Abschied verlegen machte. Buck war schon im Begriff, sich abzuwenden, drehte sich aber plötzlich noch einmal um und drückte Roger fest die Hand.

»Wir finden ihn«, sagte Buck und sah Roger mit diesen leuchtenden, moosgrünen Augen an, die auch die seinen waren. »Viel Glück.« Er schüttelte Roger fest die Hand, dann war er unterwegs, die Arme ausgestreckt, um auf dem Weg nach unten zwischen den Steinen und dem Ginster nicht das Gleichgewicht zu verlieren. Er blickte nicht zurück.

28

WÄRMER, KÄLTER

Kannst du merken, wenn Jem in die Schule geht?«

»Ja. Er steigt in den Bus.« Mandy wackelte ein bisschen auf ihrem Kindersitz und beugte sich zur Seite, um aus dem Fenster zu schauen. Sie trug die Halloweenmaske, die sie mit Briannas Hilfe gebastelt hatte. Sie war Mäuseprinzessin: ein Mäusegesicht, das sie mit Buntstiften auf einen Pappteller gemalt hatten, mit Löchern für die Augen und rechts und links für rosa Fäden zum Festbinden; und noch mehr rosa Fäden, diesmal angeklebt als Schnurrhaare; und ein zierliches Krönchen aus Pappe, mehr Kleber und fast eine ganze Flasche goldener Glitzerfarbe.

Die Schotten feierten Samhain mit ausgehöhlten Rüben, in die sie Kerzen stellten, aber Brianna hatte sich für ihre halbamerikanischen Kinder eine etwas fröhlichere Tradition gewünscht. Der ganze Vordersitz glitzerte, als wäre ihr Wagen mit Feenstaub besprenkelt worden.

Sie lächelte trotz ihrer Sorge.

»Ich meine, wenn du wärmer/kälter mit Jem spielen würdest, könntest du das auch, wenn er dir nicht laut antwortet? Könntest du sagen, ob er näher bei dir oder weiter weg ist?«

Mandy wackelte beim Überlegen mit den Beinen.

»Vielleicht.«

»Kannst du es versuchen?« Sie waren unterwegs nach Inverness. Dort hätte Jem eigentlich sein sollen, weil er bei Rob Camerons Neffen übernachtete.

»Okay«, sagte Mandy bereitwillig. Sie hatte nicht gefragt, wo Rob Cameron war. Brianna machte sich flüchtig Gedanken über das Schicksal ihres Gefangenen. Sie würde ihn tatsächlich in die Fußgelenke, Ellbogen, Knie schießen … was auch immer nötig war, um herauszufinden, wo Jem war … doch geräuschlosere Verhörmethoden würden für alle Beteiligten besser sein. Es würde nicht gut für Jem und Mandy sein, wenn ihre Mutter lebenslänglich ins Gefängnis wanderte, vor allem, wenn Roger … Sie erstickte den Gedanken im Keim und trat fester aufs Gas.

»Kälter«, verkündete Mandy so plötzlich, dass Brianna beinahe das Auto abgewürgt hätte.

»Was? Meinst du, wir fahren von der Stelle fort, wo Jemmy ist?«

»Ah-hah.«

Brianna holte tief Luft und wendete auf der Straße, wobei sie nur knapp einem entgegenkommenden Laster auswich, der sie aufgebracht anhupte.

»Na schön«, sagte sie und klammerte sich mit verschwitzten Händen an das Lenkrad. »Fahren wir also in die andere Richtung.«

DIE TÜR WAR NICHT ABGESCHLOSSEN. Jem öffnete sie, und sein Herz klopfte erleichtert, dann hämmerte es drauflos, als er begriff, dass in der Turbinenhalle auch kein Licht war.

Ein bisschen Licht konnte er jedoch sehen. Die kleinen Fenster ganz oben an der Wand, wo die Ingenieure ihren Raum hatten; von dort kam etwas Licht. Gerade so viel, dass er die Monster in dem riesigen Maschinenraum sehen konnte.

»Es sind doch nur Maschinen«, murmelte er und lehnte sich fest mit dem Rücken an die Wand neben der offenen Tür. »Nurmaschinennurmaschinennurmaschinen!« Er kannte ihre Namen, die riesigen Flaschenzüge an der Decke, an denen gewaltige Haken baumelten, und die Turbinen, hatte Mama gesagt. Aber damals war er dort oben gewesen, und es war Tag gewesen.

Der Boden unter seinen Füßen vibrierte, und er konnte spüren, wie seine Rückenwirbel gegen die Wand klapperten, die von der Wucht des Wassers erschüttert wurde, das unter ihm durch den Damm strömte. Tonnenweise Wasser, sagte Mami. Tonnen und Abertonnen schwarzen finsteren Wassers, überall ringsum, unter ihm … Wenn die Wand barst oder der Fußboden, würde es …

»Halt die Klappe, du Baby!«, sagte er laut zu sich selbst, rieb sich fest mit der Hand über das Gesicht und wischte sie an seiner Jeanshose ab. »Du musst weiter. *Los!*«

Es gab eine Treppe, es musste eine Treppe geben, irgendwo hier innen zwischen den riesigen schwarzen Buckeln der Turbinen, die aus dem Boden ragten … höher als die Steine auf dem Hügel, auf den ihn Mr. Cameron gebracht hatte. Dieser Gedanke beruhigte ihn ein bisschen; vor den Steinen hatte er noch viel mehr Angst. Und das trotz des tiefen dröhnenden Krachs, den die Turbinen machten; davon zuckte er zwar, aber er ging ihm nicht so durch Mark und Bein.

Das Einzige, was ihn davon abhielt, geradewegs wieder in den Tunnel zu gehen und zu warten, bis ihn am Morgen jemand fand, war das … Ding darin. Er wollte sich nicht in der Nähe davon aufhalten.

Er konnte sein Herz nicht mehr hören. Es war zu laut in der Turbinenhalle, um irgendetwas zu hören. Er konnte sich erst recht nicht denken hören, aber die Treppe musste in der Nähe der Fenster sein, und er schwankte in diese Richtung drauflos und hielt sich so weit wie möglich auf Abstand von den beiden großen Buckeln, die aus dem Boden ragten.

Erst als er die Tür schließlich fand, sie aufriss und in das hell erleuchtete Treppenhaus stürzte, kam ihm der Gedanke, sich zu fragen, ob Mr. Cameron vielleicht dort oben war und auf ihn wartete.

29

RÜCKKEHR NACH LALLYBROCH

Roger kämpfte sich mühsam zum Gipfelpunkt des Bergpasses empor und flüsterte dabei (wie schon seit mehreren Meilen) ununterbrochen vor sich hin:

»Hätt'st diese Straße geseh'n, bevor sie entstand,
Segnen würd'st General Wade mit erhobener Hand.«

Der irische General Wade hatte zwölf Jahre damit zugebracht, in ganz Schottland Kasernen, Brücken und Straßen zu bauen, und falls dieser bewundernde Vers nicht schon irgendwo auf einer seiner Straßen in Stein gemeißelt war, wurde es höchste Zeit, dachte Roger. Er war in der Nähe des Craigh na Dun auf eine der Straßen des Generals gestoßen, und sie hatte ihn bis auf ein paar Meilen nach Lallybroch geführt, so schnell ihn seine Füße trugen.

Doch diese letzten paar Meilen hatten das Augenmerk des Generals nicht genossen. Ein steiniger Pfad voller sumpfiger Stellen, der mit Heidekraut und Ginster überwuchert war, führte den steilen Pass hinauf, der Lallybroch überblickte – und beschützte. Weiter unten waren die Berghänge mit Buchen, Erlen und kräftigen kaledonischen Kiefern bewaldet, doch hier oben gab es weder Schatten noch Windschutz, und je höher er kam, desto mehr wurde er von einem kräftigen, kalten Wind geplagt.

Hätte Jem so weit kommen können, falls er entwischt war? Roger und Buck hatten die Umgebung des Craigh na Dun abgesucht, weil sie hofften, dass Cameron nach der Mühsal der Passage vielleicht irgendwo Rast gemacht hatte. Doch sie hatten weder eine Spur gefunden noch den Abdruck eines Turnschuhs Größe 36 irgendwo im Matsch. Also hatte Roger seinen Weg allein fortgesetzt, so schnell er konnte. Zwar hatte er sich die Zeit genommen, unterwegs an die Tür jeder Kate zu hämmern – nicht, dass es viele davon gegeben hätte –, aber er war gut vorangekommen.

Sein Herz schlug heftig, und das nicht nur von der Anstrengung des Aufstiegs. Cameron hatte allerhöchstens einen Tag Vorsprung. Wenn Jem aber nicht entwischt und nach Hause gelaufen war … würde Cameron mit Sicherheit nicht nach Lallybroch gehen. Aber wohin sonst? Der guten Straße folgen, die jetzt zehn Meilen hinter ihm lag, und möglicherweise nach Westen auf das Gebiet der MacKenzies zusteuern? Aber warum?

»Jem!«, rief er hin und wieder im Gehen, doch die Berge waren verlassen bis auf das Rascheln der Kaninchen und Wiesel, stumm bis auf das Krächzen der Raben und das gelegentliche Kreischen einer Möwe, die hoch über ihm dahinflog und von der fernen See zeugte.

»Jem!«, rief er wieder, als könnte er aus purer Not eine Antwort heraufbeschwören. Und in dieser Not bildete er sich manchmal auch ein, einen leisen Ruf als Antwort zu hören. Doch wenn er stehen blieb, um zu lauschen, war es der Wind. Nur der Wind, der ihm in den Ohren heulte, ihn betäubte. Er hätte drei Meter an Jem vorübergehen und ihn übersehen können, das war ihm bewusst.

Trotz seiner Sorgen hob sich sein Herz, als er den Gipfel des Passes erreichte und Lallybroch unter sich sah, die weiß gekälkten Gebäude, die im verblassenden Licht aufleuchteten. Alles lag friedlich vor ihm, die letzten Kohlköpfe und Rüben standen ordentlich im Inneren der Gartenmauern aufgereiht, sicher vor grasenden Schafen – auf der Wiese hatte sich eine kleine Herde schon für die Nacht niedergelassen wie Eier aus Wolle in einem Nest aus Gras, wie das Osterkörbchen eines Kindes.

Bei diesem Gedanken musste er schlucken, denn er weckte Erinnerungen an das fürchterliche Zellophangras, das sich überall verteilte, an Mandy, das Gesicht – und alles im Umkreis von anderthalb Metern – mit Schokolade verschmiert, an Jem, der sorgfältig mit weißem Wachsmaler »Papa« auf ein hart gekochtes Ei schrieb und sich dann stirnrunzelnd den Eierfarben zuwandte, weil er überlegte, ob Blau oder Violett besser zu Papa passte.

»Herr, gib, dass er hier ist!«, murmelte er und hastete den zerfurchten Pfad hinunter, so eilig, dass er auf den losen Steinen halb ins Rutschen kam.

Der Hof vor dem Haus war ordentlich, die große gelbe Kletterrose für den Winter gestutzt und der Eingang sauber gefegt. Plötzlich war ihm, als bräuchte er nur die Tür zu öffnen und ins Haus zu gehen, um sich in seinem eigenen Hausflur wiederzufinden, wo Mandy ihre kleinen roten Gummischuhe mit Schwung unter den stummen Diener geworfen hatte, an dem Briannas unsäglicher Dufflecoat hing, der mit getrocknetem Schlamm verkrustet war und nach seiner Besitzerin roch, nach Seife und Moschus und dem schwachen Geruch ihres Mutterseins: saure Milch, frisches Brot und Erdnussbutter.

»Verflixt«, murmelte er, »gleich fange ich noch vor der Haustür an zu heulen.« Er hämmerte an die Tür, und ein riesiger Hund kam um die Hausecke galoppiert und bellte wie der Hund von Baskerville. Das Tier kam rutschend vor ihm zum Halten, bellte aber weiter und bewegte dabei den Kopf hin und her wie eine Schlange, die Ohren gespitzt für den Fall, dass er eine falsche Bewegung machte, die es dem Hund gestattete, ihn guten Gewissens zu verschlingen.

Er wagte keine Bewegung; er hatte sich an die Tür gepresst, als der Hund auftauchte, und jetzt rief er: »Hilfe! Ruft den Hund zurück!«

Er hörte innen Schritte, und im nächsten Moment öffnete sich die Tür, so dass er fast in den Flur gepurzelt wäre. »Gib Ruhe, Hund«, sagte ein hochgewachsener, dunkelhaariger Mann in geduldigem Ton. »Kommt herein, Sir, und stört Euch nicht an ihm. Er frisst Euch nicht; er hatte sein Futter schon.«

»Freut mich, das zu hören, Sir, vielen Dank.« Roger zog den Hut ab und folgte dem Mann in den Schatten des Flurs. Es war sein eigener, vertrauter Flur mit denselben Steinplatten, auch wenn sie nicht annähernd so abgenutzt waren, und die dunkle Holzverkleidung der Wände war mit Bienenwachs auf Hochglanz poliert. In der Ecke stand tatsächlich ein stummer Diener, allerdings natürlich ein anderer als seiner; es war ein stabiles Gestell aus Schmiedeeisen, und das war auch gut so, denn er trug eine schwere Last aus Jacken, Schultertüchern, Umhängen und Hüten, unter denen jedes weniger robuste Möbelstück zusammengebrochen wäre.

Dennoch lächelte er bei dem Anblick, und dann erstarrte er, als hätte man ihm einen Fausthieb vor die Brust versetzt.

Die Holzvertäfelung hinter der Garderobe glänzte friedlich und unbeschadet. Keine Spur von den Säbelspuren, die frustrierte Rotröcke dort hinterlassen hatten, als sie nach der Schlacht von Culloden nach dem gesetzlosen Herrn von Lallybroch suchten. Die Kratzer waren jahrhundertelang sorgsam erhalten worden, waren immer noch da, mit der Zeit nachgedunkelt, aber immer noch deutlich zu sehen, als er dieses Haus besessen hatte – wenn er, so verbesserte er sich mechanisch, es besitzen würde.

»›Wir lassen es für die Kinder so‹«, hatte Brianna ihren Onkel Ian zitiert. »Wir sagen ihnen, ›So sind die Engländer‹.«

Ihm blieb keine Zeit, über seinen Schreck hinwegzukommen; der dunkelhaarige Mann hatte mit einer strengen gälischen Ermahnung an den Hund die Tür geschlossen und wandte sich ihm jetzt lächelnd zu.

»Willkommen, Sir. Esst Ihr mit uns zu Abend? Meine Kleine ist fast fertig damit.«

»Aye, gerne, ich danke Euch.« Roger verneigte sich schwach, während er seine Manieren aus dem achtzehnten Jahrhundert zusammensuchte. »Ich … mein Name ist Roger MacKenzie. Aus Kyle of Lochalsh«, fügte er hinzu, denn kein Mann, der etwas auf sich hielt, hätte es versäumt, auf seine Herkunft hinzuweisen, und Lochalsh war so weit entfernt, dass es unwahrscheinlich war, dass dieser Mann – wer war er? Er benahm sich nicht wie ein Dienstbote – die Einwohner des Ortes kannte.

Er hatte gehofft, dass die spontane Antwort lauten würde: »MacKenzie? Dann müsst Ihr der Vater des kleinen Jem sein!« Doch das tat sie nicht; der Mann erwiderte seine Verneigung und bot ihm die Hand an.

»Brian Fraser aus Lallybroch, Euer Diener, Sir.«

IM ERSTEN MOMENT empfand Roger absolut gar nichts. Er hörte ein leises Klicken, das ihn an das Geräusch erinnerte, das der Anlasser eines Autos macht, wenn die Batterie leer ist, und einen orientierungslosen Moment lang ging er davon aus, dass sein Hirn dieses Geräusch erzeugte. Dann fiel sein Blick auf den

Hund, der nach dem Verbot, ihn zu fressen, ins Haus gekommen war und jetzt durch den Flur lief, wobei seine Zehennägel auf dem Boden klickten.

Oh. Daher kommen also die Kratzer an der Küchentür, dachte er benommen, als sich das Tier auf die Hinterbeine stellte, sein Gewicht gegen die Schwingtür am Ende des Flurs warf und dann hindurchschoss, als sie sich öffnete.

»Ist Euch nicht gut, Sir?« Brian Fraser sah ihn an, die buschigen schwarzen Augenbrauen besorgt zusammengezogen. Er streckte die Hand aus. »Kommt in mein Studierzimmer und setzt Euch. Kann ich Euch einen stärkenden Schluck anbieten?«

»Ich … danke«, sagte Roger abrupt. Er hatte das Gefühl, dass ihn seine Knie jeden Moment im Stich lassen würden, doch er schaffte es, dem Herrn von Lallybroch in das Zimmer für Gespräche unter vier Augen zu folgen, das Studierzimmer des Gutsherrn. Sein eigenes Studierzimmer.

Die Regale waren dieselben, und hinter dem Kopf seines Gastgebers sah er die Wirtschaftsbücher aufgereiht, die er schon so oft durchgeblättert hatte, um anhand der verblassten Einträge das Phantomleben eines früheren Lallybroch heraufzubeschwören. Jetzt waren die Bücher neu, und Roger kam sich vor wie das Phantom. Kein besonders angenehmes Gefühl.

Brian Fraser reichte ihm ein kleines, dickes Glas mit einem flachen Boden, das halb mit Alkohol gefüllt war. Whisky, und zwar ausgesprochen anständiger Whisky. Der Geruch holte ihn langsam aus seiner Schockstarre, und das warme Brennen in seiner Speiseröhre lockerte auch den Knoten in seinem Hals.

Wie sollte er fragen, was er so verzweifelt wissen musste? *Wann?!* Er blickte auf den Schreibtisch hinüber, doch es gab keinen halbfertigen Brief, auf dem praktischerweise schon ein Datum stand, keinen Pflanzalmanach, in dem er beiläufig blättern konnte. Keins der Bücher im Regal war ihm eine Hilfe; das einzige, das er kannte, war Defoes LEBEN UND ABENTEUER DES ROBINSON CRUSOE, und das war 1719 erschienen. Er wusste, dass er sich an einem späteren Zeitpunkt befinden musste; das Haus hatte 1719 noch gar nicht gestanden.

Er kämpfte die aufsteigende Woge der Panik nieder. Es spielte keine Rolle; es spielte keine Rolle, wenn es nicht die Zeit war, die er erwartet hatte – nicht, wenn Jem hier war. Und er musste es sein. Er *musste* es sein.

»Ich bedaure es, Eure Familie zu stören, Sir«, sagte er und räusperte sich, während er das Glas hinstellte. »Doch es ist so, dass ich meinen Sohn verloren habe und mich auf der Suche nach ihm befinde.«

»Euren Sohn verloren!«, rief Fraser aus und bekam vor Überraschung große Augen. »Bride steh Euch bei, Sir. Wie ist das denn geschehen?«

Besser, wenn er die Wahrheit sagte, soweit es ging. Was konnte er schließlich auch sonst sagen?

»Er ist vor zwei Tagen entführt und verschleppt worden – er ist erst zehn Jahre alt. Ich habe Grund zu der Annahme, dass der Mann, der ihn mitgenommen hat, aus dieser Gegend kommt. Habt Ihr zufällig einen hochgewachsenen Mann gesehen, hager und dunkelhaarig, der mit einem rothaarigen Jungen unterwegs ist, etwa so groß?« Er legte die Handkante an seinen Arm, fast zehn Zentimeter über seinem Ellbogen; Jem war groß für sein Alter und noch größer für diese Zeit – doch Brian Fraser war selbst ein hochgewachsener Mann, und *sein* Sohn …

Wieder durchfuhr ihn der Schreck bei dem Gedanken – war Jamie hier? Im Haus? Und wenn ja, wie alt mochte er sein? Wie alt war er gewesen, als Brian Fraser star…

Fraser schüttelte den Kopf, seine Miene bestürzt.

»Nein, Sir. Wie ist denn der Name des Mannes, der Euren Jungen hat?«

»Rob… Robert Cameron heißt er. Seine Familie kenne ich nicht«, fügte er hinzu und passte sich automatisch Frasers stärkerem Akzent an.

»Cameron …«, murmelte Fraser und tippte mit den Fingern auf den Schreibtisch, während er sein Gedächtnis durchforschte. Diese Bewegung erinnerte Roger an etwas; es war der Geist einer Geste, die charakteristisch für Jamie war, wenn er nachdachte – doch dank seines steifen Fingers machte Jamie es mit allen Fingern auf einmal, während sich die Finger seines Vaters in einer fließenden Welle auf den Tisch senkten.

Er griff wieder nach seinem Glas und trank noch einen Schluck, wobei er Fraser so beiläufig wie möglich ins Gesicht sah, um nach Ähnlichkeiten zu suchen. Es gab sie, doch ganz subtil, vor allem in der Haltung von Kopf und Schultern … und den Augen. Das Gesicht war völlig anders, kantiges Kinn, breite Stirn, und Brian Frasers Augen waren grünbraun, nicht blau, doch ihre schräge Form, der breite Mund … das war Jamie.

»Die nächsten Camerons sind eigentlich in Lochaber«, sagte Fraser und schüttelte den Kopf. »Und ich habe nichts von einem Wanderer in unserer Gegend gehört.« Er warf Roger einen direkten Blick zu, nicht anklagend, aber eindeutig fragend. »Warum glaubt Ihr denn, dass der Mann hier entlanggekommen ist?«

»Ich … man hat ihn gesehen«, entfuhr es Roger. »Am Craigh na Dun.«

Fraser horchte auf.

»Craigh na Dun«, wiederholte er und lehnte sich ein wenig zurück. Sein Blick war jetzt argwöhnisch. »Ah … und woher kommt Ihr selbst, Sir?«

»Aus Inverness«, erwiderte Roger prompt. »Ich bin ihm von dort aus gefolgt.« *Fast die Wahrheit.* Er gab sich alle Mühe, nicht daran zu denken, dass exakt die Stelle, an der er jetzt saß, der Ausgangspunkt seiner Suche nach Cameron und Jem gewesen war. »Ich … ein Freund … ein Verwandter … hat mich begleitet. Ich habe ihn nach Cranesmuir geschickt, um dort zu suchen.«

Die Information, dass er anscheinend kein verrückter Einzelgänger war, schien Fraser zu beruhigen, und er stand auf, um einen Blick zum Fenster zu werfen, wo sich die große Kletterrose schwarz vor dem Dämmerhimmel abmalte.

»Mmpfm. Nun, bleibt doch ein wenig, Sir, wenn Ihr möchtet. Es ist schon spät, und Ihr werdet nicht mehr weit kommen, ehe es dunkel wird. Esst mit uns, und wir geben Euch ein Bett für die Nacht. Vielleicht kommt ja Euer Freund mit guten Nachrichten, oder einer meiner Pächter hat womöglich etwas gesehen. Ich schicke morgen jemanden los, der sich umhören kann.«

Rogers Beine zitterten, so sehr drängte es ihn aufzuspringen, loszulaufen, etwas zu *tun*. Doch Fraser hatte recht; es würde sinnlos sein – und gefährlich –, im Dunklen in den Bergen der Highlands umherzustolpern, sich zu verlaufen, um diese Jahreszeit vielleicht sogar in ein Unwetter zu geraten. Er konnte hören, wie der Wind stärker wurde; die Rose schlug gegen das Fensterglas. Es würde bald regnen. *Und ist Jem da draußen?*

»Ich … ja. Ich danke Euch, Sir«, sagte er. »Das ist sehr gütig von Euch.«

Fraser erhob sich, klopfte ihm auf die Schulter und ging in den Flur. Dort rief er: »Janet! Janet, wir haben einen Gast zum Abendessen!«

Janet?

Er war schon aufgestanden ohne zu überlegen, und kam gerade aus dem Studierzimmer, als die Küchentür aufschwang und eine zierliche Gestalt herauskam, ein Umriss im Leuchten aus der Küche, und sich die Hände an ihrer Schürze rieb.

»Meine Tochter Janet, Sir«, sagte Fraser und zog seine Tochter in das verblassende Licht. Er lächelte sie liebevoll an. »Das ist Roger MacKenzie, Jenny. Er hat seinen kleinen Jungen irgendwo verloren.«

»Wirklich?« Das Mädchen hielt mitten in seinem Knicks inne und bekam große Augen. »Was ist passiert, Sir?«

Roger erzählte auch ihr kurz von Rob Cameron und dem Craigh na Dun, verging jedoch währenddessen vor Verlangen, die junge Frau zu fragen, wie alt sie war. Fünfzehn? Siebzehn? Einundzwanzig? Sie war von bemerkenswerter Schönheit mit makelloser weißer Haut, die jetzt von der Hitze des Kochens errötet war, lockigem schwarzem Haar, das sie sich aus dem Gesicht gebunden hatte, und einer schlanken Figur, von der er den Blick nur mit Mühe abwendete – doch das Verstörendste war, dass sie trotz ihrer unübersehbaren Weiblichkeit eine verblüffende Ähnlichkeit mit Jamie Fraser besaß. *Sie könnte seine Tochter sein*, dachte er und fuhr dann zusammen, als er begriff – und sich erinnerte –, wer in Wirklichkeit Jamie Frasers Tochter war. Ein Stich durchfuhr sein Herz, so heftig, dass er fast in die Knie gegangen wäre.

Oh Gott, Brianna. Oh Jesus, hilf mir. Werde ich sie je wiedersehen?

Ihm wurde bewusst, dass er verstummt war und Janet Fraser mit offenem Mund anstarrte. Offenbar war sie es jedoch gewohnt, dass Männer so reagierten; sie schenkte ihm ein schüchternes, katzenäugiges Grinsen und sagte, das Essen würde in wenigen Momenten auf dem Tisch stehen, vielleicht sollte Pa Mr. MacKenzie den Weg zum Abort zeigen? Dann ging sie wieder durch den Flur, die große Tür schwang hinter ihr zu, und er stellte fest, dass er wieder atmen konnte.

DAS ABENDESSEN war schlicht, aber reichlich und gut, und Roger stellte fest, dass es Wunder auf seine Lebensgeister wirkte – allerdings kein echtes Wunder; er konnte sich nicht mehr erinnern, wann er zuletzt etwas gegessen hatte.

Sie aßen in der Küche zusammen mit zwei Hausmädchen namens Annie und Senga und Tom McTaggart, einem Mann für alles, die den Tisch mit der Familie teilten. Sie alle interessierten sich neugierig für Roger und sprachen ihm zwar ihr Mitgefühl über seinen vermissten Sohn aus, doch noch mehr interessierte es sie, woher er kam und was für Neuigkeiten er wohl mitbrachte.

Damit war er ein wenig überfordert, da er ja keine feste Vorstellung davon hatte, welches Jahr es war (*Brian ist gestorben – Gott, er* wird *sterben –, als Jamie neunzehn war, und wenn Jamie im Mai 1721 geboren war – oder war es 1722?… und er zwei Jahre jünger war als Jenny…),* und daher auch keine Ahnung hatte, was sich in letzter Zeit zugetragen haben könnte. Doch er zögerte seine Antwort ein wenig hinaus und sprach detailliert über seine Vorfahren. Erstens zeugte das von guten Manieren, und zweitens war sein Geburtsort Kyle of Lochalsh so weit von Lallybroch entfernt, dass es unwahrscheinlich war, dass die Frasers jemanden aus seiner Sippe kannten.

Und dann hatte er schließlich Glück, als McTaggart erzählte, wie er sich den Schuh ausgezogen hatte, um einen Stein herauszuholen, und dann gesehen hat, wie sich eins der Schweine unter dem Zaun hindurchzwängte und auf den Gemüsegarten zutrabte. Natürlich war er hinterhergerannt, und es war ihm auch gelungen, das Schwein zu fangen. Aber als er es zurück zum Auslauf gezerrt hatte, hatte er feststellen müssen, dass sich das andere Schwein ebenfalls hinausgewunden hatte und friedlich seinen Schuh fraß.

»Das ist alles, was übrig ist!«, sagte er, zog eine halb zerfetzte Ledersohle aus der Tasche und wedelte vorwurfsvoll damit. »Und wie ich darum kämpfen musste, sie der Sau zu entreißen!«

»Warum hast du dir die Mühe gemacht?«, fragte Jenny und betrachtete den feuchten Gegenstand mit gerümpfter Nase. »Mach dir keine Sorgen, Taggie. Nächste Woche schlachten wir die Schweine, dann kannst du ein Stück Leder haben und dir neue Schuhe machen.«

»Und bis dahin soll ich wohl barfuß gehen, wie?«, fragte McTaggart mürrisch. »Wir haben morgens Bodenfrost, aye? Ich könnte mich erkälten und an einer Lungenentzündung sterben, ehe das Schwein seinen letzten Eimer Reste gefressen hat, geschweige denn gegerbt worden ist.«

Brian lachte und wies mit dem Kinn auf Jenny. »Hat dein Bruder nicht ein Paar Schuhe hiergelassen, die ihm nicht mehr passten, als er nach Paris gegangen ist? Ich meine, ich erinnere mich daran. Und wenn du sie nicht den Armen gegeben hast, helfen sie Taggie ja vielleicht vorerst weiter.«

Paris. Roger kramte fieberhaft und mit aller Konzentration in seinen Erinnerungen und rechnete. Jamie hatte knapp zwei Jahre an der Universität in Paris verbracht und war zurückgekommen… wann? Mit achtzehn, dachte er. Jamie würde – wird – im Mai 1739 achtzehn. Also war es jetzt 1737, 1738 oder 1739.

Diese Verringerung seiner Ungewissheit beruhigte ihn ein wenig, und es gelang ihm, darüber nachzudenken, welche historischen Ereignisse sich in diesem Zeitraum zugetragen hatten, die er als Neuigkeiten in das Tischgespräch einfließen lassen konnte. Absurderweise war das Erste, was ihm einfiel, die Erfindung des Flaschenöffners im Jahr 1738. Das Zweite war, dass es 1737 in Bombay ein schreckliches Erdbeben gegeben hatte.

Seine Zuhörer interessierten sich zunächst mehr für den Flaschenöffner, den er detailliert beschreiben musste – wobei er seiner Fantasie freien Lauf ließ, da er keine Ahnung hatte, wie dieser Gegenstand tatsächlich aussah –, obwohl auch den Bewohnern Bombays mitfühlendes Gemurmel zuteilwurde und man ein kurzes Gebet für die Seelen derer sprach, die unter einstürzenden Häusern erdrückt worden waren.

»Aber wo *ist* denn eigentlich Bombay?«, fragte das jüngere der Hausmädchen stirnrunzelnd und blickte sich fragend um.

»Indien«, sagte Jenny prompt und schob ihren Stuhl zurück. »Senga, hol den Atlas, aye? Ich zeige dir, wo Indien ist.«

Sie verschwand durch die Schwingtür, und die Geschäftigkeit, während der Tisch abgeräumt wurde, ließ Roger einige Augenblicke Zeit zum Atemholen. Allmählich entspannte er sich etwas, da er sich jetzt wieder orientieren konnte, obwohl er immer noch krank war vor Sorge um Jem. Er dachte kurz an William Buccleigh und daran, wie dieser wohl die Nachricht vom Datum ihrer Ankunft aufnehmen würde.

Ende der Siebzehnhundertdreißiger ... Himmel, da war Buck ja noch gar nicht geboren! Andererseits, was machte das schon?, fragte er sich. *Er* war ja auch noch nicht geboren, und er hatte schon einmal ganz munter in einer Zeit vor seiner Geburt gelebt ... Aber konnte ihre zeitliche Nähe zu Bucks Zeugung etwas damit zu tun haben?

Er wusste – zumindest glaubte er zu wissen –, dass man nicht in eine Zeit zurückgehen konnte, in der man schon lebte. Der Versuch, physikalisch zweimal zur selben Zeit zu existieren, war schlicht nicht vorgesehen. Dieser Versuch hatte ihn schon einmal beinahe umgebracht; vielleicht waren sie Bucks ursprünglicher Lebenslinie zu nah gekommen, und Buck hatte irgendwie einen Rückzieher gemacht und Roger mitgenommen?

Bevor er die weiteren Folgen *dieses* bestürzenden Gedankens ergründen konnte, kehrte Jenny mit einem großen, dünnen Buch zurück. Dies entpuppte sich als handkolorierter Atlas mit Landkarten – in vielen Fällen überraschend akkuraten Landkarten – und Beschreibungen der »Nationen der Welt«.

»Mein Bruder hat ihn mir geschickt«, erzählte ihm Jenny stolz und schlug eine Doppelseite mit dem indischen Subkontinent auf. Bombay wurde durch einen sternförmigen Kreis dargestellt, der mit kleinen Illustrationen von Palmen, Elefanten und noch etwas umringt war, das sich bei näherer Betrachtung als Teepflanzen entpuppte. »Er studiert dort.«

»Tatsächlich?« Roger lächelte und gab sich Mühe, beeindruckt zu wirken. Er *war* beeindruckt, erst recht, als er begriff, welche Mühe und welche Kosten dazugehörten, aus dieser abgelegenen Bergwildnis nach Paris zu ziehen. »Wie lange ist er denn schon dort?«

»Oh, schon fast zwei Jahre«, antwortete Brian. Er streckte die Hand aus und fuhr sacht über die Seite. »Wir vermissen den Jungen schrecklich, aber er schreibt uns oft. Und er schickt uns Bücher.«

»Er kommt bald wieder«, sagte Jenny, deren Überzeugung allerdings ein wenig krampfhaft wirkte. »Er hat gesagt, er kommt zurück.«

Brian lächelte, ebenfalls ein wenig krampfhaft.

»Aye. Ich hoffe es wirklich sehr, *a nighean*. Aber du weißt ja, dass sich Möglichkeiten für ihn eröffnet haben, die ihn vielleicht noch eine Weile fernhalten werden.«

»Möglichkeiten? Du meinst diese de Marillac?«, fragte Jenny mit einem hörbar gereizten Unterton. »Es gefällt mir nicht, wie er über sie schreibt. Ganz und gar nicht.«

»Er könnte es schlechter treffen, Liebes.« Brian zog die Schultern hoch. »Sie kommt aus gutem Hause.«

Jenny stieß einen sehr komplizierten Kehllaut aus, der hinreichenden Respekt gegenüber ihrem Vater ausdrückte, um zu verhindern, dass sie ihre Meinung über »diese de Marillac« ausführlicher kundtat, während er gleichzeitig keinen Zweifel an dieser Meinung ließ. Ihr Vater lachte.

»Dein Bruder ist doch kein *kompletter* Dummkopf«, versicherte er ihr. »Ich bezweifle, dass er eine Idiotin heiraten würde oder eine … eine …« Er hatte offenbar in letzter Sekunde beschlossen, doch nicht »Hure« zu sagen – seine Lippen hatten bereits begonnen, das Wort zu formen –, doch ihm fiel nicht schnell genug Ersatz dafür ein.

»Doch, das würde er«, schnappte Jenny. »Er würde sogar sehenden Auges mitten in ein Spinnennetz wandern, wenn die Spinne ein hübsches Gesicht und einen runden Hintern hätte.«

»Janet!« Ihr Vater gab sich Mühe, eine schockierte Miene aufzusetzen, scheiterte aber kläglich. McTaggart prustete offen drauflos, und Annie und Senga kicherten hinter vorgehaltener Hand. Jenny funkelte sie böse an, doch dann richtete sie sich würdevoll auf und richtete sich an ihren Gast.

»Nun, Mr. MacKenzie. Eure Frau lebt noch, hoffe ich? Und ist sie die Mutter Eures Kleinen?«

»Ist sie …« Er empfand die Frage wie einen Schlag vor die Brust, doch dann fiel ihm wieder ein, in welcher Zeit er sich befand. Die Chancen einer Frau, eine Geburt zu überleben, standen an vielen Orten mehr als schlecht. »Ja. Ja, sie ist … in Inverness, mit unserer Tochter.«

Mandy. Oh, mein süßes Baby. Mandy. Brianna. Jem. Ganz plötzlich brach die ganze Enormität seiner Lage über ihn herein. Bis jetzt war es ihm gelungen, das alles zu ignorieren, indem er sich ganz darauf konzentrierte, dass er Jem finden musste, doch jetzt pfiff ein kalter Wind durch die Löcher in seinem Herzen, die ein schwindelerregendes Schicksal dort hinterlassen hatte. Es war gut möglich, dass er keinen von ihnen je wiedersehen würde. Und dass sie nie erfahren würden, was aus ihm geworden war.

»Oh, Sir«, flüsterte Jenny und beugte sich vor, um ihm die Hand auf den Arm zu legen, erschrocken über das, was sie ausgelöst hatte. »Oh, Sir, es tut mir leid! Ich wollte Euch doch nicht …«

»Ist schon gut«, brachte er heraus, indem er die Worte als Krächzen durch seine verstümmelte Kehle quetschte. »Ich bin …« Er winkte entschuldigend ab und stolperte blicklos hinaus. Er ging geradewegs durch die Stiefelkammer an der Rückseite des Hauses ins Freie und fand sich in der Nacht wieder.

Ein schmaler Streifen schwachen Lichts hing genau über den Bergspitzen, über denen sich die Wolkendecke noch nicht ganz geschlossen hatte, doch der Hof ringsum lag in tiefem Schatten, und der Wind berührte sein Gesicht mit dem Geruch kalten Regens. Er zitterte, aber nicht vor Kälte, und setzte sich abrupt auf den großen Stein am Weg, auf dem sie den Kindern die Gummistiefel auszogen, wenn es matschig war.

Er stützte die Ellbogen auf die Knie und legte das Gesicht in die Hände, momentan überwältigt. Nicht nur von seiner eigenen Situation – sondern auch wegen der Menschen im Haus. Jamie Fraser würde bald heimkehren. Und bald darauf würde der Nachmittag kommen, an dem rotberockte Soldaten auf den Hof von Lallybroch marschierten und Janet und die Dienstboten allein antrafen. Und das würde eine Reihe von Ereignissen in Bewegung setzen, die damit endeten, dass Brian Fraser starb, gefällt von einem Schlaganfall, während er zusah, wie sein einziger Sohn – so glaubte er – zu Tode gepeitscht wurde.

Jamie … Roger erschauerte, denn vor seinem inneren Auge sah er nicht seinen unbezwingbaren Schwiegervater, sondern den unbeschwerten jungen Mann, der auch inmitten der Zerstreuungen von Paris nicht vergaß, seiner Schwester Bücher zu schicken. Der …

Es hatte angefangen zu regnen, mit einer stillen Gründlichkeit, die sein Gesicht in Sekunden mit Wasser bedeckte. Zumindest würde es niemand merken, wenn er vor Verzweiflung weinte. *Ich kann es nicht verhindern*, dachte er. *Ich kann ihnen nicht sagen, was auf sie zukommt.*

Ein gewaltiger Schatten tauchte neben ihm aus der Dunkelheit auf. Er schrak auf, und der Hund lehnte sich mit seinem ganzen Gewicht an ihn und schubste ihn fast von dem Stein, auf dem er saß. Eine große haarige Nase schob sich mitfühlend in sein Ohr, schnüffelnd und nasser als der Regen.

»Himmel, Hund«, sagte er trotz allem halb lachend. »Gott.« Er legte die Arme um das große, kräftig riechende Tier, lehnte die Stirn an seinen muskulösen Hals und fühlte sich ein wenig getröstet.

Eine Weile dachte er an gar nichts und fühlte sich unaussprechlich erleichtert. Nach und nach jedoch kehrte sein Denkvermögen zurück. Eventuell war es ja nicht wahr, dass man die Dinge – die Vergangenheit – nicht ändern konnte. Nicht die großen Dinge vielleicht, die Könige und Schlachten. Aber vielleicht ja doch die kleinen. Wenn er den Frasers von Lallybroch schon nicht geradeheraus sagen konnte, welches Verderben über sie kommen würde, so gab es doch irgendetwas, das er sagen *konnte*, eine Warnung, die eventuell verhinderte …

Und wenn er es tat? Wenn sie ihm zuhörten? Würde dieser gute Mann im Haus trotzdem an seinem Schlaganfall sterben, weil eine Schwachstelle in seinem Hirn eines Tages auf dem Rückweg aus der Scheune nachgab? Aber dann waren zumindest sein Sohn und seine Tochter in Sicherheit … und dann?

Würde Jamie in Paris bleiben und die flatterhafte Französin heiraten? Würde er in Frieden heimkehren, um in Lallybroch zu leben und sich um sein Anwesen und seine Schwester kümmern?

Auf jeden Fall würde er nicht in fünf oder sechs Jahren auf der Flucht vor englischen Soldaten am Craigh na Dun vorbeireiten, verletzt und dringend auf die Hilfe einer Zeitreisenden angewiesen, die zufällig gerade durch die Steine gewandert war. Und wenn er Claire Randall nicht kennenlernte … *Brianna*, dachte er. *Oh Himmel. Brianna.*

Hinter ihm erklang ein Geräusch, als sich die Haustür öffnete, und der Schein einer Laterne fiel auf den Weg.

»Mr. MacKenzie?«, rief Brian Fraser in die Nacht hinaus. »Alles gut bei Euch, Mann?«

»Gott«, flüsterte er und klammerte sich an den Hund. »Zeig mir, was ich tun soll.«

30

LICHTER UND SIRENEN

Die Tür am oberen Ende der Treppe *war* abgeschlossen. Jem hämmerte mit den Fäusten dagegen, trat mit den Füßen darauf ein und schrie. Er konnte *es* dort unten hinter sich spüren, in der Dunkelheit, und dieses Gefühl kroch ihm über den Rücken, als käme *es* ihm nach, und der Gedanke machte ihm solche Angst, dass er kreischte wie eine *Ban-sidhe* und sich mit voller Wucht gegen die Tür warf, wieder und wieder und …

Die Tür flog auf, und er fiel der Länge nach auf schmutziges Linoleum, das voller Fußabdrücke und Zigarettenstummel war.

»Was zum Teufel … Wer bist *du* denn, Junge, und was in Gottes Namen hast du auf der Treppe gemacht?«

Eine kräftige Hand packte ihn am Arm und zog ihn hoch. Er war außer Atem vom Schreien, fast hätte er vor Erleichterung geheult, und er brauchte eine Minute, bis ihm wieder einfiel, wer er war.

»Jem.« Er schluckte, blinzelte, weil es so hell war, und wischte sich mit dem Ärmel über das Gesicht. »Jem MacKenzie. Meine Mutter ist …« Sein Kopf war plötzlich leer, und er konnte sich nicht mehr an Mamas Vornamen erinnern. »Sie arbeitet manchmal hier.«

»Ich kenne deine Mama. *Solche* Haare gibt es nur einmal, Junge.« Der Mann, der ihn hochgezogen hatte, gehörte zum Sicherheitsdienst; so stand es auf dem Aufnäher an seinem Ärmel. Er legte den Kopf zur einen Seite, dann zur anderen, um Jem zu betrachten, und das Licht spiegelte sich erst auf seiner Glatze, dann in seiner Brille. Das Licht kam von diesen langen Röhren an der Decke, die Papa Neonlicht nannte; sie summten und erinnerten ihn an das Ding im Tunnel, und er drehte sich blitzschnell um und knallte die Tür zu.

»Ist etwa jemand hinter dir her, Junge?« Der Wachmann streckte die Hand nach der Türklinke aus, und Jem lehnte sich fest mit dem Rücken an die Tür.

»Nein!« Er konnte *es* da draußen spüren, hinter der Tür. Es wartete. Der Wachmann sah ihn stirnrunzelnd an. »Ich ... ich wollte nur ... Es ist ziemlich dunkel da unten.«

»Du warst unten im Dunklen? Wie in aller Welt bist du denn da hingekommen? Und wo ist deine Mutter?«

»Ich weiß es nicht.« Jem bekam jetzt wieder Angst. *Richtige* Angst. Denn Mr. Cameron hatte ihn in den Tunnel gesperrt, um irgendwo hinzugehen. Und vielleicht war er ja nach Lallybroch gegangen.

»Mr. Cameron hat mich da hingebracht«, platzte er heraus. »Eigentlich sollte ich bei Bobby übernachten, und er sollte mich hinfahren, aber stattdessen hat er mich hierhergebracht und mich in den Tunnel gesperrt.«

»Cameron – was, Rob Cameron?« Der Wachmann ging in die Hocke, um auf Augenhöhe mit Jem zu sein. »Warum denn?«

»Ich ... ich weiß es nicht.« *Du darfst nie jemandem davon erzählen*, sagte Pa. Er schluckte krampfhaft. Selbst wenn er es erzählen wollte, hätte er gar nicht gewusst, wo er anfangen sollte. Er konnte dem Mann zwar sagen, dass Mr. Cameron mit ihm auf den Craigh na Dun gestiegen war, zu den Steinen, und ihn hineingeschubst hatte. Doch er konnte ihm nicht sagen, was dann geschehen war, genauso wenig wie er Mr. MacLeod – das war der Name auf seiner Marke, Jock MacLeod – erzählen konnte, was das schimmernde Ding im Tunnel war.

Mr. MacLeod stieß ein nachdenkliches Geräusch aus, schüttelte den Kopf und stand auf.

»Tja, dann rufe ich am besten deine Eltern an, damit sie kommen und dich nach Hause holen, aye? Sie können mir ja dann sagen, ob sie über das Ganze mit der Polizei sprechen möchten.«

»Bitte«, flüsterte Jem und bekam weiche Knie bei dem Gedanken, dass Mama und Pa ihn holen kommen würden. »Ja, bitte.«

Mr. MacLeod nahm ihn mit in ein kleines Büro, wo das Telefon stand, gab ihm eine warme Dose Cola und sagte ihm, er sollte sich doch hinsetzen und ihm die Telefonnummer seiner Eltern sagen. Jem nippte an der Cola und fühlte sich sofort viel besser, als er zusah, wie Mr. MacLeods dicker Finger die Wählscheibe drehte. Eine Pause, und dann konnte er es am anderen Ende klingeln hören. *Briep-briep ... briep-briep ... briep-briep ...*

Es war zwar warm im Büro, doch sein Gesicht und seine Hände wurden kalt. Es ging niemand ans Telefon.

»Vielleicht schlafen sie ja«, sagte er und unterdrückte einen Cola-Rülpser. Mr. MacLeod sah ihn von der Seite an und schüttelte den Kopf, drückte auf die Gabel und wählte die Nummer noch einmal. Diesmal ließ er Jem jede Zahl einzeln aufsagen.

Briep-briep … briep-briep …

Er beschwor seine Eltern so konzentriert abzuheben, dass er gar nichts anderes wahrnahm, bis Mr. MacLeod plötzlich überrascht den Kopf zur Tür drehte.

»Was …«, sagte der Wachmann, dann sauste etwas durch die Luft und landete mit demselben Geräusch, wie wenn sein Vetter Ian einen Hirsch mit einem Pfeil erschoss, und Mr. MacLeod stieß einen schrecklichen Laut aus und fiel von seinem Stuhl auf den Boden, und der Stuhl rollte weg und fiel krachend um.

Jem erinnerte sich nicht daran, aufgestanden zu sein, aber er stand an den Aktenschrank gepresst da und drückte die Dose so fest zusammen, dass die Cola überlief und ihm über die Finger schäumte.

»Du kommst mit mir, Junge«, sagte der Mann, der Mr. MacLeod niedergeschlagen hatte. Er hielt etwas in der Hand, wovon Jemmy glaubte, dass es ein Totschläger war, obwohl er noch nie einen gesehen hatte. Er konnte sich nicht bewegen, selbst wenn er es gewollt hätte.

Der Mann stieß ein ungeduldiges Geräusch aus, stieg über Mr. MacLeod hinweg, als wäre er ein Müllsack, und packte Jem an der Hand. In seiner Todesangst biss ihn Jem, so fest er konnte. Der Mann schrie auf und ließ los. Jem warf ihm die Coladose ins Gesicht, und als der Mann sich duckte, schoss er an ihm vorbei, zum Büro hinaus und rannte durch den langen Flur um sein Leben.

ALLMÄHLICH WURDE ES SPÄT; ihnen begegneten immer weniger Autos auf der Straße, und Mandys Kopf begann vornüberzusinken. Die Mäuseprinzessinnenmaske war nach oben gerutscht, und die Pfeifenputzer-Schnurrhaare ragten auf wie Antennen. Brianna sah Mandy plötzlich vor ihrem inneren Auge wie eine kleine Radarstation, die die kahle Landschaft nach Jems schwachem, pulsierendem Signal absuchte.

Konnte sie das? Sie schüttelte den Kopf, nicht um diese Vorstellung zu verwerfen, sondern um zu verhindern, dass ihr Verstand die Realität ganz hinter sich ließ. Das Adrenalin ihrer Wut und ihrer Angst war verflogen; ihre Hände zitterten ein wenig auf dem Lenkrad, und die Dunkelheit ringsum schien endlos; gähnende Leere, die sie beide verschlingen würde, sobald sie aufhörte zu fahren, sobald der schwache Strahl ihrer Scheinwerfer erlosch …

»Warm«, murmelte Mandy schläfrig.

»Was, Baby?« Sie hatte es zwar gehört, doch sie war zu angestrengt bemüht, den Blick wie hypnotisiert nicht von der Straße abzuwenden, um es bewusst aufzunehmen.

»Wär…mer.« Mandy kämpfte sich griesgrämig hoch. Die Gummibänder ihrer Maske hatten sich in ihrem Haar verfangen, und sie quietschte gereizt, während sie daran riss.

Brianna fuhr vorsichtig an den Rand, zog die Handbremse, drehte sich um und begann, die Maske zu entwirren.

»Du meinst, wir fahren in Jems Richtung?«, fragte sie und gab sich große Mühe zu verhindern, dass ihre Stimme zitterte.

»Ah-hah.« Von der lästigen Maske befreit, gähnte Mandy herzhaft und winkte mit der Hand zum Fenster. »Mmp.« Sie legte den Kopf auf ihre Arme und stieß einen müden Jammerlaut aus.

Brianna schluckte, schloss die Augen, öffnete sie wieder und schaute sorgfältig in die Richtung, in die Mandy gezeigt hatte. Da war keine Straße … oder doch, und während es ihr eisig über den Rücken lief, sah sie das kleine braune Schild, auf dem stand: »Durchfahrt verboten. Highlands & Islands Hydroelectric«. Der Damm von Loch Errochty. Der Tunnel.

»Verdammt!«, sagte Brianna und trat aufs Gas, ohne an die Handbremse zu denken. Das Auto machte einen Satz und ging aus, und Mandy schoss auf, die Augen glasig und so groß wie die einer von der Sonne geweckten Eule.

»Sind wir zu Hause?«

JEM RANNTE DURCH DEN FLUR und warf sich mit solcher Wucht gegen die Schwingtür am Ende, dass er auf der anderen Seite weiterrutschte und rumpelnd die Treppe hinunterkollerte, bis er als benommenes Häuflein unten landete.

Er hörte die Schritte, die schnell oben auf die Tür zukamen, kroch mit einem kleinen Angstschrei über den nächsten Treppenabsatz und stürzte sich kopfüber das nächste Stück hinunter, zuerst auf dem Bauch, dann holterdipolter, bis er am Ende ein paar Purzelbäume schlug.

Er weinte vor Angst, holte krampfhaft Luft und versuchte, kein Geräusch zu machen, als er sich dann stolpernd hochkämpfte. Alles tat ihm weh, alles, aber die Tür, er musste ins Freie. Er stolperte durch das Foyer, halb dunkel, denn nur die Lichter der Rezeption leuchteten durch das Fenster, hinter dem die Empfangsdame saß. Der Mann kam näher; er konnte ihn am Fuß der Treppe fluchen hören.

Der Haupteingang war mit einer Kette verschlossen. Er wischte sich die Tränen am Ärmel ab, rannte zurück in die Rezeption und sah sich panisch um. *NOTAUSGANG*. Da war es ja, das rote Schild über der Tür am Ende eines weiteren kleinen Flurs. Der Mann stürzte in das Foyer und entdeckte ihn.

»Komm zurück, du kleiner Mistkerl!«

Jems Gedanken überschlugen sich, und er packte in seiner Not den ersten Gegenstand, der ihm jetzt auffiel, nämlich einen Drehstuhl, und schubste ihn quer durch das Foyer direkt auf den Mann zu, so fest er konnte. Der Mann fluchte und sprang zur Seite, und Jem rannte zum Notausgang, warf sich gegen die Tür und stürzte schreiend in die Nacht, die erfüllt war von Sirenen und blitzenden Lichtern.

»WASSDAS, MAMI? Mami, hab Angst, hab ANGST!«

»Und du meinst, ich nicht?«, murmelte Brianna, der das Herz bis zum Hals schlug. »Schon gut, Baby«, sagte sie laut und trat das Gaspedal durch. »Wir holen doch nur Jem.«

Das Auto kam rutschend auf dem Kies zum Halten, und sie sprang hinaus, im ersten Moment unentschlossen, denn alles drängte sie, auf das Gebäude zuzulaufen, wo über einer offenen Seitentür Sirenen erschollen und Lichter blinkten, doch sie konnte Mandy ja nicht allein im Auto lassen. Sie konnte das Rauschen des Wassers in der Überlaufrinne hören.

»Komm mit, Schätzchen«, sagte sie und öffnete hastig den Sicherheitsgurt. »Genau, komm, ich trage dich ...« Noch während sie mit Mandy redete, sah sie sich um, hierhin, dorthin, von den Lichtern in die Dunkelheit, und jeder Nerv schrie in ihr, dass ihr Sohn hier war, er war *hier*, er musste hier sein ... Wasserrauschen ... Ihre Gedanken füllten sich mit Grauen, als sie sich vorstellte, wie Jem in die Überlaufrinne fiel, oder sie sich Jem im Tunnel vorstellte – Gott, warum war sie nicht sofort hierhergefahren? Natürlich hatte ihn Rob Cameron hierhin gebracht, er hatte ja die Schlüssel, er ... Aber die Lichter, die Sirenen ...?

Sie war fast da – auch zwölf Kilo Kleinkind konnten ihre Geschwindigkeit kaum beeinträchtigen –, als sie am Rand der Auffahrt einen kräftigen Mann sah, der mit einer Art Stock auf die Büsche einschlug und fluchte wie ein Kesselflicker.

»Was glauben Sie denn, was Sie da *machen*?«, brüllte sie. Mandy, die wieder erschrak, stieß einen Schrei aus wie ein gesengter Affe, und der Mann schrak auf und fuhr mit erhobenem Prügel zu ihnen herum.

»Was zum Teufel machen Sie denn hier?«, sagte er so verblüfft, dass er beinahe normal klang. »Sie sollten doch ...«

Brianna hatte Mandy von sich gelöst. Sie stellte ihre Tochter hinter sich auf den Boden und machte sich darauf gefasst, den Mann notfalls mit bloßen Händen auseinanderzunehmen. Das sah man ihr offensichtlich an, denn der Mann ließ den Prügel fallen und verschwand abrupt in der Dunkelheit.

Die roten und blauen Lichter huschten über die Auffahrt, und sie begriff, dass es gar nicht ihr Anblick gewesen war, der ihn verscheucht hatte. Mandy klammerte sich an ihr Bein, zu verängstigt, um auch nur zu weinen. Brianna hob sie hoch und tätschelte sie sanft, während sie sich den beiden Polizisten zuwandte, die jetzt vorsichtig auf sie zukamen, die Hände an ihren Schlagstöcken. Sie hatte weiche Knie und kam sich vor wie im Traum, während die Umgebung im Rhythmus der pulsierenden Lichter auftauchte und wieder verschwand. Das Rauschen von Tonnen und Abertonnen von Wasser klang ihr in den Ohren.

»Mandy«, sagte sie in das warme, lockige Haar ihrer Tochter hinein, und ihre Stimme ging beinahe in den Sirenen unter. »Kannst du Jem spüren? Bitte sag mir, dass du ihn spüren kannst.«

»Ich bin hier, Mami«, sagte eine kleinlaute Stimme hinter ihr. Fest überzeugt, dass sie halluzinierte, gebot sie den Polizisten mit erhobener Hand Einhalt und drehte sich langsam um. Jem stand anderthalb Meter weiter auf der Auffahrt. Er war klatschnass und voller Laub und schwankte wie ein Betrunkener.

Und übergangslos saß sie mit ausgestreckten Beinen auf dem Kies, in jedem Arm ein Kind, und gab sich alle Mühe, nicht zu zittern, damit sie von ihrem aufgewühlten Zustand nichts merkten. Sie begann auch erst zu schluchzen, als Jemmy das tränenüberströmte Gesicht von ihrer Schulter hob und fragte: »Wo ist Papa?«

31

DER SCHIMMER IN DEN AUGEN EINES SCHAUKELPFERDS

Fraser fragte ihn gar nicht erst, ob er Whisky wollte, sondern schenkte ihn einfach ein, warm und duftend mit einem Hauch von Rauch. Whisky in Gesellschaft zu trinken hatte etwas Gemütliches an sich, ganz gleich, wie schlecht der Whisky war. Oder die Gesellschaft. Diese Flasche jedoch war etwas Besonderes, und Roger war sowohl der Flasche als auch dem edlen Spender dankbar für das Gefühl der Geborgenheit, das aus dem Glas aufstieg und ihn rief, ein Geist aus der Flasche.

»*Slainte*«, sagte er und hob das Glas… und sah, dass ihm Fraser plötzlich einen neugierigen Blick zuwarf. Himmel, was hatte er gesagt? »*Slainte*« war eines dieser Worte, die eine ganz bestimmte Aussprache hatten, je nachdem, woher man kam – Männer aus Harris und Lewis sagten »*Slan-ya*«, während es weiter im Norden eher »*Slanj*« war. Er hatte die Aussprache aus Inverness benutzt, mit der er aufgewachsen war; war sie furchtbar falsch für die Gegend, die er als seinen Herkunftsort angegeben hatte? Er wollte schließlich nicht, dass ihn Fraser für einen Lügner hielt.

»Womit verdient Ihr Euren Lebensunterhalt, *a chompanaich*?«, fragte Fraser, der einen Schluck getrunken und dann aus Respekt vor dem Whisky kurz die Augen geschlossen hatte, ehe er sie wieder öffnete, um Roger mit freundlicher Neugier zu betrachten – versetzt vielleicht mit einem Hauch von Wachsamkeit, falls sein Besucher doch nicht ganz bei Sinnen war. »Ich bin es gewohnt, den Beruf eines Mannes sofort an seiner Kleidung und seinem Auftreten zu erkennen – nicht, dass man hier oben vielen wirklich ungewöhnlichen Leuten begegnen würde.« Er lächelte schwach. »Viehtreiber, Kesselflicker und fahrendes Volk sind nicht schwer zu erkennen. Doch dazu zählt Ihr ja eindeutig nicht.«

»Ich besitze ein wenig Land«, erwiderte Roger. Die Frage war zu erwarten gewesen; er hatte die Antwort parat – und sehnte sich danach, mehr zu erzählen. Die Wahrheit zu sagen – soweit er sie selbst verstand.

»Ich habe es meiner Frau überlassen, sich darum zu kümmern, während ich mich auf die Suche nach unserem Jungen gemacht habe. Außerdem …« Er zog kurz die Schultern hoch. »Ich wurde zum Prediger ausgebildet.«

»Oh, aye?« Fraser lehnte sich zurück und betrachtete ihn aufmerksam. »Ich konnte sehen, dass Ihr ein gebildeter Mann seid. Ich hatte an einen Lehrer oder Sekretär gedacht – vielleicht einen Anwalt.«

»Als Lehrer und Sekretär habe ich auch schon gearbeitet«, gab Roger lächelnd zu. »Zur Juristerei bin ich noch nicht aufgestiegen – oder gesunken.«

»Das ist auch gut so.« Fraser nippte mit einem kleinen Lächeln an seinem Glas.

Roger zuckte mit den Schultern. »Das Rechtswesen ist zwar anfällig für Korruption, aber die Menschen akzeptieren es, weil es von Menschen geschaffen wurde – es ist eine Art, die Gegenwart zu bewältigen. Das ist das Beste, was man zu seiner Verteidigung sagen kann.«

»Und das ist ja wirklich kein schlechtes Argument«, pflichtete ihm Fraser bei. »Recht und Gesetz sind ein notwendiges Übel, ohne das es nicht geht. Aber haltet Ihr das nicht für einen armseligen Ersatz für ein Gewissen? Als Priester meine ich?«

»Nun … aye, das tue ich«, sagte Roger einigermaßen überrascht. »Am besten wäre es, wenn die Menschen anständig miteinander umgehen und dabei – nun, Gottes Prinzipien folgen würden, wenn ich das so sagen darf. Aber was soll man denn tun, solange es erstens Menschen gibt, für die Gott keine Rolle spielt, und zweitens, solange es Menschen gibt – und es gibt sie immer –, die sich keiner Macht mit Ausnahme der eigenen verpflichtet fühlen?«

Fraser nickte interessiert.

»Aye, nun ja, es stimmt, dass das beste Gewissen nichts nützt, wenn der Mensch nicht darauf hört. Aber was, wenn das Gewissen Menschen guten Willens unterschiedliche Dinge einflüstert?«

»Zum Beispiel bei politischen Disputen meint Ihr? Anhänger der Stuarts gegen Anhänger des … des Hauses Hannover?« Es waren kühne Worte, doch sie konnten ihm helfen herauszufinden, *wann* er sich befand, und er hatte nicht vor, etwas zu sagen, das den Anschein erwecken konnte, als lägen seine persönlichen Interessen auf der einen oder der anderen Seite.

In Frasers Miene spielte sich eine erstaunliche Abfolge von Ausdrücken ab, von der Verblüffung über leisen Ekel bis hin zu halbbelustigter Reumütigkeit.

»Genau so«, stimmte er zu. »Ich habe in meiner Jugend für das Haus Stuart gekämpft, und ich möchte zwar nicht behaupten, dass mein Gewissen nichts damit zu tun hatte. Aber es ist nicht sehr weit mit mir auf dem Feld gekommen.« Sein linker Mundwinkel zuckte, und wieder spürte Roger dieses winzige Plop! eines Steines, der in sein Inneres geworfen wurde, wo sich nun die kleinen Wellen des Wiedererkennens ausbreiteten. Jamie machte das auch. Brianna nicht. Jem schon.

Doch er konnte sich nicht damit aufhalten, darüber weiter nachzudenken; das Gespräch balancierte gefährlich auf der Klippe einer Einladung, sich politisch zu offenbaren, und das konnte er nicht tun.

»War es Sherramuir?«, fragte er und versuchte erst gar nicht, seine Neugier zu verhehlen.

»Ja«, sagte Fraser offen überrascht. Er betrachtete Roger skeptisch. »Ihr könnt ja nicht selbst dort gewesen sein … Hat Euch Euer Vater vielleicht davon erzählt?«

»Nein«, sagte Roger mit dem kleinen Stich, den der Gedanke an seinen Vater stets mit sich brachte. Fraser war ja tatsächlich nur ein paar Jahre älter als er, aber er wusste, dass ihn sein Gegenüber zweifellos für zehn Jahre jünger hielt, als er selbst es war.

»Ich … ich habe ein Lied darüber gehört. Zwei Schafhirten, die ich auf einem Berg getroffen habe, haben sich über die große Schlacht unterhalten – und sich gestritten, wer gewonnen hatte.«

Das ließ Fraser auflachen.

»Das kann ich mir vorstellen. Darüber haben wir uns schon gestritten, bevor wir den letzten Verwundeten eingesammelt hatten.« Er nahm einen Schluck Whisky und ließ ihn meditativ durch seinen Mund gleiten, während er sich erinnerte. »Und wie geht nun dieses Lied?«

Roger holte tief Luft, um loszusingen, dann fiel es ihm wieder ein. Fraser hatte die Narbe an seinem Hals gesehen und war so taktvoll gewesen, nichts dazu zu sagen, doch es war ja nicht nötig, offen auf die Verletzung hinzuweisen. Stattdessen sang er die ersten paar Zeilen leise vor sich hin und klopfte mit den Fingern auf den Tisch, um die große *Bodhran*trommel nachzuahmen, die die einzige Begleitung des Liedes war.

»›*O cam ye here the fight to shun,*
Or herd the sheep wi' me, man?
Or were ye at the Sherra-moor,
Or did the battle see, man?‹
I saw the battle, sair and teugh,
And reekin-red ran mony a sheugh;
My heart, for fear, gaed sough for sough,
To hear the thuds, and see the cluds
O' clans frae woods, in tartan duds,
Wha glaum'd at kingdoms three, man.«

Es ging besser, als er gedacht hatte; das Lied war tatsächlich eher ein Sprechgesang, und er musste nur hier und da kräftig schlucken oder hüsteln. Fraser war gebannt, das Glas in seiner Hand vergessen.

»Oh, das ist ja großartig, Mann!«, rief Fraser aus. »Obwohl dieser Dichter einen wahrhaft höllischen Akzent hat. Woher kommt er, wisst Ihr das?«

»Äh … Ayrshire, glaube ich.«

Fraser schüttelte bewundernd den Kopf und lehnte sich zurück.

»Könntet Ihr es vielleicht für mich aufschreiben?«, fragte er beinahe schüchtern. »Ich würde es Euch nicht gern zumuten, es noch einmal zu singen, aber ich würde es so gern lernen.«

»Ich – gewiss doch«, sagte Roger etwas überrumpelt. Nun, was konnte es schaden, Robert Burns' Gedicht ein paar Jahre im Voraus in die Welt zu setzen? »Kennt Ihr jemanden, der *Bodhran* spielen kann? Am besten ist es, wenn die Trommel im Hintergrund schlägt.« Er klopfte zur Illustration mit den Fingern auf den Tisch.

»Oh, aye.« Fraser raschelte in der Schublade seines Schreibtischs herum; er brachte mehrere Bögen guten Papiers zum Vorschein, von denen die meisten beschrieben waren. Stirnrunzelnd blätterte er sie durch, zog eins aus dem Stapel und legte es mit der beschriebenen Seite nach unten vor Roger hin, um ihm die leere Rückseite anzubieten.

In einem Glas auf dem Tisch standen ein paar Gänsekiele, ziemlich zerzaust vom Gebrauch, aber ordentlich angespitzt, und daneben ein Tintenfässchen aus Messing. Fraser bot ihm beides mit einer großzügigen Geste an.

»Der Freund meines Sohnes ist ein guter Trommler – aber er ist Soldat geworden, eine Schande.« Ein Schatten überflog Frasers Gesicht.

»Ach.« Roger schnalzte mitfühlend mit der Zunge; er versuchte, die Schrift auszumachen, die schwach durch das Blatt schimmerte. »Hat er sich einem Highlandregiment angeschlossen?«

»Nein«, sagte Fraser und klang ein wenig verblüfft. *Himmel, gab es überhaupt schon Highlandregimenter?* »Er ist als Söldner in Frankreich. Mehr Geld und weniger Auspeitschungen als bei der Armee, sagt er seinem Pa.«

Rogers Herz hob sich; ja! Es war ein Brief oder vielleicht ein Tagebucheintrag. Egal, was auch immer es war, es stand ein Datum darauf: 17 … War das eine Drei? Es musste so sein, es konnte ja keine Acht sein. 173 … Es konnte eine Neun oder eine Null sein; er konnte es durch das Papier nicht genau sehen – nein, es musste eine Neun sein. 1739. Er hauchte einen Seufzer der Erleichterung aus. Irgendetwas Oktober 1739.

»Wahrscheinlich weniger gefährlich«, sagte er, nur mit halbem Ohr bei der Sache, als er begann, die Zeilen hinzukritzeln. Es war eine Weile her, dass er zuletzt mit einem Federkiel geschrieben hatte, und er war etwas ungeschickt.

»Weniger gefährlich?«

»Aye«, sagte er, »vor allem, was Krankheiten betrifft. Die meisten Männer, die in der Armee sterben, sterben nämlich an Krankheiten. Das kommt von der Überfüllung, vom Kasernenleben, von den Armeerationen. Ich glaube, Söldner genießen da etwas mehr Freiheit.«

Fraser murmelte etwas von der »Freiheit zu verhungern«, aber es war halb geflüstert. Er tippte mit den Fingern auf den Tisch und versuchte, den Rhythmus aufzufangen, während Roger schrieb. Überraschenderweise war er wirklich gut; als das Lied fertig war, sang er es schon leise mit seinem angenehm tiefen Tenor, und auch sein Trommeln passte.

Roger war hin und her gerissen zwischen seiner Aufgabe und dem Brief unter seiner Hand. Die Art, wie sich das Papier anfühlte, und das Aussehen der Tinte erinnerten ihn lebhaft an die Holzkiste, die mit Jamies und Claires Briefen gefüllt war. Er musste es sich verkneifen, zu dem Regal hinüberzublicken, wo sie sie aufbewahren würden, wenn dies sein Zimmer wäre.

Sie hatten die Briefe rationiert und sie langsam gelesen – doch als Jem entführt wurde, galten keine Regeln mehr. Sie hatten die ganze Kiste in einem Atemzug gelesen und danach Ausschau gehalten, ob Jem erwähnt wurde, nach irgendeinem Anzeichen dafür, dass er Cameron vielleicht entkommen war und es geschafft hatte, sich bei seinen Großeltern in Sicherheit zu bringen. Kein Wort über Jem. Nicht eins.

Sie waren so zerstreut gewesen, dass sie sonst kaum etwas von dem mitbekommen hatten, was in den Briefen stand, aber hin und wieder drifteten Formulierungen oder Bilder an die Oberfläche seiner Gedanken, völlig zufällig, oft extrem verstörend – Briannas Onkel Ian war gestorben –, aber in jenem Moment hatten sie kaum Notiz davon genommen.

Auch jetzt wollte er lieber nicht darüber nachdenken.

»Wird Euer Sohn denn in Paris Juristerei studieren?«, fragte Roger stattdessen. Er griff nach dem frischen Whisky, den Brian ihm eingeschenkt hatte.

»Aye, nun ja, er würde einen anständigen Anwalt abgeben«, räumte Fraser ein und legte das Papier hin. »Er kann einen Menschen in Grund und Boden argumentieren, das muss man ihm lassen. Aber ich glaube nicht, dass er die Geduld hat, um Advokat oder Politiker zu werden.« Er lächelte unvermittelt. »Jamie sieht auf der Stelle, was seiner Meinung nach zu tun ist, und kann nicht verstehen, warum irgendjemand anderer Ansicht sein sollte. Und wenn es sein muss, hämmert er lieber auf sein Gegenüber ein, als es zu überzeugen.«

Roger lachte verständnisvoll.

»Das kann ich nur gut begreifen«, sagte er.

»Oh, aye.« Fraser nickte und lehnte sich ein wenig zurück. »Und ich will auch gar nicht sagen, dass es nicht hin und wieder unvermeidlich ist. Vor allem in den Highlands.« Er verzog das Gesicht, jedoch nicht ohne Humor.

»Nun denn. Was glaubt Ihr, warum dieser Cameron Euren Jungen entführt hat?«, fragte er unverblümt.

Roger war nicht überrascht. Auch wenn sie sich gut verstanden, hatte er doch gewusst, dass sich Fraser fragen musste, wie viel ihm Roger tatsächlich erzählte und wie wahrheitsgetreu es war. Nun, er war auf diese Frage vorbereitet gewesen – und die Antwort war zumindest eine Version der Wahrheit.

»Wir haben eine Zeit lang in Amerika gelebt«, sagte er und empfand einen Stich, als er die Worte aussprach. Für eine Sekunde umgab ihn die gemütliche Hütte in Fraser's Ridge; Brianna schlief, und ihr Haar lag lose neben ihm auf dem Kissen, und der Atem der Kinder lag als süßer Nebel in der Luft.

»Amerika!«, rief Fraser erstaunt aus. »Wo denn?«

»In der Kolonie North Carolina. Eine gute Gegend«, fügte Roger hastig hinzu, »wenn auch nicht ohne Gefahren.«

»Nennt mir einen Ort, der das ist«, entgegnete Fraser, winkte dann aber ab. »Und diese Gefahren haben Euch zur Rückkehr bewogen?«

Roger schüttelte den Kopf, denn bei der Erinnerung fiel ihm das Sprechen schwer.

»Nein, es war unsere Kleine – Mandy, Amanda heißt sie. Sie wurde mit einem Fehler am Herzen geboren, und es gab dort keinen Arzt, der sie behandeln konnte. Also sind wir … zurückgekehrt, und während wir in Schottland waren, hat meine Frau ein wenig Land geerbt, und so sind wir geblieben. Aber …« Er zögerte und überlegte, wie er den Rest formulieren sollte, doch nach allem, was er über Frasers Vergangenheit und seine Reibereien mit den MacKenzies aus Leoch wusste, würde seine Geschichte den Mann wahrscheinlich nicht übermäßig aus der Fassung bringen.

»Der Vater meiner Frau«, sagte er bedacht, »ist ein guter Mann – ein sehr guter Mann –, aber von der Sorte, die … Aufmerksamkeit erregt. Ein geborener Anführer und einer, mit dem sich andere Männer … Nun, er hat mir einmal erzählt, sein Vater hätte zu ihm gesagt, da er ein hochgewachsener Mann sei, würden sich andere mit ihm messen wollen – und das tun sie.«

Bei diesen Worten ließ er Frasers Gesicht nicht aus den Augen, doch außer dem Zucken einer Augenbraue sah er keine Reaktion darauf.

»Ich will nicht die ganze Geschichte aufrollen …« Da sie sich ja auch noch gar nicht zugetragen hatte. »Aber kurz gesagt ist es so, dass mein Schwiegervater in den Besitz einer großen Summe Gold gelangt ist. Er betrachtet es nicht als sein Eigentum, sondern als etwas, das ihm anvertraut ist. Doch so oder so ist es da. Er hat es zwar so weit wie möglich geheim gehalten …«

Fraser stieß ein mitfühlendes Geräusch aus; er wusste, wie schwierig es war, unter solchen Bedingungen ein Geheimnis zu wahren.

»Dieser Cameron hat also von dem Schatz erfahren, ja? Und wollte Eurem Schwiegervater das Geheimnis entlocken, indem er den Jungen gefangen genommen hat?« Frasers Stirn verfinsterte sich bei diesem Gedanken.

»Möglich, dass er das vorhat. Doch davon abgesehen … weiß mein Sohn, wo das Gold versteckt ist. Er hat seinen Großvater begleitet, als dieser es in Sicherheit gebracht hat. Die beiden sind die Einzigen, die das Versteck kennen – aber Cameron hat herausbekommen, dass mein Sohn es weiß.«

»Ah.« Brian saß einen Moment da und blickte nachdenklich in seinen Whisky. Schließlich räusperte er sich, hob den Kopf und sah Roger direkt in die Augen. »Möglicherweise sollte ich so etwas nicht sagen, aber vielleicht habt Ihr ja auch schon selbst daran gedacht. Wenn er den Jungen nur entführt hat, weil er weiß, wo dieser Schatz ist … Nun, wäre ich ein solcher Mann ohne Skrupel, würde ich den Jungen, glaube ich, zwingen, es mir zu sagen, sobald er mit mir allein wäre.«

Roger spürte, wie ihm Frasers Andeutung in den Magen rutschte wie ein Eissplitter. Es *war* etwas, das er selbst schon im Hinterkopf gehabt hatte, obwohl er es sich noch nicht eingestanden hatte.

»Ihn zwingen, es zu sagen – und ihn dann umbringen, meint Ihr.«

Fraser zog ein unglückliches Gesicht.

»Ich möchte es lieber nicht denken«, sagte er. »Aber wodurch sollte er ohne den Jungen noch auffallen? Ein Mann allein – er könnte reisen, wohin er will, ohne große Aufmerksamkeit zu erregen.«

»Ja«, sagte Roger und hörte auf zu atmen. »Ja. Aber … das hat er nicht getan. Ich … ich kenne den Mann ein wenig. Ich glaube nicht, dass er das tun würde, ein Kind ermor…« Seine Kehle verschloss sich plötzlich, und er hustete krampfhaft. »Ein Kind ermorden«, beendete er heiser seinen Satz. »Das würde er nicht tun.«

SIE GABEN IHM EIN ZIMMER am Ende des Flurs in der ersten Etage. Wenn seine Familie hier lebte, würde dies das Spielzimmer der Kinder sein. Er zog sich aus bis auf das Hemd, löschte die Kerze und ging zu Bett. Entschlossen ignorierte er die Schatten in den Ecken, in denen die Geister der großen Bauklötze wohnten, der Puppenhäuser, der Spielzeugpistolen und Kreidetafeln. In seinem Augenwinkel flatterte der Fransenrock von Mandys Annie-Oakley-Kostüm.

Er hatte Schmerzen von den Haarwurzeln bis zu den Zehennägeln, innen und außen, doch die erste Panik seiner Ankunft war vorüber. Aber es spielte keine Rolle, wie er sich fühlte; die Frage war – was nun? Sie waren nicht dort herausgekommen, wo sie gedacht hatten, er und Buck. Er musste jedoch davon ausgehen, dass sie trotzdem am richtigen Ort waren – da, wo Jem war.

Wie und warum sollten sie sonst hierhergekommen sein? Vielleicht wusste Rob Cameron ja mehr darüber, wie das Zeitreisen funktionierte, konnte es kontrollieren und hatte Jem bewusst in diese Zeit gebracht, um eventuelle Verfolger zu frustrieren?

Er war zu erschöpft, um seine Gedanken festzuhalten, ganz zu schweigen davon, sie zusammenhängend aneinanderzureihen. Er verdrängte alles, soweit er es konnte, lag still, starrte in die Dunkelheit und sah den Schimmer in den Augen eines Schaukelpferds.

Dann stieg er aus dem Bett, kniete sich auf die kalten Dielen und betete.

32

»DENN MANCHEN, WELCHER AN DER SCHWELLE STOLPERT, VERWARNT DIES, DRINNEN LAURE DIE GEFAHR!«

Lallybroch
31. Oktober 1980

Brianna bekam ihre eigene Haustür nicht auf. Sie versuchte es wieder und wieder, und der große Eisenschlüssel klapperte gegen die Rosette, bis ihr die Polizistin den Schlüssel aus der zitternden Hand nahm und ihn in das Schlüsselloch steckte. Sie hatte erst angefangen zu zittern, als der Polizeiwagen in die Auffahrt nach Lallybroch eingebogen war.

»Das ist aber ein altes Schloss«, merkte die Konstablerin mit skeptischer Miene an. »Ist es noch das Original?« Sie hob den Kopf, blickte an der weiß gekälkten Fassade hinauf und spitzte die Lippen, als sie das Datum las, das in den Türsturz geschnitzt war.

»Ich weiß es nicht. Normalerweise schließen wir nicht ab. Hier ist noch nie jemand eingebrochen.« Briannas Lippen fühlten sich zwar taub an, aber sie glaubte, ein schwaches Lächeln zuwege gebracht zu haben. Mandy konnte dieser dreisten Lüge zum Glück nicht widersprechen, da sie eine Kröte im Gras gesehen hatte und ihr folgte, um sie mit der Zehe anzustupsen und sie zum Hüpfen zu animieren. Jemmy, der schützend an Briannas Seite klebte, stieß einen leisen Kehllaut aus, der sie verblüffend an ihren Vater erinnerte, und sie senkte den Kopf und sah ihn scharf an.

Er wiederholte das Geräusch und wandte den Blick ab.

Es klapperte und klickte, das Schloss öffnete sich, und die Konstablerin richtete sich mit einem zufriedenen Geräusch auf.

»Aye, geschafft. Sind Sie auch ganz sicher, dass Sie zurechtkommen, Mrs. MacKenzie?«, sagte die Polizistin und warf ihr einen skeptischen Blick zu. »So ganz allein hier draußen und ohne Ihren Mann?«

»Er kommt bald nach Hause«, versicherte ihr Brianna, obwohl ihr Magen bei diesen Worten hohl wurde.

Die Frau betrachtete sie abschätzend, dann nickte sie widerstrebend und drückte die Tür auf.

»Tja, Sie müssen es ja wissen. Ich sehe nur nach, ob Ihr Telefon in Ordnung ist und alle Türen und Fenster zu sind, ja? Währenddessen können Sie sich ja umschauen, um sicherzugehen, dass alles so ist, wie es sein sollte.«

Der Eisklumpen, der sich während der langen Verhöre der Nacht in ihrer Mitte gebildet hatte, schoss ihr geradewegs in die Brust hinauf.

»Ich … ich … ich bin sicher, dass alles in Ordnung ist.« Aber die Polizistin war schon im Haus und wartete ungeduldig auf sie. »Jem! Hol Mandy herein und geh mit ihr nach oben ins Spielzimmer, ja?« Sie konnte es nicht ertragen, die Kinder allein draußen zu lassen. Sie konnte es ja kaum ertragen, sie aus den Augen zu lassen. Aber das *Letzte*, was sie brauchen konnte, war Mandy, die hilfsbereit neben ihnen hertrottete und mit Konstablerin Laughlin über Mr. Rob in ihrem Priesterloch plauderte. Sie ließ die Tür offen und eilte der Polizistin nach.

»Das Telefon ist da«, sagte sie, als sie die Konstablerin im Flur einholte, und zeigte auf Rogers Studierzimmer. »Wir haben einen Zweitapparat in der Küche. Ich sehe dort nach und kontrolliere kurz die Hintertür.« Ohne eine Antwort abzuwarten, hetzte sie durch den Flur und warf sich beinahe durch die Tür, die in die Küche führte.

Sie verlor keine Zeit damit, irgendetwas zu überprüfen, sondern riss die Kramschublade auf und schnappte sich eine große, mit Gummi überzogene Taschenlampe. Sie war für Farmer gedacht, die nachts einem Lamm auf die Welt helfen oder nach einem Tier suchen mussten, das sich verlaufen hatte. Sie war dreißig Zentimeter lang und wog drei Viertel Kilo.

Das Gewehr hatte sie in der Stiefelkammer stehen gelassen, und eine Sekunde lang hatte sie auf dem Weg in die Küche daran gedacht, ihn umzubringen – auf eine leidenschaftslose Weise, die ihr wahrscheinlich Angst machen würde, wenn sie Zeit hätte, darüber nachzudenken. Schließlich hatte sie Jem zurück – doch nein. Konstablerin Laughlin würde den Klang eines Schusses mit Sicherheit erkennen, trotz der abgepolsterten Küchentür. Und anscheinend gab es noch mehr, das sie von Rob Cameron erfahren musste. Sie würde ihn bewusstlos schlagen und ihm den Mund zukleben.

Sie ging in die Stiefelkammer und schloss leise die Küchentür hinter sich. Die Tür hatte zwar einen Riegel, doch von hier aus konnte sie ihn nur mit dem Schlüssel schließen, und ihre Schlüssel lagen auf dem Tisch am Eingang, dort, wo die Konstablerin sie hingelegt hatte. Stattdessen zog sie die schwere Bank zur Tür, klemmte sie zwischen Tür und Wand fest und konzentrierte sich auf ihr weiteres Vorgehen. Was war die beste Stelle, um jemanden so vor den Kopf zu schlagen, dass er zwar ohnmächtig wurde, sich aber nicht den Schädel brach? Sie erinnerte sich vage daran, dass ihre Mutter einmal davon gesprochen hatte … das Okziput?

Nachdem man unten im Loch hören konnte, wenn jemand in der Küche war, hatte sie mit einem Aufschrei Camerons gerechnet, als sie eingetreten war, doch er gab keinen Mucks von sich. Oben konnte sie Schritte hören, den selbstbewussten Gang eines Erwachsenen, der sich durch den Flur bewegte. Konstablerin Laughlin auf ihrer Inspektionsrunde, zweifellos bei der Überprüfung der Fenster in der ersten Etage, Einbrecher mit Leitern im Sinn. Sie schloss kurz die Augen und stellte sich vor, wie die Konstablerin den Kopf ins Spielzimmer steckte, just als Mandy ihrem Bruder die Einzelheiten ihrer eigenen Abenteuer der vorigen Nacht erzählte.

Daran konnte sie jedoch jetzt nichts ändern. Sie holte tief Luft, hob das Gitter über dem Priesterloch und leuchtete nach unten in den Schatten. Den leeren Schatten.

Ein paar Sekunden suchte sie weiter und schwenkte den Strahl der Taschenlampe von einer Seite des Priesterlochs zur anderen, dann wieder zurück, dann *wieder* zurück, denn ihr Verstand weigerte sich schlicht, ihren Augen Glauben zu schenken.

Das Licht fing sich im dumpfen Schimmer des Panzerbandes – zwei oder drei Knäuel, die in der Ecke lagen. Ihr wurde kalt im Nacken, und sie fuhr mit erhobener Taschenlampe herum – doch es war nur ihre Anspannung; es war niemand da. Die Außentür war verschlossen, die Fenster unberührt.

Die Tür war verschlossen! Sie stieß einen leisen Angstlaut aus und schlug sich die Hand fest vor den Mund. Genau wie die Tür zwischen der Stiefelkammer und der Küche wurde auch die Außentür der Stiefelkammer mit einem Riegel geschlossen – von innen. Wenn jemand dort hinausgegangen war und die Tür verschlossen zurückgelassen hatte … hatte er einen Schlüssel zum Haus. Und ihr Gewehr war fort.

SIE SIND VIEL ZU KLEIN, dachte sie immer wieder. *Sie sollten nicht mit solchen Dingen konfrontiert sein, sie sollten nicht wissen, dass es so etwas gibt.* Ihre Hände zitterten; dreimal versuchte sie, Mandys verklemmte Kommodenschublade zu öffnen, und als es beim dritten Mal immer noch nicht gelang, hämmerte sie außer sich mit der Faust dagegen und flüsterte mit zusammengebissenen Zähnen: »Du gottverdammtes, verflixtes, dämliches *Ding*! Wage es nicht, dich querzustellen!« Sie ließ die Faust von oben auf die Kommode sausen, hob den Fuß und rammte die Sohle ihres Turnschuhs so fest gegen das verfluchte Ding, dass es wackelte und gegen die Wand knallte.

Sie packte die Schubladengriffe und riss daran. Die arme Schublade kam nun angeschossen, und sie zerrte sie ganz heraus und warf sie gegen die andere Wand, wo sie beim Aufprall in einem regenbogenfarbigen Schauer aus Unterhöschen und winzigen gestreiften T-Shirts explodierte.

Sie durchquerte das Zimmer und betrachtete die zertrümmerte Schublade, die kopfüber auf dem Boden lag.

»Das hast du jetzt davon«, sagte sie tief durchatmend. »Das wird dich lehren, mir im Weg zu sein, wenn ich über etwas nachdenken muss.«

»Was denn, Mama?«, sagte eine vorsichtige Stimme an der Tür. Sie blickte auf und sah, dass sich Jemmy dort herumdrückte. Sein Blick huschte zwischen ihr und der misshandelten Schublade hin und her.

»Oh.« Sie dachte daran zu versuchen, ihm die Sache mit der Schublade zu erklären, doch stattdessen räusperte sie sich, setzte sich auf das Bett und hielt ihm die Hand entgegen. »Komm her, *a bhailach*.«

Bei dem gälischen Kosewort flogen seine roten Augenbrauen in die Höhe, doch er kam bereitwillig zu ihr und kuschelte sich in ihre Arme. Er drückte sich fest an sie und vergrub den Kopf an ihrer Schulter, und sie umarmte ihn, so fest sie konnte, wiegte ihn vor und zurück und stieß die kleinen Laute aus, mit denen sie ihn immer beruhigt hatte, als er noch ganz klein war.

»Es wird alles gut, Baby«, flüsterte sie ihm zu. »Bestimmt.«

Sie hörte ihn schlucken und spürte, wie sich sein fester kleiner Rücken unter ihrer Hand bewegte.

»Klar.« Seine Stimme zitterte ein wenig, und er zog kräftig die Nase hoch, dann versuchte er es noch einmal. »Klar. Aber *was* wird denn gut, Mama? Was ist hier los?« Dann wich er ein wenig zurück und sah sie mit Augen an, in denen mehr Fragen lagen und mehr Wissen, als irgendein Zehnjähriger haben sollte.

»Mandy sagt, du hast Mr. Cameron in das Priesterloch gesteckt. Aber er ist nicht mehr da – ich habe nachgeschaut.«

Eine kalte Hand strich ihr über den Nacken, als sie an den Schreck des leeren Priesterlochs dachte.

»Nein, das ist er nicht.«

»Aber du hast ihn doch nicht hinausgelassen, oder? Mandy sagt, du bist sofort danach ins Auto gestiegen, um mich zu suchen.«

»Nein. Ich habe ihn nicht hinausgelassen. Er …«

»Also hat es jemand anders getan«, sagte er entschieden. »Was glaubst du, wer?«

»Du hast einen sehr logischen Verstand«, sagte sie und lächelte unwillkürlich ein wenig. »Das hast du von deinem Opa Jamie.«

»Er sagt, ich habe es von Oma Claire«, erwiderte Jem jedoch automatisch; er ließ sich nicht ablenken. »Ich dachte zuerst, es war vielleicht der Mann, der mich am Staudamm verfolgt hat – aber er konnte ja nicht gleichzeitig hier sein und Mr. Cameron befreien. Oder?« Angst tauchte plötzlich in seinen Augen auf, und sie schluckte den überwältigenden Drang herunter, den Mann aufzuspüren und ihn umzubringen wie ein tollwütiges Stinktier.

Er war entwischt, am Staudamm, als die Polizei auftauchte, aber so wahr ihr Gott beistand, eines Tages würde sie ihn finden, und dann … Doch dies war nicht der Tag. Das Problem, um das es jetzt ging, war zu verhindern, dass er – oder Rob Cameron – noch einmal in die Nähe ihrer Kinder kam.

Dann begriff sie, was Jemmy sagte, und spürte, wie sich die Kälte, die sie in ihrem Herzen getragen hatte, wie Raureif in ihrem Körper ausbreitete.

»Du meinst, es muss noch einen Mann geben«, sagte sie, überrascht, wie ruhig sie klang. »Mr. Cameron, der Mann am Staudamm – und wer auch immer es war, der Mr. Cameron aus dem Priesterloch gelassen hat.«

»Es könnte auch eine Frau sein«, merkte Jemmy an. Jetzt, da er darüber redete, schien seine Angst nachzulassen. Das war gut, denn ihre Haut schlug Wellen vor Furcht.

»Weißt du noch, wie Oma zu einer Gänsehaut gesagt hat … sagt?« Sie streckte ihren Arm aus, auf dem die feinen roten Härchen zu Berge standen. »Horripilation.«

»Horripilation«, wiederholte Jem und kicherte nervös. »Das Wort gefällt mir.«

»Mir auch.« Sie holte tief Luft und stand auf. »Such dir ein paar Kleider und deinen Schlafanzug heraus, ja, Schatz? Ich muss telefonieren, und dann fahren wir, glaube ich, Tante Fiona besuchen.«

33

»IT'S BEST TO SLEEP IN A HALE SKIN«

Roger erwachte plötzlich, erschrak aber nicht dabei. Kein Gefühl zurückgelassener Träume, kein halb gehörtes Geräusch, doch seine Augen waren offen, und er war bei vollem Bewusstsein. Es war ungefähr eine Stunde vor Sonnenaufgang. Er hatte die Fensterläden offen gelassen; es war kalt im Zimmer, und der bewölkte Himmel hatte die Farbe einer schwarzen Perle.

Reglos lag er da, lauschte seinem Herzschlag und stellte fest, dass er zum ersten Mal seit Tagen nicht hämmerte. Er hatte keine Angst. Die Angst und der Aufruhr der letzten Nacht, die Schrecken der letzten Tage waren verschwunden. Sein Körper war vollkommen entspannt; sein Verstand genauso.

Etwas jedoch ging ihm durch den Kopf. Absurderweise war es eine Zeile aus »Johnny Cope«: »*It's better to sleep in a hale skin; for 'twill be a bluidy morning.*« Am besten schläfst du unversehrt, denn es wird ein blutiger Morgen. Verrückter noch, er konnte hören – beinahe spüren –, wie er sie sang mit seiner alten Stimme, kraftvoll und begeistert.

»Nicht, dass ich undankbar wäre«, sagte er zu den weiß gestrichenen Deckenbalken, und seine Morgenstimme war heiser und rau. »Aber was soll das denn jetzt?«

Er war sich nicht sicher, ob er Gott meinte oder sein eigenes Unterbewusstsein. Aber die Wahrscheinlichkeit, eine direkte Antwort zu bekommen, war in beiden Fällen wohl gleich groß. Irgendwo unten hörte er den leisen Rumms einer sich schließenden Tür, dann piff draußen jemand durch die Zähne – vielleicht Annie oder Senga auf dem Weg zum morgendlichen Melken.

An seiner Tür klopfte es; Jenny Murray, adrett mit weißer Schürze, die dunklen Locken zusammengebunden, aber noch ohne das Häubchen, das sie tagsüber tragen würde. Sie brachte ihm einen Krug heißes Wasser, ein Töpfchen mit schaumiger Seife und ein Rasiermesser.

»Pa fragt, ob Ihr ein Pferd reiten könnt«, sagte sie ohne Umschweife und betrachtete ihn abschätzend von Kopf bis Fuß.

»Ja«, erwiderte er schroff und nahm ihr den in ein Handtuch gewickelten Krug ab. Er musste dringend den Schleim ausspucken, der sich in seinem Hals gesammelt hatte, konnte sich aber nicht überwinden, es vor ihren Augen zu tun.

Also nickte er nur und nahm das Messer mit einem gemurmelten »*Taing*« entgegen, statt zu fragen, warum.

»Ihr findet das Frühstück in der Küche, wenn Ihr kommt«, sagte sie beiläufig. »Bringt den Krug mit nach unten, aye?«

EINE STUNDE SPÄTER fand er sich – zum Bersten voll mit heißem Tee, Porridge, Fladenbrot mit Honig und Black Pudding – auf einem Pferd mit zotteligem Winterfell wieder und folgte Brian Fraser durch den aufsteigenden Nebel des frühen Morgens.

»Wir reiten zu den Katen in der Nähe«, hatte Fraser beim Frühstück zu ihm gesagt, während er sich Erdbeermarmelade auf sein Fladenbrot löffelte. »Selbst wenn niemand Euren Jungen gesehen hat – und um ehrlich zu sein …« Sein breiter Mund verzog sich entschuldigend. »Ich glaube, ich hätte schon davon gehört, wenn jemand einen Fremden in der Gegend gesehen hätte. Aber sie werden es weitersagen.«

»Aye, ich danke Euch sehr«, sagte er, und es war aufrichtig gemeint. Noch in seiner eigenen Zeit war Gerede die schnellste Art, Neuigkeiten in den Highlands zu verbreiten. Wie schnell Rob Cameron auch reisen mochte, Roger bezweifelte, dass er schneller sein würde als die Schwatzgeschwindigkeit, und bei diesem Gedanken musste er lächeln. Jenny sah es und erwiderte sein Lächeln voller Mitgefühl, und wieder dachte er, was für ein hübsches Mädchen sie doch war.

Der Himmel hing immer noch tief und drohend über ihnen, doch die Aussicht auf Regen hatte noch nie irgendjemanden in Schottland von irgendetwas abgehalten, und das würde sich gerade jetzt kaum ändern. Nach dem heißen Tee fühlte sich sein Hals viel besser an, und das seltsame Gefühl der Ruhe, mit dem er erwacht war, war nach wie vor da.

Irgendetwas hatte sich in der Nacht verändert. Vielleicht lag es daran, dass er in Lallybroch geschlafen hatte, inmitten der Geister seiner Zukunft. Vielleicht hatte das ja seine Gedanken beruhigt, während er schlief.

Vielleicht war es ein erhörtes Gebet, ein Moment der Gnade. Vielleicht war es auch nicht mehr als Samuel Becketts verflixtes existenzielles »*Ich kann nicht mehr; ich mache weiter.*« Wenn er die Wahl hätte – und die hatte er, zum Teufel mit Beckett –, würde er die Gnade nehmen.

Warum auch immer, er war nicht länger desorientiert, und das, was er über die Zukunft der Menschen rings um ihn wusste, brachte ihn nicht länger aus dem Gleichgewicht. Sie waren ihm immer noch wichtig – und er war immer noch von dem Drang erfüllt, Jem zu finden. Doch all das ruhte jetzt still und fest in seinem Inneren. Sein Ziel und seine Waffe. Etwas, das ihm Kraft verlieh.

Er richtete sich auf, als er das dachte, und im selben Moment sah er Brians geraden Rücken und die breiten, festen Schultern unter dem dunklen Muster seines Tartanrocks. Jamies Schultern waren als Echo darin zu sehen – und Jems als Versprechen.

Das Leben geht weiter. Vor allem anderen war es seine Aufgabe, Jem zu retten, genauso sehr um Brian Frasers wie um seiner selbst willen.

Und jetzt wusste er, was sich in ihm verändert hatte, und dankte Gott für das, was in der Tat Gnade war. Er hatte unversehrt geschlafen. War unversehrt erwacht. Und wie blutig die kommenden Morgen auch werden mochten, er war sich jetzt seines Weges sicher, war voll Ruhe und Hoffnung, weil der gute Mann, der vor ihm herritt, auf seiner Seite war.

IM LAUF DES TAGES besuchten sie über ein Dutzend Katen und hielten unterwegs auch einen Kesselflicker an. Niemand hatte in letzter Zeit einen Fremden gesehen, weder mit noch ohne einen rothaarigen Jungen, doch alle versprachen, es weiterzusagen, und alle versprachen Roger, für ihn und seine Suche zu beten.

Zum Abendessen und für die Nacht machten sie bei einer Familie namens Murray Halt, die ein großes Bauernhaus besaß, wenn es auch Lallybroch nicht ebenbürtig war. Der Besitzer, John Murray, entpuppte sich im Lauf der Unterhaltung als Brian Frasers Faktor; der Aufseher über den Großteil der Arbeiten auf Lallybroch, und er hörte sich Rogers Erzählung ernst und aufmerksam an.

Murray war ein älterer Mann mit einem langen Gesicht, der nachdenklich mit der Zunge schnalzte und mit dem Kopf nickte.

»Aye, ich schicke morgen einen der Jungen los«, sagte er. »Aber wenn Ihr auf den Pässen keine Spur von diesem Kerl gefunden habt … wäre es vielleicht das Beste, wenn Ihr zur Garnison hinunterreitet und Eure Geschichte dort erzählt, Mr. MacKenzie.«

Brian Fraser zog die Augenbraue hoch und runzelte die Stirn, doch dann nickte er.

»Aye, das ist gar keine schlechte Idee, John.« Er wandte sich Roger zu. »Es ist ein ordentliches Stück – die Garnison ist in Fort William unten bei Duncansburgh. Aber wir können unterwegs weiter fragen, und die Soldaten schicken regelmäßig Boten zwischen der Garnison, Inverness und Edinburgh hin und her. Sollten sie von Eurem Mann hören, könnten sie uns schnell davon berichten.«

»Und sie könnten ihn vielleicht auf der Stelle festnehmen«, fügte Murray hinzu, und seine melancholische Miene erhellte sich ein wenig.

»*Moran taing*«, sagte Roger mit einer kleinen Verneigung vor jedem der beiden Männer. Dann wandte er sich an Fraser. »Das werde ich tun, danke. Aber, Sir … Ihr braucht nicht mit mir zu gehen. Ihr habt doch selbst zu tun, und ich möchte Euch nicht …«

»Ich komme gern mit«, unterbrach ihn Fraser entschlossen. »Das Heu ist längst eingefahren, und es gibt nichts zu tun, was John nicht für mich erledigen könnte.«

Er lächelte Murray an, der ein leises Geräusch irgendwo zwischen einem Seufzer und einem Hüsteln ausstieß, dann aber nickte.

»Allerdings liegt Fort William mitten im Gebiet der Camerons«, merkte er geistesabwesend an und blickte auf die dunklen Felder hinaus. Sie hatten gemeinsam mit Murrays Familie gegessen, waren dann aber hinaus auf den Hof gegangen, vorgeblich, um eine Pfeife zu rauchen; diese glomm unbeachtet in Murrays Hand vor sich hin.

Brian stieß einen unverbindlichen Kehllaut aus, und Roger fragte sich, was genau Murray damit meinte. War es eine Warnung, dass Rob Cameron vielleicht Verwandte oder Verbündete hatte, zu denen er unterwegs war? Oder gab es Spannungen oder Schwierigkeiten zwischen den Camerons und den Frasers aus Lovat – oder den Camerons und den MacKenzies?

Das konnte zum Problem werden. Falls es tatsächlich eine bedeutendere Fehde gab, hätte Roger eigentlich davon wissen müssen. Er stieß seinerseits ein knappes, ernstes »Hmp« aus und beschloss, sich etwaigen Camerons nur mit Vorsicht zu nähern. Gleichzeitig jedoch … Hatte Rob Cameron eventuell wirklich vor, bei den Camerons dieser Zeit Hilfe oder Zuflucht zu suchen? War er womöglich schon früher in der Vergangenheit gewesen und hatte ein Versteck bei seinem Clan vorbereitet? Das war ein böser Gedanke, und er spürte, wie sich sein Bauch anspannte, als müsste er einem Fausthieb widerstehen.

Doch nein; die Zeit hatte nicht gereicht. Wenn Cameron nur durch Rogers schriftlichen »Reiseführer« für seine Kinder von der Möglichkeit des Zeitreisens erfahren hatte, hatte er nicht genug Zeit gehabt, sich in die Vergangenheit zu begeben, die dortigen Camerons aufzusuchen und … Nein, lächerlich.

Roger schüttelte das Gewirr halb ausgegorener Gedanken von sich, als wären sie ein Fischernetz, das man ihm über den Kopf geworfen hatte. Es gab nichts mehr zu tun, bis sie morgen die Garnison erreichten.

Murray und Fraser lehnten jetzt am Zaun, teilten sich die Pfeife und plauderten auf Gälisch.

»Meine Tochter bittet mich, nach deinem Sohn zu fragen«, sagte Brian Fraser beiläufig. »Gibt es Neuigkeiten?«

Murray prustete, so dass ihm der Rauch aus den Nasenlöchern quoll, und sagte etwas sehr Idiomatisches über seinen Sohn. Fraser zog eine mitfühlende Grimasse und schüttelte den Kopf.

»Zumindest weißt du, dass er am Leben ist«, sagte er jetzt wieder auf Englisch. »Wahrscheinlich kommt er zurück, wenn er genug hat vom Kämpfen. Bei uns war es ja ebenfalls so, aye?« Er stieß Murray sacht in die Rippen, und dieser prustete erneut, jedoch weniger heftig.

»Es war nicht die Langeweile, die uns hierhergeführt hat, *a duine dubh*. Zumindest dich nicht.« Er zog seine buschige, ergrauende Augenbraue hoch, und Fraser lachte, obwohl Roger glaubte, einen wehmütigen Unterton zu hören.

Er erinnerte sich gut an die Geschichte; Brian Fraser, ein unehelicher Sohn des alten Lord Lovat, hatte Ellen MacKenzie aus der Obhut ihrer Brüder Colum und Dougal, der MacKenzies aus Leoch, entführt und war schließlich mit ihr in Lallybroch ausgekommen; beide mehr oder minder von ihren Clans enterbt, aber gleichzeitig von ihnen in Ruhe gelassen. Auch hatte er Ellens Porträt gesehen – hochgewachsen, rothaarig und unleugbar eine Frau, die die Mühe wert war.

Sie hatte große Ähnlichkeit mit ihrer Enkeltochter Brianna gehabt. Automatisch schloss er die Augen, sog den kalten Highlandabend tief in seine Lunge und glaubte, sie an seiner Seite zu spüren. Wenn er die Augen wieder öffnete, ob er sie im Rauch dort stehen sehen würde?

Ich komme zurück, dachte er an sie gerichtet. *Ganz gleich, was geschieht, a nighean ruaidh – ich komme zurück. Mit Jem.*

34

ZUFLUCHT

Die Fahrt von Lallybroch zu Fionas neuem Haus in Inverness dauerte auf den schmalen, kurvigen Highlandstraßen fast eine Stunde. Reichlich Zeit, sich zu fragen, ob sie das Richtige tat, ob sie das Recht hatte, Fiona und ihre Familie in etwas hineinzuziehen, das mit jeder Sekunde gefährlicher aussah. Reichlich Zeit, um sich einen steifen Hals zu holen, weil sie sich ständig umdrehte – obwohl, woran hätte sie erkennen sollen, ob sie verfolgt wurde?

Sie hatte den Kindern sagen müssen, wo Roger war, so sanft und so knapp wie möglich. Mandy hatte den Daumen in den Mund gesteckt und sie mit großen Augen ernst angesehen. Jem … Jem hatte zwar nichts gesagt, aber er war unter seinen Sommersprossen weiß geworden und hatte ausgesehen, als würde er sich jeden Moment übergeben. Sie warf einen Blick in den Rückspiegel. Jetzt saß er zusammengekauert in einer Ecke des Rücksitzes und hatte das Gesicht zum Fenster gewandt.

»Er kommt zurück, Schatz«, hatte sie gesagt und versucht, ihn beruhigend zu drücken. Er hatte es zwar zugelassen, hatte aber stocksteif vor Erschütterung in ihren Armen gestanden.

»Es ist meine Schuld«, hatte er gesagt, und seine Stimme hatte leise und hölzern geklungen wie die einer Marionette. »Ich hätte schneller entkommen müssen. Dann wäre Pa nicht …«

»Es ist *nicht* deine Schuld«, hatte sie entschlossen abgewehrt. »Es ist allein Mr. Camerons Schuld. Du bist *sehr* tapfer gewesen. Und Papa kommt bald zurück.«

Jem hatte krampfhaft geschluckt, aber nichts erwidert. Als sie ihn losgelassen hatte, hatte er leicht geschwankt, und Mandy war zu ihm gegangen und hatte seine Beine umarmt.

»Papa kommt zurück«, hatte sie ihm aufmunternd mitgeteilt. »Zum Abendessen!«

»Es könnte auch etwas länger dauern«, hatte Brianna eingewendet, und sie lächelte jetzt trotz der Panik, die ihr wie ein Schneeball unter den Rippen steckte.

Sie holte tief Luft, als die Straße in der Nähe des Flughafens breiter wurde und sie endlich schneller als fünfzig fahren konnte. Noch ein argwöhnischer Blick in den Rückspiegel, doch die Straße hinter ihr war leer. Sie trat aufs Gas.

Fiona war einer der einzigen beiden Menschen, die Bescheid wussten. Der andere wohnte in Boston, Joe Abernathy, der älteste Freund ihrer Mutter. Aber sie brauchte sofort einen Unterschlupf für Jem und Mandy. Sie konnte nicht mit ihnen in Lallybroch bleiben; es stimmte zwar, dass die Wände dort an manchen Stellen über einen halben Meter dick waren, aber es war ein Bauernhaus, keine Burg, und es war nicht im Hinblick darauf gebaut worden, dass sich seine Bewohner eines Tages gegen Eindringlinge wehren oder einer Belagerung standhalten müssten.

In der Stadt zu sein verschaffte ihr Erleichterung. Menschen um sich zu haben. Zeugen. Tarnung. Hilfe. Als sie vor dem »Craigh na Dun Bed and Breakfast« (drei Sterne vom Automobilclub) einparkte, fühlte sie sich wie ein erschöpfter Schwimmer, der ans Ufer kriecht.

Der Zeitpunkt war günstig. Es war früher Nachmittag; Fiona war sicher schon mit dem Reinigen der Zimmer fertig, aber es war noch zu früh, um neue Gäste zu begrüßen oder mit den Vorbereitungen für das Abendessen anzufangen.

Ein bemaltes Glöckchen, das die Form einer Glockenblume hatte, klingelte, als sie die Tür öffneten, und eine von Fionas Töchtern steckte sofort fragend den Kopf aus dem Wohnzimmer.

»Tante Brianna!«, rief sie, und augenblicklich war der Flur voller Kinder, denn Fionas Mädchen schubsten sich alle drei gegenseitig aus dem Weg, um Brianna zu umarmen, Mandy hochzuheben und Jem zu kitzeln, der sich blitzartig auf alle viere fallen ließ und unter die Bank kroch, auf der die Leute ihre Regenmäntel deponierten.

»Was – oh, du bist es!« Fiona, die mit einer robusten Leinenschürze mit der Aufschrift »Kuchenkönigin« aus der Küche kam, lächelte begeistert, als sie Brianna sah, und umfing sie in einer mehligen Umarmung.

»Was ist los?«, murmelte ihr Fiona unter dem Deckmantel der Umarmung zu. Sie wich ein wenig zurück, ohne Brianna loszulassen, blickte zu ihr auf und kniff in halb gespielter Sorge die Augen zusammen. »Roger ist doch nicht fremdgegangen, oder?«

»Das … könnte man so sagen.« Brianna brachte zwar ein Lächeln zuwege, doch es war offenbar nicht sehr überzeugend, denn Fiona klatschte umgehend in die Hände, schuf Ordnung aus dem Chaos im Flur und schickte sämtliche Kinder nach oben, um fernzusehen. Jem, der wie ein gehetztes Wild aussah, ließ sich überreden, unter der Bank hervorzukrabbeln, und folgte den Mädchen widerstrebend, wenn auch nicht, ohne sich noch einmal nach seiner Mutter umzusehen. Sie lächelte und winkte ihn weiter, dann folgte sie Fiona in die Küche und sah sich automatisch ebenfalls noch einmal um.

DAS KREISCHEN DES TEEKESSELS unterbrach Brianna, jedoch erst, als sie das Wichtigste schon erzählt hatte. Fiona wärmte die Kanne vor und füllte sie, die Lippen konzentriert gespitzt.

»Du sagst, dein Schrotgewehr hast du noch?«

»Ja. Im Moment liegt es unter dem Fahrersitz.«

Um ein Haar hätte Fiona die Kanne fallen gelassen. Brianna fasste zu und legte helfend die Hand um den Griff. Sie hatte eiskalte Hände, und das warme Porzellan fühlte sich herrlich an.

Fiona stellte die Kanne hin und bekreuzigte sich. *»Dia eadarainn 's an t-olc.« Gott bewahre uns vor dem Bösen.* Sie setzte sich hin und sah Brianna scharf an. »Und du bist dir ganz sicher, dass es Verbrecher sind? Plural?«

»Ja, das bin ich«, antwortete Brianna überzeugt. »Selbst wenn Rob Cameron Flügel bekommen hätte und aus meinem Priesterloch geflogen wäre … Warte, ich erzähle dir, was am Damm passiert ist.«

Das tat sie mit einigen kurzen Sätzen, an deren Ende sich Fiona nun ebenfalls nach der Küchentür umsah. Dann richtete sie den Blick wieder auf Brianna und holte tief Luft. Sie war Anfang dreißig, eine gut gebaute Frau mit einem hübschen Gesicht und der unerschütterlichen Miene einer Mutter, die ihren Nachwuchs normalerweise fest im Griff hat. Doch im Moment trug sie einen Ausdruck, den Briannas Mutter mit »Blut im Blick« beschrieben hätte. Sie sagte etwas ziemlich Böses über den Mann, der Jem verfolgt hatte.

»Tja«, sagte sie, während sie ein Küchenmesser von der Spüle nahm und die Schnittkante kritisch betrachtete, »und was tun wir jetzt?«

Brianna holte Luft und nippte vorsichtig an ihrem heißen, milchigen Tee. Er war süß, seidig und beruhigend – aber nicht annähernd so beruhigend wie dieses »Wir«.

»Na ja, zuerst einmal – könnten Jem und Mandy hierbleiben, während ich ein paar Sachen erledige? Könnte sein, dass es über Nacht ist; ich habe vorsichtshalber ihre Schlafanzüge mitgebracht.« Sie wies nickend auf die Papiertüte, die sie auf einen Stuhl gestellt hatte.

»Aye, natürlich.« Zwischen Fionas dunklen Augenbrauen tauchte eine kleine Falte auf. »Was denn … für Sachen?«

»Es ist …«, setzte Brianna an und wollte eigentlich sagen »besser, wenn du es nicht weißt«, aber *eigentlich* war es besser, wenn doch jemand wusste, wo sie war und was sie vorhatte. Falls sie nicht zurückkam. Mitten in der Wärme in ihrem Bauch stieg eine kleine Blase von etwas auf, das genauso gut Angst wie Wut sein konnte.

»Ich gehe Jock MacLeod im Krankenhaus besuchen. Er ist der Nachtwächter, der Jem am Damm gefunden hat. Vielleicht kennt er den Mann, der ihn niedergeschlagen hat und versucht hat, Jem mitzunehmen. Wenn nicht, kann er mir den Mann zumindest beschreiben. Und Rob Cameron kennt er auf jeden Fall. Vielleicht kann er mir ja sagen, mit wem Cameron befreundet ist.«

Sie rieb sich das Gesicht und dachte nach.

»Danach … rede ich mit Robs Schwester und seinem Neffen. Wenn sie nichts mit der ganzen Sache zu tun hat, wird sie sich Sorgen machen. Und *wenn* sie etwas damit zu tun hat … muss ich das wissen.«

»Meinst du, das kannst du erkennen?« Fionas Stirnrunzeln hatte sich zwar ein wenig geglättet, doch sie sah immer noch besorgt aus.

»Oh ja«, sagte Brianna voll grimmiger Entschlossenheit. »Das erkenne ich. Schon deswegen, weil man wahrscheinlich versuchen wird, mich am Fragen zu hindern, wenn irgendjemand, mit dem ich spreche, tatsächlich etwas damit zu tun hat.«

Fiona stieß ein leises Geräusch aus, das tiefe Sorge ausdrückte. Brianna trank ihren Tee aus und stellte die Tasse mit einem tiefen Seufzer hin.

»Und dann«, sagte sie, »fahre ich zurück nach Lallybroch und treffe mich mit einem Schlosser, der alle Schlösser austauschen und unten an den Fenstern eine Alarmanlage installieren soll.« Sie sah Fiona fragend an. »Ich weiß nicht, wie lange das möglicherweise dauert …«

»Aye, darum hast du die Schlafsachen der Kinder mit. Kein Problem.« Sie kaute auf ihrer Unterlippe und betrachtete Brianna. Brianna wusste, woran sie dachte, überlegte, ob sie fragen sollte oder nicht, und ersparte ihr die Mühe.

»Ich weiß nicht, was ich in Bezug auf Roger anfange«, sagte sie gefasst.

»Er kommt doch mit Sicherheit zurück«, begann Fiona, aber Brianna schüttelte den Kopf. Die grauenvolle Erkenntnis Nr. 3 ließ sich nicht länger verleugnen.

»Das glaube ich nicht«, sagte sie, obwohl sie sich auf die Lippe biss, als wollte sie die Worte am Entschlüpfen hindern. »Er … er kann ja nicht wissen, dass Jem nicht dort ist. Und er würde ihn nie im … im Stich lassen.«

Fiona nahm Briannas Hände fest in die ihren.

»Nein, nein, natürlich würde er das nicht. Aber wenn er und sein Begleiter sich auf die Suche machen und keine Spur finden … würde er sich doch irgendwann bestimmt denken …« Ihre Stimme verstummte, während sie versuchte, sich auszumalen, was genau Roger wohl unter solchen Umständen denken würde.

»Oh, denken wird er, kein Zweifel«, sagte Brianna und brachte ein kleines, wackeliges Lachen zuwege. Der Gedanke an Rogers Entschlossenheit und das wachsende Gefühl der Angst und Verzweiflung, das unvermeidlich daran nagen musste, der Gedanke, wie angestrengt er weitermachen würde … Denn das würde er; er würde niemals aufgeben und zurückkehren, um ihr zu sagen, dass Jem verloren war. Was sollte er schließlich denken, wenn er keine Spur von Jem fand? Dass Cameron Jem vielleicht umgebracht und die Leiche versteckt hatte, um dann nach Amerika zu fahren und das Gold zu suchen? Oder dass sie beide in diesem grauenvollen Nichts zwischen einer Zeit und der anderen verschwunden waren, um nie wieder aufzutauchen?

»Na ja, und beten wird er«, sagte Fiona und drückte Brianna fest die Hand. »Dabei kann ich helfen.«

Jetzt kamen ihr plötzlich die Tränen, und sie kniff die Augen fest zusammen und rieb sie sich mit einer Papierserviette.

»Ich darf jetzt nicht weinen«, sagte sie mit erstickter Stimme. »Ich *darf* es nicht. Ich habe keine Zeit dazu.« Sie stand abrupt auf und befreite ihre Hand. Sie schniefte, putzte sich mit der Serviette die Nase und schniefte noch einmal.

»Fiona … ich … ich weiß, dass du niemandem von … uns erzählt hast«, begann sie, und sogar sie konnte den Zweifel in ihrer Stimme hören.

Fiona prustete.

»Natürlich nicht«, sagte sie. »Sie würden mich doch in die Klapse stecken, und was würde Ernie dann mit den Mädchen machen? Warum?«, fügte sie hinzu und sah Brianna fest an. »Worauf willst du hinaus?«

»Na ja … die Frauen, die … die auf dem Craigh na Dun tanzen. Meinst du, jemand von ihnen weiß, was dort ist?«

Fiona sog nachdenklich die Wange ein.

»Eine oder zwei von den Älteren ahnen vielleicht etwas«, sagte sie langsam. »Wir rufen dort seit Menschengedenken die Sonne an. Und manche Dinge werden eben überliefert. Wäre ja komisch, wenn sich niemand je gefragt hätte … Aber selbst wenn jemand mit Gewissheit wüsste, was dort vor sich geht, würde er nichts sagen – genauso wenig wie ich.«

»Okay. Ich habe mich nur gefragt – könntest du unauffällig herausfinden, ob es eine Verbindung zwischen einer der Frauen und Rob Cameron gibt? Oder vielleicht … zu den Orkneys?«

»Wohin?« Fiona bekam große Augen. »Warum denn die Orkneys?«

»Weil Rob Cameron da bei Ausgrabungen geholfen hat. Und ich glaube, dabei ist sein Interesse an den Steinkreisen geweckt worden. Ich weiß von einem Mann namens Callahan – einem Freund von Roger –, der mit ihm dort zusammengearbeitet hat; mit ihm werde ich mich ebenfalls unterhalten – eventuell morgen, ich glaube nicht, dass ich es heute schaffe. Aber wenn es sonst noch irgendjemanden gibt, der mit derartigen Dingen zu tun hat …« Es war ein Schuss ins Blaue, aber im Moment hatte sie vor, unter jeden Stein zu schauen, den sie hochheben konnte.

»Ich telefoniere herum«, sagte Fiona nachdenklich. »Apropos – ruf mich an, wenn du heute Abend nicht zurückkommst, aye? Nur damit wir wissen, dass es dir gut geht.«

Brianna nickte, einen Kloß im Hals, und umarmte Fiona, um sich noch einem Moment der Kraft bei ihrer Freundin zu borgen.

Fiona begleitete sie durch den Flur zur Haustür, blieb unten an der Treppe stehen und warf einen Blick in Richtung des Geplappers, das von oben kam. Wollte sich Brianna von Jem und Mandy verabschieden? Brianna schüttelte wortlos den Kopf. Sie war zu aufgewühlt; sie konnte ihre Gefühle nicht hinreichend überspielen und wollte den Kindern keine Angst machen. Stattdessen drückte sie die Finger auf ihre Lippen und pustete einen Kuss die Treppe hinauf, dann wandte sie sich zur Tür.

»Diese Flinte…«, begann Fiona hinter ihr und brach dann ab. Brianna drehte sich um und zog die Augenbraue hoch.

»Die Spurensicherung kann doch mit Schrot nichts anfangen, oder?«

35

AN GEARASDAN

Sie erreichten Fort William am frühen Nachmittag.

»Wie groß ist die Garnison?«, fragte Roger mit einem Blick auf die Steinmauern des Forts. Für ein Fort war es recht bescheiden, denn innerhalb der Mauern gab es nur ein paar Gebäude und einen Exerzierplatz.

»Ungefähr vierzig Mann, schätze ich«, erwiderte Brian und wandte sich zur Seite, um einige rot berockte Wachtposten mit Musketen in der schmalen Eingangspassage vorbeizulassen. »Ein paar mehr in Fort Augustus – dort sind es etwa hundert.«

Das war überraschend – oder möglicherweise auch nicht. Falls Roger in Bezug auf das Datum recht hatte, würde es noch drei Jahre dauern, bis die Jakobiten in den Highlands von sich reden machten – ganz zu schweigen davon, die englische Krone so sehr zu alarmieren, dass man Soldaten *en masse* entsandte, um die Situation unter Kontrolle zu behalten.

Das Fort stand offen, und der kleinen Menschenansammlung vor dem einen Gebäude nach schienen viele Zivilisten mit der Armee zu tun zu haben. Doch Fraser dirigierte ihn nickend auf ein anderes, kleineres Gebäude zu.

»Ich denke, wir statten dem Kommandeur einen Besuch ab.«

»Ihr kennt ihn?« Ein Wurm aus Neugier kribbelte über seinen Rücken. Es war wohl doch noch zu früh für…

»Ich bin ihm schon begegnet. Buncombe heißt er. Für einen Sassenach scheint er ein anständiger Kerl zu sein.« Fraser nannte einem Sekretär im Vorzimmer seinen Namen, und kurz darauf führte man sie in die Kommandeursstube.

»Oh…« Ein kleiner Mann in den mittleren Jahren mit müden Augen hinter einem Zwicker erhob sich halb, verneigte sich halb und ließ sich wieder auf seinen Stuhl fallen, als hätte ihn die Anstrengung des Wiedererkennens erschöpft. »*Broch Tuarach*. Euer Diener, Sir.«

Vielleicht war es tatsächlich Erschöpfung, dachte Roger. Das Gesicht des Mannes war eingefallen und von tiefen Furchen durchzogen, und seine Lunge pfiff hörbar, wenn er atmete. Claire hätte sicher genau gewusst, was mit Hauptmann Buncombe los war, aber man brauchte kein Arzt zu sein, um zu merken, dass etwas mit ihm nicht stimmte.

Dennoch lauschte Buncombe höflich seiner Geschichte, rief den Sekretär herein, damit dieser Camerons und Jems Beschreibung notierte, und versprach, dass man sie in der Garnison verbreiten würde und dass man Patrouillen oder Boten anweisen würde, nach den Flüchtigen zu fragen.

Brian hatte die Weitsicht besessen, ein paar Flaschen in seine Satteltaschen zu stecken, und holte jetzt eine davon zum Vorschein. Er schwenkte sie, so dass der Inhalt einladend gluckste, dann stellte er sie auf den Tisch.

»Wir danken Euch, Sir, für Eure Hilfe. Wenn Ihr uns gestatten würdet, Euch ein kleines Zeichen unserer Wertschätzung zu überreichen …«

Ein kleines, aber aufrichtiges Lächeln erschien in Buncombes abgehärmtem Gesicht.

»Gern, Sir. Aber nur, wenn sich die Herren anschließen …? Ah, ja.« Zwei abgenutzte Zinnbecher und – nach kurzer Suche – ein Kristallglas mit einer Kerbe im Rand wurden hervorgeholt, und genießerisches Schweigen senkte sich über die kleine Amtsstube.

»Erstaunlich, Sir. Eure eigene Herstellung?«

Brian neigte bescheiden den Kopf.

»Nichts als ein paar Flaschen zum Hogmanay, nur für die Familie.« Roger hatte den Kartoffelkeller gesehen, als Brian die Flasche ausgesucht hatte. Er war vom Boden bis zur Decke mit kleinen Fässern gesäumt und von einer Atmosphäre erfüllt, die einen Elch umgehauen hätte, wenn er sie längere Zeit eingeatmet hätte. Doch er begriff selbstverständlich sofort, dass es wohl klüger war, nicht vor einer ganzen Soldatengarnison verlauten zu lassen, dass man Alkohol in größeren Mengen lagerte, ganz gleich, wie gut man sich mit dem Kommandeur verstand. Er fing einen Blick von Brian auf, der daraufhin mit einem kleinen »Mmpfm« und einem verträumten Lächeln beiseiteschaute.

»Erstaunlich«, wiederholte Buncombe. Er goss sich noch einen Schluck ins Glas und bot ihnen die Flasche an. Roger folgte Brians Beispiel und lehnte ab. Er nippte an seinem Whisky, während die beiden anderen Männer ein Gespräch begannen, dessen Verlauf er genau erkannte. Nicht freundschaftlich, aber höflich, ein Informationsaustausch, der einem oder beiden nutzen konnte – und bei dem man sorgfältig alles vermied, woraus der andere zu *viele* Vorteile schöpfen konnte.

Er hatte Jamie oft dabei beobachtet, in Amerika – also kleine Gipfelkonferenzen, für die es feste Regeln gab. Natürlich … Jamie selbst musste seinen Vater oft dabei beobachtet haben; er war damit aufgewachsen.

Er glaubte, dass Jem dieses Talent auch besaß. *Irgendetwas* hatte er jedenfalls an sich, das bewirkte, dass ihn die Leute genau ansahen – irgendetwas außer seinem Haar, verbesserte er sich und lächelte.

Hin und wieder richtete Buncombe zwar eine Frage an ihn, doch im Großen und Ganzen konnte Roger ihnen das Feld überlassen, und allmählich entspannte er sich. Der Regen war weitergezogen, und ein Sonnenstrahl, der durch das Fenster auf seine Schultern fiel, wärmte ihn von außen, so wie ihn der Whisky von innen wärmte. Zum ersten Mal hatte er das Gefühl, dass er mit seiner Suche vielleicht etwas ausrichten konnte, statt nur verzweifelt durch die Highlands zu irren.

Und sie können den Mann festnehmen, hatte John Murray in Bezug auf Rob Cameron und die Soldaten gesagt. Eine tröstliche Vorstellung.

Was jedoch die Idee mit seinem Clan betraf … Er *glaubte* zwar nicht, dass Cameron hier Verbündete haben konnte, aber … Er richtete sich kerzengerade auf. *Er* hatte doch ebenso einen Komplizen aus dieser Zeit, nicht wahr? Buck besaß das Gen, und Reisen nach vorn kamen zwar eindeutig seltener vor – zumindest glaubte er das (und die Erkenntnis, wie wenig er wusste, trug nicht zu seiner Beruhigung bei) –, doch er hatte es getan. Wenn Cameron ein Reisender war, hatte er das Gen von einem Vorfahren, der es gleichfalls getan haben konnte.

Kälte rann ihm durch die Adern wie gekühlter Wein und erstickte die Wärme des Whiskys, und ein unheilvolles Knäuel kalter Würmer wand sich in das Innere seines Kopfes. Konnte es vielleicht eine Verschwörung zwischen Buck und Rob Cameron sein? Oder zwischen Buck und einem Cameron seiner eigenen Zeit?

Er hatte nie geglaubt, dass Buck die ganze Wahrheit über sich selbst oder seine Reise durch die Steine erzählte. Konnte dies alles Teil eines Plans sein, Roger aus Lallybroch fortzulocken – fort von Brianna?

Jetzt *fraßen* die verflixten Würmer sein Hirn. Er hob seinen Becher und trank den Rest des Whiskys in einem Schluck, um ihnen den Garaus zu machen. Buncombe und Fraser sahen ihn überrascht an, nahmen dann aber höflich ihr Gespräch wieder auf.

Im kalten Licht seines gegenwärtigen Geisteszustandes warf jetzt zudem noch etwas anderes neue Schatten. Brian Fraser. Während er die Tatsache, dass ihn Fraser zur Garnison gebracht hatte, rein für eine Geste gehalten hatte, die ihm bei der Suche nach Jem helfen sollte, besaß sie doch zudem noch eine ganz andere Funktion, nicht wahr? Auf diese Weise wurde Roger Hauptmann Buncombe präsentiert, und zwar auf eine Weise, die klarstellte, dass er sich weder auf Clanverpflichtungen noch auf Freundschaft gegenüber Fraser berufen konnte, sollte sich herausstellen, dass Roger nicht der war, der er zu sein behauptete. Und Fraser konnte sich davon überzeugen, ob Buncombe Roger erkannte oder nicht. Für den Fall, dass er nicht der war, der er zu sein behauptete.

Er holte tief Luft, legte die Hände auf die Schreibtischplatte und konzentrierte sich auf die Nuancen der Maserung unter seinen Fingern. Also gut. Absolut vernünftig. Wie oft hatte er mit angesehen, wie Jamie genau das Gleiche tat? Für diese Männer stand das Wohlergehen der Ihren stets an erster Stelle; vor allem anderen würden sie Lallybroch oder Fraser's Ridge schützen. Doch das bedeutete nicht, dass sie nicht zu Hilfe bereit waren, wenn Hilfe in ihrer Macht stand.

Und er glaubte daran, dass Fraser ihm helfen wollte. Er klammerte sich an diesen Gedanken, der ihn noch dazu bestärkte, dass er nicht unterging.

Wieder warf ihm Fraser einen Blick zu, und was immer er in Rogers Gesicht sah, ließ seine eigenen Züge sanfter werden. Brian ergriff die Flasche und schenkte Roger noch einmal ein.

»Wir finden ihn, Mann«, sagte er leise auf Gälisch, bevor er sich Hauptmann Buncombe zuwandte, um ihm ebenfalls nachzuschenken.

Er trank und verdrängte alle anderen Gedanken, um sich auf die Einzelheiten der Unterhaltung zu konzentrieren. Es war alles gut. Alles würde gut werden.

Dieses Mantra betete er immer noch vor sich hin, als er draußen Rufe und Pfiffe hörte. Er sah zum Fenster hinüber, doch das gab nur den Blick auf die Fortmauer frei. Hauptmann Buncombe schien verblüfft – doch Brian Fraser war schon auf den Beinen und verschwand.

Roger folgte ihm, und als er auf den Exerzierplatz hinaustrat, sah er eine gut aussehende junge Frau auf einem großen, sehr schönen Pferd, die finster auf eine kleine Gruppe von Soldaten hinunterfunkelte, die sich um ihren Steigbügel gesammelt hatten, sich gegenseitig aus dem Weg schubsten, nach den Zügeln griffen und ihr Bemerkungen zuriefen. Dem Pferd gefiel das offensichtlich gar nicht, doch es gelang ihr, es im Zaum zu halten. Außerdem hatte sie eine Gerte in der Hand, und ihrer Miene nach war sie gerade dabei, sich das am besten geeignete Ziel auszusuchen.

»Jenny!«, donnerte Brian, und sie blickte erschrocken auf. Auch die Soldaten erschraken; sie wandten sich um, und als sie Hauptmann Buncombe hinter dem Schotten ins Freie kommen sahen, verdrückten sie sich hastig mit gesenkten Köpfen wieder auf ihre Posten.

Roger holte Brian ein, als dieser gerade das Zaumzeug des Pferdes packte.

»Was im Namen der Mutter Gottes hast du …«, setzte Brian wütend an, doch sie unterbrach ihn und richtete ihre Augen auf Roger.

»Euer Verwandter«, sagte sie. »William Buccleigh. Er hat eine Nachricht nach Lallybroch geschickt, dass es ihm schlecht geht und ob Ihr wohl schnell kommen würdet. Sie sagen, vielleicht überlebt er nicht.«

ANGESICHTS DER TATSACHE, dass der Rückweg bergauf verlief und sie den größeren Teil damit zubrachten, in der Dunkelheit umherzustolpern und nach einem beinahe unsichtbaren Pfad zu suchen, legten sie die Strecke in überraschend kurzer Zeit zurück.

»Ich komme mit Euch«, hatte Brian gesagt und sich vor dem Haus vom Pferd geschwungen. »Es sind zwar nicht meine Pächter, aber sie kennen mich.«

Der Haushalt – eine bescheidene Kate, deren dumpfes Weiß im Licht des zunehmenden Mondes wie ein Kiesel aufleuchtete – war schon für die Nacht verschlossen, die Fensterläden zu und die Tür verriegelt. Doch Fraser hämmerte an die Tür und rief auf Gälisch, wer er war und dass er den Verwandten des Kranken dabeihätte, und innerhalb von Sekunden öffnete sich die Tür und rahmte einen untersetzten, bärtigen Herrn in Hemd und Nachtmütze ein, der ihnen einen langen Blick zuwarf, bevor er mit einem schroffen »Kommt herein« zurücktrat.

Rogers erster Eindruck war, dass das Haus bis unters Dach mit kräftig riechenden Menschen vollgestopft war. Sie lagen in kleinen, zusammengerollten Häufchen auf dem Boden vor dem Kamin, auf Strohlagern an der Wand, und hier und dort hoben sich zerzauste Köpfe wie Präriehunde und blinzelten im Schein der Feuerglut, um zu sehen, ob und was zu tun war.

Ihr Gastgeber – den ihm Fraser als Angus MacLaren vorstellte – nickte Roger knapp zu und wies auf ein Bett, das sie in die Mitte des Zimmers geschoben hatten. Zwei oder drei kleine Kinder schliefen darauf, doch Roger konnte Bucks Gesicht verschwommen auf dem Kissen sehen. Himmel, er hoffte, dass Buck nichts Ansteckendes hatte.

Er beugte sich dicht über ihn und flüsterte »Buck?«, um niemanden zu wecken, der nicht schon wach war. Im Zwielicht konnte er nicht viel von Bucks Gesicht sehen, das außerdem von Bartstoppeln überzogen war – doch der Mann hatte die Augen geschlossen und öffnete sie auch nicht, als Roger seinen Namen sagte. Und ebenso wenig, als ihm Roger eine Hand auf den Arm legte. Der Arm fühlte sich zwar warm an, doch angesichts der erstickenden Luft in der Kate glaubte er, dass sich Buck wahrscheinlich noch warm angefühlt hätte, wenn er schon seit Stunden tot gewesen wäre.

Er drückte den Arm, zuerst sacht, dann fester, und schließlich stieß Buck einen röchelnden Huster aus und öffnete die Augen. Er blinzelte langsam, anscheinend ohne Roger zu erkennen, dann schloss er sie wieder. Aber seine Brust hob sich krampfhaft, und er atmete jetzt mit einem langsamen, deutlich hörbaren Keuchen.

»Er sagt, mit seinem Herzen stimmt etwas nicht«, informierte MacLaren Roger leise. Er beobachtete Buck gebannt über Rogers Schulter hinweg. »Es flattert manchmal, und wenn es das tut, wird er blau und kann weder atmen noch aufstehen. Mein zweitältester Sohn hat ihn draußen in der Heide gefunden, flach auf dem Boden wie eine zerquetschte Kröte. Wir haben ihn heruntergeholt und ihm etwas zu trinken gegeben, und er hat gefragt, ob wir jemanden nach Lallybroch schicken würden, um nach seinem Verwandten zu fragen.«

»*Moran taing*«, sagte Roger. »Ich bin Euch zu Dank verpflichtet, Sir.« Er wandte sich zu Brian um, der abwartend hinter MacLaren stand und mit einem kleinen Stirnrunzeln auf Buck hinunterblickte.

»Und Euch ebenso, Sir«, sagte Roger zu ihm. »Für all Eure Hilfe. Ich kann Euch gar nicht genug danken.«

Fraser winkte achselzuckend ab.

»Ihr werdet dann wohl bei ihm bleiben? Aye. Wenn er morgen früh reisen kann, bringt ihn mit nach Lallybroch. Oder schickt uns eine Nachricht, wenn wir irgendetwas tun können.« Er verabschiedete sich mit einem ernsten Nicken von MacLaren, hielt dann aber inne und blinzelte Buck durch das Halbdunkel ins Gesicht. Er sah Roger an, als vergliche er ihre Gesichtszüge.

»Ist Euer Verwandter auch aus Lochalsh?«, fragte er neugierig und richtete den Blick noch einmal auf Buck. »Er hat Ähnlichkeit mit der Familie meiner verstorbenen Frau. Mit den MacKenzies aus Leoch.« Dann bemerkte er die kleine, untersetzte Gestalt, die Mrs. MacLaren sein musste und die finster unter ihrer Haube hervorblickte. Er hüstelte, verneigte sich und ging, ohne eine Antwort abzuwarten.

Mr. MacLaren folgte ihm, um die Tür zu verriegeln, und die Dame des Hauses wandte sich Roger zu, gähnte herzhaft und zeigte dann auf das Bett, während sie sich ungeniert am Hintern kratzte.

»Ihr könnt bei ihm schlafen«, sagte sie. »Rollt ihn aus dem Bett, wenn er stirbt, aye? Ich will nicht, dass er mir die Bettwäsche versaut.«

NACHDEM ER SICH DIE SCHUHE ausgezogen hatte, legte sich Roger vorsichtig neben Buck auf die Bettdecke – nachdem er die kleinen Kinder verschoben hatte, die so schlaff waren wie Katzen in der Sonne – und verbrachte den Rest der Nacht damit, dem unregelmäßigen Schnarchen seines Vorfahren zu lauschen. Jedes Mal, wenn es aufzuhören schien, stieß er ihn an. Gegen Tagesanbruch jedoch schlief er ein, um etwas später von kräftigem, warmem Porridgegeruch geweckt zu werden.

Erschrocken, weil er eingeschlafen war, stützte er sich auf seinen Ellbogen und sah, dass Buck kreidebleich war und rasselnd durch den Mund atmete. Er packte seinen Vorfahren an der Schulter und schüttelte ihn, so dass Buck im Bett auffuhr und gehetzt um sich blickte. Als er Roger sah, boxte er ihn kräftig in den Magen.

»Hör auf damit!«

»Ich wollte nur sichergehen, dass du noch lebst, du Mistkerl!«

»Was machst du eigentlich hier?« Buck fuhr sich mit der Hand durch das zerzauste Haar und setzte eine gereizte, verwirrte Miene auf.

»Du hast mich holen lassen, du Dummkopf.« Roger war ebenfalls gereizt. Sein Mund fühlte sich an, als hätte er die ganze Nacht Stroh gekaut. »Wie geht es dir überhaupt?«

»Ich … nicht besonders.« Bucks Miene verlor sofort ihre Gereiztheit und nahm eine nervöse Blässe an. Er legte die flache Hand auf seine Brust und drückte fest zu. »Ich … es … es fühlt sich nicht richtig an.«

»Leg dich hin, in Gottes Namen!« Roger wand sich aus dem Bett und wäre dabei fast auf ein kleines Mädchen getreten, das auf dem Boden saß und mit den Schnallen seiner Schuhe spielte. »Ich hole dir Wasser.«

Eine Reihe von Kindern beobachtete diesen Wortwechsel neugierig, unbeachtet von Mrs. MacLaren und zwei der älteren Mädchen, die in einem großen Kessel Porridge rührten und in Windeseile den großen Tisch für das Frühstück deckten, indem sie die Holzteller und Löffel wie die Karten eines Kartenspiels daraufknallten.

»Wenn Ihr zum Abort müsst«, riet ihm eins der Mädchen und hielt dazu inne, »geht Ihr besser jetzt. Robbie und Sandy sehen gerade nach den Kühen, und Stuart hat noch keine Schuhe an.« Sie wies mit dem Kinn auf einen Burschen von etwa zwölf, der langsam mit einem abgenutzten Schuh in der Hand auf allen vieren umherkroch und unter den wenigen Möbelstücken nach dem anderen suchte. »Oh – und da Euer Verwandter die Nacht überlebt hat, ist Pa unterwegs und holt den Heiler.«

36

DIE WITTERUNG EINES FREMDEN

Sie hatte Jock MacLeod das übliche Traubenpräsent mit ins Krankenhaus gebracht. Und eine Flasche achtzehn Jahre alten Bunnahabhain, bei deren Anblick sich sein Gesicht erhellt hatte – zumindest das, was unter dem Verband davon zu sehen war, mit dem sein Kopf umwickelt war, und unter den Schwellungen, die seine Augen zu blutunterlaufenen Schlitzen verengten.

»Oh, ich fühle mich ein bisschen wackelig«, hatte er ihr erzählt, während er die Flasche in seinen Morgenmantel wickelte und er ihr das Paket reichte, damit sie es in seinem Nachtschränkchen verstaute, »aber alles nicht so schlimm. Eine kleine Beule auf dem Kopf, sonst nichts. Ich bin nur froh, dass der Junge entwischen konnte. Wissen Sie eigentlich, wie er in den Tunnel gekommen ist?«

Sie hatte ihm die offizielle Version erzählt, sich geduldig seine Spekulationen angehört und dann gefragt, ob er den Mann, der ihn niedergeschlagen hatte, vielleicht erkannt hatte.

»Ja, das habe ich«, hatte Jock zu ihrer Überraschung gesagt. Er lehnte sich in seine Kissen zurück. »Das heißt nicht, dass ich seinen Namen weiß. Aber ich habe ihn schon öfter gesehen, aye? Er fährt ein Boot auf dem Kanal.«

»Was? Ein Charterboot oder eins dieser Ausflugsboote?« Ihr Herz schlug schneller. Er meinte den Kaledonischen Kanal, der Inverness mit Fort William verband und sehr befahren war. Man konnte ihn an vielen Stellen von der Straße aus sehen.

»Netter kleiner Motorsegler, bestimmt ein Charterboot. Ist mir nur aufgefallen, weil mein Vetter auch so eins hat; er hat uns einmal mitgenommen. Zehn Meter, denke ich.«

»Das haben Sie natürlich der Polizei erzählt.«

»Ja.« Er tippte mit den Fingerspitzen auf die Bettdecke und warf ihr einen Seitenblick zu. »Ich habe den Mann zwar beschrieben, so gut ich konnte – aber er hatte ja nichts Besonderes an sich. Ich würde ihn wiedererkennen und Ihr Junge vielleicht auch, aber ich weiß nicht, ob die Polizei eine Chance hat, ihn zu finden.«

Sie hatte ihr Schweizer Taschenmesser aus der Tasche geholt, während sie sich unterhielten, und nachdenklich damit gespielt, indem sie eine Klinge nach der anderen öffnete und wieder schloss. Jetzt klappte sie den Korkenzieher auf und testete die Spitze mit dem Daumen.

»Meinen Sie, Sie könnten ihn mir beschreiben? Ich zeichne ein bisschen, ich könnte versuchen, ein Bild zu machen.«

Er grinste sie an, und seine Augen verschwanden unter der geschwollenen Haut.

»Gieß mir ein Glas ein, Kleine, dann versuchen wir es.«

BRIANNA KAM AM SPÄTEN Nachmittag zurück nach Lallybroch, gerade noch rechtzeitig für ihren Termin mit dem Schlosser um vier Uhr. An der Tür flatterte etwas Weißes im Herbstwind; sie riss es ab und faltete es mit kalten Fingern auseinander.

»Hatte einen Notfall in Elgin; komme erst spät zurück. Komme morgen früh vorbei. Tut mir leid, Will Tranter.«

Sie zerknüllte den Zettel und stopfte ihn murrend in ihre Jackentasche. Da spazierten verdammte Vergewaltiger und Entführer in ihrem Haus ein und aus, als wäre es eine öffentliche Landstraße, und das sollte kein Notfall sein?

Sie zögerte, die Finger um den großen antiken Schlüssel in ihrer Tasche geschlungen, und blickte an der weißen Fassade hinauf. Die untergehende Sonne blitzte oben in den Fenstern auf, tauchte sie in Rot und verbarg, was auch immer dahinter sein mochte. *Sie hatte einen Schlüssel.* Wollte sie wirklich allein da hineingehen?

Sie blickte sich aufmerksam um, sah aber nichts Ungewöhnliches. Die Felder lagen friedlich da, die kleine Schafherde ließ sich im Licht des Sonnenuntergangs bereits für die Nacht nieder. Sie holte tief Luft und wandte sich von rechts nach links, wie sie es immer getan hatte, wenn sie mit Pa in North Carolina auf der Jagd war, als könnte sie den Geruch eines Hirschs im Wind auffangen.

Wonach suchte sie jetzt? *Nach Auspuffgasen. Gummi, heißem Metall, Staub in der Luft, der sich noch nicht gelegt hatte, dem Geist eines Autos.* Oder vielleicht nach etwas anderem, dachte sie, als sie sich an Rob Camerons Schweißgestank erinnerte. Nach der Witterung eines Fremden.

Aber die kalte Luft trug ihr nur den Geruch von totem Laub zu, von Schafskot und einen Hauch von Terpentin aus der staatlichen Kiefernplantage etwas westlich.

Dennoch. Ihr Vater hatte von diesem Gefühl in seinem Nacken gesprochen, wenn etwas nicht stimmte, und sie spürte, wie ihr dort die Haare zu Berge standen. Sie wandte sich ab, stieg wieder ins Auto und fuhr los, wobei sie alle paar Minuten automatisch in den Rückspiegel sah. Ein paar Meilen weiter war eine Tankstelle; dort hielt sie an, um Fiona anzurufen und ihr zu sagen, dass sie die Kinder am Morgen abholen würde, kaufte sich ein paar Kleinigkeiten zu essen und fuhr zurück, allerdings über den Wirtschaftsweg, der am anderen Ende des Grundstücks von Lallybroch entlanglief und hinauf in die Kiefernplantage führte.

Um diese Jahreszeit wurde es um halb fünf dunkel. Oben auf dem Hügel bestand der Weg nur noch aus zwei schlammigen Furchen, doch sie rumpelte vorsichtig daran entlang, bis sie zu einer der Lichtungen im Wald kam, wo die Waldarbeiter ihre Holzreste zum Verbrennen aufhäuften. Die Luft roch rau nach brennendem Holz, und von einem großen geschwärzten Fleck aus Erde und Glut stiegen noch Rauchfäden auf, doch alle Feuer waren erloschen. Sie fuhr den Wagen hinter einen großen Haufen frisch geschnittener Zweige, die schon für den nächsten Tag aufgestapelt waren, und stellte den Motor ab.

Als sie die Plantage verließ, die Schrotflinte in der Hand, schoss etwas Großes lautlos an ihrem Kopf vorbei, und sie schnappte stolpernd nach Luft. Eine Eule; sie verschwand, ein heller Fleck in der Dunkelheit. Trotz ihres Herzklopfens war sie froh, sie zu sehen. In der keltischen Folklore galten weiße Tiere als Glücksbringer, und Glück konnte sie wahrhaftig gut brauchen.

»Eulen sind die Hüter der Toten, aber nicht nur der Toten. Sie sind Boten zwischen den Welten.« Für eine Sekunde war Roger an ihrer Seite, zum Greifen warm in der kalten Nacht, und sie streckte intuitiv die Hand aus, wie um ihn zu berühren.

Dann war er fort, und sie stand allein im Mondschatten der Kiefern und blickte auf Lallybroch hinunter, die Flinte kalt in ihrer Hand. »Ich bekomme dich zurück, Roger«, flüsterte sie und ballte die linke Hand zur Faust, die sich um den Kupferring schloss, mit dem er sie geheiratet hatte. »Bestimmt.« Aber zuerst musste sie dafür sorgen, dass ihre Kinder außer Gefahr waren.

Die Nacht erhob sich rings um das Haus, und Lallybroch wurde langsam unsichtbar, ein hellerer Fleck in der Dunkelheit. Sie überprüfte, ob das Gewehr gesichert war, und bewegte sich lautlos heim.

SIE KAM ÜBER DEN HÜGEL hinter dem Turm, so leise sie konnte. Der Wind hatte zugenommen, und sie bezweifelte, dass irgendjemand ihre Schritte im Rascheln und Klappern des Ginsters hören konnte, der hier wucherte.

Wenn sie auf sie warteten und ihr etwas antun wollten, würden sie garantiert im Haus sein. Aber wenn sie nur wissen wollten, wo sie war … beobachteten sie stattdessen vielleicht das Haus, und dazu war dies der beste Ort. Sie blieb an der Außenmauer des Turms stehen, legte die Hand auf die Steine und lauschte. Leises Rascheln, hin und wieder unterbrochen vom Gurren einer Taube. Die Fledermäuse waren mit Sicherheit schon lange zur Jagd ausgeflogen, aber die Tauben waren zu Bett gegangen.

Mit dem Rücken zur Wand schlich sie um den Turm herum, blieb an der Tür stehen, streckte die Hand aus und tastete nach dem Riegel. Das Vorhängeschloss lag kalt in ihrer Hand, intakt und abgeschlossen. Sie atmete aus, kramte den Schlüsselbund aus ihrer Tasche hervor und fand den richtigen, ohne hinzusehen.

Die schlafenden Tauben explodierten unter wildem Geflatter, als der Wind von der offenen Tür oben ins Gebälk fuhr, das ihr Schlaflager war, und Brianna trat hastig an die Wand, um dem prasselnden Schauer panischer Inkontinenz auszuweichen. Doch die Tauben beruhigten sich schnell und ließen sich unter empörtem Rascheln über die Störung wieder nieder.

Die oberen Zwischenböden waren längst eingefallen und die Balken entfernt; der Turm war eine Hülle, allerdings eine stabile Hülle, deren Außenwand im Lauf der Jahre immer wieder repariert worden war. Die Treppe war in die Außenwand eingelassen; steinerne Stufen, die zwischen der Innen- und der Außenmauer emporführten, und sie hängte sich das Gewehr aufgeklappt über die Schulter. Das Metall des Laufs drohte ihr aus der verschwitzten Hand zu rutschen, und es kostete sie einige Mühe, ihn festzuhalten. Noch mehr Mühe kostete es sie allerdings, nicht einfach zum Haus zu laufen. Langsam stieg sie hinauf, indem sie sich mit einer Hand vortastete. Sie hatte zwar eine Taschenlampe dabei, brauchte es aber nicht zu riskieren, sie zu benutzen.

Auf einem Drittel der Höhe bezog sie Stellung an einem Fensterschlitz, der das ganze Haus unter ihr überblickte. Es war zwar kalt, wenn man auf den Steinen saß, aber sie trug eine Daunenjacke, und sie würde nicht frieren. Sie zog einen Riegel Borkenschokolade aus der Tasche und machte sich zum Warten bereit.

Sie hatte ihren Chef angerufen und um eine Woche Urlaub gebeten, weil sie sich um einen Notfall in der Familie kümmern musste. Die Ereignisse, die sich letzte Nacht am Staudamm zugetragen hatten, hatten sich herumgesprochen, und die einzige Schwierigkeit war gewesen, sich der Flut der mitfühlenden Ausrufe und neugierigen Fragen zu erwehren. Sie hatte behauptet, diese wegen der laufenden Ermittlungen nicht beantworten zu können.

Die Polizei … *möglich*, dass sie half. Jock hatte ihnen von dem Mann am Damm erzählt; diesem Hinweis würden sie nachgehen. Sie hatte den Beamten von Rob Cameron erzählen müssen, hatte sich allerdings vollständig ahnungslos gestellt, was sein mögliches Motiv für Jems Entführung betraf. Nicht ohne Widerstreben hatte sie ihnen auch davon erzählt, wie er ins Haus gekommen war und sie bedroht hatte, denn sonst hätte es Mandy wahrscheinlich ausgeplaudert. Den Großteil der körperlichen Gewalt, das Priesterloch oder Camerons Fluchthelfer hatte sie allerdings nicht erwähnt. Hatte nur gesagt, sie hätte auf ihn eingeschlagen, zuerst mit der Briefkiste und dann mit dem Kricketschläger, und er wäre davongelaufen. Sie hätte sich mit Mandy auf die Suche nach Jem gemacht, da ihr das einleuchtenderweise mehr auf der Seele brannte, als die Polizei anzurufen. In diesem Punkt waren die Polizisten zwar anderer Meinung, doch als echte Briten drückten sie ihre Missbilligung höflich aus.

Sie hatte gesagt, Cameron hätte ihr erzählt, wo Jem war. Falls die Polizei ihn fand, würde er ihr kaum widersprechen können. Sie *hoffte*, dass sie ihn finden würden. Es konnte zwar zu Komplikationen führen, doch sie würde sich sicherer fühlen, wenn er nicht mehr frei herumlief. Mit ihrem Gewehr. Mit dem er womöglich in ihrem Haus auf sie lauerte.

In der Tiefe ihrer Jackentasche krümmten sich ihre Finger um die beruhigenden Umrisse eines guten Dutzends Schrotpatronen.

37

COGNOSCO TE

Der Heiler traf gegen Nachmittag ein. Er war ein kurz gebauter, aber kein schmächtiger Mann; er sah aus wie ein Ringkämpfer, denn er hatte fast genauso breite Schultern wie Roger. Er stellte sich nicht vor, sondern nickte Mrs. MacLaren nur höflich zu, während sein Blick durch das gesamte Zimmer huschte und sich dann auf Buck richtete, der in einen unruhigen Schlaf gefallen war, aus dem ihn nicht einmal das Eintreffen des Heilers weckte.

»Er sagt, sein Herz …«, begann Roger umständlich. Der Mann sah ihn scharf von der Seite an, wedelte dann wortlos ab und trat an das Bett, um Buck einen Moment lang genau zu betrachten. Sämtliche MacLarens verharrten in atemloser Stille und erwarteten eindeutig etwas Spektakuläres.

Der Mann nickte vor sich hin, legte seinen Rock ab und krempelte die Hemdsärmel auf, so dass seine sonnengebräunten, muskulösen Unterarme zum Vorschein kamen.

»Nun denn«, sagte er. Er setzte sich auf das Bett und legte Buck eine Hand auf die Brust. »Lasst mich …« Sein Gesicht verlor jeden Ausdruck, er erstarrte, und seine Hand fuhr zurück, als hätte ihn ein elektrischer Schlag getroffen. Er schüttelte rasch und entschlossen den Kopf, öffnete Bucks Hemd, tauchte mit beiden Händen in die Öffnung ein und legte sie flach auf Bucks mühselig arbeitende Brust.

»*Jesus*«, flüsterte er. »*Cognosco te!*«

Urplötzlich standen Roger sämtliche Haare zu Berge und kribbelten, als sei ein Gewitter im Anmarsch. Der Mann hatte Latein gesprochen, und was er gesagt hatte, war: *Ich weiß, wer du bist.*

DIE MACLARENS SAHEN DEM HEILER mit großem Respekt und kaum weniger Ehrfurcht bei der Arbeit zu. Roger, der von Claire einiges über die Psychologie des Heilens gelernt hatte, war genauso beeindruckt. Und offen gestanden fassungslos vor Angst.

Der Heiler hatte eine lange Minute reglos dagestanden, die Hände auf Bucks Brust, den Kopf zurückgelegt und die Augen geschlossen, das Gesicht zu einer Miene tiefster Konzentration verzogen, als lauschte er auf etwas weit, weit Entferntes. Mit geschlossenen Augen hatte er dann etwas gemurmelt, worin Roger das Paternoster erkannte – den Mienen der MacLarens nach hätte es genauso gut das Abrakadabra sein können. Ohne die Hände von der Stelle zu bewegen, hatte er anschließend seinen kräftigen Zeigefinger gehoben und zu klopfen begonnen, vorsichtig, in einem langsamen, regelmäßigen Rhythmus, und jedes Mal hob sich sein Finger wieder, als schlüge er eine Klaviertaste an.

Tapp … tapp … tapp. Es zog sich lange hin, so lang, dass alle, die im Zimmer waren, wieder zu atmen begannen – selbst Buck, dessen mühseliges Keuchen allmählich nachließ, weil sich seine Lunge von selbst wieder füllte. Und dann waren es zwei Finger, tapp-tapp … tapp-tapp … tapp-tapp. Langsam. Regelmäßig wie ein Metronom. Wieder und wieder und wieder und wieder … Beruhigend. Hypnotisch. Und ganz plötzlich begriff Roger, dass der Rhythmus der eines schlagenden Herzens war – *seines* Herzens. Und als er sich im Zimmer umsah und die großen Augen und leicht geöffneten Münder des verschnupften MacLaren-Clans sah, beschlich ihn das merkwürdige Gefühl, dass *all* ihre Herzen exakt im selben Rhythmus schlugen.

Er wusste, dass sie gleichzeitig atmeten; er konnte das Wipfelrauschen des Einatmens und den Brandungsschaum des Ausatmens hören. Er *wusste* es – und war doch nicht in der Lage, seinen eigenen Rhythmus zu ändern, dem Gefühl der Einheit zu widerstehen, das sich unbewusst zwischen den Menschen in der Hütte gebildet hatte, von Arthur MacLaren bis hin zu der kleinen Josephine, die genauso atmend wie der Rest großäugig in den Armen ihrer Mutter lag.

Sie alle atmeten, ihre Herzen schlugen im Einklang – und irgendwie unterstützten sie den Siechenden, hielten ihn als Teil eines größeren Ganzen, umarmten ihn, stützten ihn. Bucks krankes Herz lag in Rogers Hand; das war ihm plötzlich klar, genauso plötzlich wie er begriff, dass es sich schon eine ganze Weile dort befand und sich in die Rundung seiner Handfläche schmiegte wie ein Flusskiesel, glatt und schwer. Und … schlagend, im Rhythmus des Herzens in Rogers Brust. Und viel seltsamer noch, dass sich nichts davon irgendwie ungewöhnlich anfühlte.

So seltsam – und beeindruckend – das alles war, Roger hätte es erklären können. Massensuggestion, Hypnose, Wille und Willigkeit. Exakt auf die gleiche Art hatte er es selbst schon oft gemacht, wenn er sang – wenn die Musik das Publikum mitriss, wenn er wusste, dass es bei ihm war, ihm überallhin folgen würde. Ein- oder zweimal war es ihm beim Predigen gelungen … dass er gespürt hatte, wie sich die Leute für ihn erwärmten und er sie beflügelte, so wie sie ihn beflügelten. Allerdings war es beeindruckend zu sehen, wie es jemand so schnell und so gründlich machte, ohne sich irgendwie vorzubereiten – und viel, viel beunruhigender, die Wirkung am eigenen Leib zu erfahren. Doch was ihm wirklich Angst machte, war, dass die Hände des Heilers blau waren.

Kein Zweifel. Es war keine Lichtspiegelung. Dafür gab es im dumpfen Schein der Glut des Kamins gar nicht genug Licht. Es war auch nichts Großartiges; kein feuriges Aufblitzen, kein Neonleuchten. Doch zwischen den Fingern des Heilers war ein sanftes blaues Schimmern aufgestiegen, war ihm über die Hände gekrochen – bis es jetzt wie eine schwache Wolke rings um seine Hände *schwebte* und Bucks Brust zu durchdringen schien.

Er blickte erst zur einen Seite, dann zur anderen, ohne den Kopf zu bewegen. Die MacLarens waren gebannt bei der Sache, doch es deutete nichts darauf hin, dass sie irgendetwas Ungewöhnliches sahen. *Sie sehen es nicht.* Die Härchen auf seinen Unterarmen richteten sich steil auf. *Warum sehe ich es dann?*

Tapp-tapp … tapp-tapp … tapp-tapp … Unermüdlich, regelmäßig – und doch wurde Roger eine subtile Veränderung bewusst. Nicht im Rhythmus des Heilers; er war unverändert. Aber etwas war anders. Er richtete seine Augen unwillkürlich auf seine Handfläche, wo in seiner Vorstellung immer noch Bucks Herz lag, und war jetzt kaum überrascht, es dort zu sehen, gespenstisch, rund, durchsichtig, jedoch sanft pulsierend. Regelmäßig. Von selbst.

Tapp-tapp … tapp-tapp … tapp-tapp. Jetzt gab der Heiler den Rhythmus nicht mehr vor, sondern folgte ihm. Nicht indem er die Schläge verlangsamte, sondern indem er länger zwischen ihnen pausierte und Bucks Herz dazwischen allein schlagen ließ.

Schließlich verstummte das leise Geräusch, und drei Herzschläge lang herrschte Stille im Raum. Danach zerplatzte die Stille wie eine Seifenblase, und die Zuschauer schüttelten blinzelnd die Köpfe, als wären sie aus einem Traum erwacht. Roger schloss seine leere Hand.

»Es geht ihm besser«, sagte der Heiler nüchtern zu Mrs. MacLaren. »Lasst ihn schlafen, so lange er kann, gebt ihm etwas zu essen, wenn er aufwacht.«

»Vielen Dank, Sir«, murmelte Mrs. MacLaren. Sie tätschelte Josephine, die mit offenem Mund eingeschlafen war, so dass sich eine glitzernde Speichelspur von ihrem Mundwinkel zur Schulter ihrer Mutter zog. »Soll ich Euch am Kamin ein Lager aufschlagen?«

»Ach, nein«, sagte der Heiler lächelnd. Er zog seinen schweren Rock wieder an und griff nach seinem Hut. »Ich übernachte ganz in der Nähe.«

Er ging hinaus, und Roger wartete einen Moment, gerade so lange, bis die Familie wieder in ihre eigenen Gespräche vertieft war. Dann folgte er ihm und schloss die Tür leise hinter sich.

DER HEILER WAR noch nicht weit gekommen; Roger sah die dunkle Gestalt des Mannes betend vor einem kleinen Schrein an der Straße knien, und die Enden seines Umhangs flatterten im Wind. Roger näherte sich langsam und hielt ein wenig Abstand, um den Betenden nicht zu stören – und verneigte dann selbst impulsiv den Kopf vor der kleinen Statue, die so verwittert war, dass sie gesichtslos war. *Bitte pass auf sie auf*, betete er. *Hilf mir, zu ihnen zurückzufinden – zu Brianna.* Das war alles, wozu er Zeit hatte, ehe sich der Heiler erhob – doch es war ohnehin alles, was er zu sagen hatte.

Der Heiler hatte ihn nicht gehört; er stand auf und drehte sich um, überrascht, Roger zu sehen, den er jedoch sofort erkannte. Er lächelte ein wenig erschöpft und war eindeutig auf eine medizinische Frage privater Natur gefasst.

Hämmernden Herzens streckte Roger den Arm aus und fasste den Heiler bei der Hand. Die Augen des Mannes weiteten sich vor Schreck.

»*Cognosco te*«, sagte Roger ganz leise. *Ich weiß, wer du bist.*

»UND WER SEID IHR?« MacEwen stand blinzelnd im Gegenwind, seine Miene ebenso erschöpft wie erregt. »Ihr beide – wer seid ihr?«

»Ich glaube, das wisst Ihr vielleicht besser als ich«, sagte Roger zu ihm. »Dieses … das Licht in Euren Händen …«

»Ihr konntet es sehen.« Es war keine Frage, und die argwöhnische Erregung in MacEwens Augen wurde zur Flamme, die selbst im Dämmerlicht zu sehen war.

»Aye, das konnte ich. Von wo seid Ihr …« Roger suchte nach der besten Art zu fragen, doch wie viele Arten gab es schon? »Von *wann* seid Ihr gekommen?«

MacEwen sah sich unwillkürlich nach der Kate um, doch die Tür war geschlossen, und Rauch strömte aus dem Loch im Dach. Es schickte sich an zu regnen, ein warnendes Prasseln in den rundlichen Heidesträuchern am Wegesrand. Er bewegte sich abrupt und nahm Rogers Arm.

»Kommt«, sagte er. »Wir können bei diesem Wetter nicht hier draußen stehen bleiben; wir holen uns noch den Tod.«

Der Regen machte in der Tat jetzt Ernst, und Roger war innerhalb von Minuten durchnässt, da er ohne Hut oder Umhang ins Freie gekommen war. MacEwen führte ihn rasch einen Pfad hinauf, der sich zwischen dunklen Ginsterbüschen hindurchwand und auf ein Hochmoor hinausführte, wo ihnen die Ruine einer Kate ein wenig Schutz bot. Der Dachbalken war verbrannt, und zwar erst vor Kurzem; man roch es. Eine Ecke des Rieddachs war jedoch noch da, und sie stellten sich im Inneren dicht nebeneinander unter diesen spärlichen Schutz.

»Anno Domini achtzehnhunderteinundvierzig«, sagte MacEwen nüchtern und schüttelte sich den Regen von seinem Umhang. Er blickte mit hochgezogener Augenbraue zu Roger auf.

»Neunzehnhundertachtzig«, erwiderte Roger herzklopfend. Er räusperte sich und wiederholte das Datum; die Kälte machte seinem Hals zu schaffen, und die Worte kamen als ersticktes Krächzen heraus. MacEwen beugte sich dichter zu ihm herüber und sah ihn an.

»Was ist das?«, fragte der Mann scharf. »Eure Stimme … ist gebrochen.«

»Es ist nich…«, begann Roger, doch die Finger des Heilers tasteten bereits hinter seinem Kopf umher und lösten in Windeseile sein Halstuch. Er schloss die Augen und widersetzte sich nicht.

MacEwens kräftige Finger legten sich kalt auf seinen Hals; er spürte die eisige Berührung sanft auf seiner Haut, während sie die Stricknarbe nachzeichnete, dann fester, als der Heiler seinen beschädigten Kehlkopf befühlte – er bekam unwillkürlich das Gefühl, erwürgt zu werden, und er hustete. MacEwens Miene war überrascht.

»Macht das noch einmal«, sagte er.

»Was, husten?«, sagte Roger krächzend wie eine Krähe. Der kalte Wind war seiner Stimme nicht gut bekommen.

»Aye.« MacEwen legte Roger die Hand dicht unter dem Kinn um den Hals und nickte. »Einmal, dann wartet. Dann noch einmal.« Roger hustete gehorsam und spürte mit jedem Atemstoß einen leisen Schmerz an der Stelle, auf die

die Hand des Heilers drückte. Das Gesicht des Mannes erhellte sich interessiert, und er entfernte seine Hand.

»Wisst Ihr, was das Zungenbein ist?«

»Wenn ich raten müsste, irgendetwas im Hals.« Roger räusperte sich heftig und rieb sich den Hals. Die Narbe malte sich rau unter seiner Handfläche ab. »Warum?« Er war sich nicht sicher, ob ihn diese Aufdringlichkeit ärgern sollte oder … etwas anderes. Seine Haut kribbelte sacht, wo MacEwen sie berührt hatte.

»Es ist genau *hier*«, sagte der Heiler und drückte hoch oben unter Rogers Kinn mit dem Daumen zu. »Und wenn es *hier* gewesen wäre …« Sein Daumen bewegte sich zwei Zentimeter weiter nach unten. »Dann wärt Ihr tot gewesen, Sir. Es ist ein sehr zerbrechlicher kleiner Knochen. Man kann leicht jemanden erwürgen, indem man ihn bricht – mit den Daumen *oder* einem Strick.« Er wich ein wenig zurück und sah Roger gebannt in die Augen; seine Neugier war immer noch deutlich zu sehen, doch der Argwohn war zurück. »Seid Ihr und Euer Freund auf der Flucht vor … irgendetwas? Irgendjemandem?«

»Nein.« Roger fühlte sich auf einmal furchtbar müde; die Anstrengung der Ereignisse holte ihn ein, und er sah sich nach einer Sitzgelegenheit um. Es gab nichts außer ein paar dunklen Felsstücken, die aus der Wand zu Boden gefallen waren, als der brennende Dachbalken nachgegeben hatte. Er schob zwei Steinblöcke zusammen und setzte sich auf den einen, die Knie bis zu den Ohren hochgezogen. »Ich … das hier …« Er fasste sich kurz an den Hals. »Es ist lange her und hat nichts damit zu tun, was wir … Wir … wir sind auf der Suche nach meinem Sohn. Er ist erst neun.«

»Ach du liebe Güte.« MacEwen verzog mitfühlend das breite Gesicht. »Wie …«

Roger hob die Hand. »Ihr zuerst«, sagte er und räusperte sich erneut. »Ich erzähle Euch alles, was ich weiß, aber … Ihr zuerst. Bitte.«

MacEwen spitzte die Lippen und wandte nachdenklich den Kopf zur Seite, doch dann zuckte er mit den Achseln und ließ sich grunzend ebenfalls auf seinem groben Sitz nieder.

»Ich war Arzt«, sagte er abrupt. »In Edinburgh. Ich war mit einem Freund in den Highlands, um Moorhühner zu schießen. Machen die Leute das hundert Jahre später immer noch?«

»Aye. Moorhühner schmecken immer noch«, sagte Roger trocken. »Dann war es Craigh na Dun, wo es passiert ist?«

»Ja, ich …« MacEwen hielt abrupt inne, als er begriff, worauf diese Frage hindeutete. »Großer Gott im Himmel, wollt Ihr mir damit sagen, dass es noch andere Stellen gibt. Wo … *es* geschieht?«

»Ja.« Die Haare auf Rogers Armen stellten sich wieder auf. »Vier, von denen ich weiß; wahrscheinlich gibt es noch mehr. Wie viele Steinkreise gibt es auf den Britischen Inseln?«

»Ich habe keine Ahnung.« MacEwen war sichtlich erschüttert. Er stand auf und ging zum Eingang, dessen Einfassung verkohlt war, der Türsturz fast komplett verbrannt. Roger hoffte, dass dem Mann kein Stein auf den Kopf fallen würde – zumindest nicht, ehe er mehr erfahren hatte.

Dr. MacEwen blieb lange dort stehen und starrte in den Regen hinaus, der jetzt silbergrau wie Katzenfell vom Himmel fiel. Schließlich schüttelte er sich und kam mit entschlossener Miene zurück.

»Aye, die Heimlichtuerei nützt ja doch nichts. Und ich hoffe, dass mir meine Aufrichtigkeit nicht schaden wird.« Letzteres war eigentlich keine Frage, doch Roger nickte und bemühte sich um eine ernste Miene.

»Nun denn. Moorhühner, wie gesagt. Wir waren im Moor unter diesem Hügel, wo der Steinkreis ist. Plötzlich kam direkt neben mir ein Fuchs aus den Farnen geschossen, und einer der Hunde hat den Kopf verloren und ist ihm nach. Brewer – das war mein Freund, Joseph Brewer – wollte hinterher, aber er hat … er *hatte* …«, verbesserte sich MacEwen mit einem irritierten Ausdruck, angesichts dessen Roger am liebsten gelächelt hatte, so vertraut war ihm das Gefühl, »… hatte einen Klumpfuß. Er hatte einen Spezialschuh, mit dem er gut zurechtgekommen ist, aber klettern und rennen …« Er zuckte mit den Achseln.

»Dann seid Ihr also dem Hund gefolgt, und …« Er erschauerte unwillkürlich bei der Erinnerung, genau wie MacEwen.

»Genau.«

»Ist der Hund … auch …?«, fragte Roger unvermittelt. MacEwens Miene war überrascht und vage beleidigt.

»Woher soll ich das wissen? Er ist jedenfalls nicht da herausgekommen, wo ich es bin, das kann ich Euch versichern.«

Roger entschuldigte sich mit einer knappen Geste.

»Reine Neugier. Wir – meine Frau und ich – wir haben versucht, so viel wie möglich herauszufinden, um der Kinder willen.« »Kinder« blieb ihm in der Kehle stecken und kam als Flüstern heraus, und MacEwens Miene wurde sanfter.

»Aye, natürlich. Euer Sohn, sagt Ihr?«

Roger nickte und erklärte MacEwen so viel er konnte über Cameron, die Briefe … und nach kurzem Zögern auch über das Gold des Spaniers, denn er musste ihm ja einen Grund nennen, warum Cameron Jem überhaupt entführt hatte, und er hatte das Gefühl, dass Dr. MacEwen ein durch und durch integrer Mensch war.

»Liebe Güte«, murmelte der Arzt und schüttelte bestürzt den Kopf. »Ich höre mich unter meinen Patienten um. Vielleicht hat jemand …« Er verstummte, und seine Miene war weiterhin beunruhigt. Roger hatte das deutliche Gefühl, dass diese Unruhe nicht allein Jem galt oder eine Folge der erschütternden Entdeckung war, dass es noch andere …

Er hielt inne, denn vor sich sah er deutlich den schwachen blauen Schimmer, der MacEwens Finger umgab – und seine Miene überraschten Entzückens. *Cognosco te*. Ich weiß, wer du bist. Entzücken, nicht nur Erschrecken. Er und

Buck waren nicht die ersten Zeitreisenden, denen dieser Mann begegnet war. Aber ausgesprochen hatte er es nicht. Warum nicht?

»Wie lange seid Ihr schon hier?«, fragte Roger neugierig.

MacEwen seufzte und rieb sich das Gesicht.

»Vielleicht zu lange«, sagte er, doch dann schob er seinen Gedanken beiseite und richtete sich auf. »Ungefähr zwei Jahre. Apropos zu lange …« Er erhob sich und zog sich den Umhang über die Schultern. »Es dauert keine Stunde mehr, bis es dunkel ist. Ich muss gehen, wenn ich bis dahin in Cranesmuir sein will. Ich komme morgen wieder, um nach Eurem Freund zu sehen. Dann können wir uns weiter unterhalten.«

Er drehte sich ruckartig um, wandte sich aber genauso ruckartig zurück, streckte die Hand aus und legte sie um Rogers Kehle.

»Vielleicht«, sagte er wie zu sich selbst. »Ja, vielleicht.« Dann nickte er, ließ los und war fort. Sein Umhang flatterte wie Fledermausflügel hinter ihm her.

38

DIE ZAHL DER BESTIE

Nach den Fraggles kamen die Nachrichten im Fernsehen, und Ginger streckte die Hand aus, um es auszuschalten, hielt dann aber wie elektrisiert inne, als Jems Klassenfoto aus dem letzten Jahr auf dem Bildschirm erschien. Sie starrte mit halb offenem Mund auf den Fernseher, dann sah sie Jem ungläubig an.

»Das bist ja du!«, staunte sie.

»Weiß ich«, knurrte er sauer. »Mach's aus, aye?«

»Nein, ich will es sehen.« Sie verstellte ihm den Weg, als er auf den Fernseher zuschoss. Ginger war elf und größer als er.

»Mach es aus!«, befahl er und dann, hinterlistig: »Es wird Mandy Angst machen, und dann heult sie.«

Ginger warf Mandy einen entnervten Blick zu – sie hatte eine gute Lunge, die kleine Mandy – und schaltete widerstrebend den Fernseher aus.

»Mmpfm«, sagte sie und senkte ihre Stimme. »Mama hat uns erzählt, was passiert ist, aber sie hat gesagt, wir sollen dich damit in Ruhe lassen.«

»Gut«, sagte Jem. »Dann macht das auch.« Das Herz schlug ihm bis zum Hals, und er fühlte sich verschwitzt, aber seine Hände wurden abwechselnd heiß und kalt.

Er war um Haaresbreite entwischt, war mit einem mächtigen Satz in die Büsche am oberen Ende der Überlaufrinne und dann an der Betonkante entlanggekrochen, bis er eine Sprossenleiter fand, die ins Wasser führte. Diese war er hinuntergeklettert, so weit er konnte. Er hatte sich so fest angeklammert, dass seine Hände taub wurden, während das schwarze Wasser nur ein paar Zentimeter unter seinen Füßen entlangdonnerte und durch die Überlaufrinne rauschte, so dass er nassgespritzt wurde. Er spürte seine Knochen jetzt noch klappern.

Er hatte das Gefühl, dass er sich übergeben würde, wenn er weiter daran dachte, also wandte er sich ab und warf einen Blick in die Spielzeugkiste der Mädchen. Sie war natürlich voller Mädchenspielzeug, aber wenn sie vielleicht einen Ball hatten … Ja, sie hatten einen. Er war zwar rosa, aber es war ein guter Ball, der ordentlich hüpfte.

»Wir könnten doch in den Garten gehen und ein bisschen Werfen spielen?«, schlug er vor. Er ließ den Ball auf den Boden tipsen und fing ihn wieder.

»Es regnet doch wie der Teufel«, sagte Tisha. »Will nicht nass werden.«

»Ach, es nieselt doch nur ein bisschen! Seid ihr denn aus Zucker?«

»Ja natüüürlich«, trillerte Sheena affektiert.

»Komm, wir spielen mit Puppen«, schlug Tisha vor und winkte einladend mit einer nackten Puppe in seine Richtung. »Du kannst GI Joe haben, wenn du willst. Oder willst du lieber Ken?«

»Nein, ich spiele nicht mit Puppen«, wehrte Jem sich entschlossen. »Ich finde das doof mit den Kleidern und so.«

»Ich spiele mit Puppen!« Mandy schob sich zwischen Tisha und Sheena hindurch und streckte ihre gierigen Patschhändchen nach einer Barbie mit einem rosa Rüschenkleid aus. Sheena konnte sie gerade noch retten.

»Aye, aye«, beruhigte sie Mandy kurz vor dem Losbrüllen, »klar kannst du spielen. Aber du musst vorsichtig sein, du willst ja ihr Kleid nicht kaputtmachen. Setz dich mal, ich gebe dir die hier. Siehst du ihren Kamm und die Bürste? Du kannst sie frisieren.«

Jem nahm den Ball und ging. Oben im Flur lag Teppichboden, aber der Treppenabsatz war aus Holz. Er warf den Ball auf den Boden, worauf der hochschoss und mit einem Knall die Decke traf, wobei er die Lampe knapp verfehlte. Der Ball hüpfte noch einmal vom Boden hoch, und Jem fing ihn, bevor er tatsächlich Unheil anrichten konnte, und presste ihn an seine Brust.

Er lauschte eine Sekunde, um sicherzugehen, dass Mrs. McGonagall nichts gehört hatte. Aber sie war wieder in der Küche; er konnte hören, wie sie die Melodie aus dem Radio mitsang.

Er war schon halb die Treppe hinunter, als die Glocke über der Eingangstür klingelte, und er schaute über das Geländer, um zu sehen, wer da kam. Es war Rob Cameron, und er hätte vor Schreck fast seine Zunge verschluckt.

JEM DRÜCKTE SICH FEST mit dem Rücken an die Wand auf dem Treppenabsatz. Sein Herz hämmerte so laut, dass er kaum hören konnte, wie Mrs. McGonagall aus der Küche kam.

Sollte er Mandy holen? Es gab keinen Weg aus dem Haus außer über die Treppe; er konnte Mandy ja nicht aus dem Zimmerfenster werfen, es gab keinen Baum oder so …

Mrs. McGonagall sagte gerade Hallo und dass es ihr leidtat, falls der Herr ein Zimmer wollte, weil sie die ganze Woche ausgebucht war ... Mr. Cameron sagte höflich nein danke, er hätte sich nur gefragt, ob sie kurz Zeit für ihn hätte ...

»Wenn Sie etwas verkaufen wollen ...«, fing sie an, und er unterbrach sie.

»Nein, das nicht. Ich habe nur ein paar Fragen über die Steine auf dem Craigh na Dun.«

Jem schnappte nach Luft. Seine Lunge arbeitete heftig, aber er hielt sich die Hand vor den Mund, damit Mr. Cameron es nicht hörte. Mrs. McGonagall schnappte nicht nach Luft, aber er konnte hören, wie sie Luft holte und dann innehielt, während sie überlegte, was sie sagen sollte.

»Steine?«, sagte sie, und sogar er konnte sehen, dass ihre Verwunderung nur gespielt war. »Ich weiß nichts von irgendwelchen Steinen.«

Rob lachte höflich auf.

»Ich muss mich entschuldigen. Ich hätte mich erst vorstellen sollen. Mein Name ist Rob Cameron, und ... stimmt etwas nicht mit Ihnen?« Jetzt hatte sie nicht nur richtig laut nach Luft geschnappt, sondern Jem dachte, dass sie auch rückwärtsgegangen sein musste, ohne hinzusehen, und den kleinen Tisch im Flur getroffen haben musste, denn es schepperte, sie sagte »Ach!«, und Bilderrahmen fielen klatschend um.

»Nein«, sagte Mrs. McGonagall, die sich jetzt wieder in den Griff bekam. »Nein. Mir ist nur gerade komisch geworden. Habe nämlich hohen Blutdruck, da wird mir manchmal ein bisschen schwindelig. Cameron heißen Sie also?«

»Aye. Rob Cameron. Ich bin ein angeheirateter Vetter von Becky Weems. Sie hat mir ein bisschen von den Tänzen oben bei den Steinen erzählt.«

»Oh.« Dieses »Oh« bedeutete Ärger für Becky Weems, dachte Jem, der einiges über die Stimmen von Müttern wusste.

»Ich bin nämlich so etwas wie ein Gelehrter der alten Sitten. Ich schreibe an einem Buch ... Jedenfalls habe ich mich gefragt, ob ich mich vielleicht ein paar Minuten mit Ihnen unterhalten kann. Becky sagt, Sie wissen mehr über die Steine und die Tänze als irgendjemand sonst.«

Jem atmete wieder langsamer, sobald er begriff, dass Mr. Cameron nicht hier war, weil er wusste, dass Jem und Mandy es auch waren. Oder vielleicht wusste er es ja, und er hielt Mrs. McGonagall nur hin, bis er das Klo als Ausrede benutzen und im Haus nach ihnen suchen konnte. Nervös blickte er die halbe Treppe hinauf, die vom Absatz nach oben führte, aber die Zimmertür oben war geschlossen, und er konnte Mandy zwar wunderbar durch die Tür kichern hören, Mr. Cameron aber wahrscheinlich nicht.

Mrs. McGonagall war mit Mr. Cameron auf dem Weg in die Küche. Sie hatte nicht freundlich geklungen, als sie sagte: »Kommen Sie herein. Ich erzähle Ihnen, was ich kann.« Jem fragte sich, ob sie Mr. Cameron möglicherweise Rattengift in den Tee schütten würde. Aber vielleicht hatte Mrs. McGonagall ja kein Rattengift.

Er ging einen Schritt in die eine Richtung, dann in die andere, dann wieder zurück. Er wäre wirklich am liebsten die Treppe hinuntergelaufen, zur Tür hinaus und immer weiter. Aber er konnte Mandy ja nicht allein lassen.

Seine Unentschlossenheit legte sich sofort, als sich die Küchentür öffnete, aber er konnte hören, dass es Mrs. McGonagalls Schritte waren, und zwar nur ihre, die sich schnell und vorsichtig näherten.

Sie wandte sich zur Treppe hinauf, fuhr aber zurück, als sie ihn auf dem Treppenabsatz sah, und hob die Hand an ihre Brust. Dann lief sie zu ihm hinauf und drückte ihn fest. Gleichzeitig flüsterte sie ihm ins Ohr.

»Mensch, Junge. Was machst du … Na ja, egal, ich wollte sowieso zu dir. Hast du ihn gesehen?«

Jem nickte wortlos, und Mrs. McGonagall presste die Lippen zusammen.

»Aye. Ich bringe dich zur Tür. Draußen gehst du nach links. Zwei Häuser weiter wohnt Mrs. Kelleher. Klopf bei ihr an und sag ihr, du kommst von mir und möchtest bitte bei ihr telefonieren. Ruf die Polizei an und sag, dass der Mann, der dich entführt hat, hier ist … Du kennst doch unsere Adresse?«

Er nickte; er hatte die Hausnummer im Kopf, weil es die 669 war und Pa gesagt hatte, eigentlich sollte es die 666 sein, aber das wäre die Zahl der Bestie, und er hatte gefragt, ob denn Mr. oder Mrs. McGonagall die Bestie war, und Mama und Pa hatten beide wie verrückt gelacht.

»Gut«, sagte Mrs. McGonagall und ließ ihn los. »Dann los.«

»Mandy …«, begann er, aber sie winkte ab.

»Ich pass schon auf sie auf. Komm!«

Er lief hinter ihr die Treppe hinunter und gab sich Mühe, kein Geräusch zu machen. An der Tür stellte sie sich auf die Zehenspitzen und hielt das Glöckchen fest, damit es nicht klingelte, wenn er die Tür öffnete.

»Los!«, flüsterte sie.

Er rannte los.

MRS. KELLEHER war schon alt und ziemlich taub. Jem war außer Atem und hatte solche Angst, dass er die Worte nicht richtig herausbekam, und so dauerte es lange, bis sie ihn zum Telefon brachte. Und dann legte die Dame am anderen Ende zweimal auf, weil sie glaubte, er wäre ein Scherzbold, der ihr am Telefon ein Streich spielen wollte.

»Ich bin Jeremiah MacKenzie!«, brüllte er, als sie sich das nächste Mal meldete. »Ich bin entführt worden!«

»Wirklich?«, sagte Mrs. Kelleher aufgeschreckt. Sie riss ihm den Hörer aus der Hand. »Wer ist da?«, wollte sie wissen. Leises Quäken – immerhin hatte die Polizistin nicht wieder aufgelegt. Mrs. Kelleher drehte sich um und blinzelte ihn durch ihre Brille an.

»Wen wolltest du anrufen, Junge? Du bist aus Versehen bei der Polizei herausgekommen.«

Am liebsten hätte er um sich geschlagen, aber er konnte ja nicht auf Mrs. Kelleher einschlagen. Er sagte etwas sehr Unflätiges auf Gälisch, und ihr Mund klappte auf. Aber sie ließ dabei den Hörer fallen, und er schnappte ihn sich wieder.

»Der Mann, der mich entführt hat, ist *hier*«, sagte er, so langsam er konnte. »Ich brauche hier Hilfe! Bevor …« Ihm kam eine Idee. »Bevor er meiner kleinen Schwester etwas tut! Glenurquhart Road 669. Kommen Sie sofort!« Dann legte *er* auf, bevor ihm die Dame weitere Fragen stellen konnte.

Dafür hatte Mrs. Kelleher reichlich Fragen, und er wollte keineswegs unhöflich sein. Also fragte er, ob er das Klo benutzen könnte, und schloss sich dort ein. Dann lehnte er sich aus dem Fenster im ersten Stock, um nach der Polizei Ausschau zu halten.

Eine Ewigkeit lang passierte gar nichts. Es fing an zu regnen, aber er hatte Angst, etwas zu verpassen, und so tropften ihm die Regentropfen allmählich aus den Haaren und von den Wimpern. Er rieb sich gerade das Wasser aus den Augen, als ganz plötzlich die Haustür der Nummer 669 aufflog und Rob Cameron herausgerannt kam, in ein Auto sprang und mit quietschenden Reifen losfuhr.

Jem wäre fast aus dem Fenster gefallen, doch dann raste er aus der Toilette und hätte fast Mrs. Kelleher umgerannt.

»Danke, Mrs. Kelleher!«, rief er ihr von der Treppe aus zu, nahm drei Stufen auf einmal und schoss zur Haustür hinaus.

Im Haus der McGonagalls herrschte großes Geschrei, und ihm wurde so eng in der Brust, dass er keine Luft mehr bekam.

»Mandy!«, versuchte er zu rufen, doch ihr Name kam nur als Flüstern heraus. Die Haustür stand offen. Innen war alles voller Mädchen, aber er sah Mandy sofort und lief zu ihr, um sie in den Arm zu nehmen. Sie weinte zwar nicht, aber sie klammerte sich an ihn wie ein Blutegel und vergrub ihren schwarzen Lockenkopf an seinem Bauch.

»Ist ja schon gut«, sagte er zu ihr und drückte sie erleichtert, so fest er konnte. »Schon gut, Mann, ich hab dich ja. Ich hab dich.«

Sein Herz klopfte jetzt etwas langsamer, und er sah, dass Mrs. McGonagall auf dem Sofa saß und sich ein Handtuch mit Eiswürfeln an das Gesicht hielt. Ein paar davon waren herausgefallen und lagen vor ihr auf dem Teppich. Trisha und Sheena klammerten sich an ihre Mutter und weinten, und Ginger versuchte gleichzeitig, ihrer Mama das Haar zu tätscheln und ihre Schwestern zu trösten, aber sie war totenblass, und Tränen liefen ihr lautlos über das Gesicht.

»Mrs. McGonagall … alles gut?«, fragte Jem schüchtern. Tief in seiner Magengrube hatte er ein schreckliches Gefühl. Irgendwie war er sich sicher, dass das hier seine Schuld war.

Mrs. McGonagall blickte zu ihm auf. Ihr Gesicht war auf der einen Seite geschwollen, und ihr eines Auge war halb verschwunden, aber das andere sprühte Funken, und er fühlte sich ein bisschen besser.

»Aye, prima, Jem«, sagte sie. »Keine Sorge, Mädels! Alles gut, nur ein blaues Auge. Hört auf zu jammern, ja? Ich kann mich ja selbst nicht denken hören.«

Sie schüttelte sich ein wenig, um sich aus der Umklammerung der Mädchen zu lösen, und schob sie mit der freien Hand liebevoll von sich. In diesem Moment klopfte es am Türrahmen, und im Flur erscholl eine Männerstimme.

»Polizei! Jemand zu Hause?«

Jem hätte Mrs. McGonagall sagen können, was passierte, wenn man die Polizei rief. Fragen, Fragen und noch mehr Fragen. Und wenn es Dinge gab, die man der Polizei nicht *sagen* konnte … Immerhin ließ Mrs. McGonagall nicht zu, dass sie sie oder Jem mit zur Polizeistation nahmen, um sie dort zu befragen. Sie machte ihnen eindeutig klar, dass sie schließlich die Mädchen nicht allein lassen konnte. Als die Polizei endlich alles aufgenommen hatte, lagen Mandy und Sheena zusammengerollt wie die Kätzchen auf der Couch und schliefen, und Ginger und Trisha hatten für alle Tee gemacht und saßen gähnend zusammen in der Ecke. Hin und wieder blinzelten sie, um sich wach zu halten.

Ein paar Minuten, nachdem die Polizei gegangen war, kam Mr. McGonagall zum Essen nach Hause, und sie musste alles noch einmal erzählen. Viel war es ja eigentlich nicht; Mrs. McGonagall hatte Mr. Cameron in der Küche einen Stuhl angeboten und ihm ein bisschen von den Tänzen erzählt – es war ja kein Geheimnis; die meisten Leute, die schon länger in Inverness wohnten, wussten davon –, aber sie hatte dabei das Radio an, und plötzlich sagte der Moderator den Namen »Rob Cameron« und dass Robert Cameron im Zusammenhang mit einer Kindesentführung gesucht wurde und …

»Und dann springt der Mistkerl auf und ich auch, und er muss gedacht haben, ich wollte ihn aufhalten – ich war allerdings sowieso zwischen ihm und der Tür –, und er verpasst mir eine und schubst mich gegen die Wand, und weg ist er.«

Mr. McGonagall sah Jem hin und wieder scharf an und wirkte so, als wollte *er* jetzt mit der Fragerei anfangen, aber stattdessen sagte er, sie würden jetzt alle in den Ort fahren und Fish und Chips essen, weil es schon so spät war. Und sofort ging es allen besser. Doch Jem konnte sehen, wie die McGonagalls Blicke wechselten, und er fragte sich, ob Mr. McGonagall vielleicht vorhatte, ihn und Mandy auf dem Rückweg bei der Polizei abzuliefern. Oder sie einfach am Straßenrand auszusetzen.

39

DER GEIST EINES GEHÄNGTEN

Der Himmel öffnete seine Schleusen, und Roger war bis auf die Haut durchnässt, als er die Kate der MacLarens wieder erreichte. Unter bestürzten Ausrufen von Mrs. MacLaren und ihrer betagten Mutter wurde er hastig ausgezogen, schön warm in einen zerschlissenen Quilt gehüllt und zum Trocknen vor das Feuer gestellt, wo seine Anwesenheit den Vorbereitungen für das Abendessen im Weg war.

Buck, der mit ein paar Kissen im Rücken im Bett saß, während die beiden kleinsten MacLaren-Kinder schlafend neben ihm lagen, sah Roger mit fragend hochgezogener Augenbraue an.

Roger bewegte die Hand in einer kleinen »Erzähle ich dir später«-Geste. Er fand, dass Buck besser aussah; er hatte Farbe im Gesicht und saß aufrecht, statt in der Bettwäsche zu versinken. Eine Sekunde lang fragte sich Roger, was wohl geschehen würde, wenn er Buck selbst die Hand auflegte. Würde sie ebenfalls blau aufschimmern?

Der Gedanke ließ ihn erschauern, und in dem Moment schob Allie MacLaren das am Boden hängende Ende seines Quilts mit einem alarmierten Aufkreischen vom Feuer weg.

»Passt auf, Sir, bitte!«

»Aye, bitte«, sagte auch Großmütterchen Wallace und zog die rußgeschwärzte Eisenpfanne – aus der heißes Fett spritzte – außer Reichweite seiner nackten Beine und winkte ihn beiseite. »Wenn Euch ein Funke erwischt, brennt Ihr wie Zunder.« Sie war auf dem einen Auge blind, aber das andere war messerscharf und warf ihm einen durchdringenden Blick zu. »Und so groß, wie Ihr seid, würdet Ihr wahrscheinlich den Dachbalken in Brand setzen, und was würde dann wohl aus uns allen werden!«

Damit löste sie zwar allgemeines Kichern aus, doch er hatte das Gefühl, dass das Lachen einen beklommenen Unterton hatte, und er fragte sich, warum.

»*Moran taing*«, bedankte sich Roger höflich für den Hinweis. Er trat einen halben Meter vom Kamin zurück und stieß gegen die Kaminbank, auf der Angus MacLaren saß und seinen Pfeifenstiel reparierte. »Da wir gerade von Dachbalken sprechen … Drüben auf dem Hügel steht eine kleine Kate, die abgebrannt ist. War das ein Unfall beim Kochen?«

Es wurde vollkommen still im Zimmer, und alle erstarrten und sahen ihn an.

»Offensichtlich nicht«, sagte er und hüstelte entschuldigend. »Ich wollte mich nicht darüber lustig machen – dann hat es Tote gegeben?«

»Nicht durch das Feuer«, antwortete er. »Was hat Euch dort hinaufgeführt, Mann?«

Roger sah MacLaren direkt in die Augen.

»Die Suche nach meinem Jungen«, sagte er schlicht. »Ich weiß doch nicht, wo ich suchen soll – also suche ich überall, weil ich denke, was, wenn er entwischt ist, was, wenn er allein umherwandert … vielleicht Schutz sucht, wo immer er ihn finden kann …«

MacLaren holte tief Luft, lehnte sich zurück und nickte schwach.

»Aye, nun ja. Haltet Euch besser von dieser Kate fern.«

»Spukt es dort?«, fragte Buck, und sämtliche Köpfe fuhren erneut zu ihm herum – und dann wieder zu Mr. MacLaren, auf dessen Antwort sie warteten.

»Möglicherweise«, sagte er zögernd nach einer Pause.

»Auf der Kate liegt ein Fluch«, flüsterte Allie Roger zu.

»Ihr seid doch nicht hineingegangen, oder, Sir?«, fragte Mrs. MacLaren, und die ständige Sorgenfalte zwischen ihren Augenbrauen vertiefte sich.

»Och, nein«, versicherte er ihr. »Was ist denn dort geschehen?« MacEwen hatte nicht gezögert, die Kate zu betreten; ob er nichts von den Geschehnissen wusste?

Mrs. MacLaren stieß ein leises »Mmp!« aus, schüttelte den Kopf, schwang den Kessel aus seiner Halterung und begann, mit einem Holzlöffel gekochte Rüben zu verteilen. Nicht ihre Aufgabe, von so etwas zu sprechen, sagten ihre fest versiegelten Lippen.

Mr. MacLaren stieß ein etwas lauteres Geräusch aus, beugte sich vor und erhob sich umständlich.

»Ich sehe vor dem Abendessen noch einmal nach den Kühen«, sagte er und musterte Roger vielsagend. »Vielleicht möchtet Ihr ja mitkommen, dann seid Ihr den Frauen auch nicht bei der Arbeit im Weg.«

»Oh, aye«, sagte Roger, verbeugte sich knapp vor Mrs. MacLaren, zog sich die Quiltdecke fester um die Schultern und folgte seinem Gastgeber in den Stall. Im Vorübergehen fing er Bucks Blick auf und quittierte ihn mit einem kurzen Schulterzucken.

Wie üblich war die Unterkunft des Viehs nur durch eine Steinwand von der der Menschen getrennt, und an der Oberkante ermöglichte es ein großer Zwischenraum der beträchtlichen Wärme – und dazu umherfliegenden Strohhalmen und einem kräftigen Geruch nach Urin und Dung –, die von mehreren großen Kühen erzeugt wurde, in den Wohnraum zu entweichen. Der Stall war klein, ordentlich und an der einen Seite mit sauberem Stroh eingestreut, mit drei fetten, zotteligen roten Kühen und einem kleinen schwarzen Bullen, der Roger heftig anschnaubte, so dass seine Nüstern rot-schwarz im Zwielicht erschienen und der Messingring in seiner Nase glänzte.

Im Inneren der Kate war es ja schon alles andere als kalt, da sich neun Menschen darin drängten und im Kamin ein ordentliches Torffeuer brannte – aber der Stall war von einer behaglichen Wärme und einem Gefühl des Friedens erfüllt, das Roger aufseufzen ließ. Er ließ die Schultern sinken und merkte erst jetzt, dass er sie anscheinend schon seit Stunden bis zu den Ohren hochgezogen hatte.

MacLaren warf nur einen oberflächlichen Blick auf die Kühe, kratzte den Bullen zwischen den Ohren und klopfte einer Kuh beruhigend auf die Flanke. Dann führte er Roger mit einem Ruck seines Kopfes zum anderen Ende des Stalls.

Seit seiner Unterhaltung mit Hector MacEwen hatte Roger ein dumpfes Gefühl, verursacht durch etwas, was er gehört, aber nicht verstanden zu haben glaubte. Und als sich MacLaren jetzt umdrehte, um mit ihm zu sprechen, war es plötzlich da, klar in seinem Kopf. *Cranesmuir*.

»Zwei Fremde haben die Kate dort oben gebaut«, sagte MacLaren. »Es schien, als wären sie aus dem Nichts gekommen; eines Tages waren sie einfach da. Ein Mann und eine Frau, aber wir konnten nicht sagen, ob sie Mann und Frau waren oder vielleicht ein Mann und seine Tochter, denn er schien um einiges älter zu sein als sie. Sie haben gesagt, sie kämen von den Inseln – er möglicherweise schon, aber sie klang nicht wie die Inselbewohner, die ich kenne.«

»War sie denn Schottin?«

MacLaren sah überrascht aus.

»Oh, aye, das war sie. Sie konnte *Gaidhlig.* Ich hätte gesagt, sie kam irgendwo aus dem Nordwesten von Inverness – Thurso vielleicht? –, aber auch das … war irgendwie nicht richtig.«

Irgendwie nicht richtig. Wie jemand, der nicht dort ist, wo er hingehört, sondern es nur vorgibt.

»Wie hat sie denn ausgesehen?«, sagte Roger. Seine Stimme war belegt; er musste sich räuspern und seine Worte wiederholen.

MacLaren spitzte die Lippen, aber nicht tadelnd; es war ein tonloses Pfeifen der Anerkennung, wie man es beim Anblick von etwas Bemerkenswertem ausstößt.

»Hübsch«, sagte er. »Wirklich sehr hübsch. Hochgewachsen und gerade, aber … äh … an manchen Stellen auch nicht so gerade, wenn Ihr versteht.« Halb verlegen zog er den Kopf ein, und Roger begriff, dass sein Widerstreben, vor den Frauen davon zu sprechen, nicht allein in der skandalösen Natur seiner Erzählung begründet lag.

»Ja«, sagte Roger und senkte seine Stimme auf dieselbe vertrauliche Lautstärke herab wie MacLaren. »Haben sie die Gesellschaft gemieden?« Wenn nicht, hätte mit Sicherheit die ganze Gegend von ihnen gewusst und schnell herausgefunden, ob sie Mann und Frau waren.

MacLaren runzelte die Stirn und legte dem Bullen erneut die Hand auf den Kopf.

»Aye, das haben sie … obwohl er recht freundlich war; ich bin ihm hin und wieder im Moor begegnet, und wir haben ein paar Worte gewechselt, und zu Hause habe ich jedes Mal gedacht, was für ein guter Kerl er ist, und doch … wenn ich meiner Maggie davon erzählen wollte, konnte ich mich an nichts von dem erinnern, was er *gesagt* hatte.«

Irgendwie hatte es sich herumgesprochen, dass die Frau ein bisschen merkwürdig war – eine Heilerin, die einem aber vielleicht ein bisschen mehr als nur ein paar Kräuter anbot, wenn man sie allein zu Hause antraf …

Es gab kein Licht im Stall außer dem dumpfen Schein des Feuers nebenan, doch er konnte ganz klar sehen, dass MacLaren rot geworden war und sich beklommen fühlte. Roger wurde es ebenfalls allmählich mulmig, wenn auch nicht aus demselben Grund.

Cranesmuir. Er kannte den Ort. Die MacLarens hatten gesagt, der Heiler käme aus Draighearnach. Cranesmuir lag in der entgegengesetzten Richtung – und zwar zwei Meilen weiter. Warum wollte er heute Abend dort hin?

»Es gab Gerede, wie immer bei einer solchen Frau.« MacLaren räusperte sich. »Aber sie kannte sich gut mit Kräutern aus – und mit Zauberei. Haben die Leute gesagt.«

Aber dann war der Mann verschwunden. Niemand wusste, wohin; man sah ihn nur einfach nicht mehr, und die Frau machte weiter wie eh und je, nur, dass sie jetzt mehr Besuch von Männern bekam. Und die Frauen hörten auf, mit ihren Kindern auf den Hügel zu gehen, obwohl sie manchmal selber noch gingen, in aller Stille und insgeheim.

Am Tag vor Samhain, als die Sonne unterging und man die großen Scheiterhaufen für den Abend zusammentrug, war dann eine Frau aus der Gegend zu der einsamen Kate hinaufgestiegen … und schreiend wieder ins Tal gerannt.

»Sie hatte die Tür der Kate weit offen vorgefunden; die Frau und ihre Sachen waren fort – und am Dachbalken hing ein Mann, mausetot mit einem Strick um den Hals.«

Der Schreck schnürte Roger die Kehle zu. Er konnte nicht sprechen.

MacLaren seufzte mit gesenktem Kopf, eine Hand auf dem Rücken einer Kuh, als hoffte er, das Tier, das friedlich sein Futter weiterkaute, würde ihn stützen.

»Es war der Priester, der gesagt hat, wir sollten die Stelle mit Feuer reinigen, weil ihr der Geruch des Bösen anhaftete, und niemand kannte den Mann. Wir konnten nicht sagen, ob es nur ein armer Teufel war, der sich aus Verzweiflung das Leben genommen hatte – oder ob es Mord war.«

»Ich … verstehe.« Roger zwang die Worte durch seine brennende Kehle, und MacLaren blickte unvermittelt zu ihm auf. Er sah, wie dem Mann der Mund aufklappte und seine Augen vorquollen, und Roger begriff, dass ihm in der Wärme der Quilt wieder von den Schultern geglitten war. MacLarens Blick war geradewegs auf seinen Hals gerichtet, wo die dunkle, unverkennbare Narbe des Strangs im gedämpften roten Licht deutlich zu sehen sein musste.

MacLaren wich zurück, zumindest versuchte er es, doch es war kein Platz. Er presste sich gegen die zottelige Flanke seiner Kuh und stieß ein leises Kollern aus. Das schien die Kuh zu ärgern, und sie stampfte MacLaren kräftig auf den Fuß. Der daraus resultierende Aufruhr riss MacLaren zumindest aus seiner schockartigen Benommenheit, und als er sich unter dem Huf der Kuh befreit hatte – indem er fluchend auf sie einboxte –, wandte er sich Roger erhobenen Kopfes tapfer zu.

»Warum bist du hier, *a tannasg*?«, sagte er, zwar mit geballten Fäusten, aber mit leiser Stimme. »Was für eine Sünde ich auch immer begangen haben mag, ich habe dir nichts getan. Ich hatte nichts mit deinem Tod zu tun – und ich habe ihnen gesagt, sie sollten dich unter dem Kaminstein begraben, bevor sie das Haus anzündeten. Der Priester wollte dich nicht auf dem Kirchhof haben, aye?«, fügte er hinzu, weil er offenbar fürchtete, der Geist des Gehängten sei zurückgekehrt, um sich über die weihelose Entsorgung seiner sterblichen Überreste zu beschweren.

Roger seufzte und rieb sich das Gesicht, so dass die Bartstoppeln seine Handfläche kratzten. Er konnte mehrere neugierige Gesichter sehen, die durch MacLarens Ausrufe angelockt worden waren und aus dem Feuerschein des Wohnraums in den Schatten des Stalles schauten.

»Habt Ihr einen Rosenkranz im Haus, Sir?«, sagte er.

ES WURDE EINE LANGE, UNRUHIGE NACHT. Großmütterchen Wallace hatte die Kinder aus Bucks Bett geholt, als fürchte sie, er könnte sie verschlingen, sobald sie ihm den Rücken zudrehte, und sie mit in ihr Rollbett genommen, während die anderen Kinder entweder bei ihren Eltern schliefen oder sich vor dem Kamin zusammengerollt hatten. Roger teilte sich das Bett des Pariahs mit Buck, denn die Tatsache, dass er den Rosenkranz in der Hand halten und das Kreuz küssen konnte, bevor er ihn gemeinsam mit der Familie betete, hatte Angus MacLaren zwar – gerade noch – davon abgehalten, ihn in die Nacht hinauszuwerfen und an die Türpfosten zu pinkeln, damit er nicht zurückkam, aber seine Beliebtheit war dadurch nicht gewachsen.

Er bezweifelte, dass Buck sehr viel besser geschlafen hatte als er selbst, denn sein Urahn hatte sich beim ersten Lichtstrahl aus dem Bett gewälzt und das dringende Bedürfnis kundgetan, den Abort aufzusuchen. Roger hatte sich ebenso hastig erhoben, ihm seine Hilfe angeboten und sich das immer noch feuchte Hemd und die Hose angezogen.

Er war erfreut zu sehen, dass Buck eigentlich gar keine Hilfe zu benötigen schien. Er bewegte sich zwar steif und humpelte ein wenig, aber er hielt sich gerade, und weder keuchte er noch waren seine Lippen blau.

»Wenn sie glauben, du bist ein böser Geist, wofür zum Teufel halten sie dann *mich*?«, erkundigte sich Buck, sobald sie außer Hörweite der Kate waren. »Und es hätte doch wohl gereicht, wenn du einfach nur das Vaterunser gebetet hättest, statt alle Mann durch fünf Dekaden des Rosenkranzes zu quälen und ihnen das Abendessen zu ruinieren!«

»Mmpfm.« Da hatte Buck nicht unrecht, aber Roger war zu diesem Zeitpunkt viel zu durcheinander gewesen, um daran zu denken. Außerdem hatte er ihnen Zeit lassen wollen, sich von ihrem Schreck zu erholen. »Es war doch nicht ruiniert«, sagte er barsch. »Nur die Rüben waren ein bisschen angebrannt.«

»Nur!«, wiederholte Buck. »Die ganze Kate stinkt noch danach. Und die Frauen hassen dich. Sie werden dir den Porridge versalzen, warte nur ab. Wohin willst du eigentlich? Es ist dort.«

Er wies nach links auf einen Weg, der in der Tat zum Abort führte, welcher nicht zu übersehen war.

Roger stieß einen weiteren gereizten Laut aus, folgte ihm aber. Er war heute Morgen nicht er selbst, was ja auch wahrhaftig kein Wunder war.

Jetzt?, fragte er sich, während er verfolgte, wie sich die Tür des Aborts hinter Buck schloss. Es war ein Zweisitzer, aber *so* intim wollte er es dann doch nicht haben, wenn er das Thema anschnitt, ganz gleich, wie delikat es war.

»Der Heiler«, sagte er stattdessen durch die Tür und begann mit dem einfachsten Ausgangspunkt. »MacEwen. Er hat gesagt, er würde heute noch einmal nach dir sehen.«

»Ich brauche ihn nicht«, raunzte Buck. »Es geht mir gut!« Roger kannte den Mann lange genug, um seine gespielte Tapferkeit zu durchschauen, und er antwortete entsprechend.

»Aye, schön. Wie hat es sich eigentlich angefühlt?«, fragte er neugierig. »Als er dir die Hand aufgelegt hat?«

Schweigen aus dem Häuschen.

»Hast du *irgendetwas* gespürt?«, fragte er, als sich das Schweigen weit mehr in die Länge zu ziehen begann, als für Bucks Körperfunktionen nötig war.

»Vielleicht«, sagte Buck schroff und widerstrebend. »Vielleicht auch nicht. Ich bin ja eingeschlafen, während er mir auf die Brust geklopft hat wie ein Specht auf Madensuche. Warum?«

»Hast du verstanden, was er zu dir gesagt hat? Als er dich berührt hat?« In seiner eigenen Zeit war Buck Rechtsanwalt gewesen; er musste Latein gelernt haben.

»Du denn?« Holz knarzte leise, und Stoff raschelte.

»Ja. Und ich habe es auch zu ihm gesagt, bevor er gegangen ist.«

»Ich habe geschlafen«, wiederholte Buck hartnäckig. Er wollte sich eindeutig nicht über den Heiler unterhalten, aber ihm würde nichts anderes übrig bleiben, dachte Roger grimmig.

»Komm jetzt da heraus, ja? Die MacLarens stehen alle mit gekreuzten Beinen vor dem Haus.« Er sah sich um und stellte überrascht fest, dass die MacLarens tatsächlich vor der Kate standen.

Nun, nicht alle; es waren nur Angus und ein hochgewachsener Junge, der seinem Körperbau nach ebenfalls ein MacLaren war. Er kam Roger bekannt vor – war er gestern Abend im Haus gewesen? Sie hatten die Köpfe zusammengesteckt und unterhielten sich sichtlich aufgeregt, und der Junge zeigte auf die Straße.

»Los jetzt«, sagte Roger plötzlich drängend. »Es kommt jemand. Ich höre Pferde.«

Die Tür des Aborts sprang auf, und Buck schoss heraus wie ein Schachtelteufel, während er sich noch das Hemd in die Hose stopfte. Sein Haar war verklebt und schmutzig, aber sein Blick war hellwach, und er sah aus, als wäre er im Vollbesitz seiner Kräfte; das war beruhigend.

Die Pferde hatten jetzt den Hügelkamm überquert – es waren sechs, vier zottelige Highlandponys, ein undefinierbarer Klepper und ein auffallend schöner Brauner. Buck klammerte sich an seinen Arm wie ein Schraubstock.

»*A Dhia*«, sagte er leise. »Wer ist das denn?«

40

OHNE IHR WISSEN ENGEL

Roger hatte zwar keine Ahnung, wer der hochgewachsene Mann mit dem guten Pferd war, aber es wurde sofort klar, *was* er war, sowohl am unterwürfigen Verhalten der MacLarens als auch an der Art, wie seine Begleiter sich automatisch hinter ihm einreihten. Der Mann, der zu sagen hatte.

Ein Verwalter der MacKenzies?, fragte er sich. Die meisten der Männer trugen einen Tartan in Grün, Braun und Weiß, aber Roger war noch nicht so vertraut mit den Mustern dieser Gegend, dass er hätte sagen können, ob sie irgendwo aus der Nähe stammten oder nicht.

Auf MacLarens Kopfnicken sah sich der hochgewachsene Mann um, und sein Blick fiel mit einem Ausdruck beiläufiger Neugier auf Roger und Buck. Sein Verhalten hatte überhaupt nichts Bedrohliches an sich, doch Roger spürte, wie er sich seinerseits zu voller Größe aufrichtete, und wünschte sich im ersten Moment, er wäre nicht barfuß und unrasiert mit einer Kniehose, die ihm unverschlossen um die Knie flatterte.

Immerhin hatte er zumindest ebenfalls jemanden im Rücken; Buck hielt sich jetzt einen Schritt hinter ihm. Ihm blieb keine Zeit, darüber überrascht zu sein, denn schon war der Fremde vom Pferd gestiegen und stand vor ihm.

Der Mann war ein paar Zentimeter kleiner als er, ungefähr in seinem Alter, dunkelhaarig und auf eine vertraute Weise gut ausseh…

»Guten Morgen, Sir«, sagte der dunkelhaarige Mann und neigte höflich den Kopf. »Mein Name ist Dougal MacKenzie aus Leoch. Und… wer seid Ihr?«

Ach du liebe Güte, dachte er. Der Schreck durchfuhr ihn von Kopf bis Fuß, und er hoffte, dass man es ihm nicht ansah. Er schüttelte dem Mann fest die Hand.

»Ich bin Roger MacLeod MacKenzie aus Kyle of Lochalsh«, sagte er gelassen und – wie er hoffte – selbstsicher, um über seine schäbige Erscheinung hinwegzutäuschen. Seine Stimme klang heute Morgen fast normal; wenn er sie nicht überanstrengte, würde sie sich mit etwas Glück nicht überschlagen oder ihm sonst wie den Dienst versagen.

»Euer Diener, Sir«, sagte MacKenzie mit einer schwachen Verbeugung und überraschte Roger mit seinen eleganten Manieren. Er hatte tief liegende braungrüne Augen, die Roger mit unverhohlener Neugier – und einem schwachen Hauch von etwas, das sehr nach Belustigung aussah – betrachteten, bevor sie sich auf Buck richteten.

»Mein Verwandter«, sagte Roger hastig. »William… William MacKenzie.« *Wann?*, dachte er aufgeregt. *War Buck schon auf der Welt? Würde Dougal den Namen William Buccleigh MacKenzie erkennen? Doch nein, er kann noch nicht auf der Welt sein, man kann ja nicht zweimal zur selben Zeit existieren… oder?!?*

Dougal MacKenzie unterbrach diesen verwirrten Gedankenstrom mit einer Frage, die Roger jedoch nicht hörte. Doch Buck beantwortete sie für ihn.

»Der Sohn meines Verwandten wurde entführt«, sagte er und betrachtete Dougal mit exakt – *oh Gott, exakt* – demselben unbekümmerten Selbstvertrauen, das auch der andere MacKenzie an den Tag legte. »Vor etwa einer Woche von einem Mann namens Cameron. Robert Cameron. Ist Euch ein solcher Mann vielleicht bekannt?«

Natürlich kannte ihn Dougal nicht; keine Überraschung, da Cameron ja seit höchstens einer Woche hier existierte. Doch er beriet sich mit seinen Männern, stellte intelligente Fragen und legte ein offenes Mitgefühl und eine solche Besorgnis an den Tag, dass sich Roger zugleich getröstet fühlte als auch glaubte, er müsse sich übergeben.

Bis jetzt war Dougal MacKenzie nicht mehr gewesen als ein Name auf den Seiten der Geschichtsbücher, sekundenweise, wenn auch sehr lebhaft durch Claires unzusammenhängende Erinnerungen illustriert. Jetzt saß er leibhaftig neben Roger auf der Bank vor der Kate der MacLarens in der Morgensonne, trug ein grobes Plaid, das schwach nach Pisse und Heide roch, und kratzte sich nachdenklich die Zweitagestoppeln.

Ich mag ihn, Gott steh mir bei. Und, Gott steh mir bei, ich weiß, was aus ihm werden wird …

Sein Blick heftete sich in hilfloser Faszination auf Dougals Kehle, sonnengebräunt und kräftig, eingerahmt vom offenen Kragen seines zerknitterten Hemdes. Er riss seinen Blick los und richtete ihn stattdessen auf die roten Haare auf Dougals Handgelenk, in denen sich jetzt das Sonnenlicht fing, als er nach Osten zeigte und von seinem Bruder sprach, dem Oberhaupt des MacKenzie-Clans.

»Colum reist selber nicht, aber er würde Euch gewiss mit Freude willkommen heißen, sollte Euch Eure Suche in die Nähe von Leoch verschlagen.« Er lächelte Roger an, und dieser erwiderte das Lächeln, das ihm das Herz wärmte. »Wohin wollt Ihr denn jetzt gehen?«

Roger holte tief Luft. Wohin nur?

»Nach Süden, denke ich. William hat in Inverness keine Spur von Cameron gefunden, so dass ich denke, dass er womöglich nach Edinburgh unterwegs ist und dort ein Schiff nehmen will.«

Dougal spitzte die Lippen und nickte nachdenklich.

»Nun denn.« Er wandte sich seinen Männern zu, die sich auf die Steine am Wegesrand gesetzt hatten, und rief ihnen zu: »Jock, Thomas – wir leihen diesen Männern eure Pferde; holt eure Taschen. Ihr hättet ja kaum eine Chance, den Verbrecher zu Fuß einzuholen«, sagte er wieder an Roger gewandt. »Er muss beritten sein und sich schnell voranbewegen, sonst hättet Ihr schon eine Spur von ihm gefunden.«

»Ich … danke«, brachte Roger heraus. Ihm war durchdringend kalt, trotz der Sonne in seinem Gesicht. »Ihr müsst doch … ich meine … das ist sehr gütig.

Wir bringen sie zurück, sobald wir können … oder wir schicken sie Euch, falls … falls wir irgendwo aufgehalten werden sollten.«

»*Moran taing*«, murmelte Buck nickend an Jock und Thomas gerichtet, die das Nicken erwiderten und sich mit mürrischen, aber stoischen Gesichtern in das Schicksal fügten, den Rückweg – wohin auch immer – zu Fuß anzutreten.

Woher mochten sie kommen? Anscheinend hatte Angus MacLaren seinen Sohn gestern Abend vor dem Essen losgeschickt, um Dougal zu bitten, einen Blick auf seine verstörenden Gäste zu werfen. Aber Dougal und seine Männer mussten sich irgendwo in der Nähe aufgehalten haben …

Metall klimperte, als Jock eine offensichtlich schwere Tasche neben Dougal auf den Boden plumpsen ließ, und das lieferte ihm einen Hinweis. *Quartalstag.* Dougal kassierte die Pacht für seinen Bruder – und befand sich wahrscheinlich auf dem Rückweg nach Leoch. Ein Großteil der Pacht war sicher in Waren bezahlt worden – Schinken, Hühner, Wolle, gesalzener Fisch –, und Dougals Trupp wurde wahrscheinlich von einem Wagen begleitet, den sie dort zurückgelassen hatten, wo sie die Nacht verbracht hatten.

Angus MacLaren und sein ältester Sohn standen ein wenig abseits, die Blicke argwöhnisch auf Roger gerichtet, als könnten ihm plötzlich Flügel wachsen, auf denen er sich in die Lüfte schwang. Dougal wandte sich mit einem Lächeln an Angus und sagte auf *Gaidhlig*: »Sorge dich nicht, mein Freund; sie sind genauso wenig Geister, wie die Männer und ich es sind.«

»Gastfreundlich zu sein vergesset nicht«, sagte Buck in derselben Sprache, »so haben schon etliche ohne ihr Wissen Engel beherbergt.«

Es folgte eine verblüffte Pause, und alle starrten ihn an. Dann lachte Dougal, und seine Männer folgten seinem Beispiel. Angus räusperte sich zwar nur höflich, nahm aber eine lässige Haltung an und entspannte sich sichtlich. Als wäre das ein Signal gewesen – und vielleicht war es das ja –, öffnete sich die Tür, und Mrs. MacLaren und Allie kamen mit einem Stapel Holzschalen und einem dampfenden Topf Porridge heraus. Eins der kleineren MacLaren-Mädchen folgte ihnen und trug mit beiden Händen vorsichtig ein Salzfässchen.

Im allgemeinen Durcheinander des Auftischens und Essens – die Frauen *hatten* ihm den Porridge versalzen, aber nicht schlimm –, sagte Roger leise zu Dougal: »Hat Euch MacLaren tatsächlich holen lassen, damit Ihr nachschaut, ob ich ein Geist bin?«

Dougals Miene war überrascht, doch dann lächelte er, indem er einen Mundwinkel hochzog. Es war die Art, wie Brianna lächelte, wenn sie einen Witz eigentlich nicht komisch fand – oder wenn sie etwas Komisches sah, das sie für sich behalten wollte. Ein brennender Stich folgte auf den Schlag des Wiedererkennens, und Roger war gezwungen, einen Moment den Blick zu senken und sich zu räuspern, um seine Stimme wieder in den Griff zu bekommen.

»Nein, Mann«, sagte Dougal beiläufig und senkte ebenfalls den Blick, um seine Schale mit einem Stück Zwieback aus seiner Satteltasche auszuwischen. »Er meinte, ich könnte Euch vielleicht bei Eurer Suche behilflich sein.« Dann blickte er wieder auf, geradewegs auf Rogers Hals, und zog eine seiner dichten dunklen Augenbrauen hoch. »Nicht, dass die Anwesenheit eines halb Gehängten im eigenen Haus nicht ein paar Fragen aufwerfen würde, aye?«

»Ein halb Gehängter kann sie wenigstens noch beantworten«, wandte Buck ein. »Nicht wie der Kerl da oben aus der Kate, aye?«

Das verblüffte Dougal, der seinen Löffel sinken ließ und Buck anstarrte. Welcher seinen Blick mit hochgezogener Augenbraue erwiderte.

Gott im Himmel … sehen sie es? Einer von ihnen? Beide? Es war nicht warm, trotz des Sonnenscheins, doch Roger spürte, wie ihm der Schweiß über den Rücken zu tropfen begann. Es war eher ihre Haltung und ihre Mienen, weniger ihre Gesichtszüge – und doch war das Echo der Ähnlichkeit ihrer beiden Gesichter so deutlich wie … nun, wie die lange, gerade Nase in beiden Gesichtern.

Roger konnte die Gedanken über Dougals Gesicht huschen sehen; Überraschung, Neugier, Argwohn.

»Und was habt Ihr mit dem Mann da oben zu tun?«, fragte er und hob das Kinn sacht in die Richtung der niedergebrannten Kate.

»Gar nichts, soweit ich weiß«, antwortete Buck mit einem kurzen Achselzucken. »Wollte nur sagen, dass Ihr meinen Verwandten fragen könnt, wenn Ihr wissen wollt, was ihm zugestoßen ist. Wir haben nichts zu verbergen.«

Na danke, dachte Roger mit einem Seitenblick auf seinen Urahnen, der seinen Blick mit einem ausdruckslosen Lächeln erwiderte und sich zögernd daranmachte, seinen salzigen Porridge weiterzuessen. *Warum zur Hölle musstest du ausgerechnet das sagen?*

»Ich wurde aus Versehen anstelle eines anderen gehängt«, sagte er so beiläufig wie möglich, doch er hörte, wie ihm die Stimme in der Kehle hängen blieb, die sich zuschnürte, und er musste innehalten, um sich zu räuspern. »In Amerika.«

»Amerika«, erwiderte Dougal offen erstaunt. Jetzt starrten ihn alle an, die bewaffneten Reiter genauso wie die MacLarens. »Was hat Euch denn nach Amerika geführt – und was wieder zurück?«

»Meine Frau hat dort Verwandte«, erwiderte Roger und fragte sich, was zum Teufel Buck im Schilde führte. »In North Carolina, am Cape Fear River.« Fast hätte er Hector und Jocasta Cameron namentlich erwähnt, bevor ihm einfiel, dass ja erst Culloden sie nach Amerika getrieben hatte – und Culloden war noch nicht geschehen.

Und er wird es nicht erleben, dachte er und beobachtete Dougals Gesicht mit einem Gefühl verwunderten Entsetzens. Dougal würde einige Stunden vor der Schlacht sterben, auf dem Dachboden des Culloden House in der Nähe von Inverness, mit Jamie Frasers Dolch tief in der Kehle.

Er erzählte kurz die Geschichte seiner Hinrichtung und seiner Rettung, ohne allerdings den Kontext des Regulatorenkriegs zu erwähnen – oder die Rolle, die Buck dabei gespielt hatte. Er konnte Buck an seiner Seite spüren, vornübergebeugt, konzentriert, doch er sah ihn nicht an. Konnte ihn nicht ansehen, ohne ihn am liebsten zu erwürgen. Hätte ihn auch so am liebsten erwürgt.

Als er fertig war, konnte er kaum noch sprechen, und das Herz donnerte ihm in den Ohren vor unterdrückter Wut. Alle sahen ihn an mit Mienen von der Ehrfurcht bis zum Mitgefühl. Allie MacLaren schniefte ganz unverhohlen und hielt sich den Schürzensaum an die Nase, und selbst ihre Mutter sah so aus, als bedaure sie das Salz ein wenig. Angus hüstelte und reichte ihm eine Steingutflasche, deren Inhalt sich als Bier entpuppte, für das er äußerst dankbar war. Er bedankte sich murmelnd und wich sämtlichen Blicken aus, während er in tiefen Zügen trank.

Dougal nickte nüchtern, dann wandte er sich an Angus.

»Erzählt mir von dem Mann dort oben«, sagte er. »Wann ist das gewesen – und was wisst Ihr darüber?«

MacLarens Gesicht verlor ein wenig von seiner normalen kräftigen Farbe, und er sah so aus, als wollte er sein Bier zurück.

»Vor zwei Monaten, *a ghoistidh.*« Diesmal war seine Schilderung kurz und deutlich weniger atmosphärisch als in der Nacht zuvor – doch es war dieselbe Geschichte. Dougals Miene war nachdenklich, und er tippte sich sacht mit den Fingern auf das Knie.

»Die Frau«, sagte er. »Wisst Ihr, wohin sie gegangen ist?«

»Ich … äh … habe gehört, sie wäre nach Cranesmuir gezogen, Sir.« MacLaren hatte nicht nur seine Gesichtsfarbe wieder, sondern sie hatte noch zugenommen, und er wich sorgsam dem strengen Blick seiner Frau aus.

»Cranesmuir«, wiederholte Dougal. »Aye, nun ja. Vielleicht suche ich sie auf und rede mit ihr. Wie heißt sie denn?«

»Isbister«, entfuhr es MacLaren. »Geillis Isbister.«

Roger spürte zwar dann doch nicht, wie die Erde unter seinen Füßen erbebte, doch er war überrascht, dass sie es nicht getan hatte.

»Isbister?« Dougals Augenbrauen fuhren in die Höhe. »Dann stammt sie von den Inseln im Norden?«

MacLaren zuckte mit den Achseln, eine sorgfältige Pantomime der Ahnungslosigkeit – und der Gleichgültigkeit. Er sah jetzt so aus, als hätte sich jemand große Mühe gegeben, seinen Kopf zu kochen, und Roger sah Dougals Mund erneut zucken.

»Aye«, sagte er trocken. »Nun, eine Orkneyfrau dürfte in einem Dorf der Größe von Cranesmuir ja nicht schwer zu finden sein.« Er wies mit erhobenem Kinn auf seine Männer, die sich alle gleichzeitig mit ihm erhoben. Genau wie Roger und Buck.

»Viel Glück«, sagte Dougal zu ihnen und verneigte sich. »Ich werde die Nachricht von Eurem Jungen verbreiten lassen. Wenn ich etwas höre, wem soll ich es ausrichten lassen?«

Roger wechselte einen überrumpelten Blick mit Buck. Er konnte ihn schließlich nicht bitten, die Nachricht nach Lallybroch zu schicken, denn er wusste ja, wie es um das Verhältnis zwischen Brian Fraser und seinen Schwägern bestellt war.

»Kennt Ihr einen Ort namens Sherramuir?«, fragte er, nachdem er verzweifelt überlegt hatte, welchen Ort er sonst noch kannte, der zu dieser Zeit existierte. »Dort gibt es ein gutes Wirtshaus – wenn auch sonst nicht viel.«

Dougal sah ihn überrascht an, nickte aber.

»Ja, Sir. Ich habe unter dem Grafen von Mar dort gekämpft, und wir haben einmal dort mit ihm gegessen, mein Vater, mein Bruder und ich. Aye, wenn es etwas zu berichten gibt, lasse ich es dort ausrichten.«

»Danke.« Das Wort war zwar halb erstickt, aber verständlich. Dougal nickte ihm mitfühlend zu und wandte sich ab, um sich von den MacLarens zu verabschieden. Dann ließ ihn ein plötzlicher Gedanke innehalten, und er drehte sich noch einmal zu ihm um.

»Ihr seid nicht zufällig wirklich ein Engel, oder?«, fragte er vollkommen ernst.

»Nein«, sagte Roger und lächelte, so gut er es trotz der Kälte in seinem Bauch konnte. *Und du bist nicht der, der sich mit einem Geist unterhält.*

Er stand neben Buck und sah zu, wie die MacKenzies aufbrachen. Jock und Thomas hielten ohne große Mühe mit ihnen Schritt, da die Pferde auf dem steilen, felsigen Pfad nur langsam gehen konnten.

Der Ausspruch »Selig sind die, die nicht gesehen haben und trotzdem glauben« kam ihm in den Kopf. Vielleicht war es ja gar nicht das Glauben, das selig machte; vielleicht war es das Nichtsehen müssen. Zu sehen war manchmal einfach nur schrecklich.

ROGER ZÖGERTE IHREN eigenen Aufbruch hinaus, solange es der Anstand erlaubte, weil er auf Dr. MacEwens Rückkehr hoffte, doch als die Sonne dann höher am Himmel stand, war es nicht mehr zu verheimlichen, dass sie den MacLarens lästig wurden – und dass Buck loswollte.

»Es geht mir gut«, sagte er gereizt und hieb sich mit der Faust auf die Brust. »Kerngesund.«

Roger stieß einen skeptischen Kehllaut aus – und war überrascht. Es hatte nicht geschmerzt. Er verkniff es sich, die Hand an seinen Hals zu legen; er brauchte nicht noch weitere Blicke darauf zu lenken, selbst wenn sie im Aufbruch begriffen waren.

»Aye, also schön.« Er wandte sich an Angus MacLaren und an Stuart, der hilfsbereiterweise Rogers Wasserflasche gefüllt hatte, um ihren Aufbruch zu beschleunigen, und sie jetzt triefend in der Hand hielt. »Ich danke Euch für Eure Gastfreundschaft, Sir, und Eure Güte gegenüber meinem Verwandten.«

»Och«, sagte MacLaren, in dessen Miene sich angesichts dieser eindeutigen Abschiedsformel unübersehbar Erleichterung breitmachte. »Schon gut. Gern geschehen.«

»Falls … falls der Heiler kommt, würdet Ihr ihm an unserer Stelle danken? Und sagen, dass ich versuchen werde, ihn auf dem Rückweg noch einmal zu sehen?«

»Auf dem Rückweg«, wiederholte MacLaren, jetzt weitaus weniger begeistert.

»Aye. Wir reiten Richtung Lochaber, in das Gebiet der Camerons. Aber wenn wir dort keine Spur von meinem Sohn finden, kommen wir wahrscheinlich auf demselben Weg zurück – vielleicht fragen wir in Leoch nach Neuigkeiten.«

Bei diesen Worten hellte sich MacLarens Gesicht auf.

»Och, aye«, sagte er munter. »Gute Idee. Viel Glück!«

41

IN WELCHEM ALLES ZUSAMMENKOMMT

Es ist ja nicht so, als wollte ich deiner Mutter nicht helfen«, sagte Mr. McGonagall schon zum dritten Mal. »Aber es geht wirklich nicht, dass in meinem Haus alles drunter und drüber geht und Kriminelle dort ein und aus spazieren. Und vor allem nicht, wenn meine Mädchen da sind, nicht wahr?«

Jem schüttelte gehorsam den Kopf, auch wenn ihn Mr. McGonagall gar nicht ansah; er blickte in den Rückspiegel und schaute sich hin und wieder um, als glaubte er, dass ihnen jemand folgte. Jem hätte am liebsten selbst nachgesehen, doch er hatte keine Sicht nach hinten, wenn er sich nicht auf den Sitz kniete, um dann über die hohe Lehne durch die Rückscheibe einen Blick riskieren zu können. Obendrein lag Mandy halb auf seinem Schoß und schlief.

Es war spät, und er gähnte und vergaß, sich die Hand vor den Mund zu halten. Er dachte zwar daran, sich zu entschuldigen, aber er hatte nicht das Gefühl, dass Mr. McGonagall es bemerkt hatte. Er spürte einen Rülpser kommen, und diesmal hielt er sich rechtzeitig die Hand vor den Mund und schmeckte Essig von den Fish-und-Chips. Mr. McGonagall hatte zusätzlich eine Portion für Mama gekauft; sie stand in einer braunen Papiertüte vor Jem im Fußraum, damit der Sitz keine Fettflecken bekam.

»Weißt du, wann ihr wieder mit deinem Pa rechnet?«, fragte Mr. McGonagall unvermittelt und spähte durch den Rückspiegel auf ihn herunter. Jem schüttelte den Kopf und spürte, wie ihm das Essen hochkam.

Mr. McGonagall presste den Mund zusammen, als wollte er etwas sagen, was man besser nicht sagte.

»Papi…«, murmelte Mandy, dann schob sie ihm den Kopf in die Rippen, prustete und schlief wieder ein. Er fühlte sich schrecklich. Mandy wusste doch gar nicht richtig, wo Pa war; sie dachte wahrscheinlich, er wäre nur in der Loge oder so.

Mama sagte, er würde zurückkommen, sobald er merkte, dass Jem nicht bei Opa war. *Aber wie denn?*, dachte er und musste sich fest auf die Unterlippe beißen, um nicht zu weinen. *Woran sollte er es merken?* Es war zwar dunkel, aber das Armaturenbrett leuchtete. Wenn er weinte, sah es Mr. McGonagall vielleicht.

Scheinwerfer leuchteten im Rückspiegel auf, und er sah hoch und wischte sich unauffällig die Nase am Ärmel ab. Er konnte jetzt im Außenspiegel erkennen, dass sich ein weißer Kleinlaster von hinten näherte. Mr. McGonagall murmelte etwas vor sich hin und trat fester aufs Gas.

BRIANNA HATTE DIE Wartestellung eines Jägers eingenommen; einen Zustand physischer Gelöstheit und mentaler Ruhe; Kopf und Körper kümmerten sich ganz um sich selbst, waren aber allzeit bereit, sofort gemeinsam aktiv zu werden, sobald etwas Beutewürdiges auftauchte. Ihr Kopf war in Fraser's Ridge und erinnerte sich an eine Opossumjagd mit ihrem Vetter Ian. An die durchdringende Klebrigkeit und den beißenden Rauch der Kiefernfackeln, an aufglühende Augen auf einem Baum und ein Opossum, das plötzlich mit gesträubtem Pelz im Geäst saß, ein Alptraum mit nadelspitzen Zähnen und drohendem Rachen, zischend und knurrend wie ein Motorboot mit Blähungen …

Und dann klingelte das Telefon. Im nächsten Moment stand sie da, das Gewehr in der Hand, alle Sinne auf das Haus ausgerichtet. Noch einmal, das kurze Doppel-*Brrr*!, durch die Entfernung gedämpft, aber unverwechselbar. Es war das Telefon in Rogers Studierzimmer, und kaum hatte sie das gedacht, als sie ein Licht im Haus aufleuchten sah. Die Tür des Zimmers öffnete sich – und das Telefon hörte abrupt auf zu klingeln.

Ihre Kopfhaut zog sich zusammen, und sie empfand einen Moment der Seelenverwandtschaft mit dem in die Enge getriebenen Opossum. Aber das Opossum hatte kein Gewehr gehabt.

Ihr erster Impuls war es hinüberzugehen, die Person in ihrem Haus zu stellen und zu fragen, was das zu bedeuten hatte. Sie hätte auf Rob Cameron gewettet, und der Gedanke, ihn zu stellen wie ein Tier und ihn mit erhobener Flinte aus dem Haus zu vertreiben, ließ sie besagtes Gewehr fester umklammern. Sie hatte Jem wieder; Cameron würde wissen, dass sie ihn nicht am Leben lassen musste.

Aber. Sie zögerte in der Tür des Turms und sah mit gerunzelter Stirn hinunter.

Aber wer auch immer im Haus war, war ans Telefon gegangen! *Wenn ich ein Einbrecher wäre, würde ich in dem Haus, in das ich gerade einbreche, doch nicht ans Telefon gehen. Es sei denn, ich hätte Angst, dass es die Bewohner aufweckt.*

Wer auch immer in ihrem Haus war, wusste, dass niemand da war.

»*Quod erat demonstrandum*«, sagte die Stimme ihres Vaters mit grimmiger Genugtuung in ihrem Kopf. Der Eindringling – oder die Eindringlinge – hatte mit dem Anruf gerechnet.

Sie trat ins Freie, holte tief Luft, und der frische kalte Ginsterduft trat an die Stelle des muffigen Geruchs im Turm. Ihr Herz schlug schnell, und ihr Kopf arbeitete noch schneller. *Wer mochte der Anrufer sein? Und was hatte er zu sagen?*

Vielleicht hatte doch jemand im Freien Wache gehalten und sie auf dem Wirtschaftsweg gesehen. Vielleicht rief derjenige Rob an, um ihm zu sagen, dass sie draußen war, im Turm. Nein, das ergab keinen Sinn. Wer auch immer im Haus war, war ja schon bei ihrer Ankunft dort gewesen. Wenn jemand sie kommen gesehen hätte, hätte er schneller angerufen.

»*Ita sequitur* …«, murmelte sie. Daraus folgt … Wenn es bei dem Anruf nicht um sie ging, musste es entweder eine Warnung sein, dass jemand – die Polizei? Warum? – nach Lallybroch unterwegs war. Oder die Neuigkeit, dass, wer auch immer am anderen Ende war, die Kinder gefunden hatte.

Der Abzugsbügel bohrte sich in ihre Hand, und es kostete sie einige Anstrengung, ihren Griff zu lockern. Noch mehr Anstrengung jedoch kostete es sie, nicht zum Haus zu laufen.

So schwer es ihr auch fiel, sie musste warten. Falls tatsächlich jemand die Kinder entdeckt hatte, konnte sie sowieso nicht schnell genug bei Fiona sein, um sie zu beschützen; sie würde sich auf Fiona, Ernie und die Polizei von Inverness verlassen müssen. Aber wenn es so war, würde der Eindringling mit Sicherheit jetzt herauskommen. *Es sei denn, dieser widerliche Rob hat vor, hier zu warten und mich zu überraschen und* … Trotz des Gewehrs in ihrer Hand empfand sie bei diesem Gedanken ein unangenehmes Zucken tief in ihrem Inneren – und erkannte es als die gespenstische Berührung von Stephen Bonnets Penis.

»Ich habe dich umgebracht, Stephen«, murmelte sie. »Und ich bin froh, dass du tot bist. Könnte sein, dass du in der Hölle bald Gesellschaft bekommst. Sorg dafür, dass das Feuer für ihn brennt, okay?«

Das beruhigte ihre Nerven. Sie ging in die Hocke und watschelte durch den Ginster. Dann stieg sie den Hang in einem Winkel hinunter, der sie in die Nähe des Gemüsegartens führen würde, nicht zum Weg, der ja vom Haus aus gut zu sehen war. Selbst in der Dunkelheit ging sie kein Risiko ein; der Halbmond ging jetzt auf, auch wenn er nur hin und wieder zwischen den Wolkenfetzen auftauchte.

Sie hörte ein Auto kommen und hob den Kopf, um über einen trockenen Busch hinwegzuspähen. Sie schob die Hand in ihre Tasche und betastete die losen Schrotpatronen. Vierzehn. Das sollte reichen.

Fionas Bemerkung über die Spurensicherung ging ihr durch den Kopf, und gleichzeitig dachte sie flüchtig an die Möglichkeit, wegen Totschlags ins Gefängnis zu wandern. Vielleicht würde sie das Risiko ja eingehen, um der Genugtuung willen, Rob Cameron getötet zu haben … Doch ihr kam der unwillkommene Gedanke, dass sie ihn zwar nicht mehr brauchte, um Jem zu finden, dass sie aber unbedingt herausfinden musste, was zum Teufel hier eigentlich vorging. Eventuell hatte die Polizei den Mann vom Staudamm ausfindig gemacht. Wenn allerdings eine ganze Bande die Hand im Spiel hatte, war es wahrscheinlich nur mit Robs Hilfe möglich herauszufinden, wer die anderen waren – und was sie wollten.

Das Scheinwerferlicht hüpfte über die steinige Zufahrt vor dem Haus, und sie stand blitzartig auf. Zusätzlich war das Licht mit dem Bewegungsmelder angegangen und zeigte ihr Ernies weißen Kleinlaster, Irrtum ausgeschlossen. Auf der Seite stand »McGonagall Elektro/Servicenummer 01463 775 4432«, und daneben befand sich die Zeichnung eines abgetrennten Kabels, das Funken sprühte.

»Verdammt«, murmelte sie. »Verdammt, verdammt, *verdammt*!«

Die rechte Tür des Lasters schob sich auf, und Jem purzelte heraus. Er drehte sich, um Mandy zu helfen, die nicht mehr als ein kleiner dunkler Fleck in den Tiefen des Lasters war.

»GEH ZURÜCK INS AUTO!«, brüllte Brianna, die jetzt mit großen Sätzen den Hang hinunterrannte und dabei auf rollenden Steinen ausrutschte und sich vermutlich gleich im tiefen Moorboden die Knöchel verdrehen würde. »JEMMY! INS AUTO!«

Sie sah, wie sich Jemmy umdrehte, sein Gesicht weiß im Gleißen des Lichtes, doch es war zu spät. Die Haustür flog auf, und zwei dunkle Gestalten rannten heraus und steuerten auf den Laster zu.

Sie verschwendete keinen Atem mehr, sondern rannte, was das Zeug hielt. Eine Schrotflinte war aus größerer Entfernung nutzlos … aber vielleicht ja auch nicht. Sie kam rutschend zum Stehen, schulterte das Gewehr und feuerte. Schrotkugeln flogen mit kleinen Surrgeräuschen wie winzige Pfeile in die Ginsterbüsche, doch beim Knall des Schusses waren die Eindringlinge erstarrt.

»AB INS AUTO!«, schrie sie und feuerte erneut. Die Eindringlinge galoppierten zum Haus zurück, und Jem, der Gute, hüpfte in den Laster wie ein aufgeschreckter Frosch und knallte die Tür zu. Ernie, der gerade ausgestiegen war, stand eine Sekunde da und gaffte zum Hang, doch dann begriff er, was gerade geschehen war, erwachte plötzlich zum Leben und machte einen Satz zur Fahrertür.

Sie lud im Licht der Außenleuchte nach. Wie lange würde das Licht anbleiben, wenn sich niemand in Reichweite des Bewegungsmelders regte? Sie legte die zweite Patrone ein und rannte los, um hoffentlich vor den Eindringlingen am Laster zu sein. Sie trugen Sturmhauben, so viel hatte sie gesehen, aber sie war sich sicher, dass einer von ihnen Rob Cameron war; sie hatte seine ekelhafte Trainingshose und die schäbigen Turnschuhe erkannt.

Wieder lenkten Scheinwerfer ihre Aufmerksamkeit auf die Zufahrt. Heilige Maria, Mutter Gottes, wer war denn das jetzt? *Bitte, Gott, lass es die Polizei sein …*

Die Außenbeleuchtung erlosch und leuchtete beinahe augenblicklich wieder auf, weil das zweite Fahrzeug auf den Hof gerast kam. Die Leute im Inneren des Hauses hingen nun aus dem Wohnzimmerfenster, riefen irgendetwas in Richtung des neuen Lasters und gestikulierten dabei wild. Ja, es war ein Kleinlaster wie Ernies, nur, dass diesmal »Poultney's Wild und Geflügel« darauf stand und ein Wildschwein abgebildet war.

»Heilige Maria, Mutter Gottes, bitte für uns Sünder jetzt und in der Stunde unseres Todes …« Sie musste Ernies Laster erreichen, bevor … Zu spät. Der Wildlaster legte den Rückwärtsgang ein, nahm Anlauf und rammte Ernies Laster von der Seite, so dass er mehrere Meter über den Hof geschoben wurde. Sie konnte Mandys Schrei hören, der alles übertönte und ihr das Herz durchbohrte.

»Verdammt und zuge… Jesus H. Roosevelt Christ!« Sie hatte keine Zeit, am Rand des Hofes entlangzulaufen. Also lief sie quer drauflos, zielte aus nächster Nähe und zerfetzte den Vorderreifen des Wildlasters mit einer Ladung Schrot.

»BLEIBT IM AUTO!«, brüllte sie, schob die zweite Patrone nach und zielte auf die Windschutzscheibe. Dahinter verschwamm es weiß, als sich mindestens zwei Personen hinter das Armaturenbrett duckten.

Die Männer – ja, beides Männer – im Haus brüllten sich gegenseitig an, brüllten die Leute im Laster an … und sie. Zum Großteil nutzlose Beschwörungen und Beleidigungen, aber einer von ihnen wies jetzt die anderen darauf hin, dass ihre Waffe eine *Schrotflinte* war. Nur auf kurze Distanz zu gebrauchen und nur für zwei Schüsse.

»Du kannst uns nicht alle erledigen, Herzchen.«

Definitiv Rob Cameron. Sie machte sich nicht die Mühe zu antworten, sondern rannte auf das Haus zu, um in Schussweite zu gelangen – und das Wohnzimmerfenster löste sich in einen Schauer aus Glas auf.

Der Schweiß lief ihr über den Körper und kitzelte sie. Sie klappte das Gewehr auf und schob zwei weitere Patronen hinein. Sie fühlte sich, als bewegte sie sich in Zeitlupe – doch der Rest der Welt bewegte sich noch langsamer. Ohne besondere Eile ging sie nun zu Ernies Laster hinüber und stellte sich mit dem Rücken vor die Tür, hinter der Jem und Mandy in Deckung gegangen waren. Ein kräftiger Geruch nach Fisch und Malzessig strömte ins Freie, als das Fenster ein paar Zentimeter heruntergekurbelt wurde.

»Mama …«

»Mami! Mami!«

»Zum Teufel, Brianna! Was ist denn hier los?«

»Ein Haufen Verrückte versucht, mich umzubringen und meine Kinder zu entführen, Ernie«, sagte sie laut genug, um Mandys Jammern zu übertönen. »Wonach sieht es denn aus? Wie wär's, wenn du den Motor startest, hm?«

Der andere Laster war von hier aus außer Schussweite, und sie konnte ihn nur von der Seite sehen. Sie hörte, wie sich auf der anderen Seite eine Wagentür öffnete, und sah eine Bewegung im Inneren des zerschmetterten Wohnzimmerfensters.

»Am besten *schnell*, Ernie.« Sie hatte nicht vergessen, dass einer von den Mistkerlen ihr Gewehr hatte. Sie konnte nur hoffen, dass keiner von ihnen damit umgehen konnte.

Ernie drehte hektisch den Schlüssel und trat aufs Gas; sie konnte ihn leise beten hören, aber der Motor war abgesoffen, und der Anlasser surrte wirkungslos vor sich hin. Die Unterlippe zwischen die Zähne geklemmt, ging sie von vorne um den Laster herum und ertappte tatsächlich einen der Insassen des Wildlasters außerhalb des Autos. Zu ihrer Überraschung war es eine Frau, eine kurze, pummelige Gestalt mit einer alten Wachsjacke und einer Sturmhaube. Sie hob sich die Schrotflinte an die Schulter, und die Frau versuchte rückwärtszulaufen, stolperte und fiel mit einem lauten »Uff!« auf den Rücken.

Fast hätte sie gelacht, doch dann sah sie den Mann, der aus dem Laster stieg, ein Gewehr in der Hand, und das Lachen verging ihr.

»Fallen lassen!« Sie steuerte unbeirrt auf ihn zu, die Flinte an der Schulter. *Er* wusste ganz offensichtlich nicht, wie man mit einem Gewehr umging; er blickte panisch von Brianna auf die Waffe, als hoffte er, dass diese von selbst zielen würde, dann hob er sie in letzter Verzweiflung und feuerte blind in die Luft.

Die Haustür wurde aufgerissen, und sie hörte, wie jemand angerannt kam. Sie fuhr auf dem Absatz herum und rannte ebenfalls los. Sie kam gerade rechtzeitig wieder bei Ernies Laster an, um die beiden Männer aus dem Haus auf Abstand zu halten. Der eine setzte sich auf der Stelle in Bewegung, wohl um den anderen Laster zu umrunden und seine idiotischen Kameraden um sich zu sammeln. Rob Cameron wiederum kam langsam auf sie zu, die Hände erhoben, um ihr seine harmlosen Absichten kundzutun. Haha!

»Hör zu, Brianna, wir wollen dir doch nichts tun«, säuselte er.

Als Antwort schob sie eine neue Patrone ein, und er trat einen Schritt zurück.

»Ich mein's ernst«, sagte er mit einem gereizten Unterton. »Wir wollen nur mit dir reden.«

»Hast du noch andere Witze auf Lager? *Ernie?*«

»Mama.«

»Mach bloß die Tür nicht auf, ehe ich das sage, Jemmy!«

»Mama!«

»Leg dich vorne auf den Boden, Jem, sofort! Und nimm Mandy mit!« Der Mann mit dem Gewehr und die pummelige Frau hatten sich erneut in Bewegung gesetzt, sie konnte sie hören. Und der zweite Mann aus dem Haus war in der Dunkelheit außerhalb des Scheinwerferkreises verschwunden. »*ERNIE!*«

»Aber Mama, es kommt jemand!«

Im ersten Moment erstarrten alle, und das Geräusch eines Motors, der über die Zufahrt kam, klang deutlich durch die Nacht. Sie drehte sich um, packte den Türgriff und riss die Tür auf, just als Ernies Motor endlich hustend zum Leben erwachte. Sie warf sich auf den Sitz, und fast hätten ihre Füße Jem getroffen, der mit riesigen Augen aus dem Zwielicht des vorderen Fußraums zu ihr aufblickte.

»Los, Ernie«, sagte sie, angesichts der Umstände ziemlich ruhig. »Kinder, ihr bleibt da unten.«

Ein Gewehrkolben traf die Scheibe neben Ernies Kopf, Sprünge erschienen im Glas, und er schrie auf, doch Gott sei Dank ließ er den Motor nicht noch einmal absaufen. Noch ein Hieb, und die Scheibe zerbrach in einer Kaskade glitzernder Splitter. Brianna ließ ihre Flinte los und warf sich vor Ernie, um nach dem Gewehr zu greifen. Sie bekam es zwar zu fassen, doch der Mann entriss es ihr wieder. Mit zornig umhertastenden Fingern fasste sie nach seiner Sturmhaube, und auf einmal hatte sie sie in der Hand. Dem Mann stand vor Schreck der Mund offen.

Gleichzeitig ging der Scheinwerfer aus und tauchte den Hof in Schwärze, und vor ihren Augen tanzten helle Flecken. Die Außenbeleuchtung sprang wieder an, als das neue Auto hupend auf den Hof gedröhnt kam. Brianna hievte sich aus Ernies Schoß hoch und versuchte, aus seinem zerbrochenen Fenster zu sehen, dann warf sie sich auf die andere Seite des Lasters.

Es war ein ganz normales Auto, ein dunkelblauer Fiat, der wie ein Spielzeug aussah, während er jetzt wild hupend über den Hof kreiselte.

»Was meinst du? Freund?«, fragte Ernie nervös, aber nicht panisch. »Oder Feind?

»Freund«, sagte sie atemlos, als der Fiat auf drei der Eindringlinge losfuhr, die zusammen auf dem Hof standen: der unmaskierte Gewehrträger, die Frau mit der Wachsjacke und der Mann, der nicht Rob Cameron war. Sie stieben auseinander wie Kakerlaken, und Ernie hieb begeistert mit der Faust auf das Armaturenbrett.

»Das haben sie jetzt davon!«

Brianna wäre gern geblieben, um sich den Rest der Vorstellung anzusehen, aber wo auch immer Cameron war, er war zweifellos nicht weit weg.

»*Los*, Ernie!«

Er fuhr los, unter furchtbarem Knirschen und metallischem Kreischen. Der Laster schwankte heftig; seine Hinterachse musste beschädigt sein. Sie konnte nur hoffen, dass sie kein Rad verloren.

Der blaue Fiat blieb auf dem Hof in Habtachtstellung; er hupte und grüßte Ernie mit der Lichthupe, und eine Hand winkte aus dem Fenster auf der Fahrerseite. Sie steckte vorsichtig den Kopf aus dem Fenster und winkte zurück, dann ließ sie sich keuchend wieder auf den Sitz fallen. Schwarze Flecken tanzten ihr vor den Augen, und die Haare klebten ihr verschwitzt im Gesicht.

Sie rumpelten im ersten Gang über die Zufahrt, der hintere Kotflügel war eingebeult, und es knirschte grauenhaft, weil irgendetwas dagegenschleifte.

»Mama.« Jemmy steckte den Kopf über die Sitzkante wie ein Präriehund. »Kann ich jetzt hochkommen?«

»Klar.« Sie holte tief Luft und half Mandy, hinter ihm nach oben zu krabbeln. Ihre Tochter klebte sich augenblicklich an Briannas Brust und jammerte leise.

»Ist ja gut, Baby«, flüsterte sie in Mandys Haare und klammerte sich genauso an ihrem kleinen Körper fest, wie sich Mandy an ihr festklammerte. »Es wird alles gut.« Sie sah Jem an, der jetzt zwischen ihr und Ernie saß. Er hatte die Schultern hochgezogen und bibberte sichtlich in seiner Karojacke, obwohl es im Führerhaus warm war. Sie legte ihm die Hand in den Nacken und schüttelte ihn sacht. »Alles klar bei dir, Kumpel?«

Er nickte, sagte aber nichts. Sie legte eine Hand um die seine, die zur Faust geballt auf seinem Knie lag, und hielt sie fest – genauso sehr, um ihn zu beruhigen, wie um ihre eigene Hand am Zittern zu hindern.

Ernie räusperte sich.

»Tut mir leid, Brianna«, sagte er schroff. »Ich wusste ja nicht, dass … Ich meine, ich dachte, es wäre okay, die Kinder zurückzubringen. Und nachdem dieser Cameron bei uns war und Fiona geschlagen hat, wollte ich …« Ein glänzender Schweißtropfen lief ihm hinter dem Ohr entlang.

»Er hat was?« Nach den Ereignissen der letzten Stunde registrierte ihr persönlicher Seismograph diese Neuigkeit zwar nur als winziges Zäckchen, das in den größeren Schockwellen unterging, die erst allmählich abebbten. Doch sie stellte Fragen, und Jem kam allmählich aus seiner Schockstarre hervor und erzählte seinen Teil, wie er langsam die Geduld mit Mrs. Kelleher und der Polizistin am Telefon verloren hatte. Sie spürte ein leises Beben in der Magengrube, das zwar kein Lachen, aber nicht weit davon entfernt war.

»Mach dir keine Gedanken, Ernie«, erwiderte sie auf seinen erneuten Entschuldigungsversuch. Ihre Stimme krächzte, denn sie war heiser vom Schreien. »Ich vermute, ich hätte es genauso gemacht. Und ohne dich wären wir nie weggekommen.« Die Kinder wären ohne ihn allerdings auch gar nicht dort gewesen, aber das wusste er ebenso gut wie sie; das brauchte sie ihm nicht vorzuhalten.

»Aye, mmpfm.« Er fuhr einen Moment schweigend weiter, dann blickte er in den Rückspiegel und stellte im Konversationston fest: »Der Blaue fährt uns übrigens hinterher.« Seine Kehle bewegte sich, als er schluckte.

Brianna rieb sich das Gesicht, dann überprüfte sie seine Beobachtung. Tatsächlich, der Fiat rollte in diskretem Abstand hinter ihnen her.

Ernie hüstelte. »Ähm … wohin willst du fahren, Brianna? Ich bin mir nicht sicher, ob wir es bis in die Stadt schaffen. Aber an der Hauptstraße ist ja die Tankstelle mit einer kleinen Werkstatt – wenn ich da halten würde, hätten wir ein Telefon. Du könntest die Polizei anrufen, während ich mich um den Laster kümmere.«

»Nicht die Polizei anrufen, Mama«, sagte Jemmy angewidert und atmete heftig durch die Nase aus. »Die helfen uns sowieso nicht.«

»Mmmpfm«, sagte sie unverbindlich und sah Ernie mit hochgezogener Augenbraue an. Er nickte und setzte eine grimmige Miene auf.

Sie war selbst eher dagegen, die Polizei anzurufen – allerdings aus Sorge, dass diese *zu* hilfsbereit und neugierig sein würde. Letzte Nacht war es ihr noch gelungen, die Polizisten von der kniffligen Frage abzulenken, wo denn ihr Mann sei, indem sie ihnen erzählte, dass er in London war, um den Lesesaal des Britischen Museums zu benutzen, und dass sie ihn anrufen würde, sobald sie zu Hause waren. Wenn die Polizei von der Schießerei am O.K. Corral erfuhr, würden ihre Privatangelegenheiten deutlich genauer beleuchtet werden. Und man benötigte nicht viel Fantasie, um zu dem Schluss zu gelangen, dass die Polizei sie womöglich wirklich verdächtigte, etwas mit Rogers Verschwinden zu tun zu haben, da sie weder mit seiner Person aufwarten konnte noch sagen konnte, wo er war. *Vielleicht nie wieder*. Sie schluckte krampfhaft.

Der einzige Ausweg war zu behaupten, dass sie sich gestritten hatten und er sie sitzen gelassen hatte – aber das würde im Licht der jüngsten Ereignisse wenig überzeugend klingen. Und vor den Kindern würde sie so etwas ohnehin auf keinen Fall sagen.

Das Einzige, was ihr im Moment einfiel, war, an der Tankstelle zu halten. Wenn der blaue Fiat ihnen dorthin folgte, entdeckte sie ja vielleicht zumindest einen Verbündeten. Und wenn es die Polizei incognito war… Nun, darüber würde sie nachdenken, wenn es so weit war. Das Adrenalin war jetzt genauso verflogen wie der Schock; sie fühlte sich abwesend, verträumt und sehr, sehr müde. Jemmys Hand hatte sich in der ihren etwas entspannt, aber seine Finger klammerten sich immer noch an ihren Daumen.

Sie lehnte sich zurück, schloss die Augen und zeichnete mit der freien Hand langsam die Rundung von Mandys Rücken nach. Ihr kleines Mädchen schlief entspannt an ihrer Brust, ihr Sohn mit dem Kopf an ihrer Schulter, und das Gewicht ihres Vertrauens lastete schwer auf Briannas Herzen.

GLEICH NEBEN DER TANKSTELLE war ein »Little Chef«-Café. Sie überließ es Ernie, mit dem Monteur zu sprechen, und ging mit den Kindern hinein. Sie machte sich nicht die Mühe, sich umzusehen; der blaue Fiat war ihnen in respektvollem Abstand gefolgt, ohne sie zu bedrängen, während sie mit etwas mehr als dreißig scheppernd über die Straße rumpelten. Wenn der Fahrer sie nicht hätte sprechen wollen, wäre er ja verschwunden. Hoffentlich konnte sie eine Tasse Tee trinken, bevor sie sich mit ihm befassen musste.

»Kann's gar nicht erwarten«, murmelte sie. »Machst du die Tür auf, Jem?«

Mandy hing reglos wie ein Sack Zement in ihren Armen, begann aber, sich angesichts des Essensgeruchs zu regen. Brianna empfand zwar Übelkeit bei dem Geruch nach abgestandenem Frittierfett, verbrannten Fritten und synthetischem Pfannkuchensirup, aber sie bestellte ein Eis für Jem und Mandy und eine Tasse Tee für sich. Selbst hier würde man es doch wohl nicht schaffen, einen Tee zu ruinieren, oder?

Eine Tasse lauwarmes Wasser und ein Teebeutel später war sie vom Gegenteil überzeugt. Doch es spielte keine Rolle; sie hatte einen solchen Kloß im Hals, dass sie gar nicht wusste, ob sie überhaupt irgendeine Flüssigkeit schlucken konnte.

Die selige Betäubung des Schocks wich immer mehr von ihr, sosehr sie sich auch gewünscht hätte, sie weiter wie eine Decke um sich gehüllt zu tragen. Das Café kam ihr viel zu hell vor, die Fläche des weißen Linoleums mit den Schuhspuren viel zu groß; sie fühlte sich schutzlos wie ein Käfer auf einem schmutzigen Küchenfußboden. Ihre Kopfhaut prickelte unangenehm vor Anspannung, und sie hielt den Blick auf den Eingang gerichtet und wünschte, sie hätte die Flinte mitbringen können.

Sie begriff erst, dass auch Jemmy die Tür nicht aus den Augen ließ, als er an ihrer Seite erstarrte.

»Mama! Es ist Mr. Menzies!«

Im ersten Moment ergaben weder diese Worte noch der Anblick des Mannes, der gerade das Café betreten hatte, den geringsten Sinn. Sie blinzelte mehrfach, doch er war immer noch da und kam jetzt mit nervöser Miene auf sie zu. Jems Schuldirektor.

»Mrs. MacKenzie«, sagte er und schüttelte ihr inbrünstig die Hand. »Gott sei Dank, dass Ihnen nichts passiert ist!«

»Äh … danke«, sagte sie schwach. »Das … das waren *Sie*? Mit dem blauen Fiat?« Es war, als wäre man auf eine Konfrontation mit Darth Vader gefasst gewesen und sähe sich stattdessen Mickey Mouse gegenüber.

Er wurde tatsächlich rot hinter seiner Brille.

»Ähm … na ja, aye. Ich … äh …« Er fing Jems Blick auf und lächelte befangen. »Passt du auch gut auf deine Mutter auf, Jem?«

»Aye, Sir.« Jem stand offensichtlich kurz davor, mit einem Haufen Fragen herauszuplatzen. Brianna untersagte es ihm mit einem strengen Blick und bedeutete Lionel Menzies, sich doch zu setzen. Das tat er und holte tief Luft, um etwas zu sagen, wurde aber von der Kellnerin unterbrochen, einer stabilen Frau in den mittleren Jahren mit dicken Strümpfen, einer Strickjacke und einer Miene, die besagte, dass es ihr egal war, ob sie Aliens oder Kakerlaken waren, solange sie ihr das Leben nicht kompliziert machten.

»Bestellen Sie bloß keinen Tee«, sagte Brianna und wies beziehungsvoll auf ihre Tasse.

»Aye, danke. Ich nehme einen … Bacontoast und ein Irn-Bru?«, fragte er zurückhaltend und blickte zu der Kellnerin auf. »Mit Tomatensauce?« Statt ihn einer Antwort zu würdigen, klappte sie ihren Block zu und schlurfte davon.

»Also«, sagte Menzies und richtete sich auf wie ein Mensch, der gleich vor ein Erschießungskommando tritt. »Sagen Sie mir nur eins, ja? War das Rob Cameron da bei Ihnen zu Hause?«

»Ja«, sagte Brianna knapp, denn erst jetzt fiel ihr ein, dass Cameron irgendwie mit Menzies verwandt war – mit seiner Cousine verheiratet oder so? »Warum?«

Seine Miene war unglücklich. Er war ein blasser Mann mit leicht zurückweichendem lockigem braunem Haar und einer Brille, der eigentlich nichts Bemerkenswertes an sich hatte. Und doch strahlte er normalerweise eine Freundlichkeit und eine ruhige Autorität aus, die ihm die Aufmerksamkeit seines Gegenübers sicherten und beruhigend wirkten. Heute Abend fehlte beides auffallend.

»Ich hatte es schon befürchtet. Ich habe es … in den Nachrichten gehört. Dass Rob von der Polizei gesucht wird …« Er senkte die Stimme, obwohl niemand in Hörweite war. »Weil … na ja, weil …«, er wies mit einem diskreten Nicken auf Jem, »… er unseren Jeremiah hier entführt hat.«

»Das hat er auch!«, mischte Jem sich jetzt empört ein, dem der Löffel aus der Hand fiel, und er setzte sich gerade hin. »Das hat er, Mr. Menzies! Er hat gesagt, er würde mich zu Bobby bringen, denn ich sollte bei ihm übernachten, aber das hat er nicht getan, sondern er hat mich zu den Steinen gebracht und …«

»Jem.« Sie sprach leise, aber es war ihr »Halt sofort den Mund«-Ton, und das tat er auch, allerdings nicht, ohne ihr aufgebracht prustend einen finsteren Blick zuzuwerfen.

»Ja, das hat er«, sagte sie gelassen. »Was wissen Sie darüber?«

Menzies blinzelte überrascht.

»Ich … oh, gar nichts. Ich kann mir gar nicht vorstellen, warum er …« Er brach ab, hüstelte, setzte seine Brille ab, zog ein Taschentuch hervor und putzte sie. Als er sie erneut aufsetzte, hatte er sich wieder im Griff.

»Sie erinnern sich vielleicht, dass Rob mit meiner Cousine verheiratet ist. Und er gehört natürlich zu meiner Loge. Ich kenne ihn ziemlich gut, und es hat mich umgehauen, so etwas von ihm zu hören. Also dachte ich, ich fahre mal vorsichtshalber nach Lallybroch und spreche mit Ihnen und Ihrem Mann …« Er zog die Augenbraue hoch, doch sie reagierte nicht auf seine offensichtliche Anspielung auf Roger, und er fuhr fort: »… und schaue nach, ob es Jem gut geht – geht es dir gut, Jem?«, unterbrach er sich und wandte sich mitfühlend an den Jungen.

»Oh, aye, super«, erwiderte Jem unbekümmert, obwohl seine Miene angespannt war. »Sir«, fügte er etwas spät hinzu und leckte sich Schokoladeneis von der Oberlippe.

»Das ist gut.« Menzies lächelte Jem an, und Brianna sah ein wenig von seiner üblichen Wärme hinter seinen Brillengläsern aufleuchten. Die Wärme war immer noch in seinen Augen, doch er war ernst, als er sie ansah. »Ich wollte eigentlich fragen, ob da vielleicht ein Fehler vorlag, aber ich denke, das war wohl nicht der Fall? Angesichts von … all dem?« Er neigte den Kopf in Richtung Lallybroch und schluckte.

»Doch, so war es«, sagte sie grimmig und verlagerte Mandys Gewicht auf ihrem Schoß, »und Rob Cameron hat diesen Fehler gemacht.«

Er verzog das Gesicht, holte tief Luft, nickte aber.

»Ich würde gern helfen«, sagte er schlicht.

»Das haben Sie doch schon genügend«, versicherte sie ihm und fragte sich, was in aller Welt sie jetzt mit ihm anfangen sollte. »Igitt! Mandy, dein Eis tropft überallhin. Nimm doch bitte eine Serviette.« Sie wischte Mandy energisch das Gesicht ab, ohne ihr Quengeln zu beachten. *Konnte* er helfen? Sie hätte ihm so gern geglaubt; innerlich zitterte sie immer noch und war nur zu gern bereit, jedes Hilfsangebot beim Schopf zu packen.

Aber Rob Cameron *war* sein Verwandter, wenn auch nur angeheiratet. Vielleicht war er ja tatsächlich zum Reden nach Lallybroch gefahren, vielleicht aber auch aus einem anderen Grund. Er konnte genauso gut eingeschritten sein, um zu verhindern, dass sie Rob in blutige Fetzen schoss, wie um sie und die Kinder vor Rob und seinen maskierten Helfern zu retten.

»Ich habe mit Ernie McGonagall gesprochen«, sagte Menzies und wies kopfnickend auf die verglaste Front. »Er, äh, schien zu glauben, dass Sie die Polizei lieber nicht einschalten möchten?«

»Nein.« Briannas Mund war trocken; sie nippte an ihrem lauwarmen Tee und versuchte zu denken. Es wurde mit jedem Moment schwieriger; ihre Gedanken zerstreuten sich wie Quecksilbertropfen, die in ein Dutzend Richtungen davontorkelten. »Noch … noch nicht. Wir waren gestern die halbe Nacht bei der Polizei. Ich kann im Moment wirklich keine Fragen mehr hören.« Sie holte tief Luft und sah ihm direkt in die Augen.

»Ich habe keine Ahnung, was los ist«, sagte sie. »Ich weiß nicht, warum Rob Cameron Jemmy entführt haben kön…«

»Doch, das weißt d…«, begann Jemmy, und sie riss den Kopf zu ihm herum und starrte ihn an. Er funkelte sie mit roten Augen und geballten Fäusten an, und Alarm durchfuhr sie, als sie begriff, dass sie einen Fraser vor sich hatte, der kurz vor der Explosion stand.

»Und ob du es weißt!«, sagte er so laut, dass sich ein paar Lastwagenfahrer an der Theke nach ihm umdrehten. »Ich hab's dir *gesagt*! Er wollte, dass ich…« Mandy, die wieder kurz vor dem Einschlafen gestanden hatte, erwachte mit einem Ruck und fing an zu weinen.

»Ich will Papiiii!«

Jems Gesicht war knallrot vor Wut. Bei diesen Worten wurde es weiß.

»Sei still, sei still, sei *still*!«, brüllte er Mandy an, die erschrocken aufheulte und noch lauter schrie, während sie versuchte, an Brianna hochzuklettern.

»PAPIII!«

»Jem!« Lionel Menzies war auf den Beinen und streckte den Arm nach dem Jungen aus, doch Jem war nun vollkommen außer sich und hüpfte buchstäblich auf und ab vor Wut. Das ganze Restaurant gaffte sie an.

»Gehen Sie WEG!«, brüllte Jem Menzies an. »VERDAMMT! Fassen Sie mich nicht an. Fassen Sie meine Mama nicht an!« Und im Überschwang seiner Gefühle trat er Menzies mit aller Kraft vor das Schienbein.

»Himmel!«

»Jem!« Brianna hatte Mandy, die weinend um sich zappelte, zwar jetzt im Griff, doch sie bekam Jem nicht schnell genug zu fassen, und er packte sein Eis, warf es an die Wand und rannte aus dem Café. Er riss die Tür so heftig auf, dass ein Mann und eine Frau, die gerade hereinkommen wollten, zur Seite springen mussten, um nicht umgerannt zu werden.

Brianna setzte sich ganz plötzlich hin, denn sämtliches Blut sackte ihr aus dem Kopf. *Heilige Maria, Mutter Gottes, bitte für uns…*

Im Restaurant herrschte Stille, bis auf Mandys Schluchzen, doch das wurde jetzt leiser, denn ihr Schreck ließ nach. Sie schmiegte sich an Briannas Brust und vergrub das Gesicht in ihrer Steppjacke.

»Pst, Süße«, flüsterte Brianna mit gesenktem Kopf, so dass Mandys Locken ihre Lippen streiften. »Pst. Ist ja gut. Es wird alles gut.«

Ein gedämpftes Murmeln endete mit einem verweinten »… Papi?«.

»Ja«, sagte Brianna standhaft. »Wir sehen Papi bald.«

Lionel Menzies räusperte sich. Er hatte sich hingesetzt und massierte sich das Schienbein, hielt aber kurz inne, um zur Tür zu zeigen.

»Sollte ich… lieber nach Jem sehen?«

»Nein. Er hat nichts… ich meine… er ist bei Ernie. Ich kann ihn sehen.« Sie standen auf dem Parkplatz, gerade eben sichtbar im Licht der Neonreklame. Jem war mit Ernie zusammengeprallt, der auf dem Weg zum Restaurant war, und klammerte sich wie eine Klette an ihn. Während sie zusah, ging Ernie, selbst ein erfahrener Vater, auf die Knie und nahm Jem in die Arme, klopfte ihm den Rücken, strich ihm das Haar glatt und sprach ruhig mit ihm.

»Mmpfm.« Es war die Kellnerin mit Menzies' Toast, und ihre teilnahmslose Miene hatte sich in Mitgefühl verwandelt. »Ihre Kleine ist bestimmt müde.«

»Tut mir leid«, sagte Brianna schwach und wies mit einer Geste auf die zersprungene Eisschale und den Schokofleck an der Wand. »Ich, äh, bezahle das natürlich.«

»Och, machen Sie sich keine Gedanken«, sagte die Kellnerin und schüttelte den Kopf. »Meine Kinder waren mal genauso klein. Ich kann doch sehen, dass Sie auch so schon genug um die Ohren haben. Warten Sie, ich spendiere Ihnen einen schönen Tee.«

Sie schlurfte davon. Ohne ein Wort öffnete Lionel Menzies seine Irn-Bru-Dose und schob sie Brianna hin. Sie griff danach und trank einen Schluck. Wenn man der Werbung glaubte, wurde das Zeug aus rostigen Eisenträgern aus den Glasgower Werften hergestellt. So etwas konnte man wirklich nur in Schottland für ein erfolgreiches Verkaufsargument halten, dachte sie. Aber es bestand zur Hälfte aus Zucker, und die Glukose strömte ihr wie das Elixier des Lebens durch die Adern.

Menzies nickte, als er sah, dass sie sich aufrichtete wie eine wiederbelebte, vorher fast verwelkte Blume.

»Wo *ist* Roger denn?«, fragte er leise.

»Ich weiß es nicht«, sagte sie genauso leise. Mandy hatte noch einmal schluchzend aufgeseufzt und war dann fest eingeschlafen, das Gesicht nach wie vor in Briannas Jacke vergraben. Brianna zupfte an dem gesteppten Material, damit ihre Tochter nicht erstickte. »Und ich weiß auch nicht, wann er zurückkommt.«

Er verzog das Gesicht zu einer unglücklichen, seltsam verlegenen Miene; es fiel ihm schwer, sie direkt anzusehen.

»Ich verstehe. Mmpfm. War es … ich meine, ist er … wegen dem gegangen, was Rob mit Jem gemacht hat?« Seine Stimme wurde noch leiser, und sie sah ihn blinzelnd an. Doch der steigende Blutzuckerspiegel hatte auch ihr Denkvermögen wiederhergestellt, und plötzlich fiel der Groschen, und das Blut stieg ihr ins Gesicht.

Er glaubte, Rob hätte Jemmy entführt, um ihn zu … und Jemmy hatte gesagt, *»du weißt genau, was er getan hat«*, und sie hatte ihm den Mund verboten … und sie hatte gesagt, sie wollte keine Polizei … Ach du liebe Güte. Sie holte tief Luft und rieb sich das Gesicht, während sie sich fragte, ob es besser war, ihn in dem Glauben zu lassen, dass Rob Jemmy missbraucht hatte – und jetzt versuchte, sie zu ermorden, um es zu vertuschen? –, oder ihm eine halbwegs glaubwürdige Version eines Teils der Wahrheit zu erzählen?

»Rob ist vorgestern bei uns eingebrochen und hat versucht, mich zu vergewaltigen«, sagte sie über Mandys Kopf gebeugt, um so leise sprechen zu können, dass es den Lastwagenfahrern entging, die mit großen Ohren an der Theke saßen und sich verstohlen nach ihr umsahen. »Jem hatte er da schon, und Roger wollte versuchen, ihn zu finden. Wir dachten, er hätte Jem nach … nach Orkney gebracht.« *Das kommt mir weit genug vor.* »Ich … habe ihm Nachrichten hinterlassen; ich rechne eigentlich jederzeit mit ihm – sobald er hört, dass Jemmy wieder da ist.« Sie kreuzte die Finger unter dem Tisch.

Menzies' Gesicht verlor jeden Ausdruck, als seine bisherigen Vermutungen mit neuen kollidierten.

»Er … er … oh.« Er hielt einen Moment inne, trank mechanisch einen Schluck von ihrem kalten Tee und verzog das Gesicht. »Sie meinen«, sagte er vorsichtig, »dass Sie glauben, Rob hat Jem entführt, um Ihren Mann fortzulocken, damit er selbst … äh …«

»Ja, das meine ich.« Sie ließ sich dankbar auf diesen Vorschlag ein.

»Aber … diese anderen Leute. Mit den …« Er zeigte vage auf seinen Kopf, um die Sturmhauben anzudeuten. »Was in aller Welt …?«

»Ich habe *keine* Ahnung«, sagte sie entschlossen. Sie hatte nicht vor, das spanische Gold zu erwähnen, wenn sie es nicht unbedingt musste. Je weniger Leute davon wussten, desto besser. Und was den Rest betraf …

Doch die Erwähnung »dieser anderen Leute« erinnerte sie an etwas, und sie steckte die Hand in ihre geräumige Tasche und zog die Sturmhaube hervor, die sie dem Mann mit dem Gewehr abgerissen hatte. Im Wechsel von Licht und Schatten hatte sie sein Gesicht nur ganz kurz gesehen, und sie hatte keine Zeit gehabt, darüber nachzudenken. Doch jetzt holte sie das nach, und wieder beschlich sie ein mulmiges Gefühl.

»Kennen Sie einen Mann namens Michael Callahan?«, fragte sie um einen beiläufigen Ton bemüht. Menzies richtete den Blick auf die Sturmhaube, dann auf sie, und er bekam große Augen.

»Natürlich. Er ist Archäologe, hat irgendetwas mit ORCA zu tun – dem *Orkney Research Centre for Archeology* meine ich. Orkney … Sie wollen mir doch nicht erzählen, dass er mit bei den Leuten war, die …?«

»Ziemlich sicher. Ich habe sein Gesicht nur ganz kurz gesehen, als ich ihm die Haube vom Kopf gerissen habe. Und …« Sie verzog angewidert das Gesicht und zupfte ein blondes Haarbüschel aus der Sturmhaube. »Anscheinend war sie nicht das Einzige, was ich ihm vom Kopf gerissen habe. Rob kennt ihn. Er hat uns im Sommer besucht, um uns seine Meinung zu einer Ruine auf dem Hügel hinter dem Haus zu sagen, und er ist zum Essen geblieben.«

»Oje«, murmelte Menzies, der in seinem Stuhl zu versinken schien. Er zog seine Brille ab und massierte sich die Stirn. Sie sah ihm beim Denken zu und fühlte sich zunehmend entrückt.

Die Kellnerin erschien und stellte eine frische Tasse tatsächlich heißen Tee mit Milch auf den Tisch, den sie bereits gezuckert und umgerührt hatte. Brianna dankte ihr und nippte daran, während sie in die Dunkelheit hinausstarrte.

Ernie war mit Jem in Richtung der Werkstatt gegangen, sicher, um nach seinem Laster zu sehen.

»Ich verstehe ja, warum Sie keinen Ärger möchten«, sagte Menzies schließlich vorsichtig. Er hatte sein Sandwich halb gegessen; der Rest lag auf dem Teller, und das Ketchup lief heraus. Bei dem Anblick drehte sich ihr der Magen um. »Aber trotzdem, Mrs. – darf ich Brianna sagen?«

»Klar«, sagte sie.

»Okay. Also, Brianna, was ich denke ... ich spreche das nicht gern an, aber was ist, wenn Rob Roger etwas angetan hat? Wäre es nicht die Fragerei wert, wenn die Polizei nach ihm suchen würde?«

»Das hat er nicht.« Sie fühlte sich unaussprechlich müde und wollte nur noch nach Hause. »Glaub mir, das hat er nicht. Roger hat seinen ... seinen Vetter Buck mitgenommen. Und wenn es Rob gelungen wäre, ihnen etwas anzutun, hätte er mit Sicherheit damit geprahlt, als er ... nun ja.« Sie holte so tief Luft, dass sie ihr bis in die schmerzenden Füße strömte, und rutschte ein Stück, um Mandy besser fassen zu können.

»Lionel. Weißt du was? Fahr uns doch nach Hause, ja? Wenn die Bande immer noch da herumlungert, gehen wir sofort zur Polizei. Wenn nicht ... kann es gut bis morgen warten.«

Das gefiel ihm zwar nicht, doch auch er litt unter den Nachwehen des Schocks und war erschöpft, und nach weiterer Diskussion ergab er sich schließlich ihrer maßlosen Sturheit und erklärte sich einverstanden.

Auf dem Rückweg nach Lallybroch war er so angespannt und hielt das Lenkrad so fest umklammert, dass seine Knöchel weiß wurden, doch die Scheinwerfer des Fiats zeigten ihnen einen leeren Hof, auf dessen Kies nur ein zurückgelassener Reifen lag, dessen Gummifetzen sich ausbreiteten wie die Flügel eines riesigen, vom Himmel geschossenen Geiers.

Beide Kinder schliefen tief und fest; Lionel trug Jem hinein und bestand dann darauf, das Haus mit ihr zu durchsuchen. Er nagelte Bretter vor das zersplitterte Wohnzimmerfenster, während sie die Zimmer – erneut – durchkämmte und dabei ein Déjà-vu-Gefühl empfand.

»Sollte ich nicht besser hier übernachten?«, fragte Lionel und zögerte an der Tür. »Es macht mir nämlich nichts aus, hier zu sitzen und Wache zu halten.«

Sie lächelte, obwohl es sie große Mühe kostete.

»Deine Frau fragt sich doch bestimmt schon, wo du bist. Nein, du hast genug ... mehr als genug für uns getan. Keine Sorge; morgen früh ... leite ich die nötigen Schritte ein. Ich möchte nur, dass die Kinder eine Nacht in Ruhe in ihren Betten schlafen können.«

Er nickte, die Lippen sorgenvoll verzogen, und sah sich im Eingangsflur um. Die Wandverkleidung aus Nussbaumholz glänzte friedlich im Lampenlicht, und selbst die englischen Säbelhiebe waren im Lauf der Zeit vertraut und anheimelnd geworden.

»Habt ihr vielleicht Verwandte – Freunde? – in Amerika?«, fragte er abrupt.

»Ich meine, womöglich wäre es ja keine schlechte Idee, eine Weile zu verschwinden, aye?«

»Ja«, sagte sie. »Das habe ich auch schon überlegt. Danke, Lionel. Gute Nacht.«

42

IN LIEBE …

Sie zitterte. Zitterte, seit Lionel Menzies gefahren war. Mit einem vage abwesenden Gefühl streckte sie die Hand aus, spreizte die Finger und sah zu, wie sie wie eine Stimmgabel vibrierten. Dann ballte sie sie gereizt zur Faust und schlug sie fest in ihre andere Handfläche. Schlug noch einmal zu und noch einmal, die Zähne vor Wut zusammengebissen, bis sie keuchend aufhören musste. Ihre Handfläche kribbelte.

»Okay«, sagte sie leise und immer noch mit zusammengebissenen Zähnen. »*Okay.*« Der rote Nebel war verflogen wie eine Wolke und hatte einen Haufen eisig kalter Gedanken hinter sich zurückgelassen.

Wir müssen hier fort.

Wohin?

In welche Zeit?

Und der kälteste von allen:

Was ist mit Roger?

Sie saß im Studierzimmer, dessen Holzvertäfelung sanft im Kerzenschein glänzte. Es gab zwar eine wunderbare Leselampe sowie die Beleuchtung an der Decke, aber sie hatte lieber die große Kerze angezündet. Roger machte das gern, wenn er spätabends schrieb, wenn er die Lieder und Gedichte aus seinem Gedächtnis zu Papier brachte, manchmal mit einem Gänsekiel. Er sagte, dass es ihm half, sich an die Worte zu erinnern, weil es ein Echo der Zeit heraufbeschwor, in der er die Texte gehört hatte.

Der heiße Wachsgeruch der Kerze beschwor *sein* Echo herauf. Wenn sie die Augen schloss, konnte sie ihn hören, wie er bei der Arbeit leise summte und hin und wieder innehielt, um zu husten. Ihre Finger rieben sacht über das Holz des Schreibtischs, erinnerten sich daran, wie sich die Seilnarbe an seinem Hals anfühlte, legten sich um seinen Hinterkopf, vergruben sich in der Wärme seines dichten schwarzen Haars, bevor sie ihr Gesicht an seiner Brust vergrub.

Sie zitterte jetzt wieder, diesmal, weil sie lautlos schluchzte. Abermals ballte sie die Faust, doch diesmal atmete sie einfach nur, bis es aufhörte.

»So geht das ja nun wirklich nicht«, sagte sie laut, zog die Nase hoch, schaltete das Licht ein, blies die Kerze aus und griff nach einem Stück Papier und einem Kugelschreiber.

SIE WISCHTE SICH mit dem Handrücken die Tränen aus dem Gesicht und faltete den Brief sorgfältig zusammen. Umschlag? Nein. Falls irgendjemand das hier fand, würde er sich von einem Umschlag garantiert nicht aufhalten lassen. Sie drehte den Brief um, schniefte und schrieb in schönster Schulschreibschrift »Roger« darauf.

Sie fischte in ihrer Tasche nach einem Papiertaschentuch und putzte sich die Nase. Irgendwie hatte sie das Gefühl, dass sie noch etwas … Zeremonielleres? … mit dem Brief machen sollte, aber das Einzige, was ihr einfiel, war, ihn in den Kamin zu legen und anzuzünden, damit der Nordwind ihn mitnehmen konnte, so wie es ihre Eltern mit ihren Briefen an den Weihnachtsmann gemacht hatten, als sie klein war. Und das wäre in dem Fall wohl nicht das Richtige.

Sie öffnete die große Schublade und tastete an der Rückseite nach dem Verschluss des Geheimfachs, als ihr doch noch eine Idee kam. Sie knallte die große Schublade zu und riss die breite, flache Schublade darüber auf, die die Stifte, Büroklammern und Gummis enthielt … und einen Lippenstift, den irgendein Gast unten in der Toilette vergessen hatte.

Er war zwar rosa, doch es war ein dunkles Rosa, und es spielte in dem Moment sowieso keine Rolle, dass er sich nicht mit ihrem Haar vertrug. Sie trug ihn hastig auf, ohne hinzusehen, dann drückte sie ihre Lippen sorgfältig auf das Wort »Roger«.

»Ich liebe dich«, flüsterte sie, berührte den rosa Kussmund mit der Fingerspitze, zog die große Schublade wieder auf und drückte auf den Verschluss des Geheimfachs. Es war keine Geheimschublade, sondern ein Hohlraum an der Unterseite des Schreibtischs. Mit Hilfe eines verschiebbaren Brettchens konnte man in eine flache Aussparung greifen, die knapp zwanzig mal fünfundzwanzig Zentimeter maß.

Als Roger sie entdeckt hatte, hatten drei Briefmarken mit dem Portrait Königin Victorias darin gelegen – unglücklicherweise ganz normale Massenware, keine hübsch wertvolle schwarze Ein-Penny-Marke – und eine feine blonde Kinderlocke, die mit der Zeit verblasst war und gemeinsam mit einem Stückchen Heidekraut von einem weißen Faden zusammengehalten wurde. Sie hatten die Briefmarken gelassen, wo sie waren – möglicherweise würden sie ja wertvoll sein, wenn die nächsten paar Generationen den Schreibtisch geerbt hatten –, doch sie hatte die Haarlocke in ihre Bibel gelegt und sprach ein kurzes Gebet für das Kind und seine Eltern, wann immer sie ihr beim Blättern in die Hände fiel.

Der Brief passte problemlos in das Herz des alten Schreibtischs. Ein Augenblick der Panik; hätte sie vielleicht auch Haarlocken der Kinder mit dazulegen sollen? Nein, dachte sie entschlossen. *Jetzt bloß nicht morbide werden. Sentimental, ja. Morbide, nein.*

»Herr, lass uns alle wieder zusammen sein«, flüsterte sie. Sie kämpfte die Angst nieder, schloss die Augen und verbarg das Brettchen mit einem leisen *Klick*.

Hätte sie nicht die Augen geöffnet, als sie ihre Hand fortzog, hätte sie es nie gesehen. Nur den Rand von etwas, das an der Rückseite der großen Schublade hing und so gut wie nicht zu sehen war. Sie tastete sich vor und fand einen Briefumschlag, der ganz hinten mit Klebeband an der Unterseite des Schreibtischs befestigt war. Der Klebstoff war mit der Zeit eingetrocknet; wahrscheinlich hatte sich das Klebeband gelöst, als sie vorhin die Schublade zugeknallt hatte.

Sie fühlte sich wie in einem Traum, als sie den Brief umdrehte, und wie im Traum war sie nicht überrascht, die Initialen »B.E.R.« auf dem vergilbten Umschlag zu finden. Ganz langsam öffnete sie ihn.

»*Mein liebes Falkenauge*«, las sie und spürte, wie sich sämtliche Haare an ihrem Körper nacheinander langsam aufrichteten.

Mein liebes Falkenauge,
gerade bist du gegangen, nachdem wir einen herrlichen Nachmittag beim Tontaubenschießen verbracht haben. Es klingelt mir jetzt noch in den Ohren. Immer wenn wir schießen, bin ich hin und her gerissen zwischen immensem Stolz (und Neid) auf dein Talent – und der Angst, dass du es möglicherweise eines Tages brauchen könntest.

Wie seltsam es sich anfühlt, dies zu schreiben. Ich weiß, dass du irgendwann erfahren wirst, wer – und vielleicht was – du bist. Aber ich habe keine Ahnung, wie du an dieses Wissen gelangen wirst. Bin ich im Begriff, dir eine Enthüllung über dich selbst zu machen – oder wird dies ein alter Hut sein, wenn du es findest? Wenn wir beide Glück haben, kann ich es dir vielleicht selbst erzählen, wenn du etwas älter bist. Und wenn wir großes Glück haben, wird es sich als falscher Alarm erweisen. Aber ich möchte nicht dein Leben aufs Spiel setzen, nur weil ich auf diese Hoffnung baue, und du bist noch nicht alt genug, als dass ich es dir erzählen könnte.

»Was zum Teufel wird das, Papa?« Sie rieb sich fest über den Nacken, um das Kribbeln abzustellen.

Männer, die einen Krieg überlebt haben, reden normalerweise nicht darüber, außer mit anderen Soldaten. Geheimdienstler wie ich reden mit niemandem, und das nicht nur, weil es verboten ist. Doch das Schweigen nagt an der Seele. Ich musste mit jemandem sprechen, und mein alter Freund Reggie Wakefield ist mein Beichtvater geworden.

(Das ist Reginald Wakefield, ein Prediger der Church of Scotland, der in Inverness wohnt. Wenn du diesen Brief liest, bin ich sehr wahrscheinlich tot. Falls Reggie noch lebt und du volljährig bist, geh zu ihm; er hat meine Erlaubnis, dir zu diesem Zeitpunkt alles zu erzählen, was er weiß.)

»Volljährig?« Sie versuchte hastig auszurechnen, wann dieser Brief geschrieben worden war. Tontauben. Sherman's – der Schießplatz, wo er ihr beigebracht hatte, mit einer Flinte umzugehen. Das Schrotgewehr war ein Geschenk zu ihrem fünfzehnten Geburtstag gewesen. Und ihr Vater war gestorben, kurz bevor sie achtzehn wurde.

Der Geheimdienst hat mit alldem eigentlich nichts zu tun; in dieser Richtung brauchst du nicht nach Informationen zu suchen. Ich erwähne ihn nur, weil ich dort gelernt habe, woran man eine Verschwörung erkennt. Außerdem habe ich im Krieg viele Menschen kennengelernt, viele davon einflussreich und viele davon seltsam; beides überschneidet sich öfter, als man es vielleicht gern hätte.

Warum ist es nur so schwer, das zu sagen? Wenn ich tot bin, hat deine Mutter dir ja die Geschichte deiner Herkunft eventuell schon erzählt. Sie hat mir zwar versprochen, dass sie nie darüber reden würde, solange ich lebe, und ich bin mir sicher, dass sie das auch nicht getan hat. Wenn ich aber tot bin, wird sie vielleicht …

Verzeih mir, Schatz. Es ist schwer, es zu sagen, weil ich deine Mutter liebe und weil ich dich liebe. Und du bist für immer meine Tochter, aber du wurdest von einem anderen Mann gezeugt.

Also schön, das ist also heraus. Wenn ich es so schwarz auf weiß vor mir sehe, verspüre ich den Impuls, dieses Blatt in Stücke zu reißen und es zu verbrennen, aber das tue ich nicht. Du musst es wissen.

Kurz nach Kriegsende sind deine Mutter und ich nach Schottland gereist. So etwas wie unsere zweiten Flitterwochen. Eines Nachmittags ist sie Blumen pflücken gegangen … und nie zurückgekehrt. Ich habe – genau wie der Rest der Welt – monatelang nach ihr gesucht, doch es gab keine Spur von ihr, und irgendwann hat die Polizei die Suche eingestellt … Nun ja, sie haben mich zwar weiterhin verdächtigt, sie ermordet zu haben, die verflixten Mistkerle, aber irgendwann hatten sie genug davon, mich zu schikanieren. Ich war gerade wieder einigermaßen auf den Beinen und hatte mich entschlossen, einen Schlussstrich zu ziehen und eventuell aus England wegzugehen – da ist Claire zurückgekehrt. Drei Jahre nach ihrem Verschwinden ist sie in den Highlands aufgetaucht, verdreckt, halb verhungert, zerschunden – und schwanger.

Schwanger, so sagte sie, von einem jakobitischen Highlander aus dem Jahr 1743 namens James Fraser. Ich will nicht auf alles eingehen, was zwischen uns gesagt wurde; es ist lange her, und es spielt keine Rolle – bis auf die Tatsache, dass du, FALLS deine Mutter die Wahrheit gesagt hat und sie tatsächlich in der Zeit zurückgereist ist, diese Fähigkeit möglicherweise auch besitzt. Ich hoffe, dass es nicht so ist. Falls aber doch … Gott, ich kann gar nicht glauben, dass ich das allen Ernstes schreibe. Aber ich sehe dich an, Schatz, mit der Sonne in deinem roten Haar, und ich sehe IHN. Das kann ich nicht leugnen.

Nun ja. Es hat lange gedauert. Sehr lange sogar. Aber deine Mutter ist nie von ihrer Geschichte abgerückt, und wir haben zwar nach einer Weile nicht mehr davon gesprochen, aber es war nicht von der Hand zu weisen, dass sie nicht verrückt war (was ich anfangs natürlich vermutet hatte). Und so habe ich angefangen … nach ihm zu suchen.

Jetzt muss ich kurz ausholen; verzeih mir. Ich gehe davon aus, dass dir der Seher von Brahan nicht vertraut ist. Er war zwar eine schillernde Gestalt – falls er tatsächlich existiert hat –, aber außerhalb gewisser Kreise, die sich für die kurioseren Aspekte der schottischen Geschichte interessieren, ist er kaum bekannt. Doch Reggie ist ein Mann, der nicht nur durch immense Neugier ausgezeichnet wird, sondern auch durch immenses Wissen, und er war fasziniert von dem Seher – einem gewissen Kenneth MacKenzie, der im siebzehnten Jahrhundert gelebt hat (vielleicht) und der eine große Anzahl von Prophezeiungen über dies und jenes getroffen hat, hin und wieder im Auftrag des Grafen von Seaforth.

Die einzigen Prophezeiungen, die normalerweise in Verbindung mit diesem Mann Erwähnung finden, sind natürlich die, die sich erfüllt zu haben scheinen. Er hat zum Beispiel vorausgesagt, dass die Welt ins Chaos stürzen würde, wenn sich fünf Brücken über den River Ness spannen. Im August 1939 wurde die fünfte Ness-Brücke eingeweiht, und im September ist Hitler in Polen eingefallen. Das kann man wohl als Chaos bezeichnen.

Der Seher hat ein unschönes Ende genommen, wie es bei Propheten oft der Fall ist (vergiss das nicht, Schatz, ja?); man hat ihn in einem mit Dornen gespickten Teerfass verbrannt, weil er Lady Seaforth unklugerweise prophezeit hatte, dass ihr Mann in Paris diverse Affären hatte. (Womit er meiner Meinung nach wahrscheinlich recht hatte.)

Doch unter seinen weniger bekannten Prophezeiungen befand sich auch die sogenannte Fraser-Prophezeiung. Man weiß nicht viel darüber, und es ist alles furchtbar weitschweifig und vage, wie es bei Prophezeiungen ja meistens der Fall ist, Altes Testament hin oder her. Der einzig relevante Teil ist, glaube ich, das hier: »Der Letzte in Lovats Linie wird Schottland regieren.«

Jetzt leg bitte eine Pause ein, Schatz, und wirf einen Blick auf das Papier, das ich diesem Brief beigefügt habe.

Unbeholfen vor Schreck ließ sie sämtliche Blätter fallen und musste sie vom Boden aufheben. Es war leicht zu sehen, welches Blatt er meinte; das Papier war dünner, eine Fotokopie einer handgemalten Grafik … eine Art Stammbaum … die Handschrift nicht die ihres Vaters.

Ja. Genau. Diese verstörende Information ist durch Reggie in meine Hände gelangt. Er wiederum hatte sie von der Frau eines gewissen Stuart Lachlan. Lachlan war plötzlich verstorben, und beim Ausräumen seines Schreibtischs hatte seine Witwe dies gefunden und beschlossen, es Reggie zu geben, weil sie wusste, dass er sich genau wie Lachlan für Geschichte und für die Familie Lovat interessierte, die schließlich in Inverness beheimatet ist; der Clansitz ist in Beauly. Reggie hat die Namen natürlich erkannt.

Wahrscheinlich weißt du ja nichts über die schottische Aristokratie, aber ich habe Simon Lovat, also Lord Lovat, im Krieg kennengelernt – er gehörte damals zu einem Sonderkommando. Wir waren zwar nicht eng befreundet, kannten uns aber flüchtig; man könnte sagen, wir waren Kollegen.

Die Frasers aus Lovat haben zunächst einen ziemlich unkomplizierten Stammbaum, bis wir zum Alten Simon kommen – nun, sie heißen alle Simon; ich meine den, den sie den Alten Fuchs nennen und der nach der Jakobitenrebellion von 1745 als Verräter hingerichtet wurde. (Es steht einiges über ihn in meinem Buch über die Jakobiten; weiß nicht, ob du es je lesen wirst, aber es ist da, falls du neugierig bist.)

»Falls ich neugierig bin«, murmelte sie. »Ha.« Brianna spürte einen deutlichen, wenn auch unterdrückten Vorwurf in diesen Worten und presste die Lippen aufeinander. Sie ärgerte sich genauso über sich, weil sie die Bücher ihres Vaters noch nicht gelesen hatte, wie unsinnigerweise über ihn, weil er es ansprach.

Simon war in mehrfacher Hinsicht einer der schillerndsten Träger des Namens Fraser. Er war dreimal verheiratet, war aber nicht unbedingt berühmt für seine Treue. Er hatte ein paar eheliche Kinder und Gott weiß wie viele uneheliche (obwohl zwei seiner unehelichen Söhne anerkannt wurden) – doch sein Haupterbe war Simon, der Junge Fuchs. Er hat den Aufstand zwar überlebt, wurde aber enteignet, und sein Name war beschmutzt. Er hat den Weg durch die Gerichte angetreten und am Ende das meiste zurückbekommen, doch dieser Kampf hat ihn einen Großteil seines langen Lebens gekostet, und er hat zwar geheiratet, aber erst im hohen Alter, und er hatte keine Kinder. Sein jüngerer Halbbruder Archibald hatte zwar Kinder, die jedoch alle vor ihm starben.

Der Junge Fuchs und Archibald waren also »die Letzten in Lovats Linie« – beide stammen direkt von dem Fraser von Lovat ab, der zur Zeit des Sehers von Brahan lebte –, aber es ist eindeutig, dass keiner von ihnen der vorhergesehene schottische Regent war.

Aber du siehst ja den Stammbaum. Wer auch immer ihn angefertigt hat, hat nicht nur den Jungen Fuchs und Archibald mit eingetragen, sondern auch die beiden unehelichen Söhne. Alexander und Brian, Söhne zweier verschiedener Mütter. Alexander ist in den Priesterstand eingetreten und wurde Abt eines Klosters in Frankreich. Keine bekannten Kinder. Brian jedoch …

Sie schmeckte Galle und hatte das Gefühl, sie müsste sich übergeben. *Brian jedoch …* Sie schloss automatisch die Augen, doch das spielte keine Rolle. Der Stammbaum hatte sich in die Innenseiten ihrer Augen eingebrannt.

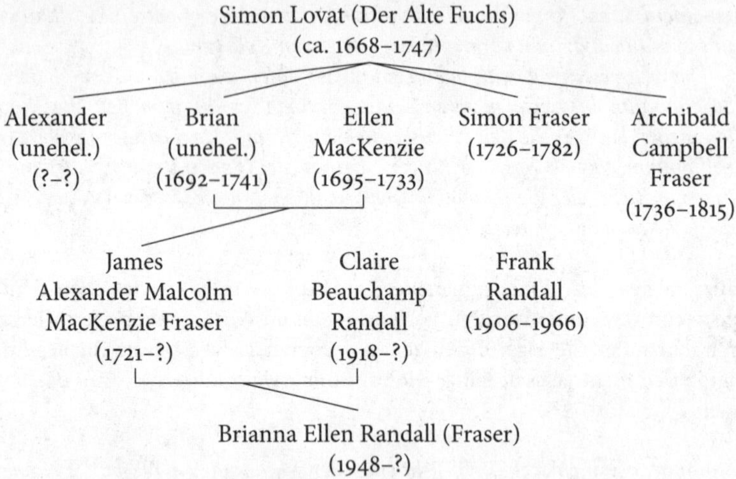

SIE STAND AUF, schob quietschend ihren Stuhl zurück und schwankte in den Flur. Das Herz donnerte ihr in den Ohren. Sie schluckte mehrere Male, ging zum Hauseingang und nahm die Schrotflinte von ihrem Platz hinter der Garderobe. Mit der Flinte in der Hand fühlte sie sich ein wenig besser.

»Das ist nicht richtig.« Ihr war gar nicht klar gewesen, dass sie laut gesprochen hatte; ihre Stimme schreckte sie auf. »Es ist einfach nicht richtig«, wiederholte sie mit leiser, brennender Stimme. »Da fehlen ja Leute. Was ist mit Tante Jenny? Sie hatte *sechs* Kinder! Was ist damit?«

Sie stampfte durch den Flur, die Flinte in der Hand, und schwang den Lauf hin und her, als rechnete sie damit, dass Rob Cameron – oder *sonst jemand*, und dieser Gedanke ließ sie erschauern – aus dem Wohnzimmer oder aus der Küche gesprungen kam oder das Geländer herunterrutschte. Bei diesem Gedanken blickte sie die Treppe hinauf – sie hatte sämtliche Lampen angelassen, nachdem sie die Kinder ins Bett gebracht hatte –, aber der Treppenabsatz war leer, und oben war kein Geräusch zu hören.

Etwas ruhiger durchsuchte sie das Parterre und überprüfte jede Tür und jedes Fenster. Und das Priesterloch, dessen leere Schwärze höhnisch zu ihr hochstarrte.

Jem und Mandy ging es gut, das wusste sie genau. Trotzdem ging sie leise nach oben und stand lange neben ihren Betten und betrachtete ihre friedlich schlafenden Kinder, deren Gesichter von den gelben Leuchten der Nachtlämpchen sanft beleuchtet wurden.

Unten im Flur schlug die Standuhr die volle Stunde, gefolgt von einem einzelnen *Bong!*. Sie holte tief Luft und ging hinunter, um den Brief ihres Vaters zu Ende zu lesen.

Die gegenwärtigen Frasers von Lovat entstammen einem Nebenzweig der Familie; wahrscheinlich meint die Fraser-Prophezeiung keinen von ihnen – obwohl es in dieser Linie reichlich Stammhalter gibt.

Ich weiß nicht, wer diesen Stammbaum gezeichnet hat, aber ich habe vor, es herauszufinden. Dieser Brief ist für den Fall gedacht, dass es mir nicht gelingt. Für den Fall einer ganzen Reihe von Dingen.

Eines dieser Dinge ist die Möglichkeit, dass die Geschichte deiner Mutter wahr ist – ich habe immer noch Schwierigkeiten, es zu glauben, wenn ich morgens neben ihr wach werde und alles so … normal ist. Aber spät am Abend, wenn ich mit den Dokumenten allein bin … Nun ja, warum soll ich es nicht zugeben? Ich habe ihre Heiratsurkunde gefunden. James Alexander Malcolm MacKenzie Fraser und Claire Elizabeth Beauchamp. Ich weiß nicht, ob ich dankbar oder entrüstet sein soll, dass sie ihn nicht unter MEINEM Namen geheiratet hat.

Verzeih mir, ich schweife ab. Es ist schwer, meine Gefühle außen vor zu lassen, aber ich werde es versuchen. Was ich im Grunde sagen will, ist dies: Falls du tatsächlich in der Zeit zurückgehen (und möglicherweise zurückkehren) kannst, bist du aus diversen Gründen von großem Interesse für eine ganze Reihe von Leuten. Sollte jemand in den zwielichtigeren Gefilden der Regierung auch nur halbwegs überzeugt sein, dass du bist, was du vielleicht bist, würdest du unter Beobachtung gestellt. Eventuell würde man auch auf dich zugehen. (In früheren Jahrhunderten hat die britische Regierung Männer in ihren Dienst gepresst, was sie allerdings heute noch tut, wenn auch weniger auffällig.)

Es ist zwar eine sehr entfernte Möglichkeit, aber sie existiert; ich muss sie erwähnen.

Außerdem gibt es darüber hinaus Privatleute, die sich aus diesem Grund sehr für dich interessieren würden – und es gibt offenbar jemanden, der auf dich aufmerksam geworden ist und dich beobachtet. Darauf weist der Stammbaum mit den Daten hin. Außerdem deutet dieser darauf hin, dass das Interesse dieser Person oder dieser Personen mit der Fraser-Prophezeiung zusammenhängen könnte. Was könnte diese Person mehr faszinieren als die Vorstellung eines Menschen, der »der Letzte in Lovats Linie« und gleichzeitig ein Zeitreisender ist? Diese Art von Leuten – ich kenne sie gut – glauben immer auch an alle möglichen mystischen Kräfte. Nichts würde sie magnetischer anziehen als die Überzeugung, dass du solche Kräfte besitzt.

Normalerweise sind solche Leute harmlos. Aber sie können auch sehr gefährlich sein.

Wenn ich den Urheber dieses Stammbaums finde, werde ich ihn befragen und mein Bestes tun, um mögliche Bedrohungen dir gegenüber zu neutralisieren. Doch wie ich sage – ich weiß, woran man eine Verschwörung erkennt. Irre von dieser Sorte fühlen sich in Gesellschaft am wohlsten. Es ist möglich, dass ich jemanden übersehe.

»Neutralisieren«, murmelte sie, und die Kälte ihrer Hände breitete sich in ihren Armen aus, in ihrer Brust und kristallisierte sich rings um ihr Herz. Sie hatte keinen Zweifel, was er damit gemeint hatte, trotz der sachlichen Formulierung. Und hatte er die Person gefunden – die Personen?

Halte dich unbedingt vom Geheimdienst und von allen fern, die damit in Verbindung stehen. Sie würden dich bestenfalls für verrückt halten. Wenn du tatsächlich bist, was du vielleicht bist, sind die Spürhunde, wie man uns im Krieg genannt hat, die Letzten, die je davon erfahren sollten.

Und wenn es zum Schlimmsten kommt – und du es tatsächlich kannst –, dann ist die Vergangenheit möglicherweise dein bester Fluchtweg. Ich habe keine Ahnung, wie es funktioniert; deine Mutter auch nicht, zumindest sagt sie das. Ich hoffe, ich habe dir ein paar hilfreiche Anhaltspunkte gegeben, falls das nötig ist.

Und dann … ist da er. Deine Mutter sagt, dass Fraser sie zu mir zurückgeschickt hat, weil er wusste, dass ich sie beschützen würde – und dich. Sie war in dem Glauben, dass er unmittelbar danach gestorben ist. Doch so war es nicht. Ich habe nach ihm gesucht, und ich habe ihn gefunden. Und genau wie er schicke ich dich vielleicht zurück, weil ich weiß – so wie er das von mir wusste –, dass er dich unter Einsatz seines Lebens beschützen wird.

Ich werde dich immer lieben, Brianna. Und ich weiß, wessen Kind du wirklich bist.

In Liebe
Papa

43
GEISTERSTUNDE

Den Unterlagen des »Highlands and Islands Hydroelectric Boards« nach (in Briannas Interpretation) war der Distrikt Lochaber »eine ausgeprägte Gletscherlandschaft«.

»Das bedeutet, dass es ständig auf und ab geht«, erklärte Roger Buck, während sie sich durch etwas hindurchkämpften, was er für einen Teil des Locheil-Waldes hielt, und nach dem Ufer von Loch Lochy Ausschau hielten.

»Ach was?« Buck sah sich trostlos nach dem fernen Buckel des Ben Nevis um und richtete seine Augen dann auf Roger. »Das wär mir gar nicht aufgefallen.«

»Tröste dich, jetzt geht es erst einmal nur noch bergab. Und die Kriebelmücken sind alle erfroren. Sei doch froh.« Roger war heute Morgen in der Tat unerklärlich fröhlich – vielleicht ja nur, weil sie tatsächlich bergab gingen, nachdem sie eine strapaziöse Woche damit verbracht hatten, das Gebiet der Camerons zu durchkämmen, ein verwirrendes Netz aus Bergkesseln, kleinen Seen, Moränen und Munros, jenen verräterischen Bergen mit den sanft gerundeten Gipfeln und den unaussprechlichen Abhängen. Ein Glück, dass niemand darauf lebte.

Vielleicht aber auch, weil sie eine Art Fortschritt gemacht hatten, obwohl sie weder Jem noch irgendeine Spur von ihm gefunden hatten. Die Camerons waren im Großen und Ganzen gastfreundlich gewesen, nachdem die erste Überraschung verflogen war, und sie hatten das Glück gehabt, einen Vertreter Lochiels zu finden, des Clanoberhauptes, der für sie einen Boten nach Tor Castle geschickt hatte, um dort für sie nachzufragen. Einen Tag später hatten sie Antwort bekommen; niemand hatte von einem Fremden gehört, auf den Rob Camerons Beschreibung zutraf – obwohl Rob ja eigentlich genauso aussah wie die Hälfte der Leute, denen Roger in den letzten Tagen begegnet war – oder Jems Beschreibung. Der Junge war nun allerdings um einiges auffälliger.

Auf dem Rückweg waren sie dem Ufer von Loch Arkaig gefolgt – die schnellste Route aus dem Great Glen zum Meer. Doch kein Wort von einem gestohlenen oder gemieteten Boot, und allmählich bekam Roger das Gefühl, dass Cameron doch nicht bei seinem alten Clan Zuflucht oder Hilfe gesucht hatte; eigentlich eine Erleichterung.

»Das soll mich also trösten, ja?« Buck rieb sich das Gesicht. Sie hatten sich beide seit einer Woche nicht mehr rasiert, und er sah so rotäugig und verdreckt aus, wie Roger sich fühlte. Er kratzte sich nachdenklich am Kinn. »Aye, schön. Letzte Nacht hat ein Fuchs neben mir auf den Boden geschissen, und ich bin heute Morgen nicht hineingetreten. Das ist natürlich auch ein gewisser Trost.«

Der nächste Tag und die nächste Nacht dämpften Rogers optimistische Stimmung ein wenig; es regnete ohne Unterlass, und sie übernachteten am Rand eines schwarzen Tümpels unter Bergen halb trockener Farne, aus denen sie am Morgen durchgefroren und steif hervorkrochen, begleitet vom Kreischen der Regenpfeifer.

Er zögerte kurz, als sie an der Stelle vorbeiritten, wo der Weg nach Cranesmuir abbog; er hätte sich furchtbar gern noch einmal mit Dr. MacEwen unterhalten. Seine Hand wanderte an seinen Hals, und sein Daumen strich über die Narbe. »*Vielleicht*«, hatte der Heiler gesagt, »*ja, vielleicht.*«

Dennoch ging ihm das Herz auf, als sie über den Pass kamen und Lallybroch unter sich sahen. Sie war bittersüß, diese Heimkehr zu einem Heim, das nicht das seine war und es womöglich nie wieder werden würde. Doch es versprach Zuflucht und einen vollen Bauch, wenn auch nur vorübergehend – und Hoffnung, zumindest in den letzten paar Minuten, bevor sie die Tür erreichten.

»Och, Ihr seid's!« Es war Jenny Fraser, die die Tür öffnete, und der Argwohn in ihrer Miene wich einladender Freude. Er hörte, wie Buck bei ihrem Anblick hinter ihm einen leisen, beifälligen Summlaut ausstieß, und trotz seiner Entschlossenheit, nicht zu viel zu hoffen, wurde auch ihm leichter ums Herz.

»Und das ist Euer Verwandter?« Sie knickste vor Buck. »Willkommen, Sir.

Kommt herein; ich rufe Taggie; er kann sich um die Pferde kümmern.« Mit wirbelnden Röcken wandte sie sich um und winkte ihnen, ihr zu folgen. »Pa ist im Studierzimmer«, rief sie und sah sich auf dem Weg zur Küche um. »Er hat etwas für Euch!«

»Mr. MacKenzie und … das ist dann wohl ebenfalls Mr. MacKenzie, aye?« Brian Fraser kam lächelnd aus dem Studierzimmer und bot Buck die Hand an. Roger konnte sehen, wie er Buck genau betrachtete, eine kleine Falte zwischen den dunklen Augenbrauen. Nicht Missbilligung; Verwirrung, als ob er Buck irgendwoher kannte und sich zu erinnern versuchte, woher.

Roger wusste genau, woher, und wieder durchlief ihn dieser merkwürdige Schauer wie bei seiner Begegnung mit Dougal MacKenzie. Die Ähnlichkeit zwischen Vater und Sohn fiel einem zwar nicht auf den ersten Blick ins Auge – ihre Haarfarbe war völlig unterschiedlich, und Roger vermutete, dass Buck vom Gesicht her vor allem seiner Mutter ähnlich sah –, doch es gab trotzdem eine flüchtige Ähnlichkeit; etwas in ihrer Art. Männer, die sich ihres Charmes bewusst waren – und deshalb nicht im Mindesten an Charme verloren.

Buck lächelte, äußerte ein paar höfliche Allgemeinplätze und beglückwünschte Brian zu seinem Haus und den Ländereien … Die Verwirrung war aus Brians Blick verschwunden, und er lud sie ein, sich zu setzen, und rief durch den Flur in Richtung Küche, man möge ihnen doch einen Happen zu essen und einen Schluck Whisky bringen.

»Nun denn«, sagte Brian und zog den Stuhl hinter seinem Schreibtisch hervor, um sich zu ihnen zu setzen. »Da ihr den Jungen nicht dabeihabt, sehe ich, dass er immer noch verschwunden ist. Habt ihr denn irgendetwas von ihm gehört?« Er blickte von Buck zu Roger, besorgt, aber hoffnungsvoll.

»Nein«, sagte Roger und räusperte sich. »Kein Wort. Aber … Eure Tochter sagte, Ihr hättet vielleicht … etwas gehört?«

Frasers Gesicht veränderte sich sofort und erhellte sich ein wenig.

»Nun, es ist weniger, dass ich etwas *gehört* hätte, aber …« Er erhob sich und trat an den Schreibtisch, um darin herumzukramen.

»Ein Hauptmann der Garnison ist vor zwei, drei Tagen mit einem kleinen Trupp Soldaten hier gewesen. Der neue Garnisonsvorsteher … Wie hieß er noch, Jenny?« Jenny war gerade mit einem Tablett ins Zimmer getreten, auf dem eine Teekanne, Tassen, eine kleine Flasche Whisky und ein Teller Kuchen standen. Der Geruch ließ Rogers Magen knurren.

»Wer? Oh, der neue Rotrockhauptmann? Randall, hat er gesagt. Jonathan Randall.« Ihr stieg ein wenig Farbe ins Gesicht, und ihr Vater lächelte, als er es sah. Roger dagegen spürte, wie ihm das Lächeln im Gesicht gefror.

»Aye, du hast ihm gefallen, Kleine. Wäre nicht überrascht, wenn er demnächst noch einmal vorbeikäme.«

»Das wird ihm aber nicht viel nützen«, sagte Jenny unwirsch. »Hast du etwas verloren, *a athair*?«

»Nein, nein, ich bin mir sicher, ich habe es …« Brian verstummte, während er in der Schublade kramte. »Oh. Äh, aye.« Er hüstelte, die Hand in der Schublade, und inmitten seines Schrecks begriff Roger, was das Problem war. Der Schreibtisch hatte ein Geheimfach. Offensichtlich hatte Brian den Gegenstand, was auch immer es war, in das Versteck gelegt und fragte sich jetzt, wie er ihn wohl wieder herausbekam, ohne seinen Besuchern das Geheimnis zu enthüllen.

Roger erhob sich.

»Würdet Ihr mich entschuldigen, Miss Fraser?«, fragte er und verneigte sich vor Jenny. »Ich habe etwas in meiner Satteltasche vergessen. Komm mit, aye?«, fügte er an Buck gewandt hinzu. »Kann sein, dass es bei deinen Sachen ist.«

Jennys Miene war überrascht, doch sie nickte, und Roger hastete hinaus. Buck folgte ihm unter kleinen verärgerten Grunzlauten.

»Was zum Teufel hast du denn?«, sagte Buck, sobald sie zur Tür hinaus waren. »Du bist ja da drinnen so weiß wie ein Leintuch geworden, und du siehst immer noch aus wie ein Fisch, der seit einer Woche tot ist.«

»So fühle ich mich auch«, sagte Roger gereizt. »Ich kenne Hauptmann Randall – oder vielmehr, ich weiß von ihm. Belassen wir es dabei, dass er der Letzte ist, von dem ich möchte, dass er von Jem erfährt.«

»Oh.« Bucks Gesicht wurde ausdruckslos, dann wechselte es zu einer entschlossenen Miene. »Aye, nun ja. Wir sehen uns an, was er gebracht hat, und dann stellen wir ihn zur Rede, wenn wir glauben, dass er den Jungen hat.«

Was er gebracht hat. Roger kämpfte all die grauenvollen Bilder nieder, die dieser Satz heraufbeschwor – Jems Ohr, ein Finger, eine Haarsträhne … Wenn es schließlich so etwas gewesen wäre, wären die Frasers ja gewiss nicht so ruhig geblieben. Aber wenn Randall doch irgendetwas Furchtbares in einer Schachtel überbracht hatte?

»Aber warum?« Buck hatte die Stirn gerunzelt und versuchte offenbar, Rogers Miene zu interpretieren, die anscheinend ein Bild des Grauens bot. »Warum sollte dieser Mann dir und dem Jungen etwas Böses wollen? Er ist dir doch noch nie begegnet, oder?«

»Das«, sagte Roger und kämpfte seine Gefühle nieder, »ist eine exzellente Frage. Aber der Mann ist ein … Weißt du, was ein Sadist ist?«

»Nein, aber es ist eindeutig etwas, was du nicht in der Nähe deines Jungen sehen möchtest. Halt, Sir. Wir nehmen das mit ins Haus, vielen Dank.«

Sie hatten das Haus jetzt umrundet, und McTaggart, der Mann für alles, kam ihnen vom Stall her entgegen, in jeder Hand eine Satteltasche.

McTaggart sah sie zwar überrascht an, überließ ihnen die schweren Taschen jedoch mit Freude und machte sich wieder an seine Arbeit.

»Ich weiß doch, dass du uns nur aus dem Zimmer haben wolltest, damit der Mann in Ruhe die Geheimschublade betätigen konnte«, merkte Buck an, während er nach seiner Tasche griff. »Und er weiß das genauso. Aber müssen wi[r] nicht irgendetwas mitnehmen?«

»Woher weißt du denn, dass …« Buck grinste ihn an, und Roger verzich[tete] mit einer gereizten Geste auf eine Antwort. »Ja. Wir schenken Miss Fraser den Käse, den ich unterwegs gekauft habe.«

»Ah, Miss Jenny.« Wieder stieß Buck dieses Summen aus. »Das könnte ich Hauptmann Randall nicht verübeln. Diese Haut! Und diese Figur, wenn wir schon dabei sind …«

»Halt sofort den Mund!«

Das tat Buck, zu erschrocken, um weiterzuscherzen.

»Was?«, sagte er in völlig anderem Ton. »Was ist denn?«

Roger öffnete seine Faust, auch wenn es ihn Mühe kostete.

»Es ist eine furchtbar lange Geschichte; ich habe jetzt keine Zeit, sie dir zu erzählen. Aber es ist … etwas, was ich aus meiner Zeit weiß. In einem Jahr oder so kommt Randall hierher zurück. Und er wird etwas Schreckliches tun. Und Gott steh mir bei, ich glaube nicht, dass ich es verhindern kann.«

»Etwas Schreckliches«, wiederholte Buck langsam. Sein Blick bohrte sich kohlrabenschwarz in Rogers Augen. »Dieser hübschen Kleinen? Und du glaubst, du kannst es nicht *verhindern*? Also, Mann, wie kannst du nur …«

»Sei einfach still«, wiederholte Roger hartnäckig. »Wir reden später darüber, aye?«

Buck blies seine Wangen auf, ohne Roger aus den Augen zu lassen, dann atmete er mit einem angewiderten Geräusch aus und schüttelte den Kopf, doch er hob seine Satteltasche auf und folgte Roger ohne weitere Widerrede.

Der Käse – so groß wie Rogers ausgestreckte Hand und in verwelkende Blätter gewickelt – wurde dankend angenommen und in die Küche gebracht, so dass Roger und Buck wieder mit Brian Fraser allein waren. Auch Fraser hatte die Fassung wiedergefunden. Er nahm ein kleines, in Stoff gewickeltes Päckchen von seinem Schreibtisch und legte es Roger sanft in die Hand.

Zu leicht für einen Finger …

»Hauptmann Randall sagt, Oberst Buncombe hätte allen Patrouillen Eure Nachricht mit auf den Weg gegeben, und einer der Männer wäre unten in der Nähe der Grenze auf dieses Stück gestoßen und hätte es nach Fort William geschickt. Keiner von ihnen hatte so etwas je gesehen, aber wegen des Namens dachten sie, es hätte vielleicht mit Eurem Jungen zu tun.«

»Des Namens?« Roger knotete die Schnur auf, und der Stoff öffnete sich. Im ersten Moment hatte er keine Ahnung, was zum Teufel er da vor sich hatte. Er hob es auf, es baumelte ihm federleicht von den Fingern.

Zwei Scheiben aus so etwas wie Presspappe, aufgefädelt auf eine dünne gewebte Kordel. Eine rund und rot … die andere war grün und achteckig.

»Oh Himmel«, sagte er. »Ach du lieber Himmel.«

Auf beide Scheiben war *J. A. MacKenzie* gedruckt, zusammen mit einer Zahl und zwei Buchstaben. Mit zitternder Fingerspitze drehte er die rote Scheibe vorsichtig um und las – was er ohnehin wusste –, was dort stand.

RAF

Er hielt die Hundemarken eines Fliegers der Royal Air Force in der Hand. Zirka Zweiter Weltkrieg.

44

AMPHISBAENA

»Du kannst dir doch nicht sicher sein, dass es der Name deines Vaters ist.« Buck wies kopfnickend auf die Hundemarken, deren Kordel nach wie vor um Rogers Hand geschlungen war, die er um die kleinen Scheiben gefaltet hatte. »Wie viele MacKenzies gibt es denn, zum Kuckuck?«

»Jede Menge.« Roger setzte sich auf einen großen, mit Flechten überzogenen Felsen. Sie waren auf den Hügel hinter Lallybroch gestiegen; der Turm stand etwas unterhalb auf dem Hang, sein konisches Dach ein großer schwarzer Strudel aus Schieferschindeln. »Aber nicht so viele, die im Zweiten Weltkrieg für die Royal Air Force geflogen sind. Und noch weniger, die spurlos verschwunden sind. Was die Zahl derjenigen angeht, die vielleicht Zeitreisende sind …«

Roger hatte keine Ahnung mehr, was er gesagt hatte, als er die Hundemarken sah, oder was Brian Fraser zu ihm gesagt hatte. Als seine Wahrnehmung zurückkehrte, saß er auf Brians großem Sessel mit einem Keramikbecher voll heißem Tee in den Händen, während sich der gesamte Haushalt in der Tür drängte und ihn mit Mienen zwischen Mitgefühl und Neugier betrachtete. Buck hockte vor ihm, die Stirn gerunzelt, vielleicht aus Sorge, vielleicht auch nur ebenfalls aus Neugier.

»Entschuldigung«, hatte Roger gesagt, sich geräuspert und den Tee unberührt auf den Schreibtisch gestellt. Seine Hände pulsierten von der Wärme des Bechers. »Ich habe mich so erschrocken. Ich … ich danke Euch.«

»Dann hat es etwas mit Eurem Jungen zu tun?«, hatte Jenny Fraser gefragt, die blauen Augen dunkel vor Sorge.

»Ich glaube schon, ja.« Er hatte sich jetzt wieder im Griff, erhob sich steif und nickte Brian zu. »Danke, Sir. Ich kann Euch gar nicht genug danken für alles, was Ihr für mich getan habt – für uns. Ich … muss jetzt überlegen, was zu tun ist. Wenn Ihr mich entschuldigt, Miss Fraser?«

Jenny nickte, ohne den Blick von seinem Gesicht abzuwenden. Sie verscheuchte die Mägde und die Köchin aus der Tür, um ihm Platz zu machen. Buck war ihm gefolgt, hatte der Menge beruhigend zugemurmelt und war dann mitgegangen, ohne etwas zu sagen, bis sie die Einsamkeit des zerklüfteten Gipfels erreicht hatten. Wo er ihm erklärt hatte, was die Hundemarken waren und wem sie gehört hatten.

»Warum denn zwei?«, fragte Buck und streckte vorsichtig den Finger aus, um die Marken zu berühren. »Und warum haben sie verschiedene Farben?«

»Zwei für den Fall, dass eine durch das, was einen umbrachte, vernichtet wurde«, sagte Roger und holte tief Luft. »Die Farben … sie bestehen aus Presspappe, die mit verschiedenen Chemikalien behandelt ist … Substanzen, meine ich. Die eine kann dem Wasser widerstehen und die andere dem Feuer, aber ich könnte dir nicht sagen, welche Marke welche ist.«

Über diese technischen Einzelheiten zu reden ermöglichte es ihm gerade eben so, überhaupt zu sprechen. Buck wartete ungewohnt feinfühlig, dass Roger das Unaussprechliche über die Lippen brachte.

Wie sind die Marken hierhergekommen? Und wann – und unter welchen Umständen – waren sie J(eremiah) A(lexander) MacKenzie, römisch-katholisch, Dienstnummer 448397651, RAF, abhandengekommen?

»Claire – meine Schwiegermutter – ich habe dir doch von ihr erzählt, oder?«

»Ein bisschen, aye. Eine Seherin, nicht wahr?«

Roger lachte auf. »Aye, so wie ich einer bin. Und wie du einer bist. Es ist wahrhaftig leicht, ein Seher zu sein, wenn das, was man sieht, schon geschehen ist.«

Was schon geschehen ist …

»Oh Gott«, sagte er laut, beugte sich vor und presste sich die Faust mit den Hundemarken an die Stirn.

»Geht es?«, fragte Buck nach einigen Sekunden. Roger richtete sich auf und holte tief Luft.

»Kennst du den Ausdruck: ›Wie man's macht, macht man's verkehrt‹?«

»Aye. Ich hätte aber nicht gedacht, dass ein Prediger ihn benutzt.« Bucks Mund verzog sich zu einem angedeuteten Lächeln. »Bist du nicht der Vorstellung verpflichtet, dass es immer einen sicheren Weg aus dem Irrtum und der Verdammnis gibt?«

»Ein Prediger. Aye.« Wieder holte Roger tief Luft. Es gab zwar ziemlich viel Sauerstoff auf schottischen Berggipfeln, aber im Moment schien er irgendwie nicht ausreichend zu sein. »Ich bin mir nicht sicher, dass die Religion unter Berücksichtigung von Zeitreisenden konstruiert wurde.«

Buck zog die Augenbrauen hoch.

»Konstruiert?«, wiederholte er überrascht. »Wer konstruiert denn Gott?«

Das brachte Roger tatsächlich zum Lachen, und er fühlte sich ein wenig besser, wenn auch nur vorübergehend.

»Wir alle«, sagte er trocken. »Gott hat den Menschen nach seinem Ebenbild geschaffen, und jetzt zahlen wir es ihm in gleicher Münze heim.«

»Mmpfm.« Buck dachte einen Moment darüber nach, dann nickte er langsam. »Ich würde jetzt nicht behaupten, dass du da unrecht hast. Aber Gott ist doch trotzdem *da*, ob wir nun genau wissen, was Er ist, oder nicht. Oder?«

»Ja.« Roger wischte sich mit dem Handrücken die Nase ab, die vom kalten Wind zu laufen begonnen hatte. »Hast du schon einmal von der heiligen Theresa von Avila gehört?«

»Nein.« Buck warf ihm einen Seitenblick zu. »Und ich habe auch noch nie von einem protestantischen Prediger gehört, der etwas mit Heiligen zu tun hat.«

»Ich hole mir meine Ratschläge, wo ich sie bekommen kann. Aber die heilige Theresa hat einmal zu Gott gesagt: ›Wenn du so mit deinen Freunden umgehst, ist es ja kein Wunder, dass du nur so wenige davon hast.‹ Gott lässt sich nichts vorschreiben.«

Buck lächelte, jenes unbedachte Lächeln, das er nur sehr selten lächelte, und das schenkte Roger den Mut zu versuchen, sich mit der Situation anzufreunden.

»Nun, Claire – meine Schwiegermutter – hat mir und Brianna vieles erzählt. Über die Dinge, die sich zugetragen haben, als sie 1743 durch die Steine kam, und über Dinge, die vorher geschehen sind. Über Hauptmann Randall.« Und so knapp und ungerührt er konnte, erzählte er die Geschichte: von Randalls Überfall auf Lallybroch, während Brian nicht da war, von seinem Übergriff auf Jenny Murray und davon, wie Jamie – der gerade aus Paris zurück war und sich fragte, was er mit seinem Leben anfangen sollte – für sein Heim und die Ehre seiner Schwester gekämpft hatte, wie man ihn festgenommen und nach Fort William gebracht hatte, wo er fast zu Tode gepeitscht worden war.

»Zweimal«, sagte Roger und hielt inne, um zu Atem zu kommen. Er schluckte. »Beim zweiten Mal … war Brian dabei. Er dachte, Jamie *wäre* tot, und bekam auf der Stelle einen Schlaganfall – eine Apoplexie. Er … ist gestorben.« Wieder schluckte er. »Wird sterben.«

»Jesus, Maria und Bride.« Buck bekreuzigte sich. Sein Gesicht war bleich geworden. »Der Mann dort im Haus? Ist in ein oder zwei Jahren tot?«

»Ja.« Roger blickte auf Lallybroch hinunter, hell und friedlich wie die Schafe auf seinen Weiden. »Und … da ist noch mehr. Was später geschehen ist, kurz vor dem Aufstand.«

Buck hob die Hand.

»Ich sag jetzt mal, das ist mehr als genug. Ich schlage vor, wir gehen nach Fort William und erledigen den Kerl. Vorauseilendes Handeln, könnte man es ausdrücken. Das ist ein juristischer Ausdruck«, erklärte er mit einer Miene gütiger Herablassung.

»Eine verlockende Idee«, sagte Roger trocken. »Aber wenn wir das täten – was *würde* dann in vier Jahren geschehen?«

Buck runzelte verständnislos die Stirn.

»Als Claire 1743 durch die Steine gekommen ist, ist sie – wird sie – Jamie Fraser begegnet, einem Gesetzlosen, auf den ein Kopfgeld ausgesetzt und der gerade aus Frankreich heimgekehrt war. Aber wenn das, was mit Hauptmann Randall geschehen ist, *nicht* geschieht … wird Jamie nicht dort sein. Und wenn er das nicht ist …?«

»Oh.« Das Stirnrunzeln wurde stärker, als es Buck zu dämmern begann. »Oh, aye. Ich verstehe. Kein Jamie, keine Brianna …«

»Kein Jem, keine Mandy«, beendete Roger. »Genau.«

»Oh Gott.« Buck senkte den Kopf und massierte sich mit zwei Fingern die

Stelle zwischen den Augenbrauen. »Wie man's macht, macht man's verkehrt, hast du gesagt? Da kann einem ja schwindelig werden.«

»Ja, das stimmt. Aber ich muss trotzdem etwas tun.« Roger wickelte die Hundemarken vorsichtig mit ihrer Kordel zu einem Päckchen zusammen. »Ich gehe nach Fort William und spreche mit Hauptmann Randall. Ich muss wissen, woher die Marken kommen.«

BUCK SCHIELTE AUF DIE MARKEN, die Lippen aufeinandergepresst.

»Meinst du, dein Junge ist irgendwie bei deinem Vater?«

»Nein.« Dieser Gedanke war Roger noch gar nicht gekommen, und er fuhr ihm durch Mark und Bein. Doch dann verwarf er ihn mit einem Achselzucken.

»Nein«, wiederholte er entschlossener. »Ich denke allmählich, dass Jem vielleicht … vielleicht gar nicht hier ist.« Der Satz hing vor ihnen in der Luft und drehte sich langsam um sich selbst. Er sah Buck an, der ihn finster zu betrachten schien.

»Und warum nicht?«, fragte sein Verwandter abrupt.

»A) weil wir keine Spur von ihm gefunden haben. Und B) weil wir jetzt *das hier* haben.« Er hielt die Marken hoch, die sich im Wind hoben.

»Du klingst wie deine Frau«, sagte Buck halb belustigt. »Sie macht das auch, aye? Solche Aufzählungen, A, B, C und so weiter.«

»So denkt Brianna nun einmal«, sagte Roger voller Zuneigung. »Sehr logisch.«

Und wenn ich recht habe und Jem nicht hier ist – wo ist er dann? Ist er in eine andere Zeit gereist … oder gar nicht? Als hätte das Wort »logisch« es ausgelöst, breitete sich ein ganzes Sammelsurium grauenvoller Möglichkeiten vor ihm aus.

»Und was ich denke … wir haben uns doch beide auf den Namen ›Jeremiah‹ konzentriert, als wir die Passage betreten haben, aye?«

»Aye, das haben wir.«

»Nun, was ich denke …« Er zwirbelte die Kordel zwischen den Fingern, so dass sich die Scheiben langsam drehten. »Was, wenn wir den falschen Jeremiah haben? Es ist schließlich auch der Name meines Vaters gewesen. Und … und wenn Rob Cameron *nicht* mit Jem durch die Steine gegangen ist …«

»Warum sollte er das nicht getan haben?«, unterbrach Buck ihn scharf. Er richtete seinen finsteren Blick von den Marken auf Roger. »Sein Auto stand doch am Craigh na Dun. Ohne ihn.«

»Er wollte eindeutig, dass wir *glauben*, er wäre gegangen. Was den Grund betrifft …« Er verschluckte sich an dem Gedanken. Bevor er sich räuspern konnte, sprach Buck ihn für ihn aus.

»Um uns fortzulocken, damit er mit deiner Frau allein sein konnte.« Wut verfinsterte sein Gesicht – zum Teil auch gegen Roger gerichtet. »Habe ich dir nicht gesagt, der Mann ist scharf auf sie?«

Die Kanten der Marken bohrten sich in Rogers Handfläche; er öffnete mühsam die Faust.

»Das hast du«, sagte er knapp. »Aber überleg doch, aye? Was auch immer er mit Brianna im Sinn gehabt haben mag …« Die bloßen Worte beschworen Bilder herauf, die ihm das Blut in den Kopf schießen ließen. »Was auch immer er vorhatte«, wiederholte er, so ruhig er konnte, »er wollte doch wahrscheinlich auch sehen, ob es stimmte. Das mit den Steinen. Ob wir … oder sonst jemand … tatsächlich hindurchgehen konnten. Sehen bedeutet schließlich glauben.«

Buck atmete heftig aus und überlegte.

»Du meinst, er war vielleicht dort? Und hat die Stelle beobachtet? Um zu sehen, ob wir verschwinden?«

Roger zuckte mit den Achseln, denn er konnte nicht sprechen. Zu viele Gedanken verstopften ihm den Kopf.

Buck hatte die Fäuste auf den Knien geballt. Er blickte hinunter auf das Haus, dann sah er sich nach den Bergen in seinem Rücken um, und Roger wusste genau, was er dachte. Er räusperte sich heftig.

»Wir sind jetzt fast zwei Wochen fort«, sagte er. »Wenn er Brianna etwas antun wollte … hat er es längst versucht.« *Himmel. Wenn er … nein.* »Brianna hat niemals zugelassen, dass er ihr oder den Kindern etwas antut«, fuhr er fort, so besonnen er konnte. »Wenn er irgendetwas versucht hat, ist er entweder im Gefängnis, oder er liegt unter dem Turm begraben.« Er wies mit dem Kinn auf den Turm unter ihnen, und Buck prustete widerstrebend, aber belustigt.

»Also. Aye, ich würde auch am liebsten sofort zurück zum Craigh na Dun. Aber denk nach, Mann. Wir *wissen*, dass Cameron zu den Steinen gefahren ist, nachdem er Jem entführt hatte. Ob er Jem gezwungen hat, sie zu berühren, um es zu sehen? Und wenn er das getan hat … was, wenn Cameron nicht reisen kann, aber Jem es getan hat – um ihm zu entwischen?«

»Mmpfm.« Buck dachte darüber nach und nickte widerstrebend. »Du meinst also, wenn der Junge Angst vor Cameron hatte und zufällig durchgerutscht ist, würde er vielleicht nicht versuchen, sofort zurückzukehren?«

»Möglich, dass er es nicht könnte.« Rogers Mund war trocken, und er schluckte, um genug Speichel zum Sprechen zu sammeln. »Er hatte ja keinen Edelstein. Und selbst wenn …« Er wies nickend auf Buck. »Du weißt doch, wie es bei dir war, obwohl du einen hattest. Es wird wirklich jedes Mal schlimmer. Möglich, dass Jem zu viel Angst hatte, um es zu versuchen.« *Oder er könnte es versucht haben, es nicht geschafft haben, und jetzt ist er verloren … NEIN!*

Buck nickte.

»Aha. Du meinst also, er ist vielleicht in dieser Zeit ausgekommen, weil dein Pa hier ist?« Er klang extrem skeptisch. »Dass er womöglich sogar bei deinem Pa ist?«

Roger hielt es im Sitzen nicht mehr aus. Er stand abrupt auf und steckte die Hundemarken in die Brusttasche seines Rocks.

»Ich weiß es nicht. Aber es ist der einzige konkrete Hinweis, den wir haben. Ich muss mich mit eigenen Augen überzeugen.«

45

WIE MAN EINE SEELE HEILT

»Du bist wirklich nicht mehr ganz dicht, das weißt du, aye?«

Roger sah Buck erstaunt an.

»Wo zum Teufel hast du denn *diesen* Ausdruck gelernt?«

»Bei deiner Frau«, erwiderte Buck. »Die eine sehr schöne Frau ist und sich außerdem gut ausdrücken kann. Und wenn du vorhast, eines Tages in ihr Bett zurückzukehren, überlegst du dir das, was du da vorhast, noch einmal.«

»Das habe ich schon«, sagte Roger knapp. »Und ich tue es trotzdem.« Der Eingang des Forts sah kaum anders aus als vor einer Woche, als er mit Brian Fraser hier gewesen war, doch heute hasteten nur wenige Menschen hinein, die sich ihre Schultertücher oder Hüte zum Schutz gegen den Regen fest in die Stirn gezogen hatten. Das ganze Fort wirkte jetzt unheilvoll, die grauen Steine nackt und von der Nässe schwarz gestreift.

Buck brachte sein Pferd zum Stehen und verzog das Gesicht, als es den Kopf schüttelte und ihn mit Tropfen aus seiner triefenden Mähne bespritzte.

»Aye, schön. Ich gehe da nicht hinein. Wenn wir ihn umbringen müssen, ist es besser, wenn er mich nicht kennt, damit ich ihn überrumpeln kann. Ich warte in dem Wirtshaus dort drüben.« Er wies mit dem Kinn auf ein Etablissement, das *Peartree* hieß und ein paar hundert Meter hinter dem Fort an der Straße lag. Dann trieb er sein Pferd wieder an. Nach drei Metern blickte er sich um und rief: »Eine Stunde. Wenn du dann nicht bei mir bist, komme ich dir nach!«

Roger lächelte trotz des bleiernen Gefühls in seinem Inneren. Obwohl sie schon seit Stunden auf den Beinen waren, lag ihm sein Frühstück schwer im Magen. Er winkte Buck kurz zu und schwang sich vom Pferd.

»*Segne mich, Herr*«, betete er. »*Hilf mir, das Richtige zu tun – für alle. Auch für Buck. Und für* ihn.«

Im Grunde betete er ununterbrochen, seit Jem verschwunden war, obwohl es zum Großteil nur das panische, automatische »Lieber Gott, gib, dass alles gut wird« war, das jeder in einer Krise betet. Mit der Zeit geht entweder der Krise oder dem Betenden die Puste aus, und entweder endet das Gebet, oder … der Betende hört auf zu lauschen.

Er wusste das. Und er lauschte noch. Dennoch verblüffte es ihn, eine Antwort zu bekommen.

Doch er hatte genug Erfahrung mit dem Beten, um eine Antwort zu erkennen, wenn sie auftauchte, so unwillkommen sie auch sein mochte. Und der unmissverständliche Hinweis, der ihm auf ihrem schlammigen, regennassen Weg als zufälliger Gedanke gekommen war – dass Jack Randalls Seele nicht weniger in Gefahr schwebte als Brian Frasers Leben –, war ihm verdammt unwillkommen.

»Na also«, hatte Buck gesagt, und seine Miene hatte sich unter seiner nassen Hutkrempe erhellt, als ihm Roger seine Verstörung angesichts dieser Einsicht mitteilte. »Ein Grund mehr, ihn sofort umzubringen. Den Frasers bleibt einiges erspart, und der Mistkerl muss nicht in die Hölle – wenn er nicht ohnehin schon etwas getan hat, was ihn dorthin befördert«, fügte er hinzu. »Zwei Fliegen mit einer Klappe, aye?«

Roger war einen Moment glucksend weitergeritten, ehe er antwortete.

»Nur aus Neugier – bist du Prozessanwalt oder Sachwalter gewesen, als du noch praktiziert hast?«

»Sachwalter. Warum?«

»Kein Wunder, dass du keinen Erfolg hattest. Dein ganzes Talent liegt in der anderen Richtung. Kannst du überhaupt ein Gespräch führen, ohne zu diskutieren?«

»Nicht mit *dir*«, hatte Buck spitz gesagt und sein Pferd antraben lassen, so dass der Matsch nur so flog.

Roger nannte seinen Namen und fragte den Sekretär, ob er wohl mit Hauptmann Randall sprechen könnte. Dann stellte er sich vor das Torffeuer und schüttelte so viel Wasser ab, wie er konnte, bevor der Mann zurückkehrte und ihn in Randalls Amtsstube führte.

Zu seiner Überraschung war es dasselbe Zimmer, in dem er und Brian Fraser vor ein paar Tagen ihre Audienz bei Oberst Buncombe gehabt hatten. Randall saß hinter seinem Schreibtisch, einen Federkiel in der Hand, blickte aber bei Rogers Eintreten höflich auf und erhob sich halb, um sich zu verneigen.

»Euer Diener, Sir. Mr. MacKenzie, ist das richtig? Ihr kommt aus Lallybroch, wenn ich es richtig verstanden habe.«

»Gehorsamst, Sir«, erwiderte Roger. »Mr. Brian Fraser war so freundlich, mir den Gegenstand zu überlassen, den Ihr ihm gebracht habt. Ich wollte Euch für Euren gütigen Beistand danken – und Euch fragen, ob Ihr mir wohl sagen könnt, wo der Gegenstand gefunden wurde.«

Er wusste von der Banalität des Bösen; menschliche Monster hatten auch eine menschliche Gestalt. Dennoch war er überrascht. Randall war ein gut aussehender Mann mit eleganten Manieren, einer lebendigen, interessierten Miene, einem humorvoll geschwungenen Mund und warmen dunklen Augen.

Nun, er ist *schließlich ein Mensch. Und vielleicht ist er ja noch kein Monster*.

»Einer meiner Boten hat ihn mitgebracht«, erwiderte Randall. Er wischte seinen Federkiel trocken und stellte ihn in ein Keramikgefäß voll ähnlicher Utensilien. »Mein Vorgänger, Oberst Buncombe, hatte Depeschen über Euren Sohn nach Fort George und Fort Augustus gesandt – ich bedaure Eure Situation wirklich sehr«, fügte er äußerst förmlich hinzu. »Eine Patrouille aus Ruthven Barracks hatte die … Halskette? … mitgebracht. Ich weiß leider nicht, wo sie gefunden wurde, aber eventuell weiß es ja der Bote, der sie aus Ruthven mitgebracht hat. Ich lasse ihn holen.«

Randall ging zur Tür und sprach mit dem Wachtposten auf der anderen Seite.

Als er zurückkam, blieb er stehen, um einen Schrank zu öffnen, der einen Perückenständer, eine Puderdose, ein Paar Haarbürsten, einen Spiegel und ein kleines Tablett mit einer Kristallkaraffe und Gläsern enthielt.

»Gestattet mir, Euch eine Erfrischung anzubieten, Sir.« Randall schenkte vorsichtig zwei Gläser ein und bot Roger eines an. Er ergriff das andere, und seine Nasenlöcher blähten sich sacht beim Geruch des Whiskys. »Der Nektar des Landes, hat man mich wissen lassen«, verriet er mit einem ironischen Lächeln. »Man sagt mir, er ist gewöhnungsbedürftig.« Er nippte argwöhnisch und zog ein Gesicht, als rechne er daraufhin mit seinem sofortigen Ableben.

»Wenn ich das vorschlagen darf… es ist üblich, etwas Wasser hineinzumischen«, sagte Roger und hielt seine Stimme bewusst frei von jeder Belustigung. »Manche sagen, das setzt den Geschmack frei, macht den Whisky weicher.«

»Oh, wirklich?« Randall stellte sein Glas hin und sah erleichtert aus. »Das erscheint mir vernünftig. Das Zeug schmeckt ja, als wäre es brennbar. Sanders!«, rief er in Richtung der Tür. »Bringt uns etwas Wasser!«

Es folgte eine kleine Pause, denn keiner von ihnen wusste, was er als Nächstes sagen sollte.

»Der, äh, *Gegenstand*«, sagte Randall, »dürfte ich ihn noch einmal sehen? Er ist ja sehr ungewöhnlich. Ist es eine Art Schmuckstück?«

»Nein. Es ist eine… Art Talisman«, sagte Roger und fischte die Hundemarken aus seiner Tasche. Er spürte einen Schmerz in seiner Brust, als er an die kleinen persönlichen Rituale der Flieger dachte – ein Glücksstein in der Tasche, ein spezieller Schal, ein Frauenname auf der Nase eines Flugzeugs… Talismane. Kleine hoffnungsvolle Zauber, ein Hauch von Schutz gegenüber einem riesigen Himmel voller Feuer und Tod. »Um die Seele zu bewahren.« *Zumindest in der Erinnerung.*

Randall runzelte leicht die Stirn und blickte von den Hundemarken auf Rogers Gesicht, dann wieder zurück. Er dachte eindeutig das Gleiche wie Roger: *Und wenn der Talisman von der Person getrennt wird, die er beschützen sollte…* Doch er sagte nichts, sondern berührte nur sacht die grüne Marke.

»J.A. Euer Sohn heißt Jeremiah, wie ich höre?«

»Ja. Jeremiah Alexander. Ein alter Familienname. Mein Vater hieß auch so. Ich…«

Er wurde durch das Eintreten des Privatgefreiten MacDonald unterbrochen, eines blutjungen Soldaten, der Randall triefend nass und etwas blau gefroren salutierte und dann von einem Hustenanfall geschüttelt wurde.

Als er sich davon erholt hatte, folgte er Randalls Befehl, Roger alles zu erzählen, was er über die Hundemarken wusste – doch er wusste nicht viel. Ein in Ruthven Barracks stationierter Soldat hatte sie beim Würfeln in einem Wirtshaus gewonnen. Den Namen des Wirtshauses wusste er noch – The Fatted Grouse, er hatte selbst schon einmal etwas dort getrunken –, und er meinte, der Soldat hätte gesagt, er hätte den Anhänger von einem Farmer gewonnen, der aus Perth zum Markt gekommen war.

»Wisst Ihr den Namen den Soldaten noch?«, fragte Roger.

»Oh, aye, Sir. Das war Sergeant McLehose. Und wenn ich darüber nachdenke…« Sein breites Grinsen bei der Erinnerung ließ seine schiefen Zähne zutage treten. »Jetzt fällt mir auch der Name des Farmers ein. Es war Mr. Anthony Cumberpatch. Der Sergeant fand ihn nämlich so lustig.« Er kicherte, und auch Roger lächelte. Hauptmann Randall räusperte sich, und das Kichern verstummte abrupt. Der Privatgefreite nahm Haltung an.

»Danke, Mr. MacDonald«, sagte Randall trocken. »Das wäre alles.«

Der Privatgefreite MacDonald salutierte verlegen und ging. Es folgte kurzes Schweigen, und Roger wurde bewusst, dass der Regen, der jetzt kräftiger geworden war, wie Kies gegen das große Fenster prasselte. Ein kalter Luftzug drang durch den undichten Rahmen und berührte sein Gesicht. Als er zum Fenster blickte, sah er unten den Exerzierplatz und den Pfosten, an dem die Auspeitschungen stattfanden, ein grimmiges Kreuz, einsam und schwarz im Regen.

Oh Gott.

Er faltete die Hundemarken sorgsam wieder zusammen und steckte sie in seine Tasche. Dann sah er Hauptmann Randall direkt in die dunklen Augen.

»Hat Oberst Buncombe Euch erzählt, Sir, dass ich Prediger bin?«

Randall zog überrascht die Augenbrauen hoch.

»Nein, das hat er nicht.« Es war nicht zu übersehen, dass sich Randall fragte, warum Roger das wohl erwähnen mochte, doch er blieb höflich. »Mein jüngerer Bruder ist Kirchenmann. Äh … Church of England natürlich.« Roger beantwortete die leise implizierte Frage mit einem Lächeln.

»Ich selbst bin Prediger der Church of Scotland, Sir. Doch wenn ich dürfte … Würdet Ihr mir einen Segensspruch gestatten? Auf dass meinem Verwandten und mir Erfolg gewährt sei – und zum Dank für Eure gütige Hilfe?«

»Ich …« Randall blinzelte peinlich berührt. »Ich … denke schon. Äh … also gut.« Er lehnte sich ein wenig zurück, das Gesicht argwöhnisch, die Hände auf seiner Schreibunterlage. Er war völlig verblüfft, als Roger sich vorbeugte und seine beiden Hände fest in die seinen nahm. Randall fuhr auf, doch Roger hielt fest und sah den Hauptmann unverwandt an.

»Oh Herr«, sagte er, »wir erbitten Deinen Segen für unsere Werke. Leite mich und meinen Verwandten auf unserer Suche, und leite diesen Mann in seinem neuen Amt. Mögen Dein Licht und Deine Gegenwart mit uns und mit ihm sein, und möge Dein Mitleid immer über uns sein. Ich empfehle ihn in Deine Obhut. Amen.«

Seine Stimme überschlug sich bei dem letzten Wort, und er ließ Randalls Hände los und hustete. Er wandte den Blick ab, während er sich räusperte.

Auch Randall räusperte sich verlegen, bewahrte aber Haltung.

»Ich danke Euch für Eure … äh … guten Wünsche, Mr. MacKenzie. Und ich wünsche Euch viel Glück. Guten Tag.«

»Euch ebenso, Hauptmann«, sagte Roger und erhob sich. »Gott sei mit Euch.«

46

GÜTIGER JESUS, SAG MIR JA…

Boston, 15. November 1980

Dr. Joseph Abernathy bog in seine Auffahrt ein und freute sich auf ein kaltes Bier und etwas Warmes zum Abendessen. Der Briefkasten war voll; er zog eine Handvoll Wurfsendungen und Umschläge heraus, die er schon im Hineingehen sortierte.

»Rechnung, Rechnung, Hauseigentümer, Müll, Müll, noch mehr Müll, Spendenaufruf, Rechnung, Idiot, Rechnung, Einladung… Tag, Schatz…«, blieb für einen wohlriechenden Kuss seiner Frau stehen und roch dann noch einmal an ihrem Haar. »Oh Mann, gibt es etwa Bratwurst mit Sauerkraut?«

»Für dich schon«, sagte seine Frau zu ihm, während sie mit einer Hand ihre Jacke vom Garderobenständer fischte und ihm mit der anderen den Po drückte. »Ich treffe mich mit Josephine. Bin um neun zurück, wenn der Verkehr nicht im Regen stecken bleibt. Irgendetwas Brauchbares in der Post?«

»Nein. Viel Spaß!«

Sie verdrehte die Augen und ging, bevor er fragen konnte, ob sie ihm ein Bud gekauft hatte. Er warf die halb sortierte Post auf die Küchenablage und öffnete den Kühlschrank, um nachzusehen. Ein glänzendes, rot-weißes Sixpack lachte ihm entgegen, und die warme Luft duftete so kräftig nach Bratwurst und Essig, dass er es schmecken konnte, ohne auch nur den Deckel von dem Topf auf der Herdplatte zu nehmen.

»Eine gute Frau ist kostbarer als Rubine«, stellte er höchst zufrieden fest. Dann holte er selig Luft und zog eine Dose aus dem Plastikring.

Er hatte seinen ersten Teller halb leer und das zweite Bier zu zwei Dritteln, als er den Sportteil des *Globe*s hinlegte und den Brief sah, der ganz oben auf dem verstreuten Haufen lag. Er erkannte Briannas Handschrift sofort; sie war groß und rund und neigte sich entschlossen nach rechts – aber mit dem Brief stimmte etwas nicht.

Er nahm ihn mit einem kleinen Stirnrunzeln in die Hand und fragte sich, warum er so komisch aussah… und begriff dann, dass es die Briefmarke war. Sie schrieb mindestens einmal im Monat, schickte ihm Fotos der Kinder, erzählte ihm von ihrer Stelle, von der Farm – und ihre Briefe hatten immer britische Briefmarken, Königin Elizabeth' Kopf in Lila und Blau. Dieser hier hatte eine amerikanische Briefmarke.

Behutsam legte er den Brief hin, als könnte er explodieren, und schluckte den Rest seines Biers in einem Zug herunter. So gestärkt, griff er entschlossen nach dem Brief.

»Sag mir, dass du mit Roger und den Kindern in Disneyland bist, Brianna«, murmelte er und leckte den Senf vom Messer, bevor er es benutzte, um den Umschlag aufzuschlitzen. Sie hatte davon gesprochen, dass sie das eines Tages tun wollte. »Lieber Jesus, sag mir, dass das ein Foto von Jem ist, wie er Mickey Mouse die Hand gibt.«

Zu seiner großen Erleichterung *war* es ein Foto beider Kinder in Disneyland. In den Armen von Mickey Mouse strahlten sie in die Kamera, und er lachte laut auf. Dann entdeckte er den kleinen Schlüssel, der aus dem Umschlag gefallen war – den Schlüssel zu einem Bankschließfach. Er legte das Foto beiseite, holte sich noch ein Bier und setzte sich langsam hin, um die kurze Notiz zu lesen, die dem Foto beigefügt war.

Lieber Onkel Joe,
ich fahre mit den Kindern zu Oma und Opa. Ich weiß nicht, wann wir zurückkommen; könntest du dich bitte um alles kümmern, solange wir fort sind? (Anleitung im Schließfach.)

Danke für alles, immer. Ich werde dich vermissen. Hab dich lieb.
Brianna

Er saß lange da, während das Fett auf seinem Teller gerann, und betrachtete das leuchtende, fröhliche Foto.

»Himmel, Mädchen«, sagte er leise. »Was ist denn passiert? Und was meinst du damit, *du* fährst mit den Kindern? Wo zum Teufel ist Roger?«

DRITTER TEIL

EINE NEUE KLINGE AUS DES SCHMIEDES ASCHE

47

ETWAS PASSENDES FÜR EINEN KRIEG

Philadelphia, 21. Juni 1778

Ich erwachte vollkommen orientierungslos und hörte Wasser in einen Holzeimer platschen, roch die scharfen Gerüche von Papierbrei und Druckerschwärze, die weniger durchdringenden Aromen von Jamies Körper und von gebratenem Schinken – und hörte das Scheppern von Zinntellern und das laute Kreischen eines Maultiers. Letzteres half meinem Gedächtnis sofort auf die Sprünge, und ich fuhr zum Sitzen auf, das Laken an meine Brust geklammert.

Ich war nackt und befand mich auf dem Dachboden von Fergus' Druckerei. Als wir tags zuvor während einer kurzen Regenpause in Kingsessing aufgebrochen waren, hatten wir Fergus in der Nähe des Tors in einem Geräteschuppen gefunden, wo er geduldig wartete, während Clarence, das Maultier, und zwei Pferde unter dem Vordach angebunden standen.

»Du bist doch wohl nicht schon die ganze Zeit hier draußen, oder?«, entfuhr es mir bei seinem Anblick.

»Habt ihr so lange gebraucht?«, erkundigte er sich und warf Jamie mit hochgezogener Augenbraue jene Art von vielsagendem Blick zu, der den Franzosen angeboren zu sein scheint.

»Mmpfm«, erwiderte Jamie mehrdeutig und nahm meinen Arm. »Ich bin auf Clarence hergeritten, Sassenach, aber ich habe Fergus gebeten, mit einem Pferd für dich nachzukommen. Das Maultier kann uns nicht beide tragen, und mein Rücken macht es nicht mit, wenn ich so weit laufe.«

»Was ist denn mit deinem Rücken?«, fragte ich argwöhnisch.

»Nichts, was eine Nacht in einem ordentlichen Bett nicht kurieren würde«, erwiderte er. Dann bückte er sich, damit ich den Fuß auf seine Hände stellen konnte, und half mir in den Sattel.

Es war bereits dunkel gewesen, als wir die Druckerei erreichten. Ich hatte Germain zwar sofort zur Chestnut Street geschickt, um Bescheid zu sagen, wo ich war, war aber mit Jamie zu Bett gegangen, ehe er zurück war. Ich fragte mich vage, wer sich sonst noch in dem Haus an der Chestnut Street aufhielt und was dort vor sich ging: War Hal noch gefangen – oder hatte Ian beschlossen, ihn gehen zu lassen? Und wenn nicht: Hatte er Denny Hunter umgebracht – oder hatte Mrs. Figg ihn erschossen?

Jamie hatte mir gesagt, er hätte die Situation in Ians Hände gelegt, oder besser: die Situationen. Es schien gestern eine Menge geschehen zu sein. Es kam mir alles unwirklich und traumähnlich vor, sowohl die Geschehnisse, an denen ich beteiligt gewesen war, als auch die, von denen Jamie mir auf dem Rückweg erzählt hatte. Meine einzige wirklich lebhafte Erinnerung war die an unser Zwiegespräch im Garten – und das, was darauf gefolgt war. Es hallte immer noch in meinem Körper wider.

Unten wurde eindeutig das Frühstück zubereitet; neben dem köstlichen Duft nach gebratenem Schinken roch ich nun geröstetes Hefebrot und frischen Honig. Mein Magen knurrte laut, und wie durch dieses Geräusch ausgelöst begann die Leiter, die auf den Dachboden führte, zu wackeln. Jemand kam langsam herauf, und für den Fall, dass es nicht Jamie war, ergriff ich mein Hemd und zog es mir hastig über den Kopf.

Er war es nicht. Ein Zinntablett hob sich langsam in Sicht, beladen mit einem Teller Essen, einer Schale Porridge und einem Keramikbecher mit etwas Dampfendem; es konnte kein Tee sein, und es roch nicht nach Kaffee. Während das Tablett weiter in die Höhe stieg, kam Henri-Christians strahlendes Gesicht darunter zum Vorschein; er balancierte es auf seinem Kopf.

Ich hielt den Atem an, bis er von der Leiter gestiegen war, und als er dann das Tablett vom Kopf nahm und es mir mit einer feierlichen kleinen Verbeugung präsentierte, applaudierte ich.

»*Merveilleux!*«, sagte ich zu ihm, und er grinste von einem Ohr zum anderen.

»Felicité wollte es versuchen«, erzählte er mir stolz, »aber sie kann es noch nicht mit einem vollen Tablett. Bei ihr schwappt alles über.«

»Nun, das geht natürlich nicht. Danke, Schätzchen.« Ich beugte mich vor, um ihm einen Kuss zu geben – sein dunkles, gewelltes Haar roch nach Holzrauch und Druckerschwärze –, und griff nach dem Becher. »Was ist das?«

Er warf einen skeptischen Blick darauf und zuckte mit den Schultern. »Es ist heiß.«

»Das stimmt.« Ich umfasste den Becher mit beiden Händen. Gestern Abend war es auf dem Dachboden noch warm gewesen, weil sich die Tageshitze dort gesammelt hatte, doch es hatte fast die ganze Nacht geregnet, und die feuchte Kühle hatte sich durch die Löcher im Dach durchgearbeitet – vier oder fünf Gefäße, die unter den Lecks standen, erzeugten eine Sinfonie plitschender Klänge. »Wo ist denn *grand-père*?«

Henri-Christians Gesicht wurde augenblicklich knallrot; er presste die Lippen fest zusammen und schüttelte heftig den Kopf.

»Was?«, sagte ich überrascht. »Ist es ein Geheimnis?«

»Sag es ihr ja nicht!«, ertönte Joanies schrille Stimme von unten aus der Werkstatt. »*Grand-père* hat gesagt, das sollen wir nicht!«

»Oh, eine Überraschung, ja?«, fragte ich und lächelte. »Nun, vielleicht gehst du dann besser nach unten und hilfst deiner Mama, damit du es nicht aus Versehen verrätst.«

Er kicherte, die Hände vor den Mund gepresst, dann hob er die Arme, holte zu einem Salto rückwärts aus und landete geschickt auf den Händen. Er ging im Handstand auf die Leiter zu, die kräftigen Beinchen gespreizt, um im Gleichgewicht zu bleiben, und mir blieb fast das Herz stehen, als er die Kante erreichte, weil ich glaubte, er würde versuchen, die Leiter kopfunter hinabzuturnen. Doch er vollführte einen weiteren Salto, landete genau auf der oberen Stufe und kletterte wie ein Eichhörnchen aus meinem Blickfeld. Er kicherte auf dem ganzen Weg nach unten.

Lächelnd schüttelte ich unser spärliches Bettzeug zurecht – wir hatten auf flach gedrücktem Stroh aus dem Stall, das kräftig nach Clarence roch, und unseren halb getrockneten Umhängen geschlafen, über die wir ein Bettlaken und eine zerschlissene Decke gebreitet hatten; dazu hatten uns Joanie und Felicité eines ihrer Federkissen geliehen und sich das andere geteilt – und lehnte mich im Sitzen an die Wand. Das Tablett stand auf einem Fässchen Tintenpulver. Ich war von Papierstapeln umgeben, die mit Wachstuch vor den undichten Stellen im Dach geschützt waren. Zum Teil waren es blanke Stapel, die der Druckerpresse harrten, zum Teil Pamphlete, Flugblätter, Poster oder das Innenleben ungebundener Bücher, die darauf warteten, an Kunden oder den Buchbinder ausgeliefert zu werden.

Unten konnte ich Marsalis Stimme hören, die sich in den Wohnräumen hinter der Werkstatt im mütterlichen Befehlston erhob, jedoch keine männliche Stimme außer Henri-Christians. Fergus und Germain mussten mit Clarence unterwegs sein, um *L'Oignon* auszuliefern, die satirische Zeitung, die Fergus und Marsali in North Carolina aus der Taufe gehoben hatten.

Normalerweise erschien *L'Oignon* wöchentlich, doch auf meinem Tablett lag das heutige Extrablatt mit einer großen Karikatur auf der Titelseite, auf der die britische Armee als Horde von Kakerlaken mit zerfetzten Fahnen und mit Spruchbändern voll leerer Drohungen aus der Stadt flüchtete. Ein großer Schuh, auf dessen Schnalle »General Washington« stand, zertrat einige Nachzügler.

Ein großer Klecks gelblich weißer Honig zerfloss langsam auf meinem Porridge; ich rührte ihn unter, goss ein wenig Sahne darüber und machte es mir bequem, um mein Frühstück im Bett zu genießen und dazu einen Artikel zu lesen, der von General Arnolds bevorstehendem Einzug nach Philadelphia berichtete, wo er das Amt des Militärgouverneurs bekleiden würde, der ihn willkommen hieß und voll des Lobes seiner Heldentaten in Saratoga war. Vielleicht ein bisschen verfrüht, dachte ich; noch befanden sich General Clinton und die britische Armee ja *in* der Stadt, auch wenn sie sie wahrscheinlich jeden Moment verlassen würden.

Wie lange noch?, dachte ich dann und legte die Zeitung mit einem kleinen Schauder beiseite. *Wann?* Ich hatte zwar das Gefühl, dass es erst viel später im Lauf des Krieges dazu gekommen war – kommen würde –, dass die Umstände Benedict Arnold vom Patrioten zum Verräter machten. Aber ich wusste es nicht.

Es spielte auch keine Rolle, redete ich mir entschlossen ein. Ich konnte es nicht ändern. Wir würden bis dahin längst wieder in Fraser's Ridge in Sicherheit sein und unser Haus und unser Leben aufbauen. Jamie lebte. Alles würde gut werden.

Unten klingelte die Glocke über der Druckereitür, und es folgte aufgeregtes Geplapper, als die Kinder aus der Küche stürmten. Jamies Stimme drang als leises Brummen aus dem Wirrwarr der schrillen Begrüßungen zu mir herauf, aus denen ich jetzt Marsalis vom Donner gerührte Stimme heraushörte.

»Pa! Was hast du *getan*?«

Alarmiert krabbelte ich aus meinem Nest und kroch auf allen vieren zum Rand des Dachbodens, um hinunterzublicken. Jamie stand mitten in der Druckerei, umringt von staunenden Kindern, das lose Haar mit glitzernden Regentropfen benetzt, den Umhang über dem Arm gefaltet … bekleidet mit dem Dunkelblau und Ocker eines Kontinentaloffiziers.

»Jesus H. Roosevelt *Christ*!«, rief ich aus. Er hob den Kopf, und sein Blick traf den meinen mit dem Ausdruck eines Hündchens, das etwas ausgefressen hat.

»Es tut mir leid, Sassenach«, sagte er entschuldigend. »Ich musste es tun.«

ER WAR AUF DEN DACHBODEN gestiegen und hatte die Leiter hochgezogen, damit die Kinder nicht hinterherkamen. Ich zog mich rasch an – oder versuchte es zumindest –, während er mir von Dan Morgan erzählte, von Washington und den anderen Kontinentalgenerälen. Von der bevorstehenden Schlacht.

»Sassenach, ich *musste* es tun«, sagte er noch einmal leise. »Es tut mir so leid.«

»Ich weiß«, sagte ich. »Das weiß ich doch.« Meine Lippen waren steif. »Ich … du … mir tut es auch leid.«

Ich versuchte gerade, die Dutzende winziger Knöpfe am Mieder meines Kleides zu schließen, doch meine Hände zitterten so heftig, dass ich sie nicht einmal zu fassen bekam. Ich gab den Versuch auf und holte meine Haarbürste aus der Tasche, die er mir aus dem Haus an der Chestnut Street mitgebracht hatte.

Jamie stieß einen leisen Kehllaut aus und nahm sie mir aus der Hand. Er warf sie auf unsere improvisierte Couch, legte die Arme um mich und hielt mich fest, das Gesicht an seiner Brust vergraben. Der Stoff seiner neuen Uniform roch nach frischem Indigo, nach Walnusshüllen und nach Fullererde; sie lag fremd und steif an meinem Gesicht. Ich konnte das Zittern nicht abstellen.

»Sprich mit mir, *a nighean*«, flüsterte er mir in das zerzauste Haar. »Ich habe Angst, und ich würde mich gerne nicht mehr so allein fühlen. Sprich mit mir.«

»Warum musst es immer *du* sein?«, entfuhr es mir, gedämpft durch seine Brust.

Das entlockte ihm ein wackliges Lachen, und ich begriff, dass ich nicht die Einzige war, die zitterte.

»Ich bin ja nicht der Einzige«, sagte er und strich mir über das Haar. »Es gibt noch tausend andere Männer – mehr sogar –, die sich heute bereit machen und es auch nicht wollen.«

»Ich weiß«, sagte ich erneut. Ich atmete jetzt etwas regelmäßiger. »Ich weiß.« Ich drehte das Gesicht zur Seite, um besser Luft zu bekommen, und ganz plötzlich begann ich ohne jede Vorwarnung zu weinen.

»Es tut mir leid«, sagte ich schluchzend. »Ich will … ich will es d-dir n-nicht noch schwerer m-machen. Ich … ich … oh, Jamie, sobald ich wusste, dass du lebst … wollte ich so gern nach Hause. Mit dir nach Hause.«

Seine Arme legten sich fest um mich. Er sagte nichts, und ich wusste, dass es daran lag, dass er es nicht konnte.

»Ich auch«, flüsterte er schließlich. »Und wir gehen auch nach Hause, *a nighean*. Ich verspreche es dir.«

Die Geräusche von unten drangen zu uns herauf; die Geräusche von Kindern, die zwischen der Werkstatt und der Küche hin und her rannten, Marsali, die auf Gälisch vor sich hin sang, während sie frische Druckerschwärze zubereitete. Die Tür öffnete sich, und kühle Regenluft kam herein, gemeinsam mit Fergus und Germain, die in den fröhlichen Wirrwarr einstimmten.

Wir standen da, die Arme umeinander geschlungen, fühlten uns getröstet durch unsere Familie dort unten, sehnten uns nach den anderen, die wir vielleicht nie wiedersehen würden, daheim und heimatlos zugleich, auf einem schmalen Grat aus Ungewissheit und Gefahr. Aber zusammen.

»Du ziehst nicht ohne mich in den Krieg«, sagte ich entschlossen. Ich richtete mich auf und schniefte. »*Denk* erst gar nicht daran.«

»Es würde mir im Traum nicht einfallen«, versicherte er mir ernst, machte Anstalten, sich die Nase am Ärmel seiner Uniform abzuwischen, überlegte es sich, hielt inne und sah mich hilflos an. Ich lachte – zittrig, aber es war trotzdem ein Lachen – und reichte ihm das Taschentuch, das ich mir automatisch in den Ausschnitt gesteckt hatte, als ich mein Korsett schloss. Wie Jenny hatte auch ich *immer* eins dabei.

»Setz dich«, sagte ich und schluckte, als ich meine Bürste aufhob. »Ich flechte dir das Haar.«

Er hatte es heute Morgen gewaschen; es war sauber und feucht, die weichen roten Strähnen in meiner Hand rochen – merkwürdig – nach französischer Seife, die mit Bergamotte parfümiert war. Ich vermisste den Geruch nach Schweiß und Kohl, der mich die ganze Nacht umgeben hatte.

»Wo hast du denn gebadet?«, fragte ich neugierig.

»Im Haus an der Chestnut Street«, antwortete er ein wenig gereizt. »Meine Schwester hat mich dazu gezwungen. Sie hat gesagt, ich könnte doch bei meinem Auftritt als General nicht wie das Essen von gestern riechen, und sie hätten gerade heißes Wasser übrig.«

»Ach ja?«, murmelte ich. »Äh … apropos Chestnut Street … wie geht es Seiner Durchlaucht, dem Herzog von Pardloe?«

»Vor dem Morgengrauen verschwunden, sagt Jenny«, grummelte er und beugte den Kopf vornüber, um mir das Flechten zu erleichtern. »Ian sagt, Denny Hunter hätte gesagt, er könnte gehen, wenn er eine Flasche mit deinem Zaubertrank mitnimmt. Also hat ihm Mrs. Figg seine Hose zurückgegeben – etwas widerstrebend, wie ich hörte –, und er ist gegangen.«

»*Wohin* denn?«, fragte ich. Sein Haar war jetzt mehr von Silber durchwoben als zuvor. Das allein machte mir zwar nichts aus, wohl aber, dass ich nicht miterlebt hatte, wie es sich Tag für Tag allmählich veränderte.

»Ian hat ihn nicht gefragt. Aber er sagt, Mrs. Figg hätte dem Herzog die Namen einiger Freunde von Lord John genannt – Loyalisten, die möglicherweise noch in der Stadt sind. Und sein Sohn ist doch hier irgendwo einquartiert, oder? Mach dir keine Sorgen um ihn, Sassenach.« Er wandte den Kopf, um mich von der Seite anzulächeln. »Seine Durchlaucht ist ein Mann, der sehr schwer umzubringen ist.«

»Du musst es ja wissen«, sagte ich lakonisch. Ich fragte nicht, warum Jamie zur Chestnut Street gegangen war; auch wenn die Sorge um Hal und Jenny nahelag, war mir klar, dass er wissen wollte, ob John wieder aufgetaucht war. Anscheinend war das nicht der Fall, und ein Hauch von Kälte legte sich um mein Herz.

Ich suchte in meiner Tasche nach einem Band, um seinen Zopf zu befestigen, als ein frischer Luftzug durch den Dachboden wehte, so dass sich das Wachstuch hob und das Papier darunter sacht flatterte. Als ich mich umdrehte, um zu sehen, woher er kam, entdeckte ich Germain, der am Seil des Flaschenzugs baumelte, um sich durch das nur mit einer Klappe geschlossene Fenster hineinzuschwingen, durch das man Fässer und Ballen vom Dachboden auf darunter wartende Wagen hieven konnte.

»*Bonjour, grand-père*«, sagte er und wischte sich ein Spinnennetz aus dem Gesicht, als er landete und sich mit ausgesuchter Förmlichkeit vor Jamie verbeugte. Er wandte sich zur Seite und verbeugte sich auch vor mir. »*Comment ça va, grand-mère?*«

»Bes…«, begann ich automatisch, wurde aber von Jamie unterbrochen.

»Nein«, sagte er entschlossen. »Du kommst nicht mit.«

»Bitte, Opa!« Germains Förmlichkeit verschwand auf der Stelle und wich einem flehenden Ton. »Ich könnte dir doch helfen!«

»Ich weiß«, sagte Jamie trocken. »Und deine Eltern würden mir das nie verzeihen. Ich möchte gar nicht erst wissen, was du dir unter ›helfen‹ vorstellst, aber …«

»Ich könnte doch Bote sein! Ich kann reiten, das weißt du, du hast es mir selber beigebracht! Und ich bin schon fast zwölf!«

»Weißt du, wie gefährlich das ist? Wenn dich kein britischer Scharfschütze aus dem Sattel holt, könnte dir jemand von der Miliz eins überbrummen, um dir das Pferd zu stehlen. Außerdem kann ich rechnen. Du bist noch keine elf, also erzähl mir nichts.«

Offenbar konnte die Gefahr Germain nicht schrecken. Er zuckte ungeduldig mit den Achseln.

»Dann könnte ich doch Laufbursche werden. Außerdem kann ich überall etwas zu essen auftreiben«, fügte er durchtrieben hinzu. Er war tatsächlich ein meisterhafter Schnorrer, und ich betrachtete ihn nachdenklich. Jamie fing meinen Blick auf und musterte mich finster.

»Denk gar nicht erst daran, Sassenach. Man würde ihn als Dieb verhaften, ihn hängen oder halb tot peitschen, und ich könnte nichts dagegen tun.«

»Mich hat noch nie jemand erwischt!«, erklärte Germain entrüstet, der sich in seinem Berufsstolz beleidigt sah. »Noch nie!«

»Und das wird sich auch nicht ändern«, versicherte ihm sein Großvater mit stählernem Blick. »Vielleicht wenn du sechzehn bist …«

»Oh, aye? Oma Janet sagt, du warst *acht*, als du das erste Mal mit deinem Pa auf Beutezug gegangen bist!«

»Kühe zu stehlen ist etwas ganz anderes als Krieg, und ich habe in *dem* Alter nie einen Kampf aus der Nähe gesehen«, sagte Jamie. »Außerdem sollte deine Oma Janet lieber den Mund halten.«

»Aye, ich sage ihr, dass du das gesagt hast«, gab Germain mürrisch zurück. »Sie erzählt, du hast einen Schwerthieb auf den Kopf bekommen.«

»Das stimmt. Und wenn du Glück hast, wirst du alt, ohne dass dir jemand das Hirn durchrührt wie deinem Großvater. Lass uns allein, Junge, deine Oma muss sich die Strümpfe anziehen.« Er stand auf, nahm die Leiter, ließ sie nach unten gleiten und schob Germain entschlossen darauf zu.

Jamie blieb mit strengem Blick oben an der Leiter stehen, bis Germain unten angekommen war, der seinem Missvergnügen Ausdruck verlieh, indem er die letzten Sprossen ausließ und mit einem lauten Knall landete.

Jamie seufzte, richtete sich auf und reckte sich vorsichtig. Dabei ächzte er leise.

»Weiß der Himmel, wo wir heute Abend schlafen werden, Sassenach«, merkte er mit einem Blick auf unsere improvisierte Liege an, als er sich setzte, damit ich seinen Zopf festbinden konnte. »Um meines Rückens willen hoffe ich, dass es etwas weicher ist als das hier.« Er grinste mich plötzlich an. »Hast du gut geschlafen?«

»Bestens«, versicherte ich ihm und strich das Band glatt. In Wahrheit tat mir alles weh, was einem Menschen weh tun kann, außer vielleicht meiner Scheitelspitze. Aber eigentlich hatte ich ja auch kaum geschlafen und er genauso wenig; wir hatten die dunklen Stunden mit einer langsamen, wortlosen Erkundung zugebracht, hatten den Körper des anderen wiedergefunden … und gegen Tagesanbruch erneut die Seele des anderen berührt. Jetzt berührte ich sacht seinen Nacken, und er hob die Hand, um die meine zu berühren. Ich fühlte mich himmelhoch jauchzend und zu Tode betrübt und wusste von einer Sekunde zur nächsten nicht mehr, welches Gefühl das stärkere war.

»Wann gehen wir?«

»Sobald du deine Strümpfe anhast, Sassenach. Und dich gebürstet hast. Und dein Mieder zugeknöpft hast«, fügte er hinzu, als er sich umdrehte und sein Blick auf mein üppiges Dekolleté fiel. »Warte, ich mache das.«

»Ich brauche meine Arzneitruhe«, sagte ich und sah schielend zu, wie seine geschickten Finger an meiner Brust hinunterhuschten.

»Ich habe sie mitgebracht«, versicherte er mir mit einem kleinen Stirnrunzeln, den Blick auf einen widerspenstigen Knopf gerichtet. »Sie ist sehr schön. Ich nehme an, Seine Lordschaft hat sie für dich gekauft?«

»Ja.« Ich zögerte einen Moment und wünschte, er hätte »John« gesagt, nicht »Seine Lordschaft«. Außerdem wünschte ich, ich wüsste, wo John war – und dass es ihm gut ging. Aber dies schien nicht der richtige Moment zu sein, um diese Dinge auszusprechen.

Jamie beugte sich vor und küsste meinen Ausschnitt, sein Atem warm auf meiner Haut.

»Ich weiß nicht, ob wir heute Abend überhaupt ein Bett haben werden«, sagte er und richtete sich auf. »Aber ob es mit Federn oder mit Stroh gefüllt ist, versprichst du mir, dass du es mit mir teilst?«

»Immer«, sagte ich. Ich ergriff meinen Umhang, schüttelte ihn aus, schwang ihn mir um die Schultern und lächelte ihn tapfer an. »Dann lass uns gehen.«

JENNY HATTE MIR NICHT NUR die Arzneitruhe geschickt, sondern ebenso das große Kräuterpaket aus Kingsessing, das gestern Abend geliefert worden war. Mit dem Weitblick einer schottischen Hausfrau hatte sie außerdem ein Pfund Hafermehl hinzugefügt, etwas Salz, ein Päckchen Schinken, vier Äpfel und sechs saubere Taschentücher. Dazu eine ordentliche Rolle Stoff mit einem kurzen Brief, in dem stand:

Liebe Schwester Claire,

du scheinst nichts Passendes für einen Krieg zu besitzen. Ich schlage vor, dass du dir fürs Erste Marsalis Druckerschürze ausborgst, und hier sind zwei von meinen Flanellunterröcken und die schlichtesten Stücke, die Mrs. Figg in deiner Garderobe finden konnte.

Pass auf meinen Bruder auf und erinnere ihn daran, seine Strümpfe zu stopfen, denn er wird das erst merken, wenn er von den Löchern an den Fersen Blasen bekommt.

Deine Schwägerin
Janet Murray

»Und wie kommt es, dass *du* etwas Passendes für einen Krieg besitzt?«, fragte ich und betrachtete Jamie in seiner ganzen indigoblauen Pracht. Seine Uniform schien vollständig zu sein, von dem Rock mit den Epauletten und den Abzeichen eines Brigadegenerals bis hin zur ockerfarbenen Weste und den cremefarbenen Seidenstrümpfen. Hochgewachsen und aufrecht, das kastanienrote Haar mit einem schwarzen Band ordentlich hochgebunden, bot er einen stattlichen Anblick.

Er drückte das Kinn auf die Brust und schaute an sich selbst hinunter.

»Nun ja, das Hemd und die Unterwäsche hatte ich schon; ich habe sie aus

Schottland mitgebracht. Aber als ich gestern nach Philadelphia gekommen bin, um dich zu suchen, habe ich Jenny ja zuerst gefunden, und ich habe ihr von General Washington erzählt und sie gefragt, ob sie sich darum kümmern würde. Also hat sie meine Maße genommen und einen Uniformschneider und seinen Sohn aufgetrieben und die beiden dazu gebracht, die Nacht durchzuarbeiten und den Rock und die Weste zu schneidern … die armen Kerle«, fügte er hinzu und zupfte vorsichtig einen losen Faden vom Rand seiner Manschette. »Wie kommt es, dass du keine hast, Sassenach? Fand Seine Lordschaft es unschicklich, dass du die Leute verarztest, und hat er dich gezwungen, deine Arbeitskleider zu verbrennen?«

Er sagte es in jenem scherzhaften Ton, der die Unschuld des Fragenden nahelegen soll, während gleichzeitig kein Zweifel daran bleibt, dass er Böses im Schilde führt. *Ich sage ja nicht, dass ich später deswegen keine Szene machen werde.* Ich warf einen vielsagenden Blick auf die Arzneitruhe, die John mir geschenkt hatte, dann betrachtete ich ihn mit leicht zusammengekniffenen Augen.

»Nein«, sagte ich extrem beiläufig. »Ich habe mir Vitriol darübergeschüttet, als ich … als ich Äther hergestellt habe.« Bei der Erinnerung daran begannen meine Hände zu zittern, und ich musste meine Tasse Nesseltee absetzen.

»Himmel, Sassenach.« Jamie sprach zwar im Flüsterton – Felicité und Joan knieten zu seinen Füßen und zankten sich, während sie ihm die Messingschnallen seiner Schuhe polierten –, doch der Blick, mit dem er mich über ihre Köpfe hinweg ansah, war entsetzt. »Sag mir, dass du dabei nicht betrunken warst.«

Ich holte tief Luft und durchlebte die Situation noch einmal, obwohl ich versuchte, es nicht zu tun. Stand im heißen Halbdunkel des Schuppens hinter dem Haus, das runde Glas rutschig in meinen verschwitzten Händen … dann die aufspritzende Flüssigkeit – sie hatte mein Gesicht nur knapp verfehlt –, der widerliche Geruch und die rauchenden Löcher, die sich wie von Zauberhand vergrößerten und sich geradewegs durch meine schwere Leinenschürze und den Rock darunter fraßen. Eigentlich war es mir zu diesem Zeitpunkt gleichgültig gewesen, ob ich weiterlebte oder starb – bis es dann so aussah, als ob ich in den nächsten Sekunden sterben würde. Das änderte einiges. Es hatte mich zwar nicht letztlich überzeugt, mich nicht umzubringen – aber es ließ mich doch genauer über die Methode nachdenken.

»Nein, das war ich nicht«, sagte ich. Ich griff nach der Tasse und schaffte es, einen Schluck zu trinken. »Es … es war ziemlich heiß. Meine Hände waren verschwitzt, und die Flasche ist abgerutscht.«

Er schloss kurz die Augen und stellte sich die Szene seinerseits in aller Deutlichkeit vor, dann legte er die Hand über Felicités glänzenden schwarzen Schopf hinweg auf meine Wange.

»Mach das nicht noch einmal, aye?«, sagte er leise. »Lass das mit dem Äther.«

Wenn ich ehrlich war, bekam ich bei dem bloßen Gedanken an die Ätherherstellung feuchte Hände. Es war zwar chemisch nicht sehr schwierig, aber es *war* furchtbar gefährlich. Eine falsche Bewegung, nur ein bisschen zu viel Vitriol, ein paar Grad Hitze zu viel … Und Jamie wusste genauso gut wie ich, wie explosiv Äther war. In seinen Augen konnte ich die Erinnerung an die Flammen sehen, die das Haus rings um uns vernichtet hatten. Ich schluckte.

»Ich würde es ja auch lieber lassen«, sagte ich aufrichtig. »Aber … ohne Äther, Jamie, kann ich so vieles nicht tun, was mir halt *mit* Äther gelingt. Wenn ich keinen Äther gehabt hätte, wäre Aidan jetzt tot – genau wie Johns Neffe Henry.«

Er presste die Lippen aufeinander und sah so aus, als hielte er Henry Grey zwar durchaus für entbehrlich – doch den kleinen Aidan McCallum Higgins, dem ich in Fraser's Ridge mit Hilfe meines ersten Äthers den Blinddarm entfernt hatte, hatte er gern.

»Oma *muss* den Leuten einfach helfen, dass es ihnen besser geht, *grand-père*«, sagte Joanie tadelnd und erhob sich von ihrem Platz zu Jamies Füßen, um ihn stirnrunzelnd anzusehen. »Es ist ihre Berufung, sagt Mama. Sie kann es nicht lassen.«

»Das weiß ich doch«, versicherte er ihr. »Aber sie muss sich dabei keineswegs in die Luft sprengen. Wer soll sich denn um all die Kranken kümmern, wenn eure Oma in Stücke fliegt?«

Dieses Bild fanden Felicité und Joanie zum Lachen; ich war zwar weniger amüsiert, sagte aber nichts mehr, bis sie ihre Lappen und ihren Essig wieder in die Küche trugen. Wir blieben in den Schlafräumen zurück, um unsere Taschen und Bündel für den Aufbruch zu packen, und waren für einen Moment allein.

»Du hast gesagt, du hast Angst«, sagte ich leise, den Blick auf die Spulen mit grobem Faden und die Röllchen mit Seidengarn gerichtet, die ich zusammen mit einigen chirurgischen Nadeln in einer Holzschatulle verstaute. »Aber das wird dich nicht daran hindern zu tun, was du glaubst, tun zu müssen, oder? *Ich* habe Angst um dich – und das wird dich ja gewiss auch nicht aufhalten.« Ich bemühte mich, es ohne Bitterkeit zu sagen, doch er war heute Morgen genauso empfänglich für jede Nuance meines Tonfalls, wie ich es war.

Er hielt kurz inne und blickte auf seine glänzenden Schuhschnallen hinunter, dann hob er den Kopf und sah mir geradewegs in die Augen.

»Meinst du, weil du mir gesagt hast, dass die Rebellen gewinnen werden, steht es mir frei, mich davonzumachen?«

»Ich … nein.« Ich schloss den Deckel der Schatulle mit einem kleinen Klick, ohne hinzusehen. Ich konnte den Blick nicht von ihm abwenden. Sein Gesicht war reglos, doch seine Augen hingen gebannt an den meinen. »Ich weiß, dass du es tun musst. Ich weiß, dass es ein Teil dessen ist, was dich ausmacht. Du kannst nicht am Rand stehen und trotzdem du selbst bleiben. Das war es ja mehr oder weniger, was ich sagen wollte, über …«

Er unterbrach mich, indem er auf mich zukam und mich am Handgelenk packte. »Und was ist es, was du denkst, das ich bin, Sassenach?«

»Ein verdammter *Mann*, das ist es!« Ich riss mich los und wandte mich ab, doch er legte mir die Hand auf die Schulter und drehte mich wieder zu sich um.

»Aye, ich *bin* ein verdammter Mann«, gab er zu, und ein Hauch von Reue umspielte seinen Mund, doch sein Blick war blau und unbeirrbar.

»Du glaubst, du hast deinen Frieden mit dem geschlossen, was ich bin … aber ich glaube, du weißt gar nicht, was das bedeutet. Zu sein, was ich bin, bedeutet nicht nur, dass ich mein eigenes Blut vergießen werde, wenn ich muss. Es bedeutet, dass ich andere für meine eigenen Zwecke opfern muss – nicht nur die, die ich als Feinde töte, sondern auch die, die mir als Freunde teuer sind … oder als Verwandte.«

Er ließ die Hand sinken, und die Anspannung seiner Schultern schwand. Er wandte sich zur Tür und sagte: »Komm, wenn du fertig bist, Sassenach.«

EINEN MOMENT STAND ICH blinzelnd da, dann lief ich ihm nach und ließ meine halb gepackte Tasche stehen.

»Jamie!« Er stand in der Druckerei, Henri-Christian auf dem Arm, und verabschiedete sich von den Mädchen und von Marsali. Germain war nirgendwo in Sicht; gewiss schmollte er. Jamie blickte verblüfft auf, dann lächelte er mich an.

»Ich hatte nicht vor, dich zurückzulassen, Sassenach. Und ich wollte dich auch nicht hetzen. Möchtest du …«

»Ich weiß. Ich muss nur … ich muss dir etwas sagen.«

Sämtliche Köpfchen wandten sich mir zu wie ein Nest voller Jungvögel, die rosa Schnuten neugierig geöffnet. Mir kam der Gedanke, dass ich besser gewartet hätte, bis wir unterwegs waren, doch es war mir dringend erschienen, es ihm jetzt zu sagen – nicht nur, um ihn zu erleichtern, sondern auch, um ihn wissen zu lassen, dass ich ihn tatsächlich verstand.

»Es ist William«, entfuhr es mir, und Jamies Gesicht bewölkte sich einen Moment, als ob man einen Spiegel anhaucht. Ja, ich hatte ihn verstanden.

»Komm zu mir, *a bhailach*«, sagte Marsali. Sie nahm Jamie ihren Jüngsten ab und setzte ihn auf den Boden. »Uff! Du wiegst ja mehr als ich, mein Kleiner! Kommt mit, Mädchen, Opa geht ja noch nicht. Helft mir, Omas Sachen nach vorn zu tragen.«

Die Kinder folgten ihr gehorsam, obwohl sie sich dabei voll frustrierter Neugier nach uns umsahen. Kinder hassen Geheimnisse, es sei denn, sie sind diejenigen, die sie haben. Ich sah ihnen nach, dann wandte ich mich wieder an Jamie.

»Ich wusste nicht, ob sie von William wissen. Marsali und Fergus ja wahrscheinlich schon, seit …«

»Seit Jenny es ihnen gesagt hat. Aye, sie wissen es.« Er verdrehte resigniert die Augen, dann richtete er sie auf mein Gesicht. »Was ist mit ihm, Sassenach?«

»Er kann nicht kämpfen«, sagte ich und atmete krampfhaft aus. »Es spielt keine Rolle, was die britische Armee tun wird. William ist nach Saratoga auf Ehrenwort frei gekommen. Weißt du von der Konventionsarmee?«

»Ja.« Er nahm meine Hand und drückte sie. »Du meinst, er darf erst zu den

Waffen greifen, wenn man ihn austauscht – und das ist nicht der Fall. Ist es das?«

»Genau. Es kann niemand ausgetauscht werden, solange sich der König diesbezüglich nicht mit dem Kongress einigt.«

Sein Gesicht lebte plötzlich auf vor Erleichterung, und dieser Anblick erleichterte *mich*.

»John versucht seit Monaten, seinen Austausch zu bewirken, doch es ist einfach nicht möglich.« Ich tat König und Kongress mit einer Handbewegung ab und lächelte zu ihm auf. »Du wirst ihm auf keinem Schlachtfeld gegenüberstehen müssen.«

»*Taing Dhia*«, sagte er und schloss kurz die Augen. »Ich denke schon seit Tagen – wenn ich nicht gerade an *dich* gedacht habe, Sassenach ...«, fügte er hinzu, öffnete die Augen und sah mich von oben herab an, »dass aller guten Dinge drei sind. Nur, dass es diesmal alle bösen Dinge wären.«

»Drei?«, sagte ich. »Was meinst du ... Könntest du meine Finger loslassen? Sie sind schon ganz taub.«

»Oh«, sagte er. Er küsste sie sacht und ließ sie los. »Aye, entschuldige, Sassenach. Ich meine ... ich habe schon zweimal auf den Jungen geschossen und ihn jedes Mal nur um Haaresbreite verfehlt. Sollte es noch einmal geschehen ... Man kann sich in einer Schlacht nicht immer sicher sein, und es gibt unglückliche Zufälle. Ich habe heute Nacht geträumt, dass ... ach, das spielt keine Rolle.« Er tat seine Träume mit einer Handbewegung ab und drehte sich um, doch ich legte ihm die Hand auf den Arm, um ihn daran zu hindern. Ich kannte seine Träume – und ich hatte ihn in der Nacht stöhnen hören, als er sich durch den Nachtmahr kämpfte.

»Culloden?«, sagte ich leise. »Ist es wieder da?« Eigentlich hoffte ich sogar, dass es Culloden war – und nicht Wentworth. Aus seinen Träumen von Wentworth erwachte er in Schweiß gebadet und starr und konnte es nicht ertragen, berührt zu werden. Letzte Nacht war er nicht erwacht, doch er hatte stöhnend gezuckt, bis es mir gelang, die Arme um ihn zu legen, und er sich beruhigte, zitternd im Schlaf, den Kopf an meine Brust gerammt.

Er zuckte leicht mit den Achseln und berührte mein Gesicht.

»Es war niemals fort, Sassenach«, sagte er genauso leise. »Es wird auch nie verschwinden. Aber ich schlafe besser neben dir.«

48

NUR, WENN WIR AUCH SPASS DARAN HABEN

Es war ein ganz gewöhnlicher roter Backsteinbau. Bescheiden – keine Ziergiebel, keine ziselierten Türstürze –, aber massiv. Sehr massiv.

Ian betrachtete das Gebäude argwöhnisch. Der Sitz der Jahresversammlung von Philadelphia, der wichtigsten Quäkerzusammenkunft in ganz Amerika. Aye, sehr massiv.

»Ist es so etwas wie der Vatikan?«, fragte er Rachel. »Oder eher wie der Palast eines Erzbischofs?«

Sie prustete.

»Findest du, es sieht wie ein Palast aus?« Ihr Ton war normal, doch an der durchscheinenden Stelle unter ihrem Ohr konnte er ihren raschen Pulsschlag sehen.

»Es sieht aus wie eine Bank«, sagte er, und das brachte sie zum Lachen. Doch sie brach hastig ab und sah sich um, als hätte sie Angst, es könnte jemand herauskommen und mit ihr schimpfen.

»Was tun sie dort drinnen?«, fragte er neugierig. »Ist es ein großes Versammlungshaus?«

»Ja«, sagte sie. »Aber es gibt auch vieles zu regeln. Die Jahresversammlungen befassen sich mit … man könnte es wohl prinzipielle Angelegenheiten nennen. Wir nennen es Glaube und Wirken; es gibt Bücher, die regelmäßig überarbeitet werden, um das gegenwärtige Denken der Zusammenkunft zu reflektieren. Und Fragen.« Sie lächelte plötzlich, und sein Herz schlug schneller. »Ich glaube, die Fragen wären dir vertraut – sie ähneln denen, wie du mir die Gewissensprüfung vor der Beichte beschrieben hast.«

»Och, aye«, sagte er gutmütig, verfolgte das Thema aber nicht weiter. Er war schon seit Jahren nicht mehr zur Beichte gegangen, fühlte sich aber im Moment nicht sündig genug, um sich deswegen Gedanken zu machen. »Und Glaube und Wirken – ist es das, wo sie sagen, dass man sich der Kontinentalarmee nicht anschließen darf, selbst wenn man nicht zur Waffe greift?«

Er bedauerte diese Frage augenblicklich; sie dämpfte das Leuchten in ihren Augen, wenn auch nur kurz. Sie holte tief durch die Nase Luft und blickte zu ihm auf.

»Nein, das wäre eine Meinung – eine Lehrmeinung. Quäker besprechen erst jede mögliche Sichtweise, bevor sie eine Meinung verlauten lassen – ob sie positiv ist oder nicht.« Das Zögern vor dem »nicht« war kaum wahrnehmbar, doch er hörte es, streckte die Hand aus, zog an ihrer Hutnadel, richtete ihr sanft den Strohhut gerade, der ein wenig verrutscht war, und schob die Nadel wieder hinein.

»Und wenn sie es am Ende nicht ist und wir keine Zusammenkunft finden können, die uns akzeptiert – was tun wir dann?«

Ihre Lippen pressten sich aufeinander, doch sie sah ihm direkt in die Augen.

»Quäker *werden* nicht verheiratet. Weder durch ihre Zusammenkunft noch durch einen Priester oder Prediger. Sie heiraten *einander*. Und wir werden einander heiraten.« Sie schluckte. »Irgendwie.«

Die Zweifel, die ihm schon den ganzen Morgen wie kleine Bläschen im Bauch aufstiegen, begannen zu zerplatzen, und er hielt sich die Hand vor den Mund, um einen Rülpser zu unterdrücken. Es schlug ihm auf den Magen, wenn er nervös war; er war nicht in der Lage gewesen zu frühstücken. Der Höflichkeit halber wandte er sich ein wenig zur Seite und erspähte zwei Gestalten, die um die andere Hausecke kamen. »Oh! Da ist ja dein Bruder, und wie prächtig er für einen Quäker aussieht.«

Denzell trug die Uniform eines Kontinentalsoldaten und sah verlegen aus wie ein Jagdhund, dem man eine Schleife um den Hals gebunden hat. Doch Ian unterdrückte seine Belustigung und nickte nur, als sein zukünftiger Schwager vor ihnen stehen blieb. Dennys Verlobte kannte keine derartigen Hemmungen.

»Sieht er nicht *herrlich* aus?«, krähte Dottie und trat ein wenig zurück, um ihn zu bewundern. Denzell hustete und schob sich die Brille hoch. Er war ein adretter Mann, nicht übermäßig groß, aber breitschultrig und muskulös. Die Uniform stand ihm tatsächlich gut, dachte Ian, und das sagte er auch.

»Ich werde versuchen, meine Eitelkeit im Zaum zu halten«, sagte Denzell trocken. »Wirst du nicht ebenfalls Soldat werden, Ian?«

Ian schüttelte den Kopf und lächelte.

»Nein, Denny. Ich wäre kein guter Soldat – aber ich bin ein brauchbarer Kundschafter.« Er sah, wie sich Denzells Blick auf sein Gesicht heftete und der tätowierten Doppellinie folgte, die sich über seine Wangenknochen schwang.

»Davon gehe ich aus.« Dennys Schultern, die bis jetzt eine gewisse Anspannung an den Tag gelegt hatten, senkten sich. »Ein Kundschafter braucht doch den Feind nicht zu töten, oder?«

»Nein, wir können es uns aussuchen«, versicherte ihm Ian, ohne mit der Wimper zu zucken. »Wir können ihn zwar umbringen, wenn wir möchten – aber nur, wenn wir auch Spaß daran haben. Eigentlich zählt es nicht.«

Denzell blinzelte im ersten Moment, doch Rachel und Dottie lachten, und er lächelte zögernd.

»Du kommst spät, Denny«, sagte Rachel, als die Uhr zehn schlug. »Gab es bei Henry Schwierigkeiten?« Denn Denzell und Dottie kamen von einem Abschiedsbesuch bei Dotties Bruder Henry, der sich nach wie vor auf dem Weg der Genesung von der Operation befand, mit der ihm Denny und Ians Tante Claire nach einer gefährlichen Schussverletzung das Leben gerettet hatten.

»So könnte man es ausdrücken«, sagte Dottie, »allerdings nicht wegen seiner Verletzung.« Ihre belustigte Miene verblasste, obwohl ihre Augen immer noch glänzten. »Er hat sich in Mercy Woodcock verliebt.«

»Seine Wirtin? Aber Liebe ist doch normalerweise nichts Tödliches, oder?«, fragte Ian mit hochgezogener Augenbraue.

»Solange man nicht Montague oder Capulet heißt«, sagte Denny. »Das Problem ist, dass Mercy zwar seine Liebe erwidert, dass es aber möglich ist, dass ihr Mann noch lebt.«

»Und bis sie herausfindet, ob er tot ist…«, fügte Dottie schulterzuckend hinzu.

»Oder noch lebt«, wandte Denny ein und sah sie vielsagend an. »Die Möglichkeit besteht ja.«

»Aber sie ist nicht groß«, erwiderte Dottie unverblümt. »Mrs. Fraser – ich meine Freundin Claire – hat einen Mann verarztet, der John Woodcock hieß und in Ticonderoga schwer verletzt worden war. Sie sagt, er war dem Tode nah, und er war K-Kriegsgefangener.« Sie verhaspelte sich schwach an dem letzten Wort, und Ian musste plötzlich daran denken, dass ihr ältester Bruder Benjamin ja ebenfalls Kriegsgefangener war.

Denzell sah die Wolke über ihr Gesicht huschen und nahm ihre Hand sanft in die seine.

»Deine Brüder werden die Prüfungen des Schicksals beide überstehen«, sagte er, und seine Augen leuchteten warm hinter dem Glas. »Genau wie wir, Dorothea. Die Menschen sind von Zeit zu Zeit gestorben, und die Würmer haben sie verzehrt, allerdings nicht aus Liebe!«

»Hmpf!«, machte Dottie, wenn auch mit einem kleinen, widerstrebenden Lächeln. »Also gut – dann geh. Wir haben noch *so* viel zu tun, bevor wir aufbrechen.«

Zu Ians Überraschung zog Denzell einige zusammengefaltete Papiere aus der Brust seines Rocks, machte kehrt und stieg die Stufen zum Eingang des Versammlungshauses hinauf.

Ian war davon ausgegangen, dass das Haus nur ein guter Treffpunkt war – er würde auf dem Weg nach Coryell's Ferry zu seinem Onkel und Tante Claire stoßen, war aber in der Stadt geblieben, um beim Einladen zu helfen, denn Denny, Dottie und Rachel fuhren einen Wagen mit medizinischer Ausrüstung –, doch offenbar hatte Denny bei der Jahresversammlung von Philadelphia etwas zu erledigen.

Suchte er Rat in der Frage, wie er als Quäker die Ehe eingehen konnte, während er sich doch über das… nannte man es Edikt? Nein, Rachel hatte gesagt, es sei eine Meinung, aber eine Lehrmeinung… hinwegsetzte, was die Unterstützung der Rebellion betraf?

»Er legt dort sein Zeugnis ab«, sagte Dottie gleichmütig, als sie Ians Verwunderung sah. »Er hat alles aufgeschrieben, also warum er es für richtig hält zu tun, was er tut. Er wird es dem Sekretär übergeben und darum bitten, dass man seine Meinung erwähnt und bespricht.«

»Glaubst du, das wird man?«

»Oh ja«, sagte Rachel. »Möglich, dass sie seine Meinung nicht teilen, aber sie werden ihm nicht das Wort verbieten. Ich wünsche ihnen auch viel Glück, falls sie das versuchen«, fügte sie halb flüsternd hinzu. Sie zog ein Taschentuch aus dem Ausschnitt, das sich blütenweiß vom sanften Braun ihrer Haut absetzte, und tupfte sich die Schweißtröpfchen von den Schläfen.

Ian empfand plötzlich tiefes Verlangen nach ihr und blickte unwillkürlich auf die Turmuhr. Er würde bald aufbrechen müssen und hoffte, dass er Rachel vorher noch eine kostbare Stunde für sich allein haben konnte.

Dorotheas Blick war immer noch auf die Tür geheftet, hinter der Denny verschwunden war.

»Er *ist* so wunderbar«, sagte sie leise wie zu sich selbst. Dann warf sie Rachel einen verlegenen Blick zu. »Er hatte ein schlechtes Gewissen, weil er Henry in Uniform besucht hat«, sagte sie mit einem entschuldigenden Unterton. »Aber die Zeit war so knapp …«

»War dein Bruder böse?«, fragte Rachel mitfühlend. Dotties Stirn verfinsterte sich.

»Nun, begeistert war er nicht«, bekannte sie offen. »Aber es ist ja nicht so, als hätte er nicht gewusst, dass wir Rebellen sind; ich habe es ihm schon vor einiger Zeit erzählt.« Ihre Miene entspannte sich ein wenig. »Und er *ist* mein Bruder. Er wird mich nicht enteignen.«

Ian fragte sich, ob das wohl ebenfalls für ihren Vater galt, doch er sprach es nicht aus. Sie hatte den Herzog ja auch nicht erwähnt. Doch eigentlich war er in Gedanken gar nicht bei Dotties Familienangelegenheiten – seine Gedanken waren mit der bevorstehenden Schlacht beschäftigt und dem, was unmittelbar zu tun war. Er fing Rachels Blick auf und lächelte, und sie erwiderte sein Lächeln, und die Sorge schmolz aus ihrem Gesicht, als sich ihre Blicke trafen.

Gewiss hatte er seine eigenen Sorgen und Kümmernisse. Doch am Grund seiner Seele lag Rachels Liebe wie ein kostbares Gewicht, und ihre Worte glänzten wie eine Goldmünze am Boden eines trüben Brunnens. *Wir werden einander heiraten.*

49

UNSCHÄRFERELATION

Wie Jamie mir unterwegs erklärte, bestand das Problem nicht darin, die Briten zu finden, sondern darin, sie mit genügend Männern und Material einzuholen, um etwas auszurichten.

»Sie sind mit mehreren hundert Wagen und einer großen Zahl Loyalisten aufgebrochen, die sich in Philadelphia nicht mehr sicher fühlten. Clinton kann sie nicht gleichzeitig beschützen und kämpfen. Er muss also darauf drängen, dass sie sich so schnell wie möglich bewegen – was bedeutet, dass er den direktesten Weg nehmen muss.«

»Er kann wohl kaum über Stock und Stein marschieren«, pflichtete ich ihm bei. »Habt ihr – hat General Washington – denn irgendeine Ahnung, wie groß seine Streitmacht ist?«

Er zog die Schulter hoch und verscheuchte eine große Bremse mit seinem Hut.

»Vielleicht zehntausend Mann. Vielleicht mehr. Fergus und Germain haben beobachtet, wie sie sich für den Abmarsch bereit gemacht haben, aber du weißt ja, dass es nicht einfach ist, die Größe einer Menschenmenge zu schätzen, wenn sie aus allen Seitenstraßen quillt.«

»Mm. Und … äh … wie viele Männer haben wir?« Dieses »*Wir*« löste ein seltsames Gefühl aus, das sich in Wellen durch meinen Unterleib bewegte. Etwas zwischen nervösem Schwanz-Einziehen und einer Art Erregung, die beinahe verblüffend sexuell war.

Nicht, dass ich die seltsame Euphorie des Krieges nicht schon einmal gespürt hatte. Doch das war lange her; ich hatte es vergessen.

»Weniger als die Briten«, sagte Jamie emotionslos. »Aber wir werden erst wissen, wie viele es sind, wenn sich die Milizen gesammelt haben – und beten, dass es dann nicht zu spät ist.«

Er sah mich von der Seite an, und ich merkte, dass er sich fragte, ob er noch mehr sagen sollte. Doch er schwieg nun, zuckte nur leicht mit den Achseln, setzte sich im Sattel zurecht und zog den Hut wieder auf.

»Was?«, sagte ich und legte den Kopf schief, um unter der Krempe meines Strohhuts hinweg zu ihm aufzublicken. »Du wolltest mich doch etwas fragen.«

»Mmpfm. Aye, nun ja … das stimmt, aber dann ist mir klar geworden, dass du, wenn du etwas über das wüsstest, was … in den nächsten paar Tagen geschehen wird, es mir bestimmt gesagt hättest.«

»Das hätte ich.« Eigentlich wusste ich nicht, ob ich mein mangelndes Wissen bedauern sollte oder nicht. Wenn ich auf jene Situationen zurückblickte, in denen ich geglaubt hatte, die Zukunft zu kennen … und doch nicht annähernd genug gewusst hatte. Plötzlich und unvermittelt dachte ich an Frank … und an Black Jack Randall, und meine Hände packten die Zügel so fest, dass meine Stute erschrocken schnaubend den Kopf hochwarf.

Jamie sah sich um, ebenfalls erschrocken, doch ich winkte ab und beugte mich vor, um dem Pferd entschuldigend den Hals zu klopfen.

»Bremse«, sagte ich zur Erklärung. Mein Herz hämmerte spürbar gegen die Leisten meines Korsetts, und ich holte mehrmals tief Luft, um es zur Ruhe zu bringen. Ich hatte nicht vor, Jamie von meinem plötzlichen Gedanken zu erzählen, doch er hing mir immer noch nach.

Ich hatte zu wissen geglaubt, dass Jack Randall Franks Urahn war. Sein Name stand deutlich auf dem Stammbaum, den Frank mir immer wieder gezeigt hatte. Und er *war* ja auch Franks Vorfahre – auf dem Papier. Doch es war Jacks jüngerer Bruder, von dem Franks Linie abstammte, der aber gestorben war, bevor er seine schwangere Geliebte heiraten konnte. Jack hatte Mary Hawkins auf Bitten seines Bruders geheiratet und dem Kind damit seinen Namen und seine Legitimität gegeben.

So viele schmutzige Details tauchten in diesen ordentlichen Stammbäumen nicht auf, dachte ich. Brianna war Franks Tochter – auf dem Papier … und in der Liebe. Doch die lange, messerscharfe Nase und das leuchtende Haar des Mannes an meiner Seite zeigten, wessen Blut in ihren Adern floss.

Doch ich hatte gedacht, ich *wüsste* es. Und aufgrund dieses falschen Wissens hatte ich Jamie daran gehindert, Jack Randall in Paris zu töten, weil ich Angst hatte, dass Frank dann nie geboren werden würde. Was, wenn er Randall damals getötet *hätte*?, fragte ich mich und warf Jamie einen Seitenblick zu. Er saß aufrecht im Sattel, tief in Gedanken, jetzt jedoch in gespannter Erwartung. Die Furcht vor dem Morgen, die von uns Besitz ergriffen hatte, war wieder fort.

Es hätte alles Mögliche geschehen können, eine Reihe von Dingen vielleicht auch nicht. Randall hätte sich nicht an Fergus vergriffen, Jamie hätte im Bois de Boulogne kein Duell mit ihm ausgefochten … vielleicht hätte ich unser erstes Kind nicht verloren, unsere Tochter Faith. Wahrscheinlich aber doch … Eine Fehlgeburt hat normalerweise körperliche Ursachen, keine emotionalen, ganz gleich, wie oft es in romantischen Erzählungen dargestellt wurde. Doch die Erinnerung an den Verlust war für immer mit diesem Duell im Bois de Boulogne verbunden.

Entschlossen schob ich die Erinnerungen beiseite und wandte mich vom Halbwissen der Vergangenheit ab und dem vollständigen Rätsel der wartenden Zukunft zu. Doch kurz bevor die Bilder erloschen, erhaschte ich einen flüchtigen Gedanken.

Was war mit dem Kind? Dem Kind, das Mary Hawkins von Alexander Randall bekommen hatte – Franks wahrem Vorfahren. Er war sehr wahrscheinlich am Leben. Genau jetzt.

Die Wellen, die mich vorhin durchströmt hatten, kehrten zurück; diesmal liefen sie mir vom Steißbein am Rückgrat hinauf. *Denys*. Der Name stieg vom Pergament eines Stammbaums auf, kalligraphische Buchstaben, die behaupteten, von Tatsachen zu zeugen, während sie doch eigentlich so gut wie alles verbargen.

Ich wusste, dass sein Name Denys war – und er war, soweit ich wusste, Franks Ur-ur-ur-ur-urgroßvater. Das war aber auch alles, was ich wusste – wahrscheinlich alles, was ich je erfahren würde. Ich hoffte es inbrünstig. Ich wünschte Denys Randall im Stillen alles Gute und wandte mich anderen Dingen zu.

50

DER GUTE HIRTE

Zwölf. Verdammte. *Meilen!* Der Wagentross erstreckte sich in beide Richtungen, so weit das Auge reichte, und wirbelte eine Staubwolke auf, in der die Maultiere, die sich gerade eine halbe Meile weiter um eine Kurve zwängten, fast verschwanden. Die Menschen, die auf beiden Seiten neben den Wagen herschlurften, waren von oben bis unten mit dem feinen braunen Puder bedeckt – genau wie William, obwohl er so viel Abstand wie möglich von der Kavalkade hielt, die sich langsam vorwärtsschob.

Es war früher Nachmittag an einem heißen Tag, und sie waren schon vor Tagesanbruch auf dem Marsch gewesen.

Er blieb stehen, um sich den Staub von den Rockschößen zu klopfen und einen Schluck metallisch schmeckendes Wasser aus seiner Feldflasche zu trinken. Hunderte von Flüchtlingen, Tausende von Zivilisten im Gefolge der Armee, alle mit Paketen, Bündeln und Handkarren, dazu hier und dort ein schwer beladenes Pferd oder Maultier, das den Fuhrleuten der Armee irgendwie entgangen war, zogen sich über zwölf Meilen zwischen den beiden Teilen der Armee. Sie bewegten sich in einer verstreuten Masse, die ihn an die Heuschreckenplage aus der Bibel erinnerte. War das im Buch Exodus? Er konnte sich nicht erinnern, aber es erschien ihm passend.

Manche sahen sich hin und wieder um. Er fragte sich, ob es wohl Angst vor Verfolgung war oder der Gedanke an das, was sie zurückgelassen hatten – die Stadt selbst war längst nicht mehr zu sehen.

Nun, falls die Gefahr bestand, zur Salzsäule zu erstarren, würde es vom Schweiß sein, nicht aus Sehnsucht, dachte er und wischte sich zum dutzendsten Mal mit dem Ärmel über das Gesicht. Er persönlich konnte es kaum erwarten, sich den Staub Philadelphias von den Stiefeln zu klopfen und nie wieder zurückzudenken.

Wäre Arabella-Jane nicht gewesen, hätte er die Stadt wahrscheinlich schon vergessen. Jedenfalls *wollte* er alles andere vergessen, was sich in den letzten paar Tagen zugetragen hatte. Er bewegte die Zügel und trieb sein Pferd wieder auf die dahinschlurfende Horde zu.

Es hätte schlimmer sein können; *wäre* beinahe schlimmer gewesen. Er war nahe daran gewesen, zurück nach England beordert zu werden oder zum Rest der Konventionsarmee nach Norden geschickt zu werden. Zum Glück hatte Papa – nein, *Lord John*, verbesserte er sich entschlossen – darauf bestanden, dass er Deutsch lernte, nicht nur Französisch, Italienisch, Latein und Griechisch. Neben den Divisionen, die von Sir Henry und Lord Cornwallis befehligt wurden, gehörte der Armee auch eine große Söldnertruppe unter General von

Knyphausen an – die Männer stammten fast ausnahmslos aus Hessen-Kassel, und William beherrschte ihren Dialekt ohne Probleme.

Es hatte immer noch einiger Überredungskunst bedurft, doch schließlich war er einer von Clintons Feldadjutanten geworden, die die ermüdende Aufgabe hatten, an der dahinschleichenden Kolonne entlangzureiten, um Berichte einzusammeln, Depeschen auszuliefern und sich mit eventuellen kleinen Problemen zu befassen, die sich auf dem Weg ergaben – was mehr oder minder stündlich vorkam. Er hatte stets im Kopf, wo sich die diversen Stabsärzte und die Lazaretthelfer befanden; er lebte in dem ständigen Grauen, bei der Geburt eines Babys Beistand leisten zu müssen – es waren mindestens fünfzig hochschwangere Frauen in der Kolonne unterwegs.

Vielleicht war es ja die Präsenz dieser Damen, die mit blasser Miene ihre runden Bäuche vor sich hertrugen wie eine Last, die sie mit den Kindern oder Bündeln auf ihrem Rücken ausbalancierten, die seine Gedanken plötzlich auf…

Eine Hure wusste doch wohl, wie man eine Schwangerschaft verhinderte? Er erinnerte sich zwar nicht, dass Arabella-Jane irgendetwas getan hatte… aber es wäre ihm auch nicht aufgefallen, so betrunken wie er gewesen war.

William dachte an sie, wann immer er die Stelle an seiner Brust berührte, wo seine Halsberge sein sollte. Hätte man ihn gefragt, hätte er gesagt, dass er sie normalerweise mit seiner Uniform anlegte und dann vergaß – doch angesichts der Häufigkeit, mit der Arabella-Jane in seinen Gedanken auftauchte, hatte er anscheinend die Angewohnheit, ständig daran herumzuspielen.

Der Verlust der Halsberge hatte ihn eine unangenehme, fünfminütige Analyse seines Charakters, seiner Kleidung, seiner Hygiene und seiner persönlichen Schwächen durch Clintons Chefadjutanten Major Drummond gekostet und eine Strafe von zehn Shillingen, weil er nicht in korrekter Uniform erschienen war. Er nahm Arabella-Jane die Strafkosten nicht übel.

Er ertappte sich dabei, dass er nach Hauptmann Harkness Ausschau hielt. Er konnte sich nicht so gut an ihre Begegnung erinnern, dass er gewusst hätte, welchem Regiment Harkness angehörte, doch es befanden sich gegenwärtig nicht viele Dragonerkompanien bei der Armee. Er arbeitete sich gerade zum Ende der Kolonne vor und absolvierte seine tägliche Runde auf Visigoth, einem kräftigen braunen Wallach mit guter Lunge. Das Pferd war nicht begeistert von dem langsamen Tempo und zappelte unter ihm, weil es am liebsten angaloppiert wäre, doch William ließ ihn ruhig dahintraben, nickte den Kompanien im Vorbeireiten zu und suchte die Blicke der Korporäle und Sergeanten, um festzustellen, ob sie in Schwierigkeiten waren oder Hilfe brauchten.

»Wasser ist unterwegs!«, rief er einer ganz besonders vertrocknet aussehenden Gruppe flüchtender Loyalisten zu, die am Straßenrand angehalten hatten und im spärlichen Schatten einiger Eichenschösslinge und ihres Handkarrens pausierten, auf dem sich ihre Besitztümer in bedenklicher Höhe stapelten.

Diese Zusicherung ließ die Frauen hoffnungsvoll unter ihren Hauben aufblicken, und der Mann erhob sich und winkte William zu sich.

Er parierte durch und erkannte Mr. Endicott, einen betuchten Kaufmann aus Philadelphia, und seine Familie. Er war in ihrem Haus zum Essen gewesen und hatte mit den beiden älteren Schwestern Endicott auf diversen Gesellschaften getanzt.

»Euer Diener, Sir«, sagte er, zog seinen Hut zu einer Verbeugung und nickte den Damen nacheinander zu. »Und der Eure, Mrs. Endicott. Miss Endicott, Miss Sally ... und Euer gehorsamster, Miss Peggy.« Miss Peggy Endicott, neun Jahre alt, wurde rot wie eine frische Erdbeere, als sie so persönlich angesprochen wurde, und ihre älteren Schwestern sahen sich über ihren Kopf hinweg mit hochgezogenen Augenbrauen an.

»Ist es wahr, Lord Ellesmere«, sagte Endicott, »dass uns die Rebellen dicht auf den Fersen sind?« Er hatte ein großes rotes Flanelltaschentuch in der Hand, mit dem er sich das verschwitzte runde Gesicht abwischte. »Die ... äh ... die Damen sind ein wenig besorgt über diese Vorstellung.«

»Die Damen brauchen keinen Grund zur Sorge zu haben, Sir«, versicherte ihm William. »Ihr befindet Euch nämlich unter dem Schutz der Armee Seiner Majestät.«

»Nun, ja, das wissen wir«, sagte Mr. Endicott ziemlich gereizt. »Zumindest hoffen wir es; sonst wären wir mit Sicherheit nicht hier, das kann ich Euch sagen. Aber ist Euch irgendetwas Neues über Washingtons Aufenthaltsort bekannt? Das wüsste ich gern!«

Visigoth begann zu tänzeln, weil er weiterwollte, doch William zog ihm den Kopf herum und schnalzte tadelnd mit der Zunge.

»Ja, so ist es, Sir«, sagte er respektvoll. »Gestern Abend sind einige Deserteure aus dem Rebellenlager zu uns übergelaufen. Sie sagen, dass Washington zwar dabei ist, seine Truppen zu sammeln, zweifellos, um uns einzuholen – aber er hat nicht mehr als zweitausend reguläre Soldaten und ein paar schäbige Milizkompanien.«

Mr. Endicott sah bei diesen Worten zwar ein wenig beruhigt aus, die Mädchen und ihre Mutter jedoch nicht. Mrs. Endicott zupfte ihren Mann am Ärmel und murmelte etwas. Er errötete noch tiefer.

»Ich sagte doch, ich kümmere mich darum, Madam!«, zischte er. Wegen der Hitze hatte er seine Perücke abgesetzt und sich zum Schutz vor der Sonne ein getupftes Seidentaschentuch um den Kopf gebunden; sein grau meliertes Haar war kurz geschoren, und kurze Stoppeln lugten unter dem Rand des Tuchs hervor wie die Fühler wütender Insekten.

Mrs. Endicott presste die Lippen fest aufeinander, doch sie trat einen Schritt zurück und nickte ruckartig mit dem Kopf. Miss Peggy allerdings wagte sich vor, ermutigt durch Hauptmann Ellesmeres besondere Ansprache, und legte die Hand an seinen Steigbügel. Visigoth erschrak vor dem Kalikofetzchen am Rand seines Blickfeldes und scheute heftig; Peggy kreischte auf, stolperte rückwärts und flog zu Boden. Die Damen Endicott kreischten jetzt alle, doch William konnte nichts dagegen tun; er zwang den Kopf des Pferdes herum und hielt ihn grimmig fest, während sich Visigoth auf der Stelle drehte, bevor er sich allmählich beruhigte und schnaubend an den Zügeln ruckte. Er konnte die belustigten Grobheiten einer Kolonne von Infanteristen hören, die im Vorübergehen einen Bogen um ihn schlugen.

»Ist Miss Peggy etwas zugestoßen?«, erkundigte er sich schwer atmend, als er das Pferd schließlich zu ihnen zurücklenkte. Miss Anne Endicott stand am Straßenrand und wartete auf ihn; der Rest ihrer Familie hatte sich zurückgezogen, und hinter dem Handkarren hörte er lautes Geheul.

»Abgesehen davon, dass Pa sie gerade verdrischt, weil sie fast zu Tode gekommen wäre, nein«, erwiderte Miss Endicott mit belustigter Miene. Sie kam ein wenig näher. Zwar behielt sie Visigoth argwöhnisch im Auge, doch das Pferd hatte sich jetzt beruhigt und reckte den Hals nach einem Maul voll Gras.

»Ich bedauere, der Grund für ihr Ungemach zu sein«, sagte William höflich und fasste in seine Tasche, brachte aber nur ein zerknittertes Taschentuch und einen verirrten Sixpence zum Vorschein. Er reichte Anne die Münze lächelnd hinunter. »Gebt ihr das, ja, mit meiner Entschuldigung?«

»Das wird schon wieder«, sagte Anne, doch sie nahm die Münze an. Sie sah sich um, dann trat sie einen Schritt näher und sprach rasch und leise: »Ich … ich frage Euch nur ungern, Lord Ellesmere … aber unser Karren hat ein Rad verloren, mein Vater kann es nicht reparieren, er weigert sich, unsere Habseligkeiten zurückzulassen … und meine Mutter hat Todesangst, dass wir von Washingtons Männern eingeholt und gefangen genommen werden.« Ihre dunklen Augen – sehr hübsche dunkle Augen – hefteten sich eindringlich leuchtend auf ihn. »Könnt Ihr uns helfen? Bitte? Das war es, was Euch meine kleine Schwester fragen wollte.«

»Oh. Was genau ist denn mit dem … ach, gleichgültig. Ich sehe es mir an.« Es würde Visigoth nicht schaden, sich ein paar Minuten zu beruhigen. Er schwang sich vom Pferd und band es an einen der Schösslinge, dann folgte er Miss Endicott zu dem Handkarren.

Dieser platzte aus allen Nähten mit demselben Durcheinander von Gegenständen, das er vor zwei Tagen auf den Docks gesehen hatte – eine große Standuhr ragte aus Bergen von Kleidern und Wäsche heraus, und ein schlichter Nachttopf aus Keramik war vollgestopft mit Taschentüchern, Strümpfen und etwas, das wahrscheinlich Mrs. Endicotts Schmuckkästchen war. Doch diesmal versetzte ihm der Anblick einen Stich.

Dies waren die Überbleibsel eines echten Heims, in dem er zu Gast gewesen war – der Krimskrams und die Schätze von Menschen, die er kannte … und gern hatte. Genau diese Uhr mit ihrem gelochten Ziffernkranz hatte er Mitternacht schlagen hören, kurz bevor er sich in der Dunkelheit des väterlichen Hausflurs einen Kuss von Anne Endicott gestohlen hatte. Auch jetzt spürte er das sanfte *Bong, Bong* tief in seinem Inneren.

»Wohin werdet Ihr gehen?«, fragte er leise, eine Hand auf ihrem Arm. Sie wandte sich ihm zu, errötet, abgehetzt und mit aufgelöstem Haar – aber immer noch würdevoll.

»Ich weiß es nicht«, sagte sie genauso leise. »Meine Tante Platt lebt in einem kleinen Dorf in der Nähe von New York, aber ich weiß nicht, ob wir es so weit schaffen werden, da wir ja…« Sie wies auf den sperrigen Karren, der von Taschen und halb aufgelösten Bündeln umringt war. »Vielleicht können wir ja einen sicheren Ort hier in der Nähe finden und dort warten, während mein Vater… die Dinge regelt.« Ihre Lippen pressten sich plötzlich fest aufeinander, und er begriff, dass es sie große Mühe kostete, die Fassung zu bewahren. Und dass es unvergossene Tränen waren, die ihre Augen so leuchten ließen. Er nahm ihre Hand und küsste sie sacht.

»Ich helfe Euch«, versprach er.

Leichter gesagt als getan. Die Achse des Karrens war zwar unversehrt, doch ein Rad hatte einen scharfen Felsen getroffen und war nicht nur abgefallen, sondern hatte obendrein den flachen Eisenring verloren, der sich um die Speichen spannte – die sich in der Folge ebenfalls gelöst hatten, weil sie schlecht befestigt gewesen waren. Das Rad lag in Einzelstücken im Gras, und ein extravaganter schwarz-oranger Schmetterling saß auf der losgelösten Nabe und fächerte träge mit den Flügeln.

Mrs. Endicotts Ängste waren nicht unbegründet – ebenso wenig wie Mr. Endicotts Nervosität, die er mit wenig Erfolg als Wut zu tarnen versuchte. Wenn sie zu lange strandeten und zurückblieben… Selbst wenn sich Washingtons reguläre Truppen zu schnell bewegten, um sich an ihnen zu vergreifen, gab es doch am Rand einer Armee – jeder Armee – immer auch Plünderer.

William betrachtete den Schaden respektvoll, so dass Mr. Endicott nach seinem Familienstreit immer noch rot, aber gefasster zum Vorschein kommen konnte, gefolgt von Peggy, ebenfalls rot und geknickt. William nickte dem Kaufmann zu und winkte ihm, zu ihm zu treten und den Schaden außer Hörweite der Frauen zu betrachten.

»Seid Ihr bewaffnet, Sir?«, fragte William leise. Endicott erblasste, und sein Adamsapfel tanzte über seinem schmutzigen Kragen.

»Ich habe eine Schrotflinte, die meinem Vater gehört hat«, sagte er so leise, dass es kaum zu hören war. »Sie… ist… seit zwanzig Jahren nicht mehr abgefeuert worden.« *Gott*, dachte William entsetzt. Er fühlte sich ohne Waffen ja als Einzelperson schon nackt und unwohl. Endicott musste mindestens fünfzig sein und dann hier allein, mit vier Frauen, die er zu beschützen hatte?

»Ich suche Euch Hilfe, Sir«, sagte William entschlossen. Mr. Endicott holte sehr tief Luft. William hatte das Gefühl, der Mann könnte losschluchzen, wenn er etwas sagen müsste, und wandte sich diskret und in aller Ruhe den Frauen zu.

»Es gibt bestimmt einen Küfer oder Wagner irgendwo in der Kolonne. Ah, und da kommt ja der Wasserwagen.« Er hielt Peggy die Hand entgegen. »Kommt Ihr mit mir, um ihn anzuhalten, Miss Margaret? Für ein hübsches Gesicht hält er bestimmt an.« Sie lächelte zwar nicht, schniefte aber, wischte sich die Nase am Ärmel ab, richtete sich auf und nahm seine Hand. Mutig waren sie, die Endicott-Frauen.

Ein gelangweilt aussehendes Maultier zog einen Karren mit mehreren Fässern Wasser langsam an der Kolonne entlang, und der Fahrer hielt auf Zuruf an. William watete zielsicher in das Getümmel, nahm Peggy zu ihrer Sicherheit an den Arm – zu ihrem sichtlichen Entzücken – und machte den Wasserträger auf die Endicotts aufmerksam. Dann zog er vor den Damen den Hut, stieg wieder in den Sattel und machte sich auf die Suche nach einem Küfer.

Die Armee wurde von so vielen Handwerkern und anderen Unterstützern begleitet, dass es für mehrere Dörfer ausgereicht hätte: Küfer, Zimmerleute, Köche, Schmiede, Wagner, Viehtreiber, Lastknechte, Laufburschen. Ganz zu schweigen von dem Schwarm der Wäscherinnen und Näherinnen im Tross. Es würde nicht lange dauern, einen Küfer oder Wagner zu finden und ihn zu überreden, sich um das Problem der Endicotts zu kümmern. William blickte zur Sonne; beinahe drei.

Die Armee war zwar ohne Pause auf dem Marsch, doch das bedeutete nicht, dass sie besonders schnell vorankam. Aber Clinton hatte den Befehl erteilt, täglich zwei Stunden zusätzlich zu marschieren, eine große Anstrengung in der zunehmenden Hitze. Noch zwei Stunden, bis sie ihr Lager aufschlagen würden; mit etwas Glück waren die Endicotts bis dahin wieder vollständig, so dass sie morgen mithalten konnten.

Hufgetrappel und scherzhafte Rufe der Infantrie weckten seine Aufmerksamkeit. Er sah sich um, und sein Herz schlug schneller. Dragoner mit wehenden Federn. Er nahm die Zügel auf und ritt geradewegs auf ihre Doppelreihe zu, um im Vorüberreiten ihre Gesichter zu betrachten. Einige von ihnen starrten ihn an, und ein Offizier winkte ihn gereizt beiseite, doch er reagierte nicht darauf. Eine leise Stimme in seinem Hinterkopf erkundigte sich zwar, was er zu tun gedachte, falls er Harkness unter ihnen *fand*, doch auch darauf reagierte er nicht.

Er erreichte das Ende der Kompanie, wendete und ritt an der anderen Seite der Kolonne entlang. Dabei sah er sich rückwärts nach der Reihe der verwunderten Gesichter um, die ihn musterten, manche beleidigt, manche verwundert. Nein … nein … nein … vielleicht? Würde er den Kerl überhaupt erkennen?, fragte er sich. Er war ja ziemlich betrunken gewesen. Allerdings glaubte er durchaus, dass Harkness *ihn* erkennen würde …

Inzwischen starrten sie ihn alle an, jedoch schien keiner alarmiert zu sein oder gewalttätig werden zu wollen. Ihr Hauptmann verlangsamte sein Tempo ein wenig und rief ihn an.

»Ho, Ellesmere! Hast du etwas verloren?«

Er blinzelte in die Sonne und erkannte die lebhaften Züge von Ban Tarleton, der ihm unter seinem extravagant befiederten Helm mit roten Wangen entgegengrinste. Tarleton ruckte einladend mit dem Kinn, und William verlangsamte sein Tempo, um neben ihm herzureiten.

»Eigentlich nicht«, antwortete er. »Bin nur auf der Suche nach einem Dragoner, dem ich in Philadelphia begegnet bin – namens Harkness; kennst du ihn?«

Ban verzog das Gesicht.

»Ja. Er ist beim Sechzehnten. Geiler Bock, ewig hinter den Frauen her.«

»Na, du etwa nicht?« Ban war zwar kein enger Freund, aber William war ein paar Mal mit ihm in London unterwegs gewesen. Er trank nicht viel, aber das brauchte er auch gar nicht; er war die Art von Mensch, die stets ein wenig berauscht zu sein schien.

Tarleton lachte, das Gesicht von der Hitze angelaufen, seine Lippen rot wie die eines Mädchens.

»Ja. Aber Harkness interessiert sich für nichts *anderes* als Frauen. Ich weiß, dass er einmal im Bordell drei auf einmal hatte.«

Darüber dachte William einen Moment nach.

»Hm. Für zwei kann ich mir ja vielleicht einen Zweck vorstellen … aber wofür ist denn die dritte?«

Ban, der vielleicht vier Jahre älter war als William, warf ihm einen jener mitleidsvollen Blicke zu, die man sich normalerweise für Jungfrauen und ewige Junggesellen vorbehält, dann wich er lachend aus, als William ihm vor den Arm boxte.

»Schön«, sagte William. »Davon abgesehen suche ich nach einem Wagner oder Küfer. Jemand in der Nähe?«

Tarleton rückte seinen Helm gerade und schüttelte den Kopf.

»Nein, aber irgendwo in diesem Durcheinander müssen ja welche sein.« Er wies nachlässig auf die Wagenkolonne des Armeegefolges. »Zu welchem Regiment gehörst du eigentlich inzwischen?« Er sah William stirnrunzelnd an, weil ihm plötzlich klar zu werden schien, dass etwas mit seiner Aufmachung nicht stimmte. »Wo ist denn dein Schwert? Und deine Halsberge?«

William knirschte mit den Zähnen – und sie knirschten tatsächlich, so viel Staub hing in der Luft – und setzte Tarleton mit dem absoluten Minimum an Worten über seine Lage in Kenntnis. Wo oder unter welchen Umständen ihm die Halsberge abhandengekommen war, ließ er unerwähnt und verabschiedete sich mit einem knappen Salut vom Hauptmann der Kolonne, bevor er noch einmal daran entlangritt. Er atmete, als sei er über die gesamte London Bridge gerannt, und elektrische Stöße liefen ihm über die Arme und Beine und entluden sich an seinem Steißbein.

Die Unterhaltung mit Tarleton hatte seine Wut über seine Lage neu entfacht, und da er nicht das Geringste daran ändern konnte, wandte er sich dem zu, was er Harkness antun wollte, sollte er dem Sechzehnten Dragonerregiment begegnen. Er fasste sich automatisch an die Brust, und sein plötzlicher Drang, jemandem Gewalt anzutun, verwandelte sich augenblicklich in einen nicht minder plötzlichen Ansturm des Verlangens, von dem ihm schwindelig wurde.

Dann fiel ihm sein ursprüngliches Anliegen wieder ein, und die Hitze schoss ihm ins Gesicht. Er ritt langsamer weiter und beruhigte sich. Harkness konnte warten. Die Endicotts nicht.

Der Gedanke an die Familie schmerzte ihn – und das nicht nur, weil er sich schämte, dass er sich von der Lösung ihrer Schwierigkeiten hatte ablenken lassen. Doch als er jetzt an sie dachte, begriff er, dass er es für diese paar Momente mit den Endicotts, in denen er sich mit ihren Sorgen befasst hatte, vergessen hatte. Die Last vergessen hatte, die er wie ein Pfund Blei in seiner Brust mit sich trug. Vergessen hatte, wer er wirklich war.

Was hätte Anne Endicott wohl getan, wenn sie es gewusst hätte. Ihre Eltern? Selbst … nun ja, nein. Er lächelte trotz seiner Bestürzung. Peggy Endicott würde es wahrscheinlich nicht einmal etwas ausmachen, wenn er ihr sagte, dass er insgeheim ein gemeiner Dieb oder ein Kannibale wäre, ganz zu schweigen ein …

Alle *anderen*, die er kannte, jedoch … Die Endicotts waren ja nur *eine* Loyalistenfamilie, bei der er ein- und ausgegangen war. Von denen, die lieber in Philadelphia geblieben waren, hatte er sich nicht anständig verabschiedet, weil er sich zu sehr schämte, ihnen ins Gesicht zu sehen, obwohl er die Wahrheit kannte.

Er sah sich um; die Endicotts waren gerade noch zu sehen. Sie saßen jetzt gemeinschaftlich im Gras und teilten sich irgendetwas zu essen. Ihre Gemeinschaft versetzte ihm einen Stich. Er würde nie Teil einer anständigen Familie sein, würde nicht einmal eine Frau von solch bescheidener Herkunft wie Anne Endicott heiraten.

Es war gut möglich, dass ihr Vater dem Ruin entgegensah, dass er seinen Reichtum und sein Geschäft verloren hatte, dass die Familie in Armut geriet – doch sie würden die bleiben, die sie waren, unbeirrt in ihrer Courage und dem Stolz auf ihren Namen. Nicht wie er. Sein Name gehörte ihm nicht.

Nun … er *konnte* ja heiraten, gestand er sich widerstrebend ein, während er sich vorsichtig den Weg durch eine Gruppe von Armeeanhängern bahnte. Aber nur eine Frau, die auf seinen Titel und sein Geld aus war, würde ihn nehmen. Und unter solchen Umständen zu heiraten, in dem Bewusstsein, dass man von der eigenen Frau verachtet wurde … und dass man den Makel an die eigenen Söhne weitergeben würde …

Dieser morbide Gedankengang endete abrupt mit dem Auftauchen einer kleinen Gruppe von Handwerkern, die neben einem großen Wagen hertrollten, der zweifellos ihre Werkzeuge beförderte.

Er kam über sie wie ein Wolf über eine erschrockene Schafsherde und suchte sich gnadenlos einen schönen fetten Wagner aus, den er mit Hilfe von Drohungen und Bestechung dazu brachte, hinter ihm aufzusteigen, und so trug er seine Beute zurück zu den Endicotts.

Durch ihre Dankbarkeit beschwichtigt und getröstet, wandte er sich wieder nordwärts zur Spitze der Armee, dem Lager und seinem Abendessen zu. Ganz versunken in seinen Gedanken an Huhn mit Sauce – er speiste mit Clintons Stab, daher speiste er sehr gut –, bemerkte er nicht sofort, dass ein anderer Reiter an seine Seite gekommen war und mit ihm Schritt hielt.

»Was denkt Ihr denn gerade?«, sagte eine angenehme, halb vertraute Stimme, und als er sich umwandte, blickte er in Denys Randall-Isaacs' lächelndes Gesicht.

WILLIAM BETRACHTETE Randall-Isaacs mit Verärgerung und Neugier. Der Mann hatte ihn vor zwei Jahren in Quebec buchstäblich sitzen gelassen und war verschwunden, so dass William den Winter eingeschneit in der Gesellschaft von Nonnen und *voyageurs* verbringen musste. Diese Erfahrung hatte sowohl seinem Französisch als auch seinen Qualitäten als Jäger gutgetan, nicht aber seiner Laune.

»Major Randall-Isaacs«, erwiderte er ziemlich kalt. Der Major lächelte ihn strahlend an und ließ sich von seinem Ton nicht abschrecken.

»Oh, inzwischen nur noch Randall«, sagte er. »So hieß nämlich mein Vater. Der zweite Name war eine Höflichkeit gegenüber meinem Stiefvater, aber da der alte Herr jetzt gestorben ist…« Er zog die Schultern hoch und überließ es William, den naheliegenden Schluss zu ziehen; dass ein jüdisch klingender Nachname einem ehrgeizigen Offizier kaum dienlich sein konnte.

»Überrascht, Euch hier zu sehen«, fuhr Randall so kumpelhaft fort, als hätten sie sich letzten Monat bei einem Ball gesehen. »Ihr wart doch mit Burgoyne in Saratoga, nicht wahr?«

Williams Hand krampfte sich um die Zügel, doch er erklärte geduldig seinen besonderen Status. Wahrscheinlich zum zwanzigsten Mal.

Randall nickte respektvoll.

»Sicherlich besser als in Massachusetts Heu zu ernten«, sagte er mit einem Blick auf die dahinmarschierenden Kolonnen, an denen sie vorüberkamen. »Aber habt Ihr denn nicht daran gedacht, nach England zurückzugehen?«

»Nein«, sagte William einigermaßen verblüfft. »Warum denn? Erstens bezweifle ich, dass die Bedingungen meines Ehrenworts das zulassen. Und zweitens – warum sollte ich?« *Warum, in der Tat?*, dachte er mit einem erneuten Stich. Er hatte sich noch gar keine Gedanken darüber gemacht, was ihn in England erwartete, in Helwater, in Ellesmere. In London… oh, Jesus…

»Warum, in der Tat?«, wiederholte Randall unbewusst seinen Gedanken. Der Mann klang nachdenklich. »Nun… hier habt Ihr ja kaum Möglichkeiten, Euch zu beweisen, oder?« Er warf einen kurzen Blick auf Williams Gürtel, bar jeder Waffe, und wandte ihn sofort wieder ab, als sei der Anblick irgendwie beschämend – was er ja auch war.

»Und was ist es, das ich Eurer Meinung nach dort tun könnte?«, wollte William wissen und beherrschte sich nur mit Schwierigkeiten.

»Nun, Ihr *seid* doch Graf«, sagte Randall. William spürte, wie ihm das Blut am Hals hinaufstieg, doch er konnte ja nichts sagen. »Ihr habt einen Sitz im Oberhaus. Warum ihn nicht nutzen, um etwas zu bewirken? Geht doch in die Politik. Ich bezweifle, dass Euer Ehrenwort etwas dazu sagt – und solange Ihr nicht zurückfahrt, um der Armee wieder beizutreten, glaube ich nicht, dass die Reise an und für sich ein Problem wäre.«

»Darauf wäre ich nie gekommen«, sagte William, um Höflichkeit bemüht. Er konnte sich nichts vorstellen, was ihn weniger reizte, als sich politisch zu betätigen – es sei denn, sich politisch zu betätigen, während er gleichzeitig ein Schwindler war.

Immer noch lächelnd, schüttelte Randall sacht den Kopf. Er hatte sich kaum verändert, seit ihn William das letzte Mal gesehen hatte; das dunkle Haar ohne Puder zurückgebunden, gut aussehend, aber keine Schönheit, schlank, aber nicht schmächtig, mit eleganten Bewegungen und einer stets offenen und freundlichen Miene. Er hatte sich nicht verändert – William aber schon. Er war jetzt zwei Jahre älter und viel erfahrener, und er stellte überrascht, jedoch gleichzeitig voller Genugtuung fest, dass Randall ihn manipulierte wie ein Kartenspiel. Oder es zumindest versuchte.

»Ich schätze, es gibt auch noch andere Möglichkeiten«, sagte er und lenkte sein Pferd um eine schlammige Urinpfütze herum, die sich in einer kleinen Vertiefung der Straße gesammelt hatte.

Randalls Pferd war stehen geblieben, um seinen Teil zu der Pfütze beizusteuern. Randall saß so gefasst im Sattel, wie es in einer solchen Situation möglich ist, versuchte aber gar nicht erst, das Plätschern zu übertönen. Dann ritt er vorsichtig aus dem Schlamm heraus und nahm seinen Platz an Williams Seite wieder ein, bevor er das Gespräch fortsetzte.

»Möglichkeiten?« Er klang aufrichtig interessiert, und wahrscheinlich war er das ja tatsächlich, dachte William – doch warum? »Woran hattet Ihr denn gedacht?«

»Ihr erinnert Euch sicher an Oberst Richardson?«, fragte William beiläufig, beobachtete aber aufmerksam Randalls Gesicht. Dieser zog schwach die Augenbraue hoch, zeigte jedoch sonst keine deutliche Reaktion, als er den Namen hörte.

»Oh ja«, erwiderte Randall nicht minder beiläufig als William. »Habt Ihr den guten Oberst in letzter Zeit gesehen?«

»Ja, vor ein paar Tagen.« Williams Wut war jetzt verflogen, und er wartete neugierig ab, was Randall dazu wohl sagen würde.

Der Major reagierte zwar nicht gerade verblüfft, doch seine Miene freundlicher Unverbindlichkeit hatte sich definitiv zu etwas anderem verschärft. William konnte tatsächlich *sehen*, wie er überlegte, ob er ganz offen fragen sollte, was Richardson gewollt hatte, oder ob er einen anderen Kurs wählen sollte. Und diese Beobachtung versetzte ihm einen kleinen Stoß der Erregung.

»Ist Lord John bei Sir Henry?«, fragte Randall. Diese Frage kam so unerwartet, dass William blinzelte, doch es gab keinen Grund, sie nicht zu beantworten.

»Nein. Warum sollte er?«

Wieder hob sich die Augenbraue.

»Ihr wusstet es nicht? Das Regiment des Herzogs von Pardloe ist in New York.«

»Ach ja?« William war mehr als verblüfft, sammelte sich aber hastig wieder. »Woher wisst Ihr das?«

Randalls gepflegte Hand winkte ab, als sei die Antwort nicht von Bedeutung – und vielleicht war das ja auch so.

»Pardloe ist bei Sir Henry«, erklärte er. »Da der Herzog Lord John wieder in den Dienst berufen hat, dachte ich …«

»Er hat *was*?« Williams Pferd schlug bei diesem Ausruf mit dem Kopf und schnaubte, und William strich ihm über den kräftigen Hals und nutzte die Geste, um sein Gesicht abzuwenden. Sein Vater war *hier*?

»Ich habe vorgestern im Haus Seiner Lordschaft in Philadelphia vorgesprochen«, erklärte Randall, »und eine sehr merkwürdige Schottin – anscheinend die Haushälterin Seiner Lordschaft? – hat mir gesagt, Seine Lordschaft sei schon seit mehreren Tagen unterwegs. Aber wenn Ihr ihn nicht gesehen habt …«

Randall hob den Kopf und blickte nach vorn. Rauchschwaden tauchten jetzt über den Bäumen auf, Kochfeuer, Wäschefeuer und Wachtfeuer, die das wachsende Lager anzeigten und deren scharfer Geruch ihnen würzig in die Nasen stieg, so dass William der Magen knurrte.

»Hopp! Hopp! Zu zweit, rasch … los!«, erscholl der Ruf eines Leutnants hinter ihnen, und sie ritten beiseite, um eine Doppelkolonne von Infanteristen durchzulassen, die dieser Anfeuerung gar nicht bedurft hatten; sie konnten ihr Abendessen genauso wenig erwarten wie die Gelegenheit, die Waffen für die Nacht abzulegen.

Während sie warteten, kam William ein Gedanke; sollte er Randall einladen, später mit ihm zu essen, um vielleicht etwas aus ihm herauszubekommen? Oder so schnell wie möglich fort von dem Mann, indem er die Tatsache, dass er Sir Henry bei Tisch aufwarten musste, als Entschuldigung benutzte? Doch was, wenn sich Lord John tatsächlich in diesem Moment bei Sir Henry befand? *Und* der verflixte Onkel Hal – das Letzte, was er jetzt noch brauchte!

Auch Randall hatte die Pause offensichtlich zum Überlegen genutzt und war zu seiner eigenen Entscheidung gelangt. Er ritt dicht an William heran, und nachdem er sich rasch umgesehen hatte, um sicherzugehen, dass niemand in der Nähe war, beugte er sich zu ihm herüber und sprach leise:

»Ich sage Euch das als Freund, Ellesmere. Obwohl ich einräumen muss, dass Ihr keinen Grund habt, mir zu trauen, hoffe ich, dass Ihr auf mich hört. Lasst Euch in Gottes Namen nicht auf irgendetwas ein, was Richardson vorschlägt. Begleitet ihn auf keinen Fall irgendwohin, ganz gleich, unter welchen Umständen. Wenn Ihr es vermeiden könnt, sprecht nicht einmal mit ihm.«

Und damit wendete er sein Pferd, gab ihm abrupt die Sporen und galoppierte die Straße hinunter, vom Lager fort.

51

DER KLEINE SCHURKE

Grey hätte sich nicht beklagt, wenn die Kopfschmerzen nicht gewesen wären. Der Schmerz in seiner Seite war inzwischen erträglich; er glaubte zwar, dass möglicherweise eine Rippe gebrochen war, aber solange er nicht laufen musste, würde das kein Problem sein. Aber das Auge …

Das verletzte Auge weigerte sich standhaft, sich zu bewegen, sondern zuckte nur in der Augenhöhle und zerrte an dem Hindernis – Orbikularmuskel? War das Dr. Hunters Bezeichnung gewesen? –, das es in der Bewegung bremste, wenn es versuchte, sich gemeinsam mit dem anderen Auge scharf zu stellen. Das war nicht nur an und für sich schmerzhaft und kräftezehrend, sondern es verursachte ihm auch quälende Kopfschmerzen, und oft war er nicht imstande, etwas zu essen, wenn sie anhielten, sondern hätte sich am liebsten nur an einem dunklen Ort hingelegt und gewartet, dass das Dröhnen nachließ.

Als sie am Abend des zweiten Marschtages Halt machten, um ihr Lager aufzuschlagen, konnte er mit dem gesunden Auge kaum noch sehen, und er stand kurz davor, sich zu übergeben.

»Hier«, sagte er und hielt einem seiner Kameraden, einem Schneider namens Phillipson aus Morristown, seinen heißen Maisfladen hin. »Nehmt Ihr das. Ich kann nichts essen, jetzt nicht …« Er konnte nicht weitersprechen, sondern presste die Daumenwurzel fest gegen das geschlossene Auge. Grüne und gelbe Feuerräder und blendende Lichtblitze explodierten hinter seinem Augenlid, doch der Druck linderte den Schmerz für einen Moment.

»Verwahrt ihn Euch für später, Bert«, sagte Phillipson und steckte Grey das Brot in den Rucksack. Er beugte sich zu ihm herüber und betrachtete Greys Gesicht im Feuerschein. »Ihr braucht eine Augenklappe für das Auge«, erklärte er. »Dann reibt Ihr zumindest nicht mehr daran; es ist ja rot wie der Strumpf einer Hure. Hier.«

Und damit zog er seinen mitgenommenen Filzhut ab, holte eine kleine Schere aus seiner Brust, schnitt einen ordentlichen runden Flicken aus der Krempe, rieb ein bisschen Gummiharz auf den Rand, damit er klebte, und band ihn dann mit einem getupften Taschentuch, das ein anderer Milizionär beisteuerte, vorsichtig über dem verletzten Auge fest. Die anderen waren alle näher gekommen, um zuzusehen, und drückten ihm aufs Freundlichste ihre Sorge aus, boten ihm zu essen und zu trinken an, überlegten, welche Kompanie wohl einen Stabsarzt hatte, der ihn zur Ader lassen könnte, und so weiter. Grey war so geschwächt vor Schmerz und Erschöpfung, dass er das Gefühl hatte, er könnte weinen.

Er schaffte es, ihnen allen für ihr Mitgefühl zu danken, und schließlich ließen sie von ihm ab. Nach einem Schluck einer unidentifizierbaren, aber stark alkoholischen Flüssigkeit aus Jacobs Feldflasche saß er einfach auf dem Boden, schloss das gute Auge, lehnte den Kopf an einen umgestürzten Baum zurück und wartete darauf, dass das Dröhnen in seinen Schläfen nachließ.

Trotz der körperlichen Unannehmlichkeiten fühlte er sich getröstet. Die Männer in seiner Begleitung waren zwar keine Soldaten, und sie waren weiß Gott keine Armee – aber es waren Männer, die ein gemeinsames Ziel verfolgten und sich umeinander kümmerten. Und das war etwas, was ihm vertraut war und was er schätzte.

»… und wir tragen Dir unsere Nöte und Sehnsüchte vor, o großer Herr, und erflehen Deinen Segen für unser Tun …«

Reverend Woodsworth hielt eine kurze Andacht ab. Das tat er jeden Abend; wer es wünschte, konnte sich ihm anschließen, wer es nicht wünschte, unterhielt sich leise oder beschäftigte sich mit kleinen Flick- oder Schnitzarbeiten.

Grey hatte eigentlich keine Ahnung, wo sie waren, nur, dass es irgendwo im Nordosten Philadelphias war. Hin und wieder begegneten ihnen berittene Kundschafter, und wirre Neuigkeiten und Spekulationen breiteten sich wie Flöhe in der Gruppe aus. Er bekam mit, dass die britische Armee nach Norden unterwegs war – eindeutig nach New York – und dass Washington Valley Forge verlassen hatte, um Clinton unterwegs anzugreifen, doch niemand wusste, wo. Die Männer sollten sich an einem Ort namens Coryell's Ferry sammeln, wo man ihnen möglicherweise mitteilen würde, wohin es ging.

Er verschwendete keine Kraft damit, sich Gedanken über seine Lage zu machen. Er konnte problemlos in der Dunkelheit flüchten, doch das wäre zwecklos gewesen. Wenn er zwischen den sich sammelnden Milizkompanien und den regulären Truppen in der Landschaft umherspazierte, war das Risiko, dass er am Ende wieder in Oberst Smith' Obhut landete, viel größer, als wenn er bei Woodsworth' Miliz blieb.

Die Gefahr würde vielleicht zunehmen, wenn sie schließlich zu Washingtons Truppen stießen – doch große Armeen konnten sich nicht voreinander verbergen, und sie versuchten ja auch gar nicht, unentdeckt zu bleiben. Wenn Washington in Clintons Nähe kam, konnte Grey immer noch problemlos desertieren – falls man das als Desertion betrachtete – und zu den Briten überlaufen, wobei er in diesem Fall höchstens riskierte, von einem übereifrigen Wachtposten angeschossen zu werden, bevor er sich ergeben und sich zu erkennen geben konnte.

Dankbarkeit, dachte er im Nebel zunehmender Schläfrigkeit und nachlassender Schmerzen, während er dem Gebet des Reverends zuhörte. Nun ja, es gab sogar noch ein paar Dinge, die er als Segen auf seiner Liste vermerken konnte.

William stand immer noch unter Ehrenwort und durfte daher nicht kämpfen. Jamie Fraser war aus der Kontinentalarmee entlassen worden, um Brigadier Frasers Leiche heim nach Schottland zu eskortieren. Er war zwar zurückgekehrt, doch er war nicht länger in der Armee; auch er würde nicht an diesem

Kampf teilnehmen. Sein Neffe Henry war zwar auf dem Weg der Besserung, aber keinesfalls einsatzfähig. Wahrscheinlich würde an der bevorstehenden Schlacht – wenn es denn eine gab – niemand teilnehmen, um den er sich Sorgen machen musste. Obwohl, wenn er es genau bedachte … Seine Hand fand seine leere Hosentasche. *Hal.* Wo in Dreiteufelsnamen *steckte* Hal?

Er seufzte, doch dann entspannte er sich und atmete die Gerüche von Holzrauch, Kiefernnadeln und gebratenem Mais ein. Wo auch immer Hal war, ihm würde schon nichts zustoßen. Hal konnte auf sich aufpassen.

Je mehr seine Kopfschmerzen nachließen, desto mehr genoss er die simple Freude, einfach nur dazuliegen. Die Schuhe, die zu seiner Verkleidung gehörten, passten ihm nicht und scheuerten ihm nicht nur die Fersen wund, sondern er hatte auch Stiche in den Schienbeinen, weil er ständig die Zehen zusammenballte, damit ihm die verflixten Dinger nicht abfielen. Er streckte vorsichtig die Beine aus und freute sich geradezu über die Muskelschmerzen, die sich verglichen mit dem Gehen beinahe himmlisch anfühlten.

Er wurde von seinem spärlichen Katalog der Segnungen abgelenkt, als neben seinem Ohr ein hungriges Schlucken erklang, gefolgt von einer jungen, leisen Stimme.

»Mister … wenn Ihr nicht vorhabt, den Fladen selbst zu essen …«

»Was? Oh … ja. Natürlich.«

Er kämpfte sich zum Sitzen hoch, eine Hand schützend über das verletzte Auge gelegt, und als er den Kopf wandte, sah er einen Jungen von elf oder zwölf direkt neben sich auf dem Baumstamm sitzen. Er war dabei, mit der Hand in seinem Rucksack nach dem Essen zu suchen, als der Junge plötzlich nach Luft schnappte, und als Grey in den flackernden Feuerschein aufblickte, sah er sich Claires Enkelsohn gegenüber, den Kopf von einem blonden, zerzausten Heiligenschein umgeben und eine entsetzte Miene im Gesicht.

»Pst!«, flüsterte er und packte das Knie des Jungen mit einer so plötzlichen Bewegung, dass dieser einen kleinen Aufschrei ausstieß.

»Na, was habt Ihr denn da, Bert? Einen Dieb erwischt?« Abe Shaffstall blickte von seinem Würfelspiel auf und linste den Jungen kurzsichtig an … Himmel, wie hieß er noch? Sein Vater war Franzose, war es Claude? Henri? Nein, das war der jüngere Bruder, der Zwerg …

»*Tais toi!*«, murmelte er dem Jungen zu und wandte sich seinen Begleitern zu. »Nein, nein … es ist ein Nachbarsjunge aus Philadelphia … äh … Bobby. Bobby Higgins«, fügte er hinzu und nahm den ersten Namen, der ihm durch den Kopf schoss. »Was führt dich denn hierher, Junge?«, fragte er und hoffte, dass der Junge die Geistesgegenwart seiner Großmutter besaß.

»Suche meinen Opa«, erwiderte der Junge prompt, obwohl sein Blick beklommen durch den Kreis der Gesichter wanderte, die ihn alle interessiert anstarrten.

»Meine Mama hat mich mit Kleidern und etwas zu essen für ihn losgeschickt, aber ein paar böse Kerle haben mich im Wald von meinem Maultier gezogen und … und alles gestohlen.« Die Stimme des Jungen zitterte realistisch, und Grey bemerkte, dass sich tatsächlich Tränenspuren über seine schmutzigen Wangen zogen.

Dies löste reihum mitfühlendes Brummen aus, und aus Körben und Taschen kamen Zwieback, Äpfel, Trockenfleisch und schmutzige Taschentücher zum Vorschein.

»Wie heißt denn dein Opa, Junge?«, erkundigte sich Joe Buckman. »Zu welcher Kompanie gehört er?«

Der Junge sah verwirrt aus und warf Grey einen raschen Blick zu. Dieser antwortete für ihn.

»James Fraser«, sagte er mit einem beruhigenden Nicken, das seinen Kopf wieder erdröhnen ließ. »Er dürfte bei einer der Kompanien aus Philadelphia sein, oder, Bobby?«

»Aye, Sir.« Der Junge wischte sich die Nase an dem Taschentuch ab, das man ihm hinhielt, und nahm dankbar einen Apfel an. »*Mer…*« Er unterbrach sich mit einem gekonnten Hustenanfall und korrigierte sich zu einem: »Danke sehr, Sir. Und Euch auch, Sir.« Er gab das Taschentuch zurück und begann leidenschaftlich zu essen, so dass sich seine Antworten auf Schütteln und Nicken seines Kopfes beschränkten. Unverständliches Gemurmel ließ darauf schließen, dass er die Nummer der Kompanie seines Großvaters vergessen hatte.

»Das macht nichts, Junge«, sagte Reverend Woodsworth tröstend. »Wir sind alle zum selben Stelldichein unterwegs. Da wirst du deinen Opa bestimmt auch finden. Meinst du denn, du kannst zu Fuß mit uns Schritt halten?«

»Oh, aye, Sir«, sagte Germain – *so hieß er, Germain!* – und nickte rasch. »Ich kann laufen.«

»Ich kümmere mich um ihn«, sagte Grey hastig, und damit schien die Sache erledigt.

Er wartete ungeduldig, bis die Anwesenheit des Jungen vergessen war und die Männer begonnen hatten, sich zum Schlafen bereit zu machen. Dann erhob er sich unter dem Protest seiner Muskeln, wies Germain mit einem Ruck seines Kopfes an, ihm zu folgen … und unterdrückte einen Schmerzensschrei bei dieser Bewegung.

»Also schön«, sagte er leise, sobald sie außer Hörweite waren. »Was zum Teufel machst du hier? Und wo *ist* dein verflixter Großvater?«

»Ich war wirklich auf der Suche nach ihm«, erwiderte Germain und knöpfte sich den Hosenlatz auf, um zu pinkeln. »Er ist unterwegs zu …« Er hielt inne, offensichtlich unsicher, in welcher Beziehung er nun zu Grey stand. »Verzeihung, Mylord, aber ich weiß nicht, ob ich Euch das sagen sollte oder nicht. Ich meine …« Der Junge war nicht mehr als eine Silhouette vor dem dunkleren Schwarz des Unterholzes, doch selbst der Umriss seines Körpers zeugte beredt von seinem Argwohn. »*Comment arrivez-vous être ici?*«

»Wie es kommt, dass ich hier bin?«, wiederholte Grey leise. »*Comment*, in der Tat. Ach, das spielt keine Rolle. Ich sage *dir*, wohin wir gehen, ja? Meines Wissens sind wir unterwegs zu einem Ort namens Coryell's Ferry, um dort zu General Washington zu stoßen. Sagt dir das etwas?«

Germains schmale Schultern entspannten sich, und leises Prasseln auf dem Boden zeugte von weiterer Entspannung. Grey tat es ihm nach, und als sie fertig waren, wandten sie sich wieder dem Leuchten des Lagerfeuers zu.

Noch im Schutz der Bäume legte Grey Germain die Hand auf die Schulter und drückte zu. Der Junge erstarrte.

»*Attendez, monsieur*«, sagte Grey leise. »Wenn die Miliz herausfindet, wer ich bin, hängen sie mich. Auf der Stelle. Mein Leben liegt ab sofort in deiner Hand. *Comprenez-vous*?«

Einen enervierenden Moment lang herrschte Schweigen.

»Seid Ihr ein Spion, Mylord?«, fragte Germain leise, ohne sich umzudrehen.

Grey hielt inne, ehe er antwortete, denn er schwankte zwischen Eigennutz und Aufrichtigkeit. Er konnte ja kaum vergessen, was er gesehen und gehört hatte, und falls er es zurück zu seinen eigenen Linien schaffte, war es seine Pflicht, sein Wissen weiterzugeben.

»Nicht freiwillig«, sagte er schließlich genauso leise.

Ein kühler Wind hatte sich bei Sonnenuntergang erhoben, und ringsum murmelte der Wald.

»*Bien*«, sagte Germain schließlich. »Und danke für das Essen.« Jetzt drehte er sich um, und Grey konnte den Feuerschein auf seiner hellen Augenbraue widerstrahlen sehen, die fragend hochgezogen war.

»Ich bin also Bobby Higgins. Und wer seid Ihr?«

»Bert Armstrong«, erwiderte Grey knapp. »Nenn mich Bert.«

Dann ging er voraus zum Feuer und den in Decken gehüllten Rollen der schlafenden Männer. Im Rascheln der Bäume und dem Schnarchen seiner Kameraden konnte er es nicht genau erkennen, aber er hatte das *Gefühl*, dass der kleine Schurke lachte.

52

MORPHIATRÄUME

In dieser Nacht schliefen wir im Schankraum eines Wirtshauses in Cranberry. Menschen lagen auf Tischen und Bänken oder hatten sich *unter* den Tischen zusammengerollt und lagen auf improvisierten Lagern aus Stroh, zusammengelegten Umhängen und Satteltaschen so weit wie möglich vom Kamin entfernt. Das Feuer glomm zwar nur noch, strahlte aber immer noch beträchtliche Hitze ab. Der Raum war von den bitteren Gerüchen brennender Holzscheite und kochender Körper erfüllt. Ich schätzte die Temperatur in seinem Inneren auf etwa 35 Grad, und die zur Schau gestellten Schläfer waren weitgehend unbekleidet, so dass ihre Waden, Schultern oder Dekolletés im dumpfen Glühen der Holzkohle hell aufschimmerten.

Jamie hatte sich in Hemd und Kniehose auf den Weg gemacht und seine neue Uniform und die prunkvollen Unterkleider sorgfältig in einem Koffer zusammengefaltet, bis wir in die Nähe der Armee kamen. Daher war er schnell entkleidet, indem er sich den Hosenlatz aufknöpfte und die Strümpfe auszog. Bei mir wurde es durch die Tatsache verkompliziert, dass mein Reisekorsett Lederschnüre hatte und sich der Knoten im Lauf des schweißdurchtränkten Tages in ein hartnäckiges Nest verwandelt hatte, das sich sämtlichen Versuchen widersetzte.

»Kommst du nicht ins Bett, Sassenach?« Jamie hatte sich schon hingelegt, nachdem er einen abgelegenen Winkel hinter der Schanktheke gefunden und unsere Umhänge dort ausgebreitet hatte.

»Ich habe mir einen Fingernagel an diesem verflixten Ding abgebrochen, und ich komme einfach nicht mit den Zähnen daran!«, zischte ich ihn an. Ich war kurz davor, in Tränen der Frustration auszubrechen. Ich schwankte vor Erschöpfung, konnte mich aber nicht überwinden, in der klammen Enge des Korsetts zu schlafen.

Jamie streckte mir den Arm aus der Dunkelheit entgegen und winkte mir.

»Komm, leg dich zu mir, Sassenach«, flüsterte er. »Ich mache es.«

Die schiere Erleichterung, mich nach zwölf Stunden im Sattel hinzulegen, war so herrlich, dass ich es mir fast noch anders überlegt und doch so geschlafen hätte. Aber er hatte es ernst gemeint. Er beugte sich über mich und senkte den Kopf, um an den Schnüren zu nagen, einen Arm um meinen Rücken gelegt, um mich festzuhalten.

»Keine Sorge«, murmelte er gedämpft gegen meinen Bauch, »wenn ich ihn nicht losknabbern kann, schneide ich ihn mit dem Dolch auf.«

Er blickte mit einem fragenden Laut zu mir auf, da ich bei dieser Aussicht ein ersticktes Lachen ausgestoßen hatte.

»Ich versuche nur, mich zu entscheiden, ob es schlimmer wäre, aus Versehen ausgeweidet zu werden, als im Korsett zu schlafen«, flüsterte ich und legte die Hand um seinen Kopf. Er war warm, das weiche Haar in seinem Nacken feucht.

»So schlecht ziele ich nun auch wieder nicht, Sassenach«, sagte er und hielt kurz mit seinen Bemühungen inne. »Ich würde höchstens riskieren, dir einen Stich ins Herz zu versetzen.«

Schließlich jedoch erreichte er sein Ziel, ohne auf Waffen zurückgreifen zu müssen, indem er den Knoten vorsichtig mit den Zähnen lose zupfte, bis er ihn mit den Fingern lösen konnte und das schwere Leinenkorsett mit den groben Säumen wie eine Muschelschale öffnete, so dass mein weißes Hemd zum Vorschein kam. Ich seufzte dankbar wie eine Molluske, die sich bei Flut öffnet, und rupfte den Stoff aus den Falten, die das Korsett in meiner Haut hinterlassen hatte. Jamie schob das Korsett beiseite, blieb aber, wo er war, das Gesicht an meinen Brüsten, während seine Hände sanft über meine Seiten strichen.

Bei seiner Berührung seufzte ich erneut auf; er hatte es aus Gewohnheit getan, doch es war eine Gewohnheit, die mir monatelang gefehlt hatte, und eine Berührung, von der ich geglaubt hatte, ich würde sie nie wieder spüren.

»Du bist zu dünn, Sassenach«, flüsterte er. »Ich kann ja deine Rippen spüren. Morgen suche ich dir etwas zu essen.«

Ich war in den letzten Tagen viel zu beschäftigt gewesen, um ans Essen zu denken, und im Moment war ich zu müde, um Hunger zu empfinden. Doch ich antwortete mit einem zustimmenden Laut, während ich ihm über das Haar strich und der Rundung seines Schädels folgte.

»Ich liebe dich, *a nighean*«, sagte er ganz leise, sein Atem warm auf meiner Haut.

»Ich liebe dich«, erwiderte ich genauso leise. Ich zog ihm das Band aus dem Haar und flocht seinen Zopf zwischen meinen Fingern auf. Ich drückte seinen Kopf fester an mich, nicht als Einladung, sondern aus dem plötzlichen dringenden Bedürfnis heraus, ihn bei mir zu *halten*, ihn zu beschützen.

Er küsste meine Brust und drehte den Kopf, um ihn in meine Schulterhöhle zu legen. Er holte einmal tief Luft, dann noch einmal, dann war er eingeschlafen, und das erschlaffende Gewicht seines Körpers an meinem Körper versprach mir Schutz und sprach von Vertrauen.

»Ich liebe dich«, wiederholte ich beinahe tonlos, die Arme fest um ihn geschlungen. »O guter Gott, ich liebe dich.«

MÖGLICH, DASS ES DIE überwältigende Erschöpfung war oder der Geruch, diese Mischung aus Alkohol und ungewaschenen Körpern, die mich vom Krankenhaus träumen ließ.

Ich war unterwegs durch den kleinen Flur hinter der Männerstation in dem Krankenhaus, wo ich meine Schwesternausbildung absolviert hatte, das Fläschchen mit den Morphiakörnchen in der Hand. Die Wände waren schäbig grau, genau wie die Luft. Am Ende des Flurs war das Alkoholbad, in dem die Spritzen aufbewahrt wurden.

Ich hob eine heraus, kalt und schlüpfrig, und gab mir alle Mühe, sie nicht fallen zu lassen. Trotzdem fiel sie mir hin, sie glitt mir aus der Hand und zersprang auf dem Fußboden, und die umherfliegenden Glassplitter verletzten mir die Beine.

Ich konnte mir keine Gedanken darum machen; ich musste zurück mit der Morphininjektion, hinter mir riefen verzweifelte Männerstimmen, und irgendwie waren dort hinten die Geräusche des Operationszeltes in Frankreich, stöhnende Männer, Schreie und hoffnungsloses Schluchzen, und meine Finger zitterten vor Eile, während sie in dem kalten Stahlbad zwischen den Spritzen umhertasteten, die wie Knochen klapperten.

Ich zog eine heraus und hielt sie so fest, dass auch sie mir in der Hand zerbrach und mir das Blut über das Handgelenk lief, aber ich spürte keinen Schmerz. Noch eine, ich musste noch eine haben, sie hatten furchtbare Schmerzen, und ich konnte sie lindern, wenn ich *nur* …

Irgendwie hatte ich dann eine saubere Spritze und hatte den Verschluss des Fläschchens mit den Morphiakörnern geöffnet, aber meine Hand zitterte, und ich verschüttete die Körner wie Salz, Schwester Amos würde außer sich sein. Ich brauchte eine Pinzette, ich bekam die Körnchen nicht mit den Fingern zu fassen, und in Panik schüttete ich mehrere in die Spritze, ein ganzes Gran, nicht das benötigte Viertelgran, aber ich *musste* wieder zu den Männern, musste ihren Schmerzen ein Ende setzen …

Dann rannte ich durch den endlosen grauen Flur auf die Schreie zu, und Glasscherben glitzerten zwischen den roten Blutstropfen auf dem Boden, leuchtend wie Libellenflügel. Doch meine Hand wurde jetzt taub, und die letzte Spritze fiel mir aus den Fingern, ehe ich die Tür erreichte.

Und ich erwachte mit einem Ruck, bei dem mir das Herz stehen zu bleiben schien. Ich schluckte Rauch und die Dämpfe von Bier und Menschen und hatte keine Ahnung, wo ich war.

»Himmel, Sassenach, ist etwas?« Aus dem Schlaf aufgeschreckt, stützte sich Jamie über mir auf den Ellbogen, und ich kam mit einem weiteren Ruck in die Gegenwart zurück. Mein linker Arm war von der Schulter an taub, und ich hatte Tränen auf den Wangen; ich spürte die Kühle auf meiner Haut.

»Ich … ja. Nur ein … ein Alptraum.« Ich schämte mich, das zuzugeben, als sei es allein sein Privileg, von Alpträumen gequält zu werden.

»Ah.« Er ließ sich mit einem Seufzer neben mich sinken und zog mich mit einem Arm an sich. Er strich mit dem Daumen über mein Gesicht, und als er eine feuchte Stelle fand, betupfte er sie ganz gelassen mit seinem Hemd. »Wieder gut?«, flüsterte er, und ich nickte, dankbar, dass ich nicht darüber zu reden brauchte.

»Gut.« Er strich mir das Haar aus dem Gesicht und massierte mir sanft den Rücken. Seine kreisende Hand wurde allmählich langsamer, bis er wieder einschlief.

Es war tiefe Nacht, und tiefer Schlaf lag über dem Raum, der wie ein Mann zu atmen schien. Schnarcher, Keuch- und Grunzlaute verschmolzen zu etwas wie den Wogen der nachlassenden Flut, hoben und senkten sich und trugen mich geborgen wieder in die Tiefen des Schlafs.

Nur das stechende Kribbeln meines eingeschlafenen Arms hielt mich zurück, aber auch das nur kurz.

Ich konnte das Blut und die Glasscherben noch sehen und hörte im Rauschen der Schnarchenden den Aufprall fallenden Kristalls, sah die blutigen Flecken auf der Tapete des Hauses Nummer 17.

Lieber Gott, betete ich und lauschte Jamies Herzschlag unter meinem Ohr, langsam und regelmäßig. *Was auch immer geschieht, bitte gewähre ihm die Gelegenheit, mit William zu sprechen.*

53

UNGÜNSTIG ERWISCHT

William lenkte sein Pferd zwischen den Felsen hindurch zu einer flachen Stelle, wo sie beide trinken konnten. Es war Nachmittag, und nachdem er den ganzen Tag in der brennenden Sonne entlang der Kolonne hin und her geritten war, war er so ausgetrocknet wie ein Stück Dörrfleisch aus dem letzten Jahr.

Das Pferd, auf dem er diesmal saß, war Madras, ein kräftiges Pferd mit einer breiten Brust und unerschütterlichem Temperament. Das Pferd watete zielsicher knietief in den Fluss, senkte die Nase mit einem seligen Schnauben ins Wasser und schüttelte sein Fell, um die Wolke der Fliegen zu vertreiben, die augenblicklich aus dem Nichts auftauchte, sobald sie Halt machten.

Auch William vertrieb ein paar Insekten aus seinem Gesicht und zog seinen Rock aus, um sich einen Moment Erleichterung von der Hitze zu verschaffen. Er war versucht, ebenfalls ins Wasser zu waten – bis zum Hals, wenn der Fluss so tief war –, aber … nun ja … Er blickte vorsichtig hinter sich, doch er war außer Sichtweite, auch wenn er die Geräusche der Kolonne in einiger Entfernung auf der Straße hören konnte. Warum nicht? Nur einen Moment. Es war ja nicht so, als wäre die Depesche, die er dabeihatte, dringend; er hatte gesehen, wie sie geschrieben wurde, und sie enthielt nicht mehr als eine Einladung an General von Knyphausen, sich General Clinton beim Abendessen in einem Wirtshaus anzuschließen, das für seinen Schweinebraten berühmt war. Alle trieften vor Schweiß; die Feuchtigkeit würde ihn nicht verraten.

Hastig zog er Schuhe, Hemd, Strümpfe, Hose und Unterwäsche aus und stieg nackt in das plätschernde Wasser, das ihm zwar gerade eben bis zur Taille reichte, aber nass und kalt war. Er schloss die Augen in seliger Erleichterung – und öffnete sie eine halbe Sekunde später abrupt wieder.

»William!«

Madras warf mit einem erschrockenen Schnauben den Kopf hoch und überschüttete William mit Tropfen, doch er nahm kaum Notiz davon, so erschrocken war er, als er zwei junge Frauen am anderen Ufer stehen sah.

»Was zum Teufel machst *du* denn hier?« Er versuchte, sich ein wenig tiefer ins Wasser zu hocken, ohne es allzu auffällig zu tun. Obwohl sich eine dumpfe Stimme in seinem Kopf laut fragte, warum er sich die Mühe machte; Arabella-Jane hatte schließlich schon alles gesehen, was er hatte. »Und wer ist das?«, wollte er wissen und wies mit einem Ruck seines Kopfes auf das andere Mädchen. Sie waren beide rot wie Sommerrosen, doch er glaubte – oder hoffte –, dass es an der Hitze lag.

»Das ist meine Schwester Frances«, sagte Jane mit der Eleganz einer echten Puffmutter und zeigte auf das jüngere Mädchen. »Nun mach schon einen Knicks vor Seiner Lordschaft, Fanny.«

Fanny, ein ausgesprochen hübsches Mädchen, dem die dunklen Locken unter der Haube hervorlugten – was war sie, elf? Zwölf? –, knickste anmutig mit ausgebreiteten Kalikounterröcken in Blau und Rot und senkte ihre langen Wimpern bescheiden über die großen, sanften Augen eines jungen Rehs.

»Euer ergebenster Diener, Mademoiselle«, sagte er und verbeugte sich so elegant wie möglich, was den Mienen der Mädchen nach wahrscheinlich ein Fehler war. Fanny schlug sich die Hand vor den Mund und errötete noch tiefer, so sehr bemühte sie sich, nicht zu lachen.

»Ich bin entzückt, deine Schwester kennenzulernen«, sagte er gespielt kalt zu Jane. »Aber ich fürchte, du hast mich in einem ungünstigen Moment erwischt.«

»Ja, das ist aber obendrein ein Glück«, pflichtete Jane ihm bei. »Ich wusste gar nicht, wie wir dich in diesem Durcheinander finden sollten, und als wir dich vorbeireiten gesehen haben, als wäre der Teufel hinter dir her – der Armeetross hat uns mitgenommen –, dachte ich, wir holen dich niemals ein. Aber wir haben die Gelegenheit genutzt, und … *voilà! Fortuna favet audax*, nicht wahr?« Sie *versuchte* gar nicht erst zu verhehlen, dass sie über ihn lachte!

Er suchte nach einer beißenden Erwiderung auf Griechisch, aber das Einzige, was ihm in den aufgebrachten Kopf kam, war ein peinliches Echo aus seiner Vergangenheit, etwas, was sein Vater zu ihm gesagt hatte, als er einmal aus Versehen in einen Abort gefallen war: *»Was gibt es Neues aus der Unterwelt, Persephone?«*

»Dreht euch um«, sagte er kurz angebunden. »Ich komme heraus.«

Sie taten es nicht. Zähneknirschend wandte er ihnen seinerseits den Rücken zu und kletterte vorsichtig ans Ufer, während er vier neugierige Augen wie einen Juckreiz auf seinem triefenden Rücken spürte. Er packte sein Hemd und kämpfte sich hinein, weil er glaubte, selbst dieser bescheidene Sichtschutz würde es ihm ermöglichen, die Unterredung auf würdevollere Weise fortzusetzen. Oder vielleicht würde er sich auch einfach Hose und Stiefel unter den Arm klemmen und ohne weiteres Geplauder gehen.

Das Geräusch heftigen Wasserrauschens ließ ihn herumfahren, während er noch in den Falten seines Hemds steckte. Sein Kopf kam gerade rechtzeitig zum Vorschein, um zu sehen, wie Madras auf der Seite der Mädchen aus dem Flüsschen sprang und seine Lippen schon nach dem Apfel fassten, den Jane ihm entgegenhielt.

»Komm zurück, hierher!«, rief er. Aber die Mädchen hatten noch mehr Äpfel, und das Pferd schenkte ihm keinerlei Beachtung – und leistete auch keinen Widerstand, als Arabella-Jane seine Zügel ergriff und sie beiläufig um den Stamm einer jungen Weide schlang.

»Mir ist aufgefallen, dass du gar nicht gefragt hast, warum wir hier sind«, sagte sie. »Gewiss hat dich die Überraschung deiner üblichen exquisiten Manieren beraubt.« Sie lächelte ihn breit an, und er warf ihr einen strengen Blick zu.

»Doch«, sagte er. »Ich erinnere mich deutlich daran, dass ich gesagt habe: ›Was. Zum. Teufel. Machst. Du. Denn. Hier.‹«

»Oh ja, das stimmt«, sagte sie ungerührt, ohne rot zu werden. »Nun, um nicht um den heißen Brei herumzureden, Hauptmann Harkness ist zurückgekommen.«

»Oh«, sagte er in etwas verändertem Ton. »Ich verstehe. Dann, äh, seid ihr davongelaufen?«

Frances nickte ernst.

William räusperte sich.

»Warum denn? Hauptmann Harkness befindet sich doch zweifellos *bei* der Armee. Warum seid ihr ausgerechnet hierhergekommen, statt sicher in Philadelphia zu bleiben?«

»Nein, das ist er nicht«, sagte Jane. »Er wurde in Philadelphia aufgehalten. Also sind wir geflüchtet. Außerdem«, fügte sie sorglos hinzu, »wird die Armee von *Tausenden* von Frauen begleitet. Er würde uns niemals finden, selbst wenn er uns suchen würde – und warum sollte er das tun?«

Das klang vernünftig. Dennoch … Er wusste, wie das Leben einer Armeehure aussah. Außerdem hatte er den ausgeprägten Verdacht, dass die Mädchen ihren Vertrag mit dem Bordell gebrochen hatten; es gab nur wenige Huren, die genug von ihrem Lohn sparten, um sich freizukaufen, und die Mädchen waren beide viel zu jung, um schon viel verdient zu haben. Den relativen Luxus sauberer Betten und regelmäßiger Mahlzeiten in Philadelphia aufzugeben, um inmitten von Schlamm und Fliegen den verdreckten, verschwitzten Soldaten gefällig zu sein und am Ende genauso oft mit Schlägen wie mit barer Münze bezahlt zu werden … Andererseits musste er zugeben, dass er auch noch nie von einem brutalen Kerl wie Harkness misshandelt worden war und daher keinen echten Vergleich hatte.

»Ich vermute, ihr möchtet Geld, das euch bei der Flucht behilflich ist?«, fragte er mit gereizter Stimme.

»Nun, vielleicht«, sagte Jane. Sie steckte die Hand in ihre Tasche und hielt etwas Glänzendes hoch. »Aber vor allem wollte ich dir das hier zurückgeben.«

Seine Halsberge! Er trat unwillkürlich einen Schritt auf sie zu, und seine Zehen versanken im glitschigen Schlamm.

»Ich – danke«, sagte er abrupt. Er spürte das Fehlen der Halsberge jedes Mal, wenn er sich ankleidete, und mehr noch das Gewicht der Blicke seiner Offizierskameraden auf der leeren Stelle, wo sie hätte sein sollen. Er war gezwungen gewesen, Major Drummond zu erklären, was geschehen war – mehr oder weniger –, und hatte dabei gesagt, er wäre in einem Bordell ausgeraubt worden. Drummond hatte ihm eine furchtbare Standpauke gehalten, es ihm dann aber widerstrebend gestattet, ohne Halsberge zu erscheinen, bis er sich in New York eine neue besorgen konnte.

»Was ich … wir, meine ich … was wir *wirklich* wollen, ist dein Schutz«, sagte Jane. Sie war um eine gewinnende, aber ernste Miene bemüht, und sie machte ihre Sache verdammt gut.

»Ihr wollt *was*?«

»Ich glaube nicht, dass es mir Schwierigkeiten bereiten würde, mir in der Armee meinen Lebensunterhalt zu verdienen«, sagte sie unverblümt, »aber das ist nicht das Leben, das ich mir für meine liebe Schwester wünsche.«

»Äh … nein. Das kann ich mir vorstellen«, sagte William argwöhnisch. »Was hast du dir denn sonst vorgestellt?« *Kammerzofe?*, hätte er gern sarkastisch vorgeschlagen, verkniff es sich aber angesichts der wieder aufgetauchten Halsberge.

»Das weiß ich noch nicht genau«, sagte sie und richtete den Blick auf den Fluss, der in Wellen über die Felsen floss. »Aber wenn du uns helfen könntest, sicher nach New York zu kommen – und du dort vielleicht ein Unterkommen für uns finden würdest …«

William fuhr sich mit der Hand über das Gesicht und wischte sich den frischen Schweiß ab.

»Viel willst du ja nicht, wie?«, meinte er sarkastisch. Einerseits traute er es ihr durchaus zu, seine Halsberge pikiert ins Wasser zu werfen, wenn er ihr nicht irgendwie Hilfe zusicherte. Andererseits … Frances war ein hübsches Kind, zart und blass wie eine Windenblüte. Und drittens hatte er keine Zeit für weitere Diskussionen.

»Steigt auf das Pferd und kommt her«, sagte er abrupt. »Ich suche euch eine neue Transportgelegenheit. Ich muss jetzt mit einer Depesche zu von Knyphausen reiten, aber wir treffen uns heute Abend in General Clintons Lager … nein, nicht heute, ich komme erst morgen zurück …« Er überlegte einen Moment, welchen Treffpunkt er ihr nennen sollte; es kam *nicht* infrage, dass sich zwei junge Huren in General Clintons Hauptquartier nach ihm erkundigten. »Geht morgen bei Sonnenuntergang zum Zelt der Stabsärzte. Ich … mir fällt schon etwas ein.«

54

IN DEM ICH DIE BEKANNTSCHAFT EINER RÜBE MACHE

Am nächsten Tag begegnete uns unterwegs ein Bote, der eine Note von Washington für Jamie hatte. Dieser las sie an einen Baum gelehnt, während ich mich unauffällig ins Gebüsch zurückzog.

»Was sagt er denn?«, fragte ich, als ich wieder zum Vorschein kam, und rückte mir die Kleider zurecht. Ich war immer noch ziemlich beeindruckt, dass Jamie tatsächlich mit Washington persönlich gesprochen hatte, und die Tatsache, dass er die Stirn über einen Brief runzelte, den der zukünftige Landesvater vermutlich selbst *geschrieben* hatte …

»Dies und jenes«, erwiderte er achselzuckend, faltete die Note wieder zusammen und steckte sie in seine Tasche. »Die einzige wichtige Neuigkeit ist die, dass ich unter dem Kommando von Charles Lee stehen werde.«

»Und? Kennst du Charles Lee?« Ich manövrierte meinen Fuß in den Steigbügel und hievte mich in den Sattel.

»Ich weiß *von* ihm.« Das, was er wusste, schien ziemlich problematisch zu sein, der Falte zwischen seinen Augenbrauen nach zu urteilen. Ich zog meinerseits die Augenbrauen hoch; er sah mich an und lächelte.

»Ich bin ihm schon begegnet, beim ersten Zusammentreffen mit Washington. Danach habe ich es mir zur Aufgabe gemacht, ein bisschen mehr über ihn herauszufinden.«

»Oh, also mochtest du ihn nicht«, stellte ich fest, und er prustete leise.

»Nein, ich mochte ihn nicht«, sagte er und trieb sein Pferd zum Schritt an. »Er ist laut, grob und schlampig – das konnte ich selbst sehen –, aber nach allem, was ich seitdem gehört habe, ist er außerdem extrem eifersüchtig und macht auch gar keinen Hehl daraus.«

»Eifersüchtig? Auf wen?« Doch hoffentlich nicht auf Jamie.

»Auf Washington«, antwortete er stirnrunzelnd und überraschte mich mit dieser Eröffnung. »Er war der Meinung, er sollte den Oberbefehl über die Kontinentalarmee haben, und es passt ihm nicht, die zweite Geige zu spielen.«

»Tatsächlich?« Ich hatte im Leben noch nichts von Charles Lee gehört, was mir merkwürdig erschien, wenn er tatsächlich prominent genug war, um solche Erwartungen zu hegen. »Warum meint er das, weißt du das?«

»Ja. Er glaubt, dass er deutlich mehr militärische Erfahrung besitzt als Washington – und das stimmt vielleicht sogar. Er war lange in der britischen Armee und hat an einigen erfolgreichen Feldzügen teilgenommen. Trotzdem …« Er zog die rechte Schulter hoch und ließ sie wieder sinken. »Ich hätte mich nie bereit erklärt, das hier zu tun, wenn es Lee gewesen wäre, der mich gefragt hätte.«

»Ich dachte, du wolltest es ohnehin nicht?«

»Aye, nun ja.« Er überlegte eine Weile. »Das stimmt, dass ich es nicht wollte – und es auch jetzt nicht will.« Er sah mich entschuldigend an. »Und ich will erst recht nicht, dass du hier bist.«

»Ich werde für den Rest unseres Lebens da sein, wo du bist«, sagte ich entschlossen. »Ob das eine Woche ist oder noch vierzig Jahre.«

»Länger«, sagte er und lächelte.

Eine Weile ritten wir schweigend weiter, waren uns des anderen jedoch intensiv bewusst. So war es schon seit jenem Gespräch in Kingsessing.

»Es spielt keine Rolle, wenn du mit der ganzen englischen Armee schläfst … Na ja, es würde eine Rolle spielen, aber es würde mich nicht daran hindern, dich zu lieben.«

»Ich habe schon mindestens tausendmal mit dir geschlafen, Sassenach. Meinst du, ich habe dabei nicht auf dich geachtet?«

»Es kann niemanden wie dich geben.«

Ich hatte kein Wort von dem vergessen, was wir gesagt hatten – und er genauso wenig, obwohl keiner von uns noch einmal davon gesprochen hatte. Wir umschlichen uns zwar nicht auf Zehenspitzen, doch wir tasteten uns immer noch vor… suchten den Zugang zueinander, wie wir es bereits zweimal getan hatten. Einmal, als ich zurückgekehrt war und ihn in Edinburgh gefunden hatte – und ganz zu Anfang, als uns das Schicksal gegen unseren Willen verheiratet und durch die Umstände zusammengeschweißt hatte. Erst später war es unsere eigene Entscheidung geworden.

»Was wärst du eigentlich gern geworden?«, fragte ich einem Impuls folgend. »Wenn du nicht als Herr von Lallybroch zur Welt gekommen wärst?«

»Das bin ich doch gar nicht. Wenn mein älterer Bruder nicht gestorben wäre, meinst du«, sagte er. Ein kleiner Schatten des Bedauerns huschte über sein Gesicht, verweilte aber nicht. Er trauerte immer noch um den Jungen, der mit elf gestorben war und es seinem kleinen Bruder überlassen hatte, die Last der Verantwortung auf sich zu nehmen und die Mühsal, in diese Rolle hineinzuwachsen. Doch er war schon sehr lange an diese Last gewöhnt.

»Vielleicht«, sagte ich. »Aber was, wenn du anderswo zur Welt gekommen wärst, zum Beispiel in einer anderen Familie?«

»Nun, dann wäre ich ja nicht der, der ich bin, oder?«, sagte er in aller Logik und lächelte mich an. »Möglicherweise beklage ich mich hin und wieder über das, was der Herr von mir verlangt, Sassenach – aber ich habe keine Einwände dagegen, wie er mich gemacht hat.«

Ich betrachtete das, was er war – seinen hochgewachsenen, aufrechten Körper, seine fähigen Hände, sein Gesicht, das so sehr von allem zeugte, was er war… und hatte ebenfalls keine Einwände.

»Außerdem«, sagte er und legte nachdenklich den Kopf schief, »wenn es anders gewesen wäre, hätte ich dich doch nicht, oder? Und ich hätte auch Brianna und ihre Kinder nicht gehabt.«

Wenn es anders gewesen wäre… Ich fragte nicht, ob er fand, dass sein Leben, so wie es war, den Preis wert gewesen war.

Er beugte sich zu mir herüber und berührte meine Wange.

»Es ist es mir wert, Sassenach«, sagte er.

Ich räusperte mich.

»Mir auch.«

Es wurde dunkel, als wir noch ein paar Meilen von Coryell's Ferry entfernt waren, doch die Feuer des Lagers leuchteten schwach am Himmel wider, und wir setzten unseren Weg vorsichtig fort. Inzwischen waren auch Ian und Rollo zu uns gestoßen. Etwa jede Viertelmeile wurden wir von Wachtposten angehalten, die gespenstisch aus der Dunkelheit auftauchten, die Musketen schussbereit.

»Freund oder Feind?«, wollte jetzt schon der sechste von ihnen theatralisch wissen und blinzelte uns im Schein seiner erhobenen Blendlaterne an.

»General Fraser und seine Frau«, sagte Jamie, der seine Augen mit der Hand abschirmte und den Wachtposten finster ansah. »Ist Euch das freundlich genug?«

Ich lächelte verstohlen in mein Schultertuch; er hatte sich geweigert, unterwegs nach etwas Essbarem Ausschau zu halten, und ich hatte mich geweigert, ihn rohen Schinken essen zu lassen, ganz gleich, wie gut er geräuchert war. Jennys vier Äpfel hatten nicht weit gereicht; wir hatten seit gestern Abend nichts mehr gegessen, und er hatte Hunger. Ein leerer Magen weckte im Allgemeinen das Monster im Manne, und dies war im Moment nicht zu übersehen.

»Äh … ja, Sir, General, ich wollte doch nur …« Der Lichtstrahl der Laterne fiel auf Rollo und traf ihn mitten ins Gesicht, so dass seine Augen gespenstisch grün aufblitzten. Der Wachtposten stieß ein ersticktes Geräusch aus, und Ian beugte sich aus dem Sattel, so dass auch sein Gesicht – einschließlich der Mohawk-Tätowierungen – plötzlich im Licht erschien.

»Beachtet uns einfach gar nicht«, sagte er kumpelhaft zu dem Wachtposten. »Wir sind auch freundlich.«

ZU MEINER ÜBERRASCHUNG existierte an der Fähre tatsächlich eine richtige Siedlung, deren Wirts- und Wohnhäuser sich am Ufer des Delaware drängten.

»Darum hat Washington die Stelle wohl als Sammelpunkt gewählt?«, fragte ich Jamie. »Sie gibt eine gute Bühne ab, und die Männer sind hier gut versorgt.«

»Aye, das stimmt«, sagte er, allerdings geistesabwesend. Er hatte sich ein wenig in den Steigbügeln erhoben, um die Szene zu betrachten. Sämtliche Fenster in sämtlichen Häusern waren hell erleuchtet, doch über dem Eingang des größten Wirtshauses wehte eine große amerikanische Flagge mit ihrem Sternenkreis. Washingtons Hauptquartier also.

Mein größtes Anliegen war es, Jamie etwas Essbares einzuflößen, bevor er General Lee begegnete, falls dieser tatsächlich in dem Ruf stand, arrogant und jähzornig zu sein. Ich wusste zudem nicht, was es mit roten Haaren auf sich hatte, aber jahrelange Erfahrung mit Jamie, Brianna und Jemmy hatte mich gelehrt, dass zwar die meisten Leute reizbar waren, wenn sie Hunger hatten, dass aber ein Rotschopf mit leerem Magen eine wandelnde Zeitbombe war.

Ich schickte Ian und Rollo mit Jamie auf die Suche nach dem Quartiermeister, um herauszufinden, wo wir untergebracht waren, um anschließend das Packmuli entladen zu können. Ich wiederum folgte meiner Nase zum nächsten Essensduft.

Die im Boden versenkten Feuer der Feldküchen brannten zwar gewiss schon lange nicht mehr, aber ich war bereits in vielen Feldlagern gewesen und wusste, wie sie funktionierten; kleine Kessel mit Eintopf und Porridge für den Morgen würden die ganze Nacht hindurch simmern – erst recht jetzt, da die Armee General Clinton dicht auf den Fersen war. Erstaunlich, dass ich ihm noch vor ein paar Tagen unter ganz normalen Umständen begegnet war …

Ich war so sehr auf meine Suche konzentriert gewesen, dass ich den Mann nicht gesehen hatte, der aus dem Halbdunkel kam, und ich fast mit ihm zusammenprallte. Er packte mich an den Armen, und wir tanzten einen halben Walzertakt umher, bevor wir zum Stehen kamen.

»*Pardon, madame!* Ich fürchte, ich bin Euch auf den Fuß getreten!«, sagte eine junge französische Stimme voller Sorge, und ich blickte geradewegs in das nicht minder sorgenvolle Gesicht eines sehr jungen Mannes. Er war in Hemdsärmeln und Kniehose, aber ich konnte sehen, dass seine Hemdsärmel breite, spitzenbesetzte Manschetten hatten. Ein Offizier also, trotz seiner Jugend.

»Ja, das seid Ihr«, erwiderte ich nachsichtig, »aber macht Euch deswegen keine Gedanken. Ich bin nicht verletzt.«

»*Je suis tellement désolé, je suis un navet!*«, rief er aus und schlug sich vor die Stirn. Er trug keine Perücke, und ich sah, dass er trotz seines Alters bereits beträchtliche Geheimratsecken hatte. Das Haar, das er noch hatte, war rot und hatte die Tendenz, zu Berge zu stehen – möglicherweise, weil er die Angewohnheit hatte, mit den Fingern hindurchzufahren, was er nämlich gerade tat.

»Unsinn«, sagte ich auf Französisch und lachte. »Ihr seid doch keine Rübe.«

»Oh doch«, sagte er und sprach jetzt wieder Englisch. Er lächelte mich charmant an. »Ich bin einmal der Königin von Frankreich auf den Fuß getreten. Sie war sehr viel weniger großmütig, *sa Majesté*«, fügte er reumütig hinzu. »*Sie* hat mich als Rübe bezeichnet. Dennoch, wenn das nicht passiert wäre – ich war nämlich gezwungen, den Hof zu verlassen –, wäre ich vielleicht nie nach Amerika gekommen, also ist meine Ungeschicklichkeit nicht *nur* ein Grund zur Klage, *n'est-ce pas*?«

Er war überaus gut gelaunt und roch nach Wein. Nicht, dass das irgendwie ungewöhnlich gewesen wäre. Aber angesichts seines extrem französischen Auftretens, seines offensichtlichen Reichtums und seines jugendlichen Alters beschlich mich der Gedanke …

»Habe ich die Ehre, es mit …« Verdammt, was für einen Titel trug er eigentlich? Vorausgesetzt, er war tatsächlich …

»*Pardon, madame!*«, rief er aus. Er griff meine Hand, beugte sich tief darüber und küsste sie. »*Marie-Joseph Paul Yves Roch Gilbert du Motier, Marquis de La Fayette, a votre service!*«

Es gelang mir, aus diesem Strom gallischer Silben den Namen La Fayette aufzufangen, und ich empfand diesen seltsamen kleinen Stoß der Erregung, der mich stets durchfuhr, wenn ich jemandem begegnete, den ich aus den Geschichtsbüchern kannte – obwohl mir der nüchterne Realismus sagte, dass diese Menschen normalerweise auch nicht bemerkenswerter waren als die, die genug Vorsicht besaßen oder Glück hatten, um nicht als blutige Dekoration in historischen Dokumenten aufzutauchen.

Ich fing mich so weit, dass ich ihm mitteilen konnte, ich sei Madame General Fraser und ich sei mir sicher, dass mein Mann gleich kommen würde, um ihm seine Aufwartung zu machen, sobald ich etwas zu essen aufgetrieben hatte.

»Aber Ihr müsst mitkommen und mit mir speisen, Madame!«, sagte er, und da er meine Hand nicht losgelassen hatte, war er in der Lage, sie gemütlich in seinen Ellbogen zu stecken und mit mir im Schlepptau auf ein großes Gebäude zuzusteuern. Es war das Wirtshaus, das von den Rebellen in Beschlag genommen worden war und tatsächlich jetzt Washingtons Hauptquartier war – wie ich feststellte, als mich *le Marquis* unter dem flatternden Banner durch den Schankraum und schließlich in ein großes Hinterzimmer führte, in dem eine Anzahl Offiziere zu Tisch saßen. Das Präsidium hatte ein Hüne, der zwar nicht ganz so aussah wie das Bild auf einem Dollarschein, ihm aber doch recht nahe kam.

»*Mon général*«, sagte der Marquis mit einer Verbeugung vor Washington und wies dann auf mich. »Ich habe die Ehre, Euch Madame General Fraser vorzustellen, die Anmut und Freundlichkeit in Person!«

Der Tisch erhob sich wie ein Mann; Holzbänke quietschten, und die Männer – sie waren doch nur zu sechst – erhoben sich und verneigten sich nacheinander vor mir und murmelten »Euer Diener« oder »Euer ergebenster Diener, Ma'am«. Washington selbst stand am Kopf des Tisches – *mein Gott, er ist ja so groß wie Jamie*, dachte ich – und verneigte sich sehr elegant mit der Hand auf seiner Brust.

»Eure Anwesenheit ehrt mich, Mrs. Fraser«, sagte er mit dem sanften Singsang eines Mannes aus Virginia. »Darf ich hoffen, dass Euer Mann Euch begleitet?«

Im ersten Moment verspürte ich den irren Impuls zu sagen: »Nein, er schickt mich, um an seiner Stelle zu kämpfen«, doch ich verkniff es mir.

»Ja«, brachte ich stattdessen heraus. »Er ist … äh …« Ich zeigte hilflos zur Tür, wo Jamie jetzt mit bemerkenswert gutem Zeitgefühl persönlich auftauchte, sich Kiefernnadeln vom Ärmel strich und etwas zu Ian sagte, der ihm folgte.

»Da bist du ja!«, rief er aus, als er mich erspähte. »Jemand hat mir gesagt, du wärst mit einem fremden Franzosen davongegangen. Was …« Er hielt abrupt inne, da er plötzlich begriffen hatte, dass ich mich nicht nur in Begleitung eines fremden Franzosen befand.

Der Tisch brach in Gelächter aus, und La Fayette eilte auf Jamie zu und nahm strahlend seine Hand.

»*Mon frère d'armes!*« Er schlug die Hacken zusammen, zweifellos ein Reflex, und verbeugte sich. »Ich muss mich dafür entschuldigen, Eure wunderbare Frau entführt zu haben, Sir. Bitte gestattet mir, es wiedergutzumachen, indem ich Euch zum Essen einlade!«

Anthony Wayne kannte ich bereits aus Ticonderoga, und es freute mich, ihn wiederzusehen. Außerdem war ich entzückt, Dan Morgan zu sehen, der mich herzlich auf beide Wangen küsste, und ich musste zugeben, dass es mich alles andere als kaltließ, als mir George Washington die Hand küsste, obwohl ich den Mundgeruch bemerkte, der eine Begleiterscheinung seiner berüchtigten Zahnprobleme war. Ich fragte mich, wie ich es wohl bewerkstelligen konnte, seine Zähne zu begutachten, gab derlei Spekulationen jedoch augenblicklich auf, weil eine Prozession von Bediensteten mit Tabletts voll frittiertem Fisch, Brathuhn,

Buttermilchbrötchen mit Honig und einer erstaunlichen Auswahl an würzigem Käse hereinkam, wobei der Marquis – wie er mir sagte – Letzteren persönlich aus Frankreich mitgebracht hatte.

»Probiert diesen hier«, drängte er mich und schnitt mir ein Stück extrem aromatischen Roquefort ab, grün geädert und krümelig. Nathanael Greene, der auf der anderen Seite des Marquis saß, verzog unauffällig die Nase und lächelte mich verstohlen an. Ich erwiderte sein Lächeln zwar – doch eigentlich mochte ich kräftigen Käse sehr.

Ich war nicht die Einzige. Rollo, der – natürlich – mit Ian hereingekommen war und hinter ihm saß, hob den Kopf und schob seine lange, haarige Schnauze zwischen Ian und General Lee, um neugierig an dem Käse zu schnüffeln.

»Großer Gott!« Anscheinend hatte Lee den Hund bis dahin gar nicht bemerkt und warf sich zur Seite, so dass er fast auf Jamies Schoß gelandet wäre. Das wiederum lenkte Rollo ab, der sich Lee zuwandte und ihn ebenfalls aufmerksam beschnüffelte.

Ich nahm es dem Hund nicht übel. Charles Lee war ein hochgewachsener, dünner Mann mit einer langen, dünnen Nase und den widerlichsten Tischmanieren, die ich gesehen hatte, seit Jemmy gelernt hatte, allein mit einem Löffel zu essen. Nicht nur, dass er beim Essen redete und mit offenem Mund kaute, sondern er gestikulierte auch wild umher, während er Gegenstände in der Hand hielt, so dass die Vorderseite seiner Uniform mit Ei, Suppe, Gelee und einer ganzen Reihe weniger identifizierbarer Substanzen bedeckt war.

Trotzdem war er ein amüsanter, geistreicher Mann – und die anderen schienen ihm eine gewisse Achtung zu erweisen. Ich fragte mich, warum; anders als von den anderen Herren am Tisch hatte ich von Charles Lee noch nie gehört. Er behandelte *sie* mit einer gewissen … nun, es war auf jeden Fall keine Verachtung … Herablassung vielleicht?

Ich war zwar selbst in Tischgespräche vertieft – zum Großteil mit dem Marquis, der sich selbst bei dem Versuch übertraf, mich zu bezaubern, und mir erzählte, wie sehr ihm seine Frau fehlte (Großer Gott, wie alt *war* er?, fragte ich mich. Er sah nicht älter aus als zwanzig, wenn überhaupt …), der wir den Käse verdankten. Nein, nein, sie hatte ihn nicht selbst hergestellt, doch er stammte von ihrem Anwesen in Chavaniac, welches seine Frau in seiner Abwesenheit höchst kompetent betrieb –, doch hin und wieder fing ich einen Blick von Jamie auf. Er beteiligte sich zwar an der Konversation, doch ich konnte seinen Blick über den Tisch huschen sehen, abschätzend, beurteilend. Und am häufigsten blieb er auf General Lee an seiner Seite haften.

Natürlich, Wayne und Morgan kannte er ja ziemlich gut – und er wusste alles, was ich ihm über Washington und La Fayette hatte erzählen können. Gott, ich hoffte, dass das, was ich über sie zu wissen glaubte, auch nur halbwegs zutraf. Doch wenn nicht, würden wir es sowieso bald herausfinden.

Portwein wurde gebracht – offenbar war der Marquis der Gastgeber des gesamten Essens; ich hatte den deutlichen Eindruck, dass das Oberkommando der

Kontinentalarmee nicht immer so gut speiste. Die Männer hatten es weitgehend vermieden, während des Essens über die bevorstehende Schlacht zu sprechen, aber ich konnte spüren, dass das Thema über dem Tisch hing wie ein herannahendes Gewitter, hell geränderte schwarze Wolken, von erregenden Blitzen durchzuckt. Ich begann, meine Röcke zurechtzurücken, um meinen baldigen Aufbruch anzukündigen, und sah, dass Jamie, der mir gegenübersaß, es bemerkte und lächelte.

Lee, der neben ihm saß, bemerkte es ebenfalls – sein Blick hatte geistesabwesend an meinem Dekolleté gehangen – und brach die Anekdote ab, die er Ian gerade erzählte.

»Es ist solch ein Vergnügen, Eure Bekanntschaft zu machen, Madam«, sagte er herzlich. »Euer Mann bereitet uns eine große Freude, indem er uns mit Eurer Gegenwart beglückt. Ich …«

Lee hielt abrupt mitten im Satz – und mitten in seinem Bissen – inne und starrte Rollo an, der unauffällig näher gekommen war und jetzt nur noch einen halben Meter von dem General entfernt stand. Angesichts seiner Größe und der niedrigen Bank, auf der der General saß, befanden sie sich damit etwa Auge in Auge.

»Warum sieht mich dieser Hund so an?«, wollte Lee wissen und fuhr herum, um Ian einen finsteren Blick zuzuwerfen.

»Er ist vermutlich neugierig, was Ihr als Nächstes fallen lasst«, sagte Ian und kaute in aller Seelenruhe weiter.

»Wenn ich Ihr wäre, Sir«, meldete sich Jamie höflich zu Wort, »würde ich schnell etwas fallen lassen.«

IAN, ROLLO UND ICH verabschiedeten uns von den Generälen und gingen in die Dunkelheit hinaus, um uns auf die Suche nach unseren Betten zu machen. Ein Laufbursche mit einer Laterne eskortierte uns. Eigentlich war es gar nicht so dunkel, obwohl die Sonne endlich untergegangen war. Überall am Ufer des Delaware brannten Feuer, und auch viele der Boote auf dem Fluss hatten Laternen oder offene Feuer, die sich im Wasser spiegelten wie Schwärme glimmender Fische.

»Weißt du irgendetwas über den Mann, der neben dir gesessen hat?«, fragte ich Ian in meinem stockenden Gälisch. Er lachte – er und Jamie lachten *immer*, wenn ich Gälisch sprach –, zog aber verneinend die Schultern hoch.

»Nein, aber ich werde es herausfinden«, sagte er. »Er ist Engländer, so viel kann ich dir sagen.«

Er benutzte das Wort »Sassenach« und versetzte mir einen kleinen Schreck. Es war lange her, dass ich gehört hatte, wie ein Schotte das Wort so benutzte, wie es gemeint war.

»Ja, das ist er. Meinst du, das hat etwas zu bedeuten?« Theoretisch waren sie zwar *alle* noch Engländer – nun, abgesehen von La Fayette, von Steuben, Kosciuscko und ähnlichen Kuriositäten –, doch die meisten Kontinentaloffiziere waren auch tatsächlich in Amerika zur Welt gekommen und hatten ihr Leben dort verbracht. Lee nicht. Ian stieß einen verächtlichen schottischen Laut aus, der besagte, dass es in der Tat etwas bedeutete.

»Aber wie ich höre, wurde er doch ebenfalls von den Kahnyen'kehaka adoptiert«, wandte ich ein.

Ian schwieg einen Moment, dann nahm er meinen Arm und beugte sich zu mir herüber, um mir ins Ohr zu sprechen.

»Tante Claire«, sagte er leise. »Meinst du, ich habe jemals aufgehört, Schotte zu sein?«

55

VESTALISCHE JUNGFRAUEN

Jamie und ich waren im Haus der Chenowyths einquartiert, einer sympathischen – wenn auch verständlicherweise etwas nervösen – Familie, deren Haus am Ende der einzigen Straße stand, die sich durch Coryell's Ferry zog. Mrs. Chenowyth war zwar schon im Schlafmantel, begrüßte mich aber freundlich mit einem hell erleuchteten Kerzenhalter und führte mich zu einem kleinen Schlafzimmer an der Rückseite des Hauses, dem anzusehen war, dass es hastig von einer Anzahl jüngerer Chenowyth' verlassen worden war, die jetzt vermutlich das Zimmer ihrer Eltern teilten, zumindest dem Mischmasch schwerer Atemgeräusche nach.

Das Bett war ziemlich groß und lang, obwohl Jamies Füße sicher noch an die zwanzig Zentimeter herausragen würden. Es gab eine Waschschüssel und einen Krug mit frischem Wasser; ich hob ihn vorsichtig hoch und trank daraus; mein Hals war trocken von zu viel französischem Wein. Ich stellte den Krug wieder hin und setzte mich auf das Bett. Mir war sehr merkwürdig zumute.

Möglich, dass es der Wein war. Möglich, dass es die Tatsache war, dass das Zimmer keine Fenster hatte und Mrs. Chenowyth so fürsorglich gewesen war, die Tür hinter sich zu schließen. Es war ein kleines Zimmer, etwa zweieinhalb mal drei Meter. Die Luft regte sich nicht, und die Kerzenflamme brannte hoch, ebenmäßig und klar vor den Ziegeln der Wand. Vielleicht war es ja die Kerze, die mich an Onkel Lamb erinnerte und an den Tag, an dem er mir von den Vestalinnen erzählt hatte, während er mir eine blaue Karneolfigur aus dem Tempel der Vesta zeigte.

»Wenn eine der Jungfrauen ihrem Eid untreu wurde«, sagte er und wackelte mit den Augenbrauen, »hat man sie ausgepeitscht und lebend in einer kleinen unterirdischen Grabkammer eingemauert. Sie bekam einen Tisch, einen Stuhl, etwas Wasser und eine Kerze. Und dort ist sie dann gestorben, wenn die Luft verbraucht war.«

Damals hatte ich mit einer Art morbidem Behagen darüber nachgedacht – ich war ungefähr zehn – und dann neugierig gefragt, wie genau eine Vestalin denn ihrem Eid untreu werden konnte. Und so war ich schließlich aufgeklärt worden, da sich Onkel Lamb vor keiner Tatsache drückte, die seinen Weg kreuzte oder wie in dem Fall halt den meinen. Zwar hatte mir Onkel Lamb versichert, dass der Kult der Vesta seine Geschäfte längst eingestellt hatte, doch ich hatte damals trotzdem beschlossen, vorsichtshalber keine Jungfrau sein zu wollen. Im Großen und Ganzen ein guter Vorsatz, obwohl es natürlich sehr spezielle Nebenwirkungen hatte, wenn man mit Männern schlief.

Ian hatte meine Satteltaschen mitgebracht und sie in der Zimmerecke abgesetzt, bevor er sich mit Rollo selbst auf die Suche nach einem Schlafplatz machte. Ich stand auf und kramte meine Zahnbürste und mein Zahnpulver hervor, obwohl es mir ziemlich surreal erschien, mir am möglichen Vorabend der Schlacht die Zähne zu putzen. Allerdings nicht ganz so, als rückte man die Liegestühle an Deck der *Titanic* noch einmal zurecht … zumindest hoffte ich das.

Ich wusste, dass Washington und der Marquis überleben würden – und dachte am Rande darüber nach, wie merkwürdig es war, sie jetzt als Menschen im Kopf zu haben, nicht als Namen. Die großen Poren auf George Washingtons Nase, als er sich über meine Hand beugte, und die Grübchen alter Pockennarben auf seinen Wangen; sein Geruch, Stärke und Schweiß, Wein und Perückenpuder – denn er trug trotz der Hitze seine Perücke –, der süßliche, widerliche Geruch der Zahnfäule … Apropos, dachte ich und ergriff meine Zahnbürste und machte mich mit Nachdruck ans Werk. Außerdem hatte er nach Blut gerochen; ich fragte mich, warum – Zahnfleischbluten möglicherweise?

Ich wand mich aus Kleid, Jacke und Korsett und stand eine Weile einfach da und wedelte mit meinem Hemd, in der Hoffnung, ein wenig Luft an mich zu lassen. Damit brachte ich zwar die Kerzenflamme zum Flackern, erzielte aber sonst keine große Wirkung. Also blies ich die Kerze aus und legte mich hin.

Seit unserem Aufbruch aus Philadelphia war das Adrenalin durch mich hindurchgeschossen wie der Strom in einem defekten Schaltkreis, doch jetzt beruhigte es sich allmählich zu einem steten Summen in meinem Blut. Die Konversation beim Abendessen war zwar ziemlich allgemein gewesen, doch die Atmosphäre war mit Spannung geladen gewesen. Kein Zweifel, sobald Ian und ich gegangen waren und der Tisch abgeräumt war … Noch nie war ich einem Kriegsrat so nahe gewesen, und es kribbelte mich immer noch am ganzen Körper.

Natürlich war es zudem ein nervöses Kribbeln gewesen – auch unter den Männern. Doch mit dem richtigen Ventil ließ sich Nervosität in einen sehr wirksamen Antrieb verwandeln, und genau das würden Washington und seine Generäle jetzt tun, während sie ihre Pläne zurechthämmerten, die Truppen aufteilten, Strategien entwickelten … Ich wünschte, ich hätte dabei sein können. Das wäre so viel leichter, als im Stockfinsteren zu liegen und in die langweilige Unendlichkeit hinaufzustarren … Was für eine grausame Todesart.

Ich fuhr zum Sitzen auf, schnappte nach Luft, ging hastig zur geschlossenen Tür und horchte. Keine Geräusche, kein Licht, das unter der Tür hindurchdrang. Ich tastete auf dem Boden umher, bis ich meine Schuhe und das Häufchen gefunden hatte, das mein Umhang war. Ich schwang ihn mir um die Schultern, schlüpfte aus dem Zimmer und schlich mich vorsichtig durch das halbdunkle Haus, vorbei am glimmenden Kamin und ins Freie.

Die Tür war nicht verriegelt; vielleicht war Mr. Chenowyth ja noch unterwegs und wurde erwartet. Ich hielt es zwar für möglich, dass ich ausgesperrt wurde, doch inzwischen erschien es mir wünschenswerter, die Nacht im Hemd inmitten eines Militärlagers zu verbringen, als in einer Grabkammer zu schlafen – oder vielmehr nicht bzw. unendlich zu schlafen. Außerdem war ich mir sicher, dass einer der kleinen Chenowyth' vor nicht allzu langer Zeit in das Bett gepinkelt hatte.

Niemand nahm Notiz von mir, als ich über die Straße zurückging. Die Wirtshäuser waren zum Bersten voll, und ihre Gäste ergossen sich nun auf die Straße. Kontinentalsoldaten stolzierten in ihrem Blau und Ocker umher, Gegenstand des Neides – so hofften sie – der Milizionäre. Auch Frauen waren zu sehen, die bei Weitem nicht alle Huren waren. Doch vor allem gab es … Luft.

Die Tageshitze war weitgehend verflogen, und es war zwar immer noch alles andere als kalt, aber es war auch nicht mehr drückend. Nach meiner Flucht aus dem Grab schwelgte ich in dem Gefühl der Freiheit – und meiner weitgehenden Unsichtbarkeit, denn dank meiner Körpergröße, meines Umhangs und meines zum Schlafen geflochtenen Haars sah ich im Dunklen nicht anders aus als viele der Milizionäre; niemand würdigte mich eines Blickes.

Die Straße und das Lager jenseits der Ortschaft waren wie elektrisiert. Das Gefühl war mir vertraut, und ich kam mir vor wie an andere Orte zurückversetzt – denn ich kannte dieses Phänomen in seinen unterschiedlichen Erscheinungsformen von der Hälfte der Schlachtfelder, in deren Nähe ich schon Dienst geleistet hatte – von Frankreich im Jahr 1944 über Prestonpans bis Saratoga. Es war nicht immer so; oft war die Atmosphäre eher von Grauen erfüllt – oder Schlimmerem. Ich erinnerte mich an die Nacht vor Culloden, und eine Welle der Kälte durchspülte mich so heftig, dass ich schwankte und fast gegen eine Hauswand geprallt wäre.

»Freundin Claire?«, erklang da eine erstaunte Stimme.

»Denzell?« Halb geblendet von den Fackeln, die in diesem Moment an mir vorübergetragen wurden, blinzelte ich die Gestalt an, die vor mir aufgetaucht war.

»Was tust du hier draußen?«, fragte er alarmiert. »Stimmt etwas nicht? Ist es Jamie?«

»Nun, man könnte sagen, dass es Jamie ist«, sagte ich und gewann allmählich die Fassung zurück. »Aber ihm fehlt nichts, nein. Ich wollte nur etwas frische Luft schnappen. Was macht Ihr denn hier?«

»Ich habe einen Krug Bier geholt«, sagte er und nahm mich fest beim Arm, um mich die Straße entlangzusteuern. »Komm mit mir. Du solltest nicht bei den Soldaten auf der Straße sein. Die, die jetzt noch nicht betrunken sind, werden es bald sein.«

Ich widersprach ihm nicht. Es fühlte sich gut an, seine Hand auf meinem Arm zu haben, festgehalten zu sein inmitten der seltsamen Strömungen der Nacht, die mich ohne Vorwarnung in die Vergangenheit – und die Zukunft und wieder zurück – zu tragen schienen.

»Wo sind denn Rachel und Dottie?«, fragte ich, als wir am Ende der Straße rechts abbogen und uns unseren Weg zwischen den Lagerfeuern und Zeltreihen hindurchzubahnen begannen.

»Rachel ist mit Ian irgendwohin gegangen; ich habe nicht gefragt. Dottie ist in unserem Behandlungszelt, ein Fall von akuten Darmbeschwerden.«

»Oje. Was hat sie denn gegessen?«

Er lachte leise.

»Nicht sie. Eine Frau namens Peabody, die mit Kolikschmerzen zu uns gekommen ist. Dorothea hat gesagt, sie würde ihr etwas Geeignetes verabreichen, wenn ich Bier hole – da es zu gefährlich für sie war, allein zum Wirtshaus zu gehen.«

Ich glaubte, einen leisen Unterton des Tadels in seiner Stimme zu entdecken, doch ich antwortete mit einem unverbindlichen »Hm«, und er sagte nichts mehr dazu, dass ich *en dishabille* über die Straße spaziert war. Wahrscheinlich, weil ihm auch erst in dem Moment aufgefallen war, dass ich *en dishabille* war, als wir das große Behandlungszelt der Hunters betraten und ich meinen Umhang ablegte.

Denny warf mir einen kurzen, schockierten Blick zu, hüstelte, griff nach einer Leinenschürze und schaffte es, sie mir zu reichen, ohne mich direkt anzusehen. Dottie massierte einer ziemlich großen Frau, die vornübergebeugt vor ihr auf einem Hocker saß, den ausladenden Rücken und grinste mich über das Häubchen der Frau hinweg an.

»Wie geht es Euch, Mrs. Fraser? Keine Ruhe?«

»So ist es«, erwiderte ich ganz offen und zog die Schürze an. »Das ist Mrs. Peabody?«

»Ja.« Dottie gähnte in ihre Schulter hinein. »Ihre Krämpfe scheinen sich gebessert zu haben – ich habe ihr Fencheltee und Pfefferminze gegeben«, fügte sie an Denny gewandt hinzu. »Aber sie klagt auch über Rückenschmerzen.«

»Hm.« Ich ging hinüber und hockte mich vor die Frau, die halb zu schlafen schien – bis ich ihren Atem roch, der ziemlich hochprozentig war. Ich legte ihr die Hand auf den Bauch, um zu sehen, ob ich die Ursache des Problems ertasten konnte, als sie plötzlich auf eine Weise hustete, die ich schon viel zu oft gehört hatte, würgte … und ich gerade noch rechtzeitig zurücksprang.

»Danke für die Schürze, Denny«, sagte ich gelassen und strich die Spritzer von Dreck und Erbrochenem fort, die mich weiter oben getroffen hatten. »Ihr habt nicht zufällig einen Entbindungshocker mitgebracht?«

»Einen Entbindungshocker? In eine Schlacht?«, fragte er schwach, und seine Augen quollen hervor, während er durch seine Brillengläser einen Blick auf die Frau warf. Diese schwankte jetzt schwerfällig hin und her wie eine große Glocke, die darüber nachdachte, ob sie erklingen sollte oder nicht.

»Es könnte eine Geburt werden«, sagte ich und sah mich um. »Wenn sie tatsächlich Wehen hat. Könnt Ihr eine Decke auftreiben, Dottie? Ich glaube, wir müssen sie auf den Boden legen; die Liege wird unter ihr zusammenbrechen.«

Zu dritt gelang es uns, Mrs. Peabody – die bei der ersten Berührung in aller Seelenruhe das Bewusstsein verlor – auf eine Decke zu befördern, die unter der Laterne auf dem Boden ausgebreitet lag. Beinahe augenblicklich kam ein wahrer Ansturm von Motten hereingeflattert, angelockt nicht nur vom Licht, sondern auch durch die diversen Gerüche, die in der Luft hingen.

Mrs. Peabody war nicht nur bewusstlos, sondern schien darüber hinaus in ein Alkoholkoma gefallen zu sein. Nach einiger Diskussion drehten wir sie auf die Seite, für den Fall, dass sie sich erneut übergab, und in dieser Lage rollte ihr Bauch vor den Rest ihres korpulenten Körpers, so dass er wie ein gefüllter Sack auf dem Boden lag. Sie sah aus wie die Königin eines Insektenschwarms, die im Begriff war, sich tausendfach zu vermehren, doch ich verkniff es mir, das zu erwähnen, da Dottie ihre Gesichtsfarbe noch nicht wiedergefunden hatte.

Denzell hatte sich von seinem Schreck erholt und hielt ihr Handgelenk im Auge – oder vielmehr in seiner Hand, um ihren Puls zu zählen. »Erstaunlich kräftig«, sagte er schließlich. Dann ließ er los und sah mich an. »Meinst du, ihre Zeit ist nah?«

»Ich hoffe es wirklich *nicht*«, sagte ich und blickte zu Boden. »Aber es ist nicht zu sagen, ohne sie … äh … näher zu untersuchen.« Ich holte tief Luft und beschwor meine großzügigeren Instinkte. »Hättet Ihr gern, dass ich … äh …«

»Ich hole uns sauberes Wasser«, sagte er, sprang auf und ergriff einen Eimer.

Da Dottie mit ihm verlobt war, verzichtete ich darauf, ihn in ihrer Gegenwart als Feigling zu bezeichnen, und winkte ihm nur zurückhaltend zu gehen. Mrs. Peabody machte mich aus mehreren Gründen nervös. Ich hatte keine Ahnung, ob ihre Geburt unmittelbar bevorstand, und wenn ja, welchen Einfluss ihr komatöser Zustand darauf haben würde. Der Alkoholpegel in ihrem Blut war sicherlich nicht ohne Einfluss auf den des Kindes; würde ein betrunkenes Neugeborenes imstande sein zu atmen? Es würde sich nicht übergeben, da es ja nichts im Magen hatte, aber würde es im Mutterleib seinen Darm entleeren und sich damit die Lunge verunreinigen? Das war selbst in einem modernen Krankenhaus mit geschultem Personal furchtbar gefährlich – die meisten Babys, denen das passierte, starben entweder durch Ersticken, durch eine Lungenverletzung oder eine Infektion.

Zu meiner Schande musste ich mir jedoch eingestehen, dass ich mich am meisten davor fürchtete, dass während der Entbindung etwas geschah, was erforderte, dass ich länger bei der Mutter und/oder ihrem Kind blieb. Mein Eid als

Medizinerin – und das, was ich für meine Pflicht hielt – gestattete es mir nicht, einen Patienten im Stich zu lassen, der mich dringend brauchte.

Doch ich *würde* Jamie nicht im Stich lassen. Ich wusste über jeden Zweifel erhaben, dass er in die Schlacht ziehen würde, und zwar bald. Er würde nicht ohne mich gehen.

Ein leises Geräusch riss mich aus meinem hypothetischen Dilemma. Dottie hatte begonnen, weiter auszupacken, und eine Amputationssäge fallen gelassen. Sie bückte sich, um sie aufzuheben, und sagte etwas auf Deutsch – wahrscheinlich ein deftiges Schimpfwort. John fluchte stets auf Deutsch; vielleicht war es ja eine Familienangewohnheit.

Der Gedanke an John fügte meinen komplizierten Gefühlen eine weitere Schicht aus Schuld hinzu – obwohl der logische Teil meines Verstandes dies als unverdient verwarf. Die Sorge um ihn ließ sich nicht so leicht verwerfen, obwohl ich mein Bestes tat, um sie vorerst zu verdrängen.

»Ihr braucht nicht aufzubleiben, Dottie«, sagte ich. »Ich kann mich hier um alles kümmern. Es wird ohnehin vorerst nichts geschehen – ich kann die Ausrüstung sortieren.«

»Nein, ist schon gut«, sagte sie, und dann gähnte sie unwillkürlich so herzhaft, dass sie selbst erschrak und sich etwas verspätet die Hand vor den Mund hielt. »Oje. Verzeihung, Mrs. Fraser.« Ich musste lächeln; sie hatte dieselben eleganten Manieren wie John – vielleicht traf das ja auch auf Hal zu, wenn er nicht gerade den Unausstehlichen gab.

»Eigentlich«, sagte sie und heftete ihren leuchtenden Blick direkt auf mich, »bin ich froh über die Gelegenheit, unter vier Augen mit Euch zu sprechen.«

»Oh?«, sagte ich und ging in die Hocke, um Mrs. Peabody die Hand auf den Bauch zu legen. Ich spürte zwar keine Bewegung des Babys, aber Babys wurden ja normalerweise auch ganz ruhig, wenn die Geburt bevorstand. Ich hätte mein Stethoskop benutzen können, um nach seinem Herzschlag zu suchen, aber es war in einer der Kisten oder Taschen, die Ian und der Laufbursche irgendwohin geschleppt hatten. Doch was auch immer ich hörte oder nicht, würde vorerst ohnehin keinen Einfluss auf mein Vorgehen haben.

»Ja.« Dottie setzte sich auf eine Verpackungskiste, als sei diese ein Thron. Wie die anderen Greys, denen ich bis jetzt begegnet war, verfügte sie ebenfalls über eine exzellente Körperhaltung. »Ich möchte wissen, wie man korrekt Geschlechtsverkehr hat.«

»Oh. Äh …«

Sie senkte den Blick auf Mrs. Peabody.

»Und ob es eine Möglichkeit gibt … äh … zu verhindern …«

»Eine Schwangerschaft. Natürlich.« Ich räusperte mich. Ich hätte gedacht, Mrs. Peabodys Anblick hätte die meisten jungen Frauen davon abgeschreckt, an Kinder – wenn nicht sogar an Sex – auch nur zu denken. Doch Dorothea Grey war ohne Zweifel eine junge Frau aus Blut und Eisen.

»Versteht mich nicht falsch, Mrs. Fraser«, sagte sie ernst. »Freundin Claire, meine ich. Ich *wünsche* mir Kinder – sehr sogar. Aber wenn ich irgendwie Einfluss darauf nehmen könnte, nicht auf einem Schlachtfeld zu gebären oder zum Beispiel auf einem fahrenden Schiff …«

Ich packte den letzten Teil ihres Satzes beim Schopf, nicht zuletzt, um Zeit zu gewinnen und einen zusammenhängenden Rat formulieren zu können. Schließlich glaubte ich, dass Rachel vielleicht irgendwann den Wunsch haben würde, über diese Dinge zu sprechen, da sie ja keine Mutter hatte, aber …

»Ein Schiff? Denkt Ihr denn darüber nach, nach England zurückzukehren?«

Sie verzog das Gesicht auf eine Weise, die mir ihren Vater lebhaft vor Augen rief, und ich hätte fast gelacht, tat es aber glücklicherweise nicht.

»Ich weiß es nicht. Ich möchte Mama natürlich furchtbar gern wiedersehen und Adam und Benjamin. Und meine … ach, eigentlich bezweifle ich, dass ich meine Freundinnen noch einmal wiedersehen werde.« Sie tat diesen Gedanken mit einer Handbewegung ab. »Nicht, dass es in der besseren Gesellschaft keine Quäker gibt, aber sie sind alle sehr reich, und das werden wir nicht sein.«

Sie biss sich auf die Unterlippe, aber auf eine Weise, die eher etwas Berechnendes als etwas Geknicktes an sich hatte.

»Wenn ich Denny dazu bringen kann, mich hier zu heiraten, so dass wir schon als Ehepaar in England ankämen, wäre es einfach, in London eine Versammlung zu finden, die uns willkommen heißen würde. Hier dagegen …« Sie wies mit der Hand auf das vibrierende Lager ringsum. »Sein Einsatz im Krieg würde ihm immer im Weg sein, versteht Ihr?«

»Selbst nach dem Krieg?«

Sie warf mir einen geduldigen Blick zu, viel zu alt für ihr Gesicht.

»Papa sagt, ein Krieg braucht drei Generationen, um aus dem Boden zu verblassen, auf dem er ausgefochten wurde. Und nach allem, was ich bis jetzt gesehen habe, haben die Quäker ein ähnlich langes Gedächtnis.«

»Da könnte er recht haben.« Mrs. Peabody hatte feucht zu schnarchen begonnen, doch ich spürte keinerlei Wehen. Ich fuhr mir mit der Hand durch das Haar und machte es mir bequemer, indem ich mich mit dem Rücken an eine der Transportkisten an der Wand lehnte. »Nun denn. Beginnen wir erst einmal mit ein bisschen grundlegender Anatomie.«

Ich hatte nicht die geringste Ahnung, wie viel – wenn überhaupt – man einer jungen Adeligen wohl erzählt haben mochte oder was sie anderweitig herausgefunden haben könnte, also begann ich mit den weiblichen Fortpflanzungsorganen, angefangen mit der Gebärmutter – was das war, musste sie ja wohl wissen –, und arbeitete mich dann Schritt für Schritt nach außen vor.

»Ihr meint, es hat einen *Namen*?«, rief sie bezaubert aus, als ich bei der Klitoris anlangte. »Ich hatte es immer nur als, nun ja … ›*diese* Stelle‹ im Kopf.« Ihr Tonfall machte hinreichend klar, dass ich nicht zu erklären brauchte, wozu *diese* Stelle da war, und ich lachte.

»Soweit ich weiß, ist dies die einzige Stelle des menschlichen Körpers, die keine andere Funktion zu haben scheint als das Vergnügen der Besitzerin.«

»Aber Männer … haben sie kein …?«

»Nun, doch, das haben sie«, sagte ich. »Und sie haben auch großes Vergnügen daran. Aber ein Penis ist außerdem extrem funktionell. Ihr, äh … wisst, wie er … funktioniert? Beim Geschlechtsverkehr?«

»Denzell lässt es nicht zu, dass ich sein nacktes Glied berühre – und ich würde es doch so gern genau betrachten und es nicht nur hier und da erspähen, wenn er, nun ja, Ihr wisst ja.« Ihre Augen glitzerten bei der Vorstellung. »Aber ich weiß, wie es sich durch seine Hose anfühlt. Ich war erstaunt, als es das erste Mal unter meiner Hand steif geworden ist! Wie macht es das denn?«

Ich erklärte ihr das Prinzip des hydrostatischen Drucks, so simpel ich es konnte, und ich merkte schon, was daraufhin kommen würde. Ich räusperte mich und erhob mich zum Knien.

»Ich muss Mrs. Peabody auf Anzeichen für eine beginnende Geburt untersuchen. Und wir müssen zwar ihre Privatsphäre respektieren – sofern so etwas unter diesen Umständen existiert –, doch da Ihr mir hier assistiert, gibt es keinen Grund, warum Ihr nicht beobachten solltet, was ich tue, und ich erkläre es Euch dabei. Wie … alles funktioniert.«

Sie konnte ihre Neugier nicht verbergen, als ich Mrs. Peabodys Intimbereich freilegte, der zwar dicht bewaldet, aber dennoch deutlich – sehr deutlich – weiblich war.

»Wenn sich der Muttermund – das ist die Öffnung der Gebärmutter – zu weiten beginnt, damit das Baby herauskann, wird oft etwas Blut und Schleim abgesondert, aber das ist vollkommen harmlos. Ich sehe jedoch noch keine Spur davon.« Das machte mir Mut.

»Oh«, sagte Dottie schwach. Doch sie beugte sich gebannt über meine Schulter, als ich vorsichtig meine frisch gewaschene Hand einführte. »Oh!«, sagte Dottie, als sei ihr gerade ein großes Licht aufgegangen. »*Dorthin* gehört es also.«

»Nun, ja, so ist es«, sagte ich und versuchte, nicht zu lachen – vergeblich. »Ich nehme an, das hätte Euch Denzell doch erzählt. Habt Ihr ihn gefragt?«

»Nein«, sagte sie und lehnte sich ein wenig zurück, sah aber ganz genau zu, während ich Mrs. Peabody die Hand auf den Bauch legte und den Muttermund betastete. Er begann, weich zu werden, war aber immer noch fest geschlossen. Ich begann wieder zu atmen.

»Nein?«, sagte ich, nur mit halbem Ohr bei ihr.

»Nein.« Sie richtete sich auf. »Ich wollte ihm nicht dumm vorkommen. Denny ist so – ich meine, er ist *gebildet*. Ich kann natürlich lesen und schreiben, aber nur Briefe, und ich kann Musik spielen, aber das ist nutzlos. Ich räume hinter ihm auf und helfe selbstverständlich, wo ich kann, und er kann wirklich gut erklären … aber … Nun ja, ich hatte diese Vision von unserer Hochzeitsnacht, in der er es mir genauso erklärt, wie er mir sagen würde, wie man einem Kind mit einem Röhrchen den Schleim aus der Nase saugt oder wie ich die Haut zusammenhalten soll, damit er eine Verletzung nähen kann. Und …« Sie zog eine anmutige kleine Schnute, die wohl das Erbe ihrer Mutter sein musste. »Und ich habe beschlossen, dass es so nicht sein würde.«

»Sehr … ähm … lobenswert.« Ich zog meine Hand heraus und wischte sie sauber, deckte Mrs. Peabody wieder zu und kontrollierte ihren Puls – langsam, aber kräftig wie eine Pauke; die Frau musste ein Herz wie ein Ochse haben. »Wie … äh … wie wünscht Ihr es Euch denn? Immer vorausgesetzt«, fügte ich hastig hinzu, »dass es extrem unterschiedlich sein kann.« Mir kam noch ein weiterer Gedanke.

»Hat Denzell schon einmal …? Obwohl Ihr das wahrscheinlich nicht wüsstet.«

Ihre blasse Stirn legte sich nachdenklich in Falten.

»Ich weiß es nicht; ich habe noch nie daran gedacht, ihn zu fragen. Ich bin einfach davon ausgegangen … nun ja, ich habe halt Brüder. Ich weiß, dass *sie* es schon getan haben, weil sie darüber – über Huren, meine ich – mit ihren Freunden reden. Ich habe wohl einfach gedacht, alle Männer … obwohl Denny vielleicht nicht zu einer Prostituierten gehen würde. Meint Ihr, das könnte er getan haben?« Ihre Stirn war immer noch gerunzelt, aber der Gedanke schien sie nicht zu bestürzen. Natürlich, in den Kreisen der Greys war es wahrscheinlich üblich, dass Männer oder zumindest Soldaten sich auf diese Weise …

Ich hielt kurz inne, denn ich erinnerte mich lebhaft an meine eigene Hochzeitsnacht – und an meine Verblüffung angesichts der Tatsache, dass mein Bräutigam noch unberührt war.

»Wahrscheinlich nicht. Nun, als Mediziner muss er ja mit der grundlegenden Mechanik vertraut sein. Aber das ist schließlich nicht alles.«

Das Leuchten in ihren Augen wurde intensiver, und sie beugte sich vor, die Hände auf den Knien.

»Erzählt es mir.«

»GANZ ÄHNLICH WIE Eiklar mit ein oder zwei Tropfen Zibetöl. Theoretisch sehr gut für die Haut, obwohl es offen gestanden …«, sagte ich gerade, als ich Stimmen unmittelbar vor dem Zelt hörte.

Rachel und Ian waren zurück. Sie sahen gut gelaunt und etwas erhitzt aus, ganz wie junge Leute, die die letzten ein oder zwei Stunden mit genau den Dingen verbracht hatten, in denen ich Dottie unterwiesen hatte. Ich sah, wie sie Rachel einen Seitenblick zuwarf und ihre Augen dann – ganz kurz – zu Ians Hose wanderten. Sie wurde rot.

Rachel bemerkte es nicht, denn sie hatte ihre Aufmerksamkeit sogleich auf Mrs. Peabody gerichtet – nun ja, alle hatten ihre Aufmerksamkeit auf Mrs. Peabody gerichtet; es war wirklich unmöglich, irgendwo anders hinzusehen. Sie betrachtete die Frau auf dem Boden mit gerunzelter Stirn, dann sah sie mich an.

»Wo ist denn Denzell?«

»Eine exzellente Frage. Er ist vor einer Viertelstunde gegangen, um Wasser zu holen. Aber wir haben Bier, falls ihr Durst habt.« Ich wies auf den vergessenen Krug.

Ian goss Rachel einen Becher ein, wartete, während sie ihn austrank, dann füllte er ihn für sich selbst, den Blick immer noch auf Mrs. Peabody geheftet, die eine bemerkenswerte Vielfalt an Geräuschen von sich gab, obwohl sie nach wie vor bewusstlos war.

»Weiß Onkel Jamie, wo du bist, Tante Claire?«, fragte er. »Er hat gerade nach dir gefragt. Er sagt, er hätte dich zum Schlafen an einem sicheren Ort zurückgelassen, aber du wärst entwischt. Schon wieder«, fügte er mit einem breiten Grinsen hinzu.

»Oh«, sagte ich. »Dann ist er für heute Abend mit den Generälen fertig?«

»Aye, er wollte noch die Bekanntschaft einiger seiner Milizhauptmänner machen, aber die meisten waren schon schlafen gegangen, also ist er zu den Chenowyth' gegangen, weil er zu dir wollte. Mrs. Chenowyth war ein bisschen verdattert, dass du nicht mehr da warst«, fügte er vorsichtig hinzu.

»Ich wollte nur frische Luft schnappen«, sagte ich defensiv. »Und dann …« Ich wies auf die Patientin auf dem Boden, die jetzt in rhythmisches Schnarchen verfallen war. Ihre Gesichtsfarbe sah besser aus, das war ermutigend. »Äh … meinst du, Jamie ist böse?«

Ian und Rachel lachten.

»Nein, Tante Claire«, sagte Ian. »Aber er ist hundemüde, und er braucht dich sehr.«

»Hat er dir gesagt, dass du das sagen sollst?«

»Nicht wörtlich«, sagte Rachel, »aber es war nicht zu überhören.« Sie wandte sich Ian zu und drückte ihm kurz den Arm. »Würdest du Denny suchen, Ian? Claire kann die Frau hier ja nicht allein lassen – vermute ich?«, fragte sie und sah mich mit hochgezogener Augenbraue an.

»Noch nicht«, sagte ich. »Es sieht nicht so aus, als stünde die Geburt unmittelbar bevor …«, ich klopfte im Geiste kurz auf Holz, »aber man sollte sie in diesem Zustand nicht allein lassen.«

»Aye, natürlich.« Ian gähnte plötzlich herzhaft, schüttelte sich dann aber wieder wach. »Falls ich Onkel Jamie begegne, sage ich ihm, wo du bist, Tante Claire.«

Er ging, und Rachel goss den Becher noch einmal voll Bier und bot es mir an. Es hatte zwar Zimmertemperatur – und zwar von einem warmen Zimmer –, schmeckte aber erfrischend sauer und kräftig. Ich hatte eigentlich gar nicht das Gefühl gehabt, müde zu sein, aber das Bier belebte mich erstaunlich.

Dottie kontrollierte Mrs. Peabodys Puls und Atmung und legte dann vorsichtig die Hand auf die gewaltige Wölbung ihrer Schwangerschaft. »Bist du schon einmal bei einer Geburt dabei gewesen, Schwägerin?«, fragte Dottie Rachel, jetzt peinlich auf ihre Quäkersprache bedacht.

»Mehrmals«, erwiderte Rachel und hockte sich neben Mrs. Peabody. »Das hier sieht aber irgendwie anders aus. Hat sie eine Verletz… oh!« Der Brauereigeruch schlug ihr entgegen, und sie fuhr zurück und hustete. »Ich verstehe.«

Mrs. Peabody stöhnte laut auf, und alle erstarrten. Ich wischte mir für alle

Fälle die Hände an meiner Schürze sauber. Doch sie entspannte sich wieder, und nach einigen Momenten der nachdenklichen Stille, in der wir abwarteten, ob sie das Geräusch wiederholen würde, holte Dottie tief Luft.

»Mrs.… ich meine, Freundin Claire war gerade dabei, mir einige interessante Dinge zu erzählen. Darüber… äh… worauf man in der Hochzeitsnacht gefasst sein sollte.«

Rachel blickte neugierig auf.

»Eine solche Unterweisung würde ich auch begrüßen. Ich weiß zwar, wo… äh… alles hingehört, weil ich das schon oft gesehen habe, aber…«

»Tatsächlich?!« Dottie starrte sie mit offenem Mund an, und Rachel lachte.

»Ja. Aber Ian versichert mir, dass er kunstfertiger ist als der gemeine Bulle oder Ziegenbock, und meine Beobachtungen beschränken sich leider auf die Tierwelt.« Eine kleine Falte erschien zwischen ihren Augenbrauen. »Die Frau, die sich nach dem Tod meiner Eltern um mich gekümmert hat, hat mich zwar… durchaus über meine ehelichen Pflichten aufgeklärt, aber ihre Anweisungen lauteten mehr oder weniger: ›Mach die Beine breit, Mädchen, beiß die Zähne zusammen und lass ihn machen.‹«

Ich setzte mich auf die Kiste und streckte mich, um meinen Rücken zu entkrampfen. Ich unterdrückte ein Stöhnen. Der Himmel wusste, wie lange Ian brauchen würde, um Jamie inmitten der wimmelnden Horden zu finden. Und ich hoffte doch, dass Denny nicht niedergeschlagen oder von einem Maultier überrannt worden war.

»Schüttet mir noch ein Bier ein, ja? Und trinkt selber auch noch etwas. Ich glaube, wir werden es brauchen.«

»… UND WENN ER AN IRGENDEINEM PUNKT ›oh Gott, oh Gott‹ sagt«, riet ich den beiden, »merkt euch, was ihr da gerade getan habt, damit ihr es beim nächsten Mal wieder machen könnt.«

Rachel lachte, aber Dottie runzelte die Stirn und blickte ein wenig schief.

»Meinst du, Denny würde einfach so den Namen des Herrn in den Mund nehmen, selbst unter diesen Umständen?«

»Ich habe es ihn schon unter deutlich weniger drängenden Umständen tun hören«, versicherte Rachel ihr und dämpfte mit dem Handrücken einen Rülpser. »Er versucht, sich in deiner Gesellschaft perfekt zu benehmen, weißt du, weil er Angst hat, dass du es dir anders überlegst.«

»Wirklich?« Dotties Miene war zwar überrascht, aber zugleich sehr erfreut. »Das würde ich nämlich nie tun. Sollte ich ihm das sagen?«

»Erst, wenn er für dich ›oh Gott, oh Gott‹ sagt«, erwiderte Rachel und konnte sich das Kichern nicht mehr verkneifen.

»Ich würde mir keine Sorgen machen«, sagte ich. »Wenn ein Mann in dieser Situation ›oh Gott‹ sagte, meint er es fast immer als Gebet.«

Dottie zog konzentriert die Augenbrauen zusammen.

»Ein Gebet der Verzweiflung? Oder der Dankbarkeit?«

»Nun … das liegt ganz bei euch«, antwortete ich und hielt mir die Hand vor den Mund, um ebenfalls leise zu rülpsen.

Männerstimmen vor dem Zelt ließen uns befangene Blicke auf den Bierkrug werfen. Wir setzten uns wie auf Kommando gerade hin und zupften uns die etwas zerzausten Haare zurecht. Doch keiner der Herren, die jetzt eintraten, war in einem Zustand, in dem er mit Steinen hätte werfen dürfen.

Ian hatte Denzell *und* Jamie gefunden, und irgendwo hatten sie noch einen kleinen, untersetzten Begleiter mit einem Hut aufgelesen, der das Haar in einem Stummelzöpfchen trug. Sie hatten alle eine gesunde Gesichtsfarbe, und man konnte zwar nicht behaupten, dass sie stolperten, doch sie waren von einer spürbaren Wolke aus fermentierter Gerste umgeben.

»Da bist du ja, Sassenach!« Jamies Gesicht erhellte sich noch mehr, als er mich sah, und ich spürte, wie mich Freude durchrieselte. »Bist du – wer ist *das* denn?« Er war im Begriff gewesen, mit ausgestreckter Hand auf mich zuzukommen, blieb aber abrupt stehen, als sein Blick auf Mrs. Peabody fiel, die sich jetzt wieder auf den Rücken gedreht hatte und mit ausgebreiteten Armen und weit offenem Mund dalag.

»Das ist die Dame, von der ich dir erzählt habe, Onkel Jamie.« Auch Ian stolperte zwar nicht, doch er schwankte sichtlich und ergriff sicherheitshalber den Zeltpfosten, um sich festzuhalten. »Die … äh …« Er zeigte mit der freien Hand auf den Herrn mit dem Hut. »Sie ist seine Frau.«

»Oh? Aye, ich verstehe.« Jamie schob sich vorsichtig an Mrs. Peabodys Gestalt vorbei. »Sie ist doch nicht tot, oder?«

»Nein«, sagte ich. »Ich *glaube*, das wäre mir aufgefallen.« Er mochte ja nicht ganz nüchtern sein, doch meine leise skeptische Betonung bei dem Wort »glaube« entging ihm nicht. Er kniete sich vorsichtig hin, hielt eine Hand vor den offenen Mund und schnupperte kurz daran.

»Nein, nur betrunken«, stellte er fröhlich fest. »Sollen wir Euch helfen, sie heimzubringen, Mr. Peabody?«

»Leiht ihm lieber eine Schubkarre«, flüsterte Dottie neben mir Rachel zu, doch zum Glück bemerkte es niemand.

»Das wäre nett von Euch, Sir.« Überraschenderweise schien Mr. Peabody der einzig Nüchterne von allen zu sein. Er kniete sich ebenfalls hin und strich seiner Frau zärtlich das feuchte Haar aus der Stirn. »Lulu? Wach auf, Schatz. Es ist Zeit zu gehen.«

Zu meiner Überraschung öffnete sie die Augen, und nachdem sie mehrmals verwirrt geblinzelt hatte, schien sie den Blick auf ihren Mann zu heften.

»Da bist du ja, Simon!«, sagte sie und fiel mit einem hinreißenden Lächeln wieder in den Tiefschlaf.

Jamie erhob sich, und ich konnte seinen Rücken knacken hören, als er sich aufrichtete. Er war immer noch rot, und er lächelte, aber Ian hatte recht gehabt – er *war* hundemüde. Ich konnte die tiefen Falten der Erschöpfung in seinem ausgehöhlten Gesicht sehen.

Ian sah sie ebenfalls.

»Tante Claire muss dringend ins Bett, Onkel Jamie«, sagte er. Er drückte Jamie die Schulter und warf mir einen vielsagenden Blick zu. »Sie hat einen langen Abend hinter sich. Geh mit ihr, aye? Denny und ich können Mr. Peabody helfen.«

Jamie sah erst seinen Neffen scharf an, dann mich, doch ich gähnte pflichtbewusst so herzhaft, dass mein Kiefer knackte – was mich keine große Mühe kostete –, und nachdem ich mich mit einem letzten Blick vergewissert hatte, dass Mrs. Peabody weder im Sterben noch in den Wehen lag, nahm ich seinen Arm, winkte den anderen zum Abschied zu und zog ihn entschlossen ins Freie.

Draußen an der frischen Luft atmeten wir beide tief durch, seufzten gleichzeitig und lachten.

»Der Abend war wirklich lang, nicht wahr?« Ich lehnte meine Stirn an seine Brust und legte die Arme um ihn, um ihm langsam durch seinen Rock hindurch die Rückenwirbel zu massieren. »Wie ist es bei euch weitergegangen, was ist passiert?«

Er seufzte erneut, dann küsste er mich auf den Scheitel.

»Ich habe das Kommando über zehn Milizkompanien aus Pennsylvania und New Jersey, der Marquis kommandiert tausend Männer – darunter die meinen – und ist damit beauftragt, loszuziehen und die britische Armee in den Arsch zu beißen.«

»Klingt nach großem Spaß.« Der Lärm des Lagers hatte beträchtlich nachgelassen, doch die schwüle Luft war immer noch von den Vibrationen vieler Menschen erfüllt, die wach waren oder schlecht schliefen. Ich glaubte, dieselbe erwartungsvolle Vibration auch bei Jamie zu spüren, trotz seiner unübersehbaren Müdigkeit. »Also brauchst du Schlaf.«

Sein Arm legte sich fester um mich, und seine freie Hand wanderte langsam über meinen Rücken. Ich hatte Dennys Schürze im Zelt zurückgelassen, und mein Umhang lag über meinem Arm; der dünne Musselin meines Hemdes hätte genauso gut nicht existieren können.

»Oh Gott«, sagte er, und seine große, warme Hand legte sich plötzlich drängend um meine Gesäßbacke. »Ich brauche *dich*, Sassenach. Ich brauche dich sehr.«

Das Hemd war vorn ebenso dünn wie hinten; ich konnte seine Westenknöpfe spüren – und noch ein paar andere Dinge. Er wollte mich wirklich sehr.

»Macht es dir etwas aus, es in einer Gruft zu tun, die nach Pisse riecht?«, fragte ich, weil ich an das kleine Schlafzimmer der Chenowyth' dachte.

»Ich hatte dich schon an schlimmeren Orten, Sassenach.«

Bevor ich »Nenne mir drei« sagen konnte, öffnete sich der Zelteingang und spie eine kleine Prozession aus, die aus Denzell, Dottie, Rachel und Ian bestand – jedes Paar trug ein Ende eines Leintuchs, auf dem Mrs. Peabodys ausladende Gestalt lag. Mr. Peabody ging mit erhobener Laterne voraus.

Wir standen im Schatten, und sie gingen vorbei, ohne uns zu bemerken. Die

Mädchen kicherten hin und wieder, weil jemand stolperte, die jungen Männer ächzten vor Anstrengung, und Mr. Peabody feuerte sie an, während sie sich mühsam den Weg durch die Dunkelheit bahnten, vermutlich zur Behausung der Peabodys.

Das Zelt stand vor uns, dunkel und verlockend leer.

»Aye?«

»Oh ja.«

Die Krankenträger hatten die Laterne mitgenommen, und der untergehende Mond war nur ein schmaler Streif über dem Horizont; das Innere des Zeltes war von einer sanften, staubigen Schwärze erfüllt, die sich bei unserem Eintreten in einer alkoholischen Duftwolke – mit einem Hauch von Erbrochenem – rings um uns erhob.

Ich wusste jedoch noch, was wo war, und es gelang uns, vier der Transportkisten zusammenzuschieben. Ich breitete meinen Umhang darüber, er zog Rock und Weste aus, und wir legten uns vorsichtig in der biergeschwängerten Dunkelheit nieder.

»Was meinst du, wie lange wir haben?«, fragte ich, während ich seine Hose öffnete. Er war warm und fest unter meiner Hand, seine Haut so weich wie Rohseide.

»Lange genug«, sagte er und streifte mit dem Daumen über meine Brustwarze, langsam, obwohl es ihn unübersehbar drängte. »Lass dich nicht hetzen, Sassenach. Wer weiß, wann wir das nächste Mal Gelegenheit haben werden.«

Er küsste mich ausgiebig, und sein Mund schmeckte nach Roquefort und Port. Selbst hier konnte ich die Vibrationen des Lagers spüren – sie durchliefen uns wie eine fest gespannte Violinensaite.

»Ich glaube nicht, dass ich genug Zeit habe, dich zum Schreien zu bringen, Sassenach«, flüsterte er mir ins Ohr. »Aber vielleicht ja genug, dich zum Stöhnen zu bringen.«

»Möglich. Es dauert doch noch etwas bis zum Morgengrauen, oder?«

Ob es am Bier lag und an den vorehelichen Erklärungen, an der späten Stunde und der Verlockung der Heimlichtuerei – oder einfach an Jamie und unserem zunehmenden Bedürfnis, die Welt auszuschließen und nur noch einander wahrzunehmen … Er hatte Zeit, und zwar reichlich.

»Oh Gott«, sagte er schließlich und ließ sich langsam auf mich niedersinken, bis sein Herz langsam und schwer gegen meine Rippen schlug. »Oh … Gott.«

Ich spürte meinen Puls in den Händen und Knochen und in meiner Mitte, brachte jedoch keine eloquentere Erwiderung als ein schwaches »Ooh« zustande. Nach einer Weile jedoch erholte ich mich genügend, um sein Haar zu streicheln.

»Bald gehen wir nach Hause«, flüsterte ich ihm zu. »Dann haben wir alle Zeit der Welt.«

Das brachte mir einen bejahenden schottischen Laut ein, und wir lagen noch ein wenig da, weil wir uns nicht voneinander trennen und uns ankleiden wollten, obwohl die Kisten hart waren und das Risiko, entdeckt zu werden, mit jeder Minute zunahm.

Schließlich bewegte er sich, jedoch nicht, um aufzustehen.

»Oh Gott«, sagte er leise in einem völlig anderen Ton. »Dreihundert Mann.« Und hielt mich noch fester.

56

STINKENDER PAPIST

Die Sonne war zwar noch nicht aufgegangen, doch dort, wo die Pferde untergebracht waren, herrschte ein Gewimmel wie auf einem Ameisenhaufen. Stallknechte, Kuriere, Kutscher und Schmiede waren bereits fleißig bei der Arbeit, und das in einem völlig unpassenden sanften rosa Licht, das vom Geräusch Hunderter rhythmisch kauender Kiefer erfüllt war. William hob den Huf des braunen Wallachs auf und streckte die Hand nach dem Hufkratzer aus, den sein neuer, schmächtiger Pferdeknecht nervös an seine Brust geklammert hielt.

»Nun komm schon, Zeb«, sagte er beschwörend. »Ich zeige dir, wie es geht; es ist wirklich keine Kunst.«

»Ja, Sir.« Zebedee Jeffers schob sich drei Zentimeter näher heran, und sein Blick huschte unablässig zwischen dem Huf und dem gewaltigen Berg aus Pferdemuskeln hin und her. Jeffers mochte keine Pferde. Vor allem mochte er Visigoth nicht. William glaubte, dass es wahrscheinlich ein Glück war, dass Zeb nicht wusste, was ein Visigoth – ein Westgote – war.

»Also gut. Siehst du das?« Er klopfte mit dem Hufkratzer gegen den Schatten, der sich an der Innenseite des Hufs abmalte, die Kante eines Steinchens, das sich im Lauf der Nacht unter dem Hufeisen festgeklemmt hatte. »Es ist nur ganz klein, aber es fühlt sich so an, wie sich ein Kiesel in einem Schuh anfühlen würde, und er wird anfangen zu lahmen, wenn wir uns nicht darum kümmern. Er steckt nicht sehr fest; willst du es versuchen?«

»Nein, Sir«, sagte Zeb aufrichtig. Zebedee stammte von der Küste von Maryland und kannte sich mit Austern, Booten und Fischen aus. Nicht mit Pferden.

»Er tut dir nichts«, sagte William mit einem Hauch von Ungeduld. Er würde heute ein Dutzend Mal an der Kolonne entlangreiten, um Depeschen zu überbringen und Meldungen mitzunehmen; er war darauf angewiesen, dass seine Pferde beide bereitgehalten wurden, sein eigentlicher Pferdeknecht, Colenso Baragwanath, lag mit Fieber im Bett, und er hatte keine Zeit gehabt, sich einen anderen Bediensteten zu suchen.

»Doch, das tut er, Sir«, fügte Zeb hinzu. »Seht Ihr?« Er streckte sein dünnes Ärmchen aus und zeigte William etwas, das eindeutig eine entzündete Bisswunde war.

William verkniff es sich zu fragen, was zum Teufel der Junge mit dem Pferd angestellt hatte. Visigoth war eigentlich ein gutmütiges Pferd, aber er konnte auch ungehalten werden, und Zebs nervöses Gezappel war für jedermann eine Geduldsprobe, erst recht für ein müdes, hungriges Pferd.

»Also gut«, sagte er seufzend und löste den Stein mit einer gezielten Bewegung. »Besser so?«, sagte er zu dem Pferd, fuhr mit der Hand an dessen Bein entlang und klopfte Visigoth dann die Flanke. Er suchte in seiner Tasche und zog ein Bündel schlaffer Karotten hervor, die er gestern Abend von einer Farmersfrau gekauft hatte. Sie war mit Körben voller Gemüse durch das Lager gekommen, die ihr an einem Joch von den breiten Schultern hingen.

»Hier. Gib ihm das; freunde dich mit ihm an«, schlug er vor und reichte Zeb eine Karotte. »Halte sie ihm auf der flachen Hand hin.« Doch bevor ihm der Junge diesen vermeintlichen Olivenzweig hinhalten konnte, senkte das Pferd den Kopf und schnappte ihm die Karotte aus den Fingern. Seine großen gelben Zähne knirschten hörbar. Der Junge stieß einen kleinen Schrei aus, stolperte mehrere Schritte zurück, stieß gegen einen Eimer und fiel Hals über Kopf darüber.

William sah sich hin und her gerissen zwischen Verärgerung und einem unpassenden Drang zu lachen, unterdrückte beides und setzte sich in Bewegung, um seinen Knecht letztlich aus einem Dunghaufen zu ziehen.

»Weißt du was?«, sagte er, während er den Jungen mit fester Hand entstaubte. »Sieh zu, dass mein *ganzes* Gepäck auf dem Wagen landet; sieh nach, ob Colenso etwas braucht, und sorge dafür, dass ich heute Abend etwas zu essen bekomme. Ich werde Lord Balcarres' Knecht bitten, sich um die Pferde zu kümmern.«

Zeb sackte erleichtert in sich zusammen.

»Danke, Sir!«

»Und geh zu einem der Stabsärzte und lass ihn nach deinem Arm sehen!«, rief ihm William im Gewieher der Pferde und Maultiere zu. Der Junge zog seine Schultern bis zu den Ohren hoch und ging schneller, so als hätte er ihn nicht mehr gehört.

William sattelte Visigoth selber – das tat er grundsätzlich, denn nie hätte er es jemand anderem überlassen, das Zaumzeug zu überprüfen, von dem sein Leben abhängen konnte –, dann ließ er ihn bei Madras, seinem anderen Pferd, stehen und machte sich auf die Suche nach Sutherlands Pferden. Trotz des Gewimmels fand er sie ohne Probleme; Sutherland hatte zehn Pferde, alles edle Kreaturen von bestem Stockmaß, und mindestens ein Dutzend Knechte, die sie versorgten. William war gerade dabei, seine Verhandlungen mit einem von ihnen zu beenden, als er ein vertrautes Gesicht in der Menge erblickte.

»Mist«, sagte er leise, doch Hauptmann Richardson hatte ihn schon entdeckt und kam mit einem breiten Lächeln auf ihn zu.

»Hauptmann Lord Ellesmere. Euer Diener, Sir.«

»Der Eure, Sir«, sagte William, so freundlich er konnte. *Was wollte der Schurke denn jetzt schon wieder?*, fragte er sich. Nicht, dass Richardson erwiesenermaßen ein Schurke war. Doch er hegte einen ziemlichen Groll gegen den

Mann, nicht nur um seiner selbst willen, sondern auch um Mutter Claires willen. Der Gedanke an Mutter Claire versetzte ihm einen unerwarteten Stich, den er jedoch verdrängte. Nichts von alldem war *ihre* Schuld.

»Ich bin überrascht, Euch hier zu sehen, Eure Lordschaft«, sagte Richardson und ließ den Blick über das brodelnde Lager schweifen. Die Sonne war jetzt aufgegangen, und goldene Streifen erleuchteten die Staubwolke, die vom groben Pelz der Maultiere aufstieg. »Ich dachte, Ihr wart mit Burgoyne in Saratoga.«

»Das war ich auch«, erwiderte William kühl.

»Dann wurde Euch doch der Kampfeinsatz untersagt.«

»So ist es.« William deutete mit einer höflichen Geste an, dass er eigentlich schon fort sein müsste, doch Richardson blieb einfach stehen und lächelte mit diesem vollkommen gewöhnlichen Gesicht, das abgesehen von einem großen braunen Muttermal an seinem Kinn so unauffällig war, dass ihn wahrscheinlich nicht einmal seine eigene Mutter in einer Menschenansammlung ausmachen konnte.

»Man hat mich unter Ehrenwort gehen lassen.« William hatte das Gefühl, sich verteidigen zu müssen, obwohl er sich nicht sicher war, wogegen. »Ich kann gar nicht kämpfen.« Er breitete die Arme aus. »Wie Ihr seht, trage ich keine Waffen.«

»Ah, tatsächlich.« Richardson kam ein wenig näher und senkte die Stimme. »Da dem so ist … frage ich mich, ob …«

»Nein«, sagte William entschlossen. »Ich gehöre zu General Clintons Adjutanten, und ich kann meinen Posten nicht verlassen. Entschuldigt mich, Sir; ich werde erwartet.«

Er machte auf dem Absatz kehrt und ging hämmernden Herzens davon – bis ihm auffiel, dass er sein Pferd gar nicht mitgenommen hatte. Richardson stand immer noch da und unterhielt sich mit einem Stallknecht, der mit dem Abbau des Lagers beschäftigt war und sich gerade ein Anbindeseil in großen Schlingen um die Schulter wickelte. Die Menge der Pferde und Maultiere schrumpfte jetzt rasch, doch noch standen einige in Visigoth' Nähe, so dass William zwischen ihnen untertauchen und so tun konnte, als sei er mit seinen Satteltaschen beschäftigt, den Kopf gesenkt und das Gesicht abgewandt, bis sich Richardson entfernte.

Die Unterhaltung hatte ein bestürzendes Bild seiner früheren Stiefmutter in ihm heraufbeschworen, so wie er sie zuletzt gesehen hatte, ungekämmt und *en deshabille*, aber so voller Glück und Leben, wie er sie noch nie gesehen hatte. Er ging nicht davon aus, dass sie noch seine Stiefmutter war – eigentlich war sie es nie gewesen, obwohl ihm dieser Gedanke Kummer bereitete. Er hatte sie gern gehabt.

Er riss sich zusammen und kramte in seiner Satteltasche nach seiner Feldflasche. Jetzt, da dieser schottische Mistkerl aus dem nassen Grab zurückgekehrt war und alles und alle in Verwirrung gestürzt hatte … Warum hatte er nicht ertrinken und nie wiederkommen können.

Nie wieder.

»*Du bist ein stinkender Papist, und dein Taufname ist James.*« Er erstarrte, als hätte ihn ein Schuss in den Rücken getroffen. Jetzt erinnerte er sich. Der Stall in Helwater, der warme Geruch nach Pferden und Futter und das piksende Stroh, das sich durch seine Strümpfe bohrte. Kalter Steinfußboden. Er hatte geweint … warum? Alles, woran er sich erinnerte, war überwältigende Trostlosigkeit, völlige Hilflosigkeit. Das Ende der Welt. Mac verließ ihn.

Er holte tief und langsam Luft und presste die Lippen aufeinander. Mac. Er konnte kein Gesicht mit dem Wort verbinden, konnte sich nicht erinnern, wie Mac ausgesehen hatte. Er war hochgewachsen gewesen, das war alles. Größer als Großvater oder irgendeiner der Hausdiener oder der anderen Stallknechte. *Geborgenheit. Ein Glücksgefühl wie eine weiche, abgenutzte Wolldecke.*

»Mist«, flüsterte er und schloss die Augen. Und war dieses Glücksgefühl auch eine Lüge gewesen? Er war noch zu klein gewesen, um den Unterschied zwischen dem respektvollen Umgang eines Stallknechts mit dem jungen Herrn und echter Güte zu kennen. Aber …

»*Du bist ein stinkender Papist*«, flüsterte er, und sein Atem stockte beinahe schluchzend. »*Und dein Taufname ist James. Es war der einzige Name, den ich dir geben durfte.*«

Ihm wurde bewusst, dass er die Fingerknöchel an seine Brust gedrückt hielt, an seine Halsberge – doch es war nicht die Halsberge, von der er sich Beruhigung ersuchte. Es waren die kleinen Knötchen des schlichten Holzrosenkranzes, den er jahrelang um den Hals getragen hatte, unter seinem Hemd versteckt, wo ihn niemand sehen konnte. Der Rosenkranz, den ihm Mac gegeben hatte, zusammen mit seinem Namen.

Mit einer Plötzlichkeit, die ihn erschreckte, verschwamm es ihm vor den Augen. *Du bist fortgegangen. Du hast mich allein gelassen!*

»Mist!«, sagte er und hieb mit der Faust so fest gegen die Satteltasche, dass das Pferd schnaubte und scheute. Ein sengender Schmerz fuhr ihm wie ein Blitzschlag durch den Arm und löschte alles andere aus.

57

GEH NICHT GELASSEN IN DIE GUTE NACHT

Als Ian kurz vor Tagesanbruch erwachte, hockte sein Onkel neben ihm. »Ich gehe jetzt mit den Hauptmännern meiner Kompanien frühstücken«, sagte Jamie ohne Umschweife. »Du meldest dich bei Hauptmann Mercer als Kundschafter. Und kümmerst du dich um die Pferde, Ian? Ich brauche ein zusätzliches Pferd, das schussfest ist, und du ebenso.« Er ließ Ian einen Geldbeutel auf die Brust fallen, lächelte und verschwand im Morgennebel.

Ian rollte sich langsam aus seiner Decke und reckte sich. Er hatte sich seinen Ruheplatz in einigem Abstand vom Lager gesucht, auf einer kleinen Erhebung am Fluss. Er fragte sich erst gar nicht, wie Onkel Jamie ihn gefunden hatte, und wunderte sich genauso wenig über die Regenerationsfähigkeit seines Onkels.

Er ließ sich Zeit bei seinen Vorbereitungen, kleidete sich sorgfältig an und suchte sich etwas zu essen, während er über die Dinge nachdachte, die zu tun waren. In der Nacht hatte er geträumt, und der Traum hallte immer noch in ihm wider, selbst wenn er sich nicht an die Einzelheiten erinnern konnte. Er war in einem dichten Wald gewesen, und etwas war mit ihm dort, versteckt im Laub. Er war sich nicht sicher, was es war, nicht einmal, ob er es wirklich gesehen hatte, doch das Gefühl der Gefahr lauerte weiter beunruhigend zwischen seinen Schulterblättern. In seinem Traum hatte er einen Raben rufen gehört, und das war mit Sicherheit eine Warnung – doch dann war der Rabe an ihm vorübergeflogen, und es war gar kein Rabe, sondern ein weißer Vogel. Sein Flügel hatte im Vorüberfliegen Ians Wange berührt, und er konnte den Hauch der Federn jetzt noch spüren.

Weiße Tiere waren Boten. So hieß es sowohl bei den Mohawk als auch im *Gaeltacht*.

Er war Indianer und Highlander; Träume durften nicht missachtet werden. Manchmal schwebte die Bedeutung eines Traums an die Oberfläche der Gedanken wie ein ertrunkenes Blatt, das vom Grund aufstieg. Er ließ den Traum ziehen, hoffte, dass dieser zurückkehren würde, um sich zu erklären, und machte sich an seine Aufgaben. Er suchte Hauptmann Mercer auf, fand – und handelte um – zwei brauchbare Pferde, groß genug, um einen kräftigen Mann durch eine Schlacht zu tragen, die einen ganzen Tag dauerte … Doch der weiße Vogel begleitete ihn den ganzen Tag, schwebte just über seiner rechten Schulter, und hin und wieder erspähte er ihn aus dem Augenwinkel.

AM SPÄTEN NACHMITTAG fand er Rachel am Brunnen im Innenhof des Goose and Grapes, wo sie mit einer Reihe anderer Frauen um Wasser anstand. Zwei Eimer standen zu ihren Füßen.

»Ich könnte dir die Eimer zum Fluss tragen«, bot er ihr an. Sie war von der Hitze errötet, doch sie sah wunderschön aus. Ihre entblößten Arme waren braun, die Muskeln so klar geschwungen und so fein, dass es ihm das Herz hob, sie zu sehen.

»Ich danke dir, Ian. Trotzdem nein.« Sie lächelte zu ihm auf und streckte die Hand aus, um eine der beiden Adlerfedern zu drehen, die er sich ins Haar geknotet hatte. »Deine Tante sagt, die Boote werfen ihre Abfälle in den Fluss, und die halbe Armee pinkelt ins Wasser, und sie hat recht. Ich müsste eine Meile flussaufwärts laufen, um eine saubere Stelle zum Wasserholen zu finden. Hast du deinen Dienst schon angetreten?«

Ihr Ton war neugierig, jedoch frei von Sorge oder Missbilligung, und er wusste das zu schätzen.

»Ich werde niemanden töten, wenn ich nicht muss, Rachel«, sagte er leise und berührte ihre Wange. »Man hat mich als Kundschafter verpflichtet. Eigentlich sollte es nicht dazu kommen.«

»Aber manchmal kommt es anders«, sagte sie und wandte den Blick ab, damit er den plötzlichen Schatten in ihren Augen nicht sah. »Ich weiß.«

Von plötzlicher Ungeduld erfasst, hätte er sie am liebsten gefragt, was ihr wohl lieber wäre: wenn er jemanden umbrachte oder wenn *sie* um seines Seelenheils willen umgebracht wurde. Doch er erstickte den Impuls und den Anflug von Wut. Sie liebte ihn, daran hatte er keinen Zweifel. Es war vielleicht eine berechtigte Frage an einen Quäker, aber nicht an die eigene Verlobte.

Ihr Blick war auf sein Gesicht gerichtet, neugierig und nachdenklich, und er spürte, wie ihm die Röte sacht in die Wangen stieg, während er sich fragte, wie viel von seinen Gedanken ihm wohl anzusehen war.

»Deine Lebensreise folgt ihrem eigenen Pfad, Ian«, sagte sie, »und ich kann deine Reise nicht teilen … aber ich kann an deiner Seite gehen. Und das werde ich.«

Die Frau, die hinter ihnen in der Schlange stand, stieß einen tiefen, beglückten Seufzer aus.

»Das habt Ihr aber schön gesagt, Schätzchen, und Ihr habt recht«, sagte sie in beifälligem Ton zu Rachel. Dann heftete sie den Blick auf Ian und betrachtete ihn skeptisch von oben bis unten. Er trug Leggings, Lendenschurz und ein Kalikohemd, und bis auf die Federn in seinem Haar und die Tätowierungen sah er eigentlich nicht zu absonderlich aus, fand er.

»Du hast sie zwar wahrscheinlich nicht verdient«, sagte die Frau und schüttelte zweifelnd den Kopf. »Aber sei ein guter Junge und gib dir Mühe.«

ER TRUG DAS WASSER FÜR RACHEL, und sie bahnten sich ihren Weg durch das weitläufige, dicht besetzte Lager zu der Stelle, an der Denzell seine Praxis aufgeschlagen hatte. Das Zelt stand zwar noch, aber Denzell hatte seinen Wagen mit den Goldfinken auf der Ladeklappe herangefahren. Dottie stand auf dem Wagen, und Denzell reichte ihr Päckchen und Kisten hinauf.

Rachel stellte sich auf die Zehenspitzen, um ihn auf die Wange zu küssen, dann verschwand sie im Zelt, um beim Zusammenpacken zu helfen.

»Kommst du später mit, Ian?« Denny blickte von dem Bündel auf, das er gerade verschnürte.

»Jederzeit, *a bhràthair*«, sagte Ian lächelnd. »Wohin willst du denn?«

»Oh. Nirgendwohin.« Denny setzte seine Brille ab und polierte sie geistesabwesend mit dem Hemdschoß. »Es ist zwar noch nicht Sonntag, aber es ist gut möglich, dass wir uns dann längst im Kampf befinden, deswegen dachten wir, wir halten heute Abend vor dem Essen eine Zusammenkunft ab. Wir würden uns freuen, wenn du dich zu uns setzen möchtest, aber wenn nicht …«

»Nein, ich komme«, sagte Ian rasch. »Natürlich. Äh … wo denn?« Er zeigte mit einer vagen Handbewegung auf das halb organisierte Chaos des Lagers ringsum. Immer noch stießen neue Milizkompanien aus Pennsylvania und New Jersey zu den Kontinentalsoldaten, und es waren zwar Offiziere eingeteilt, um sie zu empfangen, sie zu verteilen und ihnen bei der Suche nach Lagerplätzen zu helfen, doch sie waren schnell überfordert gewesen. Die Männer schlugen ihr Lager auf, wo immer sie ein freies Fleckchen fanden, und es herrschte ein Kommen und Gehen auf der Suche nach Wasser und Verpflegung, Stimmen erhoben sich im Streit, und geschäftiges Schaufeln und leises Fluchen deutete darauf hin, dass irgendwo in der Nähe wieder eine neue Latrine gegraben wurde. Eine unablässige kleine Prozession von Menschen, die nicht mehr warten konnten, steuerte einen nahen Hain an, und Ian nahm sich vor, genau darauf zu achten, wohin er trat, falls er in diese Richtung musste.

»Ihr habt doch wohl nicht vor, es hier zu tun?« Den ganzen Tag kamen Leute, die der Zuwendung des Arztes bedurften, und das würde kaum aufhören, nur weil eine Zusammenkunft abgehalten wurde.

»Freund Jamie sagt, er wird uns seinen Unterschlupf zur Verfügung stellen«, versicherte ihm Denny. »Wir gehen, sobald … Wen hast du denn da, Dorothea?«

Dottie stand im hinteren Teil von Denzells Wagen und verstaute die Ausrüstung, die er ihr in Taschen und Kisten hinaufreichte. Jetzt aber hatte sie innegehalten und redete mit einem kleinen Mädchen, das auf den Kutschbock geklettert war und sie im Knien mit ernster Miene ansprach.

»Eine Frau in den Wehen, Denny«, rief sie. »Drei Lagerfeuer weiter!«

»Dringend?« Sofort begann Denny, das Bündel zu entschnüren, das er gerade fertig gepackt hatte.

»Das Kind sagt ja.« Dottie richtete sich auf und steckte sich die entwischten blonden Haare wieder unter das Häubchen. »Es ist das vierte Kind für ihre Mutter; keine Probleme bei den ersten drei, aber angesichts der Umstände …« Sie zwängte sich an dem Gepäck vorbei zu der gesenkten Ladeklappe, und Ian gab ihr die Hand, damit sie herunterspringen konnte.

»Eigentlich wollte sie ja Mrs. Fraser«, sagte Dottie *sotto voce* zu Denny. »Aber sie wäre auch mit dir zufrieden.« Ihre Grübchen erschienen. »Fühlst du dich geschmeichelt?«

»Ich sehe, dass sich mein Ruf verbreitet wie Pomade auf einem Seidenkissen«, erwiderte er gelassen. »Du und Rachel, ihr kommt besser mit. Kannst du auf den Wagen aufpassen, Ian?«

Die drei verschwanden im Labyrinth der Wagen, Pferde und verirrten Schweine. Ein geschäftstüchtiger Farmer hatte ein Dutzend magere Schweine ins Lager getrieben, um sie dem Proviantmeister zu verkaufen, doch die Schweine hatten sich vor der unbeabsichtigten Explosion einer Muskete erschrocken, und es war ihnen die Flucht im allgemeinen Durcheinander gelungen. Rollo hatte eins eingeholt und ihm das Genick gebrochen; Ian hatte den Kadaver ausbluten lassen und ausgenommen, Rollo das Herz und die Lunge gegeben, es mit feuchtem Zeltleinen zugedeckt und es unter Denzells Wagen versteckt. Sollte er dem bestürzten Schweinehirten begegnen, würde er ihm das Tier bezahlen, doch er hatte nicht vor, es aus den Augen zu lassen. Er warf einen verstohlenen Blick unter die Fußleiste, doch die Auswölbung unter dem Zeltleinen war noch da.

Rollo bewegte sich sacht und stieß einen merkwürdigen, beinahe jaulenden Laut aus. Ians Aufmerksamkeit richtete sich sofort auf den Hund.

»Wie geht's dir, *a cu*?«, fragte er. Rollo leckte ihm die Hand und hechelte ihn an, doch Ian glitt von der Wagendeichsel, kniete sich ins Laub und tastete sich an Rollos großem zotteligem Körper entlang … nur für alle Fälle. Palpieren nannte Tante Claire das, ein Wort, bei dem Ian jedes Mal lächeln musste.

Er fand eine etwas empfindliche Stelle, dort, wo der Hund im letzten Herbst angeschossen worden war, im Schultermuskel knapp oberhalb des Vorderbeins, aber diese Stelle war immer da. Doch als er auf eine Stelle an der Wirbelsäule drückte, ein paar Zentimeter vor der Rute, spreizte Rollo die Beine und stöhnte auf. Vielleicht hatte sich Rollo etwas verstaucht, als er das Schwein erlegte.

»Auch nicht mehr der Jüngste, wie, *a cu*?«, fragte er und kratzte Rollos ergrautes Kinn.

»Das sind wir doch alle nicht, *a mhic mo pheathar*«, sagte sein Onkel Jamie, der jetzt aus der Dämmerung trat und sich auf den Holzstumpf setzte, den Dottie benutzt hatte, um in den Wagen zu klettern. Er trug seine volle Uniform, und er sah aus, als wäre ihm heiß. Ian reichte ihm seine Feldflasche, und Jamie nahm sie mit einem dankbaren Kopfnicken entgegen und wischte sich mit dem Ärmel über das Gesicht.

»Aye, morgen«, sagte er als Antwort auf Ians hochgezogene Augenbraue. »Beim ersten Licht, wenn nicht noch eher. Der kleine Gilbert hat tausend Mann unter seinem Kommando und die Erlaubnis, sich auf die Nachhut zu stürzen.«

»Du … ich meine wir …«, verbesserte sich Ian. »Wir auch?«

Jamie nickte und trank einen großen Schluck. Ian fand, dass er ein wenig nervös wirkte, doch er hatte schließlich dreihundert Mann unter seinem Kommando – und wenn sie alle mit La Fayette gingen …

»Ich glaube, sie schicken mich mit ihm los, weil sie hoffen, dass die Weisheit meines Alters ein Gegengewicht zum jugendlichen Eifer des Seigneur de La Fayette bildet«, sagte Jamie und ließ die Feldflasche mit einem Seufzer sinken. »Und vielleicht ist es ja besser, als mit Lee zurückzubleiben.« Er verzog das Gesicht. »Kochendes Wasser findet es unter seiner Würde, nur tausend Mann zu befehligen, und hat das Kommando abgelehnt.«

Ian stieß einen Laut der Belustigung aus – und des vollen Vertrauens in die Klugheit seines Onkels. Es konnte doch lustig werden, die britische Nachhut zu peinigen. Er spürte ein Kribbeln der Vorfreude bei dem Gedanken daran, seine Kriegsbemalung anzulegen.

»Wo ist denn Denzell hin?«, fragte Jamie mit einem Blick auf den Wagen.

»Hilft dort drüben bei einer Geburt«, sagte Ian und wies mit dem Kinn in die Richtung, die Denzell und Dottie eingeschlagen hatten. »Er sagt, du bist heute Abend Gastgeber einer Quäkerzusammenkunft.«

Jamie zog die Augenbraue hoch, in der die Schweißtröpfchen glitzerten.

»Nun ja, ich hatte nicht vor, daran teilzunehmen, aber ich habe ihnen gesagt, dass sie gern mein Zelt benutzen können. Wieso? Gehst du auch dort hin?«

»Das hatte ich vor«, sagte Ian. »Man hat mich schließlich eingeladen.«

»Ach ja?« Jamie betrachtete ihn interessiert. »Meinst du, sie haben vor, dich zu bekehren?«

»Ich glaube, so etwas tun die Quäker nicht«, sagte Ian ein wenig reumütig. »Ich würde ihnen auch viel Glück dabei wünschen. Die Macht des Gebets muss doch irgendwo ihre Grenzen haben.«

Darauf prustete sein Onkel zwar belustigt los, schüttelte aber den Kopf.

»Denk das nur nicht, Junge«, riet er Ian. »Wenn sich die kleine Rachel das in den Kopf setzt, dann hat sie dein Schwert zur Pflugschar umgeschmiedet, ehe du Fischers Fritz fischt frische Fische sagen kannst. Nun ja, zweimal«, fügte er hinzu. »Oder vielleicht dreimal.«

Ian stieß einen kleinen Protestlaut aus.

»Aye, und wenn ich es versuchen würde, wer wäre dann zur Stelle, um sie alle zu beschützen? Rachel und ihren Bruder und Dottie, meine ich? Das weißt du doch, oder? Dass sie nur das sein können, was sie sind, weil wir – du und ich –, weil wir so sind, was wir sind?«

Jamie lehnte sich etwas zurück und spitzte die Lippen, dann lächelte er ihn an, flüchtig und ironisch.

»Das weiß ich sehr wohl. Und Denzell Hunter auch; es ist der Grund, warum er hier ist, obwohl es ihn sein Zuhause und seine Zusammenkunft gekostet hat. Aber vergiss nicht, dass sie es wert sind, beschützt zu werden – nicht nur, weil du Rachel liebst, meine ich.«

»Mmpfm.« Er war nicht in der Stimmung für philosophische Diskussionen, und er bezweifelte, dass sein Onkel es war. Inzwischen herrschte das Licht jener langen Stunde vor der Dunkelheit, in der die Lebewesen des Waldes innehalten und Atem holen und sich alles für die Nacht verlangsamt. Es war eine gute Zeit zum Jagen, weil die Bäume als Erstes langsamer wurden, so dass man die Tiere sah, die sich noch in ihnen bewegten.

Onkel Jamie wusste das. Er saß entspannt da, und das Einzige, was sich bewegte, waren seine Augen. Ian sah, wie sein Blick nach oben huschte, und wandte ebenfalls den Kopf. Und da, ein Eichhörnchen klammerte sich an den Stamm einer Platane, drei Meter von ihnen entfernt. Er hätte es nicht gesehen, wenn ihm nicht das letzte Zucken des Schwanzes ins Auge gefallen wäre, als es dort zur Ruhe kam. Er sah Jamie in die Augen, und sie lächelten beide und saßen eine Weile schweigend da, während sie dem Lärmen des Lagers lauschten – und selbst das ließ allmählich nach.

Denzell und Dottie waren noch nicht zurück; vielleicht war die Geburt ja doch komplizierter, als Denny gedacht hatte. Rachel würde bald zu Jamies Zelt gehen, um an der Zusammenkunft teilzunehmen.

Jamie seufzte und machte Anstalten, sich zu erheben.

»Ääh … Onkel Jamie«, sagte Ian in einem beiläufigen Tonfall, der seinen Onkel sofort aufmerken ließ.

»Was?«, sagte sein Onkel argwöhnisch. »Du hast die Kleine doch nicht geschwängert, oder?«

»Nein«, antwortete Ian gekränkt – und fragte sich vage, woher sein Onkel gewusst hatte, dass er gerade an Rachel dachte. »Und wie kommst du auf so etwas, du gemeiner alter Lump?«

»Weil ich genau weiß, was ›Ääh … Onkel Jamie‹ normalerweise bedeutet«, teilte ihm Jamie leicht erheitert mit. »Es bedeutet, dass du wegen eines Mädchens verwirrt bist und Rat möchtest. Und mir ist nicht klar, was du an Rachel verwirrend finden könntest. Mir ist noch nie eine geradlinigere Frau begegnet – abgesehen von deiner Tante Claire natürlich«, fügte er mit einem kurzen Grinsen hinzu.

»Mmpfm«, machte Ian, der zwar über den Scharfsinn seines Onkels nicht begeistert war, aber einräumen musste, dass es stimmte. »Nun denn. Es ist nur …« Trotz der absolut gut gemeinten Absicht – um nicht sogar zu sagen *Unschuld* – seiner Frage, spürte er, wie sein Gesicht heiß wurde.

Jamie zog die Augenbrauen hoch.

»Nun ja, wenn du es wirklich wissen musst … Ich habe noch nie mit einer Jungfrau geschlafen.« Sobald es heraus war, entspannte er sich ein wenig, obwohl sein Onkel die Augenbrauen fast bis zum Haaransatz hochzog. »Und aye, ich bin mir sicher, dass Rachel eine ist«, fügte er defensiv hinzu.

»Da bin ich mir auch sicher«, pflichtete sein Onkel ihm bei. »Die meisten Männer würden das nicht als Problem betrachten.«

Ian musterte ihn vielsagend.

»Du weißt genau, was ich meine. Ich möchte, dass es ihr gefällt.«

»Sehr lobenswert. Hat sich denn schon einmal eine Frau bei dir beschwert?«

»Du bist ja wirklich lustig, Onkel Jamie«, sagte Ian empört. »Du weißt genau, was ich meine.«

»Aye, du meinst, wenn du eine Frau dafür bezahlst, dass sie mit dir ins Bett geht, ist es unwahrscheinlich, dass du etwas Unvorteilhaftes über deine Leistungen zu hören bekommst.« Jamie lehnte sich ein wenig zurück und betrachtete ihn. »Hast du Rachel von deiner Angewohnheit erzählt, Huren aufzusuchen?«

Ian spürte, wie ihm das Blut in die Ohren schoss, und er sah sich gezwungen, einen Moment gleichmäßig zu atmen, bevor er antwortete.

»Ich habe ihr alles erzählt«, knurrte er mit zusammengebissenen Zähnen. »Und ich würde es ganz und gar nicht als *Angewohnheit* bezeichnen.« Er war nicht so dumm dazuzusetzen: »Ich tue das nicht öfter als andere Männer …«, denn er wusste, was für eine Antwort er *darauf* hören würde.

Glücklicherweise schien Jamie seinen Humor jetzt im Griff zu haben und über die Frage nachzudenken.

»Deine Mohawkfrau«, sagte er vorsichtig. »Sie, äh …?«

»Nein«, sagte Ian. »Die Indianer betrachten das Ganze ein bisschen anders.«

Weil er die Gelegenheit sah, es Jamie ein wenig heimzuzahlen, fügte er hinzu: »Weißt du nicht mehr, wie wir bei den Snowbird Cherokee waren und Bird dir ein paar junge Mädchen geschickt hat, um dir das Bett zu wärmen?«

Jamie warf ihm einen derart altmodischen Blick zu, dass er laut lachen musste.

»Sag mir, Ian«, fragte Jamie dann nach einer Pause, »hättest du dieses Gespräch auch mit deinem Pa geführt?«

»Um Himmels willen, nein.«

»Ich fühle mich geschmeichelt«, erwiderte Jamie trocken.

»Nun ja …« Ian hatte automatisch zu antworten begonnen und suchte jetzt krampfhaft nach einer Erklärung. »Es … ich meine … es ist nicht so, dass ich mit Pa nicht über vieles geredet hätte, aber wenn er mir etwas darüber erzählt hätte … hätte es doch mit ihm und Mama zu tun gehabt, oder? Und das … nun ja, das hätte ich nicht gekonnt.«

»Mmpfm.«

Ian musterte seinen Onkel mit zusammengekniffenen Augen.

»Du willst mir doch jetzt nicht erzählen, dass meine Mutter …«

»Die meine Schwester ist, aye? Nein, so etwas würde ich dir nie erzählen. Ich verstehe, was du meinst. Ich dachte nur gerade …« Er verstummte, und Ian beobachtete ihn scharf. Das Licht verblasste zwar, doch noch war es hell genug. Jamie zuckte mit den Achseln.

»Aye, nun ja. Es ist nur – deine Tante Claire war Witwe, als ich sie geheiratet habe, aye?«

»Oh, aye?«

»Also war ich in unserer Hochzeitsnacht die Jungfrau.«

Ian dachte zwar eigentlich nicht, dass er sich bewegt hatte, doch Rollo riss den Kopf hoch und sah ihn verblüfft an. Ian räusperte sich.

»Oh. Aye?«

»Aye«, bestätigte sein Onkel säuerlich wie eine Zitrone. »Und ich habe vorher auch alle möglichen Ratschläge bekommen von Dougal und seinen Männern.«

Dougal MacKenzie war vor Ians Geburt gestorben, doch er hatte einiges über den Mann gehört, Gutes und Schlechtes. Sein Mund zuckte.

»Möchtest du mir etwas davon weitergeben?«

»Himmel, nein.« Jamie stand auf und strich sich die Rindenstückchen von den Rockschößen. »Ich denke, dass du sanft sein solltest, du weißt schon, oder?«

»Aye, darauf bin ich schon selbst gekommen«, versicherte ihm Ian. »Sonst nichts?«

»Aye, nun ja.« Jamie stand still und überlegte. »Das einzig Nützliche ist etwas, was meine Frau mir in der Nacht gesagt hat. ›Mach es langsam und aufmerksam.‹ Ich glaube, damit kannst du nichts falsch machen.« Er bewegte die Schultern, bis sein Rock wieder bequem saß. »*Oidhche mhath*, Ian. Wir sehen uns bei Tagesanbruch – wenn nicht schon eher.«

»*Oidhche mhath*, Onkel Jamie.«

Als Jamie den Rand der Lichtung erreichte, rief Ian ihm nach:
»Onkel Jamie!«
Jamie wandte den Kopf und sah sich um.
»Aye?«
»Und ist sie sanft mit dir umgegangen?«
»Gott, nein«, sagte Jamie und grinste breit.

58
KASTRAMETATION

Die Sonne stand tief am Himmel, als William Clintons Lager erreichte, und tiefer noch, als er Visigoth an Sutherlands Stallknecht übergeben hatte. Zeb war nirgendwo in Sicht. Vielleicht war er ja bei Colenso.

Er lieferte die Kartusche mit seinen Depeschen bei Hauptmann von Muenchhausen ab, suchte den Sekretär der Kompanie auf und machte das Zelt ausfindig, das er mit zwei anderen jungen Hauptmännern des 28ten teilte. Randolph Merbling saß draußen vor dem Zelt und las im letzten Sonnenlicht, doch von Thomas Evans war nichts zu sehen – genauso wenig wie von Colenso Baragwanath. Oder von Zebedee. Oder von Williams Gepäck.

Einen Moment lang atmete er nur, dann schüttelte er sich wie ein nasser Hund. Er war es so müde, wütend zu sein, dass er einfach nicht mehr aus der Reserve zu locken war. Er zuckte mit den Achseln, borgte sich ein Handtuch von Merbling, wusch sich das Gesicht und zog los, um sich etwas zu essen zu suchen.

Er war entschlossen, an nichts mehr zu denken, bis er etwas gegessen hatte, und das gelang ihm auch weitgehend, während sich wenigstens einige seiner hohlen Magenstellen mit Huhn, Brot, Käse und Bier füllten. Doch als er zum Ende kam, stieß plötzlich ein scharfes Bild in seine angenehme Verdauungsmeditation. Ein errötetes, hübsches Gesicht mit argwöhnischen Augen, die exakt die Farbe des Cidres hatten, den er gerade trank.

Jane. Verdammt! Vor lauter Ärger hatte er die Hure und ihre Schwester ganz vergessen. Er hatte ihnen gesagt, sie sollten sich bei Sonnenuntergang mit ihm am Lazarettzelt treffen … Nun, noch war die Sonne ja nicht untergegangen. Er war schon auf den Beinen, als ihm ein Gedanke kam, und er ging zurück zum Koch und schwatzte ihm etwas Brot und Käse ab, nur für alle Fälle.

Kastrametation war die Wissenschaft vom korrekten Anlegen eines Militärlagers. Entwässerung, Latrinengräben, wo man das Pulver deponierte, damit es bei Regen nicht überflutet wurde … Er hatte einmal eine kurze Unterweisung darin genossen. Wahrscheinlich würde er es ja nie selbst tun müssen, aber es half dabei, die Dinge zu finden, wenn man wusste, wo sie theoretisch sein sollten. Das Hospital eines Lagers befand sich demzufolge immer so weit wie möglich vom Kommandohauptquartier entfernt, nah am Wasser, aber auf einer Erhebung, falls vorhanden.

Hier war eine vorhanden, und er fand das große grüne Leinenzelt ohne Schwierigkeiten. Hätte es mit geschlossenen Augen finden können. Armeeärzte trugen den Geruch ihres Tagewerks mit sich herum, und der Hauch von getrocknetem Blut und der scharfe Unterton von Krankheit und Tod waren aus hundert Metern Entfernung wahrnehmbar. Nach einer Schlacht war es schlimmer – viel schlimmer –, doch es gab immer Krankheiten und Unfälle, und der Gestank hing selbst an friedlichen Tagen über dem Zelt-Hospital, jetzt noch verstärkt durch die schwüle Hitze, die sich wie eine feuchte Decke über das Lager gelegt hatte.

Einige Männer und Frauen drängten sich um das Zelt und harrten der Behandlung. Er musterte sie mit einem raschen Blick, doch Jane sah er nicht. Sein Herz hatte ein wenig schneller geschlagen, als er daran dachte, dass er sie sehen würde, und er fühlte sich unerklärlich enttäuscht. Dafür gab es keinen Grund, sagte er sich. Sie und ihre Schwester würden ihm nichts als Ärger machen. Sie mussten des Wartens müde geworden sein und …

»Du kommst sehr spät, Mylord«, sagte eine anklagende Stimme dicht neben ihm, und als er herumfuhr, sah er, dass sie ihn von oben herab ansah – so gut es jemand konnte, der ihm gerade bis zur Brust reichte, also nicht besonders gut. Absurderweise ertappte er sich dabei, dass er auf sie hinunterlächelte.

»Ich habe doch ›Sonnenuntergang‹ gesagt«, erwiderte er nachsichtig und wies kopfnickend nach Westen, wo noch ein schmaler gleißender Streifen durch die Bäume schien. »Noch ist sie nicht weg, oder?«

»Die Sonne braucht hier verdammt lange zum Untergehen.« Sie richtete ihre Augen missbilligend zusammengekniffen auf das fragliche Gestirn. »In der Stadt geht so was viel schneller.«

Bevor er etwas auf diese lächerliche Feststellung entgegnen konnte, heftete sie den Blick wieder auf ihn und runzelte die Stirn.

»Warum trägst du deine Halsberge nicht?«, wollte sie wissen und stemmte die Hände in die Hüften. »Es hat mich große Mühe gekostet, sie dir zurückzuholen.«

»Ich bin dir diesbezüglich auch sehr dankbar«, entgegnete er um Würde bemüht. »Aber ich dachte, es gibt vielleicht Fragen, wenn ich plötzlich mitten im Lager damit auftauche, und ich dachte, du und deine Schwester, ihr würdet … langwierige Erklärungen lieber vermeiden.«

Sie verzog die Nase, jedoch nicht ohne Belustigung.

»Wie fürsorglich. Mit deinen Bediensteten gehst du aber nicht ganz so fürsorglich um, oder?«

»Was meinst du damit?«

»Komm mit.« Sie verschränkte den rechten Arm mit seinem linken und zog ihn Richtung Wald davon, ehe er protestieren konnte. Sie führte ihn zu einem kleinen improvisierten Unterschlupf im Gebüsch, der aus einem leeren Armeebettsack und zwei Unterröcken zu bestehen schien. Als er sich auf ihre Einladung hin niederbeugte, entdeckte er ihre Schwester Fanny in der Hocke neben einem Bettsack, der mit frischem Gras ausgestopft war und auf dem Colenso und Zeb mit verwirrten Gesichtern kauerten. Bei seinem Anblick duckten sie sich noch mehr zusammen.

»Was zum Teufel macht ihr hier?«, wollte er wissen. »Und wo ist mein Gepäck, Zeb?«

»Dort hinten«, sagte Zeb mit bebender Stimme und zeigte mit dem Daumen auf das Gebüsch hinter dem Unterschlupf. »Ich konnte nämlich Euer Zelt nicht finden und wollte es nicht aus den Augen lassen.«

»Aber ich habe dir doch gesagt … Und was ist mit dir, Baragwanath? Bist du immer noch krank?«, fragte William. Er kniete sich abrupt hin und steckte den Kopf in den Unterschlupf. Colenso sah schlecht aus; er war bleich wie verdorbene Milch und hatte sichtlich Schmerzen, denn er saß zusammengekrümmt da.

»Oh … es ist nichts, Sir«, sagte er und schluckte krampfhaft. »Muss … nur … etwas … gegessen … haben.«

»Warst du beim Arzt?« Colenso wandte das Gesicht ab und zog die Schulter hoch. Zeb rutschte langsam beiseite und plante anscheinend zu flüchten. William packte ihn am Arm. »Was ist? Hast du deinen Arm etwa nicht versorgen lassen?«

»Sie haben Angst vor den Armeeärzten«, mischte sich Jane empört ein.

William richtete sich zu voller Größe auf und funkelte zu ihr hinunter.

»Ach? Wer hat ihnen denn eingeredet, dass sie Angst vor den Ärzten haben sollten? Und wie sind sie in *deine* Obhut geraten, wenn ich fragen darf?«

Ihre Lippen pressten sich fest zusammen, und sie warf unwillkürlich einen Blick in das Innere des Unterschlupfs. Fanny sah zu ihnen hinaus; ihre Rehaugen riesig im schwindenden Licht. Sie schluckte und legte Colenso schützend die Hand auf die Schulter. Jane seufzte tief und nahm erneut Williams Arm.

»Komm mit.«

Sie führte ihn ein kleines Stück fort, immer noch in Sicht-, aber außer Hörweite des kleinen Unterschlupfes.

»Fanny und ich haben auf dich gewartet, und dann sind die beiden Jungen zusammen angekommen. Der größere – *was* hast du gesagt, wie er heißt?«

»Colenso Baragwanath. Er ist aus Cornwall«, fügte William knapp hinzu, als er die Belustigung über ihr Gesicht huschen sah.

»Was du nicht sagst. Nun, es ging ihm so schlecht, dass er nicht mehr stehen konnte. Er ist vor uns zu Boden gesunken und hat die fürchterlichsten Geräusche von sich gegeben. Der kleine – Zebedee, ich weiß, danke – war außer sich und hat vor Verwirrung fast geweint. Meine Schwester ist ein sehr zart besaitetes Geschöpf«, setzte sie entschuldigend hinzu. »Sie ist zu ihnen gegangen, um ihnen zu helfen, und ich bin ihr gefolgt.« Sie zuckte mit den Achseln.

»Colenso hat es mit unserer Hilfe so weit in den Wald geschafft, dass er die Hose herunterlassen konnte, und ich habe ihm ein bisschen Wasser gegeben.« Sie fasste an die kleine hölzerne Feldflasche, die an ihrer Schulter hing, und er fragte sich flüchtig, woher sie sie hatte. Sie hatte sie nicht dabeigehabt, als er den beiden vorhin am Fluss begegnet war.

»Meinen herzlichen Dank«, sagte er förmlich. »Aber warum hast du die Jungen denn dann nicht zum Lazarett gebracht?«

Zum ersten Mal schien ihre Fassung ein wenig zu bröckeln. Sie wandte sich von ihm ab, und er sah, wie die letzten Sonnenstrahlen ihren glatten Scheitel in einen vertrauten schwachen Kastanienglanz tauchten. Dieser Anblick erinnerte ihn wie ein Donnerschlag an ihre erste Begegnung – und an die Mischung aus Scham und Erregung, die er empfunden hatte. Vor allem Letztere.

»Antworte mir«, sagte er mit mehr Nachdruck, als er beabsichtigt hatte, und sie wandte sich ihm wieder zu und quittierte seinen Ton mit einem scharfen Blick.

»Neben dem Lazarettzelt lag ein Finger auf dem Boden«, schnappte sie. »Meine Schwester hat sich davor erschrocken, und die Jungen haben sich von ihr anstecken lassen.«

William rieb sich mit dem Fingerknöchel über den Nasenrücken und betrachtete sie.

»Ein Finger.« Er hatte in Saratoga bergeweise amputierte Gliedmaßen vor den Lazarettzelten liegen gesehen, und abgesehen von einem raschen Dankgebet, dass keiner der abgetrennten Arme – oder Beine – ihm gehörte, hatte er keine großen Gewissensregungen empfunden. »Wessen Finger war es denn?«

»Woher soll ich das wissen? Ich war zu sehr damit beschäftigt zu verhindern, dass dein Dienstjunge sich in die Hosen scheißt, als dass ich hätte fragen können.«

»Ah. Ja. Danke«, sagte er steif. Er blickte noch einmal auf den Unterschlupf und stellte überrascht fest, dass Fanny herausgekommen war und sich etwas entfernt von ihrer Schwester hielt, das hübsche Gesicht voller Argwohn. Sah er so bedrohlich aus?, fragte er sich. Vorsichtshalber nahm er eine etwas entspanntere Haltung ein und lächelte Fanny an. Ihre Miene blieb jedoch unverändert, und sie starrte ihn weiter misstrauisch an.

Er räusperte sich, nahm den Sack von der Schulter und hielt ihn Jane hin. »Ich dachte, ihr hättet vielleicht kein Abendessen bekommen. Haben die Jungen – nun, zumindest Zeb – etwas gegessen?«

Jane nickte und griff mit einer Geschwindigkeit nach dem Sack, die darauf hindeutete, dass die Mädchen in der Tat seit einiger Zeit keine Mahlzeit mehr genossen hatten. »Er sagt, er hat mit den anderen Stallknechten gegessen.«

»Also schön. Ich bringe ihn zum Lazarett, um seinen Arm versorgen zu lassen und vielleicht ein Mittel für Colenso zu bekommen, und du kannst dich unterdessen mit deiner Schwester erfrischen. Und dann können wir über eure Lage sprechen.«

Er war sich ihrer körperlichen Nähe schon seit einigen Momenten intensiv bewusst, doch bei diesen Worten ließ sie ihn die volle Wirkung ihrer Augen spüren – *Cidre?*, dachte er vage, *oder doch Sherry?* – und schien dabei irgendwie zu *fließen* und den Standort zu verändern, ohne dass er hätte sagen können, wie. Er hatte nicht gesehen, dass sie sich bewegte, doch plötzlich stand sie so dicht bei ihm, dass er sie hätte berühren können, und er roch ihr Haar und bildete sich ein, die Wärme ihrer Haut durch ihre Kleider hindurch zu spüren. Sie nahm seine Hand, und ihr Daumen wanderte flüchtig über seine Handfläche. Die Härchen auf seinem Arm richteten sich auf.

»Ich bin sicher, dass wir zu einem akzeptablen Übereinkommen gelangen werden, Mylord«, sagte sie mit großer Würde und ließ seine kribbelnde Hand los.

Er bugsierte Zeb wie einen widerspenstigen Junghengst in das Lazarettzelt und stand halb in Gedanken daneben, während ein junger schottischer Arzt mit Sommersprossen dem Jungen die Wunde säuberte. Arabella-Jane roch nicht mehr nach dem Hurenparfum, das sie im Bordell benutzt hatte, doch bei Gott, sie roch gut.

»Wir sollten die Wunde kauterisieren«, sagte die Stimme des jungen Arztes. »Das verhindert, dass sich ein Abszess bildet, aye?«

»Nein!« Zeb riss sich von dem Arzt los und rannte so ungestüm auf den Ausgang zu, dass er mit mehreren Leuten zusammenprallte und eine Frau mit einem Aufschrei umflog. Aus seinen beiläufigen Gedanken gerissen, setzte William ihm automatisch nach und warf den Jungen zu Boden.

»Komm schon, Zeb«, sagte er, hievte Zeb auf die Beine und schob ihn entschlossen zu Dr. Sommersprosse zurück. »So schlimm wird es schon nicht. Ein oder zwei Sekunden, dann ist es vorbei.«

Da Zeb davon nicht überzeugt zu sein schien, setzte William ihn entschlossen auf einen Hocker und schob seine rechte Manschette zurück.

»Da«, sagte er und zeigte auf die lange Narbe auf seinem Unterarm, die wie ein Komet geformt war. »*Das* passiert, wenn sich ein Abszess bildet.«

Zeb und der Arzt betrachteten die Narbe interessiert. Ein Splitter von einem Baum, der vom Blitz getroffen wurde, hatte die Verletzung verursacht, so erzählte er ihnen.

»Bin drei Tage mit Fieber durch den Great-Dismal-Sumpf gewandert«, sagte er. »Indianer … haben mich gefunden und mich zu einem Arzt gebracht. Ich wäre fast gestorben, und …« Er zog die Stirn in Falten und sah Zeb durchdringend an. »Der Arzt war schon fast dabei, *mir den Arm abzuschneiden*, als der Abszess geplatzt ist und er ihn kauterisiert hat. Du hast vielleicht weniger Glück, wie?«

Zeb sah immer noch nicht glücklich aus, stimmte aber widerstrebend zu. William packte ihn bei den Schultern und redete ihm gut zu, während das Eisen erhitzt wurde, doch sein Herz schlug so schnell, als wartete er selber auf das Kautereisen.

Indianer: Ganz besonders einer. Er hatte gedacht, er hätte all seine Wut aufgebraucht, doch da war sie wieder und flammte auf wie ein Stück Holzkohle, auf das man mit dem Schüreisen eingestochert hat.

Der verfluchte Ian Murray. Verfluchter Schotte und zeitweise auch Mohawk. Sein verdammter *Vetter*, was alles noch viel schlimmer machte.

Und dann war da noch Rachel ... Murray hatte ihn zu Dr. Hunter und zu Rachel gebracht ... Er holte tief und krampfhaft Luft und dachte an ihr Indigokleid an dem Kleiderhaken in Dr. Hunters Haus. Dachte daran, wie er den Stoff gepackt und an sein Gesicht gedrückt hatte, um ihren Duft einzuatmen wie ein Erstickender.

Dort war Murray auch Rachel begegnet. Und jetzt war sie die *Verlobte* dieses ...

»Au!« Zeb wand sich, und William begriff etwas spät, dass er seine Finger in die Schulter des Jungen gebohrt hatte wie ... Er ließ los, als sei Zeb eine heiße Kartoffel, und dachte an Jamie Frasers eisernen Griff an seinem Arm und den fürchterlichen Schmerz, der ihn von der Schulter bis zur Fingerspitze betäubt hatte.

»Entschuldigung«, sagte er, und seine Stimme bebte von der Anstrengung, seine Rage zu verbergen. »Entschuldigung, Zeb.« Der Arzt stand jetzt mit dem glühenden Eisen bereit; William nahm Zebs Arm, so sacht er konnte, und hielt ihn still, während es geschah. Rachel hatte den seinen festgehalten.

Er hatte recht gehabt; es war schnell vorbei. Der Arzt presste das heiße Eisen auf die Wunde und zählte langsam bis fünf, dann entfernte er es wieder. Zeb erstarrte und holte Luft für drei, doch er schrie nicht.

»Fertig«, sagte der Arzt, legte das Eisen beiseite und lächelte Zeb an. »So, noch ein wenig Mandelöl auf die Wunde, dann verbinde ich sie. Ihr habt Euch tapfer gehalten, Junge.«

Zeb tränten zwar die Augen, aber er weinte nicht. Er schniefte kräftig, wischte sich mit dem Handrücken über das Gesicht und blickte zu William auf.

»Gut gemacht, Zeb«, lobte William und drückte ihm sacht die Schulter, und als Erwiderung brachte Zeb ein kleines Lächeln zuwege.

Als sie schließlich zu den Mädchen und zu Colenso zurückkehrten, war es William gelungen, seine Wut niederzustampfen – wieder einmal. Würde er sie denn niemals abschütteln können? *Erst wenn du beschließt, wie du mit der Lage umgehen willst*, dachte er grimmig. Doch im Moment gab es nichts, was er tun konnte, also ballte er die Funken in seinem Kopf fest zu einer roten Kugel zusammen und rollte sie weit von sich.

»Lass Fanny das machen. Er vertraut ihr.« Jane nahm ihm das Fläschchen mit dem Mittel ab, das Dr. Sommersprosse für Colenso zubereitet hatte, und gab es ihrer Schwester. Fanny setzte sich prompt neben Colenso, der sich alle Mühe gab, sich schlafend zu stellen, und begann, ihm murmelnd den Kopf zu streicheln.

William nickte und winkte Jane, sich mit ihm außer Hörweite zu begeben. Zu seiner großen Überraschung hatte sich ein Teil seines Hirns tatsächlich mit dem Problem befasst und war zu einem Schluss gekommen, während der Rest anderweitig beschäftigt war: Er hatte einen groben Plan.

»Ich schlage Folgendes vor«, sagte er ohne Umschweife. »Ich werde dafür sorgen, dass ihr reguläre Armeerationen bekommt, du und deine Schwester, und dass ihr unter meinem Schutz reist. Wenn wir in New York sind, gebe ich dir fünf Pfund, dann seid ihr auf euch allein gestellt. Als Gegenleistung…«

Sie lächelte zwar nicht, doch ein Grübchen erschien auf ihrer Wange.

»Als Gegenleistung«, erwiderte er in noch bestimmterem Ton, »kümmerst du dich um meinen Laufburschen und um meinen Stallknecht, pflegst die beiden gesund und achtest darauf, dass sie einigermaßen gut versorgt sind. Außerdem wirst du für meine Wäsche zuständig sein.«

»Deine Wäsche?!« Das Grübchen war abrupt verschwunden und einer Miene schieren Erstaunens gewichen.

»Wäsche«, wiederholte er hartnäckig. Er wusste, womit sie gerechnet hatte, und er war selbst überrascht, dass er es nicht vorgeschlagen hatte, aber so war es nun einmal. Er konnte es nicht; nicht, solange seine Erinnerungen an Rachel und an Alicia Endicott noch so frisch waren. Nicht, solange seine tiefe, unterdrückte Wut durch den Gedanken befeuert wurde, dass die einzige Frau, die er verdiente, eine Hure war.

»Aber ich weiß doch gar nicht, wie das geht!«

»Wie schwer kann das denn sein?«, fragte er, so geduldig er konnte. »Du wäschst meine Kleider. An meine Unterhosen darf keine Stärke. Das ist es doch schon, oder?«

»Aber… aber…« Sie sah verdattert aus. »Man braucht doch einen… einen Waschkessel! Eine Forke, ein Paddel, etwas zum Rühren… Seife! *Ich* habe ja nicht einmal Seife!«

»Oh.« Darauf war er nicht gekommen. »Nun…« Er grub in seiner Tasche, stellte fest, dass sie leer war, und versuchte es mit der anderen, die eine Guinee, zwei Pence und einen Florin enthielt. Er reichte ihr die Guinee. »Dann kauf dir, was du brauchst.«

Sie blickte auf die goldene Münze in ihrer Hand, das Gesicht vollkommen ausdruckslos. Sie öffnete den Mund, dann schloss sie ihn wieder.

»Was ist?«, fragte er ungeduldig. Eine leise Stimme hinter ihm antwortete an ihrer Stelle.

»Uie ueif nicht uie.«

Er fuhr herum und sah, dass Fanny unter ihrem Häubchen heraus zu ihm aufblickte, das Gesicht vom Sonnenuntergang gerötet.

»Was hast du gesagt?«

Fannys zarter Mund verkrampfte sich, und die Röte ihrer Wangen vertiefte sich, doch sie wiederholte es hartnäckig. »Uie… ueif… nicht… *uie*.«

Jane war mit zwei Schritten bei Fanny, legte den Arm um ihre Schwester und funkelte William aufgebracht an.

»Meine Schwester hat einen Sprachfehler«, sagte sie, und ihr Ton verbat sich jedes Wort von ihm. »Deswegen hat sie Angst vor den Ärzten. Sie glaubt, sie amputieren ihr die Zunge, wenn sie es herausfinden.«

Er holte tief und langsam Luft.

»Ich verstehe. Und was sie zu mir gesagt hat … ›Sie weiß nicht, wie‹? Ich vermute, sie meint dich? Was ist es denn bitte, das du nicht weißt?«

»Geg«, flüsterte Fanny, die jetzt zu Boden blickte.

»Geg … Geld?« Er starrte Jane an. »Du weißt nicht, wie man …«

»Ich habe doch noch nie Geld *gehabt*!«, fuhr sie ihn an und warf ihm die Guinee vor die Füße. »Ich weiß, wie die Münzen heißen, aber ich weiß nicht, was man dafür kaufen kann, nur … nur … was man im Bordell dafür bekommt! Meine Möse ist sechs Shillinge wert, klar? Mein Mund drei. Und mein Hintern ein Pfund. Aber wenn mir jemand drei Shillinge *gäbe*, wüsste ich nicht, ob ich einen Laib Brot oder ein Pferd dafür kaufen könnte! Ich habe noch nie *irgendetwas* gekauft!«

»Du … du meinst …« Er war so verblüfft, dass er keinen zusammenhängenden Satz herausbekam. »Aber ihr bekommt doch Lohn. Du hast gesagt …«

»Ich arbeite im Bordell, seit ich zehn bin!« Ihre Hände ballten sich zu Fäusten, die Fingerknöchel scharf unter der Haut. »Ich bekomme meinen Lohn nie zu *sehen*! Mrs. Abbot gibt ihn – sagt sie – für mein … unser … Essen und unsere Kleider aus. Ich habe noch nie einen Penny besessen und erst recht noch nie einen ausgegeben. Und jetzt gibst du mir … *das hier* …« Sie trat mit dem Fuß auf die Guinee und stampfte sie in den Boden. »Und sagst mir, ich soll einen Waschkessel kaufen?! Wo denn? Wie denn? Und von wem?!«

Ihre Stimme bebte, und ihr Gesicht war um einiges röter, als die sinkende Sonne es färben konnte. Sie war wütend, aber auch den Tränen nah. Er hätte sie gern in die Arme genommen und getröstet, hielt es aber für gut möglich, dass er dabei einen Finger verlieren würde.

»Wie alt ist Fanny eigentlich?«, fragte er stattdessen. Sie riss keuchend den Kopf hoch.

»Fanny?«, fragte sie verständnislos.

»Ich … bin … elf«, sagte Fannys Stimme hinter ihm. »Uass sie in *Wuhe*!«

Er drehte sich um. Das Mädchen funkelte zu ihm auf und umklammerte einen Stock. Er hätte gelacht, wenn ihre Miene nicht gewesen wäre – und wenn das nicht gewesen wäre, was er gerade begriffen hatte. Er trat einen Schritt zurück, um beide Mädchen gleichzeitig sehen zu können, und sie gingen wie Magnet und Eisen aufeinander zu und hielten sich aneinander fest, während sie ihn misstrauisch anstarrten.

»Wie viel ist ihre Jungfernhaut wert?«, fragte er Jane unverblümt und wies kopfnickend auf Fanny.

»Zehn Ffund«, antwortete Fanny automatisch, während Jane ihn anschrie: »Sie ist nicht zu verkaufen! Weder an dich noch an irgendjemand sonst!« Sie presste Fanny noch dichter an sich und verbat sich jede Bewegung in ihre Richtung.

»Ich will sie doch gar nicht«, sagte er mit zusammengebissenen Zähnen. »Ich treibe es doch nicht mit Kindern, zum Kuckuck!«

Janes verhärtete Züge änderten sich nicht, und sie löste auch ihre Umklammerung nicht.

»Warum hast du dann gefragt?«

»Um mir meine Vermutungen in Bezug auf eure Anwesenheit bestätigen zu lassen.«

Jane prustete. »Als da wären?«

»Dass ihr fortgelaufen seid. Wahrscheinlich, weil deine Schwester jetzt ein Alter erreicht hat, in dem …?« Er zog die Augenbraue hoch und wies kopfnickend auf Fanny. Jane presste zwar die Lippen zusammen, doch sie nickte ihm widerstrebend zu.

»Hauptmann Harkness?«, fragte er. Es war zwar ein Schuss ins Blaue, aber er saß. Harkness war alles andere als begeistert gewesen, sich seiner Beute beraubt zu sehen, und da er William nichts anhaben konnte, war es gut möglich, dass er beschlossen hatte, anderswo Rache zu suchen.

Das Licht tauchte alles in Gold- und Lavendeltöne, doch er konnte Janes Gesicht dennoch erbleichen sehen und spürte, wie sich in seinen Lenden etwas zusammenzog. Wenn er Harkness fand … Er beschloss, sich morgen auf die Suche zu begeben. Möglich, dass der Mann tatsächlich in Philadelphia war, wie sie gesagt hatte – vielleicht aber auch nicht. Er würde seiner Wut ein willkommenes Ziel bieten.

»Also schön«, sagte er, so gelassen er konnte. Er bückte sich und grub die Guinee aus dem weichen Boden aus. Dabei begriff er, dass es töricht gewesen war, sie ihr überhaupt anzubieten. Nicht wegen ihrer Worte, sondern weil jemand wie sie – oder Colenso – niemals eine solche Summe besitzen würde. Man würde sie verdächtigen, das Geld gestohlen zu haben, und wahrscheinlich würde gleich die erste Person, die die Münze zu Gesicht bekam, sie ihr entwenden.

»Kümmere dich einfach um die Jungen, ja?«, sagte er zu Jane. »Und haltet euch beide von den Soldaten fern, bis ich euch etwas Schlichtes zum Anziehen besorgen kann. So wie ihr ausseht …«, er wies auf ihren verstaubten, verschwitzten Putz, »wird man euch für Huren halten, und die Soldaten werden es nicht akzeptieren, wenn ihr nein sagt.«

»Ich bin eine Hure«, sagte Jane mit seltsamer, trockener Stimme.

»Nein«, sagte er, und auch seine Stimme fühlte sich seltsam losgelöst, aber entschlossen an. »Das bist du nicht. Du reist unter meinem Schutz. Ich bin kein Zuhälter – also bist du keine Hure. Zumindest, solange wir nicht in New York sind.«

59

EINE ENTDECKUNG IN DEN EIGENEN REIHEN

Unter dem Kommando von Reverend Peleg Woodsworth marschierte die 16ste Milizkompanie aus Pennsylvania in Reih und Glied in das Lager ein, nachdem die Männer kurz vorher pausiert hatten, um ihre Kleider zu ordnen, ihre Waffen zu reinigen und sich die Gesichter zu waschen. Lord John wusste zwar, dass niemand davon Notiz nehmen würde, doch er begrüßte diese Vorbereitungen als Zeichen guter Militärdisziplin, wie er Germain erklärte.

»Schlampige Soldaten geben auch schlechte Kämpfer ab«, sagte er, während er den großen Riss im Ärmel seines verdreckten schwarzen Rockes kritisch untersuchte. »Und ein Soldat muss Befehle befolgen, ganz gleich, was es für Befehle sind.«

Germain nickte.

»Aye, das sagt meine Mama auch. Ob du den Grund einsiehst oder nicht, tu gefälligst, was man dir sagt, sonst …«

»Deine Mutter würde einen bewundernswerten Sergeanten abgeben«, versicherte Grey seinem Laufburschen. Er war Marsali Fraser ein paar Mal in ihrer Druckerei begegnet. »Exzellente Auffassung von der Bedeutung eines Kommandopostens. Aber was das ›sonst‹ betrifft – was meinst du eigentlich, was passieren wird, wenn du heimgehst?«

Darüber hatte sich Germain offensichtlich noch keine großen Gedanken gemacht, doch nach einem Moment tief gerunzelter Stirn glättete die sich wieder.

»Das kommt wahrscheinlich darauf an, wie lange ich fort gewesen bin«, sagte er achselzuckend. »Wenn ich morgen zurückgehen würde, bekäme ich die Ohren langgezogen und den Hintern dazu versohlt. Aber ich glaube, wenn ich länger als eine Woche fort wäre, wäre sie froh, dass ich nicht tot bin.«

»Ah. Kennst du zufällig die Geschichte vom verlorenen Sohn?«

»Nein, Myl-, äh … Bert.« Germain hüstelte. »Wie geht sie denn?«

»Sie …«, begann er automatisch, doch dann blieb er abrupt stehen, als hätte man ihm einen Pflock durch die Brust getrieben. Die Kompanie war schon ein wenig ausgefranst; die paar Männer, die noch hinter ihm gingen, wichen ihm einfach aus und gingen weiter. Germain wandte den Kopf, um zu sehen, was seinen Blick auf sich gezogen hatte.

»Wer ist das?«, fragte er neugierig. »Er sieht aus wie ein Franzose, aber er sieht auch aus, als ob er Euch kennt. Kennt Ihr irgendwelche Franzosen?«

Grey starrte den Herrn in dem Anzug aus hochmodischer, blau-grau gestreifter Seide an, der ihn seinerseits mit leicht geöffnetem Mund anstarrte, ohne die kleine Gruppe von Kontinentaloffizieren zu beachten, in deren Begleitung er sich befand.

»Ich kenne eine Menge Franzosen«, sagte Grey, als er wieder Luft bekam. »Aber das ist keiner davon.« Er wandte dem Mann den Rücken zu, die Gedanken in Aufruhr, und packte Germain beim Arm.

»Dein Großvater muss irgendwo in diesem Gewühl sein«, sagte er und zwang sich zum Tonfall der Entschlossenheit. »Siehst du das Gebäude dort drüben mit der Flagge?« Er wies kopfnickend auf das reglose Banner, zwar am anderen Ende des weitschweifigen Lagers, jedoch deutlich sichtbar. »Geh dorthin. Das wird das Hauptquartier des Oberbefehlshabers sein. Sag einem der Offiziere, wen du suchst; sie werden ihn für dich bei den Milizen finden.«

»Oh, das wird nicht nötig sein«, versicherte ihm Germain. »*Grand-père* ist bestimmt dort.«

»Wo?«

»Bei General Washington«, sagte Germain mit der übertriebenen Geduld eines Menschen, der gezwungen ist, sich mit einem Begriffsstutzigen abzugeben. »Er ist selbst General, wusstet Ihr das etwa nicht?« Ehe Grey auf diese verblüffende Information antworten konnte, hatte sich Germain in die Richtung des fernen Banners davongemacht.

Grey riskierte noch einen Blick hinter sich, doch Perseverance Wainwright war verschwunden, genau wie die Kontinentaloffiziere, und es waren nur ein paar Leutnants zurückgeblieben, die sich unterhielten.

Er dachte diverse gotteslästerliche Dinge in rascher Folge, wobei er seine heftigen persönlichen Beschimpfungen abwechselnd an Jamie Fraser und Percy Wainwright richtete. Was zum *Teufel* machten die beiden hier? Seine Finger zuckten, weil sie am liebsten jemanden erwürgt hätten, doch er kämpfte diesen nutzlosen Impuls nieder, um stattdessen zu überlegen, was zum Kuckuck er jetzt tun sollte.

Er setzte sich hastig in Bewegung, ohne genau zu wissen, wohin er eigentlich ging. Percy hatte ihn gesehen, so viel wusste er. Jamie nicht, doch es konnte jeden Moment so weit sein. *General? Was zum … keine Zeit, sich jetzt darüber Gedanken zu machen.* Wie würden die beiden wohl reagieren?

Er hatte Percy – seinen Exgeliebten, Exbruder und notorischen Tunichtgut – seit ihrer letzten Unterredung in Philadelphia nicht mehr gesehen, in deren Verlauf Percy vor einigen Monaten einen letzten Verführungsversuch unternommen hatte, politisch, nicht körperlich, obwohl Grey das dumpfe Gefühl hatte, dass er auch vor dem Körperlichen nicht zurückgeschreckt wäre … Damals hatte Percy versucht, die britische Regierung zu bewegen, sich auf gewisse französische »Interessen« einzulassen und Frankreich das wertvolle Nordwestterritorium zurückzugeben, wofür ihr die Vertreter besagter »Interessen« versprachen, die französische Regierung von einer Allianz mit den amerikanischen Kolonien abzuhalten.

Er hatte es als seine Pflicht betrachtet, Lord North diskret von diesem Angebot in Kenntnis zu setzen, und es dann – gemeinsam mit Percy – aus seinen Gedanken gelöscht. Er hatte keine Ahnung, was der Premier damit angefangen hatte – falls überhaupt.

Jetzt ist es ohnehin zu spät, dachte er. Frankreich hatte im April einen Vertrag mit den rebellischen Kolonien unterzeichnet. Allerdings würde man abwarten müssen, ob aus diesem Vertrag tatsächlich fassbare Unterstützung resultierte. Die Franzosen waren für ihre Unzuverlässigkeit berüchtigt.

Was also nun? Sein Selbsterhaltungstrieb drängte ihn, still und heimlich das Lager zu durchqueren und so schnell wie möglich zu verschwinden. Germain würde Jamie nicht sagen, dass er hier war, darauf hatten sie sich im Voraus geeinigt. Jedoch hielten ihn zwei Überlegungen davon ab: Erstens die Kleinigkeit, dass er immer noch nicht wusste, wo sich die britische Armee befand oder wie weit sie entfernt war. Und zweitens … ein Gefühl der Neugier in Bezug auf Percy, das er sogar selbst als gefährlichen Leichtsinn erkannte.

Er war weitergegangen, denn stehen zu bleiben bedeutete, umgelaufen und zertrampelt zu werden, und so fand er sich jetzt an Reverend Woodsworth' Seite wieder. Das Gesicht des hochgewachsenen Predigers war von einer Erregung erfüllt, die seine normale Miene ruhiger Würde immer wieder durchbrach, und Grey musste unwillkürlich darüber lächeln.

»Gott hat uns sicher bis hierher geführt, Bert«, sagte Woodsworth und sah ihn mit leuchtenden Augen an. »Und Er wird uns den Sieg gewähren, das weiß ich!«

»Ah.« Grey suchte nach einer Erwiderung, und da er – zu seiner Überraschung – feststellte, dass er nicht in der Lage war, dieser Feststellung beizupflichten, begnügte er sich mit: »Ich denke, wir können die Absichten des Allmächtigen nicht vorhersehen, doch ich vertraue darauf, dass Er uns Gnade gewähren und uns bewahren wird.«

»Wahre Worte, Bert, sehr wahre Worte«, sagte Woodsworth und klopfte ihm herzhaft auf den Rücken.

60

QUÄKER UND KUNDSCHAFTER

Jamie traf Nathanael Greene in seinem Zelt an. Er war noch in Hemdsärmeln, hatte die Überreste seines Frühstücks vor sich auf dem Tisch und betrachtete stirnrunzelnd einen Brief in seiner Hand. Bei Jamies Anblick legte er diesen auf der Stelle beiseite und erhob sich.

»Kommt doch herein, Sir! Habt Ihr heute schon gegessen? Ich habe noch ein Ei übrig, das sonst verdirbt.« Er lächelte, aber nur kurz; was auch immer in dem Brief ihm Sorgen gemacht hatte, nistete noch in den Falten auf seiner Stirn. Jamie warf aus dem Augenwinkel einen Blick auf das Papier; den Tintenflecken und der abgerissenen Kante nach sah es eher aus wie ein Stück häuslicher Korrespondenz als eine offizielle Note.

»Doch, das habe ich, danke, Sir«, sagte Jamie mit einer kleinen Verneigung in Richtung des Eis, das vernachlässigt in einem kleinen hölzernen Eierbecher steckte, der mit einem geblümten Herzen bemalt war. »Ich hatte mich nur gefragt, falls Ihr heute einen Kundschafterritt unternehmt, könnte ich mit Euch kommen?«

»Natürlich!« Greene sah überrascht, aber erfreut aus. »Euer Rat wäre mir willkommen, General.«

»Vielleicht können wir ja dann Ratschläge austauschen?«, meinte Jamie. »Denn auch ich würde Euren Rat zu schätzen wissen, wenn allerdings in einer etwas anderen Frage.«

Greene hielt inne, den Rock halb angezogen.

»Tatsächlich? In was für einer Frage denn?«

»Die Ehe.«

In Greenes Gesicht rang das Erstaunen mit dem höflichen Versuch, ebendieses Erstaunen zu unterdrücken – und noch etwas anderem. Er sah sich nach dem Brief um, der hinter ihm auf dem Tisch lag, und rückte den Rock auf seinen Schultern zurecht.

»In *dieser* Frage könnte ich selbst guten Rat gebrauchen, Mr. Fraser«, sagte er und verzog ironisch die Lippen. »Dann also los.«

Sie ritten in nordwestlicher Richtung aus dem Lager – Greene war mit einem kampferprobten Kompass ausgerüstet –, und einen Moment lang wünschte sich Jamie, er hätte das vergoldete Astrolabium noch, das William ihm auf Lord Johns Bitten aus London geschickt hatte. Es war beim Brand seines Hauses zerstört worden, doch die finstere Stimmung, die ihn in diesem Moment überkam, hatte mehr mit dem Gedanken an John Grey zu tun als mit dem Brand und seinen Folgen.

Zunächst drehte sich ihr Gespräch nur um ihre Aufgabe, nämlich die Bestimmung geeigneter Stellen für Vorratsstationen entlang der wahrscheinlichen Marschroute – und wenn nötig der Rückzugsroute, obwohl niemand diese Möglichkeit erwähnte. Es gab eigentlich keinen Zweifel, wohin die britische Armee unterwegs war; einer Truppe dieser Größe mit ihrer enormen Gepäck-Kolonne und dem angegliederten Tross stand nur eine begrenzte Auswahl an Wegen zur Verfügung.

»Aye, das ist gut«, sagte Jamie und stimmte Greenes Vorschlag, eine verlassene Farm in Augenschein zu nehmen, mit einem Nicken zu. »Glaubt Ihr, der Brunnen ist noch gut?«

»Genau das plane ich herauszufinden«, sagte Greene und lenkte sein Pferd auf die Farm zu. »Es ist ja jetzt schon heiß wie im Hades. Um die Mittagszeit werden wir uns die Ohren verbrennen.«

Es war heiß; sie hatten ihre Halsbinden und Westen zurückgelassen und waren in Hemdsärmeln unterwegs, die Röcke über die Sattelknäufe gelegt, doch Jamie spürte, wie ihm das Leinen seines Hemdes am Rücken klebte und ihm der Schweiß über die Rippen und das Gesicht rann. Glücklicherweise *war* der Brunnen noch gut; sie konnten das Wasser unten glitzern sehen, und ein hineingeworfener Stein landete mit einem zufriedenstellenden *Plonk!*.

»Ich gestehe meine Überraschung, Euch auf der Suche nach Rat in Bezug auf die Ehe zu sehen, General«, sagte Greene, nachdem er erst selbst seinen Durst gelöscht und sich dann genießerisch einen Eimer Wasser über den Kopf gegossen hatte. Er blinzelte sich das Wasser aus den Wimpern, schüttelte sich wie ein Hund und reichte den Eimer an Jamie weiter, der dankend nickte. »Ich hatte Eure Verbindung für äußerst harmonisch gehalten.«

»Aye, es ist auch nicht meine eigene Ehe, die mir Sorgen macht«, sagte Jamie und stöhnte leise, während er einen frisch gefüllten Eimer hochzog – mit der Hand, denn die Seilwinde war verrottet, und er hatte ein Seil aus seiner Satteltasche holen müssen. »Kennt Ihr vielleicht einen jungen Kundschafter namens Ian Murray? Er ist mein Neffe.«

»Murray. Murray …« Im ersten Moment sah ihn Greene verständnislos an, doch dann dämmerte es ihm. »Oh. Der! Ja, verflixt. Euer Neffe, sagt Ihr? Dachte, er wäre Indianer. Hat mich bei einer Wette eine Guinee gekostet. Meine Frau wird ganz und gar nicht glücklich darüber sein. Nicht, dass sie im Moment überhaupt glücklich wäre«, fügte er mit einem Seufzer hinzu. Offensichtlich *war* der Brief häuslicher Natur gewesen.

»Nun, vielleicht kann ich ihn ja überreden, Euch das Geld zurückzugeben«, sagte Jamie und verkniff sich ein Lächeln, »falls Ihr ihm dabei behilflich sein könnt zu heiraten.«

Er hob sich den Eimer über den Kopf und gab sich dem seligen Moment hin, in dem das Wasser die Hitze löschte. Dankbar atmete er tief durch und schmeckte in der Kühle die feuchten Steine am Grund des Brunnens. Dann schüttelte er sich ebenfalls.

»Er möchte eine Quäkerin heiraten«, sagte er und öffnete die Augen. »Ich wusste, dass Ihr Quäker seid, weil ich bei unserer ersten Begegnung gehört habe, wie Ihr mit Mrs. Hardman gesprochen habt. Also habe ich mich gefragt, ob Ihr mir vielleicht sagen könntet, was für eine solche Hochzeit nötig ist?«

Greene war ja schon überrascht gewesen zu hören, dass Ian Jamies Neffe war, doch *das* schien ihm nun mit einem Schlag die Sprache zu rauben. Er stand da und schob die Lippen vor und zurück, als würden sie ein Wort einsaugen, das er dann wieder ausspucken konnte – bis es ihm schließlich tatsächlich gelang.

»Nun«, sagte er nämlich. Er hielt einen Moment inne und überlegte, und Jamie wartete geduldig. Greene war ein Mann mit klaren Ansichten, die er jedoch nicht überhastet kundtat. Allerdings fragte sich Jamie, was es in dieser Frage zu überlegen gab – waren die Sitten der Quäker etwa noch seltsamer, als er gedacht hatte?

»Nun«, sagte Greene erneut. Er atmete aus und ließ die Schultern fallen. »Ich muss Euch sagen, Mr. Fraser, dass ich mich nicht mehr als Quäker betrachte, obwohl ich in der Tat innerhalb dieser Sekte groß geworden bin.« Er warf Jamie einen scharfen Blick zu. »Und ich muss Euch außerdem sagen, dass der Grund für meinen Austritt mein Missfallen gegenüber ihrer engstirnigen, abergläubischen Art gewesen ist. Wenn Euer Neffe vorhat, Quäker zu werden, Sir, rate ich Euch, Euer Bestes zu tun, um ihn davon abzubringen.«

»Ach. Nun, so wie ich es verstehe, ist das ein Teil des Problems«, erwiderte Jamie gleichmütig. »Er möchte eben kein Quäker werden. Und ich halte das für eine kluge Entscheidung; er ist überhaupt nicht dafür gemacht.«

Bei diesen Worten entspannte sich Greene ein wenig und ging sogar so weit zu lächeln, wenn auch reichlich ironisch.

»Es freut mich, das zu hören. Aber er hat nichts dagegen, dass seine Frau Quäkerin bleibt?«

»Ich glaube, er ist nicht so dumm, ihr das ausreden zu wollen.«

Jetzt musste Greene lachen.

»Vielleicht wird er dann ja ganz gut mit der Ehe zurechtkommen.«

»Oh, er wird der Kleinen ein guter Ehemann sein, da habe ich keine Zweifel. Das Problem scheint darin zu liegen, überhaupt ihr Ehemann zu werden.«

»Ah. Ja.« Greene sah sich auf dem Hof um und wischte sich mit einem zusammengeballten Taschentuch über das Gesicht. »Das könnte in der Tat *sehr* schwierig werden, wenn die junge Frau … nun ja. Lasst mich einen Moment nachdenken. Unterdessen … der Brunnen ist gut, aber wir können hier kein Pulver lagern; vom Dach ist nicht mehr viel übrig, und ich habe gehört, dass dieses Wetter oft Gewitter ankündigt.«

»Wahrscheinlich gibt es einen Kartoffelkeller an der Rückseite«, meinte Jamie.

So war es. Die Tür war verschwunden, und aus einem zurückgelassenen Kartoffelsack in der Ecke war ein Gewirr dünner weißer Ranken gesprossen, die in langsamer Verzweiflung auf das Licht zukrochen.

»Gut«, beschloss Greene und schrieb sich mit einem Bleistift eine Notiz in das kleine Büchlein, das er immer dabeihatte. »Reiten wir also weiter.«

Sie ließen die Pferde trinken, übergossen sich noch einmal mit Wasser und ritten sacht dampfend weiter. Greene war keine Plaudertasche, und im Verlauf von ein oder zwei Meilen fiel kein Wort, bis seine Gedankengänge zu ihrem Schluss gelangten.

»Das Wichtigste, was man sich in Bezug auf die Quäker vergegenwärtigen muss«, sagte er ohne Umschweife, »ist, dass sie sehr voneinander und von der Meinung ihrer Glaubensgenossen abhängen – oftmals bis hin zum völligen Ausschluss der Welt außerhalb ihrer Zusammenkünfte.« Er warf Jamie einen Blick zu. »Die junge Frau – ist Euer Neffe ihre Zusammenkunft bekannt?«

»Mmpfm«, sagte Jamie. »Wie mir ihr Bruder zu verstehen gegeben hat, wurden sie beide von ihrer Zusammenkunft ausgeschlossen – in einer kleinen Ortschaft in Virginia –, als er die Entscheidung fällte, sich der Kontinentalarmee als Stabsarzt anzuschließen. Oder vielleicht hat man ihn auch ausgeschlossen, und sie ist einfach nur mit ihm gegangen; ich weiß ja nicht, ob das von großer Bedeutung ist.«

»Oh, ich verstehe.« Greene zupfte sich das feuchte Hemd vom Körper, um möglicherweise ein wenig Luft an seine Haut zu lassen, doch es war eine vergebliche Hoffnung. Die Luft lag schwer wie eine Wolldecke über der simmernden Landschaft. »Ein ›kämpfender Quäker‹, wie sie sich nennen?«

»Nein, er greift nicht zur Waffe«, versicherte Jamie Greene, »aber anscheinend war seine bloße Verbindung mit der Armee seiner Zusammenkunft schon Anstoß genug.« Greene prustete sarkastisch, und Jamie räusperte sich. »Und Denzell Hunter – Doktor Hunter – ist ebenfalls verlobt, auch wenn sein Weg möglicherweise weniger steinig sein wird, weil seine Braut selbst Quäkerin geworden ist.«

»Hat sie denn eine Heimatzusammenkunft?«, fragte Greene scharf. Jamie schüttelte den Kopf.

»Nein, es scheint … eher ihre Privatsache gewesen zu sein. Ihre Konversion meine ich. Man sagt mir, dass die Quäker weder Priester noch Rituale haben …?« Er ließ die Frage delikat in der Luft hängen, und Greene prustete erneut.

»Das haben sie auch nicht. Doch ich versichere Euch, General, dass es im Leben eines Quäkers nichts wahrhaft Privates gibt – erst recht nicht in spirituellen Fragen. Mein eigener Vater hat das Lesen als eine Praxis abgelehnt, die den Menschen von Gott trennen kann. Als ich dann als junger Mann nicht nur begonnen habe zu lesen, sondern gleichzeitig Werke über Militärstrategie zu sammeln, weil ich mich für das Thema interessierte, wurde ich vor ein Untersuchungskomitee unserer Zusammenkunft gebracht, das mir derartige Fragen stellte, dass ich … Nun, wie ich sagte, bin ich kein Mitglied dieser Sekte mehr.«

Er atmete heftig aus und brummte eine Weile vor sich hin, während er den Blick stirnrunzelnd auf die Straße gerichtet hielt. Doch Jamie sah, dass Greene trotz seiner Versunkenheit ihre Umgebung weiter auf ihre logistischen Eigenschaften untersuchte.

Er wurde sich jetzt einer gewissen Vibration in der Luft bewusst, und er fragte sich, ob Greene sie ebenfalls spürte. Eigentlich kein Geräusch; es war eine Turbulenz, die er gut kannte; eine große Masse von Menschen und Pferden, zu weit entfernt, um die Staubwolke zu sehen – aber da. Sie hatten die britische Armee gefunden. Er verlangsamte sein Tempo ein wenig und richtete den Blick aufmerksam auf die Bäume vor ihnen, für den Fall, dass sich britische Kundschafter dort aufhielten – denn inzwischen mussten die Briten ja wissen, dass sie verfolgt wurden.

Doch Greenes Gehör war weniger scharf, oder vielleicht war er auch nur zu sehr mit etwas anderem beschäftigt, denn er blickte Jamie überrascht an, verlangsamte sein Tempo aber ebenfalls. Jamie hob die Hand, um ihn vom Sprechen abzuhalten, und hob das Kinn – auf der Straße kam ihnen ein Reiter entgegen. Er hörte Hufgetrappel, und Jamies Pferd warf den Kopf herum und wieherte mit neugierig geblähten Nüstern.

Beide Männer waren bewaffnet; Greene legte die Hand an die Muskete, die er quer über seinem Sattel balancierte. Jamie ließ das Gewehr zwar in der Schlinge, warf aber einen prüfenden Blick auf die Zünder der Pistolen in seinen Sattelhalftern. Umständlich, vom Sattel aus ein Gewehr abzufeuern.

Doch der Reiter näherte sich jetzt langsam; Jamies Hand entspannte sich am Griff der Pistole, und er schüttelte den Kopf in Greenes Richtung. Sie blieben abwartend stehen, und im nächsten Moment kam der Reiter in Sicht.

»Ian!«

»Onkel Jamie!« Ians Gesicht erhellte sich erleichtert bei seinem Anblick, und das war wahrhaftig kein Wunder. Er war wie ein Mohawk mit Leggings und Kalikohemd bekleidet, mit Federn im Haar. Vor ihm lag ein langer, haariger grauer Körper quer über dem Sattel, und Blut tropfte langsam am Bein des Pferdes entlang.

Aber die Bestie war nicht tot; Rollo zuckte und hob den Kopf, um die Neuankömmlinge mit seinem gelben Wolfsblick in Augenschein zu nehmen, doch dann erkannte er Jamies Geruch, bellte und ließ dann hechelnd die Zunge heraushängen.

»Was ist mit dem Hund passiert?« Jamie ritt zu Ian hinüber und beugte sich vor, um sich Rollo näher anzusehen.

»Der Trottel ist in eine Falle gestürzt«, sagte Ian und sah den Hund mit vorwurfsvollem Stirnrunzeln an. Dann kratzte er ihm sanft den Nacken. »Ich wäre natürlich selbst hineingefallen, wenn er nicht eher da gewesen wäre.«

»Schlimm?«, fragte Jamie. Er hatte nicht den Eindruck; Rollo betrachtete General Greene mit seinem üblichen abschätzenden Blick – ein Blick, der die meisten Leute ein paar Schritte zurückweichen ließ. Ian schüttelte den Kopf, die Hand in Rollos Pelz gekrallt, um ihn festzuhalten.

»Nein, aber er hat sich das Bein aufgerissen, und er humpelt. Ich war auf der Suche nach einem sicheren Ort, an dem ich ihn lassen könnte; ich muss Hauptmann Mercer Bericht erstatten. Aber da du ja jetzt hier bist – oh, guten Tag, Sir«, sagte er zu Greene, dessen Pferd als Reaktion auf Rollo zurückgewichen *war* und jetzt ein großes Bedürfnis demonstrierte, schnell weiterzugehen, auch wenn sein Reiter anderes im Sinn hatte. Mit einem angedeuteten Salut wandte sich Ian wieder an Jamie. »Da du hier bist, Onkel Jamie, könntest du Rollo vielleicht mit zurück ins Lager nehmen und Tante Claire bitten, sein Bein zu versorgen?«

»Oh, aye«, sagte Jamie resigniert und schwang sich aus dem Sattel, während er bereits nach seinem nassen Taschentuch suchte. »Lass mich nur erst sein Bein verbinden. Ich will sein Blut nicht überall auf meiner Hose haben, und dem Pferd wird es auch nicht gefallen.«

Greene räusperte sich.

»Da Ihr von Eurem Bericht sprecht, Mr.… Murray?«, fragte er mit einem Seitenblick in Jamies Richtung. Dieser nickte. »Vielleicht wärt Ihr ja so gut und lasst mich ebenfalls an Eurem Wissen teilhaben, nicht nur Hauptmann Mercer?«

»Aye, Sir«, sagte Ian freundlich. »Die Armee ist in zwei Hälften aufgeteilt, dazwischen bewegt sich eine lange Kolonne von Ausrüstungswagen. Soweit ich das sehen konnte – ich habe mich mit einem anderen Kundschafter ausgetauscht, der bis zur Spitze der Kolonne geritten war –, sind sie zu einem Ort namens Freehold unterwegs. Das Terrain eignet sich nicht besonders für einen Angriff; zerklüftet wie eine benutzte Serviette mit vielen kleinen Schluchten und Bächen – aber der andere Kundschafter hat gesagt, weiter östlich gäbe es Wiesen, die gut für einen Kampf wären, wenn man sie dorthin locken könnte.«

Greene stellte präzise Fragen, die Ian zum Teil beantworten konnte, zum Teil auch nicht, während Jamie dem Hund vorsichtig das Bein verband – es war eine scheußliche Pfahlwunde, allerdings nicht allzu tief; er hoffte, dass der Pfahl nicht vergiftet gewesen war, wie es die Indianer manchmal machten, für den Fall, dass ein verletzter Hirsch oder ein Vielfraß aus der Falle sprang.

Jamies Pferd war nicht begeistert von der Aussicht, einen Wolf auf seinem Rücken zu tragen, doch schließlich ließ es sich überreden, und nachdem es noch ein paar Mal nervös mit den Augen gerollt hatte, waren sie schließlich oben.

»*Sheas, a cu*«, sagte Ian. Er beugte sich hinüber und kratzte Rollo hinter den Ohren. »Ich komme wieder, aye? *Taing*, Onkel Jamie!« Und nach einem knappen Kopfnicken in Greenes Richtung war er wieder unterwegs, denn sein Pferd brannte sichtlich ebenso darauf, so viel Abstand wie möglich zwischen sich und Rollo zu bringen.

»Großer Gott«, sagte Greene und rümpfte die Nase über den Gestank des Hundes.

»Aye, nun ja«, sagte Jamie schicksalsergeben. »Meine Frau sagt, nach einer Weile gewöhnt man sich an jeden Geruch. Und sie muss es ja wissen.«

»Warum? Ist sie Köchin?«

»Och, nein. Ärztin. Gangrän, eiternde Gedärme und anderes in der Art.«

Greene kniff die Augen zu.

»Ich verstehe. Ihr habt eine sehr interessante Familie, Mr. Fraser.« Er hüstelte und blickte Ian nach, der rasch in der Ferne verschwand. »Möglicherweise irrt Ihr Euch, wenn Ihr sagt, dass nie ein Quäker aus ihm werden wird. Immerhin beugt er nicht den Kopf vor einem Titel.«

61

ZÄHFLÜSSIGER DREIER

Jamie kam von seinem Ausritt mit General Greene zurück, mit feuchten, zerknitterten und völlig unordentlichen Kleidern, ansonsten jedoch erfrischt – und mit Rollo, blutig und missmutig, aber nicht schwer verletzt.

»Das wird schon wieder«, sagte ich und kratzte Rollo sanft hinter den Ohren. Die Wunde hatte zwar stark geblutet, war aber nicht tief. »Ich glaube, ich nähe sie nicht.«

»Das kann ich dir nicht verübeln, Sassenach«, sagte Jamie mit einem Blick auf den Hund, der sich das Bein zwar geduldig von mir hatte säubern, einsalben und verbinden lassen, der aber nicht so aussah, als könnte er weitere Zuwendungen ertragen. »Wo sind meine guten Strümpfe?«

»Im Koffer mit dem Rest deiner Unterwäsche«, erwiderte ich geduldig. »Wo sie jeden Morgen sind. Das weißt du doch wohl genau?«

»Ja«, räumte er ein. »Aber ich habe es gern, wenn du dich um mich kümmerst.«

»Also schön«, sagte ich und zog sie gehorsam heraus. »Soll ich sie dir auch noch anziehen?«

»Nein, das werde ich schon schaffen«, sagte er grinsend und ergriff die Strümpfe. »Aber könntest du mein Hemd suchen?«

»Ich glaube, das kann ich, ja«, erwiderte ich. Ich holte sein Hemd aus demselben Koffer und schüttelte es aus. »Wie ging es General Greene heute Morgen?«

»Gut. Ich habe ihn danach gefragt, wie Quäker heiraten«, sagte er und zog sich das frische weiße Hemd – sein *einziges* frisches weißes Hemd, wie ich anmerkte – über den Kopf.

»Das Problem liegt offenbar darin, dass Denzell und Rachel keine Heimatzusammenkunft haben, wie sie das nennen. Es ist nicht so, dass sie nicht heiraten können, aber um es richtig zu machen, gehört die gesamte Zusammenkunft dazu. Es gibt etwas, das sie Klarheitskomitee nennen, das sich mit Braut und Bräutigam zusammensetzt, um mit ihnen zu beratschlagen und sicherzugehen, dass sie zueinander passen und eine Vorstellung davon haben, worauf sie sich einlassen.« Er schlüpfte in die Ärmel und grinste mich an.

»Während er mir das erzählt hat, musste ich doch sehr daran denken, was ein solches Komitee wohl über uns zu sagen gehabt hätte, als wir geheiratet haben.«

»Nun, sie hätten ebenso wenig besser gewusst, worauf wir uns einlassen, als wir es wussten«, sagte ich belustigt. »Meinst du, sie wären der Meinung gewesen, dass wir gut zueinander passen?«

»Wenn sie gemerkt hätten, wie ich dich angesehen habe, Sassenach, wenn du nicht hingeschaut hast … aye, das wären sie.« Er küsste mich kurz und sah sich nach der Haarbürste um. »Kannst du mir einen Soldatenzopf machen? Ich kann doch so meine Männer nicht inspizieren.« Sein Haar war achtlos mit einem Lederriemen zurückgebunden, und ein paar feuchte Strähnen klebten ihm im Gesicht.

»Natürlich. Wie viele von ihnen inspizierst du denn? Und wann?« Ich ließ ihn auf dem Hocker Platz nehmen und machte mich mit der Bürste ans Werk. »Hast du dich mit dem Kopf zuerst durch die Landschaft gewühlt? Du hast Gras und Laub im Haar und Holunderreste. Ooh! *Hiervon* ganz zu schweigen.« Vorsichtig entfernte ich eine kleine grüne Raupe, die sich in seinen Locken verfangen hatte, und zeigte sie ihm, wie sie nun neugierig auf meinem Zeigefinger hockte.

»*Falbh le Dia*«, sagte er zu der Raupe. *Geh mit Gott.* Dann setzte er sich die

Raupe vorsichtig selbst auf den Finger, trug sie zum Zelteingang und entließ sie ins Gras.

»Alle, Sassenach«, sagte er, als er zurückkehrte, und setzte sich wieder. »Meine beiden letzten Kompanien sind heute Morgen angekommen; inzwischen dürften sie gegessen und sich etwas ausgeruht haben. Ich wollte dich fragen …«, fügte er hinzu und wandte den Kopf, um zu mir aufzublicken, »würdest du mit mir kommen, Sassenach, und einen Blick auf sie werfen? Um zu sehen, ob jemand lieber nicht kämpfen sollte, oder dich um die zu kümmern, die vielleicht etwas reparaturbedürftig sind?«

»Ja, natürlich. Wann denn?«

»Komm in einer Stunde zum Exerzierplatz, ja?« Er fuhr sich mit der Hand über den ordentlich glänzenden, kastanienbraunen Zopf, den ich einmal umgeschlagen und in seinem Nacken zusammengebunden hatte. »Aye, das ist gut. Sehe ich ansonsten anständig aus?«

Er stand auf und strich sich die losen Laubstückchen vom Ärmel. Sein Scheitel berührte das Zeltdach, und er leuchtete – von der Sonne, vor Energie und vor unterdrückter Erwartung des bevorstehenden Einsatzes.

»Du siehst aus wie der verdammte Kriegsgott Mars persönlich«, sagte ich trocken und reichte ihm seine Weste. »Versuch, deine Männer nicht zu erschrecken.«

Sein Mund zuckte, als er in die Weste schlüpfte, doch seine Worte waren ernst, und er sah mir in die Augen.

»Och, ich will ja, dass sie Angst vor mir haben, Sassenach. Das ist meine einzige Chance, sie lebend wieder zurückzubringen.«

DA MIR NOCH EINE GUTE STUNDE BLIEB, ging ich mit meiner alltäglichen Ausrüstung zu dem großen Baum, unter dem sich die Kranken aus dem Tross zu sammeln pflegten. Die Stabsärzte versorgten die Zivilisten zwar genauso wie die Soldaten, wenn sie Zeit hatten – aber heute würden sie keine Zeit haben.

Es gab die übliche Ansammlung unbedeutender Erkrankungen und Verletzungen: ein tief sitzender Splitter (entzündet, so dass die Anwendung von Zugsalbe notwendig war, gefolgt von der Entfernung des Splitters, Desinfektion und einem Verband); ein ausgerenkter Zeh (weil der Patient einen Kameraden beim Spiel getreten hatte, aber das Einrenken dauerte nur einen Moment); eine aufgeplatzte Lippe, die mit einem Stich genäht werden musste, gefolgt von etwas Enziansalbe; ein böse aufgeschlitzter Fuß – das Ergebnis eines unaufmerksamen Augenblicks beim Holzhacken, achtundzwanzig Stiche und ein großer Verband; ein Kind mit einer Mittelohrentzündung (verordnete einen Zwiebelwickel und Weidenrindentee); ein anderes mit Bauchschmerzen (Pfefferminztee begleitet von der deutlichen Warnung, keine Eier unbekannten Alters aus einem Vogelnest unbekannter Herkunft zu essen) …

Die wenigen Patienten, die Arzneien benötigten, ließ ich warten, bis ich die Verletzten versorgt hatte. Dann nahm ich sie – die Sonne stets im Blick – mit zu meinem Zelt, um ihnen ihre Päckchen mit Weidenrinde, Pfefferminze und Hanfblättern zu geben.

Der Zelteingang war offen; ich hatte ihn doch wohl vorhin geschlossen? Mit eingezogenem Kopf betrat ich das Zwielicht im Inneren des Zeltes und blieb abrupt stehen. Vor mir stand eine hochgewachsene Gestalt, die allem Anschein nach im Begriff war, meine Medizintruhe zu plündern.

»Was zum Teufel macht Ihr da?«, fragte ich scharf, und die Gestalt fuhr erschrocken zusammen.

Meine Augen hatten sich jetzt an das diffuse Licht gewöhnt, und ich sah, dass der Dieb – falls er das denn war – Kontinentaloffizier war, und zwar ein Hauptmann.

»Ich bitte um Verzeihung, Madam«, sagte er und verneigte sich beiläufig vor mir. »Ich hatte gehört, hier gäbe es einen Vorrat an Medikamenten. Ich …«

»So ist es, und sie gehören mir.« Das kam mir dann doch ein wenig unfreundlich vor – obwohl ich sein Benehmen mit Sicherheit auch reichlich unhöflich fand –, und ich schwächte die Bemerkung etwas ab. »Was genau braucht Ihr? Ich kann vielleicht das eine oder andere entbehren …«

»Euch?« Er blickte von der Truhe – eindeutig ein kostspieliges Stück professioneller Ausrüstung – zu mir, und seine Augenbrauen hoben sich. »Was macht *Ihr* denn mit so etwas?«

Mir fuhren zwar mehrere mögliche Antworten durch den Kopf, doch ich hatte mich jetzt so weit von der Überraschung seines Anblicks erholt, dass ich keine davon äußerte und mich mit einem neutralen »Darf ich fragen, wer Ihr seid, Sir?« abgab.

»Oh.« Etwas verlegen verneigte er sich vor mir. »Bitte um Verzeihung. Hauptmann Jared Leckie, Euer Diener, Madam. Ich bin Stabsarzt des 2ten New-Jersey-Regiments.«

Er betrachtete mich abschätzend und fragte sich sichtlich, wer zum Teufel *ich* war. Über meinem Kleid trug ich eine Leinenschürze mit geräumigen Taschen, die gegenwärtig alle möglichen kleinen Instrumente, Verbandsmaterialien, Fläschchen und Gläser mit Salben und Flüssigkeiten enthielten. Außerdem hatte ich meinen breitkrempigen Hut abgezogen, als ich das Zelt betrat, und wie üblich trug ich keine Haube. Ich *hatte* mir das Haar zwar hochgebunden, doch es hatte sich gelöst und ringelte sich feucht um meine Ohren. Er hielt mich offensichtlich für eine Wäscherin, die schmutziges Leinen abholen wollte – oder möglicherweise noch Schlimmeres.

»Ich bin Mrs. Fraser«, sagte ich und richtete mich mit einem Kopfnicken auf, das hoffentlich anmutig war. »Äh … das heißt Mrs. *General* Fraser«, fügte ich hinzu, da ich sah, dass ihn das nicht zu beeindrucken schien.

Seine Augenbrauen fuhren in die Höhe, und er betrachtete mich offen von oben bis unten, wobei sein Blick an den oberen Taschen meiner Schürze hängen blieb, die eine störrische Mullbinde enthielten, die sich zu entrollen begann und mir an der Schürze hinunterhing, und ein Glas Asafoetida, dessen Korken sich gelockert hatte, so dass sich der Gestank der Pilze sacht über die anderen deutlich wahrnehmbaren Gerüche des Lagers legte. Der Pilz war im Volksmund als »Teufelsdung« bekannt, und zwar aus gutem Grund. Ich zog das Glas heraus und steckte den Korken fester hinein. Diese Geste schien ihn irgendwie zu beruhigen.

»Oh! Dann ist der General also Arzt«, sagte er.

»Nein«, sagte ich, und allmählich dämmerte mir, dass ich es mit Hauptmann Leckie nicht einfach haben würde, da er noch sehr jung und nicht übermäßig schlau zu sein schien. »Mein Mann ist Soldat. *Ich* bin Ärztin.«

Er starrte mich an, als hätte ich ihm gesagt, ich wäre Prostituierte. Dann beging er den Fehler zu vermuten, dass ich einen Scherz gemacht hatte, und lachte herzhaft.

An diesem Punkt steckte eine meiner Patientinnen, die junge Mutter, deren einjähriger Sohn eine Mittelohrentzündung hatte, zögernd den Kopf mit dem adretten Häubchen in das Zelt.

»Oje«, sagte ich. »Entschuldigt, dass Ihr warten musstet, Mrs. Wilkins. Bitte bringt ihn herein; ich hole Euch sofort die Rinde.«

Hauptmann Leckie sah Mrs. Wilkins nun stirnrunzelnd an und winkte sie zu sich. Sie warf mir einen nervösen Blick zu, gestattete aber, dass er sich bückte und sich den kleinen Owen ansah.

»Er hat Probleme beim Zahnen«, sagte Leckie ziemlich anklagend, nachdem er Owen mit seinem großen, ungewaschenen Daumen durch den speicheltriefenden Mund gefahren war. »Man sollte ihm das Zahnfleisch aufschneiden, um den Zahn durchzulassen.« Er begann, in seiner Tasche zu kramen, wo er zweifellos ein hochgradig unhygienisches Skalpell oder eine Lanzette aufbewahrte.

»Er zahnt«, pflichtete ich ihm bei, während ich zerkrümelte Weidenrinde in meinen Mörser schüttete. »Außerdem hat er aber eine Mittelohrentzündung, und der Zahn wird im Lauf der nächsten vierundzwanzig Stunden von selbst durchbrechen.«

Entrüstet und erstaunt baute er sich vor mir auf.

»Widersprecht Ihr mir etwa?«

»Nun … ja«, sagte ich nachsichtig. »Ihr irrt Euch. Seht Euch einmal sein linkes Ohr an. Es ist …«

»Ich, Madam, bin Diplomat des Medical College of Philadelphia!«

»Herzlichen Glückwunsch«, sagte ich und fühlte mich jetzt allmählich provoziert. »Ihr irrt Euch trotzdem.« Da ich ihm damit kurzfristig die Sprache geraubt hatte, zerstieß ich die Rinde zu Pulver und schüttete sie auf ein Stück Gaze, das ich ordentlich zusammenfaltete und Mrs. Wilkins reichte, mit Anweisungen, wie sie den Tee kochen und anwenden sollte und wie man einen Zwiebelwickel bereitet.

Sie ergriff das Päckchen, als könnte es explodieren, warf einen hastigen Blick auf Hauptmann Leckie und flüchtete. Das Gebrüll des kleinen Owen entfernte sich wie eine Sirene.

Ich holte tief Luft.

»Also«, sagte ich so freundlich wie möglich. »Wenn Ihr Heilkräuter benötigt, Dr. Leckie, habe ich einen ordentlichen Vorrat. Ich kann …«

Er hatte sich aufgerichtet wie ein Kranich, der mit feindseligen Knopfaugen einen Frosch betrachtet.

»Euer Diener, Ma'am«, sagte er knapp und stapfte an mir vorüber.

Ich verdrehte die Augen zum Zeltdach. Ein kleines, geckoähnliches Tier klammerte sich an das Zeltleinen und betrachtete mich ohne sonderliche Gefühlsregung.

»Wie man Freunde gewinnt – die Kunst, beliebt und einflussreich zu werden«, sagte ich zu dem Tierchen. »Merke es dir gut.« Dann schlug ich den Zelteingang zurück und winkte den nächsten Patienten herein.

ICH MUSSTE MICH BEEILEN, um meine Verabredung mit Jamie einzuhalten. Er war gerade im Begriff, mit seiner Inspektion zu beginnen, als ich angelaufen kam und mir dabei hastig das Haar unter den breitkrempigen Hut steckte. Es war ein furchtbar heißer Tag; ich war nur ein paar Minuten in der prallen Sonne gewesen, und schon kribbelten meine Nase und meine Wangen warnend.

Jamie verneigte sich würdevoll vor mir und begann dann seinen Weg entlang der aufgereihten Männer, die sich zur Beurteilung eingefunden hatten, salutierte den Offizieren, stellte Fragen, ließ seinen Adjutanten Dinge notieren, die noch zu erledigen waren.

Er hatte Leutnant Schnell als Adjutanten dabei – einen sympathischen deutschen Jungen aus Philadelphia, vielleicht neunzehn – und einen kräftigen Herrn, den ich zwar nicht kannte, aus dessen Uniform ich jedoch schloss, dass er der Hauptmann der Kompanien war, die wir gerade in Augenschein nahmen. Ich folgte ihm und lächelte den Männern im Vorübergehen zu, während ich mit scharfem Blick nach möglichen Anzeichen einer Erkrankung, Verletzung oder Behinderung suchte. Im Übrigen war ich mir sicher, dass Jamie exzessive Trunksucht auch ohne meine Expertenmeinung erkennen würde.

Es waren dreihundert Mann, hatte er gesagt, und den meisten von ihnen fehlte nichts. Ich ging von einem zum Nächsten, nickte ihnen zu und war mir unterdessen nicht zu schade, mir auszumalen, wie ich Hauptmann Leckie in einer gefährlichen Situation antraf, gekrümmt vor Schmerzen, von denen ich ihn gnädigerweise befreien würde, so dass er nicht umhinkonnte, vor mir zu Kreuze zu kriechen und sich für sein anstößiges Benehmen zu entschuldigen. Ich versuchte gerade, mich zwischen einer Musketenkugel in seinem Hintern, einem Hodenriss oder etwas Vorübergehendem, aber peinlich Entstellendem wie der Bell-Lähmung zu entscheiden, als mir etwas auffiel.

Der Mann vor mir stand kerzengerade da, das Gewehr präsentiert, die Augen geradeaus. Das war zwar absolut korrekt – aber er war der Einzige, der das tat. Die Milizionäre waren zwar mehr als fähige Männer, sahen aber normalerweise keinen großen Sinn in militärischem Drill. Ich warf einen Blick auf den stocksteifen Soldaten, ging weiter – und blickte zurück.

»Jesus H. Roosevelt Christ«, rief ich aus, und es war das reine Glück, dass Jamie mich nicht hörte, da er durch das plötzliche Eintreffen eines Boten abgelenkt wurde.

»Ach du liebe Güte«, flüsterte ich und packte ihn am Ärmel. »Was zum Teufel *machst* du hier?«

»Du würdest es nicht glauben, wenn ich es dir erzähle«, flüsterte er zurück, ohne dass sich ein Muskel in seinem Gesicht oder an seinem Körper geregt hätte. »Geh weiter, meine Liebe.«

Ich war so erstaunt, dass ich es wohl tatsächlich getan hätte, wäre mein Augenmerk nicht auf eine kleine Gestalt gelenkt worden, die sich hinter der Reihe der Männer herumdrückte und versuchte, hinter einem Wagenrad kauernd unbemerkt zu bleiben.

»Germain!«, sagte ich, und Jamie fuhr mit großen Augen herum.

Im ersten Moment erstarrte Germain und wandte sich zur Flucht, doch zu spät; Leutnant Schnell, der seinem Namen alle Ehre machte, sprang zwischen den Männern hindurch und packte Germain am Arm.

»Gehört er zu Euch?«, fragte er und blickte neugierig von Jamie zu Germain und wieder zurück.

»So ist es«, sagte Jamie in einem Ton, der schon so manchem Mann das Blut in Wasser verwandelt hatte. »Was zum Teufel …«

»Ich bin ein Laufbursche!«, sagte Germain stolz und versuchte, sich Leutnant Schnells Griff zu entwinden. »Ich gehöre hierhin!«

»Nein, das tust du nicht«, versicherte ihm sein Großvater. »Und was meinst du damit, Laufbursche? Wessen Laufbursche genau?«

Auf der Stelle huschte Germains Blick in Johns Richtung, dann begriff er seinen Fehler, riss den Blick los, doch es war zu spät. Jamie war mit einem Schritt bei John und riss ihm den Hut vom Kopf.

Man konnte das Gesicht zwar als Lord John Greys Gesicht identifizieren, aber nur, wenn man ihn gut kannte. Er trug eine schwarze Filzklappe über dem einen Auge, doch auch das andere verschwand mehr oder minder unter Schmutz und Blutergüssen. Er hatte sich das herrliche blonde Haar bis auf etwa drei Zentimeter abgeschnitten und schien es mit Erde eingerieben zu haben.

Mit beträchtlicher Gelassenheit kratzte er sich am Kopf und reichte Jamie seine Muskete.

»Ich ergebe mich, Sir«, sagte er mit klarer Stimme. »Euch persönlich. Dasselbe gilt für meinen Burschen«, fügte er hinzu und legte Germain die Hand auf die Schulter. Vollkommen verblüfft ließ Leutnant Schnell Germain los, als sei dieser glühend heiß.

»Ich ergebe mich, Sir«, sagte nun ebenfalls Germain ernst und salutierte.

Ich hatte noch nie erlebt, dass Jamie die Worte fehlten, und auch jetzt geschah das nicht, doch es fehlte nicht viel. Er holte durch die Nase hörbar Luft, dann wandte er sich an Leutnant Schnell.

»Eskortiert die Gefangenen zu Hauptmann McCorkle, Leutnant.«

»Äh …«, sagte ich entschuldigend. Ein hartes blaues Auge richtete sich mit hochgezogener Augenbraue auf mich.

»Er ist verletzt«, sagte ich so ungerührt ich konnte mit einer knappen Geste in Johns Richtung. Jamie presste kurz die Lippen aufeinander, doch dann nickte er.

»Bringt die Gefangenen – und Mrs. Fraser …«, wahrscheinlich war es ja nur meine eigene Empfindsamkeit, die eine gewisse Betonung auf dem »Mrs. Fraser« wahrzunehmen glaubte, »in mein Zelt, Leutnant.«

Im selben Atemzug wandte er sich an John.

»Ich nehme Eure Kapitulation an, Oberst«, sagte er mit eisiger Höflichkeit. »Und Euer Ehrenwort. Ich komme später zu Euch.«

Damit wandte er uns den Rücken zu, und zwar auf eine Weise, die man nur als vielsagend beschreiben konnte.

»WAS IN ALLER WELT ist mit deinem Auge passiert?«, wollte ich wissen, während ich es mir beeindruckt von nahem betrachtete. Ich hatte John auf dem Feldbett in meinem kleinen Medizinzelt liegen, dessen Eingang beiseitegeklappt war, um so viel Licht wie möglich einzulassen. Das Auge war halb zugeschwollen und von einem klebrigen schwarzen Ring umrandet, den die Filzklappe hinterlassen hatte. Die Haut darunter war eine grelle Palette in Grün, Lila und Gruselgelb. Das Auge selbst war knallrot, und dem gereizten Zustand der Augenlider nach tränte es schon seit geraumer Zeit mehr oder weniger unablässig.

»Dein Mann hat mir einen Fausthieb versetzt, als ich ihm erzählt habe, dass ich dein Bett geteilt habe«, erwiderte er vollständig gefasst. »Ich hoffe, er ist bei seiner Wiedervereinigung mit dir nicht ähnlich brutal geworden.«

Wäre ich imstande gewesen, ein überzeugendes schottisches Geräusch auszustoßen, hätte ich mich darauf verlegt. So jedoch musterte ich ihn nur finster.

»Ich weigere mich absolut, mit dir über meinen Mann zu sprechen«, sagte ich. »Leg dich hin, verdammt.«

Er ließ sich wieder auf die Liege sinken und zuckte dabei zusammen.

»Er hat gesagt, er hat zweimal zugeschlagen«, sagte ich, während ich das beobachtete. »Wohin denn noch?«

»In die Leber.« Er berührte vorsichtig seinen Bauch. Ich zog sein Hemd hoch und begutachtete den Schaden, der in weiteren spektakulären Blutergüssen an den unteren Rippen bestand, die in blauen Streifen Richtung Darmbein ausliefen, mehr jedoch kaum.

»Da ist deine Leber nicht«, teilte ich ihm mit. »Sie ist auf der anderen Seite.«

»Oh.« Er sah mich ausdruckslos an. »Wirklich? Bist du sicher?«

»Ja, das bin ich«, versicherte ich ihm. »Ich bin Ärztin. Lass mich dein Auge untersuchen.«

Ich wartete zwar nicht auf seine Erlaubnis, doch er widersetzte sich auch nicht, sondern legte sich zurück und starrte zum Zeltdach hinauf, während ich seine Lider so weit wie möglich spreizte. Die Leder- und Bindehaut waren schwer entzündet, und selbst das gedämpfte Licht ließ das Auge heftig tränen. Ich hielt zwei Finger hoch.

»Zwei«, sagte er, ehe ich fragen konnte. »Und bevor du jetzt anfängst anzuordnen, dass ich hin und her und nach oben und unten sehe … es geht nicht. Ich kann mit dem Auge zwar sehen – obwohl es ein bisschen verschwommen ist –, aber ich kann es nicht bewegen. Dr. Hunter war der Ansicht, dass irgendein Muskel in irgendeinem Knochen eingeklemmt sitzt. Er fühlte sich nicht imstande, es zu behandeln.«

»Ich fühle mich geschmeichelt, dass du glaubst, ich könnte es.«

»Ich habe das vollste Vertrauen in deine Fähigkeiten, Doktor Fraser«, sagte er höflich. »Außerdem, bleibt mir etwas anderes übrig?«

»Nein, halt ganz still … Germain!« Aus dem Augenwinkel hatte ich ein verräterisches Stück roten Kaliko aufleuchten sehen, und der Ausreißer kam mit schuldbewusster Miene hereingeschlichen.

»Erzähl mir nicht, was du in deinem Hemd hast«, sagte ich, weil mir ein paar verdächtige Auswölbungen auffielen. »Ich möchte nicht als Helfershelfer bei einem Diebstahl dastehen. Nein, halt – ist es lebendig?«

Germain bohrte den Finger in die Beule, als sei er nicht ganz sicher, doch sie bewegte sich nicht, und er schüttelte den Kopf. »Nein, *grand-mère*.«

»Gut. Komm hierher und halt das für mich, ja?«

Ich reichte ihm meinen Taschenspiegel und öffnete den Zelteingang so weit, dass ein Lichtstrahl hereinfiel. Dann positionierte ich Germains Hand so, dass der Spiegel das reflektierte Licht direkt in das betroffene Auge warf. John jaulte leise auf, als das Licht sein Auge traf, klammerte sich aber gehorsam an die Seiten der Liege und bewegte sich nicht, obwohl sein Auge furchtbar tränte. Umso besser; das würde Bakterien hinausspülen und es ihm möglicherweise erleichtern, den Augapfel zu bewegen.

Denny hatte mit ziemlicher Sicherheit recht, dachte ich, während ich mein kleinstes Kautereisen ergriff und es sacht unter das Unterlid gleiten ließ. Es war das beste Werkzeug, das ich dafür finden konnte, da es flach und glatt war und die Form eines kleinen Spatens hatte. Indem ich mit der einen Hand das Eisen so bewegte, dass ich den Augapfel sacht anheben konnte, und mit der anderen das Augenlid zurückzog, konnte ich schließlich einen Blick auf den Orbitaboden werfen. Wie vermutet sah ich eine dunkle Linie; eine sogenannte Überdruckfraktur, die dem zerbrechlichen Knochen der Augenhöhle einen Riss versetzt und ein versprengtes Stück davon zusammen mit einem Teil des Augenmuskels in die Oberkieferhöhle gedrückt hatte. Der Rand des Muskels war in dem Riss eingeklemmt, so dass der Augapfel bewegungsunfähig war.

»Verdammter, dämlicher, vermaledeiter *Schotte*«, fluchte ich und richtete mich auf.

»Nicht seine Schuld«, sagte John. »Ich habe ihn provoziert.« Er klang außerordentlich gut gelaunt, und ich warf ihm einen eisigen Blick zu.

»Für dich habe ich auch keine freundlicheren Worte übrig«, teilte ich ihm mit. »Das hier wird nicht schön für dich, und es geschieht dir recht. Wie um Himmels willen hast du – nein, erzähl es mir jetzt nicht. Ich bin beschäftigt.«

Er faltete die Hände auf dem Bauch und setzte eine demütige Miene auf. Germain kicherte, hörte aber damit auf, als ich ihn ebenfalls finster ansah.

Mit aufeinandergepressten Lippen füllte ich eine Spritze – zufälligerweise Dr. Fentimans Penisspritze, wie passend – mit Salzlösung, um das Auge zu spülen, und legte mir meine kleine spitze Pinzette zurecht. Mit Hilfe meines improvisierten Spatels warf ich einen weiteren Blick auf die Stelle und bereitete eine kleine gekrümmte Nadel mit einem ganz feinen, feuchten Faden vor. *Vielleicht* ging es ja, ohne dass ich den Muskel nähen musste – das hing ganz davon ab, wie schlimm der Rand des Muskels durch das lange Festsitzen ausgefranst war und wie gut er das Loslösen überstand –, doch es war besser, den Faden nötigenfalls zur Hand zu haben.

Was mir Sorgen machte, war weniger die unmittelbare Reduktion der Fraktur und die Befreiung des Muskels, sondern die Möglichkeit langfristiger Verklebungen. Wir würden das Auge weitgehend unbeweglich halten müssen, um die Heilung zu unterstützen, doch das konnte dazu führen, dass sich der Muskel an die Augenhöhle klebte, so dass das Auge für immer bewegungsunfähig blieb. Ich brauchte ein Gleitmittel, um die Stelle damit zu bedecken, etwas, das biologisch inaktiv war und das Gewebe nicht reizte … In meiner eigenen Zeit hätte ich dazu sterile Glyzerintropfen zur Hand gehabt, aber hier …

Eiweiß vielleicht? Wohl eher nicht; womöglich gerann es von der Körperwärme und was dann?

»John!«

Eine schockierte Stimme in meinem Rücken ließ mich herumfahren, die Nadel in der Hand. Ein sehr elegant aussehender Herr mit einer modischen Perücke und einem graublauen Samtanzug stand just innerhalb des Zelteingangs und starrte meinen Patienten entgeistert an.

»Was ist mit ihm passiert?«, wollte er wissen, als er mich im Hintergrund erspähte.

»Nichts Ernstes«, sagte ich. »Seid Ihr …«

»Geh«, sagte John mit einer Stimme, die ich noch nie zuvor bei ihm gehört hatte. Er setzte sich auf und fixierte den Neuankömmling, so standhaft er es mit seinem tränenden, roten Auge zuwege brachte. »Auf der Stelle.«

»Was in Gottes Namen tust du hier?«, fragte der Mann. Sein Akzent war zwar englisch, aber mit einem Hauch von Französisch versetzt. Er kam einen Schritt näher und senkte die Stimme. »Du bist doch wohl kein Rebell geworden?«

»Nein, verdammt! Geh, habe ich gesagt.«

»Großer Gott, du meinst, du … Was zum Teufel ist dir *zugestoßen*?« Er war jetzt dicht genug herangekommen, um das gesamte Elend genau betrachten zu können: das verdreckte kurze Haar, die verdreckten unordentlichen Kleider, die schmutzigen Füße in den zerlöcherten Strümpfen und die entstellte Visage, die ihm jetzt aus blutunterlaufenen Augen einen überaus giftigen Blick zuwarf.

»Hört mir zu, Sir«, sagte ich und wandte mich ihm entschlossen zu. »Ich weiß ja nicht, wer Ihr seid, aber …«

»Sein Name ist Beauchamp, *grand-mère*«, sagte Germain. Er hatte den Spiegel sinken lassen und beobachtete neugierig die Szene, die sich vor ihm abspielte. »Ich wusste doch, dass ich ihn schon einmal gesehen hatte. Er ist der Mann, der letztes Jahr in New Bern nach Papa gesucht hat. *Grand-père* glaubt, dass er ein Schurke ist.«

Der Mann warf Germain einen verblüfften Blick zu, fasste sich dann aber mit bemerkenswerter Schnelligkeit wieder.

»Ah. Der Besitzer ganz spezieller Frösche«, sagte er mit einem Lächeln. »Ich erinnere mich. Hießen sie nicht Peter und Paul? Einer gelb und einer grün?«

Germain verneigte sich respektvoll.

»Monsieur besitzt ein exzellentes Gedächtnis«, antwortete er ausgesucht höflich. »Was wollt Ihr von meinem Papa?«

»Eine exzellente Frage«, sagte John und hielt sich die Hand vor das verletzte Auge, um Monsieur Beauchamp besser anfunkeln zu können.

Beauchamp?, dachte ich überrascht. Ich hatte den Mann tatsächlich selbst schon gesehen, in New Bern, hatte ihn aber in seiner modischen Aufmachung nicht sogleich erkannt.

»Ja, das *ist* eine gute Frage«, sagte ich gelassen. »Setzt Euch doch, Mr. Beauchamp – und erklärt uns, was Ihr hier wollt, zum Kuckuck. Und *du*«, fügte ich hinzu und packte John fest an beiden Schultern, »leg dich hin.«

»Das kann warten«, sagte John knapp und widersetzte sich meinem Versuch, ihn flach hinzulegen. Er schwang die Beine über die Bettkante, so dass er dem Neuankömmling zugewandt war. »Was machst du hier, Percy?«

»Oh, du kennst ihn, ja?«, sagte ich, und allmählich fühlte ich mich provoziert.

»Gewiss. Er ist mein Bruder – zumindest war er es.«

»Was?«, riefen Germain und ich wie aus einem Munde aus. Er sah mich an und gluckste kurz.

»Ich dachte, du hättest mir erzählt, dass Hal dein einziger Bruder ist«, sagte ich schließlich, denn mein Verstand erholte sich langsam. Ich blickte zwischen John und … Percy? … hin und her. Es bestand keinerlei Ähnlichkeit zwischen ihnen, wohingegen die Ähnlichkeit zwischen John und Hal so ausgeprägt war, als seien sie in derselben Form gegossen worden.

»Stiefbruder«, sagte John noch knapper. Er zog die Füße unter sich, um aufzustehen. »Komm mit mir, Percy.«

»Du gehst nirgendwohin«, sagte ich nun mit etwas erhobener Stimme.

»Wie planst du denn bitte, mich aufzuhalten?« John war auf den Beinen und stolperte ein wenig, während er versuchte, seine Augen scharf zu stellen. Ehe ich antworten konnte, hatte Mr. Beauchamp einen Satz nach vorn getan und ihn am Arm gepackt, damit er nicht hinfiel. John riss sich heftig von ihm los und lief erneut Gefahr zu fallen, weil er rückwärts gegen das Feldbett prallte. Als er das

Gleichgewicht wiedergefunden hatte, stand er da und blitzte Beauchamp finster an, die Fäuste halb geballt.

Beauchamps Blick war in den seinen geklammert, und die Atmosphäre zwischen ihnen war … elektrisch. *Oh*, dachte ich und blickte vom einen zum anderen, während mir plötzlich ein Licht aufging. *Oh*.

Ich muss eine kleine Bewegung gemacht haben, weil sich Beauchamps Blick plötzlich auf mein Gesicht richtete. Was auch immer er dort sah, schien ihn aufzuschrecken, dann erholte er sich, lächelte ironisch und verbeugte sich.

»*Madame*«, sagte er. Dann, in perfektem, akzentfreiem Englisch: »Er ist tatsächlich mein Stiefbruder, obwohl wir uns … eine Weile nicht mehr gesehen haben. Ich bin hier als Gast des Marquis de La Fayette … unter anderem. Gestattet mir doch, Seine Lordschaft dem Marquis vorzustellen. Ich verspreche Euch, ihn heil zurückzubringen.« Er lächelte mich warm an und verließ sich dabei auf seinen Charme, der beträchtlich war.

»Seine Lordschaft ist Kriegsgefangener«, sagte eine sehr trockene schottische Stimme in Beauchamps Rücken. »Und ich bin für ihn verantwortlich. Ich bedaure, dass er hierbleiben muss, Sir.«

Percy Beauchamp fuhr herum und gaffte Jamie an, der den gesamten Zelteingang ausfüllte und dabei sehr unerbittlich wirkte.

»Ich will *immer* noch wissen, was er von Papa will«, mischte sich jetzt Germain wieder ein, der die blonden Augenbrauen zu einem ebenso argwöhnischen wie finsteren Blick zusammengezogen hatte.

»Ich wüsste das auch gern, Monsieur«, sagte Jamie. Er duckte sich, um einzutreten, und wies kopfnickend auf den Hocker, den ich benutzt hatte. »Bitte setzt Euch, Sir.«

Percy Beauchamp blickte von Jamie zu Lord John und wieder zurück. Sein Gesicht hatte jeden Ausdruck verloren, obwohl ihm die Kalkulation aus den schwarzen Augen blitzte.

»Bedaure«, sagte er, und der schwache französische Akzent war wieder da. »Ich bin mit dem Marquis – und General Washington – verabredet, und zwar genau jetzt. Ihr werdet mich gewiss entschuldigen. *Bon jour, mon général.*« Er marschierte hocherhobenen Kopfes zum Zelteingang, wandte sich im letzten Moment um und lächelte John an. »*Au revoir, mon frère.*«

»Nicht, wenn ich dich als Erster sehe.«

NACH DIESEM WÜRDEVOLLEN ABGANG bewegte sich neun Herzschläge lang – ich zählte mit – niemand. Schließlich setzte sich John abrupt auf das Feldbett und atmete deutlich hörbar aus. Jamie suchte meinen Blick und setzte sich mit einem kaum merklichen Kopfnicken auf den Hocker. Niemand sagte etwas.

»Du darfst ihn nicht noch einmal verprügeln, *grand-père*«, sagte Germain ernst und brach das Schweigen. »Er ist ein guter Mensch, und er wird bestimmt nicht mehr mit Omi ins Bett gehen, weil du ja jetzt wieder da bist und es tun kannst.«

Jamie warf Germain zwar einen Blick zu, der ihn zum Schweigen brachte, doch sein Mund zuckte. Von meinem Standpunkt hinter der Liege konnte ich sehen, wie sich John im Nacken dunkelrot verfärbte.

»Ich bin Seiner Lordschaft sehr verpflichtet, dass er sich so um deine Omi gekümmert hat«, sagte Jamie zu Germain. »Aber wenn du glaubst, du kannst mit unverschämten Bemerkungen über deine Eltern und Großeltern deinen Arsch retten … vergiss es.«

Germain trat beklommen von einem Bein auf das andere, verdrehte aber die Augen in Lord Johns Richtung, als wollte er sagen, »den Versuch war's wert«.

»Ich muss mich für die gute Meinung bedanken«, sagte John zu ihm. »Und ich erwidere das Kompliment – aber dir ist doch gewiss bewusst, dass gute Absichten nicht ausreichen, um einen Menschen von den Konsequenzen voreiliger Handlungen zu befreien.«

Jamie wurde allmählich so rot wie John.

»Germain«, sagte ich. »Geh doch bitte. Oh – schau bitte, ob du etwas Honig für mich findest, ja?«

Wie ein Mann sahen die drei mich an, verblüfft über diesen scheinbaren Themenwechsel.

»Honig ist viskos«, erklärte ich mit einem leichten Achselzucken. »Und antibakteriell.«

»Natürlich ist er das«, murmelte John in hoffnungslosem Ton.

»Was bedeutet denn viskos?«, fragte Germain neugierig.

»Germain«, sagte sein Großvater in drohendem Ton, und er verschwand hastig, ohne zu warten, dass man ihn aufklärte.

Alle holten tief Luft.

»Jetzt leg dich *hin*«, sagte ich zu John, ehe ein weiteres Wort fiel, das später Anlass zum Bedauern gab. »Hast du kurz Zeit, Jamie? Ich brauche jemanden, der den Spiegel hält, während ich mich um sein Auge kümmere.«

Beide gehorchten, nachdem sie höchstens eine Sekunde gezögert hatten, und keiner sah den anderen an. Ich war so gut wie bereit; als ich Jamie richtig positioniert hatte und der Lichtstrahl auf das Auge fiel, feuchtete ich Auge und Augenhöhle noch einmal sacht mit Salzlösung an, dann wusch ich mir die Finger gründlich mit derselben Flüssigkeit.

»Ihr müsst beide absolut still halten«, sagte ich. »Es tut mir leid, John, aber es geht nicht anders, und wenn wir Glück haben, ist es schnell vorbei.«

»Aye, das habe ich schon öfter gehört«, brummte Jamie, verstummte aber, als ich ihm einen giftigen Seitenblick zuwarf.

Ich hatte Angst, die Pinzette zu benutzen, weil ich fürchtete, seinen Augapfel zu durchbohren. Also spreizte ich die Lider des verletzten Auges mit den Fingern meiner linken Hand, schob die Finger der rechten Hand so tief wie möglich in die Augenhöhle und drückte zu.

Er stieß einen erstickten Schreckenslaut aus, und Jamie keuchte auf, ließ aber den Spiegel nicht fallen.

Es gibt nicht viele Dinge auf der Welt, die schlüpfriger sind als ein feuchter Augapfel. Ich bemühte mich, so sacht zuzudrücken, wie ich konnte, doch es half nichts; selbst der sachteste Druck bewirkte nur, dass mir der Augapfel aus den Fingern sprang wie eine geölte Traube. Ich biss die Zähne zusammen und versuchte es erneut, indem ich fester zufasste.

Beim vierten Versuch bekam ich das Auge so zu fassen, dass ich versuchen konnte, es in der Augenhöhle zu drehen. Es gelang mir zwar nicht ganz, aber ich hatte jetzt immerhin eine bessere Vorstellung davon, wie es gehen konnte.

Fünf Minuten später zitterte John wie Pudding, die Hände fest in die Seiten des Feldbetts gekrallt, Jamie betete flüsternd auf Gälisch, und wir waren alle drei in Schweiß gebadet.

»Nur noch einmal«, sagte ich. Ich holte Luft und wischte mir mit dem Handrücken den Schweiß vom Kinn. Ich wusch mir noch einmal die Finger. »Wenn ich es diesmal nicht schaffe, ruhen wir uns aus und versuchen es später wieder.«

»Oh Gott«, sagte John. Er schloss kurz die Augen, schluckte krampfhaft und öffnete sie wieder, so weit er konnte.

Ich spürte, wie sich Jamie an meiner Seite kaum merklich bewegte. Er justierte den Spiegel neu – aber ich sah, dass er noch näher an die Liege gerückt war und sein Bein gegen die Kante drückte, dicht neben Johns verkrampften Fingern. Ich bewegte meine feuchten Finger zur Vorbereitung, sprach ein kurzes Gebet zur heiligen Klara, der Schutzpatronin leidender Augen, und schob die Finger so tief in die Augenhöhle, wie ich es fertigbrachte.

Inzwischen hatte ich ein klares Bild des Bruchs vor meinem inneren Auge stehen, ein dunkler Strich zwischen der gerissenen Bindehaut und dem Orbikularmuskel, der sich darin verklemmt hatte. Ich drehte, ein kurzer, scharfer Ruck, ehe meine Finger abrutschten – und spürte, wie sich der Muskel löste. John erschauerte von Kopf bis Fuß und stöhnte leise auf.

»Halleluja«, sagte ich und lachte vor Erleichterung auf. Ich hatte ein bisschen Blut – nicht viel – an den Fingern und wischte sie an der Schürze ab. Jamie erschauerte kurz und wandte den Blick ab.

»Und jetzt?«, fragte er und vermied es sorgsam, John anzusehen.

»Und jetzt …? Oh.« Ich überlegte einen Moment, dann schüttelte ich den Kopf.

»Er muss mehrere Stunden liegen und das Auge abdecken – idealerweise einen oder zwei Tage. Wenn Germain etwas Honig für mich findet, befeuchte ich die Augenhöhle damit, um Verklebungen zu verhindern.«

»Ich meine«, sagte Jamie geduldig, »muss er weiter unter ärztlicher Obhut bleiben?«

»Nicht ständig«, sagte ich und warf einen kritischen Blick auf John. »Jemand – ich meine, ich – muss das Auge regelmäßig kontrollieren, aber man kann jetzt nichts weiter tun, und die Blutergüsse heilen von selbst. Warum? Was hast du denn mit ihm vor?«

Jamies Antwort war eine kleine Geste der Frustration.

»Ich *würde* ihn ja an Washingtons Stab übergeben, damit sie ihn verhören können«, sagte er. »Aber …«

»Aber ich habe mich dir persönlich ergeben«, sagte John hilfsbereit. Er strahlte mich mit dem funktionierenden Auge an. »Das heißt, er ist für mich verantwortlich.«

»Aye, danke auch«, knurrte Jamie und warf ihm einen gereizten Blick zu.

»Nun, ihm wirst du doch ebenso wenig Nützliches erzählen, oder?«, fragte ich und legte John die Hand auf die Stirn. Ein bisschen warm, aber kein ernsthaftes Fieber. »Zum Beispiel, was die Natur deiner Beziehung mit dem just verschwundenen Mr. Beauchamp betrifft?«

Jamie prustete.

»Ich weiß genau, was für eine Beziehung er mit dem kleinen Sodomiten hat«, sagte er unverblümt. »Und sein Name ist Wainwright – zumindest war er das, als ich das letzte Mal von ihm gehört habe.« Er warf John einen durchdringenden Blick zu. »Du hast nicht zufällig vor, mir zu erzählen, warum er sich jetzt ›Beauchamp‹ nennt, oder?«

»Nein«, sagte John fröhlich. »Obwohl es dir mit großer Wahrscheinlichkeit auch nicht helfen würde, wenn ich es täte.«

Jamie nickte, da er offenbar nichts Besseres erwartet hatte, und erhob sich entschlossen.

»Nun denn. Ich habe zu tun und du ebenfalls, Sassenach. Warte bitte hier auf Germain, und wenn du mit dem Honig fertig bist, sag Germain, dass er auf Lord John aufpassen soll. Er darf ihm unter keinen Umständen von der Seite weichen, es sei denn mit deiner oder meiner Erlaubnis. Und sollte Mr. Beauchamp noch einmal vorbeischauen, muss Germain dabei sein. Er spricht fließend Französisch«, warnte er John. »Und solltest du mit dem Gedanken spielen, die Loyalität meines Enkelsohns zu unterwandern …«

»Aber, aber!«, sagte John, den die bloße Vorstellung zu schockieren schien.

»Mmpfm«, machte Jamie finster und ging.

62

DAS MAULTIER KANN DICH NICHT LEIDEN

Nach allem, was gerade geschehen war, wusste ich nicht so recht, was ich zu John sagen sollte. Ihm schienen ähnlich die Worte zu fehlen, doch er überspielte das peinliche Schweigen, indem er die Augen schloss und sich schlafend stellte. Ich konnte ihn erst allein lassen, wenn Germain mit dem Honig zurückkam – vorausgesetzt, er fand welchen, aber mein Vertrauen in seine Fähigkeiten war beträchtlich.

Nun ja, es brachte nichts, die Hände in den Schoß zu legen. Ich holte meinen Mörser hervor und begann, Enzianwurzel und Knoblauch für eine antibiotische Salbe zu zerstoßen. Damit waren zwar meine Hände beschäftigt, unglücklicherweise aber nicht meine Gedanken, die im Kreis krabbelten wie ein Hamster in seinem Rad.

Im Moment hatte ich zwei Hauptsorgen, und gegen die eine konnte ich nichts unternehmen: Es war die zunehmende Spannung vor der Schlacht. Ich kannte dieses Gefühl sehr gut; es war ausgeschlossen, dass ich mich irrte. Jamie hatte zwar noch nichts Eindeutiges gesagt – vielleicht, weil er noch keine schriftliche Order hatte –, doch ich wusste es so untrüglich, als hätte es der Stadtschreier ausgerufen. Die Armee würde morgen mit dem Vormarsch beginnen.

Ich warf einen verstohlenen Blick auf Lord John, der dalag wie eine Grabfigur, die Hände ordentlich über der Taille gefaltet. Das Einzige, was noch fehlte, war ein Hündchen, das zu seinen Füßen zusammengerollt lag. In diesem Fall mussten wir wohl mit Rollo vorliebnehmen, der schnarchend unter dem Feldbett lag.

John war natürlich meine andere Sorge. Ich hatte keine Ahnung, wie er dorthin gekommen war, wo er war, aber es hatten so viele Leute mit angesehen, wie er sich ergab, dass sich seine Anwesenheit bis zum Anbruch der Dunkelheit überall herumsprechen würde. Und wenn das geschehen war …

»Du würdest es wohl nicht in Betracht ziehen zu entwischen, wenn ich kurz gehe?«, fragte ich abrupt.

»Nein«, sagte er, ohne die Augen zu öffnen. »Ich habe mein Ehrenwort gegeben. Außerdem würde ich es gar nicht aus dem Lager schaffen«, fügte er resigniert hinzu.

Das Schweigen begann erneut, unterbrochen vom *Brumm* einer großen Hummel, die sich in das Zelt verirrt hatte, und den weiter entfernten Rufen und Trommelschlägen exerzierender Soldaten und dem leiseren Geklapper des Alltags im Lager.

Das einzig Gute – wenn man es denn so sehen wollte, und das tat ich wohl besser – war, dass die zunehmende Anspannung vor der Schlacht wahrscheinlich keinen Platz für offizielle Neugier in Bezug auf John lassen würde. Was zum Teufel würde Jamie mit ihm anfangen, wenn die Armee am Morgen aufbrach?, fragte ich mich.

»*Grand-mère, grand-mère!*« Germain kam ins Zelt gestürzt, und Rollo – der Percy Wainwrights Besuch verschlafen hatte, ohne auch nur mit einem Schnurrhaar zu zucken – schoss unter dem Feldbett hervor und stieß ein derart explosives *WUFF!* aus, dass das Bett mitsamt John davon beinahe umgefallen wäre.

»Still, Hund«, sagte ich, als ich sah, dass er wild um sich blickte, und hielt ihn am Nackenpelz fest. »Und was zur Hö… ich meine zum Teu… ich meine, was ist los, Germain?«

»Ich habe ihn gesehen, Oma! Ich habe ihn gesehen! Den Mann, der mir Clarence abgenommen hat! Komm schnell!« Und ohne eine Antwort abzuwarten, machte er kehrt und schoss aus dem Zelt.

John machte Anstalten, sich aufzusetzen, und Rollo spannte sich unter meiner Hand an.

»Sitz!«, sagte ich zu ihm. Und an beide gerichtet: »Bleib, verflixt!«

DIE HAARE AUF MEINEN Unterarmen kribbelten, obwohl mir der Schweiß über den Hals rann. Ich hatte meinen Hut vergessen, und die Sonne brannte mir auf die Wangen; als ich Germain einholte, keuchte ich genauso vor Aufregung wie von der Hitze.

»Wo …«

»Da drüben, Oma! Der große Kerl mit dem Tuch um den Arm. Clarence muss ihn gebissen haben!«, fügte Germain schadenfroh hinzu.

Der fragliche Kerl *war* groß; etwa doppelt so schwer wie ich, mit einem Kopf wie ein Kürbis. Er saß auf dem Boden im Schatten des Baums, der für mich der Hospitalbaum war, hielt seinen in ein Halstuch gewickelten Arm fest und starrte finster vor sich hin. Ein Grüppchen von Leuten, die auf medizinische Behandlung warteten – man erkannte es an ihren hängenden Schultern und Köpfen –, hielt Abstand von ihm und warf ihm hin und wieder argwöhnische Blicke zu.

»Bleib besser außer Sichtweite«, murmelte ich Germain zu. Da ich keine Antwort bekam, sah ich mich um und stellte fest, dass er sich bereits kunstvoll aus dem Blickfeld geschlichen hatte, Schlauberger, der er war.

Ich trat lächelnd auf die kleine Gruppe der Wartenden zu – zum Großteil Frauen mit Kindern. Ich kannte zwar keine von ihnen mit Namen, doch sie wussten eindeutig, wer und was ich war. Sie nickten mir zu und begrüßten mich murmelnd, ließen ihre Blicke aber seitwärts zu dem Mann unter dem Baum schweifen. *Nehmt ihn zuerst dran, ehe er etwas Unangenehmes tut*, war die klare Botschaft. Genauso klar wie die kaum unterdrückte Brutalität, die der Mann in alle Richtungen ausstrahlte.

Ich räusperte mich und ging zu dem Mann hinüber, während ich mich fragte, was in aller Welt ich zu ihm sagen sollte. »*Was zum Teufel habt Ihr mit Clarence, dem Muli, angestellt?*« oder »*Wie konntest du nur meinen Enkel berauben und ihn in der Wildnis allein lassen, du Mistkerl?*«

Ich begnügte mich schließlich mit: »Guten Morgen. Ich bin Mrs. Fraser. Was ist mit Eurem Arm passiert, Sir?«

»Verdammtes Maultier hat mich bis auf den Knochen gebissen, gottverdammtes Mistvieh«, erwiderte der Mann prompt und sah mich finster an. Seine Augenbrauen waren von Narben überzogen, genau wie seine Fingerknöchel.

»Dann lasst mich einmal sehen ja?« Ohne seine Erlaubnis abzuwarten, ergriff ich sein Handgelenk – es war haarig und sehr warm – und wickelte das Tuch ab. Es war steif von getrocknetem Blut, und das war auch kein Wunder.

Clarence – wenn es denn Clarence war – hatte ihn tatsächlich bis auf den Knochen gebissen. Pferde- und Maultierbisse konnten zwar ernst sein, doch normalerweise resultierten sie nur in schweren Blutergüssen; Equiden hatten natürlich kräftige Kiefer, aber ihre Vorderzähne waren dafür gebaut, Gras zu rupfen. Und da die meisten Bisse durch Kleidung gingen, durchbohrten sie nur selten die Haut. Es war jedoch möglich, und Clarence hatte es getan.

Ein Hautlappen – und ein ordentliches Stück Gewebe – von etwa neun Zentimetern Breite war teilweise abgerissen, und ich konnte durch die dünne Fettschicht bis auf die glänzende Sehne und die rote Knochenhaut der Speiche sehen. Die Wunde war frisch, hatte aber aufgehört zu bluten, abgesehen von ein paar Tropfen an den Rändern.

»Hmm«, sagte ich zögernd und drehte seine Hand um. »Könnt Ihr die Finger zur Faust ballen?« Das konnte er, obwohl sich der Ringfinger und der kleine Finger nicht vollständig knicken ließen. Doch sie bewegten sich; die Sehne war also nicht durchtrennt. »Hmm«, machte ich erneut und griff in meiner Tasche nach der Flasche mit der Salzlösung und einer Sonde. Salzlösung war zwar etwas weniger schmerzhaft zur Desinfektion als verdünnter Alkohol oder Essig – und es war leichter, an Salz zu kommen, zumindest, wenn man in der Stadt lebte –, aber ich hielt sein enormes Handgelenk trotzdem fest umklammert, als ich die Flüssigkeit auf die Wunde goss.

Er stieß ein Geräusch aus wie ein verwundeter Bär, und die wartenden Zuschauer traten wie ein Mann mehrere Schritte zurück.

»Das war aber ein gefährliches Maultier«, merkte ich gelassen an, als sich der Patient keuchend wieder beruhigte. Sein Gesicht verfinsterte sich noch mehr.

»Ich prügel das verdammte Mistvieh zu Tode, sobald ich zurück bin«, sagte er und zeigte mir seine gelben Zähne, »zieh ihm das Fell ab und verkaufe das Fleisch.«

»Oh, das würde ich Euch nicht raten«, sagte ich und hielt meine Wut fest im Zaum. »Ihr solltet Euren Arm nicht heftig bewegen; Ihr könntet sonst Wundbrand bekommen.«

»Tatsächlich?« Er wurde zwar nicht bleich – das war angesichts der Temperaturen auch gar nicht möglich –, aber er war jetzt definitiv ganz Ohr.

»Ja«, sagte ich freundlich. »Ihr habt also schon einmal Wundbrand gesehen? Alles wird grün und eitert, bestialischer Gestank, Arm verrottet, innerhalb von Tagen tot – etwa so?«

»Hab's einmal gesehen«, murmelte er, den Blick jetzt fest auf den Arm geheftet.

»Ganz ruhig«, sagte ich besänftigend. »Wir tun hier, was wir können, ja?« Normalerweise hätte ich einem Patienten in dieser Lage einen Schluck Alkohol zur Stärkung angeboten – was auch immer ich zur Hand hatte, und dank des Marquis hatte ich reichlich französischen Brandy –, aber in diesem Fall war mir nicht nach Nächstenliebe zumute.

Eigentlich war ich sogar der Meinung, dass Hippokrates in den nächsten paar Minuten ruhig ein Auge zudrücken konnte. Niemandem Schaden zufügen, ha, ha. Allerdings gab es nicht viel, was ich ihm antun konnte, denn ich war ja nur mit einer fünf Zentimeter langen Chirurgennadel und einer Handarbeitsschere bewaffnet.

Ich nähte die Wunde, so langsam ich konnte, übergoss sie in unregelmäßigen, aber kurzen Abständen sorgfältig mit Salzlösung und hielt unterdessen verstohlen nach Hilfe Ausschau. Jamie war gemeinsam mit Washington und dem Oberkommando damit beschäftigt, den bevorstehenden Angriff zu planen; ich konnte ihn nicht holen lassen, damit er sich mit einem Maultierdieb befasste.

Ian war zu Pferd verschwunden, um die britische Nachhut auszuspähen. Rollo war bei Lord John. Rachel war mit Denzell und Dottie ins nächste Dorf gefahren, um Vorräte zu besorgen. Ich wünschte ihnen viel Glück dabei; General Greenes Proviantsucher fielen wie die Heuschrecken über das Antlitz der Erde her, sobald die Armee Halt machte, und plünderten jede Farm und jede Scheune auf ihrem Weg.

Der Patient fluchte monoton und ziemlich fantasielos vor sich hin, legte jedoch keinerlei Anzeichen an den Tag, mir den Gefallen zu tun und in Ohnmacht zu fallen. Das, was ich mit seinem Arm machte, war kaum angetan, seine Laune zu verbessern; was, wenn er tatsächlich vorhatte, unverzüglich loszugehen und Clarence zu Tode zu prügeln?

Solange Clarence frei war, hätte ich darauf gewettet, dass das Maultier aus einem solchen Zusammenstoß als Sieger hervorging, doch wahrscheinlich war er ja irgendwie angebunden. Andererseits … Mir kam ein schrecklicher Gedanke. Ich *wusste*, wo Germain war und was er machte – oder zumindest versuchte.

»Jesus H. Roosevelt Christ«, murmelte ich und beugte den Kopf über den Arm des Fuhrmanns, um mir mein Entsetzen nicht anmerken zu lassen. Germain war zwar ein extrem begabter Taschendieb, aber unter den Augen einer ganzen Horde von Fuhrleuten ein Maultier zu stehlen …

Was hatte Jamie gesagt? »*Man würde ihn als Dieb verhaften und hängen oder halb zu Tode peitschen, und ich könnte nichts tun, um es zu verhindern.*« Und so, wie ich diese Männer kannte, würden sie ihm wahrscheinlich einfach das Genick brechen, statt darauf zu warten, dass das Militär Gerechtigkeit walten ließ.

Ich schluckte krampfhaft und wandte hastig den Kopf, um zu sehen, ob ich die Lagerstelle der Fuhrleute erspähen konnte. Wenn ich Germain sehen konnte …

Ich sah Germain nicht. Was ich sah, war Percy Beauchamp – oder wie auch immer er hieß –, der mich im Schatten eines Zeltes nachdenklich beobachtete. Unsere Blicke trafen sich, und er kam auf der Stelle zu mir, während er sich den Rock gerade rückte. Nun, es stand mir nicht zu, einem geschenkten Gaul – oder auch Muli – ins Maul zu schauen, oder?

»Madame Fraser«, sagte er und verbeugte sich. »Benötigt Ihr Hilfe?«

Ja, verdammt, ich benötigte Hilfe; ich konnte das Vernähen der Wunde nicht viel länger hinauszögern. Ich ließ den Blick zu meinem bulligen Patienten hinüberhuschen und fragte mich, ob er wohl Französisch sprach.

Offenbar war mein Gesicht exakt so transparent, wie es Jamie immer behauptete; Percy lächelte mich an und sagte im Konversationston auf Französisch: »Ich glaube nicht, dass dieser verfaulende Klumpen Menstrualblut mehr Englisch versteht, als man benötigt, um sich die Art verseuchter, schwachsinniger Hure zu verdingen, die sich von ihm berühren lässt, geschweige denn, dass er die Zunge der Engel spricht.«

Der Fuhrmann knurrte unablässig: »Mist-vieh, Mist-vieh, verdammtes Scheißmaultier, das tut *weh*, gottverdammt…« Ich entspannte mich ein wenig und erwiderte auf Französisch:

»Ja, ich brauche Hilfe – und zwar extrem dringend. Mein Enkelsohn versucht gerade, das Maultier zu stehlen, das *ihm* dieser Idiot gestohlen hat. Könnt Ihr ihn aus dem Lager der Fuhrleute zurückholen, ehe es jemand merkt?«

»*A vôtre service, madame*«, erwiderte er prompt, knallte die Hacken zusammen, verbeugte sich und ging.

ICH LIESS MIR beim abschließenden Verbinden der Wunde so lange wie möglich Zeit. Falls mein übellauniger Bekannter Germain bei den Fuhrleuten antraf, so fürchtete ich, dass Percys französische Manieren der Situation möglicherweise nicht gewachsen sein würden. Und ich konnte wirklich nicht erwarten, dass Hippokrates weiter ein Auge zudrückte, falls ich mich zu drastischen Maßnahmen gezwungen sah, weil er versuchte, Germain den Hals umzudrehen.

Doch dann hörte ich hinter mir ein vertrautes Kreischen, und als ich mich abrupt umwandte, sah ich Percy, der zwar etwas errötet und zerzaust war, aber Germain auf mich zuführte. Germain wiederum saß auf dem Maultier und funkelte mit einer Mischung aus Rachsucht und Triumphgefühl auf meinen Patienten nieder.

Ich stand hastig auf und tastete nach meinem Messer. Der Fuhrmann, der gerade dabei gewesen war, den frischen Verband an seinem Arm vorsichtig zu befühlen, blickte verblüfft auf und fuhr dann brüllend in die Höhe.

»Mist-*VIEH*!«, kreischte er und steuerte mit geballten Fäusten zielstrebig auf die beiden zu.

Man musste es Percy zugestehen, dass er sich nicht beirren ließ, obwohl er ein wenig erbleichte. Doch er reichte Germain die Zügel und trat entschlossen vor.

»Monsieur…«, begann er. Ich hätte gern erfahren, was genau er zu sagen vorhatte, fand es jedoch nicht heraus, da sich der Fuhrmann nicht mit Floskeln abgab, sondern Percy stattdessen die Faust in den Bauch rammte. Percy setzte sich abrupt auf den Boden und klappte zusammen wie ein Fächer.

»Verdammt…«, begann ich. »Germain!« Denn Germain, der sich durch den plötzlichen Verlust seines Helfers nicht beeindrucken ließ, hatte die Zügel kurz genommen und machte Anstalten, sie dem Fuhrmann quer durch das Gesicht zu schlagen.

Das hätte möglicherweise auch funktioniert, wenn ihm seine Absicht nicht so deutlich anzusehen gewesen wäre. So jedoch duckte sich der Fuhrmann und streckte die Hände aus, um entweder die Zügel oder Germain zu packen. Die Umstehenden hatten jetzt begriffen, was hier vor sich ging, und einige Frauen fingen an zu schreien. An diesem Punkt beschloss Clarence, sich einzumischen.

Er legte die Ohren an, zog die Lippen kraus und schnappte nach dem Gesicht des Fuhrmanns, dem er um ein Haar die Nase abgebissen hätte.

»DU VERDAMMTES MISTVIEH!!!« Mit einem Gänsehaut erzeugenden animalischen Brüllen ging der Fuhrmann auf Clarence los und verbiss sich in der Oberlippe des Maultiers, während er sich fest an seinen Hals klammerte. Clarence brüllte. Die Frauen brüllten. Germain brüllte.

Ich brüllte nicht, weil ich keine Luft bekam. Ich boxte mich durch die Menge und tastete nach dem Schlitz in meinem Rock, um an mein Messer zu gelangen. Doch just als sich meine Hand um den Griff legte, legte sich eine Hand auf meine Schulter, so dass ich stehen blieb.

»Pardon, Mylady«, sagte Fergus, schritt zielstrebig an mir vorüber, trat neben die sich aufbäumende Masse aus Maultier, Fuhrmann und kreischendem Kind und feuerte die Pistole ab, die er in der Hand hatte.

Für den Bruchteil einer Sekunde hielt alles inne, dann ging das Geschrei von Neuem los, und alles rauschte auf Clarence und seine Begleiter zu, um zu sehen, was geschehen war. Das war im ersten Moment überhaupt nicht klar. Der Fuhrmann hatte verblüfft von Clarence abgelassen und sich speicheltriefend und mit vorquellenden Augen zu Fergus umgewandt. Germain, der mehr Geistesgegenwart an den Tag legte, als ich in einer solchen Situation besessen hätte, packte die Zügel und zerrte mit aller Kraft daran, um Clarence zu wenden. Clarence, dessen Blut jetzt sichtlich kochte, wollte nichts davon wissen.

Fergus steckte die abgefeuerte Pistole seelenruhig in seinen Gürtel zurück – jetzt begriff ich, dass er dem Fuhrmann vor die Füße geschossen haben musste – und sprach den Mann an.

»Ich an Eurer Stelle, Sir, würde mich schleunigst aus der Nähe dieses Tiers entfernen. Es ist nicht zu übersehen, dass es Euch nicht leiden kann.«

Das Geschrei hatte aufgehört, und die Rede brachte mehrere Leute zum Lachen.

»Da hat er recht, Belden!«, rief ein Mann neben mir. »Das Maultier kann dich nicht leiden. Was sagst du dazu?«

Der Fuhrmann sah etwas verdattert aus, aber immer noch so, als wollte er jemanden umbringen. Er stand mit geballten Fäusten, gespreizten Beinen und eingezogenem Kopf da und funkelte wütend in die Menge.

»Was ich dazu …?«, begann er. »*Ich* finde …« Doch jetzt war es Percy gelungen, wieder auf die Beine zu kommen, und er hielt sich zwar noch etwas vornübergebeugt, doch er konnte sich bewegen. Ohne jedes Zögern schritt er zu dem Fuhrmann hinüber und rammte ihm mit aller Kraft den Fuß in die Hoden.

Das stieß auf Beifall. Selbst der Mann, der Beldens Freund zu sein schien, wieherte vor Lachen. Der Fuhrmann ging zwar nicht zu Boden, doch er krümmte sich wie ein vertrocknetes Blatt und umklammerte sich selbst. Percy wartete klugerweise nicht, bis er sich erholt hatte, sondern drehte sich um und verbeugte sich vor Fergus.

»*A vôtre service, monsieur*. Ich würde vorschlagen, dass Ihr Euch mit Eurem Sohn – und dem Maultier natürlich – zurückzieht?«

»*Merci beaucoup*, und ich schlage vor, dass Ihr das ebenfalls tut, *tout suite*«, erwiderte Fergus.

»He!«, rief der Freund des Fuhrmanns, der jetzt nicht mehr lachte. »Ihr könnt das Maultier doch nicht stehlen!«

Fergus baute sich vor ihm auf, gebieterisch wie der französische Aristokrat, der er Percys Andeutungen nach möglicherweise war.

»Das stimmt, Sir«, sagte er und nickte kaum merklich mit dem Kopf, um seine Antwort zu unterstreichen. »Weil ein Mann schließlich nichts stehlen kann, was ihm schon gehört, ist es nicht so?«

»Ist es nicht… ist *was* nicht so?«, wollte der Mann verwirrt wissen.

Fergus würdigte diese Frage keiner Antwort. Er zog die Augenbraue hoch, entfernte sich ein paar Schritte, drehte sich um und rief: »Clarence! *Attendez-moi!*«

Nach dem Kollaps des Fuhrmanns hatte Germain Clarence einigermaßen unter seine Kontrolle gebracht, obwohl das Maultier die Ohren immer noch deutlich missmutig angelegt hatte. Beim Klang von Fergus' Stimme jedoch hoben sich die Ohren langsam und drehten sich in seine Richtung.

Fergus lächelte, und hinter mir hörte ich eine Frau unwillkürlich aufseufzen. Fergus' Lächeln war außerordentlich charmant. Er griff in seine Tasche und zog einen Apfel heraus, den er zielsicher mit seinem Haken aufspießte.

»Komm«, sagte er zu dem Maultier. Er streckte die rechte Hand aus und bewegte die Finger, als kraulte er jemandem den Kopf. Clarence kam dieser verlockenden Einladung sofort nach, ohne weiter auf Mr. Belden zu achten, der sich jetzt hingesetzt hatte und seine Knie umklammert hielt, um besser über seinen Zustand nachsinnen zu können. Das Maultier senkte den Kopf, um den Apfel zu nehmen, stupste Fergus liebevoll am Ellbogen und ließ sich den Kopf kratzen. In der Menge erhob sich neugieriges und beifälliges Gemurmel, und ich bemerkte, wie sich einige tadelnde Blicke auf den stöhnenden Mr. Belden richteten.

Ich hatte nicht länger das Gefühl, gleich in Ohnmacht zu fallen, und mein Inneres entkrampfte sich allmählich. Es kostete mich einige Mühe, das Messer wieder in die Scheide zu stecken, ohne mich in den Oberschenkel zu stechen, und ich wischte mir die Hand am Rock ab.

»Was *dich* angeht, *sans-crevelle*«, sagte Fergus jetzt zu Germain, und zwar mit einem leisen Unterton der Bedrohung, den er eindeutig von Jamie hatte, »so haben wir beide einiges zu besprechen, und zwar auf der Stelle.«

Germains Gesicht nahm eine ungesunde gelbe Farbe an. »Ja, *Papa*«, murmelte er und ließ den Kopf hängen, um dem drohenden Blick seines Vaters auszuweichen.

»Steig ab«, befahl Fergus ihm, dann hob er die Stimme und wandte sich an mich: »Madame General, gestattet mir, im Dienst der Freiheit dieses Tier General Fraser persönlich zum Geschenk zu machen.«

Der Klang dieser Worte war von solcher Aufrichtigkeit, dass einige Seelen applaudierten. Im Namen General Frasers nahm ich das Geschenk gnädig an. Als wir damit fertig waren, hatte sich Mr. Belden umständlich aufgerappelt und stolperte zum Lager der Fuhrleute davon. Clarence überließ er wortlos der guten Sache.

Ich nahm Clarences Zügel, erleichtert und froh, ihn wiederzusehen. Dies beruhte offensichtlich auf Gegenseitigkeit, denn er stieß mir vertraulich gegen die Schulter und machte freundschaftliche Schnüffelgeräusche.

Fergus stand unterdessen da und blickte einen Moment auf Germain hinunter, dann richtete er sich auf und wandte sich an Percy, der immer noch ein wenig blass aussah, sich jedoch die Perücke zurechtgesetzt und sich wieder im Griff hatte. Percy verbeugte sich sehr förmlich vor Fergus, der tief aufseufzte und die Verbeugung dann erwiderte.

»Und wir beide haben wohl auch einiges zu besprechen, Monsieur«, sagte er resigniert. »Etwas später vielleicht?«

Percys wohlgeformtes Gesicht erhellte sich.

»*A vôtre service … Seigneur*«, sagte er und verbeugte sich erneut.

63

EINE ALTERNATIVE VERWENDUNGSMÖGLICHKEIT FÜR EINE PENISSPRITZE

Germain hatte tatsächlich Honig gefunden, und jetzt, da die Aufregung um Clarence vorüber war, holte er ein großes Stück einer klebrigen Honigwabe, das er in ein schmutziges schwarzes Halstuch gewickelt hatte, aus den Tiefen seines Hemds hervor.

»Was hast du damit vor, Oma?«, fragte er neugierig. Ich hatte das triefende Wabenstück in eine saubere Keramikschüssel gelegt und setzte erneut die nützliche Penisspritze ein – die ich sorgfältig mit Alkohol sterilisiert hatte –, um den Honig anzusaugen, wobei ich darauf achtete, Wachsstückchen und sichtbare Pollenkörner zu vermeiden. Die Spritze, die zur Befeuchtung, nicht zum Durchbohren konstruiert war, hatte eine stumpfe, glatt auslaufende Spitze; genau das Richtige, um jemandem Honig ins Auge zu träufeln.

»Ich werde Seiner Lordschaft das kranke Auge schmieren«, sagte ich. »Fergus, würdest du herkommen und den Kopf Seiner Lordschaft festhalten, bitte? Leg ihm die Hand auf die Stirn. Und Germain, du hältst ihm die Augenlider auf.«

»Ich kann selbst still halten«, sagte John gereizt.

»Ruhe«, befahl ich knapp und setzte mich neben ihm auf den Hocker. »Niemand kann still halten, während ihm jemand ins Auge pikst.«

»Es ist noch keine Stunde her, da hast du mir deine verflixten *Finger* ins Auge gepiekst! Und ich habe mich nicht gerührt!«

»Du hast gezuckt«, sagte ich. »Es ist nicht deine Schuld, du konntest nicht anders. Jetzt sei still; ich möchte dir nicht aus Versehen in den Augapfel stechen.«

Er schloss den Mund, atmete hörbar durch die Nase und ließ es über sich ergehen, dass ihn Fergus und Germain festhielten. Ich hatte überlegt, ob ich den Honig mit abgekochtem Wasser verdünnen sollte, aber die Hitze hatte ihn so verflüssigt, dass ich es für besser hielt, ihn pur zu verwenden.

»Er ist antibakteriell«, erklärte ich den drei Männern, während ich erneut mein Kautereisen benutzte, um den Augapfel anzuheben und langsam etwas Honig darunterzuspritzen. »Das bedeutet, dass er Keime abtötet.«

Fergus und Germain, denen ich schon mehr als einmal erklärt hatte, was Keime waren, nickten verständnisvoll und versuchten, sich den Anschein zu geben, als glaubten sie an die Existenz solcher Dinge. John öffnete den Mund, als wollte er etwas sagen, schloss ihn aber wieder und atmete heftig durch die Nase aus.

»Aber in diesem Fall ist die wichtigste Eigenschaft des Honigs, dass er zähflüssig ist«, sagte ich, während ich den Augapfel großzügig damit bedeckte. »Jetzt lass los, Germain. Drück das Auge zu, John. Oh, *sehr* gut!« Durch die Manipulation hatte das Auge natürlich wieder zu tränen begonnen, doch selbst verdünnter Honig behält seine Zähflüssigkeit bei; ich konnte den veränderten Lichtschimmer auf den Bindehäuten sehen, der auf den dünnen, lindernden – so hoffte ich – Honigfilm hindeutete. Etwas war natürlich übergelaufen, und einige bernsteinfarbene Tropfen liefen ihm über die Schläfe zum Ohr; ich stoppte den Fluss mit einem Taschentuch.

»Wie fühlt es sich an?«

John öffnete und schloss das Auge ein paar Mal ganz langsam.

»Ich sehe alles verschwommen.«

»Das spielt keine Rolle; du wirst das Auge sowieso einen oder zwei Tage nicht benutzen. Fühlt es sich besser an?«

»Ja«, sagte er unüberhörbar grollend, und wir anderen drei stießen Beifallslaute aus, die er mit einem peinlich berührten Blick quittierte.

»Also gut. Setz dich … vorsichtig! Ja, so. Schließ das Auge und halt das hier, um die Tropfen aufzufangen.« Ich reichte ihm ein sauberes Taschentuch, rollte ein Stück Gazeverband auseinander, drückte ihm vorsichtig einen Mullbausch vor das Auge und wickelte ihm den Verband ein paar Mal um den Kopf. Dann steckte ich die Enden fest. Er hatte große Ähnlichkeit mit einer Figur auf einem alten Gemälde mit dem Titel »Der Geist von 1776«, doch das erwähnte ich nicht.

»Also gut«, sagte ich. Ich atmete aus und war sehr zufrieden mit mir. »Fergus, könntest du mit Germain etwas zu essen besorgen? Etwas für Seine Lordschaft und etwas für morgen für unterwegs. Ich glaube, es wird ein langer Tag.«

»Dieser hier ist doch schon lang genug«, maulte John. Er schwankte ein wenig, und ich drückte ihn sacht wieder zum Liegen nieder, ohne dass er großen

Widerstand leistete. Er reckte den Hals, um ihn zu lockern, dann legte er sich seufzend auf das Kissen. »Danke.«

»Es war mir ein Vergnügen«, versicherte ich ihm. Ich zögerte, aber da Fergus gegangen war, würde ich wohl keine bessere Gelegenheit bekommen, ihm die Frage zu stellen, die mich nicht losließ. »Du weißt vermutlich auch nicht, was Percival Beauchamp – wenn er denn so heißt – von Fergus will, oder?«

Das gesunde Auge öffnete sich und sah mich an.

»Nein, das weiß ich nicht. Aber falls Mr. Fraser einen unverlangten Rat annehmen würde, lege ich ihm dringend ans Herz, sich so weit wie möglich von Monsieur Beauchamp fernzuhalten.« Das Auge schloss sich wieder.

Percy Beauchamp hatte sich nach Clarences Rettung sehr elegant verabschiedet und erklärt, *Le Marquis* erwarte ihn, er werde Fergus jedoch am Morgen aufsuchen.

»Wenn sich die Dinge beruhigt haben«, hatte er mit einer vornehmen Verbeugung hinzugefügt.

Ich betrachtete John nachdenklich.

»Was hat er dir getan?«, fragte ich. Er öffnete zwar das Auge nicht, doch seine Lippen spannten sich an.

»Mir? Nichts. Gar nichts«, wiederholte er und legte sich auf die Seite, so dass er mir den Rücken zukehrte.

64

DREIHUNDERTEINS

Dreihundert Mann. Jamie trat in die Dunkelheit jenseits des Lagerfeuers der 16ten New Jersey Kompanie und blieb einen Moment stehen, damit sich seine Augen an das veränderte Licht gewöhnen konnten. Himmel, drei*hundert* Mann. Noch nie hatte er mehr als fünfzig kommandiert. Auch Unteroffiziere hatte er nie ernsthaft gehabt, höchstens einmal einen oder zwei Männer unter sich.

Jetzt hatte er zehn Milizkompanien, eine jede mit ihrem eigenen Hauptmann und einigen formlos ernannten Leutnants, und Lee hatte ihm seinen eigenen Stab zugewiesen: zwei Adjutanten, einen Sekretär – *daran* könnte er sich gewöhnen, dachte er und bewegte die Finger seiner verstümmelten Hand –; drei Hauptmänner, von denen ihn einer jetzt begleitete und sich große Mühe gab, nicht besorgt auszusehen; zehn Leutnants, die als Verbindungsoffiziere zwischen ihm und den Kompanien unter seinem Kommando dienen würden; einen Koch und einen Kochgehilfen – und seinen Stabsarzt hatte er ja sowieso schon.

Obwohl ihn die Situation ganz in Anspruch nahm, musste er lächeln, als er an das Gesicht dachte, das Lee gemacht hatte, als ihm Jamie gesagt hatte, warum genau er keinen Armeestabsarzt benötigte.

»Ist das so«, hatte Lee gesagt, und das Gesicht mit der langen Nase hatte jeden Ausdruck verloren. Dann hatte er sich zusammengerissen und war rot geworden, weil er glaubte, dass er an der Nase herumgeführt wurde. Doch Jamie hatte seine Manschette zurückgeschoben und Lee seine rechte Hand gezeigt, die alten weißen Narben an den Stellen, wo die Knochen seine Finger durchbohrt hatten wie die Strahlenkränze kleiner Sterne, und die breite Narbe, immer noch rot, aber sauber gezogen, gerade und wunderbar verheilt, die zwischen dem kleinen und dem Mittelfinger verlief und davon zeugte, dass der fehlende Finger mit solchem Können amputiert worden war, dass man zweimal hinschauen musste, um zu sehen, warum die Hand seltsam zu sein schien.

»Nun, General, Eure Frau kann anscheinend exzellent mit einer Nadel umgehen«, sagte Lee jetzt belustigt.

»Aye, Sir, das kann sie«, hatte er höflich erwidert. »Und sie hat auch großes Geschick im Umgang mit der Klinge.«

Lee bedachte ihn mit einem sardonischen Blick und spreizte seinerseits die Finger der rechten Hand; die beiden äußeren fehlten.

»Das hatte der Herr, der mir die beiden abgehauen hat, auch. Ein Duell«, fügte er achselzuckend hinzu, als er Jamies hochgezogene Augenbrauen sah, und schloss die Hand wieder. »In Italien.«

Er wusste nicht, was er von Lee halten sollte. Der Mann hatte einen guten Ruf als Soldat, aber er war ein Angeber, und meistens passte das nicht zusammen. Andererseits war er so stolz wie Louis' Kamele, und manchmal zeichnete Arroganz ja auch einen Menschen aus, der seinen Wert kannte.

Der Plan, die britische Nachhut anzugreifen, zunächst als rascher Schlag durch La Fayette und tausend Mann gedacht – Lee war sich für ein solch minderes Kommando zu schade –, war komplexer geworden, wie das stets der Fall war, wenn man den Kommandeuren Zeit ließ, darüber nachzudenken. Sobald Washington beschlossen hatte, dass die Truppe für den Vorstoß doch fünftausend Mann stark sein sollte, hatte sich Lee gnädigerweise dazu herabgelassen, das Kommando zu übernehmen. Um La Fayette nicht zu verletzen, würde er nach wie vor seine kleinere Streitmacht anführen, doch Lee hatte den Oberbefehl. Jamie war skeptisch, doch es stand ihm nicht zu, dies auszusprechen.

Er blickte nach links, wo Ian und sein Hund neben ihm herschlenderten. Ersterer pfiff leise vor sich hin; Letzterer war ein großer zotteliger Umriss in der Dunkelheit, der in der Hitze hechelte.

»*Iain*«, sagte er beiläufig auf *Gaidhlig*, »hatten deine Freunde mit den Federn etwas über Ounewaterika zu sagen?«

»Ja, Onkel Jamie«, erwiderte Ian in derselben Sprache. »Allerdings nicht viel, weil sie ihn nur vom Hörensagen kennen. Er ist ein grimmiger Kämpfer, heißt es zumindest.«

»Mmpfm.« Die Mohawk waren gewiss grimmig, und Mut zählte bei ihnen viel – doch er hatte den Eindruck, dass ihr Verständnis von Strategie, Taktik und Einschätzung der Lage zu wünschen übrig ließ. Gerade war er im Begriff, nach Joseph Brandt zu fragen, der wohl bei den Mohawk das war, was einem General – im formellen Sinne – am nächsten kam, als er durch eine hochgewachsene, schlaksige Gestalt unterbrochen wurde, die ihm in den Weg trat.

»Ich bitte um Verzeihung, Sir. Könnte ich Euch sprechen?«, sagte der Mann und fügte mit einem Blick auf Jamies Begleiter hinzu: »Unter vier Augen.«

»Gewiss, Hauptmann… Woodsworth«, erwiderte er und hoffte, dass sein Zögern bei der Suche nach dem Namen des Mannes schwach genug gewesen war, um unbemerkt zu bleiben. Er hatte sich alle Milizhauptmänner eingeprägt, denen er begegnet war – und so viele Männer, wie er konnte –, doch es würde noch eine Weile dauern, bis er ihre Namen auf Anhieb parat hatte.

Nach einem weiteren Moment des Zögerns nickte er Ian zu, mit Hauptmann Whewell schon zum nächsten Feuer weiterzugehen.

»Berichtet ihnen schon, wie die Lage ist, Hauptmann«, sagte er, denn das nächste Lagerfeuer gehörte einer Kompanie, die Whewell unterstand, »aber wartet dort auf mich, aye?«

»Die Lage?«, wiederholte Woodsworth und klang alarmiert. »Was denn? Geht es schon los?«

»Noch nicht, Hauptmann. Kommt weiter, aye? Sonst werden wir noch überrannt.« Denn sie standen auf dem Weg, der von den Lagerfeuern zu einer Reihe hastig ausgehobener Latrinengräben führte; er konnte den beißenden Geruch nach Fäkalien und ungelöschtem Kalk bis zu ihnen riechen.

Er führte Woodsworth beiseite, unterrichtete ihn über den Wechsel des Oberkommandos für den nächsten Morgen, versicherte ihm aber, dass sich dadurch für die Milizkompanien unter Jamies Kommando so gut wie nichts ändern würde; sie würden ihre Befehle auf dem üblichen Wege erhalten.

Insgeheim dachte er allerdings, dass es zwar nichts am Prozedere unter den Kompanien ändern würde, vielleicht jedoch daran, ob sie morgen in Kampfhandlungen verwickelt werden würden – und ob sie diese überleben würden. Doch es war nicht zu sagen, ob ihre Chancen unter La Fayette oder Lee besser standen. Das würde das Schicksal – oder möglicherweise Gott – entscheiden.

»Also, Sir«, sagte er. »Ihr wünschtet mich zu sprechen?«

»Oh.« Woodsworth holte durch die Nase Luft und drückte seinen Rücken gerade durch, während er hastig die Worte seiner Ansprache wieder zusammensuchte.

»Ja, Sir. Ich wollte mich erkundigen, welche… äh… Unterbringung für Bertram Armstrong gefunden wurde.«

»Bertram… wer?«

»Der Mann, den Ihr gestern aus meiner… äh, bei der Truppenmusterung festgenommen habt, mit dem kleinen Jungen.«

Jamie wusste nicht, ob er lachen oder sich ärgern sollte. *Bertram?*

»Vorerst ist der Mann gut untergebracht, Sir. Meine Frau hat sich um sein Auge gekümmert, und er hat zu essen bekommen.«

»Oh.« Woodsworth trat von einem Fuß auf den anderen, ließ sich aber nicht beirren. »Das freut mich, Sir. Aber was ich meinte – ich mache mir Gedanken um ihn. Es gibt Gerede über ihn.«

»Das kann ich mir vorstellen«, sagte Jamie und gab sich keine Mühe, seinen gereizten Unterton zu verbergen. »Und inwiefern macht Ihr Euch Gedanken, Sir?«

»Es heißt… sagen die Männer aus Dunnings Kompanie…, dass Armstrong ein Spion der Regierung ist; dass er ein britischer Offizier ist, der sich unter uns versteckt hat. Dass man ein Offizierspatent bei ihm gefunden hat und Korrespondenz. Ich…« Er hielt inne und holte tief Luft, bevor die nächsten Worte in einem Schwall aus ihm herausströmten. »Ich kann das nicht von ihm glauben, Sir, keiner von uns kann das. Wir haben das Gefühl, dass ein Irrtum vorliegen muss, und wir… wir möchten gern sagen, dass wir hoffen, dass nichts… Voreiliges unternommen wird.«

»Niemand hat einen derartigen Verdacht geäußert, Hauptmann«, versicherte ihm Jamie, während ihm der Alarm über den Rücken lief wie Quecksilber. *Nur, weil sie noch nicht dazu gekommen sind.* Inmitten der Intensität der Vorbereitung auf den Kampf und der noch größeren Intensität seiner eigenen Gefühle hatte er das haarige Problem ignorieren können, das Grey als Gefangener darstellte, doch viel länger konnte er es nicht ignorieren. Er hätte La Fayette, Lee *und* Washington auf der Stelle von Greys Anwesenheit unterrichten sollen, doch er hatte darauf gebaut, dass die Verwirrung der nahenden Schlacht sein Zögern tarnen würde.

Seine Augen hatte sich an das fleckige Licht des Mondes und der Lagerfeuer gewöhnt; er konnte Woodsworths langes Gesicht sehen, entschuldigend, aber entschlossen.

»Ja. Ich spreche nur ungern so offen, Sir, aber es ist nun einmal so, dass es zu bedauerlichen Handlungen… zu unwiderruflichen Handlungen kommen kann, wenn Menschen in Leidenschaft entbrennen.«

»Ihr glaubt, dass sich jemand zu solchen Handlungen berufen fühlen könnte? Jetzt?« Er ließ den Blick über die Lagerfeuer schweifen. Er konnte Menschen in Bewegung sehen, ruhelos wie die Flammen, dunkle Schatten im Wald – doch er spürte nichts Aufrührerisches, keinen Puls der Wut. Gemurmelte Gespräche, gewiss, aufgeregte Stimmen, die hier und dort in Gelächter ausbrachen oder sogar sangen, doch es war der nervöse Geist der Erwartung, nicht das dumpfe Tosen eines Pöbels.

»Ich bin Geistlicher, Sir.« Woodsworth' Stimme klang jetzt kräftiger, drängend. »Ich weiß, wie schnell die Menschen Böses reden und wie schnell aus solchen Worten Taten werden. Ein Glas zu viel, ein achtloses Wort…«

»Aye, da habt Ihr recht«, sagte Jamie. Er verfluchte sich selbst, weil er an diese Möglichkeit nicht gedacht hatte; er hatte zugelassen, dass ihm seine Gefühle den Verstand vernebelten. Natürlich hatte er keine Ahnung gehabt, dass Grey ein Offizierspatent bei sich trug… doch das war keine Entschuldigung. »Ich habe General Lee von… Mr. Armstrong in Kenntnis gesetzt. Solltet Ihr weiteres Gerede über den Mann hören, sagt doch bitte weiter, dass die Angelegenheit in offiziellen Händen liegt. Das verhindert vielleicht, dass etwas… bedauerlich Inoffizielles geschieht.«

Woodsworth' Seufzer der Erleichterung war spürbar.

»Ja, Sir«, sagte er dankbar. »Das werde ich gewiss weitersagen.« Er trat beiseite und neigte den Kopf, hielt dann aber inne, weil ihm ein Gedanke kam. »Oh.«

»Aye?«, sagte Jamie ungeduldig; er fühlte sich von allen Seiten durch Schwärme kleiner, beißender Sorgen überfallen, die er gern totgeschlagen hätte.

»Ich vertraue darauf, dass Ihr mir meine Beharrlichkeit verzeiht, General. Aber ich dachte nur… der Junge, der in Armstrongs Begleitung war. Bobby Higgins heißt er.«

Jamies Sinne erwachten augenblicklich zur Alarmbereitschaft.

»Was ist mit ihm?«

»Er… ich meine Armstrong… der Junge hat gesagt, er wäre auf der Suche nach seinem Großvater, und Armstrong hat gesagt, er kennt den Mann… und sein Name wäre James Fraser…«

Jamie schloss die Augen. Falls sonst niemand Grey bis zum Tagesanbruch gelyncht hatte, würde er ihn vielleicht selbst erwürgen.

»Der Junge ist tatsächlich mein Enkelsohn, Oberst«, sagte er, so gleichmütig er konnte, und öffnete die Augen. *Was bedeutet, aye, dass ich den verdammten Bert Armstrong kenne.* Und wenn sich diese Kleinigkeit herumsprach, würde er sich einer Menge peinlicher Fragen gegenübersehen, und zwar von Leuten, denen es zustand, Antworten zu verlangen. »Meine Frau kümmert sich um ihn.«

»Oh. Gut. Ich wollte nur…«

»Eurer Sorge Ausdruck verleihen. Aye, Hauptmann, ich danke Euch. Gute Nacht.«

Woodsworth verneigte sich und trat zurück, murmelte ebenfalls »Gute Nacht« und verschwand in einer Nacht, die alles andere als gut war und mit jeder Sekunde schlimmer wurde.

Jamie rückte sich den Rock zurecht und ging weiter. Dreihundert Mann zu unterweisen und zu befehligen, anzustacheln, anzuführen und zu kontrollieren. Dreihundert Menschenleben in seinen Händen.

Dreihundertund*eins*, verflixt.

65

MOSKITOS

Es war schon spät, als Jamie in das Licht des Feuers trat, mich anlächelte und sich abrupt hinsetzte.

»Gibt es etwas zu essen?«, fragte er.

»Ja, Sir«, sagte die Frau, die es rührte. »Und Ihr werdet auch etwas essen, Ma'am«, fügte sie entschlossen hinzu und warf mir einen Blick zu, der wenig Zweifel daran ließ, dass ich schon einmal besser ausgesehen hatte. Mir war zwar nicht danach, mir deswegen Gedanken zu machen, doch ich griff dankbar nach der Holzschüssel mit etwas Heißem und einem Stück Brot, mit dem ich es essen konnte.

Ich nahm kaum Notiz davon, was ich aß, obwohl ich halb verhungert war. Der Tag war so voller Aktivität gewesen, dass ich keine Zeit zum Essen gehabt hatte – dass ich gar nichts gegessen hätte, wenn ich nicht John etwas gebracht hätte und er darauf bestanden hätte, dass ich mich zehn Minuten hinsetzte und mit ihm aß. Percy Beauchamp war nicht zurückgekommen; das konnten wir wohl auf der positiven Seite verbuchen.

Ein paar Dutzend Männer aus Jamies Kompanien hatte ich aufgrund körperlicher Gebrechen ausgemustert – verkrüppelt, asthmatisch, altersschwach – und noch einmal vielleicht drei Dutzend, die zwar im Prinzip gesund waren, aber Verletzungen hatten, die der Behandlung bedurften; zum Großteil die Überbleibsel von Faustkämpfen oder Stürzen in betrunkenem Zustand. Mehrere von ihnen waren *immer* noch betrunken und waren fortgeschickt worden, um unter Aufsicht ihren Rausch auszuschlafen.

Einen Moment lang fragte ich mich, wie viele Männer wohl normalerweise betrunken in die Schlacht zogen. Ehrlich gesagt, wäre ich selbst sehr in Versuchung gewesen, es zu tun, wenn ich tun müsste, was diese Männer zu tun vorhatten.

Es herrschte zwar nach wie vor noch allgemeines Hin und Her, doch die anfängliche Fröhlichkeit und Unruhe waren jetzt gedämpfter – konzentrierter, zielgerichteter, nüchterner. Die Männer spürten: Es wurde ernst.

Ich selbst war mit meinen Vorbereitungen fertig, zumindest hoffte ich das. Es gab ein kleines Zelt zum Schutz vor der sengenden Sonne; Pakete mit Arzneien; Päckchen mit Operationsausstattung, die je ein Glas feuchte Fäden enthielten; ein großes Stück Verbandswatte, um Blut aufzuwischen, und eine Flasche verdünnten Alkohol. Mir war das Salz ausgegangen, und ich konnte mich nicht dazu aufraffen, den Proviantmeister um mehr zu bitten oder darum zu handeln. Und zusätzlich hatte ich meine Notfallausrüstung, die ich stets über der Schulter trug.

Ich saß dicht am Feuer, doch allmählich wurde mir trotzdem und trotz der Schwüle der Nacht kalt; ich fühlte mich bleischwer, und erst jetzt merkte ich, wie müde ich war. Das gesamte Lager war inzwischen zunehmend ruhiger geworden, aber es schlief nicht ganz. An den Feuern wurde noch geredet, und hin und wieder hörte man das Geräusch einer Sense oder eines Schwertes, das geschliffen wurde, doch die Lautstärke hatte sich definitiv gesenkt. Mit dem Untergang des Mondes war relative Ruhe eingekehrt, und selbst diejenigen Seelen, die die bevorstehende Schlacht kaum erwarten konnten, ergaben sich dem Schlaf.

»Komm, leg dich hin«, sagte ich leise zu Jamie und erhob mich mit einem unterdrückten Stöhnen von meinem Sitz. »Es ist zwar nicht für lange, aber du brauchst zumindest *etwas* Ruhe und ich auch.«

»Aye, gut, aber ich halte es nicht unter einem Zeltdach aus«, sagte er leise und folgte mir. »Ich fühle mich halb erstickt; würde in einem Zelt keine Luft bekommen.«

»Es ist ja genug Platz im Freien«, sagte ich und unterdrückte tapfer einen Stich bei der Vorstellung, auf dem Boden zu schlafen. Ich holte ein paar Decken und folgte ihm gähnend ein Stück am Ufer entlang, bis wir eine zurückgezogene Stelle hinter dem Vorhang aus Weiden fanden, die ihr Laub im Wasser treiben ließen.

Es war sogar überraschend bequem; auf dem Boden wuchs dichtes Gras, über das wir die Decken breiten konnten, und so dicht am Wasser war die Luft zumindest in Bewegung, kühl auf meiner Haut. Ich schlüpfte aus meinen Röcken, zog mir das Korsett aus und erschauerte selig und erleichtert, als mir die Kühle sacht durch das feuchte Hemd wehte.

Jamie hatte sich bis auf sein Hemd ausgezogen und rieb sich Gesicht und Beine mit Moskitosalbe ein – ganze Schwärme dieser Insekten lieferten die Erklärung dafür, warum wir am Wasser unter uns waren. Ich setzte mich neben ihn und nahm ebenfalls ein wenig von dem nach Minze duftenden Schmalz. Moskitos stachen mich zwar nur selten, aber das hinderte sie nicht daran, mir um die Ohren zu surren und sich neugierig in meinen Mund und meine Nase zu setzen, was ich extrem störend fand.

Ich legte mich zurück und sah zu, wie er sich gründlich einrieb. Ich konnte das Nahen des Morgens spüren, sehnte mich aber umso mehr zumindest nach dem bisschen Ruhe, das mir vergönnt sein würde, bevor die Sonne aufging und die Hölle losbrach.

Jamie schloss die Büchse und legte sich mit einem lauten Stöhnen neben mich. Schwarze Laubschatten bebten über sein helles Hemd. Ich drehte mich ihm zu, just als er sich mir zudrehte, und wir fanden uns in einem blinden, tastenden Kuss, lächelten am Mund des anderen, während wir uns wanden, um eine gute Position zum Zusammenliegen zu finden. Obwohl es so warm war, wollte ich ihn berühren.

Und er wollte mich berühren.

»Ernsthaft?«, sagte ich erstaunt. »Wie kannst du denn – du bist doch seit Stunden auf!«

»Nein, erst seit ein oder zwei Minuten«, versicherte er mir. »Entschuldige, Sassenach. Ich weiß, dass du müde bist, und ich würde dich nicht bitten – aber ich kann es nicht mehr aushalten.« Er ließ meinen Hintern los, um sein Hemd hochzuziehen, und ich begann resigniert, mir das eigene Hemd von den Beinen zu lösen.

»Es stört mich nicht, wenn du dabei einschläfst«, sagte er mir ins Ohr, während er sich mit einer Hand vortastete. »Ich brauche auch nicht lange. Es ist nur ...«

»Die Moskitos werden dir den Hintern zerstechen«, warnte ich ihn, während ich meinen eigenen Hintern in eine bessere Lage bugsierte und die Beine spreizte. »Sollte ich dir nicht lieber etwas ... oh!«

»Oh?«, sagte er und klang erfreut. »Nun, wenn du wach bleiben möchtest, ist das natürlich auch gut ...«

Ich kniff ihn fest in den Hintern, und er jaulte leise auf, lachte und fuhr mir mit der Zunge über das Ohr. Alles war ein bisschen trocken, und er tastete nach der Büchse mit der Moskitosalbe.

»Bist du sicher ...«, begann ich skeptisch. »Oh!« Er war bereits dabei, die halb flüssige Salbe mit mehr Feuereifer als Geschick aufzutragen, doch dieser Feuereifer war erregender, als Geschick es gewesen wäre. Und so intim mit einer kleinen Menge Pfefferminzöl eingerieben zu werden war ebenfalls ein ganz neues Gefühl.

»Mach das Geräusch noch einmal«, sagte er und atmete schwer in mein Ohr. »Es gefällt mir.«

Er hatte recht; es dauerte nicht lange. Keuchend lag er halb auf mir, und sein Herz schlug langsam und fest gegen meine Brust. Ich hatte die Beine um ihn geschlungen – ich konnte spüren, wie die kleinen Insekten meine Knöchel und meine nackten Füße umschwärmten, während sie nach seiner ungeschützten bloßen Haut gierten – und wollte ihn nicht loslassen. Ich drückte ihn fest an mich, bewegte mich sacht, schlüpfrig und kribbelnd und ... auch ich brauchte nicht lange. Meine zitternden Beine entspannten sich und ließen ihn los.

»Soll ich dir etwas sagen?«, sagte ich, nachdem ich eine Weile heftig Minzeduft geatmet hatte. »Moskitos stechen dich nicht in den Schwanz.«

»Es wäre mir sogar gleichgültig, wenn sie mich in ihren Horst schleppen, um mich an ihre Jungen zu verfüttern«, murmelte er. »Komm her, Sassenach.«

Ich schob mir das verschwitzte Haar aus dem Gesicht und schmiegte mich zufrieden in die Höhlung seiner Schulter. Jetzt war ich so in der schwülen Atmosphäre zu Hause, dass ich nicht länger versuchte, die Grenzen meines Körpers im Blick zu behalten, und schlicht in den Schlaf schmolz.

Ich schlief, ohne zu träumen und mich zu bewegen, bis mich der Anflug eines Krampfes so weit weckte, dass ich leicht meine Lage änderte. Jamie hob den Arm ein wenig, ließ ihn wieder sinken, als ich es mir bequem gemacht hatte, und mir wurde bewusst, dass er nicht schlief.

»Geht es … dir gut?«, murmelte ich lallend vor Müdigkeit.

»Aye«, flüsterte er, und seine Hand strich mir das Haar von der Wange. »Schlaf weiter, Sassenach. Ich wecke dich, wenn es Zeit ist.«

Mein Mund war verklebt, und ich brauchte einen Moment, um Worte zu finden.

»Du musst doch auch schlafen.«

»Nein«, sagte er leise, aber entschlossen. »Nein, ich habe nicht vor zu schlafen. So kurz vor der Schlacht … träume ich. Ich habe die letzten drei Nächte geträumt, und es wird immer schlimmer.«

Mein Arm lag quer über seiner Taille; bei diesen Worten hob ich ihn unwillkürlich und legte meine Hand auf sein Herz. Ich wusste, dass er geträumt hatte – und ich hatte auch eine gute Vorstellung davon, was er geträumt hatte … den Dingen nach, die er im Schlaf gesagt hatte. Und der Art nach, wie er zitternd erwacht war. *Es wird immer schlimmer.*

»Pst«, sagte er und neigte den Kopf, um mein Haar zu küssen. »Keine Sorge, *a nighean*. Ich möchte hier nur liegen mit dir in meinen Armen, dich beschützen und dir beim Schlafen zusehen. Dann kann ich klaren Kopfes aufstehen … und tun, was getan werden muss.«

66

KRIEGSBEMALUNG

Nessun dorma. »Niemand wird schlafen.« Es war ein Lied – eine Arie, hatte Brianna gesagt – aus einer Oper, die sie gut kannte; sie hatte an der Universität eine Rolle darin gespielt, in chinesischen Gewändern. Ian lächelte bei der Vorstellung, wie seine Cousine, die größer war als die meisten Männer, mit raschelnden Seidengewändern auf einer Bühne auf und ab schritt; er wünschte, er hätte das gesehen.

Er dachte an sie seit dem Moment, in dem er den kleinen Lederbeutel geöffnet hatte, der seine Farben enthielt. Sie war Malerin, Brianna, und zwar eine gute. Sie fertigte ihre eigenen Pigmente, und sie hatte ihm den roten Ocker gemacht, das Schwarz und Weiß aus Holzkohle und getrocknetem Lehm – hatte ihm ein dunkles Grün aus zerstoßenem Malachit zubereitet und ein leuchtendes Gelb aus der Galle eines Büffels, den sie und ihre Mutter getötet hatten; kein anderer Mann hatte so leuchtende Farben, und einen Moment lang wünschte er, Eats Turtles und einige seiner anderen Mohawkbrüder könnten hier sein, um sie zu bewundern.

Die Geräusche des Lagers waren wie das Singen der Zikaden in den Bäumen an einem Fluss; ein Summen, das zu laut war, um dabei zu denken, das jedoch verschwand, sobald man sich daran gewöhnte. *Niemand wird schlafen* … Die

Frauen und Kinder schliefen vielleicht – doch die Huren mit Sicherheit nicht. Nicht heute Nacht.

Er empfand einen Stich bei diesem Gedanken, ließ ihn jedoch ziehen. Dachte an Rachel und ließ sie ebenfalls ziehen, wenn auch widerstrebend.

Er öffnete den Weidenrindenbehälter mit dem Hirschtalg und salbte sich Gesicht, Brust und Schultern damit ein, langsam, konzentriert. Normalerweise sprach er dabei mit den Geistern der Erde und dann mit seinen persönlichen Heiligen, Michael und Bride. Doch er sah weder Michael noch Bride; Brianna war immer noch nicht ganz fort, doch vor allem hatte er das deutliche Gefühl, sein Vater sei da, was verwirrend war.

Es erschien ihm respektlos, seinen eigenen Vater fortzuschicken. Er hielt inne mit dem, was er tat, und schloss stattdessen die Augen, um abzuwarten, ob ihm Pa vielleicht etwas zu sagen hatte.

»Ich hoffe, du willst mir nicht meinen Tod verkünden, aye?«, sagte er laut. »Weil ich nicht vorhabe zu sterben, bevor ich nicht wenigstens mit Rachel geschlafen habe.«

»Das ist natürlich ein hehres Ziel.« Die trockene Stimme gehörte Onkel Jamie, und Ians Augen öffneten sich abrupt. Sein Onkel stand zwischen den zu Boden hängenden Wedeln einer Flussweide, nur mit seinem Hemd bekleidet.

»Ohne Uniform, Onkel Jamie?«, sagte er, obwohl das Herz in seiner Brust einen Satz gemacht hatte wie eine aufgeschreckte Maus. »Das wird General Washington aber gar nicht gern sehen.« General Washington legte extremen Wert auf korrekte Uniformen. Offiziere *mussten* zu jeder Zeit angemessen gekleidet sein; er sagte, man könne die Kontinentalen ja nicht als Armee ernst nehmen, wenn sie das Feld wie ein bewaffneter Pöbel betraten und sich auch so aufführten.

»Tut mir leid, wenn ich dich unterbrochen habe, Ian«, sagte Onkel Jamie und trat unter dem Baum hervor. Der Mond war fast verschwunden; er war nicht mehr als ein Geist mit bloßen Beinen, umweht von seinem Hemd. »Aber mit wem hast du denn gesprochen?«

»Oh. Mit meinem Pa. Er war einfach … auf einmal da. Ich meine, ich denke oft an ihn, aber ich habe nicht so oft das Gefühl, dass er *bei* mir ist. Also habe ich mich gefragt, ob er wohl da war, um mir zu sagen, dass ich heute sterben würde.«

Jamie nickte, ohne dass ihn Ians Worte zu beunruhigen schienen.

»Das bezweifle ich«, sagte er. »Du legst deine Bemalung an, aye? Bereitest dich vor, meine ich.«

»Aye, das hatte ich gerade vor. Möchtest du auch?« Es war nur halb gescherzt, und Jamie verstand es auch so.

»Das würde ich gern tun, Ian. Aber ich glaube, General Washington würde mich an den Daumen aufknüpfen und auspeitschen lassen, wenn ich ihm mit meinen Männern in Kriegsbemalung vor die Augen käme.«

Ian stieß einen kleinen Laut der Belustigung aus, tauchte zwei Finger in das Gefäß mit dem roten Ocker und begann, sich die Farbe auf die Brust zu reiben.

»Und was machst du dann nur im Hemd hier draußen?«

»Mich waschen«, sagte Jamie, jedoch in einem Ton, der darauf hindeutete, dass das nicht alles war. »Und … mit meinen eigenen Toten reden.«

»Mmpfm. Irgendjemand Besonderes?«

»Mein Onkel Dougal und Murtagh, der mein Patenonkel war. Das sind die beiden, die ich mir im Kampf am meisten an meiner Seite wünsche.«

Das fand Ian interessant; er hatte zwar keinen der beiden Männer kennengelernt, denn sie waren beide in Culloden gestorben, aber er hatte viel von ihnen gehört.

»Die geborenen Kämpfer«, sagte er. »Hast du meinen Pa auch gefragt? Ob er mit dir geht, meine ich. Vielleicht ist er ja deswegen hier.«

Überrascht wandte Jamie Ian den Kopf zu. Dann entspannte er sich und schüttelte den Kopf.

»Ich brauchte Ian Mòr noch nie zu fragen«, sagte er leise. »Er ist immer … einfach nur an meiner Seite.« Er wies mit einer knappen Geste in die Dunkelheit zu seiner Rechten.

Ians Augen brannten, und es schnürte ihm die Kehle zu. Doch das machte nichts; es war ja dunkel.

Er räusperte sich und streckte die Hand mit einem der kleinen Gefäße aus. »Hilfst du mir, Onkel Jamie?«

»Oh? Aye, sicher. Wie hättest du es denn gern?«

»Rot auf der Stirn – das kann ich selbst. Aber Schwarz von den Pünktchen bis zum Kinn.« Er fuhr mit dem Finger über die tätowierten Punkte, die sich über seine Wangen schwangen. »Schwarz steht für Kraft, aye? Damit tut man kund, dass man Krieger ist. Und Gelb bedeutet, dass man keine Angst vorm Sterben hat.«

»Och, aye. Möchtest du heute Gelb?«

»Nein.« Er legte ein Lächeln in seine Stimme, und Jamie lachte.

»Mmpfm.« Jamie tupfte die Farbe mit der Kaninchenpfote auf, die als Pinsel diente, dann verteilte er sie gleichmäßig mit dem Daumen. Ian schloss die Augen und spürte, wie ihm die Berührung Kraft schenkte.

»Machst du das normalerweise allein, Ian? Ohne Spiegel kommt mir das schwierig vor.«

»Meistens. Oder wir haben es manchmal gemeinsam getan, und ein Clansbruder hat mich bemalt. Wenn es wichtig war – ein großer Kriegszug –, hat uns der Medizinmann bemalt und dazu gesungen.«

»Sag nicht, du möchtest, dass ich singe, Ian«, murmelte sein Onkel. »Ich meine, ich würde es *versuchen*, aber …«

»Es geht schon, danke.«

Schwarz für die untere Gesichtshälfte, Rot für die Stirn und ein malachitgrüner Streifen, der den Tätowierungen folgte, von einem Ohr zum anderen, über seinen Nasenrücken hinweg.

Ian blickte auf die kleinen Pigmentschälchen; das Weiß war leicht zu erkennen, und er zeigte darauf.

»Kannst du mir vielleicht einen kleinen Pfeil malen, Onkel Jamie? Auf die Stirn.« Er fuhr mit dem Finger von links nach rechts, um zu zeigen, wo.

»Aye, das kann ich.« Jamies Kopf war über die Farbschälchen gebeugt, und seine Hand zögerte. »Aber hast du mir nicht einmal erzählt, dass Weiß für Frieden steht?«

»Aye, wenn man zu einer Verhandlung aufbricht, benutzt man viel Weiß. Aber es steht auch für Trauer – wenn man auszieht, um jemanden zu rächen, würde man vielleicht auch Weiß tragen.«

Jetzt zuckte Jamies Kopf hoch, und er starrte Ian an.

»Der Pfeil hat nichts mit Rache zu tun«, erklärte Ian. »Er ist für Fliegender Pfeil. Den Toten, dessen Stelle ich eingenommen habe, als ich adoptiert wurde.« Er sagte es, so beiläufig er konnte, doch er spürte, wie sein Onkel erstarrte und zu Boden blickte. Keiner von ihnen würde diesen Tag des Abschieds je vergessen, an dem er zu den Kahnyen'kehaka gegangen war und sie beide gedacht hatten, es wäre für alle Zeiten. Er beugte sich vor und legte Jamie die Hand auf den Arm.

»An diesem Tag hast du ›*cuimhnich*‹ zu mir gesagt, Onkel Jamie. Und das habe ich getan. Mich erinnert.«

»Genau wie ich, Ian«, sagte Jamie leise und malte ihm den Pfeil auf die Stirn wie ein Priester am Aschermittwoch, der ihn mit dem Zeichen des Kreuzes markierte. »Wie wir alle.«

Ian berührte vorsichtig den grünen Streifen, um sich zu vergewissern, dass er trocken genug war.

»Aye, ich glaube schon. Weißt du, dass Brianna mir die Farben angefertigt hat? Ich habe auch an sie gedacht, dann aber gedacht, ich sollte sie vielleicht nicht mitnehmen, nicht so.«

Er spürte Jamies Atem auf seiner Haut, als sein Onkel leise prustete und sich dann zurücklehnte.

»Du nimmst deine Frauen immer mit in die Schlacht, Ian Òg. Aus ihnen schöpfst du deine Kraft, Mann.«

»Oh, aye?« Das klang verständlich – und es erleichterte ihn. Dennoch … »Ich dachte nur, es ist möglicherweise nicht richtig, an einem solchen Ort an Rachel zu denken. Da sie doch Quäkerin ist.«

Jamie tauchte den Mittelfinger in das Schmalz, dann vorsichtig in den weißen Lehmpuder und zeichnete Ian ein breites, geschwungenes »V« unter die rechte Schulter. Es war sogar im Dunklen deutlich zu sehen.

»Weiße Taube«, sagte er und nickte. Er klang zufrieden. »Da hast du Rachel.«

Dann wischte er sich die Finger an dem Felsen ab, erhob sich und reckte sich. Ian sah, wie er sich umwandte, um nach Osten zu blicken. Es war zwar noch

Nacht, doch die Luft hatte sich verändert in den wenigen Minuten, die sie zusammengesessen hatten. Die hochgewachsene Gestalt seines Onkels malte sich deutlich vor dem Himmel ab, wo er kurz zuvor noch ein Teil der Nacht gewesen zu sein schien.

»Eine Stunde, nicht mehr«, sagte Jamie. »Iss erst etwas, aye?« Und damit wandte er sich ab und schritt zum Fluss davon, zurück zu seinem unterbrochenen Gebet.

67

NACH DINGEN GREIFEN, DIE NICHT DA SIND

William wünschte, er könnte damit aufhören, nach Dingen zu greifen, die nicht da waren. Ein Dutzend Mal – öfter noch – hatte er heute nach dem Dolch gegriffen, der an seinem Gürtel hätte stecken sollen. Ein- oder zweimal nach einer seiner Pistolen. Hatte die Hand ohnmächtig gegen seine Hüfte geschlagen und sein Schwert vermisst, das kleine, feste Gewicht seines Munitionsbeutels, das Schwingen seiner Patronenschachtel.

Und jetzt lag er schwitzend nackt auf seinem Feldbett, die flache Hand auf seiner Brust, wo er unbewusst nach dem hölzernen Rosenkranz gegriffen hatte. Dem Rosenkranz, der ihm, hätte er ihn noch gehabt, jetzt nicht mehr der Trost gewesen wäre, der er so viele Jahre gewesen war. Dem Rosenkranz, der, hätte er ihn noch gehabt, nicht länger »*Mac*« zu ihm gesagt hätte. *Hätte* er ihn noch, hätte er ihn sich vom Hals gerissen und ihn ins nächste Feuer geworfen. Genau das hatte James Fraser wahrscheinlich auch damit gemacht; William hatte dem Bastard den Rosenkranz ins Gesicht geworfen. Aber Fraser war hier schließlich nicht der Bastard, oder?

Er knurrte *Scheiße!* und warf sich gereizt herum. Einen Meter weiter bewegte sich Evans und furzte im Schlaf, ein plötzliches, gedämpftes Geräusch wie eine Kanone in der Ferne. Auf seiner anderen Seite schnarchte Merbling weiter.

Morgen. Er war nach einem erschöpfenden Tag spät zu Bett gegangen und würde in einer Stunde vielleicht schon wieder auf sein, doch er lag hellwach da, und seine Augen hatten sich so an die Dunkelheit gewöhnt, dass er das Zeltdach als helle Fläche über sich sehen konnte. Keine Chance, dass er schlafen würde, das wusste er. Selbst wenn er nicht kämpfen würde – und das würde er nicht –, erregte ihn die Nähe der Schlacht so sehr, dass er am liebsten sofort aus dem Bett gesprungen und mit gezogenem Schwert geradewegs auf den Feind zugerannt wäre.

Es würde eine Schlacht geben. Womöglich ja keine große, doch die Rebellen waren ihnen japsend auf den Fersen, und morgen – heute – würden sie aufeinandertreffen. Vielleicht würden sie Washingtons Ambitionen ja einen Dämpfer versetzen, obwohl Sir Henry darauf beharrte, dass dies nicht sein Ziel war. Er wollte seine Armee und die Menschen unter ihrem Schutz nach New York bringen; das war alles, was zählte – obwohl er auch nichts dagegen hatte, wenn seine Offiziere dabei ihre militärische Überlegenheit demonstrieren wollten …

William hatte beim Abendessen in Habtachtstellung hinter Sir Henrys Stuhl gestanden, den Rücken an der Zeltwand, und aufmerksam zugehört, während die Pläne zu Papier gebracht wurden. Hatte sogar die Ehre gehabt, die offizielle schriftliche Order zu von Knyphausen zu bringen, dessen Männer nach Middletown marschieren sollten, während Lord Cornwallis' Brigade mit dem Tross folgen sollte und sich eine kleine Nachhut unter Clinton den Rebellen entgegenstellen sollte. Deshalb war er so spät ins Bett gekommen.

Zu seiner eigenen Überraschung gähnte er plötzlich und entspannte sich blinzelnd. Möglicherweise konnte er ja doch ein bisschen schlafen. An das Abendessen zurückzudenken, an die Order und an Trivialitäten wie die Farbe des Nachthemds, das von Knyphausen trug – es war aus rosafarbener Seide und am Hals mit lila Stiefmütterchen bestickt –, statt an die kommende Schlacht hatte ihn erstaunlich beruhigt. Ablenkung. Das war es, was er brauchte.

Den Versuch war es wohl wert … Er wand sich, bis er die bequemste Lage gefunden hatte, die ihm möglich war, schloss die Augen und begann, im Kopf die Wurzeln der Zahlen über hundert zu ziehen.

Er war gerade bei der Wurzel von 117 angekommen und versuchte benommen, das Produkt von 12 mal 6 auszurechnen, als er plötzlich einen Luftzug auf seiner feuchten Haut spürte. Er seufzte und öffnete die Augen, weil er dachte, Merbling wäre aufgestanden, um zu pinkeln, doch es war nicht Merbling. Eine dunkle Gestalt stand just innerhalb des Zelteingangs. Der Eingang war nicht geschlossen, und die Gestalt war vor dem Schimmer der glühenden Lagerfeuer im Freien deutlich zu sehen. Ein Mädchen.

Er setzte sich hastig hin und tastete mit einer Hand nach dem Hemd, das er ans Fußende seines Feldbetts geworfen hatte.

»Was zum Teufel machst du hier?«, flüsterte er, so leise er konnte.

Sie hatte unsicher dagestanden. Doch als sie ihn sprechen hörte, kam sie geradewegs zu ihm, und ehe er sichs versah, waren ihre Hände auf seinen Schultern, und ihr Haar streifte sein Gesicht. Automatisch hob auch er die Hände und stellte fest, dass sie im Hemd war, ihre Brüste darunter frei und warm, nur Zentimeter vor seinem Gesicht.

Sie wich zurück, zog sich das Hemd über den Kopf, schüttelte ihr Haar aus und setzte sich rittlings auf ihn, so dass ihre feuchten runden Oberschenkel gegen die seinen drückten.

»Weg da!« Er packte sie bei den Armen und schob sie fort. Merbling hörte auf zu schnarchen. Evans' Bettwäsche raschelte.

William stand auf, schnappte sich ihr Hemd und das seine, nahm ihren Arm und schob sie so lautlos wie möglich aus dem Zelt.

»Was zum Teufel machst du denn? Hier, zieh das an!« Ohne Umschweife drückte er ihr das Hemd in die Arme und zog sich hastig an. Sie standen zwar niemandem im Blickfeld, doch das konnte sich jeden Moment ändern.

Ihr Kopf tauchte aus dem Hemd auf wie eine Blume aus einer Schneebank. Eine ziemlich aufgebrachte Blume.

»Nun, was *meinst* du denn, was ich gemacht habe?«, sagte sie. Sie zog ihr Haar aus dem Hemd und schüttelte es auf. »Ich wollte dir nur einen Gefallen tun!«

»Einen … was?«

»Du wirst doch morgen kämpfen, oder?« Das Licht reichte aus, um den Schimmer ihrer Augen zu sehen, als sie ihn anfunkelte. »Soldaten wollen vor einem Kampf doch immer vögeln! Sie brauchen es!«

Er rieb sich fest über das Gesicht, so dass die Bartstoppeln seine Handfläche kratzten, dann holte er tief Luft.

»Ich verstehe. Ja. Sehr freundlich von dir.« Plötzlich hätte er am liebsten gelacht. Außerdem hätte er – ebenfalls ganz plötzlich – ihr Angebot am liebsten ausgenutzt. Doch der Wunsch war nicht so stark, dass er es mit Merblings großen Ohren auf der einen und Evans' Lauschern auf der anderen Seite getan hätte.

»Ich werde morgen nicht kämpfen«, sagte er, und der Stich, den es ihm versetzte, das laut auszusprechen, verblüffte ihn.

»Nicht? Warum denn das nicht?« Auch sie klang verblüfft und mehr als nur ein bisschen missbilligend.

»Das ist eine lange Geschichte«, sagte er und rang um Geduld. »Und es geht dich nichts an. Hör zu. Ich weiß dein Angebot zu schätzen, aber ich habe dir doch gesagt, dass du keine Hure bist, zumindest im Moment nicht. Und du bist auch nicht *meine* Hure.« Obwohl seine Fantasie mit Bildern dessen beschäftigt war, was geschehen wäre, wenn sie sich in sein Bett gestohlen und ihn zu fassen bekommen hätte, ehe er ganz wach geworden wäre … Er schob den Gedanken entschlossen beiseite, legte ihr die Hände auf die Schultern und drehte sie um.

»Feigling!«, sagte sie. »Ein Mann, der nicht vögelt und nicht kämpft!«

»Was?!« Im ersten Moment dachte er, sie hätte das mit Sicherheit nicht gesagt, doch das hatte sie.

»Du hast mich sehr gut gehört.«

Er war mit zwei Schritten bei ihr, packte ihre Schulter und wirbelte sie zu sich herum.

»Und woher weißt du das alles, wenn ich fragen darf? Von deinem guten Freund, Hauptmann Harkness?« Eigentlich war er gar nicht wütend, doch ihm rauschte noch der Schreck ihres unerwarteten Auftauchens durch die Adern, und er *war* verärgert. »Habe ich dich etwa vor ihm gerettet, damit du mir die Umstände vorhalten kannst?«

Sie verzog den Mund und atmete heftig, schien aber nicht verstört zu sein.

»Was denn für Umstände?«, wollte sie stattdessen wissen.

»Ich habe dir doch gesagt … ach, verdammt. Weißt du, was die Konventionsarmee ist?«

»Nein.«

»Nun, das ist die lange Geschichte, und ich werde sie dir nicht erzählen, während ich im Hemd mitten im Lager stehe. Jetzt scher dich davon und kümmere dich um deine Schwester und um meine Burschen. Das ist deine Aufgabe; ich sorge schon für mich.«

Sie atmete heftig aus, es klang wie *Puh*!

»Oh, bestimmt«, sagte sie mit allem Sarkasmus, den sie aufbrachte, und mit einem vielsagenden Blick auf seinen Schwanz, der absurd gegen sein Hemd stieß und kein Geheimnis aus seinen ganz persönlichen Vorlieben machte.

»*Scheiße*«, murmelte er, packte sie in einer Umarmung, die ihren Körper der Länge nach gegen den seinen presste, und küsste sie. Sie wand sich zwar, doch ihm wurde schnell klar, dass sie nicht losgelassen werden wollte, sondern ihn nur weiter provozieren wollte. Er umarmte sie noch fester, bis sie aufhörte, küsste sie aber dann noch eine ganze Weile weiter.

Schließlich ließ er sie los, keuchend und mit Schweiß bedeckt; die Luft war so, als atmete man heißen Teer ein. Sie keuchte ebenfalls. Er hätte sie nehmen können. Sie im Gras neben dem Zelt auf die Knie drücken, ihr das Hemd hochziehen und sie von hinten nehmen – es würde höchstens Sekunden dauern.

»Nein«, sagte er und wischte sich mit dem Handrücken über den Mund. »Nein«, sagte er erneut, entschlossener. Jeder Nerv seines Körpers wollte sie, und wäre er sechzehn gewesen, wäre es längst vorbei gewesen. Doch das war er nicht, und er besaß gerade so viel Selbstbeherrschung, sie wieder umzudrehen. Er packte sie im Nacken und am Gesäß, damit sie sich nicht zurückdrehte, und hielt sie fest.

»Wenn wir in New York sind«, flüsterte er an ihr Ohr gebeugt, »überlege ich es mir noch einmal.«

Sie erstarrte, und ihr Gesäß rundete sich fest in seiner Hand, doch sie versuchte weder, sich ihm zu entwinden, noch, ihn zu beißen, was er halb erwartet hatte.

»Warum?«, fragte sie mit ruhiger Stimme.

»Das ist eine weitere lange Geschichte«, antwortete er. »Gute Nacht, Jane.« Und er ließ sie los und schritt in die Dunkelheit davon. In der Nähe hörte er, wie das Wecksignal der Trommeln begann.

VIERTER TEIL

DER TAG DER SCHLACHT

68

AUFBRUCH IN DUNKELHEIT

Ian hatte das Land schon tags zuvor kurz ausgekundschaftet. Es war Neumond, und er musste klug vorgehen und der Straße folgen. Er würde die Beine seines Pferdes nicht auf unebenem Terrain gefährden, solange er es nicht musste, und mochte ihm Bride gewähren, dass es bis dahin vollständig hell war.

Dennoch war er froh über die Dunkelheit und die Einsamkeit. Nicht, dass das Land still war; die Wälder lebten in der Nacht, und viele Lebewesen kamen in der scheuen Dämmerstunde hervor, wenn das Licht zuzunehmen begann. Doch weder das Rascheln der Hasen und Wühlmäuse noch die schläfrigen Rufe erwachender Vögel bedurften seiner Aufmerksamkeit noch achteten sie auf ihn. Er hatte seine Gebete zu Ende gebracht, nachdem Onkel Jamie ihn allein gelassen hatte, dann war er allein und schweigend aufgebrochen, und der Friede seiner Vorbereitungen lag immer noch über ihm.

Als er bei den Mohawk gelebt hatte – vor allem, als die Probleme mit Emily begonnen hatten –, verließ er das Langhaus oft tagelang und ging allein mit Rollo auf die Jagd, bis die Wildnis seinem Geist die Ruhe geschenkt hatte, gestärkt zurückzukehren. Er blickte automatisch zu Boden, doch Rollo war bei Rachel geblieben. Die Verletzung von der Falle heilte gut; Tante Claire hatte etwas aufgetragen, das half – doch er hätte Rollo selbst dann nicht mit in eine Schlacht genommen, wie es diese zu werden versprach, wenn er gesund und um einiges jünger gewesen wäre.

Es gab keinen Zweifel am Nahen der Schlacht. Er konnte es riechen. Sein Körper hob sich dem Kampf entgegen; er konnte das Kribbeln spüren – was ihn diesen Moment der Stille nur umso mehr schätzen ließ.

»Wird nicht mehr lange dauern«, sagte er leise zu dem Pferd, das ihn nicht beachtete. Er berührte die weiße Taube auf seiner Schulter und ritt weiter, immer noch still, aber nicht allein.

AUF SIR HENRYS BEFEHL hatten die Männer in dieser Nacht bewaffnet geschlafen. Mit einem Gewehr am Körper zu schlafen hatte etwas an sich, das einen Mann in Alarmbereitschaft hielt, bereit, jederzeit aus dem Schlaf zu fahren.

William hatte weder Waffen, mit denen er schlafen konnte, noch hatte man ihn wecken müssen, da er gar nicht geschlafen hatte, doch er war deshalb nicht weniger alarmbereit. Er würde zwar nicht kämpfen, was er zutiefst bedauerte – doch er würde mit hinausziehen, bei Gott.

Im Lager herrschte großes Hin und Her, Trommeln rasselten in den Gängen zwischen den Zelten auf und ab und riefen die Soldaten. Überall roch es nach backendem Brot, Schweinefleisch und heißem Erbsporridge.

Noch war keine Spur der Dämmerung zu sehen, doch er konnte die Sonne spüren, just unterhalb des Horizonts, wo sie sich mit langsamer Unausweichlichkeit zur Herrschaft über den Tag erhob. Dieser Gedanke erinnerte ihn lebhaft an den Wal, den er auf der Reise nach Amerika gesehen hatte; ein dunkler Schatten unterhalb der Seitenwand des Schiffs, den man leicht als Wechselspiel des Lichts auf den Wellen abtun konnte – und dann langsam die wachsende Masse, das plötzliche Begreifen und das atemlose Wunder, ihn aufsteigen zu sehen, so nah, so riesig – und plötzlich *da*.

Er befestigte seine Strumpfbänder und zog sie zu, ehe er die Schnallen an seinen Kniebünden schloss und sich die Hessenstiefel anzog. Wenigstens hatte er seine Halsberge wieder, die der Alltäglichkeit des Ankleidens einen zeremoniellen Hauch verlieh. Doch die Halsberge erinnerte ihn natürlich an Jane – würde er sie jemals tragen können, *ohne* an das verdammte Mädchen zu denken? – und an die jüngsten Ereignisse.

Er hatte es bedauert, ihr Angebot nicht anzunehmen, bedauerte es nach wie vor. Sogar jetzt noch konnte er sie riechen, ein sanfter Moschus, als steckte er das Gesicht in einen dichten Pelz. Auch ihre Bemerkung saß immer noch, und er prustete und rückte sich den Rock auf den Schultern zurecht. Vielleicht würde er es sich ja überlegen, *bevor* sie New York erreichten.

Diese müßigen Gedanken wurden durch das Auftauchen Hauptmann Crosbies unterbrochen, eines anderen Adjutanten Sir Henrys, der den Kopf durch den Zelteingang steckte und sichtlich in großer Eile war.

»Oh, da seid Ihr ja, Ellesmere. Hatte gehofft, Euch zu erwischen. Hier!« Er warf eine zusammengefaltete Note in Williams Richtung und verschwand.

William prustete erneut und hob sie auf. Thompson und Merbling waren beide fort, da sie tatsächlich Männer zu inspizieren und zu befehligen hatten; er beneidete sie zutiefst.

Die Note war von General Sir Henry Clinton und traf ihn wie ein Schlag in die Magengrube. »*... halte ich es im Hinblick auf Eure besondere Situation für das Beste, wenn Ihr heute in der Schreibstube bleibt ...*«

»*Stercus!*«, sagte er, weil er feststellte, dass Deutsch nicht ausreichte, um seine Empfindungen auszudrücken. »*Excrementum obscoenum! Filius mulieris prostabilis!*«

Ihm wurde eng um die Brust, das Blut dröhnte in seinen Ohren, und er hätte am liebsten auf etwas eingeschlagen.

Es würde keinen Zweck haben, an Sir Henry zu appellieren, das wusste er. Aber den Tag mehr oder minder damit zu verbringen, dass er im Zelt der Schreiber mit den Hufen scharrte? Denn was gab es dort für ihn zu *tun*, wenn er keine Depeschen überbringen oder nicht einmal die niedere, aber notwendige Aufgabe erfüllen durfte, das Heergefolge und die Loyalisten zu beaufsichtigen? Was?! Sollte er etwa den Schreibern das Essen holen oder in jeder Hand eine Fackel halten, wenn es dunkel wurde, wie ein verdammter Kerzenleuchter?

Er war gerade im Begriff, die Note zu zerknüllen, als sich ein weiterer unwillkommener Kopf in das Zelt schob, gefolgt von einem eleganten Körper. Major André, einer von Sir Henrys Hauptadjutanten, für den Kampf gekleidet, das Schwert an der Seite und die Pistolen im Gürtel. William betrachtete ihn voller Abneigung, obwohl er eigentlich ein ganz liebenswerter Kerl war.

»Oh, da seid Ihr ja, Ellesmere«, sagte André erfreut. »Hatte gehofft, dass Ihr noch nicht fort seid. Ihr müsst eine Depesche für mich überbringen, schnell. An Oberst Tarleton – von der Britischen Legion, die neuen Jungs in Grün. Ihr kennt ihn doch?«

»Ja.« William nahm die versiegelte Depesche mit einem seltsamen Gefühl entgegen. »Gewiss, Major.«

»Guter Mann.« André lächelte und drückte ihm die Schulter, dann schritt er ins Freie, strotzend vor Zuversicht angesichts des nahen Kampfes.

William holte tief Luft, faltete Sir Henrys Note sorgfältig wieder so zusammen, wie sie gewesen war, und legte sie auf sein Bett. Wer wollte denn sagen, dass er André nicht zuerst begegnet war und infolge der Dringlichkeit seiner Bitte sofort aufgebrochen war, ohne Sir Henrys Note zu lesen?

Er glaubte ohnehin nicht, dass man ihn vermissen würde.

69

ANTE-EMM

Es war vielleicht vier Uhr Ante-Emm, wie es die britischen Soldaten meiner eigenen Zeit auszudrücken pflegten. Da war sie wieder, diese zeitliche Orientierungslosigkeit, in der sich die Erinnerungen an einen anderen kommenden Krieg wie Nebel plötzlich zwischen mich und meine Arbeit schoben, um dann blitzschnell wieder zu verschwinden und mich die Gegenwart scharf und Kodachrome-bunt sehen zu lassen.

Vor Jamie hing kein Nebel. Er war hochgewachsen und real, sein Umriss in den Dämmerfetzen der schwindenden Nacht deutlich zu erkennen. Ich war hellwach, angekleidet und bereit, doch die Kühle des Schlafs steckte mir noch unter der Haut, und meine Finger waren ungeschickt. Ich konnte seine Wärme spüren und suchte seine Nähe wie die eines Lagerfeuers. Er führte Clarence, der noch wärmer war, wenn auch deutlich weniger wach, denn er ließ verschlafen und missmutig die Ohren hängen.

»Du nimmst Clarence mit«, sagte Jamie zu mir und drückte mir die Zügel des Maultiers in die Hand. »Und die hier, um sicherzugehen, dass du ihn auch behältst, falls du irgendwann auf dich selbst gestellt bist.« »Die hier« waren ein

Paar schwere Pistolen, die in Halftern an einem dicken Ledergürtel steckten, an dem auch Munitionsbeutel und Pulverhorn befestigt waren.

»Danke«, sagte ich und schluckte, während ich die Zügel um einen Schössling schlang, um mir den Gürtel anzulegen. Die Pistolen waren erstaunlich schwer – aber ich konnte nicht leugnen, dass ihr Gewicht an meinen Hüften gleichzeitig erstaunlich beruhigend wirkte.

»Gut«, sagte ich und warf einen Blick auf das Zelt, in dem sich John befand. »Was ist mit …«

»Ich habe mich darum gekümmert«, sagte er und schnitt mir das Wort ab. »Hol deine restlichen Sachen, Sassenach; mir bleibt höchstens noch eine Viertelstunde, und ich brauche dich an meiner Seite, wenn wir aufbrechen.«

Ich sah zu, wie er in das Gewimmel schritt, hochgewachsen und entschlossen, und fragte mich – wie schon so oft – *Wird es heute sein? Wird dies das letzte Bild sein, das mir von ihm in Erinnerung bleibt*? Ich stand ganz reglos da und beobachtete ihn mit ganzer Kraft.

Als ich ihn das erste Mal verloren hatte, vor Culloden, hatte ich mich auch so erinnert. An jeden Moment unserer letzten gemeinsamen Nacht. Winzige Einzelheiten, die mir im Lauf der Jahre wieder einfielen: der Salzgeschmack auf seiner Schläfe und die Rundung seines Schädels, als ich seinen Kopf umfasste, das feine Haar in seinem Nacken, dicht und feucht in meinen Fingern … das plötzliche, magische Aufquellen seines Blutes im Dämmerlicht, als ich ihn in die Hand geschnitten und ihm für immer mein Zeichen aufgedrückt hatte. Diese Dinge hatten ihn bei mir gehalten.

Und als ich ihn diesmal verloren hatte, an die See, hatte ich mich daran erinnert, wie es war, ihn an meiner Seite zu haben, warm und fassbar in meinem Bett, an den Rhythmus seiner Atmung. Das Licht auf seinen Wangenknochen im Mondschein und die Röte seiner Haut bei Sonnenaufgang. Ich konnte ihn atmen hören, wenn ich in dem Haus an der Chestnut Street allein im Bett lag – langsam, regelmäßig, unaufhörlich … obwohl ich wusste, dass er aufgehört *hatte*. Erst tröstete mich das Geräusch, dann trieb mich das Wissen um den Verlust zum Wahnsinn, und ich zog mir das Kissen fest über den Kopf in dem vergeblichen Versuch, es auszusperren … um schließlich wieder in das nächtliche Zimmer aufzutauchen, voller Holzrauch und Kerzenwachs und verschwundenem Licht, und es zu meinem Trost erneut zu hören.

Wenn es diesmal … doch er hatte sich umgedreht, ganz plötzlich, als hätte ich seinen Namen gerufen. Er kam eilig zu mir zurück, fasste meine Arme und sagte mit leiser, kräftiger Stimme: »Heute wird es auch nicht sein.«

Dann legte er die Arme um mich und zog mich auf die Zehenspitzen zu einem tiefen, sanften Kuss. Ich hörte die Beifallsrufe der Männer in unserer Nähe, doch das spielte keine Rolle. Selbst wenn es heute sein würde, würde ich mich erinnern.

JAMIE SCHRITT auf seine wartenden Kompanien zu, die sich lose am Fluss gesammelt hatten. Der Atem des Wassers und der Nebel, der von der Oberfläche aufstieg, trösteten ihn, hielten ihn ein wenig länger in den Frieden der Nacht gehüllt und in das Gefühl der Nähe seiner Verwandten. Er hatte Ian Mòr aufgetragen, bei Ian Òg zu bleiben, wie es sich ziemte, doch er hatte immer noch das seltsame Gefühl, dass drei Männer bei ihm waren.

Er würde die Kraft seiner Toten brauchen. Dreihundert Mann, die er seit nicht einmal drei Tagen kannte. Bis jetzt waren es immer Männer aus seiner Familie, seinem Clan gewesen, die er in die Schlacht geführt hatte; Männer, die ihn kannten, ihm vertrauten – so wie er sie kannte und ihnen vertraute. Diese Männer waren Fremde für ihn, und doch lag ihr Leben in seiner Hand.

Ihr Mangel an militärischer Ausbildung sorgte ihn nicht; sie waren zwar ungebildet und undiszipliniert, beinahe Gesindel im Vergleich mit den regulären Kontinentalsoldaten, die den ganzen Winter unter von Steuben exerziert hatten – er musste lächeln, als er an den kleinen, tonnenförmigen Preußen dachte –, doch seine Soldaten waren regelmäßig solche Männer gewesen: Farmer und Jäger, die man von ihrem Tagewerk fortgerissen hatte, genauso oft nur mit Sicheln oder Spaten bewaffnet wie mit Musketen oder Schwertern. Sie würden wie die Berserker für ihn – mit ihm – kämpfen, wenn sie ihm vertrauten.

»Wie stehen die Dinge, Reverend?«, fragte er leise den Prediger, der gerade seine Freiwilligenschar gesegnet hatte und mit hochgezogenen Schultern in seinem schwarzen Rock zwischen ihnen stand, die Arme immer noch halb ausgebreitet wie eine Vogelscheuche, die im Morgengrauen ihr nebliges Feld beschützt. Das Gesicht des Mannes, der stets gestreng dreinblickte, erhellte sich bei seinem Anblick, bevor er begriff, dass es der Himmel war, der zu leuchten begonnen hatte.

»Alles gut, Sir«, antwortete Woodsworth schroff. »Wir sind bereit.« Bertram Armstrong erwähnte er Gott sei Dank nicht.

»Gut«, sagte Jamie. Er blickte lächelnd von einem Gesicht zum anderen und sah, wie auch sie sich nacheinander erhellten, als das Morgenlicht sie berührte. »Mr. Whelan, Mr. Maddox, Mr. Hebden … ich hoffe, es geht euch heute Morgen gut?«

»Ja«, murmelten sie und schienen auf schüchterne Weise erfreut, dass er ihre Namen kannte. Er wünschte, er würde sie alle kennen, musste sich aber mit dem begnügen, was er tun konnte, indem er sich aus jeder Kompanie zumindest einige Namen und Gesichter merkte. Vielleicht erzeugte das ja die Illusion, dass er jeden Mann mit Namen kannte – er hoffte es; es war wichtig, dass sie wussten, dass sie ihm nicht gleichgültig waren.

»Alles bereit, Sir.« Es war Hauptmann Craddock, einer seiner drei Hauptmänner, steif und befangen angesichts der Bedeutung des Augenblicks, mit Drexel Bixby und Lewis Orden, Jamies Leutnants, hinter ihm. Bixby war nicht mehr als zwanzig, Orden ungefähr ein Jahr älter; sie konnten ihre Aufregung kaum verhehlen, und er lächelte sie an und fühlte sich vom Echo ihrer jugendlichen Freude angesteckt.

Ihm fiel auf, dass sich einige *sehr* junge Männer in der Miliz befanden. Ein paar halbwüchsige Jungen, hochgewachsen und hager wie Maisstängel – wer war das? Ah ja, Craddocks Söhne. Jetzt fiel es ihm wieder ein; ihre Mutter war erst vor einem Monat gestorben, und so hatten sie ihren Vater zur Miliz begleitet.

Gott, hilf, dass ich sie heil zurückbringe!, betete er.

Und spürte – spürte tatsächlich –, wie sich kurz eine Hand auf seine Schulter legte, und wusste, wer der dritte Mann war, der an seiner Seite ging.

Taing, Pa, dachte er und hob blinzelnd das Gesicht, um den Eindruck zu erwecken, das zunehmende Licht sei schuld an den Tränen in seinen Augen.

Ich band Clarence an einen Pfosten und kehrte in das Zelt zurück, jetzt weniger besorgt, doch nach wie vor angespannt. Was auch immer geschehen würde, würde schnell geschehen, und wahrscheinlich würde es keine große Vorwarnung geben. Fergus und Germain hatten sich auf die Suche nach Frühstück begeben; ich hoffte, dass sie wieder auftauchen würden, bevor ich gehen musste – denn wenn der Zeitpunkt kam, würde ich gehen müssen, ganz gleich, welche Bedenken es mir verursachte, einen Patienten allein zu lassen. Ganz gleich, welchen Patienten.

Der fragliche Patient lag auf dem Rücken unter der Laterne, das gesunde Auge halb geschlossen, und sang auf Deutsch vor sich hin. Bei meinem Eintreten hielt er inne, wandte den Kopf, um zu sehen, wer es war, und blinzelte beim Anblick meiner Bewaffnung.

»Rechnen wir mit einer unmittelbaren Invasion und Gefangennahme?«, fragte er und setzte sich auf.

»Leg dich wieder hin. Nein, Jamie ist nur vorsichtig.« Ich berührte eine der Pistolen. »Ich weiß noch nicht einmal, ob sie schon geladen sind.«

»Das sind sie mit Sicherheit. Wenn der Mann eines ist, dann gründlich.« Er ließ sich wieder zurücksinken und stöhnte leise.

»Du glaubst wirklich, dass du ihn furchtbar gut kennst, nicht wahr?«, fragte ich mit einem gereizten Unterton, der mich selbst überraschte.

»Ja, das tue ich«, antwortete er prompt. Er lächelte schwach über meine Miene. »In mancher Hinsicht gewiss nicht so gut wie du – in manch anderer aber vielleicht besser. Wir sind beide Soldaten.« Er neigte den Kopf in Richtung des Militärlärms draußen vor dem Zelt.

»Wenn du ihn so gut kennst«, sagte ich verärgert, »hättest du doch so schlau sein müssen, das nicht zu sagen, was auch immer du zu ihm gesagt hast.«

»Ah.« Das Lächeln verschwand, und er blickte nachdenklich zum Leinen des Zeltdachs hinauf. »Ich war auch so schlau. Ich habe es einfach trotzdem gesagt.«

»Ah«, erwiderte ich und setzte mich neben den Berg aus Taschen und Vorräten, die uns bis hier begleitet hatten. Vieles davon würde ich zurücklassen müssen. Einiges davon konnte ich Clarence auf den Rücken und in die Satteltaschen laden, aber nicht alles. Die Armee war angewiesen worden, im Interesse der Geschwindigkeit fast alles zurückzulassen, was sie dabeihatte, außer den Waffen und Feldflaschen.

»Hat er dir gesagt, was es war?«, fragte John nach einem Moment mit betont beiläufiger Stimme.

»Was du gesagt hast? Nein, aber ich könnte es sehr wahrscheinlich raten.« Ich presste die Lippen aufeinander und sah ihn nicht an, sondern reihte stattdessen Flaschen auf einer Kiste auf. Ich hatte Salz vom Wirt bekommen – nicht ohne Schwierigkeiten – und ein paar Flaschen Salzlösung hergestellt, und dann hatte ich noch Alkohol … Ich ergriff die Kerze und begann, sorgfältig Wachs über die Korken zu träufeln, damit sie sich nicht lösten und die Flaschen unterwegs womöglich ihren Inhalt verloren.

Ich wollte der Entstehung von Johns Augenverletzung nicht weiter nachgehen. Abgesehen von allen anderen Überlegungen war es nur zu gut möglich, dass ein solches Gespräch unangenehm dicht an das Gefängnis von Wentworth rührte. Jamie mochte ihn ja in den letzten Jahren als engen Freund betrachtet haben, doch ich war mir sicher, dass er John nie von Black Jack Randall und von den Dingen erzählt hatte, die sich in Wentworth abgespielt hatten. Vor Jahren hatte er es seinem Schwager Ian erzählt, daher musste Jenny es auch wissen, obwohl ich bezweifelte, dass sie Jamie je darauf angesprochen hatte. Sonst jedoch bestimmt niemandem.

Wahrscheinlich ging John davon aus, dass ihn Jamie aus Ekel vor seiner offenen sexuellen Anspielung geschlagen hatte – oder aus Eifersucht um meinetwillen. Es war vielleicht nicht ganz fair, ihn in diesem Glauben zu lassen – doch es ging hier nicht um Fairness.

Dennoch bedauerte ich die Unstimmigkeit zwischen ihnen. Abgesehen von der persönlichen Verlegenheit, in die mich die gegenwärtige Lage brachte, wusste ich, wie viel Johns Freundschaft Jamie bedeutet hatte – und umgekehrt. Und ich war zwar mehr als erleichtert darüber, dass ich nicht mehr mit John verheiratet war, doch er lag mir sehr am Herzen.

Und … der Lärm und das Hin und Her ringsum drängten mich zwar, mich ganz auf den bevorstehenden Aufbruch zu konzentrieren – doch ich konnte nicht vergessen, dass dies auch das letzte Mal sein konnte, dass ich John sah.

Ich seufzte und begann, die versiegelten Flaschen in Tücher zu wickeln. Eigentlich sollte ich noch so viel wie möglich von meiner Ausbeute aus Kingsessing hinzufügen, aber …

»Sorge dich nicht, meine Liebe«, sagte John sanft. »Du weißt, dass alles wieder ins Lot kommen wird – vorausgesetzt, wir leben alle noch so lange.«

Ich warf ihm einen strengen Blick zu und wies kopfnickend auf den Zelteingang, wo das Klappern und Scheppern des Militärlagers kurz vor dem Aufbruch immer mehr anschwoll.

»Nun, *du* wirst ja wahrscheinlich überleben«, sagte ich. »Es sei denn, du sagst etwas Falsches zu Jamie, bevor wir gehen, und er dreht dir diesmal tatsächlich den Hals um.«

Er blickte – so kurz wie möglich – auf den hellen Streifen aus stauberfülltem Licht und schnitt eine Grimasse.

»Du musstest das noch nie, oder?«, sagte ich, als ich sein Gesicht sah. »Still sitzen und eine Schlacht abwarten, während du dich fragst, ob ein Mensch, der dir am Herzen liegt, zurückkommen wird?«

»Höchstens in Bezug auf mich selbst«, erwiderte er, doch ich konnte sehen, dass die Bemerkung ins Schwarze getroffen hatte. Daran *hatte* er nicht gedacht, und der Gedanke gefiel ihm überhaupt nicht. *Willkommen im Club*, dachte ich sardonisch.

»Glaubst du, sie werden Clinton erwischen?«, fragte ich nach kurzem Schweigen. Er zuckte beinahe gereizt mit den Schultern.

»Woher soll ich das wissen? Ich habe nicht die geringste Ahnung, wo sich Clintons Truppen befinden – was das betrifft, habe ich ja nicht einmal eine Ahnung, wo sich Washington befindet oder wo wir sind.«

»General Washington befindet sich ungefähr dreißig Meter in dieser Richtung«, sagte ich und hob einen Korb mit Verbandsmaterial auf, während ich kopfnickend auf die Stelle wies, wo ich den Oberbefehlshaber zuletzt gesehen hatte. »Und es würde mich sehr überraschen, wenn General Clinton sehr viel weiter entfernt wäre.«

»Oh, und wie kommst du darauf?«, fragte er jetzt halb belustigt.

»Weil vor einer Stunde der Befehl kam, alle unnötigen Vorräte über Bord zu werfen – obwohl es vielleicht nicht wörtlich so gesagt wurde, weil ich nicht weiß, ob man es heutzutage derart formulieren würde. Das war auch der Grund, warum wir die Männer begutachtet haben, als wir dich gefunden haben – um alle zurückzulassen, die nicht zu einem langen Marsch bei knappen Rationen imstande sind, sollte das notwendig werden. Offensichtlich ist es das. Aber du weißt sowieso genau, was hier vorgeht«, fügte ich hinzu und beobachtete ihn. »*Ich* kann es hören. Du doch erst recht.«

Jeder, der Ohren oder Augen hatte, konnte die nervöse Aufregung im Lager spüren, die hastigen Vorbereitungen sehen, die kleinen Streitereien oder Flüche, wenn die Männer einander im Weg waren, das Gebell der Offiziere, alles knapp am Rande eines testosteronverseuchten Gewaltausbruchs, dazu das Geschrei der Maultiere – ich hoffte, dass niemand Clarence stahl, bevor ich zu ihm zurückkehrte.

John nickte schweigend. Ich konnte sehen, wie er über die Situation nachdachte, einschließlich der offensichtlichen Schlussfolgerungen.

»Über Bord werfen«, wiederholte er geistesabwesend. »Aber …« Er zuckte zusammen, weil er begriff, was ich mit dieser Formulierung noch gesagt hatte, und starrte mich mit seinem nicht verbundenen Auge an.

»Tu das nicht«, sagte ich, »du schadest dem anderen. Und was ich bin oder nicht bin, spielt doch jetzt keine Rolle, oder?«

»Nein«, murmelte er und schloss das Auge einen Moment, dann öffnete er es wieder und blickte zum Zeltdach hinauf. Es dämmerte jetzt; das gelbliche Leinen begann zu leuchten, und die Luft war stickig vom Staub und dem Geruch nach getrocknetem Schweiß.

»Ich weiß nur sehr wenig, was für General Washington von Interesse sein könnte«, sagte er, »und es würde mich überraschen, wenn er dieses Wenige nicht schon wüsste. Ich bin kein Offizier im Dienst ... zumindest war ich das nicht, bis mein verflixter Bruder beschlossen hat, mich wieder in sein verflixtes Regiment einzuberufen. Wusstest du, dass er um ein Haar daran schuld gewesen wäre, dass man mich *hängt*?«

»Nein, aber es sieht ihm sehr ähnlich«, sagte ich und lachte trotz meiner Bestürzung.

»Woher willst du ... oh Gott. Du bist Hal *begegnet*?« Er hatte sich auf einen Ellbogen erhoben und sah mich blinzelnd an.

»Ja«, erwiderte ich. »Leg dich hin, dann erzähle ich es dir.« Zumindest während der nächsten Minuten würde keiner von uns das Zelt verlassen, und ich konnte ihm die Geschichte meiner Abenteuer mit Hal in Philadelphia erzählen, während ich Bandagen aufwickelte, meine Medizintruhe aufräumte und mir die wichtigsten Vorräte zusammenstellte. Im Notfall würde ich möglicherweise auf das angewiesen sein, was ich im Laufen auf dem Rücken tragen konnte, und mit diesem Hintergedanken packte ich mir einen kleinen Rucksack, während ich John mitteilte, was ich von seinem Bruder hielt.

»Himmel, wenn er glaubt, er hat auch nur die geringste Chance, Dorothea an der Heirat mit Doktor Hunter zu hindern ... Ich glaube, ich würde viel Geld dafür bezahlen, dabei zu sein, wenn er Denzell begegnet«, sagte er. »Auf wen würdest du wetten ... vorausgesetzt, Hal hat kein Regiment dabei, um seine Ansichten mit Gewalt durchzusetzen?«

»Denzell, drei zu zwei«, sagte ich nach kurzer Überlegung. »Er hat nicht nur Gott, sondern zudem die Liebe – und Dorothea – auf seiner Seite, und ich glaube, das überwiegt selbst Hals spezielle Art von ... von ... autokratischer Weltsicht.«

»Ich selbst würde es ja pure Bosheit nennen, aber ich bin ja auch sein Bruder. Ich darf mir das herausnehmen.«

Französische Stimmen kündigten Fergus und Germain an, und ich stand abrupt auf.

»Es kann sein, dass ich nicht ...«, begann ich, doch er hob die Hand und gebot mir Einhalt.

»Wenn nicht, dann leb wohl, meine Liebe«, sagte er leise. »Und viel Glück.«

70

DIE EINE LAUS

Es war eine knappe Stunde nach Tagesanbruch, und es würde zweifellos ein weiterer grauenhaft heißer Tag werden, doch noch war die Luft frisch, und William und Visigoth waren zufrieden. Er bahnte sich seinen Weg durch die brodelnde Masse aus Männern, Pferden, Munitionswagen und anderem Kriegsgerät und pfiff dabei leise »The King Enjoys His Own Again«.

Die Gepäckwagen wurden bereits angespannt; eine gewaltige Staubwolke erhob sich, trübe und von der aufgehenden Sonne mit Gold durchstochen, über dem Lager der Fuhrleute neben von Knyphausens Division, die eine Viertelmeile weiter am anderen Ende von Middletown lagerte. Sie würden jeden Moment nach Sandy Hook aufbrechen – und mit ihnen Jane, Fanny, Zeb und Colenso, so hoffte er aufrichtig. Die Erinnerung an die Haut an der Innenseite von Janes Oberschenkeln schoss ihm wie ein Funke durch den Kopf, und er hörte auf zu pfeifen, doch dann schüttelte er sich das Bild aus dem Kopf. Er hatte zu tun!

Niemand wusste genau, wo die neue Britische Legion war, obwohl man sie in der Nähe von Clintons Division vermutete, da sie eines seiner persönlichen Regimenter war, das er erst vor einem Monat in New York aufgestellt hatte. Das konnte zwar riskant werden, doch William wäre jede Wette eingegangen, dass Sir Henry ihn unter den gegenwärtigen Bedingungen nicht bemerken würde.

»Als wollte man eine einzige Laus aus einer Franzosenperücke picken«, murmelte er und klopfte Visigoth auf den Hals. Das Pferd war frisch und munter; konnte es nicht abwarten, die Straße zu erreichen und loszugaloppieren. Clintons Division bildete die Nachhut in Middletown, eine Meile die Straße hinunter – weit genug, um Visigoth' Übermut ein wenig zu kühlen. Zuerst jedoch mussten sie durch das Heergefolge, das sich gerade aus dem Schlaf zu verzweifelter Hast hochkämpfte. Er hielt die Zügel kurz, damit Visigoth kein Kind zertrampelte – der ganze Boden war voll davon, sie lagerten wie die Heuschrecken.

Als er vom Boden aufblickte, fiel ihm eine vertraute Gestalt ins Auge, die um Brot anstand, und sein Herz tat einen kleinen Freudensprung. Anne Endicott, schon fertig angekleidet, aber ohne ihre Haube, so dass ihr das dunkle Haar in einem dicken Zopf über den Rücken hing. Dieser Anblick versetzte ihm einen leisen, intimen Schauder, und er verkniff es sich nur mit Mühe, nach ihr zu rufen. Zeit genug nach dem Kampf.

71

FOLIE À TROIS

Fergus hatte mir ein Wurstbrötchen und einen Becher Kaffee mitgebracht – erstaunlicherweise richtigen Kaffee.

»Mylord wird Euch bald holen lassen«, sagte er und reichte mir beides.

»Ist er denn fast so weit?« Das Essen war warm und frisch – und ich wusste, dass es möglicherweise das letzte war, was ich in nächster Zeit bekommen würde –, doch ich schmeckte es kaum. »Habe ich noch Zeit, um Lord Johns Auge frisch zu verbinden?« Die allgemeine Hast war deutlich zu spüren, und meine Haut hatte angefangen zu zucken, als würde ich von Ameisen überfallen.

»Ich gehe nachsehen, Mylady. Germain?« Fergus wies mit dem Kopf zum Zelteingang, um Germain zum Mitgehen aufzufordern.

Doch Germain wollte lieber im Zelt bleiben – ob aus Loyalität zu John oder aus Angst, sich allein mit Jamie wiederzufinden, der das, was er über die Zukunft von Germains Hintern gesagt hatte, ganz eindeutig ernst gemeint hatte.

»Es geht schon«, versicherte ihm John. »Geh mit deinem Vater.« Er war zwar immer noch blass und verschwitzt, doch sein Kiefer und seine Hände waren entspannt; er hatte keine großen Schmerzen.

»Ja, es geht schon«, sagte ich zu Germain, nickte aber Fergus zu, der ohne ein weiteres Wort hinausging. »Hol mir frische Watte, ja? Dann kannst du mir helfen, während sich Seine Lordschaft ausruht. Und was dich betrifft …« Ich wandte mich an John. »Du bleibst liegen, hältst dein Auge geschlossen und siehst zu, dass du nicht in Schwierigkeiten gerätst, falls so etwas möglich ist.«

Er bewegte das gesunde Auge in meine Richtung und zuckte sacht zusammen, als die Bewegung an dem verletzten Auge zog.

»Willst du etwa sagen, dass *ich* an dem Durcheinander schuld bin, das zu meiner Verletzung geführt hat? Denn ich erinnere mich deutlich, dass auch du eine kleine Nebenrolle bei ihrer Entstehung gespielt hast.« Er klang ziemlich gereizt.

»Ich hatte nicht das Geringste damit zu tun, dass du *hier* gelandet bist«, sagte ich entschlossen, obwohl ich spüren konnte, wie meine Wangen erröteten. »Germain, hast du die Watte gefunden?«

»Wird der Honig denn keine Fliegen anziehen, Oma?« Germain reichte mir die Watte, um die ich gebeten hatte, blieb aber neben dem Bett stehen und blickte stirnrunzelnd auf den Insassen hinunter. »Du weißt doch, was man sagt, aye? Honig fängt Fliegen besser als Essig. Du könntest ihn nicht vielleicht mit Essig übergießen?«

»Hmmm.« Er hatte nicht unrecht; wir waren nicht weit von den Fuhrleuten entfernt; ich konnte Maultiere schnauben und rufen hören, und mir waren frisch erwachte Fliegen schlaftrunken um die Ohren gesummt, als ich den alten Verband loswickelte. »Nun ja. Essig nicht, aber Minze könnte helfen. Dann such die Dose mit der Lilie und reibe Seiner Lordschaft Gesicht und Hände mit der Salbe ein – pass auf, dass nichts in seine Augen kommt. Danach bring mir die kleine Schachtel …«

»Ich bin absolut imstande, mich selbst einzureiben«, unterbrach Lord John und hielt Germain die Hand entgegen. »Gib mir die Salbe.«

»Du sollst still liegen«, sagte ich meinerseits ziemlich gereizt. »Was die Dinge betrifft, zu denen du imstande bist, so möchte ich gar nicht daran denken.« Ich hatte ein Schälchen Honig zum Erwärmen neben die Laterne gestellt; ich füllte meine Spritze und injizierte den Honig rings um sein verletztes Auge, ballte etwas Watte zusammen, drückte sie ihm sanft in die Augenhöhle und wand ihm einen sauberen Gazestreifen um den Kopf, um sie zu befestigen. Dabei überlegte ich.

»Germain … bitte fülle die Feldflasche mit Wasser, ja?« Sie war zwar noch halb voll, doch er nahm sie gehorsam und ging, so dass ich mit John allein blieb.

»Soll ich Germain bei dir lassen?«, fragte ich und steckte die letzten Gegenstände in meinen Erste-Hilfe-Sack. »Und Fergus?«, fragte ich zögernd.

»Nein«, sagte er etwas verblüfft. »Wozu denn?«

»Nun ja … zu deinem Schutz. Falls Monsieur Beauchamp zurückkommt, meine ich.« Ich wusste zwar nicht, was Beauchamp im Schilde führte, aber ich traute ihm nicht über den Weg. Ich war mir auch nicht sicher, ob es eine gute Idee war, Fergus mit ihm zusammenzubringen, doch vielleicht konnte John *ihn* ja beschützen.

»Ah.« Er schloss sein gesundes Auge für einen Moment, dann öffnete er es wieder. »Nein, an *diesem* Durcheinander bin ich in der Tat selbst schuld«, sagte er reumütig. »Und ich muss zwar zugeben, dass Germain ein formidabler Begleiter ist, aber ich werde keinen Leibwächter brauchen. Ich bezweifle sehr, dass Percy vorhat, mich zu attackieren oder zu entführen.«

»Liegt … dir an ihm?«, fragte ich neugierig, weil ich einen seltsamen Unterton in seiner Stimme gehört hatte.

»Geht es dich etwas an, wenn es so ist?«, erwiderte er ungerührt. Ich errötete noch tiefer und holte ein paar Mal Luft, ehe ich antwortete.

»Ja«, sagte ich schließlich. »Ja, ich denke schon. Ganz unabhängig von meiner Rolle in diesem … diesem … äh …«

»*Folie à trois?*«, schlug er vor, und ich lachte. Ich hatte ihm erzählt, was eine *Folie à deux* war, als wir uns darüber unterhalten hatten, wie besessen Mrs. Figg und die Waschfrau darauf bestanden, dass Unterhosen gefälligst gestärkt wurden.

»So könnte man es sagen. Aber, ja, es geht mich etwas an – um Jamies willen, wenn nicht um deinetwillen.« Doch es ging mir auch um ihn. Der Schock und die Eile der jüngsten Ereignisse hatten verhindert, dass ich die Situation durchdachte, doch ich war mir absolut sicher, dass Jamie das getan hatte. Und jetzt, da ich hellwach war und nicht durch mein eigenes Schicksal abgelenkt wurde, begriff mein Verstand mit unangenehmer Geschwindigkeit.

»Erinnerst du dich an einen gewissen Major André?«, fragte ich abrupt. »John André. Er war auf der Mischianza.«

»Ich mag ja im Lauf der vergangenen paar Tage das eine oder andere verloren haben«, sagte er etwas schneidend, »jedoch weder mein Gedächtnis noch meinen Verstand. Noch nicht«, fügte er betont hinzu. »Natürlich kenne ich ihn. Ein sehr geselliger, begabter junger Mann; er wurde in Philadelphia überall eingeladen. Er gehört zu General Clintons Stab.«

»Wusstest du auch, dass er ein Spion ist?« Das Herz hämmerte mir in den Ohren, und mein Korsett fühlte sich plötzlich zu eng an. War ich im Begriff, etwas grauenvoll Unwiderrufliches zu tun?

Er blinzelte, offensichtlich verblüfft.

»Nein. Wie in aller Welt kommst du denn darauf?« Und eine halbe Sekunde später: »Und warum zum Teufel erzählst du es mir, wenn du es glaubst?«

»Weil«, sagte ich, so ruhig ich konnte, »man ihn in ein oder zwei Jahren dabei erwischen wird. Man wird ihn hinter den amerikanischen Linien finden, in Zivilkleidung, mit belastenden Dokumenten. Und die Amerikaner werden ihn hängen.«

Die Worte hingen zwischen uns in der Luft, sichtbar wie mit schwarzem Rauch geschrieben. John öffnete den Mund, dann schloss er ihn wieder, offenkundig verdattert.

Ich konnte sämtliche Geräusche des Lagers um uns hören; Gespräche, gelegentliche Rufe und die Geräusche von Pferden und Maultieren, das Schlagen einer fernen Trommel, die die Männer rief… um was zu tun? Irgendjemand übte in der Nähe auf einer Flöte, deren schriller Ton sich jedes Mal an derselben Stelle überschlug. Das unablässige Rumpeln und Kreischen des Schleifsteins, der in aller Hektik zum letzten Mal Metall schärfte. Und das zunehmende Summen der Fliegen.

Sie kamen jetzt in kleinen, nach Fleisch gierenden Wolken in das Zelt; zwei von ihnen landeten auf Johns Stirn, wo sie sogleich gereizt vertrieben wurden. Die Dose mit der Insektensalbe lag auf dem Feldbett, wo Germain sie abgelegt hatte; ich streckte die Hand danach aus.

»Nein«, sagte er scharf und nahm sie mir aus der Hand. »Ich kann… ich… bitte fass mich nicht an.« Seine Hand zitterte, und im ersten Moment hatte er Schwierigkeiten, den Deckel zu öffnen, doch ich half ihm nicht. Mir war kalt bis in die Fingerspitzen, trotz der stickigen Luft im Zelt.

Er hatte sich Jamie persönlich ausgeliefert, ihm sein Ehrenwort gegeben. Es würde Jamie sein, der ihn irgendwann an General Washington übergeben musste. Es tun *musste*; zu viele Menschen hatten den Zwischenfall mit angesehen, wussten, wo John war – und inzwischen auch, was er war.

»*Ich habe mich darum gekümmert.*« Hatte er es schon getan, es jemandem offiziell mitgeteilt?

John setzte sich nicht, doch es gelang ihm, eine Daumenspitze mentholduftendes Schmalz aus der Dose zu holen und sich Gesicht und Hals damit einzureiben.

»Du hattest doch nichts in deinen Kleidern?«, wagte ich mich hoffnungsvoll vor. »Keine belastenden Dokumente meine ich.«

»Ich hatte mein Patent in der Tasche, als mich die Rebellenmiliz außerhalb von Philadelphia ergriffen hat«, sagte er, doch sein Ton war geistesabwesend, als spielte es keine große Rolle. Er rieb sich die Salbe energisch auf die Hände und Handgelenke. »An und für sich zwar kein Spionagebeweis – aber gewiss der Beweis, dass ich ein britischer Offizier war, ohne Uniform und zu diesem Zeitpunkt wahrscheinlich hinter den amerikanischen Linien. Sag nichts mehr, meine Liebe; es ist sehr gefährlich.«

Er schlug den Deckel auf die Dose und hielt sie mir entgegen.

»Du solltest gehen«, sagte er. Er sah mir direkt in die Augen und sprach sehr leise. »Man darf dich nicht allein mit mir antreffen.«

»Omi?« Germain schob den Zelteingang beiseite, puterrot unter seinem zerzausten Pony. »Omi! Komm schnell! *Papa* sagt, *Grand-père* braucht dich!«

Er verschwand, und ich griff hastig nach meiner Ausrüstung und belud mich mit Taschen und Kisten. Ich steuerte auf den Zelteingang zu, hielt aber noch einmal inne und wandte mich zu John um.

»Ich hätte fragen sollen – liegt ihm an *dir*?«, sagte ich. Er schloss das gesunde Auge, und seine Lippen pressten sich kurz aufeinander.

»Ich hoffe nicht«, sagte er.

ICH EILTE GERMAIN NACH, meinen Medizinrucksack voll gluckernder Flaschen über die Schulter geschlungen, eine kleine Kiste mit zusätzlichen Instrumenten und Nähausrüstung unter dem Arm, Clarence am Zügel in der Hand. Meine Gedanken sprangen derart aufgeregt in meinem Kopf herum, dass ich kaum sehen konnte, wohin ich ging.

Ich begriff jetzt, dass ich John nichts gesagt hatte, was er nicht schon wusste. Nun … abgesehen von Major Andrés künftigem Schicksal, und das war zwar grauenvoll, besaß aber im Moment keine unmittelbare Wichtigkeit.

Er hatte mich am Weiterreden gehindert, weil er schon gewusst hatte, in welcher Gefahr er sich befand – und welche Auswirkungen das auf Jamie und auf mich haben konnte. *Man darf dich nicht allein mit mir antreffen.*

Weil ich einmal seine Frau gewesen war, meinte er. Das war es, was er gedacht hatte, was er aber nicht hatte sagen wollen, bis ich selbst das Gespräch auf dieses Thema lenkte.

Wenn etwas geschah – nun, geradeheraus gesagt, wenn er sein Ehrenwort brach und floh –, würde man mich wahrscheinlich verdächtigen, die Hand dabei im Spiel gehabt zu haben, doch der Verdacht würde um einiges begründeter sein, wenn jemand bezeugte, uns bei einem Gespräch unter vier Augen gesehen zu haben. Und Jamie würde schlimmstenfalls in den Verdacht der Mittäterschaft geraten, bestenfalls in den Verdacht, eine Frau zu haben, die ihm und dem Ziel der Unabhängigkeit untreu war … Ich konnte leicht in einem Militärgefängnis enden. Genau wie Jamie.

Doch wenn John *nicht* floh … oder floh und erneut in Gefangenschaft geriet …

Aber dann lag die Straße vor mir, und Jamie war da auf seinem Pferd und hielt die Zügel meiner Stute. Und es war Jamie, mit dem ich heute den Rubikon überschreiten würde – nicht John.

DER MARQUIS de La Fayette erwartete sie am vereinbarten Treffpunkt, mit gerötetem Gesicht und erwartungsvoll leuchtendem Blick. Jamie musste einfach lächeln beim Anblick des jungen Franzosen, der sich unbekümmert mit einer prachtvollen Uniform mit roten Seidenaufschlägen herausgeputzt hatte. Doch er war nicht unerfahren, trotz seiner Jugend und der unübersehbaren Tatsache, dass er Franzose war. Er hatte Jamie von der Schlacht am Brandywine Creek vor einem Jahr erzählt, wo er am Bein verletzt worden war und Washington darauf bestanden hatte, dass er an seiner Seite schlief, und ihn in seinen eigenen Umhang gewickelt hatte. Gilbert vergötterte Washington, der selbst keine Söhne hatte und eindeutig tiefe Zuneigung zu dem kleinen Grafen empfand.

Er warf einen Blick auf Claire, um zu sehen, ob sie La Fayettes modische Aufmachung bewunderte, doch ihr Blick war – mit einem kleinen Stirnrunzeln – auf eine Gruppe von Männern in einiger Entfernung geheftet, jenseits der regulären Kontinentalsoldaten, die jetzt in Formation aufmarschiert waren. Sie trug ihre Brille nicht; er jedoch konnte problemlos weit sehen und stellte sich halb in die Steigbügel.

»General Washington und Charles Lee«, sagte er zu ihr und setzte sich wieder in den Sattel. La Fayette, der die Generäle jetzt ebenfalls erspähte, schwang sich in den Sattel und ritt auf sie zu. »Ich geselle mich wohl besser auch dazu. Siehst du Denzell Hunter schon irgendwo?« Er hatte vorgehabt, Claire Hunter anzuvertrauen; er wollte nicht, dass sie allein auf dem Schlachtfeld umherwanderte – wenn es denn eins gab –, ganz gleich, wie nützlich sie sich dort machen konnte, und es widerstrebte ihm, sie allein zurückzulassen.

Doch Hunter war in seinem Wagen unterwegs, der nicht mit den marschierenden Männern mithalten konnte. Staubwolken stiegen in die Luft, aufgewirbelt von Tausenden begieriger Füße; es kitzelte in seiner Brust, und er hustete.

»Nein«, sagte sie. »Keine Sorge …«, und sie lächelte ihm tapfer zu, selbst wenn ihr Gesicht trotz der Hitze bleich war und er das Beben ihrer Angst bis in sein Innerstes spüren konnte. »Geht es dir gut?« Sie sah ihn jedes Mal mit diesem suchenden Blick an, wenn er in einen Kampf aufbrach, als prägte sie sich sein Gesicht ein … für den Fall, dass er umkam. Er wusste, warum sie das tat, doch es fühlte sich seltsam an – und er war heute Morgen ohnehin schon unruhig.

»Aye, gut«, sagte er, nahm ihre Hand und küsste sie. Er hätte losreiten sollen, doch er verweilte noch einen Moment, weil er sie nicht verlassen wollte.

»Hast du …«, begann sie und hielt dann abrupt inne.

»Eine saubere Unterhose angezogen? Aye, obwohl es wahrscheinlich vergebene Liebesmüh ist, wenn die ersten Schüsse fallen.« Es war ein schwacher Scherz, doch sie lachte, und er fühlte sich besser.

»Habe ich was?«, fragte er, doch sie schüttelte den Kopf.

»Nicht wichtig. Du brauchst jetzt nicht noch mehr, worüber du dir Gedanken machen musst. Nur … sei vorsichtig, ja?« Sie schluckte sichtlich, und es brach ihm fast das Herz.

»Ja«, sagte er und nahm die Zügel auf, sah sich aber noch einmal nach Ian um. Sie war zwar inmitten der aufmarschierenden Kompanien nicht in Gefahr, doch er würde trotzdem erleichtert sein, wenn sich jemand um sie kümmerte. Und wenn er ihr das sagte, würde sie wahrscheinlich …

»Da ist ja Ian!«, rief sie aus und blinzelte in Richtung des Neuankömmlings. »Was ist denn mit seinem Pferd?«

Er folgte ihrer Blickrichtung und sah es sofort. Sein Neffe war zu Fuß und führte das Pferd, das sich stockend bewegte, und sie sahen beide missmutig aus.

»Lahm«, sagte er. »Und zwar schlimm. Was ist passiert, Ian?«, rief er.

»Ist auf der Uferböschung auf etwas Spitzes getreten und hat einen Riss im Huf, bis ins Leben.« Ian fuhr mit der Hand am Bein des Pferdes hinunter. Das Tier stützte sich mehr oder weniger auf ihn und hob den unbeschlagenen Huf sofort hoch. Der Riss war deutlich sichtbar, so tief, dass Jamie mitfühlend zusammenzuckte. Wie wenn man sich den Zehennagel abriss und dann damit laufen musste.

»Nimm mein Pferd, Ian«, sagte Claire und glitt mit wehenden Röcken aus dem Sattel. »Ich kann Clarence reiten. Ich brauche ja nicht schnell zu sein.«

»Aye, also gut«, sagte Jamie, wenn auch ein wenig widerstrebend. Ihre Stute war ein gutes Pferd, und Ian musste beritten sein. »Dann tauscht die Sättel, und Ian, halte nach Dr. Hunter Ausschau. Lass deine Tante nicht allein, ehe er kommt, aye? Leb wohl, Sassenach, wir sehen uns später.« Er konnte nicht länger warten und trieb sein Pferd in die Menge davon.

Es hatten sich jetzt noch mehr Offiziere um Washington gesammelt; er würde gerade noch rechtzeitig dazustoßen. Doch es war nicht das Risiko, auffällig zu spät zu kommen, das ihm die Eingeweide verkrampfte. Es waren Schuldgefühle.

Er hätte John Greys Festnahme auf der Stelle melden sollen. Er wusste das genau, hatte es aber hinausgezögert, weil er hoffte … was hoffte? Dass sich die ganze lächerliche Situation irgendwie in Luft auflösen würde? Wenn er es gemeldet *hätte*, hätte Washington Grey in Haft genommen und ihn irgendwo eingesperrt – oder ihn auf der Stelle als Exempel gehängt. Er hielt das zwar nicht für wahrscheinlich, doch die bloße Möglichkeit hatte ihn daran gehindert, etwas zu sagen. Stattdessen hatte er sich darauf verlassen, dass im Chaos des bevorstehenden Aufbruchs niemandem etwas auffallen würde.

Doch was jetzt an ihm nagte, war nicht das schlechte Gewissen, weil er seine Pflicht versäumt hatte – oder weil er Claire in Gefahr gebracht hatte, indem er den kleinen Sodomiten in seinem Zelt ließ, statt ihn auszuliefern. Es war die Tatsache, dass er heute Morgen beim Aufbruch nicht daran gedacht hatte, Grey von seinem Ehrenwort zu entbinden. Hätte er das getan, hätte Grey in der Verwirrung des Abmarsches leicht entkommen können, und selbst wenn es später Schwierigkeiten deswegen gegeben hätte … wäre John Grey doch in Sicherheit.

Aber es war zu spät, und mit einem kurzen Gebet für Lord John Greys Seele parierte er neben dem Marquis de La Fayette durch und verneigte sich vor General Washington.

72

IRRUNGEN UND WIRRUNGEN

Die Landschaft wurde hier von drei Flüssen zerschnitten. Dort, wo der Boden weich war, hatte sich das Wasser tief hineingefressen, und der Fluss verlief am Grund einer kleinen Schlucht, deren steile Ufer dicht mit Baumschösslingen und Gebüsch bewachsen waren. Ein Farmer, mit dem er tags zuvor gesprochen hatte, als er die Gegend auskundschaftete, hatte ihm die Namen gesagt – Dividing Brook, Spotswood Middle Brook und Spotswood North Brook –, doch Ian hätte nicht mit Sicherheit sagen können, welchen er vor sich hatte.

Das Gelände war weitläufig und flach; der Bach verlief durch eingesunkenes, sumpfiges Gelände, und er wandte sich ab; schlechter Boden für Mensch und Pferd. Einer der Farmer hatte die Schluchten als Moräste bezeichnet, und er fand das Wort treffend. Er blickte den Bach entlang, weil er nach geeigneten Stellen zum Trinken suchte, doch das Ufer fiel zu steil ab. Ein Mensch konnte vielleicht zum Wasser hinunterklettern, aber keine Pferde oder Maultiere.

Ian spürte sie, ehe er sie sah. Spürte sie wie ein Raubtier, das im Wald versteckt lag und wartete, dass seine Beute zum Trinken kam. Er wendete scharf und ritt an der Uferböschung entlang, während er die Bäume auf der anderen Seite beobachtete.

Eine Bewegung, ein Pferdekopf, der Fliegen abschüttelte. Ein Gesicht, das kurz auftauchte – Gesichter, bemalt wie das seine.

Alarm fuhr ihm wie ein Stoß über den Rücken, und der Instinkt drückte ihn an den Pferdehals, als der Pfeil über seinen Kopf hinwegsurrte. Er blieb bebend in einer Platane stecken.

Er richtete sich auf, den Bogen in der Hand, spannte im selben Atemzug einen Pfeil ein und sandte ihn zurück, zielte blind auf die Stelle, wo er sie gesehen hatte. Der Pfeil zerfetzte ein paar Blätter, traf aber nichts – das hatte er auch nicht erwartet.

»Mohawk!«, kam ein verächtlicher Ausruf von der anderen Seite und ein paar

Worte in einer Sprache, die er nicht verstand, deren Absicht aber trotzdem nicht zu überhören war. Er antwortete mit einer sehr schottischen Geste, deren Bedeutung nicht minder klar war, und sie lachten.

Er hielt kurz an, um den Pfeil aus der Platane zu ziehen. Mit den Schwanzfedern eines Grünspechts bestückt, doch kein Muster, das er kannte. Was auch immer sie gesprochen hatten, eine Algonquinsprache war es nicht gewesen. Möglicherweise etwas aus dem Norden wie Assiniboine – wenn er einen genaueren Blick auf sie werfen könnte, würde er es wissen –, doch es konnte genauso gut etwas aus der Gegend sein.

Sehr wahrscheinlich jedoch, dass sie für die britische Armee arbeiteten. Er kannte die meisten Indianerscouts, die im Moment die Rebellen begleiteten. Und sie hatten zwar nicht versucht, ihn umzubringen – das hätten sie leicht gekonnt, wenn sie es gewollt hätten –, aber dies war eine rauere Hänselei, als er erwartet hätte. Vielleicht, weil sie ihn als das erkannt hatten, was er war.

Mohawk! Für die meisten war das einfacher auszusprechen als »Kahnyen'kehaka«. Für die Stämme, die mit den Kahnyen'kehaka vertraut waren, war es entweder ein Wort, mit dem man den Kindern Angst machte, oder eine bewusste Beleidigung. »Menschenfresser« bedeutete es, denn man erzählte sich, dass die Kahnyen'kehaka ihre Feinde lebendig brieten und das Fleisch verschlangen.

Ian hatte so etwas zwar nie mit angesehen, doch er kannte Männer – alte Männer –, die mit Vergnügen davon erzählten. Er dachte lieber nicht daran. Es erinnerte ihn viel zu lebhaft an die Nacht, in der der Priester in Snaketown gestorben war, verstümmelt und lebendig verbrannt… die Nacht, die Ian unabsichtlich aus seiner Familie gerissen und ihn zum Mohawk gemacht hatte.

Die Brücke lag stromaufwärts, ungefähr sechzig Meter von ihm entfernt. Er hielt inne, doch der Wald auf der anderen Seite war still, und er wagte sich hinüber. Die Hufe seines Pferdes klopften vorsichtig über die Bretter. Wenn es hier britische Kundschafter gab, war die Armee nicht allzu weit dahinter.

Hinter dem Wald am anderen Ufer erstreckten sich Wiesen, und dahinter lagen die Felder einer großen Farm; er konnte die Gebäude zwischen den Bäumen aufblitzen sehen – und Männer, die sich bewegten. Er machte hastig kehrt, umrundete einen Hain und fand eine Stelle, von der er genug sehen konnte.

Auf dem Hügelkamm hinter den Gebäuden der Farm waren grün berockte Soldaten, und er konnte den Schwefel ihrer Lunten riechen. Grenadiere.

Er wendete sein Pferd und machte sich auf den Rückweg, um jemanden zu suchen, dem er Meldung erstatten konnte.

ENDLICH ENTDECKTE WILLIAM die Kavallerieabteilung der Britischen Legion, die ihre Feldflaschen am Brunnen auf dem Hof einer Farm füllte. Doch sie hatten einen Wachtposten aufgestellt, der beim Anblick eines einzelnen Reiters einen Warnruf ausstieß, und die halbe Kompanie fuhr alarmbereit herum. Eine gut gedrillte Kompanie; Banastre Tarleton war ein fähiger Offizier, der großen Einsatz zeigte.

Tarleton selbst stand entspannt im Schatten eines großen Baums, den reichlich mit Federn geschmückten Helm im Arm, und wischte sich mit einem grünen Seidentaschentuch über das Gesicht. William verdrehte die Augen angesichts dieses affektierten Details, doch so, dass Tarleton es nicht sehen konnte. Er parierte zum Schritt durch, ritt zu Tarleton hinüber und beugte sich aus dem Sattel, um ihm die Depesche zu übergeben.

»Von Major André«, sagte er. »Hattet ihr gut zu tun?« Die Britische Legion hatte gekämpft; er konnte den Rauch riechen, und an der Scheunenwand saßen ein paar Männer mit offenbar leichten Verletzungen, die Uniformen mit Blut verschmiert. Die offenen Scheunentore gaben Leere preis, und der Hof war zertrampelt und voller Dung; er fragte sich flüchtig, ob der Farmer sein Vieh wohl selbst fortgetrieben hatte oder ob die eine oder andere Armee die Tiere beschlagnahmt hatte.

»Nicht annähernd genug«, erwiderte Tarleton und las die Note. »Aber das hier könnte helfen. Wir sollen Cornwallis verstärken.« Sein Gesicht war von der Hitze gerötet, und sein Lederkragen schnitt ihm sichtlich in den kräftigen, muskulösen Hals, doch seine Miene wurde bei dieser Aussicht außerordentlich fröhlich.

»Gut«, sagte William und machte Anstalten, sein Pferd zu wenden und zu gehen, doch Tarleton gebot ihm mit erhobener Hand Einhalt. Er steckte die Depesche in seine Tasche, zusammen mit dem grünen Taschentuch.

»Da ich dich hier sehe, Ellesmere … habe gestern Abend ein hübsches Ding im Lager gesehen. Stand um Brot an«, sagte er. Tarleton saugte kurz an seiner Unterlippe, dann ließ er sie los, rot und feucht. »*Sehr* hübsch, und sie hatte ihre süße kleine Schwester dabei, obwohl sie mir noch nicht reif genug ist.« William zog die Augenbrauen hoch, spürte aber, wie sich seine Oberschenkel und Schultern anspannten.

»Habe ihr ein Angebot gemacht«, sagte Tarleton, dem Anschein nach sorglos, jedoch mit einem raschen Blick auf Williams Hände. William entspannte sie mit Mühe. »Aber sie hat abgelehnt – hat gesagt, sie sei die deine?« Eigentlich war es keine Frage, eventuell aber doch.

»Wenn ihr Name Jane ist«, sagte William knapp, »dann reist sie mit ihrer Schwester unter meinem Schutz.«

Tarletons fragender Blick verwandelte sich in offene Belustigung.

»Unter deinem Schutz«, wiederholte er. Seine vollen Lippen zuckten. »Ich meine aber, sie hat gesagt, ihr Name ist Arabella – vielleicht denken wir ja nicht an dasselbe Mädchen.«

»Doch, das tun wir.« Dieses Gespräch war das Letzte, was William wollte, und er nahm die Zügel auf. »Lass bloß die Finger von ihr.«

Das war ein Fehler; Tarleton konnte keiner Herausforderung widerstehen. Seine Augen glitzerten, und William sah, wie er mit gespreizten Beinen in Position ging.

»Lass uns um sie kämpfen«, sagte er.

»Was, hier? Bist du verrückt?« Signalhörner ertönten, nicht allzu weit entfernt. Ganz zu schweigen von Tarletons Männern, von denen viele den Wortwechsel ganz unverhohlen verfolgten.

»Würde ja nicht lange dauern«, sagte Tarleton leise und verlagerte das Gewicht auf die Fersen. Seine linke Faust war locker geballt, und er rieb sich die rechte Hand an der Seite seiner Hose, den Rock zurückgeschoben. Er sah sich nach der leeren Scheune um. »Meine Männer würden sich zwar nicht einmischen, aber wir könnten dort hineingehen, wenn du dich genierst.« Letzteres sagte er mit einer Betonung, die keinen Zweifel daran ließ, dass er Feigheit meinte.

Es hatte William auf der Zunge gelegen zu sagen, »ich bin doch nicht ihr *Besitzer*«, doch dieses Eingeständnis wäre einem Freibrief für Tarleton gleichgekommen, ihr nachzustellen. Er hatte Ban schon oft genug mit Mädchen gesehen; er war zwar nicht brutal, aber er war beharrlich. Ging niemals, ohne zu bekommen, was er wollte, so oder so.

Und nach Harkness … Seine Gedanken waren langsamer als sein Körper; er stand schon auf dem Boden und zog den Rock aus, ehe er eine bewusste Entscheidung getroffen hatte.

Ban legte grinsend seinen Helm auf den Boden und zog sich in aller Seelenruhe den Rock aus. Diese Bewegung lockte all seine Männer auf einmal an, und in Sekunden waren sie von Dragonern umringt, die sie mit Pfiffen und Rufen anfeuerten. Der einzige Neinsager war Bans Leutnant, der einen ungesunden Grauton angenommen hatte.

»Hauptmann!«, sagte er, und William begriff, dass der Mann nur davor Angst hatte, Ban die Stirn zu bieten, nicht vor den möglichen Folgen, wenn er es unterließ. Doch er war entschlossen, seine Pflicht zu tun, und streckte die Hand nach Tarletons Arm aus. »Sir, Ihr …«

»Loslassen«, befahl Ban, ohne den Blick von William abzuwenden. »Und Maul halten.« Der Leutnant ließ die Hand sinken, als hätte er einen Schlag vor die Schulter bekommen.

William fühlte sich abwesend, als beobachtete er die Szene von einem Punkt außerhalb seines Körpers – und dieser Teil seiner selbst hätte am liebsten über die Lächerlichkeit der Situation gelacht. Und ein winziger Rest seines Gewissens war entsetzt. Doch der Teil seiner selbst, der aus Fleisch und Blut war, war von grimmigem Jubel erfüllt … und hatte absolut das Sagen.

Er hatte Ban schon öfter kämpfen sehen und beging nicht den Fehler, auf ein Signal zu warten. Im selben Moment, als der grüne Rock den Boden berührte, stürzte er sich auf ihn, packte Tarleton bei beiden Schultern – ohne den gemeinen Haken zu beachten, der seine Rippen traf –, riss ihn vorwärts und hieb ihm die Stirn ins Gesicht. Knochen knackten mit einem grässlichen Geräusch.

Er ließ los, schubste Ban fest vor die Brust, so dass dieser rückwärtsstolperte. Aus seiner gebrochenen Nase flog das Blut, und seine überraschte Miene verwandelte sich auf der Stelle in blinde Wut. Tarleton nahm Anlauf und stürzte sich auf William wie ein tollwütiger Hund.

William war einen Kopf größer und fast zwanzig Kilo schwerer als Ban, und er hatte drei ältere Vettern, die ihm das Kämpfen beigebracht hatten. Banastre Tarleton wiederum besaß die unerschütterliche Überzeugung, dass er jeden Kampf gewinnen würde, den er anfing.

Sie rangen auf dem Boden miteinander, so fest ineinander verknäult, dass keiner in der Lage war, dem anderen einen ernsthaften Hieb zu versetzen, als William dumpf die panische Stimme des Leutnants hörte und hastiges Rennen ringsum. Hände packten ihn und zerrten ihn von Tarleton fort, andere Hände schoben ihn hektisch zu seinem Pferd. Trommeln kamen über den Weg und das Geräusch marschierender Füße.

Er stieg benommen auf, schmeckte Blut und spuckte automatisch aus. Sein Rock wurde ihm über den Schoß geworfen, und irgendjemand versetzte seinem Pferd einen Klaps, der William um ein Haar aus dem Sattel geworfen hätte, denn seine Füße waren nicht einmal in der Nähe der Steigbügel.

Er presste dem Pferd die Knie und Unterschenkel in die Flanken, trieb Madras zum Galopp an… und raste unmittelbar auf eine Infanterieabteilung zu, deren Sergeant mit einem Schreckensruf zurückfuhr. Er sah ihre karierten Hosen und Mützen und hörte raue Rufe, die Schottisch oder Gälisch sein konnten, doch er kümmerte sich nicht darum. Sie gehörten zu einem Regiment, das er nicht kannte, also würden ihre Offiziere ihn ebenfalls nicht kennen.

Sollte Tarleton die Situation doch erklären, wie es ihm einfiel. Williams linkes Ohr fiepte, und er schüttelte den Kopf und presste die flache Hand gegen das Ohr, um es zum Schweigen zu bringen.

Als er die Hand wieder entfernte, hatte das Pfeifen nachgelassen, und stattdessen sangen mehrere Leute »Yankee Doodle«. Er blickte sich ungläubig um und sah eine Reihe blau berockter Kontinentalsoldaten, die eine Reihe von Kanonen auf den Hügelkamm zu zogen.

Zurückreiten und es der schottischen Infanterie und Tarletons Männern sagen? Nach Süden zu Cornwallis?

»Heda, Rotrock!« Ein Ruf von links ließ ihn in diese Richtung blicken, und zwar keine Sekunde zu früh. Eine Gruppe von zehn oder fünfzehn Mann in Jagdhemden hielt auf ihn zu, die meisten mit Sicheln und Spaten bewaffnet. Ein Mann richtete eine Muskete auf ihn; anscheinend war es der Rufer, denn jetzt forderte er William auf: »Lass die Zügel los und steig ab!«

»Den Teufel werd ich tun«, erwiderte William und gab Madras die Fersen. Das Pferd raste los, als stünde sein Schweif in Flammen. William hörte das Krachen der Muskete, beugte sich aber dicht über den Hals des Pferdes und galoppierte weiter.

73

DAS SELTSAME GEBAREN EINES ZELTES

Zwar brannte John Grey keinesfalls darauf, in ein Gefängnis abtransportiert zu werden, doch allmählich wünschte er sich, man würde ihn allein lassen. Fergus Fraser und sein Sohn hatten darauf bestanden, bei ihm zu bleiben, bis ihn jemand holte. Wahrscheinlich, damit er Jamie sagen konnte, wie man mit Grey verfahren war.

Er hegte ein kurioses Desinteresse an der Art, wie man mit ihm verfahren würde, und war es zufrieden, die Entwicklung abzuwarten. Er wollte allein sein, um über Percy Wainwrights Anwesenheit, seine Motive und seine mögliche Handlungsweise nachdenken zu können. Warum war der verdammte Percy *hier*? Mit La Fayette, hatte er gesagt. Berater. Er erschauerte bei dem Gedanken an die Ratschläge, die von diesem … Und was war mit Fergus Fraser? Was für ein Interesse konnte Percy nur an einem Kolonialdrucker haben?

Er richtete den Blick auf besagten Drucker, der gerade mit seinem aufmüpfigen Nachwuchs diskutierte.

»Du hast es doch auch getan!« Germain funkelte finster zu seinem Vater auf, das Gesicht vor Entrüstung errötet. »Du hast es mir selbst erzählt, mindestens ein Dutzend Mal! Wie du mit *Grand-père* in den Krieg gezogen bist und einen Mann ins Bein gestochen hast und auf einer Kanone geritten bist, als die Soldaten sie aus Prestonpans fortgezogen haben – und du warst damals sogar noch jünger als ich!«

Fergus hielt einen Moment inne und betrachtete seinen Sohn mit zusammengekniffenen Augen, während er offenbar seine frühere Gesprächigkeit bedauerte. Er atmete einen Moment durch die Nase ein und aus, dann nickte er.

»Das war etwas anderes«, sagte er ruhig. »Er war damals mein Brotherr; ich war nicht sein Sohn. Es war meine Pflicht, ihn zu begleiten; er war nicht dafür verantwortlich, mich daran zu hindern.«

Germain blinzelte und runzelte unsicher die Stirn.

»Du warst nicht sein Sohn?«

»Natürlich nicht«, sagte Fergus ungeduldig. »Wenn ich dir von Prestonpans erzählt habe, habe ich dir doch gewiss auch erzählt, dass ich ein Waisenjunge in Paris war, als ich deinem *Grand-père* begegnet bin. Er hat mich als Taschendieb in seinen Dienst genommen.«

»Tatsächlich?« John hatte eigentlich nicht vorgehabt, die beiden zu unterbrechen, doch er konnte nicht anders. Fergus sah ihn verblüfft an; offensichtlich hatte er Johns Anwesenheit kaum registriert, so sehr war er auf Germain konzentriert. Er verneigte sich.

»Ja, Mylord. Wir waren ja Jakobiten. Wir benötigten Informationen. Briefe.«

»Oh, aha«, murmelte John und trank einen Schluck aus seiner Flasche. Dann besann er sich auf seine Manieren und bot sie Fergus an, der überrascht blinzelte, sie aber dann mit einer weiteren Verneigung annahm und einen ordentlichen Schluck trank. Nun, wahrscheinlich machte es durstig, ein entlaufenes Kind durch eine Armee zu verfolgen. Er dachte kurz an Willie und dankte Gott, dass sein Sohn in Sicherheit war … oder?

Ihm war klar, dass William Philadelphia verlassen haben musste, als Clinton die Armee zurückzog – vielleicht als nicht kämpfender Feldadjutant eines ranghohen Offiziers. Doch er hatte diese Vermutung nicht unter Berücksichtigung der jetzt unübersehbaren Tatsache durchdacht, dass General Washington Clinton inzwischen dicht auf den Fersen war und ihn vermutlich einholen würde. In welchem Falle William …

Diese Gedanken hatten ihn vorübergehend von dem Zwiegespräch zwischen Vater und Sohn abgelenkt, und er wurde durch eine Frage aufgeschreckt, die Germain an ihn richtete.

»Ich? Oh … sechzehn. Ich wäre vielleicht schon eher in die Armee eingetreten«, fügte John entschuldigend hinzu, »wenn es das Regiment meines Bruders schon gegeben hätte, doch er hat es erst während der Jakobitenrebellion aufgestellt.« Er betrachtete Fergus mit neuem Interesse. »Ihr wart also in Prestonpans?« Das hätte ebenso *seine* erste Schlacht werden sollen – und das wäre sie auch gewesen, wäre er nicht zwei Nächte zuvor auf einem Bergpass einem berüchtigten Jakobiten namens Jamie Fraser begegnet.

»Habt Ihr jemanden getötet?«, wollte Germain wissen.

»Nicht in Prestonpans. Später, in Culloden. Ich wünschte, ich hätte es nicht getan.« Er streckte die Hand nach der Flasche aus. Sie war fast leer, und er leerte sie ganz.

Im nächsten Moment war er froh über diese Eile; wäre die Flasche nicht bereits geleert gewesen, hätte er sich womöglich verschluckt. Der Zelteingang wurde beiseitegeschoben, und Percy Wainwright/Beauchamp steckte den Kopf herein, um dann überrascht zu erstarren, während seine dunklen Augen von einem Zeltinsassen zum anderen huschten. John verspürte den Impuls, mit der leeren Flasche nach ihm zu werfen, überlegte es sich aber anders und sagte stattdessen kalt: »Ich bitte um Verzeihung, Sir. Ich bin beschäftigt.«

»Das sehe ich.« Percy sah John nicht an; er war seinerseits ganz und gar damit beschäftigt, von Germain zu Fergus und wieder zurück zu blicken. Germain ähnelte zwar seiner Mutter, was die Haut- und Haarfarbe und den Körperbau betraf, doch er hatte unleugbar eine jugendliche Version der französischen Hakennase seines Vaters im Gesicht – eine Ähnlichkeit, die im Augenblick durch die Tatsache verstärkt wurde, dass sie beide überrascht die Köpfe gehoben hatten und den Eindringling aufmerksam musterten.

»Mr. Fergus Fraser«, sagte er leise und trat mit ausgestreckter Hand in das Zelt. »Euer Diener, Sir. *Comment ça va?*«

Da Fergus ihm nicht ausweichen konnte, schüttelte er ihm reserviert die

Hand, sagte aber nichts. Germain stieß ein leises Knurren aus, verstummte aber, als ihm sein Vater einen scharfen Blick zuwarf.

»Ich bin so froh, Euch endlich privat zu begegnen, Monsieur Fraser«, sagte Percy immer noch auf Französisch. Er lächelte, so charmant er konnte. »Monsieur – wisst Ihr, wer Ihr seid?«

Fergus betrachtete ihn nachdenklich.

»Nur wenige Menschen kennen sich selbst«, entgegnete er. »Ich für meinen Teil bin ganz zufrieden damit, ein solches Wissen Gott zu überlassen. Er kann viel besser damit umgehen, als ich es könnte. Und da ich zu diesem Schluss gekommen bin, denke ich, das ist alles, was ich Euch zu sagen habe. *Pardonnez-moi.*« Und damit schob er sich so unerwartet an Percy vorbei, dass dieser aus dem Gleichgewicht geschubst wurde. Germain drehte sich am Zelteingang um und streckte ihm die Zunge heraus.

»Verdammter Frosch!«, sagte er, dann verschwand er mit einem kleinen Aufschrei, als ihn sein Vater aus dem Zelt zerrte.

Percy hatte bei dem Versuch, auf den Beinen zu bleiben, einen seiner mit Silber beschlagenen Schuhe verloren. Er strich sich Erde und Pflanzenreste von der Unterseite seines Strumpfes und schob seinen Fuß wieder in den Schuh. Er hatte die Lippen aufeinandergepresst, und seine Wangen waren auf äußerst attraktive Weise errötet.

»Solltest du nicht bei der Armee sein?«, erkundigte sich John. »Du willst doch gewiss dabei sein, wenn Washington auf Clinton trifft. Ich könnte mir denken, dass deine ›interessierten Parteien‹ den ausführlichen Bericht eines Augenzeugen wünschen, oder etwa nicht?«

»Halt den Mund, John«, sagte Percy kurz, »und hör zu. Ich habe nicht viel Zeit.« Er ließ sich auf den Hocker plumpsen, faltete die Hände auf dem Knie und sah John konzentriert an, als bilde er sich ein Urteil über seine Intelligenz. »Kennst du einen Mann – einen britischen Offizier – namens Richardson?«

FERGUS BAHNTE SICH SEINEN Weg durch das Trümmerfeld, das der Abmarsch der Armee hinterlassen hatte, und hielt Germain fest an der Hand. Das Lagergefolge und die Männer, die man aufgrund ihrer Gebrechen zurückgelassen hatte, waren mit dem Aufräumen beschäftigt, und niemand hatte mehr als einen flüchtigen Blick für die Frasers übrig. Er konnte nur hoffen, dass das Pferd noch da war, wo er es zurückgelassen hatte. Er berührte die Pistole, die er sich vorsichtshalber unter das Hemd gesteckt hatte.

»Frosch?«, sagte er zu Germain und versuchte erst gar nicht, seine Belustigung zu verbergen. »Hast du verdammter *Frosch* gesagt?«

»Nun, das *ist* er, Papa.« Germain blieb plötzlich stehen und befreite seine Hand. »Papa, ich muss zurück.«

»Warum? Hast du etwas vergessen?« Fergus sah sich nach dem Zelt um, ein beklommenes Gefühl im Nacken. Beauchamp konnte ihn nicht zwingen, ihm zuzuhören, geschweige denn etwas zu tun, das er nicht tun wollte, und doch hegte er große Abneigung gegen den Mann. Nun ja, eigentlich war es Angst – er machte sich nur selten etwas vor. Warum er jedoch einen solchen Mann fürchten sollte …

»Nein, aber …« Germain hatte Mühe, sich für einen der Gedanken zu entscheiden, die anscheinend alle gleichzeitig in Worte gefasst werden wollten. »*Grand-père* hat gesagt, dass ich unbedingt bei Seiner Lordschaft bleiben soll, und falls Monsieur Beauchamp zurückkommt, soll ich genau zuhören, was sie sagen.«

»Tatsächlich? Hat er gesagt, warum?«

»Nein, aber er hat es gesagt. Und außerdem war ich … *bin* ich der Diener Seiner Lordschaft, sein Bursche. Es ist meine Pflicht, bei ihm zu sein.« Germains Gesicht war von rührendem Ernst erfüllt, und Fergus spürte, wie sich sein Herz verkrampfte. Dennoch …

Fergus hatte es in der schottischen Kunst, simple, aber vielsagende Kehllaute auszustoßen, nie weit gebracht – er war sehr neidisch darauf –, war aber nicht schlecht darin, mittels seiner Nase auf ähnliche Weise zu kommunizieren.

»Nach allem, was die Soldaten sagen, ist er Kriegsgefangener. Hast du etwa vor, ihn zu begleiten, ganz gleich in welches Verlies oder Gemäuer sie ihn stecken? Ich glaube nämlich, dass dich *Maman* am Kragen wieder herausziehen würde. Komm jetzt, sie macht sich Sorgen und wartet darauf zu hören, dass du in Sicherheit bist.«

Die Erwähnung Marsalis zeigte die gewünschte Wirkung; Germain senkte den Blick und biss sich auf die Lippe.

»Nein, das werde ich nicht … ich meine, ich bin nicht … aber, Papa! Ich *muss* zurück, damit wir sicher sein können, dass Monsieur Beauchamp ihm nichts antut. Und vielleicht dafür sorgen, dass er etwas zu essen hat, bevor wir gehen«, fügte er hinzu. »Du willst doch nicht, dass er verhungert, oder?«

»Mylord sah eigentlich ganz gut genährt aus«, sagte Fergus, doch Germains drängende Miene zog ihn einen widerstrebenden Schritt zum Zelt zurück. Germain strahlte vor Erleichterung und Aufregung und nahm seinen Vater wieder bei der Hand.

»Warum glaubst du denn, Monsieur Beauchamp könnte Seiner Lordschaft etwas Böses wollen?«, fragte Fergus und hielt Germain einen Moment zurück.

»Weil Seine Lordschaft ihn nicht mag und *Grand-père* auch nicht«, sagte der Junge knapp. »Komm schon, Papa! Seine Lordschaft ist unbewaffnet, und wer weiß, was dieser Sodomit in seiner Tasche hat.«

»Sodomit?« Fergus erstarrte.

»*Oui, Grand-père* sagt, er ist ein Sodomit. *Komm* jetzt!« Germain war jetzt am Rand der Panik und zog seinen Vater mit schierer Willenskraft weiter.

Sodomit? Das war ja interessant. Fergus, der ein guter Beobachter war, ein weltgewandter Mann und ein Experte, wenn es um Sex ging, war schon vor einiger Zeit zu seinem eigenen Schluss gekommen, was Lord Greys Vorlieben betraf, hatte diese aber natürlich Jamie gegenüber nicht erwähnt, da der Engländer ein guter Freund seines Vaters war. Wusste er davon? So oder so, das konnte die Beziehung Seiner Lordschaft mit diesem Beauchamp deutlich verkomplizieren, und er näherte sich dem Zelt mit gesteigerter Neugier und Wachsamkeit.

Er war darauf vorbereitet, Germain die Hand vor die Augen zu halten und ihn fortzuzerren, falls in diesem Zelt etwas Unziemliches vor sich ging, doch ehe sie sich weit genug genähert hatten, um durch den Eingang zu schauen, sah er das Zeltleinen auf höchst merkwürdige Weise wackeln und hielt Germain an.

»Warte!«, sagte er leise. Er konnte sich keine noch so abartige Sexualpraxis vorstellen, die das Zelt zu diesem Gebaren veranlasst hätte, also wies er Germain mit einer Geste an zu bleiben, wo er war, und bewegte sich auf leisen Sohlen zur Seite, wahrte aber in den Trümmern des Lagers ein wenig Abstand zum Zelt.

Und da, gerade wand sich Lord John unter der hinteren Zeltwand hindurch und fluchte leise auf Deutsch vor sich hin. Ganz gebannt von diesem seltsamen Schauspiel, merkte Fergus erst, dass Beauchamp das Zelt an der Vorderseite verlassen hatte, als er Germains Ausruf hörte. Als er sich umdrehte, fand er den Jungen hinter sich. Er war beeindruckt von Germains Fähigkeit, sich lautlos zu bewegen, doch dies war nicht der Zeitpunkt, um ihn zu loben. Er winkte seinem Sohn und wich noch ein wenig weiter zurück, um hinter einem Stapel leerer Fässer in Deckung zu gehen.

Beauchamp schritt mit hochrotem Gesicht energisch davon und klopfte sich den Staub von den eleganten Rockschößen. Lord John kämpfte sich zum Gehen hoch und machte sich in die andere Richtung davon, auf den Wald zu. Seiner Kleidung schenkte er keine Beachtung. Kein Wunder. Was in aller Welt hatte der Mann nur in dieser Aufmachung getan?

»Was sollen wir tun, Papa?«, flüsterte Germain.

Fergus zögerte nur einen Moment, während er Beauchamp hinterhersah. Der Mann hielt auf ein großes Wirtshaus zu, wahrscheinlich General Washingtons ehemaliges Hauptquartier. Wenn Beauchamp weiter bei der Kontinentalarmee blieb, konnte man ihn wiederfinden – falls sich dies als nötig erwies.

»Sollen wir Lord John folgen, Papa?« Germain bebte vor Aufregung, und Fergus legte dem Jungen die Hand auf die Schulter, um ihn zu beruhigen.

»Nein«, sagte er entschlossen, wenn auch nicht ohne Bedauern. Er war ja selbst mehr als neugierig. »Was immer er vorhat – es ist eindeutig dringend, und unsere Gegenwart würde ihn wahrscheinlich eher gefährden, als ihm zu helfen.« Er fügte nicht hinzu, dass Lord John mit ziemlicher Sicherheit auf das Schlachtfeld unterwegs war – falls es eines gab. Eine solche Anmerkung würde Germain nur noch mehr anstacheln.

»Aber …« Germain hatte die schottische Sturheit seiner Mutter geerbt, und Fergus verkniff sich das Lächeln beim Anblick seiner blonden Augenbrauen, die sich exakt wie Marsalis zusammenzogen.

»Er wird entweder nach deinem *Grand-père* oder nach seinen Landsleuten suchen«, erklärte Fergus ihm. »So oder so wird man sich um ihn kümmern, und unsere Gegenwart wäre in keinem Fall hilfreich für ihn. Außerdem wird uns deine Mutter beide ermorden, wenn wir nicht im Lauf der Woche nach Philadelphia zurückkehren.«

Er erwähnte ebenfalls nicht, dass ihm bei dem Gedanken, dass Marsali und die anderen Kinder allein in der Druckerei waren, unwohl zumute war. Mit dem Auszug der britischen Armee und einer weiteren Heerschar von Loyalisten war Philadelphia ja keineswegs sicher geworden. Es waren Plünderer und Gesetzlose in die Stadt gekommen, die die Hinterlassenschaften der Geflüchteten durchwühlten. Dazu kam, dass viele der Zurückgebliebenen Sympathien für die Loyalisten hegten, zwar ohne es offen zuzugeben, doch es war gut möglich, dass sie sie im Schutz der Dunkelheit ausleben würden.

»Komm«, sagte er, sanfter jetzt, und nahm Germain an die Hand. »Wir müssen etwas zu essen für unterwegs auftreiben.«

JOHN GREY kämpfte sich durch den Wald voran. Hin und wieder stolperte er, da er ja nur ein brauchbares Auge hatte; der Boden war nicht immer da, wo er dachte.

Sobald er das Lager hinter sich gelassen hatte, gab er sich keine Mühe mehr, sich versteckt zu halten. Claire hatte sein Auge mit Baumwollwatte verpackt und seinen Kopf sehr professionell mit einer Gazebandage umwickelt, damit die Watte nicht verrutschte. Dies schützte das verletzte Auge, während die Haut ringsum gleichzeitig an der Luft trocknen konnte, sagte sie. Anscheinend funktionierte es – seine Augenlider waren nicht mehr so wund, nur noch ziemlich klebrig. Doch im Moment war er nur dankbar dafür, dass er aussah wie ein Verwundeter, der von der davoneilenden amerikanischen Armee zurückgelassen worden war. Niemand würde ihn aufhalten oder ihm Fragen stellen.

Nun, niemand außer seinen ehemaligen Kameraden aus der Pennsylvania-Kompanie Nr. 16, sollte er das Pech haben, ihnen zu begegnen. Gott allein wusste, was sie gedacht hatten, als er sich Jamie ergab. Er hatte ein schlechtes Gewissen, was sie betraf – sie waren schließlich sehr gütig zu ihm gewesen und mussten bei der Preisgabe seiner Identität das Gefühl gehabt haben, dass er ihre Güte mit Füßen getreten hatte, doch ihm war keine große Wahl geblieben.

Genau wie jetzt.

»*Sie haben es auf deinen Sohn abgesehen.*« Es war wahrscheinlich das Einzige, was Percy hätte sagen können, um ihm seine Aufmerksamkeit zu sichern.

»Wer, sie?«, hatte er scharf gefragt und war zum Sitzen hochgefahren. »Was haben sie mit ihm vor?«

»Die Amerikaner. Was den Zweck betrifft … du und dein Bruder.« Percy hatte ihn kopfschüttelnd betrachtet. »Hast du eigentlich die geringste Ahnung, was du wert bist, John?«

»Was ich wem wert bin?« Er hatte sich zum Stehen hochgekämpft und dabei gefährlich geschwankt. Percy hatte seine Hand gepackt, um ihn zu stützen. Seine

Berührung war warm und fest und verblüffend vertraut. Er hatte wie verbrannt seine Hand fortgezogen.

»Wie mir mitgeteilt wurde, besitze ich beträchtlichen Wert als Sündenbock, sollten die Amerikaner beschließen, mich zu hängen.« Wo war nur Hals verdammte Note …? Wer hatte sie jetzt? Watson Smith? General Wayne?

»Nun, das können wir aber nicht zulassen, oder?« Der Gedanke an Greys unmittelbar bevorstehendes Ableben schien Percy nicht sonderlich aus der Ruhe zu bringen. »Keine Sorge. Ich bespreche das.«

»Mit wem?«, wollte er neugierig wissen.

»General La Fayette«, antwortete Percy und fügte mit einer kleinen Verneigung hinzu: »Dem als Berater zu dienen ich die Ehre habe.«

»Danke«, sagte Grey trocken. »Ich mache mir keine großen Gedanken über die Möglichkeit, gehängt zu werden – zumindest nicht im Augenblick –, aber ich will wissen, was zum Teufel du in Bezug auf meinen Sohn William gemeint hast.«

»Das wäre viel einfacher bei einer Flasche Port«, sagte Percy mit einem Seufzer, »aber das lässt die Zeit ja leider nicht zu. Setz dich wenigstens. Du siehst aus, als würdest du jeden Moment umfallen.«

Grey nahm so würdevoll wie möglich Platz und funkelte Percy finster mit seinem einen Auge an.

»Um es so einfach wie möglich zu sagen – und es ist nicht einfach, das versichere ich dir –, gibt es da einen britischen Offizier namens Richardson …«

»Ich kenne ihn«, unterbrach Grey. »Er …«

»Ich weiß, dass du ihn kennst. Sei still.« Percy wedelte mit der Hand in seine Richtung. »Er ist ein amerikanischer Spion.«

»Er – was?!« Im ersten Moment hatte er das Gefühl, er könnte tatsächlich umfallen, obwohl er saß, und er hielt sich vorsichtshalber mit beiden Händen am Bettrahmen fest. »Er hat mir gesagt, er hätte vor, Mrs. Fraser wegen der Verbreitung aufrührerischen Materials festnehmen zu lassen. Das war der Grund, warum ich sie geheiratet habe …«

»Du?« Percy starrte ihn mit großen Augen an. »*Du* hast geheiratet?«

»Natürlich«, sagte Grey gereizt. »Du doch auch, zumindest hast du mir das erzählt. Erzähl mir weiter von dem verflixten Richardson. Wie lange spioniert er schon für die Amerikaner?«

Percy prustete, fügte sich dann aber.

»Ich weiß es nicht. Ich bin vergangenes Jahr im Frühling auf ihn aufmerksam geworden, aber es ist gut möglich, dass er es schon länger tut. Fleißiger Kerl, das muss man ihm lassen. Und er begnügt sich nicht damit, Informationen zu sammeln und weiterzugeben. Er ist das, was man einen *provocateur* nennen könnte.«

»Er ist nicht der Einzige, der mich provoziert«, murmelte Grey und unterdrückte das Bedürfnis, sich das verletzte Auge zu reiben. »Was hat er denn mit William zu tun?« Allmählich beschlich ihn ein unangenehmes Gefühl in der

Magengrube. *Er* hatte William die Erlaubnis erteilt, kleine Kundschafteraufträge für Oberst Richardson zu erledigen, welcher …

»Um es so deutlich wie möglich auszudrücken, hat er mehr als einmal versucht, deinen Sohn in Situationen zu bringen, in denen der Anschein entstehen konnte, dass er mit den Rebellen sympathisierte. Wie ich höre, hat er ihn letztes Jahr nach Virginia in den Great Dismal geschickt, mit dem Ziel, ihn dort in einem Nest von Rebellen festnehmen zu lassen, die dort eine Bastion haben. Wahrscheinlich hätten sie die Nachricht verbreitet, dass er desertiert und zu ihnen übergelaufen war, während sie ihn gefangen hielten.«

»Und warum das?«, hakte Grey nach. »Könntest du dich hinsetzen, zum Kuckuck? Ich bekomme Kopfschmerzen, wenn ich zu dir hochsehen muss.«

Percy prustete erneut und setzte sich – nicht auf den bereitstehenden Hocker, sondern neben Grey auf das Feldbett, die Hände auf den Knien.

»Wahrscheinlich, um deine Familie in Misskredit zu bringen – Pardloe hat zu dieser Zeit im Oberhaus flammende Reden über die Kriegsführung gehalten.« Er beschrieb eine kleine, ungeduldige Geste, die John noch gut kannte, ein rasches Flattern der Finger. »Ich weiß nicht alles – noch nicht –, aber *was* ich weiß, ist, dass er es so eingefädelt hat, dass man deinen Sohn auf dem Weg nach New York festnehmen wird. Er kümmert sich nicht mehr um Finten oder Politik; die Dinge haben sich geändert, jetzt, da Frankreich in den Krieg eingetreten ist. Das ist eine simple Entführung mit der Absicht, deine – und Pardloes – Kooperation in der Frage des Nordwestterritoriums als Preis für das Leben des Jungen zu fordern – und möglicherweise noch etwas anderes.«

Grey schloss das gesunde Auge, um das Schwindelgefühl zu unterdrücken. Vor einem Jahr war Percy abrupt wieder in sein Leben getreten und hatte ihm einen Vorschlag gewisser »interessierter Parteien« aus Frankreich unterbreitet – die nämlich die Rückgabe des wertvollen Nordwestterritoriums wünschten, das sich in englischer Hand befand, und die im Gegenzug ihre Hilfe dabei anboten, Frankreich von einem Kriegseintritt aufseiten der Amerikaner abzuhalten.

»Die Lage hat sich geändert«, wiederholte er gereizt.

Percy holte tief durch die Nase Luft.

»Admiral d'Estaing ist im April mit einer Flotte losgefahren. Wenn er nicht schon vor New York liegt, wird er in Kürze dort sein. Möglich, dass General Clinton das weiß, vielleicht aber auch nicht.«

»Himmel!« Er ballte die Fäuste so fest um den Bettrahmen, dass die Nagelköpfe tiefe Abdrücke in seinen Handflächen hinterließen. Also *waren* die verdammten Franzosen offiziell in den Krieg eingetreten. Sie hatten sich im Februar vertraglich auf die Seite der Amerikaner gestellt und England im März den Krieg erklärt, doch reden konnte jeder.

Plötzlich packte er Percys Arm und drückte fest zu.

»Und was hast du mit alldem zu tun?«, fragte er mit kalter, ruhiger Stimme. »Warum erzählst du mir das alles?«

Percy holte Luft, wich aber nicht zurück. Er erwiderte Greys Blick, seine braunen Augen klar und direkt.

»Was ich damit zu tun habe, spielt keine Rolle«, sagte er. »Und wir haben keine Zeit. Du musst deinen Sohn finden, und zwar schnell. Warum ich es dir erzähle …«

John sah es kommen und wich nicht zurück. Percy roch nach Bergamotte und bitteren Orangen und dem Rotwein in seinem Atem. John lockerte die Umklammerung seines Arms.

»*Pour vos beaux yeux*«, hatte ihm Percy an die Lippen gehaucht – und gelacht, der Mistkerl.

74

WAS EINEN MANN IN SCHWEISS AUSBRECHEN UND ERBEBEN LÄSST …

Wir verließen Englishtown in den Fußstapfen der Armee.

Ich hatte Clarence mit allem beladen, was ich ihm zumuten konnte. Da er ein großes Maultier war, war das eine ganze Menge, einschließlich meines kleinen Zeltes, eines klappbaren Feldbetts zum Operieren und allem, was ich an Bandagen, Watte und Desinfektionsmitteln verstauen konnte. Ich hatte ein Fässchen mit gereinigter Kochsalzlösung und ein paar Flaschen reinen Ethylalkohol (als Gift getarnt mit Schildchen, auf die ein großer Totenschädel mit gekreuzten Knochen gemalt war), Mandelöl für Verbrennungen, meine Medizintruhe und bündelweise unverarbeitete Kräuter, große Gläser mit vorgefertigter Salbe und Dutzende kleiner Flaschen mit Tinkturen und Lösungen. Meine chirurgischen Instrumente, Nadeln und Fäden befanden sich in einer separaten kleinen Kiste, die ich zusammen mit weiterem Verbandsmaterial in den Rucksack gesteckt hatte, den ich selber bei mir trug.

Ich band Clarence an und ließ ihn zurück, um herauszufinden, wo die Lazarettzelte aufgebaut werden sollten. Im ganzen Lager herrschte ein Gewimmel von Gefolgsleuten und Helfern, doch schließlich gelang es mir, Denny Hunter zu finden, der mir sagte, basierend auf General Greenes Berichten würden die Ärzte in ein Dorf namens Freehold geschickt, wo es eine große Kirche gab, die man als Lazarett benutzen konnte.

»Das Letzte, was ich gehört habe, ist, dass Lee das Kommando über die Truppen übernommen hat, die die britische Nachhut angreifen, und dass er die Briten einkreisen will«, sagte er und putzte sich die Brille an seinem Hemdschoß.

»Lee? Aber ich dachte, ihm wäre das Kommando nicht bedeutend genug und er hätte es nicht angenommen.« Eigentlich wäre es mir ja gleichgültig gewesen –

nur, dass Jamie und seine Kompanien an dieser Mission beteiligt sein würden, und ich hegte meine eigenen Zweifel in Bezug auf General Lee.

Denzell zuckte mit den Schultern, setzte die Brille wieder auf und steckte sich den Hemdschoß in den Hosenbund.

»Anscheinend hat Washington beschlossen, dass tausend Mann für diesen Zweck nicht ausreichten, und die Zahl auf fünftausend erhöht, was Lee seiner eigenen Bedeutung … entsprechender fand.« Dennys Mund verzog sich ein wenig. Doch er sah mir ins Gesicht und berührte sacht meinen Arm.

»Wir können nur auf Gott vertrauen – und hoffen, dass der Herr ein Auge auf Charles Lee hat. Kommst du mit mir und den Mädchen, Claire? Dein Maultier begleitet uns bestimmt auch gerne.«

Ich zögerte nicht länger als zwei Sekunden. Wenn ich Clarence ritt, konnte ich nur einen Bruchteil der Ausrüstung und der Vorräte mitnehmen, die er andernfalls tragen konnte. Und Jamie hatte zwar gesagt, dass er mich bei sich haben wollte, doch ich wusste sehr gut, dass er eigentlich nur sicher sein wollte, wo ich war und dass ich in der Nähe war, wenn er mich brauchte.

»Dein Mann wird mir dein Wohlergehen gewiss anvertrauen«, sagte Denny lächelnd, denn er hatte offenbar gemerkt, was ich dachte.

»*Et tu, Brute?*«, sagte ich ziemlich kurz angebunden, und als er blinzelte, fügte ich höflicher hinzu: »Ich meine – weiß denn *jeder*, was ich denke? Jederzeit?«

»Oh, das bezweifle ich«, sagte er und grinste mich an. »Wenn es so wäre, vermute ich, dass einige Leute deutlich besser darauf achten würden, was sie zu dir sagen.«

Und so küsste ich Jamie und sah zu, wie er im zunehmenden Licht des frühen Morgens auf die Fähre ritt, umringt von seinen Leutnants und Adjutanten. Ich selbst fuhr mit Dottie und Rachel in Denzells Wagen. Clarence, den wir an die Ladeklappe angebunden hatten, folgte uns in aller Seelenruhe.

Dottie war rot vor Hitze und vor Aufregung; sie war noch nie in der Nähe einer Schlacht gewesen. Das galt zwar auch für Rachel, doch sie hatte ihrem Bruder während eines schlimmen Winters in Valley Forge geholfen und hatte eine deutlich bessere Vorstellung davon, was der Tag uns bringen konnte.

»Meinst du, du solltest vielleicht deiner Mutter schreiben?«, hörte ich Rachel mit ernster Stimme fragen. Die Mädchen saßen hinter mir im Wagenbett und achteten darauf, dass nichts hinausfiel, wenn wir eine Furche oder eine Schlammpfütze trafen.

»Nein. Warum denn?« Dotties Ton war argwöhnisch – zwar nicht feindselig, aber ziemlich reserviert. Ich wusste, dass sie ihrer Mutter geschrieben hatte, um ihr zu sagen, dass sie die Absicht hatte, Denzell Hunter zu heiraten, doch sie hatte keine Antwort erhalten. Angesichts der Probleme jeder Korrespondenz mit England gab es jedoch keine Gewissheit, dass Minerva Grey den Brief überhaupt je gelesen hatte.

Mit einem plötzlichen dumpfen Gefühl wurde mir klar, dass ich seit Monaten keinen Brief mehr an Brianna geschrieben hatte. Ich hatte es nicht ertragen können, ihr von Jamies Tod zu schreiben, und seit seiner Rückkehr hatte ich nicht einmal Zeit gehabt, auch nur daran zu denken.

»Es *ist* Krieg, Dottie«, sagte Rachel. »Es können unerwartete Dinge geschehen. Und du würdest doch wohl nicht wollen, dass deine Mutter … nun ja, dass sie erfahren muss, dass du umgekommen bist, ohne ihr irgendwie versichert zu haben, dass sie in deinem Herzen war.«

»Hm!«, machte Dottie sichtlich verblüfft. Ich spürte, wie Denzell sein Gewicht verlagerte und sich ein wenig vorbeugte, um die Leinen nachzufassen. Er warf mir einen Seitenblick zu, und sein Mund verzog sich zu einer Miene, die ebenso sehr Grimasse wie Lächeln war und besagte, dass auch er dem Gespräch der Mädchen zugehört hatte.

»Sie macht sich Sorgen um mich«, sagte er sehr leise. »Niemals um sich selbst.« Er ließ mit einer Hand die Leinen los, um sich die Nase zu reiben. »Sie besitzt den gleichen Mut wie ihr Vater und ihre Brüder.«

»Die gleiche Sturheit, meint Ihr«, sagte ich leise, und er musste grinsen.

»Ja«, sagte er. Er sah sich um, genau wie ich, doch die Mädchen hockten jetzt hinten an der Ladeklappe, sprachen mit Clarence und wedelten ihm mit den weichen Nadeln eines langen Kiefernzweigs die Fliegen aus dem Gesicht. »Meinst du, es ist ein ererbter Mangel an Vorstellungskraft? Denn bei den Männern ihrer Familie kann es ja nicht daran liegen, dass sie nicht wissen, was geschehen kann.«

»Nein, das kann es wirklich nicht«, stimmte ich mit einem kenntnisreichen Unterton zu. Ich seufzte und streckte ein wenig die Beine aus. »Jamie ist genauso, und ihm mangelt es gewiss nicht an Vorstellungskraft. Ich glaube, es ist …«, sagte ich mit einer kleinen, hilflosen Geste, »eventuell ist ›Akzeptanz‹ ja das richtige Wort.«

»Akzeptanz der eigenen Sterblichkeit?« Das interessierte ihn, und er rückte sich die Brille zurecht. »Darüber haben wir gesprochen – Dorothea und ich.« Er wies kopfnickend hinter sich auf die Mädchen. »Quäker leben in der Gewissheit, dass diese Welt nicht von Dauer ist und dass der Tod nicht zu fürchten ist.«

»Zum Teil vielleicht.« Eigentlich lebte jeder Mensch in dieser Zeit in einer sachlichen Akzeptanz der Sterblichkeit; der Tod war stets und überall zugegen, obwohl seine Gegenwart unterschiedlich betrachtet wurde. »Aber sie – diese Männer –, was sie tun, ist etwas anderes, glaube ich. Es ist eher die Akzeptanz dessen, wozu Gott sie ihrer Meinung nach gemacht hat.«

»Wirklich?« Das schien ihn ein wenig zu verblüffen, und er runzelte nachdenklich die Stirn. »Was meinst du damit? Dass sie glauben, Gott hätte sie absichtlich dazu geschaffen …«

»… für andere verantwortlich zu sein, denke ich«, vollendete ich. »Ich könnte nicht sagen, ob der generelle Gedanke *noblesse oblige* ist – Jamie war in Schottland schließlich Gutsherr – oder einfach nur, dass es das … das ist, was ein Mann tut«, schloss ich ziemlich lahm. Denn »das« war eindeutig nicht Denzell Hunters Vorstellung davon, was ein Mann tun sollte. Obwohl ich mir nicht sicher war. Die Frage bereitete ihm jedenfalls Kopfzerbrechen.

Was angesichts seiner Lage sehr verständlich war. Ich konnte sehen, dass ihn die Aussicht auf die Schlacht erregte und dass ihn diese Tatsache außerordentlich beschäftigte.

»Ihr seid ein sehr tapferer Mann«, sagte ich leise und berührte ihn am Ärmel. »Das habe ich doch schon erlebt. Als Ihr zum Beispiel nach Ticonderoga Jamies Deserteurspiel gespielt habt.«

»Das hatte nichts mit Mut zu tun, das versichere ich dir«, sagte er mit einem kurzen, humorlosen Lachen. »Ich wollte gar nicht tapfer sein; ich wollte nur beweisen, dass ich es bin.«

Ich stieß ein ziemlich respektloses Geräusch aus – ich spielte zwar nicht in derselben Liga wie Jamie oder Ian, aber das eine oder andere hatte ich doch aufgeschnappt –, und er sah mich überrascht an.

»Ich weiß um den Unterschied«, erklärte ich ihm. »Doch ich bin schon vielen tapferen Männern begegnet.«

»Aber wie willst du denn wissen, was …«

»Still«, sagte ich mit einer kleinen Geste. »›Tapfer‹ kann alles bedeuten, von komplettem Wahnsinn und völliger Gleichgültigkeit gegenüber dem Leben anderer – diese Sorte trifft man oft bei Generälen an – über Trunkenheit, Narrheit und absolute Idiotie … bis hin zu der Sorte, die einen Mann in Schweiß ausbrechen und erbeben lässt, bis er sich übergibt … und sich aufrafft und *trotzdem* tut, was er tun zu müssen glaubt. Und das«, sagte ich und hielt inne, um Luft zu holen und die Hände auf dem Schoß zu falten, »ist exakt die Art von Tapferkeit, die Ihr mit Jamie gemeinsam habt.«

»Dein Mann schwitzt und bebt aber nicht«, sagte er trocken. »Ich habe ihn schon gesehen. Oder besser, so etwas habe ich bei ihm noch *nie* gesehen.«

»Er schwitzt und bebt eher innerlich«, erwiderte ich. »Obwohl er sich vor – oder während – einer Schlacht tatsächlich oft übergibt.«

Denzell kniff die Augen zu. Er sagte eine Weile nichts und konzentrierte sich – anscheinend – ganz darauf, an einem großen Heuwagen vorbeizusteuern, dessen Ochsen plötzlich beschlossen hatten, dass sie nicht mehr weiterwollten, und mitten auf der Straße stehen geblieben waren.

Schließlich holte er Luft und atmete explosiv wieder aus.

»Ich habe keine Angst zu sterben«, erklärte er. »Das ist nicht mein Problem.«

»Was dann?«, fragte ich neugierig. »Hast du Angst, verstümmelt zu werden und hilflos zu sein? Ich schon.«

»Nein.« Seine Kehle bewegte sich, als er schluckte. »Es sind Dorothea und Rachel. Ich habe Angst, dass mir der Mut fehlen würde, sie sterben zu sehen, ohne dass ich versuche, sie zu retten, selbst wenn das bedeuten würde, jemanden umzubringen.«

Darauf fand ich keine Erwiderung, und wir rumpelten schweigend weiter.

LEES MÄNNER hatten Englishtown gegen sechs Uhr morgens verlassen und hielten ostwärts auf Monmouth Courthouse zu. Lee erreichte das Gerichtsgebäude gegen neun Uhr dreißig, um dort festzustellen, dass der Großteil der britischen Armee fort – und vermutlich nach Middletown unterwegs war, denn dorthin führte die Straße.

Doch von der Verfolgung wurde Lee durch die Gegenwart einer kleinen, aber äußerst kampflustigen Nachhut abgehalten, die von General Clinton persönlich befehligt wurde. So zumindest berichtete Ian es Jamie, nachdem er dicht genug herangeritten war, um Clintons Regimentsbanner zu sehen. Jamie hatte diese Information an Lee weitergeleitet, sah aber nichts, was darauf hindeutete, dass sie die Pläne des Herrn irgendwie beeinflusste (stets vorausgesetzt, dass solche Pläne existierten) oder ihn bewog, die Lage von weiteren Kundschaftern in Augenschein nehmen zu lassen.

»Reite um sie herum und sieh, ob du herausfinden kannst, wo Cornwallis ist«, trug Jamie Ian auf. »Die Grenadiere, die du gesehen hast, sind wahrscheinlich Hessen, also dürfte auch von Knyphausen nicht weit sein.«

Ian nickte und ergriff die volle Feldflasche, die Jamie ihm anbot.

»Soll ich es General Lee sagen, wenn ich ihn finde? Er schien sich ja nicht sehr für das zu interessieren, was ich zu sagen hatte.«

»Aye, sag es ihm, wenn du ihn eher siehst als mich … dem Marquis auch, falls du in seine Reichweite kommst – aber komm auf jeden Fall auch zu mir, aye?«

Ian grinste ihn an und schlang die Feldflasche über seinen Sattelknauf.

»Waidmannsheil, *a bhràthair-mhàthar*!«

Bis zum Vormittag war bei Scharmützeln in der Nähe des Monmouth Courthouse in zwei von Jamies Kompanien Blut geflossen, doch noch gab es keine Toten, und nur drei Mann waren so schwer verletzt, dass sie sich zurückziehen mussten. Oberst Owen hatte Deckung für seine Artillerie erbeten – nur zwei Kanonen, doch jede Form von Artillerie war willkommen –, und Jamie hatte ihm Thomas Meleagers Pennsylvaniamänner gesandt.

Er hatte eine von Hauptmann Kirbys Kompanien als Kundschafter in die Richtung geschickt, in der er den Bach vermutete, und den Rest bei sich behalten, um auf Anordnungen von La Fayette oder Lee zu warten. La Fayette war irgendwo vor ihm; Lee mit dem Hauptteil seiner Truppen weit hinten in östlicher Richtung.

Die Sonne stand knapp unterhalb von zehn Uhr, als ein Bote erschien, der dramatisch geduckt im Sattel saß, als preschte er mitten durch einen Kugelhagel, obwohl tatsächlich nicht ein einziger britischer Soldat in Sicht war. Er brachte sein verschwitztes Pferd zum Stehen und keuchte Jamie seine Nachricht entgegen.

»Staubwolken im Osten – möglicherweise noch mehr Rotröcke im Anmarsch! Und der Markie sagt, im Apfelgarten sind Rotröcke mit Kanonen, Sir, und ob Ihr bitte etwas dagegen unternehmen könntet.«

Der schwitzende Bote schnappte nach Luft und lockerte die Zügel, offenbar um wieder davonzupreschen. Jamie beugte sich vor und packte das Pferd am Zaumzeug, um ihn daran zu hindern.

»Wo *ist* denn der Apfelgarten?«, fragte er ruhig. Der Bote war noch jung, vielleicht sechzehn, und blickte genauso wild drein wie sein Klappergaul.

»Weiß nicht, Sir«, sagte er und begann, sich umzusehen, als erwartete er, dass der Obstgarten unvermittelt aus der Wiese auftauchte, auf der sie standen. Ein plötzliches Dröhnen in einiger Entfernung ging Jamie durch Mark und Bein, und sein Pferd spitzte die Ohren.

»Egal, Junge«, sagte er. »Ich höre sie. Lass dein Pferd verschnaufen, sonst stirbt es dir noch unter dem Sattel weg, bevor die Sonne hoch am Himmel steht.«

Er ließ das Zaumzeug los, winkte Hauptmann Wells zu und wandte sein eigenes Pferd in die Richtung, aus der der Kanonendonner kam.

DIE AMERIKANISCHE ARMEE hatte einen Vorsprung von mehreren Stunden und die britische Armee noch mehr – doch ein einzelner Mann konnte sich sehr viel schneller bewegen als selbst eine Kompanie leichter Infanterie. Außerdem war John nicht mit Waffen beladen. Oder Nahrung. Oder Wasser.

Du weißt genau, dass er dich anlügt.

»Oh, sei doch still, Hal«, murmelte Grey an den Schatten seines Bruders gerichtet. »Ich kenne Percy um einiges besser als du.«

Ich habe doch gesagt, du weißt genau …

»Das tue ich auch. Was riskiere ich denn, wenn er lügt – und was riskiere ich, wenn er *nicht* lügt?«

Hal war zwar arrogant, aber logisch. Außerdem war er Vater; das brachte ihn zum Schweigen.

Was er riskierte, falls Percy log, war, ohne Umschweife erschossen oder gehängt zu werden, wenn ihn jemand erkannte. Ganz gleich, wer. Wenn ihn die Amerikaner entdeckten, bevor er die britischen Linien erreichte, würden sie ihn festnehmen, weil er sein Wort gebrochen hatte, und ihn prompt als Spion hinrichten. Wenn ihn die *Briten* nicht rechtzeitig erkannten, würden sie ihn beim ersten Anblick als Rebellenmilizionär erschießen. Er steckte eine Hand in die Tasche mit der zusammengeballten »Freiheit oder Tod«-Mütze und fragte sich, ob es wohl klüger wäre, sie fortzuwerfen, doch schließlich behielt er sie.

Was er riskierte, falls Percy nicht log, war Willies Leben. Nicht schwer zu sagen, wem seine Wette galt.

Es war Vormittag, und die Luft war wie Melasse, dick und blumensüß, klebrig wie Baumharz und absolut nicht zu atmen. Sein gesundes Auge begann, von den umherfliegenden Pollen zu jucken, und Fliegen summten neugierig um seinen Kopf herum, angelockt vom Honigduft.

Immerhin waren die Kopfschmerzen fort, vertrieben durch den Schreck – und das kurze Aufflackern der Lust, er konnte es genauso gut zugeben –, der auf Percys Worte folgte. Er versuchte erst gar nicht, über Percys Beweggründe zu spekulieren, aber …

»›Um deiner schönen Augen willen‹, haha!«, grummelte er, doch diese Dreistigkeit entlockte ihm auch ein Lächeln. Ein kluger Mann würde Percy Wainwright nicht mit einem Zaunpfahl berühren. Etwas Kürzeres jedoch …

»Oh, nun sei schon still, ja?«, murmelte er zu sich selbst und stieg eine Lehmböschung zu einem kleinen Bach hinunter, wo er sich kaltes Wasser ins Gesicht schütten konnte.

ES WAR VIELLEICHT acht Uhr morgens, als wir Freehold erreichten, wo die Tennent Church als zentrales Lazarett eingerichtet werden sollte. Die Kirche war ein großes Gebäude inmitten eines weitläufigen Kirchhofs, dessen Grabsteine so individuell waren, wie es ihre Besitzer zweifellos auch im Leben gewesen waren. Hier gab es keine ordentlich aufgereihten identischen weißen Kreuze.

Ich dachte kurz an die Gräber der Normandie und fragte mich, ob diese endlosen Reihen namenloser Toter den Kosten des Krieges wohl nachträglich etwas Geordnetes verleihen sollten – oder ob sie diese Kosten unterstreichen sollten, eine Art feierliche Buchführung in Reihen und Aberreihen von Leerstellen und Kreuzen.

Doch ich dachte nicht lange darüber nach. Es wurde bereits gekämpft – irgendwo –, und die ersten Verletzten trafen ein; einige Männer saßen neben der Kirche im Schatten eines großen Baums, und es kamen noch mehr über die Straße. Einige stolperten mit Hilfe von Freunden voran, andere lagen auf Bahren, oder jemand trug sie auf dem Arm. Mein Herz verkrampfte sich bei diesem Anblick, doch ich gab mir Mühe, nicht nach Jamie oder Ian Ausschau zu halten; falls sie unter den ersten Verwundeten waren, würde ich es früh genug erfahren.

Vor der Eingangsveranda der Kirche herrschte großes Gewimmel; man hatte die Flügeltüren weit geöffnet, um einen breiten Durchgang zu haben, und Laufburschen und Ärzte kamen und gingen – zwar hastig, doch bis jetzt war die Hast noch organisiert.

»Geht doch nachsehen, was dort vor sich geht, ja?«, schlug ich Denzell vor. »Ich werde mit den Mädchen abladen.«

Er blieb noch, um seine beiden Maultiere abzuspannen und anzubinden, dann eilte er in die Kirche.

Ich machte die Eimer ausfindig und beauftragte Rachel und Dottie, einen Brunnen zu suchen. Es war jetzt schon unangenehm heiß; wir würden auf jeden Fall eine Menge Wasser brauchen.

Clarence meldete das heftige Bedürfnis an, zusammen mit Dennys Maultieren zwischen den Grabsteinen zu grasen, indem er an seinem Zaumzeug riss und verärgert brüllte.

»Ist ja schon *gut*«, sagte ich und beeilte mich, die Gurte zu lösen und ihn von seiner Last zu befreien. »Nun warte doch … oje.«

Ein Mann kam auf mich zugestolpert; seine Knie gaben bei jedem Schritt nach, so dass er wie betrunken schwankte. Sein Gesicht war auf einer Seite schwarz, und seine Uniform war voller Blut. Ich ließ das Bündel mit dem Zeltleinen und den Pfosten fallen und lief auf ihn zu, um seinen Arm zu erwischen, ehe er über einen Grabstein stolperte und kopfüber im Staub landete.

»Setzt Euch«, sagte ich. Er sah benommen aus und schien mich nicht zu hören, doch als ich an seinem Arm zog, nahm er Platz, indem er seine Knie abrupt zusammensacken ließ und mich beinahe mitriss, als er auf einem wuchtigen Stein zum Gedenken an einen gewissen Gilbert Tennent landete.

Mein Patient wankte, als würde er jeden Moment umfallen, und doch fand ich bei einer hastigen Untersuchung keine schweren Verletzungen; das Blut auf seinem Rock kam von seinem Gesicht, dessen geschwärzte Haut Blasen gebildet hatte und aufgeplatzt war. Es war nicht nur Schwarzpulverruß – die Haut war tatsächlich zu einer Kruste verbrannt, das Untergewebe angesengt, und mein Patient roch widerlich nach Schweinebraten. Ich rief meinen rebellierenden Magen zur Ordnung und verzichtete darauf, durch die Nase zu atmen.

Er beantwortete meine Fragen nicht, sondern starrte konzentriert auf meinen Mund, und trotz seines fortwährenden Schwankens schien er zurechnungsfähig zu sein. Endlich fiel der Groschen.

»Ex…plo…sion?«, sagte ich übertrieben deutlich, und er nickte heftig, dann hielt er abrupt inne und kippte so weit zur Seite, dass ich ihn am Ärmel packen und hochziehen musste.

Der Uniform nach war er Artillerist. Etwas Großes war also in seiner Nähe explodiert – ein Mörser, eine Kanone? – und hatte ihm nicht nur das Gesicht fast bis auf die Knochen verbrannt, sondern wahrscheinlich auch beide Trommelfelle platzen lassen, so dass das Gleichgewicht seines Innenohrs gestört war. Ich nickte und platzierte seine Hände auf dem Stein, auf dem er saß, damit er sich festhalten konnte, während ich Clarence hastig ablud – seine Frustration war ohrenbetäubend; ich hätte sofort begreifen müssen, dass der Artillerist taub war, da er dem Lärm keine Beachtung schenkte –, band ihm die Vorderbeine locker zusammen und ließ ihn gehen, so dass er sich zu Dennys Maultieren in den Schatten gesellen konnte. Ich grub aus den Bündeln aus, was ich brauchte, und machte mich daran, für den Verletzten zu tun, was ich konnte – nicht viel; hauptsächlich tränkte ich ein Handtuch mit Salzlösung und legte es wie einen Wickel auf sein Gesicht, um so viel Ruß wie möglich zu entfernen, ohne daran zu reiben.

Ich dankte Gott, dass ich die Voraussicht besessen hatte, Mandelöl für Verbrennungen mitzubringen – und fluchte, weil ich nur so wenig hatte und weil ich in Bertrams Gärten nicht nach Aloe gefragt hatte.

Die Mädchen waren noch nicht mit Wasser zurück; ich hoffte sehr, dass es in der Nähe einen Brunnen gab. Flusswasser konnte ich so dicht in der Nähe einer Armee nicht benutzen, ohne es abzukochen. Dieser Gedanke bewog mich, mich nach einer Stelle umzusehen, an der wir Feuer machen konnten, und mir zu merken, dass ich die Mädchen als Nächstes auf die Suche nach Brennholz schicken sollte.

Doch dann wurde ich aus der rasch wachsenden Liste in meinem Kopf gerissen, weil Denny plötzlich aus der Kirche kam. Er war nicht allein; er schien sich heftig mit einem anderen Kontinentaloffizier zu streiten. Mit einem kurzen Ausruf der Ungeduld grub ich in meiner Tasche und fand meine in Seide eingewickelte Brille. Ich setzte sie auf, und das Gesicht von Dennys Gesprächspartner wurde abrupt scharf – Hauptmann Leckie, Diplomat des Medical College of Philadelphia.

Mein Patient zupfte an meinem Rock, und als ich mich zu ihm umwandte, öffnete er entschuldigend den Mund und machte Trinkbewegungen. Ich bat ihn mit erhobenem Finger, einen Moment zu warten, dann ging ich nachsehen, ob Denzell Verstärkung brauchte.

Mein Erscheinen wurde von einem strengen Blick Hauptmann Leckies begrüßt, der mich ganz so betrachtete, wie er wohl etwas inspiziert hätte, das ihm unter dem Schuh klebte.

»Mrs. Fraser«, sagte er kalt, »ich habe Eurem Quäkerfreund gerade gesagt, dass in der Kirche kein Platz ist für Kräuterfrauen oder …«

»Claire Fraser ist die beste Chirurgin, die ich je gesehen habe!«, protestierte Denzell. Er war rot geworden, und ihm sträubten sich geradezu die Haare vor Wut. »Ihr werdet Euren Patienten großen Schaden zufügen, Sir, wenn Ihr ihr nicht erlaubt zu …«

»Und wo habt Ihr Eure Ausbildung absolviert, *Doktor* Hunter, dass Ihr Euch da so sicher seid?«

»In Edinburgh«, knirschte Denny mit zusammengebissenen Zähnen hervor. »Wo mich mein Vetter alles gelehrt hat, John Hunter.« Als er sah, dass dies keinerlei Wirkung auf Leckie zu haben schien, fügte er hinzu: »Und sein Bruder George Hunter – *Accoucheur* der Königin.«

Das verblüffte Leckie zwar, stieg ihm aber unglücklicherweise auch zu Kopf.

»Ich verstehe«, sagte er und bedachte uns beide mit einem hämischen Blick. »Ich gratuliere Euch, Sir. Doch da ich bezweifle, dass die Armee einer Hebamme bedarf, solltet Ihr vielleicht Eurer … Kollegin«, an diesem Punkt sah er mich doch tatsächlich mit geblähten Nasenlöchern an, der aufgeblasene kleine Wicht, »mit ihren Sämereien und ihren Tränken behilflich sein, statt …«

»Wir haben keine Zeit für so etwas«, unterbrach ich ihn entschlossen. »Dr. Hunter ist nicht nur ein erfahrener Arzt, sondern auch offizieller Stabsarzt der Kontinentalarmee; ich würde ihn nicht einfach außen vor lassen. Und wenn meine Erfahrung in der Schlacht – von der ich zu behaupten wage, dass sie die Eure übertrifft, *Sir* – mich nicht täuscht, werdet Ihr jede Hand brauchen, die Euch zur Verfügung steht.« Ich wandte mich an Denzell und warf ihm einen langen, ruhigen Blick zu.

»Eure Pflicht liegt bei denen, die Euch brauchen, genau wie die meine. Ich habe Euch doch gesagt, was *Triage* bedeutet, nicht wahr? Ich habe ein Zelt und meine eigenen chirurgischen Instrumente und sonstige Ausrüstung. Ich werde hier außen die Fälle beurteilen, mich um die geringfügigeren Verletzungen kümmern und jeden in die Kirche schicken, der einer größeren Operation bedarf.«

Ich sah mich rasch um, dann wandte ich mich wieder an die beiden wutentbrannten Männer.

»Ihr solltet besser nach innen gehen und Euch beeilen. Sie türmen sich bereits.«

Das war nicht bildlich gesprochen. Unter den Bäumen sammelten sich Verletzte, die noch laufen konnten, einige Männer lagen auf improvisierten Bahren und Leinentüchern … aber es gab tatsächlich einen kleinen, unheilvollen Berg von Toten, die wahrscheinlich auf dem Weg zum Lazarett ihren Verletzungen erlegen waren.

Glücklicherweise erschienen in diesem Moment Rachel und Dottie, beide mit einem schweren Wassereimer in jeder Hand. Ich kehrte den Männern den Rücken zu und ging ihnen entgegen.

»Dottie, komm her und stell die Zeltpfosten auf, ja?«, sagte ich und nahm ihr die Eimer ab. »Und Rachel – du weißt ja sicher, wie arterielle Blutungen aussehen. Geh zu den Männern, schau sie dir an und bring mir die, bei denen du so etwas siehst.«

Ich gab meinem verbrannten Artilleristen Wasser, dann half ich ihm auf. Als er aufstand, sah ich hinter seinen Beinen Gilbert Tennents Grabspruch:

»Oh Leser, hättest du sein letztes Zeugnis gehört, hätte es dich überzeugt, dass es extremer Wahnsinn ist, die Reue aufzuschieben.«

»Vermutlich gibt es schlechtere Orte dafür«, sagte ich zu dem Artilleristen, doch da er mich nicht hören konnte, hob er einfach meine Hand und küsste sie, ehe er davonschwankte, um sich ins Gras zu setzen, das feuchte Handtuch an sein Gesicht gepresst.

75

DER APFELGARTEN

Der erste Schuss überraschte sie; er kam als gedämpfter Donner aus dem Apfelgarten, gefolgt von einer gemächlichen Walze aus weißem Rauch. Sie liefen zwar nicht davon, erstarrten aber und richteten die Blicke Rat suchend auf ihn. Zu den Männern in seiner Nähe sagte Jamie: »Gut gemacht, Jungs«, dann hob er die Stimme. »Nach links, schnell. Mr. Craddock, Reverend Woodsworth … kreist sie ein, nähert Euch dem Obstgarten von hinten. Die anderen … verteilt euch und feuert, wenn ihr könnt …« Der zweite Knall beendete seinen Satz, und Craddock fuhr auf wie eine Marionette, der man die Fäden abschneidet, und fiel zu Boden. Aus dem geschwärzten Loch in seiner Brust spritzte Blut. Jamies Pferd scheute so heftig, dass er fast heruntergefallen wäre.

»Geht mit dem Reverend!«, rief er Craddocks Männern zu, die mit offenen Mündern dastanden und auf den Körper ihres Hauptmanns starrten. »*Los!*«

Einer der Männer schüttelte sich, packte einen anderen beim Ärmel, zog ihn fort, und dann setzten sie sich gemeinsam in Bewegung. Woodsworth, mochte Gott ihn segnen, hob die Muskete über den Kopf und brüllte: »Zu mir! Folgt mir!« Dann setzte er sich staksend wie ein Storch in Bewegung – so lief er nun einmal, doch sie folgten ihm.

Der Wallach hatte sich wieder beruhigt, bewegte sich aber trotzdem beklommen. Er war zwar – angeblich – schussfest, konnte aber den starken Blutgeruch nicht ertragen. Jamie ging es nicht anders.

»Sollten wir … Mr. Craddock nicht begraben?«, meinte eine zaghafte Stimme hinter ihm.

»Er ist doch gar nicht *tot*, du Trottel!«

Jamie sah zu Boden. Er war zwar nicht tot – doch es konnte höchstens ein paar Sekunden dauern, bis es so weit war.

»Geh mit Gott, Mann«, sagte er leise. In Craddocks Gesicht regte sich nichts; sein Blick war zum Himmel gerichtet, seine Augen noch nicht trüb, aber blicklos.

»Geht mit euren Kameraden«, sagte er zu den beiden Nachzüglern, dann sah er, dass es Craddocks Söhne waren, vielleicht dreizehn und vierzehn, kreidebleich und mit stierem Blick wie die Schafe. »Sagt ihm Lebewohl«, befahl er abrupt. »Er hört euch noch. Dann … geht.« Einen Moment lang dachte er daran, sie zu La Fayette zu schicken, aber dort würden sie auch nicht sicherer sein. »Lauft!«

Sie liefen los – solange sie liefen, waren sie zumindest etwas sicherer –, und mit einer Geste an seine Leutnants Orden und Bixby wendete er sein Pferd nach rechts und folgte Guthries Kompanie. Die Kanonen feuerten jetzt regelmäßiger aus dem Obstgarten. Er sah eine Kugel in drei Metern Entfernung vorbeihüpfen, und dichter Qualm lag in der Luft. Er konnte Craddocks Blut noch riechen.

Er fand Hauptmann Moxley und schickte ihn mit einer ganzen Kompanie los, um das Farmhaus hinter dem Obstgarten auszuspähen.

»Aber bitte aus der Ferne. Ich will wissen, ob die Rotröcke im Haus sind oder ob die Familie noch dort ist. Wenn die Familie noch da ist, umzingelt das Haus; geht hinein, wenn sie euch lassen, aber erzwingt es nicht. Wenn im Haus Soldaten sind und sie hinauskommen, um euch anzugreifen, wehrt euch und nehmt das Haus ein, wenn ihr glaubt, das geht. Wenn sie innen bleiben, lasst sie in Ruhe; schickt jemanden zu mir, der mir Bericht erstattet. Ich bin an der Rückseite des Obstgartens, an der Rückseite des Obstgartens.«

Guthrie *erwartete* ihn, und die Männer lagen auf dem Bauch im hohen Gras hinter dem Obstgarten. Er ließ die beiden Leutnants bei seinem Pferd zurück, das er außer Reichweite des Obstgartens an eine Zaunlatte band, und krabbelte zur Kompanie hinüber. Neben Bob Guthrie ließ er sich auf den Bauch sinken.

»Ich muss wissen, wo die Kanonen sind – ihre genauen Standorte und wie viele es sind. Schickt drei oder vier Mann aus verschiedenen Richtungen los, aber sie sollen sich vorsehen – Ihr wisst, was ich meine? Aye. Sie sollen nichts tun; sich nur umsehen und schnell zurückkommen.«

Guthrie hechelte wie ein Hund; sein unrasiertes Gesicht war schweißüberströmt, doch er grinste kopfnickend und schlängelte sich durch das Gras davon.

Die Wiese war trocken, das Gras in der Sommerhitze braun und brüchig; es stach Jamie durch die Strümpfe, und der scharfe Duft nach reifem Heu war stärker als der nach Schwarzpulver.

Er trank Wasser aus seiner Feldflasche; sie war fast leer. Es war noch lange nicht Mittag, doch die Sonne brannte wie ein Bügeleisen. Er machte kehrt, um einem der Leutnants, die ihm gefolgt waren, zu sagen, er solle sich auf die Suche nach Wasser machen, doch das Einzige, was sich hinter ihm im Gras bewegte, waren Hunderte von Grashüpfern, die wie Funken aufstoben. Er biss die Zähne zusammen, weil seine Knie steif geworden waren, und kroch auf Händen und Füßen zu seinem Pferd zurück.

Orden lag drei Meter weiter, ins Auge getroffen. Jamie erstarrte, und dicht an seiner Wange sauste etwas vorbei. Vielleicht ein Grashüpfer, vielleicht auch nicht. Er lag flach auf dem Boden neben dem toten Leutnant, und das Herz hämmerte ihm in den Ohren, noch ehe er den Gedanken ganz gedacht hatte.

Guthrie. Er wagte es nicht, den Kopf zu heben, um ihn zu rufen – doch er musste es tun. Er rappelte sich auf, so gut er konnte, schoss aus dem Gras hoch und rannte im Zickzack los wie ein Kaninchen, fort vom Obstgarten, so weit es ging, während er sich weiter in die Richtung bewegte, in die er Guthrie geschickt hatte.

Jetzt konnte er die Schüsse hören; mehr als ein Scharfschütze im Obstgarten, zum Schutz der Kanonen, und das Geräusch war das flache *Krack!* eines Gewehrs. Feldjäger? Er warf sich zu Boden und kroch hektisch weiter, während er jetzt nach Guthrie rief.

»Hier, Sir!« Der Mann fuhr plötzlich wie ein Murmeltier neben ihm auf, und er packte Guthries Ärmel und zerrte ihn wieder zu Boden.

»Holt … Eure Männer zurück.« Er schnappte keuchend nach Luft. »Schüsse – aus dem Obstgarten. Auf dieser Seite. Man wird sie abknallen.«

Guthrie starrte ihn mit halb offenem Mund an.

»Holt sie zurück!«

Aus dem ersten Schreck gerissen, nickte Guthrie wie eine Marionette und begann aufzustehen. Jamie packte ihn am Knöchel und riss ihn zum Liegen nieder, dann presste er ihm die Hand auf den Rücken.

»Nicht … aufstehen!« Seine Atmung verlangsamte sich jetzt, und es gelang ihm, ruhig zu sprechen. »Wir sind hier immer noch in Schussweite. Holt Eure Männer und zieht Euch mit Eurer Kompanie zurück – bis zum Hügelkamm. Schließt Euch Hauptmann Moxley an; sagt ihm, er soll nach Westen zu mir kommen und sich …« Sein Kopf wurde plötzlich leer, als er nach einer brauchbaren Stelle für ein Zusammentreffen suchte. »Südlich des Farmhauses. Bei Woodbines Kompanie.«

»Aye, Sir.« Er nahm die Hand von Guthries Rücken, und der Mann hob sich auf Hände und Knie und griff nach dem Hut, den er verloren hatte.

»Seid Ihr schlimm verletzt, Sir?«

»Verletzt?«

»Ihr habt überall Blut im Gesicht, Sir.«

»Es ist nichts. Geht!«

Guthrie schluckte, nickte, wischte sich mit dem Ärmel über das Gesicht und schlich sich durch das Gras davon, so schnell er konnte. Jamie hob die Hand an sein Gesicht, denn erst jetzt bemerkte er das leise Stechen auf seiner Wange. Und ja, seine Finger waren voller Blut. Also kein Grashüpfer.

Er wischte sich die Finger am Rockschoß ab und bemerkte mechanisch, dass der Ärmelsaum an der Schulter aufgeplatzt war, so dass das weiße Hemd hindurchschimmerte. Vorsichtig richtete er sich ein wenig auf und sah sich nach Bixby um, doch es war keine Spur von ihm zu sehen. Vielleicht ebenfalls tot im hohen Gras, vielleicht auch nicht. Mit etwas Glück hatte er ja gesehen, was vor sich ging, und war zurückgerannt, um die Kompanien zu warnen, die sich von Osten näherten. Das Pferd war noch da, wo er es zurückgelassen hatte, Gott sei Dank, fünfzig Meter weiter an einen Zaun gebunden.

Er zögerte einen Moment, doch er konnte keine Zeit mit der Suche nach Bixby vergeuden. In ein paar Minuten würden Woodsworth und seine beiden Kompanien beim Obstgarten und damit in Schussweite der deutschen Gewehre auftauchen. Er erhob sich mit einem Ruck und rannte los.

Etwas zupfte an seinem Rock, doch er hielt nicht an, bis er keuchend bei seinem Pferd ankam.

»*Tiugainn!*«, sagte er und schwang sich in den Sattel. Er wandte sich vom Obstgarten fort nach Westen und galoppierte durch einen Kartoffelacker, obwohl es sein Farmerherz schmerzte zu sehen, was die durchziehenden Armeen damit angerichtet hatten.

ICH WEISS NICHT, wann die Mediziner angefangen haben, es die »goldene Stunde« zu nennen, doch ich war mir sicher, dass jeder Schlachtfeldarzt seit den Zeiten der Ilias davon wusste. Nach einem Unfall oder einer Verletzung, die nicht unmittelbar tödlich ist, stehen die Überlebenschancen des Opfers innerhalb der ersten Stunde am besten. Danach Schock, zunehmender Blutverlust, Erschöpfung durch den Schmerz … die Chance, einen Patienten zu retten, sinkt rapide.

Fügt man dann noch sengende Temperaturen, Wassermangel und den Druck hinzu, den es bedeutete, kurz vor der Verwundung mit Höchstgeschwindigkeit in warmem Wollstoff durch Felder und Wälder zu rennen, dabei schwere Waffen zu tragen und Pulverqualm einzuatmen, während man versucht, andere umzubringen oder zumindest nicht selbst umgebracht zu werden … hätte ich eher gesagt, dass wir es mit goldenen fünfzehn Minuten zu tun hatten.

Bedachte man außerdem die Tatsache, dass die Verletzten entweder an einen Ort getragen werden mussten, wo sie Hilfe finden konnten, oder dorthin *laufen* mussten – wahrscheinlich über eine Meile … dann machten wir unsere Sache wohl gar nicht so schlecht, denn wir retteten doch nicht wenige. *Wenn auch nur vorübergehend*, fügte ich in Gedanken grimmig hinzu, als ich die Schreie aus dem Inneren der Kirche hörte.

»Wie heißt du denn, Junge?«, sagte ich zu dem jungen Mann vor mir. Er konnte nicht älter als siebzehn sein und stand kurz vor dem Verbluten. Eine Kugel war durch seinen Oberarmmuskel gegangen, was normalerweise eine günstige Stelle für eine Verletzung war. In diesem Fall hatte die Kugel unglücklicherweise die Unterseite des Arms durchdrungen und die Arterie angeritzt, die langsam, aber ernsthaft Blut gepumpt hatte, bis ich seinen Arm umklammert hatte.

»Privatgefreiter Adams, Ma'am«, erwiderte er, obwohl seine Lippen weiß waren und er zitterte. »Man nennt mich Billy«, fügte er höflich hinzu.

»Freut mich, Euch kennenzulernen, Billy«, sagte ich. »Und Ihr, Sir …?« Denn er war schwankend auf einen anderen Jungen gestützt gekommen, der ungefähr in seinem Alter war – und ungefähr genauso bleich, obwohl ich nicht glaubte, dass er verletzt war.

»Horatio Wilkinson, Ma'am«, sagte er und neigte den Kopf zu einer ungeschickten Verbeugung – eine bessere bekam er nicht hin, während er seinen Freund aufrecht hielt.

»Schön, Horatio«, sagte ich. »Ich habe ihn jetzt. Würdet Ihr ihm etwas Wasser einschenken mit einem kleinen Spritzer Brandy. Dort drüben.« Ich wies kopfnickend auf die Kiste, die ich als Tisch benutzte und auf der eine meiner braunen, als »Gift« gekennzeichneten Flaschen stand, zusammen mit einer Feldflasche voll Wasser und einem Holzbecher. »Und sobald er es getrunken hat, gebt ihm diesen Lederstreifen zum Draufbeißen.«

Ich hätte Horatio ja gern gesagt, er solle auch einen Schluck trinken, aber es gab nur zwei Becher, und der zweite gehörte mir. Ich trank unablässig Wasser – mein Mieder war klatschnass und klebte an mir wie die Membran im Inneren einer Eierschale, und der Schweiß lief mir in Bächen über die Beine –, und ich hatte nicht vor, mir die Keime diverser Soldaten einzufangen, die sich nicht regelmäßig die Zähne putzten. Möglicherweise würde ich ihm ja sagen müssen, dass er einen raschen Schluck direkt aus der Brandyflasche nehmen sollte; ich brauchte jemanden, der Druck auf Billy Adams' Arm ausübte, während ich seine Arterie nähte, und im Moment sah Horatio Wilkinson nicht so aus, als wäre er dieser Aufgabe gewachsen.

»Würdet Ihr …«, begann ich, doch ich hielt ein Skalpell und eine Chirurgennadel mit einem baumelnden Faden in der freien Hand, und dieser Anblick gab dem jungen Mr. Wilkinson den Rest. Er verdrehte die Augen und sank auf dem Kies in sich zusammen.

»Verwundet?«, sagte eine vertraute Stimme hinter mir, und als ich den Kopf wandte, sah ich Denzell Hunter auf Mr. Wilkinson hinunterblicken. Er war kaum weniger bleich als Horatio, und mit den losen Haarsträhnen, die an seinen Wangen klebten, sah er seinem üblichen gefassten Selbst überhaupt nicht ähnlich.

»Ohnmächtig«, sagte ich. »Könnt Ihr …«

»Was für Idioten«, sagte er, so blass – vor Wut, wie ich jetzt begriff –, dass er kaum sprechen konnte. »Regimentsärzte nennen sie sich! Ein gutes Viertel von ihnen haben noch nie einen Menschen gesehen, der im Kampf verwundet wurde. Und selbst die anderen sind kaum zu irgendwelchen Behandlungen imstande außer den gröbsten Amputationen. Eine Kompanie von Barbieren würde ihre Sache besser machen!«

»Können sie Blutungen stillen?«, fragte ich, während ich seine Hand nahm und sie um den Oberarm meines Patienten legte. Er presste automatisch den Daumen auf die Arterie in der Nähe der Achselhöhle, und das Bluten, das begonnen hatte, als ich meine Hand fortzog, hörte wieder auf. »Danke«, sagte ich.

»Keine Ursache. Ja, das können die meisten von ihnen«, räumte er ein und beruhigte sich zumindest ein wenig. »Aber sie sind so sehr auf ihre Privilegien bedacht – und so sehr mit ihren eigenen Regimentern verbandelt –, dass einige von ihnen einen Verletzten einfach sterben lassen, weil er keiner der Ihren ist und sein eigener Regimentsarzt gerade anderweitig beschäftigt ist!«

»Skandalös«, murmelte ich und »fest zubeißen, Billy«, als ich ihm das Leder zwischen die Zähne schob und einen raschen Einschnitt machte, um die Wunde so weit zu vergrößern, dass ich das Ende der verletzten Arterie finden konnte. Er biss zu und stieß nur ein leises Grunzen aus, als das Skalpell seine Haut durchdrang; vielleicht stand er ja so sehr unter Schock, dass er es nicht zu sehr spürte – ich hoffte es für ihn.

»Uns bleibt keine große Wahl«, stellte ich fest und blickte zu den großen Bäumen hinüber, die den Friedhof umrandeten. Dottie kümmerte sich um die Männer, die einen Hitzschlag erlitten hatten, gab ihnen Wasser und überschüttete sie auch damit, wenn sie genug Zeit und Eimer hatte. Rachel war für Schädelfrakturen, Bauchwunden und andere schwere Verletzungen zuständig, die man nicht durch Amputation oder durch Schienen und Verbinden behandeln konnte. In den meisten Fällen bedeutete das nicht mehr, als die Männer zu trösten, während sie starben, doch sie war eine starke, standhafte junge Frau, die im Lauf des Winters in Valley Forge viele Männer hatte sterben sehen; sie scheute sich nicht vor dieser Aufgabe.

»Wir müssen sie …«, ich wies mit dem Kinn auf die Kirche, da meine Hände damit beschäftigt waren, Billy Adams' Arm festzuhalten und das verletzte Blutgefäß zu nähen, »… tun lassen, was sie können. Nicht, dass wir sie irgendwie daran hindern könnten.«

»Nein.« Denny atmete aus, ließ den Arm los, als er sah, dass ich die Ader abgenäht hatte, und wischte sich über das Gesicht. »Nein, das können wir nicht. Ich musste nur meiner Wut irgendwo Ausdruck verleihen, wo sie nicht noch mehr Ärger verursacht. Und fragen, ob ich etwas von deiner Enziansalbe haben darf; ich habe gesehen, dass du zwei große Töpfe hast.«

Ich lachte ironisch auf.

»Gerne. Dieser Esel Leckie hat vorhin einen Burschen zu mir geschickt, der mein Verbandsmaterial konfiszieren sollte. Braucht Ihr vielleicht etwas?«

»Wenn du es entbehren kannst.« Er warf einen trostlosen Blick auf meine schwindenden Vorräte. »Doktor McGillis hat einen Laufburschen losgeschickt, der die Nachbarschaft nach Nützlichem absuchen soll, und einen, der im Lager Nachschub besorgen soll.«

»Nehmt die Hälfte«, sagte ich kopfnickend und verband Billy Adams' Arm so sparsam wie eben möglich. Horatio Wilkinson hatte sich ein wenig erholt und saß jetzt, obwohl er immer noch sehr bleich war. Denny zog ihn auf die Beine hoch und schickte ihn mit Billy in den Schatten.

Ich suchte gerade in einem meiner Bündel nach der Enziansalbe, als ich das Herannahen einer weiteren Gruppe bemerkte und mich aufrichtete, um zu sehen, was sie wohl brauchen mochten.

Keiner von ihnen schien verletzt zu sein, obwohl sie alle schwankten. Sie waren nicht in Uniform und trugen keine Waffen außer Knüppeln; unmöglich zu sagen, ob es Milizionäre waren oder …

»Wir haben gehört, dass Ihr Brandy habt, Ma'am«, sagte einer von ihnen, während er quasi-freundlich den Arm nach mir ausstreckte und mich am Handgelenk packte. »Teilt ihn doch mit uns, hä?«

»Lasst sie los«, sagte Denzell in derart drohendem Ton, dass der Mann, der mein Handgelenk festhielt, tatsächlich überrascht losließ. Er blinzelte Denzell an, den er offenbar noch gar nicht bemerkt hatte.

»Wer zum Teufel seid *Ihr* denn?«, fragte er, wenn auch eher im Tonfall verwirrten Erstaunens als der Konfrontation.

»Ich bin Stabsarzt der Kontinentalarmee«, sagte Denzell entschlossen und trat neben mich, wobei er seine Schulter zwischen mich und die Männer schob, die alle eindeutig sturzbetrunken waren. Einer von ihnen lachte, ein schrilles *Hiehiehie*, und sein Kumpan kicherte und stieß ihn an, während er »Stabsarzt der *Kontinental*armee« wiederholte.

»Meine Herren, ihr müsst gehen«, sagte Denzell und schob sich weiter vor mich. »Wir haben hier Verwundete, die unserer Aufmerksamkeit bedürfen.« Er stand mit lose geballter Faust in der Haltung eines Mannes da, der bereit war zu kämpfen – obwohl ich mir ziemlich sicher war, dass er es nicht tun würde. Ich hoffte zwar, dass Einschüchterung ausreichen würde, warf aber einen Blick auf meine Flasche; sie war zu drei Vierteln leer; vielleicht würde es ja besser sein, sie ihnen zu geben und zu hoffen, dass sie gehen würden …

Ich konnte eine kleine Gruppe verwundeter Kontinentalsoldaten auf der Straße sehen, zwei auf Tragbahren und ein paar andere, die sich bis auf die blutigen Hemden ausgezogen hatten und die Röcke in den Händen neben sich her schleiften. Ich griff nach der Flasche, um sie den Störenfrieden zuzuwerfen, doch eine Bewegung in meinem Augenwinkel ließ mich in den Schatten blicken, wo sich die Mädchen um einige Gefangene kümmerten. Rachel und Dottie standen aufrecht da und beobachteten das Geschehen, und genau jetzt setzte sich Dottie mit entschlossener Miene in unsere Richtung in Bewegung.

Denny sah sie ebenfalls; ich konnte die plötzliche Veränderung seiner Haltung sehen, den Hauch von Unentschlossenheit. Dorothea Grey mochte sich ja zum Quäkertum bekennen, doch das Blut ihrer Familie hatte eindeutig seine eigenen Ideen. Und ich konnte – zu meiner großen Überraschung – genau sagen, was Denzell dachte. Einer der Männer hatte Dottie bereits bemerkt und sich – schwankend – in ihre Richtung gewandt. Wenn sie sie zur Rede stellte und einer oder alle sie angriffen …

»Meine Herren«, unterbrach ich das interessierte Gemurmel unserer Besucher, und drei blutunterlaufene Augenpaare richteten sich langsam auf mich. Ich zog eine der Pistolen, die Jamie mir gegeben hatte, zielte in die Luft und drückte auf den Abzug.

Sie ging mit einem heftigen Ruck und einem *Blam* los, das mir im ersten Moment das Gehör raubte, begleitet von einer beißenden Qualmwolke, von der ich husten musste. Ich wischte mir mit dem Ärmel über die tränenden Augen und sah gerade noch, wie unsere Besucher hastig das Weite suchten und sich dabei immer wieder nervös umsahen. Ich fand ein unbenutztes Taschentuch, das in meinem Mieder steckte, und wischte mir eine Rußspur aus dem Gesicht. Als ich aus den feuchten Leinenfalten auftauchte, sah ich, dass mehrere Ärzte und Laufburschen in der Kirchtür standen und mich anglotzten.

Ich kam mir wie Annie Oakley vor, verkniff es mir aber zu versuchen, mit meiner Pistole zu wirbeln – hauptsächlich aus Angst, sie fallen zu lassen; sie war fast dreißig Zentimeter lang –, steckte sie wieder ein und holte tief Luft. Mir war ein kleines bisschen schwindelig.

Denzell betrachtete mich besorgt. Er schluckte krampfhaft und öffnete den Mund, um zu sprechen.

»Nicht jetzt«, sagte ich mit gedämpft klingender Stimme und wies kopfnickend auf die Männer, die auf uns zukamen. »Wir haben keine Zeit.«

76

WER SICH ERGIBT, BEGIBT SICH IN GEFAHR

Vier verdammte Stunden. Stunden, die er damit verbrachte, sich durch die gewellte Landschaft zu schleppen, in der es von Kontinentaltruppen wimmelte, von Miliztrüppchen und von mehr verdammten Felsbrocken, als sie irgendein Ort brauchte, wenn man Grey fragte. Weil er die Blasen und die rohen Hautfetzen nicht mehr ertragen konnte, hatte er Schuhe und Strümpfe ausgezogen und sie in die Taschen seines unansehnlichen Rocks gesteckt, weil er lieber barfuß weiterhumpelte, solange er es ertragen konnte.

Sollte ihm jemand begegnen, dessen Füße ungefähr seine Größe zu haben schienen, dachte er grimmig, würde er einfach zu einem der allgegenwärtigen Steine als Waffe greifen und sich danach bedienen.

Er *wusste*, dass er sich in der Nähe der britischen Linien befand. Er konnte das Beben in der Luft spüren. Die Bewegung einer großen Truppe, ihre wachsende Erregung. Und irgendwo nicht allzu weit entfernt den Punkt, an dem sich diese Erregung Luft machte.

Schon seit Tagesanbruch spürte er die Nähe des Kampfes. Hörte hin und wieder Rufe und das dumpfe Dröhnen von Musketen. *Was würde ich tun, wenn ich Clinton wäre?*, fragte er sich.

Clinton konnte den Rebellen nicht entkommen; das stand fest. Doch er musste zumindest Zeit gehabt haben, sich geeignetes Gelände für eine Konfrontation auszusuchen und Vorbereitungen zu treffen.

Er hielt es für wahrscheinlich, dass ein Teil der Armee – möglicherweise Cornwallis' Brigade; Clinton würde es von Knyphausens Hessen nicht allein überlassen, die Nachhut zu bilden – eine Verteidigungsstellung bezogen hatte und hoffte, die Rebellen so lange aufzuhalten, bis der Tross fort war. Dann würde der Hauptteil der Armee in Stellung gehen – vielleicht indem er ein Dorf besetzte. Er war schon durch zwei oder drei solcher Dörfer gekommen, jedes mit seiner eigenen Kirche. Kirchen waren gut; er selbst hatte schon so manchen Kundschafter auf einen Kirchturm geschickt.

Wo ist William wohl am wahrscheinlichsten? Unbewaffnet und kampfunfähig vermutlich bei Clinton. Zumindest *sollte* er dort sein. Doch er kannte schließlich seinen Sohn.

»Unglücklicherweise«, murmelte er. Er hätte, ohne zu zögern, sein Leben und seine Ehre für William gegeben, was aber nicht gleichzeitig bedeutete, dass ihn diese Vorstellung begeisterte.

Die gegenwärtigen Umstände waren zugegebenermaßen nicht Williams Schuld. Er musste – widerstrebend – zugeben, dass sie zumindest teilweise die seine waren. Er hatte es William erlaubt, Kundschafterdienste für Ezekiel Richardson zu übernehmen. Er hätte sich besser über Richardson informieren sollen …

Der Gedanke, von dem Mann an der Nase herumgeführt worden zu sein, war fast genauso bestürzend wie das, was Percy ihm erzählt hatte.

Er konnte nur hoffen, dass er Richardson unter Umständen begegnen würde, die es ihm gestatteten, den Mann unauffällig umzubringen. Selbst wenn es in praller Sonne mitten vor General Clinton und seinem Stab geschehen musste … dann eben so, zum Kuckuck.

Er war durch und durch in Rage, wusste es und störte sich nicht daran.

Männer kamen hinter ihm über die Straße gerumpelt. Amerikaner, ungeordnet, mit Wagen oder Munitionskarren. Er trat von der Straße und stand reglos im Schatten eines Baumes, während er sie vorüberziehen ließ.

Es war eine Gruppe von Kontinentalsoldaten, die Kanonen zogen. Ziemlich klein; zehn Geschütze und nur Vierpfünder. Von Männern gezogen, nicht von Maultieren. Es war jedoch die einzige Artillerie, die er im Lauf des Morgens gesehen hatte; war das alles, was Washington hatte?

Sie bemerkten ihn nicht. Er wartete ein paar Minuten, bis sie außer Sichtweite waren, dann folgte er ihnen.

IRGENDWO ZU SEINER LINKEN hörte er weitere Kanonen und blieb stehen, um zu lauschen. Briten, bei Gott! Zu Beginn seiner Militärkarriere hatte er einiges mit der Artillerie zu tun gehabt, und er hatte den Arbeitsrhythmus einer Kanonenbemannung noch im Blut.

Schwamm!

Kugel!

Rammen!

Feuer!

Eine Artillerieeinheit. Zehnpfünder, sechs Stück. Sie hatten etwas im Visier, wurden aber nicht angegriffen; das Feuer war sporadisch, kein hitziges Gefecht.

Obwohl man, um fair zu sein, heute jede körperliche Anstrengung nur als »hitzig« bezeichnen konnte. Er stürzte sich in eine Baumgruppe, in deren Schatten er erleichtert aufatmete. In seinem schwarzen Rock stand er kurz vor dem Exitus, und für einen Moment der Erholung zog er ihn aus. Ob er es wagen konnte, sich ganz von dem verflixten Stück zu trennen?

Vorhin hatte er einen Miliztrupp gesehen, in Hemdsärmeln, einige mit Tüchern, die sie sich zum Schutz vor der Sonne um die Köpfe gebunden hatten. Doch mit dem Rock konnte er sich vielleicht als Milizarzt durchmogeln – das widerliche Kleidungsstück roch schließlich schlimm genug.

Er fuhr sich mit der Zunge über den Gaumen, um seinen trockenen Mund ein wenig mit Speichel anzufeuchten. Warum zum Teufel hatte er bei seiner Flucht nicht daran gedacht, eine Feldflasche mitzunehmen. Es war der Durst, der ihn jetzt zu seiner Entscheidung bewog.

In dieser Aufmachung war es gut möglich, dass ihn der erstbeste Infanterist oder Dragoner erschoss, ehe er auch nur ein Wort sagen konnte. Kanonen hingegen waren zwar sehr effektiv gegen Feindesmassen, doch gegen einen einzelnen Mann waren sie nahezu nutzlos, da sie einem solchen Ziel nicht schnell genug folgen konnten, es sei denn, der Mann war so dumm, sich in gerader Linie zu nähern – und Grey war gewiss nicht so dumm.

Natürlich würde der Offizier einer Kanonenbemannung mit Schwert und Pistole bewaffnet sein, doch ein einzelner Mann, der zu Fuß auf eine Artillerieeinheit zuging, konnte nicht als Gefahr wahrgenommen werden; aus schierem Erstaunen würden sie ihn wahrscheinlich bis auf Hörweite heranlassen. Und Pistolen waren auf Entfernungen von mehr als zehn Metern derart ungenau, dass er auch so nicht glaubte, dass er viel riskierte.

Er beschleunigte seine Schritte, so gut er konnte, und sah sich wachsam um. Überall waren jetzt Kontinentalsoldaten im Eilmarsch unterwegs. Die regulären Soldaten würden ihn für einen Leichtverletzten halten, doch er durfte nicht versuchen, sich den Briten während eines Scharmützels zu ergeben, sonst wurde er noch zum »Leicht-Toten«.

Die Artillerie in dem Obstgarten war vermutlich seine beste Chance, so haarsträubend es war, auf die Kanonenmündungen zuzugehen. Mit einem unterdrückten Fluch zog er sich die Schuhe wieder an und rannte los.

ER RANNTE DIREKT in eine Milizkompanie hinein, doch sie waren im Laufschritt unterwegs und hatten nicht mehr als einen flüchtigen Blick für ihn übrig. Er schwenkte in eine Hecke aus, wo er sich einen Moment sammeln musste, bevor er sich auf die andere Seite hinüberkämpfte. Jetzt befand er sich auf einem schmalen Feld, das ziemlich zertrampelt war und auf dessen anderer Seite sich der Obstgarten befand. Nur die Kronen der Apfelbäume waren über einer schweren Wolke aus weißem Pulverdampf zu sehen.

Jenseits des Obstgartens nahm er eine Bewegung wahr und wagte ein paar Schritte zur Seite, um genauer hinzusehen – um dann hastig wieder in Deckung zu gehen. Amerikanische Miliz, Männer in Jagd- oder Leinenhemden, einige ohne Hemden, schweißglänzend. Sie sammelten sich dort; wahrscheinlich planten sie von hinten einen Ansturm auf den Obstgarten, in der Hoffnung, die Kanonen zu erobern oder außer Gefecht zu setzen.

Sie machten reichlich Lärm, und die Kanonen hatten aufgehört zu feuern. Die Artilleristen wussten eindeutig, dass die Amerikaner da waren, und bereiteten gewiss ihren Widerstand vor. Also nicht der beste Zeitpunkt für einen Besuch …

Doch dann hörte er die Trommeln. In einiger Entfernung, westlich des Obstgartens, doch das Geräusch wurde direkt zu ihm getragen. Britische Infanterie auf dem Marsch. Bessere Aussichten als bei der Artillerie im Obstgarten. Während sie unterwegs waren, würden die Infanteristen weder geneigt noch darauf vorbereitet sein, einen einzelnen, unbewaffneten Mann zu erschießen, ganz gleich, wie er gekleidet war. Und wenn er sich so weit nähern konnte, dass er einen Offizier auf sich aufmerksam machen konnte … Er musste nur immer noch das offene Gelände unterhalb des Obstgartens überqueren, um die Infanteristen zu erreichen, ehe sie außer Reichweite waren.

Er biss sich frustriert auf die Unterlippe, schob sich durch die Hecke und rannte durch die dahintreibenden Rauchwolken. Ein Schuss knallte, viel zu dicht in seiner Nähe. Instinktiv warf er sich ins Gras, sprang dann aber wieder auf und rannte keuchend weiter. Himmel, in dem Obstgarten waren Scharfschützen, die die Kanonen verteidigten. *Feldjäger!*

Doch anscheinend konzentrierten sich die Schützen weitgehend auf die andere Seite, um die sich sammelnde Miliz in Empfang zu nehmen, denn auf seiner Seite des Obstgartens fielen keine weiteren Schüsse mehr. Er verlangsamte sein Tempo und presste sich die Hand auf seine stechende Seite. Er war jetzt an dem Obstgarten vorbei. Er konnte die Trommeln noch hören, obwohl sie sich entfernten … weitergehen, weitergehen …

»He! Ihr da!« Er wäre besser weitergegangen, doch weil er keine Luft bekam und nicht wusste, wer da rief, blieb er einen Moment stehen und wandte sich halb um. Nur halb, denn schon kam ein Körper mit Wucht angeflogen und warf ihn um.

Er landete auf dem Ellbogen und griff mit der anderen Hand nach dem Kopf des Mannes, dessen feuchtes, fettiges Haar ihm durch die Finger rutschte. Er stieß dem Mann die Finger ins Gesicht, wand sich wie ein Aal unter ihm hervor, rammte ihm dabei das Knie in den Bauch und kam stolpernd wieder auf die Beine.

»Stehen bleiben!« Die Stimme überschlug sich absurd und schoss bis zum Falsett hinauf, was ihn so verblüffte, dass er tatsächlich stehen blieb und nach Luft schnappte.

»Ihr … treuloser … dreckiger …« Der Mann – nein, bei Gott, es war ein Junge, *noch* ein Junge! –, der ihn zu Boden geworfen hatte, stand jetzt auf. Er hatte einen großen Stein in der Hand; sein Bruder – es musste sein Bruder sein, sie ähnelten sich wie ein Ei dem anderen, beide halbwüchsig und so schlaksig wie junge Truthähne – hatte einen ordentlichen Knüppel.

Greys Hand war an seine Taille gefahren, als er aufstand, um den Dolch zu ziehen, den ihm Percy mitgegeben hatte. Er hatte diese Jungen schon einmal gesehen, dachte er – die Söhne des Kommandeurs einer der Milizkompanien aus New Jersey? –, und es war klar, dass sie ihn ebenfalls schon einmal gesehen hatten.

»Verräter!«, brüllte ihn der eine an. »Gottverdammter *Spion*!« Sie standen zwischen ihm und der fernen Infanteriekompanie; er hatte den Obstgarten im Rücken, und sie befanden sich alle drei wunderbar in Schussweite des nächstbesten hessischen Gewehrschützen, der zufällig in ihre Richtung blickte.

»Hört zu …«, begann er, doch er konnte sehen, dass es sinnlos war. Irgendetwas war geschehen; irgendetwas – Angst, Wut, Schmerz – hatte sie derart im Griff, dass ihre Gesichtszüge verschwammen wie Wasser und ihre Gliedmaßen zitterten, so sehr drängte es sie, sich unmittelbar und heftig abzureagieren. Sie waren zwar halbwüchsig, aber beide größer als er und absolut in der Lage, ihm genau das anzutun, was sie sichtlich vorhatten.

»General Fraser«, sagte er laut, in der Hoffnung, sie aus ihrer Unsicherheit zu reißen. »Wo ist General Fraser?«

77

SO ROT WIE BLUT, SO WEISS WIE SCHNEE …

Alle Kompanien angetreten, Sir!« Robert MacCammon kam keuchend angelaufen. Er war ein kräftiger Mann, und selbst die sanft gewellten Felder und Wiesen waren anstrengend für ihn; die dunklen Flecken in seinen Achselhöhlen waren so groß wie Teller.

»Aye, gut.« Jamie blickte an Major MacCammon vorbei und sah Herberts Kompanie aus einem kleinen Wald kommen. Sie schauten sich vorsichtig um, die Waffen in den Händen. Obwohl sie dafür nicht ausgebildet waren, machten sie ihre Sache gut, und er war mit ihnen zufrieden.

Herr, gib, dass ich sie durchbringe, so gut ich kann.

Kaum hatte er dieses Gebet gedacht, als er sich umwandte, um nach Westen zu blicken, und erstarrte. Keine hundert Meter entfernt sah er vor sich auf dem Hang die beiden Craddockjungen, der eine mit einem Stein bewaffnet, der andere mit einem mächtigen Knüppel. Sie standen drohend vor einem Mann, der ihm zwar den Rücken zudrehte, dessen entblößten, kurz gestutzten blonden Kopf er aber augenblicklich erkannte, auch ohne den blutigen Verband zu sehen, der darum gewickelt war.

Dann sah er Greys Hand an seine Taille fahren und wusste über jeden Zweifel erhaben, dass es ein Messer war, nach dem er griff.

»*Craddock!*«, brüllte er, und beide Jungen fuhren zusammen. Der eine ließ seinen Stein fallen und bückte sich danach, wobei er Grey seinen schmalen Hals darbot. Greys Blick richtete sich auf die verletzliche Körperstelle, dann heftete er sich trostlos auf den älteren Jungen, der seinen Stock wie einen Kricketschläger gepackt hielt, und schon fiel er hügelaufwärts in Richtung Jamie. Schwer seufzend ließ Jamie beide Hände und Schultern sinken.

»*Ifrinn!*«, murmelte er. »Bleibt hier«, sagte er zu Bixby und rannte den Hang hinunter. Stolpernd schob er sich durch ein dichtes Erlengehölz.

»Wo zum Teufel ist eure Kompanie?«, herrschte er ohne Umschweife die völlig verdatterten Jungen an, als er keuchend bei ihnen und Grey ankam.

»Oh. Äh …« Der jüngere Craddock sah seinen Bruder fragend an.

»Wir konnten sie nicht finden, Sir«, sagte der ältere Junge und schluckte. »Wir haben sie gesucht, als wir auf einen Trupp Rotröcke gestoßen sind und ziemlich rennen mussten, um zu entwischen.«

»Dann haben wir *ihn* gesehen«, sagte der jüngere Craddock und sah Grey trotzig an. »Alle im Lager haben erzählt, dass er für die Rotröcke spioniert, und da war er plötzlich und ist winkend und rufend auf sie zu.«

»Also fanden wir es unsere Pflicht, ihn aufzuhalten, Sir«, warf der ältere Junge ein, der nicht hinter seinem Bruder zurückstehen wollte.

»Aye, ich verstehe.« Jamie rieb sich die Stelle zwischen den Augen, die sich anfühlte, als hätte sich dort ein kleiner, schmerzhafter Knoten gebildet. Er sah sich um. Immer noch kamen Männer von Süden her gelaufen, doch Woodbines Kompanie war fast vollständig. Die Männer traten nervös auf der Stelle und blickten in seine Richtung. Kein Wunder; ganz in der Nähe konnte er britische Trommeln hören. Das war zweifellos die Kompanie, auf die die Jungen gestoßen waren – und auf die Grey zugehalten hatte.

»Wenn ich etwas sagen dürfte«, sagte Grey, der sich wieder hochgerappelt hatte, auf Deutsch und warf den Craddocks einen Seitenblick zu.

»Nein, Sir«, erwiderte Jamie nicht ohne Grimm. Sie hatten keine Zeit – und wenn die beiden kleinen Idioten überlebten, würden sie zurück im Lager jedem, der ihnen zuhörte, jedes Wort wiedererzählen, das er mit Grey gewechselt hatte. Das Letzte, was er sich leisten konnte, war, dass sie berichteten, er hätte in einer geheimnisvollen fremden Sprache mit einem englischen Spion geplaudert.

»Ich bin auf der Suche nach meinem Sohn!« Grey wechselte wieder ins Englische, mit einem weiteren Seitenblick auf die Craddocks. »Ich habe Grund zu der Annahme, dass er sich in Gefahr befindet.«

»Das gilt auch für jeden anderen dort draußen«, erwiderte Jamie gereizt, obwohl sein Herz einen Satz machte. Deshalb hatte Grey also sein Ehrenwort verletzt. »Gefahr durch wen?«

»Sir! *Sir!*«, rief Bixbys Stimme von der anderen Seite der Erlen her, schrill und drängend. Er musste los, und zwar schnell.

»Komme, Mr. Bixby!«, rief er. »Warum hast du sie nicht umgebracht?«, fragte er Grey abrupt und wies mit einem Ruck seines Kopfes auf die Craddocks. »Du hättest es doch schaffen können, sobald du an ihnen vorbei warst.«

Eine blonde Augenbraue verzog sich über dem Verband, der Greys verletztes Auge schützte.

»Das mit Claire würdest du mir ja verzeihen – aber nicht, wenn ich deine … Männer umbringe.« Sein Blick richtete sich auf die beiden Craddocks, pickelig wie Rosinenpudding und vermutlich – so besagte Greys Blick – auch kaum intelligenter.

Für den Bruchteil einer Sekunde schoss das Bedürfnis, noch einmal auf ihn einzuschlagen, in Jamie hoch, und für denselben Bruchteil einer Sekunde konnte er John Grey ansehen, dass dieser es wusste. Er fuhr nicht zurück, und sein gesundes Auge starrte Jamie hellblau an. Diesmal würde er sich wehren.

Jamie schloss kurz die Augen und zwang sich, seine Wut zu unterdrücken.

»Geht mit diesem Mann«, sagte er zu den Craddocks. »Er ist euer Gefangener.« Er zog eine der Pistolen aus seinem Gürtel und reichte sie dem älteren Craddock, der sie mit großen Augen respektvoll in Empfang nahm. Er verzichtete darauf, dem Jungen zu sagen, dass sie weder geladen noch entsichert war.

»Und du«, sagte er ruhig zu Grey. »Folge ihnen hinter die Linien. Falls Englishtown noch in Rebellenhand ist, führe sie dorthin.«

Grey nickte knapp, die Lippen aufeinandergepresst, und wandte sich zum Gehen.

Er streckte die Hand aus und bekam Greys Schulter zu fassen. Der Mann fuhr herum, Blutdurst im Blick.

»Hör mir zu«, sagte Jamie so laut, dass ihn die Craddockjungen auf jeden Fall hören mussten. »Ich entbinde dich von deinem Ehrenwort.« Er erwiderte Greys einäugiges Funkeln mit einem ähnlichen Blick. »Verstehst du mich? Wenn ihr Englishtown erreicht, wirst du dich Oberst McCorkle ergeben.«

Greys Mund zuckte, doch er sagte nichts und nickte kaum merklich, ehe er sich abwandte.

Jamie wandte sich ebenfalls ab, um zu seinen wartenden Kompanien zu laufen, doch er riskierte einen kurzen Blick zurück.

Grey war geradewegs nach Süden unterwegs, zu den amerikanischen Linien – falls der Begriff »Linien« in dieser gottverdammten Schlacht überhaupt eine Bedeutung hatte –, und scheuchte dabei die beiden Craddocks vor sich her, die sich ungeschickt mit wedelnden Armen bewegten wie ein Paar Gänse auf dem Weg zum Markt.

Grey hatte ihn mit Sicherheit verstanden, und trotz der drängenden Lage fiel Jamie ein Stein vom Herzen. Nach der Befreiung von seinem Ehrenwort war Grey nun zwar erneut ein Kriegsgefangener in der Obhut seiner Häscher und konnte sich offiziell nicht frei bewegen. Doch er war auch frei von der Verpflichtung durch seine Ehre, die ihn von sich aus gefangen hielt. Ohne Ehrenwort war seine erste Pflicht nun die eines jeden Soldaten in Feindeshand – die Flucht.

»*Sir!*« Bixby tauchte keuchend neben ihm auf. »Da sind Rotröcke …«

»Aye, Mr. Bixby. Ich höre sie. Zeigen wir es ihnen.«

OHNE DAS MALBUCH wäre es mir gar nicht so schnell aufgefallen. Im dritten oder vierten Schuljahr hatte Brianna ein Malbuch mit Szenen der Amerikanischen Revolution gehabt. Beschönigende, reichlich romantische Szenen – Paul Revere, der im Galopp durch die Nacht flog, Washington, der den Delaware überquerte und dabei (wie Frank feststellte) einen traurigen Mangel an Seemannskunst demonstrierte … und eine Doppelseite mit Molly Pitcher, jener tapferen Frau, die den von der Hitze geplagten Soldaten Wasser gebracht hatte (linke Seite) und dann in der Schlacht von Monmouth die Stelle ihres verwundeten Mannes eingenommen hatte, um seine Kanone zu bedienen (rechte Seite).

Was, wie mir inzwischen aufgegangen war, sehr wahrscheinlich der Name war, den man der Schlacht geben würde, in der wir uns gegenwärtig befanden, sobald jemand dazu kam, ihr einen Namen zu geben. Monmouth Courthouse befand sich weniger als eine halbe Meile von meinem gegenwärtigen Standpunkt entfernt.

Ich wischte mir noch einmal über das Gesicht – was zwar nicht gegen den Schweißfilm half, der sich umgehend neu bildete, was aber dem Zustand meiner drei klatschnassen Taschentücher nach jede Menge Schmutz entfernte – und blickte nach Osten, wo ich schon fast den ganzen Tag gedämpften Kanonendonner hörte. War sie dort?

»Nun, George Washington ist ja auch hier«, murmelte ich vor mich hin, während ich mir frisches Wasser in meinen Becher goss und mich wieder an die Arbeit machte, blutige Tücher in einem Eimer Salzwasser auszuwaschen. »Warum nicht Molly Pitcher?«

Das Bild auszumalen war kompliziert gewesen, und da Brianna gerade die Phase erreicht hatte, in der sie darauf bestand, den Dingen ihre »richtige« Farbe zu geben, konnten die Kanonen *nicht* rosa oder orange sein, und Frank hatte gehorsam mehrere simple Kanonen auf ein Blatt Papier gezeichnet und alles ausprobiert, von Grau (mit Schattierungen in Schwarz, Blau, Blauviolett und sogar Kornblumenblau) bis Braun, mit Nuancen in Gebranntem Sienna und Gold, ehe sie sich schließlich auf Schwarz mit dunkelgrünen Schattierungen einigten – da Franks Meinung über das historische Aussehen von Kanonen hinreichend Gewicht besaß.

Da mir die nötigen Qualifikationen fehlten, hatte man mir die Aufgabe zugewiesen, das Gras bunt zu malen, obwohl ich auch bei der dramatischen Einfärbung von Mrs. Pitchers zerlumpten, vom Winde verwehten Kleidern helfen durfte, als Brianna keine Lust mehr hatte. Ich blickte auf, den Geruch der Wachsmalstifte noch lebhaft in Erinnerung, und sah eine kleine Gruppe die Straße entlangkommen.

Es waren zwei reguläre Kontinentalsoldaten – und ein Mann, in dessen Bekleidung ich die hellgrüne Uniform des Britischen Provinzialregiments erkannte, einer Loyalistentruppe. Er humpelte stark, obwohl er auf beiden Seiten von den Kontinentalsoldaten gestützt wurde. Der kleinere der beiden schien ebenfalls verwundet zu sein; er hatte einen blutigen Schal um den einen Arm gewickelt. Der andere Mann ließ zwar den Blick wachsam umherschweifen, schien aber nicht verletzt zu sein.

Zuerst hatte mein Blick nur dem Provinzialsoldaten gegolten, der ein Gefangener sein musste. Doch dann richtete ich ihn genauer auf den verletzten Kontinentalsoldaten, der ihn stützte. Und da ich Molly Pitcher noch so frisch im Kopf hatte, begriff ich mit einem kleinen Schreck, dass der Kontinentalsoldat eine Frau war. Der Uniformrock verdeckte zwar ihre Hüften, doch ich konnte deutlich sehen, wie sich ihre Beine zu den Knien hin nach innen wendeten; bei einem Mann verlaufen die Oberschenkelknochen senkrecht, doch das breitere Becken einer Frau erzwingt eine etwas x-beinige Stellung.

Als sie mich erreichten, wurde mir außerdem klar, dass die verwundeten Soldaten verwandt waren: Sie waren beide klein und dünn mit kantigen Gesichtern und schmalen Schultern. Der Provinzialsoldat war jedoch definitiv ein Mann – sein Gesicht war voller Bartstoppeln, während die Haut seiner … Schwester? – der Altersunterschied schien nicht groß zu sein – so rein war wie Eierschale und beinahe genauso weiß.

Der Provinzialsoldat dagegen war rot wie ein Hochofen und fühlte sich auch ähnlich heiß an. Seine Augen waren weiße Schlitze, und sein Kopf wackelte auf seinem dünnen Hals.

»Ist er verletzt?«, fragte ich scharf und schob meine Hand unter seine Schulter, um ihm auf einen Hocker zu helfen. Sein Körper erschlaffte in dem Moment, in dem sein Hintern die Sitzfläche berührte, und er wäre auf den Boden gefallen, wenn ich nicht fester zugefasst hätte. Das Mädchen keuchte erschrocken auf und streckte eine Hand nach ihm aus, doch sie stolperte ebenfalls und wäre gestürzt, wenn der andere Mann sie nicht bei den Schultern gepackt hätte.

»Er hat einen Schlag vor den Kopf bekommen«, sagte der Kontinentalsoldat. »Ich … habe ihn mit dem Schwertknauf erwischt.« Das Eingeständnis klang verlegen.

»Helft mir, ihn hinzulegen.« Ich fuhr mit der Hand über den Kopf des Provinzialsoldaten und entdeckte zwar eine böse Delle unter seinem Haar, doch es knirschte nirgendwo, und nichts deutete auf eine Schädelfraktur hin. Wahrscheinlich eine Gehirnerschütterung, vielleicht aber nichts Schlimmeres. Doch er begann, unter meiner Hand zu zucken, und seine Zungenspitze kam aus seinem Mund.

»Oje«, sagte ich leise, aber nicht leise genug, denn das Mädchen stieß einen verzweifelten Aufschrei aus.

»Es ist ein Hitzschlag«, sagte ich sofort zu ihr und hoffte, dass das möglicherweise beruhigend klang. In Wirklichkeit war es alles andere; wenn die Opfer schon kollabierten und krampften, starben sie normalerweise. Ihre Körpertemperatur war dann viel höher, als es ihre Organsysteme vertrugen, und die Krämpfe waren oft das erste Anzeichen von Gehirnschäden. Dennoch …

»Dottie!«, brüllte ich und gestikulierte drängend in ihre Richtung, dann wandte ich mich an den gesunden – aber sehr verängstigt aussehenden – Kontinentalsoldaten. »Seht Ihr die junge Frau in Grau? Zieht ihn hinüber in den Schatten zu ihr; sie weiß, was zu tun ist.« Es war ja auch einfach. Wasser über ihn schütten und – wenn möglich – in ihn hinein. Das war die Summe dessen, was getan werden *konnte*. Unterdessen …

Ich fasste die junge Frau bei ihrem unverletzten Arm und setzte sie auf den Hocker, während ich den Rest aus meiner Brandyflasche hastig in einen Becher goss. Sie sah so aus, als hätte sie nicht mehr viel Blut übrig.

So war es auch. Als ich den Schal entfernte, entdeckte ich, dass ihr die Hand fehlte und ihr Unterarm übel zugerichtet war. Sie war nur deshalb nicht verblutet, weil ihr jemand einen Gürtel um den Oberarm geschlungen und den Druckverband mit einem Stöckchen zugezogen hatte. Es war lange her, dass ich bei irgendeinem Anblick ohnmächtig geworden war, und auch jetzt geschah es nicht, doch im ersten Moment wankte die Welt unter meinen Füßen.

»Wie ist denn das passiert, Schätzchen?«, fragte ich so ruhig wie möglich. »Hier, trinkt das.«

»Ich … Granate«, flüsterte sie. Sie hatte den Kopf abgewandt, um den Arm nicht zu sehen, doch ich hob ihr den Becher an die Lippen, und sie trank die Mischung aus Brandy und Wasser in großen Zügen.

»Sie – er hat sie aufgehoben«, sagte eine leise, erstickte Stimme neben mir. Der andere Kontinentalsoldat war wieder da. »Sie ist mir vor den Fuß gerollt, und er – sie hat sie aufgehoben.«

Beim Klang seiner Stimme wandte das Mädchen den Kopf, und ich sah seinen gepeinigten Blick.

»Sie ist wohl Euretwegen in die Armee eingetreten?« Es war klar, dass der Arm amputiert werden musste; unterhalb des Ellbogens war nichts zu retten, und ihn in diesem Zustand zu lassen bedeutete, sie zum Tod durch Entzündung oder Wundbrand zu verdammen.

»Nein, das bin ich nicht!«, sagte das Mädchen und schnappte nach Luft. »Phil…« Sie holte krampfhaft Luft und verdrehte den Kopf in Richtung der Bäume. »Er hat versucht, mich zum Mitgehen zu bewegen. Im Gefolge der… L-Loyalisten. Kam nicht infrage.« Da sie nur noch so wenig Blut im Körper hatte, hatte sie Schwierigkeiten, genügend Sauerstoff zu bekommen. Ich füllte den Becher nach und ließ sie noch einmal trinken; am Ende spuckte und schwankte sie zwar, war aber wacher. »Ich bin Patriotin!«

»Ich… ich habe versucht, sie heimzuschicken, Ma'am«, platzte der junge Mann heraus. »Aber da war ja niemand mehr, der für sie sorgen konnte.« Seine Hand schwebte dicht hinter ihrem Rücken, hätte sie so gern berührt, harrte aus, sie aufzufangen, wenn sie fiel.

»Ich verstehe. Und er…« Ich wies kopfnickend auf Dotties Posten unter den Bäumen. »Euer Bruder?«

Sie hatte nicht die Kraft zu nicken, schloss jedoch zustimmend die Augen.

»Ihr Vater ist kurz nach Saratoga gestorben.« Der junge Mann sah völlig am Boden zerstört aus. Himmel, er konnte nicht älter als siebzehn sein, und sie sah aus wie ungefähr vierzehn, obwohl sie älter sein musste. »Phillip war schon fort, er hatte mit seinem Vater gebrochen, als er den Provinzialern beigetreten ist. Ich…« Ihm versagte die Stimme, und er schloss krampfhaft den Mund und berührte ihr Haar.

»Wie heißt Ihr denn, Liebes?«, sagte ich. Ich hatte den Druckverband gelockert, um zu sehen, ob noch Blut in den Ellbogen floss; so war es. Möglicherweise war das Gelenk zu retten.

»Sally«, flüsterte sie. Ihre Lippen waren weiß, doch ihre Augen waren offen. »Sarah.« Meine Amputationssägen waren alle in der Kirche bei Denzell – ich konnte sie nicht dort hineinschicken. Ich hatte ein einziges Mal den Kopf hineingesteckt, und der Gestank nach Blut und Exkrementen hatte mich fast umgeworfen – noch mehr jedoch die Atmosphäre voller Schmerz und Grauen und die Geräusche der Schlachterei.

Auf der Straße näherten sich weitere Verwundete; auch um sie musste sich jemand kümmern. Ich zögerte nicht länger als eine Minute.

Rachel und Dottie besaßen die nötige Entschlossenheit, um mit der Lage fertigzuwerden, und die körperliche Präsenz, verstörten Menschen Anweisung zu geben. Rachels Verhalten war das Resultat monatelanger Erfahrung in Valley Forge, bei Dottie war es die gewohnte autokratische Erwartung, dass die Leute selbstverständlich tun würden, was sie von ihnen wollte. Beide flößten den Leuten Mut ein, und ich war stolz auf sie. Gemeinsam kamen sie so gut zurecht, wie es nur zu erwarten war, noch dazu – dachte ich – viel besser als die Stabsärzte und ihre Assistenten in der Kirche, obwohl diese ihr blutiges Geschäft immerhin mit lobenswerter Geschwindigkeit erledigten.

»Dottie!«, rief ich erneut und winkte. Sie erhob sich und kam angelaufen, während sie sich das Gesicht an ihrer Schürze abwischte. Ich sah, wie ihr Blick auf das Mädchen fiel – Sarah – und sie beim Anblick ihres Arms erbleichte, wie sie kurz auf die Männer im Gras zurückblickte und sich dann mit einer Miene zu uns wandte, in der sich Neugier, Entsetzen und verzweifeltes Mitleid vermischten. Entweder war der Bruder also bereits tot, oder er lag im Sterben.

»Geh und hole Denzell, Dottie«, sagte ich mit einer kleinen Bewegung, so dass sie den verstümmelten Arm sehen konnte. Sie wurde weiß und schluckte. »Sag ihm, er soll mir meine Bügelsäge mitbringen und einen kleinen Lidhalter.«

Bei dem Wort »Säge« keuchten Sarah und der junge Mann entsetzt auf, und dann bewegte er sich schnell, um sie endlich zu berühren, und fasste sie an der gesunden Schulter.

»Es wird alles gut, Sally«, sagte er leidenschaftlich. »Ich heirate dich! Es ist mir ganz egal. Ich meine … dein … dein Arm.« Er schluckte krampfhaft, und ich begriff, dass er ebenfalls Wasser brauchte, und reichte ihm die Feldflasche.

»Du wirst den … Teufel tun«, sagte Sally. Ihre Augen waren dunkel und schimmerten wie kalte Kohlen in ihrem weißen Gesicht. »Ich will nicht … aus Mitleid geheiratet werden. Verdammt. Oder aus schlechtem Gewissen. Brauche … dich nicht!«

Das Gesicht des jungen Mannes war ausdruckslos vor Überraschung – und, so dachte ich … Beleidigung.

»Aber wovon willst du denn leben?«, wollte er entrüstet wissen. »Du hast doch auf der ganzen Welt nichts außer dieser verdammten Uniform! Du … du …« Er schlug sich frustriert auf das Bein. »Mit einem Arm kannst du doch nicht einmal Hure werden!«

Sie funkelte ihn an, atmete langsam und angestrengt. Im nächsten Moment lief ein Gedanke durch ihr Gesicht, und sie wandte sich kopfnickend an mich.

»Meint Ihr, die Armee … zahlt mir vielleicht … eine Pension?«, fragte sie.

Ich konnte Denzell sehen, der blutbespritzt, aber gefasst mit der Instrumentenkiste über den Kies hastete. Ich hätte meine Seele für Äther oder Laudanum verkauft, hatte aber beides nicht. Ich holte meinerseits tief Luft.

»Ich denke schon. Sie werden ja Molly Pitcher eine zahlen; warum nicht auch Euch?«

78

ZUR FALSCHEN ZEIT AM FALSCHEN ORT

William fasste sich vorsichtig ans Kinn und beglückwünschte sich, weil Tarleton sein Gesicht nur einmal getroffen hatte und nicht die Nase erwischt hatte. Seine Rippen, seine Arme und sein Bauch waren etwas anderes; seine Kleider waren verdreckt, und sein Hemd hing in Fetzen, doch der flüchtige Beobachter würde daraus nicht schließen, dass er in eine Schlägerei verwickelt gewesen war. *Vielleicht* kam er ja glimpflich davon ... solange Major André die Depesche an die Britische Legion nicht erwähnte. Sir Henry hatte schließlich den ganzen Morgen über alle Hände voll zu tun gehabt – wenn das, was er unterwegs gehört hatte, zutraf.

Ein verwundeter Infanteriehauptmann auf dem Rückweg ins Lager hatte ihm erzählt, dass er gesehen hatte, wie Sir Henry als Kommandeur der Nachhut einen Angriff gegen die Amerikaner angeführt hatte und so weit vorausgeeilt war, dass er um ein Haar gefangen genommen worden wäre, ehe ihn die Männer einholten. William hatte ihm mit brennendem Herzen zugehört – er wäre zu gern dabei gewesen. Doch wenigstens hatte er nicht in der Schreibstube festgesessen ...

Er hatte nicht mehr als eine Viertelmeile seines Rückwegs zu Cornwallis' Brigade hinter sich gebracht, als Visigoth ein Eisen verlor. William sagte etwas ziemlich Unanständiges, blieb stehen und schwang sich vom Pferd, um sich die Sache anzusehen. Er fand das Eisen, aber zwei Nägel fehlten und tauchten auch bei einer raschen Suche nicht auf; keine Chance, das Eisen mit dem Stiefelabsatz wieder festzuhämmern, was sein erster Gedanke gewesen war.

Er steckte sich das Eisen in die Tasche und sah sich um. Überall schwärmten Soldaten aus, doch am anderen Ufer des steilen Flussbetts sammelte sich eine Kompanie hessischer Grenadiere am Brückenkopf. Er führte Visigoth vorsichtigen Schrittes hinüber.

»Hallo!«, rief er dem nächstbesten Soldaten zu. »Wo ist der nächste Hufschmied?«

Der Mann sah ihn gleichgültig an und zuckte mit den Schultern. Ein jüngerer Kamerad zeigte jedoch auf die andere Seite der Brücke und rief: »Zwei Kompanien hinter uns kommen Husaren!«

»Danke!«, rief William zurück und führte Visigoth in den spärlichen Schatten einiger dürrer Kiefern. Nun, das war ja Glück. Er würde das Pferd nicht weit führen müssen, er konnte einfach auf den Schmied und seinen Wagen warten. Dennoch ärgerte ihn die Verzögerung.

Jeder Nerv seines Körpers war angespannt wie eine Cembalosaite; er fasste sich immer wieder an den Gürtel, wo seine nicht existierenden Waffen hätten sein sollen. In einiger Entfernung konnte er Musketenfeuer hören, konnte aber nicht das Geringste sehen. Die Landschaft war gefaltet wie ein Leporello, und die sanft gewellten Wiesen stürzten übergangslos in bewaldete Schluchten, aus denen sie abrupt wieder auftauchten, um dann erneut zu verschwinden.

Er grub sein Taschentuch aus, das inzwischen so nass war, dass es nur noch ausreichte, um sich den gröbsten Schweiß aus dem Gesicht zu wischen. Er fing einen schwachen Hauch von Kühle auf, der zehn Meter unter ihm vom Bach aufstieg, und trat näher an den Rand, weil er auf mehr davon hoffte. Er trank warmes Wasser aus seiner Feldflasche, wünschte, er könnte hinunterklettern und aus dem Bach trinken, wagte es aber nicht; er konnte die steile Böschung zwar gewiss problemlos hinuntersteigen, aber wieder hochzukommen würde eine umständliche Kletterpartie werden, und er konnte es nicht riskieren, den Schmied zu verpassen.

»Spricht Deutsch! Er hat uns gehört!« Was? Er hatte dem sporadischen Gespräch der Grenadiere keine Beachtung geschenkt, doch diese gezischten Worte drangen jetzt deutlich zu ihm durch, und als er sich umschaute, sah er zwei der Grenadiere dicht hinter sich. Einer der Männer grinste ihn nervös an, und er erstarrte.

Plötzlich waren sie zu viert zwischen ihm und der Brücke. »Was soll das?«, fragte er scharf. »Was macht ihr hier?«

Ein kräftiger Kerl zog ein entschuldigendes Gesicht.

»Bedaure. Ihr seid hier einfach am falschen Ort.«

Was? Ehe er noch etwas sagen konnte, gingen sie auf ihn los. Er trat und schlug wild um sich, doch es dauerte nicht mehr als ein paar Sekunden. Hände zogen ihm die Arme auf den Rücken, der kräftige Kerl sagte noch einmal »bedaure« und sah immer noch entschuldigend aus, als er ihm einen Stein vor den Kopf schlug.

Er verlor das Bewusstsein erst ganz, als er am Boden der Schlucht auftraf.

ES WURDE an verdammt vielen Stellen gekämpft, dachte Ian – aber das war auch in etwa alles, was man sagen konnte. Überall war Bewegung – vor allem bei den Amerikanern, und wann immer sie auf eine Gruppe Rotröcke trafen, wurde gekämpft, oftmals heftig gekämpft. Aber die Landschaft war so unregelmäßig, dass die Armeen nur selten irgendwo in größeren Zahlen aufeinandertrafen.

Doch er hatte sich seinen Weg um mehrere britische Infanteriekompanien herumgebahnt und lag mehr oder weniger in Wartestellung. Jenseits seines Vorpostens sah er eine ordentliche Anzahl Briten, in deren Mitte Regimentsbanner wehten. Würde es helfen zu wissen, wer hier das Kommando hatte? Er war sich nicht sicher, ob er es würde erkennen können, selbst wenn er dicht genug herankam, um die Einzelheiten der Banner auszumachen.

Sein linker Arm schmerzte, und er rieb ihn geistesabwesend. Die Axtwunde war zwar gut verheilt, obwohl die Narbe nach wie vor wulstig und empfindlich war – doch der Arm war immer noch weit von seiner eigentlichen Kraft entfernt, und seine Muskeln bebten und zuckten, seitdem er vorhin den Pfeil in Richtung der indianischen Kundschafter geschossen hatte, und tief in seinem Knochen brannte es.

»Besser, wenn ich das nicht noch einmal versuche«, murmelte er Rollo zu – dann fiel ihm ein, dass der Hund ja gar nicht bei ihm war.

Er blickte auf und stellte fest, dass stattdessen einer der Indianer bei ihm *war*. Zumindest dachte er das. Zwanzig Meter weiter saß ein Abenakikrieger auf einem hageren Pony und betrachtete Ian nachdenklich. Ja, Abenaki, dessen war er sich sicher, angesichts des Schädels, der von der Stirn bis zum Scheitel kahl rasiert war, des schwarzen Streifens, der sich quer über die Augen zog, und der langen Muschelohrringe, die die Schultern des Mannes streiften und deren Perlmutt in der Sonne glitzerte.

Noch während dieser Beobachtungen wendete er sein Pferd und suchte Deckung. Der Haupttrupp befand sich in gut zweihundert Metern Entfernung auf einer offenen Wiese, doch hier und dort standen ein paar Kastanien oder Pappeln, und etwa eine halbe Meile hinter ihm stürzte das wellige Land in eine der großen Schluchten. Schlecht, wenn er dort unten in eine Falle geriet, aber mit genügend Vorsprung war es eine gute Art zu verschwinden. Er versetzte seinem Pferd einen scharfen Tritt, und sie schossen davon, um dann abrupt abzuwenden, als sie an einem dichten Gebüsch vorbeikamen – und das war sein Glück, denn er hörte etwas Schweres an seinem Kopf vorübersausen und ins Gebüsch krachen. Wurfholz? Tomahawk?

Es spielte keine Rolle; das einzig Wichtige war, dass der Mann, der damit geworfen hatte, es nicht mehr hatte. Doch er sah sich um – und sah den zweiten Abenaki von der anderen Seite um das Gebüsch biegen, um ihm den Weg abzuschneiden. Der zweite rief etwas, und der andere antwortete – Jagdrufe. Beute in Sicht.

»*Cuidich mi, a Dhia!*«, sagte er und rammte seinem Pferd die Fersen fest in die Flanken. Claires Stute war ein gutes Pferd, und sie schafften es, das freie Gelände hinter sich zu lassen, rasten lärmend durch einen kleinen Hain und auf der anderen Seite wieder hinaus, um sich vor einem Zaun wiederzufinden. Zu spät zum Anhalten, und das taten sie auch nicht; das Pferd senkte die Hinterhand, setzte zum Sprung an und flog hinüber. Seine Hinterhufe berührten die obere Zaunlatte mit einem ordentlichen *Whank!*, bei dem sich Ian auf die Zunge biss.

Er sah sich nicht um, sondern beugte sich tief über den Pferdehals, und sie rasten auf die Stelle zu, an der sich das Land absenkte. Er bog ab und ritt im spitzen Winkel darauf zu, denn er wollte nicht direkt auf den Rand der Schlucht treffen, falls es dort zu steil war … Kein Geräusch von hinten außer dem Grummeln und Scheppern der sich sammelnden Armee. Keine Stimmen, keine Jagdrufe der Abenaki.

Da war es, das dichte Gebüsch, das den Rand der Schlucht markierte. Er wurde langsamer und riskierte es jetzt, sich umzusehen. Nichts, und er holte Luft und verlangsamte das Pferd zum Schritt, so dass sie an der Kante entlanggehen und nach einem guten Abstieg Ausschau halten konnten. Die Brücke war über ihm gerade eben zu sehen, ungefähr fünfzig Meter weiter, doch es war niemand darauf – noch nicht.

Er konnte Männer *in* der Schlucht kämpfen hören – vielleicht dreihundert Meter von ihm entfernt, doch das Gebüsch war dicht genug, um ihm Deckung zu geben. Nur ein kleiner Zusammenstoß, den Geräuschen nach – das hatte er heute schon ein Dutzend Mal gesehen; Männer, die der Durst auf beiden Seiten hinunter zu den Bächen trieb, die die Schluchten gegraben hatten. Und hier und dort trafen sie aufeinander und gingen im flachen Wasser mit blutigem Geplätscher aufeinander los.

Dieser Gedanke erinnerte ihn daran, dass er selber Durst hatte – und das Pferd ebenfalls, denn das Tier reckte den Hals und blähte gierig die Nüstern, weil es das Wasser roch.

Er glitt aus dem Sattel und führte das Pferd zum Ufer. Er achtete sorgsam auf loses Gestein und sumpfigen Boden – das Ufer bestand hier zum Großteil aus weichem Schlamm mit Matten aus Entengrütze und kleinen Schilfgebüschen. Etwas Rotes fiel ihm ins Auge, doch es war ein britischer Soldat, der mit dem Gesicht im Schlamm lag und eindeutig tot war; seine Beine hoben und senkten sich mit der Strömung.

Er zog seine Mokassins aus und wagte sich ins Wasser; der Bach war hier ziemlich breit und keinen Meter tief; der Grund war lehmig, und er sank knöcheltief ein. Er kam vorsichtig wieder heraus und führte das Pferd tiefer in die Schlucht hinein, suchte nach besserem Untergrund, obwohl die Stute nach dem Wasser gierte und Ian mit dem Kopf anstieß; sie würde nicht mehr lange warten.

Die Geräusche des Scharmützels waren verklungen; oben und weiter entfernt konnte er Männer hören, hier unten aber nichts mehr.

Da, hier war es gut. Er ließ die Zügel des Pferdes los, und es stürzte sich auf das Wasser, stand mit eingesunkenen Vorderfüßen da, die Hinterfüße jedoch fest auf dem Kies, und schluckte selig Wasser. Er selbst empfand den Sog des Wassers beinahe genauso stark und sank auf die Knie, spürte die herrliche Kühle, als es ihm Lendenschurz und Leggings durchtränkte, doch auch dieses Gefühl verblasste, als er mit beiden Händen Wasser schöpfte und trank, schöpfte und trank, wieder und wieder, sich verschluckte, wenn er versuchte, schneller zu trinken, als er schlucken konnte.

Schließlich hielt er – widerstrebend – inne und schüttete sich Wasser über Gesicht und Brust; es kühlte ihn ab, obwohl das Bärenschmalz in seiner Farbe das Wasser abperlen ließ.

»Komm schon«, sagte er zu dem Pferd. »Du platzt noch, wenn du so weitermachst, *amadan*.« Es ging nicht ohne Widerstand, doch dann bekam er die Nase des Pferdes aus dem Wasser, und es schnaubte und schüttelte den Kopf, so dass ihm Wasser und grüne Ranken aus den losen Lippen liefen. Und während er den Kopf des Pferdes herumzog, um es wieder nach oben zu führen, sah er den anderen britischen Soldaten.

Auch dieser Mann lag fast am Boden der Schlucht, aber nicht im Uferschlamm. Er lag auf dem Bauch, hatte aber den Kopf zur Seite gedreht und …

»Oh Himmel, *nein*!« Ian warf die Zügel seines Pferdes hastig um einen Baumstamm und rannte auf die Stelle zu. Natürlich war er es. Ian hatte es sofort gewusst, als er die langen Beine sah, die Form seines Kopfes, doch das Gesicht gab ihm Sicherheit, selbst unter einer Maske aus Blut.

William lebte noch; sein Gesicht zuckte unter den Beinchen eines halben Dutzends schwarzer Fliegen, die sich an seinem trocknenden Blut labten. Ian legte ihm die Hand unter das Kinn, so wie es Tante Claire immer tat, doch da er keine Ahnung hatte, wo er den Puls suchen oder wie er sich anfühlen sollte, wenn er gut war, zog er sie wieder fort. William lag im Schatten einer großen Platane, doch seine Haut war noch warm – was sie allerdings wohl selbst dann gewesen wäre, wenn er tot gewesen wäre, dachte Ian, an einem Tag wie diesem.

Er war wieder aufgestanden und überlegte hastig. Er würde den Kerl auf das Pferd hieven müssen, aber vielleicht entkleidete er ihn besser erst? Zog ihm zumindest den verräterischen Rock aus? Was jedoch, wenn er ihn zurück zu den britischen Linien brachte, dort jemanden fand, der sich um ihn kümmerte, ihn zu einem Arzt brachte? Das war näher.

Er musste ihm trotzdem den Rock ausziehen, sonst starb der Mann noch an der Hitze, ehe er irgendwo anlangte. Mit diesem Entschluss kniete er sich wieder hin und rettete so sein eigenes Leben. Der Tomahawk grub sich genau dort in den Platanenstamm, wo kurz zuvor sein Kopf gewesen war.

Und im nächsten Moment raste einer der Abenaki die Böschung hinunter und stürzte sich mit einem Schrei auf ihn, der ihm schlechten Atem ins Gesicht wehte. Dieser Bruchteil einer Warnsekunde reichte ihm jedoch, sich zum Sprung bereit zu machen, und er warf sich zur Seite und schleuderte den Abenaki mit einer ungeschickten Ringkampfbewegung über seine Hüfte hinweg, so dass der Mann aber immerhin anderthalb Meter weiter im Schlamm landete.

Der zweite war hinter ihm; er hörte die Schritte des Mannes auf dem bewachsenen Kies und fuhr herum, um seinen Hieb abzufangen, der auf seinem Unterarm landete, während er mit der anderen Hand nach dessen Messer tastete.

Er erwischte es – an der Klinge, und er stieß einen Zischlaut aus, als es ihm die Handfläche zerschnitt – und hackte mit seinem halb betäubten Arm auf das Handgelenk des Mannes ein. Das Messer löste sich mit einem Ruck; Hand und Messer waren schlüpfrig vom Blut, er bekam zwar den Griff nicht zu fassen, hatte es aber in der Hand – er drehte sich um und warf es flussaufwärts, so weit er konnte, und es versank glucksend im Wasser.

Dann stürzten sie sich beide auf ihn, boxten ihn, traten ihn und zerrten an ihm. Er stolperte rückwärts, verlor das Gleichgewicht, hielt aber seinen Angreifer dabei weiter fest, und es gelang ihm, mit ihm zusammen ins Wasser zu fallen. Danach verlor er den Überblick.

Er hatte einen der Abenaki auf dem Rücken im Wasser und gab sich alle Mühe, ihn zu ertränken, während der andere auf Ians Rücken klemmte und versuchte, ihm den Arm um den Hals zu legen – und dann hörten sie Lärm auf der anderen Seite der Schlucht, und alle hielten einen Moment lang inne. Viele Männer, die sich ungeordnet bewegten – er konnte Trommeln hören, jedoch auch ein Geräusch wie fernes Meeresrauschen, zusammenhanglose Stimmen.

Auch die Abenaki hielten inne, nur ganz kurz, doch das reichte; Ian verdrehte sich, schleuderte den Mann von seinem Rücken, schob sich ungeschickt durch das Wasser, auf dessen schlammigem Boden er rutschte und einsank, schaffte es aber ans Ufer und rannte auf das Erstbeste zu, was ihm ins Auge fiel – eine hohe Weißeiche. Er warf sich gegen den Stamm und kletterte hinauf, griff nach jedem Ast, der in Reichweite kam, um sich höher zu ziehen, schneller, ohne auf seine verletzte Hand zu achten oder auf die grobe Rinde, die ihm die Haut zerkratzte.

Die Indianer waren hinter ihm, doch zu spät; einer sprang hoch und schnappte nach seinem nackten Fuß, bekam ihn aber nicht zu fassen, und er zog sein Knie über einen großen Ast und hing in drei Metern Höhe keuchend an den Stamm geklammert. In Sicherheit? Er glaubte schon, warf aber nach einem Moment vorsichtig einen Blick nach unten.

Die Abenaki wanderten auf und ab wie Wölfe, spähten zu dem Lärm oben am Rand der Schlucht hinauf, dann zu Ian – über den Fluss hinweg zu William, und dabei wurde Ian schlecht. Gott, was konnte er tun, wenn sie beschlossen, dem Mann die Kehle durchzuschneiden? Er hatte ja nicht einmal einen Stein, mit dem er nach ihnen werfen konnte.

Das einzig Gute war, dass keiner von ihnen eine Schusswaffe oder einen Bogen zu haben schien; sie mussten ihre Waffen oben bei den Pferden gelassen haben. Alles, was sie tun konnten, war, *ihn* mit Steinen zu bewerfen, und danach schien ihnen derzeit nicht zumute zu sein.

Noch mehr Lärm von oben – es waren eine *Menge* Männer … was riefen sie? –, und die Abenaki ließen Ian abrupt allein. Sie wateten rauschend über den Fluss zurück, so dass ihnen die mit schwarzem Schlamm verschmutzten Leggings nass an den Beinen klebten, machten kurz Halt, um William umzudrehen und seine Kleider zu durchwühlen – offenbar hatte man ihn schon ausgeraubt, denn sie fanden nichts. Dann banden sie Ians Pferd los, riefen ein letztes Mal spottend »Mohawk!« und verschwanden mit der Stute flussabwärts in einem Weidengebüsch.

IAN HATTE SICH einhändig die Böschung hinaufgeschleppt, war ein Stück weit gekrochen und hatte dann eine Weile unter einem umgestürzten Baumstamm am Rand einer Lichtung gelegen, während die Flecken vor seinen Augen kamen und gingen wie ein Mückenschwarm. Nicht weit von ihm entfernt herrschte geschäftiges Treiben, aber nicht so nah, dass es ihn unmittelbar interessiert hätte. Er schloss die Augen, weil er hoffte, dass die Flecken dann verschwinden würden. Doch das taten sie nicht, sondern verwandelten sich stattdessen von Schwarz in eine grauenvolle Konstellation aus schwimmenden rosa und gelben Klecksen, die Brechreiz bei ihm auslösten.

Hastig öffnete er die Augen wieder, gerade rechtzeitig, um zu sehen, wie einige pulvergeschwärzte Kontinentalsoldaten, ein paar im Hemd, andere mit entblößtem Oberkörper, eine Kanone von der Straße herbeischleppten. Kurz hinter ihnen folgten noch mehr Männer mit einer weiteren Kanone, schwankend vor Hitze und zu Tode erschöpft. Er erkannte Oberst Owen, der zwischen den Munitionswagen umherhumpelte, das verrußte Gesicht verzweifelt und unglücklich.

Eine Bewegung zog seinen wandernden Blick auf eine Gruppe von Männern, und er begriff schwach interessiert, dass es eine ziemlich große Gruppe von Männern war, deren Standarte schlaff wie eine Haggishülle an ihrer Stange hing.

Das wiederum sagte ihm etwas. Und genau, da war General Lee mit seiner langen Nase und der finsteren Stirn, jedoch mit hellwacher Miene, als er aus der Menge auf Owen zugeritten kam.

Er war zu weit entfernt, und es war zu laut, um ein Wort zu hören, doch Owens Gesten verdeutlichten das Problem. Eine seiner Kanonen war zersprungen, wahrscheinlich von der Hitze des Abfeuerns, und eine weitere hatte sich von ihrer Lafette gelöst und wurde mit Seilen vorangeschleppt, so dass das Metall über die Steine schabte.

Ein dumpfes, drängendes Gefühl meldete sich zu Wort. *William.* Er musste jemandem von William erzählen. Und dieser Jemand würden wohl nicht die Briten sein.

Lees Stirn legte sich noch tiefer in Falten, und seine Lippen verzogen sich, doch er behielt die Fassung. Er hatte sich aus dem Sattel gebeugt, um Owen zuzuhören; jetzt nickte er, sagte ein paar Worte und richtete sich auf. Owen wischte sich mit dem Ärmel über das Gesicht und winkte seinen Männern. Sie ergriffen ihre Seile, lehnten sich trostlos hinein, und Ian sah, dass drei oder vier von ihnen verwundet waren, Tücher um Köpfe oder Hände gewickelt hatten, und einer bewegte sich halb hüpfend mit einem blutigen Bein und stützte sich mit der Hand auf die rollende Kanone.

Ians Magen beruhigte sich allmählich, und er hatte furchtbaren Durst. Er hatte zwar nicht darauf geachtet, wohin er ging, doch als er Owens Kanonen über die Straße kommen sah, wusste er, dass er in der Nähe der Brücke sein musste, auch wenn er sie von hier aus nicht sehen konnte. Er kroch aus seinem Versteck und schaffte es aufzustehen, hielt sich aber einen Moment an dem Baumstamm fest, während ihm schwarz und weiß und wieder schwarz vor Augen wurde.

William. Er musste jemanden finden, der ihm half… doch zuerst musste er Wasser finden. Ohne Wasser ging es nicht. Er hatte zwar am Bach reichlich getrunken, doch die gesamte Flüssigkeit war ihm als Schweiß wieder aus dem Körper gelaufen, und er war vollkommen ausgedörrt.

Er musste es mehrfach versuchen, doch schließlich bekam er Wasser von einem Infanteristen, der zwei Feldflaschen um den Hals hängen hatte.

»Was ist denn mit dir passiert, Kamerad?«, fragte der Infanterist und betrachtete ihn neugierig.

»Bin mit einem britischen Kundschafter aneinandergeraten«, erwiderte Ian und reichte ihm widerstrebend die Feldflasche zurück.

»Dann hoffe ich, dass du gewonnen hast«, erwiderte der Mann. Er winkte, ohne eine Antwort abzuwarten, und verschwand mit seiner Kompanie.

Ians linkes Auge brannte heftig, und er sah verschwommen; der Riss in seiner Augenbraue blutete wieder. Er suchte in dem kleinen Beutel an seiner Hüfte und fand das Taschentuch, das er um sein geräuchertes Ohr gewickelt hatte. Es war zwar klein, ließ sich aber um seine Stirn binden.

Er wischte sich mit den Fingerknöcheln über den Mund und hatte schon wieder Durst. Was sollte er jetzt tun? Er konnte sehen, dass die Standarte nun wild geschwenkt wurde. Sie schlug heftig in der dicken Luft und rief die Männer, ihr zu folgen. Lee wollte eindeutig über die Brücke; er wusste, wohin er ging und seine Männer mit ihm. Niemand würde – oder konnte – anhalten, um in eine Schlucht zu klettern und einem verwundeten britischen Soldaten zu helfen.

Ian schüttelte vorsichtig den Kopf, und da er feststellte, dass sein Hirn nicht zu klappern schien, setzte er sich nach Südwesten in Bewegung. Mit etwas Glück würde er unterwegs La Fayette oder Onkel Jamie begegnen und vielleicht ein anderes Pferd bekommen. Und was auch immer heute sonst noch geschah, er würde seine Rechnung mit den verdammten Abenaki begleichen.

79

HIGH NOON

An diesem Punkt traf Major Filmer mit der Order ein, sich zurückzuziehen und in der Nähe einer der Farmen zwischen dem Spotswood South Brook und dem Spotswood Middle Brook wieder zu La Fayettes Truppe zu stoßen. Jamie war froh, das zu hören; es gab keine vernünftige Möglichkeit für ein paar halb bewaffnete Milizkompanien, die Artillerie im Obstgarten zu belagern, nicht, wenn Scharfschützen die Kanonen bewachten.

»Ruft Eure Kompanien zusammen, Mr. Guthrie, und stoßt dort oben auf der Straße zu mir«, sagte Jamie und wies mit der Hand auf die Stelle. »Mr. Bixby, könnt Ihr Hauptmann Kirby suchen? Sagt ihm dasselbe; ich bringe Craddocks Männer mit.«

Hauptmann Craddocks Kompanien waren durch seinen Tod furchtbar demoralisiert worden, und Jamie hatte sie direkt unter sein Kommando genommen, um zu verhindern, dass sie sich wie die Hummeln zerstreuten.

Sie bahnten sich den Weg über die Felder, holten Korporal Anderson und seine Männer am Farmhaus ab – es war verlassen; es war unnötig, jemanden hierzulassen – und überquerten die Brücke, die über einen der Bäche führte. Er verlangsamte sein Pferd ein wenig, als seine Hufe über die Planken klopften, und fühlte die herrliche feuchte Kühle vom Wasser zehn Meter unter ihm aufsteigen. Sie sollten anhalten, dachte er, um sich mit Wasser zu versorgen – das hatten sie seit dem frühen Morgen nicht mehr getan, und allmählich mussten die Feldflaschen leer sein –, doch es würde zu lange dauern, bis so viele Männer in die Schlucht zum Wasser und wieder zurück geklettert waren. Sie würden es schon bis zu La Fayette schaffen; dort gab es ausreichend Brunnen.

Er konnte die Straße vor sich sehen und hielt Ausschau nach etwaigen Briten. Etwas gereizt fragte er sich, wo nur Ian steckte; er hätte gern gewusst, wo die Briten *waren*.

Er fand es im nächsten Moment heraus. Ein Gewehrschuss knallte, und sein Pferd rutschte aus und fiel. Jamie riss den Fuß aus dem Steigbügel und rollte aus dem Sattel, als das Pferd mit einem Krach, der die ganze Brücke erschütterte, auf die Planken traf, einen Moment laut wiehernd versuchte, sich hochzukämpfen, und dann über die Kante in die Schlucht glitt.

Jamie rappelte sich auf; seine Hand brannte, denn die groben Planken hatten ihm die Handfläche blank geschürft.

»Lauft!«, brüllte er mit der letzten Luft, die er noch in der Lunge hatte, und winkte wild mit dem Arm, um die Männer zu sammeln und auf einen Hain an der Straße zu zeigen, der ihnen Deckung geben würde. »*Los!*«

Er fand sich mitten unter ihnen wieder; der Ansturm der Männer riss ihn mit, und keuchend vom Rennen stolperten sie in die Deckung. Kirby und Guthrie ordneten ihre Kompanien, die Männer des gefallenen Craddock drängten sich um Jamie. Atemlos wies er Bixby und Korporal Greenhow mit einem Kopfnicken an, die Köpfe zu zählen.

Er konnte das Geräusch noch hören, mit dem das Pferd unter der Brücke am Boden aufgetroffen war.

Er würde sich übergeben; er spürte, wie es ihm hochkam, und versuchte erst gar nicht, es zurückzuhalten. Er wies Leutnant Schnell, der ihn sprechen wollte, mit einer Handbewegung an zu warten, trat hinter eine große Kiefer, und sein Magen entleerte sich wie ein ausgeräumter Sporran. Er verharrte einen Moment in gebückter Haltung, mit offenem Mund, die Stirn an die grobe Rinde gelehnt, während ihm der heranfließende Speichel den Geschmack aus dem Mund spülte.

Herr, hilf mir … Doch sein Verstand hatte im Moment die Sprache verloren, und er richtete sich auf und wischte sich den Mund am Ärmel ab. Als er jedoch wieder hinter dem Baum hervortrat, verschwand jeder Gedanke daran, wie die Lage sein mochte und was er wohl unternehmen musste. Ian war aus einem anderen Hain gekommen und überquerte jetzt das freie Gelände. Der Junge war zu Fuß und bewegte sich langsam, aber hartnäckig voran. Selbst aus fünfzehn Metern Entfernung konnte Jamie die Blutergüsse sehen.

»Einer von uns oder einer von denen?«, fragte ein Milizionär skeptisch und hob die Muskete, um vorsichtshalber auf Ian zu zielen.

»Einer der meinen«, sagte Jamie. »Nicht schießen, aye? Ian! *Ian!*« Er lief zwar nicht los – dazu schmerzte sein linkes Knie zu sehr –, doch er bewegte sich so schnell wie möglich auf seinen Neffen zu und war erleichtert zu sehen, wie sich Ians glasiger Blick erhellte, als er ihn erkannte.

»Onkel Jamie!« Ian schüttelte den Kopf, wie um ihn frei zu bekommen, blieb abrupt stehen und stöhnte auf.

»Bist du schwer verletzt, *a bhailach*?«, fragte Jamie. Er trat einen Schritt zurück und suchte nach Blut. Er sah zwar ein wenig, aber es war nichts Schlimmes. Der Junge hielt sich nicht die Arme vor den Bauch, als seien seine Eingeweide verletzt…

»Nein. Nein, es ist…« Ian schluckte, weil sein Mund zu trocken zum Sprechen war, und Jamie drückte ihm seine Feldflasche in die Hand. Es war zwar leider nur noch wenig Wasser darin, doch etwas, genug, und Ian trank es gierig.

»William«, keuchte er, als er die leere Feldflasche sinken ließ. »Dein…«

»Was ist mit ihm?«, unterbrach ihn Jamie. Es kamen jetzt noch mehr Männer über die Straße, manche halb im Laufschritt, die Köpfe zurückgewandt. »*Was?*«, wiederholte er und packte Ians Arm.

»Er lebt noch«, sagte Ian sofort, denn er hatte sowohl die Absicht als auch die Intensität der Frage richtig eingeschätzt. »Jemand hat ihn auf den Kopf geschlagen und ihn am Boden der Schlucht liegen gelassen.« Er deutete vage hinter sich, ohne sich umzudrehen. »Etwa dreihundert Meter westlich der Brücke, aye? Er ist nicht tot, aber ich weiß nicht, wie schwer er verletzt ist.«

Jamie nickte und begann hastig zu überlegen.

»Aye, und was ist *dir* zugestoßen?« Er konnte nur hoffen, dass William und Ian nicht einander zugestoßen waren. Aber wenn William bewusstlos war, konnte er es ja nicht sein, der Ian das Pferd weggenommen hatte, und irgendjemand hatte das eindeutig getan, denn…

»Zwei Abenakikundschafter«, erwiderte Ian und verzog das Gesicht. »Die Mistkerle folgen mir jetzt schon seit…«

Jamie hielt Ian immer noch am rechten Arm fest, und er spürte den Aufprall des Pfeils und den Nachhall durch den Körper des Jungen. Ian warf einen ungläubigen Blick auf seine rechte Schulter, aus der der Pfeilschaft ragte, und seine Knie gaben nach. Sein Gewicht zog ihn Jamie aus der Hand, und er fiel um.

Jamie warf sich über Ians Körper und traf rollend am Boden auf. So wich er dem zweiten Pfeil aus, den er an seinem Ohr vorübersausen hörte. Hörte die Muskete des Milizionärs dicht über sich hinwegfeuern und dann ein Durcheinander von Schreien und Rufen, als eine Gruppe seiner Männer mit Gebrüll auf die Stelle zurannte, von der die Pfeile gekommen waren.

»Ian!« Er rollte seinen Neffen auf den Rücken. Der Junge war zwar bei Bewusstsein, doch das, was unter der Farbe von seinem Gesicht zu sehen war, war gespenstisch weiß, und seine Kehle bewegte sich hilflos. Jamie packte den Pfeil; er steckte in dem Muskel, den Claire Deltamuskel nannte, dem fleischigen Teil des Oberarms, doch er gab nicht nach, als er ihn vorsichtig bewegte.

»Ich glaube, er hat den Knochen getroffen«, sagte er zu Ian. »Nicht schlimm, aber die Spitze steckt fest.«

»Das glaube ich auch«, murmelte Ian schwach. Er versuchte, sich zum Sitzen hochzukämpfen, konnte es aber nicht. »Brich ihn ab, aye? Ich kann ja nicht herumlaufen, wenn er so absteht.«

Jamie nickte, richtete seinen Neffen schwankend zum Sitzen auf und brach den Schaft zwischen seinen Händen so ab, dass ein ausgefranster Stumpf von ein paar Zentimetern übrig blieb, an dem man den Pfeil herausziehen konnte. Claire konnte sich später darum kümmern, die Pfeilspitze zu entfernen.

Das Geschrei und das Durcheinander nahmen jetzt zu. Ein Blick zeigte ihm noch mehr Männer auf der Straße, und er hörte ein Flötensignal in der Ferne, leise und verzweifelt.

»Weißt du, was da oben geschehen ist?«, sagte er zu Ian und wies kopfnickend in die Richtung, aus der der Lärm kam. Ian schüttelte den Kopf.

»Ich habe Oberst Owen kommen sehen; seine Kanonen waren übel mitgenommen. Er hat Halt gemacht, um ein paar Worte mit Lee zu wechseln, und ist dann weitergezogen, aber nicht im Laufschritt.«

Einige der Männer waren zwar im Laufschritt unterwegs, aber schwerfällig und langsam – nicht so, als wären ihnen die Verfolger auf den Fersen. Doch er konnte spüren, wie sich Alarm rings unter den Männern ausbreitete, und er wandte sich ihnen augenblicklich zu.

»Bleibt bei mir«, sagte er ruhig zu Guthrie. »Haltet Eure Männer zusammen und bei mir. Mr. Bixby – sagt das auch Hauptmann Kirby. Bleibt bei mir; niemand bewegt sich, außer auf mein Wort.«

Die Männer aus Craddocks Kompanie, die den Abenaki hinterhergelaufen waren – er ging davon aus, dass diese die Pfeile abgeschossen hatten –, waren im Wald verschwunden. Er zögerte kurz, doch dann schickte er ihnen einen kleinen Trupp Männer nach. Er war noch nie einem Indianer begegnet, der von einem festen Standpunkt aus kämpfte, daher bezweifelte er, dass er seine Männer in einen Hinterhalt schickte. Womöglich geradewegs auf die herannahenden Briten zu, doch wenn das der Fall war, war es sowieso besser, wenn er so schnell wie möglich davon erfuhr, und zumindest einer oder zwei würden es ja wohl zurückschaffen, um ihm zu berichten.

Ian war dabei, sich hochzurappeln; Jamie bückte sich, um dem Jungen den Arm unter die gesunde Schulter zu schieben, und richtete ihn zum Stehen auf. Seine Beine schlotterten in den Leggings, und der Schweiß lief ihm in Bächen über den Oberkörper, aber er stand.

»Warst du das, der meinen Namen gerufen hat, Onkel Jamie?«, fragte er.

»Aye, als ich gesehen habe, wie du aus den Bäumen kamst.« Jamie wies kopfnickend auf den Wald und hielt mit halbem Auge Ausschau nach etwaigen Rückkehrern. »Warum?«

»Nein, nicht da, bevor mich das hier …« Er berührte sachte das zersplitterte Ende des Pfeilschaftes. »Hinter mir hat jemand gerufen; deshalb habe ich mich umgedreht, und das war mein Glück. Sonst hätte er mich mitten in die Brust erwischt.«

Jamie schüttelte den Kopf und spürte diesen Hauch von Staunen, der ihn bei Begegnungen mit Geistern überkam – wenn es das denn gewesen war. Das einzig Seltsame daran war, dass es sich niemals seltsam anfühlte.

Doch er hatte keine Zeit, um an so etwas zu denken; jetzt erschollen »Rückzug! Rückzug!«-Rufe, und in die Männer hinter ihm kam Bewegung wie ein Weizenfeld im aufkommenden Wind.

»Bleibt bei mir!«, befahl er mit lauter, fester Stimme, und die, die ihm am nächsten waren, packten ihre Waffen und blieben auf der Stelle stehen.

William. Der Gedanke an seinen Sohn durchschoss ihn wie eine Flamme. Der Pfeil, der Ian getroffen hatte, rief ihm William vor Augen, blutig auf dem Bauch im Schlamm, bewusstlos, doch jetzt … Himmel, er konnte doch keine Männer zu dem Jungen schicken, nicht jetzt, da die halbe Armee zurück in diese Richtung strömte und ihnen womöglich die Briten auf den Fersen waren … Ein plötzlicher Hoffnungsschimmer flammte auf; wenn die Briten in diese Richtung unterwegs *waren*, würden sie ja vielleicht auf ihn stoßen und sich um ihn kümmern.

Er wäre so gern selbst gegangen. Wenn William im Sterben lag … Doch er konnte seine Männer unter keinen Umständen allein lassen, schon gar nicht unter diesen Umständen. Er wurde von einem furchtbaren Drängen gepackt.

Himmel, wenn ich nie mehr mit ihm spreche … ihm nie sage …

Jetzt sah er Lee und seine Adjutanten über die Straße kommen. Sie bewegten sich langsam, aber zielsicher – und sahen sich hin und wieder beinahe verstohlen um, blickten dann aber wieder rasch nach vorn und setzten sich aufrecht in die Sättel.

»Rückzug!« Überall ringsum erscholl nun dieser Ruf, lauter und lauter, und Männer kamen aus dem Wald geströmt. »Rückzug!«

»Bleibt bei mir«, sagte Jamie so leise, dass ihn nur Bixby und Guthrie hörten – doch es reichte. Sie standen wie erstarrt an seiner Seite. Ihre Standhaftigkeit würde helfen, den Rest zurückzuhalten. Wenn Lee zu ihm kam, ihm einen Befehl erteilte … dann würden sie gehen müssen. Aber erst dann.

»Mist!«, sagte einer der Männer hinter ihm überrascht. Er sah sich um, erblickte ein verblüfftes Gesicht – und fuhr herum, um der Blickrichtung des Mannes zu folgen. Ein paar von Craddocks Männern kamen aus dem Wald; Genugtuung in den Mienen. Sie hatten Claires Stute dabei, und über ihrem Sattel hing der leblose Körper eines Indianers, dessen lange, fettige Haarsträhnen beinahe über den Boden schleiften.

»Haben ihn erwischt, Sir!« Einer der Männer – Hebden? – salutierte grinsend, so dass seine weißen Zähne aus dem Schatten des Hutes aufblitzten, den er zu ziehen vergaß. Sein Gesicht glänzte wie geöltes Leder, und er nickte Ian freundlich zu und wies mit dem Daumen auf die Stute. »Pferd – du?«

»Aye«, sagte Ian, und sein schottischer Akzent ließ Hebden blinzeln. »Ich danke Euch, Sir. Aber ich glaube, mein Onkel nimmt das Pferd besser. Du wirst sie brauchen, aye?«, fügte er an Jamie gerichtet hinzu und wies mit hochgezogener Augenbraue auf die Männer hinter ihnen.

Jamie hätte das Angebot gern abgelehnt; Ian sah so aus, als könnte er kaum laufen. Doch der Junge hatte recht. Jamie würde diese Männer anführen müssen, ob vorwärts oder zurück – und dazu mussten sie ihn sehen können. Er nickte zögernd, und die Leiche des Abenaki wurde aus dem Sattel gezerrt und achtlos ins Gebüsch geworfen. Er sah, wie ihm Ians Blick folgte, dunkel und voller Abneigung, und dachte den Bruchteil einer Sekunde an das geräucherte Ohr, das sein Neffe in seinem Sporran hatte. Er hoffte, dass Ian nicht … Nein, ein Mohawk nahm keine Trophäen mit, wenn er jemanden getötet hatte.

»Sie waren zu zweit, hast du gesagt, Ian?«

Ian wandte sich von seiner Betrachtung des toten Abenaki ab und nickte.

»Haben den anderen gesehen«, beantwortete Hebden die unausgesprochene Frage. »Ist geflohen, als wir den Schurken hier erschossen haben.« Er hustete und richtete den Blick auf die zunehmenden Ströme von Männern auf der Straße. »Verzeihung, Sir, aber sollten wir uns nicht auch in Bewegung setzen?«

Die Männer traten auf der Stelle und reckten die Hälse, um etwas zu sehen. Es erhob sich Gemurmel, als sie Lee erspähten, dessen Adjutanten jetzt ausschwärmten und versuchten, die Männer zu einem geordneten Rückzug zusammenzutreiben, jedoch vollkommen ignoriert wurden. Dann bewog irgendetwas, eine Veränderung der Atmosphäre, Jamie, sich umzudrehen, und die Hälfte der Männer tat es ihm nach.

Und da kam Washington auf Jamies ehemaligem Schimmelhengst über die Straße galoppiert, und die Miene seines kräftigen, groben Gesichtes hätte Messing zum Schmelzen gebracht.

Die drohende Panik unter den Männern löste sich in Luft auf, und sie drängten vorwärts, weil sie erfahren wollten, was los war. Auf der Straße brach Chaos aus. Einige Kompanien zerstreuten sich oder blieben plötzlich stehen, um sich nach ihren Kameraden umzusehen, andere folgten auf der Straße und kollidierten mit den Haltenden – und mitten darin trieb Washington sein Pferd an Charles Lees Seite und beugte sich zu ihm hinüber, rot wie ein Apfel vor Hitze und Wut.

»Was soll das bedeuten, Sir?!«, war alles, was Jamie klar verstehen konnte, weil eine Strömung der schweren Luft ihm die Worte deutlich zutrug, ehe sich Lärm und Staub und drückende Hitze so dicht über die Szene legten, dass es unmöglich war, irgendetwas aus dem Durcheinander herauszuhören außer dem beunruhigenden Echo von Musketensalven und dem gelegentlichen schwachen Knallen von Granaten in der Ferne.

Er versuchte erst gar nicht, den Lärm mit seiner Stimme zu übertönen; es war nicht nötig. Seine Männer blieben, wo sie waren, nicht weniger gebannt von dem Spektakel, als er es war.

Lees Gesicht mit der langen Nase war vor Wut verkniffen, und eine Sekunde sah ihn Jamie als Punch, die aufgebrachte Marionette im Puppentheater. Ein wildes Bedürfnis zu lachen stieg in ihm auf, als sich die logische Konsequenz aufdrängte: George Washington als Judy, das zänkische Weibsbild mit dem Häubchen, das mit dem Stock auf seinen Mann losging. Im ersten Moment fürchtete Jamie, er wäre ein Opfer der Hitze geworden und hätte den Verstand verloren.

Für einen Moment stand Jamie im Hyde Park und sah zu, wie Punch sein Baby in die Wurstmaschine steckte.

Denn genau das war es, was Washington gerade unübersehbar tat. Es dauerte nicht mehr als drei oder vier Minuten, dann wendete Washington mit einer angewiderten Geste sein Pferd und trabte davon, vorbei an den Männern, die sich an der Straße drängten und ihm fasziniert zusahen.

Jamie, der jetzt seinerseits mit einem Ruck aus seiner Faszination auftauchte, stellte den Fuß in den Steigbügel der Stute und schwang sich hinauf.

»Ian …«, sagte er, und sein Neffe nickte, während er ihm die Hand auf das Knie legte – genauso sehr um sich selbst zu stützen, dachte Jamie, wie um seinen Onkel zu beruhigen.

»Gib mir ein paar Männer, Onkel Jamie«, sagte er. »Ich kümmere mich um … Seine Lordschaft.«

Die Zeit reichte knapp, um Korporal Greenhow zu rufen und ihn dazu abzustellen, Ian mit fünf Mann zu begleiten, ehe Washington Jamie und seine Kompanien erspähte. Er hatte den Generalshut in der Hand, in seinem Gesicht brannten Wut und Verzweiflung gepaart mit Feuereifer. Seine ganze Person strahlte etwas aus, das Jamie noch nicht oft gesehen hatte, das er jedoch erkannte. Das er selbst schon einmal erlebt hatte. Es war der Blick eines Mannes, der alles riskiert, weil ihm nichts anderes übrig blieb.

»Mr. Fraser!«, rief ihm Washington zu, und sein breiter Mund verbreiterte sich noch mehr, als er aufgrinste. »Folgt mir!«

80

PATER NOSTER

William erwachte langsam und fühlte sich fürchterlich. Sein Kopf schmerzte, und er hätte sich am liebsten übergeben. Er hatte schrecklichen Durst, doch bei der Vorstellung, etwas zu trinken, kam ihm die Galle hoch, und er würgte schwach. Er lag im Gras, das voller Insekten war, Insekten krabbelten über ihn hinweg … einen heftigen Moment lang *sah* er eine Kolonne kleiner Ameisen geschäftig durch die dunklen Härchen auf seinem Handgelenk klettern und versuchte, mit der Hand auf den Boden zu klopfen, um sie abzuschütteln. Doch seine Hand bewegte sich nicht, und sein Bewusstsein schwand.

Es kehrte unter dröhnendem Rauschen und Schwingen zurück. Die Welt bewegte sich schwindelerregend auf und ab, und er bekam keine Luft. Dann machte er die dunklen Gegenstände, die in seinem Gesichtsfeld auftauchten und wieder verschwanden, als Pferdebeine aus und begriff, dass er bäuchlings über einem Sattel lag und irgendwohin getragen wurde. *Wohin …?*

In der Nähe herrschte großes Geschrei, und der Lärm schmerzte seinen Kopf noch mehr.

»Halt! Was macht Ihr mit ihm? Halt! Halt, oder ich töte Euch!«

»Lasst ihn hier! Schubst ihn vom Pferd! Lauft!« Eine vage bekannte Stimme, schottisch.

Dann lärmendes Durcheinander und irgendwo darin noch einmal die schottische Stimme, die rief: »Sagt meinem …« Doch dann landete er mit einem Aufprall am Boden, der ihm das Bewusstsein und den Atem raubte, und glitt kopfüber wieder in die Dunkelheit.

AM ENDE HÄTTE es nicht einfacher sein können. John Grey ging einen Feldweg entlang, folgte den Hufspuren, die nur zum Wasser führen konnten, und lief geradewegs in eine erschrockene Gruppe britischer Soldaten hinein, die an einer schlammigen Furt ihre Feldflaschen füllten. Benommen vor Durst und Hitze, versuchte er erst gar nicht, sich zu identifizieren oder zu erklären; hob einfach nur die Hände und ergab sich mit einem immensen Gefühl der Erleichterung.

Immerhin gaben ihm die Soldaten Wasser, und danach führte ihn ein nervöser Junge mit einer Muskete auf den Innenhof eines Farmhauses, das verlassen zu sein schien. Zweifellos waren die Besitzer geflohen, als ihnen klar wurde, dass sie von etwa zwanzigtausend bewaffneten Soldaten umringt waren, die nichts Gutes im Schilde führten.

Man schob Grey zu einem großen Wagen, der mit geschnittenem Gras gefüllt war. Dort musste er sich zu mehreren anderen Gefangenen auf den Boden setzen – Gott sei Dank im Schatten – und wurde unter der Bewachung zweier mit Musketen bewaffneter Privatgefreiter zurückgelassen … und eines nervösen Kindes von etwa vierzehn in einer Leutnantsuniform, das jedes Mal zuckte, wenn eine Salve von den Bäumen widerhallte.

Das war vielleicht seine beste Chance. Wenn er den Jungen so erschrecken oder einschüchtern konnte, dass er ihn zu Cornwallis oder Clinton schickte …

»Sir!«, bellte er den Jungen an, der ihn verblüfft anblinzelte – genau wie die gefangenen Amerikaner.

»Wie ist Euer Name, Sir?«, fragte er im Kommandoton. Das brachte den jungen Leutnant vollends aus der Fassung; er trat unwillkürlich zwei Schritte zurück, ehe er sich wieder fing. Doch er riss sich mit hochrotem Kopf zusammen.

»Ruhe da!«, krähte er, trat vor und zielte mit der Faust nach Greys Ohr. Grey fing ihn instinktiv am Handgelenk ab, doch ehe er den Jungen loslassen konnte, war einer der Privatgefreiten einen Schritt auf ihn zugetreten und hatte den Kolben seiner Muskete auf Greys linken Unterarm niedersausen lassen.

»Er hat gesagt, Ruhe da«, sagte der Gefreite gelassen. »An Eurer Stelle wäre ich ruhig.«

Grey *war* ruhig, aber nur, weil er nicht sprechen konnte. Dieser Arm war ihm bereits zweimal gebrochen worden – einmal durch Jamie Fraser, einmal durch eine Kanonenexplosion –, und aller guten Dinge waren definitiv nicht drei. Im ersten Moment wurde ihm schwarz vor Augen, und alles in seinem Inneren ballte sich zu einer Kugel aus heißem Blei zusammen. Dann kamen die Schmerzen, und er konnte wieder atmen.

»Was war das, was Ihr gerade gesagt habt?«, murmelte der Mann, der neben ihm saß, mit hochgezogenen Augenbrauen. »Das war doch kein Englisch, oder?«

»Nein«, sagte Grey und hielt inne, während er Atem holte, den Arm an seinen Bauch geklammert. »Es ist Deutsch für ›Oh Mist‹.«

»Ah.« Der Mann nickte verständnisvoll, holte – mit einem argwöhnischen Blick auf die Wachtposten – eine kleine Flasche unter seinem Rock hervor und zog den Korken heraus, ehe er sie Grey reichte. »Versucht das, mein Freund«, flüsterte er.

Der Duft überreifer Äpfel stieg ihm direkt ins Gehirn, so dass er sich fast übergeben hätte. Doch es gelang ihm, einen Schluck zu trinken, und er reichte dem Mann die Flasche mit einem dankbaren Kopfnicken zurück. Der Schweiß lief ihm in Bächen über das Gesicht und brannte in seinem gesunden Auge. Er schloss das verletzte Auge in der Hoffnung, dass nicht der ganze Honig hinausgespült wurde.

Niemand sagte etwas. Der Mann, der ihm den Cidre gegeben hatte, war ein regulärer Kontinentalsoldat in den mittleren Jahren mit einem abgehärmten Gesicht, in dem die Hälfte der Zähne fehlte. Er saß vornübergebeugt da, die Ellbogen auf den Knien, den Blick in die Ferne gerichtet, wo sie den Kampf hörten. Er stellte fest, dass die anderen das ebenfalls taten – alle hatten ihr Augenmerk auf die Schlacht gerichtet.

Oberst Watson Smith fiel ihm ein, zweifellos durch den Geruch des Cidres heraufbeschworen, jedoch so plötzlich, dass Grey ein wenig zusammenfuhr. Einer der Wachtposten erstarrte und warf ihm einen strengen Blick zu. Doch Grey wandte den Blick ab, und der Mann entspannte sich.

Durch den Schmerz bis ins Mark erschüttert, erschöpft und durstig legte er sich hin und hielt sich den pulsierenden Arm vor die Brust. Insekten summten ihm in den Ohren, und die Musketensalven verhallten zu bedeutungslosem fernem Donnergrollen. Er ließ sich in einen Zustand nicht unangenehmer Lähmung sinken und stellte sich vor, wie Smith ohne Hemd auf dem schmalen Feldbett unter einer Laterne lag und Grey in den Armen hielt und ihm tröstend über den Rücken strich. Irgendwann fiel er in nervösen Schlaf, der immer wieder von Schüssen und Geschrei unterbrochen wurde.

Er erwachte plötzlich mit einem Mund wie Watte und stellte fest, dass weitere Gefangene gebracht worden waren … und dass ein Indianer neben ihm saß.

Sein gesundes Auge war verklebt und sah verschwommen, und er brauchte einen Moment, bis er das Gesicht unter den Resten der grünen und schwarzen Kriegsbemalung erkannte.

Ian Murray warf ihm einen langen, gleichmütigen Blick zu, der eindeutig »nichts sagen« ausdrückte, und so sagte er nichts. Murray zog angesichts seines verletzten Arms die Augenbraue hoch. Grey zuckte mit der gesunden Schulter und richtete sein Augenmerk auf den Wasserkarren, der jetzt auf der Straße hielt.

»Du und du, mitkommen.« Einer der Privatgefreiten wies mit dem Daumen auf zwei der Gefangenen und ging mit ihnen zu dem Karren. Kurz darauf kamen sie mit Wassereimern zurück.

Das Wasser war so warm wie Blut und schmeckte nach nassem, halb verrottetem Holz, doch sie tranken es so gierig, dass sie es in ihrer Hast auf ihre Kleider verspritzten. Grey wischte sich mit der nassen Hand über das Gesicht und fühlte sich jetzt ein wenig ruhiger. Er bewegte versuchsweise das linke Handgelenk; vielleicht war es ja nur eine Prell… nein, leider nicht.

Er hatte zischend eingeatmet, und wie als Antwort schloss Murray die Augen, faltete die Hände und begann, das Pater Noster zu intonieren.

»Was zum Teufel ist *das*?«, wollte der Leutnant wissen und stampfte zu ihm hinüber. »Sprecht Ihr etwa Indianisch, Sir?«

Ian öffnete die Augen und warf einen nachsichtigen Blick auf das Kind.

»Es ist Latein. Ich bete hier, aye?«, sagte er. »Stört Euch das etwa?«

»Ob es mich …« Der Leutnant hielt inne, nicht nur verblüfft, weil er mit schottischem Akzent angesprochen wurde, sondern weil ihn die gesamte Situation überforderte. Er warf einen verstohlenen Blick auf die Privatgefreiten, die ihre Blicke in die Ferne richteten. Er räusperte sich.

»Nein«, sagte er knapp und wandte sich ab, anscheinend, um eine weiße Pulverdampfwolke zu betrachten, die in einiger Entfernung dicht über den Bäumen hing.

Murray richtete den Blick auf Grey, und mit einem kleinen Kopfnicken begann er das Pater Noster von vorn. Etwas verwirrt stimmte Grey mit ein, wenn auch ein wenig holperig. Der Leutnant erstarrte zwar, drehte sich aber nicht um.

»Wissen sie nicht, wer Ihr seid?«, fragte Murray auf Lateinisch am Ende des Gebets, ohne seinen Tonfall zu verändern.

»Ich habe es ihnen gesagt; sie glauben mir nicht«, erwiderte Grey und fügte der Glaubwürdigkeit halber am Ende ein »Ave Maria« hinzu.

»*Gratia plena, dominus tecum*. Soll *ich* es ihnen sagen?«

»Ich habe keine Ahnung, was als Nächstes kommt. Vermutlich kann es nicht schaden.«

»*Benedicta tu in mulieribus, et benedictus fructus ventris tui, Jesu*«, erwiderte Murray und erhob sich.

Die Wachtposten fuhren augenblicklich herum und hoben die Musketen an ihre Schultern. Murray beachtete sie nicht und wandte sich an den Leutnant.

»Es geht mich ja vielleicht nichts an, Sir«, sagte er nachsichtig. »Aber ich würde es nicht gern sehen, dass Ihr Euch wegen eines kleinen Fehlers die ganze Laufbahn ruiniert.«

»Maul hal… was denn für ein Fehler?«, wollte der Leutnant wissen. Er hatte die Perücke abgesetzt, weil es so heiß war, rammte sie sich jetzt aber wieder auf den Schädel, weil er offenbar glaubte, dass sie ihm Autorität verleihen könnte. Das war jedoch ein Irrtum, da ihm die Perücke deutlich zu groß war und sie ihm sofort seitwärts über das Ohr rutschte.

»Dieser Herr dort«, sagte Murray und zeigte auf Grey, der sich aufrecht hinsetzte und den Leutnant gleichgültig anstarrte. »Ich habe keine Ahnung, was ihn hierhergeführt hat oder warum er so gekleidet ist – doch ich kenne ihn gut. Das ist Lord John Grey. Der, äh, Bruder von Oberst Grey, des Herzogs von Pardloe?«, fügte er vorsichtig hinzu.

Die Gesichtsfarbe des jungen Leutnants änderte sich drastisch. Er ließ den Blick rasch zwischen Murray und Grey hin und her wandern, runzelte die Stirn und schob sich geistesabwesend die Perücke zurecht. Grey erhob sich langsam, ohne die Wachtposten aus dem Auge zu lassen.

»Das ist doch lächerlich«, sagte der Leutnant, jedoch ohne Nachdruck. »Warum sollte Lord John Grey hier sein, noch dazu in dieser … *dieser* Aufmachung?«

»Der Krieg hat es erforderlich gemacht, Leutnant«, sagte Grey bewusst gelassen. »Ich sehe, dass Ihr zum Neunundvierzigsten gehört, was bedeutet, dass Sir Henry Calder Euer Oberst ist. Ich kenne ihn. Wenn Ihr so gütig wärt, mir Papier und Stift zu borgen, schreibe ich ihm eine kurze Note und bitte ihn um die Entsendung einer Eskorte, um mich zu holen. Der Wasserfahrer kann die Note ja mitnehmen«, fügte er hinzu, als er sah, dass die Augen des Jungen einen wilden Ausdruck annahmen – in der Hoffnung, ihn zu beruhigen, ehe ihn die Panik ergriff und er beschließen könnte, dass der einfachste Ausweg aus dieser Verwicklung lautete, Grey zu erschießen.

Einer der Privatgefreiten – der Mann, der ihm den Arm gebrochen hatte – hüstelte.

»Wir werden so oder so mehr Männer brauchen, Sir. Drei von uns und ein Dutzend Gefangene … und es kommen doch bestimmt noch mehr?« Der Leutnant sah ihn verständnislos an, und der Privatgefreite versuchte es erneut. »Wollte sagen … vielleicht sowieso besser, wenn Ihr Verstärkung anfordert.« Der Mann fing Greys Blick auf und hüstelte erneut.

»Unfälle passieren nun einmal«, sagte Grey, wenn auch ohne große Sympathie, und die Wachtposten entspannten sich.

»Also gut«, sagte der Leutnant. Seine Stimme überschlug sich dabei, und er wiederholte »Also gut!« in schroffem Bariton und sah sich streitlustig um. Niemand war so töricht zu lachen.

Greys Knie hatten das Bedürfnis zu beben, und er setzte sich abrupt hin, um das zu verhindern. Murrays Gesicht – nun, die Gesichter aller Gefangenen waren betont ausdruckslos.

»*Tibi debeo*«, sagte Grey leise. Ich stehe in Eurer Schuld.

»*Deo gratias*«, murmelte Murray, und erst jetzt sah Grey das Blut, das ihm über Arm und Seite gelaufen war und einen Fleck auf seinem Lendenschurz hinterlassen hatte – und den Stumpf eines abgebrochenen Pfeils, der ihm aus der rechten Schulter ragte.

ALS WILLIAM WIEDER zu sich kam, lag er Gott sei Dank auf etwas, das sich nicht bewegte. Eine Feldflasche wurde ihm an die Lippen gedrückt, und er trank in großen Schlucken, und seine Lippen schnappten weiter nach Wasser, als sie wieder fortgezogen wurde.

»Nicht so schnell, sonst wird dir schlecht«, sagte eine vertraute Stimme. »Hol erst einmal Luft, dann kannst du mehr haben.« Er holte Luft und zwang sich, trotz des gleißenden Lichtes die Augen zu öffnen. Ein vertrautes Gesicht tauchte über ihm auf, und er streckte schwach die Hand danach aus.

»Papa …«, flüsterte er.

»Nein, aber der nächstbeste Ersatz«, sagte sein Onkel Hal, der die tastende Hand fest ergriff und sich neben ihn setzte. »Was macht der Kopf?«

William schloss die Augen und versuchte, sich auf etwas anderes als den Schmerz zu konzentrieren.

»Nicht … so schlimm.«

»Das kannst du deiner Großmutter erzählen«, murmelte sein Onkel. Er legte William die Hand auf die Wange und drehte ihm den Kopf zur Seite. »Lass mich einmal sehen.«

»Lass mich noch etwas trinken«, brachte William heraus, und sein Onkel prustete leise und hielt ihm die Feldflasche wieder an die Lippen.

Als er das nächste Mal innehielt, um Luft zu holen, stellte sein Onkel die Feldflasche beiseite und erkundigte sich mit völlig normaler Stimme: »Meinst du, du kannst singen?«

Es verschwamm ihm vor den Augen; er sah seinen Onkel immer wieder doppelt, dann einmal, dann wieder doppelt. Er schloss ein Auge, und Onkel Hal kam zur Ruhe.

»Du willst, dass ich … *singe*?«, krächzte er.

»Nun, vielleicht ja nicht sofort«, sagte der Herzog. Er setzte sich aufrecht auf den Hocker und begann, eine Melodie zu pfeifen. »Erkennst du das?«, fragte er und brach ab.

»Lillibulero«, sagte William widerstrebend, der allmählich ernsthaft ungeduldig wurde. »Warum das alles, zum Kuckuck?«

»Kannte einmal jemanden, der einen Axthieb auf den Kopf bekommen hatte und dadurch das musikalische Gehör verlor. Konnte keine Töne mehr unterscheiden.« Hal beugte sich vor und hielt zwei Finger hoch. »Wie viele Finger sind das?«

»Zwei. Steck sie dir sonst wohin«, empfahl William ihm. »Und geh jetzt, ja? Ich muss mich übergeben.«

»Habe dir doch gesagt, du sollst nicht so schnell trinken.« Doch sein Onkel blieb, manövrierte ihm eine Schüssel unter das Gesicht und hielt ihm mit starker Hand den Kopf, während er würgte und hustete und ihm das Wasser aus der Nase schoss.

Als er wieder auf sein Kissen gesunken war – es *war* ein Kissen, er lag auf einem Feldbett –, war er wieder so weit bei Sinnen, dass er sich umschauen und feststellen konnte, dass er sich in einem Armeezelt befand – wahrscheinlich das Zelt seines Onkels, der abgenutzten Reisetruhe und dem Schwert nach, das darauf lag – und dass das gleißende Licht von der tief stehenden Nachmittagssonne kam, die durch den offenen Zelteingang strömte.

»Was ist passiert?«, fragte er und wischte sich mit dem Handrücken über den Mund.

»Was ist denn das Letzte, woran du dich erinnerst?«, entgegnete Onkel Hal und reichte ihm die Feldflasche.

»Dass … äh …« Sein Kopf war voller wirrer Bruchstücke. Das Letzte, woran er sich wirklich erinnerte, waren Jane und ihre Schwester, die ihn auslachten, während er mit nacktem Hintern im Bach stand. Er nippte Wasser und hob sich vorsichtig die Finger an den Kopf, der verbunden zu sein schien. Die Berührung schmerzte. »Dass ich mein Pferd zum Trinken an einen Bach geführt habe.«

Onkel Hal zog die Augenbraue hoch. »Man hat dich in einem Flussbett gefunden, in der Nähe eines Ortes namens Spottiswood oder so ähnlich. Von Knyphausens Männer haben dort eine Brücke verteidigt.«

William machte Anstalten, den Kopf zu schütteln, überlegte es sich jedoch anders und schloss die Augen zum Schutz vor dem Licht.

»Kann mich nicht daran erinnern.«

»Es wird dir schon wieder einfallen.« Sein Onkel hielt inne. »Erinnerst du dich zufällig noch, wo du deinen Vater zuletzt gesehen hast?«

William spürte, wie ihn eine unnatürliche Ruhe überkam. Es war ihm einfach vollkommen egal, sagte er sich. Es würde doch so oder so die ganze Welt erfahren.

»Welchen?«, erwiderte er ausdruckslos und öffnete die Augen. Sein Onkel betrachtete ihn neugierig, aber nicht sonderlich überrascht.

»Dann bist du Oberst Fraser also begegnet?«, fragte Hal.

»Ja«, sagte William knapp. »Seit wann weißt *du* es denn schon?«

»Mit Gewissheit seit ungefähr drei Sekunden«, erwiderte sein Onkel. Er löste den Lederkragen an seinem Hals und seufzte erleichtert. »Herrgott, ist das heiß.« Der Kragen hatte einen breiten roten Abdruck hinterlassen, den er mit halb geschlossenen Augen sanft massierte. »Was das Gefühl betrifft, dass deine Ähnlichkeit mit dem erwähnten Oberst Fraser etwas Bemerkenswertes an sich hatte … seit ich ihm vor ein paar Tagen in Philadelphia wiederbegegnet bin. Davor hatte ich ihn lange nicht mehr gesehen – zuletzt, als du noch sehr klein warst, und ich habe ihn damals ja nie in deiner Nähe erlebt oder überhaupt mit dir in Verbindung gebracht.«

»Oh.«

Eine Weile saßen sie schweigend da, während die Mücken und Fliegen vom Zeltdach abprallten und wie Schneeflocken auf Williams Bett fielen. Jetzt wurden ihm die Geräusche eines großen Lagers bewusst, und ihm kam der Gedanke, dass sie sich bei General Clinton befinden mussten.

»Ich wusste gar nicht, dass du bei Sir Henry bist«, sagte er schließlich, um das Schweigen zu brechen. Hal nickte und zog seine abgenutzte Silberflasche aus der Rocktasche, ehe er den Rock über die Reisetruhe warf.

»Das war ich auch nicht; ich war bei Cornwallis. Wir – also das Regiment – sind vor etwa zwei Wochen in New York eingetroffen. Ich bin nach Philadelphia gereist, um Henry und John zu sehen und Erkundigungen über Benjamin anzustellen. Ich bin gerade rechtzeitig gekommen, um die Stadt mit der Armee zu verlassen.«

»Ben. Was hat er denn getan, wonach du dich erkundigen musstest?«

»Offensichtlich hat er geheiratet, einen Sohn bekommen und die Dummheit besessen, sich von den Rebellen gefangen nehmen zu lassen«, erwiderte sein Onkel unbeschwert. »Dachte, er könnte vielleicht etwas Hilfe brauchen. Wenn ich dir einen Schluck abgebe, kannst du ihn bei dir behalten?«

William antwortete nicht, sondern griff nach der Flasche. Sie war mit gutem Brandy gefüllt; er roch vorsichtig daran, doch sein empfindlicher Magen schien keine Schwierigkeiten damit zu haben, und er wagte einen Schluck.

Onkel Hal beobachtete ihn eine Weile, ohne zu sprechen. Die Ähnlichkeit zwischen ihm und Lord John war beträchtlich, und sein Anblick löste ein merkwürdiges Gefühl in William aus – irgendwo zwischen Trost und Trotz.

»Deinen Vater«, sagte Hal kurz darauf, »oder meinen Bruder, wenn dir das lieber ist … weißt du noch, wann du ihn zuletzt gesehen hast?«

Der Trotz fing Feuer und verwandelte sich abrupt in Wut.

»Ja, verdammt. Am achtzehnten morgens. In seinem Haus. Mit meinem *anderen* Vater.«

Hal stieß ein leises Summgeräusch aus, um sein Interesse zu bekunden.

»Da hast du es herausgefunden?«

»Ja.«

»Hat John es dir gesagt?«

»Nein, verdammt!« Das Blut rauschte William ins Gesicht, und sein Kopf begann so unvermittelt zu pochen, dass ihm schwindelig wurde. »Wenn ich dem … dem Mann nicht plötzlich gegenübergestanden hätte, bezweifle ich, dass er es mir je erzählt hätte!«

Er schwankte mit einem Mal und streckte die Hand aus, um nicht umzukippen. Hal packte seine Schultern und legte ihn wieder auf das Kissen, wo er reglos mit zusammengebissenen Zähnen dalag und wartete, dass der Schmerz nachließ. Sein Onkel nahm ihm die Flasche aus der widerstandslosen Hand, setzte sich wieder und trank einen meditativen Schluck.

»Du hättest es schlimmer treffen können«, merkte sein Onkel einen Moment später an, »also, was deinen Erzeuger angeht.«

»Ach, wirklich?«, sagte William kalt.

»Zugegeben, er ist Schotte«, stellte der Herzog sachlich fest.

»Und ein Verräter.«

»Und ein Verräter«, pflichtete Hal ihm bei. »Verdammt guter Schwertkämpfer allerdings. Kennt sich mit Pferden aus.«

»Er war der verdammte *Stallknecht*, zum Kuckuck! Natürlich kennt er sich mit Pferden aus!« Aufs Neue entrüstet, fuhr William wieder hoch, trotz des Donners in seinen Schläfen. »Was zum Teufel soll ich nur tun?!«

Sein Onkel seufzte tief und steckte den Korken wieder in die Flasche.

»Ratschläge? Du bist zu alt, um sie erteilt zu bekommen, und zu jung, um sie anzunehmen.« Er sah William von der Seite an, sein Gesicht so sehr wie Papas. Schmaler, älter, und die dunklen Augenbrauen wurden schon borstig, doch mit dem gleichen wehmütigen Humor in den Augenwinkeln. »Schon daran gedacht, dir das Hirn wegzupusten?«

William blinzelte verblüfft.

»Nein.«

»Das ist gut. Denn es ist doch alles besser als das, oder?« Er stand auf und reckte sich stöhnend. »Gott, bin ich alt. Leg dich hin, William, und schlaf. Du kannst jetzt nicht denken.« Er öffnete die Laterne und blies sie aus, so dass sich warmes Zwielicht im Zelt ausbreitete.

Es raschelte, als er den Zelteingang weiter beiseiteschob, und das sengende Licht der untergehenden Sonne ließ die schlanke Gestalt des Herzogs im Gegenlicht erscheinen, als er sich umwandte.

»Du *bist* immer noch mein Neffe«, sagte er beiläufig. »Bezweifle zwar, dass dir das ein großer Trost ist, aber so ist es.«

81

BEI DEN GRABSTEINEN

Die Sonne stand tief und schien mir direkt in die Augen, doch die Verletzten waren so schnell gekommen, dass mir die Zeit gefehlt hatte, mit meiner Ausrüstung umzuziehen. Sie hatten den ganzen Tag gekämpft; es war auch jetzt nicht vorbei – ich konnte es hören, dicht in der Nähe, sah aber nichts, als ich den Blick hob und in das Gegenlicht blinzelte. Dennoch, die Schreie und das Knallen der Musketen und das, was ich für Granaten hielt – ich hatte noch nie eine Granate explodieren gehört, doch irgendetwas erzeugte eine Art unregelmäßiges *Poong!*, das ganz anders war als Kanonendonner oder das langsame Knattern der Musketen –, war so laut, dass es das Stöhnen und Weinen aus dem Schatten der Bäume und das unablässige Summen der Fliegen übertönte.

Ich schwankte vor Erschöpfung und Hitze, und die Schlacht war mir beinahe gleichgültig – jedenfalls bis ein junger Mann in Milizbraun angestolpert kam, dem das Blut aus einer tiefen Wunde auf der Stirn über das Gesicht lief. Ich hatte die Blutung schon gestillt und ihm das Gesicht halb abgewischt, ehe ich ihn erkannte.

»Korporal… Greenhow?«, fragte ich zweifelnd, und ein kleiner Stoß der Angst durchdrang den Nebel der Erschöpfung. Joshua Greenhow war in einer von Jamies Kompanien; ich war ihm schon begegnet.

»Ja, Ma'am.« Er versuchte, mir zuzunicken, doch ich hinderte ihn daran, indem ich fest gegen die Watte drückte, die ich ihm auf die Stirn gepresst hatte.

»Nicht bewegen. General Fraser – habt Ihr…« Mein Mund wurde trocken, und meine Zunge klebte fest. Ich griff automatisch nach meinem Becher, nur um festzustellen, dass er leer war.

»Es geht ihm gut, Ma'am«, versicherte mir der Korporal und streckte seinen langen Arm nach dem Tisch aus, auf dem meine Feldflasche lag. »Zumindest als ich ihn zuletzt gesehen habe, und das war vor nicht mehr als zehn Minuten.« Er goss Wasser in meinen Becher, schüttete es sich in den Mund, atmete einen Moment erleichtert durch und goss dann noch etwas ein, das er mir reichte.

»Danke.« Ich trank; es war so warm, dass es kaum als nass wahrzunehmen war, doch es löste mir die Zunge. »Sein Neffe – Ian Murray?«

Korporal Greenhow begann, den Kopf zu schütteln, hielt aber inne.

»Habe ihn seit dem Mittag nicht mehr gesehen, aber ich habe ihn auch nicht tot gesehen, Ma'am. Oh – Verzeihung, Ma'am. Ich meinte…«

»Ich weiß, was Ihr gemeint habt. Hier, haltet das fest und drückt es weiter an.« Ich legte seine Hand auf die Watte und fischte eine frische Nadel mit einem Seidenfaden aus dem Glas mit Alkohol. Meine Hände, die den ganzen Tag ruhig gewesen waren, zitterten ein wenig, und ich musste innehalten und kurz Atem holen. Nah. Jamie war so nah. Und irgendwo mitten in dem Kampf, den ich hören konnte.

Korporal Greenhow erzählte mir gerade etwas über den Verlauf des Kampfes, doch ich hatte Schwierigkeiten, ihm zu folgen. Irgendetwas darüber, dass man General Lee des Kommandos enthoben hatte und…

»Des Kommandos enthoben?«, entfuhr es mir. »Warum denn, zum Teufel?«

Meine heftige Reaktion schien ihn zu verblüffen, doch er antwortete bereitwillig.

»Oh, ich weiß es nicht genau, Ma'am. Es ging um irgendeinen Rückzug, den er nicht hätte anordnen sollen, aber dann kam General Washington angeritten und hat geflucht wie ein Rohrspatz – Verzeihung, Ma'am«, fügte er höflich hinzu. »Jedenfalls habe ich ihn *gesehen*! General Washington. Oh, Ma'am, es war so…« Er fand keine Worte, und ich reichte ihm mit der vorübergehend freien Hand die Wasserflasche.

»Jesus H. Roosevelt Christ«, murmelte ich. Waren die Amerikaner nun im Begriff zu gewinnen? Hielten sie die Stellung? Hatte der verflixte Charles Lee am Ende doch alles versaut – oder nicht?

Korporal Greenhow hatte meine Ausdrucksweise zum Glück nicht bemerkt, sondern blühte im Verlauf seines Berichtes auf wie eine Blume im Regen.

»Und so sind wir ihm geradewegs hinterhergeeilt, und er ist auf der Straße und dem Hügelkamm hin und her und hat gerufen und den Hut geschwenkt, und die ganzen Männer auf dem Rückzug … haben alle mit großen Augen aufgeblickt, und dann haben sie kehrtgemacht und sich uns angeschlossen, und die ganze Armee, wir … wir haben uns auf die verdammten Rotröcke *gestürzt* … oh, Ma'am, es war so *wunderbar*!«

»Wunderbar«, wiederholte ich pflichtschuldigst und fing einen Blutstropfen auf, der ihm ins Auge zu laufen drohte. Die Schatten der Grabsteine auf dem Kirchhof waren jetzt lang und violett, und die Fliegen summten mir in den Ohren, lauter als die Echos der Schüsse, die immer noch ertönten und sich jetzt dem zerbrechlichen Schutzwall der Toten näherten. Und mit ihnen näherte sich Jamie.

Herr, pass auf ihn auf!, betete ich in der Stille meines Herzens.

»Habt Ihr etwas gesagt, Ma'am?«

JAMIE RIEB sich mit dem blutdurchtränkten Ärmel über das Gesicht; die Wolle kratzte über seine Haut, und der Schweiß brannte ihm in den Augen. Es war eine Kirche, in die sie die Briten gejagt hatten – oder vielmehr ein Kirchhof. Männer liefen zwischen den Grabsteinen hindurch, übersprangen sie auf der Verfolgung mit großen Sätzen.

Doch die Briten hatten sich zur Gegenwehr gesammelt; ein Offizier formierte sie brüllend zu einer unebenen Linie, und das Prozedere begann, die Musketen auf den Boden, Rammstöcke gezogen …

»Feuer!«, brüllte er mit der letzten Kraft seiner gebrochenen Stimme. »Feuert auf sie! Schnell!«

Nur wenige seiner Männer hatten geladene Waffen, aber manchmal reichte ja eine. Hinter ihm erscholl ein Schuss, und der britische Offizier hörte auf zu brüllen und stolperte. Er hielt sich die Arme vor den Bauch, beugte sich vornüber und fiel auf die Knie, und jemand schoss noch einmal auf ihn. Er zuckte zurück und fiel zur Seite.

Gebrüll stieg von der britischen Formation auf, die sich blitzartig in einen Ansturm auflöste. Einige Männer hielten inne, um ihre Bajonette aufzupflanzen, andere schwangen ihre Musketen wie Knüppel. Die Amerikaner stießen blindwütig kreischend mit ihnen zusammen, mit Musketen und Fäusten. Ein Milizionär erreichte den gefallenen Offizier, packte ihn bei den Beinen und begann, ihn auf die Kirche zuzuschleifen, vielleicht, um ihn gefangen zu nehmen, vielleicht, damit man ihm helfen konnte …

Ein britischer Soldat warf sich auf den Amerikaner, der zurückstolperte und hinfiel, ohne jedoch den Offizier loszulassen. Jamie rannte, brüllte, versuchte, die Männer zu sammeln, doch es war zwecklos, sie hatten im Rausch des Kampfes jeden Verstand verloren – und was auch immer der Grund gewesen war, warum sie den britischen Offizier gepackt hatten, auch dieser zählte jetzt nicht mehr.

Ebenso erging es den führerlosen britischen Soldaten, von denen jetzt einige mit zwei Amerikanern ein groteskes Tauziehen um die Gliedmaßen des toten britischen Offiziers veranstalteten – er musste jetzt tot sein, wenn er nicht auf der Stelle gestorben war.

Angewidert lief Jamie auf sie zu, brüllte sie an, doch jetzt versagte ihm die Stimme ganz, so angestrengt und atemlos war er, und er begriff, dass er nicht mehr als leise Krächzlaute ausstieß. Er erreichte das Handgemenge, packte einen Soldaten bei der Schulter, um ihn zurückzuziehen, doch der Mann ging auf ihn los und hieb ihm mit der Faust in das Gesicht.

Der Fausthieb glitt an seinem Kinn ab, doch er verlor den Halt und wurde von jemandem beiseitegeschubst, der einen Teil des armen Offiziers zu packen versuchte.

Trommeln. Eine Trommel. In einiger Entfernung hämmerte jemand etwas Drängendes, einen Ruf zum Sammeln.

»Rückzug!«, rief jemand mit heiserer Stimme. »Rückzug!«

Es geschah etwas; eine kurze Pause – und plötzlich war alles anders, und die Amerikaner kamen an ihm vorbei, hastig, aber nicht länger panisch. Ein paar von ihnen trugen den toten britischen Offizier. Ja, definitiv tot; der Kopf des Mannes rollte hin und her wie der einer Stoffpuppe.

Gott sei Dank, dass sie ihn nicht über den Boden schleifen, war alles, was er denken konnte. Dann war Leutnant Bixby bei ihm, und das Blut lief ihm aus einem offenen Stück Kopfhaut über das Gesicht.

»Da seid Ihr ja, Sir!«, sagte er erleichtert. »Wir dachten schon, sie hätten Euch.« Er nahm Jamie respektvoll beim Arm und zog ihn hinter sich her. »Kommt mit, Sir, ja? Ich würde es diesen Mistkerlen zutrauen, dass sie zurückkommen.«

Jamie blickte in die Richtung, in die Bixby zeigte. Ja, die Briten zogen sich zurück, unter der Anleitung einiger Offiziere, die aus einer Masse von Rotröcken hervorgekommen waren, die sich ein Stück weiter sammelte. Sie machten zwar keine Anstalten, näher zu kommen, aber Bixby hatte recht; auf beiden Seiten fielen immer noch vereinzelte Schüsse. Er nickte und suchte in seiner Tasche nach seinem zweiten Halstuch, um es dem Mann für seine Verletzung zu geben.

Der Gedanke an Verletzungen brachte ihn auf Claire, und plötzlich fiel ihm wieder ein, was Denzell Hunter gesagt hatte – *Tennent Church, dort wird das Lazarett eingerichtet* –, war das hier die Tennent Church?

Er befand sich mit Bixby schon auf dem Rückweg zur Straße, blickte aber noch einmal zurück. Ja, die Männer, die den toten britischen Offizier hatten, trugen ihn in die Kirche, und an der Tür saßen Verletzte, noch mehr davon in der Nähe eines kleinen weißen … Gott, war das etwa Claires Zelt, war sie …

Er sah sie sofort, als hätte sein Gedanke sie herbeibeschworen, mitten im Freien. Sie stand aufrecht da und sah sich mit offenem Mund um, und kein

Wunder … neben ihr saß ein Kontinentalsoldat auf einem Hocker und hielt ein blutiges Tuch, und in einer Schüssel zu ihren Füßen lagen noch mehr solcher Tücher. Aber warum war sie hier draußen? Sie …

Und dann sah er, wie sie hochzuckte, sich die Hand an die Seite schlug und fiel.

EIN HAMMERSCHLAG traf mich in die Seite, so dass ich hochfuhr und mir die Nadel aus der Hand fiel. Ich spürte zwar nicht, wie ich fiel, doch ich lag auf dem Boden, ringsum blitzten schwarze und weiße Flecken auf, und meine rechte Seite strahlte Taubheit aus. Ich roch feuchte Erde und warmes Gras und Platanenlaub, durchdringend und angenehm.

Schock, dachte ich dumpf und öffnete den Mund, doch es kam nur ein trockenes Klicken aus meiner Kehle. *Was* … Die Taubheit des Aufpralls begann nachzulassen, und ich begriff, dass ich mich zusammengekrümmt hatte und den Unterarm automatisch vor den Bauch gepresst hielt. Ich roch Brandgeruch und frisches Blut, ganz frisch. *Ich bin also angeschossen worden.*

»Sassenach!«, hörte ich Jamie durch das Dröhnen in meinen Ohren brüllen. Er klang weit entfernt, doch das Entsetzen in seiner Stimme war nicht zu überhören. Es ängstigte mich nicht. Ich fühlte mich ganz ruhig.

»*Sassenach!*« Die Flecken hatten sich verdichtet. Ich blickte in einen schmalen Tunnel aus Licht und wirbelndem Schatten. An seinem Ende war das erschrockene Gesicht Korporal Greenhows, dem eine Nadel mitsamt Faden aus der halb genähten Wunde auf seiner Stirn hing.

FÜNFTER TEIL

KÖPFE ZÄHLEN

82

AUCH LEUTE, DIE IN DEN HIMMEL WOLLEN, MÖCHTEN NICHT STERBEN, UM DORTHIN ZU KOMMEN

Ich schwamm benommen an die Oberfläche des Bewusstseins und dachte: *Was war es noch, das Ernest Hemingway darüber gesagt hatte, dass man eigentlich doch vor Schmerzen ohnmächtig werden sollte, es aber nicht tut?* Ich hatte es zwar gerade getan, aber eigentlich hatte er recht; die Bewusstlosigkeit hatte nicht mehr als ein paar Sekunden gedauert. Ich lag zusammengekrümmt da, beide Hände gegen meine linke Seite gepresst, und ich konnte spüren, wie mir das Blut zwischen den Fingern aufquoll, heiß und kalt und klebrig, und alles begann jetzt zu schmerzen … sehr zu schmerzen …

»Sassenach! Claire!« Wieder schwamm ich aus dem Nebel hinaus, und es gelang mir, ein Auge zu öffnen. Jamie kniete neben mir. Er berührte mich, hatte seine Hände auf mir, doch ich konnte es nicht spüren …

Schweiß oder Blut oder irgendetwas lief mir brennend in die Augen. Ich konnte jemanden nach Luft schnappen hören, schnelles flaches keuchendes Atmen. *Ich oder Jamie?* Mir war kalt. *Mir sollte nicht kalt sein, es war doch heute brütend heiß …* Ich zitterte wie Gallert. Und es schmerzte. Sehr.

»Sassenach!«

Hände drehten mich um. Ich schrie. Versuchte es. Ich spürte, wie es an meiner Kehle zerrte, konnte es aber nicht hören, denn ein Dröhnen erfüllte meine Ohren. *Schock*, dachte ich. Ich konnte meine Gliedmaßen nicht spüren, meine Füße. Aber ich spürte, wie mir das Blut aus dem Körper wich.

Es schmerzte.

Der Schock lässt nach, dachte ich. *Oder wird er schlimmer?* Ich konnte die Schmerzen jetzt sehen, die mich durchzuckten wie schwarze Blitze, gezackt und sengend.

»Sassenach!«

»Was?«, quetschte ich hinter zusammengebissenen Zähnen heraus. »Auuhh!«

»Stirbst du?«

»Wahrscheinlich.«

Bauchschuss. Das Wort formte sich unangenehm in meinem Kopf, und ich hoffte vage, dass ich es nicht laut ausgesprochen hatte. Doch selbst wenn … Jamie konnte die Wunde ja wohl sehen …

Jemand versuchte, meine Hände fortzuziehen, und ich wehrte mich, um sie dort zu lassen, weiter Druck auszuüben, doch meine Arme hatten keine Kraft, und ich sah die eine Hand schlaff in der Luft hängen, als sie hochgehoben wurde, die Nägel schwarz mit Blut umrandet, die Finger in Scharlachrot getaucht, triefend. Jemand drehte mich auf den Rücken, und ich glaubte, dass ich wieder schrie.

Es schmerzte unaussprechlich. *Gallert. Aufprallstoß. Die Zellen in Fetzen und Brei zersprengt. Keine Funktion… Organversagen.*

Enge. Bekam keine Luft. Ein Rucken und jemand, der über mir fluchte. Meine Augen standen offen, ich sah Farben, doch die Luft war voller pulsierender Flecken.

Rufe. Reden.

Ich konnte nicht einatmen. Etwas engte mir die Mitte ein. *Was ist zerstört? Wie viel?*

Gott, es schmerzte. *Oh Gott.*

Jamie konnte den Blick nicht von Claires Gesicht abwenden; am Ende starb sie noch in der Sekunde, in der er fortblickte. Er suchte nach einem Halstuch, doch er hatte es Bixby gegeben, und verzweifelt packte er eine Falte ihres Rockes und presste sie ihr fest auf die Seite. Sie stieß ein grauenvolles Geräusch aus, und fast hätte er losgelassen, doch das Blut färbte den Boden unter ihr schon dunkel, und er drückte fester zu und schrie: »Hilfe! Helft mir, Rachel! Dottie!«

Doch es kam niemand, und als er es doch riskierte, sich den Bruchteil einer Sekunde umzuschauen, sah er nichts als Ansammlungen von Verwundeten und Toten unter den Bäumen und die flimmernden Gestalten von Soldaten, die teils im Laufschritt unterwegs waren, teils benommen zwischen den Grabsteinen umherwankten. Wenn die Mädchen in der Nähe gewesen waren, mussten sie zur Flucht getrieben worden sein, als das Scharmützel über den Kirchhof rollte.

Er spürte, wie ihm Claires Blut langsam über den Handrücken rann, und rief erneut, so angestrengt, dass seine trockene Kehle schmerzte. *Irgendjemand* musste ihn doch hören.

So war es auch. Er hörte Schritte über den Kies laufen und sah, wie Hauptmann Leckie leichenblass auf ihn zurannte und dabei mit einem Satz über einen Grabstein sprang.

»Angeschossen?«, fragte Leckie atemlos und ließ sich neben Jamie auf die Knie sinken. Jamie konnte nicht sprechen, nickte aber. Der Schweiß lief ihm über Gesicht und Wirbelsäule, doch seine Hände schienen an ihrem Körper erstarrt zu sein; er konnte sie nicht fortziehen, konnte nicht loslassen, bis Leckie, der einen von Claires Körben durchwühlte, ein dickes Stück Watte nahm und Jamies Hand fortriss, um es auf die Stelle zu drücken.

Der Arzt schubste ihn nun rücksichtslos beiseite, und Jamie krabbelte noch ein kleines Stück weiter, dann erhob er sich hilflos schwankend. Er konnte den Blick nicht von Claire abwenden, doch allmählich wurde ihm bewusst, dass sich eine Gruppe von Soldaten um ihn gesammelt hatte, die bestürzt von einem Bein auf das andere traten, ohne zu wissen, was sie tun sollten. Jamie holte krampfhaft Luft, packte den Mann, der ihm am nächsten stand, und schickte ihn schnellstens in die Kirche, um dringend Dr. Hunter zu suchen. Sie würde Denny wollen. Wenn sie überlebte, bis er kam …

»Sir! General Fraser!« Selbst als sein eigener Name gerufen wurde, wandte er den Blick nicht von dem Spektakel auf dem Boden ab: das Blut, so viel Blut, das ihre Kleider durchtränkte und sich in einer grausigen dunkelroten Pfütze sammelte, die Leckies Hose durchtränkte, während er über ihr kniete; ihr Haar, das nicht zusammengebunden war und sich wild über den Boden breitete, voller Gras und Laub, ihr Gesicht – oh Himmel, ihr Gesicht.

»Sir!« Jemand packte seinen Arm, um ihn mit Gewalt auf sich aufmerksam zu machen. Er rammte dem Fremden den Ellbogen in den Bauch, und der Mann grunzte überrascht auf und ließ los.

Geschwätziges Flüstern, Aufregung, Stimmen, als die Männer dem Neuankömmling sagten, dass es die Frau des Generals war, verletzt, angeschossen, tot oder kurz davor …

»Sie stirbt nicht!«, bellte er sie an und wandte sich um. Er hatte das dumpfe Gefühl, dass er wie ein Irrer aussehen musste; ihre geschwärzten Gesichter waren entsetzt. Bixby trat vor und berührte ihn sacht an der Schulter, als sei er eine Granate mit brennender Lunte, die in der nächsten Sekunde losgehen könnte. Vielleicht würde er das auch.

»Kann ich helfen, Sir?«, sagte Bixby leise.

»Nein«, brachte er heraus. »Ich … er …« Er deutete auf Leckie, der am Boden mit irgendwelchen Überlebensversuchen konzentriert an Claire zugange war.

»General«, sagte der Neuankömmling, der auf der anderen Seite neben ihm stand. Als er sich zur Seite wandte, sah er einen blau gekleideten Kontinentalsoldaten, ein sehr junger Mann mit einer viel zu weiten Leutnantsuniform, dessen Miene hartnäckigen Ernst ausdrückte. »Ich störe Euch ja nur ungern, Sir, aber da Eure Frau ja nicht stirbt …«

»Fort!«

Der Leutnant zuckte zwar zusammen, hielt aber die Stellung.

»Sir«, sagte er stur. »General Lee hat mir dringend aufgetragen, Euch zu suchen. Er verlangt, dass Ihr ihn augenblicklich aufsucht.«

»Lee kann uns mal«, sagte Bixby böse, so dass sich Jamie die Worte sparen konnte. Er näherte sich dem Neuankömmling mit geballten Fäusten.

Der Leutnant war ohnehin schon rot vor Hitze, aber jetzt verfärbte er sich noch mehr. Doch er ignorierte Bixby und richtete sein Augenmerk ganz auf Jamie.

»Ihr *müsst* kommen, Sir.«

STIMMEN … ICH HÖRTE WORTE, zusammenhanglos, wie Gewehrkugeln kamen sie aus dem Nebel, und hin und wieder trafen sie.

»… Denzell Hunter suchen!«
»General …«
»Nein!«
»… aber man braucht Euch in …«
»Nein!«
»… Befehl …«
»NEIN!«
Und eine andere Stimme, diesmal starr vor Angst.
»… könnte Euch als Verräter und Deserteur erschießen, Sir!«
Das zog meine wandernde Aufmerksamkeit auf sich, und ich hörte die Antwort klar und deutlich.
»Dann werden sie mich eben erschießen, wo ich stehe, Sir, denn ich werde ihr nicht von der Seite weichen!«
Gut, dachte ich und ließ mich getröstet wieder in die wirbelnde Leere sinken.

»ZIEH DEINEN ROCK und deine Weste aus, Junge«, sagte Jamie abrupt. Der Junge sah vollkommen verwirrt aus, tat aber – motiviert durch eine drohende Bewegung Bixbys –, was man von ihm verlangte. Jamie nahm ihn bei der Schulter, drehte ihn um und sagte: »Stillstehen, aye?«
Er bückte sich rasch, schöpfte eine Handvoll der grauenvollen Pfütze aus blutigem Schlamm, richtete sich wieder auf und schrieb dem Boten sorgfältig mit dem Finger auf den Rücken:
»Ich danke ab. J. Fraser.« Er holte aus, um den restlichen Schlamm von sich zu schleudern, setzte jedoch nach kurzem Zögern ein verschmiertes, widerstrebendes »Sir« oben über die Botschaft, dann klopfte er dem Jungen auf die Schulter.
»Geh zu General Lee und zeig ihm das«, befahl er. Der Leutnant wurde bleich.
»Der General ist schrecklich aufgebracht, Sir«, wandte er furchtsam ein. »Das kann ich nicht wagen.«
Jamie musterte ihn wortlos. Der Junge schluckte schwer, sagte: »Ja, Sir!«, schlüpfte in seine Kleidungsstücke und rannte mit offenen Knöpfen und flatternden Kleidern los.
Jamie wischte sich die Hände achtlos an der Hose ab und kniete sich wieder neben Doktor Leckie, der nur ein rasches Nicken für ihn übrig hatte. Der Arzt hielt mit beiden Händen ein Stück Watte und eine Handvoll Rock fest gegen Claires Seite gedrückt. Seine Hände waren rot bis zu den Ellbogen, und der Schweiß rann ihm über das Gesicht und tropfte ihm vom Kinn.
»Sassenach«, sagte Jamie leise. Er hatte Angst, sie zu berühren. Seine eigenen Kleider waren schweißnass, doch ihm war kalt bis ins Mark. »Kannst du mich hören, mein Herz?«
Sie hatte das Bewusstsein zurückerlangt, und das Herz stieg ihm in die Kehle. Ihre Augen waren geschlossen, fest geschlossen zu einer wilden Grimasse des Schmerzes und der Konzentration. Sie hörte ihn; die goldenen Augen öffneten

sich und hefteten sich auf ihn. Sie sagte nichts; ihr Atem zischte durch ihre zusammengebissenen Zähne. Doch sie sah ihn, dessen war er sich sicher – und ihre Augen waren weder abwesend, weil der Schock sie im Griff hatte, noch stumpf, weil sie im Sterben lag. Noch nicht.

Auch Doktor Leckie hatte den Blick gebannt auf ihr Gesicht gerichtet. Er atmete ebenfalls auf, und die Anspannung seiner Schultern ließ ein wenig nach, obwohl seine Hände weiter unvermindert zudrückten.

»Könnt Ihr mir mehr Watte besorgen, einen zusammengeballten Verband, irgendetwas?«, fragte er. »Ich *glaube*, die Blutung lässt nach.«

Claires Tasche lag offen ein Stückchen hinter Leckie. Jamie sprang mit einem Satz darauf zu, kippte den Inhalt auf den Boden und schnappte sich zwei Hände voll zusammengerollter Bandagen aus dem Durcheinander. Er hörte ein saugendes Geräusch, als Leckie die Hand von dem triefenden Stoffknäuel löste und nach dem frischen Verbandszeug griff.

»Vielleicht schneidet Ihr ihr das Mieder auf«, sagte der Arzt ruhig. »Ihr Korsett muss fort. Sie kann dann besser atmen.«

Jamie zog ungeschickt seinen Dolch, denn seine Hände zitterten vor Hast.

»*Binde* … es … auf!«, grunzte Claire und verzog krampfhaft das Gesicht.

Jamie grinste absurd, als er ihre Stimme hörte, und seine Hände wurden ruhiger. Sie glaubte also, dass sie ihre Miederschnüre noch brauchen würde. Er holte tief Luft und machte sich daran, den Knoten zu lösen. Ihre Korsettschnüre waren aus Leder und schweißnass wie immer – doch sie hatte einen einfachen Altweiberknoten gemacht, und er konnte ihn mit der Dolchspitze lösen.

Der Knoten öffnete sich, und er zerrte die Schnüre los und schob das Korsett weit auseinander. Ihr Busen erhob sich weiß, als sie nach Luft schnappte, und er empfand einen Moment der Verlegenheit, als er durch das schweißnasse Hemd sah, wie sich ihre Brustwarzen aufrichteten. Er hätte ihr gern die Blöße bedeckt.

Alles war voller schwarzer, summender Fliegen, die von dem Blut angezogen wurden. Leckie schüttelte den Kopf, um eins der Insekten zu vertreiben, das auf seiner Augenbraue gelandet war. Sie schwärmten auch Jamie um die Ohren, doch er störte sich nicht daran, sondern strich stattdessen die Tiere beiseite, die Claire über den Körper krochen, über ihr zuckendes, bleiches Gesicht, ihre Hände, halb gekrümmt und hilflos.

»Hier«, sagte Leckie, ergriff eine von Jamies Händen und drückte sie auf die frische Kompresse. »Fest anpressen!« Er setzte sich auf, griff nach einer anderen Verbandsrolle und wickelte sie auseinander. Keuchend gelang es ihnen, Claire, die grässlich aufstöhnte, so anzuheben, dass sie ihr die Binde um den Körper wickeln und die Kompresse so befestigen konnten.

»Gut.« Leckie schwankte einen Moment, dann erhob er sich umständlich. »Die Blutung ist weitenteils zum Stillstand gekommen – vorerst«, sagte er zu Jamie. »Ich komme zurück, wenn ich kann.« Er schluckte und blickte Claire direkt ins Gesicht, während er sich mit dem Ärmel über das Gesicht wischte. »Viel Glück, Ma'am.«

Und damit ging er einfach auf die offene Kirchtür zu, ohne sich umzusehen. Jamie spürte eine solche Wut in sich aufsteigen, dass er dem Mann gefolgt wäre und ihn zurückgeschleift hätte, wenn er Claire hätte verlassen können. Er hatte sie liegen gelassen – einfach so liegen gelassen, der Mistkerl! Allein, hilflos!

»Möge der Teufel deine Seele verspeisen und sie vorher ordentlich salzen, du Hure!«, rief er dem verschwundenen Arzt auf *Gaidhlig* nach. Überwältigt von Furcht und der schieren ohnmächtigen Rage sank er neben seiner Frau auf die Knie und hämmerte blindlings mit der Faust auf den Boden.

»Hast du … ihn gerade … Hure genannt?« Die fast amüsierten geflüsterten Worte ließen ihn die Augen öffnen.

»Sassenach!« Er krabbelte auf Händen auf seine Feldflasche zu, die er in dem Durcheinander aus ihrer Tasche verloren hatte. »Hier, lass mich dir Wasser geben.«

»Nein. Noch … nicht.« Es gelang ihr, halb die Hand zu heben, und er erstarrte, die Feldflasche in der Hand.

»Warum denn nicht?« Sie war grau wie verdorbener Hafer, glänzte vor Schweiß und zitterte wie Espenlaub. Er konnte *sehen*, wie ihre Lippen in der Hitze aufzuspringen begannen, zum Kuckuck.

»Ich … weiß es nicht.« Sie fuhr sich kurz mit der Zunge durch den Mund, ehe sie die nächsten Worte fand. »Weiß … nicht, wo es ist.« Die zitternde Hand berührte die Kompresse – auf der sich bereits ein Blutfleck bildete. »Wenn es … den … Darm perf… perf'riert hat. Wäre Wasser mein Tod. Sofort. Intestinal-sch-schock.«

Er setzte sich neben sie, langsam, schloss die Augen und atmete ein paar Sekunden konzentriert vor sich hin. In diesem Moment war alles verschwunden; die Kirche, die Schlacht, die Schreie und Rufe und das Rumpeln der Lafettenräder auf der Straße, die durch Freehold führte. Es gab nichts außer ihm und ihr, und er öffnete die Augen, um ihr ins Gesicht zu sehen, es sich für immer einzuprägen.

»Aye«, sagte er, so ruhig es seine Stimme zuließ. »Und wenn das der Fall ist … und es dich nicht auf der Stelle umbringt … ich habe schon Männer an Bauchschüssen sterben gesehen. Balnain ist so gestorben. Es ist zäh und furchtbar, und ich lasse nicht zu, dass du so stirbst, Claire. Ich lasse es nicht zu!«

Er meinte es tatsächlich ernst. Seine Hand drückte so fest auf die Feldflasche, dass das Blech eine Delle bekam. Wie konnte er ihr das Wasser geben, das sie möglicherweise vor seinen Augen umbringen würde … auf der Stelle?

Nicht jetzt, betete er. *Bitte, lass es nicht jetzt sein!*

»Ich bin … auf beides … nicht besonders versessen«, flüsterte sie nach einer langen Pause. Blinzelnd vertrieb sie eine grüne Fliege, die wie ein Smaragd schimmerte und an ihrem Auge gelandet war, um ihre Tränen zu trinken. »Ich brauche … Denny.« Leises Keuchen. »Schnell.«

»Er ist unterwegs«, sagte er und ließ sich wieder neben ihr auf die Knie sinken. Er konnte kaum atmen, und seine Hände schwebten über ihr, voller Angst, sie irgendwo zu berühren. »Denny ist unterwegs. Halte durch!«

Die Antwort darauf war ein leises Stöhnen – ihre Augen waren fest geschlossen, die Zähne zusammengebissen –, doch zumindest hatte sie ihn gehört. Weil er sich vage daran erinnerte, dass man Menschen zudecken muss, die unter Schock stehen, und ihnen die Füße anheben muss, zog er seinen Rock aus und legte ihn über sie, dann zog er seine Weste aus, rollte sie zusammen und schob sie ihr unter die Füße. Wenigstens bedeckte der Rock das Blut, das jetzt die ganze Seite ihres Kleides durchtränkte. Der Anblick machte ihm Todesangst.

Sie hatte beide Hände zu Fäusten geballt und fest auf ihre verletzte Seite gedrückt; er konnte ihr nicht die Hand halten. Er legte ihr die Hand auf die Schulter, damit sie wusste, dass er da war, schloss die Augen und betete mit Leib und Seele.

83

SONNENUNTERGANG

Die Sonne war fast versunken, und Denzell Hunter legte seine Messer zurecht. Süßer Maisschnaps hing schwer in der Luft; er hatte seine Instrumente hineingetaucht, und sie lagen feucht glänzend auf der sauberen Serviette, die Mrs. Macken auf die Anrichte gelegt hatte.

Die junge Mrs. Macken selbst drückte sich in der Tür herum, eine Hand vor den Mund gepresst, ihre Augen so groß wie die einer verängstigten Kuh. Jamie versuchte, ihr beruhigend zuzulächeln, doch was auch immer seine Miene ausdrückte, ein Lächeln war es wohl nicht, denn es schien sie nur noch mehr zu alarmieren, und sie zog sich in die Finsternis ihrer Vorratskammer zurück.

Alarmiert war sie wahrscheinlich ohnehin schon den ganzen Tag, so wie jeder andere Bewohner des Dorfes Freehold auch; sie war hochschwanger, und ihr Mann kämpfte bei den Kontinentaltruppen. Alarmierter noch, seit Jamie vor einer Stunde an ihre Tür gehämmert hatte. Davor hatte er schon auf sechs andere Türen eingeprügelt. Sie war die Erste, die darauf reagiert hatte, und als schlechten Lohn für ihre Gastfreundschaft hatte sie jetzt eine schwer verletzte Frau auf ihrem Küchentisch liegen, die Blut verlor wie ein frisch erlegtes Stück Rotwild.

Dieses Bild, was da plötzlich in seinem Kopf auftauchte, bestürzte ihn noch mehr – Mrs. Macken war wahrhaftig nicht die Einzige im Haus, die von den Ereignissen erschüttert war –, und er trat näher an Claire heran und nahm ihre Hand, mindestens so sehr zu seiner Beruhigung wie zu der ihren.

»Wie ist es, Sassenach?«, sagte er leise.

»Verdammt furchtbar«, erwiderte sie heiser und biss sich auf die Lippe, um nicht noch mehr zu sagen.

»Solltest du nicht besser einen kleinen Schluck trinken?« Er ging zur Anrichte, um die Flasche mit dem Maisschnaps zu holen, doch sie schüttelte den Kopf.

»Noch nicht. Ich *glaube* zwar nicht, dass der Darm getroffen ist – aber ich möchte lieber an Blutverlust als an Sepsis oder Schock sterben, wenn ich mich irre.«

Er drückte ihr die Hand. Sie war kalt, und er hoffte, dass sie weiterreden würde, obwohl er doch wusste, dass er sie nicht zum Reden bringen sollte. Sie würde all ihre Kraft brauchen. Er versuchte mit aller Macht, etwas von seiner eigenen Kraft auf sie zu übertragen, ohne ihr weh zu tun.

Die Tür öffnete sich, und Mrs. Macken betrat vorsichtig erneut das Zimmer. Sie brachte einen Kerzenhalter mit einer frischen Wachskerze; er konnte das süße Bienenwachs riechen, und der Honigduft erinnerte ihn an John Grey. Er fragte sich flüchtig, ob Grey es wohl bis zu den britischen Linien geschafft hatte, doch eigentlich galt seine Aufmerksamkeit ganz allein Claire.

Just in diesem Moment bedauerte er heftig, dass er je etwas dagegen gehabt hatte, dass sie Äther herstellte. Er hätte alles gegeben, was er besaß, um ihr das bewusste Erleben der nächsten halben Stunde zu ersparen.

Die sinkende Sonne tauchte das Zimmer in Gold und ließ das Blut, das ihre Verbände tränkte, dunkel aussehen.

»PASS JA AUF, dass du dich konzentrierst, wenn du ein scharfes Messer benutzt«, sagte ich schwach. »Sonst verlierst du noch einen Finger. Meine Oma hat das immer gesagt und meine Mutter auch.«

Meine Mutter war gestorben, als ich fünf war, meine Oma ein paar Jahre später – doch ich hatte sie nicht oft gesehen, da Onkel Lamb mindestens die Hälfte seiner Zeit auf archäologischen Expeditionen rund um die Welt verbrachte und mich dabei im Gepäck hatte.

»Hast du denn als Kind oft mit scharfen Messern gespielt?«, fragte Denny. Er lächelte, obwohl sein Blick dabei fest auf das Skalpell gerichtet blieb, das er sorgfältig an einem kleinen Wetzstein schliff. Ich konnte das Öl des Wetzsteins riechen, ein sanfter, dumpfer Geruch unter der Schärfe des Blutes und dem Harzgeruch der unbehandelten Deckenbalken, die über uns in der Hitze buken.

»Andauernd«, hauchte ich und änderte meine Lage, so langsam ich konnte. Ich biss mir fest auf die Unterlippe, und es gelang mir, meinem Rücken Entspannung zu verschaffen, ohne laut aufzustöhnen. Jamies Knöchel wurden jedes Mal weiß, wenn ich das tat.

Im Moment stand er am Fenster und klammerte sich an die Fensterbank, während er hinausschaute.

Ihn dort zu sehen, die breiten Schultern im Gegenlicht der untergehenden Sonne, rief mir plötzlich eine Erinnerung ins Gedächtnis, überraschend scharf. Oder vielmehr Erinnerungen, denn das Erlebte kehrte in einem Schwall zurück, und ich sah Jamie, starr vor Angst und Schmerz, die schmale, schwarze Gestalt Malva Christies, die sich an ihn lehnte – und erinnerte mich daran, dass ich sowohl ein vages Gefühl der Beleidigung als auch immensen Frieden empfunden hatte, als ich begann, auf den Flügeln des Fiebers meinen Körper zu verlassen.

Ich schüttelte die Erinnerung augenblicklich ab, denn es machte mir Angst, auch nur an diesen verlockenden Frieden zu denken. Diese Angst war beruhigend; ich war dem Tod noch nicht so nah, dass ich mich von ihm angezogen fühlte.

»Ich bin sicher, dass die Kugel durch die Leber gegangen ist«, sagte ich zu Denny und biss die Zähne aufeinander. »So viel Blut…«

»Ich bin sicher, dass du recht hast«, sagte er und drückte sacht gegen meine Seite. »Die Leber ist eine große, dicht mit Gefäßen durchzogene Gewebemasse«, fügte er hinzu, was an Jamie gerichtet war, der sich nicht vom Fenster abwandte, sondern schützend die Schultern hochzog, um gegen weitere grauenvolle Nachrichten gewappnet zu sein.

»Aber das Exzellente an einer Leberverletzung«, fügte Denny fröhlich hinzu, »ist, dass die Leber sich im Unterschied zu den anderen Organen des Körpers wieder regeneriert – das sagt mir zumindest deine Frau.«

Jamie warf mir einen kurzen, gehetzten Blick zu und schaute dann wieder wortlos zum Fenster hinaus. Ich atmete, so flach ich konnte, während ich versuchte, den Schmerz zu ignorieren, und noch angestrengter versuchte, nicht über das nachzudenken, was Denny jetzt tun würde und musste.

Diese kleine Übung in Selbstdisziplin dauerte etwa drei Sekunden. Wenn wir alle Glück hatten, würde es unkompliziert sein und schnell gehen. Er musste die Eintrittswunde so weit vergrößern, dass er sehen konnte, welche Richtung die Kugel genommen hatte, und dann eine Sonde einführen, in der Hoffnung, die Kugel zu finden, ohne dass er danach stochern musste. Dann rasch – so konnte ich nur hoffen – diejenige seiner Pinzetten einführen, die er für die am besten geeignete hielt. Er hatte drei in diversen Längen, dazu eine Greifzange – gut, um einen runden Gegenstand zu packen, doch die Klemmbacken waren viel größer als die Spitzen einer Pinzette und würden eine stärkere Blutung verursachen.

Wenn es nicht einfach war oder schnell ging, würde ich sehr wahrscheinlich vor Ablauf der nächsten halben Stunde tot sein. Das, was Denny zu Jamie gesagt hatte, war absolut korrekt; die Leber ist dicht von Gefäßen durchzogen, ein enormer Schwamm aus kleinen Äderchen, die von großen Gefäßen wie der Pfortader gekreuzt wurden. Das war der Grund, warum die Wunde so alarmierend geblutet hatte, obwohl sie oberflächlich klein war. Es war keines der großen Gefäße verletzt – noch nicht –, denn sonst wäre ich innerhalb von Minuten verblutet.

Ich versuchte, flach zu atmen, weil es so schmerzte, doch ich verspürte das überwältigende Bedürfnis, tief und kräftig Luft zu holen; ich brauchte Sauerstoff, weil ich so viel Blut verloren hatte.

Sally huschte mir durch den Kopf, und ich benutzte den Gedanken an sie, um mich abzulenken. Sie hatte die Amputation überlebt, schreiend trotz des Lederknebels in ihrem Mund, während Gabriel – ja, Gabriel, das war der Name des jungen Mannes, der sie begleitete – mit weißen Augen wie ein verängstigtes Pferd darum kämpfte, sie ruhig zu halten und dabei nicht selbst ohnmächtig zu werden. Sie *war* zum Glück gegen Ende ohnmächtig geworden – *so viel dazu, Ernest*, dachte ich benommen –, und ich hatte sie beide in Rachels Obhut zurückgelassen.

»Wo ist Rachel, Denny?«, fragte ich, weil sie mir plötzlich einfiel. Ich hatte zwar den Eindruck, sie kurz auf dem Kirchhof gesehen zu haben, nachdem ich getroffen worden war, doch ich wusste nichts von dem, was in diesem Strudel aus Schwarz und Weiß geschehen war, mit Gewissheit.

Dennys Hand hielt einen Moment inne, und sein Kautereisen schwebte über einem kleinen Kohlebecken, das qualmend am Ende der Anrichte stand.

»Sie ist auf der Suche nach Ian, glaube ich«, sagte er leise und legte das Eisen ganz sacht in das Feuer. »Bist du bereit, Claire?«

Ian, dachte ich. *Oh Gott. Er ist noch nicht zurück.*

»So bereit wie nur möglich«, brachte ich heraus und bildete mir jetzt schon den Gestank verbrannten Fleisches ein. *Meines* verbrannten Fleisches.

Wenn die Kugel in der Nähe eines der großen Blutgefäße saß, war es möglich, dass Dennys Umhertasten es zum Platzen brachte und ich innerlich verblutete. Das Kauterisieren konnte dazu führen, dass ich plötzlich in einen Schockzustand geriet und ohne Vorwarnung starb. Am wahrscheinlichsten jedoch würde ich zwar die Operation überleben, dann aber an einer Infektion sterben. Tröstender Gedanke … Zumindest würde mir in diesem Fall Zeit bleiben, einen kurzen Brief an Brianna zu schreiben … und vielleicht Jamie zu warnen, beim nächsten Mal besser aufzupassen, wen er heiratete.

»Halt«, sagte Jamie. Er hob zwar die Stimme nicht, doch sie klang so drängend, dass Denny erstarrte.

Ich schloss die Augen, legte meine Hand vorsichtig auf den Verband und versuchte, mir vorzustellen, wo die verdammte Kugel wohl sein könnte. Saß sie *nur* in der Leber, oder war sie ganz hindurchgegangen? Doch meine ganze rechte Seite war so quälend zugeschwollen, dass ich keine einzelne brennende Spur aus Schmerz ausmachen konnte, die zu der Kugel führte.

»Was ist, Jamie?«, fragte Denny, der es jetzt eilig hatte, zur Sache zu kommen.

»Deine Verlobte«, sagte Jamie und klang verwundert, »kommt mit einem Trupp Soldaten die Straße herauf.«

»Meinst du, sie steht unter Arrest?«, fragte Denny, der sich große Mühe gab, Ruhe vorzutäuschen. Doch ich sah das leichte Zittern seiner Hand, als er nach einer Leinenserviette griff.

»Ich glaube nicht«, sagte Jamie skeptisch. »Sie unterhält sich lachend mit ihnen.«

Denny nahm seine Brille ab und wischte sie sorgfältig klar.

»Dorothea ist eine Grey«, sagte er. »Ein jedes Mitglied ihrer Familie würde noch am Galgen innehalten, um eine kleine Scharfsinnigkeit mit dem Henker auszutauschen, ehe es gnädigerweise mit eigener Hand den Kopf in die Schlinge steckt.«

Das entsprach so sehr der Wahrheit, dass ich lachen musste, obwohl mir der Humor durch den brennenden Schmerz verging, der mir den Atem raubte. Jamie sah mich scharf an, doch ich winkte mit einer schwachen Handbewegung ab, und er ging zur Tür, um sie zu öffnen.

Dorothea kam herein, drehte sich, um zurückzuwinken und sich von ihrer Eskorte zu verabschieden, und ich hörte Denny erleichtert seufzen, während er seine Brille wieder aufsetzte.

»Oh, gut«, sagte sie und trat zu ihm, um ihm einen Kuss zu geben. »Ich hatte gehofft, dass ihr noch nicht angefangen habt. Ich habe ein paar Dinge mitgebracht. Mrs. Fraser… Claire, wie geht es dir?« Sie stellte den großen Korb ab, den sie dabeihatte, und kam sogleich an den Tisch, auf dem ich lag, um meine Hand zu nehmen und mich mit ihren großen blauen Augen mitfühlend anzusehen.

»Es ging mir schon besser«, brachte ich heraus und bemühte mich, nicht mit den Zähnen zu knirschen. Mir war klamm und übel.

»General La Fayette war sehr bestürzt zu erfahren, dass dir etwas zugestoßen ist«, sagte sie. »Er hat all seinen Adjutanten aufgetragen, den Rosenkranz für dich zu beten.«

»Wie freundlich«, sagte ich und meinte es ernst, doch ich hoffte sehr, dass der Marquis mir keinen komplizierten Gruß übersandt hatte, auf den ich eine Antwort formulieren musste. Jetzt, da ich es so weit geschafft hatte, wollte ich die verflixte Prozedur einfach nur hinter mich bringen, ganz gleich, was geschah.

»Und er schickt dir das«, sagte sie mit großer Genugtuung im Blick, als sie eine kantige grüne Glasflasche hochhielt. »Ich glaube, das hättest du vorher gern, Denny.«

»Was…«, begann Denny und griff nach der Flasche, doch Dorothea hatte den Korken gezogen, und der süße Hustensirupduft des Sherrys stieg heraus – und dazu ein unverwechselbarer Kräuterduft irgendwo zwischen Kampfer und Salbei.

»Laudanum«, sagte Jamie, und sein Gesicht nahm einen derart verblüffenden Ausdruck der Erleichterung an, dass mir erst jetzt klar wurde, welche Angst er um mich gehabt hatte. »Gott segne dich, Dottie!«

»Mir kam der Gedanke, dass Freund Gilbert vielleicht das eine oder andere Nützliche dabeihaben könnte«, sagte sie bescheiden. »Alle Franzosen, die ich kenne, machen sich furchterregende Gedanken um ihre Gesundheit und haben riesige Sammlungen von Tränken, Pastillen und Klistieren. Also habe ich gefragt.«

Jamie hatte mir schon den Arm unter den Rücken geschoben, mich halb zum Sitzen aufgerichtet und mir die Flasche an die Lippen gehoben, ehe ich selbst danke sagen konnte.

»Warte, ja?«, sagte ich gereizt und hielt die Hand über den offenen Flaschenhals. »Ich habe doch keine Ahnung, wie stark es ist. Du hilfst mir gewiss nicht, wenn du mich mit Opium umbringst.«

Es kostete mich einiges, das zu sagen; mein Instinkt drängte mich, die Flasche einfach zu leeren, wenn es nur den gemeinen Schmerzen ein Ende setzte. Dieser schwachsinnige Spartaner, der sich von einem Fuchs anfressen ließ, war gar nichts gegen mich. Doch vor allem wollte ich nicht sterben, weder durch die Schussverletzung noch durch Fieber oder durch ein medizinisches Missgeschick. Und so borgte sich Dottie einen Löffel von Mrs. Macken, die von grausiger Faszination gefesselt von der Tür aus zusah, wie ich zwei Löffel voll einnahm und dann eine endlose Viertelstunde wartete, um die Wirkung zu beurteilen.

»Der Marquis schickt dir alle möglichen Delikatessen zur schnelleren Gesundung«, sagte Dottie ermutigend. Sie wandte sich dem Korb zu und begann zur Ablenkung, diverse Dinge herauszuholen. »Rebhuhn in Aspik, Pilz*paté*, ein *grässlich* riechender Käse und …«

Mein plötzlicher Brechreiz ließ genauso plötzlich wieder nach, und ich setzte mich halb auf, so dass Jamie einen Alarmruf ausstieß und mich bei den Schultern packte. Das war mein Glück, denn sonst wäre ich auf dem Boden gelandet. Doch ich achtete gar nicht darauf, denn meine Aufmerksamkeit war ganz auf Dotties Korb gerichtet.

»Roquefort?«, sagte ich drängend. »Ist es Roquefortkäse? Gräulich und grün und blau geädert?«

»Das weiß ich nicht«, sagte sie, verblüfft über meine heftige Reaktion. Sie hob mit spitzen Fingern ein in Stoff gewickeltes Päckchen aus dem Korb und hielt es mir vorsichtig hin. Der Geruch, der mir entgegenwehte, reichte, und ich ließ mich – ganz langsam – entspannt zurücksinken.

»Gut«, hauchte ich. »Denzell – wenn du fertig bist … pack den Käse auf die Wunde!«

Sosehr er auch an mich und die für ihn manchmal seltsamen Anweisungen gewöhnt war, bei diesen Worten klappte Denny der Mund vor Verblüffung auf. Er ließ den Blick von mir zu dem Käse schweifen und dachte unübersehbar, dass mich das Fieber wohl mit ungewöhnlicher Schnelligkeit und Heftigkeit überkommen haben musste.

»Penizillin«, erklärte ich und wies schluckend mit der Hand auf den Käse. Mein Mund fühlte sich durch das Laudanum klebrig an. »Der Pilz, der diesen Käse entstehen lässt, ist eine *Penicillium*spezies. Nimm das Material aus den Adern.«

Denny machte den Mund zu und nickte entschlossen.

»Das werde ich. Aber wir müssen bald anfangen, Claire. Das Licht lässt nach.«

Das Licht *ließ* nach, und die Atmosphäre im Zimmer war beinahe greifbar drängend. Doch Mrs. Macken holte vorsichtshalber noch ein paar Kerzen, und Denny versicherte mir, dass es eine einfache Operation war; es würde bei Kerzenschein genauso gut gehen.

Mehr Laudanum. Allmählich spürte ich es; ein nicht unangenehmes Gefühl der Benommenheit, und ich bat Jamie, mich wieder hinzulegen. Die Schmerzen ließen definitiv nach.

»Gib mir noch etwas«, sagte ich, und meine Stimme schien nicht mehr zu mir zu gehören.

Ich holte Luft, so tief ich konnte, und brachte mich in eine gute Lage. Ich schob mir ein zusammengerolltes Handtuch unter die rechte Seite, um die verletzte Stelle etwas anzuheben, und blickte angewidert auf den Lederknebel, der neben mir lag. Irgendjemand – vielleicht Dr. Leckie – hatte mir irgendwann das Hemd an der Seite aufgeschlitzt. Ich breitete die Öffnung weit auseinander und streckte Jamie die Hand entgegen.

Die Schatten zwischen den rauchfleckigen Deckenbalken nahmen zu. Das Herdfeuer war heruntergebrannt, glomm aber noch, und die Glut begann sich rot in der Steinplatte vor dem Kamin zu spiegeln. In meinem betäubten Zustand zu den flackernden Deckenbalken aufzublicken erinnerte mich zu sehr an damals, als ich fast an einer bakteriellen Vergiftung gestorben wäre, und ich schloss die Augen.

Jamie hielt meine rechte Hand, die leicht gekrümmt auf meiner Brust lag, und seine andere Hand glättete mir sanft das Haar und strich mir die feuchten Strähnen aus dem Gesicht.

»Besser, *a nighean*?«, flüsterte er, und ich nickte – zumindest dachte ich das. Mrs. Macken richtete eine gemurmelte Frage an Dottie, bekam eine Antwort und ging hinaus. Der Schmerz war zwar noch da, doch jetzt war er fern; ein kleines flackerndes Feuer, das ich aussperren konnte, wenn ich die Augen schloss. Das Pochen meines Herzschlags war mir näher, und allmählich kamen mir … nun, nicht ganz Halluzinationen. Aber es waren zusammenhanglose Bilder – die Gesichter von Fremden, die hinter meinen Augen auftauchten und wieder verschwanden. Einige sahen mich an, andere schienen mich nicht zu bemerken; sie lächelten, höhnten und grinsten, doch eigentlich hatten sie nichts mit mir zu tun.

»Noch einmal, Sassenach«, flüsterte Jamie, hob meinen Kopf und hielt mir den Löffel an die Lippen, klebrig von Sherry und bitter schmeckendem Opium. »Einen noch.« Ich schluckte und legte mich zurück. Wenn ich starb, würde ich meine Mutter wiedersehen?, fragte ich mich und empfand eine solch plötzliche Sehnsucht nach ihr, dass mich deren Intensität schockierte.

Ich versuchte, mir ihr Gesicht vorzustellen, sie aus der dahintreibenden Schar der Fremden herauszulösen, als mir meine Gedanken entglitten und ich in ein dunkles, dunkles Blau davonzudriften begann.

»Verlass mich nicht, Claire«, flüsterte Jamie dicht an meinem Ohr. »Diesmal flehe ich darum. Geh nicht von mir. Bitte.« Ich konnte die Wärme seines Gesichts spüren, das Leuchten seines Atems auf meiner Wange sehen, obwohl meine Augen geschlossen waren.

»Das tue ich nicht«, sagte ich – oder ich dachte, dass ich es sagte – und ging. Mein letzter klarer Gedanke war, dass ich vergessen hatte, ihm zu sagen, dass er keine Idiotin heiraten sollte.

DER HIMMEL IM FREIEN war Lavendel, und Claires Haut war in Gold getaucht. Sechs Kerzen brannten im Zimmer verteilt, die Flammen groß und reglos in der schweren Luft.

Jamie stand an ihrem Kopf, eine Hand auf ihrer Schulter, als könnte er ihr Beistand spenden. In Wirklichkeit war es das Wissen, dass sie unter seiner Hand lebendig war, das ihn auf den Beinen hielt.

Denny stieß unter seiner Räubermaske einen kleinen Laut der Genugtuung aus, und Jamie sah, wie sich der Muskel seines entblößten Unterarms anspannte, als er Claire das Instrument langsam aus dem Körper zog. Aus der Wunde strömte Blut, und Jamie spannte sich an wie eine Katze, bereit, mit einer Kompresse zu Hilfe zu eilen, doch es folgte kein weiterer Strahl, und das Blut tröpfelte nur noch, dann ein letzter kleiner Strom, als die Klemmbacken des Instrumentes zum Vorschein kamen. Dazwischen steckte etwas Dunkles.

Denny ließ die Kugel in seine Handfläche fallen und blinzelte sie an, dann stieß er einen gereizten Laut aus; seine Brille war beschlagen, so sehr hatte er vor Anstrengung geschwitzt. Jamie riss sie dem Quäker von der Nase und rieb sie hastig an seinem Hemdschoß blank, dann setzte er sie Hunter wieder auf, ehe dieser zweimal die Augen zukneifen konnte.

»Ich danke dir«, sagte Denny ruhig und richtete sein Augenmerk wieder auf die Musketenkugel. Er wendete sie vorsichtig und atmete hörbar auf.

»Vollständig«, sagte er. »Gott sei Dank.«

»*Deo gratias*«, wiederholte Jamie aus tiefstem Herzen und streckte die Hand aus. »Darf ich sie einmal sehen?«

Hunter zog zwar die Augenbrauen hoch, doch er ließ die Kugel in Jamies Hand fallen. Sie war erstaunlich warm, warm von ihrem Körper. Wärmer noch als die Luft oder Jamies ebenfalls verschwitzte Haut, und das Gefühl ließ ihn die Faust darum schließen. Er warf einen verstohlenen Blick auf Claires Brust; sie hob und senkte sich, wenn auch mit alarmierender Langsamkeit. Beinahe genauso langsam öffnete er die Hand.

»Wonach suchst du, Jamie?«, fragte Denny und hielt inne, um seine Hakensonde neu zu sterilisieren.

»Ritzen. Ein Schlitz, ein Kreuz … irgendein Anzeichen dafür, dass die Kugel manipuliert wurde.« Er drehte die Kugel sorgfältig zwischen den Fingern hin und her, dann entspannte er sich, und ein kleiner Stoß der Dankbarkeit ließ ihn noch einmal »*deo gratias*« murmeln.

»Manipuliert?« Denny hatte zwei senkrechte Falten zwischen den Augenbrauen, die sich jetzt vertieften, als er aufblickte. »Du meinst, damit die Kugel zersplittert?«

»Das – oder schlimmer. Manchmal reibt jemand etwas in die Ritzen – Gift zum Beispiel oder … oder Kot. Nur für den Fall, dass die Wunde selbst nicht tödlich ist, aye?«

Hunter war schockiert; seine entsetzte Miene war auch unter dem schützenden Taschentuch deutlich zu erkennen.

»Wenn man jemanden töten will, will man ihm ja nichts Gutes«, sagte Jamie trocken.

»Ja, aber …« Hunter senkte den Blick und legte sein Instrument vorsichtig auf das Handtuch, als wäre es aus Porzellan, nicht aus Metall. Sein Atem ließ das Taschentuch vor seinem Mund flattern. »Aber es ist doch wohl eine Sache, in der Schlacht zu töten, auf einen Feind zu schießen, wenn es um das eigene Leben geht … und kaltblütig zu beabsichtigen, dass der Feind einen schrecklichen, langsamen Tod sterben soll.«

Claire stöhnte markerschütternd auf und zuckte unter seinen Händen, als Denny vorsichtig auf die Wundränder drückte. Jamie fasste sie bei den Ellbogen, um zu verhindern, dass sie sich umdrehte. Denny griff noch einmal nach der Pinzette.

»Du würdest es aber nicht tun«, sagte Hunter mit Gewissheit. Sein Blick war ganz auf sein Vortasten konzentriert, und er hielt eine Kompresse unter die Wunde, um das langsam heraustropfende Blut aufzufangen. Jamie spürte den Verlust jedes einzelnen Tropfens, als liefe er ihm selbst aus den Adern, und ihm war kalt; wie viel konnte sie verlieren und trotzdem weiterleben?

»Nein. So etwas wäre feige.« Doch seine Worte kamen mechanisch, beinahe abwesend. Sie war erschlafft, er sah, wie sich ihre Finger lösten, und blickte ihr ins Gesicht, auf den Hals, suchte nach einem sichtbaren Puls. Er spürte es in seinem Daumen schlagen, dort, wo er gegen den Knochen ihres Arms drückte, doch er konnte nicht sagen, ob es ihr Herz war, das dort schlug, oder das seine.

Dennys Atem war ihm deutlich bewusst, hörbar hinter der Maske. Es gab eine kurze Pause, und Jamie hob den Blick von Claires Gesicht und sah die Konzentration des Quäkers, als er das Instrument ein weiteres Mal hervorzog – diesmal um einen kleinen, nicht identifizierbaren Klumpen geklammert. Denny öffnete die Pinzette und ließ den Klumpen auf das Handtuch fallen, dann benutzte er das Instrument, um ihn zu wenden und zu versuchen, ihn auszubreiten. Jamie sah, wie sich winzige dunkle Fädchen aufrichteten, als das Blut das Handtuch mit einem leuchtend roten Fleck tränkte. Stoff.

»Was meinst du?«, fragte ihn Denny und sah den Gegenstand stirnrunzelnd an. »Ist es von ihrem Hemd oder dem … dem Mieder … oder von ihrem Korsett? Dem Loch in ihrem Korsett nach würde ich sagen …«

Jamie grub hastig in seinem Sporran, zog den kleinen Seidenbeutel hervor, in dem er seine Lesebrille aufbewahrte, und setzte sie auf.

»Es sind mindestens zwei verschiedene Stücke«, verkündete er nach nervöser Betrachtung. »Leinen aus dem Korsett und ein leichteres Stoffstück. Siehst du?« Er nahm eine Sonde und schob die Fragmente vorsichtig auseinander. »Ich glaube, das eine Stück ist ihr Hemd.«

Denny blickte auf den traurigen Berg blutiger Kleider am Boden, und Jamie, der sofort begriff, was er wollte, griff hinein, suchte und zog die Überreste ihres Kleides hervor.

»Das Loch ist sauber«, sagte Denny mit einem Blick auf den Stoff, den Jamie auf dem Tisch ausbreitete. »Vielleicht ...« Er ergriff die Pinzette und wandte sich zurück, ohne seinen Satz zu beenden.

Noch einmal tastete er sich vor, tiefer, und Jamie biss die Zähne zusammen, um keinen Protestlaut auszustoßen. *Die Leber ist so stark durchblutet ...*, hatte sie gesagt, als sie mit Denny besprach, was er zu tun hatte. *Das Risiko zu verbluten ...*

»Ich weiß«, murmelte Denny, ohne aufzublicken. Der Schweiß hatte ihm das Taschentuch an das Gesicht geklebt, so dass sich Nase und Lippen abmalten und seine Worte sichtbar waren. »Ich bin ... ganz vorsichtig.«

»Ich weiß«, sagte Jamie, jedoch so leise, dass er nicht wusste, ob ihn Hunter gehört hatte. *Bitte. Bitte lass sie leben. Selige Mutter, rette sie ... rettesie, rettesie, rettesie ...* Seine Worte liefen ineinander, und er war sich ihrer nicht länger bewusst, wusste nur noch, dass er verzweifelt flehte.

Der rote Fleck auf dem Handtuch unter ihr hatte alarmierende Ausmaße angenommen, als Hunter schließlich sein Instrument ablegte und seufzend die Schultern zusammensacken ließ.

»Ich glaube – ich hoffe –, ich habe alles.«

»Gut. Ich ... was tust du jetzt?«

Er sah Denny hinter dem nassen Tuch ein wenig lächeln, während seine braunen Augen sanft und ruhig darüber hinwegleuchteten.

»Die Wunde kauterisieren und verbinden und dann beten, Jamie.«

84

DUNKLE NACHT

Es war schon dunkel, als Lord John humpelnd Clintons Lager betrat, begleitet von einer respektvollen Eskorte und einem etwas beschädigten Indianer.

Die Stimmung war so, wie es nach einer Schlacht zu erwarten war, eine Mischung aus Erregung und Erschöpfung, wobei Letztere überwog. Keine Albereien zwischen den Zelten, keine Musik. Doch überall saßen Männer an den Lagerfeuern und um die Feldküchen und aßen, kamen allmählich wieder zu Atem, redeten leise über den Tag. Keine Feierstimmung – eher Verärgerung und mürrische Überraschung. Kräftiger Geruch nach gebratenem Hammel durchdrang die Mischung aus Staub, Maultieren und schwitzenden Menschenmassen, und Grey lief so heftig das Wasser im Munde zusammen, dass er schlucken musste, ehe er Major Andrés höfliche Frage nach seinen Wünschen beantworten konnte.

»Ich muss meinen Bruder sehen«, erwiderte er. »General Clinton und Lord Cornwallis werde ich später aufsuchen. Wenn ich mich gewaschen und umgezogen habe«, fügte er hinzu und zog den schrecklichen schwarzen Rock aus – hoffentlich endgültig zum letzten Mal.

André nickte verständnisvoll und nahm ihm das widerliche Kleidungsstück ab.

»Natürlich, Lord John. Und … äh …?« Er wies mit einem delikaten Kopfnicken auf Ian Murray, der flüchtige Blicke auf sich zog, wenn ihn die Vorübergehenden nicht sogar offen anstarrten.

»Ah. Er kommt am besten mit.«

Er folgte André zwischen den geordneten Zeltreihen hindurch, hörte Feldgeschirr scheppern und spürte geradezu tröstend, wie rings um ihn die unerschütterliche Armeeroutine ihren Lauf nahm. Murray folgte ihm schweigend auf dem Fuße. Er hatte keine Ahnung, was der Mann dachte, und war viel zu erschöpft, um sich dafür zu interessieren.

Doch er spürte, wie Murrays Schritt innehielt, und sah sich automatisch um. Murray hatte sich umgewandt, und seine Aufmerksamkeit war ganz und gar auf ein Feuer in der Nähe gerichtet, ein offenes Lagerfeuer, an dem mehrere Indianer saßen. Grey fragte sich dumpf, ob es wohl Murrays Freunde waren … und korrigierte diesen Eindruck in der nächsten Sekunde, als Murray mit drei Riesenschritten auf einen der Indianer zuging, ihm den Unterarm um die Kehle legte und ihn so heftig in die Seite boxte, dass dem anderen mit einem hörbaren Keuchlaut der Atem verging.

Dann warf Murray den Indianer zu Boden, ließ sich mit beiden Knien auf ihn plumpsen – Grey zuckte zusammen, als er landete – und packte den Mann an der Kehle. Die anderen Indianer sprangen lachend aus dem Weg und stießen schrille Japslaute aus – ob zur Ermunterung oder aus Verachtung, konnte Grey nicht sagen.

Blinzelnd stand er da und schwankte sacht, genauso unfähig einzugreifen, wie den Blick abzuwenden. Murray hatte es abgelehnt, sich die Pfeilspitze in seiner Schulter von einem der Armeeärzte entfernen zu lassen, und frisches Blut spritzte aus der Wunde, als er seinen Gegner heftig – und wiederholt – ins Gesicht schlug.

Der Indianer – er hatte einen kahl rasierten Schädel und baumelnde Perlmuttohrringe, wie Grey bemerkte, als ihm Murray einen davon aus dem Ohr riss und in den Mund stopfte – bemühte sich tapfer, sich zu wehren, obwohl er völlig überrumpelt war.

»Meint Ihr, sie sind miteinander bekannt?«, fragte Major André Grey. Er hatte kehrtgemacht, als er die Rufe hörte, und nun stand er neben Grey und beobachtete die Schlägerei voll Neugier.

»Ich gehe davon aus«, erwiderte Grey geistesabwesend. Er warf einen kurzen Blick auf die anderen Indianer, von denen keiner Interesse daran zu haben schien, ihrem Kameraden zu Hilfe zu kommen, obwohl einige von ihnen anscheinend Wetten auf den Ausgang abschlossen. Sie hatten zwar eindeutig getrunken, schienen aber nicht berauschter zu sein, als es die anderen Soldaten um diese Tageszeit waren.

Die Kämpfenden wälzten sich jetzt auf dem Boden und rangen offensichtlich um ein großes Messer, das dem Mann gehörte, den Murray angegriffen hatte. Die Schlägerei zog jetzt weitere Aufmerksamkeit auf sich; einige Männer waren von den Feuern ringsum gekommen und drängten sich hinter Grey und André, wo sie Spekulationen anstellten, hastige Wetten abschlossen und Ratschläge riefen.

Inmitten seiner Erschöpfung war sich Grey einer gewissen Sorge um Murray bewusst – und das nicht nur um Murrays willen. Sollte er irgendwann in der Zukunft doch noch einmal mit Jamie Fraser sprechen, wollte er lieber nicht, dass das erste Thema, das angesprochen wurde, die Tatsache war, dass Frasers Neffe umgekommen war, während er sich mehr oder weniger in Greys Obhut befand. Ihm fiel jedoch ums Verrecken nichts ein, was er hätte unternehmen können, und so stand er einfach weiter da und schaute zu.

Wie die meisten Schlägereien dauerte es nicht lange. Murray bekam das Messer in die Hand, und zwar auf ebenso brutale, aber effektive Weise, indem er nämlich einen Finger seines Gegners rückwärtsbog, bis er brach, und die Waffe ergriff, als der Mann laut stöhnend losließ.

Als Murray seinem offensichtlichen Feind dann die Klinge an den Hals drückte, kam Grey verspätet der Gedanke, dass er tatsächlich vorhaben könnte, ihn umzubringen. Die Männer ringsum dachten das mit Sicherheit; alles schnappte nach Luft, als Murray seinem Gegner die Klinge quer über die Kehle zog.

In der kurzen Stille, die dadurch entstand, konnten die meisten Anwesenden hören, wie Murray mit merklicher Überwindung sagte: »Ich gebe dir dein Leben zurück!« Schwankend und blicklos, als sei er selbst stockbetrunken, erhob er sich vom Körper des Indianers und schleuderte das Messer in die Finsternis – was ihm bestürzte Ausrufe und heftige Flüche seitens derjenigen einbrachte, in deren Richtung er es geschleudert hatte.

Die Antwort des Indianers hörten die meisten in der allgemeinen Aufregung wahrscheinlich nicht, doch Grey und André hörten sie. Er setzte sich langsam auf, und seine Hände zitterten, als sie ein Stück seines Hemds auf den flachen Schnitt an seinem Hals drückten. Fast im Konversationston sagte er: »Das wirst du noch bereuen, Mohawk.«

Murray keuchte wie ein überanstrengtes Pferd, und seine Rippen waren mit jedem Atemzug deutlich zu sehen. Der Großteil der Farbe in seinem Gesicht war jetzt verschwunden; er hatte rote und schwarze Schmierspuren auf der glänzenden Brust, und es war ihm nur ein Querstreifen in einer dunklen Farbe auf den Wangen geblieben; das und ein weißer Fleck auf der Schulterkuppe oberhalb der Pfeilwunde. Er nickte vor sich hin, einmal, dann zweimal. Und trat dann ohne Hast wieder in den Feuerschein, ergriff einen Tomahawk, der auf dem Boden lag, holte mit beiden Händen aus und ließ ihn auf den Schädel des Indianers krachen.

Das Geräusch ließ Grey erstarren und brachte alle Anwesenden zum Schweigen. Einen Moment stand Murray still und atmete schwer, dann wandte er sich ab und ging. Als er an Grey vorüberkam, sah er ihm ruhig in die Augen und sagte in völlig ungerührtem Ton: »Er hatte recht. Ich hätte es bereut«, ehe er in der Nacht verschwand.

Etwas verspätet kam Bewegung in die Zuschauer, und André sah Grey an, doch er schüttelte den Kopf. Die Armee nahm keine offizielle Notiz von dem, was unter den Indianerkundschaftern vor sich ging, es sei denn, es gab einen Zwischenfall, in den reguläre Soldaten verwickelt waren. Und irregulärer als bei dem Herrn, der sie gerade verlassen hatte, ging es ja wohl nicht.

André räusperte sich.

»War er Euer … äh … Gefangener, Mylord?«

»Ah … nein. Ein, äh … angeheirateter Verwandter.«

»Oh, ich verstehe.«

DIE SCHLACHT ENDETE nicht, bevor es vollständig dunkel war. Das entnahm William den Worten des Laufburschen, der ihm das Abendessen brachte, und er konnte die Geräusche eines Lagers hören, das langsam den Betrieb wiederaufnimmt, während die Kompanien zurückkehrten, abtreten durften und die Männer sich verstreuten, um ihre Ausrüstung abzulegen und sich etwas zu essen zu suchen. Es hatte nichts von der üblichen Entspannung, die nach Sonnenuntergang über einem Lager lag. Alles war erregt und rastlos – so auch William.

Er hatte furchtbare Kopfschmerzen. Jemand hatte ihm die Kopfhaut genäht; die Naht war empfindlich und juckte. Onkel Hal war nicht mehr zurückgekommen, und alles, was er wusste, entstammte dem oberflächlichen Bericht des Laufburschen. Der besagte nur, dass es keinen klaren Sieg über die Amerikaner gegeben hatte, sondern dass sich alle drei Teile der Armee Clintons geordnet, aber unter beträchtlichen Verlusten zurückgezogen hatten.

Eigentlich war er sich überhaupt nicht sicher, ob er mehr wissen *wollte*. Irgendwann würde ihn Sir Henry sowieso wegen des missachteten Befehls zur Rede stellen … obwohl Sir Henry ja vielleicht anderes zu tun haben würde als …

Dann hörte er Schritte und setzte sich hin. Sein Grübeln endete in der Sekunde, als sich der Zelteingang hob und er seinen Vater sah – *Lord John*, verbesserte er sich, jedoch nur flüchtig. Sein Vater kam ihm überraschend klein vor, beinahe zerbrechlich, und als er langsam in das Licht der Laterne humpelte, sah William den Verband um seinen Kopf und die improvisierte Schlinge. Dann senkte er den Blick und sah auch den Zustand der nackten Füße seines Vaters.

»Bist du …«, begann er schockiert, doch Lord John unterbrach ihn.

»Mir fehlt nichts«, sagte er und versuchte zu lächeln, obwohl sein Gesicht kreidebleich und von Erschöpfung zerfurcht war. »Es ist alles gut, Willie. Solange du am Leben bist, ist alles gut.«

Er sah, wie sein Vater plötzlich schwankte und die Hand ausstreckte, als suchte er Halt. Da er nichts fand, zog er die Hand zurück und zwang sich, aufrecht zu stehen. Lord Johns Stimme war heiser, sein sichtbares Auge blutunterlaufen und erschöpft, aber … sanft. William schluckte.

»Wenn wir miteinander reden müssen, Willie, du und ich – und das müssen wir natürlich … lass es bis morgen warten. Bitte. Ich bin nicht …« Seine Hand vollführte eine vage Geste, die im Nichts endete.

Der Kloß in Williams Hals kam plötzlich und schmerzhaft. Er nickte, die Hände fest in die Bettwäsche gekrallt. Sein Vater nickte ebenfalls, holte tief Luft und wandte sich zum Eingang – wo, wie William sah, sein Onkel Hal wartete, den Blick auf seinen Vater gerichtet und die Stirn voll Sorgenfalten.

Sein Herz ballte sich zusammen, schmerzhafter als der Kloß in seinem Hals.

»Papa!« Sein Vater blieb abrupt stehen und sah sich um.

»Ich bin froh, dass du nicht tot bist«, entfuhr es William.

Ein Lächeln erblühte langsam im geschundenen Gesicht seines Vaters.

»Ich auch«, sagte er.

AUF SEINEM WEG hinaus aus dem britischen Lager blickte Ian weder nach rechts noch nach links. Rings um ihn pulsierte langsam die Nacht. Es war, als wäre er im Inneren eines riesigen Herzens gefangen, dachte er und spürte, wie ihm der Druck der dicken Wände den Atem raubte, bevor sie sich wieder weiteten, so dass er schwerelos dahintrieb.

Lord John hatte ihm angeboten, seine Verletzung von einem Armeearzt behandeln zu lassen, doch er konnte es nicht ertragen zu bleiben. Er musste gehen, musste Rachel finden und Onkel Jamie. Hatte auch das angebotene Pferd abgelehnt, weil er sich nicht sicher war, ob er sich im Sattel halten konnte. Er würde zu Fuß besser zurechtkommen, hatte er Seiner Lordschaft gesagt.

Und er kam tatsächlich ganz gut voran, obwohl er zugeben musste, dass er sich nicht ganz wohl in seinem Körper fühlte. Seine Arme zitterten noch vom Echo des tödlichen Hiebs. Dieser war aus seinem Innersten gekommen und hallte ihm immer noch durch Mark und Bein wider; er schien den Ausweg aus seinem Körper nicht zu finden. Nun, er würde bald zur Ruhe kommen – es war ja nicht das erste Mal, obwohl er schon lange niemanden mehr getötet hatte und noch viel länger nicht mehr mit solcher Brutalität.

Er versuchte, sich zu erinnern, wer der letzte Tote gewesen war, konnte es aber nicht. Er konnte hören, sehen und fühlen. Seine Sinne *funktionierten* zwar, doch sie waren nicht recht mit dem verbunden, *was* er spürte. Nach wie vor marschierten Männer an ihm vorbei ins Lager. Die Schlacht musste jetzt mit der Dunkelheit zum Erliegen gekommen sein; die Soldaten kehrten heim. Er konnte ihre Marschgeräusche hören, ihre Blechbecher und Feldflaschen, die scheppernd an ihre Patronendosen stießen – allerdings hörte er es weiter scheppern, als sie schon lange vorbei waren, und er konnte den Schein der Lagerfeuer in der Ferne nicht wirklich vom Leuchten der Glühwürmchen zu seinen Füßen unterscheiden.

Der schottische Aufseher. In Saratoga. Plötzlich stand ihm das Gesicht des Mannes vor dem inneren Auge, und genauso plötzlich erinnerte sich sein Körper an den Todesstoß. Das brutale Zustoßen seines Messers, das dem Mann von hinten unter den Rippen in die Niere drang. Der gewaltige, seltsame Ruck, der durch seinen eigenen Körper gegangen war, als das Leben des Mannes an die Oberfläche drang und hinausströmte.

Einen benommenen Moment lang fragte er sich, ob Metzger das wohl spürten – dieses Echo –, wenn sie ein Tier schlachteten. Er empfand es manchmal so, wenn er einem Hirsch die Kehle durchschnitt, normalerweise aber nicht, wenn er einem Huhn den Hals umdrehte oder einem Wiesel den Schädel zertrümmerte.

»Oder vielleicht gewöhnt man sich ja auch einfach daran«, sagte er.

»Vielleicht solltest du lieber versuchen, dich nicht daran zu gewöhnen. Kann nicht gut sein für deine Seele, *a bhailach*, an so etwas gewöhnt zu sein.«

»Nein«, stimmte er zu. »Aber du meinst sicher, wenn es mit der Hand geschieht, oder? Mit einem Gewehr oder einem Pfeil ist es doch nicht dasselbe, oder?«

»Och, nein. Obwohl ich mich manchmal gefragt habe, ob es für den Mann, den man tötet, ebenfalls anders ist, oder nur für einen selbst.«

Ians Füße stolperten in ein knietiefes Pflanzenbüschel, und er begriff, dass er von der Straße abgekommen war. Der Mond war gerade untergegangen, und die Sterne leuchteten schwach am Himmel.

»Anders«, murmelte er und nahm wieder Kurs auf die Straße. »Wie meinst du das, anders? Er wäre doch so oder so tot.«

»Aye, das stimmt. Aber vielleicht ist es ja schlimmer, wenn man das Gefühl hat, es ist etwas Persönliches. In der Schlacht erschossen zu werden ist so ähnlich, als würde man vom Blitz getroffen. Aber wenn du einen Mann mit den Händen umbringst, musst du es eindeutig persönlich meinen.«

»Mmpfm.« Ein kleines Stück ging Ian schweigend weiter, und die Gedanken schwammen ihm durch den Kopf wie Blutegel in einem Glas, hierhin und dorthin.

»Aye, nun ja«, sagte er schließlich – und begriff plötzlich, dass er zum ersten Mal laut gesprochen hatte. »Es war ja auch persönlich.«

Das Beben in seinen Knochen hatte im Gehen nachgelassen. Der gewaltige Puls der Nacht war zusammengeschrumpft und hatte sich auf die Pfeilwunde gesenkt, deren Schmerz im Rhythmus seines Herzens schlug.

Das jedoch lenkte seine Gedanken auf Rachels weiße Taube, die gelassen über der schmerzenden Stelle flog, und er wurde ruhig. Jetzt konnte er Rachels Gesicht sehen, und er hörte Heimchen zirpen. Der Kanonendonner in seinen Ohren war verstummt, und Friede kam langsam über die Nacht. Und falls sein Vater noch mehr über das Töten zu sagen hatte, so zog er es doch vor zu schweigen, als sie gemeinsam heimwärts gingen.

JOHN GREY ließ seine Füße in die Schüssel sinken. Er biss vorsorglich die Zähne zusammen, stellte aber zu seiner Überraschung fest, dass es ihm kaum Schmerzen verursachte, trotz der verletzten Haut und der aufgeplatzten Blasen.

»Was … das ist doch kein heißes Wasser, oder?«, fragte er und beugte sich vor, um nachzusehen.

»Mandelöl«, sagte sein Bruder, dessen erschöpftes Gesicht sich ein wenig entspannte. »Und es sollte auf jeden Fall warm sein, nicht heiß, sonst wird mein Laufbursche im Morgengrauen gekreuzigt.«

»Ich bin mir sicher, dass er schon vor Angst bebt. Danke übrigens«, fügte er hinzu und bewegte vorsichtig die Füße. Er saß auf Hals Feldbett, und sein Bruder hockte auf der Feldtruhe und goss aus einer Feldflasche etwas in einen der narbigen Zinnbecher, die ihn schon seit Jahrzehnten begleiteten.

»Gern geschehen«, sagte Hal und reichte ihm den Becher. »Was zum Teufel ist mit deinem Auge passiert? Und ist der Arm gebrochen? Ich habe nach einem Arzt gerufen, aber es kann noch etwas dauern.« Mit einer Handbewegung umfasste er das Lager, die gerade beendete Schlacht und den Strom der verletzten und vom Sonnenstich geplagten Rückkehrer.

»Ich brauche keinen. Ich glaube, der Arm hat nur eine böse Prellung. Was das Auge betrifft … Jamie Fraser.«

»Tatsächlich?« Hals Miene war überrascht, und er beugte sich vor, um einen Blick auf Greys Auge zu werfen, das jetzt von seinem Verband befreit war und dem es – soweit Grey das selbst sagen konnte – deutlich besser ging. Das unablässige Tränen war zum Stillstand gekommen, die Schwellung war drastisch zurückgegangen, und er konnte es vorsichtig bewegen. Hals Gesichtsausdruck nach waren die Röte und die blauen Flecken aber offenbar noch nicht ganz verschwunden.

»Nun ja, erst Jamie und danach seine Frau.« Er berührte das Auge sacht. »Er hat mir einen Fausthieb versetzt, und sie hat dann etwas furchtbar Schmerzhaftes getan, um es zu heilen, und dann Honig hineingeträufelt.«

»Da ich die Vorstellungen der Dame von medizinischer Behandlung am eigenen Leib erfahren habe, überrascht es mich nicht im Mindesten, das zu hören.« Hal hob seinen Becher zum kurzen Salut; Grey tat es ihm nach, und sie tranken. Es war Cidre, und eine dumpfe Erinnerung an Apfelwein und Oberst Watson Smith schwebte Grey durch den Kopf. Beides schien jedoch so fern, als sei es Jahre her, nicht Tage.

»Mrs. Fraser hat dich verarztet?« Grey grinste seinen Bruder an. »Was hat sie denn mit *dir* gemacht?«

»Nun … mir das Leben gerettet, um ganz ehrlich zu sein.« Im Schein der Laterne war es schwer zu sagen, doch Grey hatte den Eindruck, dass sein Bruder schwach errötete.

»Oh. In diesem Fall bin ich ihr doppelt zu Dank verpflichtet.« Wieder hob er feierlich den Becher, dann leerte er ihn. Der Cidre war ein Segen nach einem heißen Tag ohne Essen. »Wie zum Teufel bist du ihr überhaupt in die Finger gefallen?«, fragte er neugierig und hielt Hal den leeren Becher hin.

»Ich war auf der Suche nach *dir*«, informierte Hal ihn spitz. »Wenn du dort gewesen wärst, wo du *hingehörtest* …«

»Du meinst, ich soll irgendwo herumsitzen und darauf warten, dass du ohne Vorwarnung auftauchst und mich … Weißt du eigentlich, wie wenig gefehlt hat, und du hättest mich an den Galgen gebracht? Außerdem war ich zu dem Zeitpunkt damit beschäftigt, mich von Jamie Fraser entführen zu lassen.«

Hal zog die Augenbraue hoch und schenkte ihm Cidre nach.

»Ja, du sagtest schon, dass er auf dich eingeschlagen hat. Und warum das?«

Grey rieb sich die Stelle zwischen den Augenbrauen mit zwei Fingern. Bis zu diesem Zeitpunkt waren ihm die Kopfschmerzen gar nicht aufgefallen, aber offensichtlich nur, weil er sie schon den ganzen Tag hatte. Doch Hal sorgte jetzt eindeutig für Verschlimmerung.

»Ich wüsste nicht, wo ich mit der Erklärung anfangen sollte, Hal«, sagte er müde. »Kannst du ein Bett für mich auftreiben? Ich glaube, ich muss sterben, und falls ich das durch einen unglücklichen Zufall nicht tue, muss ich morgen mit Willie sprechen, weil … ach, egal.« Er trank den letzten Cidre und stellte den Becher beiseite, um sich widerstrebend darauf vorzubereiten, seine Füße aus dem heilenden Öl zu heben.

»Ich weiß Bescheid, was William betrifft«, sagte Hal. Grey hielt abrupt inne und sah seinen Bruder skeptisch an. Dieser zuckte mit den Achseln.

»Ich habe Fraser gesehen«, sagte er schlicht. »In Philadelphia. Und als ich William heute Nachmittag darauf angesprochen habe, hat er es bestätigt.«

»Ach ja?«, murmelte Grey. Das überraschte ihn, doch es ermutigte ihn ebenso. Wenn sich Willie so weit beruhigt hatte, dass er mit Hal darüber sprach, würde auch sein Gespräch mit seinem Sohn ja vielleicht etwas weniger spannungsgeladen ausfallen als befürchtet.

»Wie lange weißt du es schon?«, fragte Hal neugierig.

»Mit Gewissheit? Seit Willie zwei oder drei war.« Er stieß plötzlich ein enormes Gähnen aus und blinzelte dann blicklos vor sich hin. »Oh – was ich fragen wollte. Wie ist die Schlacht eigentlich ausgegangen?«

Hal sah ihn mit einer Miene zwischen Beleidigung und Belustigung an.

»Du warst doch mitten*drin*, oder?«

»Mein Teil ist nicht besonders gut verlaufen. Aber meine Perspektive war halt durch die Umstände ein wenig eingeschränkt. Und dadurch, dass ich nur ein funktionierendes Auge hatte«, fügte er hinzu und betastete sacht das verletzte Auge. Es war zwar immer noch wund, ansonsten jedoch in deutlich besserem Zustand. Eine durchgeschlafene Nacht … Er sehnte sich so sehr nach einem Bett, dass er schwankte und sich gerade noch fing, ehe er einfach in Hals Feldbett fiel.

»Schwer zu sagen.« Hal fischte ein zusammengeknülltes Handtuch aus einem Wäschekorb, der wenig ruhmreich in einer Ecke stand. Er kniete sich hin, hob Greys Füße vorsichtig aus dem Öl und tupfte sie sanft trocken. »Furchtbares Durcheinander. Schreckliches Gelände, von Bächen zerschnitten, entweder Ackerland oder Bäume … Sir Henry konnte die Flüchtlinge und die Ausrüstung retten. Aber was Washington betrifft …« Er zuckte mit den Achseln. »Nach allem, was ich gesehen und gehört habe, haben sich seine Truppen wacker geschlagen. Bemerkenswert wacker«, fügte er nachdenklich hinzu. Er erhob sich. »Leg dich hin, John. Ich finde schon irgendwo ein Bett.«

Grey war viel zu müde, um zu widersprechen. Er ließ sich einfach zur Seite fallen und drehte sich auf den Rücken, ohne sich zu entkleiden. Das verletzte Auge fühlte sich rau und trocken an, und er fragte sich dumpf, ob er Hal bitten sollte, ihm Honig zu besorgen, doch er beschloss, dass das bis morgen warten konnte.

Hal nahm die Laterne von ihrem Haken und wandte sich dem Zelteingang zu, blieb aber noch einmal kurz stehen und wandte sich zurück.

»Meinst du, Mrs. Fraser – ich möchte übrigens morgen wissen, warum in aller Welt sie dich geheiratet hat –, also meinst du, sie weiß von William und James Fraser?«

»Das weiß jeder, der Augen im Kopf hat und die beiden schon einmal gesehen hat«, murmelte Grey mit halb geschlossenen Augen. »Doch sie hat es nie erwähnt.«

Hal grunzte. »Anscheinend wusste es jeder – außer William. Ist es ein Wunder, dass er …«

»So könnte man es bezeichnen.«

»Darüber hatte ich noch nicht nachgedacht.«

»Spielt es denn eine Rolle?« Greys Augen schlossen sich ganz. Durch die dahintreibenden Nebel des Schlafs hörte er Hals leise Stimme vom Zelteingang her.

»Ich habe von Ben gehört. Es heißt, er ist tot.«

85

DER LANGE RÜCKWEG

Jamie saß in Hemd und Hose am Fenster und sah dem Haar seiner Frau beim Trocknen zu.

Es war brüllend heiß in dem Zimmerchen, das Mrs. Macken ihnen gegeben hatte. Sein Körper war von einem Schweißfilm überzogen, der bei jeder Bewegung aufbrach und ihm über die Seiten lief. Doch er bemühte sich, nicht im Weg zu sein, wenn vielleicht ein Lufthauch in das Zimmer drang und etwas Linderung verschaffen konnte; es roch dazu überall nach Roquefort und Blut.

Er hatte Claires Haar mit Wasser aus der Waschschüssel durchtränkt, die Mrs. Macken ihm gebracht hatte, und ihr Hemd angefeuchtet; es klebte ihr am Körper, und die Rundung ihrer Gesäßbacke leuchtete rosa durch den trocknenden Stoff. Auch die dicke Verbandskompresse konnte er sehen und den Blutfleck, der sich langsam auf dem Stoff ausbreitete.

Langsam. Seine Lippen formten das Wort, und er dachte es mit Inbrunst, doch er sprach es nicht aus. *Langsam!* Besser noch, wenn es ganz aufhören würde, aber im Moment gab er sich auch mit langsam zufrieden.

Fünf Liter. So viel Blut enthielt der menschliche Körper, hatte sie gesagt. Aber es musste Unterschiede geben; ein Mann von seiner Körpergröße hatte gewiss mehr als eine Frau von der ihren. Einzelne Haare begannen, aus der nassen Masse abzustehen; sie ringelten sich, während sie trockneten, zierlich wie Ameisenfühler.

Er wünschte, er könnte ihr etwas von seinem Blut abgeben; er hatte ja genug. Sie hatte gesagt, das wäre möglich, aber nicht in seiner Zeit. Es hatte etwas mit Dingen im Blut zu tun, die vielleicht nicht zueinanderpassten.

Ihr Haar hatte ein Dutzend Farben, braun, Melasse, Sahne und Butter, Zucker, schwarz … Gold und silberner Glanz, wo das sterbende Licht es berührte. Eine breite Strähne aus purem Weiß an ihrer Schläfe, fast von der Farbe ihrer Haut. Sie lag ihm zugewandt auf der Seite, die eine Hand an der Brust zusammengerollt, die andere lose, nach oben gewandt, so dass auch das pure Weiß an der Innenseite ihres Handgelenks zu sehen war, die blauen Adern herzerweichend.

Sie hatte gesagt, sie hätte daran gedacht, sich die Pulsadern aufzuschneiden, als sie ihn für tot hielt. Er glaubte nicht, dass er es auf diese Weise tun würde, wenn sie starb. Er hatte es schon einmal gesehen: Toby Quinn, das Handgelenk bis auf die Knochen aufgeschnitten, so dass sein ganzes Blut auf den Boden gelaufen war; das Zimmer hatte nach Metzgerei gestunken, und über ihm hatte mit Blut das Wort *Teind* an der Wand gestanden, sein Geständnis. Es bedeutete eine Zinsschuld gegenüber der Hölle, und er erschauerte trotz der Hitze und bekreuzigte sich.

Sie hatte gesagt, es war möglicherweise das Blut, das die Ursache gewesen war, dass Ians Kinder alle gestorben waren … weil sein Blut nicht zu dem seiner Mohawkfrau passte … und dass es mit Rachel vielleicht anders sein würde. Er sprach ein rasches Ave, auf dass es so sein möge, und bekreuzigte sich erneut.

Das Haar, das ihr auf den Schultern lag, rollte sich jetzt ein, langsam wie ein aufgehendes Brot. Sollte er sie wecken, damit sie noch einmal trank? Sie brauchte das Wasser, um neues Blut zu bilden, Schweiß, um sie zu kühlen. Doch wenn sie schlief, hatte sie weniger Schmerzen. Ein paar Minuten also noch.

Nicht jetzt. Bitte nicht jetzt.

Sie bewegte sich stöhnend, und er sah, dass sie anders war, unruhig jetzt. Der Fleck auf ihrem Verband hatte die Farbe geändert, sich von Scharlachrot zu Rost verdunkelt, während er trocknete. Er legte ihr sacht die Hand auf den Arm und spürte die Hitze.

Die Blutung war zum Stillstand gekommen. Das Fieber war da.

JETZT SPRACHEN DIE BÄUME mit ihm. Er wünschte, sie würden aufhören. Das Einzige, was sich Ian Murray wünschte, war Stille. Im Moment war er allein, doch es summte in seinen Ohren, und in seinem Kopf dröhnte nach wie vor der Lärm.

Das war nach einem Kampf immer so. Anfangs lauschte man angestrengt auf die Geräusche des Feindes, die Windrichtung, die Stimme eines Heiligen, den man im Rücken hatte… Man begann die Stimmen des Waldes zu hören wie auf der Jagd. Und dann hörte man die Schüsse und Schreie, und wenn das für einen Moment aufhörte, hörte man das Blut durch den Körper pulsen und in den Ohren hämmern, und so dauerte es am Ende stets eine Weile, bis der Lärm verstummte.

Die Ereignisse des Tages blitzten in seinem Kopf auf – sich sammelnde Soldaten, der Aufprall des Pfeils, der ihn getroffen hatte, die Miene George Washingtons, der auf seinem großen weißen Pferd die Straße entlangraste und den Hut schwenkte –, doch sie kamen und gingen im Nebel der Verwirrung, erschienen wie von einem Blitzschlag preisgegeben und verschwanden im summenden Dunst.

Ein Windhauch fuhr flüsternd durch das Geäst, und er spürte ihn auf seiner Haut, als würde er mit Schleifpapier abgerieben. Was mochte Rachel sagen, wenn er ihr erzählte, was er getan hatte?

Er konnte das Geräusch noch hören, mit dem der Tomahawk dem Abenaki den Schädel zertrümmert hatte. Konnte es spüren, in den Knochen seiner Arme, im explodierenden Schmerz seiner Wunde.

Dumpf begriff er, dass sich seine Füße nicht länger an die Straße hielten; er stolperte über Grasbüschel, stieß sich die Zehen in den Mokassins an Steinen. Er blickte hinter sich, um den Weg wiederzufinden – er sah ihn deutlich, eine wankende schwarze Linie… warum wankte sie?

Er wollte dann doch keine Stille. Er wollte Rachels Stimme, ganz egal, was sie zu ihm sagen würde.

Irgendwie wurde ihm klar, dass er nicht weiterkonnte. Er war sich eines schwachen Gefühls der Überraschung bewusst, aber er hatte keine Angst.

Er erinnerte sich nicht daran zu fallen, doch er fand sich auf dem Boden wieder, die heiße Wange an das kühle Prickeln der Kiefernnadeln gedrückt. Mühsam erhob er sich auf die Knie und kratzte die dicke Schicht aus abgefallenen Nadeln beiseite. Dann lag er mit dem Körper auf feuchter Erde, die Decke aus Nadeln halb über sich gebreitet, und richtete ein kurzes Gebet an den Baum, auf dass er ihn in der Nacht beschützen möge.

Und als er kopfüber in die Dunkelheit stürzte, hörte er in der Erinnerung Rachels Stimme.

»Deine Lebensreise folgt ihrem eigenen Pfad, Ian«, sagte sie, *»und ich kann deine Reise nicht teilen… aber ich kann an deiner Seite gehen. Und das werde ich.«*

Sein letzter Gedanke war, dass er hoffte, dass sie ihre Meinung nicht ändern würde, wenn er ihr erzählte, was er getan hatte.

86

IN WELCHEM DIE ROSENFINGRIGE MORGENRÖTE AUF STREIT AUS IST

Grey erwachte zum Klang der Wecktrommeln. Nicht, dass ihn das vertraute Rattern erschreckte, aber er hatte keine klare Vorstellung, wo er sich befand. *Im Feldlager*. Nun, das war ja offensichtlich. Er schwang die Beine aus dem Bett und setzte sich langsam hin, wobei er eine Bestandsaufnahme durchführte. Sein linker Arm schmerzte ziemlich, eins seiner Augen war zugeklebt, und sein Mund war so trocken, dass er kaum schlucken konnte. Er hatte in den Kleidern geschlafen, er stank, und er musste dringend pinkeln.

Er fasste unter das Feldbett, fand einen Nachttopf und benutzte ihn, wobei er verträumt feststellte, dass sein Urin nach Äpfeln roch. Das rief ihm den Geschmack des Cidres in Erinnerung und damit den gesamten gestrigen Tag und Abend. Honig und Fliegen. Artillerie. Jamie mit Blut im Gesicht. Gewehrkolben und Knochenknacken. William … Hal …

Beinahe den gesamten Tag. Er setzte sich und hielt sich einen Moment vollständig still, während er versuchte zu entscheiden, ob ihm Hal tatsächlich erzählt hatte, dass sein ältester Sohn Benjamin tot war. Das konnte doch nicht sein. Es musste ein Alptraumfetzen sein, der ihm nicht aus dem Kopf wollte. Und doch hatte er dieses furchtbare Gefühl unausweichlicher Gewissheit, das sich wie ein Vorhang auf den Verstand senkt und jeden Unglauben erstickt.

Etwas benommen stand er auf, entschlossen, seinen Bruder zu suchen. Er hatte jedoch noch nicht einmal seine Schuhe gefunden, als der Zelteingang zurückgeschlagen wurde und Hal eintrat, gefolgt von einem Burschen mit einer Waschschüssel, einem dampfenden Wasserkrug und Rasierzeug.

»Setz dich«, sagte Hal in völlig normalem Tonfall. »Du wirst eine meiner Uniformen tragen müssen, und das tust du nicht, solange du so riechst. Was zum Teufel ist mit deinem Haar passiert?«

Grey hatte sein Haar ganz vergessen und legte die Handfläche auf seinen Kopf, überrascht über die stoppeligen Borsten.

»Oh. *Ruse de guerre*.« Er setzte sich langsam hin, ohne den Blick von seinem Bruder abzuwenden. Das verletzte Auge hatte sich geöffnet, obwohl es unangenehm verkrustet war, und soweit er das beurteilen konnte, sah Hal nicht anders aus als sonst. Müde natürlich, erschöpft und ein wenig gehetzt, aber am Tag nach einer Schlacht sah jeder so aus. Wenn es wahr wäre, sähe er doch gewiss anders aus. Irgendwie schlechter.

Er hätte gern gefragt, doch Hal blieb nicht, sondern ging wieder und ließ John in der Obhut des Burschen zurück. Ehe er sich fertig gewaschen hatte, erschien ein junger schottischer Arzt mit Sommersprossen, gähnte, als hätte er die ganze Nacht nicht geschlafen, und blinzelte Greys Arm trübe an. Er betastete ihn auf professionelle Art, erklärte den Knochen für angeknackst, aber nicht gebrochen, und steckte ihn in eine Schlinge.

Diese musste nahezu umgehend wieder entfernt werden, damit er sich ankleiden konnte – ein weiterer Laufbursche erschien mit einer Uniform und einem Frühstückstablett –, und als er endlich ordentlich aussah und man ihm etwas zu essen aufgezwungen hatte, war er rasend vor Ungeduld.

Er würde jedoch darauf warten müssen, dass Hal wieder auftauchte; es hatte keinen Sinn, das Lager nach ihm zu durchforsten. Und er musste wirklich zuerst mit seinem Bruder sprechen, ehe er William aufsuchte. Man hatte ihm ein Schüsselchen Honig zu seinem Toast gereicht, und er tauchte gerade skeptisch den Finger hinein und fragte sich, ob er versuchen sollte, sich das Auge damit zu betupfen, als sich der Eingang erneut öffnete und sein Bruder endlich eintrat.

»Hast du mir wirklich erzählt, dass Ben tot ist?«, entfuhr es ihm auf der Stelle. Hals Gesicht verzog sich ein wenig, doch seine Miene war entschlossen.

»Nein«, sagte Hal ruhig. »Ich habe dir gesagt, ich hätte Neuigkeiten von Ben und dass es *heißt*, er sei tot. Ich glaube es aber nicht.« Er warf John einen Blick zu, mit dem er sich jeden Widerspruch verbat.

»Oh. Gut«, sagte Grey gelassen. »Dann glaube ich es auch nicht. Aber wer hat es dir denn erzählt?«

»Das ist ja der Grund, warum ich es nicht glaube«, erwiderte Hal und wandte sich dem Zelteingang zu, um hinauszuschauen – offenbar um sich zu vergewissern, dass sie nicht belauscht wurden, und bei diesem Gedanken flatterte es sacht in Greys Bauch. »Es ist Ezekiel Richardson, von dem ich es weiß, und diesem Mann würde ich ja schon nicht glauben, wenn er mir sagen würde, dass meine Hose ein Loch am Hintern hat, geschweige denn so etwas.«

Das Flattern in Greys Bauch verwandelte sich in echte Flügelschläge.

»Da haben dich deine Instinkte gewiss nicht getäuscht«, sagte er. »Setz dich und iss ein Stück Toast. Ich habe dir ein paar Dinge zu erzählen.«

WILLIAM ERWACHTE mit quälenden Kopfschmerzen und der Überzeugung, dass er etwas Wichtiges vergessen hatte. Als er seinen Kopf umklammerte, entdeckte er, dass ein Verband darum gewickelt war, der an seinem Ohr scheuerte. Ungeduldig zog er ihn ab; es war Blut darauf, aber nicht viel, und es war getrocknet. Er erinnerte sich vage an Einzelheiten aus der vergangenen Nacht – Schmerz, Übelkeit, Schwindelgefühl, Onkel Hal … und dann ein Bild seines Vaters, leichenblass und zerbrechlich … »*Wenn wir miteinander reden müssen, Willie* …« Himmel, hatte er das geträumt?

Er sagte etwas Unflätiges auf Deutsch, und eine junge Stimme wiederholte es mit großer Skepsis.

»Was heißt das, Sir?«, fragte Zeb, der mit einem zugedeckten Tablett an seinem Bett aufgetaucht war.

»Das brauchst du nicht zu wissen, und wiederhole es ja nicht«, sagte William und setzte sich auf. »Was ist denn mit meinem Kopf passiert?«

Zeb runzelte die Stirn.

»Ihr wisst es nicht mehr, Sir?«

»Wenn ich es wüsste, würde ich dich dann fragen?«

Zebs Stirn war von Falten der Konzentration durchzogen, doch die Logik dieser Frage war zu viel für ihn, und er zuckte nur mit den Achseln, stellte das Tablett hin und beantwortete die erste Frage.

»Oberst Grey sagt, Deserteure haben Euch auf den Kopf geschlagen.«

»Desert… oh.« Er hielt inne und überlegte. Britische Deserteure? Nein … es gab einen Grund, warum er einen deutschen Fluch im Kopf gehabt hatte. Er erinnerte sich flüchtig an hessische Soldaten und … und was?

»Colenso hat die Scheißerei überstanden«, teilte Zeb ihm hilfsbereit mit.

»Gut zu wissen, dass der Tag wenigstens für irgendjemanden gut angefangen hat. Oh Himmel.« Der Schmerz knisterte im Inneren seines Schädels, und er presste sich die Hand an den Kopf. »Hast du etwas zu trinken auf dem Tablett, Zeb?«

»Ja, Sir!« Zeb deckte das Tablett ab und brachte triumphierend einen Teller mit gedämpften Eiern und Toast, einer Scheibe Schinken und einem Becher zum Vorschein, dessen Inhalt zwar verdächtig trübe aussah, aber kräftig nach Alkohol roch.

»Was ist das?«

»Weiß nicht, Sir, aber Oberst Grey sagte irgendetwas von den Teufel mit dem Beelzebub austreiben.«

»Oh.« Er hatte also nicht geträumt. Er schob diesen Gedanken vorerst beiseite und betrachtete den Becher mit einer Mischung aus Vorsicht und Neugier. Als er zum ersten Mal einen der Stärkungstränke seines Vaters verabreicht bekommen hatte, war er vierzehn gewesen und hatte den Punsch, der für Lord Johns Abendgesellschaft zubereitet wurde, für das Gleiche gehalten, was die Damen bei ihren Gartenpartys tranken. Seitdem war er noch öfter in den Genuss gekommen und hatte die Mixturen stets effektiv gefunden, wenn sie auch gewöhnungsbedürftig zu trinken waren.

»Also schön«, sagte er, holte tief Luft, ergriff den Becher und leerte ihn heroisch in einem Zug.

»Mannomann!«, sagte Zeb bewundernd. »Der Koch sagt, er könnte Euch Würstchen schicken, wenn Ihr Euch in der Lage fühlt, sie zu essen.«

William schüttelte nur den Kopf, da es ihm vorübergehend die Sprache verschlagen hatte, und ergriff ein Stück Toast, das er einen Moment in der Hand hielt, weil er noch nicht daran denken konnte, es tatsächlich in den Mund zu stecken. Sein Kopf schmerzte zwar nach wie vor, doch der Trank hatte ein paar neue Bröckchen aus den Trümmern in seinem Kopf gelöst.

»*… Ratschläge? Du bist zu alt, um sie erteilt zu bekommen, und zu jung, um sie anzunehmen …*«

»*… Er spricht Deutsch. Er hat uns gehört!*«

»Aber was?«, sagte er langsam. »Was habe ich gehört?«

Zeb schien das für eine weitere rhetorische Frage zu halten. Statt des Versuchs einer Antwort stellte er eine Gegenfrage.

»Was ist eigentlich mit Visigoth passiert, Sir?« Sein schmales Gesicht war ernst, als sei er auf schlechte Neuigkeiten gefasst.

»Visigoth?«, wiederholte William verständnislos. »Ist Visigoth denn etwas passiert?«

»Nun, er ist fort, Sir«, sagte Zeb, der sich anscheinend um Takt bemühte. »Das heißt – als die Soldaten Euch und den Indianer bei den Rebellen gefunden haben, habt Ihr nicht auf ihm gesessen.«

»Als die … was für ein Indianer? Was zum Teufel ist gestern *passiert*, Zeb?«

»Woher soll ich das wissen?«, sagte Zeb gekränkt. »War doch nicht dabei, oder?«

»Nein, natürlich … verdammt. Ist mein Onkel – der Herzog von Pardloe – im Lager? Ich muss ihn sprechen.«

Zebs Miene war skeptisch.

»Nun, ich könnte wohl nach ihm suchen.«

»Ich bitte darum. Sofort.« William winkte ihn aus dem Zelt, dann saß er einen Moment still da und versuchte, seine bruchstückhaften Erinnerungen wieder zusammenzusetzen. Rebellen? Visigoth … An *irgendetwas*, das mit Visigoth zu tun hatte, erinnerte er sich, aber was war es nur? War er mit Rebellen zusammengestoßen, die ihm das Pferd weggenommen hatten? Aber was war mit den Indianern und den Deserteuren, und warum wurde in seinem Hinterkopf hartnäckig Deutsch gesprochen?

Und da er gerade dabei war: Welchen Oberst Grey hatte Zeb gemeint? Er war davon ausgegangen, dass es Onkel Hal war … aber der Dienstrang seines Vaters war Oberstleutnant; er wurde allgemein auch als »Oberst« angesprochen. Sein Blick fiel auf das Tablett und den leeren Becher. Onkel Hal wusste zwar mit Sicherheit, wie man einen Kater vertrieb, aber …

»*Solange du nur am Leben bist, ist alles gut.*«

Er legte den Toast unangetastet beiseite und hatte plötzlich einen Kloß im Hals. Schon wieder. Gestern Abend war es ihm auch so gegangen, als er Papa gesehen hatte. Als er zu seinem Vater – ja, gottverdammt, sein Vater! – gesagt hatte: »Ich bin froh, dass du nicht tot bist.«

Vielleicht war er noch nicht ganz bereit, mit Papa zu sprechen – oder Papa mit ihm –, und er war auch nicht ganz der Meinung, dass alles gut war, aber …

Ein Strahl aus gleißendem Sonnenlicht bohrte sich in sein Gesicht, als der Zelteingang beiseitegeschoben wurde, und er setzte sich kerzengerade hin und schwang die Beine aus dem Bett, um bereit zu sein für die Begegnung mit …

Doch es war weder sein Vater noch sein Onkel, der aus dem Sonnenlicht auftauchte, das ihm das Wasser in die Augen trieb. Es war Banastre Tarleton, in Uniform, jedoch ohne Perücke und mit offenen Knöpfen. Er sah unanständig fröhlich aus für jemanden, dessen Gesicht vor nicht allzu langer Zeit fürchterlich Prügel bezogen hatte.

»Noch unter den Lebenden, Ellesmere?« Ban erspähte den Teller, angelte sich mit den Fingern ein Ei und verschlang es. Er leckte sich die Butter von den Fingern und stieß wohlige Laute aus.

»Gott, habe ich Hunger. Bin seit dem Morgengrauen auf. Auf leeren Magen Leute zu töten macht Heißhunger, das kann ich dir sagen. Kann ich den Rest haben?«

»Von mir aus. Wen hast du denn zum Frühstück getötet? Rebellen?«

»Nein, soweit ich weiß, sind Washingtons Truppen nach Süden abgezogen. Es waren hessische Deserteure. Dieselben Gesellen, die dir eins über den Schädel gebrummt, dich für tot gehalten und liegen gelassen haben. Sie hatten dein Pferd; hab's erkannt.« Er griff nach dem nächsten Ei, und William drückte ihm einen Löffel in die Hand.

»Iss doch in Gottes Namen wie ein Christenmensch. *Hast* du denn mein Pferd?«

»Ja. Er lahmt vorne links, aber ich glaube nicht, dass es schlimm ist. Mmm… hast du deinen eigenen Koch?«

»Nein, mein Onkel. Erzähl mir von den Deserteuren. Ich habe eins auf den Schädel bekommen, und meine Erinnerung ist ein bisschen lückenhaft.« Mehr als nur ein bisschen, aber sie kehrte jetzt ziemlich schnell zurück.

Während er kaute, erzählte ihm Tarleton die Geschichte. Eine der Söldnerkompanien von Knyphausens hatte sich vorgenommen, während der Schlacht zu desertieren, doch die Männer waren sich nicht alle einig. Diejenigen, die dafür waren zu desertieren, hatten sich ein wenig abseits gehalten und besprachen gerade leise, ob es notwendig war, die Abweichler umzubringen, als William unerwartet bei ihnen aufgetaucht war.

»Das hat sie ein bisschen aus der Fassung gebracht, wie du dir vielleicht denken kannst.« Tarleton, der jetzt die Eier und den Großteil des Toastes verdrückt hatte, griff nach dem Becher und zog ein enttäuschtes Gesicht, weil er leer war.

»Da in der Feldflasche ist wahrscheinlich Wasser«, sagte William und wies auf die zerbeulte Flasche aus Blech und Leder, die am Zeltpfosten hing. »Das war es also… Sie haben zwar ein bisschen nervös ausgesehen, aber als ich einen von ihnen auf Deutsch nach dem nächsten Schmied gefragt habe… Ja, das war es! Visigoth hatte ein Eisen verloren, deswegen ist er… Aber dann habe ich jemanden flüstern gehört, und es klang panisch, und er hat gesagt: *Er hat uns gehört; er weiß Bescheid!* Er muss gemeint haben, dass er dachte, ich hätte ihre Pläne gehört und wüsste, was sie vorhaben.«

Er atmete erleichtert auf, weil er sich zumindest auf diesen Teil des vergangenen Tages einen Reim machen konnte.

Tarleton nickte.

»Wahrscheinlich. Sie *haben* jedenfalls einige der Abweichler umgebracht –

anscheinend gab es ziemlichen Tumult, nachdem sie dich niedergeschlagen und in die Schlucht geworfen hatten –, aber nicht alle.«

Einige der Söldner waren entkommen und zu von Knyphausen gegangen, der Clinton mit einer Depesche um Hilfe bei der Überwältigung der Übeltäter gebeten hatte, nachdem er von den Vorgängen erfahren hatte.

William nickte. Es war immer besser, wenn sich Männer, die nicht der betroffenen Truppe angehörten, mit Vergehen wie Desertion oder Hochverrat befassten. Und so wie er Ban Tarleton kannte, hatte sich dieser gewiss auf die Gelegenheit gestürzt, die Deserteure aufzuspüren und sie zu …

»Hattest du den Befehl, sie zu töten?«, fragte er, um einen beiläufigen Ton bemüht.

Tarleton grinste ihn mit seinem Eiermund an und wischte sich ein paar hartnäckige Bröckchen vom Kinn.

»Nicht ausdrücklich. Man hat mir den Eindruck vermittelt, dass es niemanden besonders interessierte, wie viele, solange ich ein paar als Zeugen mitbrachte. Und meine Order deutete durchaus ein *pour encourager les autres* an.«

William nickte, während er höflich seine Überraschung darüber unterdrückte, dass Tarleton lesen konnte, von Voltaire ganz zu schweigen.

»Ich verstehe. Mein Laufbursche hat mir etwas erzählt, das mich ziemlich überrascht hat – dass mich Rebellen gefunden hätten … und ein Indianer. Weißt du etwas darüber?«

Tarletons Miene war verdutzt, und er schüttelte den Kopf.

»Nicht das Geringste. Oh …« Er hatte sich auf den Hocker gesetzt und lehnte sich jetzt ein wenig zurück, die Hände um sein Knie gelegt, die Miene selbstzufrieden. »Ich weiß aber etwas anderes. Kannst du dich noch erinnern, dass du mich nach Harkness gefragt hast?«

»Harkness … oh ja!« Williams Ausruf hatte weniger mit der Erwähnung von Hauptmann Harkness zu tun, sondern mehr mit dem, was er Wichtiges vergessen hatte und was ihm gerade wieder eingefallen war: Jane und ihre Schwester.

Sein erster Impuls drängte ihn aufzustehen und sie sofort zu suchen, sich zu vergewissern, dass es ihnen gut ging. Die flüchtenden Loyalisten und das Lagergefolge waren zwar nicht in der Nähe der eigentlichen Schlacht gewesen – doch die Brutalität und die Rauschzustände, die mit einem solchen Kampf einhergingen, endeten ja nicht einfach zur selben Zeit wie der Kampf. Und es waren nicht nur Deserteure und andere Aasgeier, die unter den arglosen Schafen plünderten, vergewaltigten und auf die Jagd gingen.

Er dachte flüchtig an Anne Endicott und ihre Familie – doch sie hatten wenigstens einen Mann, der sie beschützte, wie unpassend er auch ausgerüstet sein mochte. Jane und Fanny jedoch … Aber Zeb hätte doch wohl gewusst, wenn ihnen etwas …

»Was?« Er sah Tarleton verständnislos an. »Was hast du gesagt?«

»Der Hieb auf den Kopf hat wohl zusätzlich deinem Gehör geschadet, wie?« Ban trank einen Schluck aus der Feldflasche. »Ich habe gesagt, ich habe mich nach ihm erkundigt. Harkness ist nie zu seinem Regiment gestoßen. Nach allem, was man weiß, ist er noch in Philadelphia.«

Williams Mund fühlte sich trocken an. Er griff nach der Feldflasche und trank; das Wasser war zwar warm und schmeckte nach Blech, aber es war zumindest flüssig.

»Unerlaubt entfernt meinst du?«

»Extrem unerlaubt«, versicherte ihm Tarleton. »Das Letzte, woran sich irgendjemand erinnert, ist, dass er versprochen hat, in irgendein Bordell zurückzugehen und es irgendeiner Hure so richtig zu zeigen. Vielleicht hat sie es ihm ja stattdessen gezeigt!« Er lachte herzhaft bei dieser Vorstellung.

William stand abrupt auf, dann streckte er – um irgendetwas zu tun – den Arm aus und hängte die Feldflasche wieder an ihren Nagel. Der Zelteingang war zwar heruntergelassen, aber dennoch fiel ein verirrter, stauberfüllter Sonnenstrahl durch die Lücke und fing sich auf glitzerndem Metall. Seine Halsberge hing an dem Nagel und glänzte silbern in der Sonne.

»PERCIVAL *WAINWRIGHT*?« John hatte Hal seit den Ereignissen um den Tod ihres Vaters nicht mehr so fassungslos gesehen – und auch diese hatten ja mit Percy zu tun gehabt, wenn man es recht bedachte.

»Wie er leibt und – äußerst stilvoll – lebt. Anscheinend zählt er zu den Beratern des Marquis de La Fayette.«

»Wer ist denn das?«

»Ein herausgeputzter junger Frosch mit einem Haufen Geld«, sagte Grey und zuckte mit der Schulter. »Rebellengeneral. Es heißt, er steht Washington sehr nahe.«

»Nahe«, erwiderte Hal und sah Grey scharf an. »Meinst du, Wainwright steht er auch nahe?«

»Wahrscheinlich nicht auf diese Weise«, erwiderte er ruhig, obwohl sein Herz ein wenig schneller schlug. »Du scheinst ja nicht sehr überrascht zu sein, dass er doch nicht tot ist. Percy meine ich.« Er war vage gekränkt; er hatte einigen Aufwand betrieben, um den Anschein zu erwecken, dass Percy im Gefängnis gestorben war, während er darauf wartete, dass man ihm wegen Sodomie den Prozess machte.

Hal prustete nur.

»Männer wie er sterben nicht einfach so zum passenden Zeitpunkt. Was glaubst du, warum zum Teufel er dir das erzählt?«

Grey unterdrückte die lebhafte Erinnerung an Bergamotte, Rotwein und bittere Orange.

»Ich weiß es nicht. Ich *weiß* aber, dass er französische Interessen vertritt und ...«

»Die einzigen Interessen, die Wainwright je vertreten hat, sind seine eigenen«, unterbrach Hal ihn schroff. Wieder sah er John scharf an. »Du tätest gut daran, das nicht zu vergessen.«

»Ich bezweifle, dass ich den Mann je wiedersehen werde«, erwiderte John, ohne die Andeutung zu beachten, dass ihn sein Bruder für naiv hielt … oder Schlimmeres. Hal legte zwar nichts als Verachtung für das an den Tag, was Richardson über Ben gesagt hatte, und wahrscheinlich war das auch richtig so, doch keiner von ihnen beiden konnte die Möglichkeit ignorieren, dass der Mann die Wahrheit gesagt hatte.

Hal bestätigte diese Annahme, indem er die Faust auf die Feldtruhe niedersausen ließ, so dass die Zinnbecher in die Höhe hüpften und umfielen. Abrupt stand er auf.

»Verdammt«, knurrte er. »Bleib hier!«

»Wohin willst du so plötzlich?«

Hal blieb kurz am Zelteingang stehen. Sein Gesicht war zwar immer noch abgehärmt, doch John erkannte das kampflustige Leuchten in seinen Augen.

»Ich gehe Richardson verhaften.«

»Du kannst ihn doch nicht selbst verhaften, zum Kuckuck!« Auch Grey war jetzt auf den Beinen und griff nach Hals Ärmel. »Zu welchem Regiment gehört er denn?«

»Zum Siebenundzwanzigsten. Aber er ist freigestellt. Ich habe dir doch gesagt, dass er ein Spitzel ist, oder?« Das Wort »Spitzel« triefte vor Verachtung. »Also schön – ich spreche erst mit Sir Henry.« John hatte Hal am Arm gefasst, und bei diesen Worten schlossen sich seine Finger noch fester darum.

»Ich hätte gedacht, du hättest inzwischen genug von Skandalen«, sagte er um Ruhe bemüht. »Hol tief Luft und stell dir vor, was wahrscheinlich passieren wird, wenn du das tust. Vorausgesetzt, Sir Henry würde sich die Zeit nehmen, über dein Ansinnen nachzudenken. Heute, zum Kuckuck?« Draußen konnte er hören, dass die Armee in Bewegung war; es bestand zwar keine Gefahr, von Washingtons Truppen verfolgt zu werden, doch Clinton würde sich hier nicht länger aufhalten. Seine Division würde im Lauf der nächsten Stunde aufbrechen und das Gepäck und die Flüchtlinge erneut unter ihren Schutz nehmen.

Hals Arm war hart wie Marmor unter seiner Hand. Doch er *blieb* stehen und atmete langsam, tief und regelmäßig. Schließlich wandte er den Kopf und sah John in die Augen. Ein Sonnenstrahl betonte gnadenlos jede Falte in seinem Gesicht.

»Nenne mir irgendetwas, das ich nicht tun würde«, sagte er leise, »damit ich Minnie nicht sagen muss, dass Ben tot ist.«

Grey holte seinerseits tief Luft, nickte und ließ los.

»Verstanden. Was auch immer du vorhast, ich helfe dir. Aber erst muss ich zu William. Was Percy gesagt hat …«

»Ah.« Hal blinzelte, und sein Gesicht entspannte sich einen Hauch. »Ja, natürlich. Wir treffen uns hier in einer halben Stunde.«

KAUM HATTE SICH WILLIAM fertig angekleidet, als die Nachricht von Sir Henry eintraf, mit der er mehr oder weniger gerechnet hatte. Sie wurde von Leutnant

Foster überbracht, den er flüchtig kannte. Foster verzog mitfühlend das Gesicht, als er sie ihm überreichte.

William sah sofort, dass sie Sir Henry Clintons persönliches Siegel trug; kein gutes Zeichen. Andererseits … falls man ihn festnehmen wollte, weil er sich am Vortag unerlaubt entfernt hatte, hätte Harry Foster eine bewaffnete Eskorte mitgebracht und ihn ohne Umschweife mitgenommen. Das war zumindest ein wenig ermutigend, und er brach das Siegel auf, ohne zu zögern.

Am Ende war es nur eine kurze Notiz, die ihn davon in Kenntnis setzte, dass er bis auf Weiteres vom Dienst freigestellt war – doch das war alles. Er atmete aus, und erst jetzt fiel ihm auf, dass er die Luft angehalten hatte.

Natürlich würde ihn Sir Henry nicht einkerkern – wie denn und wo, während die Armee auf dem Marsch war? Wenn er ihn nicht in Ketten legen und auf einem Wagen transportieren lassen wollte … Realistisch betrachtet konnte ihn Clinton nicht einmal unter Quartiersarrest stellen, da sein Quartier jetzt über ihm zu wackeln begann, weil der Laufbursche seines Onkels mit dem Abbau des Zeltes begann.

Also schön. Er steckte sich die Note in die Tasche, schob die Füße in seine Stiefel, ergriff seinen Hut und trat ins Freie. Alles in allem fühlte er sich gar nicht so schlecht. Er hatte zwar Kopfschmerzen, aber sie waren erträglich, und er hatte es fertiggebracht zu essen, was Tarleton übrig gelassen hatte.

Wenn sich die Lage beruhigte und Sir Henry Zeit hatte, sich offiziell mit seiner Befehlsverweigerung zu befassen, konnte er Major André auftreiben und ihn erklären lassen, warum er zu Tarleton geritten war, und alles würde gut werden. Unterdessen würde er sich zum Schlafplatz des Lagergefolges begeben und Jane suchen.

Über dem Gewimmel aus improvisierten Unterständen und Abfällen hing ein kräftiger, bitterer Geruch nach frischem Kohl, und an der Straße hatten einige Farmwagen gehalten, die von Frauen umdrängt wurden. Die Armeeköche verpflegten die Flüchtlinge zwar, aber die Rationen waren knapp – und hatten zweifellos unter der Schlacht gelitten.

Er ging die Straße entlang und hielt die Augen nach Jane oder Fanny offen, entdeckte aber keine der beiden. Da sein Blick jedoch auf sehr junge Frauen ausgerichtet war, entging ihm eine, nämlich Peggy Endicott, nicht, die mit einem Eimer in jeder Hand über die Straße schlurfte.

»Miss Peggy! Darf ich Euch meine Hilfe anbieten, Ma'am?« Er lächelte auf sie hinunter, und es erwärmte ihm das Herz zu sehen, wie sich ihr bis dahin etwas nervös verkniffenes Gesicht unter der Haube erhellte.

»Hauptmann!«, rief sie aus und hätte vor Aufregung fast ihre Eimer fallen gelassen. »Oh, ich freue mich *so*, Euch zu sehen! Wir haben uns nämlich alle solche Sorgen um Euch gemacht, in der Schlacht, und wir haben um Eure Sicherheit gebetet, aber Papa hat uns gesagt, Ihr würdet gewiss über die bösen Rebellen siegen, und Gott würde auf Euch aufpassen.«

»Eure gütigen Gebete haben gewirkt«, versicherte er ihr ernst und nahm ihr die Eimer ab. Der eine war mit Wasser gefüllt, der andere mit Rübchen, deren Grün welk über den Rand hing. »Dann geht es Eurer Mama und Eurem Papa gut und Euren Schwestern?«

Sie gingen nebeneinanderher. Peggy tanzte dabei auf den Zehenspitzen und plapperte wie ein freundlicher kleiner Papagei. Williams Blick suchte die Menge weiter nach Jane oder Fanny ab; normalerweise schlugen sie ihr Lager gern in der Nähe der Waschfrauen auf, da es in der Nähe dieser respekteinflößenden Damen sicherer war als in anderen Teilen des Lagers. Heute Morgen waren ihre Kessel natürlich kalt, doch der Geruch der Seife hing in der feuchten Luft wie der Abschaum auf einem Kessel Schmutzwäsche.

Er hatte immer noch keine Spur von den Mädchen gesehen, als er den Wagen der Endicotts erreichte – der, wie er erfreut feststellte, auf allen vier Rädern stand. Er wurde von sämtlichen Endicotts herzlich begrüßt, obwohl die Mädchen und Mrs. Endicott großen Wirbel um die Beule auf seinem Kopf machten, als er den Hut absetzte, um ihnen beim Aufladen zu helfen.

»Nichts, Ma'am, nur eine kleine Prellung«, versicherte er Mrs. Endicott zum neunten Mal, als sie ihn drängte, sich in den Schatten zu setzen und ein bisschen Wasser mit einem winzigen Tropfen Brandy zu trinken, denn zum Glück hatten sie da noch welchen …

Anne, die sich in seine Nähe manövriert hatte und ihm Gegenstände zum Aufladen reichte, beugte sich mit einer Teekiste zu ihm herüber, so dass ihre Hand die seine streifte – absichtlich, dessen war er sich sicher.

»Meint Ihr, Ihr werdet länger in New York bleiben?«, fragte sie und bückte sich, um einen Koffer aufzuheben. »Oder vielleicht – Ihr müsst mir meine Neugier verzeihen, aber die Leute werden nun einmal reden – nach England zurückkehren? Miss Jernigan sagte, das würdet Ihr vielleicht tun.«

»Miss … oh, natürlich.« Er erinnerte sich an Mary Jernigan, eine äußerst kokette Blondine, mit der er auf einem Ball in Philadelphia getanzt hatte. Er blickte über die Menge der flüchtenden Loyalisten hinweg. »Ist sie hier?«

»Ja«, erwiderte Anne ein wenig knapp. »Dr. Jernigan hat einen Bruder in New York; sie werden erst einmal bei ihm bleiben.« Sie nahm sich zusammen – er konnte sehen, dass sie es bedauerte, seine Aufmerksamkeit auf Mary Jernigan gelenkt zu haben – und lächelte ihn an, so dass auf ihrer linken Wange ein Grübchen erschien. »Aber Ihr braucht keine Zuflucht bei unwilligen Verwandten zu suchen, oder? Miss Jernigan hat gesagt, Ihr habt ein riesiges Anwesen, das Euch in England erwartet.«

»Mm«, sagte er unverbindlich. Sein Vater hatte ihn schon früh vor heiratswütigen jungen Damen gewarnt, die es auf sein Vermögen abgesehen hatten, und er war schon einigen begegnet. Doch er *mochte* Anne Endicott und ihre Familie und war geneigt zu glauben, dass sie ihn auch um seiner selbst willen schätzten, trotz seiner Position und der pragmatischen Überlegungen, von denen Anne und ihre Schwestern jetzt geplagt sein mussten, da die Zukunft ihres Vaters derart ungewiss war.

»Ich weiß es nicht«, sagte er und nahm ihr den Koffer ab. »Ich habe wirklich keine Ahnung, was aus mir werden wird. Wer weiß das in Kriegszeiten schon?« Er lächelte ein bisschen wehmütig, und sie schien zu spüren, wie unsicher auch er war, denn sie legte ihm impulsiv eine Hand auf den Ärmel.

»Nun, seid versichert, dass Ihr zumindest Freunde habt, denen am Herzen liegt, was aus Euch wird«, sagte sie leise.

»Danke«, entgegnete er und wandte sein Gesicht dem Wagen zu, damit sie nicht sah, wie sehr ihn das berührte.

Doch im Umdrehen fiel ihm eine Bewegung ins Auge, jemand, der sich gezielt durch die Menge auf ihn zu kämpfte, und Anne Endicotts sanfte dunkle Augen verschwanden abrupt aus seinen Gedanken.

»Sir!« Es war sein Pferdeknecht, Colenso Baragwanath, der vom anstrengenden Laufen keuchte. »Sir, habt Ihr …«

»Da bist du ja, Baragwanath! Was zum Teufel machst du hier, und wo hast du Madras gelassen? Es gibt gute Nachrichten, Visigoth ist wieder da. Oberst Tarleton hat ihn, und – was ist, zum Kuckuck?« Denn Colenso wand sich auf der Stelle, als hätte er eine Schlange in der Hose, und sein kantiges Gesicht verzog sich vor lauter Mitteilungsbedürfnis.

»Jane und Fanny sind fort, Sir!«

»Fort? Wo sind sie hin?«

»Weiß nicht, Sir. Aber sie sind fort. Ich wollte meine Jacke holen, und der Unterschlupf stand noch, aber ihre Sachen waren weg, und ich konnte sie nicht finden, und als ich die Leute gefragt habe, die neben uns lagern, haben sie gesagt, die Mädchen hätten ihre Bündel zusammengerollt und sich davongeschlichen!«

William vergeudete keine Zeit damit zu fragen, wie man sich aus einem offenen Lager mit mehreren tausend Menschen schleichen konnte, ganz zu schweigen davon, warum das wohl notwendig sein sollte.

»In welche Richtung sind sie denn gegangen?«

»Dorthin, Sir!« Colenso zeigte auf die Straße.

William rieb sich das Gesicht und hielt abrupt inne, als er die empfindliche Schwellung an seiner linken Schläfe berührte.

»Autsch. Ach, zum Teufel – oh, ich bitte um Verzeihung, Miss Endicott.« Denn an diesem Punkt wurde ihm bewusst, dass Anne Endicott mit großen, neugierigen Augen neben ihm stand.

»Wer sind denn Jane und Fanny?«, fragte sie interessiert.

»Äh … zwei junge Damen, die unter meinem Schutz reisen«, fügte er hinzu. Er wusste zwar genau, welche Wirkung *diese* Information wahrscheinlich haben würde, aber es war nicht zu ändern. »*Sehr* junge Damen«, fügte er in der vergeblichen Hoffnung hinzu, dadurch besser dazustehen. »Die Töchter eines … äh, entfernten Verwandten.«

»Oh«, sagte sie, und ihre Miene war alles andere als überzeugt. »Aber sie sind davongelaufen? Warum sollten sie so etwas tun?«

»Weiß der … äh, Verzeihung, Ma'am. Ich weiß es nicht, aber ich muss los, um es herauszufinden. Würdet Ihr mich bei Euren Eltern und Euren Schwestern entschuldigen?«

»Ich – natürlich.« Sie streckte ihm die Hand entgegen, zog sie dann aber wieder zurück. Ihre Miene war verblüfft und gekränkt zugleich. Das tat ihm leid, doch er hatte keine Zeit, etwas dagegen zu tun.

»Euer Diener, Ma'am«, sagte er, verneigte sich und ging.

AM ENDE WURDE aus der halben Stunde ein halber Tag, bis John Hal wiedersah. Er fand seinen Bruder ganz zufällig an der Straße nach Norden, wo Hal den vorbeimarschierenden Kolonnen zusah. Der Großteil des Lagers war bereits unterwegs; jetzt rumpelten nur noch die Feldküchen und die Waschkessel vorüber, und dahinter breitete sich die ungeordnete Masse des Lagergefolges aus wie die Läuseplage über Ägypten.

»William ist fort«, sagte er ohne Umschweife zu Hal. Hal nickte mit finsterer Miene.

»Richardson auch.«

»Verdammt.«

Hals Knecht stand mit zwei Pferden in der Nähe. Hal wies mit dem Kopf auf eine dunkelbraune Stute und nahm die Zügel seines eigenen Pferdes, eines hellen Fuchswallachs mit einer Blesse und einem weißen Fuß.

»Was meinst du, wohin wir gehen?«, erkundigte sich John, als er sah, dass sein Bruder den Wallach nach Süden wandte.

»Philadelphia«, erwiderte Hal verkniffen. »Wohin denn sonst?«

Eigentlich konnte sich Grey eine ganze Reihe von Alternativen vorstellen, doch er erkannte eine rhetorische Frage, wenn er eine hörte, und begnügte sich damit zu fragen: »Hast du ein sauberes Taschentuch?«

Hal warf ihm einen verständnislosen Blick zu, dann kramte er in seinem Ärmel und zog ein zerknittertes, aber unbenutztes Stück Leinen hervor.

»Sieht so aus. Warum?«

»Ich vermute, dass wir irgendwann eine Parlamentärflagge brauchen werden. Da die Kontinentalarmee ja gegenwärtig zwischen uns und Philadelphia liegt, meine ich.«

»Ach so.« Hal stopfte sich das Taschentuch wieder in den Ärmel und schwieg, bis sie die letzten Nachzügler der Flüchtlingshorde passiert hatten und sich mehr oder weniger allein auf der Straße nach Süden befanden.

»In all dem Durcheinander konnte es niemand mit Sicherheit sagen«, sagte er schließlich, als hätte er vor zehn Sekunden zuletzt gesprochen. »Aber es sieht sehr danach aus, als ob Hauptmann Richardson desertiert ist.«

»Was?!«

»Eigentlich ja kein schlechter Zeitpunkt«, meinte Hal nachdenklich. »Es wäre tagelang nicht aufgefallen, dass er fort ist, wenn ich nicht gekommen wäre und nach ihm gefragt hätte. Er war aber gestern Abend im Lager, und wenn er sich nicht als Fuhrmann oder als Waschfrau verkleidet hat, ist er nicht mehr hier.«

»Das wiederum kommt mir nicht sehr wahrscheinlich vor«, sagte Grey. »William *war* heute Morgen noch hier – dein Laufbursche und sein junger Pferdeknecht haben ihn gesehen, genau wie ein gewisser Oberst Tarleton von der Britischen Legion, der mit ihm gefrühstückt hat.«

»Wer? Ach, der.« Hal tat Tarleton mit einer Geste ab. »Clinton hält viel von ihm, aber ich traue keinem Mann, der Lippen hat wie ein Mädchen.«

»Wie dem auch sei; er scheint nichts mit Williams Verschwinden zu tun zu haben. Der Knecht meint, William ist auf die Suche nach zwei … jungen Frauen im Lagergefolge gegangen.«

Hal sah ihn mit hochgezogener Augenbraue an.

»Was denn für junge Frauen?«

»Wahrscheinlich genau die Sorte, die du denkst«, erwiderte John ein wenig gereizt.

»So früh am Morgen, nachdem man ihm gestern fast den Schädel eingeschlagen hat? Und junge Frauen, Plural? Der Junge hat Stehvermögen, das muss man sagen.«

Grey hätte in diesem Moment durchaus eine ganze Reihe anderer Dinge über William sagen können, unterließ es aber.

»Du meinst also, Richardson ist desertiert und hat William mitgenommen – freiwillig oder unfreiwillig?« Das hätte erklärt, warum Hal so auf Philadelphia fixiert war; wenn Percy recht hatte und Richardson tatsächlich ein amerikanischer Agent war, wohin hätte er im Moment sonst gehen sollen, erst recht mit einem Gefangenen – oder einem ahnungslosen Tölpel – im Schlepptau?

»Es scheint mir das Wahrscheinlichste zu sein. Außerdem …« Hal zögerte einen Moment, doch dann nahm sein Mund einen entschlossenen Zug an. »Wenn ich glauben würde, dass Benjamin tot wäre, was würde man dann von mir erwarten?«

»Dass du losziehst und Erkundigungen über seinen Tod einholst«, erwiderte Grey und unterdrückte das unangenehme Gefühl, das diese Vorstellung in ihm hervorrief. »Oder zumindest Anspruch auf seine Leiche erhebst.«

Hal nickte.

»Ben wurde – oder wird – an einem Ort in New Jersey namens Morristown festgehalten. Ich bin noch nicht dort gewesen, aber es liegt mitten in Washingtons größter Hochburg, in den Watchungbergen. Ein wahres Rebellennest.«

»Und es wäre unwahrscheinlich, dass du eine solche Reise mit einem großen Trupp Bewaffneter unternimmst«, stellte John fest. »Du würdest allein gehen oder vielleicht mit einem Laufburschen, einem Fähnrich oder zwei. Oder mit mir.«

Hal nickte. Eine Weile ritten sie schweigend weiter, ein jeder allein mit seinen Gedanken.

»Du reitest also nicht in die Watchungberge«, sagte Grey schließlich. Sein Bruder seufzte tief und presste den Mund zusammen.

»Nicht unmittelbar. Wenn ich Richardson einholen kann, finde ich ja vielleicht heraus, was wirklich mit Ben passiert ist – oder nicht passiert ist. Danach …«

»Hast du einen Plan, wie du vorgehen willst, wenn wir in Philadelphia sind?«, erkundigte sich Grey. »Angesichts der Tatsache, dass sich die Stadt in den Händen der Rebellen befindet?« Hals Mund wurde schmal.

»Bis wir da sind, habe ich einen.«

»Das kann ich mir vorstellen. Ich habe aber jetzt schon einen.«

Hal sah ihn an und strich sich mit dem Daumen eine feuchte Haarsträhne hinter das Ohr. Sein Haar war achtlos zusammengebunden; er hatte sich heute Morgen nicht die Mühe gemacht, es flechten oder zu einem Soldatenzopf binden zu lassen; ein sicheres Zeichen seiner Erregung.

»Beinhaltet er irgendetwas, das offenkundiger Irrsinn ist? Das ist ja bei deinen besseren Plänen immer so.«

»Ganz und gar nicht. Wie ich schon sagte, werden wir mit Sicherheit auf die Kontinentalsoldaten stoßen. Vorausgesetzt, man erschießt uns nicht gleich auf Anhieb, holen wir unsere Parlamentärflagge hervor …«, er wies kopfnickend auf den Ärmel seines Bruders, aus dem ein Zipfel des Taschentuchs hervorlugte, »… und verlangen, dass man uns zu General Fraser bringt.«

Hal sah ihn verblüfft an.

»*James* Fraser?«

»Ebendieser.« Greys Magen verkrampfte sich bei diesem Gedanken noch ein wenig mehr. Sowohl bei dem Gedanken, Jamie wiederzusehen – als auch bei dem Gedanken, ihm von William zu berichten. »Er hat in Saratoga mit Benedict Arnold gekämpft, und seine Frau versteht sich sehr gut mit dem Mann.«

»Dann möge Gott Benedict Arnold beistehen«, murmelte Hal.

»Und wer hätte einen besseren Grund, uns in dieser Sache zu helfen, als Jamie Fraser?«

»Wer, in der Tat?« Eine Weile ritten sie schweigend weiter, Hal anscheinend gedankenverloren. Erst als sie anhielten, um einen Bach zu suchen und die Pferde zu tränken, sprach er wieder, während ihm das Wasser, mit dem er sich bespritzt hatte, über das Gesicht rann.

»Du hast also nicht nur irgendwie Frasers Frau geheiratet, sondern während der letzten fünfzehn Jahre auch noch zufällig seinen unehelichen Sohn großgezogen?«

»So sieht es aus«, sagte Grey in einem Tonfall, von dem er hoffte, dass er seinen Unwillen, darüber zu reden, hinreichend ausdrückte. Ausnahmsweise verstand Hal den Hinweis.

»Ich verstehe«, sagte er. Ohne weitere Fragen trocknete er sich das Gesicht mit der Parlamentärflagge ab und stieg in den Sattel.

87

MONDAUFGANG

Es war kein friedvoller Tag gewesen. Anscheinend hatte Jamie tags zuvor noch genügend Geistesgegenwart besessen – auch wenn er sich nicht daran erinnern konnte –, um La Fayette eine kurze Note zu schreiben, in der er ihm erklärte, was geschehen war, und dem Marquis seine Männer anvertraute. Diese hatte er durch Leutnant Bixby überbringen lassen und ihn angewiesen, die Hauptmänner und Milizkommandeure seiner Kompanien zu informieren. Woraufhin er alles andere außer Claire vergessen hatte.

Alles andere hatte *ihn* jedoch nicht vergessen. Die Sonne stand kaum am Himmel, als ein Strom von Offizieren auf der Suche nach General Fraser an Mrs. Mackens Tür auftauchte. Mrs. Macken vermutete in jedem Ankömmling den möglichen Überbringer schlechter Nachrichten über ihren immer noch verschollenen Mann, und der Geruch nach angebranntem Porridge stieg durch das Haus und drang in die Wände ein wie der Geruch der Angst.

Einige kamen mit Fragen, andere mit Neuigkeiten oder Gerüchten – General Lee war des Dienstes enthoben worden, stand unter Arrest, war nach Philadelphia geritten, hatte die Fronten gewechselt und sich General Clinton angeschlossen, hatte sich erhängt, hatte Washington zum Duell herausgefordert. Ein Bote Washingtons kam mit einer persönlichen Note, in der ihm der General sein Mitgefühl und seine guten Wünsche ausdrückte, ein weiterer von La Fayette mit einem riesigen Korb voller Lebensmittel und einem halben Dutzend Flaschen Rotwein.

Jamie konnte nichts zu sich nehmen, sondern schenkte Mrs. Macken das Essen. Doch er behielt ein paar Flaschen Wein für sich, und irgendwann im Lauf des Tages öffnete er eine davon und trank gelegentlich einen Schluck daraus, während er Claires Lippen mit Wasser befeuchtete, sie beobachtete und betete.

Judah Bixby kam und ging wie ein hilfsbereiter Geist – er tauchte auf und verschwand wieder, schien aber immer da zu sein, wenn etwas gebraucht wurde.

»Die Milizkompanien …«, begann Jamie, doch dann wusste er nicht mehr, was er hatte fragen wollen. »Sind sie …?«

»Die meisten von ihnen sind heimgekehrt, Sir«, sagte Bixby, während er einen Korb Bierflaschen auspackte. »Ihre Dienstverpflichtung endete am Dreißigsten – das ist heute, Sir«, fügte er leise hinzu. »Aber die meisten sind gestern schon aufgebrochen.«

Jamie, der gar nicht gemerkt hatte, dass er die Luft anhielt, atmete aus und empfand einen Hauch von Frieden.

»Ich vermute, dass es Monate dauern wird, bis man sagen kann, ob es ein Sieg war oder nicht«, sagte Bixby. Er zog den Korken aus einer Bierflasche, dann aus einer zweiten und reichte Jamie eine. »Eine Niederlage war es jedenfalls nicht. Sollen wir darauf trinken, Sir?«

Jamie war erschöpft von der Sorge und vom Beten, doch er brachte ein flüchtiges Lächeln für Judah zuwege und dankte Gott mit einem raschen Wort für den Jungen.

Dann, als Judah fort war, begann er ein deutlich ausführlicheres Gebet für seinen Neffen. Ian war noch nicht zurück, und keiner von Jamies Besuchern hatte irgendetwas von ihm gehört. Rachel war gestern Abend spät zurückgekehrt, kreidebleich und schweigend, und war bei Tagesanbruch erneut aufgebrochen. Dottie hatte ihr angeboten mitzugehen, doch Rachel hatte abgelehnt; eigentlich wurden sie beide gebraucht, um für die Verwundeten zu sorgen, die auch jetzt noch eintrafen, und für die, die Unterschlupf in den Häusern und Scheunen von Freehold gefunden hatten.

»Ian«, dachte Jamie und richtete sich flehend an seinen Freund. »Gib in Gottes Namen acht auf unseren Jungen, denn ich kann es nicht. Es tut mir leid.«

Claires Fieber war während der Nacht gestiegen, dann schien es mit Tagesanbruch ein wenig zu sinken; hin und wieder war sie bei Bewusstsein und konnte ein paar Worte sprechen, doch meistens döste sie unruhig vor sich hin, ihre Atmung ein flaches Hecheln, bis sie plötzlich aus tiefster Seele aufkeuchte und davon aufwachte – sie träumte, sie würde erstickt, sagte sie. Er gab ihr dann so viel Wasser, wie sie trinken wollte, und benetzte ihr noch einmal das Haar, danach sank sie erneut in ihre Fieberträume, murmelnd und stöhnend.

Allmählich fühlte er sich, als durchlebte auch er einen Fiebertraum; gefangen in endlosen Wiederholungen von Gebeten und Wasser, unterbrochen durch die Heimsuchungen einer verschwundenen, fremden Welt.

Vielleicht war dies ja das Fegefeuer, dachte er und lächelte schwach bei der Erinnerung daran, wie er vor so vielen Jahren auf dem Moor von Culloden erwacht war, die Augenlider mit Blut verklebt, sich für tot gehalten hatte und dankbar dafür gewesen war, selbst wenn ihm dann zunächst das Fegefeuer blühte – welches ein vager, unbekannter Zustand war, wahrscheinlich unangenehm, jedoch nichts, was er fürchtete.

Was er fürchtete, war das, was ihm jetzt womöglich bevorstand.

Er *war* zu dem Schluss gekommen, dass er sich nicht umbringen konnte, selbst wenn sie starb. Selbst wenn er sich dazu durchringen könnte, eine Sünde von dieser Größenordnung zu begehen, gab es doch Menschen, die ihn brauchten, und sie im Stich zu lassen würde eine noch größere Sünde sein als die bewusste Zerstörung der Gottesgabe seines Lebens. Doch ohne sie zu leben – er sah ihr obsessiv beim Atmen zu, zählte zehn Atemzüge, ehe er wirklich glaubte, dass sie nicht aufgehört hatte –, das würde gewiss sein höchstpersönliches Fegefeuer sein.

Er dachte zwar nicht, dass er den Blick von ihr abgewendet hatte, und vielleicht hatte er das auch tatsächlich nicht getan, doch als er aus diesen Gedanken auftauchte, sah er, dass sie die Augen geöffnet hatte, sanfte dunkle Flecken im

Weiß ihres Gesichtes. Das Licht war zu den letzten Momenten der Dämmerung verblasst, und alle Farbe war aus dem Zimmer gewichen, so dass sie in staubiges Zwielicht getaucht waren, das kein Tageslicht mehr war, aber auch noch nicht die Nacht. Er sah, dass ihr Haar fast trocken war und sich in Massen auf dem Kissen ringelte.

»Ich habe … beschlossen … nicht zu sterben«, sagte sie, und ihre Stimme war kaum mehr als ein Flüstern.

»Oh. Gut.« Er hatte Angst, sie zu berühren, weil er fürchtete, ihr weh zu tun, doch er hielt es nicht aus, es nicht zu tun. Er legte seine Hand über die ihre, so leicht er konnte, und stellte fest, dass sie kühl war, trotz der Hitze, die sich in dem kleinen Dachbodenzimmer gesammelt hatte.

»Ich *könnte* es nämlich tun.« Sie schloss ein Auge und sah ihn mit dem anderen anklagend an. »Ich *möchte* es auch; das hier ist … wirklich furchtbar.«

»Ich weiß«, flüsterte er und hob ihre Hand an seine Lippen. Ihre Knochen waren zerbrechlich, und sie hatte nicht die Kraft, ihm die Hand zu drücken; ihre Finger lagen schlaff in den seinen.

Sie schloss die Augen, und eine Weile hörte er sie nur atmen.

»Weißt du auch, warum?«, sagte sie plötzlich und öffnete die Augen.

»Nein.« Ihm lag schon ein Scherz darüber auf der Zunge, dass sie erst noch ihr Rezept für die Herstellung von Äther aufschreiben musste, doch ihr Ton war todernst, und er ließ es bleiben.

»Weil«, sagte sie und hielt mit einer kleinen Grimasse inne, die ihm im Herzen weh tat. »Weil«, sagte sie mit zusammengebissenen Zähnen, »ich weiß, wie es sich angefühlt … hat, als ich … dachte, du bist tot, und …« Sie holte mit einem kleinen Keuchlaut Luft, und ihr Blick ließ den seinen nicht mehr los. »Und ich würde dir das nicht antun.« Ihre Brust senkte sich, und ihre Augen schlossen sich.

Es verstrich ein langer Augenblick, bevor er sprechen konnte.

»Danke, Sassenach«, flüsterte er und hielt ihre kleine kalte Hand zwischen seinen großen, warmen Händen und sah ihr beim Atmen zu, bis der Mond aufging.

ICH KONNTE DEN MOND durch das winzige Fenster sehen; wir waren auf dem Speicher des Hauses des Ehepaars Macken. So viel hatte ich trotz meiner Fieberfantasien mitbekommen. Es war der erste Hauch des zunehmenden Mondes, doch der Mond war vollständig zu sehen, eine perfekte Kugel aus Violett und Indigo, eingefasst in einer Sichel aus Licht, die zwischen den Sternen erstrahlte. Der neue Mond zusammen mit dem alten, nannten es in England die Leute auf dem Land. In Fraser's Ridge sagten sie, der Mond hält das Wasser.

Das Fieber war fort. Es hatte mich erschöpft und benommen zurückgelassen und so schwach wie eine neugeborene Maus. Meine Seite war von der Hüfte bis zur Achsel geschwollen, heiß und empfindlich, doch ich war mir sicher, dass es nur die Nachwirkungen der Operation waren. Es gab keine nennenswerte Infektion; nur eine kleine Rötung rings um die Oberfläche des Einschnitts.

Ich fühlte mich selbst wie der neue Mond; ich konnte den Schatten von Schmerz und Tod noch deutlich sehen – doch nur, weil das Licht diesen Schatten warf. Andererseits gab es immer noch kleine Alltäglichkeiten – und Würdelosigkeiten –, mit denen ich fertigwerden musste. Ich musste pinkeln, und ich konnte mich nicht allein hinsetzen, geschweige denn, mich über einen Nachttopf hocken.

Ich hatte keine Ahnung, wie spät es war, obwohl es angesichts des Mondscheins nicht mitten in der Nacht sein konnte. Doch das Haus war still – Leutnant Macken war am späten Nachmittag unversehrt zurückgekehrt und hatte mehrere andere Männer mitgebracht, doch sie waren zu erschöpft gewesen, um zu feiern; eine Etage tiefer konnte ich es leise schnarchen hören. Ich konnte nicht alle wecken, indem ich Loretta Macken um Hilfe anrief. Mit einem Seufzer beugte ich mich vorsichtig über die Bettkante und räusperte mich.

»Sassenach? Geht es dir gut?« Ein Teil der Dunkelheit auf dem Fußboden bewegte sich plötzlich und nahm einen Jamie-förmigen Umriss an.

»Ja. Und du?«

Das brachte mir den Hauch eines Lachens ein.

»Ich werd's überleben, Sassenach«, sagte er leise, und ich hörte es rascheln, als er sich bewegte, um aufzustehen. »Ich bin froh, dass du dich gut genug fühlst, um zu fragen. Brauchst du Wasser?«

»Äh … eigentlich genau das Gegenteil«, sagte ich.

»Oh? Oh.« Er bückte sich, ein heller Fleck in seinem Hemd, um unter das Bett nach dem Nachttopf zu greifen. »Brauchst du Hilfe?«

»Sonst hätte ich dich bestimmt nicht aufgeweckt«, sagte ich ein bisschen gereizt. »Ich hatte das Gefühl, dass ich nicht auf Mrs. Macken oder Dottie warten könnte.« Er prustete leise und fasste mir unter die Arme, um mich zum Sitzen aufzurichten.

»Also wirklich«, flüsterte er. »Es ist ja nicht so, dass du das – und jede Menge Schlimmeres – nicht auch schon für mich getan hättest.«

Das stimmte zwar, machte die Sache aber nicht einfacher. Jamie manövrierte mir, beruhigend vor sich hin murmelnd, mehr oder weniger geschickt den Nachttopf unter mein Gesäß, woraufhin ich ihn sofort anwies: »Du kannst mich jetzt loslassen. Und vielleicht aus dem Zimmer gehen?«

»Vielleicht auch nicht«, sagte er, immer noch geduldig, aber in einem Ton, der anzeigte, dass seine Entscheidung feststand. »Wenn ich dich loslasse, fällst du auf die Seite oder aufs Gesicht, und das weißt du genau, also sei still und mach einfach, aye?«

Es dauerte eine Weile – alles, was Druck auf meinen Bauch ausübte, einschließlich des Urinierens, war bemerkenswert schmerzhaft –, doch schließlich war ich fertig, rutschte vorsichtig zur Seite und sank dankbar, aber leise stöhnend wieder in die Waagerechte und auf die Kissen. Jamie hatte währenddessen den Nachttopf gehalten und ergriff ihn nun, um den Inhalt anscheinend nach Art der Edinburgher aus dem Fenster kippen zu wollen.

»Nein, warte!«, sagte ich. »Heb es bis zum Morgen auf.«
Er hielt inne.
»Warum denn das?«, fragte er in einer Mischung aus Argwohn und Erstaunen. Anscheinend hatte er den Verdacht, dass ich immer noch im Fieberwahn war und über irgendeine furchtbar irrationale Verwendung des Inhalts nachdachte, wollte das aber nicht sagen, da es ja möglich war, dass ich doch etwas Logisches, wenn auch Bizarres plante. Ich hätte gern gelacht, aber es war zu schmerzhaft.
»Ich muss es mir ansehen, wenn es hell wird, um sicher zu sein, dass kein Blut darin ist«, erklärte ich. »Meine rechte Niere tut weh; ich möchte Gewissheit haben, dass sie nicht beschädigt ist.«
»Ah.« Er stellte das Nachtgeschirr behutsam hin, und zu meiner Überraschung öffnete er die Tür und glitt mit leisen Schritten wie ein Fuchs auf der Jagd hinaus. Einmal hörte ich es knarzen, als er auf eine Treppenstufe trat, dann jedoch nichts mehr, bis ein Leuchten seine Rückkehr mit einer Kerze verkündete.
»Dann sieh nach«, sagte er. Er hob den Topf wieder auf und brachte ihn mir. »Ich weiß doch, dass es dir keine Ruhe lassen würde, wenn du bis zum Tagesanbruch warten müsstest.«
Er klang zwar schicksalsergeben, doch diese kleine Aufmerksamkeit brachte mich an den Rand der Tränen. Er hörte, wie ich die Luft anhielt, und beugte sich alarmiert über mich, um mir das Licht vor das Gesicht zu halten.
»Ist alles gut, Sassenach? Ist es so schlimm?«
»Nein«, sagte ich und wischte mir hastig mit einem Zipfel des Lakens über die Augen. »Nein … es … es ist alles gut. Es ist nur … oh, Jamie, ich liebe dich!« Dann ließ ich den Tränen ihren Lauf und schniefte und schluchzte wie eine komplette Idiotin.
»Es tut mir leid«, keuchte ich und versuchte, mich wieder in den Griff zu bekommen. »Es ist alles gut, ich habe nichts, es ist nur …«
»Aye, ich weiß genau, was es nur ist«, sagte er. Er stellte den Kerzenständer und den Topf auf den Boden und setzte sich vorsichtig balancierend neben mir auf die Bettkante.
»Du bist verletzt, *a nighean*«, sagte er leise und strich mir das Haar von den feuchten Wangen, »und vom Fieber und Hunger zu Tode erschöpft. Es ist doch kaum noch etwas von dir übrig, oder, du armes kleines Ding?«
Ich schüttelte den Kopf und klammerte mich an ihn.
»Von dir ist doch auch nicht mehr viel übrig«, brachte ich heraus, indem ich es feucht in sein Hemd murmelte. Er stieß einen kleinen belustigten Laut aus und rieb mir ganz sacht den Rücken.
»Genug, Sassenach«, sagte er. »Genug. Fürs Erste.«
Ich seufzte und tastete unter dem Kissen nach einem Taschentuch, um mir die Nase zu putzen.
»Besser?«, fragte er und wollte aufstehen.

»Ja. Aber geh nicht.« Ich legte ihm eine Hand auf das Bein, hart und warm unter meiner Haut. »Kannst du dich eine Minute neben mich legen? Mir ist furchtbar kalt.« So war es tatsächlich, obwohl ich an der Feuchtigkeit und dem Salz auf seiner Haut erkannte, dass es ziemlich heiß im Zimmer war. Doch ich hatte so viel Blut verloren, dass ich fröstelte und nach Luft schnappte; ich konnte keinen Satz beenden, ohne innezuhalten und Luft zu holen, und meine Arme waren permanent von Gänsehaut überzogen.

»Aye. Beweg dich nicht; ich komme auf die andere Seite.« Er umrundete das Bett und legte sich ganz behutsam hinter mich. Es war ein schmales Bett, gerade eben breit genug für uns beide, wenn wir uns eng aneinanderschmiegten.

Ich atmete vorsichtig aus und entspannte mich langsam an seinem Körper, badete im Gefühl seiner Wärme und seines tröstenden Körpers.

»Elefanten«, sagte ich und holte so flach Atem, dass ich gerade noch sprechen konnte. »Wenn eine Elefantenkuh stirbt, versucht manchmal ein Männchen, sich mit ihr zu paaren.«

Beredtes Schweigen hinter mir, dann näherte sich eine große Hand und legte sich prüfend auf meine Stirn.

»Entweder hast du wieder Fieber, Sassenach«, raunte er mir ins Ohr, »oder du hast wirklich perverse Ideen. Du willst doch nicht ernsthaft, dass ich …«

»Nein«, sagte ich hastig. »Nicht im Moment, nein. Und ich sterbe ja auch nicht. Es ist mir nur gerade eingefallen.«

Er stieß einen belustigten schottischen Laut aus, hob mir das Haar aus dem Nacken und küsste mich dort.

»Da du ja nicht stirbst«, sagte er, »reicht das vielleicht für den Augenblick?«

Ich nahm seine Hand und legte sie auf meine Brust. Langsam wurde mir wärmer, und meine eisigen Füße, die ich an seine Schienbeine gepresst hatte, entspannten sich ebenfalls. Das Fenster war jetzt von Sternen erfüllt, dunstig von der feuchtwarmen Sommernacht, und plötzlich fehlten mir die kühlen, klaren, schwarzen Samtnächte der Berge, ihre riesigen flammenden Sterne, so nah, dass man sie vom höchsten Bergkamm aus berühren konnte.

»Jamie?«, flüsterte ich. »Können wir nach Hause gehen? Bitte?«

»Aye«, sagte er leise. Er hielt meine Hand, und Schweigen erfüllte das Zimmer wie Mondlicht, während wir uns beide fragten, wo zu Hause wohl sein mochte.

88

EIN HAUCH VON ROQUEFORT

Von den Besucherscharen des Vortags hatte ich niemanden gesehen, obwohl mir Jamie davon erzählt hatte. Doch der heutige Tag brachte einen besonderen Besucher für mich. Mrs. Macken begleitete ihn trotz ihrer fortgeschrittenen Schwangerschaft die Treppe hinauf und führte ihn mit großem Respekt in mein kleines Zimmer.

Er war nicht in Uniform und war – für seine Verhältnisse – ziemlich nüchtern gekleidet, mit Rock und Hose in einem Grau, das man mit Fug und Recht als dumpf bezeichnen konnte, obwohl er dann doch nicht anders gekonnt hatte, als dazu eine gut sitzende taubengraue Weste anzuziehen, die seiner Haarfarbe enorm schmeichelte.

»Wie geht es dir, meine Liebe?«, fragte er und setzte den Hut ab. Ohne eine Antwort abzuwarten, ließ er sich neben dem Bett auf seine Knie sinken, nahm meine Hand und hauchte einen Kuss darauf. Ich sah, dass sein blondes Haar gewaschen war – ich roch seine Bergamottseife – und auf eine einheitliche Länge geschnitten worden war. Da diese Länge keine drei Zentimeter betrug, erinnerte es mich unwiderstehlich an ein flauschiges Entlein. Ich lachte, dann keuchte ich auf und presste mir die Hand auf die Seite.

»Bring sie nicht zum Lachen!«, sagte Jamie und betrachtete John finster. Sein Ton war zwar kalt, doch ich sah, wie auch er Johns Aussehen musterte und sein rechter Mundwinkel zuckte.

»Ich weiß«, sagte John reumütig zu mir. Er fuhr sich mit der Hand über den Kopf und schenkte Jamie keinerlei Beachtung. »Ist es nicht furchtbar? Ich sollte wirklich eine Perücke tragen, um den Anstand zu wahren, aber ich konnte das in der Hitze nicht ertragen.«

»Das kann ich dir nicht verdenken«, sagte ich zu ihm und fuhr mir selbst mit der Hand durch die Haarmassen, die mal wieder auf meinen Schultern trockneten. »Obwohl ich noch nicht an dem Punkt angelangt bin, an dem ich mir freiwillig den Kopf kahl scheren würde«, fügte ich betont hinzu, ohne Jamie anzusehen.

»Tu es nicht. Es würde dir nicht stehen«, versicherte mir John.

»Wie geht es deinem Auge?«, fragte ich und versuchte vorsichtig, mich etwas aus den Kissen aufzurichten. »Lass mich einen Blick darauf werfen.«

»Bleib, wo du bist«, sagte er. Er beugte sich über mich und öffnete beide Augen weit. »Ich glaube, gut. Es ist noch ein bisschen empfindlich, wenn man es berührt, und hin und wieder sticht es, wenn ich es zu weit nach oben oder nach rechts bewege, aber – riechst du hier auch französischen Käse?«, unterbrach er sich ein wenig verblüfft.

»Mmm.« Ich betastete vorsichtig die Haut rings um das Auge, die nur noch leicht geschwollen war. Die Lederhaut war immer noch blutunterlaufen, aber die Blutergüsse waren zurückgegangen, abgesehen von einem grünlichen Schatten neben seinem Nasenrücken. Ich zog das Unterlid herunter, um die Bindehaut zu inspizieren; schön schlüpfrig und rosa, kein Anzeichen einer Entzündung. »Tränt es noch?«

»Nur in hellem Sonnenlicht und nicht sehr stark«, versicherte er mir und richtete seinen Rücken wieder auf. Er lächelte mich an. »Danke, meine Liebe.«

Jamie sagte zwar nichts, doch die Art, wie er atmete, hatte etwas deutlich Gereiztes an sich. Ich beachtete ihn nicht. Wenn er vorhatte, uns eine Szene zu machen, konnte ich ihn wohl kaum daran hindern.

»Was willst du hier?«, fragte er denn auch schon abrupt. John blickte mit hochgezogener Augenbraue zu ihm auf, als sei er überrascht, ihn auf der anderen Seite meines Bettes aufragen zu sehen. John erhob sich langsam zum Stehen, ohne den Blick von Jamies Augen abzuwenden.

»Was meinst du?«, fragte er leise. Seine Frage enthielt nicht die Spur einer Herausforderung, und ich konnte sehen, wie sich Jamie plötzlich seiner Feindseligkeit bewusst wurde und John mit leicht gerunzelter Stirn nachdenklich betrachtete.

Johns Mundwinkel verzogen sich sacht.

»Meinst du etwa, ich bin hier, um mit dir um die Gunst dieser Dame zu kämpfen? Oder um sie zu verführen und sie dir zu stehlen?«

Jamie lachte zwar nicht, doch die Falte zwischen seinen Augenbrauen glättete sich.

»Nein«, sagte er trocken. »Und da du nicht schwer verletzt zu sein scheinst, bezweifle ich ebenso, dass du hier bist, um dich verarzten zu lassen.«

John deutete mit einem liebenswürdigen Kopfnicken an, dass diese Schlussfolgerung korrekt war.

»Außerdem bezweifle ich«, sagte Jamie, und seine Stimme nahm einen gereizten Unterton an, »dass du hier bist, um unser letztes Gespräch fortzusetzen.«

John atmete langsam ein und noch langsamer aus, während er Jamie gleichmütig musterte.

»Bist du denn der Meinung, dass zu diesem Thema noch irgendetwas zu sagen ist?«

Beredtes Schweigen. Ich sah vom einen zum anderen, von Jamies verkniffenem Blick zu Johns weit geöffneten blauen Augen, beide Paare fest aufeinander geheftet. Alles, was noch fehlte, waren knurrende Laute und langsam schlagende Ruten.

»Bist du bewaffnet, John?«, erkundigte ich mich freundlich. Er warf mir einen verblüfften Blick zu.

»Nein.«

»Gut«, sagte ich und kämpfte mich leise ächzend zum Sitzen hoch. »Dann wirst du *ihn* ja offensichtlich nicht umbringen …« Ich wies kopfnickend auf

Jamie, der mit halb geballten Fäusten über mich gelehnt stand. »Und wenn er dir beim ersten Mal nicht den Hals umgedreht hat, wird er das jetzt auch nicht tun. Oder?«, fragte ich Jamie mit hochgezogener Augenbraue.

Er musterte mich zwar ausgesprochen herablassend, doch ich sah, wie sich sein Mund etwas entspannte. Und seine Hände.

»Wahrscheinlich nicht.«

»Also dann.« Ich strich mir das Haar aus dem Gesicht. »Sich zu prügeln ist sowieso sinnlos. Und böse Worte würden uns doch nur von der angenehmen Natur dieses Besuchs ablenken, oder?«

Sie verzichteten beide auf eine Antwort.

»Das war eigentlich gar keine rhetorische Frage«, erklärte ich. »Aber lassen wir das.« Ich wandte mich John zu und legte die Hände in den Schoß. »Sosehr ich mich geschmeichelt fühle, glaube ich doch nicht, dass du *ausschließlich* gekommen bist, um dich nach meinem Wohlbefinden zu erkundigen. Wenn du mir also meine vulgäre Neugier verzeihen würdest… warum bist du wirklich hier?«

Jetzt entspannte er sich, nahm sich auf mein Nicken hin den Hocker und legte die Finger um sein Knie.

»Ich bin hier, um dich um deine Hilfe zu bitten«, sagte er direkt an Jamie gewandt. »Aber auch …«, das Zögern war nur kurz, doch ich bemerkte es, »… um dir ein Angebot zu machen. Nicht als *quid pro quo*«, fügte er hinzu. »Das Angebot ist unabhängig von deiner Unterstützung.«

Jamie stieß einen schottischen Laut aus, der zwar tiefe Skepsis signalisierte, aber auch die Bereitschaft zuzuhören. John nickte und holte Luft, bevor er fortfuhr.

»Du hast einmal erwähnt, meine Liebe, dass …«

»Nenn sie nicht so.«

»Deine Frau«, verbesserte John und wandte sich nach einem höflichen Kopfnicken in meine Richtung an Jamie, »hat einmal erwähnt, dass sie – und damit ja wohl auch du – mit General Arnold bekannt ist.«

Jamie und ich wechselten verwunderte Blicke. Er zuckte mit den Schultern und verschränkte die Arme.

»Aye, das stimmt.«

»Gut. Worum ich – und mein Bruder …«, ich sah zwar nicht, wie Jamie bei der Erwähnung des Herzogs zusammenfuhr, doch ich spürte es, »… euch bitten möchten, ist ein Empfehlungsschreiben an Arnold, versehen mit deiner persönlichen Bitte, dass uns der General offiziell Zutritt in die Stadt gewähren möge – und uns seine Unterstützung nicht verweigern möge – zu dem Zweck, eine Suche nach meinem Sohn durchzuführen.«

John atmete vollständig aus und saß mit gesenktem Kopf da, ohne sich zu bewegen. Niemand bewegte sich.

Schließlich stieß Jamie einen langen Seufzer aus und setzte sich auf den anderen Hocker, der im Zimmer stand.

»Sag mir«, sagte er resigniert. »Was hat der kleine Mistkerl jetzt wieder angestellt?«

ALS ER MIT SEINER Geschichte fertig war, holte John Luft, machte Anstalten, sich das verletzte Auge zu reiben, und hielt zum Glück rechtzeitig inne.

»Ich tropfe dir noch etwas Honig hinein, bevor du gehst«, sagte ich zu ihm. »Dann fühlt es sich weniger kratzig an.« Diese zusammenhanglose Bemerkung half, die Pause zu überbrücken, die dadurch entstanden war, dass es Jamie für den Moment die Sprache verschlagen hatte.

»Himmel«, sagte er und rieb sich kräftig das Gesicht. Er trug immer noch das blutige Hemd und die Hose, in der er gekämpft hatte, er hatte sich seit drei Tagen nicht mehr rasiert, hatte kaum geschlafen oder gegessen, und er sah so aus, dass man ihm schon bei Tageslicht nicht gern über den Weg gelaufen wäre, geschweige denn in einer finsteren Gasse. Er holte tief Luft und schüttelte sich wie ein nasser Hund.

»Du meinst also, die beiden sind nach Philadelphia gegangen – William und dieser Richardson. Zusammen.«

»Hast du eine bessere Idee?«, fragte John und zog die Augenbraue hoch.

Jamie stieß einen aufgebrachten Laut aus.

»Ich würde ja gern glauben, dass der Junge nicht so stur und dumm ist, dass er ohne ein Wort mit diesem Richardson losziehen würde. Nicht, nachdem ihn der Mann letztes Jahr in den Great Dismal geschickt und ihn um ein Haar umgebracht hat.«

»Das hat er dir erzählt?«

»Oh. Hat er es dir nicht erzählt?« Für den aufmerksamen Zuhörer lag möglicherweise eine Spur von Verachtung in Jamies Stimme.

»Ich bin mir verdammt sicher, dass er dir *gar nichts* erzählt hat«, erwiderte John scharf. »Er hatte dich vor der Begegnung an der Chestnut Street seit Jahren nicht mehr gesehen, und ich bin mir ziemlich sicher, dass es mir aufgefallen wäre, wenn er Richardson dort im Flur erwähnt hätte.«

»Nein«, sagte Jamie knapp. »Er hat es meinem Neffen Ian Murray erzählt. Zumindest«, korrigierte er sich, »hat es Ian dem entnommen, was er im Fieberwahn gesagt hat, als er ihn aus dem Sumpf gerettet hat. Richardson hatte ihm eine Nachricht für einige Männer in Dismal Town mitgegeben – und gesagt, es wären Loyalisten. Aber die Hälfte der Männer in Dismal Town heißt Washington.«

Johns streitlustige Miene war dahin. Er war kreidebleich, und die verblassenden Blutergüsse hoben sich wie Lepra von seiner Haut ab. Er holte tief Luft, schaute sich im Zimmer um, sah eine halb volle Rotweinflasche auf dem Tisch, griff danach und trank ein Viertel davon in einem Zug.

Er stellte die Flasche hin, erstickte einen Rülpser, erhob sich mit einem knappen Kopfnicken und einem »Einen Moment bitte«, dann ging er hinaus, und Jamie und ich starrten uns verdattert an.

Dieser Zustand änderte sich nicht nennenswert, als John wieder auftauchte, gefolgt vom Herzog von Pardloe. Jamie sagte etwas bemerkenswert Kreatives auf *Gaidhlig*, und ich warf ihm einen Blick voll verblüffter Anerkennung zu.

»Euch auch einen guten Tag, General Fraser«, sagte Hal mit einer korrekten Verbeugung. Wie John war er ebenfalls in Zivil, wenn auch mit einer ziemlich auffälligen Weste mit Brombeerstreifen.

»Ich habe den Dienst quittiert«, sagte Jamie äußerst reserviert. »›Mr. Fraser‹ reicht. Darf ich fragen, welchem Umstand wir die Ehre Eurer Anwesenheit verdanken, Durchlaucht?«

Hals Lippen pressten sich fest aufeinander, doch nach einem Blick auf seinen Bruder ließ er sich zu einer kurzen Zusammenfassung seiner persönlichen Bedenken gegenüber Hauptmann Richardson herab.

»Und ich würde natürlich gern meinen Neffen William zurückholen – sollte er bei Richardson sein. Mein Bruder teilte mir mit, dass Ihr Zweifel daran hegt, dass dies der Fall sein könnte?«

»Ja«, sagte Jamie kurz. »Mein Sohn ist weder ein Dummkopf noch ein Schwächling.« Ich hörte die leise Betonung auf *»mein Sohn«* genauso wie beide Greys, die kurz versteinerten. »Er wäre weder aufgrund einer schwachsinnigen Ausrede mitgegangen noch hätte er sich von jemandem gefangen nehmen lassen, dem er nicht über den Weg traut.«

»Ihr habt ja großes Vertrauen in einen Jungen, den Ihr nicht mehr gesehen habt, seit er fünf war«, merkte Hal im Konversationston an.

Jamie lächelte ziemlich reumütig.

»Ich hatte ihn in meiner Obhut, bis er fünf war«, sagte er und richtete den Blick auf John. »Ich weiß, aus welchem Holz er geschnitzt ist. Und ich weiß, wer ihn danach geformt hat. Sagt mir, dass ich unrecht habe, Mylord.«

Es folgte eine bedeutungsschwangere Pause, die nur dadurch unterbrochen wurde, dass Leutnant Mackens Stimme unten jammernd nach seiner Frau rief, weil er keine sauberen Strümpfe fand.

»Nun denn«, sagte Hal mit einem Seufzer. »Was glaubt *Ihr* denn, wo William ist, wenn er nicht bei Richardson ist?«

»Er sucht diese Mädchen, von denen er gesprochen hat«, sagte Jamie schulterzuckend. »Das hat er doch seinem Pferdeknecht gesagt, oder nicht? Wisst Ihr, wer die Mädchen sind?«

Die Greys wechselten einen Blick voll gedämpfter Zerknirschung, und ich hüstelte sehr vorsichtig, wobei ich mir ein Kissen vor den Bauch hielt.

»Wenn das der Fall ist«, gab ich zu bedenken, »dann kommt er ja wahrscheinlich zurück, wenn er sie entweder gefunden oder die Suche aufgegeben hat. Oder nicht? Würde er sich ihretwegen unerlaubt von der Truppe entfernen?«

»Das bräuchte er gar nicht zu riskieren«, sagte Hal. »Er wurde vom Dienst befreit.«

»Was?«, rief John aus und baute sich vor seinem Bruder auf. »Warum denn das, zum Teufel?«

»Weil er mitten in einer Schlacht das Lager verlassen hat, obwohl er die Order hatte dortzubleiben, warum denn sonst? Weil er sich mit einem anderen Offizier geprügelt hat, weil er zur falschen Zeit am falschen Ort war und mit einer Delle im Schädel am Boden einer Schlucht gelandet ist und weil er einfach nicht zu ertragen ist.«

»Du hast recht, er *ist* dein Sohn«, sagte ich belustigt zu Jamie. Er prustete, sah aber eigentlich nicht unzufrieden aus.

»Wo wir gerade von Neffen sprechen«, sagte er zu Hal, »Ihr scheint ja bemerkenswert gut informiert zu sein, Durchlaucht. Wisst Ihr vielleicht etwas über einen Indianerkundschafter namens Ian Murray?«

Hal sah ihn verständnislos an, doch Johns Kopf wandte sich rasch in Jamies Richtung.

»Ja«, sagte er. »Das tue ich. Er wurde gestern Nachmittag gefangen genommen und ist mit mir in das Lager marschiert, woraufhin er einen anderen Kundschafter mit einem Tomahawk getötet hat und wieder davonmarschiert ist.«

»Einer wie der andere«, murmelte ich, obwohl ich insgeheim sowohl schockiert als auch besorgt war. »Äh … war er verletzt?«

»Aye, das war er«, sagte Jamie schroff. »Jemand hatte ihm einen Pfeil in die Schulter geschossen. Ich konnte ihn nicht herausziehen, aber ich habe den Schaft für ihn abgebrochen.«

»Und … seit dem Abend nach der Schlacht hat ihn niemand mehr gesehen?«, fragte ich um einen ruhigen Ton bemüht. Die Männer tauschten zwar Blicke aus, doch keiner von ihnen sah mich direkt an.

»Ich, äh, habe ihm eine Flasche Wasser mit etwas Brandy mitgegeben«, sagte John ein wenig trotzig. »Ein Pferd wollte er nicht.«

»Rachel wird ihn finden«, sagte Jamie so entschlossen er konnte. »Und ich habe Ian Mòr gebeten, auf den Jungen achtzugeben. Ihm wird schon nichts zustoßen.«

»Ich hoffe, Euer Vertrauen in Eure Verwandtschaft erweist sich als gerechtfertigt«, sagte Hal mit einem Seufzer und meinte es offenbar ernst. »Doch da wir Murray nicht helfen können und sich die Frage nach Williams Aufenthaltsort für den Moment anscheinend erübrigt hat … also, ich dränge mich zwar nur ungern mit Fragen nach meiner eigenen Verwandtschaft auf, doch ich habe dringende Gründe, warum ich Hauptmann Richardson finden muss, ganz abgesehen von allem, was er mit William angestellt haben mag oder auch nicht. Und zu diesem Zweck …«

»Aye«, sagte Jamie, und die Anspannung wich ihm aus den Schultern. »Aye, natürlich, Eure Durchlaucht. Sassenach, würdest du die Güte besitzen, nicht zu sterben, während ich Mrs. Macken um Papier und Tinte bitte?«

»Das haben wir dabei«, sagte John und griff in die Ledertasche, die er unter dem Arm trug. »Wenn ich darf.« Und breitete dann Papier, ein Tintenhorn, ein kleines Bündel Federkiele und ein Stückchen rotes Siegelwachs auf dem Tisch aus.

Alle sahen zu, wie Jamie die Tinte anrührte, sich einen Federkiel zurechtstutzte und begann. Da ich wusste, welche Mühsal es für ihn bedeutete zu schreiben und wie sehr er es hasste, wenn man ihn dabei beobachtete, richtete ich mich ein wenig auf, unterdrückte ein Stöhnen und wandte mich an Hal.

»John hat erwähnt, dass Ihr uns ein Angebot machen wollt«, sagte ich. »Natürlich helfen wir Euch auch so gern. Aber aus reiner Neugier …«

»Oh.« Hal blinzelte, reagierte aber schnell und heftete den Blick auf mich. »Ja. Das Angebot, das ich im Sinn hatte, hat nichts mit Mr. Frasers freundlichem Entgegenkommen zu tun«, sagte er. »John hat es vorgeschlagen, weil es für alle Betroffenen von Vorteil sein könnte.« Er wandte sich seinem Bruder zu, der mich anlächelte.

»Mein Haus an der Chestnut Street«, sagte er. »Ich werde ja wohl erst einmal nicht mehr dort leben. Und wie ich höre, wart ihr in Philadelphia bei der Druckerfamilie untergekommen. Angesichts deines empfindlichen Gesundheitszustands …«, er wies mit einem delikaten Kopfnicken auf den kleinen Berg blutiger Verbände in der Ecke, »… wäre es doch gewiss angenehmer für dich, wieder in mein Haus zu ziehen. Du …«

Ein tiefer schottischer Laut unterbrach ihn, und er blickte verblüfft zu Jamie hin.

»Als ich das letzte Mal gezwungen war, Hilfe von deinem Bruder anzunehmen«, sagte Jamie klar und deutlich und sah ihn unverwandt an, »war ich euer Gefangener und nicht imstande, mich um meine eigene Familie zu kümmern. Jetzt bin ich niemandes Gefangener und werde es auch nie wieder sein. Ich werde für meine Frau sorgen.«

In Totenstille, aller Augen auf ihn gerichtet, beugte er den Kopf erneut über das Papier und unterzeichnete es langsam mit seinem Namen.

89

DEN EINEN TAG EIN STOLZER HAHN – AM TAG DARAUF EIN STAUBWEDEL

Er war automatisch losgegangen, um Madras zu holen, doch unterwegs hielt er inne und dachte nach. Wenn er die Mädchen fand, konnte er sie ja nicht beide auf dem Pferd zurückbringen. Er wechselte die Richtung und begab sich zum Fuhrpark, den er kurz darauf mit einem Munitionskarren verließ, jetzt *sans* Munition, gezogen von einem großen zotteligen grauen Maultier, dem ein halbes Ohr fehlte.

Das Maultier hatte zwar keine Lust, sich schnell zu bewegen, kam aber immer noch besser voran, als es zwei Mädchen zu Fuß vermutlich konnten. Wie viel Vorsprung hatten sie? Vielleicht eine Stunde, Zebedees Worten nach, vielleicht mehr.

»Hüja!«, rief er und ließ dem Maultier die Peitsche über die Kruppe sausen. Das Tier war zwar mürrisch, aber nicht dumm und schlug ein schnelleres Tempo ein – obwohl William den Verdacht hegte, dass diese Anstrengung genauso sehr dem Wunsch entsprang, den Fliegenschwärmen zu entkommen, wie sie eine Reaktion auf sein Drängen war.

Als das Maultier jedoch erst einmal in Bewegung war, schien es sein Tempo ohne große Anstrengung aufrechterhalten zu können, und sie trabten so zügig über die Straße, dass William die Zähne klapperten, vorbei an Farmkarren, Proviantsuchern und Grüppchen von Kundschaftern. Gewiss würde er die Mädchen schnell einholen.

Doch er holte sie nicht ein. Seiner Schätzung nach fuhr er fast zehn Meilen weit, ehe er zu dem Schluss kam, dass ihn die Mädchen unmöglich abgehängt haben konnten, und machte kehrt. Sorgfältig suchte er die wenigen Seitenstraßen ab, die hinaus in die Felder führten, fuhr auf und ab und erkundigte sich bei jedem, den er sah. Mit jeder Sekunde wurde ihm heißer, und er wurde immer wütender.

Irgendwann am Nachmittag holte ihn die Armee ein, und die marschierenden Kolonnen überholten das Maultier, das jetzt Schritt ging. Widerstrebend zog er mit der Armee weiter zum Lager. Vielleicht hatte sich Colenso ja geirrt; vielleicht hatten die Mädchen die Armee ja gar nicht verlassen. In welchem Fall er sie finden würde, sobald das Lager für die Nacht aufgeschlagen wurde.

Doch er fand sie nicht. Stattdessen fand er Zeb und Colenso. Beide beharrten darauf, dass die Mädchen tatsächlich fort waren – und William fand keine Spur von ihnen, obwohl er sich hartnäckig bei den Wäscherinnen und den Köchen nach ihnen erkundigte.

Schließlich trottete er auf der Suche nach Papa oder Onkel Hal durch das Lager. Nicht, dass er damit rechnete, dass einer der beiden etwas von den Mädchen wissen würde – doch irgendwie hatte er das Gefühl, dass er die Suche nicht aufgeben konnte, ohne die beiden zumindest zu bitten, die Frage nach den beiden Mädchen mit zu verbreiten. Zwei halbwüchsige Mädchen konnten ja wohl keine ganze Armee überlisten, und …

Mitten im Lager blieb er wie angewurzelt stehen und ließ die Männer auf dem Weg zum Abendessen an sich vorüberströmen.

»Verdammt«, sagte er, zu verschwitzt und müde, um es laut auszurufen. »Colenso, du alter Linkspoot.« Und dann setzte er sich grimmig – und am Rand seiner Geduld, sowohl mit sich selbst als auch mit seinem Pferdeknecht – in Bewegung, um Colenso Baragwanath zu suchen.

Denn Colenso *war* Linkspoot. Das war William sofort aufgefallen, da er selbst ja ebenfalls Linkshänder war. Doch anders als Colenso kannte William den Unterschied zwischen seiner rechten Hand und seiner linken – und er konnte sich orientieren. Colenso … nicht, und William hätte sich treten können, weil er nicht daran gedacht hatte.

»Du verdammter *Idiot*«, knurrte er und wischte sich mit dem Ärmel über das verschwitzte, staubige Gesicht. »Warum ist dir das nur nicht früher eingefallen?«

Weil es sowieso wenig vernünftig war, *vor* der Armee fortzulaufen. Selbst wenn die Mädchen vor jemandem in der Armee Angst hatten und nach New York wollten, wäre ihnen besser gedient gewesen, wenn sie zumindest ein Stück in die andere Richtung gegangen wären, um die Armee vorausgehen zu lassen und sich dann ihrem Ziel zuzuwenden, wo auch immer das liegen mochte.

Er blickte zur Sonne, die nur noch gerade eben über dem Horizont stand, und holte tief und resigniert Luft. Was auch immer sie sonst sein mochte, eine Närrin war Jane nicht. Er würde sich erst etwas zu essen suchen und dann Colenso … Doch er hätte einiges darauf verwettet, dass er sich morgen früh auf der Straße zurück nach Middletown wiederfinden würde.

KURZ NACH MITTAG fand er sie. Sie sahen ihn zwar kommen, doch er hatte sie zuerst gesehen; sie wanderten am Straßenrand entlang, beide mit einem Bündel in jeder Hand. Beim Klang seiner Räder schauten sie sich um, sahen nichts Alarmierendes, wandten sich wieder zurück – und dann fuhr Jane erneut herum, entsetzt, weil sie begriff, wen sie gerade gesehen hatte.

Sie ließ eins ihrer Bündel fallen, packte ihre jüngere Schwester am Handgelenk und zerrte sie von der Straße. Die Straße führte hier durch Farmland, rechts und links waren offene Felder – doch ein paar Meter weiter stand ein Kastanienwäldchen, und die Mädchen rannten trotz seines Rufes darauf zu, als wäre der Teufel persönlich hinter ihnen her.

Leise fluchend hielt er an, legte die Leinen ab und sprang aus dem Karren. Trotz seiner langen Beine schaffte er es nicht, sie einzuholen, ehe sie den Rand des Wäldchens erreichten.

»Bleibt doch stehen, zum Kuckuck!«, brüllte er. »Ich tue euch nichts!«

Als Fanny das hörte, schien sie stehen bleiben zu wollen, doch Jane riss sie drängend weiter, und sie verschwanden im raschelnden Grün.

William prustete gereizt und verlangsamte seine Schritte. Sollte Jane doch selbst zur Vernunft kommen – falls so etwas existierte, was er im Moment stark bezweifelte –, aber was fiel ihr ein, ihre Schwester über dieses Gelände zu schleifen, das doch gerade noch ein Schlachtfeld gewesen war?

Unterbrochene Pfade und zertrampelte Bereiche verunzierten die Äcker dort, wo Soldaten entlanggelaufen waren oder Artillerie querfeldein gezogen hatten. Er konnte den Tod riechen; ihm wurde beklommen zumute. Der Gestank zurückgelassener Leichen, die in der Sonne anschwollen, aufplatzten, zum Herd für Fliegen und Maden wurden … Einerseits hoffte er, dass die Mädchen nicht über einen solchen Anblick stolpern würden. Andererseits – wenn sie es taten, würden sie ihm wahrscheinlich schreiend in die Arme gelaufen kommen.

Und vielleicht waren es ja nicht nur Leichen, die in den Falten und Furchen des Terrains verborgen lagen. Seine Hand fuhr automatisch an seine Taille und tastete nach dem Griff seines Messers – das natürlich nicht da war.

»Ach, du verdammter, unfassbarer *Mist*!«

Als sei das ein Signal gewesen, brach zwischen den Bäumen plötzlich Lärm aus. Keine Leiche; er konnte Männerstimmen fluchen und locken hören und schrille Aufschreie. Er packte einen am Boden liegenden Ast und rannte aus voller Kehle brüllend in das Wäldchen. Er konnte sie hören; sie konnten ihn mit Sicherheit auch hören, und der Tonfall der lauten Stimmen änderte sich. Die Mädchen kreischten zwar noch, doch es klang jetzt weniger panisch, und die Männer – ja, mehr als einer … zwei? Drei? Mehr nicht … stritten sich erregt und ängstlich. *Nicht Englisch … kein Englisch …*

»*Mistkerle!*«, brüllte er, so laut er konnte. Gottverdammte Hessen! »*Feiglinge! Widerliche Feiglinge!*«

Blätter raschelten, Äste knackten, und als er zwischen den Bäumen hindurchlugte, sah er, dass sie alle – den Geräuschen nach hatten sie die Mädchen noch dabei – auf die Straße zuhielten.

Er stellte das Gebrüll ein und änderte seinerseits den Kurs. Er rannte zurück zur Straße, indem er achtlos durch das Gebüsch und das niedrige Geäst pflügte. Halb reife Kastanien trafen ihn am Kopf und an den Schultern. Da! Er sah einen Mann aus dem Wald drängen und auf die Straße stolpern, wenden und mit ausgestrecktem Arm noch einmal auf die Bäume zuspringen. Ein Schrei, lauter diesmal, und Fanny kam ins Freie gestolpert. Der Mann hatte sie am Hals gepackt.

William steuerte auf sie zu und verließ jetzt ebenfalls den Wald. Er rief zusammenhanglose Flüche und schwang seinen improvisierten Knüppel. Dennoch schien er in seiner Uniform furchterregend auszusehen, denn der Mann ließ Fanny augenblicklich los, machte kehrt und raste los wie ein Karnickel, dem der Staub unter den Füßen aufwirbelte. Fanny stolperte und fiel auf die Knie, doch es war kein Blut zu sehen, ihr fehlte nichts …

»Jane!«, rief er. »Jane! Wo bist du?«

»Hier! Hi …« Sie verstummte mitten im Wort, doch er konnte sehen, wo sie war, nicht mehr als drei Meter von ihm entfernt, und stürzte auf die wild wedelnden Äste zu.

Zwei Männer waren bei ihr; einer hielt ihr den Mund zu, der andere versuchte hektisch, das Bajonett von seiner Brown Bess abzuziehen. William trat ihm die Muskete aus der Hand, dann ging er auf den Mann los, und Sekunden später rang er auf dem Boden mit einem kräftigen Mann, der zwar vielleicht nicht mit einem Bajonett umgehen konnte, aber auf jeden Fall mit primitiveren Auseinandersetzungen vertraut war.

Sie rollten hin und her, keuchend und kratzend, während unter ihnen die Zweige zerknackten, so dass es wie Schüsse klang. Dumpf hörte er den anderen Mann aufkreischen – vielleicht hatte Jane ihn ja gebissen, bravo! –, doch seine ganze Aufmerksamkeit galt seinem Gegner, der jetzt mit tödlichem Ernst versuchte, ihn zu erwürgen. Er hatte die Handgelenke des Mannes gepackt, und da ihm Ban Tarleton durch den Kopf huschte, riss er ihn dichter an sich und rammte ihm die Stirn ins Gesicht.

Es funktionierte auch diesmal; es knirschte fürchterlich, und plötzlich spritzte ihm warmes Blut ins Gesicht, und die Fäuste des Mannes erschlafften. Ihm war schwindelig, und er wand sich von dem Mann fort, nur um sich plötzlich dem anderen gegenüberzusehen, dem es offenbar inzwischen gelungen war, das Bajonett zu lösen, denn er hatte dreißig Zentimeter scharfen Stahl in der Hand.

»Hier! Hier!« Jane sprang so plötzlich neben ihm aus dem Gebüsch, dass er erschrak, und drückte ihm etwas in die Hand. Es war ein Messer, Gott sei Dank. Nichts, was dem Bajonett gewachsen gewesen wäre, aber zumindest eine Waffe.

Jane war immer noch neben ihm; er packte ihren Arm und begann rückwärtszugehen. Das Messer hielt er drohend in der anderen Hand. Der Hesse – Himmel, war es etwa einer der Mistkerle, die ihn ohnmächtig geschlagen hatten? Er konnte es nicht sagen; Flecken tanzten ihm vor den Augen, und die Männer hatten sich ihrer verräterischen grünen Röcke entledigt. Trugen eigentlich Mistkerle grundsätzlich grüne Röcke?, fragte er sich benommen.

Dann waren sie auf der Straße, und die Ereignisse überschlugen sich. Er glaubte, einem der Männer einen Hieb versetzt zu haben, und die Mädchen schrien wieder, und einmal fand er sich hustend im Staub wieder, kam aber wieder hoch, ehe ihn einer der Schurken ins Gesicht treten konnte … und dann hörte er einen Ausruf und Hufgetrappel, und er ließ den Mann los, dessen Arm er gepackt hatte, fuhr herum und sah Rachel Hunter, die auf einem Maultier die Straße entlanggaloppiert kam, ihre Haube an den Schleifenbändern schwang und brüllte: »Onkel Hiram! Vetter Seth! Schnell! Hierher! Kommt und helft mir!«

Sein eigenes Maultier riss den Kopf aus dem Gras und begrüßte Rachels Muli mit Gebrüll. Das schien den Deserteuren den Rest zu geben, denn sie standen einen verdatterten Moment mit offenen Mündern da, dann machten sie kehrt und galoppierten ihrem verschwundenen Kameraden nach.

Im ersten Moment stand William schwankend da und schnappte nach Luft, dann ließ er sein Messer fallen und setzte sich abrupt auf den Boden.

»Was«, sagte er in einem Ton, der sogar in seinen Ohren gereizt klang, »machst *du* denn hier?«

Rachel ignorierte ihn. Sie schwang sich von ihrem Maultier, landete mit einem leisen Plumps und führte es zu Williams Muli, um es an den Karren zu binden. Erst dann kam sie zu der Stelle herüber, wo William saß und sich langsam den Schmutz von den Knien strich, während er seine Körperteile zählte.

»Du hast nicht zufällig ein paar Mädchen gesehen, oder?«, fragte er und hob den Kopf, um zu Rachel aufzublicken.

»Doch. Sie sind in den Wald gelaufen«, sagte sie und wies kopfnickend auf die Kastanien. »Was mich betrifft, so bin ich diese Straße jetzt schon dreimal in jede Richtung entlanggeritten. Ich suche deinen Vetter, Ian Murray.« Bei diesen Worten sah sie ihn scharf an, als wollte sie ihn warnen, ihrer Feststellung bezüglich seiner Verwandtschaft mit Murray ja nicht zu widersprechen. Unter anderen Umständen hätte er sich vielleicht daran gestört, doch ihm Moment fehlte ihm die Energie dazu. »Ich gehe davon aus, dass du es mir sagen würdest, wenn du ihn gesehen hättest, tot oder lebendig?«

»Ja«, sagte er. Er hatte eine Beule zwischen den Augen, dort, wo er den Deserteur mit der Stirn gerammt hatte, und massierte sie vorsichtig.

Sie holte tief Luft, seufzte laut auf und wischte sich mit der Schürze den Schweiß aus dem Gesicht, ehe sie ihre Haube wieder aufsetzte. Sie betrachtete ihn kopfschüttelnd.

»Du bist ein Gockel, William«, sagte Rachel betrübt. »Ich habe das früher schon in dir gesehen, doch jetzt weiß ich es mit Gewissheit.«

»Ein Gockel«, erwiderte er erschöpft und strich sich den Schmutz vom Ärmel. »Tatsächlich. Ein eitler, protzender, geschmackloser Kerl – dafür hältst du mich?«

Ihre Augenbrauen hoben sich. Es waren nicht die ebenmäßigen Brauen einer klassischen Schönheit; sie verzogen sich an den Enden nach oben, selbst wenn ihr Gesicht ruhte, und verliehen ihr eine Miene neugieriger Intelligenz. Wenn es *nicht* ruhte, stellten sie sich schräg zu einer scharfen, ironischen Miene. Das taten sie auch jetzt für eine Sekunde, doch dann entspannten sie sich. Ein wenig.

»Nein«, sagte sie. »Hattest du schon einmal Hühner?«

»Seit Jahren nicht mehr«, antwortete er und inspizierte den Riss im Ellbogen seines Rockes, das Loch im Hemd darunter und den blutigen Kratzer an seinem Ellbogen. Verdammt, einer der Kerle hätte ihm fast mit dem Bajonett den Arm amputiert. »In letzter Zeit hat sich meine Bekanntschaft mit Hühnern zum Großteil auf das Frühstück beschränkt. Warum?«

»Nun, ein Hahn ist ein Geschöpf von erstaunlichem Mut«, erklärte Rachel in tadelndem Ton. »Er stürzt sich selbst dann auf einen Feind, wenn er weiß, dass er bei dem Angriff umkommen wird, nur um seinen Hennen Zeit zur Flucht zu verschaffen.«

William riss den Kopf hoch.

»Meine *Hennen*?«, sagte er, und vor Entrüstung stieg ihm das Blut ins Gesicht. »*Meine* Hennen?« Er blickte in die Richtung, die Jane und Fanny eingeschlagen hatten, dann funkelte er Rachel an. »Begreifst du denn nicht, dass sie Huren sind?«

Sie verdrehte ungeduldig die Augen. Sie verdrehte doch tatsächlich die Augen!

»Ich lebe wohl schon etwas länger bei der Armee als du«, sagte sie und gab sich alle Mühe, ihn herablassend anzusehen. »Ich bin daher mit Frauen vertraut, die ohne Eigentum und ohne Schutz sind und sich daher auf die furchtbare Notlösung verlegen müssen, ihren Körper zu verkaufen, ja.«

»Furchtbare Notlösung?«, wiederholte er. »Dir ist doch klar, dass ich …« Sie trat mit dem Fuß auf und funkelte ihn an.

»Wirst du wohl aufhören, alles zu wiederholen, was ich sage?«, verlangte sie. »Ich habe versucht, dir ein Kompliment zu machen – auch wenn ich als deine Freundin das Ende bedaure, zu dem dich deine Gockelhaftigkeit gewiss führen wird. Ob deine Begleiterinnen Huren sind oder nicht – und ob du sie für ihre Gesellschaft bezahlst –, ist in diesem Zusammenhang irrelevant.«

»Irre…«, begann William gekränkt, schluckte jedoch den Rest herunter, bevor man ihn erneut der Wiederholung beschuldigte. »Ich bezahle sie nicht, zum Kuckuck!«

»Irrelevant«, wiederholte sie und machte es doch tatsächlich selbst. »Du hast dich schließlich auch schon genauso für mich eingesetzt.«

»Für …« Er hielt abrupt inne. »Tatsächlich?«

Sie atmete heftig aus und betrachtete ihn auf eine Art und Weise, die andeutete, dass sie ihm vor das Schienbein oder auf die Zehen getreten wäre, wenn ihr nicht ihre Quäkerprinzipien eingefallen wären.

»Zweimal«, sagte sie mit ausgesuchter Höflichkeit. »Wahrscheinlich waren die Anlässe so geringfügig – oder ich war es –, dass du sie vergessen hast?«

»Hilf mir«, sagte er trocken. Er riss ein Stück seines zerrissenen Rockfutters ab und benutzte es, um sich den Schmutz – und Blut, wie er sah – aus dem Gesicht zu wischen.

Sie prustete kurz, doch dann leistete sie seiner Bitte Folge.

»Erinnerst du dich nicht mehr an die widerliche Kreatur, die uns in diesem fürchterlichen Haus an der Straße nach New York attackiert hat?«

»Oh, das.« Sein Bauch verkrampfte sich bei der Erinnerung. »Das habe ich ja nicht unbedingt für dich getan. Und mir blieb auch nicht viel anderes übrig. Er hat schließlich versucht, mir mit einer Axt den Schädel einzuschlagen.«

»Hmpf. Ich glaube, du übst eine fatale Anziehungskraft auf Irre mit Äxten aus«, sagte sie und sah ihn stirnrunzelnd an. »Dieser Mr. Bug *hat* dir tatsächlich eine Axt in den Kopf gerammt. Aber als du ihn dann getötet hast, wolltest du doch mich und Ian vor einem ähnlichen Schicksal bewahren, oder?«

»Hmpf«, sagte er ein wenig mürrisch. »Woher weißt du denn, dass es nicht nur aus Rache war, weil er *mich* angegriffen hat?«

»Du magst ja ein Gockel sein, aber du bist kein rachsüchtiger Gockel«, sagte sie tadelnd. Sie zog ein Tuch aus ihrer Tasche und betupfte sich das Gesicht, das jetzt wieder vom Schweiß zu glänzen begann. »Sollten wir nicht nach deinen … Begleiterinnen suchen?«

»Doch«, sagte er mit einer gewissen Resignation und wandte sich dem Wäldchen zu. »Ich glaube aber, dass sie weglaufen werden, wenn ich ihnen folge.«

Rachel stieß einen ungeduldigen Laut aus, schob sich an ihm vorbei und stampfte in den Wald. Sie rauschte durch das Unterholz wie ein hungriger Bär. Bei diesem Gedanken musste er grinsen, doch ein plötzliches Aufheulen wischte ihm das Lächeln aus dem Gesicht. Er machte Anstalten, ihr zu folgen, doch sie kam schon wieder zum Vorschein und zerrte Jane am Arm hinter sich her, während sie sich gleichzeitig bemühte, den wilden Hieben auszuweichen, mit denen ihr Jane das Gesicht zu zerkratzen versuchte.

»Aufhören!«, sagte William scharf. Er trat vor, packte Jane an der Schulter und riss sie aus Rachels Umklammerung. Sie stürzte sich blindwütig auf *ihn*, doch er hatte längere Arme als Rachel und konnte sie leicht auf Abstand halten.

»Würdest du damit aufhören?«, sagte er aufgebracht. »Niemand wird dir etwas tun. Nicht jetzt.«

Sie hielt inne, blickte aber keuchend und panisch von ihm zu Rachel wie ein in die Enge getriebenes Tier.

»Er hat recht«, sagte Rachel und trat vorsichtig auf sie zu. »Du bist jetzt in Sicherheit. Wie ist denn dein Name?«

»Sie heißt Jane«, sagte William, der seinen Griff allmählich lockerte, bereit, sie wieder zu packen, falls sie die Flucht ergriff. »Ihren Nachnamen kenne ich nicht.«

Sie ergriff zwar nicht die Flucht, sagte aber auch nichts. Ihr Kleid war am Ausschnitt aufgerissen, und sie legte automatisch die Hand an den Riss und versuchte, ihn zu schließen.

»Hast du mein Bündel gesehen?«, sagte sie mit beinahe normaler Stimme. »Ich habe Nähzeug darin. Ich brauche eine Nadel.«

»Ich suche es«, sagte Rachel beruhigend. »Hast du es im Wald verloren?«

»Fir!«, sagte Fanny scharf hinter ihm, und ihm wurde bewusst, dass sie schon einige Momente dort war; sie hatte es schon ein- oder zweimal gesagt.

»Was?«, sagte er ungeduldig und drehte sich halb zu ihr um, während er versuchte, Jane und Rachel im Auge zu behalten.

»Da ift ein Indianer«, sagte sie und zeigte auf die Bäume. »Vielleicht der Eure, Miff?«

»Ian!«

Rachel rannte über die Straße, hurtig wie ein Vogel, und verschwand raschelnd zwischen den Bäumen. William folgte ihr hastig, die Hand an seinem Messer. Es war ja wahrscheinlich nicht nur ein Indianer in diesen Wäldern unterwegs, und wenn es *nicht* Murray war …

Doch in den Tiefen des Waldes erklang Rachels Ausruf, in dem sich Entsetzen und Erleichterung vermischten, und verriet ihm, dass er es war.

Murray lag zusammengesunken im Schatten am Fuß einer großen Kiefer, halb mit Nadeln bedeckt; offenbar hatte er versucht, sich zu tarnen, war aber ohnmächtig geworden, ehe er fertig war.

»Er atmet noch«, sagte Rachel, und er hörte, wie ihr die Stimme versagte.

»Gut«, sagte William knapp. Er hockte sich neben sie und legte Murray die Hand auf die Schulter, um ihn umzudrehen. Der scheinbar Bewusstlose stieß einen Schrei aus, verkrampfte sich heftig, landete schwankend auf den Knien, wo er sich wild umsah und die Schulter umklammerte, die William berührt hatte. Erst jetzt sah William das getrocknete Blut, das Ian über den Arm gelaufen war, und die frischen Tropfen, die von einem abgebrochenen Pfeil hinunterrannen, der in der geschwollenen Haut steckte.

»Ian«, sagte Rachel. »Ian, ich bin's. Jetzt ist alles gut. Ich habe dich.« Ihre Stimme war zwar beherrscht, doch ihre Hand zitterte, als sie ihn berührte.

Murray schnappte nach Luft, und sein trüber Blick schien sich zu schärfen, wanderte zu Fanny und Jane, die William in das Wäldchen gefolgt waren, verweilte mit einem Stirnrunzeln kurz auf Williams Gesicht, dann lehnte er sich gegen Rachel und kam zur Ruhe. Er schloss die Augen und atmete tief aus.

»*Taing Dhia*«, sagte er und ließ sich auf die Fersen zurücksinken.

»Wasser«, sagte Rachel drängend und schüttelte die leere Feldflasche, die neben Ian auf dem Boden lag. »Hast du Wasser dabei, William?«

»Ich habe welches«, sagte Jane, die jetzt aus ihrer Trance erwachte und nach der Feldflasche griff, die sie um den Hals trug. »Glaubst du, er wird gesund?«

Rachel antwortete nicht, sondern half Murray zu trinken, das Gesicht bleich vor Sorge. Murrays Gesicht trug die Überreste seiner Kriegsbemalung, wie William interessiert bemerkte, und ihm sträubten sich die Haare auf seiner Kopfhaut, als er sich fragte, ob Murray wohl britische Soldaten getötet hatte. Zumindest trug der Kerl keine Skalps am Gürtel, weder britische noch sonstige.

Rachel unterhielt sich jetzt leise mit Murray, und ihr Blick fiel hin und wieder auf William. Es lag etwas Spekulatives darin.

William stellte etwas überrascht fest, dass er genau wusste, was sie dachte. Obwohl es ja vielleicht gar nicht so überraschend war; er fragte sich schließlich in etwa das Gleiche: Konnte Murray das Maultier reiten? Weit laufen konnte er jedenfalls nicht. Und wenn nicht … konnte Rachel William überreden, sie und Murray mit dem Wagen in die Stadt zu bringen?

Er fühlte, wie sich sein Magen verkrampfte bei der Vorstellung, Philadelphia zu betreten, selbst in Zivil.

Sein Blick huschte zu Jane hinüber – nur um festzustellen, dass sie nicht da war. Fanny ebenso wenig.

Er war schon halb auf den Beinen, als er Rachels Maultier protestieren hörte, und war in Sekunden auf der Straße, wo sich Jane vergeblich bemühte, Fanny in den Sattel zu heben. Das jüngere Mädchen versuchte tapfer, sich an die Stoppelmähne des Maultiers zu klammern und ein Bein hochzubekommen, doch das Maultier wehrte sich standhaft gegen diese Annäherung, indem es den Kopf schüttelte und Jane auswich, so dass Fannys Beine ins Leere strampelten.

William war mit drei Schritten bei ihr und fasste sie um die Taille.

»Lass los, Schätzchen«, befahl er ruhig. »Ich habe dich.« Trotz ihrer zerbrechlichen Erscheinung war Fanny überraschend kräftig. Sie roch gut, obwohl ihr Hals schmutzig war und ihre Kleider voller Schlamm und Straßenstaub.

Er stellte sie ab und richtete den Blick streng auf Jane, die ihn trotzig anfunkelte. Doch er kannte sie jetzt lange genug, um zu wissen, dass das vorgeschobene Kinn nur ihre Angst kaschierte, daher sprach er sie sanfter an, als er es sonst wohl getan hätte.

»Wohin hattest du denn vor zu gehen?«, fragte er im Tonfall schwacher Neugier.

»Ich – nun ja, New York«, antwortete sie, doch es klang ungewiss, und ihr

Blick huschte hin und her, als erwartete sie, dass irgendwo in der friedlichen Landschaft eine Bedrohung auftauchte.

»Ohne mich? Ich bin gekränkt, Madam, dass Euch meine Gesellschaft plötzlich missfällt. Was bitte habe ich getan, das Euch beleidigt hat?«

Sie presste die Lippen fest aufeinander, doch er konnte sehen, dass sein scherzhafter Ton sie ein wenig beruhigt hatte; sie war zwar noch rot vor Anstrengung, atmete aber nicht mehr so krampfhaft.

»Ich glaube, wir müssen uns trennen, Lord Ellesmere«, sagte sie und bemühte sich rührend absurd um Formalität. »Ich – wir – finden uns jetzt allein zurecht.«

Er verschränkte die Arme, lehnte sich mit dem Rücken an den Wagen und sah sie herablassend an.

»Wie denn?«, erkundigte er sich. »Ihr habt kein Geld, ihr habt kein Pferd, und zu Fuß kommt ihr keine fünf Meilen weit, bevor ihr das nächste Mal jemandem wie diesen Deutschen begegnet.«

»Ich … habe ein bisschen Geld.« Sie strich sich mit der Hand über den Rock, und er sah, dass sich an der Stelle, wo ihre Tasche war, etwas ausbeulte. Trotz seines Vorsatzes, ruhig zu bleiben, trug er immer noch einen Hauch von Wut in sich, und bei diesen Worten machte er sich Luft.

»Woher hast du das?«, fragte er. Er richtete sich auf und packte sie am Handgelenk. »Habe ich dir nicht verboten herumzuhuren?«

Sie befreite ihre Hand mit einem Ruck und trat hastig zwei Schritte zurück.

»Du hast kein Recht, mir irgendetwas zu verbieten, wenn ich es will!«, fuhr sie ihn an, und ihre Wangen wurden flammend rot. »Und es geht dich zwar nichts an, aber ich habe dieses Geld nicht auf dem Rücken verdient!«

»Wie denn dann? Als Zuhälterin deiner Schwester?«

Sie ohrfeigte ihn. Er hätte das nicht sagen sollen, das wusste er, aber dieses Wissen – und seine brennende Wange – machte ihn nur noch wütender.

»Ich sollte dich tatsächlich einfach hierlassen, du …«

»Gut! Das ist genau das, was ich möchte! Du … du …«

Ehe sich einer von ihnen für ein Schimpfwort entscheiden konnte, kamen Rachel und Ian aus dem Wald. Der hochgewachsene Schotte stützte sich schwer auf sie. William funkelte Jane ein letztes Mal an und setzte sich dann in Bewegung, um zu helfen, indem er Murray auf der anderen Seite unterfasste. Der Mann erstarrte zunächst und widersetzte sich, doch dann gab er nach; ihm blieb nichts anderes übrig.

»Was ist passiert?«, fragte William und wies kopfnickend auf den abgebrochenen Pfeilschaft. »Ein privater Streit, oder hat nur jemand schlecht gezielt?«

Jetzt zuckte Murrays Mund, wenn auch zögerlich.

»Kriegswirren«, sagte er heiser und setzte sich auf die offene Ladeklappe des Wagens. Er atmete wie ein erschöpfter Ochse, hatte sich aber im Griff. Er warf William einen kurzen Blick zu.

»Was machst du hier, *a voulcher Sassunaich*?«

»Geht dich nichts an; dein Glück, dass ich hier war«, erwiderte William genauso kurz. Er wandte sich Rachel zu, da sein Entschluss jetzt gefallen war.

»Nehmt den Wagen. Auf dem Maultier schafft er es nie. Wenn du die Mädchen mit nach Philadelphia nimmst, reite ich ins Lager und lasse dir das Maultier schicken.«

»Das ...«, begann Rachel, sah sich dann aber verblüfft um, als Jane und Fanny an ihr vorbeirannten, die Straße überquerten und im Wald verschwanden. »Wohin wollen sie?«

»Nimm den Wagen«, sagte William, der bereits auf dem Weg über die Straße war. »Warte nicht.«

SIE KONNTEN IHM NICHT davonlaufen, und sie waren nicht genügend mit einem Wald vertraut, um sich zu verstecken. Er erwischte Fanny – erneut die Langsamere der beiden – von hinten an der Schürze, als sie über einen Baumstamm kletterte. Zu seinem Erstaunen drehte sie sich in seiner Umklammerung um und fiel über ihn her. Sie hieb mit den Fingernägeln nach seinem Gesicht und schrie: »Wauf, Janie, *wauf*!«

»Willst du wohl damit aufhören?«, sagte er gereizt und hielt sie auf Armeslänge von sich fort. »Au!« Denn sie hatte ihm die Zähne in sein Handgelenk gebohrt, und er ließ sie los.

Sie wand sich über den Baumstamm hinweg und hüpfte davon wie ein Kaninchen. Dabei schrie sie sich weiter die Kehle aus dem Leib. Er setzte an, ihr zu folgen, doch dann überlegte er es sich. Einerseits verspürte er den Impuls, die beiden im Stich zu lassen, aber andererseits ... Er musste daran denken, wie ihm Mac von den Regenpfeifern erzählt hatte, als sie eines Tages in Ashness am See gesessen und Brot und Käse gegessen hatten, während sie den Vögeln zusahen.

»Lass mich in Ruhe, Mac«, murmelte er und schob jeden Gedanken an Helwater und den Pferdeknecht entschlossen beiseite. Doch er dachte daran, ob er es wollte oder nicht.

»Sie rennen herum und rufen, als wären sie verletzt.« Mac hatte den Arm um ihn gelegt, damit er nicht zu nah an den flatternden Vogel heranging. »Aber nur, um einen von ihrem Nest fortzulocken, damit man die Eier oder die Jungen nicht zerdrückt. Aber wenn du dich genau umsiehst, findest du sie.«

Er stand reglos da, wartete, bis sich seine Atmung beruhigte, und sah sich um, langsam und sorgfältig, beinahe reglos. Und da war das Regenpfeifernest; dummerweise trug Jane heute rosa Kaliko, und ihre glatten, rosigen Pobacken erhoben sich drei Meter weiter aus dem Gras, genau wie ein Paar Eier in einem Nest.

Er ging leise und ohne Hast zu ihr hinüber. Tapfer verkniff er es sich, ihr einen Klaps auf den betörend gerundeten Hintern zu geben, und legte ihr stattdessen die flache Hand auf den Rücken.

»Hab dich«, sagte er. »Du bist's.«

Sie fuhr auf und wand sich unter seiner Hand hervor.

»Was?«, sagte sie. »Was zum Teufel meinst du damit?« Ihr Blick war zwar panisch und nervös, aber es mischte sich auch Wut darin.

»Du hast noch nie Fangen gespielt?«, fragte er und kam sich im selben Moment töricht vor.

»Oh«, sagte sie und atmete ein wenig durch. »Es ist ein Spiel. Verstehe. Doch, aber das ist lange her.«

»Wie alt warst du, als du Hure geworden bist?«, fragte er neugierig. Vermutlich wurde in Bordellen ja nicht Fangen gespielt.

»Zehn«, sagte sie knapp. »Hör zu. Wir wollen los. Ich – ich weiß es zu schätzen, was du für mich getan hast – für uns. Aber …«

»Setz dich«, sagte er und zwang sie dazu, indem er sie zu dem Baumstamm führte, über den ihre Schwester entkommen war, und auf ihre Schulter drückte, bis sie sich widerstrebend hinsetzte. Dann setzte er sich neben sie und nahm ihre Hand in die seine. Sie war sehr klein, kalt und feucht vom Gras, in dem sie sich versteckt hatte.

»Hör jetzt gut zu«, sagte er, entschlossen, aber nicht – so hoffte er – unfreundlich. »Ich lasse euch nicht davonlaufen. Ende. Wenn ihr mit der Armee nach New York gehen möchtet, bringe ich euch hin; das habe ich ja schon gesagt. Wenn ihr nach Philadelphia zurück möchtet …«

»Nein!« Ihr Entsetzen bei dieser Vorstellung war jetzt unübersehbar. Sie zog verzweifelt an ihrer Hand, doch er ließ nicht los.

»Ist es wegen Hauptmann Harkness? Denn …«

Sie stieß einen Aufschrei aus, der aus der Kehle eines wilden Vogels hätte kommen können, der in eine Falle geraten war, und er verstärkte seinen Griff. Ihr Handgelenk war zartknochig und schlank, doch sie selbst war überraschend stark.

»Ich weiß, dass du ihm die Halsberge gestohlen hast«, sagte er. »Das macht nichts. Niemand wird es herausfinden. Und Harkness wird dich nicht mehr anrühren; das verspreche ich dir.«

Sie stieß ein leises, blubberndes Geräusch aus, das genauso gut Lachen wie Schluchzen sein konnte.

»Oberst Tarleton – du erinnerst dich an den grünen Dragoner, der dir Avancen gemacht hat? –, er hat mir erzählt, dass sich Harkness unerlaubt von der Truppe entfernt hat; er ist nicht zu seinem Regiment zurückgekehrt. Weißt du etwas darüber?«

»Nein«, sagte sie. »Lass mich los. Bitte!«

Ehe er darauf antworten konnte, meldete sich eine leise, klare Stimme ein paar Meter weiter zwischen den Bäumen.

»W-sag's ihm besser, Janie.«

»Fanny!« Jane vergaß, dass sie festgehalten wurde, und fuhr zu ihrer Schwester herum. »Nicht!«

Fanny trat aus dem Schatten hervor, argwöhnisch, aber seltsam gefasst.

»Wenn nicht, tu ich's«, sagte sie, die großen braunen Augen auf Williams Gesicht geheftet. »Er gibt ja doch keine W-Ruhe.« Sie kam ein wenig näher, vorsichtig, aber ohne Angst.

»Wenn ich es w-sage«, sagte sie, »verspuichst du, dass du uns nicht zurückbringst?«

»Wohin denn?«

»Nach Phiwadelphia«, sagte sie. »*Oder* zur Armee.«

Er seufzte ungeduldig, doch wenn er nicht eins der Mädchen folterte, um die Antwort zu bekommen, würde es ja ohne dieses Versprechen offenbar kein Weiterkommen geben. Und allmählich beschlich ihn eine kalte Ahnung, wie die Antwort lauten könnte.

»Ich verspreche es«, sagte er, doch Fanny wahrte misstrauisch ihren Abstand.

»Schuöre es«, sagte sie und verschränkte die Arme.

»Schu… oh. Verdammt. Also schön – ich schwöre bei meiner Ehre.«

Jane stieß ein leises, trostloses Geräusch aus, das gerade noch ein Lachen war. Das tat weh.

»Meinst du etwa, ich besitze keine?«, wollte er wissen und drehte sich zu ihr um.

»Woher soll ich das wissen?«, entgegnete sie und schob das Kinn vor. Es bebte zwar, doch sie schob es kampflustig vor. »Wie sieht denn Ehre aus?«

»Um deinetwillen solltest du besser hoffen, dass sie große Ähnlichkeit mit mir hat«, sagte er zu ihr, doch dann wandte er sich an Fanny. »Worauf soll ich denn schwören?«

»Den Kopf deiner Mutter«, sagte sie prompt.

»Meine Mutter ist tot.«

»Dann dein Vater.«

Er holte ganz tief Luft. *Welcher?*

»Ich schwöre auf den Kopf meines Vaters«, sagte er ruhig.

Und so erzählten sie es ihm.

»ICH WUSSTE, DASS ER zurückkommen würde«, sagte Jane. Sie saß auf dem Baumstamm, die Hände zwischen den Oberschenkeln verschränkt und den Blick auf ihre Füße gerichtet. »Das tun sie immer. Die Schlimmen.« Sie sprach mit einer Art dumpfer Resignation, doch ihre Lippen spannten sich an, als sie daran zurückdachte. »Sie können den Gedanken nicht ertragen, dass man davongekommen ist, ohne … ohne. Aber ich dachte, dass ich es sein würde.«

Fanny saß neben ihrer Schwester, so dicht es ging, und jetzt legte sie die Arme um Jane und drückte sie fest, das Gesicht an Janes Kalikoschulter vergraben.

»Tut mir so wueid«, flüsterte sie.

»Ich weiß, Kleines«, sagte Jane und klopfte Fannys Bein. Doch ihr Gesicht nahm einen entschlossenen Ausdruck an. »Es ist nicht deine Schuld, das darfst du niemals – *niemals* – denken.«

»Harkness wollte … sie?« Die Vorstellung schnürte William vor Ekel die

Kehle zu. Dieses bildhübsche Mädchen mit dem Blumengesicht in den Händen von…

»Ihre Jungfernhaut ist zehn Pfund wert«, sagte Jane. »Mrs. Bethan wollte sie aufsparen; sie hat auf einen reichen Mann mit einer Vorliebe für frisch geschlüpfte Küken gewartet. Hauptmann Harkness hat ihr zwanzig angeboten.« Zum ersten Mal sah sie William direkt an. »Das kam nicht infrage.«

Sie hatte die Puffmutter überredet, beide Mädchen zusammen hinauf zu dem Hauptmann zu schicken, indem sie sagte, sie könnte helfen zu verhindern, dass sich Fanny wehrte.

»Ich wusste ja, wie er war«, sagte sie und presste unwillkürlich die Lippen aufeinander. »Er war keiner von der Sorte, die einen beackern wie ein Bulle und dann fertig sind. Er hat mit einem gespielt, und man musste sich Stück für Stück ausziehen und… und Dinge tun… während er erzählt hat, was er mit einem vorhatte.«

Und so war es nicht schwer gewesen, sich ihm von hinten zu nähern, während er Fanny zusah, mit dem Messer, das sie aus der Küche gestohlen und in ihren Rockfalten versteckt hatte.

»Ich wollte ihn eigentlich von hinten erstechen«, sagte sie und senkte den Blick wieder. »Ich habe einmal gesehen, wie jemand so erstochen wurde. Aber er hat Fannys Gesicht angesehen, was ich – es war nicht ihre Schuld, sie konnte nichts dafür, dass es ihr anzusehen war«, fügte sie rasch hinzu. »Aber er hat sich sofort umgedreht, und mir blieb nichts anderes übrig.«

Sie hatte Harkness das Messer in die Kehle gerammt und es wieder herausgezogen, um noch einmal zuzustechen. Aber das war nicht nötig gewesen.

»Es war überall Blut.« Sie war blass geworden, während sie erzählte, und hatte die Hände in ihre Schürze gewickelt.

»Ich habe mich übergeben«, fügte Fanny nüchtern hinzu. »Es war eine einzige S-Sauerei.«

»Das kann ich mir vorstellen«, sagte William trocken. Er gab sich alle Mühe, sich die Szene nicht vorzustellen – das Kerzenlicht, das aufspritzende Blut, die panischen Mädchen –, und hatte erstaunlich wenig Erfolg damit. »Wie seid ihr geflüchtet?«

Jane zuckte mit den Achseln.

»Es war mein Zimmer, und er hatte die Tür verriegelt. Und niemand war überrascht, als Fanny angefangen hat zu schreien«, fügte sie mit einem Hauch von Bitterkeit hinzu.

Es gab eine Schüssel und einen Krug Wasser, die üblichen Wischlappen; sie hatten sich hastig gewaschen, sich umgezogen und waren aus dem Fenster geklettert.

»Ein Farmer hat uns auf seinem Wagen mitgenommen, und… den Rest weißt du ja.« Sie schloss einen Moment die Augen, als durchlebte sie »den Rest« noch einmal, dann öffnete sie sie und blickte zu ihm auf. Ihr Blick war finster wie Wasser im Schatten.

»Und was jetzt?«, fragte sie.

GENAU DAS hatte sich William während der letzten Momente von Janes Erzählung auch gefragt. Da er Harkness ja persönlich kannte, hatte er zwar beträchtliches Verständnis für Janes Tat, aber …

»Du hast es geplant«, sagte er und sah sie scharf an. Sie hatte den Kopf gesenkt, und ihr loses Haar verbarg ihr Gesicht. »Du hast das Messer gestohlen, du hattest Kleider, um dich umzuziehen, du hast gewusst, wie ihr durch das Fenster entfliehen könnt.«

»Und?«, sagte Fanny mit einer Stimme, die für ein Mädchen ihres Alters bemerkenswert kalt war.

»Warum habt ihr ihn dann umgebracht?«, fragte er und richtete seine Aufmerksamkeit auf Fanny, behielt Jane jedoch im Blick. »Ihr wolltet doch sowieso gehen. Warum seid ihr nicht einfach davongelaufen, ehe er gekommen ist?«

Jane hob den Kopf und wandte ihn so, dass sie ihn direkt ansah.

»Ich wollte ihn umbringen«, sagte sie in derart besonnenem Ton, dass ihm trotz der Hitze kalt wurde.

»Ich … verstehe.«

Er sah jetzt nicht nur die fünfzehnjährige Jane mit ihren zarten weißen Handgelenken vor sich, die Hauptmann Harkness ein Messer in den dicken roten Hals stieß, während ihre kleine Schwester schrie. Er sah Rachels Gesicht, blass im Laub, keine zwei Meter entfernt. Ihre Miene ließ keinen Zweifel daran, dass sie alles gehört hatte.

Er räusperte sich.

»Geht es, äh, Mr. Murray gut?«, fragte er höflich. Jane und Fanny fuhren mit wilden Blicken herum.

»Er hat das Bewusstsein verloren«, erwiderte Rachel und trat langsam auf die Lichtung. Sie betrachtete die beiden Mädchen in etwa so, wie sie es auch mit ihr machten, mit einer Miene faszinierten Grauens. »Seine Schulter ist schwer entzündet. Ich wollte dich fragen, ob du Brandy hast.«

Er steckte die Hand in die Tasche und zog eine kleine Silberflasche heraus, in die das Familienwappen der Greys eingraviert war.

»Kannst du auch Whisky nehmen?«, fragte er und reichte ihr die Flasche. Rachel schien überrascht – Whisky war nicht sehr populär, aber Lord John hatte ihn immer schon gemocht, und auch William hatte eine Vorliebe dafür entwickelt … obwohl er sich jetzt, da er die Wahrheit über seine schändliche schottische Abstammung kannte, nicht mehr sicher war, ob er je wieder welchen trinken konnte.

»Ja, ich danke dir.« Einen Moment stand sie mit der Flasche da, und es war ihr anzusehen, dass es sie zu Murray zog, dass sie aber gleichzeitig zögerte zu gehen. Er war ihr für dieses Zögern sehr dankbar; er wäre lieber nicht mit Jane und Fanny allein geblieben – oder vielmehr mit der Entscheidung, was er mit ihnen tun sollte.

Rachel schien seine Gefühle richtig zu interpretieren, denn sie sagte: »Ich bringe sie sofort zurück«, und verschwand dann in Richtung der Straße.

Niemand sagte etwas. Nach diesem einen direkten Blick hatte Jane den Kopf wieder gesenkt und saß jetzt still da, obwohl ihre eine Hand den Stoff ihres Rockes auf ihrem Oberschenkel glatt strich, wieder und wieder.

Fanny fuhr ihrer Schwester mit einer schützenden Handbewegung über den Scheitel, während sie William vollkommen ausdruckslos anstarrte. Es machte ihn nervös.

Was *sollte* er mit ihnen tun? Natürlich konnten sie nicht nach Philadelphia zurück. Und den Impuls, sie einfach sich selbst zu überlassen, tat er als unwürdig ab. Aber …

»Warum seid ihr nicht mit der Armee nach New York gezogen?«, fragte er, und seine Stimme klang ihm unnatürlich laut und schroff in den Ohren. »Was hat euch heute Morgen zur Flucht getrieben?«

»Oh.« Jane blickte langsam auf, und ihr Blick schien ein wenig verschwommen, als hätte sie geträumt. »Ich habe *ihn* wiedergesehen. Den grünen Dragoner. Er wollte ja vorgestern Abend schon, dass ich mit ihm gehe, und ich habe mich geweigert. Aber ich habe ihn heute Morgen wiedergesehen und hatte das Gefühl, dass er nach mir suchte.« Sie schluckte. »Ich habe es dir doch schon gesagt – ich kenne die Sorte, die nicht aufgibt.«

»Das war sehr scharfsinnig von dir«, sagte er und betrachtete sie nicht ohne Respekt. »Er gibt nicht auf. Dann war er dir auf Anhieb unsympathisch?« Denn er glaubte keine Sekunde lang, dass die Tatsache, dass er ihr verboten hatte, ihrem Gewerbe nachzugehen, sie davon abgehalten hätte, wenn sie es gewollt hätte.

»Das war es nicht«, sagte sie und tat Banastre Tarleton mit einer abrupten Geste ab, als verscheuchte sie ein Insekt. »Aber er ist letztes Jahr schon einmal im Bordell gewesen. Er ist damals nicht mit mir gegangen, sondern hat sich eine andere ausgesucht – aber ich wusste, dass es ihm wahrscheinlich wieder einfallen würde, woher er mich kannte, wenn er mich länger sah. Er hat ja schon gesagt, dass ich ihm bekannt vorkam«, fügte sie hinzu, »als ich neulich um Brot anstand und er auf mich zugekommen ist.«

»Ich verstehe.« Er hielt inne. »Dann wolltet ihr also nach New York – aber nicht mit der Armee. Ist das richtig?«

Jane zuckte aufgebracht mit den Achseln.

»Spielt das eine Rolle?«

»Warum zum Teufel sollte es denn keine Rolle spielen?«

»Wann hat es denn schon *je* eine Rolle gespielt, was eine Hure will?« Sie sprang auf und stampfte über die Lichtung. Er blieb zurück und starrte ihr erstaunt nach.

»Was hat sie denn?«, wollte er von Fanny wissen. Das jüngere Mädchen betrachtete ihn skeptisch und presste die Lippen aufeinander, doch dann zuckte sie mit den Schultern.

»Sie glaubt, du übergibst sie vielleicht dem Konf-Konstabler oder einem Magistu-at«, sagte sie und kämpfte ein wenig mit dem Wort »Magistrat«. »Oder vielleicht dem Militär. Es war ja ein W-soldat, den w-sie getötet hat.«

William rieb sich das Gesicht. Der Gedanke, Jane der Justiz zu übergeben, war ihm tatsächlich durch den Kopf gegangen, Folge des Schocks, als er von ihrem Verbrechen hörte – ein Gedanke, der seine Geburt jedoch nicht überlebt hatte.

»Das würde ich nicht tun«, sagte er zu Fanny, um einen vernünftigen Ton bemüht. Sie musterte ihn skeptisch.

»Warum denn nicht?«

»Hervorragende Frage«, sagte er trocken. »Und ich habe keine Antwort darauf. Aber ich vermute, ich brauche auch keine.«

Er zog die Augenbraue hoch, und sie stieß ein leises, prustendes Lachen aus. Jane strich am Rand der Lichtung entlang und sah sich alle paar Sekunden nach Fanny um; ihre Absicht war klar – aber sie würde nicht ohne ihre Schwester gehen. Dessen war er sich sicher.

»Da du ja hier bei mir bist«, stellte er fest, »und *nicht* da drüben bei deiner Schwester … möchtest du nicht davonlaufen, und du weißt, dass sie es nicht ohne dich tun wird. Daraus schließe ich also, dass du nicht glaubst, dass ich sie der Justiz übergeben würde.«

Sie schüttelte den Kopf, langsam und ernst wie eine Eule.

»Jane sagt, ich verstehe noch gar nichts von Männern, aber das *tue* ich.«

Er seufzte.

»So wahr mir Gott helfe, Frances, das tust du.«

NIEMAND SAGTE ETWAS, bis Rachel ein paar Minuten später zurückkehrte.

»Ich kann ihn nicht hochheben«, sagte sie zu William und ignorierte die Mädchen für den Moment. »Kannst du mir helfen?«

Er erhob sich auf der Stelle, erleichtert angesichts der Aussicht, etwas zu *tun*, doch er sah sich kurz nach Jane um, die immer noch wie ein Kolibri am Rand der Lichtung verweilte.

»Wir bleiben hier«, sagte Fanny leise. Er nickte ihr zu und ging.

Murray lag neben dem Wagen am Straßenrand. Der Mann war zwar nicht bewusstlos, aber die Wirkung des Fiebers war deutlich zu sehen; sein Blick war verschwommen, und er lallte.

»'ch kann laufn.«

»Denn Teufel kannst du«, sagte William knapp. »Halt dich an meinem Arm fest.«

Er richtete den Mann zum Sitzen auf und warf einen Blick auf die verletzte Schulter. Die Verletzung selbst war nicht so schlimm; es sah so aus, als wären keine Knochen gebrochen, und es hatte nicht sehr geblutet. Andererseits war das Gewebe rot und geschwollen und fing an zu eitern. Er beugte sich dichter darüber und roch unauffällig daran – nicht unauffällig genug; Rachel merkte es.

»Er hat keinen Wundbrand«, sagte sie. »Ich glaube, es wird nicht … ich glaube, es wird alles gut, solange wir ihn schnell zu einem Arzt bekommen. Was hast du denn jetzt mit deinen Mädchen vor?«, fügte sie abrupt hinzu.

Er verzichtete darauf, ihr noch einmal zu sagen, dass es nicht *seine* Mädchen waren. Offensichtlich waren sie es ja doch, zumindest war er vorerst für sie verantwortlich.

»Ich weiß es nicht«, gestand er und erhob sich. Er blickte zu den Bäumen hinüber, doch die Lichtung lag so weit im Inneren des Wäldchens, dass kein Kleidungsstück aufleuchtete und keine Bewegung zu sehen war.

»Sie können nicht nach Philadelphia, und ich kann sie nicht zur Armee zurückbringen. Das Beste, was mir im Moment einfällt, ist, ihnen einen Unterschlupf in einem der kleinen Dörfer hier in der Gegend zu suchen und sie dort unterzubringen, bis ich es irgendwie organisieren kann, sie an … an einen ungefährlicheren Ort zu bringen.« *Wo auch immer das sein mochte. Kanada?*, fragte er sich ratlos.

Rachel schüttelte entschlossen den Kopf.

»Du weißt nicht, wie die Leute in solchen kleinen Orten reden – oder wie schnell sich Neuigkeiten und Gerüchte verbreiten. Es kommen und gehen ständig Wagen vom Land in die Stadt. Irgendjemand in Philadelphia würde innerhalb eines Tages von ihrer Anwesenheit wo auch immer erfahren.« Sie blickte auf Murray hinunter, der zwar noch aufrecht saß, aber mit halb geschlossenen Augen hin und her schwankte.

»Sie haben doch keinen anderen Beruf«, sagte sie. »Und jeder würde schnell merken, was für ein Beruf das ist. Sie brauchen nicht nur einen Unterschlupf, sondern Zuflucht bei Menschen, die sie nicht ausstoßen werden, sobald das bekannt wird.«

Sie war von der Sonne gebräunt – ihre blaue Kalikohaube war ihr bei der Auseinandersetzung mit Jane auf die Schultern geglitten –, doch sie wurde blass im Gesicht, als sie Murray ansah. Sie ballte die Hände zu Fäusten, schloss kurz die Augen, dann öffnete sie sie wieder, richtete sich zu ihrer vollen Größe auf und sah William in die Augen.

»Es gibt eine kleine Ansiedlung von Quäkern, vielleicht drei Stunden von hier. Nicht mehr als drei oder vier Farmen. Ich habe es von einer der Frauen gehört, die ihren Mann nach Valley Forge begleitet hat. Dort könnten die Mädchen sicher sein, zumindest eine Weile.«

Murray hielt sich krampfhaft aufrecht.

»Nein!«, sagte er. »Du kannst doch nicht …« Er hielt inne, sein Blick wurde verschwommen, und er stützte sich schwankend auf seinen gesunden Arm. Er schluckte mit Mühe. »Nein«, wiederholte er. »Zu … gefährlich.«

»Das stimmt«, pflichtete ihm William bei. »Drei junge Frauen, allein? Ohne auch nur eine Pistole zu eurer Verteidigung?«

»Wenn ich eine Pistole hätte, würde ich sie nicht benutzen«, merkte Rachel nicht ohne Schärfe an. »Eine Kanone genauso wenig.«

Murray lachte – zumindest stieß er einen Laut aus, den man für Belustigung halten konnte.

»Aye«, brachte er heraus und hielt inne, um zu atmen, ehe er die nächsten

Worte herausbekam. »Bring du sie hin«, sagte er zu William. »Ich komme hier schon … zurecht.«

»Das wirst du nicht, zum Kuckuck«, sagte Rachel heftig. Sie packte Williams Arm und zog ihn dichter zu Murray heran. »Sieh ihn dir doch an! Sag's ihm, da er mir ja anscheinend nicht glaubt.«

William leistete ihr widerstrebend Folge. Sein Blick fiel zuerst auf Murrays Gesicht, bleich wie Talg und mit einem ungesunden Schweißfilm überzogen, dann auf die Wunde. Rings um den Pfeilschaft war alles geschwollen, und er konnte den süßlichen Eiter riechen. Fliegen drängten sich dicht auf Murrays Schulter; er hatte nicht die Kraft, sie zu vertreiben.

»*Merde*«, murmelte William. Dann lauter, wenn auch immer noch zögernd: »Sie hat recht. Du brauchst einen Arzt, wenn du eine Chance haben willst, den Arm zu behalten.«

Dieser Gedanke war Murray offenbar noch nicht gekommen; sterben, ja – Amputation, nein. Er verdrehte den Kopf und sah die Wunde stirnrunzelnd an.

»Verdammt«, sagte William und wandte sich an Rachel.

»Also schön«, sagte er. »Sag mir, wo diese Siedlung ist. Ich bringe sie hin.«

Sie verzog das Gesicht und ballte die Fäuste an den Seiten.

»Selbst Quäker sind möglicherweise nicht begeistert, wenn plötzlich ein Fremder auftaucht, der sie bittet, einer Mörderin unbefristet Zuflucht zu gewähren. Ich bin keine Fremde, und ich kann besser für das Mädchen sprechen, als du es kannst.« Sie holte so tief Luft, dass ihre Brust anschwoll, und richtete den Blick auf Murray, dann wandte sie den Kopf und sah William durchdringend an.

»Wenn ich das tue, musst du ihn in Sicherheit bringen.«

»Ich muss?«

»Rachel«, sagte Murray heiser, doch sie beachtete ihn nicht.

»Ja. Wir müssen den Wagen nehmen, die Mädchen und ich. Du kannst zu zweit mit Ian reiten; du bist kräftig genug, um ihn aufrecht zu halten.«

William holte seinerseits Luft, doch er konnte sehen, dass sie recht hatte. Außerdem konnte er sehen, welche Überwindung sie die Entscheidung kostete, Jane zu retten.

»Also schön«, sagte er knapp. Er griff sich an den Hals, nahm die Halsberge und gab sie ihr. »Gib das Jane. Sie kann es vielleicht brauchen, falls sich die beiden auf sich gestellt wiederfinden.« Seltsamerweise schien ihm mit dem Abnehmen der Halsberge auch ein Stein vom Herzen zu fallen. Selbst die Möglichkeit, festgenommen zu werden, wenn man ihn in Philadelphia erkannte, bereitete ihm keine großen Sorgen.

Er war im Begriff, sich den verräterischen Rock und die Weste auszuziehen – er würde die Kleidungsstücke irgendwo verstecken müssen –, als Rachel dicht an ihn herantrat und ihm die Hand auf den Arm legte.

»Dieser Mann ist mein Herz und meine Seele«, sagte sie schlicht und blickte in sein Gesicht auf. »Und er ist dein eigenes Fleisch und Blut, was auch immer du in dieser Hinsicht im Moment empfindest. Ich vertraue darauf, dass du ihn in Sicherheit bringst, um unser aller willen.«

William warf ihr einen langen Blick zu, und mehrere mögliche Antworten kamen ihm in den Sinn; er gab keine davon von sich, nickte aber knapp.

»Wohin soll ich ihn denn bringen?«, fragte er. »Zu meiner … zu Lady J…, ich meine zu Mrs. F…, ich *meine*, gottverdammt«, verbesserte er sich und spürte, wie ihm das Blut in die Wangen stieg, »zu seiner Tante?«

Rachel sah ihn verblüfft an.

»Du weißt es nicht? Natürlich weißt du es nicht, wie denn auch?« Sie tat ihre eigene Begriffsstutzigkeit mit einer ungeduldigen Geste ab. »Auf seine Tante wurde im Verlauf der Schlacht geschossen, vor der Tennent Church, wo sie sich um die Verletzten gekümmert hat.«

Williams Verärgerung erlosch auf der Stelle, als hätte man ihn mit Eiswasser übergossen, das ihm jetzt durch die Adern floss.

»Ist sie tot?«

»Durch Gottes Gnade nicht«, sagte sie, und er spürte, wie ihm ein wenig leichter um die Brust wurde. »Zumindest bis gestern nicht«, korrigierte sie sich stirnrunzelnd. »Aber sehr schwer verletzt.« Die Enge kehrte zurück.

»Sie ist im Haus der Mackens in der Ortschaft Freehold – ungefähr sechs Meilen in diese Richtung.« Sie wies kopfnickend die Straße hinunter. »Mein Bruder ist wahrscheinlich auch dort oder in der Nähe; es sind immer noch Verletzte von der Schlacht dort. Er kann sich um I-Ians Wunde kümmern.« Zum ersten Mal verlor ihre Stimme den Halt, und ihr Blick wanderte zu ihrem Verlobten.

Murrays Augen waren eingesunken und glasig vom Fieber, doch er hatte sich genügend im Griff, um ihr die gesunde Hand entgegenzuhalten. Durch die Bewegung wurde sein verletzter Arm belastet, und er verzog das Gesicht, doch schon kniete Rachel neben ihm und warf die Arme um ihn.

William hüstelte und wandte sich diskret ab, damit sie sich kurz unter vier Augen voneinander verabschieden konnten. Was auch immer er selbst empfand, das hatten sie verdient. Er hatte schon oft gesehen, wie sich Verletzungen unrettbar verschlimmerten, und er glaubte nicht, dass Murrays Chancen besser als halbe-halbe standen. Andererseits war der Mann ja anscheinend sowohl ein verdammter Schotte als auch ein Mohawk, beides Menschenschläge, die dafür berüchtigt waren, wie schwer sie umzubringen waren.

Er hatte sich von der Straße entfernt, und jetzt fiel sein Blick auf ein Stück rosafarbenen Stoff, das hinter einem Busch flatterte.

»Jane!«, rief er. »Bist du das?«

»Ja«, sagte sie. Sie trat ins Freie, verschränkte die Arme und blickte zu ihm auf. »Was hast du denn jetzt vor? Mit mir, meine ich.«

»Miss Hunter wird dich und Fanny an einen sicheren Ort bringen«, sagte er, so sanft er konnte. Trotz ihrer tapferen Fassade erinnerte sie ihn an ein Rehkitz, denn das Licht, das durch die Bäume fiel, sprenkelte ihr Gesicht und ihr Kleid und ließ sie scheu und flüchtig erscheinen, als könnte sie mit dem nächsten

Atemhauch im Wald verschwinden. »Ich lasse dir dort eine Nachricht zukommen, wenn ich etwas … Passendes arrangiert habe.«

»Sie?« Jane warf einen überraschten Blick zur Straße. »Warum denn? Warum kannst du uns nicht bringen? Will sie denn nicht bei ihrem … dem Indianer bleiben?«

»Miss Hunter wird unterwegs Zeit haben, euch alles zu erklären.« Er zögerte, unsicher, was er ihr sonst noch sagen könnte. Von der Straße her hörte er Stimmengemurmel, Rachel und Ian Murray. Er konnte zwar die Worte nicht ausmachen, doch das spielte auch keine Rolle; es war offensichtlich, was sie zueinander sagten. Er spürte einen kleinen, scharfen Schmerz unter dem dritten Knopf seiner Weste und hustete, um ihn zu lösen.

»Danke, Fir«, sagte eine leise Stimme hinter ihm, und als er sich umdrehte, stand Fanny neben ihm. Sie nahm seine Hand, drehte die Handfläche nach oben und drückte ihm einen kleinen, warmen Kuss mitten darauf.

»Ich … gern geschehen, Miss Fanny«, sagte er und lächelte sie unwillkürlich an. Sie nickte ihm sehr würdevoll zu und trat auf die Straße hinaus, so dass er mit Jane allein zurückblieb.

Einen Moment lang starrten sie einander an.

»Ich habe dir sehr viel mehr als einen Kuss angeboten«, sagte sie leise. »Aber du wolltest es ja nicht. Ich habe sonst nichts, was ich dir zum Dank geben könnte.«

»Jane«, sagte er. »Es ist doch nicht – ich wollte dich nicht …« Und dann hielt er inne, von verzweifeltem Bedauern erfüllt, doch hilflos, denn er wusste nicht, was er erwidern sollte. »Gute Reise, Jane«, sagte er schließlich mit zugeschnürter Kehle. »Lebe wohl.«

90

ES IST EIN KLUGES KIND, DAS SEINEN VATER KENNT

Rachels Maultier war zwar gesund und kräftig, doch es war klar, dass es dem Gewicht zweier Männer von Ians und Williams Körpergröße nicht gewachsen war. Das spielte keine Rolle; sie konnten sich ohnehin nicht schneller als im Schritt fortbewegen; Murray konnte reiten, und er würde nebenhergehen, um aufzupassen, dass der Schuft nicht herunterfiel.

Es gelang Murray, in den Sattel zu steigen, obwohl er nur eine Hand benutzen konnte; Rachel hatte ihm den verletzten Arm so gut es ging verbunden und ihn in eine Schlinge gesteckt, die sie von ihrem Unterrock abgerissen hatte. William bot ihm keine Hilfe an, denn er war sich hinreichend sicher, dass ein solches Angebot weder begrüßt noch angenommen werden würde.

Doch während er die mühselige Prozedur beobachtete, stellte William mit Interesse fest, dass der Stoff der Schlinge zwar verwaschen war, dass seine Kante aber mit kleinen blauen und gelben Sternchen bestickt war. Ob es üblich war, dass Quäkerfrauen hübsche Unterkleider unter ihren nüchternen Gewändern trugen?

Als sie sich vorsichtig im Schritt in Bewegung setzten, war das Geräusch des Wagens noch zu hören, obwohl es dann im Rauschen der Bäume unterging. Er hätte Rachel fragen sollen, wie weit es genau bis zu der Quäkersiedlung war.

»Bist du bewaffnet?«, fragte Murray plötzlich.

»Notdürftig.« Er hatte das Messer noch, das ihm Jane in die Hand gedrückt hatte. Da er keine Scheide dafür hatte, hatte er es in ein Taschentuch gewickelt und in seine Tasche gesteckt. Er betastete den Holzgriff und fragte sich, ob es wohl das Messer war, das sie … aber natürlich war es das.

»Ich nicht. Würdest du mir einen Knüppel suchen?«

»Traust du mir etwa nicht über den Weg?«, fragte William sarkastisch.

Murray saß mit hängenden Schultern und vornübergebeugtem Kopf auf dem Maultier und nickte im Rhythmus der Schritte, doch er wandte den Kopf und warf William einen Blick zu, der zwar vom Fieber überschattet war, aber immer noch erstaunlich wach.

»Oh, ich traue dir. Es sind Männer wie die, mit denen du gerade gekämpft hast, denen ich nicht traue.«

Das war ein gutes Argument; die Straßen waren alles andere als sicher, und wieder empfand William einen heftigen Gewissensbiss wegen der Frauen, die er gerade unbewaffnet und schutzlos davongeschickt hatte, um mit einem wertvollen Maultier mehrere Meilen weit über genau diese Straßen zu fahren. *Ich hätte mitfahren sollen, darauf bestehen sollen, dass wir alle zusammenbleiben …*

»Meine Mutter sagt immer, dass es keinen größeren Sturkopf gibt als meinen Onkel Jamie«, stellte Murray gelassen fest, »aber ich sage dir, gegen eine Quäkerin, die sich etwas in den Kopf gesetzt hat, ist Onkel Jamie ein Waisenknabe. Ich hätte sie nicht davon abhalten können – und du auch nicht.«

William war nicht in der Stimmung, über irgendeine der erwähnten Personen zu sprechen oder sich auf philosophische Erörterungen über die Relativität der Sturheit einzulassen. Er legte die Hand auf das Zaumzeug und brachte das Maultier zum Stehen.

»Warte hier. Ich sehe etwas, das vielleicht brauchbar ist.« Er hatte bereits festgestellt, dass an der Straße nicht viele heruntergefallene Äste lagen; das war normal, wenn gerade die Vorratssucher einer Armee durchgezogen waren. Doch ein Stück von der Straße entfernt, sah er einen Obstgarten mit einem Farmhaus dahinter.

Als er näher kam, konnte er sehen, dass Artillerie durch den Obstgarten gezogen worden war; der Boden hatte tiefe Furchen, und von vielen Bäumen hingen abgebrochene Äste wie Mikadostäbchen.

Ein Toter lag im Obstgarten. Amerikanische Miliz, dem Jagdhemd und der

Leinenhose nach; er lag zusammengerollt zwischen den knorrigen Wurzeln eines großen Apfelbaums.

»Den hätten sie besser gefällt«, sagte William laut und zwang sich, ruhig zu sprechen. Alte Apfelbäume brachten keinen großen Ertrag; man holte sie nach fünfzehn, zwanzig Jahren heraus und ersetzte sie. Er wandte sich von der Leiche ab, aber nicht schnell genug, um nicht noch zu sehen, wie sich die gierigen Fliegen in einer summenden Wolke von den Überresten des Gesichtes erhoben. Er entfernte sich drei Schritte und übergab sich.

Es war zweifellos der widerliche Geruch faulender Äpfel, der sich über den Geist des Schwarzpulvers erhob; der ganze Obstgarten hallte vom Summen der Wespen wider, die sich an ihrem Saft ergötzten. Er wickelte Janes Messer aus dem Taschentuch und schob es in seinen Gürtel, ohne nachzusehen, ob es Blutflecken hatte. Er wischte sich den Mund ab, und nach kurzem Zögern ging er zu dem Rebellen hinüber und legte ihm das Taschentuch auf das Gesicht. Jemand hatte den Toten ausgeraubt; er hatte weder Waffen noch Schuhe.

»GEHT DAS?« Er legte ein Stück Apfelholz, das einen knappen Meter lang war, quer über den Sattel. Er hatte es an beiden Enden abgebrochen, so dass es einen ordentlichen Knüppel von der Dicke seines Unterarms abgab.

Murray schien gedöst zu haben; er richtete sich langsam auf, ergriff den Knüppel und nickte.

»Aye, das geht«, sagte er leise. Seine Stimme klang belegt, und William sah ihn scharf an.

»Du solltest noch etwas trinken«, sagte er und reichte ihm die Feldflasche hinauf. Der Inhalt ging zur Neige; wahrscheinlich höchstens noch ein Viertel voll. Murray nahm sie, wenn auch mit trägen Bewegungen, trank und gab sie mit einem Seufzer zurück.

Eine halbe Wegstunde lang sagten sie nichts, so dass William endlich Zeit hatte, die Ereignisse des Morgens zu ordnen. Es war jetzt weit nach Mittag; die Sonne drückte ihm auf die Schultern wie ein erhitztes Bügeleisen. Wie weit war es bis Freehold?

»Soll ich es dir erzählen oder nicht?«, sagte Murray plötzlich.

»Was denn?«

Er hörte ein kurzes Geräusch, das Belustigung oder ein Laut des Schmerzes sein konnte.

»Ob du ihm ähnlich bist.«

Die möglichen Antworten kamen ihm so schnell, dass sie wie ein Kartenhaus übereinanderpurzelten. Er nahm die obere.

»Wie kommst du darauf, dass ich mich das frage?«, brachte William mit einer Kälte heraus, die die meisten Menschen hätte frösteln lassen. Doch Murray glühte natürlich so sehr vom Fieber, dass man einen dieser Schneestürme aus Quebec gebraucht hätte, um ihn frösteln zu lassen.

»Ich würde es tun, wenn ich es wäre«, entgegnete Murray ungerührt.

Das löschte die Lunte, die William zur Explosion zu bringen drohte, vorerst.

»Das denkst du vielleicht«, sagte er und versuchte erst gar nicht, seine Verärgerung zu verbergen. »Mag ja sein, dass du ihn kennst, aber über mich weißt du gar nichts.«

Diesmal war das Geräusch unleugbar Belustigung; Gelächter von einer heiseren, krächzenden Art.

»Ich habe dabei geholfen, dich aus einem Abort zu fischen, als du zwölf warst«, sagte Murray. »Da ist es mir zum ersten Mal aufgefallen, aye?«

William erschrak so sehr, dass es ihm fast die Sprache verschlagen hätte.

»Was – dieser … dieser Ort in den Bergen – Fraser's Ridge …?!« Es war ihm weitenteils gelungen, den Zwischenfall mit der Schlange im Abort zu vergessen und damit auch den Großteil einer unglücklichen Reise durch die Berge North Carolinas.

Doch Murray verwechselte Williams Wut mit Verwirrung und beschloss, es ihm zu erklären.

»Wie du da aus dem Dreck gekommen bist, mit flammend blauen Augen und dieser Mördermiene … das war Onkel Jamie, wie er leibt und lebt, wenn er aufgebracht ist.« Murrays Kopf wackelte alarmierend. Er fing sich und richtete sich mit einem unterdrückten Stöhnen auf.

»Wenn du vorhast herunterzufallen«, sagte William mit ausgesuchter Höflichkeit, »tu's auf der anderen Seite, ja?«

»Mmpfm.«

Sie gingen hundert Meter weiter, ehe Murray erneut zum Leben erwachte und das Gespräch – wenn man es denn so nennen konnte – wiederaufnahm, als hätte es keine Unterbrechung gegeben.

»Ich wusste also, wer du bist, als ich dich im Sumpf gefunden habe. Ich erinnere mich übrigens gar nicht daran, dass du dich damals dafür bedankt hast, dass ich dir das Leben gerettet habe.«

»Du kannst dich bei *mir* dafür bedanken, dass ich dich nicht mit einem toten Panther auf eine Rutsche schnalle und dich meilenweit durch den Staub schleife«, gab William zurück.

Murray lachte etwas keuchend.

»Du würdest es doch tun, wenn du einen toten Panther hättest.« Die Anstrengung des Lachens schien ihm das Gleichgewicht zu rauben, und er schwankte alarmierend.

»Wenn du herunterfällst, tue ich es auch so«, sagte William und packte ihn am Oberschenkel, um ihn zu stützen. »Auch ohne toten Panther.« Himmel, die Haut des Mannes war so heiß, dass er es durch die Lederleggings spüren konnte.

Obwohl er so benebelt war, bemerkte Murray seine Reaktion.

»Du hast das Fieber überlebt«, sagte er und holte tief Luft. »Ich werde es auch überleben, keine Sorge.«

»Wenn du damit meinst, ich soll mir keine Sorgen machen, dass du sterben könntest«, sagte William ausgesucht höflich, »das tue ich auch nicht.«

»Ich auch nicht«, versicherte ihm Murray. Der Mann schwankte erneut sacht, die Zügel lose in einer Hand, und William fragte sich unvermittelt, ob er womöglich zusätzlich einen Sonnenstich hatte … »Du hast es Rachel versprochen, aye?«

»Ja«, sagte William und fügte beinahe unwillkürlich hinzu: »Ihr und ihrem Bruder verdanke ich mein Leben ebenso wie dir.«

»Mmpfm«, sagte Murray gutmütig und verstummte. Unter seiner sonnengebräunten Haut schien er jetzt eine ungesunde gräuliche Farbe anzunehmen. Diesmal schwieg er gute fünf Minuten, ehe er plötzlich wieder zum Leben erwachte.

»Und du glaubst, ich weiß nicht viel über dich, nachdem ich dir tagelang im Fieberwahn zugehört habe?«

»Nein«, sagte William. »Genauso wenig, wie ich glaube, dass ich viel über dich wissen werde, wenn wir Freehold erreichen.«

»Vielleicht ja mehr, als du denkst. Halt, aye? Ich muss kotzen.«

»Ho!« Das Maultier blieb gehorsam stehen, obwohl es eindeutig weder die Geräusche noch den Geruch dessen mochte, was sich hinter seinem Kopf abspielte, und es auf der Stelle kreiste, um dem Geschehen zu entgehen.

William wartete, bis es vorbei war, dann hielt er kommentarlos seine Feldflasche hoch. Murray leerte sie und reichte sie ihm zurück. Seine Hand zitterte, und allmählich machte sich William wirklich Sorgen.

»Wir machen Halt, sobald ich Wasser finde«, sagte er. »Du musst in den Schatten.« Keiner von ihnen hatte einen Hut; er hatte den seinen in dem Wäldchen gelassen, unter einem Busch zusammengerollt mit seinem Uniformrock.

Darauf sagte Murray nichts; er war zwar nicht unbedingt im Delirium, doch er schien in seinem Kopf ein separates Gespräch zu führen.

»Mag sein, dass ich dich nicht sehr gut kenne, aber Rachel kennt dich.«

Das stimmte unleugbar und löste in William eine Mischung aus Scham, Stolz und Wut aus. Rachel und ihr Bruder kannten ihn tatsächlich gut; sie hatten ihm das Leben gerettet und ihn gesund gepflegt, waren wochenlang mit ihm unterwegs gewesen und hatten Essen und Gefahren mit ihm geteilt.

»Sie sagt, du bist ein guter Mann.«

Williams Herz verkrampfte sich ein wenig.

»Ich danke ihr für ihre gute Meinung«, sagte er. Das Wasser hatte kaum geholfen; Murray schwankte sichtbar im Sattel, seine Augen waren halb geschlossen.

»Wenn du stirbst«, sagte William laut, »heirate ich sie.«

Das half; Murrays Augenlider hoben sich augenblicklich. Er lächelte kaum merklich.

»Merke es dir«, sagte er. »Merke dir, dass ich nicht sterben werde. Außerdem bist du mir ein Leben schuldig, Engländer.«

»Nein. Ich habe dir das verdammte Leben auch schon gerettet; ich habe euch beide in Philadelphia vor diesem Verrückten – Bug, nicht wahr? – mit der Axt gerettet. Wir sind quitt.«

Unendlich viel später rappelte sich Murray noch einmal auf.

»Das bezweifle ich«, sagte er.

91

DREI ZU NULL FÜR FRASER

Jamie begleitete die Greys aus dem Haus und kam mit einer Miene grimmiger Genugtuung zurück. Ich hätte gelacht, wenn es nicht so schmerzhaft gewesen wäre, begnügte mich halt damit, ihn anzulächeln.

»*Dein* Sohn, *dein* Neffe, *deine* Frau«, sagte ich. »Drei zu null für Fraser.« Er sah mich verblüfft an, doch dann entspannte sich sein Gesicht zum ersten Mal seit Tagen tatsächlich.

»Also geht es dir besser«, sagte er zufrieden. Er durchquerte das Zimmer, beugte sich über mich und küsste mich. »Erzähl mir noch ein bisschen Unsinn, aye?« Er ließ sich auf den Hocker plumpsen und seufzte, diesmal jedoch vor Erleichterung.

»Ich habe natürlich nicht die geringste Ahnung, wie ich dich unterhalten soll, ohne Geld, Patent und Profession«, sagte er. »Aber *be*halten werde ich dich.«

»Keine Profession, haha«, sagte ich unbeeindruckt. »Nenne mir irgendetwas, das du nicht kannst.«

»Singen.«

»Oh. Abgesehen davon.«

Er legte die gespreizten Hände auf die Knie und warf einen kritischen Blick auf die Narben seiner verstümmelten rechten Hand.

»Ich bezweifle auch, dass ich mir meinen Lebensunterhalt als Jongleur oder als Taschendieb verdienen könnte. Oder als Sekretär.«

»Du brauchst ja nicht zu schreiben«, sagte ich. »Du hast doch eine Druckerpresse – die gute Bonnie.«

»Nun, aye«, räumte er ein, und seine Augen nahmen ein gewisses Leuchten an. »Das stimmt. Aber sie ist ja im Moment in Wilmington.« Seine Druckerpresse war unter Richard Bells Obhut aus Edinburgh verschifft worden, und dieser bewahrte sie – hoffentlich – auf, bis ihr rechtmäßiger Besitzer sie abholte.

»Wir gehen sie holen. Und dann …« Aber ich hielt inne, denn ich wollte die Zukunft nicht verhexen, indem ich zu weit vorausplante. Es war für alle eine ungewisse Zeit, und niemand konnte sagen, was der nächste Tag bringen würde.

»Aber zuerst«, verbesserte ich und streckte die Hand nach der seinen aus, »solltest du dich ausruhen. Du siehst aus, als wärst du dem Tode nah.«

»Diese Art von Unsinn wollte ich nicht hören«, sagte er und lachte und gähnte zugleich, so dass er sich fast den Kiefer gebrochen hätte.

»Leg dich hin«, sagte ich entschlossen. »Schlaf – zumindest bis Leutnant Bixby mit neuem Käse auftaucht.« Die amerikanische Armee hatte sich nach Englishtown zurückgezogen, etwa sechs Meilen entfernt, nur eine Stunde zu Pferd. Die britische Armee hatte sich vollständig zurückgezogen, doch da die Verpflichtung vieler Milizgruppen kurz danach geendet war, herrschte immer noch reger Verkehr auf den Straßen, denn die Männer gingen heim, meistens zu Fuß.

Er legte sich letztlich doch auf sein Strohlager – unter erstaunlich geringem Protest, ein gutes Anzeichen dafür, wie erschöpft er tatsächlich war – und war in Sekunden eingeschlafen.

Ich war selbst sehr müde, immer noch sehr schwach und schnell erschöpft, sogar durch Kleinigkeiten wie den Besuch der Greys, und ich legte mich zurück und döste ebenfalls ein. Immer wieder erwachte ich, wenn mich ein Geräusch störte, aber Jamie schlief tief und fest, und es erleichterte mich, sein leises, regelmäßiges Schnarchen zu hören.

Einige Zeit später erwachte ich, weil ich es unten klopfen hörte. Als ich benommen den Kopf vom Kissen hob, hörte ich eine Stimme rufen: »Hallo im Haus!«, und war schlagartig hellwach. Ich kannte diese Stimme.

Ich blickte auf den Boden, doch Jamie war im Tiefschlaf zusammengerollt wie ein Igel. Quälend langsam gelang es mir, die Beine aus dem Bett zu schwingen. Mit der Geschwindigkeit einer senilen Schildkröte ging ich auf den Bettrahmen gestützt die zwei Schritte, die mich ans Fenster brachten, wo ich mich an die Fensterbank klammerte.

Vor dem Haus stand ein hübsches braunes Maultier, über dessen Sattel eine halb nackte Gestalt lag. Ich keuchte auf – und krümmte mich augenblicklich vor Schmerzen, ließ aber die Fensterbank nicht los. Ich biss mir fest auf die Lippen, um nicht aufzuschreien. Die Gestalt trug Leggings, und in ihrem langen braunen Haar hingen ein paar armselige Truthahnfedern.

»Jesus H. Roosevelt Christ«, hauchte ich mit zusammengebissenen Zähnen. »Bitte, Gott, gib, dass er nicht …« Doch das Gebet wurde erhört, ehe ich es ganz ausgesprochen hatte; unten öffnete sich die Tür, und im nächsten Moment waren William und Leutnant Macken dabei, Ian von dem Maultier zu heben. Sie legten ihm die Arme um die Schultern und trugen ihn ins Haus.

Ich drehte mich um, griff instinktiv nach meiner Arzttasche – und wäre beinahe hingefallen. Ich rettete mich, indem ich nach dem Bett griff, stöhnte aber unwillkürlich auf, so dass Jamie in die Hocke hochfuhr und sich wild umsah.

»Es ist … alles gut«, keuchte ich und zwang meine Bauchmuskeln zur Reglosigkeit. »Mir fehlt nichts. Es ist … Ian. Er ist wieder da.«

Jamie sprang auf, schüttelte den Kopf und kam sofort zu mir, um den Arm um mich zu legen und mich zu stützen. Doch ich hinderte ihn daran, mich aufzuheben und mich wieder auf das Bett zu legen. Stattdessen wies ich mit drängenden Gesten zum Fenster.

Er zögerte einen Moment, doch dann schlang er den Arm um mich und half mir ans Fenster.

William war aus dem Haus gekommen und machte Anstalten, das Maultier zu besteigen. Er trug Hemd und Hose, ziemlich verdreckt, und die Sonne streifte ihm das dunkle, kastanienbraune Haar mit roten Strähnen. Mrs. Macken sagte etwas an der Tür, und er wandte den Kopf, um ihr zu antworten. Ich glaube nicht, dass ich ein Geräusch gemacht habe, aber irgendetwas ließ ihn plötzlich aufblicken, und er erstarrte. Ich spürte auch Jamie erstarren, als sich ihre Blicke begegneten.

In Williams Gesicht veränderte sich nichts, und nach einem langen Moment wandte er sich wieder dem Maultier zu, stieg auf und ritt davon. Nach einem weiteren langen Moment atmete Jamie aus.

»Lass mich dich wieder zu Bett bringen, Sassenach«, sagte er ruhig. »Ich muss Denny suchen, damit er Ian hilft.«

92

ICH LASSE DICH NICHT DAMIT ALLEIN

Jemand hatte ihm Laudanum gegeben, ehe er sich mit seiner Schulter befasste. Seltsamer Stoff. Er hatte es schon einmal bekommen, dachte er, vor langer Zeit, obwohl er damals den Namen der Substanz nicht gekannt hatte. Jetzt lag Ian auf dem Rücken; er blinzelte träge, während ihm die Droge aus dem Kopf wich, und versuchte festzustellen, wo er war und was real war. Er war sich ziemlich sicher, dass das meiste, was er gerade sah, es nicht war.

Schmerz. Der war real, etwas, das er als Anker benutzen konnte. Er war nie ganz fort gewesen – Ian hatte ihn wahrgenommen, aber aus der Ferne, als unangenehmen, schlammigen grünen Streifen, der sich wie ein schmutziges Rinnsal durch seine Träume schlängelte. Doch jetzt, da er wach war, wurde es mit jeder Minute unangenehmer. Seine Augen wollten sich noch nicht gezielt auf etwas richten, doch er zwang sie, auf der Suche nach etwas Vertrautem umherzurollen.

Er fand es sofort.

Mädchen. Kleine. Ifrinn, wie war ihr… »Rachel«, krächzte er, und sie erhob sich sofort von ihrer Arbeit und kam zu ihm, das Gesicht besorgt, aber leuchtend.

»Du bist wach, wie ich sehe«, sagte sie leise und sah ihn prüfend an. »Aber deiner heißen Haut nach hast du immer noch hohes Fieber. Wie fühlst du dich?«

»Besser jetzt, da ich dich sehe.« Er versuchte, sich die trockenen Lippen zu lecken. »Gibt es vielleicht Wasser?«

Sie stieß einen kleinen Laut der Bestürzung aus, dass er das fragen musste, und beeilte sich, ihm einen Becher an die Lippen zu heben. Es war sicher das Beste, was er je getrunken hatte, und viel besser noch, weil sie seinen Kopf in der Hand hielt, während er trank – ihm war ziemlich schwindelig. Er wollte gar nicht aufhören, doch sie zog den Becher fort.

»Es gibt gleich mehr«, versprach sie ihm. »Du darfst nicht zu schnell zu viel trinken, sonst übergibst du dich. Und nach all dem Schmutz und dem Blut hast du hier schon genug Dreck gemacht«, sagte sie lächelnd.

»Mmpfm«, grunzte er und legte sich zurück. Er war weitgehend sauber, wie er feststellte. Jemand hatte ihm den Rest des Hirschtalgs und der Farbe abgewaschen und reichlich Schweiß und Blut dazu. Seine Schulter war mit einer Kräuterkompresse verbunden; es roch scharf und vertraut, doch sein dämmeriger Verstand war noch weit davon entfernt, nur an den Namen der Pflanze zu denken.

»Hat mir Tante Claire den Arm verbunden?«, fragte er. Rachel sah ihn stirnrunzelnd an.

»Deine Tante ist krank«, antwortete sie vorsichtig. »Du erinnerst dich doch, dass sie in der Schlacht verwundet wurde – angeschossen?«

»Nein«, sagte er und fühlte sich leer und verwirrt. Er erinnerte sich nicht an eine Schlacht. »Nein, was … geht es ihr gut?«

»Denny hat die Kugel entfernt, und dein Onkel Jamie ist bei ihr. Sie sagen beide mit großer Entschlossenheit, dass sie wieder gesund wird.« Ihr Mund zuckte ein wenig, irgendwo zwischen Lächeln und Sorge. Er tat sein Bestes, das Lächeln zu erwidern.

»Dann wird sie auch wieder gesund«, sagte er. »Onkel Jamie ist ein ziemlich sturer Mensch. Kann ich noch Wasser haben?«

Diesmal trank er mehr, ehe sie es ihm wieder wegnahm. Irgendwo in der Nähe erklang rhythmisches Scheppern; eine Weile hatte er es für ein akustisches Phantom gehalten, das ihm aus seinen Träumen geblieben war, doch jetzt verstummte es für einen Moment, unterbrochen von einem lauten Fluch.

»Was – wo sind wir?«, fragte er, denn allmählich konnte er jetzt besser sehen. Das verschwommene Bild vor seinen Augen überzeugte ihn davon, dass er in der Tat in einem kleinen Kuhstall war; es war frisches Heu, das er gerochen hatte, und der warme Geruch frischen Kuhdungs. Er lag auf einer Decke, die über einen Heuhaufen gebreitet war, doch die Kuh war gerade abwesend.

»Ein Ort namens Freehold. Die Schlacht hat in der Gegend stattgefunden; Washington und die Armee haben sich nach Englishtown zurückgezogen, aber viele verwundete Soldaten haben hier bei den Bewohnern Zuflucht gefunden. Wir genießen gerade die Gastfreundschaft des Dorfschmiedes, eines Herrn namens Heughan.«

»Oh.« Die Schmiede. Daher das Scheppern und Fluchen. Er schloss die Augen; sein Schwindelgefühl ließ nach, doch er konnte die Schatten seiner Träume auf der Innenseite seiner Augenlider sehen und öffnete sie wieder. Rachel war noch da; das war gut.

»Wer hat denn die Schlacht gewonnen?«, fragte er. Sie zuckte ungeduldig mit den Schultern.

»Soweit bis jetzt jemand etwas Verständliches darüber gesagt hat, niemand. Die Amerikaner können es kaum fassen, dass sie nicht besiegt worden sind – aber die britische Armee wurde mit Sicherheit auch nicht besiegt. Alles, was mich interessiert, bist du. Und du wirst ebenfalls wieder gesund«, sagte sie und legte ihm sanft die Hand auf die Stirn. »Das sage *ich*. Und ich bin genauso stur wie jeder Schotte, dich eingeschlossen.«

»Ich muss dir etwas erzählen, mein Herz.« Eigentlich hatte er nicht vorgehabt, das zu sagen, doch die Worte fühlten sich vertraut in seinem Mund an, als sagte er sie nicht zum ersten Mal.

»Noch etwas?« Sie war im Begriff gewesen, sich abzuwenden, doch jetzt hielt sie mit argwöhnischer Miene inne.

»Noch etwas? Habe ich dir denn etwas erzählt, während ich …« Er versuchte, zur Demonstration die Hand schweifen zu lassen, doch selbst sein gesunder Arm war schwer wie Blei.

Rachel bohrte die Zähne in ihre Oberlippe und sah ihn an.

»Wer ist Geillis?«, fragte sie abrupt. »Und was in … in aller Welt hat sie mit dir *gemacht*?«

Er blinzelte, verblüfft und doch erleichtert, den Namen zu hören. Ja, das war es, was er geträumt hatte – oh Himmel. Die Erleichterung verflog sofort.

»Was habe ich denn gesagt?«, fragte er argwöhnisch.

»Wenn du es nicht mehr weißt, möchte ich es dir nicht ins Gedächtnis rufen.« Sie kniete sich wieder neben ihn, und ihre Röcke raschelten.

»Ich weiß, was passiert ist – ich möchte nur wissen, was ich darüber gesagt habe.«

»Was passiert ist«, wiederholte sie langsam und beobachtete sein Gesicht. »Du meinst, in deinen Träumen? Oder …« Sie brach ab, und er sah, wie sich ihre Kehle bewegte, als sie schluckte.

»Wahrscheinlich beides, Kleine«, sagte er leise, und es gelang ihm, nach ihrer Hand zu greifen. »Aber ich habe von Geillis Duncan gesprochen?«

»Du hast nur ›Geillis‹ gesagt«, sagte sie und nahm seine Hand fest in die ihren. »Du hattest Angst. Und du hast vor Schmerz aufgeschrien – aber du hattest ja auch Schmerzen, deshalb … aber dann … es … was auch immer du gesehen hast, es …« Die Farbe kroch ihr langsam über den Hals ins Gesicht, und mit einem kleinen Rückfall in seinen Traum sah er sie eine Sekunde lang als Orchidee mit einer dunklen Kehle, in die er seinen … er erstickte die Vision und stellte fest, dass sein Atem schneller ging. »Es hatte den Anschein, dass du noch etwas anderes erlebt hast als den Schmerz«, sagte sie und runzelte die Stirn.

»Aye, das habe ich«, sagte er und schluckte. »Kann ich noch etwas Wasser haben?«

Sie gab es ihm, jedoch mit einem Blick, der besagte, dass sie nicht vorhatte, sich durch seine körperlichen Bedürfnisse von seiner Geschichte ablenken zu lassen. Er seufzte und legte sich wieder zurück.

»Es war vor langer Zeit, *a nighean*, und es ist nichts, worüber wir uns jetzt noch sorgen müssten. Ich bin entführt worden, als ich vielleicht fünfzehn war. Ich war bei einer Frau namens Geillis Duncan auf Jamaica, bis mein Onkel mich gefunden hat. Es war nicht besonders schön, aber ich habe auch keinen Schaden genommen.«

Rachel zog elegant die Augenbraue hoch. Er liebte es, sie dabei zu beobachten, manchmal jedoch mehr, manchmal weniger.

»Dort waren noch andere Jungen«, sagte er, »und sie hatten weniger Glück.« Hinterher hatte er lange Zeit Angst gehabt, nachts die Augen zu schließen, weil er ihre Gesichter sah. Doch sie waren immer mehr verblasst – und jetzt quälte ihn plötzlich die Schuld, weil er sie ins Dunkel hatte gehen lassen.

»Ian«, sagte Rachel leise, und ihre Hand streichelte ihm die Wange. Er spürte das Kratzen seiner Bartstoppeln, als sie ihn berührte, und Gänsehaut lief ihm wohlig über Kinn und Schulter. »Du brauchst nicht davon zu sprechen. Ich möchte es nicht zurückholen.«

»Es ist schon gut«, sagte er und schluckte, was ihm jetzt leichter fiel. »Ich erzähle es dir – aber später. Es ist eine alte Geschichte, und du brauchst sie jetzt nicht zu hören. Aber …« Er hielt inne, und sie zog die andere Braue hoch.

»Aber was ich dir erzählen *muss*, Kleine …« Und er erzählte es ihr. Vieles von den Ereignissen der letzten beiden Tage war immer noch verschwommen, doch an die beiden Abenaki, die Jagd auf ihn gemacht hatten, erinnerte er sich deutlich. Und an das, was er schließlich im Lager der Briten getan hatte.

Sie schwieg so lange, dass er sich zu fragen begann, ob er tatsächlich aufgewacht war und dieses Gespräch geführt hatte oder ob er immer noch träumte.

»Rachel?«, sagte er und bewegte sich beklommen auf seinem Bett aus stacheligem Heu. Die Stalltür war offen, und es war hell genug, doch er konnte ihrem Gesicht nicht das Geringste entnehmen. Aber ihr Blick ruhte auf ihm, haselgrün und fern, als sähe sie *durch* ihn hindurch. Er fürchtete, dass sie genau das tat.

Er konnte Heughan, den Schmied, hören, der draußen hämmernd auf und ab ging und dabei immer wieder innehielt, um irgendein widerspenstiges Werkzeug unsanft zu beschimpfen. Auch sein Herz konnte er schlagen hören, ein unangenehmes, ruckartiges Pochen.

Schließlich lief ein Schauder über Rachel hinweg, als rüttelte sie sich wach, und sie legte ihm die Hand auf die Stirn und strich ihm das Haar zurück, während sie ihm sanft und unergründlich in die Augen sah. Ihr Daumen senkte sich und zeichnete ganz langsam die tätowierte Linie auf seinen Wangen nach.

»Ich glaube, wir können mit der Heirat nicht mehr warten, Ian«, sagte sie leise. »Ich lasse es nicht zu, dass du mit solchen Dingen alleine bleibst. Es herrschen schlimme Zeiten, und wir müssen zusammen sein.«

Er schloss die Augen, und sämtliche Luft entwich aus seinem Körper. Als er wieder Atem holte, schmeckte er nach Frieden.

»Wann?«, flüsterte er.

»Sobald du ohne Hilfe laufen kannst«, sagte sie und küsste ihn sacht wie ein fallendes Blatt.

93

DAS HAUS AN DER CHESTNUT STREET

Das Haus war bewohnt; aus dem westlichen Schornstein kam Rauch. Doch die Tür war nicht nur verschlossen, sondern auch verriegelt.

»Ich frage mich, was wohl mit der alten Tür passiert ist«, sagte John zu Hal und drehte vorsichtshalber noch einmal am Türknauf. »Früher war sie grün.«

»Wenn du an dieses Exemplar klopfst, könntest du womöglich jemanden dazu bewegen, herauszukommen und es dir zu erzählen«, schlug Hal vor. Sie waren nicht in Uniform, doch Hal war spürbar gereizt – schon seit ihrem Besuch bei General Arnold.

Der General war zwar verständlicherweise reserviert, aber höflich gewesen, und nachdem er Frasers Brief drei- oder viermal durchgelesen hatte, hatte er eingewilligt, ihnen Pässe für den Aufenthalt in der Stadt zu geben, damit sie ihre Erkundigungen einziehen konnten.

»Wobei klar sein muss«, hatte Arnold gesagt, und unter seiner Gouverneursfassade war die Arroganz aufgeblitzt, die man ihm nachsagte, »dass ich euch, sollte mir etwas Unziemliches zu Ohren kommen, beide festnehmen und auf einer Zaunlatte aus der Stadt tragen lasse.«

»Bitte was?«, sagte Hal ungläubig, da ihm diese Methode der Amerikaner, unwillkommene Gäste zu vertreiben, nicht vertraut war.

»Ihr habt mich doch gehört, oder?«, sagte Arnold und lächelte freundlich.

Hal hatte sich mit hochgezogener Augenbraue an John gewandt, als wollte er ihn bitten, ihm die Worte eines dahergelaufenen Hottentotten zu übersetzen. John seufzte innerlich, tat es aber.

»Eine unerwünschte Person wird rittlings auf eine Querlatte gesetzt, wie man sie benutzt, um Zäune zu bauen«, sagte er. »Woraufhin Männer diese an beiden Enden hochheben und damit durch die Straßen laufen, ehe sie den Reiter vor der Stadt hinunterkippen. Meines Wissens geht dem Ganzen manchmal noch Teeren und Federn voraus, obwohl man im Allgemeinen die körperlichen Auswirkungen der Latte für ausreichend hält.«

»Plättet Euch den Sack, als wäre ein Pferd darauf getreten«, erklärte Arnold zuvorkommend und lächelte weiterhin. »Für Euren Hintern ist es auch nicht gut.«

»Das kann ich mir vorstellen«, sagte Hal höflich. Seine Gesichtsfarbe war zwar etwas lebhafter als üblich, doch ansonsten ließ er sich den Affront nicht anmerken, was Grey als unmissverständliches Zeichen dafür deutete, wie wichtig Hal ihre Mission war – nicht, dass er ein solches Zeichen brauchte.

Das Knirschen des Riegels, der jetzt geöffnet wurde, riss ihn aus seiner Erinnerung. Die Tür schwang auf und gab seine Haushälterin und Köchin preis, Mrs. Figg, die Vogelflinte in der Hand.

»Lord John!«, rief sie aus und ließ das Gewehr klappernd fallen.

»Nun, ja«, sagte er, trat ein und hob es auf. Er lächelte und spürte Zuneigung in sich aufsteigen, als er sie ansah – rundlich, adrett und mit Schleifen verziert wie immer. »Es ist schön, Euch wiederzusehen, Mrs. Figg. Erlaubt mir, Euch mit meinem Bruder bekannt zu machen, dem …«

»Wir sind uns doch schon begegnet«, sagte Hal mit einem trockenen Unterton. »Wie geht es Euch, Madam?«

»Eurem Aussehen nach besser als Eurer Durchlaucht«, erwiderte Mrs. Figg und musterte ihn scharf. »Aber wie ich sehe, atmet Ihr zumindest noch.« Sie klang zwar so, als sei dies nicht unbedingt wünschenswert, doch Hal lächelte sie breit an.

»Ist es Euch gelungen, das Tafelsilber rechtzeitig zu vergraben?«

»Gewiss doch«, erwiderte sie würdevoll und fragte an Lord John gerichtet: »Seid Ihr hier, um es zu holen, Mylord? Ich kann es sofort ausgraben lassen.«

»Später vielleicht«, sagte John. Er sah sich um und bemerkte das fehlende Geländer des oberen Treppenabsatzes, die fleckige, löchrige Wand entlang der Treppe und … »Was ist denn mit dem Kronleuchter passiert?«

Mrs. Figg seufzte und schüttelte finster den Kopf.

»Das war Master William«, sagte sie. »Wie geht es ihm, Mylord?«

»Ich fürchte, das weiß ich nicht, Mrs. Figg. Ich hatte gehofft, er wäre vielleicht hier gewesen – dann ist es wohl nicht so?«

Ihre Miene war bestürzt.

»Nein, Sir. Wir haben ihn nicht mehr gesehen, seit … nun ja, seit dem Tag, an dem auch Ihr gegangen seid.« Sie betrachtete ihn genau, von seinem kurzen Haar und den verblassenden Prellungen bis hin zu seinem gewöhnlichen Anzug, schüttelte den Kopf und seufzte, richtete dann aber ihre breiten Schultern auf, zur Fröhlichkeit entschlossen. »Und wie froh wir sind, Euch zu sehen, Sir! Und Eure Durchlaucht«, fügte sie betont höflich im Nachhinein hinzu. »Setzt Euch doch, und ich habe in zwei Minuten eine schöne Tasse Tee für Euch.«

»Ihr habt Tee?«, fragte Hal, und seine Miene erhellte sich.

»Die Teekiste haben wir als Erstes vergraben«, teilte sie ihm mit. »Aber ich habe gerade einen Ziegel für Miss Dottie geholt, deshalb …«

»Dottie ist hier?«

»Aber gewiss doch«, sagte Mrs. Figg, erfreut, die Überbringerin guter Nachrichten zu sein. »Ich gehe nur rasch in die Küche und hole sie.«

Das erwies sich als unnötig, da das Geräusch der Hintertür Dotties Eintreten verkündete. Sie trug eine Schürze voller runder Gegenstände, die sich als Gartenkürbisse entpuppten und in einer Kaskade aus Grün und Gelb über den

Boden hüpften, als sie die Schürze losließ, um auf ihren Vater loszustürzen und ihn zu umarmen.

»Papa!«

Für einen Moment veränderte sich Hals Gesicht vollkommen, sanft vor Liebe, und es überraschte und bestürzte Grey zu spüren, wie ihm ebenfalls die Tränen in die Augen stiegen. Er wandte sich blinzelnd ab und schritt zur Anrichte hinüber, um ihnen einen Moment unter vier Augen zu gewähren.

Das silberne Teeservice war natürlich fort, doch seine Meißener Porzellanteller standen an Ort und Stelle. Er berührte einen davon an seinem vergoldeten Rand und fühlte sich seltsam deplatziert. *Und sein Ort kennt ihn nicht mehr.*

Doch Dottie sprach jetzt mit ihnen beiden; er wandte sich lächelnd zu ihr um.

»Ich bin ja so froh, dass ihr beide in Sicherheit seid, und beide *hier*!« Ihre Wangen waren rot; ihre Augen glitzerten – und Grey verspürte einen Stich, weil er ja wusste, dass dieses Glück in der nächsten Minute enden würde, sobald Hal ihr den Grund für ihre Anwesenheit erzählte. Doch ehe dieses Schicksal sie ereilen konnte, hatte Dottie das Gespräch fest an sich gerissen und es in eine völlig andere Richtung gelenkt.

»Da ihr ja nun hier *seid*... Onkel John, könnten wir vielleicht dein Haus benutzen? Für die Hochzeit, meine ich. Bitte, bitte!«

»Die Hochzeit?« Hal löste sich sanft von ihr und räusperte sich. »*Deine* Hochzeit?«

»Natürlich meine Hochzeit, Papa. Sei doch nicht albern.« Sie strahlte ihren Onkel an und legte ihm kokett die Hand auf den Ärmel. »Dürfen wir, Onkel John? Wir können nicht in einem Versammlungshaus heiraten, aber für eine gültige Quäkerehe brauchen wir Zeugen, und ich bin mir wirklich sicher, dass Papa nicht möchte, dass ich im Schankraum eines Wirtshauses heirate. Oder?«, fragte sie flehend an Hal gewandt, dessen Miene ihren ursprünglichen Argwohn wieder angenommen hatte.

»Aber natürlich dürft ihr das, meine Liebe«, sagte John und ließ den Blick durch seinen Salon schweifen. »Vorausgesetzt, das Haus bleibt noch so lange in meinem Besitz. Wann soll die Zeremonie denn stattfinden, und für wie viele Zeugen brauchen wir Platz?«

Sie zögerte und tippte sich mit dem Fingernagel gegen die Zähne.

»Ich bin mir nicht ganz sicher. Es kommen einige der Quäker, die wie Denny ihrem Gewissen gefolgt sind und von ihren Zusammenkünften ausgestoßen wurden, weil sie sich der Kontinentalarmee angeschlossen haben. Und ein paar Freunde, falls noch welche in Philadelphia sind. Und ... Familie ...?« Wieder zögerte sie und warf ihrem Vater einen unauffälligen Seitenblick zu. John verkniff es sich zu lächeln.

Hal schloss die Augen und seufzte tief.

»Ja, ich komme zu eurer Hochzeit«, sagte er und öffnete sie resigniert wieder. »Henry auch, und wenn ich ihn hinschleifen muss. Mrs. Woodcock muss wohl ebenfalls eingeladen werden«, fügte er mit einem merklichen Mangel an

Begeisterung hinzu. »Natürlich können Adam … und – und Ben …« Einen Moment lang dachte John, dass er es ihr jetzt doch sagen *musste*, doch sein Bruder schloss unbeirrbar den Mund. Er sah John zwar nicht an, doch John verstand das »*Nicht jetzt, zum Kuckuck. Lass sie doch noch ein bisschen glücklich sein*« so deutlich, als wäre es laut ausgesprochen worden.

»Ja, wie schade«, sagte Dottie bedauernd und sah ihrem Vater direkt in die Augen. »Tut mir auch leid, dass Mama nicht hier sein kann. Aber ich habe ihr geschrieben.«

»Wirklich, Schätzchen?«, sagte Hal und klang beinahe normal. »Das war lieb von dir.« Doch er legte den Kopf schief und kniff die Augen ein wenig zusammen. »Was noch?«

»Oh.« Ihr Gesicht, das seine normale Farbe wieder angenommen hatte, rötete sich erneut, und sie begann, geistesabwesend mit der Hand ihre Schürze zu kneten. »Nun ja. Wusstest du, dass Rachel – Denzells Schwester – mit Ian Murray verlobt ist? Das ist Mr. James' – nein, nein, ›Mister‹ sagen wir ja nicht, Entschuldigung –, er ist James Frasers Neffe. Du weißt …«

»Ich weiß«, sagte Hal in einem Ton, der jede weitere Verbesserung unterband. »Wer er ist, meine ich. Was willst du sagen, Dottie? Ohne Ausschmückungen bitte.«

Sie zog zwar die Nase kraus, ließ sich aber nicht aus der Fassung bringen.

»Nun denn. Rachel und Ian möchten heiraten, so schnell sie können, genau wie Denny und ich. Da die nötigen Zeugen zugegen sein werden, warum nicht beide Ehen gleichzeitig schließen?«

Diesmal sah Hal John doch an. Dieser erwiderte den Blick ein wenig verblüfft.

»Ah … nun ja. Ich vermute, das würde zusätzliche Gäste bedeuten. Einschließlich des erwähnten Mr. Fraser? Du wirst gewiss entschuldigen, wenn ich diesen Titel benutze, meine Liebe, ich bin solche gesellschaftlichen Exzesse nun einmal gewöhnt.«

»Ja doch. Rachel sagt, Mrs. Fraser hat sich so weit erholt, dass sie morgen oder übermorgen nach Philadelphia zurückkehren werden. Dann sind da natürlich Fergus und seine Frau Marsali und vielleicht die Kinder, und ich weiß nicht, ob sie noch andere Freunde haben, die … ich *glaube* nicht, dass Ian in der Nähe Mohawk-Verwandte hat, aber …«

»Eins, zwei, drei, vier, fünf …« John wandte sich um und begann, die kleinen vergoldeten Stühle zu zählen, die in Habtachtstellung vor der Wandvertäfelung standen. »Ich denke, es wird ziemlich eng, Dottie, aber wenn …«

Mrs. Figg räusperte sich. Dieses Geräusch war so eindrucksvoll, dass alle verstummten und sie ansahen.

»Verzeihung, die Herren«, sagte sie, und ihr rundes Gesicht errötete schwach. »Ich möchte mir ja nichts anmaßen … aber ich habe zufällig dem Reverend gegenüber erwähnt, dass Miss Dottie und Freund Denzell einen Ort für ihre Hochzeit suchen.«

Sie räusperte sich, und die Röte unter ihrer dunklen Haut nahm zu, so dass sie überraschende Ähnlichkeit mit einer frisch abgefeuerten Kanonenkugel bekam, dachte Grey, der diese Vorstellung bezaubernd fand.

»Und … nun ja, um es kurz zu machen, Ma'am, die Herren, es wäre dem Reverend und seiner Gemeinde eine Freude, wenn Ihr es in Betracht ziehen würdet, in der neuen Kirche zu heiraten, da Ihr ja so gütig wart, etwas zu ihrem Bau beizusteuern. Sie ist zwar alles andere als luxuriös, aber …«

»Mrs. Figg, Ihr seid wunderbar.« Grey ergriff ihre Hände, eine Art der Zuwendung, die sie so verlegen machte, dass ihr die Worte fehlten. Er sah das und ließ los, obwohl er es damit Dottie ermöglichte, sich unter Dankesrufen auf die Haushälterin zu stürzen und sie zu küssen. Auch das ging noch, aber als Hal dann Mrs. Figgs Hand ergriff und sie küsste, blieb der armen Frau geradezu die Luft weg. Sie riss ihre Hand an sich, zog sich hastig zurück, murmelte etwas Zusammenhangloses über den Tee und wäre fast über einen Kürbis gestolpert.

»Könnt ihr denn in einer Kirche heiraten?«, fragte Hal Dottie, als Mrs. Figg in sicherer Entfernung verschwunden war. »Es ist doch nicht wie bei den Juden, oder? Also wir brauchen nicht beschnitten zu sein, um dabei zu sein? Denn falls ja, würde eure Gästeliste, glaube ich, beträchtlich schrumpfen.«

»Oh, ich bin mir sicher, dass es nicht …«, begann Dottie ziemlich vage, doch sie wurde durch etwas abgelenkt, das sie vor dem Fenster auf der Straße gesehen hatte. »Du liebe Güte, ist das etwa …?«

Ohne sich die Mühe zu machen, ihren Gedanken laut zu vollenden, rannte sie zu der unverriegelten Tür, riss sie auf und gab William preis, der verblüfft auf der Eingangstreppe stand.

»Dottie!«, sagte er. »Was …« Und dann fiel sein Blick auf John und Hal. Williams Gesicht veränderte sich blitzartig, und ein Schauder lief John über den Rücken. Genau diese Miene hatte er schon mindestens hundertmal in Jamie Frasers Gesicht gesehen – aber noch nie zuvor in Williams.

Es war die Miene eines Mannes, dem das, was ihm unmittelbar bevorsteht, nicht im Geringsten gefällt – der sich aber absolut in der Lage fühlt, damit fertigzuwerden. William trat ein und wehrte Dotties vergeblichen Versuch einer Umarmung kraft seines Willens ab. Er zog den Hut und verneigte sich vor Dottie, dann förmlich vor John und Hal.

»Stets zu Diensten.«

Hal prustete und betrachtete seinen Neffen von Kopf bis Fuß. William war ganz ähnlich gekleidet wie John und Hal, in Zivil – doch seine Kleidung war von guter Qualität, wie John feststellte; es waren eindeutig seine eigenen Kleider.

»Und wo zum Teufel bist *du* die letzten drei Tage gewesen, wenn ich fragen darf?«

»Nein, das darfst du nicht«, erwiderte William kurz. »Warum seid ihr denn hier?«

»Einerseits, weil wir dich suchen«, erwiderte John gelassen, ehe Hal für weiteren Aufruhr sorgen konnte. Er hatte die Vogelflinte zwar auf das Kaminsims gelegt, wo sie für Hal problemlos greifbar war, doch er war sich hinreichend sicher, dass sie nicht geladen war. »Und andererseits, weil wir Hauptmann Richardson suchen. Hast du ihn in letzter Zeit gesehen?«

Williams überraschte Miene ließ John im Inneren erleichtert aufseufzen. Nein, sie standen nicht in Verbindung. Percy Wainwright sollte zur Hölle fahren.

»Nein.« William blickte vielsagend vom einen Mann zum anderen. »Ist es das, was ihr in Arnolds Stabsquartier wolltet? Ihr habt Richardson gesucht?«

»Ja«, antwortete John überrascht. »Woher weißt du – oh. Du hast das Haus beobachtet.« Er lächelte. »Ich habe mich schon gefragt, wie es kam, dass du hier so passend aufgetaucht bist. Du bist uns von General Arnold her gefolgt.«

William nickte. Er streckte seinen langen Arm aus und zog einen der Stühle von der Wand herbei.

»Ja. Setz dich. Es gibt einiges zu besprechen.«

»*Das* klingt aber unheilvoll«, murmelte Dottie. »Vielleicht sollte ich besser den Brandy holen.«

»Bitte tu das, Dottie«, sagte John. »Sag Mrs. Figg, wir wollen den Siebenundachtziger, bitte. Wenn er nicht vergraben ist, meine ich.«

»Soweit ich weiß, befindet sich eigentlich alles Alkoholische im Brunnen. Ich hole ihn.«

An diesem Punkt traf Mrs. Figg persönlich mit einem klappernden Teetablett ein, entschuldigte sich für die einfache Tonkanne, in der sie das Getränk zubereitet hatte, und innerhalb weniger Augenblicke hatte jeder eine dampfende Tasse und ein kleines Glas des Siebenundachtzigers vor sich stehen.

»Danke, Schätzchen«, sagte Hal, als er sein Glas von Dottie entgegennahm, und fügte dann betont hinzu: »Du brauchst nicht hierzubleiben.«

»Mir wäre es aber lieber, Dottie«, sagte William zwar leise, aber mit einem unverhohlenen Blick auf Hal. »Du solltest es auch wissen, glaube ich.«

Dottie, die die verstreuten Kürbisse eingesammelt hatte, warf nicht mehr als einen kurzen Blick auf ihren Vater und setzte sich ihrem Vetter gegenüber auf die Ottomane.

»Dann erzähle es mir«, sagte sie schlicht.

»Nichts Besonderes«, sagte er und gab sich beiläufig. »Ich habe vor Kurzem herausgefunden, dass ich der leibliche Sohn eines gewissen James Fraser bin, der …«

»Oh«, sagte sie und sah ihn mit frischem Interesse an. »Ich *hatte* doch das Gefühl, dass mich General Fraser an jemanden erinnert! Natürlich, das ist es! Du liebe Güte, Willie, du siehst wirklich aus wie er!«

William zog ein verdattertes Gesicht, fasste sich aber schnell wieder.

»Er ist General?«, fragte er Hal.

»Er war General«, berichtigte Hal. »Er hat den Dienst quittiert.«

William stieß einen leisen, humorlosen Laut aus.

»Ach ja? Nun, ich auch.«

Nach langem Schweigen stellte John seine Tasse mit einem leisen Klirren vorsichtig auf die Untertasse.

»Und warum das?«, fragte er gelassen im selben Moment, in dem Hal stirnrunzelnd sagte: »Geht das denn, während du theoretisch Kriegsgefangener bist?«

»Ich weiß es nicht«, sagte William kurz angebunden und offenbar als Antwort auf beide Fragen. »Aber ich habe es getan. Nun, was Hauptmann Richardson angeht …« Und er berichtete ihnen von seiner erstaunlichen Begegnung mit Denys Randall-Isaacs.

»Oder vielmehr Denys Randall, wie er sich jetzt nennt. Sein Stiefvater ist offenbar Jude, und er möchte damit nicht in Verbindung gebracht werden.«

»Vernünftig«, sagte Hal knapp. »Ich kenne ihn nicht – du, John? Nein. Was weißt du über ihn, William? In welcher Verbindung steht er zu Richardson?«

»Ich habe nicht die geringste Ahnung«, erwiderte William. Er leerte seine Tasse, griff nach der Kanne und schenkte sich neuen Tee ein. »Offensichtlich gibt es aber eine, und bis jetzt wäre ich davon ausgegangen, dass Randall vielleicht gemeinsam mit oder für Richardson arbeitet.«

»Vielleicht tut er das ja noch«, argwöhnte John in etwas gereiztem Unterton. Er war selbst einige Jahre Spion gewesen, und ihm war nicht danach, etwas, das ein solcher Schnüffler sagte, wörtlich zu nehmen.

Das schien William zwar im ersten Moment zu verblüffen, doch er nickte zögernd.

»Also schön«, räumte er ein. »Aber sagt mir – warum zum Teufel interessiert *ihr* beide euch denn für Richardson?«

Sie erzählten es ihm.

Als sie zum Ende kamen, hockte Hal nervös neben Dottie auf der Ottomane, einen Arm um ihre bebenden Schultern gelegt. Sie weinte lautlos, und er betupfte ihr Gesicht mit seinem Taschentuch, das nach seinem Dienst als Parlamentärflagge jetzt ein schmutziger Lumpen war.

»Ich glaube es nicht«, wiederholte er hartnäckig zum sechsten oder siebten Mal. »Hörst du mich, Schätzchen, ich *glaube* es nicht, und es kommt auch nicht infrage, dass du es glaubst.«

»N-nein«, sagte sie gehorsam. »Nein … das tue ich nicht. Oh, *Ben*!«

In der Hoffnung, sie abzulenken, wandte sich John wieder an William.

»Und was führt dich nach Philadelphia, wenn ich fragen darf? Du kannst ja nicht auf der Suche nach Richardson sein, denn als du das Lager verlassen hast, wusstest du schließlich nicht, dass er verschwunden war.«

»Ich bin in einer Privatsache hier«, sagte William in einem Ton, der keinen Zweifel daran ließ, dass es immer noch Privatsache war und auch so bleiben würde. »Aber außerdem …« Er presste die Lippen kurz aufeinander, und wieder hatte John desorientiert dieses Gefühl, Jamie Fraser zu sehen. »Ich wollte das für dich hierlassen, falls du in die Stadt zurückkamst. Oder Mrs. Figg bitten, es nach New York zu schicken, falls …« Er verstummte und zog einen Brief aus der Brust seines dunkelblauen Rockes.

»Aber das brauche ich ja jetzt nicht mehr«, sagte er entschlossen und steckte den Brief wieder ein. »Es steht nur alles darin, was ich dir schon gesagt habe.« Doch seine Wangen erröteten sacht, und er wich Johns Blick aus und wandte sich stattdessen an Hal.

»Ich finde heraus, was mit Ben ist«, sagte er schlicht. »Ich bin ja kein Soldat mehr; es besteht keine Gefahr, dass man mich als Spion festnimmt. Und ich kann mich viel einfacher bewegen als ihr.«

»Oh, William!« Dottie nahm ihrem Vater das Taschentuch ab und putzte sich mit einem kleinen, damenhaften Prusten die Nase. »Das würdest du wirklich tun? Oh, *danke*!«

Das war natürlich noch nicht das letzte Wort. Aber es war nichts Neues für Grey, dass William eine Sturheit besaß, die er so offensichtlich von seinem leiblichen Vater hatte, dass niemand außer Hal auch nur auf die Idee gekommen wäre, mit ihm zu diskutieren. Selbst Hal diskutierte nicht lange.

Schließlich erhob sich William zum Gehen.

»Bitte grüße Mrs. Figg herzlich von mir«, sagte er zu John und mit einer kleinen Verneigung zu Dottie: »Auf Wiedersehen, Cousine.«

John folgte ihm zur Tür, um ihn hinauszulassen, doch auf der Schwelle legte er ihm die Hand auf den Ärmel.

»Willie«, sagte er leise. »Gib mir den Brief.«

Zum ersten Mal sah William so aus, als sei er sich nicht ganz sicher. Er hob die Hand an seine Brust, ließ sie aber zögernd dort liegen.

»Ich werde ihn nicht lesen – es sei denn, du kommst nicht zurück. Aber wenn du nicht wiederkommst … möchte ich ihn haben.«

William holte Luft, nickte, griff in seinen Rock, zog einen versiegelten Umschlag hervor und reichte ihn John. Grey sah, dass er mit einem dicken Klecks Kerzenwachs versiegelt war und dass William nicht sein Siegel benutzt hatte, sondern stattdessen lieber den Daumen fest in das heiße Wachs gedrückt hatte.

»Danke«, sagte er mit einem Kloß im Hals. »Gute Reise, mein Sohn.«

94

DER GEIST DER ZUSAMMENKUNFT

Die Methodistenkirche war ein bescheidenes Holzgebäude mit einfachen Glasfenstern. Sie hatte zwar einen Altar, doch ansonsten hätte sie auch problemlos als Versammlungshaus der Quäker durchgehen können, hätten nicht an einer Wand drei Rahmen mit kreuzgestickten Bibelversen gehangen. Ich hörte, wie Rachel ausatmete, als sie just im Inneren stehen blieb und sich umsah.

»Keine Blumen?«, hatte Mrs. Figg tags zuvor entsetzt gesagt. »Ich verstehe ja, dass es schlicht sein soll, aber *Gott* hat doch die Blumen gemacht!«

»In einem Versammlungshaus würde es keine Blumen geben«, hatte Rachel lächelnd erklärt. »Für uns haben sie etwas Heidnisches, und sie lenken von der Andacht ab. Aber wir sind Eure Gäste, und als Gast sagt man ja dem Gastgeber nicht, wie er sein Haus einrichten soll.«

Mrs. Figg blinzelte bei dem Wort »heidnisch«, stieß dann aber ein leises Summgeräusch aus und nahm ihre gütige Ruhe wieder an.

»Also schön«, sagte sie. »Seine Lordschaft hat drei schöne Rosensträucher, und in jedem Garten der Stadt blühen Sonnenblumen. Und Jelängerjelieber in rauen Mengen«, fügte sie nachdenklich hinzu. Das stimmte; jeder pflanzte Jelängerjelieber um den Abort.

Doch aus Rücksichtnahme auf die Quäker stand nur eine Blumenvase – eine schlichte Glasvase – zwischen den beiden Holzbänken an der Frontseite der Kirche, und der schwache Duft des Jelängerjeliebers und der gefüllten rosa Rosen vermischte sich mit dem Terpentingeruch der warmen Kiefernbretter und den Ausdünstungen von Menschen, die zwar einigermaßen sauber waren, denen aber ziemlich heiß war.

Rachel und ich traten wieder ins Freie und schlossen uns im Schatten einer großen Linde dem Rest dessen an, was man wohl als die Hochzeitsgesellschaft bezeichnen konnte. Immer noch trafen Leute ein, einzeln oder zu zweit, und ich fing viele neugierige Blicke auf, die sich auf uns richteten – wenn auch nicht auf die beiden Bräute.

»Du willst… *das* bei deiner Hochzeit tragen?«, sagte Hal und betrachtete Dotties Sonntagskleid aus weichem grauem Musselin mit einem weißen Schultertuch und einer Schleife an der Rückseite der Taille. Dottie zog ihre glatte blonde Augenbraue hoch.

»Ha«, sagte sie. »Mami hat mir erzählt, was *sie* anhatte, als du sie in einem Wirtshaus in Amsterdam geheiratet hast. *Und* wie deine erste Hochzeit war. Eine große Hilfe waren Diamanten und weiße Spitze und die St. James Church dann doch nicht, oder?«

»Dorothea«, sagte Denzell freundlich. »Quäle deinen Vater nicht. Er hat genug zu ertragen.«

Hal, der bei Dotties Bemerkung errötet war, wurde bei Dennys Worten noch röter und atmete bedrohlich rasselnd, sagte aber nichts mehr. Hal und John trugen beide ihre volle Paradeuniform und übertrafen die beiden Bräute bei Weitem an Glanz. Ich fand es wirklich schade, dass Hal Dottie nicht zum Altar führen würde, doch er hatte nur tief eingeatmet, als man ihm die Form der Eheschließung beschrieben hatte, und – nachdem ihm sein Bruder den Ellbogen fest in die Rippen gestoßen hatte – gesagt, dass es ihm eine Ehre sein würde, dabei zu sein.

Jamie dagegen trug keine Uniform, doch sein Auftreten in kompletter Highlandtracht ließ Mrs. Figg fast die Augen aus dem Kopf kullern – und nicht nur ihr.

»Gütiger Hirte von Judäa«, murmelte sie mir zu. »Trägt der Mann etwa einen Woll*rock*? Und was für ein Muster hat dieser Stoff? Das brennt einem ja die Augen aus dem Kopf.«

»Man nennt es *Philabeg*«, sagte ich zu ihr. »In der Landessprache. Auf Englisch nennt man es normalerweise Kilt. Und das Muster ist sein Familientartan.«

Sie betrachtete ihn eine Weile sehr intensiv, und die Farbe stieg ihr dabei langsam in die Wangen. Dann wandte sie sich mir mit offenem Mund zu, um mich etwas zu fragen, überlegte es sich aber offensichtlich und schloss ihn fest.

»Nein«, sagte ich lachend. »Hat er nicht.«

Sie prustete. »Er wird so oder so vor Hitze umkommen«, prophezeite sie, »genau wie diese beiden Kampfhähne.« Sie wies kopfnickend auf John und Hal, die glorreich in Scharlachrot und Goldspitze vor sich hin schwitzten. Auch Henry war in seiner bescheideneren Leutnantsaufmachung gekommen. Er geleitete Mercy Woodcock am Arm und verbat sich mit einem Blick jede Bemerkung seitens seines Vaters.

»Der arme Hal«, murmelte ich Jamie zu. »Seine Kinder stellen ihn ja wirklich sehr auf die Probe.«

»Aye, und wessen Kinder tun das nicht?«, erwiderte er. »Alles gut, Sassenach? Du siehst blass aus; willst du nicht lieber hineingehen und dich hinsetzen?«

»Nein, es geht mir gut«, versicherte ich ihm. »Ich *bin* nur einfach blass, nach einem Monat in geschlossenen Räumen. Es tut gut, an der frischen Luft zu sein.« Ich hatte einen Stock, auf den ich mich stützen konnte; außerdem war ja Jamie da. Doch abgesehen von einem leisen Stechen in der Seite ging es mir wirklich gut, und ich genoss das Gefühl, mich bewegen zu können – wenn auch nicht unbedingt das Gefühl, in der Hitze wieder ein Korsett und mehrere Röcke zu tragen. Es würde noch heißer werden, wenn die Zusammenkunft begann und wir dicht an dicht saßen; Mr. Figgs Gemeinde war natürlich ebenfalls zugegen, da es ja ihre Kirche war, und die Bänke waren voll besetzt.

Die Kirche hatte keine Glocke, doch einige Häuserblocks weiter begann die Glocke von St. Peter die volle Stunde zu schlagen. Es war Zeit, und Jamie, die Grey-Brüder und ich gingen hinein und begaben uns zu unseren Plätzen. Gemurmel und Neugier hingen in der Luft – mehr noch angesichts von Jamies Plaid und den britischen Uniformen, obwohl alle drei ihre Schwerter aus Rücksicht auf die Quäker daheimgelassen hatten.

Sowohl die Neugier als auch die Unterhaltungen erreichten einen neuen Höhepunkt, als Ian eintrat. Er trug ein neues Hemd aus weißem, mit blauen und lila Tulpen bedrucktem Kaliko, seine Leggings und den Lendenschurz, perlenbestickte Mokassins – und ein Armband aus blauen und weißen Wampum-Muscheln, von dem ich mir ziemlich sicher war, dass seine Mohawkfrau Emily es für ihn gemacht hatte.

»Und hier kommt natürlich der Trauzeuge«, hörte ich John Hal zuflüstern. Rollo folgte Ian auf den Fersen, ohne das zusätzliche Getuschel zu beachten, das *er* auslöste. Ian setzte sich lautlos auf eine der beiden Bänke, die so an der Vorderseite der Kirche standen, dass sie der Gemeinde zugewandt waren, und Rollo setzte sich zu seinen Füßen hin und kratzte sich selbstvergessen. Danach ließ er sich zu Boden sinken, lag sacht hechelnd da und betrachtete die Anwesenden mit einem träge abschätzenden gelben Blick, als überprüfe er sie auf ihre eventuelle Essbarkeit.

Denzell trat ein. Er sah zwar ein wenig blass aus, doch er schritt nach vorn und setzte sich neben Ian auf die Bank. Er lächelte der Gemeinde zu, und die meisten erwiderten sein Lächeln murmelnd. Denny trug seinen besten Anzug – er besaß zwei Stück – aus gutem marineblauem Tuch mit Zinnknöpfen, und er war zwar kleiner und weniger auffallend dekoriert als Ian, doch er verschwand in keiner Weise neben seinem fremdartig aufgemachten zukünftigen Schwager.

»Dir wird doch nicht schlecht, Kleine?«, sagte Jamie zu Rachel, die die Hände in ihren Rock geklammert hatte. Sie war weiß wie ein Leintuch, doch ihre Augen leuchteten. Sie waren auf Ian geheftet, der nur sie allein ansah und das Herz in seinen Augen trug.

»Nein«, flüsterte sie. »Komm mit mir, Dottie.« Sie streckte die Hand aus, und die beiden Mädchen gingen zusammen zu der anderen Bank und setzten sich. Dotties Wangen waren rot, ihr Kopf hoch erhoben. Rachel faltete die Hände in ihrem Schoß und richtete den Blick wieder auf Ian. Ich spürte, wie Jamie schwach aufseufzte und sich ein wenig entspannte. Jenny, die auf seiner anderen Seite saß, reckte den Hals, um an ihm vorbeizublicken, dann lächelte sie zufrieden.

Sie selbst hatte Rachels Kleid genäht, denn nach den Strapazen der letzten Monate besaß Rachel nichts mehr, das nicht halb zerlumpt war. Und Jenny befürwortete zwar im Allgemeinen eher bescheidene Kleidung, doch sie wusste, wie man eine Figur ins beste Licht rückte. Das Kleid war aus blassgrünem Chintz mit einem kleinen Muster aus dunkelgrünen Blätterranken, und es saß wie eine zweite Haut. Mit ihrem dunkelbraunen Haar, das ihr glänzend auf den Schultern lag, und den großen haselgrünen Augen sah sie aus wie ein Wesen aus dem Wald – eine Baumnymphe vielleicht.

Ich war gerade im Begriff, Jamie von diesem Bild zu erzählen, als Reverend Figg nach vorne schritt, sich umwandte und der Gemeinde zulächelte.

»Meine Segenswünsche an diesem Tag, Brüder und Schwestern!«, sagte er. Die Antwort war ein freundliches Gebrumm aus »Sei gesegnet, Bruder!« und diskreten »Amen«.

»Nun denn.« Er ließ den Blick von Ian und Denny zu den Mädchen schweifen, dann wieder zu der Gemeinde. »Wir sind heute hier zusammengekommen, um eine Hochzeit zu feiern. Aber die Damen und Herren, die heiraten werden, gehören der Gemeinschaft der Freunde an, also wird es eine Quäkerhochzeit sein – und damit ein wenig anders als die Hochzeiten, die ihr kennt, daher erlaube ich mir, euch zu erzählen, wie sie vonstattengeht.«

Leises Summen der Neugier und Spekulation, das er mit einer Hand zum Verstummen brachte. Mr. Figg war klein und adrett mit schwarzem Anzug und weißem Stehkragen, doch er besaß immense Präsenz, und jedes Ohr richtete sich aufmerksam auf seine Erklärungen.

»Wir haben die Ehre, die Gastgeber dieser Zusammenkunft zu sein – denn so nennen die Quäker ihre Gottesdienste. Und für sie ist eine Hochzeit nur ein normaler Teil der Zusammenkunft. Es gehört kein Priester oder Prediger dazu; die Dame und der Herr … heiraten einander einfach, wenn sie glauben, dass die Zeit gekommen ist.«

Das löste eine kleine Welle der Überraschung aus, vielleicht auch hier und da der Missbilligung, und ich konnte sehen, wie die Röte auf Dotties Wangen zunahm. Mr. Figg lächelte den Mädchen zu, dann wandte er sich wieder der Gemeinde zu.

»Vielleicht könnte uns ja einer unserer Quäkerfreunde etwas von ihrer Art der Zusammenkunft erzählen, denn sie wissen sicher mehr darüber, als ich es tue.« Er richtete sich erwartungsvoll an Denzell Hunter – doch es war Rachel, die sich erhob. Mr. Figg, der sie nicht sah, fuhr überrascht zusammen, als sie hinter ihm die Stimme erhob, und alle lachten.

»Guten Morgen«, sagte sie leise, aber klar, als das Gelächter verebbt war. »Ich danke euch allen für eure Anwesenheit. Denn Christus hat gesagt, ›Wo zwei oder drei in meinem Namen versammelt sind, da bin auch ich‹. Und das ist das ganze Wesen einer Zusammenkunft der Quäker; dass Christus seine Gegenwart unter uns kundtue – und in uns.« Sie breitete die Hände ein wenig aus.

»Also kommen wir zusammen, und wir lauschen – aufeinander und auf das Licht in uns. Wenn sich jemand durch den Heiligen Geist bewegt fühlt zu sprechen, spricht er oder sie.«

»Oder singt, wenn man möchte«, warf Dottie ein und grinste John an.

»Oder singt«, pflichtete Rachel ihr bei und lächelte. »Aber wir fürchten auch die Stille nicht, denn oft spricht Gott am lautesten in der Stille unserer Herzen.« Und damit setzte sie sich gefasst wieder hin.

Im ersten Moment rutschten die Leute hin und her oder blinzelten, dann folgte erwartungsvolles Schweigen – das durch Denny unterbrochen wurde, der sich langsam erhob und sagte: »Ich fühle mich bewegt, euch zu sagen, wie dankbar ich euch für eure Großzügigkeit bin. Denn ich wurde von der Zusammenkunft verstoßen und meine Schwester mit mir, weil ich die Absicht kundtat, mich der Kontinentalarmee anzuschließen. Aus demselben Grund sind wir auch der Zusammenkunft in Philadelphia nicht als Mitglieder willkommen.« Er sah Rachel an, und seine Brille reflektierte das Licht.

»Das ist sehr schlimm für einen Quäker«, fuhr er leise, aber deutlich fort. »Denn unsere Zusammenkunft ist der Ort, an dem unser Leben und unsere Seele wohnen, und wenn Quäker heiraten, muss die ganze Zusammenkunft der Heirat zustimmen und sie bezeugen. Ich habe meine Schwester dieser Zustimmung und dieser Unterstützung beraubt, und ich bitte sie, mir zu vergeben.«

Rachel stieß ein undamenhaftes Prusten aus.

»Du bist deinem Gewissen gefolgt, und wenn ich das nicht richtig gefunden hätte, hätte ich das gesagt.«

»Es war meine Aufgabe, für dich zu sorgen.«

»Du hast doch für mich gesorgt!«, protestierte Rachel. »Sehe ich etwa unterernährt aus? Bin ich nackt?«

Eine Welle der Belustigung durchlief die Gemeinde, doch keiner der Hunters nahm Notiz davon.

»Ich habe dich aus deinem Heim gerissen und aus der Zusammenkunft, die für dich gesorgt hat, und habe dich gezwungen, mir in die Gewalt zu folgen, in eine Armee gewalttätiger Männer.«

»Das wäre dann wohl ich«, unterbrach Ian und räusperte sich. Er richtete den Blick auf Mr. Figg, der verblüfft zuhörte, dann auf die gebannt lauschende Versammlung in der Kirche. »Ich bin nämlich selbst kein Quäker. Ich bin Highlander und Mohawk, und gewalttätiger geht es nicht. Eigentlich sollte ich Rachel nicht heiraten, und ihr Bruder sollte es nicht zulassen.«

»Das möchte ich sehen, wie er versucht, mich aufzuhalten!«, sagte Rachel und setzte sich kerzengerade hin, die Fäuste auf den Knien geballt. »Oder du, Ian Murray!« Dottie schien dieses Gespräch lustig zu finden; ich konnte sehen, wie sie darum kämpfte, nicht zu lachen – und als ich einen Seitenblick auf die Bank vor mir warf, konnte ich exakt denselben Ausdruck im Gesicht ihres Vaters sehen.

»Ich bin schließlich schuld daran, dass du nicht in einer richtigen Quäkerzusammenkunft heiraten konntest«, wandte Ian ein.

»Auch nicht mehr als ich«, sagte Denny und verzog das Gesicht.

»*Mea culpa, mea culpa, mea maxima culpa*«, murmelte mir Jamie ins Ohr. »Meinst du, ich sollte sagen, dass alles meine Schuld ist, weil ich Ian bei den Indianern gelassen habe und ihm ein schlechtes Vorbild bin?«

»Nur, wenn dich der Heilige Geist dazu bewegt«, grummelte ich, ohne den Blick von der Darbietung abzuwenden. »Ich persönlich würde sowohl dir als auch dem Heiligen Geist raten, euch da herauszuhalten.«

Mrs. Figg sah es gar nicht ein, sich herauszuhalten. Sie räusperte sich laut.

»Verzeihung, wenn ich unterbreche, aber nach allem, was ich weiß, glauben die Quäker doch, dass die Frau dem Mann ebenbürtig ist, oder nicht?«

»Das stimmt«, sagten Rachel und Dottie gleichzeitig mit fester Stimme, und alles lachte. Mrs. Figg errötete wie eine reife schwarze Pflaume, doch sie wahrte die Fassung.

»Also dann«, sagte sie. »Wenn diese Damen euch Herren heiraten möchten, warum glaubt ihr dann, dass es eure Sache wäre, es ihnen auszureden? Habt ihr vielleicht selbst Bedenken?«

Deutlich weibliches Beifallsgemurmel stieg aus der Menge auf, und Denny, der immer noch stand, schien jetzt seinerseits um Fassung zu ringen.

»Hat er einen Schwanz?«, flüsterte es hinter mir mit französischem Akzent, und Marsali kicherte hemmungslos. »Ohne Schwanz kann man nicht heiraten.«

Diese Erinnerung an Fergus' und Marsalis unorthodoxe Hochzeit an einem karibischen Strand zwang mich, mir mein Spitzentaschentuch fest vor den Mund zu pressen. Jamie wurde von unterdrücktem Gelächter geschüttelt.

»Ich habe Bedenken«, sagte Denzell und holte tief Luft. »Jedoch nicht«, fügte er hastig mit einem Blick auf Dottie hinzu, »was meinen Wunsch betrifft, Dorothea zu ehelichen, oder meine ehrenvollen Absichten ihr gegenüber. Meine Bedenken – und vielleicht auch Freund Ians, obwohl ich nicht für ihn sprechen darf – liegen in gänzlich anderer Richtung. Das heißt, ich … oder vielleicht wir … haben das Gefühl, dass wir die Schwächen und Grenzen offenlegen müssen, die wir als … als Ehemänner …«, und zum ersten Mal errötete er ebenfalls, »dass Dorothea und Rachel eine … eine gut durchdachte … äh …«

»Dass sie wissen, worauf sie sich einlassen?«, beendete Mrs. Figg seinen Satz hilfreich. »Nun, das ist ein löblicher Gedanke, Doktor Hunter …«

»Freund«, murmelte er.

»*Freund* Hunter«, sagte sie und verdrehte schwach die Augen. »Aber ich sage Euch zwei Dinge. Erstens, Eure junge Dame weiß wahrscheinlich mehr über Euch, als Ihr es tut.« Mehr Gelächter. »Und zweitens, als Frau mit einiger Erfahrung kann ich Euch sagen, dass niemand weiß, wie es sein wird, verheiratet zu sein, ehe man sich nicht mitten im Eheleben wiederfindet.« Entschlossen setzte sie sich hin und erntete Beifallsgemurmel.

Nun wurden einige Blicke gewechselt, und auf der linken Seite der Kirche kam Bewegung auf – dort saßen mehrere Männer beieinander. Ich hatte sie hereinkommen sehen, mit Frauen, die eindeutig ihre Ehefrauen waren; diese hatten sich jedoch von ihnen getrennt und sich auf die rechte Seite der Kirche gesetzt, woraus ich schloss, dass sie möglicherweise Quäker waren, obwohl ihre Kleidung nichts an sich hatte, was sie von den Arbeitern und Kaufleuten in der Gemeinde unterschieden hätte. Ich konnte sehen, wie sie jetzt zu einer Art stummer Übereinstimmung kamen, und einer von ihnen erhob sich.

»Ich bin William Sprockett«, sagte er förmlich und räusperte sich. »Wir sind hier, um für Freund Hunter zu sprechen. Denn auch wir sind Freunde, die dem Diktat ihres Gewissens gefolgt sind und sich auf die Rebellion und auf andere Dinge eingelassen haben, denen ein Quäker normalerweise lieber aus dem Weg gehen würde. Und die demzufolge … von ihrer Zusammenkunft verstoßen wurden.«

Er hielt inne und runzelte die Stirn, denn anscheinend war er sich nicht sicher, wie er fortfahren sollte. Eine kleine Frau in Gelb erhob sich auf der anderen Seite und erhob ihre klare Stimme.

»Was mein Mann sagen möchte, Freunde, ist, dass ein Mann, der nicht tut, was ihm sein inneres Licht sagt, kein Mann ist. Zwar kann ein Mann, der seinem Gewissen folgt, manchmal sehr unbequem sein, doch das macht ihn nicht zu einem schlechten Ehemann.« Sie lächelte Mr. Sprockett an und setzte sich.

»Ja«, nahm Mr. Sprockett dankbar den Faden auf. »Wie meine Frau gütigerweise gesagt hat, macht uns das Kämpfen nicht unfähig zur Ehe. So sind wir also gekommen …« Er wies mit einer ausladenden Handbewegung auf seine Begleiter und auf die Frauen jenseits des Mittelgangs. »… um deine Hochzeit gutzuheißen und zu bezeugen, Freund Hunter.«

»Und wir werden dich in deiner Ehe unterstützen, Dorothea«, fügte Mrs. Sprockett hinzu und neigte den Kopf. »Und dich ebenfalls, Rachel.«

Denny Hunter war während dieser Wortmeldungen stehen geblieben.

»Ich … danke euch, Freunde«, sagte er und setzte sich abrupt hin. Die Sprocketts taten das Gleiche etwas langsamer.

Schweigen senkte sich über den Raum, und eine kleine Weile war nichts zu hören außer gedämpften Straßengeräuschen. Hier und da ein Hüsteln, ein Räuspern, doch im Großen und Ganzen Stille. Jamie legte seine Hand auf die meine, und meine Finger drehten sich, um sich mit den seinen zu verschränken. Ich konnte seinen Pulsschlag in meinen Fingerspitzen spüren, die festen Knöchel und Fingerglieder. Seine rechte Hand, zerschlagen und gezeichnet von den Narben seiner Opferbereitschaft und von schwerer Arbeit. Gezeichnet auch von den Spuren meiner Liebe, den groben Reparaturen, die ich voll Schmerz und Verzweiflung durchgeführt hatte.

Blut von meinem Blut, Bein von meinem Bein …

Ich fragte mich, ob Menschen, die unglücklich verheiratet sind, wohl an ihre eigene Eheschließung denken, wenn sie auf einer Hochzeit sind; ich war überzeugt, dass die, die glücklich verheiratet sind, es tun. Jenny hatte den Kopf gesenkt, ihr Gesicht war ruhig und hatte einen nach innen gekehrten Ausdruck, aber einen friedvollen. Dachte sie jetzt an Ian und ihren Hochzeitstag? Ja; ihr Kopf wandte sich ein wenig zur Seite, und sie legte die Hand sacht auf die Bank und lächelte dem Geist zu, der neben ihr saß.

Hal und John saßen vor uns auf der Bank, etwas seitlich von uns, so dass ich hin und wieder ihre Gesichter sehen konnte, so ähnlich und doch so unterschiedlich. Beide waren zweimal verheiratet gewesen.

Es versetzte mir einen kleinen Schock, mich daran zu erinnern, dass John beim zweiten Mal ja tatsächlich mit mir verheiratet gewesen war. Für mich fühlte sich das völlig getrennt an, und unsere kurze Partnerschaft schien so lange her zu sein, dass sie beinahe unwirklich anmutete. Und dann … war da noch Frank.

Frank. John. Jamie. Aufrichtige Absichten reichten nicht immer aus, dachte ich und richtete den Blick auf die jungen Leute auf den Bänken an der Front der Kirche. Keiner von ihnen sah jetzt den anderen an, sondern sie schauten auf ihre gefalteten Hände oder den Boden oder saßen mit geschlossenen Augen da. Begriffen vielleicht, dass eine Ehe, wie Mrs. Figg es gesagt hatte, nicht durch ein Ritual oder durch Worte geschmiedet wird, sondern indem man sie lebt.

Eine Bewegung holte mich aus meinen Gedanken; Denny hatte sich erhoben und streckte die Hand nach Dottie aus, die sich erhob wie verwunschen, ihrerseits die Hände ausstreckte, die seinen ergriff und sie festhielt, als hinge ihr Leben davon ab.

»Spürst du, was den Geist der Zusammenkunft ausmacht, Dorothea?«, fragte er leise, und als sie nickte, sagte er: »In Gegenwart des Herrn und vor diesen unseren Freunden nehme ich dich, Dorothea, zu meiner Frau und verspreche dir, mit Gottes Beistand ein liebender und treuer Ehemann zu sein, solange wir beide leben.«

Ich hörte, wie Hal den Atem anhielt, so dass es fast wie Schluchzen klang, und dann brach die Kirche in Applaus aus. Denny sah verblüfft aus, doch dann lächelte er überglücklich und führte Dottie, die nun strahlend seinen Arm ergriffen hatte, mitten durch die Gemeinde zur Rückseite der Kirche, wo sie sich dicht beieinander auf die letzte Bank setzten.

Die Leute murmelten und seufzten lächelnd, und allmählich kehrte wieder Ruhe in die Kirche ein – jedoch nicht die Andacht, die vorhin geherrscht hatte. Es herrschte jetzt lebhafte Erwartung, vielleicht mit ein wenig Nervosität versetzt, als sich die Aufmerksamkeit auf Ian und Rachel richtete – die einander jetzt nicht mehr ansahen, sondern zu Boden blickten.

Ian holte so kräftig Luft, dass man es in den hinteren Bänken hören konnte, zog das Messer aus seinem Gürtel und legte es neben sich auf die Bank.

»Aye, nun ja … Rachel weiß, dass ich schon einmal verheiratet war, mit einer Frau aus dem Wolfsclan der Kahnyen'kehaka. Und eine Mohawkhochzeit ist gar nicht so viel anders als eine Hochzeit unter Quäkern. Wir haben nebeneinander vor den Leuten gesessen, und unsere Eltern – sie hatten mich nämlich adoptiert – haben für uns gesprochen und gesagt, was sie über uns wussten und dass wir von gutem Charakter wären. Soweit *sie* das wussten«, fügte er entschuldigend hinzu, und der Hauch eines Lachens ertönte.

»Das Mädchen, das ich heiraten wollte, hatte einen Korb auf dem Schoß, gefüllt mit Früchten und Gemüse und anderen essbaren Dingen, und sie hat mir versprochen, mich von ihren Feldern zu ernähren und für mich zu sorgen. Und ich …« Er schluckte und streckte die Hand nach seinem Messer aus. »Ich hatte ein Messer und einen Bogen und ein paar Otterpelze. Und ich habe ihr versprochen, für sie zu jagen und sie mit meinen Pelzen zu wärmen. Und alle waren sich einig, dass wir heiraten sollten, und so … haben wir geheiratet.«

Er hielt inne und biss sich auf die Unterlippe, dann räusperte er sich und fuhr fort.

»Aber die Mohawk nehmen einander nicht, solange sie leben – sondern nur solange die Frau es wünscht. Meine Frau hat es vorgezogen, sich von mir zu trennen – nicht, weil ich ihr weh getan oder sie misshandelt habe, sondern aus … aus anderen Gründen.« Wieder räusperte er sich, und seine Hand hob sich an das Wampumarmband an seinem Bizeps.

»Meine Frau hieß *Wakyo'teyehsnonhsa*, das bedeutet ›Die mit den Händen arbeitet‹, und sie hat mir das gemacht als Zeichen ihrer Liebe.« Lange braune Finger zupften an den Riemchen, und das gewebte Band aus Muscheln löste sich und glitt ihm in die Hand. »Jetzt lege ich es nieder als Zeugnis dafür, dass ich als freier Mann hierherkomme, dass es mir wieder freisteht, mein Leben und mein

Herz zu verschenken. Und ich hoffe, dass es mir erlaubt sein wird, es dieses Mal für immer zu verschenken.«

Die blauen und weißen Muscheln klickten leise, als er sie auf die Bank legte. Einen Moment ließ er die Finger darauf ruhen, dann zog er seine Hand fort.

Ich konnte Hal atmen hören, ruhig jetzt, doch leise rasselnd. Und Jamie, dem es die Kehle zuschnürte.

Die Dinge, die ich empfand, bewegten sich wie Geister in der schweren, reglosen Luft der Kirche. Rührung, Mitgefühl, Zweifel, Nervosität … Rollo knurrte ganz leise, doch verstummte dann, gelbäugig und wachsam zu Füßen seines Herrn.

Wir warteten. Jamies Hand zuckte in der meinen, und ich blickte zu ihm auf. Sein Blick war auf Ian gerichtet, gebannt, die Lippen fest zusammengepresst, und ich wusste, dass er sich fragte, ob er sich erheben und das Wort für Ian ergreifen sollte, der Gemeinde – und Rachel – versichern sollte, dass er ein guter Mensch war. Aber er fing meinen Blick auf, schüttelte ganz sacht den Kopf und wies nickend nach vorn. Es war an Rachel, etwas zu sagen, wenn sie es wollte.

Rachel saß reglos da wie ein Stein, das Gesicht so bleich wie Gebein und die Augen brennend auf Ian gerichtet. Doch sie sagte nichts.

Sie bewegte sich auch nicht, aber etwas bewegte sich in ihr; ich konnte sehen, wie das Bewusstsein ihr Gesicht überflog, und irgendwie veränderte sich ihr Körper, richtete sich auf, kam zur Ruhe. Sie lauschte.

Wir alle lauschten mit ihr. Und die Stille entflammte langsam zu Licht.

Dann wurde die Luft von einem schwachen Pulsieren erfüllt, fast unhörbar, und die Leute blickten auf, aus der Stille gerufen. Etwas erschien verschwommen zwischen den Bänken an der Vorderseite, und ein Kolibri tauchte auf, durch das offene Fenster angezogen, ein winziges Fleckchen Grün und Scharlach, das neben den Korallentrompeten des Jelängerjeliebers schwebte.

Ein Seufzer entstieg dem Herzen der Kirche, und der Geist der Zusammenkunft erschien.

Ian erhob sich, und Rachel ging ihm entgegen.

EINE CODA IM 3/2-TAKT

Denzell und Dorothea

Es war das beste Fest, auf dem Dorothea Jacqueline Benedicta Grey je gewesen war. Sie hatte in den schönsten Ballsälen Londons schon mit Grafen und Vicomtes getanzt und alles gegessen – von vergoldeten Pfauen bis hin zu mit Krabben gefüllten Forellen, die auf einem kunstvollen Meer aus Aspik schwammen, über dem ein aus Eis geschnitzter Triton seinen Speer schwenkte. All das jeweils in kostbaren Roben, die so fantastisch gewesen waren, dass die Männer blinzelten, wenn sie in Sicht gekommen war.

Ihr frischgebackener Ehemann blinzelte nicht. Er sah sie derart gebannt durch seine metallgeränderte Brille an, dass sie glaubte, sie könnte seinen Blick auf ihrer Haut spüren, quer durch das Zimmer und geradewegs durch ihr taubengraues Kleid hindurch, und sie dachte, sie würde gleich vor Glück platzen, so dass die Teilchen durch den ganzen Schankraum des White Camel flogen. Nicht, dass es irgendjemandem aufgefallen wäre, wenn sie das getan hätte; es drängten sich so viele trinkende, redende, trinkende, singende und trinkende Menschen in dem Zimmer, dass selbst eine herrenlose Gallenblase oder Niere auf dem Fußboden keinerlei Notiz erregt hätte.

Durchaus möglich, dachte sie, dass auch ein oder zwei komplette Menschen keinerlei Notiz erregten – wenn sie dieses schöne Fest nämlich verließen.

Sie erreichte Denzell nur mit Schwierigkeiten, da sich eine Menge Gratulanten zwischen ihnen befanden, doch *als* sie ihn erreichte, streckte er wortlos die Hand nach der ihren aus, und im nächsten Moment waren sie draußen in der kühlen Abendluft, lachten wie von Sinnen und küssten sich im Schatten des Gemeindehauses des Wiedertäufers.

»Kommst du mit nach Hause, Dorothea?«, fragte Denzell, als er kurz innehielt, um Atem zu holen. »Bist du … bereit?«

Sie ließ ihn nicht los, sondern schmiegte sich noch näher an ihn, so dass seine Brille verrutschte, und weidete sich am Geruch seiner Rasierseife und der Wäschestärke – und dem Geruch seines Körpers.

»Sind wir jetzt wirklich verheiratet?«, flüsterte sie. »Ich bin deine Frau?«

»Das sind wir. Das bist du«, antwortete er, und seine Stimme klang ein wenig heiser. »Und ich bin dein Mann.« Sie hatte das Gefühl, dass es eigentlich ernst hätte klingen sollen, doch bei diesen Worten breitete sich ein solch unaufhaltsames Lächeln des Glücks über sein Gesicht, dass sie laut auflachte.

»Wir haben zwar bei unserem Gelübde nicht ›ein Leib‹ gesagt«, sagte sie und trat zurück, ohne jedoch seine Hand loszulassen. »Aber meinst du, das gilt trotzdem?«

Er rückte sich die Brille wieder fester auf die Nase und sah sie mit großer Konzentration und leuchtenden Augen an. Und mit einem Finger seiner freien Hand berührte er ihre Brust.

»Ich verlasse mich darauf, Dorothea.«

SIE WAR SCHON IN SEINER Wohnung gewesen. Zuerst jedoch lediglich als Gast und dann als seine Assistentin, die einen Korb mit Verbandsmaterial und Salben gepackt hatte, bevor sie ihn zu einem Patientenbesuch begleitete. Jetzt war es ganz anders.

Er hatte früher am Tage alle Fenster geöffnet und sie so gelassen, ohne sich von den Fluginsekten und dem Geruch der Metzgerei ein paar Häuser weiter stören zu lassen. Normalerweise wäre es im ersten Stock des Hauses nach so einem heißen Tag erstickend gewesen – doch dank des Abendhauchs, der ungehindert ins Innere der Wohnung konnte, war die Luft wie warme Milch, sanft und fließend auf der Haut. Selbst die Fleischgerüche der Metzgerei waren jetzt abgeschwächt, überlagert vom Nachtparfum der Gärten am Bingham House, zwei Straßen weiter.

Alle Spuren seines Berufes waren fortgeräumt, und das Licht der Kerze, die er jetzt anzündete, fiel friedvoll auf ein schlicht möbliertes, aber gemütliches Zimmer. Zwei kleine Armsessel standen am Kamin, auf dem Tisch dazwischen lag ein einzelnes Buch. Und jenseits der offenen Verbindungstür winkte einladend ein Bett, frisch gemacht mit einer glatten Decke und dicken weißen Kissen.

Das Blut summte ihr immer noch durch den Körper wie Wein, obwohl sie kaum etwas getrunken hatte. Dennoch fühlte sie sich unerklärlich schüchtern, und sie blieb einen Moment in der Nähe der Eingangstür stehen, als wartete sie auf eine Einladung. Denny zündete noch zwei Kerzen an, dann drehte er sich um und sah sie dort stehen.

»Komm doch«, sagte er leise und streckte ihr die Hand entgegen, die sie nun voller Glück ergriff. Sie küssten sich ausgiebig, ihre Hände tasteten sich langsam vor, Kleider begannen, sich zu lösen, und ihre Hand wanderte beiläufig in die Tiefe und berührte ihn durch seine Hose. Er schnappte nach Luft und war schon im Begriff, etwas zu sagen, doch er war nicht schnell genug.

»Ein Leib«, rief sie ihm ins Gedächtnis, grinste breit und fasste beherzt zu. »Ich möchte deine Hälfte sehen.«

»DU HAST SO ETWAS doch schon gesehen«, sagte Denny. »Das weiß ich genau. Erstens hast du drei Brüder. Und während du … du Verletzte gepflegt hast …« Er lag nackt auf dem Bett, ebenso wie sie, und sie streichelte das nämliche Objekt, das die Zuwendung immens zu genießen schien. Seine Finger glitten durch ihr Haar, spielten mit ihren Ohrläppchen, liebkosten ihren Hals.

»Ich hoffe doch, du denkst nicht, dass ich das je mit einem meiner Brüder gemacht habe«, sagte sie und atmete wohlig seinen Männergeruch ein. »Und bei Verwundeten sind sie normalerweise nicht in der Stimmung für Beachtung.«

Denny räusperte sich und reckte sich ein wenig, um sich nicht winden zu müssen.

»Ich glaube, du solltest mir die Gelegenheit geben, auch deinem Leib ein wenig Beachtung zu schenken«, sagte er. »Wenn ich noch in der Lage sein soll, dich heute Nacht zur Frau zu machen.«

»Oh.« Sie blickte auf sein Glied hinunter, dann auf sich selbst, überrascht. »Was ... was meinst du damit? Warum solltest du nicht dazu in der Lage sein?«

»Ah.« Er sah zufrieden aus und gleichzeitig nervös – ohne seine Brille war er so jung – und sprang jetzt aus dem Bett, um in das andere Zimmer zu gehen, sein Hintern hell und wohl definiert im Kerzenschein. Zu Dotties Erstaunen kam er mit dem Buch zurück, das sie auf dem Tisch bemerkt hatte, und reichte es ihr. Es war einer seiner medizinischen Wälzer, vollgestopft mit Lesezeichen, und als sie es nahm, öffnete es sich in ihren Händen und zeigte ihr mehrere gezeichnete Querschnitte eines nackten Mannes, dessen Fortpflanzungsorgane sich in unterschiedlichen Stadien der Aktivität befanden.

Sie blickte ungläubig zu Denny auf.

»Ich dachte ... ich weiß ja, dass du noch Jungfrau bist; ich wollte nicht, dass du Angst hast oder überrumpelt wirst.« Er errötete wie eine Rose, und statt unter johlendem Gelächter in sich zusammenzusinken, wie sie es am liebsten getan hätte, schloss sie sacht das Buch und nahm sein Gesicht in ihre Hände.

»Bist du auch noch Jungfrau, Denny?«, fragte sie leise. Seine Röte nahm tatsächlich noch zu, doch sie wandte den Blick nicht von ihm ab.

»Ja. Aber – ich weiß, wie es geht. Ich bin schließlich Arzt.«

Das war zu viel, und jetzt *lachte* sie, jedoch in abgehackten, halb unterdrückten Kicherlauten, die ansteckend auf ihn wirkten, und in Sekunden lagen sie sich auf dem Bett in den Armen und schüttelten sich lautlos in einem Lachanfall, bis einer von ihnen prustete und »Ich bin schließlich Arzt ...« wiederholte, was neue Lachkrämpfe zur Folge hatte.

Schließlich fand sie sich schwer atmend auf dem Rücken wieder; Denny lag, auf seine Arme gestützt, auf ihr, und ein Schweißfilm ölte ihre Haut. Sie hob eine Hand und berührte seine Brust. Eine Gänsehaut lief über ihn hinweg, und die dunklen, gelockten Haare seines Körpers richteten sich auf. Sie zitterte, doch weder vor Angst noch vor Lachen.

»Bist du bereit?«, flüsterte er.

»Ein Leib«, flüsterte sie zurück. Und so geschah es.

DIE KERZEN WAREN fast bis zu den Haltern heruntergebrannt, und die nackten Schatten an der Wand bewegten sich langsam.

»Dorothea!«

»Du solltest wahrscheinlich still sein«, riet sie ihm und hob kurz den Kopf, um ihn anzusehen. »Ich habe das noch nie gemacht. Du willst mich doch nicht ablenken, oder?« Ehe ihm auch nur ein Wort einfallen konnte, hatte sie ihre alarmierenden Handlungen wiederaufgenommen. Er stöhnte auf – er konnte nicht anders – und legte ihr die Hände sanft, hilflos auf den Kopf.

»Es nennt sich Fellatio, wusstest du das?«, erkundigte sie sich und hielt dabei noch einmal kurz inne, um Luft zu holen.

»Ja. Woher … ich meine … oh! Oh Gott.«

»Was hast du gesagt?« Ihr Gesicht war wunderschön, errötet, so dass die Farbe selbst im Kerzenlicht zu sehen war, ihre Lippen tief rosa und feucht …

»Ich sagte – oh Gott.«

Ein Lächeln ließ ihr Gesicht im Schatten glücklich strahlen, und sie umfasste ihn noch fester. Sein Schatten bäumte sich auf.

»Oh, *gut*«, sagte sie, und mit einem leisen, triumphierenden, krähenden Lachen beugte sie sich über ihn, um ihn mit ihren scharfen weißen Zähnen zum ekstatischen Ende zu bringen.

Ian und Rachel

IAN HOB DAS GRÜNE KLEID in einer Wolke aus Stoff hoch und zog es ihr über den Kopf. Danach schüttelte Rachel ihren Kopf so heftig, dass die Haarnadeln klirrend in alle Richtungen flogen. Sie lächelte ihn an, während sich ihr dunkles Haar in dicken, leicht feuchten Strähnen auf ihre Schultern legte, und er lachte und pflückte noch ein paar der kleinen Drahtschlingen heraus.

»Ich habe gedacht, ich sterbe«, sagte sie und fuhr sich mit den Fingern durch das lose Haar. »Entweder an den Nadeln, die mir in den Kopf stechen, oder an meinem engen Korsett. Mach mir die Schnüre auf, ja – Ehemann?« Sie hatte ihm den Rücken zugekehrt, blickte sich aber um, und in ihren Augen tanzte pures Vergnügen.

Er hatte es nicht für möglich gehalten, noch stärkere Rührung zu empfinden – oder noch stärkere Erregung, doch dieses eine Wort bewerkstelligte beides. Er legte ihr einen Arm um die Taille, so dass sie aufquietschte, zog den Knoten ihrer Schnüre auf und biss ihr sanft in den Nacken, so dass sie noch lauter aufquietschte. Sie wand sich, und er lachte und drückte sie fester an sich, während er die Schnüre löste. Sie war so schlank wie ein Weidenschössling und doppelt so biegsam; sie bewegte sich an ihm, und dieses kleine Ringen erhitzte sein Blut bis zum Siedepunkt. Hätte er keine Selbstbeherrschung besessen, er hätte sie in Sekunden auf das Bett gedrückt gehabt, Korsett und Hemd und Strümpfe einerlei.

Doch er beherrschte sich und ließ sie los. Stattdessen schob er ihr behutsam die Halter des Korsetts über die Schultern und dann das Korsett über den Kopf. Sie schüttelte sich noch einmal und strich sich das feuchte Hemd am Körper glatt, dann richtete sie sich stolz vor ihm auf. Ihre aufgerichteten Brustwarzen malten sich unter dem erschlafften Stoff ab.

»Ich habe deine Wette für dich gewonnen«, verkündete sie und fuhr mit der Hand über das zierliche blaue Satinbändchen, das durch den Halsausschnitt ihres Hemds gezogen war, und ließ den Saum flattern, der mit blauen, gelben und rosa Blumen bestickt war.

»Wie hast du denn *davon* gehört?« Er griff nach ihr, zog sie an sich und fasste ihr mit beiden Händen um den Hintern, der unter dem Hemd nackt war. »Himmel, hast du einen hübschen runden kleinen Hintern.«

»Blasphemie, und das in unserer Hochzeitsnacht?« Doch sie war geschmeichelt, das konnte er deutlich hören.

»Das ist keine Blasphemie, es ist ein Dankgebet. Und wer hat dir nun von der Wette erzählt?« Fergus hatte um eine Flasche Starkbier mit ihm gewettet, dass eine Quäkerbraut einfach weiße Leinenunterkleider tragen würde. Er war sich zwar nicht sicher gewesen, doch er hatte gehofft, dass Rachel nicht das Gefühl haben würde, dass ihrem Mann zu gefallen dasselbe war wie Eitelkeit in der Öffentlichkeit.

»Germain natürlich.« Sie legte ebenfalls die Arme um ihn und umfasste ihn auf ähnliche Weise. Dabei lächelte sie zu ihm hinauf. »Deiner ist weder klein noch rund, aber auch ganz hübsch, glaube ich. Brauchst du Hilfe bei deinen Kleidern?«

Er konnte spüren, dass sie ihm gerne helfen wollte, also ließ er zu, dass sie sich hinkniete und seinen Hosenlatz aufknöpfte. Beim Anblick ihres dunklen, zerzausten Scheitels, ihres ernst über ihre Aufgabe gebeugten Kopfes musste er die Hand sanft darauf legen. Er spürte ihre Wärme, sehnte sich nach der Berührung ihrer Haut.

Seine Kniehose fiel zu Boden, und sie stand auf, um ihn zu küssen, während ihre Hand fast wie nebenbei seinen aufgerichteten Schwanz liebkoste.

»Deine Haut ist da so weich«, wisperte sie gegen seinen Mund. »Wie Samt!«

Ihre Berührung war zwar nicht zaghaft, aber sehr leicht, und er senkte die Hand und legte seine Finger um die ihren, um ihr zu zeigen, wie sie fester zufassen und ihn ein wenig reiben konnte.

»Ich mag es, wenn du stöhnst, Ian«, flüsterte sie. Sie drückte fester zu und rieb ihn mehr als nur ein wenig.

»Ich stöhne doch gar nicht.«

»Doch, das tust du.«

»Ich atme doch nur ein bisschen. Hier … das ist schön … aber … hier.« Schluckend hob er sie hoch – sie stieß einen kleinen Jauchzer aus – und trug sie die zwei Schritte bis zum Bett. Er ließ sie auf die Matratze fallen – sie stieß einen lauteren Jauchzer aus –, landete neben ihr und nahm sie in die Arme. Es folgte einiges an sich windenden Bewegungen, Gekicher und unartikulierten Geräuschen, und sie beförderte ihn aus seinem Kalikohemd, während er ihr Hemd unten hochschob und oben herunterzog, so dass es sich um ihre Taille ballte.

»Gewonnen«, sagte sie, wand sich den Hemdschlauch über die Hüften und schleuderte ihn mit einem Tritt von sich.

»Meinst du, ja?« Er senkte den Kopf und nahm ihre Brustwarze in den Mund. Sie stieß einen sehr zufriedenstellenden Laut aus und umklammerte seinen Kopf. Er wühlte ihr seinen Kopf sacht unter das Kinn, dann senkte er ihn wieder und saugte fester, während sich seine Zunge bewegte wie die einer Schlange.

»Ich mag es, wenn du stöhnst, Rachel«, sagte er, während er innehielt, um Luft zu holen, und grinste auf sie hinunter. »Möchtest du, dass ich dich zum Schreien bringe?«

»Ja«, keuchte sie atemlos, eine Hand auf ihrer feuchten Brustwarze. »Bitte.«

»Gleich.« Während seiner Atempause hatte er sich über ihr abgestützt, um Luft zwischen sie zu lassen, und sie hob die Hand, um seine Brust zu betasten. Sie rieb mit dem Daumen sacht über seine Brustwarze, und das köstliche Gefühl schoss ihm geradewegs in den Schwanz hinunter.

»Lass mich«, sagte sie, rückte ein wenig nach unten, eine Hand leicht um seinen Hals gelegt, und saugte dann ganz sanft an seinem Schwanz.

»Mehr«, sagte er heiser. »Fester. Zähne.«

»*Zähne?*«, entfuhr es ihr, und sie ließ los.

»Zähne«, sagte er atemlos, drehte sich mit einem Schwung voll auf den Rücken und zog sie auf sich. Sie holte tief Luft, kniete sich über ihn und senkte den Kopf, so dass ihm ihr üppiges Haar über die Brust fiel.

Er stieß ein sehr lautes, unartikuliertes Geräusch aus, zu gleichen Teilen Schmerz und Erregung, und sie fuhr mit großen, erschreckten Augen zurück.

»Du *hast* Zähne gesagt.« Sie richtete sich nervös zum Sitzen auf. »Oh, Ian, es tut mir leid. Ich wollte dir nicht weh tun.«

»Ich … das hast du auch gar nicht … nun ja, hast du doch, aber … ich meine … mach es noch einmal, aye?«

Sie sah ihn skeptisch an, und ihm kam der Gedanke, dass es Onkel Jamie, als er ihm empfohlen hatte, er solle langsam und sanft mit seiner Jungfrau vorgehen, möglicherweise nicht nur darum gegangen war, Rücksicht auf die Jungfrau zu nehmen.

»Hier, *mo nighean donn*«, sagte er und zog sie wieder neben sich auf das Bett. Sein Herz hämmerte, und er schwitzte. Er strich ihr das Haar aus der Stirn und liebkoste mit seinem Mund ihr Ohr. »Langsam, aye? Dann zeige ich dir, was ich meine, wenn ich Zähne sage.«

IAN ROCH NACH WEIN UND WHISKY und nach männlichem Moschus – er brannte erstaunlich unter ihren Händen und roch jetzt ein bisschen wie ein weit entferntes Stinktier, aber angenehmer. Sie drückte das Gesicht in die Rundung seiner Schulter und weidete sich an seinem Geruch. Sie hatte seinen Schwanz in der Hand und hielt ihn fest umfasst … Doch die Neugier ließ sie ihren Griff lockern und sich weiter nach unten vortasten, wo sich ihre Finger durch das Dickicht seines Schamhaars fühlten. Er atmete ganz plötzlich aus, als sie seinen Hodensack umfasste, und sie lächelte an seiner Schulter.

»Stört es dich, Ian?«, flüsterte sie, während sie die eiförmigen Umrisse seiner

Hoden auf ihrer Handfläche wiegte. Sie hatte schon oft männliche Skrota gesehen, ausgebeult und faltig, und es widerte sie zwar nicht an, doch sie hatte auch nie groß Notiz davon genommen. Das hier war herrlich, fest angespannt, die Haut so weich und so heiß. Wagemutig wanderte sie weiter und tastete sich zwischen seinen Beinen noch weiter nach hinten.

Er hatte einen Arm um ihre Schultern gelegt, und er drückte zu, doch er sagte ihr nicht, dass sie aufhören sollte, sondern spreizte stattdessen ein wenig die Beine und gestattete es ihr, ihn zu erkunden. Hunderte von Malen hatte sie Männern den Hintern abgewischt, und ihr kam der flüchtige Gedanke, dass nicht alle besonders auf sich achteten … Doch sein Haar war dort so fein wie das eines Babys und ganz sauber, und ihre Hüften bewegten sich unwillkürlich an ihm, als ihre Fingerspitze zögernd zwischen seine Gesäßbacken glitt. Er zuckte und spannte sich unwillkürlich an, und sie hörte auf und spürte ihn zittern. Dann begriff sie, dass er lautlos bebend lachte.

»Kitzele ich dich?«, fragte sie und stützte sich auf einen Ellbogen. Das Licht der einzelnen Kerze huschte flackernd über sein Gesicht, tauchte seine Wangen in den Schatten und ließ seine Augen glänzen, als er zu ihr auflächelte.

»Aye, das ist ein Wort dafür.« Er fuhr ihr mit der Hand etwas unsanft den Rücken hinauf und packte sie am Nacken. Dann schüttelte er langsam den Kopf und sah sie an. Sein Haar hatte sich aus dem Band gelöst und breitete sich dunkel hinter seinem Kopf aus. »Da versuche ich nun, langsam vorzugehen und sanft zu sein … und ehe ich mich's versehe, quetschst du mir die Eier und steckst mir deine Finger in den Arsch!«

»Ist das falsch?«, fragte sie mit einem leisen Stich. »Ich wollte nicht … zu dreist sein?«

Er zog sie zu sich herunter und drückte sie fest.

»Mit mir kannst du gar nicht dreist genug sein, Herz«, flüsterte er ihr ins Ohr und fuhr ihr den Rücken wieder hinunter … und noch weiter. Sie keuchte auf.

»Schh«, flüsterte er und fuhr fort – langsam. »Ich dachte … du würdest anfangs vielleicht ein bisschen Angst haben. Aber du hast überhaupt keine Angst, oder?«

»Doch. T-Todesangst.« Sie spürte, wie ihr das Lachen in der Brust aufstieg, doch es war auch etwas Wahres daran – und er hörte das. Seine Hand hörte auf, sich zu bewegen, und er wich gerade so weit zurück, dass er sie blinzelnd ansehen konnte.

»Aye?«

»Nun ja … Todesangst nicht gerade. Aber …« Sie schluckte, plötzlich verlegen. »Es ist nur … das hier ist so schön. Aber ich weiß, dass es, wenn du … wenn wir … nun, es tut weh beim ersten Mal. Ich … ich habe ein bisschen Angst, dass … nun, ich möchte nicht aufhören mit dem, was wir tun, aber ich … ich hätte das gern hinter mir, damit ich mir deswegen keine Gedanken mehr machen muss.«

»Hinter mir«, wiederholte er. Sein Mund zuckte ein wenig, doch seine Hand lag sanft in ihrem Kreuz. »Also dann.« Er senkte seine Hand und legte sie ihr ganz sacht zwischen die Beine.

Sie war dort geschwollen und schlüpfrig – mehr und mehr, seit er ihr das Kleid über den Kopf gezogen hatte. Seine Finger bewegten sich, einer und dann zwei, spielend, streichelnd … und … und …

Sie wurde völlig davon überrascht – ein Gefühl, das sie entfernt kannte, aber dies hier war größer, viel größer, und dann überließ sie sich zuckend der Ekstase, die sie durchspülte.

Langsam ließ sie sich in verblüffte Erschlaffung sinken. Pulsierte. Überall. Ian küsste sie behutsam.

»Nun, das hat ja nicht lange gedauert, wie?«, murmelte er. »Leg die Hände auf meine Arme, *mo chridhe*, und halt dich fest.« Er bewegte sich über ihr, geschmeidig wie eine große Katze, und ließ seinen Schwanz zwischen ihre Beine gleiten, langsam, aber fest. Sehr fest. Sie zuckte zusammen, verkrampfte sich unwillkürlich, doch der Weg war geglättet, ihre Haut erwartungsvoll geschwollen, offen, wobei ihn selbst ein größerer Widerstand nicht ferngehalten hätte.

Sie begriff, dass sich ihre Finger in seine Arme bohrten, doch sie ließ nicht los.

»Tue ich dir weh?«, sagte er leise. Er hatte aufgehört, sich zu bewegen, war ganz in ihr und dehnte sie auf bestürzende Weise. Irgendetwas war zerrissen, dachte sie; es brannte ein bisschen.

»Ja«, sagte sie atemlos. »Es … macht nichts.«

Er ließ sich erneut langsam auf sie sinken und küsste ihr Gesicht, ihre Nase, ihre Augenlider, sacht. War sich jede Sekunde bewusst, dass es – *er* – in ihr war. Er wich ein wenig zurück und bewegte sich. Sie stieß einen kleinen, atemlosen Laut aus, nicht ganz Protest, ein bisschen Schmerz, nicht *ganz* Ermunterung …

Doch er verstand es so und begann, sich zu bewegen. Mit aller Kraft.

»Keine Sorge, Herz«, sagte er, nun ein wenig atemlos. »Ich werde nicht lange brauchen. Nicht dieses Mal.«

ROLLO SCHNARCHTE IN DER ECKE. Er lag auf dem Rücken, weil es so kühler war, die Beine verschränkt wie die eines Käfers.

Rachel schmeckte süßlich, nach ihrem eigenen Moschus, versetzt mit etwas Mildem und einem animalischen Aroma, das er als seinen Samen erkannte.

Er vergrub das Gesicht in ihr, atmete tief ein, und der schwache Salzgeschmack nach Blut ließ ihn an eine Forelle denken, frisch gefangen und kurz gebraten, das Fleisch heiß und zart, rosa und glatt in seinem Mund. Sie fuhr überrascht zusammen und bäumte sich auf, doch er hielt sie noch fester und stieß ein beruhigendes *Hmmm* aus.

Es *war* wie Fischen, dachte er verträumt, die Hände unter ihren Hüften. Man fühlte mit den Gedanken nach dem glänzenden dunklen Umriss just unter der Oberfläche, ließ die ausgeworfene Fliege gerade eben landen … Sie holte Luft, abrupt. Und schließlich Berührung, der plötzliche Schreckmoment und dann

Entschlossenheit, wenn sich die Schnur spannte und man selbst und der Fisch so aufeinander konzentriert waren, dass es auf der Welt nichts anderes gab …

»Oh Gott«, flüsterte er während einer knappen Atempause und hörte auf zu denken, spürte nur noch die sachten Bewegungen ihres Körpers, ihre Hände auf seinem Kopf, ihren Geruch und Geschmack, und ihre Gefühle durchspülten ihn gemeinsam mit ihren gemurmelten Worten.

»Ich liebe dich, Ian …«

Und es gab auf der Welt nichts anderes als sie beide.

Jamie und Claire

DAS LICHT eines tief stehenden gelben Halbmonds schien durch die Lücken in den Bäumen und glitzerte auf dem dunkel daherfließenden Wasser des Delaware. So spät am Abend war die Luft am Fluss kühl, eine Erlösung für unsere Gesichter und Körper, die aufgeheizt waren vom Tanzen, Essen, Trinken und der Tatsache, dass sie sich die letzten sechs oder sieben Stunden in unmittelbarer Nähe etwa hundert anderer erhitzter Körper aufgehalten hatten.

Die Brautpaare hatten recht früh das Weite gesucht: Denzell und Dottie ganz unauffällig, Ian und Rachel unter den grölenden Rufen und taktlosen Andeutungen eines ganzen Raumes voller fröhlicher Hochzeitsgäste. Als sie fort waren, war es ernst geworden mit dem Fest, da das Trinkgelage jetzt nicht mehr fortwährend durch Trinksprüche auf die frisch Vermählten unterbrochen wurde.

Wir hatten uns irgendwann nach Mitternacht von den Brüdern Grey verabschiedet – als Vater der einen Braut hatte Hal das Fest spendiert. Hal hatte auf einem Stuhl in der Nähe eines Fensters gesessen, ziemlich betrunken und leise keuchend vom Rauch, jedoch immer noch so selbstbeherrscht, dass er sich erheben und sich über meine Hand beugen konnte.

»Ihr solltet heimgehen«, riet ich ihm angesichts des sachten Quietschens in seiner Atmung, das ich im schwächer werdenden Lärm des Hochzeitsfestes hören konnte. »Fragt John, ob er noch *Ganja* hat, und wenn ja, raucht es. Es wird Euch guttun.« Und zwar nicht nur körperlich, dachte ich.

»Ich danke Euch für Euren gütigen Rat, Madam«, sagte er trocken, und zu spät fiel mir unsere Unterhaltung wieder ein, als er das letzte Mal *Ganja* geraucht hatte; seine Sorge um seinen Sohn Benjamin. Doch falls er ebenfalls daran dachte, sagte er nichts, sondern küsste mir nur die Hand und nickte Jamie zum Abschied zu.

John hatte fast den ganzen Abend an der Seite seines Bruders gestanden und stand jetzt hinter ihm, als wir uns verabschiedeten. Sein Blick traf kurz den meinen, und er lächelte, doch er trat nicht vor, um meine Hand zu nehmen – nicht mit Jamie an meiner Seite. In dem Moment fragte ich mich flüchtig, ob ich die Greys wohl jemals wiedersehen würde.

Wir waren nicht zurück zur Druckerei gegangen, sondern hinunter zum

Fluss, wo wir die Kühle der Nachtluft genossen und uns über die jungen Paare und die Aufregungen des Tages unterhielten.

»Ich vermute, ihre Nächte werden noch weitaus aufregender«, stellte Jamie fest. »Den Mädchen tut morgen bestimmt alles weh, den armen Dingern.«

»Oh, vielleicht ja nicht nur den Mädchen«, sagte ich, und er schniefte belustigt.

»Aye, da könntest du recht haben. Ich glaube, mich zu erinnern, dass ich am Morgen nach unserer Hochzeit aufgewacht bin und mich im ersten Moment gefragt habe, ob ich wohl in eine Schlägerei geraten war. Dann habe ich dich neben mir im Bett gesehen, und ich *wusste*, dass es so war.«

»Das hat dich aber nicht sonderlich irritiert«, entgegnete ich. »Ich glaube, mich zu erinnern, dass ich am Morgen danach ziemlich unsanft geweckt wurde.«

»Unsanft? Ich bin ganz vorsichtig mit dir umgegangen. Vorsichtiger als du mit mir«, fügte er hinzu, ein hörbares Grinsen in der Stimme. »Das habe ich Ian auch gesagt.«

»Du hast Ian *was* gesagt?«

»Nun, er wollte einen Rat, also habe ich …«

»Einen Rat? *Ian?*« Ich wusste mit absoluter Gewissheit, dass der Junge seine sexuelle Laufbahn im Alter von vierzehn mit einer etwa gleichaltrigen Prostituierten begonnen hatte, in einem Bordell in Edinburgh, und dass es von da an kein Halten mehr für ihn gegeben hatte. Neben seiner Mohawkfrau wusste ich noch von mindestens einem halben Dutzend weiterer Liebschaften, und ich war mir sicher, dass mir nicht alle bekannt waren.

»Aye. Er wollte wissen, wie er lieb zu Rachel sein kann, da sie ja noch Jungfrau ist. Neuland für ihn«, fügte er ironisch hinzu.

Ich lachte.

»Nun, das wird ja dann für alle eine interessante Nacht.« Ich erzählte ihm von Dotties Frage im Lager, davon, wie Rachel dazugestoßen war, und von unserer spontanen vorehelichen Beratungsstunde.

»Du hast ihnen *was* gesagt?« Er prustete belustigt. »Du bringst *mich* andauernd dazu, dass ich ›oh Gott‹ sage, Sassenach, und meistens hat es überhaupt nichts mit dem Bett zu tun.«

»Ich kann doch nichts dazu, dass dir dieser Ausdruck so selbstverständlich über die Lippen geht«, stellte ich klar. »Du *sagst* es aber auch im Bett, und das ziemlich häufig. Du hast es sogar in unserer Hochzeitsnacht gesagt. Mehrfach. Ich weiß es noch genau.«

»Nun, kein Wunder, Sassenach, nach allem, was du in unserer Hochzeitsnacht mit mir gemacht hast.«

»Was ich mit *dir* gemacht habe?«, fragte ich entrüstet. »Was in aller Welt habe ich denn mit dir gemacht?«

»Du hast mich gebissen«, antwortete er augenblicklich.

»Auf gar keinen Fall! Wohin denn?«

»Oh, hier und da«, sagte er ausweichend, und ich stieß ihn auffordernd mit dem Ellbogen an. »Oh, also schön – du hast mich in die Lippe gebissen, als ich dich geküsst habe.«

»Daran kann ich mich gar nicht erinnern«, sagte ich und betrachtete ihn stirnrunzelnd von der Seite. Seine Gesichtszüge waren zwar nicht zu sehen, doch der reflektierte Mondschein auf dem Wasser zeigte mir den Umriss seines kühnen Profils mit der geraden Nase. »Ich weiß noch, dass du mich ziemlich lange geküsst hast, während du versucht hast, mir das Kleid aufzuknöpfen, aber ich bin mir sicher, dass ich dich dabei nicht gebissen habe.«

»Nein«, sagte er nachdenklich und fuhr mir sacht mit der Hand über den Rücken. »Es war später. Nachdem ich etwas zu essen holen war und Rupert und Murtagh und der ganze Rest mich verhöhnt haben. Ich weiß es noch, weil ich gemerkt habe, dass der Wein, den ich geholt hatte, in dem Riss in meiner Lippe brannte, als ich etwas davon getrunken habe. Und ich habe noch einmal mit dir geschlafen, ehe ich zum Trinken gekommen bin, also muss es da gewesen sein.«

»Ha«, sagte ich. »Zu diesem Zeitpunkt hättest du doch nicht einmal mehr gemerkt, wenn ich dir den Kopf abgebissen hätte wie eine Gottesanbeterin. Du warst völlig abgehoben und dachtest, du wüsstest alles.«

Er legte mir den Arm um die Schultern, zog mich an sich und flüsterte mir ins Ohr: »Du hast aber auch nicht mehr viel gemerkt, *a nighean*, mit Ausnahme dessen, was zwischen deinen Beinen vor sich ging.«

»Ziemlich schwierig, derartiges Getöse zu ignorieren«, sagte ich trocken. Er stieß ein gehauchtes Lachen aus, blieb unter einem Baum stehen, nahm mich in die Arme und küsste mich. Er hatte einen herrlich sanften Mund.

»Nun, ich leugne ja nicht, dass du mich alles gelehrt hast, Sassenach«, murmelte er. »Und du hast deine Sache gut gemacht.«

»Du hast ja auch recht schnell begriffen«, lobte ich ihn bereitwillig. »Naturtalent vermutlich.«

»Wenn eine besondere Ausbildung dazugehören würde, Sassenach, wäre die menschliche Rasse längst ausgestorben.« Er küsste mich noch einmal und ließ sich diesmal mehr Zeit dabei.

»Meinst du, Denny weiß, was er zu tun hat?«, fragte er, als er mich losließ. »Er ist doch ein tugendhafter junger Mann, aye?«

»Oh, ich bin sicher, dass er alles Nötige weiß«, mutmaßte ich. »Er ist schließlich Arzt.«

Jamie lachte zynisch.

»Aye. Möglicherweise besucht er ja sogar hin und wieder eine Hure, wahrscheinlich aber in Ausübung seiner Profession, nicht der ihren. Außerdem …« Er kam näher, schob die Hände durch die Taschenschlitze in meinem Rock und umfasste meinen Hintern mit einem interessanten Griff. »Bringen sie jemandem im Medizinstudium bei, wie man seine Frau auffaltet und sie vom Steißbein bis zum Nabel ableckt?«

»*Das* hast du nicht von mir!«

»So ist es. Und du bist doch ebenfalls Ärztin, oder?«

»Das – ich bin mir sicher, dass das keinerlei Sinn ergibt. Bist du betrunken, Jamie?«

»Weiß nicht«, sagte er lachend. »Aber ich bin mir sicher, dass *du* es bist, Sassenach. Gehen wir nach Hause«, flüsterte er. Er neigte den Kopf und fuhr mir mit der Zunge über den Hals. »Ich möchte, dass du mich dazu bringst, für dich ›Oh Gott‹ zu sagen.«

»Das … lässt sich einrichten.« Zwar hatte ich mich während unseres Spaziergangs abgekühlt, doch die letzten fünf Minuten hatten mich angezündet wie eine Kerze, und wenn ich vorhin noch erst heimgehen und mein Korsett ausziehen wollte, so fragte ich mich jetzt, ob ich noch derart lange warten konnte.

»Gut«, sagte er und zog seine Hände aus meinem Rock. »Und dann, *mo nighean donn*, werde ich sehen, was für Worte ich *dir* entlocken kann.«

»Schau doch, ob du mich dazu bringen kannst, ›Hör nicht auf‹ zu sagen.«

SECHSTER TEIL

WAS UNS VERBINDET

95

THE BODY ELECTRIC

Redondo Beach, Kalifornien
5. Dezember 1980

Sie wäre im Leben nicht zur Post gefahren, wenn sie nicht Briefmarken gebraucht hätte. Sie hätte die Briefe an den Briefkasten geklemmt, damit der Briefträger sie mitnehmen konnte, oder sie in den Briefkasten an der Ecke geworfen, wenn sie mit den Kindern an den Strand ging, um nach Pelikanen Ausschau zu halten.

Aber sie brauchte Briefmarken; sie hatte noch mindestens ein Dutzend lästige Kleinigkeiten zu erledigen; Dinge, die notariell beglaubigt oder fotokopiert oder dem Finanzamt gemeldet werden mussten oder …

»S-Wort«, murmelte sie und schlüpfte aus dem Auto. »Gottverdammtes S-Wort!« Das verschaffte ihrer Nervosität und ihrer Bedrückung zumindest einen Hauch von Erleichterung. Und wer hatte die Erleichterung, die das gelegentliche Schimpfwort bot, nötiger als eine Mutter mit kleinen Kindern?

Vielleicht sollte sie sich angewöhnen, stattdessen das »Jesus H. Roosevelt Christ!« ihrer Mutter zu benutzen. Jem hatte es in seine persönliche Schimpfwörtersammlung aufgenommen, als er noch keine vier war, und auch Mandy hatte er es längst beigebracht; es würde ihnen nicht den Charakter verderben, es zu hören.

Beim letzten Mal war es nicht so schwer gewesen. Oder nein, verbesserte sie sich. In Bezug auf das, was am wichtigsten war, war es viel schwerer gewesen. Aber dieser … dieser … dieser *Sumpf* aus kleinkariertem Papierkram … Eigentumsurkunden, Bankkonten, Pachtverträge, Nachsendeanträge … Sie klopfte sich gereizt mit den zugeklebten Umschlägen gegen das Bein. Manchmal hätte sie Jem und Mandy am liebsten bei der Hand genommen und wäre mit ihnen blindlings in die Steine gerannt. Das Einzige, was sie dabei empfunden hätte, wäre Erleichterung gewesen, diesen verdammten Kleinkram hinter sich zu lassen.

Als sie es das erste Mal tat, hatte ihr ja im Grunde nicht viel gehört. Und natürlich hatte sie jemanden gehabt, bei dem sie ihre Habseligkeiten lassen konnte. Ihr Herz krampfte sich ein wenig zusammen, als sie an den Tag zurückdachte, an dem sie den Deckel auf die hölzerne Transportkiste genagelt hatte, die die Geschichte ihrer kleinen Familie enthielt: das Silber, ein Erbstück der Familie ihres Vaters, Kabinettfotografien der Eltern ihrer Mutter, die gesammelten Erstausgaben der Bücher ihres Vaters, die Uniformkappe ihrer Mutter aus dem Zweiten Weltkrieg, die immer noch schwach, aber spürbar nach Jod roch. Und sie hatte sich solche Mühe beim Verfassen des dazugehörigen Briefes gegeben: *»Lieber Roger! Du hast mir erzählt, Dein Vater hätte gesagt, dass jeder eine Geschichte braucht. Dies ist meine …«*

Damals war sie sich beinahe sicher gewesen, dass sie Roger nie wiedersehen würde, geschweige denn das Tafelsilber.

Sie blinzelte krampfhaft und öffnete die Tür der Post mit solcher Gewalt, dass sie gegen die Wand knallte und alle Menschen in dem Verkaufsraum die Köpfe wandten, um sie anzustarren. Hochrot packte sie die Tür und schloss sie mit übertriebener Sorgfalt. Dann durchquerte sie auf leisen Sohlen den Raum und wich sämtlichen Blicken aus.

Sie schob die Umschläge einzeln durch den Schlitz des Briefkastens und empfand bei jedem einzelnen grimmige Genugtuung – wieder eine lästige Kleinigkeit abgehakt. Sich darauf vorzubereiten, in die Vergangenheit zu verschwinden und alles zurückzulassen, was man hatte, war eine Sache; sich auf das Verschwinden vorzubereiten, während man aber dachte, dass man möglicherweise zurückkehren und all diese Dinge wieder brauchen würde – oder dass die Kinder vielleicht zwanzig Jahre später ohne einen selbst zurückkehren würden … Sie schluckte. Das war eine ganz andere Sache, wie ihr Vater zu sagen pflegte. Sie konnte es nicht einfach alles Onkel Joe überlassen; er hatte schon …

Sie drehte sich um, warf automatisch einen Blick quer durch den Raum auf ihr Postfach und blieb stehen, als sie den Brief sah. Sie spürte, wie ihr die Härchen auf den Unterarmen zu Berge standen, während sie über das schmutzige Linoleum lief und nach dem Riegel griff, noch ehe ihr Verstand bewusst registriert hatte, dass er nicht wie eine Stromrechnung aussah, wie ein Kreditkartenformular oder sonstige offizielle Post.

G-H-I-D-E-I … die Zylinder des Kombinationsschlosses klickten, und das schwere Fenstertürchen schwang auf. Und dann roch sie Heidekraut und Torfrauch und den Atem der Berge, hier mitten in der Post, so kräftig, dass die Welt vor ihren Augen verschwamm und es ihr die Kehle zuschnürte.

Es war ein ganz normaler weißer Umschlag, der mit Joe Abernathys rundlicher, selbstbewusster Handschrift an sie adressiert war. Sie konnte etwas darin spüren, noch einen Brief, der eine Verdickung hatte – ein Siegel? Sie schaffte es bis zu ihrem Leihwagen, ehe sie ihn aufriss.

Es war kein Umschlag, sondern ein Blatt Papier, das zusammengefaltet und mit Wachs versiegelt war. Hier und dort waren schwarze Tintenkleckse durch das Papier gedrungen, weil ein Federkiel zu fest gekratzt hatte. Ein Brief aus dem achtzehnten Jahrhundert. Sie drückte ihn an ihr Gesicht und atmete ein, doch der Geruch nach Rauch und Heide war fort – falls er je existiert hatte. Jetzt roch er nur noch nach vergangener Zeit und brüchigem Papier; nicht einmal der herbe Geruch der Tinte aus Eisengalle war noch da.

Neben dem Brief steckte eine kurze Notiz von Onkel Joe, ein zusammengefalteter Zettel.

Brianna, Schätzchen –
hoffe, das hier erwischt Dich noch. Es kam von Deinem Makler in Schottland. Er sagt, der neue Mieter in Lallybroch wollte die Möbel einlagern, aber sie haben diesen riesigen alten Schreibtisch nicht durch die Tür des Arbeitszimmers bekommen. Also haben sie jemanden angerufen, der sich mit Antiquitäten auskennt, und ihn gebeten, den Tisch zu zerlegen – ganz vorsichtig, wie er mir versichert hat. Und dabei haben sie drei Queen-Victoria-Briefmarken und das hier gefunden.

Ich habe ihn nicht gelesen. Wenn Du noch nicht fort bist, sag mir Bescheid, ob Du die Marken haben möchtest; ansonsten sammelt Lenny jr. Briefmarken, und sie wären bei ihm gut aufgehoben.

Hab Dich lieb,
Onkel Joe

Sie faltete den Zettel fest zusammen und steckte ihn in ihre Handtasche. Sie hatte das Gefühl, dass sie irgendwo anders hingehen sollte, um den Brief zu lesen, irgendwohin, wo sie ihre Ruhe hatte und sich in Tränen auflösen konnte, ohne dass es jemand mitbekam. Das Siegel war aus rußigem grauem Kerzenwachs, nicht aus Siegelwachs, und Roger hatte es mit seinem Daumenabdruck markiert. Es war zwar nicht nötig – sie hatte die Handschrift sofort erkannt –, doch die kleine hakenförmige Narbe, die ein abrutschendes Messer hinterlassen hatte, als er einen Lachs entschuppte, den er mit Jem im Loch Ness gefangen hatte, ließ keinen Zweifel. Sie hatte die Narbe geküsst, während der Schnitt verheilte, und danach noch ein Dutzend Mal.

Doch sie konnte nicht warten. Mit zitternden Händen klappte sie ihr Taschenmesser auf und versuchte, das Siegel zu öffnen, ohne es zu verletzen. Es war alt und brüchig; der Kerzentalg hatte im Lauf der Jahre das Papier durchtränkt und einen Schatten hinterlassen, und das Siegel zerbrach in ihrer Hand. Krampfhaft umklammerte sie die Bruchstücke und drehte das zusammengefaltete Blatt um.

Brianna Randall Fraser MacKenzie, hatte er auf die Vorderseite geschrieben. *Zur Aufbewahrung bis auf Weiteres.*

Das brachte sie zum Lachen, doch es kam als Schluchzer heraus, und sie fuhr sich mit dem Handrücken über die Augen, denn sie konnte mit dem Lesen nicht mehr warten.

Schon bei den ersten Worten ließ sie den Brief fallen, als stünde er in Flammen.

SIE GRIFF WIEDER NACH DEM BRIEF. Für den Fall, dass es ihr irgendwie entgangen war, hatte er »*1739*« unterstrichen.

»Wo zum *Teufel* bist du nur …?«, sagte sie laut und schlug sich die Hand vor den Mund, wo sie sie liegen ließ, während sie den Rest las.

Mein liebstes Herz,
ich weiß, was Du denkst, und ich weiß es nicht. Meine beste Idee ist, dass ich auf der Suche nach Jeremiah hergekommen bin und ihn – vielleicht – gefunden habe, er aber nicht die Person ist, nach der ich eigentlich gesucht habe.

Ich habe in Lallybroch Hilfe gesucht, wo ich Brian Fraser begegnet bin (Du würdest ihn mögen und er Dich) und durch ihn – ausgerechnet mit Hilfe eines gewissen Hauptmann Jack Randall – in den Besitz von zwei RAF-Identifikationsmarken gelangt bin. Ich habe die Information darauf erkannt.

Wir (Buck ist noch bei mir) suchen seit unserer Ankunft nach Jem und haben nicht die geringste Spur gefunden. Ich werde zwar nicht aufgeben – natürlich weißt Du das –, aber da unsere Erkundigungen in den nördlichen Clangebieten fruchtlos geblieben sind, glaube ich, dass ich dem einzigen Hinweis nachgehen muss, den ich habe, und sehen muss, ob ich den Besitzer dieser Marken ausfindig machen kann.

Ich weiß nicht, was möglicherweise geschehen wird, und ich musste Dir eine Nachricht hinterlassen, so gering die Chance auch ist, dass Du sie jemals sehen wirst.

Gott segne Dich und Jem – wo auch immer er ist, der arme Junge, und ich kann nur hoffen und beten, dass er in Sicherheit ist – und meine süße Mandy.

Ich liebe Dich. Ich werde Dich immer lieben.
R.

Sie begriff erst, dass sie weinte, als ihr die Tränen, die ihr über das Gesicht liefen, heruntertropften und die Hand kitzelten.

»Oh, Roger«, sagte sie. »Oh lieber *Gott.*«

ALS DIE KINDER am späten Abend schliefen und das Rauschen des Pazifiks durch die offene Balkontür spülte, holte Brianna ein gebundenes Notizbuch hervor, brandneu, und einen Fisher Space Pen (mit Herstellergarantie, dass er auf dem Kopf, unter Wasser und in der Schwerelosigkeit funktionierte, was sie zum Verfassen dieses Schriftstücks nur angemessen fand).

Sie setzte sich an einen Platz mit gutem Licht und hielt einen Moment inne. Dann stand sie noch einmal auf, schenkte sich ein Glas Weißwein ein und stellte es neben das Notizbuch. Den ganzen Tag über hatte sie sich Formulierungen dafür zurechtgelegt, so dass sie jetzt ohne Schwierigkeiten beginnen konnte.

Es war unmöglich zu sagen, wie alt die Kinder sein würden, wenn sie das lasen – falls überhaupt –, daher versuchte sie erst gar nicht, irgendetwas zu vereinfachen. Es war nun einmal kein einfaches Thema.

LEITFADEN FÜR ZEITREISENDE – Teil II

Nun gut. Papa hat ja schon aufgeschrieben, was wir über das Vorkommen (soweit beobachtet), die körperlichen Auswirkungen und die Moral des Zeitreisens wissen. Der Inhalt des folgenden Teils lässt sich wohl am ehesten als vorläufige Hypothesensammlung über die Ursachen bezeichnen: wie das Zeitreisen funktionieren könnte. Ich würde es ja gern den wissenschaftlichen Teil nennen, aber da uns nur so spärliche Daten zur Verfügung stehen, kommt man hier mit der wissenschaftlichen Methode nicht sehr weit.

Doch die wissenschaftliche Herangehensweise beginnt immer mit Beobachtungen, und davon haben wir genug, um vielleicht eine Reihe rudimentärer Hypothesen aufzustellen. Diese in der Praxis zu testen …

Bei der Vorstellung, diese in der Praxis zu testen, begann Briannas Hand so heftig zu zittern, dass sie den Stift beiseitelegen und zwei bis drei Minuten ganz langsam atmen musste, bis ihr die schwarzen Flecken nicht mehr vor den Augen tanzten.

Hypothese 1, schrieb sie und biss die Zähne zusammen. *Dass die Zeitpassagen/-strudel/was-zum-Teufel-das-auch-immer-ist an den Kreuzungspunkten von Ley-Linien vorkommen bzw. durch diese verursacht werden. (Hier definiert als geomagnetische Kraftlinien, nicht die folkloristische Definition gerader Verbindungslinien zwischen prähistorischen oder antiken Strukturen wie Hügelfestungen, Steinkreisen oder Andachtsstätten wie Heiligenquellen. Man könnte zwar davon ausgehen, dass die folkloristischen Linien mit den geomagnetischen Linien identisch sind oder parallel zu ihnen verlaufen, aber dafür gibt es keine Beweise.)*

Hinweise, die diese Hypothese stützen: einige. Aber wir wissen ja nicht einmal, ob die Steinkreise Teil dieses Strudeldingsbums sind oder nur Markierungen, die errichtet wurden, als die Altvorderen gesehen haben, wie andere Altvordere genau … dort … den Fuß auf das Gras gesetzt haben … und puff!

»Puff«, murmelte sie vor sich hin und griff nach dem Weinglas. Eigentlich hatte sie ja vorgehabt, es als Belohnung zu trinken, wenn sie fertig war, aber im Moment war ihr eher nach Erster Hilfe als nach einer Belohnung zumute. »Ich *wünschte*, es wäre einfach nur puff.« Ein Schluck, zwei, dann stellte sie es hin, und das Zitrusaroma des Weins lag ihr angenehm auf der Zunge.

»Wo waren wir? Oh, puff …«

Es ist Papa gelungen, viele der folkloristischen Ley-Linien mit Steinkreisen in Verbindung zu bringen. Theoretisch wäre es möglich, die geomagnetische Polarität der Felsen in der Nähe der Steinkreise zu überprüfen; damit könnte man die Hypothese 1 ein Stück weit stützen, aber die Ausführung wäre vielleicht etwas schwierig. Das heißt, man kann zwar das Magnetfeld der Erde messen – Carl Friedrich Gauß hat in den Achtzehnhundertdreißigern herausgefunden, wie das geht –, aber es kommt nicht oft vor, dass Normalsterbliche das tun.

Wenn eine Regierung geologische Vermessungen durchführen lässt, braucht sie die Ausrüstung dazu; ich weiß, dass das Observatorium der Britisch Geological Survey in Eskdalemuir sie besitzt, das habe ich gelesen; Zitat: ›Solche Observatorien können magnetische Vorkommnisse wie die Magnetstürme messen und vorhersagen, die manchmal den Funkverkehr, die Stromversorgung und andere menschliche Aktivitäten beeinträchtigen.‹

»Andere menschliche Aktivitäten«, murmelte sie. »Schon klar …«

Die Armee macht so etwas auch, fügte sie der Vollständigkeit halber hinzu. »Genau, setzen wir doch die Armee darauf an …«

Der Stift schwebte über der Seite, während sie überlegte, aber sie hatte diesem Punkt nichts Brauchbares mehr hinzuzufügen, und so fuhr sie fort:

Hypothese 2. Dass ein Edelstein (vorzugsweise geschliffen, siehe Geillis Duncans diesbezügliche Anmerkungen) dem Reisenden beim Eintritt in den Zeitstrudel zumindest ansatzweise Schutz vor den körperlichen Auswirkungen bietet.

Nachfrage: warum geschliffen? Wir haben auf dem Rückweg durch die Steine von Ocracoke zum Großteil ungeschliffene Steine benutzt, und wir wissen auch von anderen Reisenden, die einfache, ungeschliffene Edelsteine benutzt haben.

Spekulation: Joe Abernathy hat mir von einem seiner Patienten erzählt, einem Archäologen, der ihm von einer Studie über die Monolithe von Orkney berichtet hat, bei der man herausgefunden hat, dass die Steine interessante Tonqualitäten haben; wenn man sie mit Holzstöcken oder anderen Steinen anschlägt, erzeugen sie eine Art musikalische Note. Kristalle aller Art – und alle Edelsteine haben eine kristalline Struktur – erzeugen eine charakteristische Vibration, wenn man sie anschlägt; so funktionieren Quarzuhren.

*Was also, wenn der Kristall, den man bei sich hat, auf eine Art vibriert, die mit den Vibrationen der Monolithe in der Nähe korrespondiert – oder sie sogar stimuliert? Und wenn es so wäre … welche physischen Auswirkungen hätte das? N.V.A.**

Sie fügte eine kurze Notiz am Fuß der Seite an: *N.V.A. = Null Verflixte Ahnung*, und fuhr fort:

Fakten: Eigentlich gibt es keine, abgesehen von den bereits erwähnten Anmerkungen in Geillis Duncans Tagebüchern (obwohl sie darin ja vielleicht auch Zufallsberichte gesammelt hat; ihr findet sie in dem großen Bankschließfach bei der Royal Bank of Scotland in Edinburgh. Onkel Joe hat entweder den Schlüssel, oder er hat Anweisungen hinterlassen, wie ihr ihn bekommt.

NB: Oma Claire ist die ersten beiden Male ohne Edelsteine gereist (nicht zu vergessen allerdings, dass sie beim ersten Mal einen goldenen Ehering trug und bei der zweiten Reise einen Gold- und einen Silberring).

Oma hat gesagt, es wäre etwas einfacher gewesen, mit einem Edelstein zu reisen – angesichts der Subjektivität dieser Erfahrung weiß ich aber nicht, wie ich das gewichten soll. Selbst mit einem Stein war es ja das Furchtbarste, was ich je …

Vielleicht war es besser, das nicht zu sagen. Sie zögerte kurz, doch auch ihre eigenen Erfahrungen waren schließlich Daten, und da sie nur so wenig davon hatten … Sie beendete den Satz, dann fuhr sie fort:

Hypothese 3. Dass man mehr Kontrolle darüber hat, wo/wann man auskommt, wenn man mit einem Edelstein reist …

Sie hielt inne, runzelte die Stirn und strich das »*wo*« wieder durch. Es gab keine Hinweise darauf, dass Leute *zwischen* verschiedenen Orten hin- und hergereist waren. Verdammt praktisch wäre das aber schon … Sie seufzte und fuhr fort:

Fakten: Kaum, aufgrund der geringen Datenmenge. Wir wissen von einigen wenigen Reisenden außer uns, und davon sind fünf amerikanische Ureinwohner (Teil einer politischen Gruppe, nannten sich die Fünf von Montauk) mit Hilfe von Edelsteinen gereist. Wir wissen, dass zwei von ihnen bei dem Versuch umgekommen sind und einer, ein Mann namens Robert Springer (auch bekannt als »Otterzahn«) weiter zurückgereist ist als üblich und »etwa« 250–260 Jahre vor dem Jahr seiner Abreise ausgekommen ist. Wir wissen nicht, was mit seinen anderen Begleitern passiert ist, die nicht mit ihm angekommen sind; möglich, dass sie in eine andere Zeit gereist sind – wir haben sie nirgendwo erwähnt gefunden (schwierig, einen Zeitreisenden aufzuspüren, wenn man nicht weiß, wohin er gereist sein könnte, wie er tatsächlich heißt oder wie er aussieht) –, dass sie aus unbekannten Gründen aus dem Zeitstrudel geworfen wurden oder darin gestorben sind.

Diese kleine Belanglosigkeit erschütterte sie so sehr, dass sie den Stift hinlegte und mehrere große Schlucke Wein trank, ehe sie weiterschrieb:

Den Angaben in Otterzahns Tagebuch zufolge sind diese Männer alle mit Edelsteinen gereist, und er hatte sich einen großen Opal besorgt, mit dem er die

Rückreise antreten wollte. (Das war der Stein, den Jemmy in North Carolina zur Explosion gebracht hat, wahrscheinlich, weil Feueropale einen hohen Wassergehalt haben.)

Sie war damals gar nicht darauf gekommen – und eigentlich konnte sie sich nicht erklären, warum nicht – auszuprobieren, ob Jemmy Wasser zum Kochen bringen konnte, indem er es berührte. Nun, rückblickend konnte sie es sich doch erklären; das Letzte, was sie gewollt hatte, waren noch mehr gefährliche Besonderheiten in der Nähe ihrer Kinder, erst recht keine, die ihnen angeboren waren.

»Ich frage mich, wie oft es wohl vorkommt, dass zwei Zeitreisende einander heiraten?«, sagte sie laut. Unmöglich zu sagen, wie häufig das Gen – wenn es denn ein Gen war, doch es sah so aus, als könnte man darauf wetten – allgemein in der Bevölkerung vorkam. Doch sehr verbreitet konnte es nicht sein, sonst würden ja regelmäßig Leute in die Steinkreise von Stonehenge oder Callanish marschieren und *puff!* machen … »Und das wäre aufgefallen«, schlussfolgerte sie und spielte eine Weile nachdenklich mit ihrem Stift.

Ob sie Roger überhaupt kennengelernt und geheiratet hätte, wenn die Sache mit den Zeitreisen nicht wäre? Nein, denn sie waren ja nur nach Schottland gefahren, weil ihre Mutter herausfinden wollte, was mit den Männern aus Lallybroch passiert war.

»Nun, es tut mir nicht leid«, sagte sie laut zu Roger. »Trotz … allem.«

Sie entkrampfte ihre Finger und griff nach dem Stift, schrieb aber nicht sofort weiter. Sie hatte zwar vage Theorien darüber, wie sich ein Zeitstrudel vielleicht im Kontext einer allgemeinen Feldtheorie erklären ließ, aber wenn das Einstein nicht gelungen war, musste sie es vielleicht genau jetzt auch nicht können.

»Aber *irgendwo* da muss die Erklärung liegen«, sagte sie laut und griff nach dem Wein. Einstein hatte versucht, eine Theorie zu entwickeln, die sowohl etwas mit Relativität als auch mit Elektromagnetismus zu tun hatte. Es war ja schließlich nicht zu leugnen, dass sie es hier mit Relativität zu tun hatten – wenn auch mit einer Art, in der es möglicherweise nicht die Lichtgeschwindigkeit war, die die Grenzen setzte. Aber was dann? Die Zeitgeschwindigkeit? Die *Form* der Zeit? Wurde diese Form durch elektromagnetische Felder verändert, die sich an manchen Orten kreuzten?

Und was war mit den Kalenderdaten? Alles, was sie zu wissen glaubten – und das war herzlich wenig –, deutete darauf hin, dass das Reisen an den Sonnenfesten und den Feuerfesten leichter und ungefährlicher war; an den Sonnenwenden und zur Tag-und-Nacht-Gleiche … Ein kleiner Schauder lief ihr über den Rücken. Ein paar Dinge wusste man ja über Steinkreise, und zu den bekannten Fakten zählte, dass viele von ihnen zum Zweck astronomischer Vorhersagen errichtet worden waren. War das Licht, das auf einen bestimmten Stein traf, das Signal, dass die Erde eine Planetenkonstellation erreicht hatte, die den Geomagnetismus dieser Gegend beeinflusste?

»Ha«, sagte sie und nippte an ihrem Glas, während sie die Seiten zurückblätterte, die sie geschrieben hatte. »Was für konfuses Zeug.« Das hier würde niemandem ernsthaft nutzen; nichts als zusammenhanglose Gedanken und Dinge, die eigentlich nicht einmal als anständige Spekulationen durchgingen.

Dennoch, das Thema ließ sie nicht los. »Elektromagnetismus …« Jeder Körper hatte sein eigenes elektrisches Feld, so viel wusste sie. War das womöglich der Grund, warum man sich beim Reisen nicht einfach auflöste? Wurde man von seinem eigenen Kraftfeld zusammengehalten, gerade eben lange genug, um wieder herauszukommen? Das konnte womöglich die Sache mit den Edelsteinen erklären: Wenn man Glück hatte, *konnte* man mit Hilfe seines eigenen Kraftfeldes reisen, doch die Energie, die von den Molekularverbindungen eines Edelsteins freigegeben wurde, verstärkte dieses Feld ja vielleicht, so dass …?

»Voll für den Arsch«, grummelte sie, und ihre geplagten Gehirnwindungen kamen ächzend zum Stillstand. Sie warf einen schuldbewussten Blick auf den Flur, der zum Kinderzimmer führte. Beide Kinder kannten diesen Ausdruck, aber sie sollten gar nicht erst denken, dass ihre Mutter ihn kannte.

Sie lehnte sich zurück, um den Wein auszutrinken und ihren Gedanken freien Lauf zu lassen, beruhigt vom Rauschen der fernen Brandung. Doch ihr Kopf interessierte sich nicht für Wasser; er schien sich immer noch mit Elektrizität zu befassen.

»*Mein Gesang für den Leib, so elektrisch*«, sagte sie leise. »*Die Heerscharen meiner Lieben umfangen mich.*«

Das war natürlich eine Idee. Möglicherweise hatte Walt Whitman ja etwas geahnt … denn wenn die elektrische Anziehungskraft der »Heerscharen meiner Lieben« eine Auswirkung auf das Zeitreisen hatte, würde das doch die offensichtliche Wirkung erklären, die es hatte, wenn man sich auf eine bestimmte Person konzentrierte, nicht wahr?

Sie erinnerte sich daran, wie sie im Steinkreis von Craigh na Dun gestanden und an Roger gedacht hatte. Oder auf Ocracoke, die Gedanken ganz auf ihre Eltern gerichtet – sie hatte inzwischen alle Briefe gelesen; sie wusste genau, wo sie waren … würde das etwas ändern? Ein Moment der Panik, als sie versuchte, sich das Gesicht ihres Vaters vorzustellen, mehr noch, als sie nach Rogers Gesicht suchte …

»*Das Wesen, das im Gesicht Ausdruck findet, spricht für sich selbst*«, hallte ihr die nächste Zeile tröstend durch den Kopf. »*Doch das Wesen eines wohlgestalten Mannes erscheint nicht nur in seinem Gesicht.*

Es liegt auch in seinen Gliedmaßen und Gelenken, sonderbarerweise, in seinen Hüften und den Handgelenken.

Es liegt in seinem Gang, der Art, wie er den Hals trägt, dem Schwung seiner Hüften und Knie – Kleider verhüllen ihn nicht.

Seine Kraft, seine Schönheit und Geschmeidigkeit durchdringen jedes Tuch.

Ihn vorübergehen zu sehen sagt so viel wie das beste Gedicht, vielleicht mehr.

Man verweilt, ihn auch von hinten zu sehen, seinen Rücken und Nacken, seine Schultern.«

Mehr wusste sie nicht mehr, doch das brauchte sie auch nicht; ihre Gedanken waren zur Ruhe gekommen.

»Du bist unverwechselbar«, sagte sie leise zu ihrem Mann und hob das Glas. »*Slàinte.*«

96

KEIN MANGEL AN HAAREN IN SCHOTTLAND

Mr. Cumberpatch entpuppte sich als hochgewachsener, asketischer Mensch mit einem dazu gar nicht passenden roten Lockenschopf, der auf seinem Kopf hockte wie ein neugieriges Tierchen. Er hatte, so sagte er, die Marken gegen ein Ferkel eingetauscht, gemeinsam mit einem Blechtopf, dessen Boden durchgebrannt war, sich aber leicht flicken ließ, sechs Hufeisen, einem Spiegel und einer halben Ankleidekommode.

»Bin ja eigentlich kein Kesselflicker«, sagte er. »Komme nicht viel herum. Aber die Sachen kommen zu mir und finden mich, das tun sie.«

Das war nicht zu übersehen. Mr. Cumberpatchs winzige Kate war bis zur Decke vollgestopft mit Dingen, die einst nützlich gewesen waren und es vielleicht auch wieder werden konnten, wenn Mr. Cumberpatch dazu kam, sie zu reparieren.

»Verkauft Ihr viel?«, fragte Buck und richtete den Blick mit hochgezogener Augenbraue auf eine zerlegte Reiseuhr, die auf der Kaminplatte stand und deren Eingeweide sich sorgsam in einer abgenutzten silbernen Konfektschale stapelten.

»Kommt vor«, antwortete Mr. Cumberpatch lakonisch. »Schon etwas gefunden?«

Im Interesse der Kooperation feilschte Roger höflich um eine zerbeulte Feldflasche und einen Leinenbettsack, der nur am einen Ende ein paar kleine verkokelte Löcher hatte, weil der Soldat offensichtlich zu dicht an einem Lagerfeuer geschlafen hatte. Dafür erhielt er den Namen und den Aufenthaltsort der Person, von der Mr. Cumberpatch die Marken hatte.

»Kein sehr haltbarer Schmuck«, sagte sein Gastgeber achselzuckend. »Und die Alte wollte sie nicht im Haus haben, meinte, sie wären vielleicht verhext, wegen der Zahlen, aye? Und mit Magie will sie nichts zu tun haben.«

Besagte »Alte« war vielleicht fünfundzwanzig, dachte Roger, ein schmächtiges Geschöpf mit dunklen Augen, das ihn an eine Wühlmaus erinnerte und sie – herbeigerufen, um ihnen Tee zu bringen – kalkulierend betrachtete und ihnen dann einen kleinen, etwas wabbeligen Käse verkaufte, vier Rübchen und ein großes Rosinentörtchen, und das alles zu einem exorbitanten Preis. In diesem Preis waren jedoch zusätzlich ihre persönlichen Anmerkungen zu diesem Handel ihres Mannes inbegriffen. Und was Roger betraf, so war der Preis das schon alleine wert.

»Dieses Halsband – merkwürdig, nicht wahr?«, sagte sie und blickte skeptisch auf die Tasche, in die Roger die Marken zurückgesteckt hatte. »Der Mann, der sie Dick verkauft hat, hat gesagt, er hätte sie von einem haarigen Mann, einem von denen, die auf dem Wall leben.«

»Und welcher Wall ist das?«, fragte Buck. Er leerte seine Tasse und hielt sie ihr entgegen. Der Blick ihrer glitzernden Knopfaugen schien zwar zu sagen, dass sie ihn für zurückgeblieben hielt, doch sie *waren* schließlich zahlende Kundschaft …

»Nun, der Römerwall natürlich«, sagte sie. »Es heißt, der alte Römerkönig hat ihn gebaut, damit die Schotten nicht nach England kommen.« Bei diesem Gedanken musste sie grinsen, und ihre kleinen Zähne glänzten auf. »Als ob irgendjemand überhaupt *dahin* wollte!«

Weitere Fragen förderten nichts mehr zutage; Mrs. Cumberpatch hatte keine Ahnung, was mit dem »haarigen Mann« gemeint sein könnte; das war es, was der Mann gesagt hatte, und sie hatte sich keine Gedanken darüber gemacht. Nachdem er ein Angebot abgelehnt hatte, das ihm Mr. Cumberpatch für sein Messer machte, wickelte Roger das Essen in den Bettsack und verabschiedete sich. Doch in diesem Moment sah er eine Keramikschale mit einem Gewirr aus Halsketten und trübe angelaufenen Armbändern, und ein verirrter Fleck verregneten Lichts ließ etwas darin rot aufleuchten.

Es musste die Tatsache sein, dass Cumberpatch die Marken als Schmuck beschrieben hatte, die seine Aufmerksamkeit geschärft hatte. Er blieb neben der Schale stehen, rührte mit dem Zeigefinger in ihr und zog einen kleinen Anhänger heraus, schwarz verfärbt, zersprungen und mit halber Kette – als wäre das Ganze in ein Feuer geraten –, aber mit einem recht großen Granat besetzt, der zwar schmutzverschmiert war, aber geschliffen.

»Was kostet das?«, fragte er und akzeptierte wiederum den viel zu hohen Preis. Danach machten sie sich endgültig unverzüglich auf den Weg.

Es wurde um vier Uhr dunkel, und die Nächte waren lang und kalt, wenn man im Freien schlief, doch sein Drängen trieb sie trotz dieser wenig behaglichen Aussicht weiter. Schließlich mussten sie ihr Nachtlager an einer einsamen Straße aufschlagen, wo ihnen nur eine vom Wind verkrüppelte kaledonische Kiefer Schutz bot. Es war kein Zuckerschlecken, mit Zunder und feuchten Kiefernnadeln Feuer zu machen, doch wenn sie irgendetwas hatten, dachte Roger, während er zum hundertsten Mal Stahl und Feuerstein aneinanderschlug – und zum mindestens zwanzigsten Mal schmerzhaft seinen Finger traf –, so war es Zeit.

Buck, der durch etliche dieser Erfahrungen klug geworden war, hatte einen Sack Torfziegel mitgebracht, und nachdem sie eine Viertelstunde damit verbracht hatten, angestrengt auf die Funken zu pusten und Grashalme und Kiefernnadeln in das Flämmchen zu schieben, gelang es ihnen, zwei dieser traurigen Objekte so zum Brennen zu bringen, dass sie die Rübchen darauf rösten – oder zumindest ansengen – und sich die Finger wärmen konnten, wenn auch nicht den ganzen Körper.

Seit ihrem Aufbruch bei den Cumberpatchs war kein Wort gefallen; unmöglich zu reden, während ihnen der kalte Wind im Sattel um die Ohren pfiff, und während ihres Ringens mit dem Feuer und dem Essen hatten sie nicht genug Luft dazu gehabt.

»Was wirst du denn tun, wenn wir ihn finden?«, fragte Buck plötzlich, ein halbes Rübchen in der Hand. »Wenn J. W. MacKenzie tatsächlich dein Vater ist, meine ich.«

»Ich h…« Rogers Hals war von der Kälte angegriffen, und er hustete und spuckte aus, um dann heiser fortzufahren. »H…abe die letzten drei Tage damit verbracht, mich das zu fragen, und die Antwort lautet, ich weiß es nicht.«

Buck grunzte. Er wickelte das Törtchen aus dem Bettsack, teilte es sorgfältig und reichte Roger die Hälfte.

Es war nicht schlecht, obwohl man nicht unbedingt behaupten konnte, dass Mrs. Cumberpatch eine leichte Hand mit Teigwaren hatte.

»Macht jedenfalls satt«, stellte Roger fest und tupfte sich sparsam die Krümel vom Rock, um sie zu essen. »Heißt das, du möchtest nicht gehen?«

Buck schüttelte den Kopf.

»Nein, mir fällt ebenfalls nichts Besseres ein. Wie du schon sagst – es ist unsere einzige Spur, auch wenn sie nichts mit dem Kleinen zu tun zu haben scheint.«

»Mmpfm. Und etwas haben wir wenigstens erreicht – wir können geradewegs nach Süden zum Wall reiten; wir brauchen keine Zeit mit der Suche nach dem Mann zu verschwenden, von dem Cumberpatch die Marken hat.«

»Aye«, sagte Buck skeptisch. »Und was dann? Den ganzen Wall entlangwandern und nach einem haarigen Mann fragen? Was meinst du, wie viele es davon gibt? Ich meine, in Schottland herrscht ja nicht gerade ein Mangel an Haaren.«

»Wenn es sein muss«, sagte Roger knapp. »Aber wenn J. W. MacKenzie – und nicht nur seine Hundemarken – irgendwo dort gewesen ist, würde ich doch vermuten, dass er für einiges Gerede gesorgt hat.«

»Mpf. Und wie lang ist dieser Wall, weißt du das?«

»Ja, das weiß ich. Oder vielmehr«, verbesserte sich Roger, »ich weiß, wie lang er war, als er erbaut wurde: achtzig römische Meilen. Eine römische Meile ist nur ein kleines bisschen kürzer als eine englische. Ich habe aber keine Ahnung, wie viel davon noch steht. Wahrscheinlich das meiste.«

Buck verzog das Gesicht.

»Sagen wir also, wir schaffen im Schritt fünfzehn, zwanzig Meilen am Tag – das dürfte kein Problem für die Pferde sein, wenn es an einem Wall entlanggeht, aber wir wissen nicht, ob das Terrain etwas anderes als Schritt zulässt…

das wären dann nur vier Tage für die ganze Strecke. Obwohl ...« Ihm kam ein Gedanke, und er runzelte die Stirn und strich sich die feuchten Haare aus dem Gesicht. »Das wäre, wenn wir vom einen Ende zum anderen reiten. Aber wenn wir irgendwo in der Mitte auf den Wall treffen, was dann? Möglich, dass wir die Hälfte absuchen und nichts finden, dann müssten wir ja den ganzen Weg zurück zu unserem Ausgangspunkt.« Er warf Roger einen vorwurfsvollen Blick zu.

Roger rieb sich das Gesicht. Regen kündigte sich an, und der bereits beginnende Nieselregen legte sich auf sein Gesicht.

»Das überlege ich mir morgen, aye?«, sagte er. »Wir haben unterwegs noch genug Zeit, um Pläne zu schmieden.« Er griff nach dem Bettsack, schüttelte ein Stück welkes Rübengrün heraus und aß es, dann zog er sich den Leinensack über Kopf und Schultern. »Möchtest du mit hier sitzen, oder willst du schon schlafen?«

»Nein, ich bin ganz zufrieden.« Buck zog sich den Hut tiefer ins Gesicht und saß vornübergebeugt da, die Zehen so dicht wie möglich an den Überresten des Feuers.

Roger zog die Knie an und steckte die Enden des Bettsacks darunter. Der Regen prasselte nun sanft auf das Leinen, und müde, erschöpft und durchgefroren, jedoch mit angenehm vollem Bauch gestattete er sich dazu den Luxus, sich Brianna vorzustellen. Das tat er nur bei Nacht, doch er freute sich jedes Mal mehr darauf als auf das Abendessen.

Er stellte sie sich in seinen Armen vor, zwischen seinen Knien sitzend, den Kopf auf seine Schulter zurückgelegt, gemütlich mit ihm unter dem Leinen, das weiche Haar mit Regentropfen benetzt, in denen sich der schwache Schein des Feuers fing. Warm, fassbar, das Gefühl ihrer Atmung an seiner Brust, sein Herz, das sich zum Rhythmus des ihren verlangsamte ...

»Ich frage mich, was *ich* wohl zu meinem Vater sagen würde«, sagte Buck plötzlich. »Wenn ich ihm je begegnet wäre, meine ich.« Er blinzelte Roger aus dem Schatten seiner Hutkrempe an. »Wusste deiner – ich meine, weiß er von dir?«

Roger unterdrückte zwar seinen Ärger über die Störung, doch er antwortete knapp.

»Ja. Ich bin zur Welt gekommen, bevor er verschwand.«

»Oh.« Buck lehnte sich ein wenig zurück und sah nachdenklich aus, aber er schwieg. Roger jedoch stellte zu seinem Verdruss fest, dass die Unterbrechung seine Frau vertrieben hatte. Er konzentrierte sich, versuchte, sie zurückzuholen, stellte sie sich in der Küche in Lallybroch vor, wo Kochdämpfe rings um sie aufstiegen, so dass sich die roten Haarsträhnen um ihr Gesicht ringelten und die Feuchtigkeit auf ihrem langen, geraden Nasenrücken glänzte ...

Was er allerdings hörte, war, wie sie mit ihm darüber stritt, ob er Buck die Wahrheit über seine Herkunft erzählen sollte.

»Findest du nicht, er hat das Recht, es zu erfahren?«, hatte sie gesagt. »Würdest *du* so etwas nicht wissen wollen?«

»Ehrlich gesagt, ich glaube nicht«, hatte er damals gesagt. Aber jetzt …

»Weißt du eigentlich, wer dein Vater gewesen ist?«, fragte Roger plötzlich. Er hatte die Frage schon seit Monaten im Kopf, war sich aber unsicher gewesen, ob er das Recht hatte, sie zu stellen.

Buck warf ihm einen verblüfften, schwach feindseligen Blick zu.

»Was zum Teufel meinst du damit? Natürlich weiß ich das – wusste. Er ist ja tot.« Sein Gesicht verzog sich plötzlich, als er begriff. »Oder …«

»Oder vielleicht auch nicht, weil du ja noch gar nicht geboren bist. Aye, nach einer Weile geht es einem an die Nieren, nicht wahr?«

Anscheinend war es Buck gerade heftig an die Nieren gegangen. Er stand abrupt auf und stapfte davon. Er blieb gute zehn Minuten fort, so dass Roger hinreichend Zeit blieb zu bereuen, dass er etwas gesagt hatte. Doch schließlich kam Buck aus der Dunkelheit und setzte sich wieder an das immer noch glühende Torffeuer. Er zog die Knie an und legte die Arme fest darum.

»Was hast du damit gemeint?«, fragte er abrupt. »Ob ich meinen Vater kenne und all das?«

Roger holte tief Luft und roch nasses Gras, Kiefernnadeln und Torfrauch.

»Ich meine, dass du nicht in der Familie geboren wurdest, in der du aufgewachsen bist. Wusstest du das?«

Buck sah ihn argwöhnisch und gleichzeitig ein wenig verwirrt an.

»Aye«, sagte er langsam. »Oder – ich meine, ich wusste es nicht mit Sicherheit. Meine Eltern hatten keine Kinder außer mir, deshalb dachte ich, ich bin vielleicht … nun ja, ich dachte, ich wäre wahrscheinlich ein Bastard der Schwester meines Vaters. Es hieß, sie wäre ungefähr zur Zeit meiner Geburt gestorben, und sie war nicht verheiratet, also …« Er zog die Schulter hoch. »Also, nein.« Er wandte den Kopf und betrachtete Roger ausdruckslos. »Woher weißt du es denn?«

»Briannas Mutter.« Er verspürte plötzlich einen heftigen Stich der Sehnsucht nach Claire und war überrascht. »Auch eine Reisende. Aber sie war ungefähr zu dieser Zeit in Leoch. Und sie hat uns erzählt, was passiert ist.« Er hatte ein Loch im Bauch wie ein Mensch, der im Begriff ist, von einem Felsen in ein Gewässer von unbekannter Tiefe zu springen, doch jetzt gab es kein Zurück mehr.

»Dein Vater war Dougal MacKenzie aus Leoch – der Kriegshäuptling des MacKenzie-Clans. Und deine Mutter war eine Hexe namens Geillis.«

Bucks Gesicht war absolut ausdruckslos, und das Feuer schimmerte schwach auf den breiten Wangenknochen, die das Erbe seines Vaters waren. Plötzlich wäre Roger am liebsten zu ihm gegangen und hätte ihn in die Arme genommen, um ihm das Haar aus dem Gesicht zu streichen und ihn zu trösten wie ein Kind – wie das Kind, das er so deutlich in diesen großen, vom Donner gerührten grünen Augen sehen konnte. Stattdessen stand er auf und ging in die Nacht hinaus, um seinem Ur-ur-…urgroßvater ein wenig Zurückgezogenheit zu gewähren, damit er die Nachricht verdauen konnte.

ES HATTE NICHT GESCHMERZT. Roger erwachte hustend, und die Bewegung löste ein paar feuchte Tropfen, die ihm kitzelnd über die Schläfen liefen. Er schlief unter dem leeren Leinenbettsack, nicht darauf, weil ihm der relativ wasserdichte Stoff wichtiger war als die mögliche Bequemlichkeit, wenn man ihn mit Gras ausstopfte. Aber er hatte es nicht ertragen können, ihn über seinen Kopf zu ziehen.

Er hob vorsichtig die Hand an seinen Hals und betastete die Verdickung der Seilnarbe, die sich quer über die untere Schwellung seines Kehlkopfes zog. Er drehte sich auf die Seite, stützte sich auf seinen Ellbogen und räusperte sich probehalber. Auch diesmal schmerzte es nicht.

Wisst Ihr, was ein Zungenbein ist? Ja. Infolge diverser medizinischer Konsultationen bezüglich seiner beeinträchtigten Stimme war er mit der Anatomie seines Halses ziemlich gut vertraut. Daher hatte er auch gewusst, was Dr. MacEwen meinte; sein Zungenbein lag etwas höher und weiter im Inneren des Halses als üblich, ein glücklicher Umstand, der ihm das Leben gerettet hatte, als man ihn hängte, denn der Druck dieses kleinen Knochens hätte ihn sonst erwürgt.

Hatte er von MacEwen geträumt? Oder vom Hängen? Ja, das war es. Er hatte in den Monaten danach oft solche Träume gehabt, obwohl sie in den letzten Jahren seltener geworden waren. Aber er erinnerte sich daran, durch das verzweigte Geäst des Baumes nach oben geblickt zu haben und – im Traum – das Seil zu sehen, das an den Ast über ihm gebunden war, daran, wie er verzweifelt versucht hatte, unter dem Knebel einen Protestschrei auszustoßen. Dann das unausweichliche Gleiten unter ihm, als das Pferd, auf dem er saß, weggeführt wurde … doch diesmal hatte es nicht geschmerzt. Seine Füße waren am Boden aufgetroffen, und er war aufgewacht – jedoch ohne das Brennen und Stechen, das ihn sonst keuchen und mit den Zähnen knirschen ließ.

Er hob den Blick; ja, Buck war noch da, unter der Decke zusammengekauert, die er Cumberpatch abgekauft hatte. Ein guter Kauf.

Er legte sich auf die Seite und zog den Leinensack so weit hoch, dass sein Gesicht verdeckt war, er aber immer noch atmen konnte. Er musste zugeben, dass er erleichtert war, Buck zu sehen; er war halb davon ausgegangen, dass sich der Mann davonmachte und geradewegs nach Leoch zurückkehrte, nachdem er die Wahrheit über seine Familie gehört hatte. Obwohl man Buck eines lassen musste: Hinterhältig war er nicht. Wenn er sich zum Gehen entschlossen hätte, hätte er es wahrscheinlich gesagt – nachdem er Roger vor die Nase geboxt hatte, weil er ihm nicht eher die Wahrheit gesagt hatte.

So jedoch hatte er dagesessen und in die Asche des Feuers gestarrt, als Roger zurückkam. Er hatte nicht aufgeblickt, und Roger hatte nichts zu ihm gesagt, sondern sich hingesetzt und Nadel und Faden hervorgeholt, um einen Riss in seinem Rock zu flicken.

Doch nach einer Weile hatte sich Buck bewegt.

»Warum hast du bis jetzt damit gewartet, es mir zu sagen?«, hatte er leise gefragt. Eigentlich hatte es nicht anklagend geklungen. »Warum nicht, als wir noch in der Nähe von Leoch und Cranesmuir waren?«

»Eigentlich hatte ich gar nicht vor, es dir zu erzählen«, hatte Roger unverblümt zugegeben. »Ich habe nur darüber nachgedacht… na ja, was wir hier machen und was passieren könnte. Ich hatte halt plötzlich das Gefühl, dass du es vielleicht wissen *solltest*. Und…« Er zögerte einen Moment. »Es war nicht geplant, aber möglicherweise ist es ja besser so. So kannst du dir vielleicht überlegen, ob du deine Eltern suchen möchtest, ehe wir wieder zurückgehen.«

Als Erwiderung hatte Buck nur gegrunzt und ab diesem Zeitpunkt geschwiegen. Aber es war nicht Bucks Reaktion, die Roger im Moment beschäftigte.

Es hatte nicht geschmerzt, als er sich räusperte, während er mit Buck sprach, obwohl es ihm da nicht bewusst aufgefallen war.

MacEwen – war es das, was er getan hatte, seine Berührung? Er wünschte, er hätte sehen können, ob MacEwens Hand blaues Licht ausstrahlte, als er seine verletzte Kehle berührte.

Und was war mit diesem Licht? Er meinte, Claire hätte einmal von so etwas gesprochen – oh, ja, als sie beschrieb, wie Maitre Raymond sie nach ihrer Fehlgeburt in Paris geheilt hatte. Sie hatte die Knochen im Inneren ihres Körpers blau leuchten sehen. So, glaubte er, hatte sie es formuliert.

Das war ein verblüffender Gedanke – war es eine familiäre Eigenschaft, die die Zeitreisenden gemeinsam hatten? Er gähnte herzhaft und schluckte vorsichtig noch einmal. Kein Schmerz.

Er konnte seine Gedanken nicht länger auf Kurs halten. Spürte, wie sich der Schlaf in seinem Körper ausbreitete wie guter Whisky und ihn wärmte. Und ließ schließlich los, während er sich fragte, was er zu seinem Vater sagen würde. Wenn…

97

MÄNNERARBEIT

Boston, Massachusetts
8. Dezember 1980

Gail Abernathy zauberte ein schnelles, aber anständiges Abendessen aus Spaghetti mit Fleischbällchen, Salat und Knoblauchbrot, dazu – nach einem raschen, durchdringenden Blick in Briannas Richtung – allen Protesten zum Trotz eine Flasche Wein.

»Ihr übernachtet hier«, sagte Gail in einem Ton, der keine Widerrede zuließ, und zeigte auf die Flasche. »Und du trinkst das. Ich weiß nicht, was du in letzter

Zeit mit dir angestellt hast, Kleine, und du brauchst es mir auch nicht zu erzählen – aber du musst damit aufhören.«

»Schön wär's.« Aber ihr war in der Sekunde warm ums Herz geworden, als sich die Tür geöffnet und sie das vertraute Haus betreten hatte. Ihre Nervosität hatte um etliches nachgelassen – wenn sie auch noch weit davon entfernt war zu verschwinden. Doch der Wein half ihr.

Die Abernathys halfen ihr allerdings noch mehr. Es war das bloße Gefühl, bei Freunden zu sein, nicht mit den Kindern, der Angst und der Ungewissheit allein zu sein. Sie war hin- und hergerissen zwischen Lachen und Weinen und hatte das Gefühl, wenn Gail und Joe nicht da gewesen wären, hätte sie ins Bad gehen, die Dusche anstellen und in ein zusammengefaltetes Handtuch brüllen müssen – in den letzten Tagen ihr einziges Überdruckventil.

Jetzt war zumindest jemand da, mit dem sie reden konnte. Sie wusste zwar nicht, ob ihr Joe mehr bieten konnte als ein offenes Ohr, doch im Moment war ihr das mehr wert als alles andere.

Das Gespräch beim Abendessen war unbeschwert und orientierte sich an den Kindern; Gail fragte Mandy, ob sie Barbies mochte und ob sie die mit den Schuhen hatte, die man ausziehen konnte. Und Joe wollte wissen, was besser war, Fußball oder Baseball – Jem war ein eingefleischter Fan der Red Sox und durfte bis in die Puppen aufbleiben, um sich mit seiner Mutter eine der seltenen Radio-Übertragungen anzuhören. Brianna steuerte nicht mehr als ein gelegentliches Lächeln bei und spürte, wie ihr langsam die Anspannung aus Nacken und Schultern wich.

Diese kehrte zwar zurück, aber weniger heftig, als das Abendessen vorbei war und Mandy – die mit dem Arm auf dem Teller halb eingeschlafen war – von Gail ins Bett getragen wurde. Gail summte dabei mit ihrer Cello-Stimme »Wohl mir, dass ich Jesum habe«. Brianna stand auf, um die schmutzigen Teller einzusammeln, aber Joe winkte sie zurück und erhob sich von seinem Stuhl.

»Lass sie stehen, Schätzchen. Komm, wir unterhalten uns im Wohnzimmer. Bring den Wein mit«, fügte er hinzu, dann lächelte er Jem an. »Jem, warum gehst du nicht nach oben und fragst Gail, ob du im Schlafzimmer fernsehen darfst?«

Jem hatte Spaghettisauce im Mundwinkel kleben, und sein Haar stand auf der einen Seite ab wie Stachelschweinborsten. Er war ein bisschen blass von der Flugreise, doch das Essen hatte ihn wiederbelebt, und seine Augen leuchteten hellwach.

»Nein, Sir«, sagte er respektvoll und schob ebenfalls den Stuhl zurück. »Ich bleibe bei meiner Mama.«

»Das brauchst du nicht, mein Herz«, sagte sie. »Onkel Joe und ich müssen uns unter Erwachsenen unterhalten. Du …«

»Ich bleibe hier.«

Sie sah ihn fest an, erkannte aber sofort und mit einer Mischung aus Grauen und Faszination einen männlichen Fraser, dessen Entschluss feststand.

Seine Unterlippe zitterte ein kleines bisschen. Er schloss fest den Mund, damit das Zittern aufhörte. Dann ließ er den Blick nüchtern von ihr zu Joe schweifen und wieder zurück.

»Papa ist nicht hier«, sagte er und schluckte. »Opa auch nicht. Ich … ich bleibe.«

Sie konnte nicht sprechen. Joe nickte jedoch genauso nüchtern wie Jem, holte eine Dose Cola aus dem Kühlschrank und ging voraus ins Wohnzimmer. Sie folgte ihnen mit der Weinflasche und zwei Gläsern.

»Brianna?« Joe wandte sich kurz zurück. »Hol doch noch eine Flasche aus dem Schrank über dem Herd. Wir haben schließlich einiges zu besprechen.«

Genauso war es. Jemmy trank seine zweite Cola – die Frage, ob er ins Bett gehen, geschweige denn schlafen würde, hatte sich eindeutig erübrigt –, und aus der zweiten Weinflasche fehlte ein Drittel, als sie die Situation – sämtliche Situationen – zu Ende beschrieben hatte und gesagt hatte, was sie zu tun vorhatte.

»Okay«, sagte Joe nun in aller Seelenruhe. »Ich kann gar nicht glauben, dass ich das sage, aber du musst dich entscheiden, ob du durch einen Haufen Steine in North Carolina gehst oder in Schottland, um so oder so im achtzehnten Jahrhundert auszukommen, ist das richtig?«

»Das … so weit, ja.« Sie trank einen Schluck Wein; er schien sie zu beruhigen. »Das ist zumindest der Anfang, ja. Ich weiß nämlich, wo Mama und Pa sind – oder waren –, Ende 1778, und das ist das Jahr, in das wir zurückreisen würden, wenn alles wieder so funktioniert wie bisher. Entweder sind sie schon wieder in Fraser's Ridge oder sind zumindest auf dem Weg dorthin.«

Bei diesen Worten erhellte sich Jems Gesicht ein wenig, aber er schwieg. Sie sah ihn direkt an.

»Ich hatte vor, mit dir und Mandy durch die Steine auf Ocracoke zu gehen – wo wir auch angekommen sind, weißt du noch? Auf der Insel?«

»Brumm«, sagte er ganz leise und grinste dann plötzlich bei dem Gedanken an seine erste Begegnung mit einem Auto.

»Ja«, sagte sie und musste das Lächeln unwillkürlich erwidern. »Dann könnten wir nach Fraser's Ridge gehen, und ich wollte euch bei Oma und Opa lassen, während ich nach Schottland fahre, um Papa zu suchen.«

Jems Lächeln verblasste, und seine roten Augenbrauen zogen sich zusammen.

»Entschuldige, wenn ich dich auf Selbstverständlichkeiten hinweise«, sagte Joe. »Aber war 1778 nicht Krieg?«

»Doch«, sagte sie knapp. »Und ja, es könnte etwas schwierig sein, ein Schiff von North Carolina nach Schottland zu finden, aber glaube mir, ich könnte es.«

»Oh, das glaube ich«, versicherte er ihr. »Es wäre einfacher – und ungefährlicher, vermute ich –, als den Steinkreis in Schottland zu nehmen und nach Roger zu suchen, während du gleichzeitig auf Jem und Mandy aufpassen musst, aber …«

»Auf mich braucht man nicht aufzupassen!«

»Das stimmt vielleicht«, sagte Joe zu Jem, »aber du musst noch fünf Jahre, fünfundzwanzig Kilo und einen halben Meter wachsen, ehe du auf deine Mama aufpassen kannst. Bis du so groß bist, dass dich niemand mehr einfach aufheben und wegtragen kann, muss sie sich Sorgen um dich machen.«

Jem sah zwar so aus, als wollte er darüber diskutieren, doch er war schon in dem Alter, in dem manchmal die Logik siegte, und glücklicherweise war dies einer dieser Momente. Er stieß ein leises »Mmpfm« aus, das sie verblüffte, und lehnte sich immer noch stirnrunzelnd auf der Couch zurück.

»Aber du kannst doch gar nicht zu Oma und Opa gehen«, führte er an. »Weil Papa ja nicht – ich meine dann – da ist, wo du dachtest. Er ist doch gar nicht in derselben Zeit wie sie.«

»Bingo«, sagte sie kurz, griff in die Tasche ihres Pullis, zog vorsichtig die Plastiktüte heraus, die Rogers Brief schützte, und reichte ihn Joe. »Lies das.«

Er holte seine Brille aus der Tasche, setzte sie auf, las den Brief aufmerksam durch, blickte mit großen Augen zu ihr auf und las ihn noch einmal. Woraufhin er mehrere Minuten ganz still dasaß und ins Leere starrte, den offenen Brief auf dem Knie.

Schließlich stieß er einen Seufzer aus, faltete den Brief sorgfältig zusammen und gab ihn ihr zurück.

»Jetzt haben wir es also mit Raum *und* Zeit zu tun«, sagte er. »Schaust du eigentlich manchmal ›Doctor Who‹ auf PBS?«

»Regelmäßig«, sagte sie trocken, »auf BBC. Und glaube ja nicht, dass ich nicht meine Seele für eine Tardis verkaufen würde.«

Wieder stieß Jem den schottischen Laut aus, und sie sah ihn von der Seite an.

»Machst du das mit Absicht?«

Er sah überrascht zu ihr auf.

»Was denn?«

»Egal. Wenn du fünfzehn *bist*, sperre ich dich in den Keller.«

»Was? Warum denn?«, wollte er entrüstet wissen.

»Weil das das Alter war, in dem dein Vater und dein Großvater angefangen haben, so richtig in Schwierigkeiten zu geraten, und du wirst offensichtlich genauso werden wie sie.«

»Oh.« Das schien Jem gern zu hören, und er sank beruhigt wieder in sich zusammen.

»Nun, vergessen wir einmal die Wahrscheinlichkeit, an eine funktionierende Tardis zu kommen …« Joe beugte sich vor und füllte beide Weingläser nach. »Es ist also möglich, weiter zurückzureisen, als du dachtest, denn das haben Roger und dieser Buck gerade getan. Bist du wirklich der Meinung, du könntest es auch?«

»Ich muss«, sagte sie schlicht. »Er wird im Leben nicht versuchen, ohne Jem zurückzukommen, also muss ich ihn suchen gehen.«

»Weißt du denn, *wie* er es gemacht hat? Du hast mir erzählt, dass man dazu Edelsteine braucht. Hatte er so etwas wie einen Spezialstein?«

»Nein.« Stirnrunzelnd dachte sie daran, wie anstrengend es gewesen war, die alte Brosche mit den Diamantsplittern dank der Geflügelschere zu zerteilen.

»Sie hatten beide ein paar winzige Diamanten – aber Roger ist vorher schon einmal mit einem einzelnen großen Diamanten gereist. Er sagt, es war genau wie die anderen Male, von denen wir wissen; der Stein ist explodiert oder hat sich in Luft aufgelöst oder irgend so etwas – es gab nur eine Rußspur in seiner Tasche.«

»Mm.« Joe nahm einen Schluck Wein und behielt ihn einen Moment lang nachdenklich im Mund, ehe er schluckte. »Hypothese eins: Anzahl ist wichtiger als Größe. Das heißt, man kommt weiter zurück, je mehr Steine man in der Tasche hat.«

Leicht verblüfft starrte sie ihn an.

»Daran hatte ich gar nicht gedacht«, sagte sie dann langsam. »Aber als er es das erste Mal versucht hat ... hatte er ein Medaillon seiner Mutter dabei; es war mit Granatsteinchen besetzt. Definitiv Steinchen, Plural. Aber er ist nicht durchgekommen – er wurde zurückgeworfen und ist in Brand geraten.« Sie erschauerte kurz, denn plötzlich sah sie Mandy vor sich, wie sie brennend zu Boden geworfen wurde ... Sie schluckte etwas Wein und hustete. »Wir ... wir wissen also nicht, ob er weiter gekommen wäre, wenn er durchgekommen *wäre*.«

»Es ist ja auch nur ein Gedanke«, sagte Joe beschwichtigend und beobachtete sie. »Aber ... Roger spricht hier von Jeremiah, und es hört sich doch so an, als ob er meint, dass es außer Jemmy noch jemanden gibt, der diesen Namen trägt. Weißt du, was er meint?«

»Ja.« Ein Kribbeln irgendwo zwischen Angst und Erregung lief ihr mit eisigen Füßchen über den Rücken, und sie trank noch einen Schluck Wein und holte tief Luft, bevor sie ihm dann von Jerry MacKenzie erzählte. Von den Umständen seines Verschwindens – und das, was ihre Mutter Roger erzählt hatte.

»*Sie* meinte, dass er sehr wahrscheinlich ein zufälliger Zeitreisender war. Einer, der ... der nicht zurückkonnte.« Sie trank noch einen schnellen Schluck.

»Das ist mein anderer Opa?«, fragte Jemmy. Sein Gesicht errötete ein wenig bei dieser Vorstellung, und er beugte sich vor, die Hände zwischen die Oberschenkel geklemmt. Von all den Millionen alarmierenden Eventualitäten ihrer gegenwärtigen Lage befand sich die Möglichkeit, ihrem verstorbenen Schwiegervater persönlich zu begegnen, ungefähr auf Platz 999999 ihrer Liste der Dinge, um die sie sich Gedanken machen musste – doch anscheinend *stand* sie auf der Liste.

»Aber was hat Roger damit gemeint, dass er Jeremiah suchen wollte?«, fragte Joe und weigerte sich hartnäckig, sich ablenken zu lassen.

»Wir glauben, dass man so ... steuern kann«, sagte Brianna. »Indem man sich auf eine bestimmte Person konzentriert, die sich in der Zeit befindet, in die man reisen möchte. Aber mit Sicherheit wissen wir es nicht«, fügte sie hinzu und erstickte einen kleinen Rülpser. »Jedes Mal, wenn wir es getan haben – oder Mama –, waren es zweihundertzwei Jahre. So war es auch, als Mama das erste Mal zurückgegangen ist. Obwohl«, fügte sie stirnrunzelnd hinzu, »sie meinte, es hätte vielleicht daran gelegen, dass Black Jack Randall – Papas Vorfahre – dort war. Er war die erste Person, der sie begegnet ist, als sie durch die Steine kam. Sie hat gesagt, er hätte Papa sehr ähnlich gesehen.«

»Ah-ha.« Joe schenkte sich noch ein halbes Glas ein und starrte es einen Moment an, als hypnotisierte ihn das sanfte rötliche Licht in der Glaskugel. »Aber.« Er hielt inne und sortierte seine Gedanken. »Aber andere sind doch auch weiter zurückgegangen. Diese Geillis, von der du gesprochen hast, und Buck? Ist er …? Egal. Diesmal *haben* Roger *und* Buck es jedenfalls getan. Es ist also möglich, wir wissen nur nicht, wie.«

»An Geillis habe ich gar nicht gedacht«, sagte Brianna langsam. Sie hatte die Frau ein einziges Mal gesehen, und das nur ganz kurz. Eine hochgewachsene, schlanke Gestalt, deren blondes Haar im Wind eines mörderischen Feuers wehte, das ihren riesigen, langen Schatten auf einen der Steine warf.

»Aber wenn ich jetzt darüber nachdenke … ich glaube nicht, dass sie Edelsteine bei sich hatte, als sie in die Vergangenheit gereist ist. Sie hat geglaubt, man bräuchte … äh … ein Opfer.« Sie sah Jem an, dann Joe und senkte die Augenbrauen zu einem vielsagenden Blick, der sagte: *Frag nicht.* »Und Feuer. Und sie ist ja nie in die andere Richtung zurückgekehrt, obwohl sie es vorhatte, mit Steinen.« Und plötzlich fiel ein Groschen, von dessen Existenz sie gar nichts gewusst hatte. »*Sie* hat Mama davon erzählt, dass man Edelsteine nehmen kann – nicht andersherum. Also hat es ihr … jemand *anderer* erzählt.«

Joe verdaute diese Worte einen Moment, doch dann schüttelte er den Kopf und kam wieder zur Sache.

»Ha. Okay, Hypothese zwei: Sich auf eine bestimmte Person zu konzentrieren hilft einem dabei, dorthin zu gehen, wo diese Person ist. Klingt das sinnvoll, Jem?«, fragte er an Jem gewandt, der nickte.

»Klar. Wenn es jemand ist, den man kennt?«

»Okay. Dann …« Joe hielt abrupt inne und sah Jem an. »Wenn es jemand ist, den man *kennt*?«

Der eisige Tausendfüßler kroch ihr über den Rücken in die Haare, so dass sich ihre Kopfhaut zusammenzog.

»Jem.« Ihre Stimme klang selbst in ihren Ohren merkwürdig; heiser und halb atemlos. »Mandy sagt, sie kann dich hören – im Kopf. Kannst du … *sie* hören?« Sie schluckte krampfhaft, und ihre Stimme wurde klarer. »Kannst du Papa so hören?«

Die kleinen roten Augenbrauen zogen sich verwundert zusammen.

»Klar. Du nicht?«

DIE TIEFE FALTE zwischen Onkel Joes Augenbrauen war seit gestern Abend nicht verschwunden, wie Jemmy feststellte. Er sah zwar immer noch freundlich aus; er nickte Jem zu und schob eine Tasse heißen Kakao über die Theke zu ihm hin, aber sein Blick wanderte immer wieder zu Mama, und die Falte wurde dabei jedes Mal tiefer.

Mama strich Butter auf Mandys Toast. Jem hatte das Gefühl, dass sie nicht mehr ganz so besorgt war, und auch er fühlte sich ein bisschen besser. Er hatte die ganze Nacht geschlafen, zum ersten Mal seit Langem, und er hatte das Gefühl, dass Mama das auch getan hatte. Egal, wie müde er war, normalerweise wachte er alle paar Stunden auf und lauschte nach Geräuschen, und dann lauschte er noch fester, um sicher zu sein, dass Mandy und Mama noch atmeten. Er hatte Alpträume, in denen sie es nicht taten.

»Also, Jem«, begann Onkel Joe. Er stellte seine Kaffeetasse hin und betupfte sich die Lippen mit einer Papierserviette, die von Halloween übrig geblieben war; sie war schwarz mit orangen Kürbisgesichtern und weißen Gespenstern. »Äh … wie weit kannst du denn … äh … du weißt schon, wenn deine Schwester nicht bei dir ist?«

»Wie weit?«, sagte Jem unsicher und sah Mama an. Er war noch nie auf den Gedanken gekommen, sich das zu fragen.

»Wenn du jetzt ins Wohnzimmer gehen würdest«, sagte Dr. Abernathy und zeigte kopfnickend zur Tür. »Könntest du sagen, dass sie hier in der Küche ist, auch wenn du nicht wüsstest, dass sie hier ist?«

»Ja. Ich glaube schon.« Er steckte den Finger in den Kakao; noch zu heiß zum Trinken. »Als ich im Tunnel war, in dem Zug, wusste ich, dass sie … irgendwo war. Es ist nicht wie bei Science-Fiction oder so, meine ich«, fügte er hinzu. »Nichts mit Röntgenblick oder Phasern oder so. Einfach nur …« Er suchte nach einer Erklärung und drehte schließlich den Kopf mit einem Ruck zu Mama, die ihn mit einem ernsten Blick ansah, der ihm ein bisschen Angst machte. »Ich meine, wenn Sie die Augen zumachen, wüssten Sie doch immer noch, dass Mama hier ist, oder? So ist das auch.«

Mama und Onkel Joe sahen sich an.

»Willst du Toast?« Mandy schob ihm ihr angekautes Stück Toast mit Butter hin. Er nahm es und biss hinein; es war gut, richtiges Toastbrot, nicht das braune Brot mit den Körnern, das Mama machte.

»Vielleicht konnte er sie zu Hause hören – oder spüren –, als er im Tunnel war«, sagte Mama. »Ich kann jedoch nicht *genau* sagen, ob sie da zu Hause war – ich bin ja mit ihr herumgefahren, um Jem zu suchen. Und Mandy konnte ihn im Auto spüren. Aber …« Jetzt zogen sich *ihre* Augenbrauen zusammen. Dort eine Falte zu sehen gefiel ihm gar nicht. »Sie hat mir gesagt, es würde kälter, als wir Richtung Inverness gefahren sind, doch ich weiß nicht, ob sie damit meinte, dass sie ihn gar nicht mehr hören konnte, oder …«

»Ich glaube nicht, dass ich sie in der Schule spüren kann«, sagte Jem, der so gern geholfen hätte. »Aber ich bin mir da nicht sicher, weil ich in der Schule halt nicht an sie denke.«

»Wie weit ist denn die Schule von eurem Haus entfernt?«, fragte Onkel Joe. »Möchtest du ein Pop-Tart, Prinzessin?«

»Ja!« Mandys rundes Buttergesicht fing an zu leuchten, aber Jem sah Mama an. Im ersten Moment sah Mama so aus, als hätte sie Onkel Joe am liebsten unter der Theke getreten, doch dann sah sie Mandy an, und ihr Gesicht wurde ganz sanft.

»Na schön«, sagte sie, und Jem spürte plötzlich ein aufgeregtes Flattern in seinem Bauch. Mama erklärte Onkel Joe gerade, wie weit es bis zur Schule war, aber er hörte nicht zu. Sie würden es tun. Sie würden es wirklich tun!

Denn der einzige Grund, warum Mama ohne Theater zulassen würde, dass Mandy ein Pop-Tart aß, war, weil sie glaubte, dass sie nie wieder eins bekommen würde.

»Kann ich auch eins haben, Onkel Joe?«, fragte er. »Ich mag am liebsten die mit Blaubeeren.«

98

DER WALL

Der Hadrianswall sah immer noch ganz so aus, wie Roger ihn von einem Schulausflug in grauer Vorzeit in Erinnerung hatte. Ein riesiges Bauwerk, das sich – fast viereinhalb Meter hoch und über einen halben Meter dick, mit doppelten Steinmauern, deren Zwischenraum mit Schutt und Geröll gefüllt war – in die Ferne davonschlängelte.

Die Menschen waren auch nicht großartig anders – zumindest, was ihre Sprache und die Art betraf, wie sie ihren Lebensunterhalt verdienten. Sie züchteten Kühe und Ziegen, und der Dialekt in Northumberland hatte sich anscheinend seit Geoffrey Chaucers Zeiten kaum weiterentwickelt. Ihr schottischer Akzent brachte Roger und Buck schlitzäugige Blicke verständnislosen Argwohns ein, und sie waren zum Großteil auf simple Gesten und Zeichensprache angewiesen, um an etwas Essbares und – gelegentlich – einen Unterschlupf zu kommen.

Mit Hilfe von Versuch und Irrtum fand Roger das ungefähre Mittelenglisch für »Hast kom hie ein Fremdling« heraus. Dem Aussehen der Gegend und den Blicken nach, die sie auf sich zogen, hatte er allerdings das Gefühl, dass die Wahrscheinlichkeit des Verständnisses nicht sehr groß war, geschweige denn größer wurde. Nach drei Tagen im Schneckentempo waren sie immer noch ganz offensichtlich das Fremdartigste, das man je in der Nähe des Walls gesehen hatte.

»Ein Mann mit einer RAF-Uniform würde doch sicher noch merkwürdiger aussehen als wir?«, sagte er zu Buck.

»Das würde er«, erwiderte Buck logisch, »wenn er sie noch anhätte.«

Roger grunzte entschuldigend. An die Möglichkeit, dass Jerry seine Uniform mit Absicht abgelegt haben könnte – oder sie bei der erstbesten Begegnung losgeworden sein könnte –, hatte er nicht gedacht.

Es war am vierten Tag – der Wall selbst hatte sich überraschend verändert und bestand nicht mehr aus Stein und Schutt, sondern aus aufeinandergestapelten Rasen- und Torfschollen –, da begegnete ihnen ein Mann, der Jerry MacKenzies Fliegerjacke trug.

Der Mann stand am Rand eines halb gepflügten Feldes und starrte trübsinnig und leer in die Ferne. Roger erstarrte und legte Buck die Hand auf den Arm, um seinen Blick ebenfalls auf den Mann zu lenken.

»Himmel«, flüsterte Buck und packte Rogers Hand. »Ich hab's ja nicht geglaubt. Das ist sie! Nicht wahr?«, fragte er und wandte sich mit hochgezogenen Augenbrauen zu Roger um. »Ich meine – so wie du sie beschrieben hast …«

»Ja. Das ist sie.« Roger spürte, wie ihm die Aufregung die Kehle zuschnürte – und die Angst. Aber er konnte trotzdem nur eines tun. Er ließ Bucks Hand fallen und hastete durch das abgestorbene Gras und die verstreuten Felsen hindurch auf den Farmer zu, wenn er das denn war.

Der Mann hörte sie kommen und drehte sich beiläufig um – erstarrte dann, als er sie sah, und blickte sich wild nach Hilfe um.

»Eevis!«, rief er, zumindest dachte Roger das. Er wandte den Kopf und entdeckte die Steinmauern eines Hauses, das offenbar in den Wall gebaut worden war.

»Nimm die Hände hoch«, sagte Roger zu Buck und hob seinerseits die Arme, die Handflächen ausgedreht, um zu zeigen, dass keine Bedrohung von ihm ausging. Sie näherten sich langsam, die Hände erhoben. Der Farmer wich nicht von der Stelle, obwohl er sie mit einem Gesichtsausdruck beobachtete, als könnten sie explodieren, wenn sie ihm zu nah kamen.

Roger lächelte dem Mann zu und stieß Buck den Ellbogen in die Rippen, damit er ebenfalls lächelte.

»Gud Morg«, sagte er langsam und deutlich. »Hast cum ein Fremdling hie?« Er zeigte erst auf seinen Rock, dann auf die Fliegerjacke. Das Herz schlug ihm bis zum Hals; am liebsten hätte er den Mann zu Boden geschlagen und ihm die Jacke vom Leib gerissen, doch das ging ja nicht.

»Nääh!«, sagte der Mann hektisch und wich zurück, während er sich an den Saum der Jacke klammerte. »Hinfort!«

»Wir wollen dir doch nichts tun, Dummkopf«, sagte Buck, so versöhnlich er konnte, und machte eine beruhigende Handbewegung. »Kenst du die Mann …?«

»Was zum Teufel ist *das* denn?«, fragte Roger durch seinen Mundwinkel. »Altnordisch?«

»Ich weiß es nicht, aber ich habe es einmal auf Orkney gehört. Es heißt …«

»Ich kann mir denken, was es heißt. Findest du, das hier sieht wie Orkney aus?«

»Nein. Aber wenn du verstehen kannst, was es heißt, kann er es doch vielleicht genauso, aye?«

»Nääh!«, sagte der Mann und brüllte erneut: »EEVIS!« Er begann, vor ihnen zurückzuweichen.

»Wartet!«, sagte Roger. »Schaut doch.« Er kramte hastig in seiner Tasche und zog das kleine Wachstuchpäckchen mit den Identitätsmarken seines Vaters hervor. Er holte sie heraus und ließ sie im kalten Wind baumeln. »Seht Ihr das? Wo ist der Mann, der das anhatte?«

Dem Farmer quollen die Augen aus dem Kopf, und er machte kehrt und rannte ungeschickt los, durch seine Holzschuhe und die Erdklumpen auf dem Feld behindert, und brüllte: »Eevis! Hillefe!«, und diverse andere unverständliche Dinge.

»Wollen wir warten, bis Eevis auftaucht?«, sagte Buck und trat beklommen auf der Stelle. »Vielleicht ist er uns ja nicht freundlich gesonnen?«

»Ja, wir warten«, sagte Roger entschlossen. Das Blut war ihm in die Brust und ins Gesicht gestiegen, und er spannte nervös die Hände an. Sie waren ihrem Ziel so nah – und doch … Innerhalb von Sekunden stürzte er vom Gipfel der Euphorie in den Abgrund der Angst und zurück. Ihm war durchaus bewusst, dass es gut möglich war, dass man Jerry MacKenzie umgebracht hatte, um an seine Jacke zu kommen – eine Möglichkeit, die im Licht der überstürzten Flucht ihres Gesprächspartners noch wahrscheinlicher zu werden schien.

Der Mann war in einem Windbrecher aus kleinen Bäumen verschwunden, hinter denen ein paar Schuppen zu sehen waren. Vielleicht war Eevis ja ein Schäfer oder Melker?

Dann begann das Gebell.

Buck wandte sich Roger zu.

»Eevis?«

»Grundgütiger!« Ein riesiger Hund mit einem gewaltigen Kopf, einer breiten Brust und dem passenden, gewaltigen Gebiss kam zwischen den Bäumen hervorgaloppiert und hielt auf sie zu. Sein Besitzer bildete, zusätzlich jetzt mit einem Spaten bewaffnet, die Nachhut.

Sie rannten um ihr Leben, um das Haus herum, dicht gefolgt von Eevis und seinem blutrünstigen Gebell. Der Wall ragte wie eine breite grüne Böschung vor Roger auf, und er sprang darauf zu, rammte die Spitzen seiner Stiefel in den Torf und hangelte sich mit den Fingern, den Knien und den Ellbogen hinauf – und wahrscheinlich auch mit den Zähnen. Er warf sich über die Kante, purzelte auf der anderen Seite hinunter und landete mit einem solchen Aufprall, dass ihm die Zähne klapperten. Er rang noch nach Atem, als Buck mit einem mächtigen Plumps auf ihm landete.

»Mist«, sagte sein Vorfahr knapp und wälzte sich von ihm hinunter. »Komm schon!« Er riss Roger hoch, und sie rannten weiter und hörten noch, wie ihnen der Farmer von der Krone des Walls aus hinterherfluchte.

Ein paar hundert Meter weiter fanden sie Zuflucht im Windschatten eines Felsbrockens und ließen sich dort keuchend zusammensinken.

»K-Kaiser Haddd-drian hat v-verdammt gut gewusst, was er tat«, brachte Roger schließlich heraus. Buck nickte und wischte sich den Schweiß aus dem Gesicht.

»Nicht… sehr gastfreundlich«, keuchte er. Er schüttelte den Kopf und schnappte nach Luft. »Und… jetzt?«

Roger signalisierte ihm mit einer Handbewegung, dass er Sauerstoff brauchte, bevor er Ideen formulieren konnte, und eine Weile saßen sie schweigend da und atmeten. Roger versuchte, logisch zu bleiben, obwohl seine Denkprozesse nach wie vor durch Adrenalinstöße gestört wurden.

Erstens. Jerry MacKenzie war hier gewesen. Das war so gut wie sicher; es war jenseits jeder Wahrscheinlichkeit, dass es *zwei* verirrte Zeitreisende mit RAF-Fliegerjacken gab.

Zweitens. Jetzt war er nicht mehr hier. Konnten sie das mit Sicherheit sagen? Nein, schloss Roger widerstrebend, das konnten sie nicht. Es war ja *möglich*, dass er die Jacke gegen etwas zu essen oder Ähnliches eingetauscht hatte, in welchem Fall er danach vermutlich weitergezogen war. Doch wenn das der Fall war, warum hatte der Farmer es nicht einfach gesagt, statt den Hund auf sie zu hetzen?

Und wenn er die Jacke gestohlen hatte… war Jerry entweder tot und irgendwo in der Nähe begraben – ein Gedanke, bei dem sich Rogers Magen verkrampfte und seine Barthaare prickelten –, oder er war überfallen und ausgeraubt worden, aber vielleicht entkommen.

Also schön. Wenn Jerry noch hier war, war er tot. Und falls das so war, war der einzige Weg, es herauszufinden, den Hund zu überwältigen und die Antwort aus seinem Besitzer herauszuprügeln. Danach war ihm im Moment aber nicht zumute.

»Er ist nicht hier«, sagte Roger heiser. Er atmete immer noch schwer, jetzt aber regelmäßig.

Buck warf ihm einen raschen Blick zu, nickte dann aber. Er hatte einen langen, schmutzig grünen Streifen auf der Wange, eine Moosspur vom Hadrianswall, die zum Grün seiner Augen passte.

»Aye. Und was jetzt?«

Der Schweiß in Rogers Nacken kühlte nun allmählich ab; er wischte geistesabwesend mit dem Ende des Schals darüber, der es irgendwie mit ihm über den Wall geschafft hatte.

»Ich habe eine Idee. Angesichts der Reaktion unseres Freundes da drüben…«, er wies kopfnickend in Richtung des Hofs, der hinter der grünen Masse des Walls nicht zu sehen war, »… glaube ich, dass es nicht besonders klug ist, nach einem Fremden zu fragen. Aber was ist mit den Steinen?«

Buck blinzelte ihn verständnislos an.

»Steine?«

»Aye. Ein Steinkreis. Jerry ist in der Zeit zurückgereist, so viel wissen wir. Wie wahrscheinlich ist es, dass er durch einen Steinkreis gekommen ist? Und falls es so ist… ist dieser Kreis ja wahrscheinlich nicht sehr weit weg. Und ich glaube nicht, dass sich die Leute von zwei harmlosen Trotteln bedroht fühlen, die nach solchen Steinen fragen. Wenn wir die Stelle finden, an der er wahrscheinlich ausgekommen ist, können wir von dort aus anfangen zu suchen und in den Orten fragen, die den Steinen am nächsten sind. Vorsichtig.«

Buck tippte sich nachdenklich mit den Fingern auf das Knie, dann nickte er. »Ein Stein wird uns wohl kaum den Hintern aus der Hose beißen. Also schön, gehen wir.«

99

RADAR

Boston
9. Dezember 1980

Jem war nervös. Mama und Onkel Joe versuchten beide, so zu tun, als wäre alles in Ordnung, aber sogar Mandy konnte spüren, dass etwas im Gange war; sie wand sich auf dem Rücksitz von Onkel Joes Cadillac, als hätte sie Ameisen im Po, und zog sich ihren Pulli über das Gesicht, so dass ihre schwarzen Locken aus dem Halsausschnitt quollen, als wäre etwas übergekocht.

»Sitz doch *still*«, knurrte er sie an, doch eigentlich erwartete er nicht, dass sie das tun würde, und sie tat es auch nicht.

Onkel Joe saß am Steuer, und Mama hatte einen auseinandergefalteten Stadtplan auf dem Schoß.

»Was machst du denn, Mandy?«, fragte Mama zerstreut. Sie malte mit einem Stift Markierungen auf den Stadtplan.

Mandy öffnete ihren Sicherheitsgurt und kniete sich auf den Sitz. Sie hatte die Arme aus dem Pulli gezogen, so dass die Ärmel lose herumhingen, und jetzt schaute nur noch ihr Gesicht aus dem Halsausschnitt.

»Ich bin ein Ottopus!«, sagte sie und schüttelte sich, so dass die Ärmel des Pullovers hin und her tanzten. Jem musste einfach lachen. Mama genauso, aber sie rief Mandy wieder zur Ordnung.

»Oktopus«, sagte sie. »Und schnall dich sofort wieder an. Okto ist Lateinisch für ›acht‹«, fügte sie hinzu. »Oktopusse haben acht Beine. Oder möglicherweise Arme.«

»Du hast aber nur vier«, sagte Jem zu Mandy. »Ist sie dann ein Tetrapus, Mama?«

»Möglich.« Aber Mama war schon wieder bei ihrem Stadtplan. »Der Boston Common vielleicht?«, sagte sie zu Onkel Joe. »Der Park ist an der längsten Achse etwas mehr als eine Viertelmeile lang. Und wir könnten noch weiter in den Public Garden, wenn …«

»Ja, gute Idee. Ich lasse dich und Jem an der Park Street heraus, und dann fahre ich über die Beacon Street zum Ende des Parks und wieder zurück.«

Es war kalt und bewölkt, und ein paar Schneeflocken segelten durch die Luft. Er erinnerte sich noch an den Boston Common und freute sich darauf, den Park wiederzusehen, auch wenn die Bäume keine Blätter hatten und das Gras braun und abgestorben war. Trotzdem waren Leute da wie immer, und ihre bunten Wintermützen und Schals sahen fröhlich aus.

Das Auto hielt an der Park Street, gegenüber von den Touristenwägelchen, die dort alle zwanzig Minuten anhielten. Sie waren einmal mit Papa damit gefahren – mit einem von den orangen, die an der Seite offen waren. Damals war es Sommer gewesen.

»Hast du deine Handschuhe, Schatz?« Mama stand schon auf dem Bürgersteig und sah zum Fenster herein. »Du bleibst bei Onkel Joe, Mandy – nur ein paar Minuten.«

Jem stieg aus, und dann stand er mit Mama auf dem Bürgersteig und zog sich die Handschuhe an, während sie zusahen, wie der graue Caddy davonfuhr.

»Mach die Augen zu, Jem«, sagte Mama leise. Sie nahm seine Hand und drückte sie. »Sag mir, ob du Mandy in deinem Kopf spüren kannst.«

»Klar. Ich meine, ja. Sie ist da.« Bis zu der Sache mit dem Zug im Tunnel war Mandy für ihn nie ein rotes Licht gewesen, jetzt aber schon. Das machte es einfacher, sich auf sie zu konzentrieren.

»Das ist gut. Du kannst die Augen aufmachen, wenn du möchtest«, sagte Mama. »Aber denk an Mandy. Sag mir, wenn sie zu weit weg ist und du sie nicht mehr spürst.«

Er konnte Mandy die ganze Zeit spüren, bis der Caddy wieder neben ihnen anhielt – obwohl sie erst etwas schwächer und dann wieder stärker geworden war.

Sie machten es noch einmal, und Onkel Joe und Mandy fuhren die ganze Arlington Street entlang, auf der anderen Seite des Public Garden. Es funktionierte immer noch, und langsam wurde ihm hier auf der Straße kalt und langweilig.

»Sie hört ihn gut«, berichtete Onkel Joe, der sein Fenster herunterkurbelte. »Was ist mit dir, Kumpel? Hörst du deine Schwester gut?«

»Ja«, sagte er geduldig. »Ich meine – ich kann ungefähr sagen, wo sie ist. Sie redet aber nicht in meinem Kopf oder so.« Worüber er im Übrigen sehr froh war. Er hätte nicht gewollt, dass Mandy die ganze Zeit in seinem Kopf vor sich hin plapperte – und er wollte auch keineswegs, dass sie seinen Gedanken zuhörte. Er sah sie stirnrunzelnd an; *daran* hatte er noch gar nicht gedacht.

»Du kannst doch nicht hören, was ich denke, oder?«, wollte er wissen und steckte sein Gesicht durch das offene Fenster. Mandy fuhr jetzt vorne mit und sah überrascht zu ihm hoch. Sie hatte an ihrem Daumen gelutscht; Jem sah, dass er feucht war.

»Nein«, sagte sie irgendwie unsicher. Er konnte sehen, dass ihr das ein bisschen Angst machte. Ihm ja ebenfalls, aber das zeigte er ihr wohl besser nicht. Oder Mama.

»Das ist gut«, sagte er und strich ihr über den Kopf. Sie hasste es, wenn man das tat, und schlug mit einem gereizten Fauchen nach ihm. Er trat einen Schritt zurück und feixte sie an.

»Wenn wir es noch einmal machen müssen«, sagte er zu seiner Mutter, »vielleicht kann Mandy bei dir bleiben, und ich fahre mit Onkel Joe?«

Mama sah erst ihn unsicher an, dann Mandy, schien aber zu begreifen, was er wirklich sagen wollte, und nickte. Dann öffnete sie die Tür, und Mandy hüpfte vergnügt aus dem Auto.

Onkel Joe summte leise vor sich hin, während sie wendeten, rechts abbogen und dann am Theater und dem Haus der Freimaurer vorbeifuhren. Doch er konnte sehen, dass sich Onkel Joes Fingerknöchel unter seiner Haut abmalten, so fest umklammerte er das Lenkrad.

»Nervös, Kumpel?«, sagte Onkel Joe, als sie am oberen Ende des Public Garden entlangfuhren. Aus dem Frog Pond wurde den Winter über das Wasser herausgelassen; er sah irgendwie traurig aus.

»Ah-ha.« Jem schluckte. »Und selber?«

Onkel Joe sah ihn etwas verblüfft an, dann lächelte er und richtete den Blick wieder auf die Straße.

»Ja«, sagte er leise. »Aber es wird schon alles gut gehen. Du wirst gut auf deine Mom und auf Mandy aufpassen, und ihr findet euren Papa. Ihr werdet alle wieder zusammen sein.«

»Ja«, sagte Jem und schluckte wieder.

Eine Weile fuhren sie schweigend weiter, und der Schnee kratzte leise auf der Windschutzscheibe, als schüttete jemand Salz auf das Glas.

»Mama und Mandy frieren bestimmt«, meinte Jem.

»Ja, das ist der letzte Versuch für heute«, versicherte ihm Onkel Joe. »Hast du sie noch? Mandy?«

Er hatte gar nicht darauf geachtet; er hatte an die Steinkreise gedacht. Und an das Ding im Tunnel. Und Papa. Er hatte Bauchschmerzen.

»Nein«, sagte er verloren. »Nein! Ich kann sie nicht spüren!« Der Gedanke versetzte ihn plötzlich in Panik, und er machte sich ganz steif und presste sich fest in den Autositz. »Umdrehen!«

»Sofort, Kumpel«, sagte Onkel Joe und wendete mitten auf der Straße. »Gloucester Street. Kannst du dir den Namen merken? Wir müssen ihn deiner Mama sagen, damit sie die Entfernung messen kann.«

»Ah-ha«, sagte Jem, aber er hörte Onkel Joe gar nicht richtig zu. Er lauschte angestrengt nach Mandy. Eigentlich hatte er sich bis jetzt noch nie Gedanken darüber gemacht, nie darauf geachtet, ob er sie spüren konnte oder nicht. Aber jetzt war es wirklich wichtig, und er ballte die Fäuste und presste damit fest unter seine Rippen, dahin, wo es weh tat.

Dann war sie da, als wäre sie immer da gewesen, wie einer seiner Zehennägel oder so, und er atmete so heftig auf, dass Onkel Joe ihn scharf ansah.

»Hast du sie wieder?«

Jem nickte und fühlte sich unaussprechlich erleichtert. Onkel Joe seufzte, und auch seine breiten Schultern entspannten sich.

»Gut«, sagte er. »Lass sie nicht los.«

BRIANNA HOB ESMERALDA, die Stoffpuppe, vom Fußboden des Gästezimmers auf und steckte sie vorsichtig neben Mandy ins Bett. Sie waren den ganzen Morgen im Kreis durch Boston gefahren, und jetzt wussten sie ungefähr, wie weit der gegenseitige Radar der Kinder reichte. Jem konnte Mandy etwas über eine Meile weit spüren, aber sie spürte ihn viel, viel weiter. Jem konnte Brianna ebenfalls spüren, aber nur vage und nur auf sehr kurze Entfernung; Mandy konnte ihre Mutter fast genauso weit spüren wie ihren Bruder.

Sie sollte das mit in den »Leitfaden« schreiben, dachte sie, aber sie hatte den ganzen Nachmittag mit hektischen Vorbereitungen verbracht, und im Moment fühlte sich die Vorstellung, einen Stift suchen zu müssen, wie die Suche nach der Nilquelle oder eine Besteigung des Kilimandscharo an. *Morgen.*

Der Gedanke an morgen riss sie mit einem Adrenalinstoß aus ihrer Erschöpfung. Morgen würde es beginnen.

Sie hatten darüber geredet, nachdem die Kinder im Bett waren. Sie und Joe, und Gail hatte in der Ecke zugehört. Hin und wieder war das Weiße ihrer Augen zu sehen gewesen, aber sie hatte kein Wort gesagt.

»Es muss Schottland sein«, hatte sie erklärt. »Es ist Dezember; bis zum Frühling können keine Schiffe fahren. Wenn wir die Passage in North Carolina nehmen würden, kämen wir vor April nicht aus den Kolonien fort und wären vor dem Sommer nicht in Schottland. Und abgesehen von der Tatsache, dass ich weiß, wie eine Ozeanreise im achtzehnten Jahrhundert ist, und ich das mit den Kindern höchstens machen würde, wenn die Alternative meine Erschießung wäre … kann ich nicht so lange warten.«

Sie hatte etwas Wein getrunken, aber der Kloß in ihrer Kehle rutschte nicht herunter, genau wie bei dem letzten halben Dutzend Schlucken. *In sechs Monaten könnte ihm alles Mögliche zustoßen. Alles.* »Ich muss ihn finden.«

Die Abernathys wechselten einen Blick, und Gails Hand berührte Joes Knie.

»Natürlich«, sagte sie. »Aber bist du dir sicher, was Schottland angeht? Was ist mit den Leuten, die versucht haben, dir Jem wegzunehmen? Werden sie nicht auf dich warten, wenn du zurückkommst?«

Brianna lachte, etwas wackelig zwar, aber es war ein Lachen.

»Noch ein Grund, sofort zu gehen«, sagte sie. »Im achtzehnten Jahrhundert kann ich damit aufhören, mich ständig umzusehen.«

»Du hast doch niemanden gesehen …«, begann Joe stirnrunzelnd, doch sie schüttelte den Kopf.

»In Kalifornien nicht. Und hier auch nicht. Aber ich bin trotzdem auf der Hut.« Außerdem hatte sie ein paar Vorsichtsmaßnahmen ergriffen – Dinge, die sie aus der kurzen – und diskreten – Beschreibung der Kriegserlebnisse ihres Vaters wusste, aber das brauchte sie jetzt nicht anzusprechen.

»Und du weißt, wie du die Kinder in Schottland beschützen willst?« Gail hockte beklommen auf ihrer Stuhlkante, als wollte sie am liebsten aufspringen und nach den Kindern sehen. Brianna kannte das Gefühl.

Sie seufzte und wischte sich eine Haarsträhne aus der Stirn.

»Es gibt zwei Leute – na ja, drei –, denen ich, glaube ich, vertrauen kann.«

»Glaubst du«, wiederholte Joe skeptisch.

»Die einzigen Menschen, von denen ich *weiß*, dass ich ihnen vertrauen kann, sitzen hier«, sagte sie schlicht und hob ihr Weinglas. Joe wandte den Blick ab und räusperte sich. Dann sah er Gail an, die ihm zunickte.

»Wir fliegen mit dir«, sagte er entschlossen und wandte sich wieder an Brianna. »Gail kann auf die Kinder aufpassen, und ich kann dafür sorgen, dass dich niemand behelligt, bis du fertig bist zum Gehen.«

Sie biss sich auf die Lippe, um die Tränen zu unterdrücken, die ihr in die Augen stiegen.

»Nein«, sagte sie und räusperte sich ebenfalls, um das Zittern aus ihrer Stimme zu vertreiben – das genauso sehr von der Vorstellung herrührte, wie das Doktorenpaar Abernathy durch die Straßen von Inverness schlenderte, wie von ihrer Dankbarkeit. Nicht, dass es in den schottischen Highlands *gar* keine Schwarzen gab, aber zumindest so wenige, dass sie auf jeden Fall aufgefallen wären.

»Nein«, wiederholte sie und holte tief Luft. »Wir beginnen in Edinburgh; da kann ich alles besorgen, was wir brauchen, ohne Aufmerksamkeit zu erregen. Danach fahren wir in die Highlands, wenn alles bereit ist – und ich melde mich erst in letzter Minute bei meinen Freunden dort. Es wird nicht genug Zeit bleiben, als dass irgendjemand merken könnte, dass wir da sind, bis wir … dann gehen.«

Wie ein Schlag vor die Brust überfiel sie der Gedanke an die brüllende Leere, die zwischen jetzt und damals lag. Zwischen ihr und den Kindern … und Roger.

Die Abernathys hatten nicht kampflos aufgegeben – oder überhaupt; sie war sich sicher, dass es beim Frühstück noch einen neuen Anlauf geben würde –, aber sie vertraute auf ihre Sturheit, und unter dem Vorwand der Erschöpfung war sie ihrer gütigen Sorge entflohen, um mit ihrer eigenen Sorge allein zu sein.

Sie *war* völlig erschöpft. Aber das Bett, das sie sich mit Mandy teilen würde, lockte sie nicht. Sie musste einfach noch ein bisschen allein sein, um zu dekomprimieren, ehe der Schlaf kommen konnte. Eine Etage tiefer konnte sie hören, wie die Abernathys zu Bett gingen; sie zog sich die Schuhe aus und ging lautlos ganz nach unten, wo in der Küche noch Licht brannte, genau wie am anderen Ende des Flurs im Wohnzimmer, wo sie Jem auf der großen Couch ins Bett gebracht hatten.

Dorthin wandte sie sich, um nach ihm zu sehen, doch dann wurde sie von einem plötzlichen, vertrauten, metallischen *Tschank!* abgelenkt. Die Küche hatte eine Schiebetür, die halb geschlossen war. Sie ging zur Tür, und als sie durch den Spalt spähte, entdeckte sie Jem, der auf einem Stuhl an der Küchentheke stand und die Hand ausstreckte, um ein Pop-Tart aus dem Toaster zu holen.

Beim Klang ihrer Schritte blickte er mit großen Augen auf, hielt das heiße Teilchen eine Sekunde zu lange fest und ließ es fallen, weil es ihm die Finger verbrannte.

»*Ifrinn!*«

»Sag das nicht«, ermahnte sie ihn und trat zu ihm, um das heruntergefallene Teilchen aufzuheben. »Wir sind demnächst wieder an einem Ort, wo die Leute es verstehen. Hier – möchtest du Milch dazu?«

Im ersten Moment zögerte er überrascht, dann hüpfte er mit beiden Füßen gleichzeitig vom Stuhl und landete leise auf dem gekachelten Boden. »Ich hole sie. Möchtest du auch?« Plötzlich klang nichts auf der Welt besser als ein heißes Blaubeer-Pop-Tart mit schmelzender Zuckerglasur und einem Glas kalter Milch. Sie nickte, brach das heiße Törtchen durch und legte jede Hälfte auf ein Stück Küchenrolle.

»Konntest du nicht schlafen?«, fragte sie schließlich, nachdem sie ihre Süßigkeit in kameradschaftlichem Schweigen gegessen hatten. Er schüttelte den Kopf, das rote Haar zu Stachelschweinborsten zerrauft.

»Soll ich dir etwas vorlesen?« Sie wusste wirklich nicht, warum sie das sagte; er war viel zu alt, um etwas vorgelesen zu bekommen, obwohl er nie weit weg war, wenn sie Mandy etwas vorlas. Er warf ihr einen entnervten Blick zu, doch dann nickte er zu ihrer Überraschung und lief nach oben. Er kam mit den nagelneuen *Tierkindergeschichten* zurück.

Er wollte sich nicht sofort hinlegen, sondern setzte sich dicht neben sie auf das Sofa, während sie las. Sie hatte den Arm um seine Schultern gelegt, und er wurde warm und schwer an ihrer Seite, während sich seine Atmung verlangsamte.

»Mein Papa hat mir auch immer etwas vorgelesen, wenn ich aufgewacht bin und nicht mehr einschlafen konnte«, sagte sie leise, als sie die letzte Seite umblätterte. »Opa Frank, meine ich. Es war dann so wie jetzt, alles ganz still.« Und sie beide gemütlich und zufrieden, nur sie zusammen in einem Kegel aus warmem gelbem Licht, und die Nacht war weit weg.

Sie spürte, wie Jems schläfrige Neugier erwachte.

»War er so wie Opa? Opa Frank?« Sie hatte den Kindern immer wieder Kleinigkeiten über Frank Randall erzählt, weil sie nicht wollte, dass er in Vergessenheit geriet, aber sie wusste, dass er neben der lebhaften Wärme ihres anderen Großvaters nie mehr als ein blasser Geist sein würde – des Großvaters, den sie vielleicht zurückbekommen würden. Sie spürte ein leises Ziehen in ihrem Herzen, und in dieser Sekunde verstand sie ihre Mutter.

Oh, Mama …

»Er war anders«, antwortete sie leise, und ihr Mund streifte sein leuchtendes Haar. »Aber er war Soldat – das hatten sie gemeinsam. Und er war ein Gelehrter – wie Papa. Aber in einem waren – sind – sie alle gleich: Sie sorgen für andere. Das ist es, was ein guter Mann tut.«

»Oh.« Sie konnte spüren, wie er einschlief, sich bemühte, bei Bewusstsein zu bleiben, während die Träume durch seine Gedanken zu wandern begannen.

Sie ließ ihn in sein Nest aus Decken sinken und glättete den Wirbel auf seinem Kopf.

»Könnten wir ihn sehen?«, sagte Jem plötzlich, und seine Stimme war verschlafen und leise.

»Papa? Ja, wir werden ihn sehen«, versprach sie, ebenfalls mit leiser, aber fester Stimme.

»Nein, *deinen* Papa…«, sagte er, die Augen halb geöffnet, glasig vor Müdigkeit. »Wenn wir durch die Steine gehen, könnten wir Opa Frank sehen?«

Ihr klappte der Mund auf, und sie suchte noch angestrengt nach einer Antwort, als sie erleichtert hörte, wie er anfing, leise zu schnarchen.

100

SIND DIES DEINE TIER'?

Es war zwar unleugbar wahr, dass Steinkreise nicht bissig waren, dachte Roger, aber das bedeutete nicht, dass sie nicht gefährlich waren.

Sie hatten nur anderthalb Tage gebraucht, um den Steinkreis zu finden. Er hatte sich mit einem Stück Holzkohle ein paar angedeutete Steine auf den Handrücken gemalt, um sich besser verständigen zu können, und es hatte überraschend gut funktioniert. Die wenigen Menschen, denen sie begegnet waren, hatten sie zwar mit immenser Neugier betrachtet – und diversen verstohlenen Blicken, die von am Kopf kreisenden Zeigefingern begleitet wurden –, doch niemand hatte die Besucher mehr als merkwürdig gefunden, und jeder hatte gewusst, wo die Steine waren.

Sie waren sogar durch ein kleines Dorf gekommen – bestehend aus einer Kirche, einem Schankraum, einer Schmiede und ein paar Häusern –, wo ihnen der letzte Haushalt, dem sie sich näherten, einen der jüngsten Söhne mitgegeben hatte, um Buck und Roger zu ihrem Ziel zu führen.

Und da standen sie nun, ein paar mit Flechten übersäte, vom Wind gepeitschte Säulenstümpfe neben einem flachen, mit Schilf überwucherten See. Zeitlos, harmlos, Teil der Landschaft… und ihr Anblick erfüllte Roger mit Angst, die ihm mit einer Kälte über die Haut fuhr, als stünde er nackt im Wind.

»Kannst du sie hören?«, murmelte Buck, den Blick fest auf die Steine geheftet.

»Nein«, murmelte Roger zurück. »Du?«

»Ich hoffe nicht.« Aber Buck erschauerte plötzlich, als hätte er ein Gespenst gesehen.

»Sind dies deine Tier'?«, fragte der Junge und grinste Roger an. Er zeigte auf die Steine und bezog sich damit – dachte Roger – auf die hiesige Legende, dass die Steine eigentlich die Kühe des alten Volkes waren, die versteinert waren, als ihr Viehtreiber betrunken in den See gefallen war.

»Ist wahr«, sagte der Junge ernst und bekreuzigte sich. »Mester Hacffurthe hat seine Peitsche gefunden!«

»Wann denn?«, fragte Buck alarmiert. »Und wo wohnt Mester Hacffurthe?«

Vor einer Woche, vielleicht zwei, meinte der Junge und bedeutete ihnen mit einer Geste, dass das Datum nicht so wichtig war. Und er würde sie zu Mester Hacffurthe bringen, wenn sie den Gegenstand gern sehen würden.

Trotz seines Namens entpuppte sich Mester Hacffurthe als schmächtiger blonder Mann, der Dorfschuster. Er sprach denselben unverständlichen northumbrischen Dialekt, doch mit etwas Mühe und der Hilfe des Jungen – dessen Name, wie er sagte, Ridley war – äußerten sie ihren Wunsch, und Hacffurthe holte bereitwillig die Feenpeitsche unter seiner Theke hervor und legte sie vorsichtig hin.

»Oh Himmel«, sagte Roger beim Anblick des Fundstücks – und nachdem er Hacffurthe mit fragend hochgezogener Augenbraue um Erlaubnis gebeten hatte, berührte er es vorsichtig. Ein maschinengewobener, stabiler Streifen von etwa zehn Zentimetern Breite und sechzig Zentimetern Länge, dessen feste Oberfläche selbst im gedämpften Licht der Schusterwerkstatt glänzte. Ein Stück Gurtzeug eines RAF-Fliegers. Es war also der richtige Steinkreis.

Doch sonst brachten seine vorsichtigen Fragen an Mr. Hacffurthe nichts Hilfreiches zutage. Er hatte die Feenpeitsche im flachen Wasser des Sees gefunden, wo sie sich im Schilf hin und her bewegte, doch mehr Berichtenswertes hatte er nicht gesehen.

Roger entging allerdings nicht, dass Ridley schwach zuckte, als Mr. Hacffurthe das sagte. Und nachdem sie das Haus des Schusters verlassen hatten, blieb er am Rand des Dorfes stehen, die Hand in seiner Tasche.

»Ich danke dir, junger Ridley«, sagte er und zog ein großes Zweipennystück hervor, bei dessen Anblick das Gesicht des Jungen aufleuchtete. Er legte es Ridley in die Hand, doch als sich der Junge zum Gehen wenden wollte, legte er ihm die Hand auf den Arm.

»Eines noch, Ridley«, sagte er, und mit einem Blick in Bucks Richtung zog er die Identitätsmarken hervor.

Ridley zuckte in Rogers Griff zusammen, und sein rundes Gesicht wurde bleich. Buck stieß einen kleinen Laut der Genugtuung aus und nahm Ridley beim anderen Arm.

»Erzähl uns von dem Mann«, forderte Buck ihn freundlich auf. »Dann breche ich dir vielleicht nicht den Hals.«

Roger warf Buck einen verärgerten Blick zu, aber die Drohung wirkte. Ridley schluckte, als hätte er einen Pilz im Hals stecken, doch dann begann er zu reden. Durch Ridleys Dialekt und seine Nervosität dauerte es eine Weile, bis sie die Geschichte zusammenhatten, aber schließlich war sich Roger einigermaßen sicher, dass sie das Wichtigste verstanden hatten.

»Lass ihn los«, sagte er und ließ Ridley ebenfalls los. Er grub in seiner Tasche und holte einen weiteren Kupferpenny hervor, den er dem Jungen hinhielt. Ridleys Gesicht war hin- und hergerissen zwischen Angst und Entrüstung, doch nach kurzem Zögern schnappte er sich den Penny und rannte davon. Dabei sah er sich immer wieder gehetzt um.

»Er wird es seiner Familie erzählen«, orakelte Buck. »Wir sollten uns beeilen.«

»Das sollten wir. Aber nicht deswegen – es wird nämlich dunkel.« Die Sonne stand schon tief, und ein gleißendes Band aus gelbem Licht zog sich am Rand eines kalten Ockerhimmels entlang. »Komm. Wir müssen den richtigen Weg finden, solange es noch geht.«

Soweit er Ridleys Erzählung hatte folgen können, hatte der seltsam gekleidete Mann (einige sagten, er sei einer vom Alten Volk, andere glaubten, er sei aus dem Norden, obwohl keine Einigkeit herrschte, ob damit ein Schotte, ein Nordmann oder etwas anderes gemeint war) das Pech gehabt, auf einem Hof in zwei oder drei Meilen Entfernung von den Steinen aufzutauchen, dessen Bewohner – eine ungesellige Sippe namens Wad – über ihn hergefallen waren.

Die Wads hatten dem Mann alles abgenommen, was von Wert zu sein schien, hatten ihn zusammengeschlagen und ihn eine Böschung hinuntergeworfen. Einer der Wads hatte damit vor einem durchziehenden Viehtreiber angegeben, der den Fremden im Dorf erwähnt hatte.

Im Dorf hatte sich natürlich Neugier geregt – aber nicht genug, um sich auf die Suche nach dem Mann zu machen. Doch als Schuster Hacffurthe den seltsamen Stoffstreifen gefunden hatte, hatte es in der Gerüchteküche gebrodelt. Just an diesem Nachmittag hatte die allgemeine Aufregung ihren Gipfel erreicht, als einer von Mester Quartons Kuhhirten in den Ort gekommen war, um sich von Großmütterchen Racket einen Abszess behandeln zu lassen, und erzählt hatte, dass ein Fremder, den man nicht verstehen konnte, versucht hatte, Mrs. Quarton eine Pastete von der Fensterbank zu stehlen, und man ihn jetzt noch dort gefangen hielt, während Mester Quarton überlegte, was am besten mit ihm zu tun sei.

»Was *könnte* er denn tun?«, hatte Roger gefragt. Ridley hatte unheilvoll die Lippe vorgeschoben und den Kopf geschüttelt.

»Vielleicht bringt er ihn um«, sagte er. »Oder hackt ihm die Hand ab. Mester Quarton hasst Diebe.«

Und das war – abgesehen von einer vagen Wegbeschreibung zur Farm der Quartons – alles gewesen.

»Auf dieser Seite des Walls, zwei Meilen nach Westen und etwas südlich, am Fuß eines Hügels und am Bach entlang«, sagte Roger grimmig und verlängerte seine Schritte. »Wenn wir den Bach finden können, ehe es dunkel wird …«

»Aye.« Buck passte sich seinem Tempo an, und sie wandten sich der Stelle zu, an der sie die Pferde zurückgelassen hatten. »Meinst du, Quarton hat einen Hund?«

»Hier hat jeder einen Hund.«

»Oh Gott.«

101

DIE EINZIGE CHANCE

Es schien kein Mond. Das war zwar eigentlich gut, aber es hatte auch Nachteile. Das Farmhaus und seine Nebengebäude lagen in einer Mulde aus derart tiefer Dunkelheit, dass sie es nie gefunden hätten, hätten sie es nicht gesehen, bevor das Licht ganz verschwunden war. Doch sie hatten gewartet, bis es absolut dunkel war und der dumpfe Kerzenschein im Haus erloschen war, und dann noch eine halbe Stunde, um sicherzugehen, dass die Bewohner – und ihre Hunde – fest schliefen.

Roger trug zwar die Blendlaterne, doch sie war noch geschlossen; Buck trat gegen etwas, das auf dem Boden lag, stieß einen erschrockenen Aufschrei aus und fiel der Nase nach darüber. Besagtes Etwas entpuppte sich als große schlafende Gans, die ein verblüfftes *Whonk!* ausstieß, lauter noch als Bucks Aufschrei, und sich prompt flügelschlagend mit dem Schnabel auf ihn stürzte. Ein Stück weiter erscholl ein scharfes, fragendes Bellen.

»Schsch!«, zischte Roger und kam seinem Ahnherrn zu Hilfe. »Du weckst ja die Toten auf, von den Hausbewohnern ganz zu schweigen.« Er warf seinen Umhang über die Gans, die verstummte und verwirrt umherzuwatscheln begann, ein beweglicher dunkler Stoffberg. Roger schlug sich zwar die Hand vor den Mund, musste aber durch die Nase prusten.

»Aye, großartig«, flüsterte Buck und erhob sich. »Wenn du meinst, dass ich dir deinen Umhang zurückhole, täuschst du dich.«

»Die Gans befreit sich schon selbst«, flüsterte Roger zurück. »Sie braucht ihn ja nicht. Aber was zum Teufel meinst du, wo sie ihn festhalten?«

»Irgendwo, wo es eine Tür mit einem Riegel gibt.« Buck rieb sich die Hände, um den Schmutz abzustreifen. »Wahrscheinlich aber nicht im Haus, oder? So groß ist es ja nicht.«

Das stimmte. Dieses Haus hätte mindestens sechzehnmal in Lallybroch hineingepasst, dachte Roger, und der Gedanke an Lallybroch, wie es war, als er es besessen hatte – besitzen würde –, versetzte ihm einen Stich.

Doch Buck hatte recht; das Haus konnte nicht mehr als zwei Zimmer haben und vielleicht einen Dachboden für die Kinder. Und da ja die Nachbarn glaubten, dass Jerry – wenn es denn Jerry war – bestenfalls ein Fremder und schlimmstenfalls ein Dieb und/oder ein übernatürliches Wesen war, war es nicht sehr wahrscheinlich, dass ihn die Quartons bei sich im Haus hatten.

»Hast du eine Scheune gesehen, ehe es zu dunkel wurde?«, flüsterte Buck, der jetzt ins Gälische wechselte. Er hatte sich auf die Zehenspitzen gestellt, als ob ihm das helfen könnte, über das Meer der Dunkelheit hinwegzusehen, und blickte angestrengt in die Schwärze. Da Rogers Augen sich an die Dunkelheit gewöhnt hatten, konnte er zumindest die kantigen Umrisse der Gebäude ausmachen. Getreidespeicher, Ziegenstall, Hühnerhaus, ein zerzauster Heuhaufen …

»Nein«, erwiderte Roger in derselben Sprache. Die Gans hatte sich befreit und war unter missmutigem Schnattern davongewatschelt; er bückte sich und nahm seinen Umhang wieder an sich. »Der Hof ist klein; sie haben bestimmt höchstens einen Ochsen oder ein Maultier zum Pflügen, wenn überhaupt. Aber ich rieche Kuhdung.«

»Ja«, sagte Buck und steuerte abrupt auf ein quadratisches Steingebäude zu. »Der Kuhstall. Die Tür hat bestimmt einen Riegel.«

Genauso war es. Und der Riegel war eingehängt.

»Ich höre keine Kühe im Stall«, flüsterte Buck dicht an der Stallmauer. »Und der Geruch ist schon alt.«

Es war fast Winter; vielleicht hatten sie die Kuh – oder die Kühe – schlachten müssen oder sie zum Markt getrieben.

»Aye, nun ja, irgendetwas ist aber dort drinnen.« Er hob die Laterne und tastete nach der Blende. »Öffne den Riegel, ja?«

Doch ehe Buck die Hand nach dem Riegelbalken ausstrecken konnte, ertönte von innen ein Ausruf, und irgendetwas fiel schwer gegen die Tür. »Hilfe! Helft mir! Hilfe!«

Derjenige sprach Englisch, und Buck wechselte sofort wieder in diese Sprache. »Wirst du wohl in Gottes Namen still sein?«, zischte er mit gedämpfter Stimme aufgebracht dem Mann im Inneren zu. »Willst du sie alle auf uns hetzen? Komm näher mit dem Licht«, sagte er zu Roger und zog den Riegel mit einem leisen Grunzen beiseite.

Die Tür schwang auf, als er den Balken hinlegte, und aus der offenen Seite der Laterne drang Licht. Ein schmaler junger Mann mit feinem blondem Haar – *er hat Bucks Haarfarbe*, dachte Roger – blinzelte ihnen zu, benommen vom Licht, dann schloss er die Augen.

Roger und Buck wechselten einen Blick, dann traten sie gleichzeitig in den Stall.

Er ist es, dachte Roger. *Er ist es. Ich weiß, dass er es ist. Gott, er ist ja so jung! Fast noch ein Junge.* Seltsamerweise überkam ihn kein Ansturm der Aufregung. Es war ein Gefühl ruhiger Gewissheit, als sei die Welt auf einmal zurechtgerückt und alles hätte seinen Platz eingenommen. Er streckte die Hand aus und berührte den Mann sacht an der Schulter.

»Wie heißt du, Kumpel?«, sagte er leise auf Englisch.

»MacKenzie, J. W.«, sagte der junge Mann. Er richtete sich auf und schob das scharfe Kinn vor. »Leutnant, Royal Air Force, Dienstnummer …« Er brach ab und starrte Roger an, und dieser begriff erst jetzt, dass er aller Ruhe zum Trotz von einem Ohr zum anderen grinste. »Was ist denn so komisch?«, wollte Jerry MacKenzie kampflustig wissen.

»Nichts«, versicherte ihm Roger. »Äh … freut mich, dich zu sehen, das ist alles.« Seine Kehle war verstopft, und er musste husten. »Bist du schon lange hier?«

»Nein, erst ein paar Stunden. Ihr habt nicht zufällig etwas zu essen dabei, oder?« Er blickte hoffnungsvoll von einem Mann zum anderen.

»Doch«, sagte Buck, »aber jetzt ist keine Zeit für einen Happen, aye?« Er sah sich um. »Wir sollten los.«

»Aye. Aye, das sollten wir.« Doch Roger sprach mechanisch, denn seine Augen hingen gebannt an J. W. MacKenzie, RAF, zweiundzwanzig Jahre alt.

»Wer *seid* ihr?«, fragte Jerry und erwiderte seinen Blick. »Und woher? Ihr seid ja weiß Gott nicht von hier!«

Roger wechselte einen raschen Blick mit Buck. Sie hatten keinen Plan gefasst, was sie sagen wollten; er hatte das ganze Unterfangen nicht durch den Gedanken verhexen wollen, dass sie Jerry MacKenzie tatsächlich finden würden, und was Buck betraf…

»Inverness«, sagte Buck abrupt. Sein Ton war schroff.

Jerrys Blick huschte zwischen ihnen hin und her, und er fasste Roger am Ärmel.

»Ihr wisst doch, was ich meine!«, sagte er und holte tief Luft. »*Von wann?*«

Roger berührte Jerrys Hand, kalt und schmutzig, die Finger so lang wie die seinen. Die Frage hatte ihm den Hals zugeschnürt, und er konnte nicht sprechen.

»Weit fort von dir«, sagte Buck leise, und zum ersten Mal hörte Roger einen trostlosen Unterton in seiner Stimme. »Und von hier. Verirrt.«

Das traf ihn ins Herz. Für eine Weile hatte er ihre Situation tatsächlich vergessen, getrieben von dem Drängen, diesen Mann zu finden. Doch bei Bucks Antwort wurde Jerrys Gesicht, das schon durch Hunger und Anstrengung verhärmt war, weiß unter dem Schmutz.

»Himmel«, flüsterte Jerry. »Wo sind wir denn? Und – und wann?«

Buck erstarrte. Nicht aufgrund der Frage, sondern weil er draußen ein Geräusch hörte. Roger wusste zwar nicht, was es war, doch es war nicht der Wind. Buck stieß einen leisen, drängenden Kehllaut aus und trat von einem Bein auf das andere.

»Ich glaube, jetzt gehört es zu Northumbrien«, sagte Roger. »Hör zu, wir haben keine Zeit. Wir müssen fort, ehe jemand hört…«

»Aye, gut. Gehen wir.« Jerry hatte einen schmutzigen Seidenschal um den Hals; er zupfte die Enden gerade und steckte sie in sein Hemd.

Nach den Gerüchen des Kuhstalls war die Luft im Freien eine Wohltat, sie roch nach frisch gepflügtem Acker und welkender Heide. So schnell sie konnten, überquerten sie den Hof – Roger hatte die Laterne wieder geschlossen – und umrundeten das Haus. Jerry humpelte, wie er sah, und Roger nahm seinen Arm, um ihm zu helfen. Ein Stück weiter kam ein schrilles Japsen aus der Dunkelheit – dann ein Bellen, deutlich tiefer.

Roger leckte hastig an seinem Finger und hielt ihn hoch, um die Windrichtung zu prüfen. Wieder bellte ein Hund, und ein anderer antwortete.

»Hier entlang«, flüsterte er seinen Begleitern zu und zupfte an Jerrys Arm.

Er führte sie fort vom Haus, so schnell es ging, bemüht, die Orientierung nicht zu verlieren, und schon stolperten sie über ein gepflügtes Feld, und die Dreckklumpen zerbröselten unter ihren Füßen.

Buck stolperte und fluchte leise. Sie wankten von einer Furche auf die nächste Kante, hinkend und ungeschickt, und Roger klammerte sich an Jerrys Arm, um ihn aufrecht zu halten; eins von Jerrys Beinen schien ihm nicht zu gehorchen und nahm keine Last auf. *Er hat eine Kriegsverletzung. Ich habe doch seinen Orden gesehen …*

Dann begannen die Hunde zu bellen, plötzlich klar und deutlich – und viel näher.

»Himmel.« Roger blieb kurz stehen und atmete schwer. Wo zum Teufel war das Wäldchen, in dem sie sich versteckt hatten? Er hätte geschworen, dass sie darauf zugehalten hatten, doch – der Lichtstrahl der Laterne schwang wie verrückt hin und her und zeigte ihnen überall nur nichtssagendes Ackerland. Er schloss die Laterne; sie würden ohne sie besser dran sein.

»Hier entlang!« Buck wankte davon, und Roger und Jerry folgten ihm gezwungenermaßen mit hämmernden Herzen. Himmel, das hörte sich ja so an, als hätte jemand mindestens ein halbes Dutzend Hunde losgelassen, die alle bellten. Und war das eine Stimme, die den Hunden etwas zurief? Ja, verdammt. Er konnte zwar kein Wort verstehen, doch die Bedeutung war so klar wie Eiswasser.

Sie rannten stolpernd und keuchend weiter. Roger konnte nicht sagen, wo sie waren; er folgte Buck. Irgendwann fiel ihm die Laterne aus der Hand; sie stürzte scheppernd um, und er hörte, wie das Öl im Inneren glucksend aus seinem Behälter lief. Mit einem leisen *Wusch* ging es lichterloh in Flammen auf.

»Mist!« Sie rannten weiter. Es spielte keine Rolle, wohin, in welche Richtung. Nur fort von dem Signalfeuer und den zornigen Stimmen – mehr als eine jetzt.

Plötzlich waren sie von Bäumen umgeben – der kleine, vom Wind gebeugte Hain, in dem sie vorhin gewartet hatten. Doch die Hunde waren ihnen unter heftigem Gebell auf den Fersen, und sie hielten sich nicht auf, sondern kämpften sich durch das Unterholz auf die andere Seite des Wäldchens, einen steilen Hügel voller Heidekraut hinauf. Rogers Fuß sank durch die schwammigen Pflanzen hindurch in einer Pfütze ein, die ihn bis zum Knöchel durchnässte, und fast hätte er das Gleichgewicht verloren. Jerry stemmte die Beine in den Boden und riss Roger hoch, dann verlor er selbst das Gleichgewicht, weil sein Knie nachgab; sie klammerten sich aneinander und standen einen Moment bedenklich schwankend da, dann stürzte sich Roger vorwärts, und sie waren wieder frei.

Er glaubte, seine Lunge würde platzen, doch sie blieben nicht stehen – sie rannten zwar nicht mehr, denn einen solchen Hügel konnte man nicht hinaufrennen, aber sie schleppten sich Schritt für Schritt für Schritt voran … Er begann, kleine Lichtblitze an den Rändern seines Gesichtsfelds zu sehen, und er stolperte und fiel hin, und abwechselnd zog er Jerry hoch oder wurde von ihm hochgezogen.

Sie waren alle drei halb nass und von Kopf bis Fuß mit Schlamm und Heideresten verdreckt, als sie schließlich auf den Gipfel des Hügels wankten und dort einen Moment anhielten, um nach Luft zu schnappen.

»Wohin … gehen wir denn?«, keuchte Jerry und wischte sich mit dem Ende seines Schals über das Gesicht.

Roger schüttelte immer noch atemlos den Kopf – doch dann sah er Wasser aufschimmern.

»Wir bringen dich … zurück. Zu dem Steinkreis an dem See. Wo du … angekommen bist. Los, weiter!«

Sie hasteten auf der anderen Seite des Hügels hinunter, kopfüber, so dass sie beinahe hinfielen, diesmal berauscht von der Geschwindigkeit und dem Gedanken an ein Ziel.

»Wie … habt ihr mich überhaupt gefunden?«, keuchte Jerry, als sie schließlich unten ankamen und anhielten, um durchzuatmen.

»Haben deine Hundemarken gefunden«, sagte Buck beinahe schroff. »Haben ihre Spur zurückverfolgt.«

Roger legte die Hand an seine Tasche und war schon fast im Begriff, sie zurückzugeben – tat es aber doch nicht. Wie ein Steinschlag traf ihn die Erkenntnis, dass er Jerry MacKenzie zuerst – aller Wahrscheinlichkeit zum Trotz – gefunden hatte, nur um sich jetzt wieder von ihm zu trennen, vermutlich für immer. Und auch das nur, wenn alles *gut* ging …

Sein Vater. *Papa?* Er konnte sich diesen jungen Mann mit dem bleichen Gesicht und dem verletzten Bein, der fast zwanzig Jahre jünger war als er, nicht als seinen Vater vorstellen – jedenfalls nicht den Vater, den er sich ein Leben lang ausgemalt hatte.

»Weiter.« Buck nahm jetzt Jerrys Arm und musste ihn beinahe tragen. Sie setzten ihren Weg über die dunklen Felder fort, kamen vom Kurs ab und fanden ihn wieder, geleitet vom Licht des Orion über ihnen.

Orion, Lepus. Canis major. Er fand einen Hauch von Trost in den Sternen, die nun am kalten, schwarzen Himmel flammten. Sie veränderten sich nicht; sie würden immer – oder zumindest so lange, dass es beinahe immer war – auf ihn und diesen Mann hinunterleuchten, ganz gleich, wo sie beide endeten.

Endeten. Die kalte Luft brannte ihm in der Lunge. *Brianna …*

Und dann konnte er sie sehen; kantige Säulen, nicht mehr als Umrisse in der Nacht, die nur deshalb zu sehen waren, weil sie sich dunkel und reglos vor dem Hintergrund des Wassers abmalten, das vom Wind bewegt wurde.

»Nun gut«, sagte er schluckend und wischte sich mit dem Ärmel über das Gesicht. »Hier verlassen wir dich.«

»Ja?«, keuchte Jerry. »Aber … aber ihr …«

»Als du … da durchgekommen bist. Hattest du irgendetwas bei dir? Einen Edelstein, irgendwelchen Schmuck?«

»Aye«, sagte Jerry verwirrt. »Ich hatte einen Saphir in der Tasche. Aber er ist fort. Es war, als wäre er …«

»Als wäre er verbrannt«, beendete Buck mit grimmiger Stimme für ihn den Satz. »Aye. Und nun?« Dies war eindeutig an Roger adressiert. Er zögerte. *Brianna …* Doch nicht länger als eine Sekunde – dann steckte er die Hand in die Ledertasche an seiner Hüfte, zog das kleine Wachstuchpäckchen heraus und drückte Jerry den Granatanhänger in die Hand. Seine Körperwärme haftete an dem Schmuckstück, und Jerrys kalte Hand schloss sich automatisch darum.

»Nimm den; es ist ein guter Stein. Wenn du in den Steinkreis gehst«, sagte Roger und beugte sich zu ihm hinüber, um ihm die Bedeutung seiner Worte einzuprägen, »denk an deine Frau, an Marjorie. Konzentriere dich auf sie, stell sie dir vor und geh geradewegs hinein. Aber was auch immer du tust, denk nicht an deinen Sohn. Nur an deine Frau.«

»Was?« Jerry war wie vom Donner gerührt. »Woher zum Teufel weißt du, wie meine Frau heißt? Und woher weißt du von meinem Sohn?«

»Das spielt keine Rolle«, beharrte Roger und sah sich um.

»Verdammt«, sagte Buck leise. »Sie folgen uns immer noch. Da ist ein Licht.«

So war es: Ein einzelnes Licht bewegte sich gleichmäßig über den Boden, als würde es von jemandem getragen. Doch sosehr er sich auch anstrengte, Roger konnte niemanden dahinter sehen, und ein heftiger Schauder lief über ihn hinweg.

»*Tannasg*«, sagte Buck leise. Roger kannte das Wort – es bedeutete Geist. Und zwar normalerweise ein böser Geist. Ein Gespenst.

»Aye, vielleicht.« Allmählich kam er wieder zu Atem. »Vielleicht auch nicht. Es ist schließlich ungefähr Samhain.« Er wandte sich wieder an Jerry. »So oder so, du musst gehen, Mann, und zwar schnell. Vergiss nicht, denk an deine Frau.«

Jerry schluckte, und seine Hand schloss sich fest um den Stein.

»Aye. Aye … gut. Dann also danke«, fügte er beklommen hinzu.

Roger konnte nicht sprechen, konnte ihm nur den Hauch eines Lächelns schenken. Dann war Buck an seiner Seite, zupfte drängend an seinem Ärmel und zeigte auf das nahende Licht, und sie setzten sich in Bewegung, ungeschickt und steif nach der kurzen Atempause.

Brianna … Er schluckte, die Fäuste geballt. Er hatte diesen Stein aufgetrieben; er würde auch irgendwann wieder einen anderen finden … Doch der größere Teil seiner Gedanken war noch bei dem Mann, den sie gerade am See zurückgelassen hatten. Er blickte zurück und sah, wie sich Jerry humpelnd, aber entschlossen in Bewegung setzte, die schmalen Schultern unter dem hellen Khakihemd gerade aufgerichtet, und das Ende seines Schals flatterte im aufkommenden Wind.

Dann kam alles in ihm hoch. Von einem Drang gepackt, wie er ihn noch nie erlebt hatte, machte er kehrt und rannte los. Rannte, ohne auf den Untergrund zu achten, auf die Dunkelheit, auf Bucks erschrockenen Ausruf hinter ihm.

Jerry hörte seine Schritte im Gras und fuhr herum, seinerseits erschrocken. Roger packte ihn bei beiden Händen, drückte sie so fest, dass Jerry aufkeuchte, und sagte grimmig: »Ich liebe dich!«

Das war alles, wozu ihm Zeit blieb – und es war alles, was er sagen konnte. Er ließ los und wandte sich hastig ab. Seine Schuhe zogen sich raschelnd durch das trockene Gras am See. Er blickte den Hügel hinauf, doch das Licht war verschwunden. Wahrscheinlich war es ja jemand aus dem Haus gewesen, der jetzt überzeugt war, dass die Eindringlinge fort waren.

Buck wartete in seinen Umhang gehüllt; er hatte Rogers Umhang in der Hand, wahrscheinlich hatte er ihn beim Abstieg vom Hügel verloren. Buck schüttelte ihn aus und legte ihn Roger um die Schultern; Rogers Finger zitterten, als er versuchte, die Brosche zu verschließen.

»Warum hast du ihm denn so etwas Verrücktes gesagt?«, fragte Buck und half ihm dabei. Buck hatte den Kopf gesenkt und sah ihn nicht an. Roger schluckte krampfhaft, und seine Stimme ertönte zwar klar, aber schmerzhaft, während sich die Worte wie Eissplitter durch seine Kehle zwängten.

»Weil er es nicht zurückschaffen wird. Es war die einzige Chance, die ich je haben werde. Komm jetzt.«

102

POSTPARTUM

Die Nacht erbebte. Die *ganze* Nacht. Der Boden und der See, der Himmel, die Dunkelheit, die Sterne und jeder einzelne Partikel seines Körpers. Er zerstob, augenblicklich überall und Teil von allem. Und Teil von *ihnen*. Es gab einen Moment der Erhebung, die keinen Platz ließ für Angst, und dann verschwand er, sein letzter Gedanke nicht mehr als ein schwaches *Ich bin* … das eher ein Ausdruck der Hoffnung war als eine Feststellung.

Roger kehrte zu einem verschwommenen Bewusstsein seiner selbst zurück. Er lag auf dem Rücken unter einem klaren schwarzen Himmel, dessen gleißende Sterne jetzt Stecknadelköpfe zu sein schienen, in hoffnungsloser Ferne. Er vermisste sie, vermisste es, Teil der Nacht zu sein. Vermisste mit einem Stich der Trostlosigkeit die beiden Männer, die in diesem einen flammenden Moment seine Seele mit ihm geteilt hatten.

Die Geräusche, mit denen sich Buck übergab, holten ihn wieder zurück. Er lag in kaltem, nassem Gras, selbst halb nass; er roch nach Schlamm und altem Kuhdung; er war durchgefroren und hatte ein paar unangenehme blaue Flecken.

Buck sagte etwas Fürchterliches auf Gälisch und würgte erneut. Er war zwei Meter weit weg, auf Händen und Knien, ein Fleck in der Dunkelheit.

»Alles klar bei dir?«, krächzte Roger und wälzte sich auf die Seite. Ganz plötzlich waren ihm die Herzprobleme wieder eingefallen, die Buck nach ihrer Passage durch den Craigh na Dun gehabt hatte. »Wenn dein Herz dir wieder Schwierigkeiten macht …«

»Wenn es so wäre, könntest du doch herzlich wenig dagegen tun, oder?«, krächzte Buck. Er rotzte etwas Widerliches ins Gras, setzte sich mit einem Plumps und wischte sich mit dem Ärmel über den Mund. »Himmel, ich hasse das! Wusste ja nicht, dass wir es in dieser Entfernung noch spüren würden.«

»Mmpfm.« Roger setzte sich langsam hin. Er fragte sich, ob Buck das Gleiche empfunden hatte wie er, doch dies schien nicht der Augenblick für metaphysische Erörterungen zu sein. »Er ist also fort.«

»Möchtest du, dass ich nachsehen gehe?«, sagte Buck missmutig. »Gott, mein Kopf!«

Roger erhob sich ein wenig wankend, ging zu Buck hinüber, packte ihn unter dem Arm und hievte ihn zum Stehen hoch.

»Komm«, sagte er. »Suchen wir die Pferde. Wir reiten ein Stück, schlagen ein Lager auf und sehen zu, dass du etwas isst.«

»Ich habe keinen Hunger.«

»*Ich* schon.« Bärenhunger sogar. Buck schwankte, schien aber allein stehen zu können. Roger ließ ihn los und wandte kurz den Kopf, um noch einen Blick auf den See und den Steinkreis zu werfen. Eine Sekunde lang kehrte das Gefühl zurück, ein Teil von ihnen zu sein, dann war es fort; das schimmernde Wasser und die Steine waren nicht mehr als ein Teil der zerklüfteten Landschaft.

Es war unmöglich zu sagen, wie spät es war, doch es war immer noch stockfinster, als sie die Pferde geholt und sich eine geschützte Stelle am Fuß eines Felsvorsprungs gesucht hatten, Wasser aufgetrieben und Feuer gemacht und ein paar Brötchen geröstet hatten, um sie zu ihrem getrockneten Salzhering zu essen.

Sie waren beide zu erschöpft, um zu reden. Roger verdrängte das naheliegende »*Und was jetzt*?« und ließ seine Gedanken frei umherschweifen; morgen war genug Zeit zum Pläneschmieden.

Nach einer Weile erhob sich Buck abrupt und ging in die Dunkelheit davon. Er blieb eine Weile fort, und Roger saß da und blickte ins Feuer, während er im Kopf jeden Moment, den er mit Jerry MacKenzie verbracht hatte, noch einmal durchlebte und sich einzuprägen versuchte. Er wünschte von Herzen, es wäre Tageslicht gewesen, dass er mehr von seinem Vater hätte sehen können als die kurzen Momente, in denen er im Strahl der Blendlaterne beleuchtet gewesen war.

Doch sosehr er das alles bedauerte – und von dem kalten Wissen erfüllt war, dass Jerry MacKenzie es nicht zurückschaffen würde, zumindest nicht dorthin, von wo er aufgebrochen war (Gott, was, wenn er in einer ganz anderen fremden Zeit landete? War das möglich?), gab es die eine, wärmende Gewissheit. Er hatte es gesagt. Und wohin sein Vater auch immer gegangen war, das würde er mit sich tragen.

Er hüllte sich in seinen Umhang, legte sich neben die Glut des Feuers und nahm es mit sich in den Schlaf.

ALS ER AM MORGEN mit einem dicken Kopf, sonst aber einigermaßen einsatzfähig erwachte, hatte Buck das Feuer schon wieder angezündet und briet Speck. Der Geruch brachte Roger zum Sitzen hoch, und er rieb sich den letzten Schlaf aus den Augen.

Buck hob eine dicke Speckscheibe mit einem Brötchen aus der Pfanne und reichte es ihm. Er schien sich von den Nachwirkungen erholt zu haben, die Jerrys Verschwinden verursacht hatte; er war zerzaust und unrasiert, doch sein Blick war klar, und er musterte Roger abschätzend.

»Alles noch dran bei dir?« Es war keine rhetorische Frage, und Roger nickte, während er das Essen entgegennahm. Er versuchte zu antworten, doch seine Kehle war zugeschnürt, und es kam nicht viel heraus. Er räusperte sich heftig, doch Buck schüttelte den Kopf, um ihm zu sagen, dass er sich seinetwegen keine Mühe zu geben brauchte.

»Ich denke, wir sollten wieder nach Norden gehen«, sagte er ohne Umschweife. »Du willst ja sicher weiter nach deinem Jungen suchen – und ich möchte nach Cranesmuir.«

Roger ebenfalls, wenn auch wahrscheinlich aus anderen Gründen. Er sah Buck scharf an, doch sein Ahnherr wich seinem Blick aus.

»Geillis Duncan?«

»Würdest du es nicht tun?« Bucks Ton war kampflustig.

»Das habe ich doch gerade«, sagte Roger trocken. »Aye, natürlich tust du das.« Das war keine Überraschung. Langsam kaute er seinen improvisierten Hamburger und fragte sich, wie viel er Buck von Geillis erzählen sollte, kam aber sofort zu dem Schluss, dass er einmal angefangen hatte und ihm jetzt auch alles erzählen musste.

»Deine Mutter«, begann er und räusperte sich erneut.

Als er mit seiner Geschichte fertig war, saß Buck eine Weile schweigend da und schaute blinzelnd auf die letzte Speckscheibe, die in der Pfanne trocknete.

»Himmel«, sagte er, doch sein Ton war nicht schockiert. Eher von intensiver Neugier erfüllt, dachte Roger ein wenig beklommen. Buck hob den Blick und sah Roger an, Spekulation in den moosgrünen Augen. »Und was weißt du alles über meinen Vater?«

»Mehr als ich dir in ein paar Minuten erzählen kann, und wir sollten los.« Roger stand auf und strich sich die Krümel von den Knien. »Ich möchte diesen haarigen Kerlen nicht erklären müssen, warum wir hier sind. Mein Altenglisch ist auch nicht mehr das, was es einmal war.«

»*Sumer is icumen in*«, sagte Buck mit einem Blick auf die blattlosen, windgepeitschten Schösslinge, die unsicher in den Felsspalten verwurzelt waren. »*Lhude sing cuccu*. Aye, gehen wir.«

103

SONNENWENDE

20. Dezember 1980
Edinburgh, Schottland

Leitfaden, Teil II
Es ist fast so weit. Übermorgen ist Wintersonnenwende. Ich stelle mir die ganze Zeit vor, dass ich spüren kann, wie sich die Erde langsam in der Dunkelheit zurechtschiebt, wie sich tektonische Platten unter meinen Füßen bewegen und sich … Dinge … unsichtbar in Position bringen. Es ist zunehmender Mond, fast ein Viertel voll. Habe keine Ahnung, ob das von Bedeutung sein könnte.

Morgen früh nehmen wir den Zug nach Inverness. Ich habe Fiona angerufen; sie holt uns am Bahnhof ab, und wir essen bei ihr und ziehen uns um. Dann fährt sie uns zum Craigh na Dun … und lässt uns da. Frage mich die ganze Zeit, ob ich sie bitten soll zu bleiben – oder zumindest nach einer Stunde noch einmal zurückzukommen, falls einer (oder mehrere) von uns noch da ist (sind), in Flammen steht oder bewusstlos ist. Oder tot.

Nachdem ich eine Stunde hin und her überlegt habe, habe ich Lionel Menzies angerufen und ihn gebeten, ein Auge auf Rob Cameron zu haben. Inverness ist keine Großstadt; es ist immer möglich, dass jemand sieht, wie wir aus dem Zug steigen oder zu Fiona gehen. Und so etwas spricht sich schnell herum. Wenn etwas passiert, will ich gewarnt sein.

Es gibt diese kurzen, glasklaren Momente, in denen alles okay zu sein scheint und ich voller Hoffnung bin und beinahe bebe vor Vorfreude. Die meiste Zeit glaube ich, dass ich verrückt bin, und dann zittere ich wie Espenlaub.

104

DER SUKKUBUS VON CRANESMUIR

Cranesmuir, Schottland

Roger und Buck standen auf der anderen Seite des kleinen Platzes in der Mitte von Cranesmuir und blickten zum Haus des Staatsanwalts empor. Roger riskierte mit einem heftigen Schaudern ein Auge auf das Podest mit dem hölzernen Pranger, das in der Mitte des Platzes stand. Immerhin hatte er nur Löcher für einen Missetäter; keine Welle der Kriminalität in Cranesmuir.

»Der Dachboden sagst du?« Buck starrte gebannt auf die Fenster des oberen Stockwerks. Es war ein stattliches Haus mit bleiverglasten Fenstern, selbst ganz oben, auch wenn sie dort kleiner waren als in den anderen Stockwerken. »Ich glaube, ich sehe Pflanzen an der Decke hängen.«

»So hat es Claire erzählt. Also, dass Geillis da oben ihre … ihre …« Das Wort »Höhle« kam ihm in den Sinn, doch er verwarf es und sagte stattdessen, »ihr Behandlungszimmer hat. Wo sie ihre Tränke und Talismane herstellt.«

Er inspizierte seine Manschetten, die noch feucht waren, nachdem sie sich hastig an der öffentlichen Pferdetränke gewaschen hatten, um den schlimmsten Schmutz der Reise zu entfernen, und überprüfte, ob sein Haarband ordentlich saß.

Die Tür öffnete sich, und ein Mann kam heraus; vielleicht ein Kaufmann oder ein Rechtsanwalt, gut gekleidet mit einem warmen Rock gegen den Nieselregen. Buck lehnte sich zur Seite und versuchte, etwas vom Inneren des Hauses zu sehen, ehe sich die Tür wieder schloss.

»Da ist ein Dienstmädchen an der Tür«, berichtete er. »Ich gehe anklopfen und frage, ob ich … Mrs. Duncan sehen kann, heißt sie so?«

»Im Moment ja«, sagte Roger. Er hatte großes Verständnis für Bucks Bedürfnis, seine Mutter zu sehen. Und um die Wahrheit zu sagen, war er selbst neugierig auf die Frau; sie war schließlich auch seine Ur-ur-ur-ur-ur-urgroßmutter – *und* eine der wenigen Zeitreisenden, von denen er wusste. Doch er hatte auch genug über sie gehört, dass sich seine Aufregung mit beträchtlicher Beklommenheit vermischte.

Er hustete und presste sich die Faust vor den Mund. »Soll ich mitkommen? Falls sie zu Hause ist, meine ich?«

Buck öffnete den Mund, um zu antworten, schloss ihn wieder, überlegte einen Moment, dann nickte er.

»Aye«, sagte er leise. Er bedachte Roger mit einem leicht skeptischen Seitenblick, wenn auch gemischt mit einem Hauch von Humor. »Du kannst mir helfen, das Gespräch im Gang zu halten.«

»Wenn ich helfen kann«, sagte Roger. »Aber wir sind uns einig; du hast nicht vor, ihr zu sagen, wer du bist. Oder?«

Buck nickte erneut, obwohl sein Blick jetzt auf die Tür geheftet war und Roger nicht das Gefühl hatte, dass er ihm noch zuhörte.

»Aye«, sagte er. »Dann komm.« Und schritt erhobenen Hauptes über den Platz.

»Mrs. Duncan? Nun, ich weiß nicht, die Herren«, sagte das Hausmädchen. »Sie ist zwar zu Hause, aber Dr. MacEwen ist gerade bei ihr.« Rogers Herz tat einen Satz.

»Ist sie krank?«, fragte Buck scharf, und das Hausmädchen blinzelte überrascht.

»Ach, nein. Sie trinken Tee im Salon. Möchtet ihr aus dem Regen ins Haus kommen, und ich erkundige mich, was sie meint?« Sie trat zurück, um sie hereinzulassen, und Roger nutzte diesen Moment, um ihren Arm zu berühren.

»Dr. MacEwen ist ein Freund von uns. Würdet Ihr ihm vielleicht unsere Namen nennen? Roger und William MacKenzie – zu seinen Diensten.«

Sie schüttelten sich diskret so viel Wasser wie möglich von den Hüten und Röcken, und das Hausmädchen kehrte innerhalb kurzer Zeit lächelnd zurück.

»Tretet bitte näher, sagt Mrs. Duncan, und herzlich willkommen! Der Salon ist gleich dort oben die Treppe hinauf. Ich hole euch nur etwas Tee.«

Der Salon war im ersten Stock, ein kleines, vollgestelltes Zimmer, aber warm und farbenfroh. Keiner der Männer hatte jedoch Augen für die Einrichtung.

»Mr. MacKenzie«, sagte Dr. MacEwen mit überraschter, aber herzlicher Miene. »Und Mr. MacKenzie.« Er schüttelte ihnen die Hände und wandte sich der Frau zu, die aus ihrem Sessel am Kamin aufgestanden war. »Meine Liebe, gestatte mir, dich mit einem meiner ehemaligen Patienten und seinem Verwandten bekannt zu machen. Meine Herren, Mrs. Duncan.«

Roger spürte, wie Buck leicht erstarrte, und das war auch kein Wunder. Er hoffte nur, dass er sie nicht genauso anstarrte.

Geillis Duncan mochte vielleicht keine klassische Schönheit sein, doch das spielte keine Rolle. Auf jeden Fall war sie hübsch mit ihrem sahnigen blonden Haar, das unter einem Spitzenhäubchen hochgesteckt war, und – natürlich – diesen Augen. Augen, bei deren Anblick er die seinen am liebsten geschlossen und Buck angestoßen hätte, damit er das auch tat, denn gewiss mussten sie oder MacEwen doch bemerken …

Irgendetwas war MacEwen tatsächlich aufgefallen, doch es waren nicht die Augen. Er betrachtete Buck mit einem kleinen, missmutigen Stirnrunzeln, als dieser einen großen Schritt vortrat, die Hand der Frau ergriff und sie unverblümt küsste.

»Mrs. Duncan«, sagte er. Er richtete sich auf und lächelte ihr geradewegs in ihre klaren grünen Augen. »Euer ergebener und gehorsamer Diener, Ma'am.«

Sie erwiderte das Lächeln, eine blonde Augenbraue hochgezogen, mit einer amüsierten Miene, die Bucks angedeutete Herausforderung annahm. Selbst von seinem Standort aus spürte Roger die plötzliche Anziehung zwischen ihnen wie einen Funken statischer Elektrizität. MacEwen hatte es ebenfalls gespürt.

»Wie geht es Euch, Mr. MacKenzie?«, sagte MacEwen vielsagend zu Buck. Er zog einen Stuhl herbei. »Setzt Euch doch, damit ich Euch untersuchen kann.«

Entweder hörte Buck ihn nicht, oder er stellte sich taub. Er hielt immer noch Geillis Duncans Hand, und sie zog sie auch nicht fort.

»Es war gütig von Euch, uns zu empfangen, Ma'am«, sagte er. »Und wir möchten Euch gewiss nicht beim Tee stören. Wir haben von Eurem Können als Heilerin gehört und wollten Euch eine Frage professioneller Natur stellen.«

»Professionell«, sagte sie, und Roger war überrascht über ihre Stimme. Sie war hell, fast wie die eines Mädchens. Dann lächelte sie erneut, und die Illusion der Mädchenhaftigkeit verschwand. Jetzt zog sie ihre Hand fort, jedoch betont zurückhaltend, den Blick immer noch voll unleugbarem Interesse auf Buck geheftet. »Eure Profession oder meine?«

»Ah, ich bin nur ein einfacher Anwalt, Ma'am«, sagte Buck mit einer Ernsthaftigkeit, die so offenkundig ironisch war, dass Roger ihm am liebsten eins mit der Faust verpasst hätte. Dann wandte er sich Roger zu und fügte hinzu: »Und mein Verwandter hier ist Gelehrter und Musiker. Doch wie Ihr seht, ist seiner Kehle ein trauriges Unglück widerfahren, und …« Jetzt zuckte Rogers Faust erst recht.

»Ich …«, begann er, doch eine grausame Laune des Schicksals wollte es, dass ihm seine Kehle just in diesem Moment den Dienst versagte, und sein Einwand endete in einem Gurgeln wie eine verrostete Rohrleitung.

»Wie gesagt haben wir von Euch gehört, Mistress Duncan«, fuhr Buck fort, während er Roger mitfühlend die Hand auf die Schulter legte und fest zudrückte. »Und wie gesagt haben wir uns gefragt …«

»Lasst mich einmal sehen«, sagte sie und kniete sich vor Roger hin, so dass ihr Gesicht plötzlich nur noch wenige Zentimeter von dem seinen entfernt war. Hinter ihr lief MacEwen rot an.

»Ich habe diesen Mann schon untersucht«, sagte er zu ihr. »Die Verletzung ist bleibend, obwohl ich ihm ein wenig Linderung verschaffen konnte. Aber …«

»Bleibend, das kann man wohl sagen.« Innerhalb von Sekunden hatte sie ihm das Halstuch gelöst und das Hemd gespreizt, ihre Finger warm und leicht auf seiner Narbe. Sie hob den Blick und sah ihm direkt in die Augen. »Aber Ihr habt Glück gehabt, würde ich sagen. Ihr seid nicht gestorben.«

»Nein«, sagte er. Seine Stimme war zwar heiser, doch zumindest gehorchte sie ihm wieder. »Das bin ich nicht.« Gott, sie hatte wirklich etwas Verstörendes. Claire hatte sie ihnen zwar lebhaft beschrieben – aber Claire war eine Frau. Sie berührte ihn immer noch, und die Berührung war zwar nicht im Geringsten unanständig, doch sie war trotzdem verdammt intim.

Buck wurde allmählich unruhig; die Art, wie sie Roger berührte, gefiel ihm genauso wenig wie MacEwen. Er räusperte sich.

»Ich frage mich, Ma'am – habt Ihr vielleicht Kräuter oder eine Arznei? Nicht nur für meinen Verwandten, sondern … nun ja …« Er hustete, um anzudeuten, dass er selbst an peinlicheren Beschwerden litt, auf die er vor den anderen nicht eingehen wollte.

Die Frau roch nach Sex. Der noch nicht lange her war. Es entströmte ihr wie Weihrauch.

Sie verharrte noch einen Moment vor Roger und sah ihm konzentriert ins Gesicht, doch dann lächelte sie und zog die Hand fort, so dass sich sein Hals plötzlich kühl und entblößt anfühlte. Sie erhob sich mit raschelnden Röcken.

»Natürlich«, sagte sie und richtete ihr Lächeln und ihre Aufmerksamkeit auf Buck. »Kommt mit in meine kleine Dachkammer, Sir. Dort habe ich gewiss etwas, das Euer Leiden heilen wird.«

Roger spürte, wie ihm eine Gänsehaut über Brust und Schultern lief, obwohl das Feuer im Kamin ordentlich brannte. Sowohl Buck als auch MacEwen waren kaum merklich zusammengezuckt, und sie wusste es ganz genau, obwohl ihr Gesichtsausdruck vollkommen ungerührt war. Roger sah Buck funkelnd an, beschwor ihn, ihn anzusehen. Buck tat es nicht, sondern trat auf Geillis zu, um ihren Arm zu nehmen und ihre Hand durch seinen Ellbogen zu ziehen. Tiefe Röte stieg ihm langsam in den Nacken.

MacEwen stieß einen kleinen Kehllaut aus.

Dann waren Buck und Geillis fort, und ihre Schritte und ihre angeregten Stimmen wurden leiser, als sie die Treppe zum Dachboden hinaufstiegen. Roger und MacEwen blieben zurück, beide schweigend, ein jeder aus seinen eigenen Gründen.

ROGER HATTE DAS GEFÜHL, der gute Doktor stünde kurz vor einem Schlaganfall, wenn das denn der korrekte medizinische Ausdruck dafür war, dass jemandem »eine Sicherung durchbrannte«. Wie auch immer seine eigenen Gefühle über das abrupte Verschwinden von Buck und Geillis aussahen – und die waren schon heftig –, neben Hector MacEwens Gesichtsfarbe verblassten sie vollkommen.

Der Arzt stand leise keuchend im Zimmer, und sein Gesicht war puterrot. Offensichtlich wäre er dem abtrünnigen Paar gern gefolgt, doch er wurde ebenso offensichtlich durch die Tatsache zurückgehalten, dass er keine Ahnung hatte, was er tun würde, wenn er sie einholte.

»Es ist nicht das, was Ihr denkt«, sagte Roger. Er befahl Gott seine Seele an und *hoffte*, dass es das tatsächlich nicht war.

MacEwen fuhr funkelnd zu ihm herum.

»Ihr habt gut reden«, fuhr er ihn an. »Ihr kennt sie ja nicht.«

»Offenbar nicht so gut wie Ihr, nein«, entgegnete Roger betont und zog die Augenbraue hoch.

MacEwen erwiderte etwas Gotteslästerliches, ergriff das Schüreisen und stocherte heftig in den qualmenden Torfziegeln im Kamin herum. Er wandte sich halb der Tür zu, das Schüreisen nach wie vor in der Hand und eine solche Miene im Gesicht, dass Roger aufsprang und ihn beim Arm packte.

»Halt, Mann«, sagte er so leise und gelassen wie möglich, in der Hoffnung, MacEwen zu beruhigen. »Ihr werdet Euch nur selbst schaden. Setzt Euch doch. Ich erzähle Euch, warum es … warum er … warum sich der Mann für sie interessiert.«

»Aus demselben Grund, aus dem sich jeder Hund im Dorf für eine läufige Hündin *interessiert*«, zischte MacEwen giftig. Aber er ließ sich zumindest das Schüreisen aus der Hand nehmen, und auch wenn er sich nicht setzte, so holte er doch ein paar Mal tief Luft und vermittelte danach einen etwas ruhigeren Eindruck.

»Aye, dann erzählt es mir – nicht, dass es etwas nützen wird«, sagte er.

Die Situation ließ keinen Raum für Diplomatie oder für Beschönigungen.

»Sie ist seine Mutter, und er weiß es«, sagte Roger unverblümt.

Was auch immer MacEwen erwartet hatte, das war es nicht, und im ersten Moment empfand Roger Genugtuung, als er sah, dass das Gesicht des Mannes vor Schreck jeden Ausdruck verlor. Doch nur im ersten Moment. Es würde bestenfalls ein kniffliges Stück Seelsorge werden.

»Ihr wisst natürlich, was er ist«, sagte Roger. Er nahm den Arzt beim Arm und zog ihn zu einem mit Brokat gepolsterten Armsessel hinüber. »Oder vielmehr – was wir sind. *Cognosco te?*«

»Ich …« MacEwen verstummte, obwohl er den Mund ein paar Mal öffnete und schloss, hilflos auf der Suche nach Worten.

»Aye, ich weiß«, sagte Roger tröstend. »Es ist schwer. Aber Ihr wisst es, nicht wahr?«

»Ich – ja.« MacEwen setzte sich abrupt. Einen Moment lang atmete er nur, kniff ein- oder zweimal die Augen zusammen und blickte zu Roger auf.

»Seine Mutter. Seine *Mutter*?«

»Ich weiß es aus erster Hand«, versicherte ihm Roger. Doch plötzlich kam ihm ein Gedanke.

»Ah … Ihr habt von ihr gewusst, oder? Dass sie … eine von uns ist?«

MacEwen nickte.

»Zugegeben hat sie es nicht. Hat mich nur … nur ausgelacht, als ich ihr gesagt habe, woher ich gekommen war. Und ich war mir lange nicht sicher. Nicht, solange ich …« Seine Lippen pressten sich abrupt zu einer schmalen Linie zusammen.

»Ich gehe davon aus, dass Ihr keine Gelegenheit hattet, sie von irgendetwas zu heilen«, sagte Roger vorsichtig. »Hat sie … äh … hat es zufällig etwas mit blauem Licht zu tun?«

Er gab sich alle Mühe, sich nicht vorzustellen, wie Geillis und Dr. MacEwen nackt und verschwitzt gemeinsam in ein schwaches blaues Leuchten getaucht waren. Die Frau *war* nun einmal seine Urahnin, was auch immer man sonst über sie sagen mochte.

MacEwen warf ihm einen trostlosen Blick zu und schüttelte den Kopf.

»Nicht … ganz. Sie kennt sich sehr gut mit Kräutern aus und ist keine schlechte Diagnostikerin, aber das … kann sie nicht.« Zur Demonstration spielte er kurz mit den Fingern, und Roger erinnerte sich schwach an die Wärme, als MacEwen seinen Hals berührt hatte.

Der Arzt seufzte und rieb sich das Gesicht.

»Zwecklos, darum herumzureden, denke ich. Ich habe sie geschwängert. Und ich konnte es … ›sehen‹ ist nicht ganz das richtige Wort, aber mir fällt kein besseres ein. Ich konnte den Moment sehen, als mein … Samen … ihr Ei erreicht hat. Den … äh … den Fötus. Er hat in ihr geleuchtet; ich konnte ihn spüren, wenn ich sie berührte.«

Hitze stieg Roger ins Gesicht.

»Verzeiht mir die Frage, aber … woher wisst Ihr denn, dass es daran lag, dass sie … ist, was sie ist? Könnte es nicht bei einer normalen Frau auch geschehen?«

MacEwen lächelte – sehr traurig – bei dem Wort »normal« und schüttelte den Kopf.

»Ich hatte zwei Kinder mit einer Frau in Edinburgh, in … in meiner eigenen Zeit«, sagte er leise und senkte den Blick auf seine Füße. »Das … war einer der Gründe, warum ich nicht versucht habe zurückzukehren.«

Rogers verletzte Kehle stieß einen Laut aus, der bedauernd und mitfühlend klingen sollte, doch ob seine Gefühle oder seine Stimmbänder es anders wollten, der Laut entwich als recht strenges »Hrmpf!«, und MacEwen wurde wieder rot.

»Ich weiß«, sagte er zerknirscht. »Ich will es ja gar nicht … entschuldigen.«

Besser so, dachte Roger. *Ich würde gern sehen, wie du das versuchst, du … du …* Doch Vorwürfe würden im Moment niemandem helfen, und er verkniff sich jedes weitere Wort zu diesem Thema und kam stattdessen noch einmal auf Geillis zurück.

»Ihr sagt, Ihr habt sie …« Er wies mit einem Ruck seines Kinns nach oben, wo sie Schritte und rumpelnde Geräusche hörten. »Ihr habt sie geschwängert. Wo ist denn das Kind?«

MacEwen holte tief und bebend Luft.

»Ich sagte doch … sie kennt sich gut mit Kräutern aus …«

»Großer Gott«, sagte Roger. »Wusstet Ihr, dass sie das vorhatte?«

MacEwen schluckte hörbar, sagte aber nichts.

»Mein Gott«, sagte Roger und erhob sich langsam. »Mein *Gott*. Ich weiß ja, dass es mir nicht zusteht, Euch zu verurteilen – doch wenn es so wäre, Mann, dann würdet Ihr in der Hölle schmoren.«

Und damit ging er die Treppe hinunter, hinaus auf die Straßen von Cranesmuir und überließ die ganze Sippschaft sich selbst.

SECHZEHNMAL lief er um den Dorfplatz herum – es war ein kleiner Platz –, ehe er seine Entrüstung zumindest ansatzweise in den Griff bekam. Jetzt stand er vor der Haustür der Duncans, die Fäuste geballt und holte tief und langsam Luft.

Er musste zurück. Man ließ Menschen, die im Begriff waren zu ertrinken, nicht einfach im Stich, auch wenn sie mit Absicht in den Sumpf gesprungen waren. Und er wollte gar nicht daran denken, was passieren konnte, falls MacEwen von seiner Seelenpein oder seiner Wut überwältigt wurde und das Paar auf dem Dachboden überraschte. Er wollte *erst recht* nicht daran denken, was Buck – oder, mochte der Himmel es verhüten, Geillis – in diesem Fall tun würde, und dieser Gedanke setzte ihn in Bewegung.

Er machte sich nicht die Mühe zu klopfen. Arthur Duncan war Staatsanwalt; seine Tür stand immer offen. Zwar steckte das Hausmädchen beim Klang seiner Schritte den Kopf aus einer Zimmertür, doch als sie sah, wer es war, zog sie ihn wieder ein. Wahrscheinlich dachte sie, er hätte etwas vergessen.

Er spurtete die Treppe hinauf, denn jetzt stattete ihn sein schlechtes Gewissen auch noch mit Bildern von Hector MacEwen aus, der hilflos strampelnd an dem kleinen Kronleuchter im Salon baumelte.

Doch als er in das Zimmer stürmte, traf er MacEwen vornübergebeugt auf dem Armsessel an, das Gesicht in den Händen vergraben. Er blickte nicht auf, als Roger eintrat, und hob auch nicht den Kopf, als ihn Roger sacht an der Schulter schüttelte.

»Kommt schon, Mann«, sagte er schroff, dann räusperte er sich. »Ihr seid doch immer noch Arzt, oder? Ihr werdet gebraucht.«

Jetzt blickte der Mann verblüfft zu ihm auf. Sein Gesicht war von Emotionen gezeichnet: Wut, Scham, Trostlosigkeit, Lust … konnte Lust eine Emotion sein?, fragte sich Roger kurz, verwarf diese Überlegung jedoch vorerst als rhetorisch. MacEwen richtete sich auf und rieb sich mit beiden Händen fest das Gesicht, als versuchte er, die Gefühle auszuradieren, die dort so offen zur Schau standen.

»Wer braucht mich denn?«, fragte er und erhob sich sichtbar um Fassung bemüht.

»Ich«, sagte Roger und räusperte sich erneut mit einem Geräusch, als fiele Kies zu Boden. Es fühlte sich tatsächlich an wie Kies; seine Gefühle schnürten ihm buchstäblich die Kehle zu. »Kommt mit ins Freie, aye? Ich brauche frische Luft und Ihr ebenso.«

MacEwen warf einen letzten Blick zur Decke, wo die Geräusche jetzt verstummt waren, dann nahm sein Mund einen entschlossenen Zug an, und er nickte, nahm seinen Hut vom Tisch und folgte Roger ohne Widerrede.

Roger führte ihn über den Dorfplatz, vorbei am letzten Haus und dann über einen Kuhpfad, wo sie den Kuhfladen auswichen, bis sie eine Steinmauer fanden, auf die sie sich setzen konnten. Er setzte sich und winkte MacEwen, der sich gehorsam ebenfalls setzte. Der Spaziergang hatte den Arzt zumindest äußerlich zur Ruhe gebracht, und sofort wandte er sich Roger zu und öffnete seinen Kragen, der immer noch lose war. Roger spürte den Geist der Berührung Geillis Duncans an seinem Hals und erschauerte, doch es war kalt im Freien, und MacEwen bemerkte es nicht.

Der Arzt legte seine Finger lose um die Narbe und schien einen Moment zu lauschen, den Kopf zur Seite gelegt. Dann zog er die Hand ein Stück zurück und tastete sich mit zwei Fingern vorsichtig weiter nach oben vor, dann nach unten, ein kleines konzentriertes Stirnrunzeln im Gesicht.

Und Roger spürte es. Wieder dieses seltsame Gefühl schwacher Wärme. Er hatte die Luft angehalten, während der Arzt ihn berührte, doch bei diesem Gefühl atmete er plötzlich – und ungehindert – aus.

»Himmel«, sagte er und hob seinerseits die Hand an seine Kehle. Auch das Wort war ungehindert herausgekommen.

»Ist es besser?« MacEwen sah ihn gebannt an, und seine Bestürzung von vorhin war ganz der professionellen Sorge gewichen.

»Es … ja.« Die Narbe war nach wie vor eine Wulst unter seinen Fingern, doch irgendetwas hatte sich verändert. Er räusperte sich versuchsweise. Schwacher Schmerz, leicht blockiert – doch merklich besser. Er ließ die Hand sinken und starrte MacEwen an. »Danke. Was zum Teufel habt Ihr da gemacht?«

Die Anspannung, die beinahe hörbar durch MacEwens Körper geklungen war, seit Roger und Buck das Haus der Duncans betreten hatten, ließ endlich nach, genau wie die Enge in Rogers Kehle es getan hatte.

»Ich bin mir nicht sicher, ob ich das präzise formulieren kann«, sagte er entschuldigend. »Es ist nur so, dass ich weiß, wie sich ein gesunder Kehlkopf anfühlen sollte, und ich spüre, wie sich der Eure anfühlt und …« Er zuckte hilflos mit den Achseln. »Ich lege einfach meine Finger an die Stelle und … stelle sie mir so vor, wie sie sich anfühlen *sollte*.«

Noch einmal berührte er Rogers Kehle, sanft und tastend. »Ich kann spüren, dass es jetzt ein kleines bisschen besser ist. Aber der Schaden *ist* groß. Ich kann nicht sagen, ob er je vollständig geheilt werden kann – und offen gestanden bezweifle ich es. Doch wenn ich die Behandlung wiederholen würde – es scheint wichtig zu sein, dass zwischen zwei Behandlungen etwas Zeit verstreicht, zweifellos, damit das Gewebe heilen kann, genau wie bei einer externen Verletzung. Soweit ich es abschätzen kann, ist die optimale Wartezeit zwischen zwei Behandlungen einer schweren Verletzung ungefähr ein Monat. Geillis …« An dieser Stelle zuckte sein Gesicht; er hatte sie vergessen. Doch er beherrschte sich mühsam und fuhr fort: »Geillis meint, die Mondphase könnte Einfluss darauf haben, aber sie ist …«

»Eine Hexe«, beendete Roger den Satz für ihn.

Die unglückliche Miene hatte sich wieder über MacEwens Gesicht gelegt, und er senkte den Kopf, um sie zu verbergen.

»Vielleicht«, sagte er leise. »Auf jeden Fall ist sie … eine ungewöhnliche Frau.«

»Und es ist gut für die Menschheit, dass es nicht mehr davon gibt«, sagte Roger, doch dann riss er sich zusammen. Wenn er für Jack Randalls unsterbliche Seele beten konnte, stand seiner Urgroßmutter wohl dasselbe zu, auch wenn sie eine mordende Irre war. Doch das unmittelbare Problem war es, die hilflose Seele vor ihm aus ihren Klauen zu befreien, ehe sie Hector MacEwen ganz zerstören konnte.

»Dr. MacEwen … Hector«, sagte er leise und legte dem Arzt die Hand auf den Arm. »Ihr müsst fort von hier und von ihr. Sie wird Euch nicht nur ins Unglück stürzen und Eure Seele in Gefahr bringen – es ist gut möglich, dass sie Euch umbringt.«

Ganz kurz wich das Unglück in MacEwens Augen einer Miene der Überraschung. Er wandte den Blick ab, spitzte die Lippen und sah Roger von der Seite an, als hätte er Angst davor, ihn zu direkt anzuschauen.

»Ihr übertreibt doch wohl«, sagte er, aber es lag keine Überzeugung in seinen Worten. MacEwens Adamsapfel tanzte, als er schluckte.

Roger holte tief und ungehindert Luft und spürte die kalte, feuchte Luft frisch in seiner Brust.

»Nein«, sagte er sanft und legte MacEwen die Hand auf den Ärmel. »Ich übertreibe nicht. Denkt darüber nach, aye? Und betet, wenn Ihr könnt. Es *gibt* Gnade, aye? Und Vergebung.«

MacEwen seufzte ebenfalls, doch es lag nichts Befreiendes darin. Er senkte den Blick auf den schlammigen Feldweg und die Pfützen, in denen der Regen tanzte.

»Ich kann es nicht«, sagte er, und seine Stimme klang leise und hoffnungslos. »Ich … habe es versucht. Ich kann es nicht.«

Rogers Hand lag immer noch auf MacEwens Arm. Er drückte fest zu und sagte: »Dann bete ich für Euch. Und für sie«, fügte er hinzu und hoffte, dass ihm das Zögern nicht anzuhören war.

»Danke, Sir«, sagte der Arzt. »Ich weiß das sehr zu schätzen.« Doch als hätte er keine Macht über sie, hatten sich seine Augen gehoben und abgewandt, Cranesmuir und seinen rauchenden Schornsteinen zu, und spätestens jetzt war Roger klar, dass es für MacEwen kein Entrinnen gab.

ER WANDERTE NACH CRANESMUIR zurück und wartete auf dem Dorfplatz, bis sich die Haustür der Duncans öffnete und Buck herauskam. Der Mann sah schwach überrascht – aber nicht verärgert – aus, Roger zu sehen, und nickte ihm zu, schwieg jedoch. Sie gingen zusammen zu einem Wirtshaus, wo sie sich ein Zimmer nahmen und nach oben gingen, um sich vor dem Abendessen frisch zu machen. Das Wirtshaus hatte zwar kein Bad, doch heißes Wasser, Seife, ein Rasiermesser und Handtücher taten das ihre, um sie wieder in einen anständigen Zustand zu versetzen.

Buck hatte kein Wort mehr als notwendig gesagt. Seine Miene trug jedoch eine seltsame Mischung aus Zufriedenheit und Beschämtheit. Immer wieder warf er Roger verstohlene Seitenblicke zu, als sei er sich nicht sicher, ob er etwas sagen sollte – es aber sehr gern getan hätte.

Roger goss einen Becher Wasser aus dem Krug ein, trank die Hälfte und stellte den Becher dann mit einer resignierten Geste hin.

»Sag, dass du es nicht getan hast«, begann er schließlich. »Bitte.«

Buck warf ihm einen raschen Blick zu. Die Worte schienen ihn gleichzeitig zu schockieren und schwach zu belustigen.

»Nein«, sagte er nach einer Pause, die so lange dauerte, dass sich ein dicker Knoten in Rogers Magen bildete. »Nein, ich habe es nicht getan. Ich behaupte aber nicht, dass ich es nicht gekonnt hätte«, fügte er hinzu. »Sie … war nicht abgeneigt.«

Roger hätte ja eigentlich gerne gesagt, dass er das gar nicht wissen wollte, aber er konnte sich nichts vormachen.

»Du hast es versucht?«

Buck nickte, dann ergriff er den Wasserbecher, schüttete sich den restlichen Inhalt ins Gesicht und prustete heftig.

»Ich habe sie geküsst«, sagte er. »Ihr die Hand auf die Brust gelegt.«

Roger hatte die Rundungen dieser Brüste ja gesehen, die aus ihrem Mieder quollen, weiß wie Schneeglöckchen, aber um einiges größer. Mit beträchtlicher Willenskraft hielt er sich davon ab zu fragen: »Und was ist dann passiert?«

Doch das brauchte er auch nicht; Buck ließ sein Erlebnis offensichtlich noch einmal Revue passieren und wünschte sich nichts mehr, als darüber zu reden.

»Sie hat ihre Hand auf die meine gelegt, hat meine aber nicht fortgezogen. Nicht sofort. Sie hat mich weitergeküsst…« Er brach ab und sah Roger mit hochgezogener Augenbraue an. »Hast du schon viele Frauen geküsst?«

»Ich habe nicht mitgezählt«, sagte Roger leicht gereizt. »Du?«

»Vier außer ihr«, sagte Buck nachdenklich. Er schüttelte den Kopf. »Das war anders.«

»Das kann ich mir vorstellen. Ich meine, deine Mutter zu küssen…«

»Nicht *so* anders.« Buck berührte mit zwei Fingern seine Lippen, sacht, wie es ein Mädchen auch tun würde. »*Anders* eben. Oder vielleicht meine ich das auch gar nicht. Ich habe einmal eine Hure geküsst, und das war ganz und gar nicht so.« Einen Moment betastete er geistesabwesend seine Lippen, dann begriff er, was er da tat, und zog die Hand verlegen fort. »Bist du schon einmal zu einer Hure gegangen?«

»Nein«, sagte Roger und versuchte, nicht tadelnd zu klingen, doch es gelang ihm nicht besonders gut.

Buck tat das Thema mit einem Achselzucken ab.

»Nun denn. Sie hat meine Hand auf ihrer Brust festgehalten und mich ausgiebig geküsst. Aber dann…« Er hielt inne und wurde rot, und Roger richtete sich auf. Buck wurde rot?

»Was dann?«, fragte er, denn er konnte sich nicht zurückhalten.

»Nun, sie hat die Hand nach unten gezogen, über ihren ganzen Körper, ganz langsam, und mich weitergeküsst, und… nun ja, ich muss ja das Rascheln ihrer Röcke gehört haben, oder? Aber ich habe nicht darauf geachtet, denn als sie meine Hand genommen hat und sie auf ihre… ähm… Scham gelegt hat, dachte ich, ich würde vor Schreck ohnmächtig werden.«

»Ihre… war sie denn… nackt?«

»Splitternackt und kahl«, versicherte ihm Buck. »Hast du so etwas schon einmal gehört?«

»Das habe ich, aye.«

Buck starrte ihn mit großen grünen Augen an.

»Du meinst deine Frau…«

»Ganz bestimmt nicht«, fuhr ihn Roger an. »Wage es nicht, von Brianna zu sprechen, *an amadan*, sonst reiße ich dir den Kopf ab.«

»Das glaubst du doch selber nicht«, sagte Buck automatisch, winkte aber mit der Hand ab, um Roger zu besänftigen. »Warum hast du mir nicht erzählt, dass meine Mutter eine Hure war?«

»So etwas hätte ich dir nie erzählt, selbst wenn ich es mit Sicherheit gewusst hätte, und das wusste ich nicht«, antwortete Roger. Buck sah ihn einen Moment an, schweigend, aber direkt.

»Aus dir wird nie ein anständiger Pfarrer«, sagte er schließlich, »wenn du nicht ehrlich sein kannst.« Er sprach diese Worte ganz objektiv und ohne Wut –

und sie schmerzten umso mehr, weil sie wahr waren. Roger atmete krampfhaft durch die Nase ein und wieder aus.

»Also schön«, sagte er. Und erzählte Buck alles, was er über Gillian Edgars alias Geillis Duncan wusste – oder zu wissen glaubte.

»Großer Gott«, sagte Buck und kniff die Augen zusammen.

»Aye«, sagte Roger kurz. Bucks Beschreibung seiner Begegnung mit seiner Mutter hatte ihm ein lebhaftes, verstörendes Bild Briannas in den Kopf gesetzt, das er nicht abschütteln konnte. Er hungerte nach ihr, und demzufolge war ihm deutlich bewusst, dass auch Buck Geillis noch vor sich sah; er sah, wie sich die Hand des Mannes unbewusst krümmte und sich seine Finger langsam bewegten, als wollte er einen Fisch fangen – Himmel, er konnte sie auf Bucks Haut riechen, durchdringend und aufreizend.

»Jetzt bist du ihr also begegnet«, sagte Roger abrupt und wandte den Blick ab. »Und jetzt weißt du, wie sie ist. Meinst du, das reicht?« Er gab sich Mühe, seine Frage nicht zusätzlich zu befrachten, und Buck nickte zwar, doch es war keine Antwort, sondern eher so, als führte er ein inneres Gespräch – ob mit sich selbst oder mit Geillis, wusste Roger nicht.

»Mein Vater«, sagte Buck nachdenklich, ohne tatsächlich zu antworten. »Nach dem, was er gesagt hat, als wir ihm bei den MacLarens begegnet sind, habe ich das Gefühl, dass er sie vielleicht noch nicht kannte. Aber er war neugierig, das konnte man merken.« Plötzlich sah er Roger an, weil ihm ein Gedanke gekommen war.

»Meinst du, es war die Begegnung mit uns, die der Auslöser dafür war – sein wird«, verbesserte er sich und verzog das Gesicht, »dass er sie aufgesucht hat?« Er warf Roger einen Seitenblick zu. »Gäbe es mich vielleicht gar nicht, wenn wir nicht hier wären, um deinen Jungen zu suchen, meine ich?«

Roger empfand die übliche Mischung aus Grauen und Verblüffung bei Einsichten dieser Art; als hätte ihm jemand plötzlich die kalten Finger ans Kreuz gehalten.

»Mag sein«, sagte er. »Aber ich bezweifle, dass du das je erfahren wirst. Zumindest nicht mit Sicherheit.«

Er war froh, das Thema Geillis Duncan zu beenden, obwohl Bucks anderer Elternteil wahrscheinlich nicht weniger gefährlich war.

»Meinst du, du musst mit Dougal MacKenzie sprechen?«, fragte er vorsichtig. Er selbst hatte zwar vor, sich von Leoch oder den MacKenzies fernzuhalten, doch Buck hatte das Recht zu gehen, wenn er wollte. Und er selbst hatte die Verpflichtung – doppelt sogar, als Verwandter und als Priester –, ihm zu helfen. Und wie auch immer ein solches Gespräch verlaufen mochte, er bezweifelte sehr, dass es so verstörend sein würde wie die Begegnung mit Geillis.

Doch was die Gefahr betraf …

»Ich weiß es nicht«, antwortete Buck, als spräche er mit sich selbst. »Ich habe keine Ahnung, was ich zu dem Mann sagen würde – zu beiden.«

Das alarmierte Roger, und er setzte sich gerade hin.

»Du hast doch nicht vor, zu ihr zurückzugehen? Zu – deiner Mutter?«

Bucks Mundwinkel verzog sich.

»Nun, viel haben wir ja nicht zueinander gesagt«, betonte er.

»Ich auch nicht«, sagte Roger knapp, »zu meinem Vater.«

Buck stieß einen vagen Kehllaut aus, und sie verstummten und lauschten dem zunehmenden Trommeln des Regens auf den Dachschindeln. Das kleine Feuer verkümmerte im Regen, der durch den Schornstein kam, und ging aus, so dass nicht mehr als ein schwacher Geruch nach Wärme zurückblieb, und nach einer Weile wickelte sich Roger in sein Plaid und rollte sich auf der einen Seite des Bettes zusammen, um zu warten, bis ihm so warm wurde, dass er einschlafen konnte.

Der Luftzug, der durch das zersprungene Fenster kam, war scharf von der Kälte, aber auch vom kribbelnden Geruch nach nassem Farn und Kiefernrinde. Nirgendwo roch es so wie in den Highlands, und das bittere Parfum ließ es Roger leichter ums Herz werden. Er schlief schon fast, als Bucks Stimme leise durch die Dunkelheit kam.

»Aber ich bin froh, dass du Gelegenheit hattest, es zu sagen.«

105

KEIN BESONDERS GUTER MENSCH

Am nächsten Tag bestand Roger darauf, dass sie außerhalb des Ortes kampierten, weil er es für besser hielt, Buck so weit wie möglich von Geillis Duncan fortzubekommen. Ausnahmsweise regnete es nicht, und sie hatten genug Kiefernzweige für ein anständiges Lagerfeuer gesammelt; Kiefernholz brannte normalerweise sogar, wenn es feucht war, weil es so viel Harz enthielt.

»Ich bin kein besonders guter Mensch.« Die Worte waren leise, und Roger brauchte einen Moment, um sie überhaupt zu registrieren. Als er aufblickte, sah er Buck zusammengesunken auf seinem Felsen sitzen, einen langen Stock in der Hand, mit dem er planlos im Feuer herumstocherte. Roger rieb sich das Kinn. Er fühlte sich müde und mutlos und war nicht in der Stimmung für weitere seelsorgerische Ratschläge.

»Ich bin schon Schlimmeren begegnet«, sagte er nach einer Pause. Es klang nicht überzeugend.

Buck sah ihn unter seinen blonden Fransen hinweg an.

»Ich war nicht auf Widerspruch oder Trost aus«, sagte er trocken. »Es war einfach nur eine Feststellung. Betrachte es von mir aus als Einleitung.«

»Also schön.« Roger streckte sich und gähnte, dann machte er es sich bequem. »Einleitung wozu? Zu einer Entschuldigung?« Er sah die Frage im Gesicht seines Vorfahren und fasste sich gereizt an den Hals. »Für das hier.«

»Ah das.« Buck lehnte sich ein wenig zurück und spitzte die Lippen, während sich sein Blick auf die Narbe heftete.

»Aye, *das*!«, herrschte Roger ihn an, und seine Irritation verwandelte sich plötzlich in Wut. »Hast du eigentlich die geringste Ahnung, was es war, das du mir genommen hast, du Mistkerl?«

»Eine kleine vielleicht.« Buck stocherte wieder im Feuer herum, wartete, bis das Ende seines Stöckchens Feuer fing, um es dann im Dreck wieder auszudrücken. »Habe gehört, wie du den Kindern in der Schule das Ding mit dem Schwan vorgeführt hast.« Doch er verstummte, und eine Weile hörten sie nichts als das Rasseln des Windes im trockenen Farn. *Ein Geist, der vorübergeht,* dachte Roger und sah zu, wie sich die braunen Wedel im Kreis des Feuerscheins bewegten und wieder still wurden.

»Ich sage das nicht als Entschuldigung, ja?«, sagte Buck schließlich, den Blick immer noch auf das Feuer geheftet. »Aber es kommt ja auch auf die Absicht an. Ich wollte dich nicht an den Galgen bringen.«

Roger antwortete ihm mit einem tiefen Knurren. Es schmerzte. Er war es verdammt müde, Schmerzen zu haben, wenn er sprach, wenn er sang, wenn er auch nur grunzte.

»Hau ab«, sagte er abrupt und stand auf. »Hau … einfach ab. Ich will dich jetzt nicht sehen.«

Buck warf ihm einen langen Blick zu, als überlegte er, ob er etwas sagen sollte, zuckte dann aber mit den Achseln, stand auf und verschwand. Doch innerhalb von fünf Minuten war er wieder da und setzte sich hin, als hätte er etwas zu sagen. *Schön*, dachte Roger. *Dann los*.

»Seid ihr eigentlich beide beim Lesen dieser Briefe nicht auf die Idee gekommen, dass es eine andere Möglichkeit gibt, wie die Vergangenheit mit der Zukunft kommunizieren kann?«

»Doch, natürlich«, sagte Roger ungeduldig. Er stach mit dem Dolch in eins der Rübchen; es war noch steinhart. »Wir haben uns alles Mögliche einfallen lassen – unter Steinen versteckte Tagebücher, Zeitungsnotizen …« Bei diesem Wort verzog er das Gesicht. »Und noch ein paar weniger hilfreiche Ideen. Aber die meisten dieser Möglichkeiten waren entweder zu unsicher oder zu riskant; deshalb haben wir es so arrangiert, dass wir über die Banken gehen. Aber …«

Er verstummte. Bucks Miene war selbstgefällig und überlegen.

»Und dir ist wohl etwas Besseres eingefallen?«, sagte er.

»Mann, du hast es doch direkt vor deiner Nase.« Mit einem breiten Grinsen beugte er sich vor, um sein eigenes Rübchen zu testen. Offenbar fand er das Resultat brauchbar und hob es auf seiner Dolchspitze aus der Asche.

»Wenn du glaubst, dass ich dich *frage* …«

»Außerdem«, sagte Buck und pustete auf sein heißes Rübchen, »außerdem … ist es die einzige Möglichkeit, wie die Zukunft mit der Vergangenheit kommunizieren kann.«

Er sah Roger fest und unverwandt an, und Roger hatte das Gefühl, jemand hätte mit einem Schraubenzieher auf ihn eingestochen.

»Was … du?«, entfuhr es ihm. »Du meinst, du …«

Buck nickte, den Blick beiläufig auf sein dampfendes Gemüse gerichtet.

»Du kannst es ja wohl nicht sein, oder?« Buck blickte plötzlich auf, und der Feuerschein fing sich in seinen grünen Augen. »Du würdest ja nicht gehen. Du würdest ja nicht darauf vertrauen, dass ich hier weitersuche.«

»Ich …« Die Worte blieben Roger im Hals stecken, doch ihm war bewusst, dass sie ihm ins Gesicht geschrieben standen. Bucks Gesicht verzog sich zu einem schiefen Lächeln.

»Ich würde weitersuchen«, sagte er. »Aber ich verstehe, dass du mir nicht glauben würdest.«

»Das ist es nicht«, sagte Roger und räusperte sich. »Es ist nur – ich *kann* nicht gehen, solange die Möglichkeit besteht, dass Jem noch hier ist. Nicht, wenn ich nicht mit Sicherheit weiß, dass ich zurückkommen kann, wenn ich ginge und er … nicht am anderen Ende wäre.« Er vollführte eine hilflose Geste. »Zu gehen und zu wissen, dass ich ihn vielleicht für immer im Stich lasse?«

Buck nickte und senkte den Blick. Roger sah, wie auch sein Gegenüber schluckte, und wurde von einer plötzlichen Erkenntnis getroffen.

»Dein Jem«, sagte er leise. »Du weißt wenigstens, wo er ist. Wann, meine ich.« Die Frage war klar; wenn Buck bereit war, den Weg durch die Steine noch einmal zu wagen, warum sollte er es dann nicht auf der Suche nach seiner eigenen Familie tun, statt Brianna eine Nachricht zu überbringen?

»Ihr seid doch alle die Meinen, oder nicht?«, sagte Buck schroff. »Mein Blut. Meine … Söhne.«

Allen Geschehnissen zum Trotz war Roger gerührt. Ein wenig. Er hustete, und es schmerzte nicht.

»Trotzdem«, sagte er. Er sah Buck direkt an. »Warum? Du weißt doch, dass es dein Ende sein könnte; das wäre es ja beim letzten Mal beinahe schon gewesen, wenn MacEwen nicht da gewesen wäre.«

»Mmpfm.« Buck stach noch einmal in seine Rübe und legte sie wieder ins Feuer. »Aye. Nun ja, es war ernst gemeint; ich bin kein besonders guter Mensch. Ich glaube, es wäre nicht schlimm, wenn ich es nicht schaffen würde.« Seine Lippen verzerrten sich ein wenig, als er zu Roger aufblickte. »Du hast der Welt ja vielleicht ein bisschen mehr zu bieten.«

»Sehr schmeichelhaft«, sagte Roger trocken. »Ich denke, die Welt käme ganz gut ohne mich zurecht, wenn es sein müsste.«

»Aye, mag sein. Deine Familie aber vielleicht nicht.«

Es folgte eine lange Pause, während Roger diese Worte verdaute, unterbrochen nur vom Knacken eines brennenden Zweigs und dem fernen Rufen einer Eule auf Brautschau.

»Was ist denn mit deiner Familie?«, fragte er leise. »Du scheinst ja zu meinen, dass deine Frau ohne dich glücklicher wäre. Warum? Was hast du ihr angetan?«

Buck stieß einen kurzen, unglücklichen Laut aus, der möglicherweise als ironisches Lachen gemeint war.

»Mich in sie verliebt.« Er holte tief Luft, ohne den Blick vom Feuer zu heben. »Nach ihr verlangt.«

Er war Morag Gunn begegnet, kurz nachdem er seine Lehre bei einem Anwalt in Inverness angefangen hatte. Der Anwalt war auf eine Farm in der Nähe von Daviot gerufen worden, um den letzten Willen eines alten Mannes aufzusetzen, und hatte seinen Lehrling mitgenommen, damit dieser lernte, wie das ging.

»Es hat drei Tage gedauert, denn der Alte war so krank, dass er sich nie länger als ein paar Minuten konzentrieren konnte. Also haben wir bei der Familie gewohnt, und ich habe bei den Schweinen und den Hühnern mit angepackt, wenn ich nicht im Haus gebraucht wurde.« Er zuckte mit den Achseln. »Ich war jung und sah nicht übel aus, und ich wusste, wie ich es anstellen musste, dass mich die Frauen mögen. Und sie mochte mich auch – doch sie liebte Donald MacAllister, einen jungen Farmer aus Essich.«

Aber Buck hatte das Mädchen nicht vergessen können, und immer, wenn er einen Tag frei hatte, ritt er hinaus, um sie zu besuchen. Er kam am Hogmanay, und es gab ein Ceilidh, und …

»Und Donald hat ein Glas – oder zwei oder drei oder vier – zu viel getrunken, und sie haben ihn im Stall gefunden, mit der Hand in Mary Finlays Mieder. Gott, was für ein Theater!« Ein reumütiges Lächeln huschte über Bucks Gesicht hinweg. »Marys zwei Brüder haben Donald nach Strich und Faden verprügelt, und die Mädchen haben gekreischt und die Männer gebrüllt, als wäre der Jüngste Tag gekommen. Und die arme kleine Morag hatte sich hinter dem Kuhstall versteckt und sich das Herz aus dem Leib geheult.«

»Und du hast sie, äh, getröstet«, vermutete Roger und versuchte erst gar nicht, sich den skeptischen Unterton zu verkneifen. Buck musterte ihn scharf, dann zuckte er mit den Schultern.

»Ich dachte, es könnte meine einzige Chance sein«, sagte er schlicht. »Aye. So war es. Sie hatte selbst einiges getrunken und war so außer sich … ich habe sie nicht gezwungen.« Er presste die Lippen aufeinander. »Aber ich habe mich auch nicht mit einem Nein abspeisen lassen, und nach einer Weile hat sie das Neinsagen aufgegeben.«

»Aye. Und als sie am nächsten Morgen aufgewacht ist und begriffen hat …?«

Buck zog die Augenbraue hoch.

»Hat sie erst einmal niemandem etwas gesagt. Es war zwei Monate später, als ihr klar wurde …« Eines Tages im März war Buck in Mr. Fergusons Kanzlei gekommen und hatte Morag Gunns Vater und ihre Brüder dort vorgefunden. Sie warteten auf ihn, und sobald das Aufgebot bestellt werden konnte, war er ein verheirateter Mann.

»Tja.« Buck holte Luft und rieb sich das Gesicht. »Wir … haben uns gut vertragen. Ich war verrückt vor Liebe zu ihr, und sie wusste das und hat versucht, lieb zu mir zu sein. Aber ich habe genau gewusst, dass sie eigentlich Donald gewollt hatte und immer noch wollte. Er war ja noch da, und hin und wieder hat sie ihn bei einem Ceilidh oder auf dem Viehmarkt gesehen.«

Es war dieses Wissen gewesen, das Buck bewogen hatte, die Gelegenheit zu ergreifen und mit seiner Frau und seinem kleinen Kind nach North Carolina zu fahren.

»Dachte, sie würde vergessen«, sagte er ein wenig trostlos. »Oder dass ich zumindest nicht mehr diesen Blick in ihren Augen sehen müsste, wenn sie ihn sah.«

Aber das Schicksal hatte es in der Neuen Welt nicht gut mit den MacKenzies gemeint; es war Buck nicht gelungen, eine Anwaltspraxis aufzubauen, sie hatten kaum Geld und kein Land, und sie hatten keine Verwandten, die sie um Hilfe bitten konnten.

»Also sind wir zurückgegangen«, sagte Buck. Er rollte die Rübe aus dem Feuer und spießte sie mit einem Stock auf; die schwarze Kruste brach auf, und weißer Saft lief heraus. Er starrte das Gemüse einen Moment an, dann richtete er sich auf, trat mit dem Fuß darauf und zerstampfte es in der Asche.

»Und Donald war natürlich noch da. War er verheiratet?«

Buck schüttelte den Kopf und strich sich die Haare aus den Augen.

»Es hatte keinen Sinn«, sagte er leise. »Es war die Wahrheit, was ich dir erzählt habe, wie ich in den Steinkreis geraten bin. Aber als ich erst zu mir gekommen war und begriffen hatte, was los war – wusste ich, dass es für Morag am besten sein würde, wenn ich nie zurückkehrte. Entweder würde sie mich nach einer Weile für tot aufgeben und Donald heiraten oder schlimmstenfalls mit den Kindern zu ihrem Vater ziehen. Es würde ihnen gut gehen – ihr Vater hatte den Hof geerbt, als sein alter Herr gestorben ist.«

Rogers Kehle war verschlossen, doch es spielte keine Rolle. Er streckte die Hand aus und drückte Buck fest die Schulter. Buck prustete leise, wich aber nicht zurück.

Nach einer Weile jedoch seufzte er tief, richtete sich auf und wandte sich Roger zu.

»Du siehst also«, sagte er. »Wenn ich zurückgehe und deiner Frau sage, was zu tun ist – und mit etwas Glück zurückkomme, um dir zu berichten –, ist es vielleicht das einzig Gute, was ich tun kann. Für meine Familie – für die deine.«

Es dauerte eine Weile, bis Roger seine Stimme so weit unter Kontrolle bekam, dass er etwas sagen konnte.

»Aye«, sagte er. »Nun ja. Schlaf darüber. Ich habe vor, nach Lallybroch zu gehen. Vielleicht gehst du ja nach Leoch zu Dougal MacKenzie. Wenn es dir dann nach wie vor ernst ist … haben wir immer noch Zeit genug, um uns zu entscheiden.«

106

EIN LOGENBRUDER

Craigh na Dun in den schottischen Highlands
21. Dezember 1980

Esmeraldas Haar war viel zu rot. *Jemand wird es sehen und Fragen stellen. Du Trottel, warum denkst du überhaupt an so etwas? Eine Barbie mit einem Tupfenbikini würden sie doch viel schneller sehen …* Brianna schloss einen Moment die Augen, um die Stoffpuppe mit dem scharlachroten Wuschelkopf auszublenden, der mit einer Farbe gefärbt war, die viel kräftiger leuchtete als alles, was man im achtzehnten Jahrhundert hinbekam. Sie stolperte über einen Stein, murmelte »S-Wort!«, und da ihre Augen jetzt wieder offen standen, legte sie die Finger fester um Mandys freie Hand – mit der anderen umklammerte sie Esmeralda.

Sie wusste genau, warum sie sich Gedanken wegen der Puppenhaare machte. Wenn sie nicht an etwas Unwichtiges dachte, würde sie kehrtmachen und den felsigen Hang hinunterrennen wie ein aufgescheuchter Hase und Jem und Mandy mit sich durch den abgestorbenen Ginster schleifen.

Wir werden es tun. Wir müssen es tun. Wir werden sterben, wir werden alle dort in der Schwärze sterben … Oh Gott, oh Gott …

»Mama?« Jemmy blickte zu ihr auf, die schmale Stirn in Falten gelegt. Sie gab sich alle Mühe – fand sie – beruhigend zu lächeln, doch seiner erschrockenen Miene nach musste es alles andere als überzeugend ausgesehen haben.

»Alles okay«, sagte sie. Sie ließ das Lächeln sein und legte alle Überzeugung, die sie aufbringen konnte, in ihre Stimme. »Es ist alles okay, Jem.«

»Ah-ha.« Er sah immer noch besorgt aus, doch er wandte den Kopf hügelaufwärts, und seine Miene wurde ruhiger, die Sorge wich der Konzentration. »Ich kann sie hören«, sagte er leise. »Kannst du sie hören, Mami?«

Bei diesem »Mami« drückte ihre Hand automatisch fester zu, und er zuckte zusammen, auch wenn er keine Notiz davon zu nehmen schien. Er lauschte. Brianna blieb stehen, und sie lauschten alle drei. Sie konnte das Rauschen des Windes hören und das leise Prasseln, als ein kleiner Regenschauer durch das braune Heidekraut fuhr. Mandy summte Esmeralda etwas vor. Doch Jems Gesicht war nach oben gewandt, ernst, aber nicht ängstlich. Sie konnte einen der Steine sehen, der mit der Spitze gerade eben über den Hügelkamm ragte.

»Ich nicht, Schätzchen«, sagte sie und atmete ein wenig von der Luft aus, die sie angehalten hatte. »Noch nicht.« *Was, wenn ich sie gar nicht hören kann? Was, wenn ich die Fähigkeit verloren habe? Heilige Maria, Mutter Gottes, bitte für uns …* »Lass uns … ein bisschen näher gehen.«

Sie war in den letzten 24 Stunden innerlich wie gefroren gewesen. Sie hatte nicht essen oder schlafen können, aber sie hatte weitergemacht, hatte alles beiseitegeschoben und verdrängt – hatte sich geweigert, tatsächlich zu glauben, dass sie es tun würden, während sie gleichzeitig mit gespenstischer Ruhe die nötigen Vorbereitungen traf.

Die Ledertasche, die an ihrer Schulter hing, schepperte leise, beruhigend greifbar und real. Ihr Gewicht mochte schwer zu tragen sein – doch es würde ihr helfen, dem Sog von Wind und Wasser zu trotzen, würde sie am Boden halten. Jem hatte ihre Hand losgelassen, und sie fasste beinahe zwanghaft in den Schlitz in ihrem Rock, um die drei harten kleinen Brocken in der Tasche zu spüren, die sie sich um die Taille gebunden hatte.

Sie hatte sich nicht getraut, synthetische Steine zu nehmen, aus Angst, dass sie keine Wirkung haben würden – oder explodieren könnten wie der große Opal, den Jemmy in North Carolina in Stücke hatte zerspringen lassen.

Plötzlich wurde die Sehnsucht nach Fraser's Ridge – und nach ihren Eltern – so stark, dass ihr die Tränen in die Augen stiegen. Sie blinzelte krampfhaft und wischte sich die Augen am Ärmel trocken, als tränten sie vom Wind. Es war überflüssig, keines der Kinder hatte etwas gemerkt. Sie starrten beide nach oben – und jetzt begriff sie mit einem kleinen, dumpfen Pochen der Angst, dass sie die Steine hören konnte; sie summten, und Mandy summte mit.

Sie sah unwillkürlich hinter sich, um sicherzugehen, dass ihnen niemand gefolgt war – doch da war jemand. Lionel Menzies kam mit Höchstgeschwindigkeit hinter ihnen den Pfad hinauf.

»M-Wort!«, sagte sie, und Jem fuhr auf dem Absatz herum, um zu sehen, was los war.

»Mr. Menzies!«, sagte er, und ein erleichtertes Lächeln breitete sich über sein Gesicht. »Mr. Menzies!«

Brianna befahl ihm mit einer entschlossenen Geste zu bleiben, wo er war, und ging ein paar Schritte den steilen Pfad hinunter auf Menzies zu. Kleine Steine lösten sich unter ihren Schuhen und holperten hügelabwärts auf ihn zu.

»Keine Angst«, sagte er außer Atem, als er sie erreichte und direkt unter ihr stehen blieb. »Ich … ich musste einfach kommen und mich überzeugen, dass ihr in Sicherheit seid. Dass ihr … dass ihr es schafft.« Er nickte hügelaufwärts. Sie folgte seinem Blick nicht; sie konnte die Steine jetzt spüren, die ihr sanft – zumindest noch – in den Knochen summten.

»Wir sind okay«, sagte sie mit erstaunlich gefasster Stimme. »Wirklich. Äh … danke«, fügte sie hinzu und besann sich verspätet auf ihre Manieren.

Sein Gesicht war bleich und ein wenig abgehetzt, doch jetzt verzog es sich zu einem kleinen Lächeln.

»Gern geschehen«, sagte er genauso höflich. Doch er machte keine Anstalten, sich umzudrehen und wieder zu gehen. Sie atmete einen Moment ein und aus und stellte fest, dass ihr gefrorenes Inneres aufgetaut war. Sie war wieder durch und durch lebendig – und durch und durch alarmiert.

»Gibt es denn einen Grund, warum wir *nicht* in Sicherheit sein sollten?«, fragte sie und beobachtete seine Augen hinter den Brillengläsern. Er schnitt eine kleine Grimasse und sah sich um.

»Mist«, sagte sie. »Wer? Rob Cameron?« Ihre Stimme klang scharf, und sie hörte den Kies unter Jems Schuhen knirschen, als er sich beim Klang des Namens umdrehte.

»Und seine Freunde, ja.« Er wies kopfnickend bergauf. »Ihr solltet wirklich gehen. Sofort, meine ich.«

Sie sagte etwas sehr Unanständiges auf Gälisch, und Jemmy kicherte nervös.

»Und was genau hattest du vor zu tun, wenn Rob und seine Ganoven hinter uns auftauchen?«

»Was ich gerade getan habe«, sagte er schlicht. »Dich warnen. Ich an deiner Stelle würde wirklich gehen. Deine, äh, Tochter …?«

Sie fuhr herum und sah, wie Mandy mit Esmeralda im Arm mühsam den Pfad hinaufstapfte.

»Jem!« Mit einem Riesenschritt war sie bei ihm, packte seine Hand, und sie rannten hinter Mandy den Hügel hinauf und ließen Lionel Menzies stehen.

Sie holten Mandy unmittelbar am Rand des Steinkreises ein, und sie versuchte, Mandy an der Hand zu nehmen, erwischte sie aber nicht. Sie konnte Lionel Menzies hinter ihnen hochkommen hören, aber sie hatte keine Angst. In ihrer gegenwärtigen Stimmung würde sie ihn mit bloßen Händen umbringen, wenn er irgendetwas versuchte.

»Mandy!« Sie packte das Mädchen und blieb keuchend stehen, umringt von den Steinen. Das Summen war jetzt schriller und fuhr ihr durch die Zähne; sie knirschte ein- oder zweimal mit dem Kiefer, um das Gefühl abzuschütteln, und sah Menzies blinzeln. *Gut.*

Dann hörte sie unten einen Automotor und sah, wie Lionels Gesicht einen alarmierten Ausdruck annahm.

»Geht!«, sagte er. »Bitte!«

Mit zitternden Händen tastete sie unter ihrem Umhang umher und bekam schließlich die drei Steine zu fassen. Sie waren alle von derselben Sorte, kleine Smaragde, allerdings etwas unterschiedlich geschliffen. Sie hatte sie ausgewählt, weil sie sie an Rogers Augen erinnerten. Der Gedanke an ihn stärkte sie.

»Jem«, sagte sie und gab ihm einen Stein in die Hand. »Und Mandy – hier ist deiner. Halt ihn gut fest und …« Aber Mandy hatte ihren Smaragd schon mit ihrer kleinen Faust umschlossen und sich dem größten Stein des Kreises zugewandt. Einen Moment stand ihr der Mund offen, dann erhellte sich plötzlich ihr Gesicht, als hätte jemand in ihr eine Kerze angezündet.

»*Papi!*«, kreischte sie, entriss Brianna ihre Hand und rannte direkt auf den gespaltenen Stein zu – und mitten hinein.

»Himmel!« Sie hörte Menzies' erschrockenen Ausruf kaum. Sie rannte auf den Stein zu, stolperte über Esmeralda und fiel der Länge nach ins Gras, so dass ihr die Luft wegblieb.

»Mama!« Jem blieb einen Moment neben ihr stehen und blickte wild von ihr zu dem Stein, in dem seine kleine Schwester gerade verschwunden war.

»Ich bin … okay«, brachte sie heraus, und mit dieser Bestätigung rannte Jem über die Lichtung und rief: »Ich hole sie, Mama!«

Sie schnappte nach Luft und versuchte, ihm hinterherzuschreien, doch es kam nur ein pfeifendes Krächzen heraus. Sie hörte Schritte und sah sich angstvoll um, doch es war nur Lionel, der zum Rand des Kreises gelaufen war und den Abhang hinunterblickte. Irgendwo hörte sie Autotüren zuknallen. *Türen. Mehr als eine …*

Sie erhob sich stolpernd; sie war auf die Umhängetasche gefallen und hatte sich die Rippen geprellt, doch das spielte keine Rolle. Sie humpelte auf den Stein zu und hielt nur automatisch an, um Esmeralda aufzuheben. *Gott, Gott, Gott …* war der einzige Gedanke in ihrem Kopf, eine Agonie wortloser Gebete.

Und plötzlich wurde das Gebet erhört. Schwankend und leichenblass standen die beiden vor ihr. Mandy übergab sich; Jem ließ sich auf den Hintern plumpsen und blieb wankend sitzen.

»Oh Gott …« Sie rannte zu ihnen und presste sie fest an sich trotz des Erbrochenen. Jem klammerte sich einen Moment an sie, doch dann stieß er sich ab.

»Mama«, sagte er, und seine Stimme war atemlos vor Freude. »Mama, er ist *da*. Wir konnten ihn spüren. Wir können ihn finden – wir müssen los, Mama!«

»Das stimmt.« Es war Lionel. Er war wieder da; atemlos und voller Angst zupfte er an ihrem Umhang, versuchte, ihn für sie gerade zu ziehen. »Sie kommen – es sind drei.«

»Ja, ich …« Doch dann fiel ihr etwas auf, und sie wandte sich panisch an die Kinder. »Jem … Mandy … eure Steine … wo sind sie?«

»Verbrannt«, sagte Mandy ernst und spuckte ins Gras. »Pfui! Igitt.« Sie wischte sich über den Mund.

»Was meinst du damit …«

»Ja, das stimmt, Mama. Siehst du?« Jem stülpte seine Hosentasche nach außen, um ihr den Brandfleck zu zeigen und den verkokelten Rand, der kräftig nach angesengter Wolle roch.

Hektisch betastete sie Mandys Kleider und fand dieselbe Rußspur an ihrem Rock, dort, wo sich der pulverisierte Stein durch ihre Tasche gebrannt hatte.

»Hat er dich verbrannt, Schätzchen?«, fragte sie und fuhr mit der Hand über Mandys kräftigen kleinen Oberschenkel.

»Nicht schlimm«, beruhigte Mandy sie.

»Brianna! Um Himmels willen, ich kann nicht …«

»*Ich* kann nicht!«, brüllte sie und baute sich mit geballten Fäusten vor ihm auf. »Die Steine der Kinder sind *fort*! Sie können … können ohne sie nicht gehen!« Sie wusste zwar nicht mit Gewissheit, ob das stimmte, aber der Gedanke, sie … *dort* hineingehen zu lassen, ohne durch einen Stein geschützt zu sein, krampfte ihr den Magen zusammen, und vor Angst und Verzweiflung hätte sie fast geweint.

»Steine«, wiederholte er verständnislos. »Edelsteine meinst du?«

»Ja!«

Eine Sekunde stand er mit offenem Mund da, dann fiel er auf die Knie und zerrte an seiner linken Hand, und im nächsten Moment schlug er seine rechte Hand fieberhaft gegen einen Stein, der halb im Gras eingesunken lag. Sie warf ihm einen hilflosen Blick zu, dann rannte sie zum Rand des Steinkreises, schlich sich geduckt um einen Stein herum, presste sich im Schatten flach dagegen und sah sich um. Sie blickte vorsichtig zur Seite und sah menschliche Gestalten, die sich auf halber Höhe des Hügels schnell voranbewegten.

Auf der anderen Seite des Steins hörte sie Menzies schmerzerfüllt oder frustriert aufgrunzen, dann rammte er etwas fest gegen den Stein, und es knackte leise.

»Brianna!«, rief er drängend, und sie hastete zurück, weil sie Angst hatte, die Kinder würden alleine versuchen, durch den Stein zu gehen – doch alles war gut; sie standen vor Lionel Menzies, der sich über Mandy gebeugt hatte und ihre Hand hielt.

»Mach eine Faust, Kleine«, sagte er beinahe sanft. »Aye, gut so. Und Jem – gib mir deine Hand.« Brianna war jetzt nah genug, um zu sehen, dass es etwas Kleines, Glitzerndes war, was er Jem in die Hand drückte – und dass Mandy ihre kleine Faust um einen großen Ring geschlossen hatte, der ziemlich angekratzt aussah und in dessen Onyx ein Freimaureremblem prangte – und daneben glitzerte ein kleiner Diamant wie der, den Jem hatte, während die Fassung auf der anderen Seite leer war.

»Lionel«, sagte sie, und er streckte die Hand aus und berührte ihre Wange.

»Geht jetzt«, drängte er sie. »Vorher kann ich nicht fort. Aber wenn ihr weg seid, laufe ich los.«

Sie nickte ruckartig, bückte sich und nahm die Hände der Kinder. »Jem – steck den Stein in deine andere Tasche, okay?« Sie holte tief Luft und wandte sich dem gespaltenen Stein zu. Das Tosen hämmerte auf ihr Blut ein, und sie spürte, wie es an ihr zerrte und versuchte, sie zu zerreißen.

»Mandy«, sagte sie und konnte ihre eigene Stimme kaum hören. »Komm, wir suchen Papi. Nicht loslassen.«

Erst als das Kreischen begann, fiel ihr ein, dass sie gar nicht »danke« gesagt hatte, und dann dachte sie gar nichts mehr.

107

DER FRIEDHOF

Sie liebte Lallybroch im Winter. Ginster und Heide schienen weniger abzusterben, als dass sie vielmehr einfach mit der Landschaft verschmolzen. Die violette Heide verblasste zu einem sanften braunen Schatten ihrer selbst und der Ginster zu einem Büschel aus trockenen Stöckchen, an denen lange flache Samenschoten leise im Wind klapperten. Heute war die Luft kalt und reglos, und der hellgraue Schornsteinrauch stieg senkrecht in den bedeckten Himmel.

»Zu Hause, wir sind zu Hause!«, sagte Mandy und hüpfte auf und ab. »Toll, toll, toll! Kann ich eine Cola haben?«

»Es ist nicht zu Hause«, sagte Jem. In der Lücke zwischen seiner Wollmütze und seinem Schal waren nur seine rote Nasenspitze und seine zuckenden Wimpern zu sehen. Sein Atem war ein weißes Wölkchen. »Es ist *früher*. Es gibt noch keine Cola. Außerdem«, fügte er in aller Logik hinzu, »ist es viel zu kalt, um Cola zu trinken. Du würdest ja einen Eisbauch bekommen.«

»Hä?«

»Egal, Schätzchen«, sagte Brianna und nahm Mandys Hand fester in die ihre. Sie standen auf der Spitze des Hügels hinter dem Haus bei den Überresten der Eisenzeitfestung. Der Aufstieg war mühsam gewesen, aber sie hatte sich dem Haus lieber nicht von vorn nähern wollen, wo man sie im freien Gelände eine gute Viertelmeile weit kommen gesehen hätte.

»Könnt ihr Papa irgendwo in der Nähe spüren?«, fragte sie die Kinder. Sie hatte automatisch nach Rogers altem orangem Morris in der Auffahrt Ausschau gehalten, als sie über den Hügel kamen – und ihre Stimmung war geradezu lächerlich gesunken, als sie weder das Auto noch die Kiesauffahrt gesehen hatte. Jem schüttelte den Kopf; Mandy antwortete nicht, denn sie wurde durch leises Meckern abgelenkt, das von unten kam.

»Schaf!«, sagte sie entzückt. »Gehen wir die Schafe gucken!«

»Das sind keine Schafe«, wies Jem sie ziemlich ungeduldig zurecht. »Es sind Ziegen. Sie sind im Turm. Können wir jetzt nach unten gehen, Mama? Mir fällt gleich die Nase ab.«

Sie zögerte immer noch und beobachtete das Haus. Jeder ihrer angespannten Muskeln zog sie darauf zu. *Zu Hause*. Aber es war nicht ihr Zuhause, nicht jetzt. *Roger. »Seine Kraft, seine Schönheit und Geschmeidigkeit …«*

Natürlich wusste sie, dass er wahrscheinlich nicht hier war; er und Buck würden irgendwo auf der Suche nach Jerry MacKenzie sein.

Und was, wenn sie ihn gefunden haben?, dachte sie mit einem kleinen Stoß irgendwo zwischen Erregung und Angst.

Es war die Angst, die sie daran hinderte, den Hügel hinunterzulaufen, um an die Tür zu hämmern und das erstbeste Mitglied ihrer Familie kennenzulernen, das zufällig zu Hause war. Sie hatten die vergangenen Tage auf der Straße zugebracht und waren die letzte Etappe von der Stelle aus, an der der Mann mit dem Karren sie abgesetzt hatte, zu Fuß gegangen. Die ganze Zeit hatte sie versucht, einen Entschluss zu fassen – und auch jetzt war ihre Meinung noch so geteilt wie eh und je.

»Kommt mit«, sagte sie zu den Kindern. Sie konnte sie nicht hier draußen in der Kälte stehen lassen, während sie überlegte. »Gehen wir erst die Ziegen besuchen.«

Der Geruch der Ziegen schlug ihr in der Sekunde entgegen, als sie die Tür öffnete, durchdringend, warm und vertraut. Vor allem warm; drei menschliche Wesen seufzten erleichtert und wohlig auf, als die Hitze der Tiere über sie hinwegrollte, und lächelten über das geschäftige Schubsen und Meckern, das ihr Auftauchen begrüßte.

Den Echos an den Steinmauern nach hätten fünfzig Ziegen im Inneren des Turms sein können – doch Brianna zählte nur ein halbes Dutzend Weibchen, zierlich und schlappohrig, vier oder fünf halb ausgewachsene Jungtiere mit runden Bäuchen und einen einzelnen, robusten Ziegenbock, der seine Hörner senkte und sie mit seinen gelben Augen argwöhnisch anfunkelte. Sie waren alle zusammen in einem grob gezimmerten Pferch untergebracht, dessen Zaun den halben Boden des Turms abtrennte. Sie hob den Blick – doch statt der nackten Dachbalken, die sie fast zu sehen erwartete, sah sie über sich die intakte Unterseite einer weiteren Etage.

Die Kinder waren schon dabei, Heubüschel durch den Zaun zu stecken und mit den jungen Ziegen zu spielen, die sich auf die Hinterbeine gestellt hatten, um ihre Besucher zu betrachten.

»Jemmy, Mandy!«, rief sie. »Zieht eure Mützen und Schals und Handschuhe aus und legt sie an die Tür, damit die Ziegen sie nicht anknabbern!« Sie überließ es Jem, Mandy aus ihrem flauschigen Schal zu befreien, und ging die Treppe hinauf, um zu sehen, was sich im oberen Stockwerk befand.

Das bleiche Winterlicht fiel durch die Fenster auf Jutesäcke, die den Großteil des Platzes auf dem Boden einnahmen. Sie holte Luft und hustete schwach; Mehlstaub hing in der Luft, doch sie roch die Süße von getrocknetem Mais – Welschkorn nannten sie ihn hier – und den satteren, nussigen Geruch reifer Gerste, und als sie mit dem Fuß einen Sack mit besonders grobem Inhalt berührte, hörte sie das Klackern von Haselnüssen. Lallybroch würde diesen Winter keinen Hunger leiden.

Neugierig stieg sie noch ein Stockwerk höher, und auf dem oberen Zwischenboden fand sie eine ordentliche Anzahl kleiner Holzfässer an der Wand aufgereiht. Hier oben war es zwar kälter, doch das betörende Aroma guten Whiskys erfüllte die Luft mit der Illusion von Wärme. Einen Moment lang stand sie da und atmete es ein, und zu gern hätte sie sich an den Dämpfen betrunken, ihren

Verstand betäubt, um einfach nicht mehr *denken* zu können, und wenn es nur für ein paar Minuten war.

Doch das war das Letzte, was sie tun konnte. Sie würde in den nächsten Minuten handeln müssen.

Sie ging zurück auf die schmale Treppe, die sich zwischen der inneren und der äußeren Wand des Turms emporwand, und blickte auf das Haus hinunter, während sie sich lebhaft daran erinnerte, wie sie das letzte Mal hier gewesen war und im Dunklen auf der Treppe gehockt hatte, eine Schrotflinte in der Hand, und das Licht der Fremden im Haus beobachtete.

Auch jetzt waren Fremde hier, wenn auch von ihrem eigenen Blut. Was, wenn … Sie schluckte. Wenn Roger Jerry MacKenzie gefunden hatte, würde sein Vater Anfang zwanzig sein – viel jünger als Roger selbst. Und wenn ihr eigener Pa jetzt hier war …

»Das kann er nicht«, flüsterte sie vor sich hin und war sich nicht sicher, ob sie es beruhigend oder bedauernd meinte. Sie war ihm zum ersten Mal in North Carolina begegnet, während er an einen Baum pinkelte. Er war Mitte vierzig gewesen, sie zweiundzwanzig.

Man konnte den eigenen Lebensverlauf nicht betreten, nicht zweimal zugleich existieren. Das glaubten sie mit Sicherheit zu wissen. Doch was, wenn man zweimal in das Leben eines anderen trat, zu verschiedenen Zeiten?

Das war es, was ihr das Blut gefrieren und ihre geballten Fäuste beben ließ. *Was geschah dann?* Änderte das eine oder das andere Auftauchen möglicherweise Dinge, hob das eine vielleicht das andere auf? Würde es nicht so geschehen, würde sie Jamie Fraser *nicht* in North Carolina begegnen, wenn sie ihm jetzt begegnete?

Doch sie musste Roger finden. Was auch immer sonst noch geschah. Und Lallybroch war der einzige Ort, von dem sie mit Sicherheit wusste, dass er dort gewesen war. Sie holte tief, tief Luft und schloss die Augen.

Bitte, betete sie. *Bitte hilf mir. Dein Wille geschehe, aber bitte zeig mir, was ich tun soll …*

»Mama!« Jemmy kam die Treppe heraufgerannt, und seine Schritte hallten laut in der Enge des Steinkorridors wider. »Mama!« Jetzt tauchte er in ihrem Sichtfeld auf, mit weit aufgerissenen blauen Augen, und vor Aufregung standen ihm die Haare halb zu Berge. »Mama, komm herunter! Da kommt jemand!«

»Wie sieht er denn aus?«, fragte sie drängend und packte ihn am Ärmel. »Welche Haarfarbe hat er?«

Er blinzelte überrascht.

»Schwarz, glaube ich. Er ist unten am Hügel – ich konnte sein Gesicht nicht sehen.«

Roger.

»Okay. Gehen wir.« Sie fühlte sich halb erstickt, aber das Eis in ihr war fort. Es war so weit, was auch immer es war, und Energie sprudelte ihr durch die Adern.

Noch während sie hinter Jemmy die Treppe hinunterhetzte, sagte ihr der gesunde Menschenverstand, dass es nicht Roger war – auch wenn er noch ein Stück entfernt war, Jemmy hätte seinen Vater erkannt. Doch sie musste sich mit eigenen Augen überzeugen.

»Bleibt *hier*«, sagte sie in derartigem Befehlston zu den Kindern, dass sie zwar blinzelten, ihr aber nicht widersprachen. Sie stieß die Tür auf, sah den Mann über den Pfad kommen, trat ins Freie, um ihm entgegenzugehen, und schloss die Tür fest hinter sich.

Sie sah auf den ersten Blick, dass es nicht Roger war, aber die Enttäuschung wich sofort der Erleichterung, dass es nicht Jamie war. Und der Neugier, denn dann war es doch wohl …

Sie war ein Stück gelaufen, um vorsichtshalber etwas Abstand zum Turm zu gewinnen, und bahnte sich jetzt den Weg zwischen den Steinen des Familienfriedhofs hindurch, ohne den Blick von dem Mann abzuwenden, der den steilen, felsigen Pfad hinaufkam.

Ein hochgewachsener, kräftig aussehender Mann, dessen dunkles Haar schon ein wenig grau wurde, ihm aber immer noch dicht und glänzend lose auf den Schultern lag. Seine Augen waren auf den unebenen Boden gerichtet, um zu sehen, wohin er trat. Und dann hatte er sein Ziel fest im Blick und ging festen Schrittes über den Hang auf einen der Steine auf dem Friedhof zu. Er kniete sich davor und legte etwas auf den Boden, das er in der Hand gehabt hatte.

Sie trat von einem Bein auf das andere, unsicher, ob sie ihn rufen oder warten sollte, bis er mit seinen Toten fertig war. Doch dabei bewegten sich die Steinchen unter ihren Füßen und rollten klackernd bergab, so dass er aufblickte und sich mit hochgezogenen Augenbrauen abrupt erhob, als er sie sah.

Schwarzes Haar, schwarze Augenbrauen. *Brian Dhu*. Der schwarze Brian.

Ich bin Brian Fraser begegnet. Du würdest ihn mögen …

Große verblüffte grünbraune Augen erwiderten ihren Blick, und eine Sekunde lang war dies das Einzige, was sie sah. Seine schönen Augen und der Ausdruck des perplexen Grauens darin.

»Brian«, sagte sie. »Ich …«

»*A Dhia!*« Er wurde weißer als der Putz des gekälkten Hauses unter ihnen. »Ellen!«

Im ersten Moment raubte ihr das Erstaunen die Sprache – lange genug, um die Schritte zu hören, die leichtfüßig hinter ihr über den Hügel kamen.

»Mama!«, rief Jem atemlos.

Brian blickte auf, und sein Mund öffnete sich, als er Jem sah. Dann breitete sich überwältigende Freude über sein Gesicht.

»Willie!«, sagte er. »*A bhailach! Mo bhailach!*« Er richtete den Blick wieder auf Brianna und hielt ihr die zitternde Hand entgegen. »*Mo ghraigh … mo chridhe …*«

»Brian«, sagte sie leise, das Herz in der Stimme, voller Mitleid und Liebe, denn sie konnte nichts anderes tun, als auf die Seelenpein zu antworten, die ihm so deutlich aus den Augen sprach. Und als sie zum dritten Mal seinen Namen sagte, erstarrte er, schwankte, und dann verdrehte er die Augen und sackte zusammen.

SIE KNIETE SCHON in der knisternden abgestorbenen Heide neben Brian Fraser, ehe sie überhaupt darüber nachgedacht hatte, sich in Bewegung zu setzen. Seine Lippen waren schwach blau verfärbt, doch er atmete noch, und sie holte ihrerseits erleichtert Luft, als sie sah, wie sich seine Brust langsam unter dem abgenutzten Leinenhemd hob.

Nicht zum ersten Mal wünschte sie sich sehnlich, ihre Mutter wäre da, doch sie drehte seinen Kopf zur Seite und legte zwei Finger auf den Puls, den sie an seinem Hals sehen konnte. Ihre Finger waren kalt, und seine Haut war unerwartet warm. Doch er regte sich nicht unter ihrer Berührung, und sie begann zu befürchten, dass er nicht nur in Ohnmacht gefallen war.

Er war an einem Schlaganfall gestorben – würde sterben. Wenn sein Gehirn eine Schwachstelle hatte … oh Gott. Hatte sie ihn gerade vorzeitig umgebracht?

»Nicht sterben!«, sagte sie laut zu ihm. »Um Himmels willen, doch nicht *hier*!«

Sie warf einen hastigen Blick zum Haus, doch es kam niemand. Als sie den Blick wieder senkte, sah sie, was er in der Hand gehabt hatte: ein kleines Sträußchen Immergrün, das mit einem roten Faden zusammengebunden war.

Eibe, sie erkannte die seltsam länglichen roten Beeren – und Stechpalme.

Und dann sah sie den Stein. Sie kannte ihn gut; hatte schon oft danebengesessen und über Lallybroch nachgedacht und die, die auf seinem Hügel ruhten.

Ellen Caitriona Sileas MacKenzie Fraser
Geliebte Ehefrau und Mutter
Geboren 1691, im Kindbett gestorben 1729
Und darunter in kleineren Lettern:
Robert Brian Gordon MacKenzie Fraser
neugeborener Sohn
Geboren und gestorben 1729
Und:
William Simon Murtagh MacKenzie Fraser
Geliebter Sohn
Geboren 1716, an den Pocken gestorben 1727 mit elf Jahren

»MAMA!« JEM RUTSCHTE den letzten Meter bergab und wäre fast neben ihr hingefallen. »Mama, Mama … Mandy sagt … wer ist das?« Er blickte von Brians blassem Gesicht zu ihr und wieder zurück.

»Sein Name ist Brian Fraser. Er ist dein Urgroßvater.« Ihre Hände zitterten, doch zu ihrer Überraschung empfand sie plötzlich Ruhe, als sie das sagte, als wäre sie mitten in ein Puzzle gestiegen und hätte festgestellt, dass sie das fehlende Teil war. »Was ist mit Mandy?«

»Habe ich ihm einen Schreck eingejagt?« Jem hockte sich mit sorgenvoller Miene hin. »Er hat mich angesehen, und dann ist er hingefallen. Ist er … tot?«

»Keine Sorge, ich glaube, er hat sich nur furchtbar erschrocken. Er hat gedacht, wir wären … jemand anders.« Sie berührte Brians Wange, spürte seine leise kratzenden Bartstoppeln und strich ihm das Haar hinter das Ohr. Sein Mund zuckte schwach, als sie das tat, der Hauch eines angedeuteten Lächelns, und ihr Herz tat einen Satz. Gott sei Dank, er kam zu sich. »Was hat Mandy gesagt?«

»Oh!« Jem stand mit großen Augen auf. »Sie sagt, sie hört Papa.«

108

DIE REALITÄT IST DAS, WAS AUCH DANN NICHT VERSCHWINDET, WENN MAN NICHT MEHR DARAN GLAUBT

Roger trieb sein Pferd Richtung Lallybroch, denn er wusste nicht, wohin er sonst gehen sollte. Es war einen Monat her, dass er sich von Brian Fraser verabschiedet hatte, und er war traurig gewesen, weil er geglaubt hatte, dass es ein Abschied für immer war. Jetzt wurde ihm ein wenig leichter ums Herz, als er an ein Wiedersehen mit Brian dachte. Daran, dass er ein mitfühlendes Ohr antreffen würde, auch wenn es nur wenig gab, worüber er offen mit ihm sprechen konnte.

Natürlich würde er Brian sagen müssen, dass er Jem nicht gefunden hatte. Dieser Gedanke war ein Stachel in seinem Herzen, den er bei jedem Schlag spürte. Während der letzten Wochen hatte er den brutalen Schmerz der Abwesenheit Jemmys ein wenig verdrängen können, weil er irgendwie gehofft hatte, dadurch, dass er Jerry fand, auch Jem zu finden. Das war jedoch nicht geschehen.

Was es am Ende bedeutete, war ihm ein komplettes Rätsel. Hatte er den einzigen Jeremiah gefunden, den es hier zu finden gab? Wenn ja … wo *war* Jem?

Er hätte Brian gern erzählt, dass er den Mann gefunden hatte, dem die Identitätsmarken gehörten – Brian würde ihn danach fragen. Aber wie konnte er das tun, ohne entweder auch Jerrys Identität darzulegen und die Beziehung, in der Roger zu ihm stand – oder zu erklären, was aus ihm geworden war? Er seufzte und lenkte sein Pferd um eine große Pfütze auf der Straße herum. Vielleicht besser zu sagen, dass er kein Glück gehabt hatte, dass er J. W. MacKenzie nicht gefunden hatte – obwohl es ihm Kummer bereitete, einen so offenherzigen Mann derart zu belügen.

Und über Buck konnte er genauso wenig sprechen. Abgesehen von dem Gedanken an Jem war Buck das, was ihm im Moment am meisten auf der Seele lag.

»Aus dir wird nie ein anständiger Pfarrer, wenn du nicht ehrlich sein kannst.« Er hatte es ja versucht. Von seinem egoistischen Standpunkt aus betrachtet, sah die ehrliche Wahrheit über die Lage so aus, dass ihm Bucks Gesellschaft furchtbar fehlen würde, dass er Buck extrem um die Möglichkeit beneidete, sich vielleicht zu Brianna durchzuschlagen, und – nicht zuletzt, sagte er sich – dass er Todesangst davor hatte, dass Buck es *nicht* noch einmal durch die Steine schaffen würde. Dass er in der Leere sterben oder vielleicht erneut in die Irre gehen und in einer wahllosen Zeit allein bleiben würde.

Die Wahrheit in Bezug auf Buck war, dass es zwar definitiv zu befürworten war, dass sich Buck unverzüglich und für immer aus Geillis Duncans Nähe entfernte, dass jedoch der Weg durch die Steine die am wenigsten wünschenswerte Methode war, dies zu bewirken.

Die Versuchung, Bucks ritterliche Geste anzunehmen, war allerdings groß. Wenn er es schaffen *konnte*, wenn er Brianna sagen konnte, wo Roger war, möglicherweise herausfinden würde, dass Jem zu Hause in Sicherheit war … und wenn er das war? Roger glaubte nicht, dass Buck zurückkommen würde. Die Nebenwirkungen des Zeitreisens waren kumulativ, und wahrscheinlich würde Hector MacEwen beim nächsten Mal nicht bereitstehen.

Aber wenn Buck die Passage wagte, trotz der absolut realen Gefahr für sein Leben, war es nicht Rogers heilige Pflicht zu versuchen, ihn zur Rückkehr zu seiner eigenen Frau zu bewegen – statt zu Rogers Frau?

Er fuhr sich mit dem Handrücken über die Lippen, und in seiner Erinnerung spürte er Morags weiches braunes Haar auf seiner Wange, als er sich am Ufer des Alamance über sie gebeugt hatte, um ihr die Stirn zu küssen. Das sanfte Vertrauen in ihren Augen – und die Tatsache, dass sie ihm nur ganz kurz darauf das verdammte Leben gerettet hatte … Seine Finger ruhten einen Moment auf seiner Kehle, und mit der plötzlichen Überraschung, mit der man manchmal etwas begreift, was man eigentlich schon lange weiß, wurde ihm klar, dass er trotz des bitteren Schmerzes um seine Stimme nie auch nur eine Sekunde lang gewünscht hatte, sie hätte ihn *nicht* gerettet.

Er hatte ihren Sohn vor dem Ertrinken gerettet, als Stephen Bonnet das Kind über Bord werfen wollte, und hatte dabei sein eigenes Leben riskiert. Doch er glaubte nicht, dass das, was sie in Alamance getan hatte, als Bezahlung für diese Schuld gedacht gewesen war. Sie hatte es getan, weil sie nicht wollte, dass er starb.

Nun denn. Er wollte nicht, dass Buck starb.

Wollte Morag Buck zurück? Buck glaubte es nicht, doch es war ja möglich, dass er sich irrte. Roger war sich ziemlich sicher, dass der Mann Morag immer noch liebte und dass seine Verweigerung mindestens so sehr Bucks persönlichem Gefühl des Versagens zuzuschreiben war wie dem, was er für Morags Wünsche hielt.

»Selbst wenn das stimmt«, sagte er laut, »wer bin ich denn, dass ich versuche, das Leben anderer Leute zu regeln?«

Er schüttelte den Kopf und ritt weiter durch die schwachen Nebelschwaden, die sich zwischen den feuchten schwarzen Stacheln des Ginsters hindurchwoben. Es regnete nicht, das war wenigstens etwas, obwohl der Himmel eine schwere Wolkenlast trug, die die Spitzen der Berge verhüllte.

Er hatte seinem Adoptivvater nie eine einzige Frage über die Kunst gestellt, Priester zu sein; er hatte ja auch im Leben nicht damit gerechnet, dass er selbst einer werden würde. Aber er war im Haus des Reverends aufgewachsen und hatte täglich gesehen, wie Gemeindemitglieder Hilfe suchend in sein schäbiges, aber gemütliches Studierzimmer kamen. Er erinnerte sich an seinen Vater (und das Wort hatte jetzt etwas Seltsames für ihn, da es von der für ihn neuen, akuten körperlichen Realität Jerry MacKenzies überlagert wurde), erinnerte sich daran, wie er sich seufzend zu Mrs. Graham in die Küche gesetzt hatte, um Tee zu trinken, und auf ihren fragenden Blick hin kopfschüttelnd gesagt hatte: »Manchmal kann man nicht mehr für sie tun, als ein offenes Ohr für sie zu haben und ihnen unbeirrt ein Gebet mit auf den Weg zu geben.«

Er blieb mitten auf der Straße stehen, schloss die Augen und versuchte, einen Augenblick des Friedens im Chaos seiner Gedanken zu finden. Was – wie zweifellos bei jedem anderen Priester seit Aarons Zeiten auch – damit endete, dass er die Zügel hängen ließ, beide Hände in die Luft warf und zu wissen verlangte: »Was willst du von mir? Was zum Teufel soll ich mit diesen Leuten *tun*?«

Er öffnete die Augen, als er das sagte, doch statt einen Engel mit einer leuchtenden Schriftrolle vorzufinden, sah er sich den gelben Knopfaugen einer fetten Möwe gegenüber, die dicht vor seinem Pferd auf der Straße saß und sich von einem Tier, das hundertmal so groß war wie es selbst, nicht im Mindesten aus der Fassung bringen ließ. Der Vogel warf ihm einen irgendwie altmodischen Blick zu, dann breitete er die Flügel auf und flatterte mit einem durchdringenden *Skrieek!* davon. Weiter oben erscholl eine Antwort, denn ein paar andere Möwen zogen langsam ihre Kreise über dem Hügel, unter dem papierweißen Himmel kaum zu sehen.

Die Anwesenheit der Möwe riss ihn zumindest aus seinem Gefühl der Isolation. Er ritt ruhiger weiter, fest entschlossen, sich erst wieder Gedanken über irgendetwas zu machen, wenn er musste.

Er glaubte, nicht mehr weit von Lallybroch entfernt zu sein; mit etwas Glück würde er lange vor der Dunkelheit dort sein. Sein Magen knurrte bei der Aussicht auf Tee, und er fühlte sich glücklicher. Was immer er Brian Fraser sagen konnte oder eben auch nicht – allein das Wiedersehen mit Brian und seiner Tochter würde schön sein.

Die Möwen kreischten hoch über ihm, und er blickte auf. Und da, er konnte gerade eben die Ruinen aus der Eisenzeit ausmachen – die Ruinen, die er wieder aufgebaut hatte – wieder aufbauen würde? Was, wenn er nie wieder dorthin … *Himmel, daran darfst du gar nicht denken, Mann, es treibt dich nur noch mehr in den Wahnsinn.*

Er feuerte das Pferd behutsam, aber unerbittlich an, und es beschleunigte widerstrebend seine Gangart. Im nächsten Moment jedoch beschleunigte es sie noch um einiges mehr, als es nämlich über ihnen auf dem Abhang raschelte und krachte.

»Ho! Ho, du Idiot! Ho, sage ich!« Diese Ermahnung zeigte zusammen mit einem ordentlichen Ruck an den Zügeln ihre Wirkung, und als sie sich umdrehten, sahen sie mitten auf der Straße einen keuchenden Jungen stehen, dem das rote Haar zu Berge stand, fast braun in dem gedämpften Licht.

»Papi«, schrie er, und sein Gesicht erhellte sich, als sei plötzlich ein Sonnenstrahl darauf gefallen. »Papi!«

ROGER ERINNERTE SICH NICHT daran, vom Pferd gestiegen oder losgelaufen zu sein. Oder an sonst etwas. Er saß in Dreck und Nebel im nassen Farn und hatte seinen Sohn fest an die Brust gedrückt, und das war alles auf der Welt, was zählte.

»Papi«, sagte Jem unter großen Schluchzern immer wieder, »Papi, Papi …«

»Ich bin ja hier«, flüsterte er Jem ins Haar, und auch ihm liefen die Tränen über das Gesicht, »ich bin hier, ich bin hier. Hab keine Angst.«

Jem holte bebend Luft, schaffte es zu sagen: »Ich *habe* doch gar keine Angst«, dann weinte er weiter.

Schließlich stahl sich das Zeitgefühl wieder in sein Bewusstsein, zusammen mit dem Wasser, das ihm durch den Hosenboden drang. Er holte seinerseits bebend Luft, strich Jem das Haar glatt und küsste ihn auf den Kopf.

»Du riechst nach Ziege«, sagte er. Er schluckte, fuhr sich mit dem Handrücken über die Augen und lachte. »Wo zum *Teufel* bist du gewesen?«

»Im Turm mit Mandy«, sagte Jem, als sei das das Natürlichste auf der ganzen Welt. Er warf Roger einen leicht anklagenden Blick zu. »Wo bist *du* denn gewesen?«

»Mandy?«, sagte Roger verständnislos. »Was meinst du damit, Mandy?«

»Meine Schwester«, sagte Jem mit der Geduld, die Kinder manchmal an den Tag legen, wenn ihre Eltern etwas schwer von Begriff sind. »Weißt du?«

»Aber … wo *ist* Mandy denn?« In seinem Zustand surrealer Verwirrung hätte Mandy auch einfach neben Jem auftauchen können wie ein Pilz.

Jems Gesicht verlor kurz den Ausdruck, und er sah sich verwirrt um, als rechnete er damit, dass Mandy jeden Moment im Heidekraut erschien.

»Ich weiß es nicht«, sagte er und klang etwas verwundert. »Sie ist losgelaufen, um dich zu suchen, und dann ist Mama hingefallen und hat sich etwas gebrochen, und …«

Roger hatte Jem losgelassen, doch bei diesen Worten packte er ihn wieder, und dem Jungen verging vor Schreck der Atem.

»Deine *Mutter* ist auch hier?«

»Klar«, sagte Jem mit einem Hauch von Verärgerung in der Stimme. »Ich meine, nicht genau *hier*. Sie ist da oben bei der Ruine. Sie ist über einen Stein gestolpert, als wir Mandy hinterhergelaufen sind.«

»Großer Gott«, sagte Roger inbrünstig und tat einen Schritt auf die alte Festung zu, dann blieb er abrupt stehen. »Halt – du hast gesagt, sie hat sich etwas gebrochen. Ist sie verletzt?«

Jem zuckte mit den Achseln. Allmählich schlich sich die Sorge wieder in seine Miene, aber nicht sehr. Papa war ja hier, es würde alles gut werden.

»Ich glaube, es ist nicht schlimm«, beruhigte er seinen Vater. »Sie konnte aber anfangs nicht laufen, deshalb hat sie mir gesagt, ich soll Mandy fangen. Aber dann habe ich dich gefunden.«

»Okay. Aber sie ist wach und kann reden?« Er hatte Jem bei den Schultern gepackt, mindestens so sehr, um ihn am Verschwinden zu hindern – er fürchtete halb, dass er halluzinierte –, wie um eine Antwort zu bekommen.

»Ah-ha.« Jem sah sich vage um, die Stirn leicht gerunzelt. »Mandy ist hier *irgendwo* …« Er entwand sich Rogers Griff und drehte sich langsam um, eine Miene intensiver Konzentration im Gesicht.

»Mandy!«, rief Roger den Hügel hinauf. Er hielt sich die Hände wie einen Trichter vor den Mund und rief noch einmal. »BRIANNA!« Aufgeregt suchte er die alte Festung und den Abhang danach ab, ob vielleicht Briannas Kopf hinter der Ruine auftauchte oder ob es irgendwo im Gebüsch raschelte, weil eine Dreijährige darin herumkletterte. Er sah zwar keinen Kopf, doch ein Windzug war aufgekommen, und der ganze Hügel schien lebendig zu sein.

»Mandy ist diesen Hügel hinuntergerannt?«, fragte er, und als Jem nickte, sah er sich um. Auf der anderen Straßenseite lief das Land in ein flaches Moor aus, und dort war nichts, das Mandy hätte sein können. Es sei denn, sie war hingefallen und lag in einer Mulde …

»Du bleibst genau, wo du bist«, sagte er zu Jem und drückte ihm fest die Schulter. »Ich gehe nach oben und sehe nach. Ich hole deine Mutter.« Er lief die schmale Kiesspur hinauf, die das war, was einem Weg am nächsten kam, und rief dabei immer wieder Mandys Namen, hin- und hergerissen zwischen Glück und überwältigender Panik, dass es nicht real war, dass er tatsächlich durchgedreht war und sich einfach einbildete, dass Jem da war – nach jedem dritten Schritt drehte er sich um und schaute nach, ob er tatsächlich da war und noch auf der Straße stand.

Brianna. Der Gedanke, dass sie dort oben war, direkt über ihm. »Mandy!«, rief er erneut, und seine Stimme überschlug sich. Doch sie überschlug sich vor Überwältigung, und plötzlich begriff er verblüfft, dass er jetzt schon minutenlang mit voller Lautstärke brüllte – und es nicht geschmerzt hatte.

»Gott segne Euch, Hector«, flüsterte er inbrünstig und lief weiter. Jetzt überquerte er den Abhang im Zickzack, hieb auf trockenen Ginster und Birkenschösslinge ein und trat trockene Farnwedel beiseite, falls Mandy hingefallen war und sich vielleicht an einem Stein den Kopf gestoßen hatte.

Über sich hörte er die schrillen, durchdringenden Schreie der Möwen und blickte auf, weil er hoffte, Brianna über die Mauer der Festung schauen zu sehen. Das tat sie nicht, doch wieder rief etwas – schrill und durchdringend, aber keine Möwe.

»*Papiii …*«

Er fuhr so heftig herum, dass er fast den Halt verloren hätte, und sah Jem die Straße entlanglaufen – und um die nächste Kurve kam Bucks Pferd mit Buck, der ein sich wild windendes Bündel mit einem schwarzen Lockenschopf im Arm balancierte.

Er konnte nicht mehr sprechen, als er bei ihnen ankam.

»Könnte sein, dass du etwas verloren hast«, sagte Buck schroff und reichte Mandy vorsichtig zu ihm herunter. Sie war ein schweres, lebendiges Gewicht in seinen Armen – und roch nach Ziege.

»Papi!«, rief sie aus und strahlte, als wäre er gerade von der Arbeit nach Hause gekommen. »Muah! Muah!« Sie küsste ihn geräuschvoll und kuschelte sich an seine Brust, so dass ihn ihre Haare am Kinn kitzelten.

»Wo bist du *gewesen*?«, sagte Jem jetzt vorwurfsvoll.

»Wo bist *du* gewesen?«, konterte Mandy und streckte ihm die Zunge heraus. »Bäh.«

Roger weinte wieder und konnte nicht aufhören. Sie hatte Kletten und Grashalme im Haar und an der Jacke kleben, und er hatte das Gefühl, dass sie sich vor nicht allzu langer Zeit in die Hose gepinkelt hatte. Buck bewegte die Zügel, als wollte er umdrehen und fortreiten, und Roger streckte rasch die Hand aus und griff nach seinem Steigbügel.

»Warte«, krächzte er. »Sag mir, dass es real ist.«

Buck stieß einen unzusammenhängenden Laut aus, und als Roger durch seine Tränen hindurch aufblickte, konnte er sehen, dass Buck erfolglos versuchte, sich seine eigene Überwältigung nicht anmerken zu lassen.

»Aye«, sagte Buck und klang fast genauso erstickt wie Roger. Er legte dem Pferd die Zügel auf den Hals, glitt auf die Straße und nahm Jem ganz sanft in die Arme. »Aye, es ist real.«

109

FROTTAGE

Doktor MacEwen lebte allein und besaß ein Bett für eine Person. In diesem Bett befanden sich im Augenblick vier Personen, und auch wenn zwei davon noch nicht ausgewachsen waren, herrschte eine Atmosphäre wie in der Londoner U-Bahn zur Stoßzeit. Hitze, überall Haut und deutlicher Sauerstoffmangel.

Brianna wand sich, um Platz zum Atmen zu finden. Sie lag mit dem Rücken zur Wand auf der Seite, und Mandy lag als schwer atmende Masse zwischen ihre Eltern gequetscht. Roger balancierte mühsam auf der Bettkante, und Jem lag wie hingegossen reglos über ihm. Hin und wieder zuckten Jems Beine und stießen Brianna vor das Schienbein. Und Esmeralda nahm den Großteil des einzigen Kissens ein, so dass alle rote Wollhaare in der Nase hatten.

»Kennst du das Wort *Frottage*?«, flüsterte Brianna Roger zu. Er schlief nicht; wenn er geschlafen hätte, hätte er längst auf dem Boden gelegen.

»Ja. Warum, willst du jetzt damit experimentieren?« Er streckte vorsichtig den Arm über Jem hinweg und strich ihr sacht über den nackten Arm. Die Härchen auf ihrem Unterarm stellten sich auf; er konnte im schwachen Leuchten des Kamins sehen, wie sie sich lautlos erhoben.

»Ich hätte gern weniger davon mit einer Dreijährigen. Mandy ist weg. Schläft Jem so fest, dass wir ihn bewegen können?«

»Wir werden es herausfinden. Wenn nicht, ersticke ich gleich.« Roger schob sich unter seinem Sohn hervor, der ein lautes »Mmmm« ausstieß, dann aber mit den Lippen schmatzte und verstummte. Roger tätschelte ihn sacht, überzeugte sich über ihn gebeugt, dass er fest schlief, und richtete sich auf. »Na gut.«

Sie waren weit nach Anbruch der Dunkelheit an MacEwens Tür erschienen, Brianna auf Roger und Buck gestützt, dicht gefolgt von den Kindern. Der Arzt war von der nächtlichen Invasion der MacKenzies zwar überrascht worden, hatte sie aber gefasst aufgenommen. Er hatte Brianna in sein Sprechzimmer gesetzt und ihren Fuß in einen Topf mit kaltem Wasser gesteckt, dann war er zu seiner Hauswirtin gegangen, um sie um etwas zum Abendessen für die Kinder zu bitten.

»Eine Verstauchung, nicht sehr schlimm«, hatte er Brianna beruhigt, während er ihr den Fuß mit einem Leinenhandtuch abtrocknete und den geschwollenen Knöchel mit kundigen Fingern abtastete. Er fuhr mit dem Daumen über die betroffene Sehne und sah, wie sie zusammenzuckte. »Es braucht nur Zeit zu heilen – aber ich denke, ich kann den Schmerz ein wenig lindern … wenn Ihr möchtet?« Er blickte mit hochgezogener Augenbraue in Rogers Richtung, und Brianna holte durch die Nase Luft.

»Es ist doch nicht *sein* Knöchel«, sagte sie leicht verärgert. »Und *ich* wäre Euch dankbar für alles, was Ihr tun könnt.«

Roger nickte, was sie noch mehr verärgerte, und MacEwen legte sich ihren Fuß auf das Knie. Als Roger sah, wie sie sich an den Kanten des Hockers festhielt, um nicht aus dem Gleichgewicht zu geraten, kniete er sich hinter sie und legte die Arme um sie.

»Lehn dich an mich«, sagte er leise in ihr Ohr. »Und dann atme einfach nur. Warte, was passiert.«

Sie warf ihm einen verwunderten Blick zu, doch er küsste sie nur sacht auf das Ohr und nickte MacEwen zu.

Der Arzt hatte den Kopf über ihren Fuß gebeugt, den er leicht in beiden Händen hielt, die Daumen auf dem Rist. Er bewegte sie langsam im Kreis, dann drückte er fest zu. Heftiger Schmerz schoss ihr durch den Knöchel, verebbte aber so abrupt, dass sie nicht einmal nach Luft schnappen konnte.

Die Hände des Arztes waren warm auf ihrer kühlen Haut, und das wunderte sie, da sie ja in dasselbe kalte Wasser getaucht gewesen waren wie ihr Fuß.

Eine Hand umfasste jetzt ihre Ferse, und Daumen und Zeigefinger massierten das angelaufene Gewebe, sacht, noch einmal, dann etwas fester. Das Gefühl schwankte beunruhigend zwischen Schmerz und Wohltat.

MacEwen blickte plötzlich auf und lächelte sie an.

»Es wird etwas dauern«, sagte er ruhig. »Entspannt Euch, wenn Ihr könnt.«

Und sie konnte es. Zum ersten Mal in den letzten vierundzwanzig Stunden hatte sie keinen Hunger. Zum ersten Mal seit Tagen begann sie, durch und durch aufzutauen – und zum ersten Mal seit Monaten hatte sie keine Angst. Sie atmete aus und lehnte sich mit dem Rücken an Rogers Schulter. Er stieß einen leisen Summlaut aus, legte die Arme fester um sie und machte es sich bequem.

Sie konnte hören, wie Mandy Jem eine konfuse Geschichte über Esmeralda erzählte. Die beiden waren im Hinterzimmer, wo die Hauswirtin sie mit Suppe und Brot versorgt hatte. In der Gewissheit, dass sie in Sicherheit waren, ergab sie sich dem seligen Gefühl, in den Armen ihres Mannes zu sein und seine Haut zu riechen.

Doch das Wesen eines wohlgestalten Mannes erscheint nicht nur in seinem Gesicht.

Es liegt auch in seinen Gliedmaßen und Gelenken, sonderbarerweise, in seinen Hüften und den Handgelenken.

»Brianna«, flüsterte er ihr einige Momente später zu. »Brianna – sieh mal.« Sie öffnete die Augen, und das Erste, was sie sah, war sein Handgelenk, das auf ihrem Busen lag, war die harte Eleganz seiner Knochen und der Bogen des bemuskelten Unterarms. Aber dann weitete sich ihr Gesichtsfeld, und sie fuhr leicht zusammen. Ihre Zehen leuchteten in einem schwachen blauen Licht, kaum sichtbar in den Zwischenräumen. Sie blinzelte ungläubig und schaute noch einmal hin, um sicherzugehen, dass sie es tatsächlich sah. Doch der Laut, den Roger ausstieß, überzeugte sie, dass es so war – und dass er es ebenfalls sah.

Doktor MacEwen hatte ihre Verblüffung gespürt; er blickte auf und lächelte erneut, diesmal froh. Sein Blick huschte zu Roger hinauf und wieder zu ihr zurück.

»Ihr auch?«, sagte er. »Das habe ich mir gedacht.« Er hielt ihren Fuß einen langen Moment still, bis sie das Gefühl hatte, das Echo seines Pulsschlags in den Zwischenräumen zwischen den kleinen Knochen zu spüren. Dann wickelte er ihr einen Verband um den Knöchel und stellte ihren Fuß vorsichtig auf den Boden. »Besser?«

»Ja«, sagte sie und stellte fest, dass sie ein wenig heiser war. »Danke.«

Sie hatte Fragen an ihn, doch er erhob sich und zog seinen Rock an.

»Ich wäre Euch sehr verbunden, wenn Ihr hier übernachten würdet«, sagte er entschlossen und lächelte sie immer noch an. »Ich finde schon ein Bett.« Höflich lüpfte er Roger gegenüber den Hut, verbeugte sich und ging, so dass sie die Kinder zu Bett bringen konnten.

Wenig überraschend hatte Mandy ein Theater veranstaltet, weil sie in einem fremden Bett in einem fremden Zimmer schlafen sollte. Sie beklagte sich, dass

Esmeralda fand, dass das Behandlungszimmer komisch roch, und sie sich vor dem großen Schrank fürchtete, weil ja Kelpies darin sein könnten.

»Kelpies gibt es doch nur im Wasser, Dummie«, hatte Jem gesagt, doch auch er hatte einen nervösen Blick auf den gigantischen dunklen Schrank mit dem Sprung in der Tür geworfen. Also hatten sie sich alle zusammen auf das schmale Bett gelegt, und die schiere körperliche Nähe hatte nicht nur die Kinder, sondern auch die Eltern beruhigt.

Brianna spürte, wie sich die leise Wärme und der Dunst der Atemwölkchen wie eine Decke über ihre physische Erschöpfung legten, ein Sog, der ihre Sinne zum Brunnen des Schlafes lockte. Allerdings nicht annähernd so stark wie der Sog, den Roger auf sie ausübte.

Es liegt in seinem Gang, der Art, wie er den Hals trägt, dem Schwung seiner Hüften und Knie – Kleider verhüllen ihn nicht…

Eine Zeit lang lag sie da, die Hand auf Mandys Rücken, und spürte den langsamen Herzschlag des Kindes, während sie zusah, wie Roger Jem in die Arme nahm und sich abwandte, um ihn auf eine der Decken zu legen, die MacEwens Hauswirtin ihnen zusammen mit der Suppe gebracht hatte.

Seine Kraft, seine Schönheit und Geschmeidigkeit durchdringen jedes Tuch…

Er war nur in Hemd und Kniehose und blieb jetzt stehen, um aus der Leinenhose zu steigen. Erleichtert kratzte er sich beiläufig am Hintern und zog dabei das lange Hemd kurz so hoch, dass die schlanke Rundung seiner Gesäßbacke sichtbar wurde. Dann kam er zurück, um Mandy aus dem Bett zu heben, und lächelte Brianna über ihren entspannt atmenden Körper hinweg an.

»Sollen wir den Kindern das Bett überlassen? Wir könnten uns im Behandlungszimmer ein Lager aus den Decken und unseren Umhängen machen – wenn sie ein bisschen getrocknet sind.«

Er hob Mandy auf wie einen Arm voll Wäsche, und Brianna konnte sich hinsetzen und über das Bett rutschen. Dabei spürte sie einen herrlichen Luftzug durch ihr schweißfeuchtes Hemd, und der weiche Stoff streifte ihre Brüste, so dass sich ihre Brustwarzen aufrichteten.

Sie schlug das Bettzeug zurück; er verfrachtete die tief schlafenden Kinder wieder auf das Bett, und sie deckte sie zu und küsste ihre träumenden Gesichter. Der Vollständigkeit halber bekam auch Esmeralda einen Kuss, ehe sie sie Mandy in den Arm drückte.

Roger wandte sich der geschlossenen Tür des Behandlungszimmers zu und sah sich lächelnd nach ihr um. Im Leuchten des Kaminfeuers konnte sie den Schatten seines Körpers durch das Leinenhemd sehen.

Ihn vorübergehen zu sehen sagt so viel wie das beste Gedicht, vielleicht mehr.

Man verweilt, ihn auch von hinten zu sehen, seinen Rücken und Nacken, seine Schultern.

»Kommst du ins Bett, mein Schatz?«, sagte er leise und hielt ihr die Hand entgegen.

»Oh ja«, flüsterte sie und legte ihre Hand fest in die seine.

NACH DER FEUCHTEN Wärme des Schlafzimmers war es im Behandlungszimmer kalt, und sie kamen sofort zueinander, suchten sich mit warmen Gliedmaßen und warmen Lippen. In diesem Zimmer war das Feuer zwar erloschen, aber sie machten sich nicht die Mühe, es neu anzufachen.

Roger hatte sie geküsst, kaum dass er sie auf dem Boden in der alten Festung gesehen hatte, hatte sie gepackt und in eine Umarmung gehoben, die ihr die Rippen quetschte und ihr fast die Lippen wund gescheuert hatte. Sie hatte keine Einwände gehabt. Doch jetzt war sein Mund sanft und zärtlich, und sein Bart kratzte sacht über ihre Haut.

»Schnell?«, murmelte er an ihrem Mund. »Langsam?«

»Horizontal«, murmelte sie zurück und umklammerte seinen Hintern. »Tempo irrelevant.« Sie stand auf einem Bein und hatte den verletzten Fuß elegant – so hoffte sie – hinter sich ausgestreckt. Dr. MacEwens Zuwendungen hatten den Schmerz deutlich gelindert, doch sie konnte den Fuß nach wie vor nur kurz belasten.

Er lachte – leise, mit einem schuldbewussten Blick zur Schlafzimmertür –, dann bückte er sich plötzlich, hob sie hoch und wankte durch das Zimmer zur Garderobe, wo er die Umhänge von ihren Haken fischte und sie vor dem Tisch auf den Boden warf, da es dort am saubersten zu sein schien. Er hockte sich hin und ließ sie vorsichtig auf den Haufen sinken, wobei sein Rücken hörbar ächzte und er sich mannhaft das Stöhnen verkniff.

»Sei vorsichtig!«, ermahnte sie ihn flüsternd, und das war absolut kein Scherz. »Du könntest dir den Rücken verrenken und dann?«

»Dann dürftest du oben liegen«, erwiderte er ebenfalls flüsternd und fuhr ihr mit der Hand am Oberschenkel empor, wobei er ihr das Hemd hochschob. »Aber ich habe es nicht getan, also darfst du es nicht.« Er zog sein Hemd hoch, spreizte ihre Beine und kam mit einem unzusammenhängenden Laut tiefer Genugtuung zu ihr.

»Ich hoffe, du hast das mit dem irrelevanten Tempo ernst gemeint«, raunte er ihr ein paar Minuten später ins Ohr.

»Oh. Ja«, murmelte sie vage und schlang die Arme um seinen Körper. »Bleib … einfach … wo du bist.«

Als sie wieder ruhiger atmen konnte, ließ sie ihn los, hielt seinen Kopf in den Händen und küsste die glatte warme Haut an seinem Hals. Sie spürte die Seilnarbe und fuhr vorsichtig mit der Zungenspitze darüber. Eine Gänsehaut breitete sich über seinen Rücken und seine Schultern.

»Schläfst du?«, erkundigte er sich einige Minuten später argwöhnisch.

Sie öffnete ein Auge zur Hälfte. Er war ins Schlafzimmer zurückgegangen, um Decken zu holen, und kniete jetzt neben ihr und breitete eine davon über sie. Das Bettzeug roch ein bisschen schal und ein bisschen nach Mäusen, doch das störte sie nicht.

»Nein«, sagte sie und drehte sich auf den Rücken. Sie fühlte sich herrlich trotz des harten Bodens, des verstauchten Knöchels und der Tatsache, dass ihr allmählich dämmerte, dass Dr. MacEwen auf diesem Tisch Operationen und Amputationen durchführen musste. Über ihrem Kopf war an der Unterseite ein dunkler Fleck… »Einfach nur… schlapp.« Sie streckte langsam die Hand nach Roger aus und drängte ihn, zu ihr unter die Decke zu kommen. »Du?«

»Ich schlafe nicht«, versicherte er ihr und ließ sich dicht neben ihr unter die Decke gleiten. »Und wenn du glaubst, ich sage jetzt ›schlapp‹, liegst du schief.«

Sie lachte – leise, mit einem Blick zur Tür –, drehte sich um und legte die Stirn an seine Brust.

»Ich dachte, ich würde dich nie wiedersehen«, flüsterte sie.

»Aye«, sagte er leise, und seine Hand strich über ihr langes Haar und ihren Rücken. »Ich auch.« Sie schwiegen einen langen Moment und lauschten der Atmung des anderen – die seine war freier als zuvor, dachte Brianna, sie blieb nicht mehr stecken –, und dann sagte er schließlich: »Erzähl's mir.«

Das tat sie, unverblümt und so emotionslos wie möglich. Sie ging davon aus, dass er emotional genug für zwei werden würde.

Er konnte nicht schreien oder fluchen, weil die Kinder schliefen. Sie konnte die Wut in ihm spüren; er bebte geradezu, die Fäuste wie zu einem festen Knochen geballt.

»Ich bringe ihn um«, knurrte er so leise, dass es kaum zu hören war, und seine Augen begegneten den ihren, wild und so dunkel, dass sie im Zwielicht fast schwarz erschienen.

»Ist ja gut«, wisperte sie beschwichtigend. Sie setzte sich, nahm seine Hände und hob erst die eine, dann die andere an ihre Lippen. »Alles gut. Uns ist allen nichts passiert. Und wir sind hier.«

Er wandte den Blick ab und holte tief Luft, dann sah er sie wieder an, und seine Hände schlossen sich fest um die ihren.

»Hier«, wiederholte er, und seine Stimme klang trostlos und immer noch heiser vor Wut. »Im Jahr 1739. Wenn ich doch…«

»Du musstest es tun«, sagte sie entschlossen und erwiderte den Druck seiner Hände. »Außerdem«, fügte sie ein bisschen schüchtern hinzu, »dachte ich, wir halten uns vielleicht nicht hier auf. Es sei denn, dir wäre jemand sehr ans Herz gewachsen?«

Emotionen huschten ihm über das Gesicht, von Wut über Reue bis hin zu widerstrebender Akzeptanz… und einem noch widerstrebenderen Humor, als er sich wieder in den Griff bekam. Er räusperte sich.

»Aye, nun ja«, sagte er trocken. »Da ist natürlich Hector MacEwen. Aber auch noch einige andere – Geillis Duncan zum Beispiel.«

Ein kleiner Stoß durchfuhr sie bei diesem Namen.

»Geillis Duncan? Tja… ja, klar ist sie um diese Zeit hier, nicht wahr? Bist du… bist du ihr begegnet?«

Bei dieser Frage wanderte ein wahrhaft außergewöhnlicher Ausdruck über Rogers Gesicht.

»Ja«, sagte er und wich ihrem fragenden Blick aus. Er drehte sich um und wies auf das Fenster des Behandlungszimmers, das auf den Dorfplatz hinausblickte. »Sie wohnt genau gegenüber.«

»Wirklich?« Brianna erhob sich, eine Decke an ihre Brust geklammert, vergaß ihren verletzten Fuß und stolperte. Roger sprang auf und fing sie am Arm auf.

»Du *möchtest* ihr nicht begegnen«, sagte er mit Nachdruck. »Setz dich, aye? Sonst fällst du noch.«

Brianna warf ihm zwar einen genervten Blick zu, ließ sich aber von ihm wieder in ihr gemeinsames Nest helfen und zudecken. Es *war* verdammt kalt im Behandlungszimmer, jetzt, da die Wärme ihrer Anstrengung dahin war.

»Also schön«, sagte sie und schüttelte sich das Haar über Hals und Ohren. »Sag mir, warum ich Geillis Duncan nicht begegnen möchte.«

Zu ihrer Überraschung wurde er so rot, dass es selbst im Schatten des Behandlungszimmers gut zu sehen war. Weder Rogers Haut noch sein Temperament neigten zum schnellen Erröten, doch als er ihr dann – kurz, aber lebhaft – *beschrieb*, was sich mit Buck, Dr. MacEwen und Geillis zugetragen hatte (oder möglicherweise auch *nicht*), verstand sie ihn.

»Aber hallo«, sagte sie und sah sich nach dem Fenster um. »Äh … als Dr. MacEwen gesagt hat, er würde schon ein Bett finden …?« Hector MacEwen hatte sich von ihnen verabschiedet und gesagt, er würde sich ein Bett im Wirtshaus am Ende der High Street nehmen, und sie würden sich am Morgen sehen. Wahrscheinlich hatte er es auch so gemeint, aber …

»Sie *ist* verheiratet«, sagte Roger gereizt. »Ihr Mann würde es doch wohl merken, wenn sie fremde Männer zum Übernachten einladen würde.«

»Ach, ich weiß nicht«, sagte sie halb spöttisch. »Vergiss nicht, dass sie sich mit Kräutern auskennt. Mama macht einen guten Schlaftrunk, und ich vermute sehr, dass Geillis das ebenfalls könnte?«

Wieder stieg Roger die Farbe ins Gesicht, und ihr war sofort klar, als hätte er es laut gesagt, dass er sich vorstellte, wie Geillis Duncan mit dem einen oder anderen ihrer Liebhaber etwas Unanständiges trieb, während sie neben ihrem schnarchenden Ehemann lag.

»Gott«, sagte er.

»Du, äh, weißt sicher noch, was aus ihrem armen Mann *werden* wird, oder?«, fragte Brianna vorsichtig. Augenblicklich verlor Roger die Farbe, und ihr war klar, dass er nicht daran gedacht hatte.

»Das ist einer der Gründe, warum wir hier nicht bleiben können«, sagte sie sanft, aber entschlossen. »Es gibt zu vieles, was wir wissen. Und wir wissen *nicht*, was der Versuch, sich einzumischen, bewirken würde, doch ich würde wetten, dass es gefährlich ist.«

»Ja, aber …«, begann er, brach aber ab, als er ihre Miene sah. »Lallybroch. Ist das der Grund, warum du nicht dorthin wolltest?« Denn er hatte versucht, sie zum Haus zu bringen, als er sie in der Ruine gefunden hatte. Sie hatte darauf bestanden, lieber im Dorf Hilfe zu suchen, obwohl das einen unbequemen, schmerzhaften Drei-Stunden-Ritt bedeutet hatte.

Sie nickte und spürte, wie ihr ein kleiner Kloß in die Kehle stieg, der auch dann nicht verschwand, als sie ihm von ihrer Begegnung mit Brian auf dem Friedhof erzählte.

»Es ist nicht *nur*, dass ich Angst habe, was die Begegnung mit ihnen … später …«, sagte sie, und der Kloß löste sich in Tränen auf. »Es ist … oh, Roger, sein Gesichtsausdruck, als er mich gesehen hat und dachte, ich wäre Ellen. Ich … er … er wird in einem oder zwei Jahren sterben. Dieser wundervolle, gütige Mensch … und wir können nicht das Geringste tun, um es zu verhindern.« Sie schluckte und wischte sich die Augen. »Er … er glaubt, er hat seine Frau und seinen Sohn gesehen, dass sie auf ihn w-warten. Und das … oh Gott, das *Glück* in seinem Gesicht. Ich konnte ihm das nicht nehmen. Ich konnte es einfach nicht.«

Er nahm sie in die Arme und massierte ihr sacht den Rücken, während sie schluchzte.

»Nein, natürlich nicht«, flüsterte er ihr zu. »Gräme dich nicht, Brianna. Du hast das Richtige getan.«

Sie schniefte und tastete zwischen den Umhängen umher, um etwas zu finden, womit sie sich die Nase putzen konnte. Schließlich nahm sie ein fleckiges Tuch von Dr. MacEwens Tisch. Es roch Gott sei Dank nach einer scharfen Arznei, nicht nach Blut.

»Aber dann ist da auch noch Pa«, sagte sie und holte tief und bebend Luft. »Was ihm zustoßen wird … die Narben auf seinem Rücken … ich kann es nicht ertragen, daran zu denken und nichts zu tun, aber wir …«

»Wir können es nicht«, stimmte Roger ihr leise zu. »Wir dürfen es nicht. Weiß der Himmel, was ich vielleicht schon angerichtet habe, indem ich Jerry gefunden und ihn … wohin auch immer ich ihn geschickt habe.« Er nahm das Tuch, tauchte es in den Wassereimer und wischte ihr das Gesicht ab. Die Kälte tat ihren heißen Wangen gut, ließ sie aber auch erschauern.

»Komm, leg dich hin«, sagte er und legte ihr den Arm um die Schultern. »Du musst dich ausruhen, *mo chridhe*. Es war ein furchtbarer Tag.«

»Nein«, murmelte sie, während sie sich auf den Boden sinken ließ und den Kopf an seine Schulter legte, um die Kraft und die Wärme seines Körpers zu spüren. »Es war ein herrlicher Tag. Ich habe dich wieder.«

110

DIE GERÄUSCHE, AUS DENEN DIE STILLE BESTEHT

Roger spürte, wie sie anfing, sich zu entspannen, und ganz plötzlich gab sie es auf, sich stur an das Bewusstsein zu klammern, und schlief ein wie ein Mensch, der Äther atmet. Er hielt sie fest und lauschte den kleinen Geräuschen, aus denen die Stille bestand: das gedämpfte Zischen des Torffeuers nebenan im Schlafzimmer, der kalte Wind, der am Fenster klapperte, das Rascheln und Atmen der schlafenden Kinder, Briannas tapferes Herz, das langsam schlug.

Danke, sagte er lautlos zu Gott.

Er hatte damit gerechnet, sofort einzuschlafen; die Müdigkeit lag auf ihm wie eine Decke aus Blei. Doch der Tag war ihm immer noch präsent, und eine Weile lag er da und blickte ins Dunkle hinauf.

Er hatte seinen Frieden, war zu müde, um etwas Zusammenhängendes zu denken. All die Möglichkeiten drifteten in einem langsamen, fernen Strudel um ihn herum, zu weit fort, um ihn zu stören. Wohin sie gehen würden … und wie. Was Buck zu Dougal MacKenzie sagen mochte. Was Brianna in ihrer Tasche mitgebracht hatte, die schwer war wie Blei. Ob es Porridge zum Frühstück geben würde – Mandy mochte gern Porridge.

Der Gedanke an Mandy ließ ihn aufstehen, um nach den Kindern zu sehen. Sich zu versichern, dass sie tatsächlich da waren.

Das waren sie, und er stand lange neben dem Bett, betrachtete ihre Gesichter mit wortloser Dankbarkeit, atmete ihren warmen Kindergeruch ein – der immer noch mit einem Hauch von Ziege versetzt war.

Schließlich wandte er sich zitternd ab, um zu seiner Frau zurückzukehren und der verlockenden Seligkeit des Schlafes. Aber als er in das Behandlungszimmer kam, blickte er stattdessen durch das Fenster in die Nacht hinaus.

Cranesmuir schlief; Nebel lag in den Straßen, und die Pflastersteine darunter glänzten im schwachen Licht des Mondes. Doch auf der anderen Seite des Dorfplatzes schien ein Licht im Dachbodenfenster von Arthur Duncans Haus.

Und im Schatten des Dorfplatzes verriet eine kleine Bewegung die Anwesenheit eines Mannes. Wartend.

Roger schloss die Augen, und die Kälte stieg ihm von den nackten Füßen am Körper empor, während er in Gedanken plötzlich eine grünäugige Frau vor sich sah, träge in den Armen ihres blonden Geliebten … und den Ausdruck der Überraschung und dann des Grauens in ihrem Gesicht, als der Mann an ihrer Seite verschwand. Und sich ein blaues Leuchten unsichtbar in ihrem Schoß erhob.

Die Augen fest geschlossen, legte er die Hand an die eisige Fensterscheibe und sprach unbeirrt ein Gebet.

SIEBTER TEIL

DAS MASS MEINER TAGE

111

EIN MASSAKER IN DER FERNE

5. September 1778

Ich faltete das Tuch zu einem kleinen Quadrat zusammen und tauchte es mit der Pinzette in den dampfenden Kessel. Dann schwenkte ich es im Stehen in der Luft, bis die Kompresse so weit abgekühlt war, dass ich sie auswringen und benutzen konnte. Joanie zappelte seufzend auf ihrem Hocker herum.

»Nicht das Auge reiben«, sagte ich automatisch, als ich sah, wie sich ihre geballte Faust auf das große gerötete Gerstenkorn an ihrem rechten Augenlid zustahl. »Nicht quengeln; es dauert nicht lange.«

»Doch, es dauert lange«, beschwerte sie sich gereizt. »Es dauert *ewig*!«

»Gib deiner Oma keine Widerworte«, befahl Marsali, die auf dem Weg von der Küche zur Werkstatt innehielt, ein Käsebrötchen für Fergus in der Hand. »Halt den Mund und sei dankbar.«

Joanie stöhnte und wand sich und streckte ihrer Mutter die Zunge hinterher, zog sie aber blitzartig wieder ein und blickte sehr schuldbewusst drein, nachdem sie meine hochgezogene Augenbraue sah.

»Ich weiß«, sagte ich dann verständnisvoll. Eine warme Kompresse zehn Minuten lang auf ein Gerstenkorn zu halten fühlte sich tatsächlich an wie eine Ewigkeit. Vor allem, wenn man es schon seit zwei Tagen sechsmal täglich wiederholte. »Vielleicht fällt dir ja etwas ein, womit du dir die Zeit vertreiben kannst. Du könntest mir die Multiplikationstabellen aufsagen, während ich Baldrianwurzel zerkleinere.«

»Oh, *Oma*!«, jammerte sie entnervt, und ich lachte.

»Bitte schön«, sagte ich und reichte ihr die warme Kompresse. »Kennst du keine schönen Lieder?«

Sie atmete mürrisch aus, und ihre kleinen Nasenlöcher blähten sich.

»Ich wünschte, Opa wäre hier«, sagte sie. »*Er* könnte mir eine Geschichte erzählen.« Der Unterton, mit dem sie uns vorwurfsvoll verglich, war nicht zu überhören.

»Buchstabiere ›Hordeolum‹ für mich, und ich erzähle dir die Geschichte von der Frau des Wasserpferds«, schlug ich vor. Bei diesen Worten wurde ihr gesundes Auge groß vor Neugier.

»Was ist denn ein Hordeolum?«

»Das ist der wissenschaftliche Name für ein Gerstenkorn.«

»Oh.« Das schien sie zwar nicht sonderlich zu beeindrucken, aber trotzdem legte sich ihre Stirn in kleine Falten der Konzentration, und ich konnte sehen, wie sich ihre Lippen bewegten, während sie die Silben ausprobierte. Joanie und Félicité konnten beide gut buchstabieren; sie spielten schon mit Bleisatz, seit sie krabbeln konnten, und hatten ihre Freude daran, sich gegenseitig mit neuen Wörtern zu verblüffen.

Das war eine Idee; vielleicht konnte ich sie ja dazu bringen, mir während der Behandlungen ungewöhnliche Wörter zu buchstabieren. Das Gerstenkorn war groß und schmerzhaft; anfangs war ihr gesamtes Augenlid rot und geschwollen gewesen und das Auge nur noch ein glänzender, böse blickender Schlitz. Jetzt war das Gerstenkorn selbst auf Erbsengröße geschrumpft, und das Auge war mindestens zu drei Vierteln wieder zu sehen.

»H«, sagte sie. Sie beobachtete mich, um zu sehen, ob das stimmte, und ich nickte. »O, R, D …« Ich nickte erneut und sah, wie sich ihre Lippen lautlos bewegten. »Hor-de-o-lum«, wiederholte ich hilfsbereit, und sie nickte zuversichtlich. »E, O, L, U, M!«

»Gut gemacht!«, sagte ich und strahlte sie an. »Wie wäre es mit …« Ich suchte nach einem weiteren guten Kandidaten. »Hepatitis?«

»Was ist denn das?«

»Eine Virusinfektion der Leber. Weißt du, wo deine Leber ist?« Ich durchsuchte meine Medizintruhe, schien aber keine Aloesalbe mehr zu haben. Ich sollte morgen zu Bartrams Garten hinüberreiten, dachte ich, wenn das Wetter es zuließ. Seit der Schlacht hatte ich eigentlich so gut wie gar nichts mehr. Bei dem Gedanken daran regte sich der übliche Stich in meiner Seite, doch ich verdrängte ihn entschlossen. Er würde schwächer werden, genau wie die Erinnerung.

Marsali erschien plötzlich an der Küchentür, als Joanie gerade sorgfältig »Akanthozytose« buchstabierte, und ich blickte von meinen Wurzeln auf. Sie hatte einen Brief in der Hand, und ihre Miene war besorgt.

»Ist der Indianer, den sie Joseph Brant nennen, der, den unser Ian kennt?«, fragte sie.

»Ich denke, er kennt eine ganze Menge von ihnen«, erwiderte ich und legte meinen Stößel hin. »Aber ich habe ihn schon von Joseph Brant sprechen hören, ja. Der Mohawkname des Mannes fängt, glaube ich, mit ›T‹ an, aber das ist alles, was ich mit Sicherheit sagen kann. Warum?« Ich empfand leise Beklommenheit bei diesem Namen. Ians Mohawkfrau Emily hatte in einer von Brant gegründeten Siedlung in New York gelebt; Ian hatte ganz kurz davon gesprochen, als er sie letztes Jahr dort besucht hatte.

Er hatte nichts davon erzählt, was der Zweck dieses Besuchs war, und weder Jamie noch ich hatten ihn danach gefragt. Doch ich ging davon aus, dass es etwas mit seiner Befürchtung zu tun hatte, keine Kinder zeugen zu können, da all seine Babys mit Emily entweder Tot- oder Fehlgeburten gewesen waren. Er hatte mich danach gefragt, und ich hatte ihm erzählt, was ich konnte, und ihm so weit wie möglich versichert, dass er durchaus Kinder mit einer anderen Frau bekommen könnte.

Ich sprach in Gedanken eine kurze Fürbitte für Rachel, dann konzentrierte ich mich abrupt wieder auf Marsali.

»*Was* haben sie getan?«

»Dieser Herr«, sie tippte auf den Brief, »sagt, Brant und seine Männer haben ein Örtchen namens Andrustown überfallen. Dort lebten nur sieben Familien.« Sie presste die Lippen fest aufeinander und richtete den Blick auf Joanie, die mit großen Ohren zuhörte. »Sie haben die Siedlung ausgeplündert und niedergebrannt und die meisten Bewohner massa… äh … ihnen den Garaus gemacht.«

»Was ist das für ein Wort, Mama?«, fragte Joanie wissbegierig. »Das, was ›den Garaus machen‹ bedeutet?«

»Massakriert«, sagte ich zu ihr, um ihrer Mutter die Peinlichkeit des Stotterns zu ersparen. »Es bedeutet wahlloses, brutales Gemetzel. Hier.« Ich reichte ihr noch eine frische Kompresse, die sie sich ohne Widerrede ans Auge hielt, während sie nachdenklich die Stirn runzelte.

»Ist das etwas anderes, als einfach jemanden umzubringen?«

»Nun ja«, sagte ich langsam, »das kommt darauf an. Es ist möglich, dass man jemanden unabsichtlich umbringt, was dann zwar sehr bedauernswert wäre, aber es wäre kein Massaker. Und es ist möglich, dass man jemanden umbringt, der versucht, einen selbst umzubringen. Das wäre dann Notwehr.«

»Rachel sagt, das darf man nicht«, stellte Joanie klar, jedoch nur der Vollständigkeit halber. »Was ist denn, wenn man zu einer Armee gehört und die Soldaten auf der anderen Seite töten muss?«

Marsali stieß einen leisen schottischen Laut der Missbilligung aus, antwortete aber kurz.

»Wenn ein Mann zur Armee gegangen ist, ist das Töten seine Aufgabe«, sagte sie. »Er tut es – meistens«, fügte sie gerechterweise hinzu und sah mich mit hochgezogener Augenbraue an, »um seine eigene Familie und sein Hab und Gut zu beschützen. Das ist also auch eher Notwehr, aye?«

Joanie blickte immer noch stirnrunzelnd von ihrer Mutter zu mir und zurück.

»Ich weiß, was brutal ist«, sagte sie. »Das ist, wenn man gemein ist, obwohl man es nicht muss. Aber was heißt wahllos?«

»Es heißt, dass man etwas tut, ohne groß darauf zu achten, wem man es antut. Und wahrscheinlich hat man überhaupt keinen Grund, es gerade dieser Person anzutun«, erklärte ich und zuckte kurz mit der Schulter.

»Dann hatte Ians Freund also gar keinen Grund, das Dorf zu verbrennen und die Leute zu töten?«

Ich wechselte einen Blick mit Marsali.

»Das wissen wir nicht«, sagte sie. »Aber gut ist es nicht, ganz gleich, warum er es getan hat. So, du bist fertig. Bitte such Félicité, dann könnt ihr anfangen, den Waschkessel zu füllen.« Sie nahm Joanie die Kompresse ab und schob sie aus dem Zimmer.

Sie sah Joanie so lange nach, bis diese durch die Hintertür verschwunden war, dann wandte sie sich zu mir um und reichte mir den Brief.

Er stammte von einem gewissen Mr. Johansen, anscheinend einer von Fergus' regulären Korrespondenten, und der Inhalt entsprach dem, was Marsali gesagt hatte, allerdings mit einigen grauenvollen Details, die sie in Joanies Hörweite nicht erwähnt hatte. Er war recht sachlich gehalten und nur hier und dort im Stil des achtzehnten Jahrhunderts ausgeschmückt, was ihn umso haarsträubender machte – buchstäblich, dachte ich, denn einige der Einwohner von Andrustown waren skalpiert worden.

Marsali nickte, als ich von dem Brief aufblickte.

»Aye«, sagte sie. »Fergus möchte den Bericht veröffentlichen, aber ich bin mir nicht sicher, ob er es tun sollte. Ians wegen.«

»Was ist denn mit Ian?«, fragte eine schottische Stimme an der Tür zur Druckerei, und Jenny kam herein, einen Marktkorb über dem Arm. Ihr Blick fiel auf den Brief in meiner Hand, und ihre scharfen dunklen Augenbrauen hoben sich.

»Hat er dir viel von ihr erzählt?«, fragte Marsali, nachdem sie ihr kurz den Inhalt erklärt hatte. »Von der Indianerin, mit der er verheiratet war?«

Jenny schüttelte den Kopf und fing an, ihren Korb auszuräumen.

»Kein Wort, nur, dass er Jamie gebeten hat, uns zu sagen, dass er uns nicht vergessen würde.« Bei dieser Erinnerung huschte ein Schatten über ihr Gesicht, und ich fragte mich einen Moment, wie es wohl für sie und ihren Ian gewesen sein musste, Jamies Bericht über die Umstände zu erhalten, unter denen Ian zum Mohawk geworden war. Ich wusste, welche Qual es ihm bereitet hatte, diesen Brief zu schreiben, und ich glaubte nicht, dass es weniger qualvoll gewesen war, ihn zu lesen.

Sie legte einen Apfel hin, den sie gerade aus dem Korb geholt hatte, und bat Marsali mit einer Handbewegung um den Brief. Nachdem sie ihn schweigend gelesen hatte, sah sie mich an. »Meinst du, er hat noch Gefühle für sie?«

»Ich glaube ja«, erwiderte ich zögernd. »Aber sie sind mit Sicherheit nicht so wie seine Gefühle für Rachel.« Doch ich erinnerte mich daran, wie er mit mir im Zwielicht auf der Geschützbatterie von Fort Ticonderoga gestanden und mir von seinen toten Kindern erzählt hatte – und von Emily, seiner Frau.

»Er hat Schuldgefühle ihr gegenüber, nicht wahr?«, fragte Jenny, die mein Gesicht beobachtete und der nichts entging. Ich sah sie zwar etwas gereizt an, nickte aber. Sie presste die Lippen zusammen, doch dann reichte sie Marsali den Brief zurück.

»Nun, wir wissen ja nicht, ob seine Frau etwas mit diesem Brant oder seinen Taten zu tun hat, und sie ist auch nicht unter den Massakrierten. Ich schlage vor, dass Fergus es drucken soll, aber …«, ihr Blick heftete sich auf mich, »zeig Jamie den Brief und sag ihm, er soll mit Ian darüber sprechen. Er wird es sich anhören.« Dann erhellte sich ihre Miene ein wenig, und ein leichtes Lächeln erschien. »Er hat jetzt eine wunderbare Frau, und ich glaube, Rachel wird nach wie vor fest hinter ihm stehen.«

IN DER DRUCKEREI traf zu jeder Tages- und häufig auch Nachtzeit Post ein, überbracht von Boten aller Art. Philadelphia erfreute sich des besten Postsystems in den Kolonien – Benjamin Franklin hatte es erst drei Jahre zuvor eingerichtet; Postreiter waren regelmäßig zwischen New York und Philadelphia und auf mehr als dreißig verschiedenen Routen unterwegs.

Doch dem Charakter von Fergus' Geschäften – und den Zeiten und Umständen – entsprechend, kam fast genauso viel Post auf traditionellerem Weg: Reisende, Kaufleute, Indianer oder Soldaten nahmen beziehungsweise brachten sie mit, und nicht selten wurde sie heimlich unter der Tür durchgeschoben. Es war diese Art von Postverkehr, die mich während der britischen Besatzung gezwungen hatte, John Grey zu heiraten, um nicht wegen Aufwiegelei und Spionage verhaftet zu werden.

Johns Brief jedoch traf ganz unromantisch in der Tasche eines Postreiters ein, ordentlich abgestempelt und mit einem Klecks aus gelbem Wachs versiegelt, in den er seinen Ring mit dem lächelnden Halbmond hineingedrückt hatte.

An Mrs. James Fraser, Frasers Druckerei, Philadelphia
Von Lord John Grey, Wilbury House, New York

Meine Liebe,

ich befinde mich mit meinem Bruder und seinem Regiment in New York und werde wahrscheinlich eine Weile hierbleiben. Angesichts dieser Tatsache dachte ich, ich sollte erwähnen, dass ich das Haus an der Chestnut Street noch bis Ende des Jahres gemietet habe, und da mich der Gedanke beunruhigt, dass es leer steht und verwüstet werden könnte oder einfach verfällt, wollte ich es Dir erneut anbieten.

Nicht, so füge ich eilig hinzu (für den Fall, dass Dein unversöhnlicher Gemahl dies liest), als Domizil, sondern als Raum für Deine Patienten. Da ich ja mit Deiner merkwürdigen Angewohnheit vertraut bin, Menschen anzuziehen, die an Seuchen, Deformierungen oder grauenvollen Verletzungen leiden, und mir außerdem bekannt ist, wie viele Personen gegenwärtig die Druckerwerkstatt des jüngeren Mr. Fraser bewohnen, glaube ich, dass Du in der Chestnut Street mehr Platz für Deine medizinischen Abenteuer fändest als zwischen einer Druckerpresse und stapelweise Haushaltsbibeln.

Da ich nicht erwarte, dass Du Deine kostbare Zeit mit Hausarbeiten vertust, habe ich dafür gesorgt, dass Mrs. Figg und ein Dienstmädchen ihrer Wahl so lange meine Angestellten bleiben, wie Du sie benötigst, und sie ihren Lohn durch meine Bank erhalten. Du würdest mir einen großen Gefallen tun, meine Liebe, indem Du diesen Vorschlag annimmst, da ich mir dann keine Sorgen mehr um das Haus machen müsste. Und die Vorstellung, wie Du dort arbeitest und General Arnold von Dir ein Klistier verabreicht bekommt, wird mir meine gegenwärtige Langeweile sehr versüßen.

Dein gehorsamer Diener
John

»Worüber lächelst du, Mutter Claire?«, erkundigte sich Marsali, die mich mit dem Brief in der Hand beobachtete. Und mit einem spöttischen Feixen: »Hat dir etwa jemand einen *billet-doux* geschickt?«

»Oh, so etwas in der Art«, sagte ich und faltete den Brief grinsend zusammen. »Du weißt nicht zufällig, wo Jamie ist, oder?«

Sie schloss ein Auge, um sich besser konzentrieren zu können, und hielt das andere auf Henri-Christian gerichtet, der fleißig die guten Schuhe seines Vaters schwärzte – und dabei zusätzlich einen Großteil seiner selbst.

»Er hat gesagt, er ist mit Ian wegen eines Pferdes unterwegs«, sagte sie, »und wollte dann zu den Docks.«

»Den Docks?«, fragte ich überrascht. »Hat er gesagt, warum?«

Sie schüttelte den Kopf. »Ich könnte das aber womöglich erraten. Das reicht, Henri! *A Dhia*, wie du aussiehst! Such eine deiner Schwestern und sag ihr, sie soll dir die Hände waschen, aye?«

Henri sah seine Hände an, als sei er erstaunt, dass sie vollständig schwarz waren.

»*Oui, maman*«, sagte er, wischte sie sich fröhlich an seiner Hose ab und brüllte aus voller Kehle: »Félicité! Komm und wasch mich!«

»Warum?«, wiederholte ich. Ich trat dichter an sie heran und senkte meine Stimme ein wenig – denn sie hatte Henri-Christian offensichtlich fortgeschickt, weil er Ohren hatte wie ein Luchs.

»Er hat mit Fergus darüber gesprochen, ob er mitgehen will, wenn ihr nach North Carolina zurückgeht«, sagte sie. »Wenn ich also raten müsste, würde ich behaupten, er versucht herauszufinden, was es kosten würde, alles zu verschiffen.« Und mit einer ausladenden Handbewegung erfasste sie alles von der Druckerpresse bis zum Dachboden.

»Hmm«, sagte ich so unbeteiligt wie möglich, obwohl mein Herz einen Satz getan hatte – nicht nur bei dem Gedanken an einen bevorstehenden Aufbruch nach Fraser's Ridge, sondern auch bei der Vorstellung, dass Fergus und Marsali mitkommen könnten. »Möchtest du … das denn?«, fragte ich vorsichtig, als ich die Falte zwischen ihren Augenbrauen bemerkte. Sie war nach wie vor eine hübsche Frau, blond und zierlich, doch sie war zu dünn, und die ständige Anspannung schärfte ihre Gesichtszüge.

Sie schüttelte den Kopf, jedoch unentschlossen, nicht ablehnend.

»Ich weiß es wirklich nicht«, gab sie zu. »Das Leben ist um einiges leichter geworden, seit die Briten fort sind – aber sie sind ja nicht sehr weit fort, nicht wahr? Sie könnten zurückkommen und dann?« Sie sah sich beklommen um, obwohl im Moment keine Kundschaft in der Druckerei war. Während der letzten Monate der britischen Besatzung hatte Fergus sein Haus verlassen und versteckt am Stadtrand leben müssen.

Ich öffnete den Mund, um ihr zu sagen, dass ich das bezweifelte. Hal Grey hatte mir im *Ganja*rausch erzählt, dass die neue britische Strategie so aussah, dass man die südlichen Kolonien vom Norden abschneiden und die Rebellion dort niederschlagen wollte, während man den Norden aushungerte, bis er sich ergab. Doch ich schloss ihn, ohne etwas zu sagen. Besser, wenn ich das erst erwähnte, wenn ich wusste, ob Jamie es Fergus erzählt hatte.

Warum nur *wusste* ich nicht, was geschehen würde?, fragte ich mich frustriert – und das nicht zum ersten Mal. Warum hatte ich meine Kenntnisse in amerikanischer Geschichte nicht aufgefrischt, solange ich Gelegenheit dazu hatte?

Nun, weil ich nicht damit gerechnet hatte, in Amerika zu landen, lautete die Antwort. Das war einfach typisch. Und es war ohnehin zwecklos, zu viel Zeit mit dem Schmieden von Plänen zuzubringen, angesichts der Haken, die das Leben immer wieder ohne Vorwarnung schlug.

»Es wäre wunderbar, wenn ihr mitkommen würdet«, sagte ich so ungerührt wie möglich und fügte dann treffsicher hinzu: »Und so schön, die Kinder in der Nähe zu haben.«

Marsali prustete und warf mir einen Seitenblick zu.

»Aye«, sagte sie trocken. »Glaub ja nicht, dass ich eine Oma nicht zu schätzen weiß. Und wenn ihr geht, geht Oma Janet sicher ebenfalls.«

»Meinst du?« Daran hatte ich noch gar nicht gedacht. »Aber Jenny liebt dich und die Kinder doch – und Fergus ist genauso sehr ihr Sohn wie ihre eigenen Jungen.«

»Nun, das stimmt vielleicht«, räumte sie ein, mit einem kurzen Lächeln, das mir wieder die strahlende Fünfzehnjährige zeigte, die Fergus vor Jahren an einem karibischen Strand geheiratet hatte. »Aber Ian ist doch ihr Jüngster. Und sie hat herzlich wenig von ihm gehabt. Jetzt, da er verheiratet ist, wird sie in seiner Nähe sein und helfen wollen, wenn seine Kinder kommen. Und du weißt genau, dass Rachel dahin gehen wird, wohin Ian geht – und Ian dahin, wohin Pa geht.«

Das war eine kluge Einschätzung, dachte ich, und ich nickte ihr zustimmend und respektvoll zu.

Sie seufzte tief, setzte sich in ihren Lehnstuhl und holte sich das obere Stück aus dem überquellenden Korb mit Flickzeug. Die Nadel steckte mit eingefädeltem Faden nach wie vor in dem Kleidungsstück, in dem sie sie gestern gelassen hatte. Ich wollte das Gespräch noch nicht beenden, daher zog ich mir einen Hocker herbei, setzte mich neben sie und holte einen von Germains Strümpfen aus dem Korb. Das Nähzeug stand mitsamt Nadelkissen, Garnröllchen und Stopfpilz neben dem Korb mit den Flicksachen, und ich fädelte mir zielsicher einen Faden ein und freute mich, dass ich das immer noch konnte, ohne meine Brille aufzusetzen.

»Was ist denn mit Fergus?«, fragte ich unverblümt. Was Marsali betraf, so lag die Krux nämlich eindeutig bei Fergus.

»Aye, das ist das Problem«, antwortete sie offen. »Ich würde ja mitgehen, und zwar mit Freude. Aber du weißt ja, wie es in Fraser's Ridge für ihn gewesen ist.«

Das stimmte, und ich verzog das Gesicht, während ich die Ferse des Strumpfes über den Pilz zog.

»Das letzte Jahr in der Stadt war gefährlich«, sagte sie und schluckte bei dem Gedanken daran. »Ich kann dir gar nicht sagen, wie oft die Soldaten hier gewesen sind, um ihn festzunehmen; sie haben das ganze Haus mehrmals auf den Kopf gestellt, als sie ihn nicht finden konnten. Und manchmal waren die Loyalisten hier und haben Parolen auf die Außenwand gemalt. Die Gefahr hat ihm jedoch nichts ausgemacht – solange sie mich und die Kinder nicht betraf.«

»Und manchmal sogar dann nicht«, grummelte ich. »Und damit meine ich nicht nur Fergus. Verflixte Männer.«

Marsali prustete belustigt.

»Aye. Aber er *ist* nun einmal ein Mann, nicht wahr? Er muss das Gefühl haben, dass er etwas wert ist. Er muss in der Lage sein, für uns zu sorgen, und das kann er hier, und zwar gut. Ich weiß nicht, wie er in den Bergen seinen Lebensunterhalt verdienen soll.«

»Das stimmt«, gab ich widerstrebend zu. Der Tag war heiß, und in der Küche, wo der Kessel über dem Feuer simmerte, war es kaum zu ertragen. Fliegen oder nicht – und es gab unfassbar viele Fliegen in Philadelphia –, ich stand trotzdem auf, um die Hintertür zu öffnen. Draußen war es kaum kühler, doch zumindest brannte das Feuer unter dem großen Waschkessel noch nicht; die Mädchen waren gerade dabei, ihn zu füllen, und stapften mit ihren Eimern zum Brunnen und zurück.

Henri-Christian war nirgendwo in Sicht, war aber anscheinend sauber geschrubbt worden; als dementsprechender Hinweis lag ein schmutziges schwarzes Tuch unordentlich auf der Türschwelle. Ich bückte mich, um es aufzuheben, und sah ein zusammengefaltetes Stück Papier neben der Schwelle auf dem Boden liegen. Es stand zwar kein Adressat darauf, doch es sah so aus, als hätte man es mit Absicht dorthin platziert. Also hob ich es auf und nahm es mit nach drinnen.

»Aber«, sagte Marsali, kaum dass ich mich wieder gesetzt hatte, »ich denke, selbst wenn wir nicht nach Fraser's Ridge gehen, sollten wir besser fort von hier. Es muss doch Orte im Süden geben, wo sie einen Drucker brauchen können, auch wenn es keine Städte sind wie Philadelphia.«

»Nun ja, da wäre Charleston«, sagte ich skeptisch, »und Savannah. Im Sommer ist es dort zwar genauso heiß und furchtbar wie in Philadelphia, aber ich denke, die Winter sind milder.«

Sie sah mich kurz über das Hemd hinweg an, das sie gerade flickte, dann legte sie es in den Schoß, als wäre sie zu einer Entscheidung gelangt.

»Es ist nicht das Wetter, das mir Sorgen macht«, bekannte sie leise. Sie beugte sich vor, fasste unter den Berg aus Hemden und Strümpfen und holte eine Handvoll schmutziger Zettel und zerfranster Briefe hervor. Mit vorsichtigen Fingern, als haftete eine Krankheit daran, legte sie sie mir auf das Knie.

»Jeder Drucker bekommt so etwas heutzutage unter der Tür durchgeschoben«, erklärte sie und beobachtete mein Gesicht, während ich die ersten paar Zettel las. »Vor allem, wenn er Stellung bezieht. Das haben wir ja vermieden, solange wir es konnten, aber irgendwann kann man einfach nicht mehr dazwischenstehen.«

Das sagte sie mit einer Schlichtheit und Akzeptanz, die mir die Tränen in die Augen trieb ... mehr allerdings noch angesichts der anonymen Briefe – denn sie waren alle unsigniert und in unterschiedlichen Handschriften verfasst, obwohl einige eindeutig von derselben Person stammten –, die keinen Zweifel daran ließen, was der Preis dafür sein konnte, wenn man sich auf die Seite der Rebellen stellte.

»Vielleicht war es sogar schlimmer, als die Briten noch hier waren. Ich dachte allerdings, es würde aufhören, als sie abgezogen sind, aber das war nicht der Fall.«

»Ich kann mir nicht vorstellen, dass sämtliche Loyalisten mit abgezogen sind«, sagte ich und holte tief Luft, um mich wieder in den Griff zu bekommen. Ich fühlte mich, als hätte man mir einen Hieb in den Magen versetzt.

»Nur die reicheren«, sagte Marsali. »Die, die dachten, man würde sie aus ihren Häusern zerren oder sie misshandeln und ausrauben, sobald die Armee ihnen keinen Schutz mehr bot. Das heißt aber nicht, dass die ärmeren nicht dieselben Ansichten haben.«

»Warum bewahrst du sie auf?«, fragte ich und reichte ihr die Briefe mit zwei spitzen Fingern zurück, so als hielte ich sie mit einer Zange fest. »Ich glaube, ich würde sie auf der Stelle ins Feuer werfen.«

»Das habe ich anfangs auch getan«, sagte sie und verstaute die Handvoll Böswilligkeit sorgfältig wieder ganz unten in dem Korb. »Aber ich habe gemerkt, dass ich nicht vergessen konnte, was darin stand, und dass mich die Worte nachts heimgesucht haben, so dass ich nicht schlafen konnte.« Sie richtete sich auf, zuckte mit den Schultern und griff wieder nach ihrer Nadel.

»Ich habe es Fergus erzählt, und er meinte, wir sollten sie behalten und sie mehrmals am Tag lesen – sie uns gegenseitig vorlesen.« Ein kleines, reumütiges Lächeln umspielte ihren Mund. »Also haben wir das getan, wenn die Kinder schliefen. Wir haben am Feuer gesessen und sie uns abwechselnd vorgelesen. Und er hat sich darüber lustig gemacht und die Grammatik und den Mangel an Spracheleganz kritisiert; er hat sie miteinander verglichen, und wir haben eine Rangliste aufgestellt, vom besten Schmähbrief bis zum schlechtesten ... und dann haben wir sie gut versteckt und sind in den Armen des anderen eingeschlafen.«

Ihre Hand ruhte sanft auf dem Berg aus Flickzeug, als wäre es Fergus' Schulter, und ich lächelte.

»Nun ja«, sagte ich. Ich räusperte mich und zog den Zettel hervor, den ich gerade gefunden hatte. »Ich habe keine Ahnung, ob das ein weiteres Stück für eure Sammlung ist – aber das habe ich gerade vor der Hintertür gefunden.«

Sie nahm mir das Papier mit hochgezogener Augenbraue ab und betrachtete es von allen Seiten.

»Der Brief ist sauberer als die meisten anderen«, stellte sie fest. »Kein schlechtes Papier. Vielleicht ist es ja nur ein …« Sie verstummte, als sie den Zettel zu lesen begann. Ich konnte sehen, dass er kurz war; innerhalb von Sekunden wich ihr das Blut aus dem Gesicht.

»Marsali.« Ich streckte die Hand aus, und sie drückte mir den Brief in die Hand und erhob sich hastig.

Auf dem Zettel stand: *»Marienwürmchen, fliege weg, fliege weg! Dein Häuschen brennt! Die Kinder schrein!«*

»Henri-Christian!« Marsalis Stimme war kräftig und drängend. »Kinder! Wo ist euer kleiner Bruder?«

112

GESPENSTER BEI TAGESLICHT

Ich fand Henri-Christian am ersten Ort, an dem ich suchte: ein Stück weiter die Straße entlang, wo er mit den beiden kleinsten Phillips-Mädchen spielte. Die Phillips hatten zehn Kinder, und selbst Henri-Christian fiel in ihrem Haushalt nicht besonders auf.

Es gab Eltern, die ihren Kindern verboten, in Henri-Christians Nähe zu kommen – vermutlich entweder aus Angst, dass Zwergenwuchs ansteckend war, oder aufgrund des verbreiteten Aberglaubens, dass sein Aussehen daher rührte, dass seine Mutter es mit dem Teufel getrieben hatte. Das war mir schon ein paar Mal zu Ohren gekommen, obwohl jeder in der Nachbarschaft darauf achtete, es nicht in Hörweite von Jamie, Fergus, Ian oder Germain zu sagen.

Doch die Phillips waren Juden und empfanden anscheinend eine gewisse Verwandtschaft mit einem Menschen, der durch sein Anderssein isoliert war; Henri-Christian war bei ihnen stets willkommen. Ihr Mädchen für alles nickte nur, als ich fragte, ob ihn vielleicht eins der älteren Kinder später nach Hause bringen könnte, und machte sich wieder über die Wäsche her; überall in Philadelphia war Waschtag, und die schwülwarme Atmosphäre wurde noch verstärkt durch die zig dampfenden Waschkessel in der Nachbarschaft, denen der Geruch von Waschsoda entströmte.

Ich kehrte rasch zur Druckerei zurück, um Marsali zu informieren, wo Henri-Christian war. Nachdem ich sie etwas beruhigt hatte, setzte ich meinen breitkrempigen Hut auf und verkündete, dass ich Fisch für das Abendessen kaufen würde. Marsali und Jenny, die mit einer Wäscheforke beziehungsweise einem großen Paddel zum Rühren der Wäsche bewaffnet waren, sahen mich zwar vielsagend an – sie wussten beide, wie sehr ich es hasste zu waschen –, doch keine von ihnen gab einen Kommentar ab.

Natürlich war ich während meiner Genesung von der Hausarbeit entschuldigt gewesen, und offen gestanden war ich auch jetzt noch nicht in der Lage, heiße, triefende Kleidungsstücke umherzuhieven. Ich hätte es möglicherweise bewerkstelligt, die Wäsche aufzuhängen, doch ich beruhigte mein Gewissen, da 1. Fisch sich bestens für ein schnelles Abendessen am Waschtag eignete, ich 2. regelmäßig spazieren gehen musste, um Kräfte zu sammeln, und ich 3. allein mit Jamie sprechen wollte.

Der anonyme Brief war mir fast genauso sehr unter die Haut gegangen wie Marsali. Er war anders als die anderen Drohbriefe, die sie mir gezeigt hatte. Die waren alle ausdrücklich politischer Natur, und manche richteten sich zwar gegen Marsali (denn sie hatte die Zeitung allein herausgebracht, solange sich Fergus versteckt hielt), doch sie enthielten nur das übliche »Rebellenschlampe«-Gefasel. Solche Schimpfwörter hatte ich – zusammen mit »Tory-Hure« und ihren deutschen und jiddischen Entsprechungen – in den weniger feinen Gegenden Philadelphias schon oft gehört.

Das hier war anders. Es roch nach raffinierter, intelligenter Böswilligkeit, und plötzlich hatte ich so stark das Gefühl, dass mir Jack Randall über die Schulter blickte, dass ich abrupt stehen blieb und herumfuhr.

Es herrschte zwar reges Treiben auf der Straße, doch hinter mir war niemand. Nicht die geringste Spur von einem roten Rock, obwohl hier und dort Kontinentaloffiziere in Blau und Gelb zu sehen waren.

»Lass mich in Ruhe, Hauptmann«, murmelte ich, jedoch nicht leise genug; eine kleine rundliche Frau, die Brezeln von einem Tablett um ihren Hals verkaufte, sah mich mit großen Augen an. Sie wandte den Kopf, um zu sehen, mit wem ich sprach, ohne jemanden zu entdecken, dann richtete sie sich mit besorgter Miene an mich.

»Geht es Euch gut, Madam?«, sagte sie mit kräftigem deutschem Akzent.

»Ja«, sagte ich verlegen. »Ja, bestens. Danke.«

»Nehmt das«, sagte sie freundlich und reichte mir eine Brezel. »Ich glaube, Ihr habt Hunger.« Sie winkte ab, als ich mit ungeschickten Fingern bezahlen wollte, und setzte mit wogenden Hüften ihren Weg fort. Dabei schwenkte sie einen Stock, an dem ein Stapel Brezeln hing wie Wurfringe, und rief: »Brezeln! Heiße Brezeln!«

Plötzlich fühlte ich mich benommen, und ich lehnte mich an eine Hausfassade, schloss die Augen und biss in die Brezel. Sie war weich, frisch und mit Salz bestreut, und ich stellte fest, dass die Frau recht gehabt hatte. Ich *hatte* Hunger. Mordshunger sogar.

Die Brezel erfüllte erst meinen Magen und dann meine Blutbahnen mit einem sofortigen Gefühl der Stabilität und des Wohlbefindens. Und die kurze

Panik, die ich empfunden hatte, verpuffte so schnell, dass ich beinahe glauben konnte, es hätte sie nie gegeben. Beinahe.

Es war schon länger nicht mehr vorgekommen. Ich schluckte den letzten Brezelbissen herunter, und nachdem ich meinen Pulsschlag überprüft hatte – kräftig und regelmäßig –, machte ich mich weiter auf den Weg zum Fluss.

Ich ging langsam; es war Mittag, und jede große Anstrengung würde mir Schweißausbrüche und wahrscheinlich gleichzeitig Schwindelanfälle verursachen. Ich hätte meinen Gehstock mitnehmen sollen, doch ich hatte todesmutig beschlossen, ohne ihn auszukommen. Ich hasste es, wenn ich mich unsicher fühlte.

Noch mehr jedoch hasste ich es … *das* zu fühlen. Dieses plötzliche Gefühl der Bedrohung, der irrationalen Angst … der Vergewaltigung. Flashback nannte es das Militär – würde es das nennen – in meiner Zeit. Doch es war mir seit Saratoga nicht mehr passiert, und ich hatte es beinahe vergessen. Beinahe.

Natürlich war es absolut erklärlich; ich war angeschossen worden und dem Tod nahe gewesen, war körperlich immer noch geschwächt. Beim letzten Mal war ich im Dunklen allein im Wald in der Nähe eines Schlachtfelds unterwegs gewesen, verirrt und umgeben von Männern im Rausch der Gewalt. Kein Wunder, dass es da geschehen war; die Situation erinnerte viel zu sehr daran, wie es gewesen war, als man mich entführt und misshandelt hatte …

»Vergewaltigt«, sagte ich laut und mit fester Stimme, zur extremen Verblüffung zweier vorübergehender Herren. Ich beachtete sie nicht. Es war zwecklos zu versuchen, dem Wort oder der Erinnerung aus dem Weg zu gehen. Es war vorbei; ich war gerettet.

Davor … also das erste Mal, dass mich dieses Gefühl der Bedrohung überwältigt hatte, war in River Run gewesen bei einem Fest. Doch es war ein Fest, bei dem das Gefühl der drohenden Gewalt greifbar gewesen war. Damals war Jamie Gott sei Dank in meiner Nähe gewesen und hatte mir sehr handfest geholfen, das Gespenst zu vertreiben.

Die Highlander hatten immer eine praktische Lösung – egal, ob das Problem darin lag, ein Feuer während der Nacht durchglühen zu lassen, ob die Kuh keine Milch mehr gab oder ob man von Geistern heimgesucht wurde.

Ich berührte meinen Mundwinkel mit der Zunge, fand ein verirrtes Salzkörnchen von der Brezel und hätte fast gelacht. Ich sah mich nach der Frau um, die mich gerettet hatte, doch sie war verschwunden.

»Typisch Engel«, murmelte ich. »Danke.«

Auf *Gaidhlig* gab es bestimmt eine Beschwörungsformel dafür, dachte ich. Es gab Dutzende, vermutlich Hunderte solcher Sprüche. Ich kannte nur ein paar, die sich zum Großteil um Gesundheitliches drehten (sie wirkten beruhigend auf meine Gälisch sprechenden Patienten), doch ich suchte mir den aus, der mir jetzt am passendsten erschien, und schritt entschlossenen Schrittes über das Pflaster und sang:

»Ich zertrete dich, du Plage,
wie der Wal das Wasser zermalmt,
Plage des Rückens, Plage des Körpers,
du böser kranker Atemhauch.«

Und dann sah ich Jamie, der von den Docks heraufkam. Er lachte über etwas, das Fergus sagte, und die Welt ringsum rückte wieder an ihren Platz.

JAMIE WARF MIR NUR EINEN EINZIGEN BLICK zu, nahm meinen Arm und schob mich wortlos in ein kleines Kaffeehaus an der Ecke der Locust Street. Um diese Tageszeit war es mehr oder minder verlassen, und ich erregte nur relativ wenig Aufmerksamkeit. Frauen tranken zwar Kaffee – wenn es Kaffee gab –, jedoch meistens zu Hause in Gesellschaft von Freunden oder bei kleineren *Salons*. In London oder Edinburgh mochte es zwar elegantere Kaffeehäuser geben, die auch von Frauen besucht wurden, doch die Kaffeehäuser von Philadelphia schienen vor allem männliche Rückzugsorte zum Abschluss von Geschäften, zum Austausch von Gerüchten und für politische Diskussionen zu sein.

»Was hast du denn gemacht, Sassenach?«, erkundigte sich Jamie ruhig und nahm der Bedienung das Tablett mit den Kaffeetassen ab. »Du siehst …« Er blinzelte mich an und suchte offenbar nach einem Wort, das zutraf, ohne mich umgehend dazu zu treiben, ihn mit heißem Kaffee zu überschütten.

»… etwas indisponiert aus«, sagte Fergus und ergriff die Zuckerzange. »Hier, Mylady.« Ohne zu fragen, ließ er drei große Klumpen braunen Zucker in meine Tasse fallen. »Es heißt, es wirkt abkühlend, wenn man etwas Heißes trinkt«, fügte er hilfsbereit hinzu.

»Nun, auf jeden Fall muss man davon mehr schwitzen«, stellte ich klar und ergriff meinen Löffel. »Und solange man nicht komplett verdunstet, wirkt es mit Sicherheit nicht kühlend.« Ich schätzte die Luftfeuchtigkeit auf etwa tausend Prozent – nur leicht übertrieben –, doch ich schüttete trotzdem etwas von meinem gesüßten Kaffee auf meine Untertasse und pustete darauf. »Was ich gemacht habe …? Ich war unterwegs, um Fisch für das Abendessen zu kaufen. Und was habt *ihr* beide gemacht?«

Ich fühlte mich um einiges besser, seit ich saß, und die Tatsache, dass ich von Jamie und Fergus flankiert war, ließ das merkwürdige Gefühl der Bedrohung, das ich auf der Straße empfunden hatte, ein wenig verblassen. Doch bei dem Gedanken an den anonymen Brief stellten sich mir trotz der Hitze die Nackenhaare auf.

Jamie und Fergus sahen sich an, und Fergus zog die Schulter kurz hoch.

»Uns einen Überblick über unser Vermögen verschafft«, antwortete Jamie. »Und Lagerhäuser und Schiffskapitäne besucht.«

»Tatsächlich?« Bei diesem Gedanken wurde mir sofort leichter ums Herz. Das klang nach den ersten konkreten Schritten für unsere Heimkehr. »Haben wir denn nennenswertes Vermögen?« Unser Bargeld war zum Großteil verwendet worden, um Pferde, Uniformen, Waffen, Proviant für Jamies Männer und andere Kosten des Feldzugs zu bezahlen. Theoretisch würde der Kongress diese Kosten erstatten. Doch nach allem, was General Arnold mir über den Kongress erzählt hatte, war ich nicht der Meinung, dass wir angehaltenen Atems darauf warten sollten.

»Ein bisschen«, sagte Jamie und lächelte mich an. Er wusste genau, was ich dachte. »Ich habe einen Käufer für den Wallach gefunden; vier Pfund.«

»Das scheint ein guter Preis zu sein«, erwiderte ich unsicher. »Aber – würden wir das Pferd nicht selber für die Reise brauchen?«

Ehe er antworten konnte, öffnete sich die Tür, und Germain kam herein, ein Bündel Flugblätter unter dem Arm und eine finstere Miene im Gesicht. Letztere verschwand jedoch wie der Morgentau, als er uns sah, und er kam zu mir und umarmte mich.

»*Grand-mère!* Was machst du denn hier? *Maman* sagt, du wolltest Fisch einkaufen.«

»Oh«, sagte ich und bekam plötzlich ein schlechtes Gewissen, weil mir die Wäsche einfiel. »Ja, das will ich auch … Äh, ich meine, ich war gerade auf dem Weg … möchtest du einen Bissen, Germain?« Ich bot ihm den Teller mit den Mandelplätzchen an, und seine Augen begannen zu leuchten.

»Einen«, sagte Fergus streng. Germain verdrehte die Augen, nahm sich aber widerspruchslos ein einzelnes Plätzchen und hob es übertrieben genießerisch mit zwei Fingern hoch.

»*Papa*«, sagte er und verspeiste das Plätzchen mit zwei raschen Bissen. »Ich glaube, du solltest nach Hause gehen.«

Fergus zog seine ausgeprägten schwarzen Augenbrauen hoch.

»Warum?«

»Weil«, sagte Germain, während er sich den Zucker aus dem Mundwinkel leckte und die restlichen Plätzchen beäugte, »Oma Janet zu Mr. Sorrel gesagt hat: Wenn er *Maman* nicht in Ruhe lässt, ersticht sie ihn mit der Wäscheforke. Und ich traue es ihr zu«, fügte er nachdenklich hinzu und pickte mit der Fingerspitze ein paar Krümel vom Teller.

Fergus knurrte. Ich erschrak, denn so etwas hatte ich nicht mehr von ihm gehört, seit er ein halb wilder zehnjähriger Taschendieb in Paris gewesen war.

»Wer ist denn Mr. Sorrel?«, fragte Jamie in verräterisch gelassenem Ton.

»Ein Wirtshausbesitzer, der auf dem Weg zur Arbeit bei uns vorbeikommt und Halt macht, um eine Zeitung zu kaufen – und um meine Frau zu begaffen«, erklärte Fergus knapp. Er schob seine Bank zurück und erhob sich. »Entschuldigung, Mylady«, sagte er und verbeugte sich vor mir.

»Sollte ich besser mitkommen?«, fragte Jamie und drückte sich ebenfalls vom Tisch ab. Doch Fergus schüttelte den Kopf und setzte seinen Dreispitz auf.

»Nein. Der Mann ist ein Feigling. Er braucht mich nur zu sehen, dann ist er verschwunden.« Seine weißen Zähne blitzten in einem plötzlichen Lächeln auf. »Falls Mylords Schwester nicht schon kurzen Prozess mit ihm gemacht hat.«

Er ging, und die Plätzchen blieben Germain überlassen, der sie vergnügt und mit Bedacht in seine Tasche schaufelte, ehe er zur Ladentheke ging, um die neuen Flugblätter auszulegen, die oft gelesenen und kaffeefleckigen Exemplare von gestern an sich zu nehmen und bei der Besitzerin sein Geld einzusammeln.

»Während ihr euch Gedanken über unser Vermögen gemacht habt, hat Fergus dir da gesagt, wie viel er mit der Druckerei verdient?«, fragte ich so, dass Germain es nicht hören konnte.

»Ja.« Jamie schwenkte eine Kaffeetasse unter seiner Nase und verzog das Gesicht. Das Getränk firmierte zwar unter dem Namen Kaffee – und enthielt auch bestimmt ein paar echte Bohnen –, doch es war mit einem hohen Anteil an Zichorien und noch ein paar anderen, kaum identifizierbaren Zutaten versetzt. Ich fischte ein Stückchen einer verkohlten Eichel aus meiner Untertasse und fügte noch mehr Zucker hinzu.

Die Druckerei war tatsächlich ziemlich profitabel; erst recht jetzt, da Fergus' bedeutendster Konkurrent, ein Loyalist, die Stadt mit dem Abzug der britischen Armee verlassen hatte.

»Aber sie verursacht auch Kosten«, erklärte Jamie. »Und manche davon sind gestiegen, seit die Armee fort ist.« Papier und Tinte waren schwieriger zu bekommen, seit die Armee die Transportwege nicht mehr beschützte. Die Zunahme der Gefahr auf den öffentlichen Straßen bedeutete auch, dass weniger gedruckte Bücher ausgeliefert werden konnten, und falls doch, dass man sie entweder versichern oder ihren Verlust riskieren musste.

»Und dann hat er die Druckerei versichert, was viel Geld kostet«, fügte Jamie hinzu. Er zog angewidert die Nase kraus, aber schließlich trank er seinen Kaffee in drei großen Zügen. »Es passt Marsali gar nicht, das zu bezahlen«, sagte er und schnaubte leise. »Fergus weiß allerdings noch sehr gut, was mit meiner Druckerei in Edinburgh passiert ist. Und er hat mir noch ein paar Dinge erzählt, von denen Marsali nichts weiß.«

»Zum Beispiel?« Ich warf einen argwöhnischen Blick auf Germain, doch er war in eine unverkennbar anzügliche Unterhaltung mit einer Kellnerin an der Theke vertieft, die zwei oder drei Jahre älter war als er, ihn aber sichtlich amüsant fand.

»Oh, Drohungen von Leuten, denen etwas, was er gedruckt hat, nicht gefällt, oder die schlechte Laune haben, weil er etwas von ihnen nicht drucken will. Hin und wieder ein bisschen Sabotage; seine Flugblätter werden aus Kaffeehäusern und Wirtshäusern gestohlen und auf der Straße verstreut – obwohl er sagt, das ist besser geworden, seit Mr. Dunphy fort ist.«

»Dunphy, der loyalistische Drucker?«

»Aye. Germain!«, rief Jamie durch den Verkaufsraum. »Musst du heute noch irgendwohin? Dann solltest du besser gehen, ehe deine Nachrichten alt werden.«

Das brachte die wenigen Kunden zum Lachen, und Germains Ohren wurden ein bisschen rot. Er warf seinem Großvater einen vielsagenden Blick zu, war aber so klug, den Mund zu halten, und nach ein paar letzten Worten zu der Bedienung an der Theke verließ er das Kaffeehaus. Dabei steckte er das Küchlein, das sie ihm geschenkt hatte, beiläufig in seine Tasche.

»Du glaubst doch hoffentlich nicht, dass er sich als Taschendieb versucht, oder?«, fragte ich, nachdem ich beobachtet hatte, wie geschickt er dieses Manöver vollzog. Fergus hatte Germain viele seiner diesbezüglichen Techniken gelehrt, weil er nicht wollte, dass sein Können verloren ging.

»Weiß der Himmel, aber umso besser, wenn er Philadelphia verlässt. In den Bergen wird er nicht viel Gelegenheit haben, dieses Talent anzuwenden.« Er reckte den Hals, um zum Fenster hinauszuschauen, und beobachtete, wie Germain die Straße entlangging. Dann lehnte er sich zurück und schüttelte den Kopf.

»Aber das Wichtigste, was Fergus Marsali nicht erzählt hat, hat mit diesem französischen Fatzke zu tun, Wainwright.«

»Was, der modebewusste Percival?«, fragte ich schwach belustigt. »Ist er etwa immer noch hier?«

»Aye, das ist er. Hartnäckiger kleiner Sodomit«, stellte er leidenschaftslos fest. »Er hat eine detaillierte Schilderung dessen niedergeschrieben, was seinen Worten zufolge die Geschichte von Fergus' Eltern ist, und kommt zu dem Schluss, dass Fergus der Erbe eines großen Vermögens in Frankreich ist. Fergus sagt, wenn es ein Roman gewesen wäre, hätte man es als zu unplausibel kritisiert, und kein Verleger würde es anrühren.« Er grinste bei diesem Gedanken, doch dann wurde er wieder ernst. »Dennoch. Fergus sagt, er hat nicht die geringste Absicht, etwas damit zu tun haben zu wollen, denn selbst wenn es wahr wäre, hat er nicht vor, als Schachbrettfigur für die Interessen anderer zu fungieren – und erst recht nicht, wenn es nicht wahr ist.«

»Hmm.« Ich war jetzt dazu übergegangen, einfach die Zuckerklumpen zu essen, statt sie mit dem problematischen Kaffee zu vermischen, und zerkaute gerade knirschend einen Würfel zwischen meinen Backenzähnen. »Aber warum enthält er Marsali das denn vor? Sie weiß doch von Wainwrights vergangenen Avancen, oder?«

Jamie trommelte nachdenklich mit der Hand auf den Tisch, und ich sah ihm fasziniert dabei zu; er hatte jahrelang die Angewohnheit gehabt, beim Überlegen mit den beiden steifen Fingern seiner rechten Hand zu trommeln – dem Mittel- und dem Ringfinger, der schlimm gebrochen, rudimentär gerichtet und mehrfach erneut gebrochen war, weil er so ungünstig abgestanden hatte. Den ruinierten Ringfinger hatte ich schließlich amputiert, nachdem ihn ein Kavalleriesäbel während der ersten Schlacht von Saratoga zur Hälfte abgetrennt hatte. Er trommelte allerdings nach wie vor so, als wäre der Finger weiterhin vorhanden, obwohl jetzt nur noch der Mittelfinger die Tischplatte traf.

»Ja«, sagte er langsam. »Aber Fergus sagt, irgendwann haben Wainwrights … Unverfrorenheiten einen seltsamen Unterton angenommen. Keine *direkte* Drohung – nur zum Beispiel eine Anmerkung, dass, da Fergus der Erbe des Beauchamp'schen Vermögens ist – wenn er das denn ist –, dass also dann ja Germain den Titel und das Land nach ihm erben würde.«

Ich runzelte die Stirn.

»Ich kann darin einen weiteren Anreiz sehen – aber warum ist es eine Drohung?«

Er sah mich über die Kaffeereste hinweg an.

»Wenn Germain alles erben würde – brauchen Wainwrights Gönner Fergus doch eigentlich nicht, oder?«

»Jesus H. ... wirklich?!«, sagte ich erschrocken. »Du ... oder vielmehr Fergus ... denkt, Wainwright und Konsorten würden ihn *umbringen* und dann Germain benutzen, um die Kontrolle über diesen Besitz zu erlangen oder was auch immer sie im Sinn haben?«

Jamie deutete ein Achselzucken an.

»Fergus ist nicht so alt geworden, ohne ein Gespür dafür zu entwickeln, wenn ihm jemand Böses will. Und wenn er meint, mit diesem Wainwright stimmt etwas nicht, dann neige ich dazu, ihm zu glauben. Außerdem«, fügte er fairerweise hinzu, »wenn es für ihn ein Argument ist, Philadelphia zu verlassen und mit uns nach Süden zu kommen, werde ich ihm nicht einreden, dass er unrecht hat.«

»Nun, das stimmt.« Ich warf einen skeptischen Blick auf meinen Kaffeesatz und entschied mich endgültig dagegen. »Da wir aber gerade von Germain sprechen – oder vielmehr den Kindern –, das war eigentlich der Grund, warum ich auf der Suche nach dir war.« Und mit wenigen Worten beschrieb ich den Marienkäferbrief und seine Wirkung auf Marsali.

Jamie zog seine dichten kastanienbraunen Augenbrauen zusammen, und sein Gesicht nahm eine Miene an, die für seine Feinde nichts Neues gewesen wäre. Ich hatte diese Miene zuletzt im Licht des Tagesanbruchs auf einem Berghang in North Carolina gesehen, wo er mich zwischen den Bäumen hindurch über eine Wiese geführt hatte, von einer kalten Leiche zur nächsten, um mir zu zeigen, dass die Männer, die mich gepeinigt hatten, tot waren ... um mir die Gewissheit zu geben, dass sie mich nicht mehr anrühren konnten.

»Das war der Grund, warum ich auf der Straße ... äh ... indisponiert war«, sagte ich entschuldigend. »Es erschien mir einfach so – böse. Aber auf feine Weise böse, falls du weißt, was ich meine. Es ... ist mir sehr unter die Haut gegangen.« Die Toten hatten ihre eigene Art sicherzugehen, dass man sich an sie erinnerte. Doch bei dem Gedanken an seine damalige Rache empfand ich nach wie vor nichts außer einem vagen Gefühl der Erleichterung und einem noch vageren Gefühl der Ehrfurcht angesichts der übernatürlichen Schönheit des Blutvergießens an einem solchen Ort.

»Ich weiß«, sagte er leise und klopfte mit dem eigentlich fehlenden Finger und seinem Mittelfinger auf den Tisch. »Und ich würde gern diesen Brief sehen.«

»Warum?«

»Um zu sehen, ob die Handschrift so aussieht wie in Percy Wainwrights Brief, Sassenach«, sagte er, schob sich vom Tisch zurück und reichte mir meinen Hut. »Bist du bereit?«

113

UND DANKE FÜR DEN FISCH

Ich hatte einen Felsenbarsch mitgebracht, der fast so lang war wie mein Arm, dazu Flusskrebse und einen Jutesack mit Austern von der Flussmündung, und die Küche roch herrlich nach frischem Brot und Fischeintopf. Das war gut, weil man Eintopf immer verlängern kann. Ian und Rachel waren kurz vor dem Abendessen überraschend mit Rollo im Schlepptau in die Druckerei gekommen, so sichtlich im siebten Himmel, dass man lächeln – und hin und wieder erröten – musste, wenn man sie nur ansah.

Auch Jenny lächelte, und ich sah, wie sich ihre schmalen Schultern ein wenig entspannten, als sie Ians leuchtendes Gesicht sah. Ich rührte rasch den nun verlängerten Eintopf um und trat dann hinter sie. Sie saß am Feuer, und ich legte ihr die Hände auf die Schultern und knetete sie sanft. Ich wusste verdammt gut, wie sehr einem ein Waschtag in den Knochen saß.

Sie stieß einen langen, seligen Seufzer aus und senkte den Kopf, damit ich mit den Daumen an ihren Nacken kam.

»Meinst du, unsere kleine Quäkerin ist schon schwanger?«, murmelte sie mir zu. Rachel stand am anderen Ende des Zimmers und plauderte mit den kleineren Kindern, mit denen sie gut umgehen konnte – obwohl ihr Blick immer wieder zu Ian zurückkehrte, der sich etwas ansah, das Fergus aus einer Schublade der Anrichte geholt hatte.

»Sie sind doch gerade erst einen knappen Monat verheiratet«, flüsterte ich zurück, warf aber einen genaueren Blick auf Rachel.

»Den braucht man dazu nun wirklich nicht«, stellte Jenny kenntnisreich fest. »Und der Junge macht seine Sache offensichtlich gut. Sieh sie dir an.« Ihre Schultern bebten sacht, weil sie sich das Lachen verkniff.

»Das ist ja ein schöner Gedanke einer Mutter über ihren Sohn«, sagte ich leise, obwohl auch ich weder die Belustigung in meiner Stimme verbergen noch sagen konnte, dass sie unrecht hatte. Rachel glühte im magischen Licht der Abenddämmerung und des Herdfeuers, und ihr Blick ruhte auf den muskulösen Umrissen von Ians Rücken, während sie offiziell eigentlich Félicités neue Stoffpuppe bewunderte.

»Er kommt nach seinem Vater«, sagte Jenny und stieß ein leises »Mmpf« aus – zwar nach wie vor belustigt, aber mit einem schwachen Hauch von … Sehnsucht? Mein Blick wiederum wanderte zu Jamie, der jetzt zu Fergus und

Ian an die Anrichte getreten war. Immer noch hier, Gott sei Dank. Hochgewachsen und elegant; das sanfte Licht warf Schatten in seinen Hemdfalten, wenn er sich bewegte, glänzte flüchtig auf seinem langen Nasenrücken auf und auf den rötlichen Wellen seines Haars. Immer noch mein, Gott sei Dank.

»Joanie, komm das Brot schneiden!«, rief Marsali. »Henri-Christian, hör auf, mit dem Hund zu spielen, und hol die Butter, aye? Und Félicité, steck den Kopf nach draußen und ruf Germain.« Jungenstimmen kamen von der Straße herein, unterbrochen vom gelegentlichen Geräusch eines Balls, der gegen die Ladenwand knallte. »Und sag den gottlosen Gesellen vor der Tür, dass ich gesagt habe, wenn sie eine Fensterscheibe zerbrechen, hören ihre Väter von mir!«

Ein kurzer Ausbruch häuslichen Durcheinanders endete damit, dass alle Erwachsenen auf den Bänken am Tisch saßen und die Kinder sich mit ihren Holzschalen und -löffeln um das Feuer scharten. Trotz der Hitze des Abends hüllte der nach Zwiebeln, Milch, Meeresfrüchten und frischem Brot duftende Dampf den ganzen Tisch in einen kurzen Zauber der Vorfreude.

Die Männer setzten sich als Letzte, nachdem sie ihr Gemurmel schon außer Hörweite des Tisches eingestellt hatten, und ich warf Jamie einen kurzen, fragenden Blick zu. Er berührte meine Schulter, als er sich neben mich setzte, flüsterte: »Aye, später«, und wies kopfnickend zum Feuer. *Pas devant les enfants* also.

Fergus räusperte sich. Ein leises Geräusch, doch die Kinder hörten augenblicklich auf zu reden. Er lächelte sie an, und sie senkten die Köpfe ernst über ihre andächtig gefalteten Hände.

»Segne uns, oh Herr«, sagte er auf Französisch, »und diese Deine Gaben, die wir jetzt aus Deiner Fülle empfangen werden, durch Christus, unseren Herrn.«

»Amen«, murmelten alle, und Gespräche überschwappten das Zimmer erneut wie die herankommende Flut.

»Gehst du bald zur Armee zurück, Ian?«, fragte Marsali und steckte sich eine feuchte blonde Locke in ihr Häubchen zurück.

»Aye«, erwiderte er, »aber nicht Washingtons Armee. Zumindest noch nicht.«

Jamie sah ihn mit hochgezogener Augenbraue an.

»Bist du etwa übergelaufen?«, fragte er. »Oder hast du nur beschlossen, dass die Briten besser bezahlen?« Diese Worte hatten einen ironischen Unterton; er hatte schließlich noch keinen Penny Sold gesehen, und ich wusste genau, dass er auch nicht damit rechnete.

Ian schloss selig die Augen, während er auf einer Auster kaute, dann schluckte er, öffnete sie wieder und wischte sich einen Tropfen Milch vom Kinn.

»Nein«, sagte er friedfertig. »Ich bringe Dottie nach New York zu ihrem Pa und Lord John.«

Das ließ jedes Gespräch der Erwachsenen verstummen, obwohl die Kinder am Kamin weiterplapperten. Ich sah, wie Jennys Blick in Rachels Richtung huschte. Rachel sah gefasst aus, wenn auch deutlich weniger selig als zuvor. Doch sie hatte es gewusst; ihr Gesicht zeigte keine Überraschung.

»Und warum?«, fragte Jamie voll unschuldiger Neugier. »Sie hat doch hoffentlich nicht beschlossen, dass Denzell nicht der Richtige ist? Denn ich bezweifle, dass er angefangen hat, sie zu schlagen.«

Das brachte Rachel zum Lachen – kurz, aber laut, und die Tischgesellschaft entspannte sich ein wenig.

»Nein«, sagte sie. »Ich glaube, Dottie ist glücklich in ihrer Ehe; ich weiß, dass mein Bruder es ist.« Das Lächeln verharrte in ihren Augen, doch ihr Gesicht wurde ernst, als sie den Blick erst auf Ian richtete, dann auf Jamie.

»Ihr ältester Bruder ist gestorben. Er wurde als Kriegsgefangener in New Jersey festgehalten. Ihr Bruder Henry hat gestern eine Nachricht erhalten, die seinen Tod bestätigt, doch Henry ist noch nicht kräftig genug für eine so lange Reise, erst recht, da es auf den Straßen so gefährlich ist. Und sie findet, sie sollte bei ihrem Vater sein.«

Jenny warf ihr einen scharfen Blick zu, der noch etwas schärfer wurde, als sie ihn auf Ian richtete.

»Da es auf den Straßen so gefährlich ist«, wiederholte sie in einem Ton, der nicht weniger unschuldig war als Jamies und niemanden täuschte. Ian grinste sie an und nahm sich ein frisches Stück Brot, das er in seinen Eintopf tunkte.

»Keine Sorge, Mama«, sagte er. »Ich kenne ein paar Leute, die nach Norden wollen. Es macht ihnen nichts aus, den Weg über New York zu nehmen. Bei ihnen sind wir ganz sicher.«

»Was denn für *Leute*?«, hakte Jenny argwöhnisch nach. »Etwa Quäker?«

»Mohawk«, antwortete er, und sein Grinsen wurde breiter. »Komm doch nach dem Essen mit mir und Rachel, Mama. Sie freuen sich schon, dich kennenzulernen.«

Mit stillem Vergnügen stellte ich fest, dass ich Jenny Murray in all den Jahren, die ich sie kannte, noch nie derart total verdattert gesehen hatte. Ich konnte spüren, wie Jamie an meiner Seite vor unterdrücktem Gelächter bebte, und musste selbst den Blick kurz auf mein Essen senken, um meine Gesichtszüge wieder unter Kontrolle zu bekommen.

Doch Jenny war aus hartem Holz geschnitzt. Sie machte eine lange Pause, holte noch länger Luft, schob Rollos Nase von ihrem Schoß und entgegnete dann gefasst: »Aye. Das wäre schön. Reich mir doch das Salz, Fergus, aye?«

Trotz der allgemeinen Belustigung hatte ich nicht vergessen, was Rachel über Dotties Bruder Benjamin gesagt hatte, und ich spürte einen Moment überraschend akuten Schmerzes, als hätte mir jemand ein Stück Stacheldraht um das Herz geknotet. »*Kommt es manchmal vor, dass Ihr mit Gott eine Abmachung schließt?*« Falls Hal Gott eine solche Abmachung angeboten hatte, hatte Gott sie offensichtlich abgelehnt. *Oh Gott, Hal… es tut mir leid.*

»Es tut mir leid, das mit Dotties Bruder zu hören«, sagte ich und beugte mich vor, um Rachel damit anzusprechen. »Weißt du, was passiert ist?«

Sie schüttelte kurz den Kopf, und der Schein des Feuers, das sie jetzt im Rücken hatte, tauchte ihr Gesicht unter dem Vorhang aus dunklem Haar in den Schatten.

»Henry hat einen Brief von ihrem Bruder Adam bekommen. Ich glaube, er schreibt, dass er es von jemandem aus General Clintons Stab erfahren hat. Aber alles, was darin stand, war, dass der Verfasser sein Bedauern über den Tod Hauptmann Benjamin Greys ausdrücken wollte, eines britischen Kriegsgefangenen, der in Middlebrook Encampment in New Jersey festgehalten worden war, und ob General Clintons Stab die traurige Nachricht bitte an die Familie des Hauptmanns weiterleiten würde. Sie hatten es ja schon für möglich gehalten, dass er tot war, aber dies scheint nun die endgültige Bestätigung zu sein.«

»Middlebrook Encampment nennen sie den Ort in den Watchung Mountains, an den Washington seine Truppen nach der Schlacht von Bound Brook gebracht hat«, merkte Fergus mit Interesse an. »Aber die Armee ist letztes Jahr im Juni von dort abgezogen. Warum war Hauptmann Grey dann noch dort, frage ich mich.«

»Nimmt eine Armee ihre Gefangenen denn mit auf den Marsch?«, fragte Jamie schulterzuckend. »Es sei denn, sie werden unterwegs gefangen genommen, meine ich.«

Fergus räumte dies mit einem Kopfnicken ein, schien aber immer noch über etwas nachzudenken. Doch Marsali ergriff das Wort, ehe er etwas sagen konnte, und zeigte mit dem Löffel auf Ian.

»Apropos warum – warum wollen deine Freunde denn nach Norden?«, fragte sie. »Es hat doch nichts mit dem Massaker in Andrustown zu tun, oder?«

Jenny wandte sich ihrem Sohn aufmerksam zu. Ians Gesicht verschloss sich, doch er antwortete ruhig.

»Doch, aye. Wie habt ihr denn davon erfahren?«

Marsali und Fergus zuckten gleichzeitig mit den Schultern, und ich musste lächeln trotz meiner Bestürzung über Hals Sohn.

»So wie wir die meisten Neuigkeiten erfahren, die wir drucken«, erklärte Fergus betont beiläufig. »Ein Brief von jemandem, der davon gehört hat.«

»Und was haben deine Freunde diesbezüglich vor?«, fragte Jenny.

»Genauer gesagt«, sagte Jamie und drehte sich, um Ian direkt anzusprechen, »was hast *du* diesbezüglich vor?«

Ich hatte Rachel im Blick, die auf der anderen Seite des Tisches saß, nicht Ian, doch ich sah, wie etwas, das zu schwach war, um es Nervosität zu nennen, über ihre Stirn huschte und sich im nächsten Moment entspannte, als Ian geradeheraus erwiderte: »Nichts.« Vielleicht fand er das zu unverblümt, denn er hüstelte und trank einen Schluck Bier.

»Ich kenne niemanden, der dort war, und da ich nicht die Absicht habe, überzulaufen und mit Thayendanegea für die Briten zu kämpfen … nein«, schloss er und stellte seinen Becher hin. »Ich gehe bis New York mit, um Dottie sicher abzuliefern, und dann komme ich zurück … und gehe, wohin auch immer Washington gezogen sein mag.« Er lächelte Rachel an, und sein Gesicht wandelte sich abrupt von seinem gewöhnlichen, freundlichen Aussehen in verblüffende Attraktivität.

»Dann musst du bei uns wohnen«, sagte Marsali zu Rachel. »Solange Ian fort ist, meine ich.«

Ich kam gar nicht dazu, mich zu fragen, wo sie Rachel unterbringen wollte – Marsali war erfinderisch und würde zweifellos einen Platz finden –, weil Rachel schon den Kopf schüttelte. Sie trug keine Haube, sondern hatte das glatte dunkle Haar lose auf den Schultern liegen; ich konnte es auf ihrem Kleid flüstern hören, als sie sich jetzt bewegte.

»Ich werde Ian begleiten, wenn er Dottie abholt. Rollo und ich bleiben bei meinem Bruder im Lager, bis Ian zurückkommt.« Ihre langen Finger krümmten und streckten sich zur Illustration. »Ich nehme an, dir ist die Freude vertraut, dich nützlich zu machen, Claire.«

Jenny stieß ein undefinierbares Geräusch aus, und Marsali prustete, doch ohne bösen Unterton.

»Das tue ich«, sagte ich, den Blick auf die Brotscheibe gerichtet, die ich gerade mit Butter bestrich. »Und was fändest du nützlicher, Rachel – Wäsche zu kochen oder die Abszesse an Mr. Pinckneys Hintern zu öffnen?«

Sie lachte, und die Ankunft Henri-Christians, der mit einer leeren Suppenschale in den Händen zum Tisch kam, ersparte ihr die Antwort. Er stellte sie auf den Tisch und gähnte schwankend.

»Aye, es ist spät, kleiner Mann«, sagte seine Mutter und nahm ihn in die Arme. »Leg den Kopf an meine Schulter, *a bhailach*. Papa bringt dich gleich nach oben.«

Es wurde neues Bier geholt, die kleinen Mädchen sammelten die leeren Schalen ein und legten sie zum Einweichen in einen mit Wasser gefüllten Eimer, Germain verschwand draußen in der Dämmerung, um noch ein paar Minuten mit seinen Freunden zu spielen, Rollo legte sich zum Schlafen ans Feuer, und die Unterhaltung wandte sich allgemeineren Themen zu.

Jamies Hand ruhte warm auf meinem Oberschenkel, und ich lehnte mich an ihn und legte meinen Kopf einen Moment an seine Schulter. Er sah auf mich hinunter, lächelte und drückte mein Bein. Ich freute mich schon auf die spartanische Gemütlichkeit unseres Matratzenlagers auf dem Dachboden, auf die kühlende Freiheit, nur im Hemd oder nackt zu sein, auf geflüsterte Worte in der Dunkelheit – doch im Moment war ich mehr als zufrieden, dort zu sein, wo ich war.

Rachel redete an Marsali vorbei mit Fergus, Marsali summte leise für Henri-Christian, dessen dunkler Kopf an ihrer Brust lag, die Augen fast geschlossen. Ich warf einen Blick auf Rachel, doch es war noch viel zu früh, um irgendwelche Anzeichen einer Schwangerschaft erkennen zu können, selbst wenn … Und dann hielt ich verdutzt inne, weil mir etwas anderes ins Auge fiel.

Ich hatte Marsali während ihrer Schwangerschaft mit Henri-Christian gesehen. Und ich sah jetzt ein Leuchten auf ihren Wangen, das nicht von der Wärme des Zimmers herrührte; ihre Augenlider sahen voller aus, und ihr Gesicht und ihr Körper waren auf eine kaum merkliche Weise glatt und gerundet, die mir vielleicht eher aufgefallen wäre, hätte ich danach Ausschau gehalten. Wusste

Fergus es?, fragte ich mich. Und blickte rasch zum Kopf des Tisches, von wo sein Blick auf Marsali und Henri-Christian gerichtet war, seine dunklen Augen sanft vor Liebe.

Jamie regte sich sacht an meiner Seite und drehte sich, um etwas zu Ian zu sagen, der auf der anderen Seite neben mir saß. Ich wandte mich ebenfalls um und sah, dass auch Ians Blick auf Marsali und Henri-Christian gerichtet war und so voller Sehnsucht war, dass es mir das Herz brach.

Ich spürte sein Sehnen und das meine… nach Brianna, Roger, Jem und Mandy. In Sicherheit, so hoffte ich – doch nicht hier, und ich schluckte den Kloß in meiner Kehle herunter.

»*Man würde doch mit Freuden für sie sterben*«, hatte Hal während jener langen Nachtwache gesagt, als ich ihn am Atmen gehalten hatte. »*Die eigene Familie. Aber gleichzeitig denkt man, Himmel, ich kann nicht sterben! Was würde aus ihnen werden, wenn ich nicht hier wäre?*« Er hatte mich angelächelt, ironisch und wehmütig zugleich. »*Und man weiß verdammt genau, dass man ihnen meistens sowieso nicht helfen kann; sie müssen es allein tun – oder lassen.*«

Das stimmte. Aber man machte sich trotzdem Gedanken.

ES WAR HEISS UND STICKIG auf dem Dachboden; angenehme Essensdüfte hingen unter den Dachbalken, gemeinsam mit den aggressiveren Gerüchen nach Tinte, Papier, Buckram und Leder, die sich den ganzen Tag gesammelt hatten, und dem schwachen Maultierstrohgeruch, der über allem lag. Ich keuchte auf, als ich von der Leiter stieg und das alles mit voller Wucht auf mich traf, und ging sofort zur Ladetür, die auf die gepflasterte Gasse hinter der Druckerei hinausblickte, um sie zu öffnen.

Philadelphia kam wie ein Schlag hereingeweht und ließ die Papierstapel flattern: der Kaminrauch der umliegenden Häuser, beißender Gestank des Misthaufens hinter dem Mietstall ein Stück die Straße entlang und die betörenden Pflanzendüfte von Laub und Rinde, Büschen und Blumen, die William Penns Erbe waren. *Einer von fünf Acres soll mit Bäumen belassen werden,* hatte er in seiner Charta angeordnet, und auch wenn Philadelphia dieses Ideal nicht ganz erfüllte, so war es doch eine außergewöhnlich grüne Stadt.

»Gott segne dich, William«, sagte ich und begann, mich so schnell wie möglich meiner Überkleider zu entledigen. Die Abendluft mochte ja schwül sein, aber sie *bewegte* sich, und ich konnte es kaum erwarten, diese Bewegung auf meiner Haut zu spüren.

»Das ist aber lieb von dir, Sassenach«, sagte Jamie, der jetzt von der Leiter auf den Dachboden stieg. »Aber warum? Hat es einen Grund, dass du an den Jungen denkst?«

»W… oh, William«, sagte ich und begriff. »Eigentlich hatte ich gar nicht deinen Sohn gemeint, aber natürlich…« Ich suchte nach Worten für eine Erklärung, gab es aber auf, da ich sah, dass er gar nicht richtig zuhörte. »Hast du denn an ihn gedacht?«

»Aye«, gab er zu und kam zu mir, um mir mit den Schnüren zu helfen. »Dieser Abend mit den Kindern, alle so gemütlich zusammen …« Er verstummte und zog mich sanft an sich, beugte die Stirn zu meinem Kopf herunter und ließ sie dort mit einem Seufzer ruhen, der das Haar rings um mein Gesicht bewegte.

»Du wünschst dir, er könnte dazugehören«, sagte ich leise und hob die Hand an seine Wange. »Teil der Familie sein.«

»Wenn Wünsche Pferde wären, würden Bettler reiten«, sagte er, und mit einem ironischen Lächeln, das ich im Schein des Feuers aus der Küche sehen konnte, ließ er mich los. »Und wenn Rüben Schwerter wären, hätte ich eins an meiner Seite.«

Ich lachte, doch mein Blick wanderte zu dem Stapel Bibeln, an den er normalerweise sein Schwert lehnte. Sein Dolch war dort, seine Pistolen, Munitionsbeutel und ein paar verstreute Kleinigkeiten aus seinem Sporran, aber kein Schwert. Ich kniff die Augen zusammen, um sicherzugehen, dass ich richtig sah – es war dunkel hier oben, denn mehr Licht als das, was von unten aus der Küche kam, gab es nicht –, doch es war so.

»Ich habe es verkauft«, sagte er beiläufig, als er meine Blickrichtung sah. »Das ist das einzig Gute, was man über einen Krieg sagen kann; man bekommt einen guten Preis für eine anständige Waffe.«

Ich hätte am liebsten protestiert, tat es aber nicht. Er trug seine Waffen mit lebenslanger Selbstverständlichkeit, so dass seine Messer und Pistolen zu ihm zu gehören schienen, und ich sah ihn nicht gern durch einen solchen Verlust geschwächt. Doch ohne ein Amt in der Armee würde er vorerst wahrscheinlich kein Schwert brauchen, und wir *brauchten* Geld.

»Du kannst dir ja ein neues kaufen, wenn wir nach Wilmington kommen«, sagte ich praktisch und revanchierte mich für den Gefallen, indem ich ihm die Kniehose aufknöpfte. Sie glitt ihm von den schmalen Hüften und fiel zu Boden, wo sie als Häufchen zu seinen Füßen liegen blieb. »Es wäre doch schön, wenn William eines Tages erführe, wer Brianna und ihre Familie wirklich sind, auch wenn er sie nie wiedersehen wird.«

»Falls er jemals wieder in Sprechweite kommt, ohne zu versuchen, mich umzubringen?« Sein Mundwinkel verzog sich wehmütig. »Aye, möglicherweise. Aber ich würde ihm vielleicht nicht die *ganze* Wahrheit sagen.«

»Nun, zumindest nicht alles auf einmal, nein«, pflichtete ich ihm bei. Ein warmer Luftzug vom Fenster bewegte sein Haar und seine Hemdschöße. Ich betastete das zerknitterte Leinen, das warm und feucht war von seinem Körper. »Warum ziehst du das nicht aus?«

Er betrachtete mich sorgfältig von oben bis unten; ich stand jetzt nur noch in Hemd und Strümpfen da. Ein genüssliches Lächeln stieg ihm in die Augen.

»Eine Hand wäscht die andere«, sagte er. »Dann zieh du deins auch aus.«

CLAIRE WAR WUNDERSCHÖN, wie sie weiß und nackt wie eine französische Statue im Gegenlicht der Dämmerung vor dem offenen Ladefenster stand, ihr lockiges Haar eine Sturmwolke rings um ihre Schultern. Jamie hätte gern einfach nur dagestanden und sie angesehen, aber noch viel lieber wollte er seinen Schwanz in ihr haben.

Doch es kamen immer noch Stimmen unten aus der Küche, und er ging zur Leiter hinüber und zog sie hoch. Nicht sehr passend, wenn Germain oder eins der Mädchen nach oben gekrabbelt käme, um gute Nacht zu sagen.

Unten ertönte johlendes Gelächter von Ian und Fergus, wahrscheinlich über den Anblick der verschwindenden Leiter, und er grinste in sich hinein und legte sie beiseite. Sie hatten selber Frauen, und wenn sie so dumm waren, herumzusitzen und Bier zu trinken, statt ihre Betten zu genießen, war das nicht seine Sache.

Claire war schon auf ihrem Lager, als er sich von der Kante des Dachbodens abwandte, ein bleicher Umriss im Schatten der Tintenfässer. Er ließ sich nackt an ihre Seite gleiten, berührte die Rundung ihrer Hüfte, sie berührte seinen Schwanz, »ich will dich«, flüsterte sie, und plötzlich war alles verändert.

Es war ihre gewohnte Magie, aber dennoch Magie, der Geruch der Zwiebeln und der Salzlake an ihren Händen, der Geschmack von Butter und Bier auf ihrer Zunge, ihr Haar, das seine Schulter kitzelte, und der plötzliche Rausch, als sie ihm mit dem Finger zwischen die Gesäßbacken fuhr und ihn damit geradewegs zwischen ihre willigen Beine zog.

Sie stieß einen Laut aus, bei dem er ihr die Hand auf den Mund legte, und er spürte ihr Lachen, heißer Atem an seiner Handfläche, so dass er seine Hand fortzog und ihren Geräuschen mit dem Mund Einhalt gebot, einen Moment der Länge nach auf ihr lag, reglos, versuchte zu warten, unfähig zu warten, weil er spürte, wie sie sich unter ihm wand, feucht und schlüpfrig, ihre Brustwarzen an den seinen rieb, ihn drängte … und dann erschauerte sie und stieß ein leises Geräusch der Kapitulation aus, das ihm die Freiheit gab zu tun, was er wollte, und genau das tat er.

JAMIE STIESS EINEN tiefen Seufzer absoluter Entspannung aus.

»Das habe ich schon den ganzen Tag gewollt, Sassenach. *Moran taing, a nighean.*«

»Ich au… ist das eine *Fledermaus*?« So war es; ein flatterndes Stück losgelöster Dunkelheit, das wild wie ein Querschläger von der einen Seite des Dachbodens zur anderen sauste. Ich packte Jamies Arm mit der einen Hand und zog mir mit der anderen eine Ecke des Lakens über den Kopf. Eigentlich hatte ich nichts gegen Fledermäuse, aber eine Fledermaus, die einen Meter über meinem Kopf durch die Dunkelheit flitzte …

»Keine Angst, Sassenach«, sagte er und klang belustigt. »Sie fliegt gleich wieder weg.«

»Da bin ich mir nicht so sicher«, sagte ich und schlug die Hand auf etwas, das mich am Hals kitzelte. »Hier sind bestimmt massenweise Insekten, die sie jagen kann.« Wenn es Abend wurde, kamen ganze Wolken von Mücken durch das offene Ladefenster herein, und wir konnten dann zwischen zwei Übeln wählen:

das Fenster geschlossen zu lassen und den Erstickungstod zu sterben oder es zu öffnen und die ganze Nacht von kribbelnden Füßchen geplagt zu werden und das nervtötende *niiieee!* der Mücken in den Ohren zu haben.

»Dann solltest du dich doch über die Fledermaus freuen«, sagte Jamie zu mir. Er drehte sich auf die Seite und benutzte einen anderen Zipfel des Lakens, um sich den Schweißfilm von der Brust zu tupfen. »Was hast du mir gesagt, wie viel Ungeziefer sie fressen?«

»Nun ja … ziemlich viel«, sagte ich. »Frag mich nicht, warum ich das noch weiß, aber in Briannas Lexikon stand, dass eine ganz normale Fledermaus in der Stunde bis zu tausend Moskitos fressen kann.«

»Also, siehst du«, sagte er. »Ich glaube nicht, dass hier im Moment mehr als zwei- oder dreihundert Moskitos sein können – dafür sollte sie also nicht länger als eine Viertelstunde brauchen.«

Das war definitiv ein Argument, aber ich war dennoch nicht vollkommen überzeugt, dass es gut war, sich eine Hausfledermaus zu halten. Doch ich traute mich aus meinem improvisierten Unterschlupf heraus und blickte nach oben. »Was, wenn noch mehr Fledermäuse kommen?«

»Dann räumen sie hier in fünf Minuten auf.« Er seufzte kurz. »Soll ich sie fangen und hinauswerfen und die Ladetür schließen, Sassenach?«

»Nein«, sagte ich, denn ich stellte mir vor, wie Jamie im Dunklen auf dem Dachboden umhertänzelte und entweder von einer aufgeschreckten Fledermaus gebissen wurde, falls es ihm gelang, sie zu fangen, oder er bei diesem Versuch über die Kante des Dachbodens stürzte. »Nein, es ist schon gut. Erzähl mir doch stattdessen, was du vorhin nicht sagen wolltest – das lenkt mich ab.«

»Was ich – oh, aye.« Er drehte sich auf den Rücken und faltete die Hände auf dem Bauch. »Es war nur, dass ich mich mit Fergus und Ian darüber unterhalten habe, ob sie mitkommen wollen, wenn wir nach Fraser's Ridge aufbrechen. Wollte es aber nicht am Tisch erwähnen. Ian und Fergus sollten es erst mit Rachel und Marsali allein besprechen – und ich wollte nicht, dass die Kinder es hören. Sie wären ganz wild geworden vor Aufregung, und Marsali hätte mir ein Fleischmesser ins Herz gerammt, weil ich sie vor dem Schlafengehen so verrückt mache.«

»Möglich«, sagte ich belustigt. »Oh – apropos Marsali … ich habe das Gefühl, dass sie schwanger ist.«

»Ach ja?« Er wandte mir interessiert den Kopf zu. »Bist du sicher?«

»Nein«, räumte ich ein. »Das geht nicht, ohne dass ich ihr dementsprechende Fragen stelle und sie untersuche. Aber ich glaube, es ist sehr gut möglich. Wenn ja … das könnte ihre Entscheidung beeinflussen, oder?«

Die Aussicht auf unsere Rückkehr nach Hause war plötzlich real auf eine Weise, wie sie es vor einem Moment noch nicht gewesen war. Fast konnte ich den Atemhauch der Berge auf meiner nackten Haut spüren, und bei diesem Gedanken lief mir eine flüchtige Gänsehaut über die Rippen trotz der Hitze.

»Mm«, sagte Jamie, wenn auch gedankenverloren. »Das kann sein. Meinst du … wenn sie schwanger ist, könnte das nächste Kind auch so werden wie Henri-Christian?«

»Wahrscheinlich nicht«, sagte ich, obwohl die professionelle Vorsicht mir gebot hinzuzufügen: »Ich kann nicht mit Sicherheit sagen, dass diese Art von Zwergenwuchs nicht erblich ist, weil Fergus ja nichts über seine Familie weiß. Aber ich glaube, Henri-Christian ist wahrscheinlich eine Mutation; etwas, das nur einmal geschieht, eine Art Zufall.«

Jamie prustete leise.

»Wunder geschehen auch nur einmal, Sassenach«, sagte er. »Das ist der Grund, warum jedes Kind anders ist.«

»Dem will ich keineswegs widersprechen«, erwiderte ich. »Aber dann müssen wir ziemlich bald aufbrechen, oder? Selbst wenn Marsali schwanger ist, kann sie nicht weiter als im dritten oder vierten Monat sein.« Leise Beklommenheit stahl sich in meine Gedanken. Es war Anfang September; es kam vor, dass der Schnee die Bergpässe schon im Oktober verschloss, obwohl, wenn es ein warmes Jahr war …

»Was meinst du, wie lange es dauern wird? Nach Fraser's Ridge zurückzukehren?«

»Zu lange, um es vor dem Schnee zu schaffen, Sassenach«, antwortete er sanft und fuhr mir mit der Hand über den Rücken. »Selbst wenn ich das Geld auftreibe und ein Schiff finde, das uns bis nach North Carolina bringt – und das wäre mir am liebsten …«

»Das würdest du tun?«, platzte ich erstaunt heraus. »*Du?* Ein Schiff nehmen? Ich dachte, du hättest geschworen, nie wieder eins zu betreten, es sei denn, es wäre das Schiff, das deinen Sarg zurück nach Schottland bringt.«

»Mmpfm. Aye, nun ja. Wenn ich allein wäre, dann aye. Ich würde lieber barfuß über heiße Kohlen nach North Carolina laufen. Aber ich bin nicht allein. Da bist du, und …«

»*Ich?*« Wütend setzte ich mich kerzengerade hin. »Was meinst du damit? Ahhh!« Ich umklammerte mein Haar und war mit einem Satz auf seinem Schoß. Denn die Fledermaus war nur ein paar Zentimeter an meinem Kopf vorübergedüst; ich hatte ihr leises Quieken und das lederne Flügelschlagen tatsächlich *gehört.*

Jamie lachte, jedoch mit einem schwach gereizten Unterton. Er fuhr mir mit der Hand über die rechte Seite und legte zwei Finger auf die frische Narbe.

»Ich meine das hier, Sassenach«, sagte er und drückte zu. Ganz sanft, und ich riss mich zusammen, um bei der Berührung nicht zusammenzuzucken – doch die Narbe war immer noch rot und empfindlich.

»Es geht mir gut«, sagte ich so entschlossen wie möglich.

»Ich bin auch schon angeschossen worden, Sassenach«, sagte er trocken. »Mehr als einmal. Ich weiß, wie sich das anfühlt – und wie lange es dauert, bis man wieder ganz bei Kräften ist. Du bist ja heute fast auf der Straße umgefallen, und …«

»Ich hatte nichts gegessen; ich hatte Hunger, und …«

»Ich nehme dich nicht auf dem Landweg mit«, unterbrach er mich in einem Ton, der keinen Widerspruch duldete. »Und es geht ja nicht nur um dich – wenn auch zum Großteil«, fügte er in sanfterem Ton hinzu und strich mir das Haar aus dem Gesicht. »Aber ich muss auch an die kleinen Kinder denken, und jetzt Marsali, wenn sie schwanger ist … Es ist ein beschwerlicher Weg, mein Herz, und gefährlich dazu. Hast du nicht gesagt, der Herzog hätte dir erzählt, dass die Briten jetzt vorhaben, den Süden zu erobern?«

»Hmpf«, sagte ich, duldete aber, dass er sich hinlegte und mich mitnahm. »Ja, das hat er. Aber ich habe keine Ahnung, was das tatsächlich *bedeuten* könnte. Die einzigen Schlachten, von denen ich, abgesehen von Lexington und Concord und Bunker Hill, schon wusste, sind Saratoga und Yorktown – dort geht es zu Ende, in Yorktown«, fügte ich hinzu. »Dazwischen muss sich aber offensichtlich noch einiges ereignen.«

»Offensichtlich«, sagte er. »Aye. Nun, ich kaufe mir ein neues Schwert, wenn wir nach North Carolina kommen und ich wieder Geld habe.«

Er besaß tatsächlich beträchtliche Mittel – in North Carolina. Aber es gab keine Möglichkeit, etwas von dem Gold zu besorgen, das dort in der Höhle des Spaniers versteckt lag – selbst wenn er jemandem genügend vertraut hätte, es für ihn zu tun, wusste ja niemand, wo die Höhle war – außer ihm und Jemmy. Und der heranreifende Whisky (auch beinahe Gold wert, wenn man ihn zum Verkaufen an die Küste brachte) war ebenfalls dort.

»Ich vermute, der Preis für ein gutes Schwert reicht nicht ganz für Schiffspassagen für neun – nein, elf, wenn Ian und Rachel ebenfalls mitkommen – Personen, oder?«

»Nein«, sagte er nachdenklich. »Ich habe zu Fergus gesagt, er könnte mal darüber nachdenken, seine Druckerpresse zu verkaufen. Das Haus gehört ihm ja nicht – aber die Presse schon.« Er wies mit einer kleinen Geste auf das Gebäude rings um uns. »Schließlich haben wir noch meine Bonnie in Wilmington.«

»Deine – oh, deine Druckerpresse. Natürlich.« Ich verbarg mein Lächeln an seinem Oberarm. Er sprach stets mit einer gewissen besitzergreifenden Zuneigung von Bonnie. Eigentlich war ich mir gar nicht sicher, dass ich ihn über *mich* je so hatte reden hören …

»Aye. Fergus ist fest entschlossen, weiter als Drucker zu arbeiten, und ich halte das für klug. Germain ist noch nicht groß genug, um zu pflügen – und der arme kleine Henri-Christian wird nie groß genug werden.«

Ich behielt meine Spekulationen für mich, wie Germains Reaktion wohl aussehen würde, wenn man ihn aus der Umgebung einer blühenden Stadt herausriss und ihn hinter einen Pflug beförderte. Möglich, dass er gern an Fraser's Ridge zurückdachte, doch das bedeutete noch lange nicht, dass er Farmer werden wollte.

»Was ist denn mit Richard Bell?« Bell war der Loyalist, den man mit Gewalt aus seinem Haus in North Carolina deportiert und ohne einen Penny oder einen Freund nach England geschickt hatte. Es hatte ihn nach Edinburgh verschlagen, wo er eine Anstellung als Drucker gefunden hatte – und wo Jamie ihm begegnet war und mit ihm ausgemacht hatte, dass Bell Bonnie nach North Carolina bringen und auf sie aufpassen würde und er dafür die Heimfahrt bezahlt bekam.

»Ich weiß es nicht«, sagte Jamie nachdenklich. »Ich habe ihm geschrieben, um ihn in Kenntnis zu setzen, dass wir nach Wilmington kommen und dass wir eine Lösung finden müssen … Doch ich habe bisher keine Antwort erhalten.« Das hatte nicht unbedingt etwas zu bedeuten; es kam ja häufig vor, dass Briefe verloren gingen oder erst nach etlichen Umwegen sehr spät eintrafen. Jamie zuckte leicht mit den Schultern und verlagerte das Gewicht, dann räkelte er sich und machte es sich wieder bequem. »Aye, nun ja, lassen wir das vorerst. Wir werden ja sehen. Was macht unser kleiner Freund?«

»Unser – oh.« Ich suchte die niedrige Decke ab, sah aber keine Spur von der Fledermaus. Ich hörte auch keine summenden Moskitos. »Gut gemacht, Fledermaus«, lobte ich anerkennend.

Jamie gluckste leise.

»Weißt du noch, wie wir in Fraser's Ridge im Sommer abends auf der Eingangstreppe gesessen und zugesehen haben, wie die Fledermäuse zum Vorschein gekommen sind?«

»Ja«, sagte ich und drehte mich auf die Seite, um ihn sanft zu umarmen, eine Hand auf seinem gelockten Brusthaar. Ich erinnerte mich. An Fraser's Ridge. An das Blockhaus, das Jamie und Ian uns anfangs dort gebaut hatten, und an das weiße Ferkel, das wir gekauft hatten und aus dem die furchterregende weiße Sau geworden war, der Schrecken der ganzen Nachbarschaft. An unsere Freunde, an Jamies Pächter, an Lizzie und die Beardsley-Zwillinge … Bei manchen dieser Erinnerungen zog sich mir das Herz zusammen.

Malva Christie. Ihr armes, todgeweihtes Kind. Und die Bugs, Jamies getreuer Faktor und seine Frau, die sich als ganz und gar nicht getreu entpuppt hatten. Und das Haus, unser Haus, das in Flammen aufgegangen war und damit auch unser Leben dort.

»Als Erstes muss ich das neue Haus bauen«, sagte er nachdenklich. Er legte die Hand auf die meine und drückte zu. »Und ich lege dir einen neuen Garten an. Du kannst die Hälfte des Geldes haben, das ich für mein Schwert bekommen habe, um Sämereien zu kaufen.«

114

WER GLAUBT, KANN NUR GEWINNEN

10. September 1778
New York

Hal atmete durch die Lippen aus. »Es gefällt mir nicht, dass du allein gehst«, sagte er.

»Mir auch nicht«, gab John wie beiläufig zu und steckte den Korken in seine Gürtelflasche. »Aber der einzige Mensch, der mir eine Hilfe wäre, bist du, und du kannst nicht mitkommen wegen des Regiments, also … Gott, ich vermisse Tom Byrd«, sagte er impulsiv.

»Deinen ehemaligen Leibdiener?« Hal lächelte trotz der Sorgen des Augenblicks. »Wie lange hast du ihn nicht mehr gesehen? Zwanzig Jahre doch mindestens, oder?«

»Mindestens.« Der Gedanke an Tom versetzte ihm immer noch einen leisen Stich. Tom hatte seine Anstellung aufgegeben – unter großem Bedauern auf beiden Seiten –, um zu heiraten, und hatte das gut gehende Wirtshaus, das seine Frau in Southwark von ihrem Vater geerbt hatte, mit Erfolg weitergeführt. Grey gönnte ihm sein Glück, doch er vermisste Byrd nach wie vor sehr – seine scharfen Augen, seinen blitzgescheiten Kopf und sein Bemühen nicht nur um Greys Kleider, sondern zusätzlich um seine Person.

Er blickte an sich hinunter; sein derzeitiger Leibdiener brachte es zwar zuwege, dass er präsentabel aussah – eine Aufgabe, von der er selbst zugab, dass sie eines Sisyphus würdig war –, doch es fehlte ihm sowohl an Fantasie als auch an Konversationsthemen.

»Du solltest Marks trotzdem mitnehmen«, sagte Hal, der seinem Gedankengang offenbar mühelos gefolgt war. »Irgendjemand muss dich doch in Ordnung halten.« Er warf einen kritischen Blick auf Johns Uniform.

»Ich *kann* mich durchaus selbst anziehen«, sagte John nachsichtig. »Was die Uniform betrifft …« Er blickte an sich hinunter und zuckte mit den Achseln. »Einmal bürsten, sauberes Hemd, Ersatzstrümpfe … Es ist ja nicht so, als wollte ich General Washington einen Besuch abstatten.«

»Das können wir in dem Fall nur hoffen.« Hal presste die Lippen zusammen. Er hatte seinen Einwänden – wenn das denn die passende Bezeichnung für derart heftige und explizite Worte war – gegen Greys Absicht, als er selbst und in Uniform zu reisen, bereits Ausdruck verliehen.

»Ich habe genug davon, als Spion verhaftet zu werden, vielen Dank«, erwiderte John. »Abgesehen von der Gefahr, auf der Stelle gehängt zu werden, ist das amerikanische Verständnis von Gastfreundschaft … Ach, apropos, was ich dich fragen wollte: Kennst du einen Watson Smith? War früher Hauptmann im 16ten, glaube ich.«

Hal runzelte konzentriert die Stirn, die sich fast umgehend wieder glättete.

»Ja«, sagte er. »Ein sehr guter Offizier, hat sich mehrfach in der Schlacht hervorgetan.« Er legte den Kopf schief und zog die Augenbrauen hoch. »Warum?«

»Er ist übergelaufen; ist jetzt Oberst in der Kontinentalarmee. Ich war kurz sein unfreiwilliger Gast. Netter Kerl«, fügte Grey der Vollständigkeit halber hinzu. »Hat mich mit Cidre betrunken gemacht.«

»Zweifellos in der Absicht, dir dein Wissen zu entlocken?« Hals Miene ließ keinen Zweifel daran, dass er bezweifelte, dass es da für Smith viel zu entlocken gegeben hatte.

»Nein«, antwortete Grey nachdenklich. »Ich glaube nicht. Wir haben uns einfach nur zusammen betrunken. Netter Kerl«, wiederholte er und reichte Hal den Brief. »Eigentlich hatte ich vor, meiner Hoffnung Ausdruck zu verleihen, dass ich ihm nie wieder begegnen würde – würde ihn ja nicht gern umbringen müssen –, aber ich vermute, es ist nicht unwahrscheinlich, dass ich irgendwo noch einmal auf ihn stoße.« Dieser Gedanke verursachte ihm ein leises, angenehmes Ziehen tief in seinem Bauch, das ihn sehr überraschte.

»Sei's drum«, fügte er hinzu, »ich gehe in Uniform, selbst wenn es eine schmutzige Uniform ist. Das wird zwar nicht unbedingt verhindern, dass ich festgenommen und eingekerkert werde und Hunger und Folter erdulden muss, aber es *wird* verhindern, dass man mich hängt.«

»Folter?« Hal sah ihn ungläubig an.

»Ich dachte an das Aufwachen nach dem Cidre«, erklärte John ihm. »Und die Gesänge am Lagerfeuer. Hast du eine Ahnung, wie viele Strophen die Amerikaner für ›Yankee Doodle‹ haben?«

Hal grunzte als Erwiderung und holte eine Ledermappe hervor, aus der er einen kleinen Stapel Dokumente zog.

»Hier sind deine Legitimationen«, sagte er und reichte John die Papiere. »*Möglich*, dass sie helfen – vorausgesetzt erstens, dass man dich gefangen nimmt und einsperrt, statt dich auf der Stelle zu erschießen, und zweitens, dass sich deine Häscher die Zeit nehmen, sie zu lesen.«

Grey machte sich nicht die Mühe, darauf zu antworten, da er damit beschäftigt war, die Dokumente durchzublättern. Eine Kopie seiner Einberufung, ein Brief von Hal als Oberst des Regiments, der Oberstleutnant John Grey vorübergehend vom Dienst freistellte und ihn bat, eine gewisse Mrs. Benjamin Grey (née Amaranthus Cowden), Witwe des verstorbenen Hauptmann Benjamin Grey, ausfindig zu machen und ihr Beistand zu leisten, ein Brief von Clinton, der Greys Mission offiziell bestätigte und darum bat, dass man ihm bei der Durchführung behilflich war, mehrere Wechsel, ausgestellt durch die Coutts' Bank in New York (»Nur für den Fall«, sagte Hal zu ihm. »Für welchen Fall?« »Den Fall, dass man dich umhaut und um dein Gold erleichtert, Trottel.« »Oh.«) und … Benedict Arnolds Note, die dem Herzog von Pardloe und seinem Bruder

Lord John Grey den vorübergehenden Aufenthalt in Philadelphia gestattete, um nach dem Neffen des Herzogs zu suchen.

»Tatsächlich?«, sagte Grey und zog angesichts des letzten Papiers die Augenbrauen hoch. »Was meinst du denn, unter welchen Umständen das hilfreich sein könnte?«

Hal zuckte mit den Achseln und rückte seine Weste zurecht. »Die Tatsache, dass General Arnold dich und mich kennt, ist etwas wert. Der Brief sagt ja schließlich nichts darüber, was für eine Meinung er von uns hat.«

Grey warf einen kritischen Blick auf die Note, doch Arnold hatte sich jeder persönlichen Anspielung enthalten und auch keine verschlüsselten Drohungen in Bezug auf Zaunlatten, Teer und Federn darin untergebracht.

»Also schön.« Er schloss die Mappe und legte seinen Hut darauf, um sicherzugehen, dass er nicht ohne sie loszog. »Dann breche ich also morgen früh auf. Was gibt es zum Abendessen?«

JOHN GREY GENOSS gerade einen wirren, aber angenehmen Traum, der mit Frühlingsregen, seinem Dackel Roscoe, Oberst Watson Smith und reichlich Schlamm zu tun hatte, als ihm allmählich zu Bewusstsein kam, dass die Regentropfen in seinem Gesicht echt waren.

Blinzelnd öffnete er die Augen und entdeckte seine Nichte Dottie, die seinen Wasserkrug in der Hand hielt und ihm mit den Fingerspitzen Wasser ins Gesicht spritzte.

»Guten Morgen, Onkel John«, sagte sie fröhlich. »Aufstehen!«

»Die letzte Person, die so unklug war, das am frühen Morgen zu mir zu sagen, hat ein äußerst unangenehmes Ende genommen«, grummelte er, während er sich zum Sitzen hochkämpfte und sich mit dem Ärmel seines Nachthemds das Gesicht rieb.

»Tatsächlich? Was ist denn mit ihm passiert? War es überhaupt ein Er?« Sie grinste ihn an, stellte den Krug beiseite und wischte sich die nassen Finger am Rock ab.

»Welch unziemliche Frage«, sagte er und betrachtete sie.

»Nun, schließlich bin ich jetzt verheiratet«, sagte sie und setzte sich sehr selbstbewusst hin. »Ich darf jetzt wissen, dass Männer und Frauen hin und wieder ein Bett teilen, sogar außerhalb des Bundes der Ehe. Aber was ist denn nun aus der unglücklichen Person geworden, die versucht hat, dich aus dem Schlaf zu reißen?«

»Oh, der.« Er rieb sich den Kopf, immer noch überrascht, dass sein Haar so kurz war, obwohl es zumindest so weit gewachsen war, dass es wieder lag, statt wie ein Rasierpinsel abzustehen. »Er wurde von Indianern skalpiert.«

Sie blinzelte.

»Nun, das wird ihm bestimmt eine Lehre sein«, murmelte sie betroffen.

Grey schwang die Beine aus dem Bett und sah sie vielsagend an.

»Es ist mir egal, wie verheiratet du bist, Dottie, du wirst mir *nicht* helfen, mich anzuziehen. Was zum Teufel machst du überhaupt hier?«

»Ich gehe mit dir B-Bens Witwe suchen«, stotterte sie, und ganz plötzlich fiel ihre fröhliche Fassade in sich zusammen wie Pappmaché im Regen. Tränen stiegen ihr in die Augen, und sie presste sich die Hand vor den Mund, um ein Aufschluchzen zu unterdrücken.

»Oh«, sagte Grey. »Oh, Liebes …« Er hielt nur kurz inne, um seinen Morgenrock überzuwerfen – selbst im Notfall gab es Grenzen –, kniete sich neben sie und nahm sie in die Arme.

»Schon gut«, sagte er leise zu ihr und fuhr ihr mit der Hand über den Rücken. »Möglicherweise ist Ben ja gar nicht tot. Wir glauben jedenfalls, dass er es nicht ist, dein Vater und ich.« Auf jeden Fall *hoffen wir, dass er es nicht ist*, dachte er, entschied sich aber für die möglichst positive Sichtweise.

»Nicht?« Sie schluchzte, setzte sich ein wenig gerader hin und sah ihn mit Augen an, die aussahen wie ertrunkene Kornblumen.

»Gewiss nicht«, sagte er und suchte in der Tasche seines Morgenrocks nach einem Taschentuch.

»Aber warum denn nicht?« Sie nahm das Leinentüchlein entgegen – etwas zerknittert, aber nicht inakzeptabel – und betupfte sich das Gesicht. »Wie ist das möglich?«

Grey seufzte, gefangen zwischen Scylla und Charybdis, wie immer, wenn ihn Hal in eine dieser typischen Situationen brachte.

»Weiß dein Vater, dass du hier bist?«, fragte er als Verzögerungstaktik.

»Wie … ich meine, nein«, sagte sie. Sie räusperte sich und setzte sich noch gerader hin. »Ich bin zu seinem Quartier gegangen, aber er war nicht da, also bin ich zu dir gekommen.«

»Warum bist du eigentlich so sicher, dass Ben tot ist?« Grey stand auf, verknotete den Gürtel seines Morgenrocks und begann, sich nach Pantoffeln umzusehen. Er wusste, dass Hal Minnie noch nichts von Ben geschrieben hatte – und es auch erst tun würde, wenn ihn die schreckliche Gewissheit dazu zwang. Und selbst wenn, wäre es unmöglich gewesen, dass die Nachricht so schnell zu Dottie zurückkam. Hal hätte es seiner Tochter ganz bestimmt nicht gesagt, solange er sich nicht sicher war.

»Henry hat es mir erzählt«, sagte sie. Sie goss ein bisschen Wasser auf das Taschentuch und machte sich daran, ihre Gesichtsfarbe wiederherzustellen. »Ich habe ihn und Mercy besucht, und er hatte gerade einen Brief von Adam bekommen, der ihm davon … davon … Bist du *sicher*, dass er nicht tot ist?«, fragte sie nervös und ließ das Taschentuch sinken, um ihn anzusehen. »In Adams Brief stand, jemand von General Clintons Stab hätte bestätigt, dass Ben in einem Lager in New Jersey verstorben sei – Middlebrook hieß der Ort, glaube ich.«

»Nein«, gab er zu, »aber wir haben hinreichende Gründe, es zu bezweifeln. Und solange wir diesen Zweifeln nicht vollständig nachgegangen sind, gehen wir davon aus, dass er nicht tot ist. Aber ich muss seine Frau suchen«, fügte er hinzu. »Und sein Kind.«

Dottie riss die Augen auf.

»Ein *Kind*? Ben hat ein Baby?«

»Nun, die Frau, die behauptet, seine Frau zu sein, hat einen Sohn, sagt sie zumindest – und sie hat gesagt, dass Ben der Vater ihres Sprösslings ist.« Da es anscheinend kaum eine Alternative gab, erzählte er ihr kurz entschlossen von Amaranthus Cowdens Brief, den Hal in Philadelphia erhalten hatte, und von seinem Inhalt.

»Da Ben diese Frau nie erwähnt hat, ist eine der Pflichten, die ich für deinen Vater erfülle, herauszufinden, ob sie die Wahrheit sagt. Und wenn ja, werde ich sie natürlich mitbringen, und die Familie wird für sie und das Kind sorgen.«

»Und wenn sie *nicht* die Wahrheit sagt?« Dotties Bestürzung wich jetzt rapide einer Mischung aus Hoffnung und Neugier.

»Weiß der Himmel«, sagte Grey ganz offen. »Würdest du Marks fragen, ob er uns Frühstück macht, Dottie? Ich bin zwar vielleicht aus dem Bett, aber ich bin absolut nicht zu hypothetischer Konversation imstande, solange ich keine Tasse Tee getrunken habe.«

»Oh. Ja, natürlich.« Sie erhob sich, wenn auch langsam, weil sie die Neuigkeiten sichtlich noch überdachte, und ging zur Tür. Doch auf der Schwelle blieb sie stehen und blickte zu ihm zurück.

»Ich *gehe* mit dir«, sagte sie entschlossen. »Wir können uns ja unterwegs darüber unterhalten.«

HAL KAM GERADE, als die Heringe und der gemischte Grillteller aufgetischt wurden. Er blieb den Bruchteil einer Sekunde verblüfft stehen, als er Dottie entdeckte, aber dann ging er langsam weiter und betrachtete sie.

»Guten Morgen, Papa«, sagte sie abrupt, stand auf und trat zu ihm, um ihm die Wange zu küssen. »Setz dich doch und iss einen Hering.«

Er setzte sich, ohne sie aus den Augen zu lassen, dann richtete er den Blick auf John.

»Ich hatte nichts damit zu tun«, versicherte Grey seinem Bruder. »Sie ist … Wie bist du eigentlich hergekommen, Dottie?«

»Auf einem Pferd«, erwiderte sie geduldig und nahm sich eine Scheibe Toast.

»Und wo ist dein Mann?«, fragte Hal nun gefasst. »Weiß er, wo du bist?«

»Denzell ist dort, wohin ihn seine Pflicht führt«, antwortete sie recht knapp. »Bei der Kontinentalarmee. Die meine führt mich hierher. Und natürlich weiß er es.«

»Und er hatte nichts dagegen, dich allein von Pennsylvania nach New York reiten zu lassen, obwohl es auf den Straßen wimmelt von …«

»Ich war nicht allein.« Sie biss anmutig in ihren Toast, kaute und schluckte. »Ian und ein paar seiner Mohawkfreunde haben mich begleitet. Die Mohawk waren ohnehin nach Norden unterwegs.«

»Ist Ian zufällig Ian Murray?«, fragte Grey, antwortete dann aber selbst. »Ich gehe davon aus, denn wie viele Mohawk namens Ian kann es schon geben.

Ich wusste nicht, dass du ihn kennst. Wie kam es denn, dass du ihn als Reisebegleiter …«

»Dorothea«, sagte Hal in beherrschtem Ton und starrte Dottie an. »Warum bist du hier?«

Dottie erwiderte seinen Blick mit zusammengebissenen Zähnen.

»Ich … wegen Ben«, sagte sie, und es gelang ihr nicht, ihre Stimme ganz zu beherrschen. »Bist du – Papa, bist du *sicher*, dass er nicht tot ist?«

Hal holte tief Luft und nickte.

»Ganz sicher«, sagte er in seinem besten Kommandoton. Doch John konnte sehen, wie seine Fingerknöchel weiß wurden, während sie den Teelöffel umklammerten, und spürte, wie sich auch der Knoten in seinem Magen verkrampfte.

Dem Blick nach, mit dem Dottie ihren Vater bedachte, hatte sie selbst ihre Zweifel, doch sie nickte pflichtschuldigst. Da sie allerdings Dottie war, beließ sie es natürlich nicht dabei.

»Woher?«, sagte sie. »Woher weißt du das so genau? Henry und Adam scheinen beide … vom Schlimmsten auszugehen.«

Hal öffnete den Mund einen schmalen Spalt, doch es kam kein Ton heraus.

John fand, dass Hal darauf hätte vorbereitet sein müssen, doch sein Bruder *hatte* schließlich schwierige Tage hinter sich. Und um nicht ungerecht zu sein, war es auch schwer, auf so eine Naturkraft wie Dottie vorbereitet zu sein.

»Ich denke, du sagst es ihr besser«, regte John an. »Wenn nicht, schreibt sie wahrscheinlich an Minnie.«

Hal warf ihm einen giftgetränkten Blick zu, da ihm absolut bewusst war, dass dieser hilfsbereite Vorschlag einzig dem Zweck diente, ihn zu zwingen, Dottie seine Gründe darzulegen. Doch ihm blieb wirklich jetzt nichts mehr anderes übrig. Daher tat er es mit der größtmöglichen Würde.

»Aber dieser Richardson hatte Willie eigentlich gar nichts getan?«, bohrte Dottie mit einem kleinen Stirnrunzeln nach. »Ich dachte …«

»Bei dieser Gelegenheit nicht«, antwortete John knapp. »Aber die Sache mit dem Dismal-Sumpf hat uns argwöhnisch gemacht.«

»Und der Mann *ist* anscheinend desertiert«, fügte Hal hinzu.

»Das wisst ihr doch gar nicht. Vielleicht hat ihn jemand umgebracht und seine Leiche versteckt«, widersprach Dottie logisch.

»Man hat ihn dabei beobachtet, wie er das Lager verlassen hat«, erklärte John geduldig. »Allein. Und angesichts dessen, was wir über ihn wissen und schlussfolgern, haben wir allen Grund, die Möglichkeit in Betracht zu ziehen, dass er ein amerikanischer Agent sein könnte.« Er selbst war ziemlich überzeugt davon, wenn er seine gesamte Erfahrung mit Richardson jetzt rückblickend betrachtete. Er war selbst jahrelang Spion gewesen, und jeder Instinkt, den er besaß, brüllte jetzt »stinkender Fisch!«, wenn er an Ezekiel Richardson dachte.

»Ich mache mir extreme Vorwürfe«, sagte er entschuldigend zu Hal. »Ich hätte ihm viel schneller auf die Schliche kommen müssen. Aber ich war … damals abgelenkt.« Abgelenkt. Ganz und gar am Boden zerstört durch die Nachricht von Jamie Frasers Tod. Selbst die Erinnerung daran schnürte ihm noch den Magen zu. Er legte die Gabel mit dem aufgespießten Hering unangetastet hin.

»Also schön«, sagte Dottie langsam. Auch auf ihrem Teller wurde das Frühstück kalt. Ebenso wie bei Hal. »Du glaubst also nicht, dass Ben tot ist, weil dieser Richardson dir gesagt hat, dass er es *ist* – und du meinst, Richardson ist ein Lügner. Aber das … ist alles?« Sie sah ihren Vater gebannt an, und das Kinn in ihrem jungen Gesicht bebte sacht und flehte um mehr Gewissheit.

Hal schloss kurz die Augen, öffnete sie wieder und sah sie geradewegs an.

»Dorothea«, sagte er leise. »Ich muss glauben, dass Ben noch lebt. Denn wenn es nicht so ist, wird deine Mutter an gebrochenem Herzen sterben – und ich mit ihr.«

Es folgte ein langer Moment des Schweigens, und Grey hörte Wagenräder auf der Straße und die gedämpften Stimmen seines Leibdieners und eines Stiefelputzers im Flur. Von Dottie kam kein Ton, doch er hatte das Gefühl, selbst die Tränen hören zu können, die ihr langsam über die Wangen tropften.

115

SCHLAF, DER DES GRAMS VERWORRN GESPINST ENTWIRRT

15. September 1778
Philadelphia

Ich erwachte abrupt in der Dunkelheit, desorientiert und alarmiert. Im ersten Moment hatte ich keine Ahnung, wo ich war oder was vor sich ging – nur, dass irgendetwas ganz und gar nicht stimmte.

Ich setzte mich auf und versuchte hektisch blinzelnd, meine Augen unter Kontrolle zu bekommen. Tastete verwirrt umher und stellte fest, dass ich nackt war, die Beine in ein Laken verwickelt, und Strohhalme … oh. Dachboden. Druckerei.

Jamie.

Das war es, was nicht stimmte. Er lag neben mir, aber nicht still. Er lag auf der Seite, von mir abgewandt, am ganzen Körper verkrampft, die Knie hochgezogen und die Arme fest vor der Brust verschränkt, den Kopf gesenkt. Heftig zitternd, obwohl mir das Mondlicht den Glanz des kalten Schweißes auf seinen Schultern zeigte. Und er stieß dieses furchtbare, leise Wimmern aus, das die schlimmsten seiner Träume verriet.

Ich war nicht so unklug zu versuchen, ihn plötzlich zu wecken. Nicht auf beengtem Raum, der überall zugestellt war und eine Kante drei Meter weiter steil nach unten hatte.

Mein Herz hämmerte, und ich wusste, dass das seine es ebenfalls tat. Ich ließ mich vorsichtig neben ihn sinken, so dass ich seinem Rücken zugewandt war. Ich musste ihn berühren, ihn langsam wieder zu sich bringen – oder zumindest so weit, dass er sich allein erholen konnte. Dies war nicht die Art von Alptraum, die durch Reden gelindert wurde. Manchmal nicht einmal durch das Erwachen.

»Gott, nein«, flüsterte er trostlos. »Gott, *nein*.«

Ich durfte ihn nicht packen oder schütteln. Ich biss die Zähne zusammen und fuhr sacht mit der Hand von seiner Schulter zu seinem Ellbogen, und seine Haut zitterte wie bei einem Pferd, das sich von einer Fliege befreit. Das ging also. Ich tat es erneut, hielt inne, noch einmal. Er keuchte grauenvoll auf, von Angst erstickt … doch das heftige Zittern ließ ein wenig nach.

»Jamie«, flüsterte ich und berührte mit großer Vorsicht ganz sacht seinen Rücken. Wenn er von Jack Randall träumte, war es möglich …

»Nein!«, rief er mit lauter, heftiger Stimme aus, und seine Beine streckten sich, jeder Muskel seines Körpers malte sich angespannt unter seiner Haut ab. »Fahr zur *Hölle*!«

Ich holte tief Luft und entspannte mich ein kleines bisschen. Wut war tausendmal besser als Angst oder Schmerz. Wut würde von ihm abfallen, sobald er ganz wach war. Die anderen Dinge blieben oft.

»Schsch«, machte ich etwas lauter, aber immer noch so leise, dass ich niemanden sonst womöglich weckte. Germain schlief nämlich oft am Kamin, weil er sich das Bett nicht mit seinen jüngeren Geschwistern teilen wollte. »Schsch, Jamie. Ich bin hier.« Und zögerlich legte ich sacht den Arm um ihn, legte ihm die Wange an den Rücken. Seine Haut war heiß; er roch durchdringend nach unserem Liebesakt und noch kräftiger nach Angst und Rage.

Er erstarrte, hielt den Atem an – doch ich spürte, wie er wieder zu Bewusstsein kam; sekundenschnell, so wie es war, wenn ihn etwas im Schlaf alarmierte und er sofort bereit war, aus dem Bett zu springen, um nach einer Waffe zu greifen. Ich legte den Arm fester um ihn und presste meinen Körper an den seinen. Er bewegte sich nicht, doch ich spürte seinen Herzschlag, heftig und schnell.

»Kannst du mich hören?«, fragte ich. »Geht es dir besser?«

Nach einem Moment holte er tief Luft und atmete mit einem langen, bebenden Seufzer aus.

»Aye«, flüsterte er, und seine Hand griff nach hinten, um nach meinem Oberschenkel zu fassen, so fest, dass ich zusammenzuckte, und ich brachte es nur mit Mühe fertig, nicht aufzuschreien. Eine Weile lagen wir still zusammen, bis ich spürte, wie sich sein Herzschlag zu verlangsamen begann und seine Haut kühler wurde. Dann küsste ich seinen Rücken und folgte mit den Fingern den Narben, die niemals von seinem Körper schwinden würden, immer und immer wieder mit sanften Bewegungen – bis der Alptraum aus seinen Gedanken schwand und er in meinen Armen einschlief.

DAS GURREN DER TAUBEN auf dem Dach klang wie die See, die über einen Kiesstrand rollt und kleine runde Steine in der Gischt umherrollen lässt. Rachel klang sehr ähnlich, denn sie schnarchte leise. Ian fand es bezaubernd und hätte die ganze Nacht daliegen und sie beobachten können – wenn sie nicht auf seinem linken Arm gelegen hätte, der taub geworden war, und er nicht dringend hätte pinkeln müssen.

So sacht wie möglich wand er sich unter ihrem Federgewicht hervor, doch sie schlief immer leicht, erwachte sofort und gähnte und räkelte sich wie ein junger Puma im Kerzenlicht. Sie war nackt; Arme und Gesicht von der Farbe frisch gerösteten Brotes, ihr Körper weiß und ihre Scham unter dem dunkelbraunen Busch ein wunderschöner Ton, der weder altrosa noch violett noch braun war, ihn aber an die Orchideen in den Wäldern Jamaicas erinnerte.

Sie streckte die Arme über den Kopf, und die Bewegung hob ihre verblüffend weißen, runden Brüste an, und ihre Brustwarzen richteten sich langsam auf. Auch er begann, sich langsam aufzurichten, und wandte sich hastig ab, ehe es unmöglich wurde zu tun, was er vorhatte.

»Schlaf weiter, Kleine«, flüsterte er. »Ich wollte nur … äh …« Er zeigte auf den Nachttopf unter dem Bett.

Sie stieß einen wohligen, schläfrigen Laut aus und drehte sich auf die Seite, ohne den Blick von ihm abzuwenden.

»Stört es dich, wenn ich dir dabei zusehe?«, fragte sie mit leiser Stimme, die noch heiser war vom Schlaf und ihren erstickten Schreien von vorhin.

»Warum solltest du das wollen?« Die Vorstellung erschien ihm zwar etwas pervers, jedoch auf unleugbar erregende Weise. Er hätte ihr gern den Rücken zugekehrt, um pinkeln zu *können*, aber wenn sie gerne zusehen wollte …

»Es scheint mir etwas körperlich Intimes zu sein«, sagte sie und sah ihn mit halb geschlossenen Augen an. »Vertrauen vielleicht. Dass du deinen Körper als den meinen betrachtest, so wie ich meinen als den deinen betrachte.«

»Tust du das?« Diese Vorstellung überraschte ihn zwar, aber er hatte nichts dagegen. Nicht das Geringste.

»Du hast meine verborgensten Stellen gesehen«, sagte sie. Sie spreizte die Beine und fuhr zur Illustration zärtlich mit den Fingern hindurch. »Und sie geschmeckt. Wie *hat* es eigentlich geschmeckt?«, fragte sie neugierig.

»Frisch gefangene Forelle«, erwiderte er und lächelte sie an. »Rachel – wenn du mir beim Pinkeln zusehen willst, kannst du das. Aber du kannst es nicht, wenn du so mit mir redest, während ich es versuche, aye?«

»Oh.« Sie prustete belustigt und drehte sich um, so dass sie ihm den Rücken und ihren herrlich runden Hintern zukehrte. »Dann bitte.«

Er seufzte und überlegte.

»Es wird eine Minute dauern, aye?« Ehe sie sich noch etwas Empörendes ausdenken konnte, das sie zu ihm sagte, fuhr er fort, in der Hoffnung, sie abzulenken. »Onkel Jamie und Tante Claire denken darüber nach, Philadelphia bald zu verlassen. Sie wollen zurück nach North Carolina. Was würdest du davon halten, sie zu begleiten?«

»Was?« Er hörte die Maisstrohmatratze rascheln, als sie sich hastig umdrehte. »Wohin hast du denn vor zu gehen, dass du mich nicht mitnehmen würdest?«

»Och, so habe ich das nicht gemeint, mein Herz«, versicherte er ihr und sah sich um. Sie hatte sich auf die Ellbogen gestützt und betrachtete ihn vorwurfsvoll. »Ich meinte, dass wir beide mitgehen könnten. Nach Fraser's Ridge – Onkel Jamies Siedlung.«

»Oh.« Das überraschte sie so, dass sie schwieg. Er konnte hören, wie sie darüber nachdachte, und er lächelte in sich hinein.

»Du empfindest keine Verpflichtung gegenüber der Kontinentalarmee?«, fragte sie schließlich vorsichtig. »Dem Kampf um die Freiheit?«

»Ich glaube nicht, dass beides unbedingt das Gleiche ist, mein Herz«, sagte er und schloss erleichtert die Augen, als sich bei ihm alles endlich entspannte. Er schüttelte sich leicht und räumte den Topf beiseite, um Zeit zu haben, einen zusammenhängenden Gedanken zu bilden.

»Der Herzog von Pardloe hat Tante Claire gesagt, dass die Briten nach der Schlacht von Saratoga einen neuen Plan gefasst haben. Sie wollen versuchen, die südlichen Kolonien vom Norden abzuspalten und den Norden durch eine Blockade des Südens auszuhungern, bis er kapituliert.«

»Oh.« Sie rückte beiseite, um ihm Platz zu machen, und ihre freie Hand legte sich um seine Hoden. »Du meinst also, es wird keine Kämpfe im Norden geben, so dass man dich hier nicht als Kundschafter brauchen wird – im Süden vielleicht aber schon?«

»Aye, oder ich könnte mich anders nützlich machen.«

»Du meinst, außerhalb der Armee?« Sie gab sich große Mühe, sich die Hoffnung nicht anhören zu lassen; er merkte es an der ernsten Art, wie sie zu ihm aufblickte, und er lächelte sie an und legte seine Hand über die ihre. Sosehr er die körperliche Intimität liebte, hätte er es doch gern vermieden, wie eine Orange ausgepresst zu werden, falls die Begeisterung mit Rachel durchging.

»Vielleicht«, sagte er. »Ich besitze ja auch ein bisschen Land in Fraser's Ridge. Onkel Jamie hat es mir vor ein paar Jahren überlassen. Es wäre harte Arbeit, versteh mich nicht falsch – also Felder zu roden, zu pflanzen und zu pflügen, aber eigentlich ist das Farmerdasein sehr friedvoll. Abgesehen von Bären und Wildschweinen und Bränden und Hagelstürmen, meine ich.«

»Oh, Ian.« Ihr Gesicht war sanft geworden, genau wie ihre Hand, die jetzt friedlich in der seinen ruhte. »Ich würde für mein Leben gern mit dir eine Farm haben.«

»Dein Bruder würde dir fehlen«, rief er ihr jetzt behutsam ins Gedächtnis. »Und Dottie. Vielleicht ja auch Fergus und Marsali und die Kinder. Ich glaube nicht, dass sie ebenfalls nach Fraser's Ridge ziehen würden, obwohl Onkel Jamie die Hoffnung hegt, dass sie vielleicht mit uns nach Süden gehen und sich an der Küste niederlassen würden. Fergus würde halt eine einigermaßen große Stadt brauchen, wenn er als Drucker Geld verdienen will.«

Ein Schatten huschte bei diesen Worten über ihr Gesicht, doch sie schüttelte den Kopf.

»Denzell und Dottie werden mir fehlen – aber das wäre ja ohnehin so, denn sie werden der Armee folgen. Aber ich werde sehr glücklich sein, wenn du es nicht tust«, fügte sie leise hinzu und hob das Gesicht, um ihn zu küssen.

RACHEL WAR auf der Stelle wach. Sie hatte nicht sehr fest geschlafen. Ihr Körper vibrierte noch von ihrem Liebesakt und war immer noch so auf Ian eingestellt, dass sie sofort ganz da war, als er neben ihr aufkeuchte und erstarrte, und die Hände auf seine Schultern legte, um ihn sanft aus seinem Traum zu rütteln.

Im nächsten Moment lag sie in einem Knäuel aus Bettwäsche auf dem Boden, ihr Mann auf ihr, seine großen Hände um ihre Kehle geschraubt. Sie bäumte sich auf und wand sich, schob ihn in vergeblicher Panik von sich – und dann, als ihr der Atem verging und leuchtende rote Sterne in der Dunkelheit ihres Gesichtsfeldes aufblitzten, bekam sie sich in den Griff und rammte ihr Knie nach oben, so fest sie konnte.

Es war ein Glückstreffer, obwohl er sein Ziel verfehlte; sie trat Ian fest in den Oberschenkel, und er erwachte erschrocken und ließ los. Sie kämpfte sich keuchend unter ihm hervor und kroch so schnell sie konnte in die Ecke, wo sie bebend sitzen blieb, die Arme um die Knie geschlungen, und nach Luft schnappte, während ihr das Herz in den Ohren hämmerte.

Ian atmete heftig durch die Nase und hielt hin und wieder inne, um etwas Kurzes – und wahrscheinlich sehr Ausdrucksstarkes, wenn sie es hätte verstehen können – auf Gälisch oder Mohawk zu sagen. Nach ein paar Minuten jedoch richtete er sich langsam zum Sitzen auf und lehnte sich an das Bett.

»Rachel?«, sagte er vorsichtig nach kurzem Schweigen. Er klang, als sei er bei Verstand, und die feste Umklammerung ihrer Arme löste sich ein wenig.

»Hier«, sagte sie etwas zögerlich. »Fehlt dir … etwas, Ian?«

»Oh nein«, sagte er versöhnlich. »Wer hat dir denn beigebracht, das mit einem Mann zu machen?«

»Denny«, sagte sie, und allmählich fiel ihr das Atmen leichter. »Er hat gesagt, es sei keine Gewalt, wenn man einen Mann davon abhält, die Sünde der Vergewaltigung zu begehen.«

Es folgte ein Moment der Stille am Bett.

»Oh«, sagte Ian. »Ich glaube, ich muss mich demnächst einmal mit Denny unterhalten. Eine kleine philosophische Diskussion über die Bedeutung gewisser Worte.«

»Das würde ihm bestimmt gefallen«, sagte Rachel. Sie war immer noch erschüttert über das, was geschehen war, kroch aber zu Ian hinüber und setzte sich neben ihm auf den Boden. Das Bettlaken lag als helles Häufchen in der Nähe, und sie schüttelte es aus und legte es sich über den nackten Körper. Sie bot Ian die Hälfte an, doch er schüttelte den Kopf und lehnte sich ein wenig zurück. Als er sein Bein ausstreckte, stöhnte er auf.

»Hm. Möchtest du, dass ich es … massiere?«, fragte sie leicht beklommen.

Er stieß ein kleines Prusten aus, das sie als Belustigung interpretierte. »Im Moment nicht, aye?«

Eine Weile saßen sie zusammen da, so dass sich ihre Schultern gerade eben berührten. Ihr Mund war trocken, und sie brauchte eine Weile, um ihn so einzuspeicheln, dass sie etwas sagen konnte.

»Ich habe gedacht, du würdest mich umbringen«, sagte sie und gab sich alle Mühe zu verhindern, dass ihre Stimme zitterte.

»Das habe ich auch gedacht«, sagte Ian leise. Er tastete im Dunklen nach ihrer Hand und hielt sie fest. »Entschuldige, Herz.«

»Du hast geträumt«, fuhr sie fort. »Möchtest … möchtest du mir davon erzählen?«

»Gott, nein«, sagte er und seufzte. Er ließ ihre Hand los, senkte den Kopf und verschränkte die Arme auf den Knien.

Sie schwieg, weil sie nicht wusste, was sie sagen sollte, und betete.

»Es war der Abenaki«, sagte er schließlich mit gedämpfter Stimme. »Den ich getötet habe. Im Lager der Briten.«

Die Worte waren schlicht und direkt und trafen sie in die Magengrube. Sie wusste es ja; er hatte es ihr erzählt, als er verletzt zurückkehrte. Aber es hier erneut zu hören, in der Dunkelheit, während ihr Rücken die Schrammen des Fußbodens trug und ihre Kehle von seinen Händen schmerzte … fühlte sie sich, als sei die Tat gerade vor ihren Augen geschehen, der Widerhall so erschütternd wie ein Schrei in ihren Ohren.

Sie schluckte und wandte sich ihm zu, um ihm sacht eine Hand auf die Schulter zu legen und mit dem Daumen nach der frischen, wulstigen Narbe zu tasten, wo Denzell ihn in die Haut geschnitten hatte, um den Pfeil zu entfernen.

»Du hast den Mann erwürgt?«, flüsterte sie.

»Nein.« Er holte tief Luft und richtete sich langsam auf. »Ich habe ihn gewürgt und ihm ganz flach in den Hals geschnitten. Danach habe ich ihm mit einem Tomahawk den Schädel eingeschlagen.«

Dann wandte er sich ihr zu und fuhr ihr sanft mit der Hand über das Haar, um es glatt zu streichen.

»Ich hätte es nicht tun müssen«, sagte er. »Zumindest nicht in diesem Moment. Er hat mich nicht angegriffen – obwohl er kurz vorher versucht hatte, mich umzubringen.«

»Oh«, sagte sie und versuchte zu schlucken, doch ihr Mund war wieder ausgetrocknet. Er seufzte und neigte den Kopf so, dass seine Stirn an der ihren ruhte. Sie spürte die Wärme seiner Nähe, die Wärme seines Atems, der nach Bier und den Wacholderbeeren roch, die er kaute, um sich die Zähne zu reinigen. Seine Augen waren offen, doch sein Blick war so verhüllt, dass sie nicht hineinblicken konnte.

»Hast du Angst vor mir, Rachel?«, fragte er leise.

»Ja«, erwiderte sie wispernd und schloss die Hand um seine verletzte Schulter, leicht, aber doch so fest, dass es schmerzte. »Und ich habe auch Angst um dich. Doch es gibt Dinge, die ich mehr fürchte als den Tod – und ohne dich zu sein ist das, was ich am meisten fürchte.«

RACHEL MACHTE DAS BETT bei Kerzenlicht wieder neu und ließ die Kerze noch ein wenig brennen. Sie sagte, sie wollte noch etwas lesen, um ihre Gedanken zu beruhigen. Ian hatte genickt, sie geküsst und sich wie ein Hund neben ihr zusammengerollt – das Bett war zu kurz für ihn. Sie warf einen Blick in die Ecke, in der Rollo schlief; *er* lag so gerade wie ein Messer, den Kopf zwischen den Pfoten.

Ian legte ihr die Hand auf das Bein und sank allmählich in den Schlaf. Sie konnte sehen, wie er es tat; seine Gesichtszüge wurden weich, und seine Schultermuskeln erschlafften. Genau deshalb hatte sie die Kerze brennen lassen, um ihm eine Weile beim Schlafen zuzusehen, bis sein entspannter Anblick auch ihr wieder den inneren Frieden brachte.

Sie hatte ihr Hemd angezogen, weil sie sich seltsam entblößt fühlte, und obwohl es warm genug war, um auf dem Laken zu liegen, hatte sie es sich über die Beine gezogen, weil sie Ian spüren wollte, wenn er sich im Schlaf bewegte. Langsam schob sie das Bein auf ihn zu und spürte die Berührung seines Knies an ihrer Wade. Seine langen Wimpern warfen im Kerzenschein Schatten auf seine Wangen, just oberhalb der geschwungenen Linie seiner Tätowierungen.

Du bist mein Wolf, hatte sie zu ihm gesagt. *Und jagst du auch in der Nacht, du kommst doch nach Hause zurück.*

Und schlafe zu deinen Füßen, hatte er erwidert.

Sie seufzte, fühlte sich aber besser und öffnete ihre Bibel, um einen Psalm zu lesen, ehe sie endgültig die Kerze ausblies, nur um jetzt festzustellen, dass sie geistesabwesend *Pamela oder die belohnte Tugend* vom Nachttisch gegriffen hatte. Sie prustete belustigt, und da die Bestürzung nun vorüber war, schloss sie das Buch, löschte die Kerze und kuschelte sich an ihren schlafenden Wolf.

Irgendwann später, in den leeren Stunden vor dem Morgengrauen, öffnete sie die Augen. Nicht im Schlaf, gewiss aber auch nicht wach, hatte sie ein Gefühl perfekter Bewusstheit ohne jeden Gedanken. Und das deutliche, lebhafte Gefühl, dass sie nicht allein war.

Ian lag ruhig neben ihr; sein Atem berührte ihr Gesicht, doch sie fühlte sich ganz für sich. Erst als es noch einmal geschah, begriff sie, was sie geweckt hatte; ein kurzer, scharfer Schmerz in ihrem Bauch. Wie der Schmerz, der manchmal kam, wenn ihre Monatsblutung begann, aber kürzer, weniger ein Schmerz als vielmehr ein … Stich. Ein Stich des Daseins.

Sie blinzelte und legte die Hände auf ihren Bauch. Die Deckenbalken waren gerade eben zu sehen, in den Schatten getaucht durch das kommende Licht in der Ferne.

Der Schmerz hatte aufgehört, doch das Gefühl der … Gesellschaft? Oder eher einer Präsenz … das war nicht verschwunden. Es fühlte sich sehr seltsam an und vollkommen natürlich – und natürlich war es das, dachte sie. So natürlich wie der Schlag ihres eigenen Herzens und der Atem in ihrer Lunge.

Sie verspürte einen leisen Impuls, Ian zu wecken, doch er ging beinahe sofort vorüber. Vorerst wollte sie es für sich behalten, allein mit ihrem Wissen sein – aber doch nicht allein, verbesserte sie sich und sank entspannt lächelnd wieder in den Schlaf, die Hände auf ihrem lebenden Schoß gekreuzt.

IAN ERWACHTE NORMALERWEISE vor ihr, doch sie spürte stets, wie er sich regte, und stieg dann selbst zum Rand des Wachseins hinauf, um seinen warmen Schlafgeruch zu genießen, die kleinen Geräusche, die seine Männerstimme machte, und das Gefühl, wenn seine Beine die ihren streiften, wenn er sich aus dem Bett schwang und sich hinsetzte. Dann blieb er einen Moment auf der Bettkante sitzen, fuhr sich mit der Hand durch die Haare und orientierte sich. Und wenn sie die Augen einen Spalt weit öffnete, konnte sie seinen langen, wohlgeformten Rücken vor sich sehen, die von der Sonne gebräunten Muskelsäulen, die weiter unten in seine festen Gesäßbacken ausliefen, die im Kontrast dazu weiß wie Milch waren.

Manchmal stieß er einen kleinen, knallenden Furz aus und sah sich schuldbewusst um. Sie schloss dann sofort die Augen und stellte sich schlafend, während sie dachte, dass sie ganz und gar besessen sein musste, um so etwas liebenswert zu finden – doch das tat sie.

An diesem Morgen jedoch setzte er sich hin, fuhr sich mit der Hand durch die Haare und erstarrte. Sie öffnete die Augen ganz, auf der Stelle alarmiert durch etwas in seiner Haltung.

»Ian?«, flüsterte sie, doch er hörte nicht zu.

»*A Dhia*«, sagte er ganz leise. »Ah, nein, *a charaid* …«

Sie wusste es sofort. Hätte es in der Sekunde wissen sollen, als sie erwachte. Denn Rollo erwachte, wenn Ian es tat, reckte sich und gähnte, dass seine Kiefermuskeln ächzten, und schlug träge mit der Rute gegen die Wand, ehe er ankam und seinem Herrn die kalte Nase in die Hand steckte.

An diesem Morgen jedoch war nichts als Stille und die zusammengerollte Gestalt, die einmal Rollo gewesen war.

Ian erhob sich und ging rasch zu ihm hinüber, kniete sich neben dem Körper seines Hundes auf den Boden und legte ihm sanft die Hand auf den großen, pelzigen Kopf. Er sagte nichts und weinte nicht, doch sie hörte das Geräusch, das er beim Atmen machte, als zerrisse etwas in seiner Brust.

Sie stieg aus dem Bett und ging zu Ian, kniete sich neben ihn, legte den Arm um seine Taille, und *sie* weinte, obwohl sie es gar nicht wollte.

»*Mo chuilean*«, sagte Ian und fuhr sacht mit der Hand über den weichen, dichten Pelz. Seine Stimme überschlug sich heiser, als er flüsterte: »*Beannachd leat, a charaid.*« Leb wohl, alter Freund.

Dann hockte er sich auf die Fersen, holte tief Luft und nahm Rachels Hand fest in die seine. »Ich glaube, er hat gewartet. Bis er wusste, dass du für mich da bist.« Er schluckte krampfhaft, und seine Stimme war gefasst, als er weitersprach.

»Ich muss ihn begraben. Ich weiß eine Stelle, aber es ist ein Stück bis dort hin. Ich bin heute Mittag wieder da.«

»Ich komme mit dir.« Ihr lief die Nase. Sie griff nach dem Handtuch neben der Waschschüssel und putzte sich mit einer Ecke des Tuchs die Nase.

»Das brauchst du nicht, *mo ghraidh*«, sagte er sanft und strich ihr mit der Hand über das Haar, um es zu glätten. »Es ist weit.«

Sie holte Luft und stand auf.

»Dann sollten wir besser los.« Sie berührte ihren Mann an der Schulter, so leicht wie er Rollos Fell berührt hatte. »Ich habe ihn genauso geheiratet wie dich.«

116

AUF, AUF ZUM FRÖHLICHEN JAGEN

15. September 1778
First Watchung Mountain

Am Wegrand lag ein schöner Haufen Kotbällchen, dunkel und glänzend wie Kaffeebohnen und in etwa von derselben Größe. William führte seine Stute am Zügel, da sie äußerst stämmig und der Weg sehr steil war, und nutzte die Gelegenheit, einen Moment anzuhalten und sie durchatmen zu lassen. Genau das tat sie, unter explosivem Schnauben und heftigem Mähneschütteln.

Er ging in die Hocke und nahm ein paar der Kügelchen in die Hand, um daran zu riechen. Ganz frisch, wenn auch nicht mehr warm, mit einem leichten Eichenholzgeruch, der bedeutete, dass das Reh grüne Eicheln gefressen hatte. Zu seiner Linken sah er die abgebrochenen Zweige, die anzeigten, wo das Tier durch das Gebüsch gelaufen war, und seine Hand zuckte und verlangte nach seinem Gewehr. Er konnte das Pferd ja anbinden …

»Wie sieht's aus, altes Mädchen?«, fragte er die Stute. »Würdest du einen Kadaver tragen, wenn ich ihn schieße?«

Die Stute war etwa vierzehn Jahre, alt genug, um nervenstark zu sein; im Grunde wäre es sogar schwer gewesen, sich überhaupt ein nervenstärkeres Pferd vorzustellen. Es war mehr so, als ritte man auf einem Sofa als auf einem Pferd, denn ihr breiter Rücken und ihre Flanken waren so rund wie ein Bierfass. Doch als er sie gekauft hatte, hatte er nicht daran gedacht zu fragen, ob sie die Jagd gewohnt war. Ruhige Gänge und ein ruhiges Temperament bedeuteten ja nicht unbedingt, dass sie unbeeindruckt davon sein würde, wenn er ihr ein Reh auf den Rücken legte, von dem das Blut triefte. Trotzdem …

Er hob das Gesicht in den Wind. Perfekt. Das Tier kam geradewegs über den Berg auf ihn zu, und er bildete sich ein, es tatsächlich riechen zu können … Etwas bewegte sich im Wald, Zweige knackten, und er hörte das unverwechselbare Rascheln und Knacken; das Geräusch eines großen Pflanzenfressers, der ein Maul voll Laub nach dem anderen von einem Baum riss.

Ehe er sich's versah, hatte er sich erhoben, hatte das Gewehr so leise wie möglich aus dem Futteral gezogen und war aus seinen Stiefeln geschlüpft. Auf leisen Sohlen wie ein Frettchen glitt er in das Unterholz …

Und fünf Minuten später packte er die zuckenden Geweihstümpfe eines Rehbockjährlings mit der einen Hand und schnitt ihm mit der anderen die Kehle durch, während der Schuss noch über ihm von den Felsen widerhallte.

Es war so schnell gegangen, dass es ihm fast unwirklich erschien, trotz des warm-kalten Blutes, das ihm die Strümpfe durchtränkte, und des kräftigen Geruchs. Eine Zecke hing unter dem glasig werdenden Auge des Rehs, rund wie eine kleine Muskatellertraube. Würde sie sofort loslassen, fragte er sich. Oder würde sie noch genug Blut finden, um sich eine Weile weiter vollzusaugen?

Das Reh erschauerte heftig, rammte ihm das Geweih in die Brust, verkrampfte die Beine, als wollte es einen letzten Sprung tun, und starb.

Er hielt es ein paar Momente fest, spürte den zerrissenen Samt, der das Geweih noch umhüllte, rau wie Wildleder unter seiner verschwitzten Handfläche, und das Gewicht der pelzigen Schultern wurde allmählich schwer auf seinem Knie.

»Danke«, flüsterte er und ließ los. Er erinnerte sich daran, dass es Mac, der Stallknecht, gewesen war, der ihm gesagt hatte, dass man einer Kreatur, die einem ihr Leben schenkte, stets dankte – und dass es ein paar Jahre später James Fraser gewesen war, der vor seinen Augen ein großes Wapiti erlegt und dann auf Gälisch das gesprochen hatte, was er das »Grallochgebet« nannte, ehe er das Tier zerlegte. Mit dem Blut des Rehs auf seiner Haut, umgeben von dem Windhauch, der sich durch den Wald bewegte, schob er diese Erinnerungen diesmal nicht von sich.

Er ging zurück, um nach der Stute zu sehen, die glücklicherweise noch fast dort war, wo er sie zurückgelassen hatte. Sie hatte sich nur ein paar Meter weiter bewegt, um ein paar Kräuter zu fressen, und sah ihn mit ihren seelenruhigen Augen an, ein paar gelbe Wildblumen in den Maulwinkeln, als wären Gewehrschüsse und Blutgeruch für sie etwas ganz Alltägliches. Vielleicht war es ja auch so, dachte er und klopfte ihr kameradschaftlich auf die Schulter.

Alles Gute, Ben, dachte er ein paar Minuten später, als er die Bauchhaut aufschlitzte. Sein Vetter, der sechs Jahre älter war als er selbst, hatte ihn hin und wieder in Earlingden mit auf die Jagd genommen, gemeinsam mit Vicomte Almerding, der dort sein Revier hatte.

Er hatte versucht, nicht allzu oft an seinen Vetter zu denken, während er seine Vorbereitungen traf. Der größere Teil von ihm glaubte tatsächlich, dass Ben tot war. Typhus, hatte Richardson seinem Onkel gesagt. Es war ja nicht ungewöhnlich, dass einem Gefangenen das widerfuhr. Und er war zwar – widerstrebend, denn er brannte vor Scham darüber, von dem Mann an der Nase herumgeführt worden zu sein – überzeugt, dass Richardson wahrscheinlich ein Schurke war. Das bedeutete jedoch nicht gleichzeitig, dass jedes Wort aus dem Mund des Mannes eine Lüge war.

Aber da war dieser kleine Teil seines Herzens, der sich weigerte aufzugeben. Und ein größerer Teil, der alles getan hätte, was in seiner Macht stand, um den Schmerz seines Onkels und seines Vaters zu lindern, wie auch immer die Wahrheit am Ende aussah.

»Und was zum Teufel *gibt* es schließlich sonst für mich zu tun?«, murmelte er, während er in die dampfende Körperwärme packte und nach dem Herzen suchte.

Zumindest würde er willkommen sein, wenn er nach Middlebrook Encampment kam, wie sie den Ort nannten. Ein Mann, der frisches Fleisch mitbrachte, war stets willkommen.

Eine halbe Stunde später hatte er den Kadaver ausgenommen und in seinen Leinenbettsack gewickelt. Das Pferd blähte zwar die Nüstern und schnaubte angewidert, als es das Reh roch, doch es leistete keinen großen Widerstand, als er es ihm auf den Rücken hievte.

Es war später Nachmittag, aber es würde noch ein wenig hell bleiben. Besser, dachte er, wenn er sich zur Essenszeit näherte. Es war gut möglich, dass man ihn irgendwo zu Tisch einlud, und bei Essen und Trinken unterhielt man sich viel besser.

Er hatte den felsigen Gipfel erklommen, um sich einen Überblick über das Gelände zu verschaffen. Dabei musste er zugeben, dass Washington und seine Strategen eine gute Wahl getroffen hatten. Vom Gipfel des First Watchung Mountain, auf dem er jetzt stand, hatte man die Ebene von New Brunswick gut einsehbar vor sich liegen. Die Kontinentalarmee konnte von ihrem Adlerhorst aus die Briten im Blick behalten und sich hinunterstürzen, um ihre Manöver zu stören – und tatsächlich hatten sie es ja auch so gemacht.

Doch die Armeen waren jetzt fort; beide Armeen. Die Briten nach New York, Washingtons Truppen nach … Nun, wo auch immer sie im Moment sein mochten. Sie waren jedenfalls nicht *hier*, und das war nur gut für ihn. Doch es waren immer noch Menschen da, die hier lebten.

Ben war Offizier gewesen – *war* Offizier, verbesserte er sich mit Nachdruck –, Infanteriehauptmann, genau wie er selbst. Und gefangene Offiziere wurden oft auf Ehrenwort in Haushalten vor Ort untergebracht. Dort musste er also mit seinen Erkundigungen beginnen.

»Dann komm, Mädchen«, sagte er zu der Stute und griff nach den Zügeln. »Gehen wir und sorgen wir dafür, dass wir willkommen sind.«

117

DIFFICILIA QUAE PULCHRA

16. September 1778
Philadelphia

Wir hatten gerade zu Abend gegessen, und ich wischte Henri-Christian mit meinem Schürzensaum über das Gesicht, als es an der Hintertür klopfte. Jenny, die mit Félicité auf dem Schoß neben mir saß, sah mich mit hochgezogenen Augenbrauen an. War dies ein Grund für Alarm?

Mir blieb keine Zeit, mit den Schultern zu zucken oder den Kopf zu schütteln; sämtliche Gespräche endeten abrupt; das Geplapper der Kinder verstummte, als hätte jemand einen Kerzenlöscher über sie gestülpt. Es war gerade dunkel geworden, und die Tür war verriegelt. Fergus und Jamie wechselten einen Blick und erhoben sich ohne ein Wort.

Jamie stand auf der Seite, die Hand an seinem Dolch – erst jetzt fiel mir auf, dass er ihn inzwischen immer trug, selbst bei Tisch. Ich hörte Schritte in der Gasse. Dort draußen war mehr als ein Mann, und meine Nackenhaare kribbelten. Jamie stand entspannt, aber wachsam da, das Gewicht auf seinem Standbein, bereit, als Fergus den Riegelbalken hob.

»*Bon soir*«, sagte Fergus ruhig und hob am Ende fragend die Stimme. Ein Gesicht schwebte bleich in der Dunkelheit, zu weit entfernt, um es zu erkennen.

»*Bon soir, Monsieur Fraser.*« Ich blinzelte überrascht; ich erkannte die Stimme, doch ich hatte Benedict Arnold noch nie Französisch sprechen gehört. Aber natürlich konnte er Französisch, dachte ich, während ich mich von meinem Erstaunen erholte. Er hatte mehr als einen Feldzug in Quebec angeführt. Er sprach das Französisch eines Soldaten, schlicht, aber zweckmäßig.

»*Madame Fraser est ici, monsieur?*«, fragte er. »*Vôtre mère?*«

Fergus sah sich automatisch um und warf einen verwirrten Blick auf Jenny. Ich hüstelte, ließ Henri-Christian von meinem Schoß gleiten und glättete ihm das strubbelige Haar.

»Ich vermute, der Gouverneur meint mich«, sagte ich. Der Gouverneur wandte sich zur Seite und murmelte seinem Adjutanten etwas zu. Dieser nickte und zog sich in den Schatten zurück.

»Mrs. Fraser«, sagte Arnold und klang erleichtert. Fergus wich zur Seite, und der Gouverneur trat ein. Er verbeugte sich vor Marsali und Jenny und nickte Jamie zu, ehe er seine Aufmerksamkeit auf mich richtete. »Ja, ich meine Euch, Ma'am. Ich bitte um Verzeihung für die Störung zu dieser Unzeit, Sir«, sagte er an Fergus gewandt. »Ich war mir nicht sicher, wo Mrs. Fraser derzeit wohnt, und musste mich erst durchfragen.«

Ich sah, wie sich Jamies Mund bei dieser dreisten Anspielung anspannte, doch er verbeugte sich höflich.

»Und die Angelegenheit ist wohl dringend, Sir, da Ihr dies persönlich tut?«

»Sehr dringend, ja.« Der Gouverneur wandte sich an mich. »Ich bin hier, um Euch im Namen eines Freundes um einen Gefallen zu bitten, Ma'am.« Er sah besser aus als bei unserer letzten Begegnung; er hatte etwas zugenommen, und seine Gesichtsfarbe war gesünder, doch die Falten und die Schatten der Anstrengung und Erschöpfung waren seinem Gesicht nach wie vor deutlich anzusehen. Doch seine Augen waren so wach wie eh und je.

»Handelt es sich um einen kranken Freund?«, fragte ich, während mein Blick bereits zur Leiter wanderte, die zu unserem Schlafquartier hinaufführte – wo ich auch die Kiste mit meiner bescheidenen Pharmazie aufbewahrte, wenn ich nicht gerade meine Sprechstunde abhielt.

»Verletzt, Ma'am, nicht erkrankt«, sagte Arnold, und sein Mund verspannte sich unwillkürlich. »Schwer verletzt.«

»Oh? Nun, dann sollte ich besser …«

Jamie hielt mich auf, eine Hand auf meinem Arm, den Blick auf Arnold gerichtet.

»Einen Moment, Sassenach«, sagte er leise. »Bevor ich dich gehen lasse, möchte ich die Natur dieser Verletzung erfahren und den Namen des Verletzten. Außerdem möchte ich wissen, warum der Gouverneur im Schutz der Dunkelheit zu dir kommt und sein eigener Adjutant nicht hören darf, was er vorhat.«

Die Farbe stieg Arnold in die Wangen, doch er nickte.

»Verständlich, Mr. Fraser. Kennt Ihr einen Mann namens Shippen?«

Jamie sah ihn verständnislos an und schüttelte den Kopf, doch Fergus meldete sich zu Wort.

»Ich aber«, sagte er und musterte Arnold nachdenklich. »Er ist ein reicher Mann und ein bekannter Loyalist – einer von denen, die es vorgezogen haben, die Stadt beim Abzug der britischen Armee nicht zu verlassen.«

»Ich kenne eine seiner Töchter«, sagte ich mit einer vagen Erinnerung an General Howes prunkvolles Abschiedsfest im Mai – Gott, war das wirklich erst vier Monate her? »Ihrem Vater bin ich aber, glaube ich, noch nicht begegnet. Ist er der Verletzte?«

»Nein, aber er ist der Freund, in dessen Namen ich Euch um Hilfe bitte, Ma'am.« Arnold holte mit unglücklicher Miene Luft. »Mr. Shippens junger Neffe, ein Mann namens Tench Bledsoe, wurde gestern Abend von den Söhnen der Freiheit überfallen. Sie haben ihn geteert und gefedert, Ma'am, und ihn auf den Docks vor Mr. Shippens Lagerhaus liegen gelassen. Er ist vom Dock in den Fluss gerollt und durch große Gnade nicht ertrunken, sondern zum Ufer gekrochen, wo er im flachen Wasser liegen geblieben ist, bis ihn ein Sklave auf der Jagd nach Krebsen gefunden und Hilfe geholt hat.«

»Hilfe«, wiederholte Jamie sorgfältig. Arnold sah ihm direkt ins Gesicht und nickte.

»Genau, Mr. Fraser«, erwiderte er trostlos. »Die Shippens wohnen zwar nur zwei Blocks von Dr. Benjamin Rush entfernt, aber angesichts der Umstände …«

Die Umstände sahen so aus, dass Benjamin Rush ein Rebell war, der aus seinen Überzeugungen keinen Hehl machte, bei den Söhnen der Freiheit aktiv war und mit Sicherheit jeden in Philadelphia kannte, der ähnlicher Überzeugung war – also vermutlich auch die Männer, die Tench Bledsoe überfallen hatten.

»Setz dich, Sassenach«, sagte Jamie und zeigte auf meinen Hocker. Ich tat es nicht, und er warf mir einen kurzen, finsteren Blick zu.

»Ich will dich nicht davon abhalten zu gehen«, sagte er mit einem hörbar gereizten Unterton. »Ich weiß genau, dass du gehen wirst. Ich möchte nur dafür sorgen, dass du auch zurückkommst. Aye?«

»Äh … ja«, sagte ich und hustete. »Dann … gehe ich nur meine Sachen holen.« Ich schlängelte mich zwischen den Kindern hindurch, die mit großen Augen dastanden, und stieg so schnell wie möglich die Leiter hoch, während ich hörte, wie Jamie hinter mir mit General Arnold ein Verhör begann.

Schwere Verbrennungen – und die Komplikationen, die durch ausgehärteten Teer verursacht wurden, und wahrscheinlich hatte sich nach einer Nacht im Uferschlamm längst alles entzündet, und er hatte Fieber. Es würde sehr unschön werden – und möglicherweise noch schlimmer. Unmöglich zu sagen, wie schlimm die Verbrennungen des jungen Mannes waren; wenn er Glück hatte, waren nur ein paar Teerspritzer auf seiner Haut gelandet. Wenn er kein Glück hatte …

Ich biss die Zähne zusammen und begann zu packen. Leinenverbände, ein Skalpell und ein kleines Messer zur Wundreinigung … Blutegel? Vielleicht; er hatte mit Sicherheit Prellungen; niemand ließ sich freiwillig einfach so teeren und federn. Ich wickelte schnell einen Verband um das Glas mit den Blutegeln, damit sich der Deckel unterwegs nicht löste. Definitiv ein Glas Honig … Ich hielt es in das flackernde Licht, das von unten kam; halb voll, von einem nebeligen Gold, in dem sich das Licht durch das braune Glas fing wie Kerzenschein. Fergus hatte eine Dose Terpentin zum Reinigen der Drucktypen im Schuppen; ich sollte sie mir ebenfalls ausborgen.

Ich machte mir keine großen Gedanken über die diplomatischen Verwicklungen, die Arnold bewogen hatten, mich in solcher Heimlichkeit aufzusuchen. Ich wusste, dass Jamie alle nötigen Vorsichtsmaßnahmen ergreifen würde. Philadelphia war zwar in Rebellenhand, doch es war alles andere als ein sicherer Ort – für niemanden.

Nicht zum ersten Mal – oder zum letzten, da war ich mir sicher – war ich froh, dass zumindest mein eigener Weg klar vor mir lag. Unten öffnete sich die Tür und schloss sich dumpf; der Gouverneur war fort.

ICH WARF EINEN BLICK in die schmutzige Sänfte, atmete den Geruch diverser Vorbenutzer ein und nahm meinen Gehstock fester in die Hand.

»Ich kann zu Fuß gehen«, sagte ich. »Es ist ja nicht so weit.«

»Du gehst nicht zu Fuß«, sagte Jamie ungerührt.

»Du willst mich doch wohl nicht daran hindern?«

»Du hast es erraten, genau das will ich«, sagte er immer noch gelassen. »Ich kann nicht verhindern, dass du überhaupt gehst – und würde es nie versuchen –, aber ich kann bei Gott dafür sorgen, dass du nicht unterwegs auf die Nase fällst. Steig ein, Sassenach. Langsam«, fügte er an die Sänftenträger gewandt hinzu, während er die Tür der Sänfte öffnete und mich hineinwinkte. »Ich komme mit, und ich möchte so kurz nach dem Abendessen schon gar nicht rennen.«

Da es keine vernünftige Alternative gab, nahm ich den Rest meiner Würde zusammen und stieg ein. Und nachdem ich den Korb mit meiner Ausrüstung zu meinen Füßen verstaut und das Fenster so weit wie möglich aufgeschoben hatte – die Erinnerung an meinen letzten klaustrophobischen Aufenthalt in einer Sänfte war noch genauso ausgeprägt wie der Geruch im Inneren dieses Exemplars –, machten sich die Sänftenträger im Laufschritt durch die nächtlichen Straßen von Philadelphia.

Man hatte zwar die Sperrstunde kürzlich aufgehoben, weil sich die Wirtshausbesitzer – und wahrscheinlich auch ihre Gäste – beklagt hatten, doch die Atmosphäre in der Stadt hatte immer noch etwas Geladenes an sich, und man sah weder respektable Frauen auf der Straße noch Gruppen betrunkener Lehrjungen oder jene Sklaven, die zwar für ihre Herren arbeiteten, aber ihre eigenen Wohnquartiere hatten. Ich sah eine Hure im Eingang einer Gasse stehen; sie pfiff Jamie hinterher und rief ihm etwas Einladendes zu, doch es klang halbherzig.

»Ihr Zuhälter versteckt sich bestimmt … mit einem Knüppel in der Gasse … darauf wette ich«, sagte der Sänftenträger hinter mir, der sich immer wieder schwer schnaufend unterbrach, um zu atmen. »Ist nicht mehr so sicher … wie es war, als die Armee … noch hier war.«

»Meinst du?«, keuchte sein Partner, dann holte er Luft, um zu entgegnen: »Armee war noch hier … als sie diesem Offizier … im Bordell die Kehle durchgeschnitten haben. Aber wenn sie deshalb hier … draußen steht …«, er schnappte nach Luft und fuhr fort, »wie willst du dann … die Wette einlösen? Willst du selber mit ihr gehen?«

»Vielleicht tut uns dieser Herr ja den Gefallen«, sagte der andere mit einem kurzen, atemlosen Lachen.

»Oder vielleicht auch nicht«, sagte ich und steckte den Kopf aus dem Fenster. »Aber ich kann gerne hingehen und nachsehen, wenn Ihr das möchtet.«

Jamie und der vordere Träger lachten, der andere grunzte, und wir rumpelten sanft um die Ecke auf das Haus der Shippens zu, das elegant auf einem separaten Grundstück stand, auf einer kleinen Erhebung am Stadtrand. Am Einfahrtstor brannte eine Laterne, eine weitere an der Tür. Ich fragte mich, ob das bedeutete, dass man uns erwartete; ich war nicht auf die Idee gekommen, Gouverneur Arnold zu fragen, ob er uns eine Nachricht vorausgeschickt hatte. Falls nicht, konnten die nächsten Minuten höchst interessant werden.

»Hast du eine Vorstellung, wie lange es dauern könnte, Sassenach?«, fragte Jamie und holte seine Geldbörse hervor, um die Sänftenträger zu bezahlen.

»Wenn er schon tot ist, wird es nicht lange dauern«, erwiderte ich und schüttelte meine Röcke zurecht. »Wenn nicht, könnte es gut die ganze Nacht dauern.«

»Aye. Dann wartet ein bisschen«, sagte Jamie zu den Sänftenträgern, die mich jetzt mit offenem Mund anstarrten. »Wenn ich in zehn Minuten nicht wieder da bin, könnt ihr gehen.«

Er strahlte eine solche Autorität aus, dass keiner von ihnen bemerkte, dass sie problemlos auch so gehen konnten, wenn sie wollten. Stattdessen nickten sie nur artig, während er meinen Arm nahm und mich die Eingangstreppe hinaufgeleitete.

Wir wurden erwartet; die Tür öffnete sich weit, als Jamies Schuhe über die sauber geschrubbten Steine der Eingangstreppe schabten, und eine junge Frau blickte hinaus. In ihrem Gesicht mischten sich Alarm und Neugier. Mr. Bledsoe war also offensichtlich noch nicht tot.

»Mrs. Fraser?« Sie blinzelte ein wenig und sah mich von der Seite an. »Äh ... ich meine ... Mrs. Fraser ist doch richtig? Gouverneur Arnold hat gesagt ...«

»Mrs. Fraser ist richtig«, unterbrach Jamie sie leicht gereizt. »Und ich versichere Euch, junge Dame, ich muss es wissen.«

»Das ist *Mr.* Fraser«, unterrichtete ich die junge Frau, die sichtlich verdutzt zu ihm aufblickte. »Wahrscheinlich war ich Lady John Grey, als Ihr mich das letzte Mal gesehen habt«, fügte ich um Beiläufigkeit bemüht hinzu. »Doch ja, ich bin Claire Fraser. Äh ... immer noch. Ich meine – wieder. Wie ich höre, ist Euer Vetter ...?«

»Oh, ja! Bitte – hier entlang.« Sie trat zurück und wies ins Innere des Hauses, und ich stellte fest, dass sie von einem Bediensteten begleitet wurde, einem Schwarzen in den mittleren Jahren. Er verneigte sich, als ich ihn ansah, und führte uns dann höflich durch einen langen Flur zur Hintertreppe und diese hinauf.

Unterwegs stellte sich unsere Gastgeberin etwas verspätet als Margaret Shippen vor und entschuldigte sich grazil für die Abwesenheit ihrer Eltern. Ihr Vater – so sagte sie – war geschäftlich unterwegs.

Ich war Peggy Shippen zwar nie offiziell vorgestellt worden, doch ich hatte sie schon öfter gesehen und wusste einiges über sie; sie war eine treibende Kraft bei der Organisation der Mischianza gewesen, und ihr Vater hatte ihr zwar verboten, den Ball dann auch zu besuchen, doch ihre Freundinnen hatten ausführlich über sie gesprochen – und ich hatte sie hier und da prunkvoll gekleidet bei anderen gesellschaftlichen Ereignissen entdeckt, die ich mit John besuchte.

Geschäftlich unterwegs also? Ich hatte Jamies Blick aufgefangen, als sie das sagte, und er hatte kaum merklich mit der Schulter gezuckt. Es war mehr als wahrscheinlich, dass Edward Shippen es vermeiden wollte, öffentlich mit dem Unglück seines Neffen in Verbindung gebracht zu werden – und dass er das Gerede möglichst gering halten wollte. Zeit und Ort waren viel zu gefährlich, um die loyalistischen Sympathien der Familie zu betonen.

Miss Shippen führte uns zu einem kleinen Hinterzimmer in der zweiten Etage, in dem ein geschwärzter, menschenförmiger Gegenstand auf dem Bett lag. Teergeruch hing drückend in der Luft, gemeinsam mit deutlichem Blutgeruch und unablässigen leisen Stöhnlauten. Das musste Tench Bledsoe sein.

»Mr. Bledsoe?«, sagte ich leise und stellte meinen Korb auf einen kleinen Tisch. Auf dem Tisch stand eine Kerze, und im Licht der Flamme konnte ich sein Gesicht ausmachen – zumindest die Hälfte. Die andere Hälfte war mit Teer bedeckt, dazu ein Großteil von Kopf und Hals. Die saubere Hälfte ließ einen gewöhnlich aussehenden jungen Mann mit einer großen Hakennase erkennen, dessen Gesichtszüge vor Schmerz verzerrt waren.

»Ja«, keuchte er und presste die Lippen fest zusammen, als geriete seine prekäre Selbstbeherrschung in Gefahr, wenn ihm auch nur ein einziges Wort entfleuchte.

»Ich bin Mrs. Fraser«, sagte ich und legte ihm die Hand auf die Schulter. Ein leiser Schauder durchlief ihn wie Strom einen Draht. »Ich bin hier, um Euch zu helfen.«

Er hörte mich und nickte ruckartig. Sie hatten ihm Brandy gegeben; ich konnte es unter dem Kiefernteer riechen, und auf dem Tisch stand ein halb voller Dekanter.

»Habt Ihr Laudanum im Haus?«, fragte ich an Peggy gewandt. Es würde uns zwar nicht langfristig helfen, aber eine große Dosis rettete uns vielleicht durch die schlimmsten Vorbereitungen.

Sie war zwar noch ziemlich jung – nicht älter als achtzehn, dachte ich –, aber sie war nicht nur sehr hübsch, sondern obendrein hellwach und beherrscht. Sie nickte und verschwand mit einem gemurmelten Wort an den Bediensteten. *Natürlich*, dachte ich, als ich ihre Röcke verschwinden sah. *Ihn konnte sie ja nicht schicken.* Das Laudanum musste sich zusammen mit dem Rest der Hausapotheke in einem Schrank hinter Schloss und Riegel befinden.

»Was kann ich tun, Sassenach?«, fragte Jamie leise, als hätte er Angst, den jungen Mann in seiner Konzentration auf den Schmerz zu stören.

»Hilf mir, ihn auszuziehen.« Wer auch immer ihn überfallen hatte, hatte ihn nicht entkleidet, und das war gut. Und der Großteil des Teers war beim Auftragen vermutlich nicht kochend heiß gewesen. Kiefernteer war ganz anders als der Straßenteer späterer Jahrhunderte; er war ein Nebenprodukt der Terpentindestillation und war meistens so flüssig, dass man ihn verstreichen konnte, ohne ihn zunächst zu erhitzen.

Was *gar* nicht gut war, war sein Bein, wie ich sofort sah, als Jamie das Laken zurückschlug, das ihn bedeckte. Das war es, woher der Blutgeruch gekommen war; es breitete sich als nasser Fleck auf der Bettwäsche aus, schwarz im Kerzenschein, aber kupfern und leuchtend rot in der Nase.

»Jesus H. Roosevelt Christ«, murmelte ich ganz leise. Tenchs Gesicht war totenbleich und von den Spuren seiner Schweißtropfen und Tränen durchzogen, seine Augen geschlossen, doch es verzog sich krampfhaft, als er meine Worte hörte.

Jamie setzte eine entschlossene Miene auf und zog sein Klappmesser, das scharf genug war, um einem Mann den Arm zu rasieren. Scharf genug, um die löchrigen Strümpfe und die durchtränkte Hose aufzuschneiden, um den erstarrenden Stoff beiseitezufalten und den Schaden freizulegen.

»Wer hat Euch das angetan, Mann?«, fragte er Tench und fasste ihn beim Handgelenk, als der Verletzte zögernd mit der Hand nach unten tastete, um das Ausmaß des Schadens zu erfühlen.

»Niemand«, flüsterte Tench und hustete. »Ich … ich bin vom Dock gesprungen, als er mir den Kopf angezündet hat, und bin auf einem Bein im Schlamm gelandet. Es ist stecken geblieben, und als ich umgefallen bin …«

Es war ein ziemlich übler offener Bruch. Beide Unterschenkelknochen waren sauber durchgebrochen, und die zertrümmerten Enden ragten in verschiedenen Richtungen durch die Haut. Ich war überrascht, dass er den Schock dieser Verletzung überlebt hatte, erst recht in Verbindung mit dem Trauma des Überfalls – ganz zu schweigen davon, dass er danach eine ganze Nacht und einen Teil des Tages im schmutzigen Uferwasser gelegen hatte. Das aufgeweichte Gewebe war geschwollen; wund, rot und garstig, die Wunden schwer entzündet. Ich atmete leise schnuppernd ein, halb in der Erwartung, Wundbrand zu riechen, doch nein. Noch nicht.

»Er hat Euch den Kopf angezündet?«, sagte Jamie ungläubig. Er beugte sich vor und berührte die verdunkelte Masse auf der linken Kopfhälfte des jungen Mannes. »Wer denn?«

»Weiß nicht.« Tenchs Hand hob sich und berührte Jamies Hand, versuchte aber nicht, diese fortzuziehen. Sie ruhte auf Jamies Hand, als bräuchte er diese Berührung, um zu erfahren, was er wissen musste, aber nicht selbst herauszufinden wagte.

»Glaube, er … wie er geredet hat. England vielleicht oder Irland. Er … hat mir Pech über den Kopf geschüttet und es mit Federn besprenkelt. Ich glaube, andere hätten mich dann in Ruhe gelassen. Aber er hat sich ganz plötzlich umgedreht und nach einer Fackel gegriffen …« Er hustete, und der Krampf ließ ihn zusammenfahren, so dass er atemlos schloss: » … als ob er … mich hasste.« Er klang erstaunt.

Jamie brach vorsichtig kleine Stückchen aus versengtem Haar und verklebte Klümpchen aus Schlamm und Teer vom Kopf des Mannes ab, so dass die mit Blasen übersäte Haut darunter zum Vorschein kam.

»So schlimm ist es gar nicht, Mann«, sagte er ermutigend. »Das Ohr ist noch da, nur außen herum ein bisschen schwarz und krustig.«

Das brachte Tench tatsächlich zum Lachen, auch wenn es nur ein Hauch war – der verstummte, als ich sein Bein berührte.

»Ich brauche mehr Licht«, sagte ich an den Bediensteten gewandt. »Und viel Verbandsmaterial.« Er nickte, ohne den Mann auf dem Bett anzusehen, und ging.

Wir arbeiteten einige Minuten weiter und murmelten Tench hin und wieder einige ermunternde Worte zu. Dann zog Jamie den Nachttopf unter dem Bett hervor, entschuldigte sich mit einem kurzen Wort und nahm ihn mit in den Flur, wo ich ihn würgen hörte. Einige Augenblicke später kam er zurück. Er war blass und roch nach Erbrochenem, als er sich wieder an die Geduldsarbeit machte.

»Könnt Ihr das Auge öffnen, Mann?«, fragte er und berührte vorsichtig die linke Seite. Ich blickte von meinem Platz am Bein des Mannes auf und sah, dass das Augenlid nicht verletzt zu sein schien, nur voller Blasen und geschwollen, und die Wimpern waren abgesengt.

»Nein.« Tenchs Stimme hatte sich verändert, und ich trat abrupt an seinen Kopf. Er klang beinahe schläfrig, seine Stimme gleichgültig. Ich legte ihm den Handrücken an die Wange; sie war kühl und klamm. Ich sagte etwas sehr Unflätiges, und sein funktionierendes Auge öffnete sich abrupt und starrte zu mir auf.

»Oh, da seid Ihr ja«, sagte ich sehr erleichtert. »Ich dachte schon, der Schock hätte Euch erwischt.«

»Wenn ihn das, was bis jetzt mit ihm passiert ist, noch nicht in den Schockzustand versetzt hat, glaube ich nicht, dass das noch möglich ist, Sassenach«, sagte Jamie, beugte sich aber dichter über den Mann, um ihn sich anzusehen. »Ich glaube, er ist nur erschöpft vor Schmerz, aye? Manchmal kann man es einfach nicht mehr ertragen, aber man will noch nicht sterben, also driftet man nur ein bisschen davon.«

Tench seufzte mit einem kleinen, ruckartigen Kopfnicken.

»Wenn Ihr einfach ... kurz aufhören könntet?«, flüsterte er. »Bitte?«

»Aye«, sagte Jamie leise, legte ihm die Hand auf die Brust und zog das blutige Laken über ihn. »Ruht Euch etwas aus, *a charaid*.«

Ich war mir zwar nicht so sicher, dass er *nicht* versuchte zu sterben, doch es gab eine Grenze für das, was ich tun konnte, um ihn daran zu hindern, wenn das der Fall war. Und es gab eine noch viel ernsthaftere Grenze für das, was ich tun konnte, wenn er *nicht* starb.

Andererseits war mir sonnenklar, was Jamie mit »davondriften« gemeint hatte ... und wie die Symptome schweren Blutverlustes aussahen. Es war nicht zu sagen, wie viel Blut er verloren *hatte*, während er im Fluss lag. Wie durch ein Wunder hatte der Knochenbruch keine der Beinarterien durchtrennt – wenn es so gewesen wäre, wäre er längst tot gewesen –, doch er hatte gewiss eine ganze Reihe kleinerer Gefäße zerstört.

Andererseits ... war der Delaware ein ziemlich kalter Fluss, selbst im Sommer. Es war gut möglich, dass die kühle Wassertemperatur die kleineren Blutgefäße kontrahiert und seinen Stoffwechsel verlangsamt hatte und möglicherweise sogar die Auswirkungen der Brandverletzungen vermindert hatte, indem sie nicht nur das Feuer löschte, sondern ihm auch die verbrannte Haut kühlte. Ich hatte zwar oberhalb des Knies pro forma einen Druckverband angelegt, hatte ihn aber nicht fest zugezogen; im Moment war der Blutverlust nicht sehr stark.

Und die Verbrennungen *waren* nur minimal. Sein Hemd war zwar zerrissen, doch der Teer auf seiner Brust, seinen Händen und den Kleidern war nicht heiß genug gewesen, um Brandblasen zu verursachen. Eine Gesichtshälfte war zwar sichtlich verletzt, doch ich glaubte nicht, dass die Verbrennungen dritten Grades mehr als ein paar Quadratzentimeter seiner Kopfhaut einnahmen; der Rest war nur gerötet oder hatte ein paar Blasen. Schmerzhaft, keine Frage, aber nicht lebensbedrohlich. Wer auch immer ihn überfallen hatte, hatte ihm wahrscheinlich nicht nach dem Leben getrachtet – würde es ihn möglicherweise aber dennoch kosten.

»Pechmütze nennen sie das«, sagte Jamie leise. Wir waren zum Fenster getreten, doch er wies kopfnickend zurück zum Bett. »Ich habe es zwar noch nie gesehen, aber davon gehört.« Er schüttelte den Kopf, die Lippen angespannt, dann ergriff er den Krug und bot ihn mir an. »Möchtest du Wasser, Sassenach?«

»Nein … oder warte. Ja, danke.« Den Sitten der Zeit entsprechend war das Fenster fest geschlossen, und es herrschte eine Gluthitze in dem kleinen Zimmer. Ich nahm den Krug und wies auf das Fenster. »Meinst du, du kannst es öffnen?«

Er wandte sich dem Fenster zu und kämpfte damit. Denselben Sitten entsprechend, klemmte es in seinem Rahmen fest, und das Holz war von der Feuchtigkeit und der langen Reglosigkeit aufgequollen.

»Was ist mit seinem Bein?«, sagte er, ohne sich mir zuzuwenden. »Du musst es doch abnehmen, oder?«

Ich ließ den Krug sinken – das Wasser war schal und schmeckte nach Erde – und seufzte.

»Ja«, sagte ich. Ich hatte zwar gegen diese Schlussfolgerung angekämpft, seit ich den ersten Blick auf Tenchs Bein geworfen hatte, doch Jamies Sachlichkeit machte es mir leichter, sie zu akzeptieren.

»Ich bezweifle, dass ich es selbst in einem modernen Krankenhaus retten könnte, mit Bluttransfusionen und unter Vollnarkose – und *Gott*, ich wünschte, ich hätte Äther hier!« Ich biss mir auf die Unterlippe und blickte zum Bett, sah genau hin, um festzustellen, ob sich Tenchs Brust noch hob und senkte. Ein kleiner, verräterischer Teil meiner selbst hoffte sehr, dass sie es nicht tat – doch sie tat es.

Schritte auf der Treppe, und Peggy und der Bedienstete waren wieder da, er bewaffnet mit einer Laterne und einem riesigen Kerzenleuchter, Peggy mit einer kleinen Glasflasche, die sie an ihre Brust drückte. Beide wandten nervös die Gesichter zum Bett, dann zu mir ans Fenster. War er tot?

»Nein«, sagte ich kopfschüttelnd und sah dieselbe halb bedauernde Erleichterung über ihre Gesichter huschen, die auch ich gerade empfunden hatte. Ich konnte es nachvollziehen; ganz gleich, was die Shippens für den Verletzten empfanden, ihn auf ihrem Grund und Boden zu haben war eine Gefahr für sie.

Ich trat vor und erklärte leise, was zu tun war. Ich sah, wie Peggy im flackernden Licht die Farbe einer verdorbenen Auster annahm. Sie wankte sacht, doch dann schluckte sie krampfhaft und richtete sich auf.

»Hier?«, fragte sie. »Ihr könntet ihn nicht vielleicht nach… nun, nein, vermutlich nicht.« Sie holte tief Luft. »Also schön. Wie können wir Euch helfen?«

Der Bedienstete hüstelte vielsagend hinter ihr, und sie erstarrte.

»Mein Vater würde auch nichts anderes sagen«, unterrichtete sie ihn kalt.

»In der Tat, Miss«, sagte er mit einem Respekt, der nicht besonders respektvoll war. »Aber er hätte doch gewiss gern Gelegenheit, es selbst zu sagen, meint Ihr nicht auch?«

Sie warf ihm einen wütenden Blick zu, doch ehe sie etwas sagen konnte, knirschte es ohrenbetäubend, denn das Fenster beugte sich endlich Jamies Willen, und alle Blicke richteten sich auf ihn.

»Ich wollte ja nicht unterbrechen«, sagte er ungerührt und drehte sich um. »Aber ich glaube, wir bekommen Besuch vom Gouverneur.«

JAMIE DRÄNGTE SICH an Miss Shippen und ihrem Bediensteten vorbei, ehe einer der beiden reagieren konnte. Er rannte leichtfüßig die Hintertreppe hinunter und dann durch das Haus, wo er eine Dienstmagd aufschreckte. Offensichtlich hatte der Gouverneur nicht vor, durch die Hintertür zu kommen.

Er erreichte die Haustür im selben Moment, als es entschlossen klopfte, und zog sie auf.

»Miss Margaret!« Arnold schob sich an Jamie vorbei, als sei er gar nicht da – was eine stramme Leistung war –, und ergriff Peggy Shippens Hände. »Ich dachte, ich komme besser – Euer Vetter? Wie geht es ihm?«

»Er lebt noch.« Peggy schluckte, und ihr Gesicht hatte die Farbe der Wachskerze in ihrer Hand. »Mrs. Fraser ist… sie sagt…« Wieder schluckte sie, und Jamie tat es ihr aus Mitgefühl gleich, denn er wusste nur zu gut, woran sie dachte. Tench Bledsoes zerschmetterte Beinknochen, rot und verschmiert wie die eines stümperhaft zerlegten Schweins. Er hatte immer noch den bitteren Geschmack des Erbrochenen im Hals.

»Ich… danke Euch *so* sehr, dass Ihr uns Mrs. Fraser geschickt habt, Sir… Ich hätte sonst nicht gewusst, was in aller Welt wir tun sollten. Mein Vater ist in Maryland und meine Mutter bei ihrer Schwester in New Jersey. Meine Brüder…« Sie verstummte bestürzt.

»Nein, nein, meine Liebe – darf ich Euch so nennen? –, es ist mein innigstes Anliegen, Euch zu helfen – Eurer Familie, Euch… Euch zu beschützen.« Er hatte ihre Hände nicht losgelassen, wie Jamie bemerkte, und sie zog sie auch nicht fort.

Jamie blickte verstohlen von Arnold zu Peggy Shippen, dann wandte er sich zur Seite und zog sich etwas zurück. Es fiel ihnen nicht schwer, ihn zu ignorieren; sie hatten nur Augen füreinander.

Das machte natürlich alles klar – oder zumindest klarer. Arnold begehrte das Mädchen, und sein Begehren war so nackt, dass sich Jamie ein wenig für den Mann schämte. Natürlich konnte man nichts gegen die eigene Lust, doch ein Mann sollte sich doch so im Griff haben, dass er sie verheimlichen konnte.

Und zwar nicht nur um des Anstands willen, dachte er, als er sah, wie sich eine gewisse vorsichtige Kalkulation in Peggys Gesicht stahl. Es war, dachte er, die Miene eines Anglers, der gerade einen fetten Fisch genau unter seinem Köder gesehen hat.

Er räusperte sich vielsagend, und die beiden fuhren zusammen, als hätte er sie mit einer Hutnadel gestochen.

»Meine Frau sagt, es ist notwendig, das verletzte Bein zu amputieren«, sagte er. »Und zwar schnell. Sie benötigt ein paar Dinge – Instrumente und Ähnliches.« *Ich brauche die große und die kleine Säge, die Wundrandhalter – die langen Instrumente, die aussehen wie Angelhaken – und jede Menge Nähmaterial …* Er versuchte, die Liste im Kopf zu behalten, obwohl ihm übel dabei wurde, wenn er sich diese Gegenstände vorstellte und daran dachte, wozu Claire sie benutzen würde.

Doch neben dem Ekel und dem Mitleid empfand er Argwohn – denselben Argwohn, den er ebenfalls in Benedict Arnolds Augen lauern sah.

»Ist das so«, sagte Arnold, eigentlich nicht als Frage. Seine Augen huschten zurück zu Peggy Shippen, die sich ganz bezaubernd auf die Oberlippe biss.

»Können wir vielleicht Euren Kutscher zur Druckerei schicken?«, fragte Jamie. »Ich kann ihn begleiten und die benötigten Gegenstände mitbringen.«

»Ja«, sagte Arnold, jedoch geistesabwesend, so wie er sprach, wenn er schnell überlegte. »Oder besser … nein. Lasst Mr. Bledsoe – und Mrs. Fraser natürlich – lieber mit meiner Kutsche in die Druckerei bringen. Dort hat Mrs. Fraser alles zur Hand, was sie braucht, und noch dazu den Beistand und die Unterstützung ihrer Familie.«

»Was?«, rief Jamie aus, doch Peggy Shippen hatte sich schon an Arnolds Arm geklammert, ihr Gesicht vor Erleichterung wie verwandelt. Jamie packte Arnold beim Arm, um sich Beachtung zu verschaffen, und der Gouverneur kniff die Augen zusammen.

Eigentlich hatte Jamie die Absicht gehabt, rhetorisch zu fragen, ob Arnold verrückt geworden war, doch dieser Bruchteil einer Sekunde reichte aus, dies abzuwandeln in ein höflicheres: »In der Druckerei ist kein Platz für so etwas, Sir. Wir wohnen auf engstem Raum, und den ganzen Tag gehen dort Leute ein und aus. Das wird keine einfache Operation; der Mann wird eine Weile der Pflege bedürfen.«

Peggy Shippen stieß einen kleinen Laut der Nervosität aus, und allmählich dämmerte Jamie, dass Tench Bledsoe für Arnold ein genauso heißes Eisen war wie für die Shippens, wenn nicht sogar ein noch größeres. Das Letzte, was sich Arnold als Militärgouverneur der Stadt wünschen konnte, waren ein öffentlicher Aufschrei und Chaos, weil sich die in Philadelphia verbliebenen Loyalisten bedroht und verängstigt fühlten und man die Söhne der Freiheit als heimliche Vigilanten betrachtete, die das Gesetz selbst in die Hand nahmen.

Arnold musste immens daran gelegen sein, den Zwischenfall zu verschweigen. Doch er wollte ebenso dringend der edle Ritter sein, der der jungen, bezaubernden Miss Shippen zu Hilfe eilte, indem er für ihren Vetter sorgte, während er gleichzeitig die mögliche Gefahr beseitigte, die er für ihren Haushalt darstellte.

Indem er sie in den meinen trägt, dachte Jamie, und allmählich verwandelte sich sein Argwohn in Wut.

»Sir«, sagte er förmlich. »Es gibt keine Möglichkeit zu verhindern, dass die Angelegenheit bekannt wird, wenn ihr den jungen Mann in die Druckerei meines Sohnes bringt. Und Ihr wisst ja, welche Gefahr das in sich birgt.«

Das ließ sich nicht leugnen, und Arnold hielt inne und zog die Stirn in Falten. Doch Jamie hatte schon an der Seite des Mannes gekämpft und kannte ihn gut; er sah, dass er entschlossen war, Miss Peggy von ihrer Sorge zu befreien, ganz gleich, was geschah.

Claire hatte offenbar recht mit dem, was sie ihm über Testosteron erzählt hatte, und er hatte ja schon gewusst, dass Arnold wie ein Widder war, sowohl was seine Eier als auch was seine Dickköpfigkeit betraf.

»Ah, ich habe es!«, rief Arnold triumphierend aus, und Jamie sah – mit widerstrebender Bewunderung – den General zum Vorschein kommen. Diese Bewunderung verschwand bei Arnolds nächstem Satz.

»Lord John Grey«, sagte er. »Wir könnten Mr. Bledsoe doch zum Haus Seiner Lordschaft transportieren.«

»Nein!«, wehrte Jamie automatisch ab.

»Ja«, sagte Arnold, jedoch als Gratulation an sich selbst, nicht als Widerspruch; er beachtete Jamie gar nicht. »Ja, die ideale Lösung! Seine Lordschaft und sein Bruder stehen tief in meiner Schuld«, erklärte er Peggy mit derart gespielter Bescheidenheit, dass Jamie am liebsten auf ihn eingeprügelt hätte. »Und da Seine Lordschaft und Mr. Fraser …« An diesem Punkt sah er Jamies Gesicht und verstummte gerade noch rechtzeitig, um eine solche Tat zu verhindern. Er hüstelte.

»Die ideale Lösung«, wiederholte er. »Würdet Ihr zu Mrs. Fraser gehen und ihr sagen, was wir vorhaben, Sir?«

»*Wir?*«, sagte Jamie. »Ich habe nichts dergleichen …«

»Was zum *Kuckuck* ist da unten los?« Claires Stimme kam von der Treppe hinter ihm, und als er herumfuhr, sah er sie auf das Geländer gestützt dort stehen, flackernd wie ein Gespenst im Licht des Wandleuchters über ihr. Sie hatte Blutflecken auf der Schürze, schwarz auf dem hellen Stoff.

»Nichts, *a nighean*«, sagte er und heftete den Blick entschlossen auf Arnold. »Wir sprechen nur darüber, wo Mr. Tench sein sollte.«

»Es ist mir egal, wo er sein sollte«, fuhr sie ihn an und kam aufgeregt in das Foyer gerauscht. »Er wird nämlich *tot* sein, wenn ich mich nicht schnellstens um sein Bein kümmern kann.« Dann fielen ihr die finsteren Blicke auf, die er mit Arnold wechselte, und sie trat neben ihn und heftete ihrerseits den Blick fest auf den Gouverneur.

»General Arnold«, sagte sie. »Wenn Euch das Leben von Miss Shippens Vetter auch nur irgendwie am Herzen liegt, werdet Ihr mir den Gefallen tun und meinen Mann sofort die Instrumente holen lassen, die ich brauche. Schnell!«

Arnold blinzelte, und Jamie hätte gelächelt, hätte er sich nicht um sie gesorgt – sie war zwar tapfer, doch sie sah blass aus und hatte die Hände in ihrer Schürze zu Fäusten geballt. Möglich, dass sie das tat, um sich selbst daran zu hindern, den Gouverneur zu ohrfeigen, doch er hatte eher das Gefühl, dass sie verheimlichen wollte, dass ihre Hände zitterten – und er begriff erschrocken, dass sie Angst hatte.

Nicht vor der Situation oder künftigen Gefahren – Angst, dass sie nicht tun konnte, wovon sie doch wusste, dass sie es musste.

Sein Herz verkrampfte sich bei diesem Gedanken. Er packte Arnold fest beim Oberarm und schob ihn auf die Treppe zu.

»Aye«, sagte er abrupt. »Wir bringen den Mann in Lord Johns Haus, und während du ihn dort auf die Operation vorbereitest, hole ich dir aus der Druckerei, was du brauchst. Der General wird mir helfen, ihn zu tragen.«

Arnolds starrer Widerstand schwand abrupt, als er begriff, was Jamie da sagte.

»Ja«, sagte er. »Ja, ich …« Ein langgezogenes Stöhnen von oben unterbrach ihn, und Claires Miene spannte sich an.

»Wir haben keine Zeit mehr«, sagte sie vollkommen ruhig. »Miss Shippen – Peggy. Holt mir das größte Messer, das Ihr in der Küche habt, und zwar sofort. Eure Dienstboten sollen mir noch mehr heißes Wasser bringen und Verbandsmaterial. Ein stabile Nähnadel und schwarzes Garn.« Ihr Blick suchte Jamie, und er ließ den Gouverneur auf der Stelle los und ging zu ihr.

»Geht es dir gut, mein Herz?«, sagte er leise und nahm ihren Ellbogen.

»Ja«, sagte sie und drückte ihm kurz die Hand. »Aber es ist ziemlich schlimm. Ich kann – entschuldige, du musst mir helfen, ihn festzuhalten.«

»Es geht schon«, sagte er. »Mach dir keine Sorgen. Tu einfach, was du musst. Ich verspreche, dass ich mich nicht auf ihn übergeben werde, während du ihm das Bein abnimmst.«

Eigentlich war das gar nicht als Scherz gemeint gewesen, und er war überrascht – aber froh –, als sie lachte. Kein großartiges Lachen, doch die Anspannung in ihrem Arm ließ nach, und ihre Finger lagen ruhig auf den seinen.

Er wusste es in der Minute, als sie das Zimmer betraten. Er wusste nicht, was es war, das sich verändert hatte, doch es war klar, dass Claire die Schwingen des Todes von unten gehört hatte; er konnte sie jetzt spüren. Bledsoe war zwar noch bei Bewusstsein, aber nur noch gerade so eben; er sah einen weißen Streifen, als der Mann bei ihrem Eintreten ein Augenlid hob.

»Wir sind hier, Mann«, flüsterte Jamie. Er sank auf die Knie und nahm Bledsoes Hand. Sie fühlte sich kalt an und klamm vor Schweiß. »Keine Sorge, wir sind hier. Es ist gleich vorbei.«

Es roch kräftig nach Laudanum unter dem Gestank nach Teer und Blut und verbranntem Haar. Claire stand auf der anderen Seite des Bettes und hielt Bledsoes Handgelenk, während ihr Blick von seinem erschlafften Gesicht zu seinem verstümmelten Bein huschte.

»Sepsis«, sagte sie leise, aber mit normaler Stimme. »Siehst du den roten Streifen dort?« Sie zeigte auf das verletzte Bein, und Jamie sah es deutlich; ein Streifen von scheußlich dunkelroter Farbe, von dem er glaubte, dass er vorhin noch nicht da gewesen war – oder vielleicht doch, und er hatte ihn nicht bemerkt. Die Härchen auf seinen Schultern richteten sich auf, und er bewegte sich beklommen.

»Blutvergiftung«, sagte Claire. »Bakterien – Keime – im Blut. Es bewegt sich sehr schnell voran, und wenn es in seinen Rumpf gelangt ... gibt es nichts mehr, was ich tun kann.« Er blickte scharf auf, denn er hörte ein leises Beben in ihrer Stimme.

»Bis dahin aber doch? Es gibt eine Chance?« Er versuchte, ermutigend zu klingen, obwohl der Gedanke an die Alternative seine Gänsehaut noch verschlimmerte.

»Ja. Aber sie ist nicht groß.« Sie schluckte. »Es ist gut möglich, dass ihn der Schock der Amputation auf der Stelle umbringt. Und wenn nicht, ist eine Infektion immer noch sehr wahrscheinlich.«

Da stand er auf, ging um das Bett herum zu ihr und fasste sie sanft, aber fest an den Schultern. Er spürte ihre Knochen dicht unter der Oberfläche, und er glaubte, dass ihre Gefühle genauso prekär waren.

»Wenn er eine Chance hat, müssen wir sie ihm geben, Sassenach.«

»Ja«, flüsterte sie, und er spürte den Schauder, der sie von oben bis unten durchlief, obwohl es heiß und stickig war. »Gott steh mir bei.«

»Das wird er«, flüsterte Jamie und schloss sie kurz in seine Arme. »Und ich auch.«

ICH WAR EINFACH am falschen Ort. Die Tatsache, dass mir klar war, was mir widerfuhr, half mir nicht im Geringsten.

Ein ausgebildeter Chirurg ist gleichzeitig auch ein potentieller Mörder, und dies zu akzeptieren ist ein bedeutender Teil der Ausbildung. Man hat zwar absolut wohlwollende Absichten – zumindest hofft man das –, doch man legt auf brutale Weise Hand an jemanden, und man darf kein Mitleid kennen, um es wirkungsvoll zu tun. Und es kommt vor, dass die Person, die man unter seinen Händen hat, stirbt, und man weiß das ... und tut es trotzdem.

Ich hatte noch mehr Kerzen holen lassen, obwohl die Luft im Zimmer schon zum Ersticken war. Der Nebel aus Schwüle und langsam verdunstendem Schweiß verlieh dem Licht der Kerzenleuchter einen sanften, romantischen Schimmer; genau das Richtige für ein festliches Abendessen mit Wein, Koketterie und Tanz.

Der Wein konnte warten, und jeder Chirurg tanzt täglich mit dem Tod. Das Problem war, dass ich die Schrittfolge vergessen hatte und ich mit der Panik kokettierte.

Ich beugte mich über Tench, um seinen Herzschlag und seine Atmung zu überprüfen. Er atmete zwar flach, aber rapide. Sauerstoffmangel, schwerer Blutverlust … und ich spürte, wie auch mir eng um die Brust wurde und ich nach Atem rang, und ich stand auf, benommen und mit hämmerndem Herzen.

»Sassenach.« Ich drehte mich um, eine Hand auf dem Bettpfosten, und sah, dass mich Jamie stirnrunzelnd beobachtete. »Geht es dir gut?«

»Ja«, sagte ich, doch meine Stimme klang selbst in meinen Ohren seltsam. Ich schüttelte den Kopf, um den Schwindel zu vertreiben. Jamie kam näher und legte seine Hand auf die meine, die unverändert auf dem Bettpfosten lag. Sie war groß und kräftig, und das half.

»Du wirst ihm nicht helfen, mein Herz, wenn du auf halbem Weg in Ohnmacht fällst«, sagte er leise.

»Ich werde nicht in Ohnmacht fallen«, sagte ich gereizt vor lauter Nervosität. »Es ist nur … es geht mir gut.« Er ließ die Hand sinken, warf einen langen, forschenden Blick in mein Gesicht, nickte nüchtern und trat zurück.

Ich würde nicht in Ohnmacht fallen. Zumindest hoffte ich das. Aber ich saß fest in diesem engen, überhitzten Zimmerchen und roch Blut und Teer und den Duft der Myrrhe im Laudanum, während ich Tenchs Qualen spürte. Und das konnte ich nicht tun. Ich konnte es nicht, ich durfte es nicht.

Peggy eilte ins Zimmer, gefolgt von einem Dienstmädchen, mehrere große Messer an ihre Brust geklammert.

»Vielleicht eins davon?« Sie legte die Messer als klirrenden Haufen ans Fußende des Bettes, dann trat sie zurück und richtete den Blick nervös auf das bleiche, erschlaffte Gesicht ihres Vetters.

»Irgendeins mit Sicherheit.« Ich stocherte vorsichtig in dem Haufen herum und zog einige mögliche Kandidaten heraus: ein Tranchiermesser, das einen scharfen Eindruck machte, und ein großes, schweres Messer von der Sorte, die man zum Zerkleinern von Gemüse benutzte. Und mit einem lebhaften Gedanken daran, wie es sich anfühlte, Sehnen zu durchtrennen, ein Obstmesser mit einer frisch geschliffenen, silbrigen Klinge.

»Habt Ihr Euren eigenen Metzger? Falls Ihr so etwas wie eine Knochensäge habt …«

Der Bedienstete wurde so blass, wie ein Schwarzer es nur kann, und verließ das Zimmer, vermutlich, um eine solche Säge zu besorgen.

»Kochendes Wasser?«, fragte ich mit hochgezogenen Augenbrauen.

»Chrissy ist schon damit unterwegs«, versicherte mir Peggy. Sie leckte sich beklommen die Lippen. »Wisst Ihr … mmm.« Sie verstummte, doch um ein Haar hätte sie ausgesprochen, was ihr so deutlich ins Gesicht geschrieben stand: »*Wisst Ihr auch, was Ihr tut?*«

Ja. Das war tatsächlich das Problem. Ich wusste viel zu viel über das, was ich tat – aus beiden Perspektiven.

»Es wird alles gut«, versicherte ich ihr, und es gelang mir, mich hinreichend ruhig und zuversichtlich zu geben. »Wie ich sehe, haben wir Nadeln und Faden. Würdet Ihr die größte Nadel nehmen – vielleicht eine Teppichnadel? – und das Garn für mich einfädeln, bitte? Und dann noch ein paar kleinere, für alle Fälle.« Für den Fall, dass ich tatsächlich Zeit und Gelegenheit hatte, nach Blutgefäßen zu angeln und sie abzunähen. Es war viel wahrscheinlicher, dass mir nichts anderes übrig bleiben würde, als zu kauterisieren – den frischen Stumpf brutal anzusengen, um das Blut zu stillen, denn Tench hatte nicht genug Blut übrig, um noch etwas entbehren zu können.

Ich musste in meinem Kopf allein sein; an einem Ort der Ruhe und Klarheit. Dem Ort, von dem aus ich alles sehen konnte, den Körper unter meiner Hand mit all seinen Besonderheiten spüren konnte – ohne aber dieser Körper zu *sein*.

Ich war im Begriff, Tench Bledsoes Bein zu zerlegen wie das eines Huhns. Seine Knochen und sein Fleisch wegzuwerfen. Den Stumpf zu versengen. Und ich spürte seine Angst in meiner Magengrube.

Benedict Arnold war mit einem Arm voll Brennholz gekommen und hatte ein silbernes Tafelmesser in der Hand – mein Kauterisiereisen, falls keine Zeit zum Nähen blieb. Er legte beides vor dem Kamin ab, und der Butler begann, das Feuer zu schüren.

Ich schloss einen Moment die Augen und versuchte, nicht durch die Nase zu atmen, sperrte den Kerzenschein aus. Denny Hunter hatte mich bei Kerzenlicht operiert; ich wusste noch, wie ich durch meine Wimpern zusah – ich bekam die Augen nicht mehr als einen Spalt geöffnet –, wie jede der sechs großen Kerzen angezündet wurde und sich ihre Flammen rein und heiß erhoben … und wie ich das kleine Eisen roch, das in dem Kohlebecken daneben erhitzt wurde.

Eine Hand berührte meine Taille. Ich schnappte nach Luft und lehnte mich blind an Jamie.

»Was ist, *a nighean*?«, flüsterte er mir zu.

»Laudanum«, sagte ich beinahe konfus. »Man … man verliert das Bewusstsein nicht ganz. Es lässt den Schmerz zurückweichen – er hört nicht auf; er scheint nur nicht mehr mit einem verbunden zu sein – aber er ist noch *da*. Und man … man weiß, was mit einem geschieht.« Ich schluckte krampfhaft die Galle herunter.

Ich spürte es. Die harte Sonde, die in meine Seite vorstieß, ein Schreckmoment. Das erstaunliche Gefühl kalten Eindringens, das sich mit ganz unpassenden schwachen warmen Echos innerer Bewegungen vermischte, den kräftigen Stößen eines Kindes im Mutterleib.

»Man weiß, was geschieht«, wiederholte ich und öffnete die Augen. Und blickte in die seinen, die sanft auf mich hinunterschauten.

»Das weiß ich, aye?«, flüsterte er und umfasste meine Wange mit seiner vierfingrigen Hand. »Komm und sag mir, was ich für dich tun muss, *mo ghraidh*.«

DER MOMENT DER PANIK ließ nach; ich zwang ihn beiseite, denn ich wusste, dass der kleinste Gedanke daran bedeutete, kopfüber erneut hineinzurutschen. Ich legte Tench die Hand auf das verletzte Bein und zwang mich, es zu spüren, die Wahrheit zu finden.

Die Wahrheit war allzu offensichtlich. Der Unterschenkel war mechanisch vollständig ruiniert und durch die Blutvergiftung so sehr kompromittiert, dass keine Chance bestand, ihn zu retten. Ich suchte verzweifelt nach einer Möglichkeit, das Knie zu retten; ein Knie zu haben machte immens viel aus, wenn es darum ging, laufen zu können, darum, zurechtzukommen. Doch ich konnte es nicht.

Die Verletzung, der Blutverlust und der Schock hatten ihm sehr zugesetzt; er war ein sturer Mensch, doch ich konnte spüren, wie das Leben in ihm flackerte, wie es unter der Infektion, der Zerstörung und dem Schmerz dahinstarb. Ich *konnte* von seinem Körper nicht verlangen, der längeren, mühsameren Operation standzuhalten, die notwendig sein würde, unterhalb des Knies zu operieren – selbst wenn ich sicher gewesen wäre, dass eine solche Amputation ausgereicht hätte, um der fortschreitenden Blutvergiftung Einhalt zu gebieten, und das war ich nicht.

»Ich werde das Bein oberhalb des Knies abnehmen«, sagte ich zu Jamie. Ich hatte zwar das Gefühl, ruhig zu sprechen, doch ich konnte selbst hören, dass meine Stimme merkwürdig klang. »Du musst das Bein für mich halten und es so bewegen, wie ich es dir sage. Gouverneur…«, wandte ich mich an Arnold, der Peggy Shippen beruhigend den Arm um die Taille gelegt hatte, »kommt und haltet ihn fest.« Laudanum allein würde nicht reichen.

Man musste es Arnold zugutehalten, dass er sofort reagierte und Tench einen Moment sogar beruhigend die Hand an die schlaffe Wange hielt, ehe er seine Schultern fest in den Griff nahm. Sein Gesicht war ruhig, und mir fielen die Geschichten ein, die ich von seinen Kanada-Feldzügen gehört hatte: Erfrierungen, Verletzungen, Hunger… Nein, er war kein zimperlicher Mensch, und ich spürte, wie mich meine beiden Helfer mit Sicherheit erfüllten.

Nein, drei; Peggy Shippen trat an meine Seite, leichenblass, und ihre Kehle bewegte sich alle paar Sekunden, wenn sie schluckte – doch ihre Miene war entschlossen.

»Sagt mir, was ich tun soll«, flüsterte sie und presste den Mund fest zusammen, als ihr Blick auf das verstümmelte Bein fiel.

»Versucht, Euch nicht zu übergeben, und falls doch, wendet Euch vom Bett ab«, sagte ich. »Ansonsten – stellt Euch dort hin und reicht mir die Dinge, um die ich bitte.«

Mehr Zeit blieb nicht zum Nachdenken oder zur Vorbereitung. Ich zog den Druckverband fest, ergriff das schärfste Messer, nickte meinen Helfern zu und begann.

Ein tiefer Einschnitt, schnell, quer über die Oberseite des Beins, fest genug, um den Knochen freizulegen. Ein Armeearzt konnte ein Bein in weniger als zwei Minuten abhacken. Das konnte ich auch, doch es würde besser sein, wenn es mir gelang, Hautlappen zu schneiden, um den Stumpf damit zu verschließen – wenn ich die größeren Gefäße verschließen konnte…

»Große Nadel«, sagte ich zu Peggy und streckte die Hand aus. Da ich keinen Wundrandhalter hatte, um die großen Blutgefäße zu packen, die zurückschnellten, wenn man sie abtrennte, musste ich mit der Nadelspitze nach ihnen bohren und sie herausziehen, sie im rohen Fleisch feststecken und sie dann vernähen, so schnell ich konnte, indem ich sie mit einer der kleineren Nadeln mit Garn umwickelte und zuknotete. Besser als Kauterisieren, wenn Zeit war…

Der Schweiß lief mir in die Augen; ich musste ihn mit dem bloßen Unterarm abwischen; meine Hände waren blutig bis zum Handgelenk.

»Säge«, sagte ich, und niemand bewegte sich. Hatte ich es laut gesagt? »*Säge*«, sagte ich noch lauter, und Jamies Kopf drehte sich den Instrumenten auf dem Tisch zu. Er stützte sich mit einer Hand auf Tenchs Bein und streckte die andere aus, um die Säge vom Tisch zu nehmen.

Wo war Peggy? Ah – auf dem Boden. Aus dem Augenwinkel sah ich ihren Rock wie eine Blume daliegen, und durch die Bodendielen spürte ich die Schritte eines Bediensteten, der näher kam, um sie aus dem Weg zu ziehen.

Ich tastete nach einem weiteren Faden, ohne etwas zu sehen, und das volle Brandyglas, in dem ich sie zur Desinfektion verstaut hatte, kippte um, ergoss sich über das Bettlaken und reicherte die Atmosphäre mit seiner klebrigen Süße an. Ich hörte Jamie würgen, doch er bewegte sich nicht; seine Finger bohrten sich oberhalb des Druckverbandes in den Oberschenkel. Tench würde dort blaue Flecken bekommen, dachte ich müßig. Falls er es noch erlebte, dass seine Kapillargefäße bluteten…

Die Säge war dazu da, Schweine zu zerlegen. Stabil, nicht scharf und nicht gut gepflegt – die Hälfte der Zähne war verbogen, und die ruckte und hüpfte in meiner Hand, während sie über den Knochen knirschte. Ich biss die Zähne zusammen und drückte, doch meine Hand rutschte am Griff ab, weil sie schlüpfrig war von Blut und Schweiß.

Jamie stieß einen tiefen, verzweifelten Laut aus und bewegte sich plötzlich. Er nahm mir die Säge aus der Hand und schob mich beiseite. Er packte Tenchs Knie, drückte auf die Säge und trieb sie mit Gewalt in den Knochen. Drei, vier, fünf schleppende Sägestriche, und der Knochen, der zu drei Vierteln durchgesägt war, knackte mit einem Geräusch, das mich auffahren ließ.

»Halt«, sagte ich, und er hielt inne, bleich und schweißüberströmt. »Heb sein Bein an. Vorsichtig.« Das tat er, und ich wiederholte den Einschnitt von unten, lange, tiefe Bewegungen des Messers, die den Schnitt schräg vertieften, um den Hautlappen zu bekommen und den Schnitt mit dem an der Oberseite zu verbinden. Das Laken war nass und dunkel vom Blut – aber nicht zu viel. Entweder hielt der Druckverband, oder der Mann hatte nur noch so wenig Blut zu verlieren.

»Noch einmal die Säge«, sagte ich drängend und legte das Messer beiseite.

»Festhalten! Beide Seiten.« Es war nur noch ein dünnes Stück Knochen übrig; das schwammartige Mark war schon freigelegt, und Blut quoll langsam an der Oberfläche auf. Ich übte keinen Druck auf die Säge aus, das Letzte, was ich wollte, war, den Knochen ungeschickt abzubrechen. Doch es funktionierte nicht, und ich richtete meinen Blick zum wiederholten Mal auf die aneinandergereihten Werkzeuge, verzweifelt auf der Suche nach etwas anderem.

»Feile«, sagte Jamie, und seine Stimme war rau vor Anstrengung. Er wies kopfnickend zum Tisch. »Da.«

Ich ergriff die Feile, ein rattenschwänziges Werkzeug, übergoss sie mit dem zusätzlich zurechtgestellten Brandy, drehte sie seitwärts und feilte das letzte Stück des Knochens durch, der sich sacht teilte. Zwar mit einer gezackten Kante, aber intakt, nicht zersplittert.

»Atmet er noch?«, fragte ich. Mir selbst fiel das Atmen schwer, und ich konnte die Vitalzeichen des Patienten nicht spüren, abgesehen davon, dass ich feststellte, dass sein Herz noch schlug, weil ein wenig Blut aus einem der kleineren Gefäße pulsiert kam, doch Arnold, der den Kopf konzentriert über Tenchs Gesicht gebeugt hatte, nickte.

»Er schafft das schon«, sagte er mit fester, lauter Stimme, und ich wusste, dass er genauso sehr mit Tench sprach wie mit mir. Jetzt konnte ich eine Regung im Oberschenkel spüren, einen gewaltsamen Reflex, sich zu bewegen, und Jamie stützte sich mit aller Kraft darauf. Meine Finger streiften den abgetrennten Unterschenkel, dessen Gewebe grauenerregend leblos und wie Gummi war, und ich riss sie zurück und wischte sie mir krampfhaft an der Schürze ab.

Dann fuhr ich mir mit der blutigen Schürze über das Gesicht und schob mir die losen Haarsträhnen mit dem Handrücken zurück. Die Hand zitterte, beide Hände zitterten.

Warum zum Teufel zitterst du denn jetzt *noch*?, dachte ich gereizt. Doch ich zitterte, und deshalb dauerte es viel länger, als es gesollt hätte, die letzten kleinen Blutungen zu kauterisieren – so dass zu allem anderen auch noch der gespenstische Geruch gebratenen Fleisches im Zimmer aufstieg; ich hatte das Gefühl, selbst General Arnold würde sich vielleicht übergeben –, die Hautlappen zu vernähen, die Wunde zu verbinden und schließlich den Druckverband zu lösen.

»Nun gut«, sagte ich und richtete mich auf. »Jetzt …« Doch wenn ich sonst noch etwas sagte, hörte ich es nicht mehr. Das Zimmer drehte sich langsam um mich, löste sich in flackernde schwarze und weiße Flecken auf, und dann wurde alles schwarz.

118

DER ZWEITE HAUPTSATZ DER THERMODYNAMIK

Tench überlebte.

»Ich hätte es mir denken können«, sagte ich zu ihm. »Wer entschlossen genug ist, die ganze Nacht im Fluss zu überleben, der lässt sich doch von einer völlig normalen Amputation nicht aufhalten.«

Er hatte nicht genug Kraft, um zu lachen – nachdem man ihn auf einer Trage zur Chestnut Street transportiert hatte, war er blass und rang nach Luft –, doch sein Mund zuckte genügend, um diesen Ausdruck als Lächeln zu qualifizieren.

»Oh … ich schaffe das schon«, brachte er heraus. »Die Genug…tuung gebe ich denen … nicht, dass ich … sterbe.« Erschöpft von diesen Worten schloss er die Augen, während sich seine Brust weiter krampfhaft hob und senkte. Ich wischte ihm das Gesicht sacht mit meinem Taschentuch ab, klopfte ihm auf die Schulter und ließ ihn allein, damit er sich ausruhen konnte.

Ich hatte die Träger gebeten, ihn nach oben in das Zimmer zu bringen, das einmal mein Schlafzimmer gewesen war, und schloss die Tür jetzt mit einer seltsamen Mischung aus Triumph und Depression hinter mir.

Ich hatte den Morgen gemeinsam mit Mrs. Figg und dem Hausmädchen, Doreen, damit verbracht, alles einzupacken, was noch von Lord Johns Haushaltsgegenständen übrig war – denn vieles war bereits nach New York transportiert worden –, und das Haus in eine improvisierte Praxis umfunktioniert. Selbst wenn wir bald nach North Carolina aufbrachen – und je eher, desto besser –, musste ich Tench ja irgendwo unterbringen, wo man sich unter einigermaßen komfortablen und hygienischen Bedingungen um ihn kümmern konnte. Und um die Patienten, die mich in der Druckerei aufgesucht hatten, konnte ich mich hier ohnehin viel besser kümmern.

Gleichzeitig jedoch … wieder hier zu sein holte die Echos der dumpfen Verzweiflung zurück, in der ich während all dieser Wochen gelebt hatte, in denen ich Jamie für tot hielt. Ich dachte, die Geschäftigkeit der Arbeit und der gründliche Hausputz würden dieses leise Gefühl zu ertrinken vielleicht verhindern, doch im Moment strudelte es mir unangenehm um die Knöchel.

Meine Bedrückung war nicht das einzig Lähmende an der neuen Situation. Als ich heute Morgen von der Chestnut Street zum Haus der Shippens zurückkehrte, um Tench auf den Transport vorzubereiten, war mir auf der Straße eine Gruppe junger Männer gefolgt. Zum Großteil Jungen, aber auch ein paar größere Kerle von sechzehn oder siebzehn, groß genug, als dass mir bei ihren Blicken mulmig wurde.

Mulmiger noch, als sie dann näher kamen, rasch vorpreschten, um mir »Königshure!« ins Ohr zu flüstern, ehe sie wieder zurückfielen, oder versuchten, mir kichernd auf den Rocksaum zu treten.

Ich glaubte, einen oder zwei von ihnen in dem Pöbel gesehen zu haben, als ich Hal zur Chestnut Street brachte. Vielleicht waren sie mir ja bis zum Haus gefolgt, hatten herausgefunden, dass ich mit Lord John verheiratet war, und daraus geschlossen, dass ich eine Überläuferin war, die die Sache der Rebellen verraten hatte. Oder vielleicht, hatte ich gedacht und mich aufgerichtet, waren sie auch einfach nur ein Haufen Wichte auf der Suche nach Ärger.

Ich war zu ihnen herumgefahren und hatte meinen Schirm dabei fest umklammert. Er war zwar keine großartige Waffe, doch eine physische Waffe hätte gegen so viele auch nicht geholfen. Selbst ein zwölfjähriger Junge wäre in dem Moment wahrscheinlich kräftiger als ich gewesen.

»Was wollt ihr?«, herrschte ich sie an und beschwor die Erinnerung an meine Oberschwesternstimme herauf, Peitschenschlag und Stahl – zumindest hoffte ich, dass das bei ihnen so ankam.

Ein paar der kleinen Ekel blinzelten und traten einen Schritt zurück, doch einer der größeren trat grinsend einen Schritt auf mich zu. Ich brauchte meine ganze Selbstbeherrschung, um nicht zurückzuweichen.

»Ich weiß nicht, Schätzchen«, sagte er und betrachtete mich anzüglich von oben bis unten. »Was hat denn so eine Loyalisten*lady*, was wir vielleicht haben *möchten*?«

»Ein Stich ins Auge ist alles, was ich euch anbieten kann«, unterrichtete ich ihn ohne Umschweife und zeigte mit dem Schirm auf ihn. »Anscheinend gehe ich ja zu langsam und bin euch im Weg, die Herren. Bitte geht doch vor.« Ohne meinen drohenden Blick von ihm abzuwenden, trat ich auf die Straße und winkte mit dem Schirm, um anzuzeigen, dass sie weitergehen sollten.

Das brachte einige von ihnen zum Kichern, doch der große Kerl bekam eine unschöne rote Gesichtsfarbe, die seine Pickel leuchten ließ. Ich trat noch weiter auf die Straße, in vorgetäuschter Höflichkeit, tatsächlich jedoch in der Hoffnung, Aufmerksamkeit zu erregen.

Ich hatte Glück; ein Lumpensammler kam mit seinem Karren angefahren. Die Hufe seines Pferdes klapperten auf dem Pflaster, und ich trat noch weiter auf die Straße, so dass ich ihm im Weg war. Der Mann erwachte aus dem Halbschlaf, richtete sich etwas auf und blinzelte unter seinem Hut hervor.

»Was zum Teufel treibt ihr Faulpelze denn auf der Straße? Aus dem Weg mit euren fetten Ärschen!« Er hob drohend seine Peitsche, und die Jungen, die begonnen hatten, sich mir zu nähern, wichen schnell zurück.

Der Kutscher erhob sich ganz, zog den Hut und verbeugte sich vor mir.

»Guten Tag, Mylady, ich hoffe, es geht Euch gut. Kann ich Euch vielleicht mitnehmen?« Er scherzte; ich denke nicht, dass er wusste, dass mir der Titel einer »Lady« bis vor Kurzem tatsächlich zugestanden hatte. Auf jeden Fall war er jedoch überrascht, als ich meine Röcke raffte und auf seinen Karren stieg.

»Nach Hause, James«, sagte ich und klappte meinen Schirm zusammen, »und schont die Pferde nicht.«

Ich musste lächeln, als ich jetzt daran dachte, und ich ging die Treppe hinunter, um im Garten ein wenig Luft zu schnappen. Das Lächeln verging mir jedoch bei dem Gedanken, dass die Lümmel, die mich belästigt hatten, mit Sicherheit irgendwo in der Nähe wohnten. Ein zweites Mal würde ich womöglich nicht solches Glück haben. Und bei *diesem* Gedanken durchspülte mich eine Woge des kalten Grauens, und ich spürte einen schmerzenden Streifen quer über meinem Bauch, die Schürfwunden und Prellungen, nachdem ich stundenlang mit dem Gesicht nach unten gefesselt auf einem Pferd gelegen hatte, hilflos verschleppt wurde nach …

»Schluss damit!«, sagte ich scharf zu mir selbst. »Hör sofort auf damit. Ich dulde das nicht.« Es waren Jugendliche gewesen. Ich hatte doch keine Angst vor … Doch der erste Mann, der mich vergewaltigt hatte, war etwa sechzehn gewesen; er hatte sich sogar nachher entschuldigt. Ich trat zu einem von Johns Hortensienbüschen und übergab mich.

Es war mir gelungen zu funktionieren. Ich hatte Tench reisefertig gemacht, seine Ankunft beaufsichtigt, Mrs. Figg und Doreen erklärt, wie er versorgt werden musste, und war dann zurück zur Druckerei gegangen, um etwas zu essen und den Rest meiner Arzneien einzupacken; Fergus und Germain konnten sie auf ihrer Nachmittagsrunde zur Chestnut Street bringen.

Auf dem Rückweg zur Chestnut Street war ich unbehelligt geblieben. Ich hätte Jenny bitten können, mich zu begleiten, doch mein Stolz hinderte mich daran. Ich würde mich *nicht* von simpler Angst davon abhalten lassen zu tun, was getan werden musste.

Aber wie lange hältst du das noch durch? Und wozu überhaupt?

»Es gibt immer einen Grund«, murmelte ich. »Es geht um das Leben eines Menschen. Das ist doch ein Grund.«

Ein Leben, das einem plötzlich entrissen werden konnte, fortgeworfen werden konnte, auf einem Schlachtfeld vergeudet werden konnte … Wie viele Menschen waren so schon gestorben? Und es hörte nicht auf, nichts besserte sich – und dies war ein früher Krieg. Eine endlose Kette von Kriegen lag zwischen meinen Leben; die Revolution hier, der Weltkrieg am anderen Ende – und dazwischen unablässiges Gemetzel.

Der Sommer verabschiedete sich allmählich; am frühen Morgen lag jetzt schon ein Hauch von Kälte in der Luft, doch am Nachmittag hing die Hitze immer noch schwer und drückend über der Stadt. Zu schwer, um tief Luft zu holen.

Einen Moment lang stand ich vor dem Haus Nummer 17 und hatte nicht das Gefühl, dass ich der Aufgabe gewachsen war, hineinzugehen und mich um all die wichtigen Dinge zu kümmern. Kurz entschlossen bog ich in den Pfad ein, der auf der einen Seite um das Haus herum in den kleinen Garten an der Rückseite führte. Dort setzte ich mich zwischen den Rosen auf die Bank – und fühlte mich nach wie vor unwohl in meiner eigenen Haut.

ICH WEISS NICHT, wie lange ich dort schon saß, den Kopf in den Händen, und dem lauten Summen der Bienen lauschte. Doch ich hörte Schritte über den Pfad kommen, und es gelang mir, den Kopf zu heben.

»Geht es dir gut, Sassenach?« Es war Jamie, der die große Kiste mit den Medikamenten und dem Verbandsmaterial auf dem Arm hatte. Seiner alarmierten Miene nach sah ich offenbar nicht so aus, als ginge es mir gut. Mir fehlte allerdings auch jede Energie für den Versuch, so auszusehen, als ginge es mir gut.

»Ich habe nur … Ach, ich dachte nur, ich setze mich ein bisschen«, stotterte ich und wedelte hilflos mit der Hand.

»Ich bin froh, dass du das getan hast.« Er stellte die Kiste auf das vergilbende Gras und hockte sich vor mich hin, um mein Gesicht zu betrachten. »Was ist passiert?«

»Nichts«, sagte ich und begann ohne jede Vorwarnung zu weinen. Oder vielmehr auszulaufen. Es hatte nichts von der schluchzenden, krampfhaften, herzzerreißenden Natur des Weinens an sich; mir liefen einfach die Tränen über das Gesicht, ohne dass ich ihnen das gestattet hätte.

Jamie stupste mich ein wenig zur Seite, setzte sich neben mich und schlang die Arme um mich. Er trug seinen alten Kilt, und beim Geruch des staubigen Wollstoffs, der im Lauf der Jahre dünn geworden war, löste ich mich endgültig auf.

Er nahm mich fester in die Arme, seufzte, presste mir die Wange an den Kopf und sagte leise Zärtlichkeiten auf Gälisch. Und nach kurzer Zeit verhalf mir der Versuch, sie zu verstehen, wieder zu zaghafter Selbstbeherrschung. Ich holte tief Luft, und er lockerte seine Umarmung, ließ aber einen Arm zur Unterstützung auf meiner Schulter liegen.

»*Mo nighean donn*«, sagte er leise und strich mir die Haare aus dem Gesicht. »Hast du ein Taschentuch?«

Das brachte mich zum Lachen. Oder vielmehr dazu, eine Art ersticktes Kichern auszustoßen, aber immerhin.

»Ja. Zumindest glaube ich es.« Ich tastete schniefend in meinem Mieder umher und zog ein vielfach gewaschenes Stück stabilen Leinenstoff hervor. Damit putzte ich mir ein paar Mal die Nase und wischte mir über die Augen, während ich versuchte zu überlegen, wie in aller Welt ich Jamie meinen aufgelösten Zustand – seelisch wie körperlich – erklären sollte. Es gab keinen guten Weg anzufangen, also fing ich einfach planlos an.

»Passiert es dir jemals … nun, nein. Ich weiß ja, dass es so ist.«

»Bestimmt«, sagte er und lächelte. »Was passiert mir?«

»Dass du die … die Leere siehst. Den Abgrund.« Das bloße Aussprechen der Worte öffnete den Riss in meiner Seele erneut, und der kalte Wind kam hindurch. Ein Schauder durchfuhr mich trotz des warmen Wetters, trotz Jamies Nähe. »Ich meine … er ist ja immer da, gähnt immer zu unseren Füßen, aber die meisten Menschen schaffen es, ihn zu ignorieren, nicht darüber nachzudenken. Ich konnte das bis jetzt auch fast immer. Das muss man, wenn man Arzt sein will.« Ich wischte mir die Nase am Ärmel ab, weil mir das Taschentuch auf den Boden gefallen war. Jamie zog ein zerknittertes, nicht mehr ganz neues Taschentuch aus seinem Ärmel und reichte es mir.

»Du meinst nicht nur den Tod?«, fragte er. »Denn den Tod habe ich schon oft gesehen. Davor habe ich eigentlich keine Angst mehr, seit ich ungefähr zehn war.« Er blickte zu mir hinunter und lächelte. »Und ich bezweifle sehr, dass du Angst davor hast. Ich habe schon so oft gesehen, wie du dem Tod ins Auge geblickt hast.«

»Einer Sache ins Auge zu blicken heißt ja nicht, dass man keine Angst davor hat«, sagte ich trocken. »Meistens eher das Gegenteil. Und ich *weiß*, dass du das weißt.«

Er stieß einen kleinen Laut der Zustimmung aus und drückte mich sacht an sich. Normalerweise hätte ich das beruhigend gefunden, und die Tatsache, dass es nicht so war, vergrößerte meine Verzweiflung jetzt nur.

»Es ist… es ist nur… *nichts*. Und so viel endloses Nichts… Es ist, als ob nichts, was man tut, nichts, was man ist, auch nur die geringste Rolle spielen kann, es wird alles nur geschluckt…« Ich schloss die Augen, doch die Dunkelheit hinter meinen Augenlidern machte mir Angst, und ich öffnete sie wieder. »Ich…« Ich hob die Hand, dann ließ ich sie fallen.

»Ich kann es nicht erklären«, sagte ich und gab mich geschlagen. »Es war nicht da – oder ich habe nicht hingesehen –, nachdem auf mich geschossen wurde. Es war nicht die Tatsache, dass ich fast gestorben wäre, was meinen Blick darauf gelenkt hat… sondern so… so verdammt *zerbrechlich* zu sein! Diese verdammte *Angst* zu haben.« Ich ballte die Hände zu Fäusten und sah die knotigen Knochen meiner Fingerknöchel, die blauen Adern, die sich auf den Oberseiten meiner Hände abzeichneten und sich zu den Handgelenken hinunterzogen.

»Nicht der Tod«, sagte ich schließlich und putzte mir erneut die Nase. »Sinnlosigkeit. Nutzlosigkeit. Verdammte Entropie. Der Tod *zählt*, zumindest manchmal.«

»Das weiß ich«, sagte Jamie leise und nahm meine Hände in die seinen; sie waren groß und vom Leben gezeichnet, narbig und verstümmelt. »Das ist der Grund, warum ein Krieger den Tod nicht fürchtet, nicht so sehr fürchtet. Denn er hat die Hoffnung, dass sein Tod etwas bedeuten wird. Manchmal sogar die Gewissheit.«

Was mit mir geschieht, zwischen dieser Stunde und jener, bedeutet niemandem etwas.

Diese Worte kamen aus dem Nichts angeschwebt und trafen mich mit solcher Wucht in die Magengrube, dass ich kaum atmen konnte. Er hatte das zu mir gesagt, am Boden der Verzweiflung, im Kerkerverlies von Wentworth, vor einer Ewigkeit. Er hatte damals um mein Leben gefeilscht, mit dem, was er noch hatte – nicht mit seinem Leben, das bereits verwirkt war, sondern seiner Seele.

Mir bedeutet es etwas!, hatte ich zu ihm gesagt – und hatte das Unwahrscheinliche vollbracht, seine Seele ausgelöst und ihn zurückgeholt.

Und dann war sie erneut gekommen, die nackte, düstere Notwendigkeit, und er hatte sein Leben ohne Zögern aufgegeben, für seine Männer und für das Kind, das ich trug. Und diesmal war ich diejenige gewesen, die ihre Seele geopfert hatte. Und es hatte etwas bedeutet, für mich und für ihn.

Es bedeutete immer noch etwas. Und die Schale aus Angst barst wie ein Ei, und alles in mir floss heraus wie Blut und Wasser, und ich schluchzte an seiner Brust, bis ich keine Tränen und keinen Atem mehr hatte. Ich lehnte mich an ihn, erschlafft wie ein Wischtuch, und sah zu, wie im Osten der Sichelmond aufging.

»Was hast du gesagt?«, sagte ich, als ich mich nach langer Zeit aufraffte, wieder an der Welt teilzunehmen. Ich fühlte mich erschöpft und desorientiert, aber friedvoll.

»Ich habe gefragt, was Entropie ist.«

»Oh«, sagte ich, im ersten Moment verdutzt. Wann war die Idee der Entropie entstanden? Jetzt offenbar noch nicht… »Es ist… äh… das Fehlen einer Ordnung, das Fehlen jeder Vorhersehbarkeit, so dass ein System nicht funktionieren kann.«

»Was denn für ein System?«

»Tja, jetzt hast du mich erwischt«, gab ich zu. Ich setzte mich auf und putzte mir kräftig noch mal die Nase. »Einfach nur ein ideales System, dem durch Hitze Energie zugefügt wird. Der Zweite Hauptsatz der Thermodynamik besagt mehr oder weniger, dass die Entropie in einem isolierten System – das heißt einem System, das keine Energie von außen zugeführt bekommt – ständig zunehmen wird. Ich denke, es ist nur eine wissenschaftliche Formulierung dafür, dass alles unentwegt vor die Hunde geht.«

Er lachte, und trotz meiner Erschütterung konnte ich jetzt wieder mitlachen.

»Aye, nun ja, wer bin ich, dass ich dem Zweiten Hauptsatz der Thermodynamik widersprechen würde«, sagte er. »Bestimmt ist er richtig. Wann hast du zuletzt etwas gegessen, Sassenach?«

»Ich weiß es nicht«, antwortete ich. »Ich habe keinen Hunger.« Am liebsten hätte ich nichts anderes getan, als neben ihm still zu sitzen.

»Siehst du den Himmel?«, fragte er ein wenig später. Am Horizont war er tiefviolett, das über uns in schwarzblaue Unermesslichkeit überging, und die ersten Sterne brannten wie ferne Lampen.

»Schwer zu übersehen«, sagte ich.

»Aye.« Er saß da, den Kopf in den Nacken gelegt, und blickte zum Himmel, und ich bewunderte die klare Linie seiner langen, geraden Nase, seinen sanften breiten Mund und den langen Hals, als sähe ich das alles zum ersten Mal.

»Herrscht dort oben nicht Leere?«, sagte er leise, ohne den Blick zu senken. »Und doch fürchten wir uns nicht hinaufzuschauen.«

»Dort sind Lichter«, widersprach ich. »Das ist etwas anderes.« Meine Stimme war heiser, und ich schluckte. »Obwohl dem Zweiten Hauptsatz zufolge vermutlich auch die Sterne dabei sind auszubrennen.«

»Mmpfm. Nun, die Menschen können Sätze erfinden, wie sie mögen«, sagte er, »doch Gott hat die Hoffnung gemacht. Die Sterne werden nicht ausbrennen.« Er wandte sich mir zu, umfasste mein Kinn und küsste mich sanft. »Und wir ebenso wenig.«

Die Geräusche der Stadt waren jetzt gedämpft, obwohl selbst die Dunkelheit sie nicht völlig verstummen ließ. Irgendwo hörte ich Stimmen und den Klang einer Geige; vielleicht ein Fest in einem der Häuser an der Straße. Und die Glocke von St. George schlug mit einem kurzen, flachen *Bong!* die Stunde. Neun Uhr. Alles gut.

»Ich sehe mal besser nach meinem Patienten«, sagte ich.

119

»AH, ARMER YORICK!«

17. September 1778
Middlebrook Encampment, New Jersey

Zwei Nächte später stand William am Saum eines dunklen Waldes und sah zu, wie der aufgehende Sichelmond sein Licht auf Middlebrook Encampment warf. Das Herz schlug ihm bis zum Hals, und er atmete schnell, die Hände fest um den Griff des Spatens geklammert, den er gerade gestohlen hatte.

Er hatte recht gehabt, was den Empfang betraf, den man ihm bereitet hatte. Er hatte seinen Akzent ein wenig aufgeraut, und da er sich als junger Immigrant aus England ausgab, der sich Washingtons Truppen anschließen wollte, hatten ihn die Hamiltons zum Abendessen eingeladen und ihm ein Bett überlassen. Am nächsten Tag war er mit dem ältesten Sohn der Hamiltons, einem jungen Mann etwa in seinem Alter, zum Militärlager gegangen, wo er einem gewissen Hauptmann Ronson vorgestellt worden war, einem der wenigen Offiziere, die noch dort waren.

Eins hatte zum anderen geführt, und ganz allmählich hatte er das Gespräch auf die Schlacht am Brandywine Creek und von dort zu den britischen Kriegsgefangenen gelenkt … bis man ihn schließlich zu dem kleinen Friedhof führte, der jetzt vor ihm lag.

Er hatte Vorsicht walten lassen, was Ben betraf, und seinen Namen nur beiläufig unter einer Reihe von anderen erwähnt, Bekannte seiner Familie, sagte er, von denen er gehört hätte, dass sie an der Schlacht teilgenommen hätten. Einige der Männer, mit denen er sich unterhalten hatte, hatten den Namen gar nicht erkannt, zwei oder drei sagten, oh, ja, der englische Graf, Gefangener, bei einer Familie namens Tobermory einquartiert, sehr höflicher Kerl, schade, dass er tot war …

Und ein Mann, Leutnant Corey, hatte das zwar ebenfalls gesagt, doch seine

Augen hatten dabei leicht geflackert. William war so klug, das Thema augenblicklich fallen zu lassen – doch später hatte er außerhalb von Coreys Hörweite noch einmal jemand anderen auf Hauptmann Benjamin Grey angesprochen.

»Ist es weit bis zu seinem Grab?«, hatte er gefragt und sich etwas betroffen gegeben. »Ich kenne seine Familie. Ich würde ihnen gern schreiben, ihnen sagen, dass ich das Grab besucht habe, Ihr wisst schon …«

Es hatte sie ein wenig Mühe gekostet; der Friedhof lag ein ganzes Stück außerhalb des Lagers auf einem kleinen bewaldeten Hügel, und einige der Gräber waren zwar ordentlich nebeneinander aufgereiht, doch andere waren in Eile gegraben worden, und viele trugen keine Namen. Doch sein Begleiter hatte nichts zu tun, und er war eine hilfreiche Natur; er trieb das Notizbuch des Adjutanten auf, in dem die Toten aufgelistet waren, und nach kurzer Suche führte er William zu einem flachen Grabhügel, in dem eine Latte steckte, in die jemand mit einem Nagel »GREY« geritzt hatte.

»Ein Glück, dass Ihr hier wart, ehe noch ein Winter daran genagt hat«, hatte sein Begleiter angemerkt, während er die Latte herauszog und sie kritisch betrachtete. Er schüttelte den Kopf, griff in seine Tasche, holte einen Bleistift heraus und malte den Namen mit kräftigen Strichen nach, ehe er das Holzstück wieder in die Erde steckte. »Vielleicht hält das eine Weile, falls seine Familie gern einen Stein aufstellen lassen möchte.«

»Das ist … sehr gütig von Euch«, hatte William mit zugeschnürter Kehle gesagt. »Ich werde es seiner Familie berichten.« Doch er konnte ja nicht um einen Mann weinen, den er theoretisch gar nicht kannte, und so schluckte er seine Gefühle herunter und wandte sich ab, während er nach etwas Allgemeinem suchte, worüber sie sich auf dem Rückweg unterhalten konnten.

Er *hatte* später allein geweint und sich an den tröstenden Rumpf der Stute gelehnt, die er Miranda getauft hatte. Sie war zwar nicht besonders lebhaft, doch sie war ein braves Pferd, und sie schnaubte nur ein wenig und verlagerte das Gewicht, um ihn zu stützen.

Er hatte sich standhaft eingeredet, dass es ein Irrtum sein musste. Ben *konnte* nicht tot sein. Onkel Hals rigorose Weigerung, an die Nachricht zu glauben, hatte ihn in diesem Glauben bestärkt. Und es war ja plausibel; was auch immer Ezekiel Richardson im Schilde führte, er wollte den Greys nichts Gutes.

Doch hier war nun Bens Grab, schweigend und schlammig, mit dem ersten gelben Septemberlaub besprenkelt. Und rings um ihn lagen die verwesenden Leichen anderer Männer, teils Gefangene, teils Kontinentalsoldaten, teils Milizionäre … alle gleich und alle gleichermaßen allein im Tod.

An diesem Abend hatte er mit den Hamiltons zu Abend gegessen und sich mechanisch an ihren Gesprächen beteiligt, während er doch ganz mit seinem eigenen Elend beschäftigt war – und dem Gedanken an das noch größere Elend, das ihm bevorstand, wenn er nämlich nach New York zurückkehren und es seinem Vater und Onkel Hal erzählen musste …

Am nächsten Morgen hatte sich William von den Hamiltons verabschiedet und ihnen die Überreste des Rehs geschenkt. Ihre guten Wünsche waren ihm auf der schmalen Straße gefolgt, gemeinsam mit der Hoffnung, dass sie ihn bei General Washington wiedersehen würden, wenn die Armee zum Überwintern wieder nach Middlebrook kam. Er hatte es mehrere Meilen bergab geschafft und seine Niedergeschlagenheit mit sich geschleift, bis er schließlich anhielt, um zu pinkeln.

Er war einmal mit Ben auf der Jagd gewesen, als sie auch eine solche Pause eingelegt hatten; Ben hatte ihm einen ganz besonders schäbigen Witz erzählt, und er hatte so gelacht, dass er nicht pinkeln konnte, und Ben hatte sich auf die Schuhe gepinkelt, worauf sie beide noch mehr hatten lachen müssen, und …

»Gottverdammt«, sagte er laut, knöpfte sich die Hose zu, stampfte zu Miranda zurück und schwang sich in den Sattel. »Tut mir leid, altes Mädchen«, sagte er und wandte sie wieder bergauf. »Wir gehen zurück.«

Und hier war er nun und schwankte zwischen der Überzeugung, dass dies Wahnsinn war, und der nackten Tatsache, dass es das Einzige war, was er tun konnte, außer nach New York zurückzukehren. Und das würde er erst tun, wenn ihm gar nichts anderes übrig blieb. Zumindest konnte er ja möglicherweise eine Locke von Bens Haar für Tante Minnie retten …

Bei diesem Gedanken hätte er sich am liebsten übergeben, doch er berührte das Messer an seiner Hüfte, nahm den Spaten fester in die Hand und begab sich vorsichtig zwischen die Gräber.

Der Mond schien hell genug, um zu sehen, wohin er trat, jedoch nicht, um die Grabmarkierungen zu lesen. Er musste sich hinknien und sich mehrfach mit dem Daumen vortasten, ehe er die Buchstaben G-R-E-Y fühlte.

»Nun gut«, sagte er laut. Seine Stimme klang kleinlaut und erstickt, und er räusperte sich und spuckte aus – zur Seite, nicht auf das Grab. »Nun gut«, sagte er mit mehr Nachdruck. Er stand auf, nahm den Spaten und trieb ihn in die Erde.

Er hatte ungefähr dort angefangen, wo er den Kopf vermutete, grub sich aber von der Seite aus vor, denn bei dem Gedanken, Ben seinen Spaten ins Gesicht zu rammen, zog sich ihm alles zusammen. Die Erde war weich und regenfeucht, doch es war harte Arbeit. Trotz der Kühle der Nacht auf dem Berg war er in Schweiß gebadet, ehe er eine Viertelstunde gegraben hatte. Wenn Ben tatsächlich an Typhus gestorben war, wie es geheißen hatte … Moment! War das überhaupt logisch? Er war schließlich nicht zusammen mit den gemeinen Soldaten im Inneren des Lagers festgehalten worden. Als Offizier hatte man ihn bei den Tobermorys einquartiert. Wie hatte er sich da anstecken können? Nun ja, wenn es tatsächlich so gewesen war, dann mussten auf jeden Fall andere zur selben Zeit gestorben sein; es war eine sehr ansteckende Seuche, so viel wusste er.

Doch wenn *das* wahr war, mussten noch weitaus mehr Männer zur gleichen Zeit beerdigt worden sein, und zwar in Eile, um zu verhindern, dass die Leichen die Krankheit verbreiteten. (Oh, *das* war ein äußerst beruhigender Gedanke … Möglicherweise öffnete er gerade ein Grab, in dem die Pestilenz ihr Unwesen trieb …) Falls es jedenfalls so war, würden die Gräber nicht tief sein.

Dieses war nicht tief. Sein Spaten traf auf etwas, das härter war als Erde, und er hielt abrupt und mit bebenden Muskeln inne. Er schluckte und grub vorsichtiger weiter.

Die Leiche war in groben Jutestoff gewickelt. Er konnte zwar nichts sehen, doch ein vorsichtiges Vortasten seiner Finger verriet es ihm. Er ging in die Hocke und grub mit den Händen weiter, um das freizulegen, wovon er hoffte, dass es der Kopf war. Sein Magen hatte sich verkrampft, und er atmete durch den Mund. Der Gestank war zwar geringer, als er erwartet hatte, doch immer noch definitiv da.

O Gott, Ben … Er hatte ja die Hoffnung gehegt, dass das Grab leer war.

Mit vorsichtigen Bewegungen machte er den runden Umriss aus, holte tief Luft und suchte nach der Kante des Leichentuchs. Hatte man es zugenäht? Nein, die Kante war lose.

Er hatte zwar daran gedacht, eine Fackel mitzunehmen, hatte die Idee aber verworfen, weil er es nicht riskieren wollte, entdeckt zu werden. Eigentlich war er auch ganz froh, dass er es nicht getan hatte. Er wischte sich die schmutzigen Hände an seiner Hose ab und schälte den Jutestoff sacht zurück. An einer Stelle klebte der Stoff an der Haut fest, und William verzog das Gesicht. Er löste sich mit einem grausigen Raspeln, und William hätte um ein Haar alles fallen gelassen und die Flucht ergriffen. Doch er riss sich zusammen und berührte das Gesicht des Toten.

Es war nicht so furchtbar, wie er gedacht hatte; der Körper schien zum Großteil noch intakt zu sein. »*Wie lang liegt ein Mensch in der Erde, eh' er zerfällt?* Was hatte der Totengräber geantwortet – neun Jahre? Nun denn … Er hatte »Hamlet« zusammen mit Ben und Adam gesehen in London …

William kämpfte den irren Drang zu lachen nieder und tastete sanft über das tote Gesicht. Die Nase war breit und knubbelig, nicht Bens scharfer Schnabel – doch das lag gewiss an der Verwesung … Er glitt mit den Fingern über die Schläfe, um zu sehen, ob sich wohl eine präsentable Haarlocke finden ließ – und erstarrte atemlos.

Dem Toten fehlte ein Ohr. Verdammt, ihm fehlten *beide* Ohren. Er fühlte erneut nach, weil er es nicht glauben konnte. Doch es stimmte – und die Ohren fehlten schon länger; trotz der Schlaffheit der verwesenden Haut waren die Narbenwülste deutlich zu spüren. Ein Dieb.

William hockte sich auf die Fersen, legte den Kopf in den Nacken und atmete heftig auf. Ihm war schwindelig, und die Sterne wurden vor seinen Augen zu Feuerrädern.

»Himmel«, hauchte er, überwältigt vor Erleichterung, Dankbarkeit und schleichendem Grauen. »Oh Himmel, danke! Und oh Gott«, fügte er hinzu und senkte den Blick auf die undeutlichen Umrisse des fast unsichtbaren, aber eindeutigen Fremden in Bens Grab, »was *jetzt*?«

120

DAS KRACHEN DER DORNEN

Ich träumte etwas angenehm Zusammenhangloses, das mit Herbstlaub und Glühwürmchen zu tun hatte. Die Glühwürmchen waren rot statt grün und schwebten zwischen den Bäumen hindurch wie echte Funken, und wo sie die gelben Blätter streiften, wurden diese an den Rändern braun und kräuselten sich, und das Laub fing Feuer. Rauch kringelte sich zwischen den Bäumen empor, träge unter dem Abendhimmel, durchdringend wie Tabakduft, und ich spazierte darunter entlang und rauchte mit Frank eine Zigarette …

Ich erwachte benommen und dachte noch, wie schön es war, Frank wiederzusehen, abrupt gefolgt von *Träume riechen doch nicht, oder*? und *ich rauche doch gar nicht*, und dann …

»Himmel! Es brennt!« Ich setzte mich panisch auf und kämpfte mich aus den Laken. Der Rauch hing schon dicht auf dem Dachboden und trieb in Schwaden über meinem Kopf dahin, und Jamie hustete, packte meinen Arm und zerrte mich aus dem Bett, ehe ich noch all meine Gliedmaßen ausgemacht hatte.

»Schnell«, sagte er heiser wie eine Krähe. »Halt dich nicht mit dem Anziehen auf, komm nach unten!«

Ich zog mich zwar nicht an, packte aber mein Hemd und zog es mir über den Kopf, während ich auf die Brüstung des Dachbodens zukroch. Jamie hatte die Leiter schon über die Kante geschoben, als ich dort ankam, und war auf dem Weg nach unten. Er schrie mit lauter, brüchiger Stimme.

Ich konnte das Feuer hören. Es knackte und knisterte, und der Aschegeruch brennenden Papiers und der Gestank versengten Buckrams hingen schwer in der Luft.

»In der Druckerei«, keuchte ich, als ich Jamie in der Küche einholte. »Es ist in der Druckerei. Die Bibeln brennen – die Schriftsetzerei …«

»Hol die Kinder.« Er rannte mit wehenden Hemdschößen durch die Küche und knallte die Tür zu, die in die Druckerei führte und aus der der Rauch in Wolken herüberwehte. Ich rannte in die andere Richtung, in das Zimmer, das Fergus und Marsali als Wohn- und Schlafquartier diente, darüber eine kleinere Galerie, auf der die Kinder und Jenny schliefen.

Diese Tür war Gott sei Dank geschlossen. Der Rauch hatte sie noch nicht erreicht. Ich warf sie auf, rief: »Feuer! Feuer! Aufstehn, aufstehn!«, und lief auf die Leiter zu, während ich Fergus hinter mir auf Französisch fluchen hörte und Marsalis verwirrtes: »Was? WAS?«

Meine Hände waren verschwitzt und rutschten auf dem glatten Holzgeländer der Leiter ab.

»Jenny! Germain!«, brüllte ich – oder versuchte es zumindest. Auch hier trieb der Rauch entlang, hoch oben unter dem Dach, und ich hustete, und Augen und Nase liefen. »Jo-hoan!«

Oben stand ein kleines Bett, zwei kleine Auswölbungen unter der Bettwäsche. Ich rannte zum Bett und warf die Decke zurück. Joan und Félicité lagen aneinandergekuschelt da, Félicités Nachthemd war hochgerutscht, so dass ihr kleiner Hintern zu sehen war. Ich packte sie an der Schulter, schüttelte sie und versuchte, ruhig zu sprechen.

»Kinder! Kinder! Ihr müsst aufstehen. Schnell. Hörst du mich, Joan? Wach auf!«

Joans Augenlider flatterten, und sie drehte hustend den Kopf hin und her, um dem Rauch zu entkommen, die Augen hartnäckig geschlossen. Félicité schlief immer wie eine Tote, und heute war keine Ausnahme; ihr Kopf wackelte wie der ihrer Stoffpuppe, als ich sie schüttelte.

»Was? Was ist denn?« Jenny kämpfte sich aus den Quilts auf ihrem Lager in der Ecke.

»Es brennt!«, rief ich. »Schnell – hilf mir!«

Ich hörte es in der Küche krachen, und Marsali schrie. Ich wusste nicht, was passiert war, doch in meiner Verzweiflung hob ich Félicité einfach aus dem Bett, während ich Joan immer noch anschrie, doch um Himmels willen aufzuwachen!

Ich spürte die Leiter vibrieren, und Jamie war da und riss Joan aus dem Bett.

»Die Jungen, wo sind die Jungen?«, fragte er drängend. In meiner Panik, die Mädchen wach zu bekommen, hatte ich Germain und Henri-Christian ganz vergessen. Ich sah mich benommen, aber hektisch um; auf dem Boden lag eine dünne Matratze, die zwar von Kinderkörpern flach gedrückt und eingebeult war, doch keine Spur von den Jungen.

»Joan! Henri-Christian!« Marsalis Gesicht tauchte über der Kante der Galerie auf, bleich vor Angst. »Félicité!« Im nächsten Moment war sie bei mir und nahm mir Félicité ab. Das Mädchen hustete jammernd und fing an zu weinen.

»Ist ja gut, *a nighean*, alles gut, dir kann nichts passieren, aye?« Marsali tätschelte ihr den Rücken und hustete jetzt ebenfalls, denn der Rauch wurde dichter. »Wo sind die Jungen?!«

Jamie hatte Jenny auf die Leiter geschoben und war selbst schon auf dem Weg nach unten. Joan hing über seiner Schulter und trat mit ihren rosa Füßchen um sich.

»Ich suche sie!«, sagte ich und schob Marsali auf die Leiter zu. »Bring Félicité nach unten!«

In der Druckerei explodierte etwas mit einem lauten *Wusch!* – wahrscheinlich ein Fass Tinte, die ja Öllack und Lampenruß enthielt. Marsali schnappte nach Luft, klammerte Félicité fest an sich und huschte zur Leiter. Ich begann wie verrückt, zwischen den Möbelstücken, Kisten und Taschen auf dem Dachboden zu wühlen, und rief zwischen den Hustenkrämpfen immer wieder die Namen der Jungen.

Der Rauch war jetzt viel schlimmer; ich konnte kaum etwas sehen. Ich bewegte mich unter Fußtritten zwischen Decken, einem Nachttopf – unglücklicherweise voll – und anderen Gegenständen hindurch, doch es gab keine Spur von Henri-Christian oder Germain. Selbst wenn der Rauch sie im Schlaf überrascht hatte, mussten sie doch …

»Sassenach!« Jamie war plötzlich neben mir. »Komm nach unten, komm nach unten! Das Feuer ist in der Wand, der Dachboden stürzt jede Minute ein!«

»Aber …«

Er wartete meinen Widerspruch nicht ab, sondern hob mich einfach hoch und stellte mich mit Schwung auf die Leiter. Ich verfehlte eine Sprosse, rutschte klackernd den letzten Meter hinunter, und meine Knie gaben nach, als ich unten ankam. Die Wand vor mir stand in Flammen; der Putz war aufgeplatzt, und das Feuer züngelte glühend an den Latten entlang. Jamie landete neben mir mit einem Aufprall, der den Boden beben ließ, packte meinen Arm, und wir rannten zur Küche.

Ich hörte ein lautes Knacken, und dann schien alles in Zeitlupe einzustürzen, als die Stützpfeiler der Kindergalerie nachgaben und die Bodendielen herunterfielen.

»Germain«, keuchte ich. »Henri …«

»Nicht hier«, sagte Jamie und hustete so stark, dass es ihn schüttelte. »Hinaus, wir müssen hinaus.« Die Luft in der Küche war etwas besser, aber nicht viel. Sie war so heiß, dass sie mir die Nasenhaare ansengte. Mit tränenden Augen durchquerten wir das Zimmer zur Hintertür, die jetzt offen stand, und fielen mehr oder weniger hinaus in die Gasse hinter dem Haus.

Marsali und Jenny hockten auf dem Aborthöfchen des Hauses auf der anderen Seite der Gasse. Beide Mädchen waren jetzt wach und klammerten sich kreischend an sie.

»Wo ist Fergus?«, rief Jamie und schob mich in ihre Richtung. Marsali zeigte auf das brennende Haus und schrie etwas, das ich im Tosen des Feuers nicht hören konnte. Dann verstummte das Lärmen kurz, und ein langer, panischer Eselsschrei zerteilte die Nachtluft.

»Clarence!« Jamie fuhr auf dem Absatz herum und rannte auf den kleinen Stall zu, der nicht mehr als ein Schuppen an der Wand des eigentlichen Gebäudes war. Ich rannte ihm nach, weil ich dachte, die Jungen hätten vielleicht dort Zuflucht gesucht. Meine nackten Füße rutschten auf den Pflastersteinen aus, und ich stieß mir die Zehen, doch ich bemerkte es kaum, denn das Herz dröhnte mir in den Ohren vor Angst, und meine Lunge rang um frische Luft.

»Germain!« Ich hörte den Ruf schwach im Feuer, und als ich mich umdrehte, sah ich, wie sich ein Schatten just hinter der offenen Tür in die Küche hineinbewegte. Rauch wälzte sich in einer dicken weißen Säule zur Tür hinaus, und das Feuer im Hintergrund ließ ihn erglühen. Ich holte tief Luft und stürzte mich hinein. Dabei ruderte ich mit den Armen und versuchte vergeblich, die Rauchwolke so zu zerstreuen, dass ich etwas sehen konnte.

Doch einer meiner rudernden Arme traf etwas Festes, und Fergus prallte gegen mich, so überwältigt von Hitze und Rauch, dass er nicht mehr stehen konnte. Ich packte ihn unter den Armen und zerrte ihn zur Tür mit der Kraft der absoluten Entschlossenheit, nicht zu sterben.

Wir stürzten in die Gasse hinaus und hörten Rufe – Nachbarn, die uns zu Hilfe eilten. Hände packten mich und zogen mich fort. Ich konnte Fergus hören, der sich keuchend und schluchzend gegen die helfenden Hände wehrte, verzweifelt die Namen seiner Söhne krächzte.

Mit tränenden Augen sah ich das Stalldach in Flammen aufgehen, und Jamie führte Clarence hinaus, den abgerissenen Hemdsärmel um die Augen des Maultiers gewickelt.

Und dann hörte ich einen Aufschrei, der alles Lärmen übertönte, Feuer, Nachbarn, Clarence. Marsali stellte sich kerzengerade hin, Augen und Mund aufgerissen vor Schrecken, und blickte nach oben.

Die Ladetür, die zum Dachboden über der Küche führte, stand offen und spie Rauch und Funken, und mitten in diesem Inferno war Germain und zerrte Henri-Christian an der Hand hinter sich her.

Er rief etwas, doch vor lauter Lärm konnte es niemand hören. Ein gedämpftes Donnern erscholl vom Dachboden, als ein weiteres Fass in die Luft ging, und das Feuer flammte plötzlich auf, als sich die Papierstapel entzündeten und die Jungen ins Gegenlicht tauchten.

»Springt doch! Springt!«, rief Jamie, und alle anderen in der Gasse riefen es auch, und die Leute drängten sich gegenseitig beiseite, um unter die Tür zu gelangen, zu helfen. Germain sah sich wild um; Henri-Christian versuchte panisch mit aller Kraft, zurück auf den Dachboden zu kommen. Das Seil, das dazu diente, Waren von einem wartenden Wagen hochzuhieven oder sie darauf zu senken, war da, fast in Reichweite. Germain sah es und ließ Henri-Christian eine Sekunde los, um sich an den Türrahmen zu klammern und danach zu greifen.

Er bekam es zu fassen, und die Menge schnappte nach Luft. Der Wind des Feuers ließ sein blondes Haar zu Berge stehen, so dass es seinen Kopf wie Flammen umkränzte, und im ersten Moment dachte ich, es *stünde* in Flammen.

Henri-Christian war benommen vom Qualm gegen den Türrahmen gefallen und klammerte sich daran fest. Er hatte zu viel Angst, um sich zu bewegen; ich konnte sehen, wie er den Kopf schüttelte, als Germain an ihm zog.

»Wirf ihn herunter, Germain! Wirf deinen Bruder herunter!«, rief Fergus, so laut er konnte. Seine Stimme überschlug sich vor Anstrengung, und mehrere andere Stimmen fielen ein. »Wirf!«

Ich sah, wie Germain die Zähne fest zusammenbiss, und er riss Henri-Christian los, hob ihn auf und umklammerte ihn mit einem Arm, während er sich das Seil um den anderen schlang.

»Nein!«, brüllte Jamie, als er das sah. »Germain, *nicht*!« Doch Germain beugte den Kopf über den seines Bruders, und ich glaubte zu sehen, wie sich seine Lippen bewegten und er »Halt dich fest!« sagte. Und dann trat er ins Leere hinaus, mit beiden Händen an das Seil geklammert, Henri-Christians Stummelbeinchen um die Rippen geschlungen.

Und dann geschah es so schnell und doch so langsam. Henri-Christians kurze Beine verloren den Halt. Germains Versuch, ihn zu fassen, schlug fehl, denn der kleine Junge war schon im Fall und stürzte mit ausgestreckten Armen in einem halben Purzelbaum durch die verrauchte Luft.

Er stürzte geradewegs mit voller Wucht durch das Meer der erhobenen Hände hindurch, und das Geräusch, als sein Kopf auf das Pflaster traf, war das Geräusch am Ende der Welt.

121

ÜBER KOHLEN GEHEN

19. September 1778
Philadelphia

Selbst wenn die Welt endet, geht das verdammte Leben weiter. Man weiß nur nicht, wie man damit umgehen soll.

Alles roch rauchig und verbrannt. Die Luft, mein Haar, Jamies Haut, das schlecht sitzende Kleid, das mir jemand gegeben hatte… Selbst das Essen schmeckte nach Asche. Doch das war ja auch kein Wunder, oder?, dachte ich. Es spielte keine Rolle; ich konnte ohnehin nicht mehr essen als die ein oder zwei Bissen, die die Höflichkeit verlangte.

Niemand hatte geschlafen. Die Druckerei war in den frühen Morgenstunden ausgebrannt; alles, was zu tun blieb, war, umherfliegende Glutstückchen zu ersticken und Funken zu zertreten, um die umstehenden Häuser zu retten. Gnädigerweise war die Nacht nicht windig gewesen.

Die Nachbarn hatten uns Unterschlupf gewährt, uns Kleider und Essen angeboten und Mitgefühl im Überfluss. Nichts davon erschien mir real, und ich hoffte vage, dass dieser Zustand anhalten würde, auch wenn ich wusste, dass das nicht möglich war.

Was mir jedoch real erschien, war die kleine Sammlung lebhafter Bilder, die sich mir im Lauf der Nacht buchstäblich ins Gedächtnis gebrannt hatten. Henri-Christians nackte Füße mit ihren schmutzigen Sohlen, die unter dem Rock seiner Mutter hervorragten, als sie ihn wiegte, hin und her, so fest von ihrem Schmerz umschlungen, dass kein Laut entwischen konnte. Germain, der das Seil losließ und verzweifelt versuchte, seinem Bruder hinterherzufliegen, bis er wie ein Stein in Fergus' Armen landete. Fergus, der Germain so fest an sich drückte, dass sie beide blaue Flecken haben mussten, sein glänzender Haken auf Germains rußverschmiertem Rücken.

Die Jungen hatten auf dem Dach geschlafen. Die Decke der Schlafgalerie hatte eine kleine Falltür, an die in der Panik des Brandes niemand gedacht hatte.

Als Germain gegen Anbruch des Tages schließlich zu reden begann, sagte er, sie wären hinaufgegangen, um es kühler zu haben und die Sterne anzuschauen. Sie waren eingeschlafen und erst aufgewacht, als die Dachschindeln, auf denen sie lagen, sich heiß anzufühlen begannen – und zu diesem Zeitpunkt waberte der Rauch schon durch die Ritzen in der Falltür hinauf. Sie waren über das Dach zur anderen Seite gelaufen, wo eine ähnliche Falltür sie auf den Dachboden der Druckerei führte. Er war schon zur Hälfte eingestürzt, und der Rest stand in Flammen, aber sie hatten es durch den Rauch und die Trümmer bis zur Ladetür geschafft.

»Warum?«, hatte er gerufen, während er aus einer Umarmung in die nächste weitergereicht wurde und all die vergeblichen, tröstend gemeinten Worte ignorierte. »Warum habe ich ihn nicht festgehalten?!? Er war doch zu klein, er konnte sich nicht festhalten.«

Nur seine Mutter hatte ihn nicht in die Arme genommen. Sie hielt Henri-Christian und ließ ihn erst los, als der Tag hereinbrach und die schiere Erschöpfung ihren Griff löste. Fergus und Jamie hatten ihr den kleinen, kräftigen Körper vorsichtig abgenommen und ihn fortgebracht, damit man ihn waschen konnte, auf dass er diese langwierige Sache, das Tot-Sein, respektabel angehen konnte. Dann hatte Marsali ihren ältesten Sohn gesucht und ihn sacht in seinem tiefen Schlaf berührt, voll Trauer.

Reverend Figg war einmal mehr gekommen, um uns beizustehen, eine kleine adrette Gestalt mit schwarzem Anzug und hohem weißem Kragen, und hatte uns seine Kirche für die Totenwache angeboten.

Ich saß jetzt in der Kirche, am Nachmittag, allein, auf einer Bank mit dem Rücken zur Wand, roch Rauch und erbebte immer wieder unter den Echos von Flammen und Verlust.

Marsali hatte im Bett einer Nachbarin geschlafen. Ich hatte sie zu Bett gebracht, und ihre Töchter kuschelten sich rechts und links an sie. Félicité nuckelte an ihrem Daumen, ihre runden schwarzen Augen so wachsam wie die ihrer Stoffpuppe, die das Feuer zum Glück überstanden hatte. Es war so wenig übrig geblieben. Ich erinnerte mich an die fortwährenden schmerzhaften Momente nach dem Brand in Fraser's Ridge, wenn ich nach etwas griff und feststellte, dass es nicht mehr da war.

Jenny, die die grauweiße Farbe verwitterter Knochen angenommen hatte, hatte sich zum Haus der Figgs begeben, um sich hinzulegen, den Rosenkranz in den Händen. Die Perlen glitten ihr im Gehen durch die Finger, und ihre Lippen bewegten sich lautlos; ich glaubte, dass sie selbst im Schlaf nicht aufhören würde zu beten.

Leute kamen und gingen und brachten Gegenstände. Tische, zusätzliche Bänke, Teller mit Essen. Spätsommerblumen, Rosen und Jasmin und die ersten blauen Astern. Und zum ersten Mal liefen mir die Tränen über die Wangen, weil mich der Duft an die Hochzeit erinnerte, die erst vor so Kurzem hier stattgefunden hatte. Doch ich drückte mir hastig das Taschentuch einer Fremden vor das Gesicht, weil ich nicht wollte, dass es jemand sah und das Gefühl bekam, er müsse versuchen, mich zu trösten.

Die Bank ächzte neben mir, und als ich über den Rand des Taschentuchs blinzelte, sah ich Jamie neben mir. Er trug einen abgetragenen Anzug, der eindeutig einem Sänftenträger gehörte – er hatte ein Band um den Rockärmel, auf dem »82« stand –, und er hatte sich zwar das Gesicht gewaschen, doch die Windungen seiner Ohren waren immer noch voller Ruß. Er nahm meine Hand und hielt sie fest, und ich sah die Blasen an seinen Fingern, teils frisch, teils aufgeplatzt und zerrissen von den Versuchen zu retten, was aus dem Feuer gerettet werden konnte.

Er blickte zur Front der Kirche und damit auf das, was nicht gerettet werden konnte. Dann seufzte er und senkte den Blick auf unsere verschränkten Hände.

»Geht es, mein Herz?« Seine Stimme war heiser, seine Kehle genauso wund und vom Ruß erstickt wie die meine.

»Ja«, sagte ich. »Hast du etwas gegessen?« Dass er nicht geschlafen hatte, wusste ich schon.

Er schüttelte den Kopf und lehnte sich an die Wand. Er schloss die Augen, und ich spürte, wie sich sein Körper entspannte, als er sich kurz der Erschöpfung ergab. Es gab immer noch vieles zu tun, doch nur für einen Moment … Ich hätte ihm gern die Hände verbunden, doch ich hatte nichts, womit ich sie verbinden konnte. Ich hob die Hand, die er hielt, und küsste ihn auf die Fingerknöchel.

»Was meinst du, wie es ist, wenn man stirbt?«, fragte er plötzlich. Er öffnete die Augen und blickte zu mir hinunter. Seine Augen waren rot wie Rost.

»Ich kann nicht sagen, dass ich schon einmal ernsthaft darüber nachgedacht habe«, erwiderte ich verblüfft. »Warum?«

Er rieb sich die Stelle zwischen den Augenbrauen langsam mit zwei Fingern; seinem Aussehen nach vermutete ich, dass er Kopfschmerzen hatte.

»Ich habe mich nur gefragt, ob es wohl so ist wie das hier.« Mit einer kleinen Geste umfasste er den halb leeren Raum, das Kommen und Gehen der flüsternden Trauergäste, die Trauernden, die mit ausdruckslosen Gesichtern zusammengesackt dasaßen und sich – sichtlich mühsam – nur dann regten, wenn man sie ansprach. »Wenn man nicht weiß, was man tun soll, und man eigentlich auch gar nichts tun möchte. Oder ist es, als ob man einschläft und an einem ganz neuen Ort erwacht und sofort erkunden möchte, wie es dort ist?«

»Vater O'Neill sagt, unschuldige Seelen kommen sofort zu Gott. Kein Fegefeuer. Vorausgesetzt, sie sind getauft«, fügte ich hinzu. Henri-Christian war getauft, und da er noch keine sieben war, ging die Kirche davon aus, dass seine Vernunft noch nicht ausreichte, um zu sündigen. Ergo …

»Ich kenne Menschen, die mit über fünfzig weniger Vernunft besessen haben als Henri-Christian«, sagte ich und wischte mir zum tausendsten Mal die Nase ab. Meine Nasenlöcher waren so wund wie meine Augenlider.

»Aye, aber sie können mit ihrer Torheit mehr Schaden anrichten.« Ein schwaches Lächeln umspielte seinen Mund. »Ich dachte auf dem Feld von Culloden, ich wäre tot; habe ich dir das je erzählt?«

»Ich glaube nicht. Unter den Umständen war das aber sowieso ein naheliegender Gedanke – bist du ohnmächtig geworden?«

Er nickte, den Blick auf die Bodendielen geheftet.

»Aye. Wenn ich imstande gewesen wäre, mich umzusehen, hätte ich es besser wissen können, aber meine Augen waren mit Blut zugeklebt. Alles war rot und dumpf, also habe ich gedacht, ich wäre im Fegefeuer und müsste einfach warten, bis jemand käme. Nach einer Weile bin ich davon ausgegangen, dass Langeweile Teil der Bestrafung war.« Er richtete den Blick auf den kleinen Sarg auf der Bank an der Frontseite des Kirchenraums. Germain saß daneben, eine Hand auf dem Sargdeckel. Er hatte sich in der letzten halben Stunde nicht bewegt.

»Ich habe im Leben nie gesehen, dass sich Henri-Christian langweilt«, sagte ich kurz darauf leise. »Nicht ein einziges Mal.«

»Nein«, erwiderte Jamie ebenso leise und nahm meine Hand. »Ich denke, das wird er auch nie.«

Gälische Totenwachen haben ihren eigenen Rhythmus. Fergus und Marsali saßen erst zusammen neben dem Sarg und hielten sich an den Händen, doch als dann mehr Leute kamen, umringten die Männer Fergus nach und nach und absorbierten ihn ähnlich, wie eine Truppe Phagozyten es mit einer Mikrobe macht, die sie mit sich nehmen. Und wie es in solchen Situationen üblich ist, stand die Hälfte der Männer nach einer Weile auf der einen Seite des Raums und unterhielt sich leise, und die anderen Männer waren draußen, weil sie den geschlossenen Raum und die heftigen Gefühle nicht ertragen konnten, aber doch ihre Gegenwart und ihr Mitgefühl anbieten wollten.

Die Frauen bildeten Grüppchen, erst rund um Marsali, die sie weinend umarmten, dann mit ihren Freundinnen, mit denen sie zu den Tischen drifteten, um hier etwas umzustellen oder dort mehr Brot und Plätzchen aufzutragen. Josiah Prentice kam mit seiner Geige, ließ sie aber erst einmal in ihrem Kasten. Tabakrauch von den Pfeifen der Männer im Freien schwebte in sanften blauen Wölkchen durch die Kirche. Er kitzelte mich in der Nase und erinnerte mich unangenehm an das Feuer.

Jamie verließ mich mit einem kurzen Händedruck und ging zu Ian, um ihm etwas zu sagen. Ich sah, wie sie die Blicke auf Germain richteten; Ian nickte und ging wortlos zu seinem Neffen, um ihm beide Hände auf die Schultern zu legen. Rachel hielt sich in der Nähe, die dunklen Augen wachsam.

Wieder knarzte die Bank, und Jenny setzte sich neben mich. Wortlos legte sie mir den Arm um die Schulter, und genauso wortlos lehnte ich meinen Kopf an den ihren, und wir weinten ein wenig – nicht nur um Henri-Christian, sondern auch um die Babys, die wir beide verloren hatten, meine tot geborene Faith, ihre neugeborene Caitlin. Und um Marsali, mit der uns diese traurige Verwandtschaft nun einte.

Es wurde Abend, Bier wurde ausgeschenkt, etwas Stärkeres wurde gereicht, und die ernste Stimmung der Zusammenkunft hob sich ein wenig. Dennoch, es war die Totenwache eines Kindes, ein Leben war zu früh geendet; es konnte keine geteilten Erinnerungen und kein gemeinsames Lachen geben, wie es vielleicht bei einem Mann gewesen wäre, der ein erfülltes Leben gelebt hatte und dessen Freunde zusammengekommen waren, um miteinander an den Toten zu denken.

Josiah Prentice spielte seine Geige, aber leise, und vermischte Trauerlieder mit friedlichen Melodien und hin und wieder einem Kirchenlied; es würde heute Abend nicht viel gesungen werden. Ich wünschte mir plötzlich von ganzem Herzen, Roger wäre hier. Er hätte bestimmt gewusst, was er sagen sollte, in einer Situation, in der es nichts zu sagen gab. Und selbst mit seiner ruinierten Stimme wäre ihm ein Lied eingefallen, das man singen konnte, ein Gebet, das half.

Vater O'Neill von der St. George Church war ebenfalls gekommen. Die unorthodoxe Quäkerheirat des letzten Monats hatte er taktvoll übersehen und unterhielt sich an der Tür mit Fergus und ein paar anderen Männern.

»Der arme Junge«, sagte Jenny. Ihre Stimme war rau vor Tränen, doch sie war jetzt ruhig. Jenny hielt meine Hand und ich die ihre, doch ihr Blick war nicht auf den Sarg gerichtet, sondern auf Fergus. »Seine Kinder bedeuten ihm alles – vor allem unser kleines Männlein.« Ihre Lippen zitterten, doch sie presste sie aufeinander und richtete sich auf.

»Meinst du, Marsali ist schwanger?«, sagte sie ganz leise und blickte zu Marsali hinüber. Joan und Félicité hingen an ihren Röcken, Joans Kopf lag in ihrem Schoß, und die Hand ihrer Mutter ruhte auf ihrem Haar und glättete es sanft.

»Ja«, sagte ich genauso leise.

Sie nickte, und ihre Hand zuckte, als sie halb in ihren Rockfalten versteckt das Zeichen gegen das Böse machte.

Es waren noch mehr Leute gekommen. Der Kongress tagte in Philadelphia, und mehrere Delegierte, die geschäftlich mit Fergus zu tun hatten, waren da. Jonas Phillips und Samuel Adams waren hier und standen plaudernd am Tisch mit den Erfrischungen. In jeder anderen Stimmung hätte ich darüber gestaunt, mit zwei Unterzeichnern der Unabhängigkeitserklärung im selben Raum zu sein, doch sie waren schließlich auch nur Menschen – obwohl ich es sehr freundlich fand, dass sie gekommen waren.

Ich sah mich alle paar Minuten nach Germain um; er stand jetzt mit Ian an den Tischen und trank etwas aus einem Becher. Ich blinzelte und sah noch einmal hin.

»Jesus H … ich meine, großer Gott. Ian gibt Germain Kirschlikör!«

Jenny warf einen Blick auf Germains leuchtend rote Lippen, und ein leises Beben der Belustigung lief über sie hinweg.

»Kann mir im Moment nichts Besseres für den Jungen vorstellen, du vielleicht?«

»Nun … nein.« Ich stand auf und schüttelte meine Röcke aus. »Möchtest du auch einen Schluck?«

»Ja«, sagte sie und erhob sich bereitwilligst. »Und nebenher auch einen Happen zu essen. Die Nacht wird lang; wir brauchen eine kleine Stärkung, aye?«

Es fühlte sich besser an, auf den Beinen zu sein und sich zu bewegen. Der Nebel der Trauer betäubte immer noch alles, und ich freute mich nicht auf den Moment, wenn er verschwand – doch gleichzeitig stellte ich fest, dass ich tatsächlich Hunger hatte.

Die Atmosphäre im Raum veränderte sich allmählich. Nach der ersten Wucht des Schocks und der Trauer ging sie über zu tröstender Unterstützung für die Familie und jetzt zu allgemeineren Gesprächen. Die nun, so begriff ich beklommen, zu spekulieren begannen, was – oder wer – das Feuer verursacht hatte.

Vor lauter Entsetzen und Schmerz hatte niemand von uns darüber gesprochen. Doch selbst inmitten dieses betäubenden Nebels hatte die heimtückische Frage über uns geschwebt wie eine Fledermaus. Warum? Wie? Und … wer?

Falls überhaupt. Feuer war eine verbreitete Plage in einer Zeit, in der jeder Haushalt offene Kamine hatte, und eine Druckerei mit ihrer Satzschmiede und ihren Vorräten an leicht entflammbaren Stoffen war noch anfälliger für schlichte Unfälle. Ein offenes Fenster, ein verirrter Windstoß, ein paar umherfliegende lose Blätter … eine Funken sprühende Kohle aus einem schlecht abgedeckten Kamin, die irgendwo Feuer fing …

Und doch.

Die Erinnerung an den anonymen Brief driftete unheilvoll an die Oberfläche meiner Gedanken. *Dein Häuschen brennt, die Kinder schrein …*

Und dann diese jungen Männer, die mir von der Chestnut Street gefolgt waren, ihre verstohlenen Annäherungen, ihr geflüsterter Spott. Gott, war es möglich, dass ich ihre Feindseligkeit an Fergus' Tür geholt hatte?

Jamie war wieder an meine Seite getreten, standhaft und solide wie ein Fels, und reichte mir einen frischen Becher Kirschlikör. Es war, als tränke man sehr starken Hustensirup, doch er wirkte unleugbar kräftigend. Zumindest bis zu dem Punkt, an dem man besinnungslos umfiel. Ich sah, dass Germain langsam an der Wand zu Boden geglitten war; Rachel kniete neben ihm und legte ihn sacht hin. Dann faltete sie ihr Schultertuch zusammen und bettete behutsam seinen Kopf darauf.

Der Kirschlikör nahm allmählich die Stelle des Nebels ein; im Großen und Ganzen empfand ich die Trunkenheit durchaus als Verbesserung.

»Mrs. Fraser?« Eine fremde Stimme zu meiner Linken löste meine Aufmerksamkeit von der verwunderten Betrachtung der dunkelroten Tiefen meines Bechers. Ein junger Mann in schäbigen Kleidern stand neben mir, ein kleines Päckchen in der Hand.

»Das ist sie«, sagte Jamie und warf dem jungen Mann einen fragenden Blick zu. »Braucht Ihr einen Arzt? Denn …«

»Oh nein, Sir«, versicherte ihm der junge Mann unterwürfig. »Mir wurde nur aufgetragen, Mrs. Fraser dies persönlich zu übergeben, das ist alles.« Er reichte es mir, verneigte sich knapp und ging.

Verwundert und langsam vor Erschöpfung, Schmerz und Kirschlikör kämpfte ich mit der Schnur, dann gab ich es auf und reichte Jamie das Päckchen. Er griff nach seinem Messer, fand es nicht – denn es war natürlich im Feuer zerstört worden –, und mit einem leisen entnervten Aufbrausen zerriss er die Schnur einfach. Die Umhüllung gab eine kleine Lederbörse preis und eine Note, die nicht versiegelt war.

Ich blinzelte einen Moment darauf, dann steckte ich die Hand in meine Tasche. Wie durch ein Wunder hatte meine Brille unten gelegen, denn ich hatte sie in der Küche abgenommen, als ich Zwiebeln hackte, und Jamie hatte sie bei seinem hastigen Vorstoß in das brennende Haus gerettet. Die stilvolle Handschrift nahm beruhigende Klarheit an.

Mrs. Fraser,
ich kann mir nicht vorstellen, dass meine Anwesenheit willkommen wäre, und ich möchte mich Eurem privaten Schmerz nicht aufdrängen. Ich erwarte nichts, weder Bestätigung noch ein Gefühl der Verpflichtung. Ich bitte Euch nur, mir zu gestatten, dass ich auf die einzige Weise helfe, die mir möglich ist, und dass Ihr dem jüngeren Mr. Fraser nicht verratet, woher dieser Beistand kommt. Ich verlasse mich auf Eure Diskretion, was den älteren betrifft. Es war schlicht mit »*P. Wainwright (Beauchamp)*« unterzeichnet.

Ich sah Jamie mit hochgezogenen Augenbrauen an und reichte ihm die Note. Er las sie mit fest zusammengepressten Lippen, richtete den Blick aber auf Marsali und die Mädchen, die sich jetzt um Jenny scharten, sich mit Mrs. Phillips unterhielten und alle leise weinten. Dann ans andere Ende des Raums zu Fergus, der von Ian und Rachel flankiert wurde. Er verzog kurz das Gesicht, doch dann breitete sich Resignation über seine Züge. Eine Familie musste versorgt werden; im Moment konnte er sich keinen Stolz leisten.

»Nun, er war es dann wohl wahrscheinlich nicht«, sagte ich mit einem Seufzer und steckte die kleine Börse in die Tasche unter meinem Rock. Trotz meiner Betäubung empfand ich vage Erleichterung darüber. Was auch immer er sein mochte, getan haben mochte oder beabsichtigen mochte, ich hegte große Sympathie für den ehemaligen Monsieur Beauchamp.

Doch mir blieb keine Zeit, mir weitere Gedanken über Percy zu machen, denn jetzt kam Bewegung in die Menschen an der Tür. Als ich nachschauen wollte, was die Ursache war, sah ich bereits George Sorrel eintreten.

Es war auf Anhieb zu merken, dass sich der Wirtshausbesitzer an seinen eigenen Waren vergriffen hatte, wahrscheinlich, um sich Mut anzutrinken, denn er stand sacht schwankend da, die Fäuste an den Seiten geballt, und sah sich langsam um, während er die Blicke, die ihn begrüßten, kampflustig erwiderte.

Jamie murmelte auf Gälisch etwas, das keinesfalls in ein Gotteshaus passte, und setzte sich Richtung Tür in Bewegung. Doch ehe er sie erreichen konnte, hatte sich Fergus ebenfalls nach dem Grund für die Unruhe umgesehen und Sorrel erspäht.

Fergus war zwar nicht wesentlich nüchterner als Sorrel, doch er war viel aufgewühlter. Er erstarrte kurz, dann riss er sich von seinen Kameraden los und hielt wortlos auf Sorrel zu, rotäugig wie ein Frettchen auf der Jagd und exakt so gefährlich.

Er traf Sorrel mit der Faust, als der Mann den Mund aufmachte. Da sie beide unsicher auf den Beinen waren, stolperten sie, und die anderen eilten herbei, um sie zu trennen. Jamie erreichte Sorrel, packte seinen Arm und zerrte ihn aus dem Gewühl.

»Ich empfehle Euch zu gehen, Sir«, sagte er höflich, wenn man die Umstände bedachte, und drehte den Mann entschlossen zur Tür.

»Nein«, protestierte Fergus. Er atmete wie eine Dampflok, und der Schweiß lief ihm über das kalkweiße Gesicht. »Geht nicht. Bleibt – und sagt mir, warum. Warum seid Ihr hergekommen? Wie könnt Ihr es wagen herzukommen?« Die letzten Worte waren ein geborstener Schrei, der Sorrel blinzeln und einen Schritt zurücktreten ließ. Doch er schüttelte hartnäckig den Kopf und richtete sich auf.

»Ich bin hier… um Mrs. Fraser zu kon-kondol… um zu sagen, dass es mir leidtut mit ihrem Sohn«, brachte er trotzig heraus. »Und du wirst mich nicht daran hindern, du furzender französischer Hurensohn!«

»Ihr sagt meiner Frau gar nichts«, verbot ihm Fergus bebend vor Wut. »Nichts, hört Ihr? Wer sagt denn, dass Ihr das Feuer nicht selbst gelegt habt? Um mich umzubringen, um Euch meine Frau zu nehmen? *Salop!*«

Ich hätte Geld darauf verwettet, dass Sorrel keine Ahnung hatte, was ein *salop* war, doch das spielte im Moment keine Rolle; er wurde puterrot und ging auf Fergus los. Er erreichte ihn zwar nicht, weil es Jamie gelang, ihn am Kragen zu packen, doch man hörte Stoff zerreißen, und Sorrel blieb stolpernd stehen.

Ein Dröhnen ging durch den Raum, als sich Männer und Frauen in einer Gewitterwolke der Missbilligung sammelten. Ich konnte sehen, wie sich Jamie bereit machte, Sorrel ins Freie zu schleifen, ehe ihm irgendjemand außer Fergus einen Hieb versetzte. Eine gewisse Unruhe unter den Umstehenden legte nahe, dass eine ganze Reihe der Männer genau das vorhatten.

Und dann trat Rachel zwischen die beiden Männer. Sie war sehr blass, obwohl auf jeder Wange ein roter Fleck brannte, und sie hatte die Hände in den Stoff ihres Rockes gekrallt.

»Bist du tatsächlich hier, um Trost anzubieten, Freund?«, sagte sie zu Sorrel, und ihre Stimme bebte ein winziges bisschen. »Denn wenn das so ist, solltest du ihn allen anbieten, die hier um des Kindes willen versammelt sind. Vor allen Dingen seinem Vater.«

Sie wandte sich an Fergus und streckte die Hand aus, um sie ihm vorsichtig auf den Arm zu legen.

»Ich weiß, dass du nicht möchtest, dass deine Frau noch weitere Erschütterungen erleidet«, sagte sie leise. »Möchtest du nicht zu ihr gehen? Denn sie ist zwar dankbar für die Anwesenheit so vieler gütiger Menschen, doch du allein bist es, den sie will.«

In Fergus' Gesicht arbeitete es, Erregung und Wut kämpften mit Verwirrung. Da sie sah, dass er sich nicht entscheiden konnte, was er tun sollte oder wie, trat sie noch dichter an ihn heran, nahm seinen Arm, steckte die Hand in seinen Ellbogen und zwang ihn, sich umzudrehen und mit ihr zu gehen. Die Menge teilte sich vor ihnen. Ich sah, wie Marsali langsam den blonden Kopf hob, und ihr Gesicht veränderte sich, als sie ihn kommen sah.

Jamie holte tief Luft und ließ Sorrel los.

»Nun?«, sagte er leise. »Bleibt oder geht. Wie Ihr wollt.«

Sorrel keuchte zwar noch ein wenig, doch er hatte sich jetzt im Griff. Er nickte ruckartig, richtete sich gerade auf und zog sich den zerrissenen Rock zurecht. Dann schritt er erhobenen Hauptes durch die schweigende Menge, um den Hinterbliebenen sein Mitgefühl auszusprechen.

122

GEWEIHTER BODEN

Trotz der Großzügigkeit der Nachbarn gab es nur sehr wenig zu packen. Genauso wenig gab es noch einen Grund, in Philadelphia zu verweilen. Unser Leben dort war zu Ende.

Es gab – wie immer – ausführliche Spekulationen über die Ursache des Brandes. Doch nach dem Ausbruch bei der Totenwache hatte sich ein Gefühl der schlichten Endgültigkeit über uns alle gelegt. Die Nachbarn würden weiterreden, doch innerhalb der Familie waren wir uns stillschweigend einig, dass es keine große Rolle spielte, ob der Brand durch einen Unfall oder durch bösen Willen ausgelöst worden war. Nichts würde Henri-Christian zurückholen. Das war alles, was zählte.

Jamie hatte Fergus mitgenommen, um mit ihm die Vorbereitungen für die Reise zu treffen; nicht, weil er Hilfe brauchte, sondern um Fergus in Bewegung zu halten, damit er sich nicht einfach neben Henri-Christians kleinen Sarg setzte und nie wieder aufstand.

Marsali hatte es leichter und schwerer zugleich. Sie hatte Kinder zu versorgen, Kinder, die sie dringend brauchten.

Rachel und ich packten, was zu packen war, kauften Reiseproviant und kümmerten uns um die letzten Kleinigkeiten. Ich packte die Einzelteile meines Sprechzimmers zusammen, und unter beiderseitigen Tränen und Umarmungen übergab ich die Schlüssel der Chestnut Street Nr. 17 an Mrs. Figg.

Am frühen Nachmittag des Tages nach der Totenwache borgten wir uns einen kleinen Karren, spannten Clarence an und folgten Henri-Christian zu seinem Grab.

Es hatte keine Diskussionen über das Begräbnis gegeben. Nach der Totenwache hatte sich Ian erhoben und einfach gesagt: »Ich weiß, wo er liegen muss.«

Es war ein langer Weg; zu Fuß etwa zwei Stunden außerhalb der Stadt. Zumindest war die Hitze endlich vorüber, und die Luft strich sacht über uns hinweg und brachte die erste kühle Berührung des Herbstes. Unsere Prozession folgte keiner Zeremonie; keine gälischen Trauergesänge um ein verkürztes Leben, kein bezahltes Wehklagen. Nur eine kleine Familie, die einen letzten Weg gemeinsam ging.

Wir verließen die Straße auf Ians Zeichen. Jamie spannte Clarence aus und ließ ihn grasen, dann hoben er und Fergus den Sarg hoch und folgten Ian in das Geflüster der Bäume, auf einem schmalen, verborgenen Pfad, den die Hufe des Rotwilds getreten hatten, bergauf zu einer kleinen Lichtung im Wald.

Dort befanden sich zwei kniehohe Grabhügel. Und ein kleinerer am Rand der Lichtung unter den Zweigen einer Rotzeder. Ein flacher Stein war daran gelehnt, das Wort »ROLLO« war hineingeritzt.

Fergus und Jamie setzten den kleinen Sarg sanft ab. Joanie und Félicité hatten auf dem langen Weg aufgehört zu weinen, doch ihn dort zu sehen, so klein und verloren, zu wissen, dass sie von ihm fortgehen würden … ließ sie lautlos aufs Neue weinen. Sie klammerten sich fest aneinander, und bei ihrem Anblick stieg der Schmerz in mir auf wie ein Springbrunnen.

Germain hielt die Hand seiner Mutter fest, stumm und entschlossen, tränenlos. Nicht Hilfe suchend, Hilfe spendend, obwohl die Qual in seinen Augen klar zu sehen war, als sie auf dem Sarg seines Bruders ruhten.

Ian berührte Marsali sanft am Arm.

»Dieser Ort ist geweiht durch meinen Schweiß und meine Tränen, Cousine«, sagte er leise. »Lasst uns ihn auch mit unserem Blut weihen und lasst unseren Kleinen hier sicher in seiner Familie ruhen. Wenn er nicht mit uns gehen kann, verweilen wir bei ihm.«

Er zog den *Sgian dhu* aus seinem Strumpf und zog ihn leicht über sein Handgelenk, dann hielt er den Arm über Henri-Christians Sarg und ließ ein paar Tropfen auf das Holz fallen. Ich konnte es hören, als finge es an zu regnen.

Marsali holte bebend Luft, richtete sich auf und nahm ihm das Messer aus der Hand.

ACHTER TEIL

SUCHE UND RETTUNG

123

QUOD SCRIPSI, SCRIPSI

Von Mrs. Abigail Bell, Savannah, in der Königlichen Kolonie Georgia, an Mr. James Fraser, Philadelphia, Kolonie Pennsylvania

Lieber Mr. Fraser,
ich schreibe Euch als Antwort auf Euren Brief vom 17ten, in dem Ihr meinen Mann von Eurer Ankunft in Amerika berichtet und der durch einen Freund aus Wilmington an ihn weitergeleitet wurde.

Wie Ihr der Adresszeile dieses Briefes entnehmen könnt, sind wir von Wilmington nach Savannah gezogen, da das politische Klima in North Carolina für Loyalisten zuletzt immer gefährlicher wurde, vor allem für meinen Mann, dank seiner Vorgeschichte und seines Berufs.

Ich möchte Euch versichern, dass sich Eure Presse in exzellentem Zustand befindet, gegenwärtig jedoch nicht benutzt wird. Mein Mann wurde kurz nach unserer Ankunft von einer ernsten Krankheit ergriffen, und es hat sich herausgestellt, dass sie periodisch wiederkehrt. Im Moment geht es ihm ein wenig besser, doch er ist nicht imstande, die schwere Arbeit des Druckergewerbes zu tun. (Solltet Ihr überlegen, Euch hier geschäftlich niederzulassen, so lasst mich hinzufügen, dass die öffentliche Meinung den Loyalisten hier zwar gewogener ist als in North Carolina, doch ein Drucker, ganz gleich welcher Couleur, sieht sich immer wieder Unannehmlichkeiten ausgesetzt.)

Eure Presse lagert derzeit in der Scheune eines Farmers namens Simpson, der etwas außerhalb der Stadt wohnt. Ich habe sie dort gesehen und mich vergewissert, dass sie sauber, trocken (sie ist mit Stroh verpackt) und vor der Witterung geschützt ist. Bitte teilt mir Eure Wünsche mit, ob Ihr möchtet, dass ich die Presse verkaufe und Euch das Geld zukommen lasse oder ob Ihr sie holen kommen möchtet.

Wir vergessen Eure Hilfe und Eure Güte nicht, und die Mädchen beten täglich für Euch und Eure Familie.

Aufrichtigst
Abigail Bell

William Ransom
an Seine Durchlaucht, Herzog Harold von Pardloe
24. September 1778

Lieber Onkel Hal,
es wird Dich freuen zu hören, dass Dein väterlicher Instinkt Dich nicht getrogen hat. Es macht mich sehr froh, Dir mitzuteilen, dass Ben wahrscheinlich nicht tot ist.

Andererseits habe ich nicht die geringste Ahnung, wo zum Teufel er ist – oder warum.

Mir wurde in Middlebrook Encampment in New Jersey ein Grab gezeigt, das angeblich Bens sein sollte, doch der Tote darin ist nicht Ben. (Es ist wahrscheinlich besser, wenn Du nicht weißt, wie ich an diese Information gelangt bin.)

Irgendjemand in der Kontinentalarmee muss eindeutig wissen, was aus ihm geworden ist. Doch die meisten von Washingtons Männern, die zum Zeitpunkt seiner Gefangennahme dort waren, sind fort. Es gibt einen Mann, von dem wir möglicherweise etwas erfahren könnten, doch darüber hinaus scheint der uns bekannte Hauptmann die einzig mögliche Verbindung zu sein.

Ich schlage daher vor, dem fraglichen Herrn nachzustellen und aus ihm herauszubekommen, was er weiß, wenn ich ihn finde.

Dein gehorsamster Neffe
William

Lord John Grey
an Herzog Harold von Pardloe, Charleston, South Carolina
28. September 1778

Lieber Hal,
wir sind vor zwei Tagen mit dem Schiff in Charleston eingetroffen, nachdem uns in der Chesapeake Bay ein Sturm überrascht und uns aufs Meer hinausgetrieben hatte, was eine Verzögerung von mehreren Tagen zur Folge hatte. Gewiss wird es Dich nicht überraschen zu hören, dass Dottie auf See viel besser zurechtkommt als ich.

Außerdem zeigt sie Talent als Erkundungsagentin. Gleich heute Morgen hat sie herausgefunden, wo sich Amaranthus Cowden aufhält, indem sie einfach eine gut gekleidete Dame auf der Straße angehalten hat, um zunächst ihr Kleid zu bewundern. Dabei hat sie sie dann nach den Namen der besseren Schneiderinnen in der Stadt gefragt. Sie ist nämlich davon ausgegangen (wie sie mir hinterher erklärte), dass Ben weder eine gewöhnliche Frau geheiratet hätte noch eine Frau, die sich womöglich nicht um Mode scherte.

Die dritte Schneiderei, die wir aufgesucht haben, führte Miss Cowden (sie nannte sich zwar Mrs. Grey, sagte man uns, doch sie kannten ihren Mädchennamen, da sie bei einer Tante namens Cowden wohnte) tatsächlich als Kundin. Und dort beschrieb man sie uns als schlanke junge Frau von mittlerer Größe mit einem exzellenten Teint, großen braunen Augen und dichtem dunkelblondem Haar. Ihre Adresse konnte man mir allerdings nicht geben, da die Dame vor Kurzem abgereist ist, um bei Freunden in Savannah zu überwintern. (Die Tante ist ärgerlicherweise gestorben, wie ich feststellen musste.)

Interessanterweise gibt sie sich als Witwe aus, also wurde sie anscheinend über Bens vermutlichen Tod informiert – und von wem?, wüsste ich gern –, und zwar irgendwann nach dem Datum ihres Briefes an Dich, denn sonst hätte sie es ja gewiss erwähnt.

Außerdem finde ich es interessant, dass sie sich Madame Eulalies Dienste leisten kann – und zwar ausgiebig; ich konnte Madame überreden, mir ihre letzten Rechnungen zu zeigen –, während in ihrem Brief an Dich doch von finanziellen Schwierigkeiten infolge von Bens Gefangennahme die Rede war.

Falls Ben tatsächlich tot ist und sich sowohl sein Tod als auch die Eheschließung beweisen lassen, dann würde sie ja vermutlich etwas erben – oder zumindest das Kind. Doch sie kann unmöglich in der Zeit seit ihrem Brief an Dich die nötigen juristischen Schritte unternommen haben; allein ein Brief nach London würde schließlich schon so lange benötigen – vorausgesetzt, sie hatte eine Ahnung, an wen sie ihn schicken sollte. Ebenfalls vorausgesetzt, der Empfänger hätte Dich nicht unverzüglich davon in Kenntnis gesetzt.

Oh – und sie hat in der Tat ein Baby, einen Jungen, und es ist ihr Kind; Madame hat ihr zwei Kleider und ein Korsett für die Schwangerschaft geschneidert. Natürlich ist nicht zu sagen, ob Benjamin der Vater des Kindes ist. Auf jeden Fall ist sie Ben – oder möglicherweise auch Adam; sie hätte »Wattiswade« von jedem Familienmitglied haben können – begegnet, doch das ist weder ein Beweis für eine Heirat noch für die Vaterschaft.

Im Großen und Ganzen eine interessante Frau, Deine mögliche Schwiegertochter. Unser Weg führt ganz klar nach Savannah, obwohl dies möglicherweise noch einige detektivische Anstrengungen erfordern wird, da wir den Namen der Freunde nicht kennen, bei denen sie untergekommen ist. Und wenn sie tatsächlich verarmt ist, wird sie sich auch keine neuen Kleider kaufen.

Ich hoffe, ich kann Dottie davon überzeugen, dass sie mich nicht zu begleiten braucht. Sie ist zwar fest dazu entschlossen, doch ich kann sehen, dass sie Sehnsucht nach ihrem Quäkerarzt hat. Und falls sich unsere Reise noch sehr hinauszögern sollte … werde ich zumindest nicht zulassen, dass sie in Gefahr gerät, das versichere ich Dir.

Dein Dich liebender Bruder
John

General Sir Henry Clinton, Kommandeur der Armee Seiner Majestät, an Seine Durchlaucht, Oberst Herzog von Pardloe, 46stes Infanterieregiment

Sir,
hiermit erteile ich Euch die Order, Eure Männer zu sammeln, mit dem Nötigen auszurüsten und dann zu Oberstleutnant Archibald Campbell zu stoßen, um gen Savannah in der Kolonie Georgia zu marschieren und die Stadt im Namen Seiner Majestät einzunehmen.

H. Clinton

HERZOG HAROLD VON PARDLOE spürte, wie es ihm eng um die Brust wurde, und er klingelte nach seinem Dienstboten.

»Kaffee, bitte«, sagte er zu dem Mann. »Sehr stark, und zwar schnell. Und bringt auch gleich den Brandy mit.«

124

WOZU DIE BUCHSTABEN Q, E UND D SONST NOCH GUT SIND

Es war natürlich undenkbar, dass wir Clarence verkauften.

»Meinst du, er wiegt so viel wie eine Druckerpresse?«, fragte ich und betrachtete ihn skeptisch. Sein kleiner Stall hatte den Brand überlebt, und er kräuselte zwar die Nase und nieste, wenn der Wind einen Aschehauch aus den verkohlten Überresten der Druckerei aufwirbelte, schien aber sonst nicht sonderlich mitgenommen zu sein.

»Einiges mehr, glaube ich.« Jamie kratzte Clarence die Stirn und fuhr ihm mit der Hand über sein langes Ohr. »Meinst du, Maultiere werden seekrank?«

»Können sie sich übergeben?« Ich versuchte, mich zu erinnern, ob ich je gesehen hatte, wie sich ein Pferd oder ein Maultier übergab – und nicht einfach nur ein schlabberiges Maul voll Futter fallen ließ –, doch mir fiel nichts dergleichen ein.

»Ich weiß nicht, ob sie es nicht *können*«, sagte Jamie. Er griff nach einer harten Bürste und ließ Staubwolken von Clarences breitem grauem Rücken aufsteigen. »Auf jeden Fall tun sie es nicht, nein.«

»Wie soll man denn dann erkennen, ob ein Maultier seekrank ist?« Jamie selbst wurde furchtbar seekrank, und ich fragte mich, wie er wohl zurechtkommen würde, wenn wir in der Tat per Schiff reisten; die Akupunkturnadeln, mit deren Hilfe ich seine Übelkeit unterdrückte, waren dem Feuer zum Opfer gefallen – wie so vieles andere.

Jamie sah mich über Clarences Rücken hinweg säuerlich an.

»Kannst du denn nicht erkennen, wenn ich seekrank bin, selbst wenn ich mich nicht übergebe?«

»Na ja, doch«, sagte ich geduldig, »aber du hast auch kein Fell, und du kannst sprechen. Du wirst grün, dir bricht der Schweiß aus, und du liegst stöhnend herum und flehst darum, dass man dich erschießt.«

»Aye. Nun, auch wenn ein Maultier nicht grün wird, kann es einem deutlich sagen, wenn es sich nicht wohlfühlt. Und es kann einen ganz bestimmt dazu bringen, dass man es am liebsten erschießen würde.«

Er fuhr mit der Hand an Clarences Bein hinunter, um ihm den linken Vorderhuf auszukratzen. Clarence hob den Huf und stellte ihn dann stampfend exakt an der Stelle wieder ab, wo sich Jamies Fuß noch vor einer Sekunde befunden hatte. Seine Ohren zuckten.

»Anderseits«, sagte Jamie zu ihm, »könnte ich dich genauso gut zu Fuß nach Savannah gehen lassen und dich vor einen Karren spannen. Überleg es dir, aye?« Er trat aus Clarences Stall, schloss die schützende, halbhohe Tür und rüttelte daran, um sicherzugehen, dass sie fest verriegelt war.

»Mr. Fraser!« Ein Ruf vom anderen Ende der Gasse weckte seine Aufmerksamkeit. Es war Jonas Phillips, der vermutlich auf dem Weg vom Versammlungsraum, in dem der Kontinentalkongress immer noch unversöhnlich ausharrte, zum Mittagessen war. Jamie winkte ihm, nickte mir zu und ging dann die Gasse entlang Jonas Phillips entgegen. Während ich nun auf ihn wartete, wandte ich mich dem Durcheinander der Gegenstände zu, die die andere Hälfte des Stalls in Anspruch nahmen.

Das bisschen Platz, das neben Clarences Stall zur Verfügung stand, war voll mit den Dingen, die die Nachbarn aus den Überresten der Druckerei hatten bergen können. Alles roch sauer nach Asche, doch einiges konnte man vermutlich retten oder verkaufen.

Mrs. Bells Brief hatte uns bewogen, unsere unmittelbaren Pläne zu überdenken. Fergus' Presse war definitiv ein Opfer der Flammen geworden; ihr nackter Kadaver stand noch da, die Metallteile auf eine Art verbogen, die unangenehm nahelegte, dass sie unter Qualen zugrunde gegangen war. Fergus hatte nicht geweint; ich glaubte nicht, dass ihn nach Henri-Christian irgendetwas je wieder zum Weinen bringen würde. Doch er wandte den Blick ab, wenn er sich dieser Ruine näherte.

Einerseits war der Verlust der Presse tragisch – andererseits ersparte er uns das Problem ihres Transports nach …

Ja, das war ein anderes Problem. Wohin würden wir gehen?

Jamie hatte mir versprochen, dass wir heimgehen würden – zurück nach Fraser's Ridge. Doch es war Ende September, und selbst wenn wir das Geld auftreiben konnten, um die Schiffspassage für so viele Personen – und Clarence – zu bezahlen, und obendrein auch noch das Glück hatten, nicht versenkt oder von einem englischen Kutter gestellt zu werden … Wir würden uns in Wilmington von Fergus und Marsali trennen und dann dem Cape Fear River ins Hinterland von North Carolina folgen. Marsali, Fergus und die Kinder würden von dort allein weiter nach Savannah gehen. Ich wusste, dass Jamie das nicht wollte. Ehrlich gesagt, wollte ich es genauso wenig.

Die kleine Familie klammerte sich zwar ans Überleben, doch es gab keinen Zweifel daran, dass Henri-Christians Tod und der Brand sie alle schwer mitgenommen hatte. Vor allem Germain.

Man konnte es seinem Gesicht ansehen, selbst seinem Gang, denn sein Übermut, seine leuchtenden Augen und seine Abenteuerlust waren erloschen. Er lief mit eingezogenem Kopf, als erwartete er jederzeit einen Schlag aus dem Nichts. Und selbst wenn er seinen Schmerz manchmal für ein paar Minuten vergaß und so redete wie früher, konnte man sehen, wenn ihn dann der Schlag der Erinnerung tatsächlich aus dem Nichts traf und ihm geradezu in die Kniekehlen fuhr.

Ian und Rachel hatten es sich zur Aufgabe gemacht aufzupassen, dass er sich nicht allein verdrückte; einer von ihnen rief ständig nach ihm, um beim Tragen der Einkäufe zu helfen oder mit in den Wald zu kommen, um ein gutes Stück Holz für einen Axtgriff oder einen neuen Bogen zu suchen. Das half.

Wenn Fergus nach Savannah zog, um Jamies Druckerpresse an sich zu nehmen … würde Marsali durch ihre fortschreitende Schwangerschaft behindert sein und erst die schwierige Reise überstehen und dann ein neues Zuhause aufbauen müssen. Schließlich musste sich Fergus ganz der Gründung des neuen Geschäftes widmen und sich mit der örtlichen Politik befassen. Germain konnte dabei so leicht durch die Ritzen schlüpfen und verloren gehen.

Ich fragte mich, ob Jenny wohl mit ihnen gehen würde – oder mit Ian und Rachel. Marsali konnte ihre Hilfe zwar mit Sicherheit brauchen, doch ich erinnerte mich an das, was Marsali gesagt hatte, und ich glaubte, dass sie recht hatte: »*Ian ist doch ihr Jüngster. Und sie hat so wenig von ihm gehabt.*« Das stimmte; im Grunde hatte sie Ian verloren, als er vierzehn war, und sie hatte ihn erst wiedergesehen, als er ein erwachsener Mann war – und ein Mohawk. Hin und wieder bemerkte ich, wie sie ihn ansah, wenn er redete und aß, und sich ein sanftes, inneres Leuchten auf ihr Gesicht legte.

Ich stocherte vorsichtig in dem Berg mit den Überresten herum. Marsalis Kessel war unversehrt geblieben, auch wenn er voller Ruß war. Ein paar Zinnteller hatten überlebt, einer halb geschmolzen – die Holzteller waren alle verbrannt –, und ein Stapel Bibeln waren übrig geblieben, die eine fromme Seele aus dem Verkaufsraum gerettet hatte. Eine Wäscheleine hatte quer über der Gasse gehangen; die Kleidungsstücke daran hatten alle überlebt, obwohl ein paar von Fergus' Hemden und Joanies Schürze arg angesengt waren. Wahrscheinlich würde man den Gestank des Feuers aus den Kleidern bekommen, wenn man sie in Seifenlauge kochte, doch ich bezweifelte, dass irgendjemand aus der Familie sie noch einmal tragen würde.

Clarence, der jetzt sein Heu gefressen hatte, scheuerte sich systematisch die Stirn am oberen Balken seiner Stallwand, so dass es rumpelte und klapperte.

»Juckt es?« Ich kratzte ihn, und danach streckte ich suchend den Kopf aus dem Stall. Doch Jamie unterhielt sich immer noch am Eingang der Gasse mit Mr. Phillips, und ich widmete mich weiter meinen Erkundungen.

Unter einem Stapel rauchfleckiger Theaterstücke fand ich Marsalis kleine Kaminuhr, die wie durch ein Wunder intakt geblieben war. Sie war natürlich stehen geblieben, stieß aber ein leises, silbriges *Bing!* aus, als ich sie aufhob, und ich musste lächeln.

Vielleicht war das ja ein gutes Omen für die Reise. Und schließlich … selbst wenn Jamie und ich – und Rachel und Ian – sofort nach Fraser's Ridge aufbrachen, war es unmöglich, die Berge North Carolinas zu erreichen, ehe der Schnee sie den Winter über unpassierbar machte. Es würde mindestens März werden, ehe wir uns ins Landesinnere wenden konnten.

Ich seufzte, die Uhr in der Hand, und stellte mir Fraser's Ridge im Frühling vor. Es würde eine gute Zeit zur Heimkehr sein, das Wetter gut zum Pflanzen und Bauen. Ich konnte warten.

Ich hörte Jamie durch die gepflasterte Gasse zurückkommen und innehalten. Als ich die offene Vorderseite des Stalls erreichte, sah ich, dass er an der Stelle stehen geblieben war, an der Henri-Christian gestorben war. Einen Moment blieb er reglos stehen, dann bekreuzigte er sich und wandte sich ab.

Der Ernst schwand sofort aus seinem Gesicht, als er mich sah, und er hielt lächelnd einen kleinen Lederbeutel hoch.

»Schau, Sassenach!«

»Was ist das?«

»Einer der Phillips-Jungen hat es beim Herumsuchen gefunden und es seinem Vater gebracht. Halt die Hände auf.«

Das tat ich verwundert, und er drehte den Beutel um und ließ eine kleine Kaskade aus überraschend schweren, dunkelgrauen Bleistückchen hinausfallen – ein kompletter Satz einer Type … Ich nahm eines davon in die Hand und blinzelte es an. »Caslon Englisch Antiqua?«

»Noch besser, Sassenach«, sagte er. Er nahm mir den Buchstaben Q aus der Hand und drückte den Daumennagel in das weiche Metall. Darunter glänzte es golden auf. »Marsalis Schatz.«

»Mein Gott, tatsächlich! Das hatte ich ganz vergessen!« Als Fergus auf dem Höhepunkt der britischen Besatzung gezwungen gewesen war, sein Haus zu verlassen, um einer Festnahme zu entgehen, und jede Nacht an einem anderen Ort geschlafen hatte, hatte Marsali einen Satz dieser Type in Gold gegossen, jeden Buchstaben sorgfältig mit Fett, Ruß und Tinte eingerieben und den Beutel unter ihrer Schürze getragen, für den Fall, dass sie und ihre Kinder ebenso zur Flucht gezwungen wurden.

»Marsali auch, vermute ich.« Sein Lächeln verblasste ein wenig, weil er daran denken musste, warum Marsali so abgelenkt war. »Sie hatte ihn unter den Ziegeln vor dem Kamin vergraben – wahrscheinlich, als die Armee abgezogen ist. Sam Phillips hat ihn gefunden, als sie den Kamin abgerissen haben.« Er wies kopfnickend auf die verkohlten Überreste der Druckerei. Der Kamin war durch die eingestürzte Wand beschädigt worden, deshalb hatten einige der Männer ihn abgebaut und die Ziegel ordentlich aufgestapelt. Die meisten waren intakt geblieben, so dass man sie verkaufen konnte.

Ich schüttete die Type sorgfältig in den Beutel zurück und sah mich nach Clarence um, der friedlich Stroh kaute.

»Vermutlich könnte mir ein Goldschmied ja Akupunkturnadeln in Übergröße machen. Nur für den Fall des Falles.«

125

CALAMARI AM ABEND, ERQUICKEND UND LABEND

Charleston, Königliche Kolonie South Carolina

Lord John und seine Nichte Dorothea speisten an diesem Abend in einem kleinen Gasthaus an der Küste, in dem es aufs Köstlichste nach gebackenem Fisch, Aal in Weinsauce und kleinen, am Stück in Maismehl frittierten Tintenfischen duftete. Lord John atmete selig ein, winkte Dottie, auf einem Hocker Platz zu nehmen, und setzte sich dann selbst, um den Augenblick genießerischer Unentschlossenheit auszukosten.

»Es ist dieser Augenblick, in dem man sich noch überzeugend vorstellen kann, alles zu essen, was das Etablissement zu bieten hat«, sagte er zu Dottie. »Zumindest ganz kurz nicht von der Gewissheit gequält, dass das Fassungsvermögen des eigenen Magens leider begrenzt ist und man daher letztlich doch auswählen muss.«

Dottie blickte zwar etwas skeptisch drein, ließ sich jedoch überreden, tief einzuatmen und die Atmosphäre zu goutieren, zu der just noch der Duft frisch gebackenen Brotes gekommen war. Die Serviermagd war gerade mit einem großen Laib und einem Schüsselchen Butter herbeigekommen, in deren ölige Oberfläche ein vierblättriges Kleeblatt gestempelt war – so lautete der Name des Gasthauses.

»Oh, das duftet herrlich«, sagte sie, und ihr Gesicht erhellte sich. »Könnte ich bitte etwas davon haben? Und ein Glas Cidre?«

Es freute ihn zu sehen, wie sie hungrig an ihrem Brot knabberte und ausgiebig an ihrem Cidre schnupperte – der so aromatisch war, dass er sogar mit dem Tintenfisch konkurrierte, seine persönliche, endgültige Wahl, die allerdings von einem Dutzend frisch geschälter Austern begleitet wurde, um die verbleibenden Leerräume seines Magens zu füllen. Dottie hatte den gebackenen Seehecht gewählt, obwohl sie bis jetzt nur daran herumgepickt hatte.

»Ich war heute Mittag im Hafen, während du dich ausgeruht hast«, sagte er und riss sich ein Stück Brot ab, um die Wirkung des geriebenen Meerrettichs zu mildern, der unter die Austernlake gemischt war. »Ich habe nachgefragt und zwei oder drei kleine Schiffe gefunden, deren Eigentümer nichts gegen einen schnellen Abstecher nach Savannah hätten.«

»Wie schnell?«, fragte sie argwöhnisch.

»Auf dem Seeweg sind es nicht viel mehr als hundert Meilen«, sagte er und zuckte auf eine Weise mit den Schultern, von der er hoffte, dass sie beiläufig wirkte. »Bei gutem Wind und schönem Wetter vielleicht zwei Tage.«

»Mm.« Dottie warf einen skeptischen Blick zum Fenster des Gasthauses, dessen Läden geschlossen waren. »Es ist Oktober, Onkel John. Das Wetter ist kaum vorhersehbar.«

»Woher weißt du das? Madam – könnte ich etwas Essig für den Tintenfisch haben?« Die Wirtsfrau eilte nickend davon, und er wiederholte: »Woher weißt du das?«

»Der Sohn unserer Vermieterin ist Fischer. Ihr Mann war es auch. Er ist in einem Sturm umgekommen – letzten Oktober«, schloss sie süßlich und steckte sich das letzte Stück Brot in den Mund.

»Diese zimperliche Vernunft sieht dir gar nicht ähnlich, Dottie«, stellte er fest, während er die Essigflasche von der Wirtsfrau entgegennahm und seine knusprigen Tintenfische damit tränkte. »Oh Gott«, sagte er kauend. »Ambrosia. Hier – probier mal.« Er spießte einen Tintenfisch auf seine Gabel und reichte ihn ihr hinüber.

»Nun ja…« Sie betrachtete die Gabel mit sichtlichem Mangel an Begeisterung. »Wie lange würde es auf dem Landweg dauern?«

»Vielleicht vier oder fünf Tage. Ebenfalls bei gutem Wetter.«

Sie seufzte, hob die Gabel an den Mund, zögerte, dann schob sie sie mit der Miene eines römischen Gladiators, der in der Arena ein Krokodil auf sich zukommen sieht, hinein und kaute. Sie wurde weiß.

»Dottie!« Er sprang auf, so dass sein Hocker umkippte, und bekam sie zu fassen, während sie bereits auf die Tür zuwankte.

»Gäh«, sagte sie schwach, wand sich aus seinem Griff und stürzte würgend auf die Tür zu. Er folgte ihr und kam gerade rechtzeitig, um ihr den Kopf zu halten, während sie das Brot, den Cidre und den halb gekauten Tintenfisch von sich gab.

»Es tut mir so leid«, entschuldigte sie sich ein paar Minuten später, als er mit einem Krug und einem feuchten Tuch aus dem Gasthaus kam. Sie hatte sich an die geschützteste Wand des Hauses gelehnt und sich in seinen Umhang gehüllt. Ihr Gesicht hatte die Farbe verdorbenen Brotpuddings. »Wie widerlich von mir.«

»Denk dir nichts dabei«, sagte er mitfühlend. »Genau das habe ich gelegentlich auch schon für all deine Brüder getan – obwohl ich bezweifle, dass der Grund derselbe war. Seit wann weißt du schon, dass du schwanger bist?«

»Mit Gewissheit seit ungefähr fünf Minuten«, sagte sie. Sie schluckte hörbar und erschauerte. »Großer Gott, ich werde nie wieder Tintenfisch essen.«

»Hattest du denn schon einmal Tintenfisch gegessen?«

»Nein. Ich möchte auch nie wieder einen Tintenfisch nur *sehen*. Außerdem habe ich einen fürchterlichen Geschmack im Mund.«

John, der in der Tat Erfahrung mit solchen Dingen besaß, reichte ihr den Bierkrug.

»Spül dir den Mund damit aus«, empfahl er. »Dann trink den Rest. Es wird deinen Magen beruhigen.«

Sie sah ihn leicht skeptisch an, tat aber, was er gesagt hatte, und tauchte danach zwar immer noch blass hinter dem Becher auf, doch es ging ihr sichtlich besser.

»Besser? Gut. Du möchtest wahrscheinlich nicht wieder hineingehen? Nein, natürlich nicht. Lass mich schnell unser Essen bezahlen, anschließend bringe ich dich nach Hause.« Drinnen bat er die Wirtin, ihm das stehen gelassene Essen einzupacken – es störte ihn nicht, den frittierten Tintenfisch kalt zu essen, doch er *wollte* etwas essen; er hatte Hunger –, und hielt das Päckchen sorgfältig von ihr entfernt, während sie zu ihrem Quartier zurückgingen.

»Du hast es nicht gewusst?«, fragte er neugierig. »Das hat mich schon oft gewundert. Mir haben zwar etliche Frauen erzählt, sie hätten es sofort gewusst. Und doch habe ich von anderen gehört, die tatsächlich nichts von ihrem Zustand bemerkt haben, bis sie von der Geburt überrascht wurden. So unglaublich das auch erscheinen mag.«

Dottie lachte; der kalte Wind hatte ihr wieder etwas Farbe ins Gesicht getrieben, und es erleichterte ihn zu sehen, dass auch ihre Stimmung wieder besser geworden war.

»Kommt es häufig vor, dass Frauen mit dir über ihre Intimsphäre sprechen, Onkel John? Das erscheint mir reichlich ungewöhnlich.«

»Ich scheine ungewöhnliche Frauen anzuziehen«, entgegnete er, wohl selber ein bisschen erstaunt über dieses Phänomen. »Außerdem scheine ich ein Gesicht zu haben, das die Leute dazu treibt, mir alles Mögliche anzuvertrauen. In einer anderen Zeit wäre ich vielleicht ein guter Beichtvater geworden, wenn das das richtige Wort dafür ist. Aber um zum Thema zurückzukommen …«, er ergriff ihren Ellbogen, um sie um einen großen Haufen Pferdeäpfel herumzuführen, » … und da du es ja jetzt *weißt* … was sollen wir unternehmen?«

»Ich glaube nicht, dass in den nächsten acht Monaten irgendetwas unternommen werden muss«, sagte sie, und er warf ihr einen leicht genervten Blick zu.

»Du weißt genau, was ich meine«, sagte er. »Ich bezweifle, dass du dich in Charleston niederlassen möchtest, bis dein Kind da ist. Möchtest du zurück nach Philadelphia – oder New Jersey oder an welchem gottverlassenen Ort sich Denzell sonst im Moment befinden mag –, oder soll ich es arrangieren, dass wir nach Savannah weiterreisen und eine Weile dort bleiben? Oder …« Ihm kam noch ein anderer Gedanke, und sein Blick wurde ernst.

»Möchtest du nach Hause, Dottie? Nach England, meine ich? Zu deiner Mutter?«

Ihr Gesicht verlor vor Überraschung jeden Ausdruck, dann stieg eine solche Sehnsucht darin auf, dass es ihm schier das Herz brach. Sie wandte sich ab und verkniff sich die Tränen, doch ihre Stimme war gefasst, als sie sich wieder zu ihm umdrehte.

»Nein«, sagte sie und schluckte. »Ich möchte zu Denzell. Von allem anderen einmal abgesehen«, fügte sie hinzu und brachte ein Lächeln zuwege, »weiß er, wie man ein Kind zur Welt bringt. Sein Vetter ist *accoucheur* der Königin, und Denny hat eine Zeit lang bei ihm gelernt.«

»Nun, das ist natürlich hilfreich«, pflichtete Grey ihr ziemlich trocken bei. Er hatte selbst schon einmal ein Kind auf die Welt geholt – ganz und gar unfreiwillig –, und es bereitete ihm heute noch Alpträume.

Doch es war gut, dass Dottie nicht nach England zurückwollte. Er hatte seinen Vorschlag ganz spontan gemacht, begriff aber jetzt, dass er möglicherweise mehr Gefahren barg als alle übrigen Alternativen. Seit Frankreich in den Krieg eingetreten war, würde nämlich für jedes englische Schiff Gefahr bestehen.

»Ich finde allerdings, wir sollten nach Savannah gehen«, sagte Dottie nun. »Wir sind schon so weit gekommen – und falls Bens Frau dort *ist* … braucht sie doch vielleicht unsere Hilfe, oder?«

»Ja«, pflichtete er ihr widerstrebend bei. Es gab natürlich eine familiäre Verpflichtung. Und falls er sich nicht tatsächlich für die nächsten acht Monate in Charleston niederließ, schien es unumgänglich zu sein, dass Dottie reiste, ganz gleich, in welche Richtung. Dennoch … der Gedanke, dass sie ihr Kind *hier* zur Welt bringen könnte und er dann dafür verantwortlich wäre, Hebammen und Ammen zu finden … Und dann würden sie *und* das Kind transportiert werden müssen …

»Nein«, sagte er, entschlossener jetzt. »Amaranthus – falls sie denn existiert – wird noch eine Weile selbst zurechtkommen müssen. Ich bringe dich zurück nach New York.«

126

OGLETHORPES GROSSER WURF

Ende November

Savannah war – anders als andere amerikanische Städte – von seinem Gründer, einem Mann namens Oglethorpe, sorgfältig geplant worden. Das wusste ich, weil Mrs. Landrum, die Frau, die uns unser Zimmer vermietete, mir erklärt hatte, dass die Stadt dem »Oglethorpe-Plan« folgte – was sie mir in höchst bedeutungsschwangerem Ton mitteilte. Denn Mrs. Landrum war eine Verwandte des erwähnten Mr. Oglethorpe, und sie war immens stolz auf die Stadt und ihre gemeinnützige Perfektion.

Der Plan sah sechs Quartiere vor, und jedes Quartier bestand aus vier öffentlichen Blocks für Geschäfte und Behörden und aus vier Wohnblocks, die jeweils um einen offenen Platz arrangiert waren. Ein Block bestand aus zehn Häusern, und die Männer eines Wohnblocks führten gemeinsame Übungen für den Milizdienst durch.

»Obwohl das jetzt nicht mehr so wichtig ist wie früher«, erklärte mir Mrs. Landrum. »Die Indianer sind zwar im Hinterland immer noch eine Plage, aber es ist Jahre her, dass sie sich die Mühe gemacht haben, in die Stadt zu kommen.«

Ich war zwar der Meinung, dass Indianer die geringste ihrer Sorgen hätten sein müssen. Doch da der Krieg mit den Briten Mrs. Landrum keinerlei Kummer zu bereiten schien, vertiefte ich das Thema lieber nicht weiter. Ihren Andeutungen konnte ich entnehmen, dass nicht nur ihre Familie, sondern überhaupt all ihre Bekannten Loyalisten waren; das gehörte sich doch schließlich eindeutig so, und lästige Ärgernisse wie diese »Rebellion, wie sie es selbst gern nennen!« würden bald ein Ende finden, und dann würden wir auch wieder Tee zu einem anständigen Preis bekommen.

Für mich war das Interessanteste an Mr. Oglethorpes Plan – im Lauf des Gesprächs wurde mir mitgeteilt, dass er nicht nur Savannah gegründet hatte, sondern die gesamte Provinz Georgia –, dass jedes Haus eines Wohnblocks über ein Stück Ackerland außerhalb der Stadt verfügen konnte und über einen Küchengarten.

»Tatsächlich«, sagte ich, und meine Finger begannen zu kribbeln, wenn ich an Erde dachte. »Äh … was pflanzt Ihr denn an?«

Das Fazit dieser Unterhaltung und diverser ähnlicher Gespräche war eine Übereinkunft, dass ich ihr im Küchengarten helfen würde und dafür sowohl einen Anteil »Grünzeug« (so bezeichnete Mrs. Landrum Gemüse wie Kohl oder Rübchen), Bohnen und getrockneten Mais als auch ein kleines Stück des Gartens bekommen würde, wo ich Heilkräuter anbauen konnte. Das Klima war glücklicherweise so mild, dass selbst jetzt noch reichlich Grünes wuchs. Eine weitere Folge dieser liebenswürdigen Bekanntschaft war, dass Rachel und Ian, deren Zimmer sich unter dem unseren befand, begannen, ihr ungeborenes Kind als Oglethorpe zu bezeichnen, obwohl sie es höflich zu »Oggy« verkürzten, wenn Mrs. Landrum in Hörweite war.

Und die dritte und wichtigste Folge meiner Freundschaft mit Mrs. Landrum war, dass ich wieder zur Ärztin wurde.

Wir waren seit einigen Wochen in Savannah, als Mrs. Landrum eines Nachmittags zu uns hinaufkam und sich erkundigte, ob mir wohl ein Heilmittel für Zahnschmerzen bekannt wäre, da sie ja wüsste, dass ich mich mit Kräutern auskenne.

»Oh, vielleicht«, erwiderte ich mit einem verstohlenen Blick auf meine Arzttasche, die seit unserer Ankunft unter dem Bett verstaubte. »Wessen Zahn ist es denn?«

Der Zahn hatte einem Herrn namens Murphy aus dem Ellis Ward gehört, dem Quartier, in dem wir wohnten. Ich sage »hatte gehört«, weil ich Mr. Murphy den abgebrochenen und entzündeten Prämolar so schnell gezogen hatte, dass er es kaum mitbekam.

Mr. Murphy war extrem dankbar für die Erlösung von seinen Schmerzen. Außerdem war Mr. Murphy der Besitzer eines kleinen, leer stehenden Ladens auf der anderen Seite des Ellis Square. Ich hatte – in weiser Voraussicht – das kleine Schild eingepackt, das die Mädchen mir in Wilmington gemalt hatten und auf dem »Ziehe Zähne« stand. Und vierundzwanzig Stunden nachdem ich mein Schild aufgehängt hatte, deponierte ich meine Einnahmen stolz auf dem Küchentisch – der mir außerdem als Arbeitsfläche zur Zubereitung von Arzneien diente und Jamie als Schreibtisch, da er in der Mitte unseres Zimmers stand.

»Gut gemacht, Sassenach!« Jamie ergriff ein kleines Glas Honig, das ich als Bezahlung für einen böse verhakten Weisheitszahn angenommen hatte. Er liebte Honig. Außerdem hatte ich zwei große, gefleckte Truthahneier bekommen (das eine füllte meine ganze Handfläche aus), ein ganzes, noch recht frisches Sauerteigbrot, sechs Pennys und eine kleine spanische Silbermünze.

»Ich glaube, du könntest die Familie ganz allein ernähren, *a nighean*«, sagte er, und ehe ich ihn daran hindern konnte, tunkte er den Finger in den Honig, um ihn abzulecken. »Ian und Fergus und ich können aufhören zu arbeiten und Lebemänner werden.«

»Gut. Du kannst damit anfangen, dass du das Abendessen machst«, sagte ich und räkelte mich. Ein Korsett hielt eine Frau zwar während eines langen Tages Werk aufrecht, doch ich freute mich darauf, es auszuziehen, zu Abend zu essen und mich hinzulegen, und das alles in rascher Folge.

»Natürlich, Sassenach.« Mit einer kleinen Verbeugung zog er das Messer aus seinem Gürtel, schnitt eine Scheibe Brot ab, beträufelte sie mit Honig und gab sie mir. »Bitte schön.«

Ich sah ihn mit hochgezogener Augenbraue an, biss aber hinein. Süße strömte mir durch Mund und Adern zugleich, und ich schmeckte Sonne und Blumen. Ich stöhnte.

»Was hast du gesagt, Sassenach?« Er war schon dabei, eine weitere Scheibe mit Butter zu bestreichen.

»Ich sagte ›gut gemacht‹«, sagte ich und griff nach dem Honigtöpfchen. »Wir werden dich noch zum Koch machen.«

NACHDEM WIR die grundlegenden Dinge wie ein Dach über unseren Köpfen und etwas zu essen auf dem Tisch geregelt hatten, war der nächste Punkt auf der Tagesordnung eindeutig Bonnie. Jamie hatte die Bells ausfindig gemacht, und schließlich hatten er und Fergus genug Geld zusammengekratzt, um in dem

Stall, in dem Clarence untergebracht war, einen Karren und ein zweites Maultier zu mieten. Am Morgen trafen wir uns mit Richard Bell, und er begleitete uns zur Farm eines gewissen Zachary Simpson, wo Bonnie untergebracht war.

Mr. Simpson räumte das restliche Heu beiseite und zog das Leintuch mit der Aura eines Magiers beiseite, der ein Kaninchen aus dem Hut zaubert. Drei Viertel seiner Zuschauer reagierten so, als hätte er genau das getan: Jamie und Fergus schnappten hörbar nach Luft, und Richard Bell stieß einen zufriedenen Summlaut aus. Ich biss mir auf die Lippe und gab mir alle Mühe, nicht zu lachen. Doch ich glaubte, dass ihnen nicht einmal aufgefallen wäre, wenn ich mich von Heiterkeitsausbrüchen geschüttelt auf dem Boden gewälzt hätte.

»*Nom d' Dieu*«, sagte Fergus und streckte ehrfürchtig die Hand aus. »Sie ist *wunderschön.*«

»Die beste, die ich je gesehen habe«, pflichtete Mr. Bell ihm bei, sichtlich hin- und hergerissen zwischen Bewunderung und Bedauern.

»Aye.« Jamie strahlte vor Zufriedenheit und gab sich sichtlich Mühe, Bescheidenheit an den Tag zu legen. »Aye. Sie ist ein Prachtstück, oder?«

Vermutlich war sie das – wenn man ein großer Kenner von Druckerpressen war, was ich nicht war. Dennoch musste auch ich zugeben, dass mir Bonnie am Herzen lag; wir waren uns schon einmal begegnet, in Edinburgh. Jamie war dabei gewesen, eins ihrer Einzelteile zu ölen, als ich nach zwanzig Jahren zu ihm zurückgekehrt war, und sie war Zeugin unseres Wiedersehens geworden.

Außerdem hatte sie die Strapazen der Demontage, der Seereise, der erneuten Montage und des monatelangen Aufenthalts in einer Scheune mit lobenswerter Tapferkeit ertragen. Die blasse Wintersonne schien durch eine Ritze in der Scheunenwand und ließ ihr Holz in ernstem Stolz erglühen, und ihr Metall war – soweit ich das erkennen konnte – frei von jedem Rost.

»Gut gemacht«, sagte ich und tätschelte sie sacht. Mr. Simpson nahm bescheiden den Applaus der Menge dafür entgegen, dass er Bonnie nicht hatte zu Schaden kommen lassen. Nachdem ich merkte, dass sie einige Zeit brauchen würden, um sie auf den Karren zu laden, kehrte ich zum Farmhaus zurück. Ich hatte ein paar Hühner auf dem Hof scharren gesehen und hoffte, ein paar frische Eier erwerben zu können.

Marsalis Schatz – und Jennys Novene an St. Bride, die Königin der See, zuzüglich der bescheidenen Hilfe meiner Akupunkturnadeln (Clarence entpuppte sich zum Glück als guter Seefahrer) – hatte uns sicher nach Savannah gebracht, doch die Notwendigkeit, Unterkünfte für zehn Personen zu finden und Räumlichkeiten zu mieten, die für eine kleine Druckerei geeignet waren, hatte sowohl die goldene Caslon Antiqua als auch das Geld erschöpft, das die Versicherung Fergus für den Brandschaden gezahlt hatte.

Angesichts unserer akuten Geldnot hatten sich Ian und Jamie Arbeit in einem der Lagerhäuser am Fluss gesucht. Eine kluge Wahl, wie sich herausstellte; zusätzlich zu ihrem Lohn und dem einen oder anderen beschädigten Fass mit eingelegtem Fisch oder Zwieback erlaubte ihnen die Tatsache, dass sie den ganzen

Tag auf den Docks waren, die erste – und billigste – Wahl bei den Fischern, die mit ihrem Fang einliefen. Wir hatten daher bis jetzt weder Hunger gelitten noch waren wir von Skorbut bedroht, doch allmählich hatte ich genug von Reis, Fisch und Kohl. Eine schöne Pfanne Rührei dagegen … womöglich mit frischer Butter …

Ich war aufs Handeln vorbereitet hingegangen – mit mehreren Päckchen Nadeln und einem Beutel Salz – und tauschte sie friedlich bei Mrs. Simpson gegen einen Korb Eier und einen kleinen Topf Butter ein, während die Männer Bonnie aus der Scheune beförderten. Danach setzten wir uns auf die Stufen der Hintertür und tranken kameradschaftlich ein Bier.

»Was für bemerkenswerte Hühner«, sagte ich und unterdrückte einen kleinen Rülpser – das Bier, Mrs. Simpsons eigene Herstellung, schmeckte gut, war aber kräftig. Die fraglichen Hühner waren mehr als nur bemerkenswert; sie schienen keine Beine zu haben, sondern auf dem Bauch über den Hof zu rollen, und pickten mit fröhlicher Unerschütterlichkeit ihre Körner.

»Oh aye«, sagte Mrs. Simpson und nickte stolz. »Meine Mutter hat sie – nun ja, ihre Ururgroßmutter – vor dreißig Jahren aus Schottland mitgebracht. Sie hat sie immer ›Kriecher‹ genannt – aber sie haben auch einen richtigen Namen. *Scots Dumpy* heißen sie, hat mir zumindest ein Herr aus Glasgow erzählt.«

»Wie passend«, sagte ich und trank noch einen Schluck Bier, während ich die Hühner beobachtete. Sie hatten *doch* Beine; sie waren nur reichlich kurz.

»Ich züchte und verkaufe sie«, fügte Mrs. Simpson hilfsbereit hinzu. »Falls Ihr einmal ein gutes Huhn oder zwei gebrauchen könnt …?«

»Ich kann mir nichts vorstellen, was ich lieber hätte«, erwiderte ich sehnsüchtig. Die Reisfelder und Palmen Savannahs schienen zwar unendlich weit von der reinen klaren Luft von Fraser's Ridge entfernt zu sein … doch immerhin waren wir im Süden. Und bis der März kam und das Wetter uns die Reise erlaubte, würden Marsali und Fergus Fuß gefasst haben, und wir konnten uns nach North Carolina wenden. »Vielleicht in ein paar Monaten …« Ich setzte »*Scots Dumpy*-Hühner« mit auf die Liste, die ich in meinem Kopf zusammenstellte, und widmete mich wieder meinem Bier.

Die Männer hatten die Druckerpresse auf dem Karren, dazu ordentlich in Leinen gehüllt und für den Weg in die Stadt erneut in Stroh gepackt. Jetzt kamen auch sie zum Haus, um sich ihre wohlverdiente Erfrischung zu gönnen.

Wir saßen nun entspannt rings um Mrs. Simpsons sauber geschrubbten Küchentisch, tranken Bier und aßen gesalzene Radieschen. Jamie und Fergus leuchteten vor Aufregung und Zufriedenheit; ihre Mienen wärmten mein Inneres noch weitaus mehr als das Bier. Der arme Richard Bell gab sich alle Mühe, großzügig zu sein und ihre Freude zu teilen, doch es war nicht zu übersehen, dass es ihm körperlich und seelisch schlecht ging.

Ich hatte ihn ja erst vor ein paar Tagen kennengelernt, und unsere Bekanntschaft ging noch nicht so weit, dass ich ihn hätte bitten können, sich auszuziehen und seine Leber von mir abtasten zu lassen. Aber ich war mir ziemlich sicher, dass die chronische Erkrankung, von der Mrs. Bell geschrieben hatte, Malaria war. Ich konnte es nicht mit absoluter Sicherheit sagen, ohne mir seine Blutkörperchen unter einem Mikroskop anzusehen – und der Himmel wusste, wann ich je wieder eins haben würde –, doch ich hatte schon genug Menschen erlebt, die am »Quartalsfieber« litten, um wenig Zweifel zu haben.

Glücklicherweise befand sich ein kleiner Vorrat Chinarinde unter den Kräutern und Arzneien, die ich mitgebracht hatte. Sie würde ihn zwar nicht heilen, doch mit etwas Glück konnte ich so die schwereren Anfälle mildern und einige der Symptome lindern. Das erinnerte mich plötzlich an Lizzie Wemyss. Sie war als Briannas Leibeigene nach Amerika gekommen und bei ihrer Ankunft in Amerika ebenfalls von den Moskitos an der Küste mit der Malaria infiziert worden. Ich hatte die Krankheit bei ihr recht gut unter Kontrolle gehabt, doch wie mochte es ihr in meiner Abwesenheit ergangen sein?

»Entschuldigung, was habt Ihr gesagt?« Meine Aufmerksamkeit wandte sich ruckartig wieder dem Gespräch zu, aber ehe ich antwortete, setzte ich »JEDE MENGE Chinarinde« auf die Liste in meinem Kopf.

127

KLEMPNEREI

Wie die Klempnerei ist auch die Medizin ein Beruf, in dem man früh lernt, die Finger nicht in den Mund zu stecken. Ich konnte meine nächste Patientin kommen riechen und hatte die Hände schon nach dem Seifengefäß und der Flasche mit Rohalkohol ausgestreckt, ehe sie durch die Tür kam. Und in dem Moment, als ich sie sah, wusste ich, was das Problem war.

Eigentlich waren es zwei Frauen; die erste eine hochgewachsene, gebieterisch aussehende Frau, die gut gekleidet war und einen Hut trug statt des üblichen Häubchens. Die andere war ein kleines, schmales Mädchen, das zwischen zwölf und zwanzig Jahren alt war. Sie war das, was man als Mulattin bezeichnete, halb Schwarze, halb Weiße, mit einer Haut wie Milchkaffee und rundlichen Gesichtszügen. Ich setzte die obere Altersgrenze nur deshalb bei zwanzig an, weil sie Brüste hatte, die ihr über die Oberkante des Korsetts quollen. Sie war adrett, aber schlicht in blauen Gingham gekleidet, und sie stank wie ein offenes Abflussrohr.

Die hochgewachsene Frau blieb stehen und betrachtete mich abschätzend.

»Ihr seid Ärztin?«, fragte sie in einem Ton, der beinahe anklagend klang.

»Ich bin Dr. Fraser, ja«, erwiderte ich freundlich. »Und Ihr seid …?«

Sie errötete und schien verblüfft zu sein. Und sehr skeptisch. Doch nach einer peinlichen Pause raffte sie sich auf und nickte ruckartig. »Ich bin Sarah Bradshaw. Mrs. Phillip Bradshaw.«

»Freut mich, Euch kennenzulernen. Und Eure … Begleiterin?« Ich wies kopfnickend auf die junge Frau, die mit hochgezogenen Schultern und gesenktem Kopf dastand und zu Boden blickte. Ich konnte es leise tropfen hören, und sie bewegte sich, als versuchte sie, die Beine zusammenzuklemmen. Dabei verzog sie das Gesicht.

»Das ist Sophronia. Eine der Sklavinnen meines Mannes.« Mrs. Bradshaw presste die Lippen fest aufeinander; den Falten rings um ihren Mund nach zu urteilen tat sie das regelmäßig. »Sie … das heißt … ich dachte vielleicht …« Ihr ziemlich gewöhnliches Gesicht flammte puterrot auf; sie konnte sich nicht dazu durchringen, das Problem zu beschreiben.

»Ich weiß, was es ist«, sagte ich, um ihr die Mühe zu ersparen. Ich ging um den Tisch herum und nahm Sophronia bei der Hand, die sehr klein war und voller Schwielen, aber saubere Fingernägel hatte. Eine Haussklavin also. »Was ist mit dem Baby passiert?«, fragte ich sie sanft.

Kurzes, erschrockenes Luftholen, und sie sah Mrs. Bradshaw an, die erneut ruckartig nickte, die Lippen immer noch verspannt.

»Es ist in mir gestorben«, flüsterte das Mädchen derart leise, dass ich es kaum hören konnte, obwohl sie kaum mehr als eine Armeslänge von mir entfernt war. »Sie haben es in Stücken herausgeschnitten.« Das hatte dem Mädchen wahrscheinlich das Leben gerettet, ihr ansonsten aber nicht sehr geholfen.

Trotz des Geruchs holte ich tief Luft und gab mir Mühe, meine Gefühle im Griff zu behalten.

»Ich muss Sophronia untersuchen, Mrs. Bradshaw. Falls Ihr etwas zu erledigen habt, vielleicht möchtet Ihr das jetzt tun …?«

Sie löste die Lippen so weit voneinander, dass sie einen kleinen, frustrierten Laut ausstoßen konnte. Ganz offensichtlich hätte sie nichts lieber getan, als das Mädchen hierzulassen und nie zurückzukommen. Doch ebenso offensichtlich hatte sie Angst davor, was das Mädchen mir erzählen könnte, wenn es mit mir allein blieb.

»War das Kind von Eurem Mann?«, fragte ich unverblümt. Ich hatte keine Zeit, um den heißen Brei herumzureden; das arme Mädchen verlor unablässig Urin und Fäkalmasse und stand kurz davor, vor Scham zu sterben.

Mrs. Bradshaw hatte zwar gewiss nicht vor, daran zu sterben, doch sie schämte sich sichtlich fast genauso sehr wie Sophronia. Sie wurde weiß vor Schrecken, dann entflammte ihr Gesicht erneut. Sie machte auf dem Absatz kehrt, stampfte ins Freie und knallte die Tür hinter sich zu.

»Das war dann wohl ein ›Ja‹«, sagte ich zur Tür und wandte mich mit einem beruhigenden Lächeln dem Mädchen zu. »Also, Schätzchen. Dann wollen wir es uns einmal ansehen, ja?«

Vesikovaginalfistel *und* Rektovaginalfistel. Das hatte ich vom ersten Moment an gewusst; ich wusste nur nicht, wie schlimm sie waren oder wie tief sie sich im Vaginalkanal befanden. Eine Fistel ist eine Passage zwischen zwei Dingen, die eigentlich nie verbunden sein dürften, und war im Allgemeinen keine gute Sache.

So etwas kam zwar in den zivilisierten Ländern des zwanzigsten Jahrhunderts nicht häufig vor, doch immer noch öfter, als man denken mochte. Ich hatte es in Boston ein paar Mal gesehen, in einer kostenlosen Sprechstunde für die Armen, in der ich einmal in der Woche ausgeholfen hatte. Junge Mädchen, viel zu jung, um ernsthaft über das andere Geschlecht nachzudenken, die schwanger wurden, ehe ihre Körper genug ausgereift waren. Manche davon Prostituierte. Andere einfach Mädchen, die nur zur falschen Zeit am falschen Ort gewesen waren. Wie dieses hier.

Ein ausgewachsenes Baby, das sich nicht durch den Geburtskanal zwängen ließ, tagelange fruchtlose Wehen, während der Kindskopf wie eine Ramme auf das Gewebe des Beckens, der Blase, der Vagina und des Darms einwirkte. Bis das Gewebe schließlich so dünn wurde, dass es riss und ein ausgefranstes Loch zwischen Blase und Vagina entstand, oder zwischen Vagina und Rektum, so dass die Abfallprodukte des Körpers ungehindert durch die Vagina ablaufen konnten.

Nichts Lebensbedrohliches, aber abstoßend, unkontrollierbar und verdammt unangenehm. Sophronias Oberschenkel waren an den Innenseiten geschwollen und leuchtend rot gefleckt, die Haut von der konstanten Feuchtigkeit und dem beißenden Fäkalschleim aufgedunsen. Wie ein permanenter Windelausschlag, dachte ich und unterdrückte das tief empfundene Bedürfnis, Mr. Bradshaw aufzusuchen und ihm mit einer stumpfen Sonde selbst ein paar Fisteln zu bohren.

Ich sprach beruhigend auf das Mädchen ein, während ich meine Untersuchungen durchführte, und nach einer Weile begann sie, mir zu antworten, wenn auch immer noch flüsternd. Sie war dreizehn. Ja, Mr. Bradshaw hatte sie mit in sein Bett genommen. Es hatte ihr nichts ausgemacht. Er sagte, seine Frau sei böse zu ihm, und das war sie auch – alle Sklaven wussten das. Mr. Bradshaw war nett zu ihr gewesen und sanft, und als sie schwanger wurde, hatte er sie aus der Wäscherei in die Küche geholt, damit sie gut zu essen bekam und sich nicht mit der schweren Wäsche abplagen musste.

»Er war traurig«, sagte sie leise und blickte zur Zimmerdecke, während ich das schmutzige Rinnsal zwischen ihren Beinen abwischte. »Als das Baby gestorben ist. Er hat geweint.«

»Hat er das«, sagte ich in einem Ton, von dem ich hoffte, dass er neutral klang. Ich faltete ein sauberes Handtuch zusammen, presste es ihr zwischen die Beine und warf das feuchte Tuch, das sie getragen hatte, in meinen Eimer mit Essigwasser. »Wann ist denn das Baby gestorben – ich meine, wie lange ist es her?«

Sie runzelte die Stirn, was auf ihrer glatten jungen Haut kaum zu sehen war. Konnte sie zählen?, fragte ich mich.

»Kurz bevor wir die Wurst gemacht haben«, sagte sie unsicher.

»Also im Herbst?«

»Ja, Ma'am.«

Und jetzt war es Mitte Dezember. Ich goss Wasser über meine schmutzige

Hand und träufelte mir etwas Seife auf die Handfläche. Ich musste wirklich versuchen, eine Nagelbürste zu bekommen, dachte ich.

Mrs. Bradshaw war zurück, aber sie war nicht hereingekommen; ich hatte die Vorhänge vor dem Schaufenster zugezogen, doch ihr Umriss zeichnete sich deutlich als Schatten auf dem Stoff ab, und die feschen Federn auf ihrem Hut zeigten wie ein Haarwirbel in die Luft.

Ich tippte nachdenklich mit dem Fuß auf, dann gab ich mir einen Ruck und ging zur Tür.

»*Möglicherweise* kann ich ihr helfen«, sagte ich ohne Umschweife und schreckte die Frau damit auf.

»Wie denn?« Sie sah mich blinzelnd an, und derart überrumpelt war ihr Gesicht zwar offen und bestürzt, doch ohne die verkniffene Miene von vorhin.

»Kommt herein«, sagte ich. »Es ist kalt hier draußen im Wind.« Ich legte ihr die Hand auf den Rücken und nahm sie mit nach innen. Sie war sehr dünn; ich konnte ihre Rückenwirbel selbst durch ihre Jacke und ihr Korsett spüren.

Sophronia saß auf dem Tisch, die Hände auf dem Schoß gefaltet; als ihre Herrin eintrat, senkte sie den Kopf und blickte wieder zu Boden.

Ich erklärte ihnen die Natur des Problems, so gut ich konnte; keine von ihnen hatte auch nur die geringste Ahnung von der Anatomie in ihrem Inneren; für sie waren es einfach nur Löcher. Dennoch gelang es mir, ihnen das Wichtigste zu vermitteln.

»Ihr wisst doch, dass man eine Wunde nähen kann, um die Haut zusammenzuhalten, während sie heilt?«, sagte ich geduldig. »Nun, es ist in etwa das Gleiche; es ist nur viel schwieriger, weil die Verletzungen innerlich sind und das Gewebe sehr dünn und schlüpfrig ist. Es wäre sehr schwierig, es zu heilen – ich bin mir nicht *sicher*, ob ich es kann –, aber es ist zumindest möglich, es zu versuchen.«

So war es – mit Mühe und Not. Ende des neunzehnten Jahrhunderts hatte ein Arzt namens J. Marion Sims mehr oder weniger die gesamte Praxis der gynäkologischen Chirurgie erfunden, um genau dieses Problems Herr zu werden. Er hatte Jahre gebraucht, um die notwendigen Techniken zu entwickeln, und ich kannte sie – ich hatte die Prozedur schon mehr als einmal durchgeführt. Der Haken daran war, dass man eine gute, verlässliche Anästhesie brauchte, um eine Erfolgschance zu haben. Laudanum oder Whisky reichte vielleicht für simplere, schnellere Operationen, aber für eine derart filigrane Prozedur wie das hier musste der Patient vollkommen bewusstlos und reglos sein. Ich würde Äther brauchen.

Ich hatte zwar keine Ahnung, wie ich Äther herstellen würde, während ich mir ein kleines Mietshaus mit einer Reihe von Menschen teilte, die ich wirklich nicht der Gefahr aussetzen wollte, in die Luft zu fliegen. Und bei dem Gedanken, was der leicht entflammbare Äther anrichten konnte – angerichtet hatte –, brach mir prompt der kalte Schweiß aus. Doch angesichts der schwachen Hoffnung, die ich in ihren Gesichtern aufkeimen sah, beschloss ich, es zu tun.

Ich gab Sophronia ein Gläschen Bienenwachssalbe für die Haut ihrer Oberschenkel mit und sagte den beiden, sie sollten in einer Woche zurückkommen; dann würde ich wissen, ob es möglich sei. Ich begleitete sie vor die Tür, und als sie dann die Straße entlanggingen, streckte Mrs. Bradshaw unbewusst die Hand aus und berührte Sophronias Schulter in einer kurzen, beruhigenden Liebkosung.

Ich holte tief Luft und beschloss, dass ich einen Weg finden *würde*. Als ich mich umdrehte, um wieder hineinzugehen, fiel mein Blick in die andere Richtung und bemerkte einen hochgewachsenen jungen Mann, dessen hagere, sehnige Erscheinung mich schlagartig an jemanden erinnerte. Ich blinzelte, und meine Fantasie kleidete ihn wie von selbst in Scharlachrot.

»William!«, rief ich. Ich raffte meine Röcke und rannte ihm nach.

IM ERSTEN MOMENT hörte er mich nicht, und ich hatte Zeit zu zweifeln – wenn auch kaum; die Haltung von Kopf und Schultern, dieser lange, entschlossene Schritt … Er war dünner als Jamie, und sein Haar war kastanienbraun, nicht rot, doch er hatte die Knochenstruktur seines Vaters. Und seine Augen; endlich hörte er mich, drehte sich um, und die dunkelblauen Katzenaugen weiteten sich überrascht.

»Mutter Cl…« Er schnitt sich selbst das Wort ab, und seine Miene verhärtete sich, doch ich hatte ihn erreicht, streckte den Arm aus und nahm seine große Hand zwischen die meinen (und hoffte sehr, dass ich den Schleim komplett abgewaschen hatte).

»William«, sagte ich leise keuchend und lächelte zu ihm auf. »Du kannst mich nennen, wie du willst, aber ich bin für dich nicht weniger – und nicht mehr –, als ich es zuvor gewesen bin.«

Sein ernster, fast abweisender Blick wurde etwas sanfter, und er zog unbehaglich den Kopf ein.

»Eigentlich muss ich jetzt Mrs. Fraser sagen, oder?« Er zog seine Hand zurück, jedoch vorsichtig und langsam. »Wie kommt es, dass du hier bist?«

»Dasselbe könnte ich dich ebenfalls fragen – und vermutlich mit besserem Grund. Wo ist denn deine Uniform?«

»Ich habe mein Offizierspatent niedergelegt«, erklärte er ein wenig steif. »Unter den gegebenen Umständen schien es mir so gut wie keinen Zweck zu haben, in der Armee zu bleiben. Und ich habe etwas zu erledigen, das mehr Bewegungsfreiheit erfordert, als ich hätte, wenn ich Sir Henrys Adjutant geblieben wäre.«

»Gehst du etwas Warmes mit mir trinken? Dann kannst du mir davon erzählen.« Ich war ja ohne meinen Umhang losgelaufen, und ein kühler Wind befingerte mich um einiges intensiver, als mir lieb war.

»Ich …« Er unterbrach sich stirnrunzelnd, dann sah er mich nachdenklich an und rieb sich mit dem Finger über den langen, geraden Nasenrücken, genau wie es Jamie machte, wenn er einen Entschluss fasste. Und genau wie es Jamie machte, ließ er die Hand sinken und nickte kurz wie zu sich selbst.

»Also gut«, sagte er ziemlich schroff. »Eigentlich könnte es sogar sein, dass es für euch … von Bedeutung ist.«

Fünf Minuten später saßen wir in einem Gasthaus am Ellis Square und tranken heißen Cidre mit Zimt und Muskat. Savannah war zwar – Gott sei Dank – nicht Philadelphia, was schlechtes Winterwetter betraf, doch der Tag war kalt und windig, und der Zinnbecher wärmte mir herrlich die Hände.

»Was *führt* dich denn hierher, Willie? Oder sollte ich jetzt William sagen?«

»William bitte«, antwortete er trocken. »Es ist der einzige Name, von dem ich im Moment das Gefühl habe, dass er mit Fug und Recht der meine ist. Ich würde mir gern das bisschen Würde bewahren, das ich noch habe.«

»Mm«, sagte ich unverbindlich. »William also.«

»Was meine Erledigung betrifft …« Er seufzte kurz und rieb sich die Stelle zwischen den Augenbrauen. Dann erzählte er mir von seinem Vetter Ben, von Bens Frau und ihrem Kind, von Denys Randall und schließlich … Hauptmann Ezekiel Richardson. Bei *diesem* Namen fuhr ich kerzengerade auf.

Er bemerkte meine Reaktion und verzog nickend das Gesicht.

»Das war es, was ich damit gemeint habe, dass es vielleicht für euch von Bedeutung ist. Pa … Lord John sagt, es war Richardsons Drohung, dich als Spionin festzunehmen, die ihn bewogen hat, dich, äh, zu heiraten.« Er errötete ein wenig.

»So war es«, bestätigte ich und versuchte, nicht daran zu denken. Eigentlich erinnerte ich mich nur an Bruchstücke dieser gleißend leeren Tage, an denen ich gedacht hatte, Jamie wäre tot. Eins dieser Bruchstücke war jedoch die lebhafte Erinnerung daran, wie ich mit einem seltsamen neuen Kleid und einem Strauß weißer Rosen im Salon des Hauses Nr. 17 gestanden hatte, John an meiner Seite und vor uns ein Militärkaplan mit einem Buch – und auf der anderen Seite neben John stand William, ernst und gut aussehend in seiner Hauptmannsuniform mit der glänzenden Halsberge, und er hatte Jamie so ähnlich gesehen, dass ich einen schwindelerregenden Moment lang das Gefühl hatte, Jamies Geist sei als Zuschauer erschienen. Da ich mich nicht entscheiden konnte, ob ich in Ohnmacht fallen oder schreiend aus dem Zimmer rennen sollte, hatte ich einfach wie erstarrt dagestanden, bis John mich sanft angestoßen und mir etwas ins Ohr geflüstert hatte, worauf ich mein Jawort ausgestoßen hatte und dann auf die Ottomane gesunken war, so dass mir die Blumen aus der Hand gefallen waren.

In dieser Erinnerung gefangen, hatte ich nicht mitbekommen, was William sagte, und schüttelte den Kopf, um mich wieder zu konzentrieren.

»Ich bin seit drei Monaten auf der Suche nach ihm«, sagte er. Er stellte seinen Becher hin und fuhr sich mit dem Handrücken über den Mund. »Der Schuft ist wirklich schwer zu fassen. Und ich weiß auch nicht mit Sicherheit, ob er überhaupt in Savannah ist. Aber die letzte Spur, die ich von ihm habe, war in Charleston, und dort ist er vor drei Wochen nach Süden aufgebrochen. Es könnte natürlich sein, dass er nach Florida will oder sich schon auf einem Schiff nach England befindet. Andererseits … Amaranthus ist hier, zumindest glaube ich das. Richardson scheint sich außergewöhnlich für die Familie Grey zu interessieren, deshalb ist er vielleicht … kennst du Denys Randall eigentlich persönlich?«

Er sah mich über seinen Becherrand hinweg aufmerksam an, und ich begriff mit einer Mischung aus schwacher Belustigung und Entrüstung, dass er den Namen so plötzlich erwähnt hatte, weil er hoffte, mich in einer schuldbewussten Sekunde zu ertappen.

Oh, du kleiner Schuft, dachte ich, und die Belustigung siegte. *Das musst du aber noch ein wenig üben, ehe dir so was gelingt.*

Ich wusste in der Tat etwas über Denys Randall, was William mit ziemlicher Sicherheit nicht wusste – möglicherweise wusste Denys Randall es nicht einmal selbst –, doch diese Information würde kein neues Licht auf Ezekiel Richardsons Aufenthaltsort oder auf seine Beweggründe werfen.

»Ich bin ihm noch nie begegnet«, sagte ich wahrheitsgemäß und bat die Bedienung mit erhobenem Becher um neuen Cidre. »Ich kannte seine Mutter, Mary Hawkins; wir sind uns in Paris begegnet. Ein sehr liebenswertes Mädchen, doch ich habe seit … dreißig … nein, vierunddreißig Jahren nichts mehr von ihr gehört. Nach dem, was du mir erzählst, vermute ich, dass sie einen Mr. Isaacs geheiratet hat – du sagst, er war ein jüdischer Kaufmann?«

»Ja. Sagt Randall – und ich wüsste nicht, warum er diesbezüglich lügen sollte.«

»Ich auch nicht. Aber was du weißt – oder glaubst«, verbesserte ich mich, »ist, dass Denys Randall und Ezekiel Richardson zwar anscheinend bis jetzt zusammengearbeitet haben, es nun aber nicht mehr tun?«

William zuckte ungeduldig mit den Achseln.

»Soweit ich weiß. Ich habe Randall nicht mehr gesehen, seit er mich vor Richardson gewarnt hat, aber Richardson ist mir genauso wenig begegnet.« Ich merkte eindeutig, wie gern er sich auf und davon gemacht hätte; er trommelte leise mit den Fingern auf die Tischplatte, und der ganze Tisch bebte sacht, als sein Bein dranstieß.

»Wo wohnst du, William?«, fragte ich spontan, ehe er gehen konnte. »Falls … falls ich Richardson sehen sollte. Oder etwas von Amaranthus höre. Ich bin Ärztin; mich suchen viele Menschen auf, und mit einem Arzt spricht jeder.«

Er zögerte, zuckte dann aber kaum merklich mit den Schultern. »Ich habe ein Zimmer bei Mrs. Hendry an der River Street gemietet.«

Er stand auf, warf etwas Geld auf den Tisch und hielt mir die Hand hin, um mir aufzuhelfen.

»Wir wohnen bei Mrs. Landrum, auf dem nächsten Platz hinter dem Markt«, sagte ich und erhob mich. »Falls du … vorbeikommen möchtest. Oder Hilfe brauchst. Nur für alle Fälle, meine ich.«

Sein Gesicht hatte betont jeden Ausdruck verloren, obwohl seine Augen brannten wie die Flämmchen einer Lunte. Mir wurde kalt, denn ich wusste aus Erfahrung, was sich aller Wahrscheinlichkeit nach hinter einer solchen Fassade abspielte.

»Das bezweifle ich, Mrs. Fraser«, sagte er höflich. Er küsste mir zum Abschied kurz die Hand und ging.

128

AUF DER FROSCHJAGD

22. Dezember 1778

Jamie packte Germains Hemd am Rücken. Mit der freien Hand winkte er Ian, der die Fackel trug.

»Sieh dich erst auf dem Wasser um, aye?«, flüsterte Jamie und wies mit dem Kinn auf das schwarze Glitzern der überfluteten Marsch. Es wurde durch hüfthohe Schlickgrasbüschel und Binsen unterbrochen, leuchtend grün im Fackelschein. Doch dies hier war eine tiefe Stelle mit zwei oder drei kleinen Inselchen, auf denen Bäume wie Wachsmyrten und Stechpalmen wuchsen – stachelig wie alles im Marschland, außer den Fröschen und Fischen.

Einige der stacheligsten Marschbewohner waren jedoch beweglich, und man begegnete ihnen besser nicht unvorbereitet. Germain blinzelte gehorsam in die Dunkelheit. Den Jagdspieß hielt er hoch und fest, zum Zustoßen bereit. Jamie konnte spüren, wie er zitterte, teils vor Kälte, größtenteils jedoch, so dachte er, vor Aufregung.

Eine plötzliche Bewegung durchbrach die Wasseroberfläche, und Germain stürzte sich nach vorn und stieß den Speer mit einem schrillen Aufschrei ins Wasser.

Fergus und Jamie schrien ebenfalls auf, wenn auch in tieferer Tonlage, und rissen ihn rückwärts durch den Schlamm, während die aufgebrachte Wassermokassinschlange, die er um ein Haar aufgespießt hätte, mit klaffend weißem Maul und zuckendem Körper auf ihn losging. Doch die Schlange hatte zum Glück anderweitig zu tun und schlängelte sich wütend davon. Ian, der gefahrlos außer Reichweite war, lachte.

»Du findest das wohl lustig, wie?«, beschwerte sich Germain und zog ein finsteres Gesicht, um vorzutäuschen, dass er nicht zitterte.

»Aye, das finde ich«, bestätigte ihm sein Onkel. »Aber noch komischer wäre es, wenn du von einem Alligator gefressen würdest. Siehst du?« Er hob die Fackel und zeigte auf das Wasser, das sich drei Meter von ihnen entfernt leicht wellte, zwischen ihnen und dem nächsten Inselchen. Germain runzelte unsicher die Stirn, dann sah er sich nach seinem Großvater um.

»Das ist ein Alligator? Woher weißt du das?«

»Ja«, sagte Jamie. Sein Herz hämmerte noch vom Anblick der Mokassinschlange. Schlangen machten ihn nervös, aber vor Alligatoren hatte er keine

Angst. Vorsicht, ja. Angst, nein. »Siehst du die kleinen Wellen, die von der Insel kommen?«

»Aye.« Germain blinzelte über das Wasser hinweg. »Und?«

»Sie kommen seitlich auf uns zu. Das, worauf Ian zeigt, kommt direkt auf uns zu.«

Das tat es, allerdings sehr langsam.

»Kann man Alligatoren gut essen?«, fragte Fergus, der die Bewegung nachdenklich beobachtete. »Da ist doch viel mehr Fleisch an so einem Tier als an einem Frosch, *n'est ce pas*?«

»Ja, das kann man, und ja, das stimmt.« Ian verlagerte das Gewicht ein wenig und schätzte die Entfernung ab. »Aber wir können ihn nicht mit dem Speer erlegen. Ich hätte meinen Bogen mitnehmen sollen.«

»Sollten wir … weggehen?«, fragte Germain skeptisch.

»Nein, ich will erst sehen, wie groß er ist«, sagte Ian und betastete das lange Messer an seinem Gürtel. Er trug einen Lendenschurz, und seine nackten Beine, die bis zur Mitte der Wade im schlammigen Wasser standen, waren lang und unbeweglich wie die eines Reihers.

Zu viert beobachteten sie mit großer Konzentration, wie die Bewegung näher kam, innehielt, langsam noch etwas näher kam.

»Werden sie vom Licht geblendet, Ian?«, fragte Jamie leise. Frösche ließen sich auf diese Weise überlisten; sie hatten vielleicht zwei Dutzend Ochsenfrösche in ihrem Sack, die sie im Wasser überrascht und erlegt hatten, ehe die Tiere wussten, wie ihnen geschah.

»Ich glaube nicht«, flüsterte Ian zurück. »Ich habe aber noch nie Jagd auf einen Alligator gemacht.«

Plötzlich glänzte etwas im Wasser auf, kleine Wellen breiteten sich in rascher Folge aus, und zwei kleine brennende Kreise leuchteten auf, Dämonenaugen.

»*A Dhia!*«, sagte Jamie, und seine Finger formten automatisch das Zeichen gegen das Böse. Fergus zog Germain noch weiter zurück und bekreuzigte sich ungeschickt mit seinem Haken. Selbst Ian schien etwas verblüfft zu sein; er ließ die Hand von seinem Messer sinken und wich zurück, ohne den Blick von dem Tier abzuwenden.

»Er ist noch ganz klein, glaube ich«, sagte er, als er den sicheren Uferschlamm erreicht hatte. »Seht ihr, seine Augen sind nicht größer als mein Daumennagel.«

»Spielt das eine Rolle, wenn er besessen ist?«, fragte Fergus argwöhnisch. »Selbst wenn wir ihn erlegen würden, würden wir uns am Ende noch vergiften.«

»Oh, ich glaube nicht«, sagte Jamie. Er konnte das Tier jetzt reglos im Wasser hängen sehen, die stummeligen Klauenfüße halb hochgezogen. Es war etwa sechzig Zentimeter lang – der bissfreudige Kiefer ungefähr fünfzehn. Es konnte in dem Alter einen Menschen zwar unangenehm beißen, aber mehr nicht. Doch der Alligator war zu weit entfernt, um ihn zu erreichen.

»Weißt du, wie Wolfsaugen im Dunklen aussehen? Oder ein Opossum?« Er hatte Fergus natürlich mit auf die Jagd genommen, als er klein war, aber nur selten in der Nacht – und was auch immer man in den Highlands nachts jagen mochte, rannte normalerweise vor einem davon und starrte einen nicht an.

Ian nickte, ohne den Blick von dem kleinen Reptil abzuwenden.

»Aye, das ist wahr. Wolfsaugen sind zwar meistens grün oder gelb, aber ich habe sie auch tatsächlich schon mal rot leuchten gesehen im Fackelschein.«

»Ein Wolf könnte doch wohl genauso gut von einem bösen Geist besessen sein wie ein Alligator«, widersprach Fergus ein wenig gereizt. Doch es war klar, dass er ebenfalls keine Angst vor dem Tier hatte, jetzt, da er einen genauen Blick darauf geworfen hatte; allmählich entspannten sie sich alle.

»Er meint, wir stehlen ihm die Frösche«, sagte Germain und kicherte. Er hatte seinen Speer immer noch erhoben, und noch während er das sagte, erspähte er etwas und rammte den dreigezackten Holzspieß mit einem Triumphlaut ins Wasser.

»Ich hab ihn, ich hab ihn!«, rief er und platschte ins Wasser, ohne den Alligator zu beachten. Er bückte sich, um zu sehen, ob er seine Beute fest genug durchbohrt hatte, dann stieß er einen weiteren kleinen Aufschrei aus und zog den Speer hoch. Zum Vorschein kam ein ordentlicher Seewolf, dessen weißer Bauch hektisch hin und her zuckte. Aus den Speerlöchern rann das Blut.

»Daran ist mehr Fleisch als an der kleinen Eidechse, aye?« Ian nahm den Speer, zog den Fisch herunter und schlug ihm den Griff seines Messers vor den Kopf, um ihn zu töten.

Alle sahen sich um, doch der Alligator hatte sich davongemacht, alarmiert und empfindlich gestört durch den ganzen Aufruhr.

»Aye, das dürfte reichen, denke ich.« Jamie ergriff die beiden Beutel – der eine halb voll mit Ochsenfröschen, der andere immer noch sacht in Bewegung, weil sie einige Krebse mit dem Netz aus dem flachen Wasser gefischt hatten. Er hielt den Beutel mit den Fröschen hoch, damit Ian den Fisch hineinwerfen konnte, und sprach für Germain einen Vers des Jägersegens: *»Du sollst keinen Fisch und kein Fleisch essen, das schon am Boden liegt/Keinen Vogel, der nicht von deiner Hand erlegt wurde/Sei dankbar für den einen/Auch wenn neun davonschwimmen.«*

Doch Germain beachtete ihn nicht; er stand vollkommen reglos da, sein blondes Haar hob sich im Wind, sein Kopf war abgewandt.

»Sieh nur, *grand-père*«, sagte er mit drängender Stimme. »Sieh!«

Sie schärften alle ihren Blick und entdeckten die Schiffe – weit jenseits der Marsch, doch auf dem Weg zur Küste, zu der kleinen Landzunge im Süden. Sieben, acht, neun … mindestens ein Dutzend, mit roten Laternen an den Masten und blauen am Heck. Jamie spürte, wie ihm die Haare zu Berge standen und ihm das Blut in den Adern gefror.

»Britische Kriegsschiffe«, flüsterte Fergus, und seine Stimme war tonlos vor Schrecken.

»So ist es«, bestätigte Jamie ebenso tonlos. »Wir gehen am besten heim.«

ES WAR SCHON FAST MORGEN, als ich Jamie hinter mir ins Bett gleiten spürte. Er brachte kalte Haut mit und den Geruch von Salzwasser, kaltem Schlamm und Marschpflanzen. Und …

»Wonach riecht es hier?«, fragte ich schläfrig und küsste den Arm, den er um mich gelegt hatte.

»Nach Fröschen vermutlich. Gott, bist du schön warm, Sassenach.« Er kuschelte sich dichter an mich, und ich spürte, wie er die Schleife des Bändchens aufzog, das den Halsausschnitt meines Hemdes zusammenhielt.

»Dann war die Jagd also gut?« Ich drückte ihm entgegenkommend meinen Hintern in die Höhlung seiner Oberschenkel, und er seufzte genießerisch auf. »Ooh. Aye. Germain hat einen schönen großen Seewolf gefangen, und wir haben einen ganzen Sack voller Krebse und Krabben mitgebracht – die kleinen grauen.«

»Mmm. Dann werden wir ja gut zu Abend essen.« Seine Körpertemperatur passte sich der meinen rasch an, und ich driftete schon wieder wohlig in den Schlaf zurück – obwohl ich durchaus bereit war, mich aus den richtigen Gründen ganz wecken zu lassen.

»Wir haben einen kleinen Alligator gesehen. Und eine Schlange, eine Wassermokassinschlange.«

»Die habt ihr aber hoffentlich nicht gefangen.« Ich wusste zwar, dass Schlangen und Alligatoren theoretisch essbar waren, aber ich glaubte nicht, dass wir solchen Hunger litten, dass es den Aufwand der Zubereitung wert gewesen wäre.

»Nein. Oh – und außerdem sind ein Dutzend britische Schiffe voller Soldaten aufgekreuzt.«

»Das ist ja schö… *Was!?*« Ich warf mich in seinen Armen herum und starrte ihm ins Gesicht.

»Britische Soldaten«, wiederholte er fast gleichmütig. »Keine Sorge, Sassenach. Ich glaube, es wird alles gut. Fergus und ich haben die Druckerpresse schon versteckt, und wir haben ja kein Silber, das wir vergraben müssten. Das ist der Vorteil, wenn man arm ist«, fügte er sinnierend hinzu und streichelte meinen Hintern. »Man braucht keine Angst zu haben, dass man ausgeplündert wird.«

»Das – was zum Teufel machen sie denn *hier*?« Ich drehte mich um, richtete mich im Bett zum Sitzen auf und zog mir das Hemd fest um die Schultern.

»Nun, du hast doch gesagt, Pardloe hätte dir erzählt, dass sie die südlichen Kolonien abschneiden wollen, aye? Ich vermute, sie haben beschlossen, hier anzufangen.«

»Warum denn hier? Warum nicht … Charleston? Oder Norfolk?«

»Nun, das kann ich dir nicht sagen, da ich ja beim Kriegsrat der Briten keinen Zutritt habe«, antwortete er nachsichtig. »Aber wenn ich raten sollte, denke ich, vielleicht deshalb, weil sie schon Truppen in Florida haben, die jetzt nach Norden marschieren werden, um sich mit den Neuankömmlingen zusammenzutun. An der ganzen Küste von Carolina wimmelt es von Loyalisten; wenn die Armee Florida und Georgia sicher unter Kontrolle hat, wären sie in einer guten Position, um nach Norden vorzurücken und sich die Unterstützung vor Ort zunutze zu machen.«

»Du hast sie ja komplett durchschaut, wie ich merke.« Ich presste meinen Rücken an die Wand – es gab kein Brett am Kopfende – und band die Schleife an meinem Hemd wieder zu. Mir war nicht danach, einer feindlichen Invasion mit entblößtem Busen entgegenzutreten.

»Nein«, räumte er ein. »Aber uns bleiben nur zwei Möglichkeiten, Sassenach; zu bleiben oder zu flüchten. Es ist mitten im Winter, also können wir nicht in die Berge gehen. Und ich würde es lieber vermeiden, mit drei Kindern, zwei schwangeren Frauen und einem leeren Geldbeutel durchs Land zu ziehen. Außerdem glaube ich nicht, dass sie die Stadt niederbrennen werden, nicht, wenn sie sie als Basis für ihre Invasion des restlichen Südens benutzen wollen.« Er hob die Hand und strich mir beruhigend über Schulter und Arm. »Es ist schließlich nicht so, als hättest du noch nie in einer besetzten Stadt gelebt.«

»Hmm«, knurrte ich skeptisch, doch er hatte nicht unrecht. Die Situation *hatte* ihre Vorteile, hauptsächlich den, dass die Armee eine Stadt, die sie bereits unter Kontrolle hatte, nicht angreifen würde; keine Kämpfe in den Straßen. Allerdings … hatten sie sie ja noch gar nicht unter Kontrolle.

»Keine Sorge, mein Herz«, sagte er leise und schlang den Finger in mein Band. »Habe ich dir bei unserer Hochzeit nicht versprochen, dass ich dich mit meinem Körper beschützen würde?«

»Doch, das hast du«, gab ich zu und legte meine Hand auf die seine. Sie war groß und kräftig und wusste, was sie tat.

»Dann komm und leg dich zu mir, *mo nighean donn*, und lass es mich beweisen«, sagte er und zog die Schleife auf.

FROSCHSCHENKEL VON DIESER Größe sahen wirklich wie Hühnerbeine aus. Und schmeckten auch ganz ähnlich, wenn man sie mit etwas Salz und Pfeffer in Mehl und Ei wälzte und frittierte.

»Wie kommt es wohl, dass man über das Fleisch ungewöhnlicher Tiere oft sagt, dass es wie Hühnchen schmeckt?«, fragte Rachel und schnappte ihrem Mann einen weiteren Froschschenkel vor der Nase weg. »Ich habe die Leute das schon über alles Mögliche sagen hören, vom Puma bis zum Alligator.«

»Weil es stimmt«, erwiderte Ian, der sie mit hochgezogener Augenbraue ansah und mit der Gabel auf den Teller mit den ebenso ummantelten und frittierten Seewolfstücken einstach.

»Nun, wenn ihr es genau wissen wollt«, begann ich unter einem Chor aus Stöhnlauten und Gelächter. Doch ehe ich mit meinem Vortrag über die Chemie der Muskelfasern beginnen konnte, klopfte es an der Tür. Wir waren beim Essen so laut gewesen, dass ich keine Schritte auf der Treppe gehört hatte und daher völlig überrascht wurde.

Germain sprang auf, um die Tür zu öffnen, und blickte verblüfft an zwei Kontinentaloffizieren in voller Uniform empor.

Stühle schabten über den Boden, als sich die Männer erhoben, und Jamie trat hinter dem Tisch hervor. Er hatte den ganzen Tag im Lagerhaus gearbeitet, nachdem er die halbe Nacht in der Marsch auf Jagd gewesen war. Aus diesem Grund war er nicht nur barfuß, sondern trug auch ein fleckiges, schmutziges Hemd und einen ausgeblichenen Kilt, der an einigen Stellen fadenscheinig war. Doch niemand hätte daran gezweifelt, dass er der Herr des Hauses war. Als er den Kopf neigte und »Willkommen, die Herren« sagte, zogen beide Offiziere die Hüte, verbeugten sich und traten mit einem gemurmelten »Euer Diener, Sir« ein.

»General Fraser«, sagte der ranghöhere der beiden Offiziere und sprach den Titel etwas fragend aus, während er Jamies Aufmachung betrachtete. »Ich bin Generalmajor Robert Howe.«

Ich hatte Generalmajor Howe noch nie gesehen, doch ich kannte seinen Begleiter, und meine Hand schloss sich fester um das Brotmesser. Er trug jetzt die Uniform eines Obersts, und sein Gesicht war so unauffällig wie eh und je, doch ich hätte ihn überall erkannt – Ezekiel Richardson, bis vor Kurzem Hauptmann in der Armee Seiner Majestät, zuletzt gesehen in Clintons Hauptquartier in Philadelphia.

»Euer ergebener Diener, Sir«, sagte Jamie in einem Ton, der die Floskel Lügen strafte. »Ich bin zwar James Fraser, doch ich bin kein Offizier einer Armee mehr. Ich habe den Dienst quittiert.«

»So hat man mir zu verstehen gegeben.« Howes vorquellende Augen suchten den Tisch ab und huschten über Jenny, Rachel, Marsali und die kleinen Mädchen hinweg, ehe sein Blick auf mich fiel. »Mrs. Fraser? Ich hoffe, ich sehe Euch bei guter Gesundheit, Ma'am.« Offensichtlich hatte er die Geschichte hinter Jamies dramatischer Resignation gehört.

»So ist es, danke«, sagte ich. »Passt auf die Krebse auf, Oberst.« Denn Richardson stand direkt vor der kleinen Wanne, in die ich die Krebse gesetzt hatte. Ich hatte sie mit Wasser bedeckt und ein paar Hände voll Maismehl dazugegeben, so dass sie im Lauf der nächsten vierundzwanzig Stunden ihre schmutzigen kleinen Därme entleeren konnten, wodurch sie essbar wurden.

»Verzeihung, Ma'am«, sagte er höflich und trat beiseite. Anders als Howe richtete er sein Augenmerk hauptsächlich auf die Männer; ich sah, wie sein Blick eine Sekunde auf Fergus und seinen Haken fiel, ihn verwarf und dann zufrieden auf Ian haften blieb. Ein kalter Schauder lief mir über den Rücken. Ich wusste schon, was sie wollten; das hier war eine hochrangige Drückerbande.

Auch Jamie erkannte ihre Absichten.

»Meiner Frau geht es gut, Gott sei's gedankt, General. Ich vermute, sie hätte gern, dass ihr Mann in demselben Zustand verbleibt.«

Nun, das war geradeheraus. Howe kam offensichtlich zu dem Schluss, dass weitere Höflichkeiten zwecklos waren, und kam ohne Umschweife zur Sache.

»Ist Euch bewusst, Sir, dass britische Truppen vor der Stadt gelandet sind und zweifellos beabsichtigen, hier einzumarschieren und die Stadt einzunehmen?«

»Ja«, antwortete Jamie geduldig. »Ich habe letzte Nacht gesehen, wie ihre Schiffe gelandet sind. Was die Einnahme der Stadt angeht, Sir, so glaube ich, dass sie bestens darauf vorbereitet sind, genau das zu tun. Und wenn ich Ihr wäre, General – und ich danke dem Herrn, dass ich es nicht bin –, würde ich in dieser Minute meine Männer sammeln und mit ihnen aus der Stadt marschieren. Ihr kennt doch das Sprichwort, dass es besser ist zu überleben, um ein andermal kämpfen zu können? Das würde ich als Strategie empfehlen.«

»Verstehe ich Euch richtig, Sir?«, meldete sich Richardson gereizt zu Wort. »Ihr weigert Euch, bei der Verteidigung Eurer eigenen Stadt zu helfen?«

»Aye, das tun wir«, warf Ian ein, ehe Jamie antworten konnte. Er warf einen unfreundlichen Blick auf die Besucher, und ich sah, wie seine rechte Hand an seine Seite fiel und nach Rollos Kopf tastete. Dann ballten sich seine Finger zur Faust, weil dieser ja nicht mehr da war. »Es ist nicht unsere Stadt, und wir haben nicht vor, für sie zu sterben.«

Ich saß neben Rachel und spürte, wie ihr ein wenig von ihrer Anspannung aus den Schultern wich. Und gegenüber wanderte Marsalis Blick zur Seite, bis er auf Fergus' traf, und ich sah einen Moment der ehelichen Kommunikation und Übereinstimmung. *Wenn sie nicht wissen, wer wir sind, sag es ihnen nicht.*

Howe, ein ziemlich kräftiger Mann, öffnete und schloss mehrmals den Mund, ehe er Worte fand.

»Ich bin entsetzt, Sir«, brachte er schließlich mit hochrotem Gesicht heraus. »Entsetzt«, wiederholte er, und sein Doppelkinn bebte vor Entrüstung – und, so dachte ich, einem guten Schuss Verzweiflung. »Dass sich ein Mann, der für seine Tapferkeit im Kampf bekannt ist, für seinen unerschütterlichen Einsatz für die Freiheit, so schändlich der Herrschaft eines verdammten Tyrannen unterwerfen kann.«

»Eine Entscheidung, die dem Hochverrat nahekommt«, urteilte Richardson und nickte ernst. Ich starrte ihn bei diesen Worten mit hochgezogenen Augenbrauen an, doch er wich meinem Blick geflissentlich aus.

Einen Moment lang stand Jamie da und musterte die beiden, während er sich den Nasenrücken rieb.

»Mr. Howe«, sagte er schließlich und ließ die Hand sinken. »Wie viele Männer habt Ihr unter Eurem Kommando?«

»Warum … fast tausend!«

»Wie ›fast‹?«

»Sechshundert«, platzte Richardson im selben Moment heraus, während Howe hektisch verbesserte: »Neunhundert, Sir!«

»Aye«, sagte Jamie sichtlich unbeeindruckt. »Diese Schiffe fassen problemlos dreitausend Mann – gut bewaffnet, mit Artillerie –, und sie haben ein komplettes Highlandregiment dabei; ich habe ihre Dudelsäcke gehört, als sie an Land gegangen sind.«

Howe verlor beträchtlich an Farbe. Dennoch, er hatte Biss; seine Würde verlor er nicht.

»Ganz gleich, wie die Chancen stehen«, sagte er, »es ist meine Pflicht, zu kämpfen und die Stadt zu beschützen, die mir anvertraut ist.«

»Ich respektiere Eure Hingabe und Euer Pflichtbewusstsein, General«, sagte Jamie sehr ernst. »Und möge Gott mit Euch sein. Aber ich nicht.«

»Wir könnten Euch zwingen«, sagte Richardson.

»Das könntet Ihr«, pflichtete ihm Jamie unbeeindruckt bei. »Doch zu welchem Zweck? Ihr könnt mich nicht zwingen, Männer zu befehligen, wenn ich mich weigere, es zu tun, und was nutzt Euch ein unwilliger Soldat?«

»Das ist schändlich und feige, Sir!«, sagte Howe, doch es war klar, dass seine Empörung nur gespielt war, noch dazu schlecht gespielt.

»*Dia eadarainn 's t-olc*«, sagte Jamie leise und wies kopfnickend zur Tür. »Geht mit Gott, meine Herren, aber verlasst mein Haus.«

»DAS HAST DU RICHTIG gemacht, Jamie«, sagte Rachel leise, nachdem die Schritte der Soldaten im Treppenhaus verklungen waren. »Ein Quäker hätte nicht klüger sprechen können.«

Er sah sie an, und sein Mund zuckte.

»Danke, Kleine«, erwiderte er. »Aber ich vermute, du weißt, dass ich es nicht aus denselben Gründen gesagt habe, wie es ein Quäker wohl getan hätte.«

»Oh, natürlich«, stimmte sie lächelnd zu. »Aber das Ergebnis ist dasselbe, und Quäker sind dankbar für alles, was sie in der Richtung bekommen können. Möchtest du den letzten Froschschenkel?«

Leises Gelächter durchlief die Erwachsenen, und die Kinder, die während des Besuchs der Soldaten stocksteif und kreidebleich dagesessen hatten, entspannten sich wie Luftballons, aus denen man die Luft herausgelassen hat, und begannen, erleichtert und fröhlich durch das Zimmer zu sausen. Da wir Angst um die Wanne mit den Krebsen hatten, riefen Jenny und Marsali sie einigermaßen zur Ordnung und setzten sich wenig später mit ihnen in Marsch, um sie ins Bett zu bringen. Marsali hielt kurz inne, um Fergus zu küssen und ihn zu ermahnen, vorsichtig zu sein, wenn er allein nach Hause ging.

»Die Briten sind doch noch gar nicht in der Stadt, *ma choux*«, sagte er und erwiderte ihren Kuss.

»Aye, nun ja – es schadet nie, in Übung zu bleiben«, sagte sie leicht besorgt. »Kommt mit, ihr kleinen Ratten.«

Der Rest der Runde blieb noch eine Weile sitzen, um über die nahe Zukunft zu sprechen und das wenige, was wir tun konnten. Jamie hatte recht, was die Vorteile der Armut in einer solchen Lage betraf – gleichzeitig jedoch …

»Sie werden alles an sich bringen, was sie an Proviant finden können«, prophezeite ich. »Zumindest anfangs.« Ich warf einen raschen Blick auf das Regal in meinem Rücken. Es enthielt die Gesamtheit unserer Vorräte: ein kleines Töpfchen Schmalz, Stoffbeutel mit Hafer- und Weizenmehl, Reis, Bohnen und getrockneten Mais, ein Zopf Zwiebeln, ein paar getrocknete Äpfel, ein halber Käselaib, eine kleine Schachtel Salz, ein Pfeffertopf und die Überreste eines Zuckerhuts. Dazu unseren kleinen Kerzenvorrat.

»Aye.« Jamie nickte, stand auf und holte seine Geldbörse, die er auf dem Tisch umstülpte. »Vierzehn Shillinge ungefähr. Ian?« Ian und Rachels Bargeld ergab noch einmal etwa neun Shillinge.

»Sieh, was du morgen an Essbarem im Wirtshaus bekommen kannst«, sagte er und schob einen kleinen Münzstapel in Rachels Richtung. »Ich denke, ich kann im Lagerhaus ein Fass eingelegten Fisch beiseiteschaffen. Und du, Sassenach – wenn du morgen früh schnell auf dem Markt bist, bekommst du vielleicht noch Reis und Bohnen, möglicherweise sogar eine Speckseite?« Vor mir auf dem Tisch glänzten Kupfer- und Silberstücke auf, auf denen die phlegmatischen Züge des Königs im Profil eingeprägt waren.

»Es gibt aber kein gutes Versteck in unserem Zimmer«, stellte Ian fest, als er sich umsah. »Wie hier in den meisten Räumen nicht. Eignet sich Tante Claires Praxis für ein sicheres Versteck?«

»Aye, das habe ich auch schon gedacht. Sie hat einen Holzfußboden, und das Haus hat ein gutes Fundament. Morgen werde ich dort gleich ein kleines Versteck einrichten. Du hast doch nicht viel in deinem Sprechzimmer, was die Soldaten interessieren könnte, oder?« Letzteres war fragend an mich gerichtet.

»Nur die Medikamente, die Alkohol enthalten«, sagte ich. Dann holte ich tief Luft. »Apropos Soldaten – ich muss euch etwas sagen. Es ist vielleicht nicht wichtig, aber andererseits …« Und ich erzählte ihnen von Ezekiel Richardson.

»Bist du dir ganz sicher, Sassenach?« Jamie runzelte ein wenig die Stirn, und seine roten Augenbrauen glänzten im Kerzenschein. »Der Mann hat doch ein völlig unscheinbares Allerweltsgesicht.«

»Ich war mir zuerst tatsächlich nicht ganz sicher«, gab ich zu. »Er hat ja wahrhaftig kein auffälliges Gesicht. Aber er hat ein Muttermal am Kinn; das weiß ich noch. Genau wie dieser Mann. Es war allerdings auch mehr die Art, wie er mich angesehen hat. Und er hat eindeutig *mich* erkannt, da gibt es nicht den geringsten Zweifel.«

Jamie holte tief Luft und atmete nachdenklich durch seine leicht geöffneten Lippen aus. Dann legte er die Hände flach auf den Tisch und sah Ian an.

»Deine Tante ist gestern in der Stadt meinem Sohn William begegnet – zufällig«, sagte er mit betont neutraler Stimme. »Erzähl ihnen, was er über Richardson gesagt hat, Sassenach, ja?«

Während ich das tat, behielt ich den Puls an Ians Hals im Blick. Rachel tat das ebenfalls; sie legte ihm wortlos die Hand auf die seine, die er auf dem Tisch zur Faust geballt hatte. Er sah sie an, lächelte kurz, streckte zögernd die Finger und verschränkte sie dann liebevoll mit den ihren.

»Was hat William denn hier überhaupt zu suchen?«, fragte Ian, der sich sichtlich Mühe gab, jede Spur von Feindseligkeit aus seiner Stimme fernzuhalten.

»Eigentlich war er auf der Suche nach Richardson, aber er sucht auch nach der Frau seines Vetters – einer Frau namens Amaranthus Grey … oder eventuell auch Cowden«, fügte ich hinzu. »Möglich, dass sie ihren Mädchennamen benutzt. Hat vielleicht einer von euch schon einmal von ihr gehört?«

Ian und Rachel schüttelten die Köpfe.

»An einen solchen Namen würde sich jeder bestimmt erinnern«, sagte Rachel. »Aber du meinst, William weiß, dass Richardson hier ist?«

»Ich bin mir sicher, dass er es nicht weiß«, stellte ich klar. »Und auch nicht, dass Richardson zu den Rebellen übergelaufen ist. Zumindest dem Anschein nach.«

Einen Moment lang herrschte Schweigen. Ich konnte das leise Klicken der Krebse in der Wanne hinter mir hören und das leise Zischen, als ein Fehler im Kerzendocht die Flamme tanzen ließ.

»Es ist doch möglich, dass dieser Richardson einfach die Seiten gewechselt hat«, meinte schließlich Rachel. »Ich kenne viele, die das im Lauf der letzten zwei Jahre getan haben.«

»Möglich, ja«, sagte ich langsam, »aber die Sache ist die … John meinte, er wäre ein Schnüffler; ein Spion oder Geheimagent. Und wenn so jemand die Seiten wechselt … muss man sich fragen, ob es das erste Mal ist oder das zweite. Oder überhaupt nicht. Oder?«

Jamie tippte mit dem Finger auf den Tisch.

»Aye, nun denn«, sagte er. Er setzte sich aufrecht hin und räkelte sich seufzend. »Falls mit dem Mann etwas nicht stimmt, werden wir es ja bald erfahren.«

»Ach, und wie?«, fragte ich verdutzt. Er lächelte mich ironisch an.

»Aye, Sassenach. Er wird dich mit Sicherheit aufsuchen. Halt dein Messerchen griffbereit, aye?«

129

INVASION

29. Dezember 1778

Wir hörten die Kanonen kurz nach Tagesanbruch. Jamie hielt beim Rasieren inne, um zu lauschen. Es war nur ein fernes, sporadisches Donnern. Doch ich hatte ebenfalls etliche Male bereits Kanonenfeuer aus der Nähe erlebt und spürte das Geräusch wie ein Echo in mir dröhnen, das mich zur sofortigen Flucht drängte. Jamie, der Kanonenfeuer sowieso aus noch größerer Nähe erlebt hatte, legte sein Rasiermesser hin und stützte beide Hände flach auf den Waschtisch auf. Um zu verhindern, dass sie zitterten, dachte ich.

»Sie feuern Kanonen von den Schiffen auf dem Fluss ab«, sagte er leise. »Und reguläre Artillerie von Süden. Gott steh Howe und seinen Männern bei.« Er bekreuzigte sich und griff wieder nach dem Messer.

»Was meinst du, wie weit sie von uns entfernt sind?« Ich hatte ebenfalls innegehalten, während ich mir die Strümpfe anzog, und rollte jetzt den einen hoch, um ihn in Ruhe am Strumpfband zu befestigen. Jamie schüttelte den Kopf.

»Das kann ich von hier aus nicht sagen. Aber ich gehe gleich nach draußen, dann merke ich ja, wie der Wind steht.«

»Du gehst nach draußen?«, fragte ich beklommen. »Du gehst doch heute wohl nicht arbeiten?« Fadlers Lagerhaus, wo er als Aufseher und Buchhalter arbeitete, lag direkt *am* Fluss.

»Nein«, sagte er knapp. »Aber ich dachte mir, ich gehe die Kinder und Marsali und meine Schwester holen. Fergus ist bestimmt unterwegs, um sich ein Bild von der Lage zu machen, und ich möchte nicht, dass sie ohne Mann allein sind.« Seine Lippen wurden schmal. »Erst recht nicht, wenn die Soldaten in die Stadt kommen.«

Ich nickte, denn mir fehlten die Worte. Der Gedanke an das, was während einer Invasion geschah – geschehen konnte ... Ich hatte so etwas zwar Gott sei Dank noch nie miterlebt, doch ich hatte zu viele Wochenschauen und Fotos gesehen, um mir diesbezüglich Illusionen zu machen. Vor allem hatte es hier vor einiger Zeit Schreckensberichte über eine britische Kompanie gegeben, die unter einem Offizier namens Major Prevost aus Florida nach Norden gekommen war und die Gegend rings um Sunbury geplündert, das Vieh gestohlen und die Scheunen und Farmen angezündet hatte. Und Sunbury war unangenehm nah.

Als Jamie ging, drückte ich mich noch ein paar Minuten im Zimmer herum, weil ich mich nicht entscheiden konnte, was ich als Erstes tun sollte. Doch dann riss ich mich zusammen und entschied mich für einen kurzen Besuch in meiner Praxis. Es würde eine gute Idee sein, meine wertvolleren Instrumente mitzunehmen – nicht, dass irgendetwas davon großen Wert besaß; es gab ja keinen Schwarzmarkt für Amputationssägen (zumindest noch nicht ...) und das, was ich an Medikamenten und sonstigen Vorräten brauchen würde, falls ...

Ich schnitt dieses »falls« abrupt ab und sah mich in unserem bescheidenen Zimmer um. Ich hatte nur ein paar Grundnahrungsmittel wie Mehl und Butter und die verderblicheren Esswaren hierbehalten; alles, was sich eine Weile aufbewahren ließ, war unter dem Fußboden meines Sprechzimmers verschwunden. Aber wenn Marsali, Jenny und die Kinder länger bei uns blieben, holte ich besser noch ein paar andere notwendige Dinge zurück.

Ich nahm meinen größten Korb und klopfte unten an Rachels Tür. Sie öffnete sofort, nachdem sie schon fix und fertig zum Aufbruch bereit war.

»Ian ist mit Fergus unterwegs«, informierte sie mich, ehe ich fragen konnte. »Er sagt, er wird nicht mit der Miliz kämpfen, aber dass Fergus sein Bruder ist und es seine Pflicht ist, auf ihn aufzupassen. Dagegen kann ich ja schlecht eine Beschwerde einlegen.«

»Ich schon«, sagte ich offen. »Ich würde mich mit Händen und Füßen beschweren, wenn ich das Gefühl hätte, dass es etwas nützen würde. Aber wir würden nur unseren Atem damit verschwenden. Kommst du mit mir zum Sprechzimmer? Jamie ist losgegangen, um Jenny und Marsali und die Kinder zu holen, also dachte ich, ich gehe besser etwas für sie zu essen holen.«

»Lass mich meinen Korb holen.«

Die Straßen waren voller Menschen. Die meisten von ihnen waren dabei, die Stadt zu verlassen, oder sie kauften ein und zogen mit Karren durch die Straßen, obwohl einige eindeutig auch Plünderer waren. Ich sah, wie zwei Männer ein Fenster eines großen Hauses am Ellis Square einschlugen und hindurchstiegen.

Doch wir erreichten das Sprechzimmer ohne Zwischenfälle und trafen vor der Tür zwei Huren an. Es waren Frauen, die ich kannte, und ich stellte sie Rachel vor, die dabei deutlich weniger aus der Fassung geriet als die beiden.

»Wir wollten Syphilismedizin kaufen, Ma'am«, sagte Molly, eine kräftige Irin. »So viel Ihr habt und abgeben würdet.«

»Erwartet Ihr denn eine … äh … Syphilisplage?« Noch während dieses Wortwechsels schloss ich die Tür auf und überlegte, ob meine aktuelle Penizillinausbeute wohl potent genug war, um zu helfen.

»Es spielt keine große Rolle, ob sie wirkt oder nicht, Ma'am«, sagte Iris, die sehr groß war, sehr dünn und sehr schwarz. »Wir wollten sie den Soldaten verkaufen.«

»Verstehe«, sagte ich ziemlich ausdruckslos. »Ja dann …«

Ich gab ihnen das, was ich an flüssigem Penizillin hatte, und lehnte es ab, Geld von ihnen zu nehmen. Die Pulverform und den restlichen Roquefort behielt ich jedoch, falls die Familie etwas benötigte – und plötzlich durchfuhr mich heftige Angst bei dem Gedanken an Fergus und Ian, die gerade Gottweißwas taten. Die Artillerie hatte das Feuer eingestellt – oder der Wind hatte sich gedreht –, doch es setzte wieder ein, als wir auf dem Heimweg waren, die Körbe unter unseren Umhängen, um dreiste Diebstähle im Vorbeigehen zu verhindern.

Jamie war mit Marsali, Jenny und den Kindern zurück, und jeder von ihnen hatte das an Kleidern, Essen und Bettzeug dabei, was er tragen konnte. Eine Zeit lang herrschte totales Chaos, während wir uns einrichteten, aber gegen drei Uhr setzten wir uns schließlich zu einer Art einfachen Tee an den Tisch. Jamie, der sich strikt weigerte, sich an der häuslichen Organisation zu beteiligen, hatte Gebrauch von seinem männlichen Vorrecht gemacht, etwas Vages und nicht näher Bezeichnetes erledigen und daher verschwinden zu müssen, kehrte jedoch mit untrüglichem Instinkt zurück, just als wir den Kuchen auftrugen, und brachte einen großen Beutel Muscheln, ein Fass Mehl und ein paar Neuigkeiten mit.

»Die Kämpfe sind vorbei«, berichtete er und sah sich nach einer Stelle um, an der er die Muscheln abstellen konnte.

»Ja, mir ist schon vor einer Weile aufgefallen, dass die Kanonen verstummt sind. Weißt du, was passiert ist?« Ich nahm den Beutel und schüttete die Muscheln unter lautem Geklapper in den Kessel, dann goss ich einen Eimer Wasser darüber. So würden sie sich bis zum Abendessen halten.

»Genau das, was ich General Howe vorausgesagt habe«, antwortete er, doch es bereitete ihm keine Genugtuung, recht zu haben. »Campbell – das ist der britische Oberst, Archibald Campbell – hat Howe und seine Männer eingekreist und sie eingesackt wie Fische in einem Netz. Ich weiß nicht, was er mit ihnen gemacht hat, aber ich gehe davon aus, dass die Soldaten noch vor Anbruch der Dunkelheit in der Stadt sein werden.«

Die Frauen sahen einander an und entspannten sich sichtlich. Das waren tatsächlich gute Neuigkeiten. Wenn die britische Armee eines gut konnte, dann war es die Besatzung von Städten. Die Bürgerschaft mochte zwar völlig zu Recht etwas dagegen haben, dass man Soldaten bei ihr einquartierte und Vorräte requirierte. Das änderte allerdings wenig daran, dass nichts die öffentliche Ordnung so effizient aufrechterhielt wie eine Armee vor Ort.

»Werden wir denn sicher sein, wenn die Soldaten hier sind?«, fragte Joanie. Ihre Augen leuchteten vor Abenteuerlust, genau wie die ihrer Geschwister. Sie hatte der Unterhaltung der Erwachsenen sehr aufmerksam zugehört.

»Aye, mehr oder weniger«, sagte Jamie, und sein Blick fiel auf Marsali, die das Gesicht verzog. Wir würden wahrscheinlich hinreichend sicher sein, selbst wenn die Lebensmittel erst einmal knapp wurden, bis sich die Proviantmeister der Armee organisiert hatten. Fergus und Bonnie dagegen waren etwas anderes.

Wir hatten Suppe aus den Muscheln gemacht – zwar eine ziemlich wässrige Suppe, da wir nur wenig Milch hatten, aber wir dickten sie mit zerbröseltem Zwieback an, und wir *hatten* genug Butter – und waren gerade dabei, den Tisch zu decken, als Fergus und Ian die Treppe heraufgepoltert kamen, errötet vor Aufregung und voller Neuigkeiten.

»Es war ein schwarzer Sklave, der die Entscheidung herbeigeführt hat«, erzählte Fergus und steckte sich ein Stück Brot in den Mund. »*Mon Dieu*, ich bin total ausgehungert! Wir haben den ganzen Tag noch nichts gegessen. Dieser Mann ist also kurz nach dem Einsetzen des Kanonenfeuers in das britische Lager spaziert und hat ihnen angeboten, ihnen einen geheimen Weg durch den Sumpf zu zeigen. General Campbell hat ein Highlandregiment losgeschickt – wir konnten die Dudelsäcke hören, es hat mich an Prestonpans erinnert …« Er grinste Jamie an, und ich konnte den schmächtigen neunjährigen Waisenjungen, der er damals gewesen war, noch auf einer erbeuteten Kanone reiten sehen. Er schluckte genüsslich und spülte den Bissen mit Wasser hinunter, da wir im Moment nichts anderes hatten.

»Highlander«, fuhr er fort, »und Infanterie, und sie sind dem Sklaven durch den Sumpf gefolgt und an General Howes Männern vorbeigeschlichen, die sich alle an einem Fleck drängten, weil sie ja nicht wussten, aus welcher Richtung der Angriff kommen würde.«

Dann hatte Campbell eine weitere Infanteriekompanie auf Howes andere Seite geschickt, »zu Demonstrationszwecken«, erklärte Fergus mit einer ausladenden Handbewegung, so dass es krümelte. »Natürlich haben sie sich dieser

Annäherung zugewandt, und dann sind die Highlander von der anderen Seite über sie hergefallen, und *voila*!« Er ließ die Finger zuschnappen.

»Ich glaube zwar nicht, dass Howe diesem Sklaven dankbar sein wird«, meldete sich Ian zu Wort und hielt seine Schüssel über den Suppenkessel. »Aber er sollte es sein. Er hat nicht mehr als dreißig oder vierzig Mann verloren. Wenn sie Widerstand geleistet hätten, wären sie wahrscheinlich alle umgekommen, falls sie nicht so klug gewesen wären, sich zu ergeben. Und er ist mir nicht besonders klug vorgekommen«, fügte er stirnrunzelnd hinzu.

»Was meint ihr denn, wie lange sie bleiben wird, die Armee?« Jenny schnitt das Brot in Scheiben und reichte sie auf dem Tisch herum, hielt aber inne, um sich mit dem Arm über die Stirn zu wischen. Dank des Feuers und der vielen Menschen in dem kleinen Zimmer näherte sich die Temperatur schnell den Verhältnissen in einem türkischen Badehaus an.

Die Männer sahen sich gegenseitig an. Dann ergriff Jamie widerstrebend das Wort.

»Lange Zeit, *a piuthar*.«

130

EIN ÜBERLEGENES HEILMITTEL

Es musste sein, und zwar sofort. Jamies ungutes Gefühl und meine eigenen Bedenken hatten mich die Frage der Ätherherstellung aufschieben lassen. Doch jetzt gab es kein Pardon mehr: Ich konnte das, was für Sophronia getan werden musste, nicht ohne verlässliche Betäubung tun.

Ich hatte beschlossen, dass ich die Herstellung in dem kleinen Werkzeugschuppen in Mrs. Landrums großem Küchengarten durchführen konnte. Er befand sich ja außerhalb der Stadtgrenzen und war auf allen Seiten von freiem Feld umgeben, das nur von Kohl und Winterkarotten bevölkert wurde. Wenn ich mich in die Luft sprengte, würde ich zumindest niemanden mit ins Verderben reißen.

Allerdings glaubte ich nicht, dass diese Feststellung Jamie sonderlich beruhigen würde, daher schob ich es auf, meine Pläne zu erwähnen. Ich würde zusammentragen, was ich brauchte, und ihm erst in letzter Minute davon erzählen, um ihm unnötige Sorgen zu ersparen. Und falls ich die nötigen Zutaten am Ende gar nicht besorgen konnte …? Doch ich war mir sicher, dass ich es konnte. Savannah war keine kleine Stadt, und es gab einen Seehafen. Die Stadt hatte mindestens drei Apotheken im Ort, dazu mehrere Lagerhäuser, die Spezialitäten aus England importierten. *Irgendjemand* hatte mit Sicherheit Schwefelsäure, gleichfalls als Vitriol bekannt.

Das Wetter war kühl, aber sonnig, und beim Anblick einiger rot berockter

Soldaten auf der Straße fragte ich mich beiläufig, ob wohl klimatische Überlegungen eine Rolle bei der Entscheidung der Briten gespielt hatten, den Kriegsschauplatz nach Süden zu verlegen.

Der ältere Mr. Jameson – ein lebhafter Herr Mitte siebzig – begrüßte mich freundlich, als ich Jamesons Apotheke betrat. Ich hatte schon öfter Kräuter bei ihm gekauft, und wir kamen gut miteinander aus. Ich reichte ihm meine Liste und stöberte zwischen den Gefäßen in seinen Regalen umher, während er auf der Suche nach dem Gewünschten hin und her schlurfte. Am anderen Ende des Verkaufsraums standen drei junge Soldaten, die sich heimlichtuerisch mit dem jüngeren Mr. Jameson über etwas unterhielten, das er ihnen unter der Ladentheke zeigte. Syphilismittel vermutlich – oder, wenn man ihnen tatsächlich Weitsicht unterstellen wollte, möglicherweise Kondome.

Sie schlossen ihren verstohlenen Handel ab und huschten mit gesenkten, hochroten Köpfen hinaus. Der jüngere Mr. Jameson, welcher der Enkelsohn des Eigentümers und ungefähr im selben Alter war wie die gerade verschwundenen Soldaten, war ebenfalls ziemlich rot angelaufen, doch er begrüßte mich gelassen mit einer Verbeugung.

»Euer Diener, Mrs. Fraser. Kann ich Euch behilflich sein?«

»Oh, danke, Nigel«, sagte ich. »Euer Großvater hat meine Liste. Aber …« Mir kam ein Gedanke, möglicherweise ausgelöst durch die Soldaten. »Ich frage mich, ob Euch vielleicht eine gewisse Mrs. Grey bekannt ist. Amaranthus Grey ist ihr Name, und ich glaube, ihr Mädchenname war … oh, wie war der noch? Cowden! Amaranthus Cowden Grey. Habt Ihr diesen Namen schon einmal gehört?«

Er runzelte nachdenklich seine glatte Stirn.

»Was für ein seltsamer Name. Äh … nichts für ungut, Ma'am«, sagte er hastig. »Ich meinte … ziemlich exotisch. Sehr ungewöhnlich.«

»Ja, das ist er. Ich kenne sie nicht«, sagte ich, »aber eine Freundin von mir meinte, dass sie in Savannah lebt, und sie hat mich gedrängt … äh … ihre Bekanntschaft zu machen.«

»Ja, natürlich.« Mr. Jameson junior hmmte ein wenig vor sich hin, schüttelte aber dann den Kopf. »Nein, bedaure, Ma'am, ich glaube nicht, dass ich je einer Amaranthus Cowden begegnet bin.«

»Cowden?«, sagte Mr. Jameson senior, der plötzlich mit mehreren Flaschen in der Hand aus seinem Hinterzimmer aufgetaucht war. »Natürlich sind wir das, Junge. Oder vielmehr sind wir ihr nicht begegnet; sie ist nie bei uns im Geschäft gewesen. Aber wir haben eine Bestellung per Post bekommen, erst vor zwei oder drei Wochen, für … oh, was war es noch, mein Gedächtnis ist ein Sieb, Mrs. Fraser, ein absolutes Sieb, das versichere ich Euch – ich kann Euch nur raten, nicht alt zu werden – oh, ja. Gould's Hautcreme, Vilettes Magenwasser, eine Schachtel Pastillen für den Atem und ein Dutzend Stücke französische Savon D'Artagnon-Seife. Das war es.« Er strahlte mich über seine Brille hinweg an. »Sie wohnt in Saperville«, fügte er abschließend noch hinzu.

»Du bist erstaunlich, Großpapa«, murmelte Nigel pflichtschuldigst und griff nach den Flaschen, die sein Großvater in der Hand hatte. »Soll ich sie einpacken, oder mischen wir der Dame etwas?«

»Oh.« Mr. Jameson senior senkte den Blick auf die Fläschchen in seinen Händen, als überlegte er sich, wie sie dorthin gekommen waren. »Oh, ja! Ich wollte Euch fragen, Mrs. Fraser, was Ihr wohl mit dem *Vitriol* vorhabt. Es ist nämlich erstaunlich gefährlich.«

»Ähm, ja, ich weiß.« Ich betrachtete ihn abschätzend; es gab durchaus Männer, die imstande waren, sich zu weigern, einer Frau etwas zu verkaufen, was sie für unangemessen oder gefährlich hielten. Mr. Jameson schien mir jedoch eher von der weltgewandten Sorte zu sein – und er wusste zumindest, dass ich mit der Verwendung von Heilkräutern vertraut war.

»Ich habe vor, Äther herzustellen«, sagte ich. Ich wusste zwar, dass die Substanz bekannt war – wir hatten in der Ausbildung gelernt, dass irgendjemand sie im achten Jahrhundert entdeckt hatte –, doch die Methode zum Einsatz als Anästhetikum würde erst irgendwann im neunzehnten Jahrhundert entwickelt werden. Ich fragte mich beiläufig, ob es wohl in den dazwischenliegenden elfhundert Jahren jemandem aufgefallen *war*, dass Äther die Leute betäubte, er sie aber damit unabsichtlich getötet und daher von weiteren Experimenten abgesehen hatte.

Beide Jamesons zogen überraschte Mienen.

»Äther?«, echote Nigel offen verwundert. »Warum solltet Ihr ihn denn selbst herstellen wollen?«

»Warum sollte ich … Wie bitte? Ihr meint, Ihr habt ihn schon fertig da?«, fragte ich erstaunt.

Beide nickten, froh, zu Diensten sein zu können.

»Oh ja«, antwortete Mr. Jameson senior. »Wir haben ihn natürlich nicht immer vorrätig, aber da die … äh … Armee …« Eine Handbewegung deutete die kürzliche Invasion und die Besatzung an. »Einerseits sind da die Truppentransporte, und der Schiffsverkehr wird deutlich zunehmen, da die Blockade ja jetzt aufgehoben ist.«

»Was hat denn die Zunahme des Schiffsverkehrs mit dem Verkauf von Äther zu tun?« Ich fragte mich, ob Mr. Jameson möglicherweise recht hatte, was die Auswirkungen des fortschreitenden Alters auf das Gehirn betraf.

»Aber Ma'am«, erklärte Nigel sanft. »Er ist ein überlegenes Heilmittel gegen die Seekrankheit. Wusstet Ihr das nicht?«

131

DIE GEBORENE SPIELERIN

Ich zählte zum dritten Mal meine Instrumente, und da ich feststellte, dass auch diesmal keins von ihnen fehlte, deckte ich sie mit einem sauberen Leintuch zu und klopfte zur Beruhigung sacht darauf – allerdings war ich mir nicht sicher, ob ich *mich* beruhigen wollte oder die Skalpelle. Seidenfäden, Darmfäden, Nadeln – die feinsten Sticknadeln, die in Savannah zu haben waren –, Kompressen, Wattebäusche, Verbandsmaterial. Ein zwanzig Zentimeter langer Weidenzweig, den ich sorgfältig von seinem Mark befreit und ausgekocht hatte – langsam, um das Holz nicht zu zersplittern –, als Katheter, um die Harnröhre und die Blase zu stabilisieren, während ich arbeitete. Ich hatte zwar auch daran gedacht, einen dickeren Zweig für den Darm zu benutzen, aber beschlossen, dass meine Finger besser geeignet waren, das schlüpfrige Gewebe zu bearbeiten – solange ich mich dabei nicht schnitt oder stach.

Rachel würde mir bei der Operation assistieren, und ich würde mit ihr die Instrumente noch einmal durchgehen und die Vorgehensweise besprechen. Doch ich war schon eine Stunde früher gegangen, um meine letzten Vorbereitungen zu treffen und etwas Zeit allein zu verbringen, um mich seelisch und geistig auf die bevorstehende Aufgabe einzustimmen.

Ich fühlte mich überraschend ruhig, trotz der Komplexität und der Risiken der bevorstehenden Operation. Man konnte zwar anführen, dass es dem armen Kind kaum schlechter gehen konnte als jetzt, selbst wenn es mir nicht gelang – doch natürlich konnte sie an der Operation auch sterben, durch Schock, Infektion oder sogar, indem sie versehentlich verblutete.

Mein Blick wanderte automatisch zu dem Regal, in dem meine Penizillinfabrik am Werk war – zumindest hoffte ich, dass sie am Werk war und Milliarden kleiner Sporen ihr hilfreiches Sekret absonderten. Ich hatte in Savannah noch keine Zeit gehabt, eine gute Herstellungsweise zu etablieren und das daraus resultierende Produkt zu testen; wie so oft gab es keine Garantie, dass ich tatsächlich brauchbares Penizillin in meiner Brühe hatte. Aber ich hatte ein kleines Stück sehr reifen französischen Käse, den ich zu einem extravaganten Preis erstanden und mit etwas abgekochter Milch verrührt hatte, um eine Paste herzustellen; ihr kräftiger Geruch kämpfte mit den durchdringenden Ätherdämpfen um die Vorherrschaft.

Draußen konnte ich die morgendlichen Geräusche der Stadt hören, beruhigend gewöhnlich: das Rascheln eines Besens auf dem Bordstein, das Klappern von Pferden gezogener Wagen, der Bäckerjunge, der schnellen Schrittes vorüberging, begleitet von einem verlockenden Duft nach heißem Brot, der durch das jetzt noch offene kleine Fenster strömte. Die Grundbedürfnisse des Lebens verwandelten jedes Chaos schnell in Routine, und gemessen an anderen Invasionen war die Besetzung Savannahs wirklich recht unblutig verlaufen.

Mein Gefühl des Wohlbefindens und der ruhigen Konzentration wurde im nächsten Moment gestört, weil sich die Praxistür öffnete.

»Kann ich Euch behilf...«, begann ich und drehte mich um. Dann erkannte ich meinen Besucher und verwandelte meinen Satz in ein leise feindseliges: »Was wollt *Ihr* denn?«

Hauptmann – nein, er war ja jetzt Oberst, vermutlich der Lohn für seinen Verrat – Richardson lächelte mich charmant an, dann drehte er sich um und verriegelte die Tür. Ich zog eine Schublade auf und holte meine kleine Amputationssäge heraus. Sie war so klein, dass sie schnelle Bewegungen ermöglichte, und die gezackte Kante würde ihn auf jeden Fall die Nase kosten, wenn ich gut zielte.

Das charmante Lächeln verbreiterte sich zu einem Grinsen, als er sah, was ich vorhatte, und er verbeugte sich. Er trug keine Uniform – was natürlich kein Wunder war –, sondern war mit einem ordentlichen, sehr nüchternen Anzug bekleidet und hatte sich das ungepuderte Haar zu einem schlichten Zopf zusammengebunden. Niemand hätte ihn eines zweiten Blickes gewürdigt.

»Euer ergebenster Diener, Ma'am. Habt keine Sorge; ich wollte nur sichergehen, dass wir nicht unterbrochen werden.«

»Ja, genau das macht mir ja Sorgen«, sagte ich und nahm die Säge fester in die Hand. »Entriegelt sofort die verdammte Tür!«

Er sah mich kurz an, ein Auge kalkulierend zusammengekniffen, doch dann stieß er ein kurzes Lachen aus, drehte sich um und zog den Riegel wieder auf. Er verschränkte die Arme und lehnte sich an die Tür.

»Besser?«

»Viel besser.« Ich ließ die Säge zwar los, bewegte jedoch meine Hand nicht weit von ihr fort. »Ich wiederhole – was wollt Ihr?«

»Nun, ich dachte, vielleicht ist die Zeit gekommen, Euch meine Karten auf den Tisch zu legen, Mrs. Fraser – und festzustellen, ob Ihr womöglich die eine oder andere Partie mitspielen wollt.«

»Das Einzige, was ich mit Euch spielen würde, Oberst, ist Messerwerfen«, informierte ich ihn und tippte mit den Fingern auf den Griff der Säge. »Aber wenn Ihr mir Eure Karten zeigen möchtet... bitte sehr. Nur beeilt Euch – ich habe in weniger als einer Stunde eine Operation durchzuführen.«

»So lange sollte es nicht dauern. Darf ich?« Er wies mit hochgezogenen Augenbrauen auf einen der Hocker. Ich nickte, und er setzte sich und sah ganz entspannt dabei aus.

»Das Wichtigste, Ma'am, ist, dass ich ein Rebell bin – und es immer gewesen bin.«

»Ihr – was?«

»Gegenwärtig bin ich Oberst der Kontinentalarmee – doch als Ihr mich kennengelernt habt, war ich als amerikanischer Agent unter dem Deckmantel eines Hauptmanns in der Armee Seiner Majestät in Philadelphia tätig.«

»Ich verstehe nicht.« Ich begriff zwar, was er mir sagte, doch ich konnte nicht begreifen, *warum* zum Teufel er es mir erzählte.

»Ihr seid doch selbst eine Rebellin, oder?« Eine seiner schütteren Augenbrauen hob sich fragend. Er war wirklich ein Mann von äußerst gewöhnlichem Aussehen, dachte ich. Wenn er tatsächlich ein Spion war, war er auf jeden Fall körperlich bestens dafür geeignet.

»Ja«, sagte ich argwöhnisch. »Und?«

»Dann sind wir doch auf derselben Seite«, erklärte er geduldig. »Als ich Lord John hinters Licht geführt habe, so dass er Euch geheiratet hat, habe ich …«

»Ihr habt *was!?*«

»Er hat Euch doch gewiss erzählt, dass ich damit gedroht habe, Euch wegen der Verteilung aufrührerischen Materials verhaften zu lassen? Wobei Ihr Euch übrigens ziemlich dumm anstellt, wenn ich das hinzufügen darf«, sagte er ungerührt. »Seine Lordschaft hat mir versichert, dass er keinerlei persönliches Interesse an Euch hegt, und tags darauf hat er Euch pflichtschuldigst geheiratet. Seine Lordschaft ist ein sehr ritterlicher Mensch – vor allem, wenn man seine persönlichen Vorlieben bedenkt.«

Er legte den Kopf schief und lächelte verschwörerisch, und ein Speer aus Eis fuhr mir durch die Eingeweide.

»Oh, dann wisst Ihr es also«, stellte er fest, während er mein Gesicht beobachtete. »Das habe ich mir gedacht. Er ist zwar extrem diskret, doch ich halte Euch für eine äußerst gute Beobachterin, vor allem, was das Sexuelle betrifft.«

»Steht auf«, sagte ich mit meiner kältesten Stimme, »und geht. Auf der Stelle.«

Natürlich tat er das nicht, und ich verfluchte meinen Mangel an Voraussicht, keine geladene Pistole in meinem Sprechzimmer aufzubewahren. Die Säge mochte möglicherweise nützlich sein, wenn er mich angriff, aber ich war nicht so dumm zu versuchen, ihn anzugreifen.

Außerdem, was würdest du mit der Leiche anfangen, wenn du ihn umbrächtest?, erkundigte sich der logische Teil meines Verstandes. *In den Schrank würde er sicher nicht passen, von dem Versteck unter dem Fußboden ganz zu schweigen.*

»Zum dritten – und letzten – Mal«, sagte ich. »Was zum Teufel wollt Ihr?«

»Eure Hilfe«, antwortete er nun prompt. »Ursprünglich hatte ich vor, Euch als Agentin vor Ort zu benutzen. Ihr hättet von großem Wert für mich sein können, da Ihr Euch ja in denselben gesellschaftlichen Kreisen bewegt hättet wie das britische Oberkommando. Doch Ihr erschient mir zu labil – Verzeihung, Ma'am –, um Euch sogleich anzusprechen. Ich hatte gehofft, dass Eure Trauer um Euren ersten Mann verblassen und Ihr in einen Zustand der Resignation verfallen würdet, in welchem ich Eure Bekanntschaft suchen und allmählich zu einem Grad der Intimität finden könnte, in welchem ich Euch überreden könnte, kleine – und auf den ersten Blick unschuldige – Informationen herauszufinden und sie an mich weiterzugeben.«

»Was genau meint Ihr denn mit ›Intimität‹?«, hakte ich gefährlich ruhig nach und verschränkte die Arme. Denn das Wort bedeutete im zeitgenössischen Gebrauch zwar oft nur Freundschaft, doch bei ihm hatte es ganz anders geklungen.

»Ihr seid eine sehr begehrenswerte Frau, Mrs. Fraser«, sagte er und betrachtete mich auf anstößige Weise beifällig. »Und Ihr seid Euch dieser Tatsache sehr wohl bewusst. Seine Lordschaft war Euch in dieser Hinsicht ja nicht zu Diensten, daher …« Er zog die Schultern hoch und lächelte selbstironisch. »Doch da General Fraser ja von den Toten zurückgekehrt ist, vermute ich, dass Ihr für derartige Verlockungen nicht mehr empfänglich seid.«

Ich lachte und ließ die Arme sinken.

»Ihr schmeichelt Euch, Oberst«, sagte ich trocken. »Von mir ganz zu schweigen. Hört zu. Warum beendet Ihr nicht die Versuche, mich aus der Fassung bringen zu wollen, und sagt mir klipp und klar, was Ihr von mir wollt – und warum in aller Welt Ihr glaubt, dass ich es tun würde.«

Er lachte ebenfalls, was seinem Gesicht einen Hauch von Individualität verlieh.

»Also schön. Es mag zwar schwer vorstellbar sein, aber dieser Krieg wird nicht auf dem Schlachtfeld gewonnen werden.«

»Ach ja?«

»Ja, das versichere ich Euch, Ma'am. Er wird durch Spionage und Politik gewonnen werden.«

»Gewiss eine völlig neuartige Herangehensweise.« Ich versuchte, seinen Akzent einzuordnen; er war zwar englisch, aber irgendwie flach. Nicht London, nicht der Norden … gebildet, aber nicht geschliffen. »Ich vermute, Ihr hattet nicht vor, meine Hilfe auf politischem Gebiet zu suchen.«

»Doch, genauso ist es«, sagte er. »Wenn auch etwas indirekt.«

»Ich schlage vor, dass Ihr es auf direktem Wege ausdrückt«, sagte ich. »Meine Patientin wird in Kürze eintreffen.« Die Geräuschkulisse hatte sich verändert; Lehrjungen und Hausmädchen gingen jetzt in Grüppchen draußen vorbei, auf dem Weg zur Arbeit oder zum Markt. Rufe wechselten hin und her, hin und wieder ein Kichern oder eine kleine Anzüglichkeit.

Richardson nickte zustimmend.

»Seid Ihr mit der Meinung vertraut, die der Herzog von Pardloe über diesen Krieg hegt?«

Das traf mich ein wenig unvorbereitet. Törichterweise war ich gar nicht auf die Idee gekommen, dass er außerhalb seiner dienstlichen Verpflichtungen eine solche Meinung haben könnte. Doch wenn mir je ein Mann begegnet war, der garantiert eine Meinung hatte, war es natürlich Herzog Harold von Pardloe.

»Es hat sich nie ergeben, dass ich mit dem Herzog über Politik gesprochen habe. Genauso wenig wie mit meinem … wie mit seinem Bruder.«

»Ah. Nun ja, Frauen nehmen ja oft keinen Anteil an Dingen außerhalb ihrer eigenen Interessensphäre – obwohl ich doch stark den Eindruck hatte, dass Ihr ein … sagen wir, ein weiter gefächertes Gesichtsfeld habt?« Er ließ den Blick vielsagend von meiner Segeltuchschürze und dem Tablett mit den Instrumenten zu den anderen Einrichtungsgegenständen meines Sprechzimmers schweifen.

»Was ist denn mit seinen politischen Ansichten?«, fragte ich knapp, ohne auf seine Andeutungen einzugehen.

»Seine Durchlaucht ist eine einflussreiche Stimme im Oberhaus«, sagte Richardson und spielte mit einem ausgefransten Faden am Saum seiner Manschette. »Und er war zwar zunächst ein großer Befürworter des Krieges, doch in jüngster Zeit waren seine Äußerungen deutlich … moderater. Er hat dem Premier im Herbst einen offenen Brief geschrieben, in welchem er ihn drängte, eine Aussöhnung in Betracht zu ziehen.«

»Und?« Ich hatte nicht die geringste Ahnung, worauf er hinauswollte, und wurde allmählich ungeduldig.

»Eine Aussöhnung ist nicht das, was wir wollen, Ma'am«, sagte er. Er riss den Faden ab und schnippte ihn beiseite. »Solche Bemühungen würden das Unvermeidliche nur hinauszögern und die öffentliche Unterstützung schwächen, die wir so dringend benötigen. Dennoch ist die Tatsache, dass sich Seine Durchlaucht moderat gibt, von Nutzen für mich.«

»Wunderbar«, sagte ich trocken. »Kommt doch jetzt bitte zur Sache.«

Er ignorierte mich und fuhr mit seiner Einleitung fort, als hätte er alle Zeit der Welt.

»Wenn er sich leidenschaftlich zu dem einen oder dem anderen Extrem hingezogen fühlen würde, wäre er schwer zu … beeinflussen. Ich kenne Seine Durchlaucht zwar nicht gut, doch alles, was ich *über* ihn weiß, deutet darauf hin, dass ihm seine Ehre extrem wichtig ist …«

»So ist es.«

»… beinahe so wichtig wie seine Familie«, schloss Richardson. Er sah mir direkt in die Augen, und zum ersten Mal spürte ich echte Angst in mir aufflackern.

»Ich arbeite seit einiger Zeit daran, direkt oder anders Einfluss auf jene Familienmitglieder des Herzogs zu nehmen, die sich innerhalb meiner Reichweite befinden. Hätte ich, sagen wir, einen Sohn – einen Neffen –, vielleicht sogar seinen Bruder unter meiner Kontrolle, wäre es möglich, die öffentliche Position Seiner Durchlaucht auf jede Weise zu beeinflussen, die uns vorteilhaft erschiene.«

»Falls Ihr mir damit nahelegen wollt, was ich glaube, dann lege ich *Euch* nahe, mir sofort aus den Augen zu gehen«, sagte ich und hoffte, dass mein Ton ruhig, aber drohend klang. Obwohl ich jede Wirkung ruinierte, indem ich hinzufügte: »Außerdem habe ich absolut keine Verbindung mehr zu Pardloes Familie.«

Er lächelte schwach ohne die geringste Freundlichkeit.

»Sein Neffe William ist in der Stadt, Ma'am, man hat Euch vor einigen Tagen dabei beobachtet, wie Ihr Euch mit ihm unterhalten habt. Doch vielleicht ist Euch gar nicht bewusst, dass sowohl Pardloe als auch sein Bruder ebenfalls hier sind?«

»Hier?« Mir stand ein paar Sekunden der Mund offen, und ich schloss ihn abrupt. »Mit der Armee?« Er nickte.

»Wenn ich es recht verstehe, so seid Ihr Lord John Grey trotz Eurer kürzlichen … ehelichen Rückorientierung? … nach wie vor freundschaftlich verbunden?«

»Zumindest so freundschaftlich, dass ich nichts tun würde, was ihn Euch in Eure verdammten Hände spielen würde, falls Ihr daran gedacht hattet.«

»Doch nichts derart Krudes, Ma'am«, versicherte er mir und ließ seine Zähne aufblitzen. »Ich hatte nur an eine Weitergabe von Informationen gedacht – in beide Richtungen. Ich habe nicht vor, dem Herzog oder seiner Familie zu schaden; ich wünsche nur …«

Was auch immer er wünschte, wurde durch ein zögerliches Klopfen an der Tür unterbrochen, die sich daraufhin öffnete, um Mrs. Bradshaws Kopf einzulassen. Sie sah mich nervös an und richtete den Blick dann argwöhnisch auf Richardson, der sich räusperte, aufstand und sich vor ihr verbeugte.

»Euer Diener, Ma'am«, sagte er. »Ich wollte mich gerade von Mrs. Fraser verabschieden. Guten Tag.« Er drehte sich um und verbeugte sich ausführlicher vor mir. »Euer ergebenster Diener, Mrs. Fraser. Ich freue mich darauf, Euch wiederzusehen. Bald.«

»Das kann ich mir vorstellen«, sagte ich, jedoch so leise, dass ich bezweifelte, dass er mich hörte.

Mrs. Bradshaw und Sophronia zwängten sich in das Zimmer und kamen Richardson auf seinem Weg ins Freie so nahe, dass er unwillkürlich angewidert das Gesicht verzog, als er Sophronia roch. Er drehte sich noch einmal um und warf mir einen aufgeschreckten Blick zu, was zur Folge hatte, dass er heftig mit Rachel zusammenstieß, die gerade hereingeeilt kam. Sie tänzelten ein oder zwei Schritte gemeinsam umher, bis er schließlich das Gleichgewicht wiederfand und wenig elegant entfloh, gefolgt von meinem Gelächter.

Diese komische Einlage hatte die Beklommenheit, die er in mein Sprechzimmer gebracht hatte, zumindest teilweise zerstreut, und ich verdrängte ihn entschlossen aus meinen Gedanken. Genug von Richardson; ich hatte zu tun. Zuversichtlich nahm ich Sophronias kleine Hand und lächelte ihr in das niedergeschlagene, ängstliche Gesicht.

»Keine Sorge, Kleines«, sagte ich. »Ich kümmere mich um dich.«

IN EINEM MODERNEN KRANKENHAUS mit moderner Ausrüstung hätte ich versucht, die Operation transvaginal durchzuführen. Angesichts meiner Hilfsmittel musste ich es durch die Bauchdecke tun. Wir brachten Mrs. Bradshaw auf einem Hocker unter, so dass sie nicht im Weg war. Leider wollte sie nicht gehen, und ich hoffte, dass sie wenigstens nicht in Ohnmacht fallen würde. Rachel zählte murmelnd mit großer Sorgfalt die Äthertropfen, und ich ergriff mein bestes Skalpell und schnitt Sophronia in den frisch geschrubbten Bauch. Die Schwangerschaftsstreifen auf ihrer furchtbar jungen Haut begannen zwar schon zu verblassen, doch sie waren noch zu sehen. Ich legte ihr ein zusammengefaltetes Handtuch zwischen die Beine, das mit der antibakteriellen Lotion getränkt war, mit der ich sie auch gewaschen hatte; ein alkoholischer Extrakt aus zerstoßenem Knoblauch vermischt mit einem Zitronenmelisseaufguss. Sie strömte einen angenehmen Küchenduft aus und half, den Kanalisationsgeruch zu unterdrücken – und hoffentlich auch Krankheitserreger.

Doch der Äther überlagerte alles, und zehn Minuten nachdem ich begonnen hatte, spürte ich den ersten Anflug eines Schwindelgefühls.

»Mrs. Bradshaw«, rief ich hinter mich. »Würdet Ihr bitte das große Fenster öffnen? Und die Läden?« Ich hoffte zwar, dass wir keine Zuschauer anlocken würden – doch vor allem brauchten wir frische Luft.

Die Vesikovaginalfistel war zum Glück recht klein und einigermaßen leicht zu erreichen. Mit der einen Hand hielt Rachel mir einen Retraktor, die andere lag auf Sophronias Puls, und alle paar Minuten ließ sie etwas Äther nachtröpfeln.

»Fühlst du dich gut, Rachel?«, fragte ich, während ich die Ränder der Fistel zurückschnitt, um ordentlich nähen zu können – die Ränder waren flach gedrückt und aufgedunsen, und das Gewebe würde dem Druck der Naht nicht standhalten. Ich hatte sie nur zögernd um ihre Hilfe gebeten; ich hätte Jenny gefragt, doch sie litt an dem, was man als Katarrh bezeichnete, und Niesen und Husten waren nicht das, was ich mir bei einem OP-Assistenten wünschte.

»Ja«, antwortete sie mit etwas gedämpfter Stimme hinter ihrer zwar nicht ganz sterilen, aber doch zumindest ausgekochten Maske. Sie hatte eins von Ians Taschentüchern dafür benutzt; es war ein unpassend fröhlicher, rot-weiß karierter Kalikostoff. Ians Kleidergeschmack entsprach nun einmal dem der Mohawk.

»Gut. Sag mir, wenn dir irgendwie schwindelig wird.« Ich hatte zwar keine Ahnung, was ich dann tun würde … aber vielleicht konnte Mrs. Bradshaw ja die Tropfflasche für ein paar Minuten übernehmen …

Ich sah mich flüchtig nach ihr um. Mrs. Bradshaw saß auf ihrem Hocker, die Hände in ihren Handschuhen fest auf dem Schoß gefaltet, das Gesicht so weiß wie ein Leintuch, doch sie wich nicht von der Stelle.

»Bis jetzt geht es sehr gut voran«, sagte ich zu ihr und versuchte, durch meine eigene, züchtig weiße Maske so beruhigend wie möglich zu klingen. Die Masken schienen sie nervös zu machen, und sie wandte den Blick ab und schluckte.

Doch es ging tatsächlich gut voran. Es war zwar Sophronias jugendliches Alter, welches das Problem verursacht hatte, doch das bedeutete auch, dass ihr Gewebe gesund und kräftig war und sie selbst gute Heilkräfte besaß. Wenn die Operation erfolgreich verlief und keine stärkere Infektion nach sich zog, würde sie sehr schnell heilen. Wenn.

Die Luft ist immer von *Wenn*s erfüllt wie von einem Mückenschwarm, wenn man eine Operation durchführt. Meistens jedoch halten sie sich in respektvollem Abstand und summen nur leise im Hintergrund vor sich hin.

Geschafft.

»Eine fertig, eine noch«, murmelte ich, und damit tauchte ich ein Stück sterilisierte Gaze in meine Käsepaste und strich sie – nicht ganz ohne Bedenken – über die frisch genähte Stelle. »Weiter im Text.«

Die Reparatur des Darms war schwieriger – und deutlich unangenehmer. Es war zwar ziemlich kalt im Zimmer, doch ich schwitzte; Schweißperlen liefen mir kitzelnd über Nase und Hals.

Aber ich konnte das Mädchen spüren; ihr Leben hallte in meinen Händen wider, ihr Herz schlug kräftig und regelmäßig – ein großes Gefäß lief über die Oberfläche ihrer Gebärmutter hinweg, und ich sah es pulsieren. Ich schloss einen Moment die Augen, um mich tiefer vorzufühlen, und fand, was ich zu brauchen glaubte. Ich öffnete sie wieder, tupfte das Blut von den Schnittstellen und griff nach einer frischen Nadel.

Wie lange? Komplikationen bei der Anästhesie waren eins dieser bösen kleinen *Wenns*, und dieses kam nun angeflogen und hockte sich auf meine Schulter. Ich besaß keine Uhr, doch ich hatte die kleine Sanduhr mitgebracht, die ich mir von unserer Hauswirtin geborgt hatte.

»Wie lange schon, Rachel?«

»Zwanzig Minuten.« Ihre Stimme war leise, und ich blickte auf, doch sie war nach wie vor standfest, ihr Blick unverwandt auf den offenen Bauch gerichtet. Sie war jetzt im vierten Monat, und allmählich sah man ihren gerundeten Bauch.

»Keine Sorge«, sagte ich kurz zu ihr. »Dir wird das nicht passieren.«

»Aber das *könnte* es doch?«, sagte sie noch leiser. Ich schüttelte den Kopf.

»Nicht, wenn ich bei der Geburt dabei bin.«

Sie stieß ein kleines, amüsiertes Geräusch aus und griff wieder nach der Tropfflasche.

»Das wirst du, ich versichere es dir, Claire.«

Rachel zitterte sacht, als ich fertig war; ich war zum Auswringen nass, empfand aber das warme Leuchten des zumindest vorübergehenden Sieges. Die Fisteln waren geschlossen; nichts war mehr undicht. Ich tränkte die Operationsfläche mit Salzlösung, und die Organe glänzten, die schönen, intensiven Farben des Körpers nicht länger mit Fäkalien verschmiert.

Ich hielt einen Moment inne, um die kompakte Ordnung der Beckenorgane zu bestaunen, ein jedes an Ort und Stelle. Ein kleines Urinrinnsal aus dem Katheter erzeugte einen schwachen, gelben Schatten auf dem Handtuch. In einem modernen Krankenhaus hätte ich den Katheter noch eine Weile in der Harnröhre gelassen. Ohne Drainagebeutel jedoch wäre das schwierig zu handhaben gewesen, und das Risiko, dass er eine Reizung oder Infektion verursachte, war größer als der mögliche Nutzen. Ich zog ihn ihr aus dem Körper und beobachtete, was geschah. Innerhalb von Sekunden floss kein Urin mehr nach, und ich stieß den Atem aus, den ich unbemerkt angehalten hatte.

Ich hatte schon die frische Nadel mit dem Seidenfaden in der Hand, um den Schnitt zu verschließen, als mir ein Gedanke kam.

»Rachel – möchtest du es dir ansehen? Aus der Nähe, meine ich.« Sophronia hatte vor Kurzem noch einmal Äther bekommen und war immer noch tief bewusstlos; Rachel überprüfte ihre Gesichtsfarbe und ihre Atmung, dann kam sie um den Tisch herum und trat an meine Seite.

Ich ging nicht davon aus, dass das Blut oder der Anblick der Organe sie verstören würde, nicht angesichts dessen, was sie schon in Militärlagern und auf Schlachtfeldern gesehen hatte. Das tat er auch nicht, doch sie *war* verstört.

»Das …«, sie schluckte und legte ganz sacht eine Hand auf ihren gewölbten Bauch, »ist so wunderschön«, flüsterte sie. »Wie der Mensch gemacht ist. Wie diese Dinge sein können.«

»Das stimmt«, sagte ich, und ihre Ehrfurcht ließ auch mich die Stimme senken.

»Aber dann an ihr armes Kind zu denken … und sie ist doch selbst kaum mehr als ein Kind …« Ich warf einen Blick auf Rachel und sah, dass ihr die Tränen in den Augen standen. Und ich sah den Gedanken über ihr Gesicht hinweghuschen, trotz der Maske. *Es könnte mir auch passieren.*

»Ja«, sagte ich leise. »Geh wieder zum Äther; ich verschließe jetzt den Schnitt.« Doch als ich meine Hände erneut in die Schale mit verdünntem Alkohol tauchte, kam mir noch ein anderer Gedanke.

Oh Gott, dachte ich entsetzt. Aber …

»Mrs. Bradshaw«, sagte ich. Sie saß mit gesenktem Kopf da, die Arme gegen die Kühle um sich selbst geschlungen, vielleicht im Halbschlaf. Aber als ich sie ansprach, hob sie ruckartig den Kopf.

»Ist es vorbei?«, fragte sie. »Lebt sie noch?«

»Ja«, sagte ich. »Und mit etwas Glück wird sie auch weiterleben. Allerdings …« Ich zögerte, aber ich musste es fragen. Und ich musste genau diese Frau fragen.

»Ehe ich den Einschnitt zunähe … kann ich … eine kleine Prozedur vornehmen, die verhindern wird, dass Sophronia noch einmal schwanger wird.«

Mrs. Bradshaw blinzelte.

»Ja?«

»Ja. Es ist sehr einfach – aber wenn es einmal geschehen ist, kann man es nicht mehr ungeschehen machen. Sie würde nie ein Kind bekommen können.« Eine neue Wolke von *Wenns* hatte sich gesammelt und summte mir nervös um die Schultern.

Sie war dreizehn. Sie war Sklavin. Und hatte einen Herrn, der sie benutzte. Falls sie bald erneut schwanger wurde, war es gut möglich, dass sie bei der Geburt starb, und beinahe sicher, dass sie dabei schwere Verletzungen davontrug. Sie würde vielleicht nie gefahrlos ein Kind bekommen können – doch gefahrlos war es sowieso nie, für keine Frau, niemals. Und »niemals« ist ein sehr großes Wort.

Mrs. Bradshaw hatte sich langsam auf den Tisch zubewegt, ihre Augen huschten zuckend zu dem halb verhüllten Körper hinüber, dann wieder fort, weder imstande hinzusehen noch fernzubleiben. Ich streckte die Hand aus, um ihr Einhalt zu gebieten.

»Bitte kommt nicht näher.«

»Er war traurig, als das Kind gestorben ist. Er hat geweint.« Ich konnte die Traurigkeit in Sophronias Stimme noch hören; sie trauerte um ihr Kind. Wie sollte es auch anders sein? Konnte ich ihr die Möglichkeit nehmen, ein anderes zu bekommen – für immer –, ohne sie persönlich nur zu fragen, was sie darüber dachte?

Und doch …

Wenn sie ein Kind bekam, würde es ebenfalls Sklave sein; möglich, dass man es ihr wegnahm und verkaufte. Selbst wenn nicht, würde es wahrscheinlich in der Sklaverei leben und sterben.

Und doch …

»Wenn sie keine Kinder bekommen könnte …«, sagte Mrs. Bradshaw langsam. Sie hörte auf zu sprechen, und ich konnte sehen, wie die Gedanken über ihr weißes, verkniffenes Gesicht hinwegzogen; ihre Lippen waren so gut wie verschwunden, so fest waren sie aufeinandergepresst. Ich glaubte nicht, dass sie sich Sorgen um Sophronias verminderten Wert machte, wenn sie sich nicht vermehren konnte.

Würde die Angst, dass eine Schwangerschaft ihr schadete, Mr. Bradshaw davon abhalten, das Mädchen zu benutzen?

Wenn sie unfruchtbar wäre, würde er kein Zögern kennen?

»Er hat nicht gezögert, obwohl sie erst zwölf war«, sagte ich, und meine Worte waren kalt wie Hagelkörner. »Würde das Risiko, sie beim nächsten Mal umzubringen, ihn aufhalten?«

Sie starrte mich erschrocken an, und ihr Mund stand offen. Sie blinzelte, schluckte und richtete den Blick auf Sophronia, die schlaff und hilflos dalag, ein klaffender Körper auf blutdurchtränkten Tüchern, der Boden ringsum befleckt von ihren Körperflüssigkeiten.

»Ich glaube, das kannst du nicht tun«, sagte Rachel leise. Sie blickte von mir zu Mrs. Bradshaw, und es war nicht klar, mit wem sie sprach; vielleicht ja mit uns beiden. Sie hielt Sophronias Hand.

»Sie hat gespürt, wie sich das Kind in ihr bewegt hat. Sie hat es geliebt.« Rachels Stimme überschlug sich, und sie verschluckte sich. Tränen quollen auf und liefen ihr über die Wangen, um in ihrer Maske zu verschwinden. »Sie würde es nicht … sie …« Sie hielt inne, schnappte leicht nach Luft und schüttelte den Kopf, denn sie konnte nicht weitersprechen.

Mrs. Bradshaw hielt sich benommen die Hand vor das Gesicht, als wollte sie verhindern, dass ich sah, was sie dachte.

»Ich kann es nicht«, sagte sie und wiederholte es dann beinahe wütend hinter dem Schutzschild ihrer Hand: »Ich *kann* es nicht. Es ist doch nicht meine Schuld. Ich wollte – ich wollte doch nur das Richtige tun!« Sie sprach nicht mit mir; ich wusste nicht, ob es Mr. Bradshaw war oder Gott.

Die *Wenns* waren alle immer noch da, doch Sophronia war es auch, und ich konnte sie nicht länger so liegen lassen.

»Also gut«, sagte ich leise. »Setzt Euch, Mrs. Bradshaw. Ich habe gesagt, ich kümmere mich um sie, und genau das tue ich.«

Meine Hände waren kalt, und der Körper unter ihnen war warm, durchströmt von Leben. Ich griff nach der Nadel und machte den ersten Stich.

132

IRRLICHT

Saperville? William fragte sich allmählich, ob Amaranthus Cowden Grey tatsächlich existierte oder ob sie ein Irrlicht war, das Ezekiel Richardson erschaffen hatte. Doch wenn ja – zu welchem Zweck?

Er hatte sich sorgfältig umgehört, nachdem er Mrs. Frasers Note erhalten hatte; es gab tatsächlich einen Ort namens Saperville – eine kleine Siedlung etwa zwanzig Meilen südwestlich von Savannah, und man hatte ihm zu verstehen gegeben, dass eine gottverlassenere Gegend kaum vorstellbar war. Er konnte absolut nicht begreifen, was die Frau – so sie denn wirklich existierte – bewogen haben mochte, sich an einen solchen Ort zu begeben.

Wenn sie *nicht* existierte … wäre es ja nicht das erste Mal, dass William durch Richardson in die Irre geführt wurde. Er knirschte immer noch mit den Zähnen, wenn er an die Episode im Dismal dachte – mehr noch, wenn er daran dachte, dass weder er noch Ian Murray sonst Rachel Hunter begegnet wären.

Mühsam verdrängte er Rachel aus seinen Gedanken – sie weigerte sich sowieso, seinen Träumen fernzubleiben, doch er musste nicht zusätzlich an sie denken, wenn er wach war – und widmete sich wieder der schwer fassbaren Amaranthus.

Rein praktisch betrachtet lag Saperville auf der anderen Seite von Campbells Armee, die immer noch außerhalb von Savannah auf dem freien Feld kampierte, während man ihre Einquartierung arrangierte, Kasernen baute und Befestigungen grub. Ein großer Teil der Kontinentaltruppen, die sich ihr entgegengestellt hatten, war nach Norden in die Kriegsgefangenschaft geschickt worden, und die Aussichten, dass der Rest Campbell Ärger machen würde, waren nur gering. Das bedeutete aber nicht, dass William geradewegs durch das Lager spazieren konnte, ohne Aufmerksamkeit zu erregen. Selbst wenn er niemandem begegnete, der ihn kannte, hieß das nicht gleichzeitig, dass man ihm keine Fragen stellen würde. Und so unschuldig sein Vorhaben auch sein mochte: Das Letzte, was er wollte, war, irgendjemandem erklären zu müssen, warum er auf seinen Offiziersposten verzichtet hatte.

Während Campbell Stellung bezog, hatte er Zeit gehabt, Miranda aus Savannah fortzubringen und sie bei einem Farmer etwa zehn Meilen nördlich unterzustellen. Möglich, dass die Spürnasen der Armee sie trotzdem fanden – und das würden sie mit Sicherheit, wenn die Armee länger in Savannah blieb –, doch vorerst war sie in Sicherheit. Da ihm die Raffgier des Militärs nur zu vertraut war – er hatte ja selbst schon oft Pferde oder Vorräte konfisziert –, hatte er nicht vor, mit ihr in Sichtweite der Armee zu geraten.

Er trommelte mit den Fingern auf den Tisch und überlegte, kam aber widerstrebend zu dem Schluss, dass er am besten zu Fuß nach Saperville ging und einen großen Bogen um Campbells Männer schlug. Auf jeden Fall würde er nichts über die verflixte Amaranthus herausfinden, solange er hier saß, das war sicher.

Entschlossen bezahlte er seine Mahlzeit, hüllte sich in seinen Umhang und brach auf. Es regnete nicht, das war schon einmal gut.

Doch es war Januar, und die Tage waren immer noch kurz; die Schatten waren schon lang, als er den Rand des Gefolges erreichte, das die Armee wie ein Meer umgab. Er kam an einem Konklave rotarmiger Waschfrauen vorbei; ihre Kessel dampften in der kühlen Luft, und der Geruch nach Rauch und Seifenlauge hing wie Hexennebel über ihnen.

»Mischt, ihr alle, mischt am Schwalle«, murmelte er vor sich hin. »Feuer, brenn, und Kessel, walle. Sumpf'ger Schlange Schweif und Kopf, brat und koch im Zaubertopf: Molchesaug und Unkenzehe, Hundemaul und Hirn der Krähe …« Was dann kam, wusste er nicht mehr und verstummte lieber.

Jenseits der Waschkessel war der Boden uneben – sumpfige Flecken unterbrochen von höher gelegenen Stellen, die mit verkrüppelten Bäumen und niedrigem Gebüsch bedeckt waren. Und damit gaben sie dem Gewerbe der Huren festen Boden unter den Füßen.

Um diese machte er einen noch größeren Bogen und fand sich daher feucht glucksenden Schrittes in etwas wieder, das zwar noch kein Sumpf war, aber auch nicht weit davon entfernt. Es *war* jedoch von der bemerkenswerten Schönheit eines Schattenspiels; das schwindende Licht malte jeden einzelnen kahlen Zweig im scharfen Kontrast vor dem Himmel ab, und die schwellenden Knospen verharrten noch im Schlaf, aber schon gerundet, zwischen dem winterlichen Tod und dem Leben des Frühlings. Einen Moment lang wünschte er, er könnte zeichnen oder malen oder Gedichte schreiben, doch so erlaubte er sich nur, ein paar Sekunden stehen zu bleiben, um es zu bestaunen.

Während er das tat, spürte er, wie in seinem Herzen etwas von Dauer entstand; eine stille Gewissheit, dass er zwar nur diese wenigen Sekunden hatte, dass er sie jedoch für immer haben würde, dass er in Gedanken an diesen Ort, zu diesem Moment zurückkehren konnte.

Er hatte recht, wenn auch nicht ganz aus den Gründen, die ihm vorschwebten.

Er wäre geradewegs an ihr vorbeigelaufen und hätte sie für einen Teil des Sumpfes gehalten, denn sie war zu einer Kugel zusammengerollt, und die Kapuze ihres traurig gefärbten Umhangs bedeckte ihren Kopf. Doch sie stieß ein winziges Geräusch aus, ein verlorenes Wimmern, das ihn erstarren ließ, und da sah er sie am Fuß eines Gummibaums im Schlamm hocken.

»Ma'am?«, sagte er zögernd. Sie hatte ihn nicht bemerkt; deswegen richtete sie sich nun plötzlich auf, und ihr weißes Gesicht starrte erschrocken und tränenüberströmt zu ihm auf. Dann schnappte sie nach Luft, sprang auf und warf sich geradezu auf ihn.

»Wiyum! Wiyum!« Es war Fanny, Janes Schwester, allein, verdreckt und in einem Zustand völliger Hysterie. Sie hatte sich so überraschend in seine Arme katapultiert, dass er sie erst nach einer Schrecksekunde packte und festhielt, damit sie sich nicht ganz auflöste, denn sie sah so aus, als könnte genau das geschehen.

»Frances. Frances! Ist ja gut, ich bin hier. Was ist denn passiert? Wo ist Jane?«

Beim Klang dieses Namens stieß sie einen Schrei aus, der ihm das Blut in den Adern gefrieren ließ, und sie vergrub das Gesicht an seiner Brust. Er klopfte ihr ungeschickt auf den Rücken, und da das nicht half, hielt er sie ein wenig von sich weg und schüttelte sie leicht.

»Frances! Reiß dich zusammen. Schätzchen«, fügte er sanfter hinzu, als er ihre schwimmenden, roten Augen und ihr aufgedunsenes Gesicht sah. Sie weinte schon eine ganze Weile. »Sag mir, was passiert ist, damit ich dir helfen kann.«

»Das kannst du nicht«, schluchzte sie und stieß verzweifelt mehrfach die Stirn gegen seine Brust. »Das kannst du nicht, das kannst du nicht, niemand kann das, du *kannst* es nicht!«

»Nun, das wollen wir doch erst einmal sehen.« Er blickte sich nach einer Stelle um, wo er sie absetzen konnte, doch es war nichts Handfesteres in Sicht als Grasbüschel und schmale Bäumchen. »Komm mit, es wird dunkel. Wir müssen erst mal fort von hier.« Er nahm sie fest beim Arm und zwang sie zum Gehen, weil er davon ausging, dass man nicht gleichzeitig geradeaus laufen und hysterisch sein konnte.

Zu seiner stillen Verwunderung schien das tatsächlich zuzutreffen. Als er mit ihr das Lagergefolge wieder erreicht hatte, schluchzte sie zwar noch leise, aber sie schrie nicht mehr, und sie gab acht, wohin sie trat. Er kaufte ihr einen Becher Suppe bei einer Frau mit einem dampfenden Kessel und überredete sie, sie zu trinken, obwohl ein flüchtiger Gedanke an »die Hand des neugebornen Knaben, den die Metz erwürgt im Graben« ihn davon absehen ließ, selbst ebenfalls einen zu nehmen.

Er reichte der Frau den leeren Becher zurück, und da er merkte, dass Fanny jetzt zumindest oberflächlich ruhig war, zog er sie auf der Suche nach einem Sitzplatz zu dem Hügelchen mit den Bäumen. Doch sie erstarrte, als sie näher kamen, und blieb mit einem kleinen Angstlaut stehen.

Er war kurz davor, endgültig die Geduld zu verlieren, legte ihr die Hand unter das Kinn und zwang sie, ihn anzusehen.

»Frances«, beschwor er sie in ruhigem Ton. »Sag mir, was zum Teufel los ist, und zwar sofort. Kurze Wörter bitte.«

»Jane«, hauchte sie, und ihre Augen begannen erneut überzulaufen. Doch sie wischte sich mit den Unterarmen darüber, die vorher in ihrem Umhang steckten, und es gelang ihr nun mit sichtlicher Mühe, ihm die Geschichte zu erzählen.

»Ess war ein Fueier.«

»Ein was? Oh, ein Freier, entschuldige. Aus dem Bordell, meinst du. Ja?«

Sie nickte.

»Er hat sich hier die Mädchen angeschaut und Jane gessehen…« Sie schnappte nach Luft. »Er war ein Fueund von Hauptmann Hahkness. Er war im Haus, als Hauptmann Hahkness ges-storben ift. Er hat s-sie erkannt.«

Bei diesen Worten formte sich eine Eiskugel in Williams Innerem.

»Teufel«, sagte er leise. »Was hat er getan, Fanny?«

Der Mann – ein gewisser Major Jenkins, sagte sie – hatte Jane beim Arm gepackt und sie fortgezerrt. Fanny war ihnen nachgerannt. Er hatte sie bis in die Stadt gebracht, zu einem Haus, vor dem Soldaten standen. Sie hatten Fanny nicht hineingelassen, doch sie war draußen auf der Straße stehen geblieben, zu Tode verängstigt, aber fest entschlossen, nicht zu gehen, und nach einer Weile hatten sie es aufgegeben, sie vertreiben zu wollen.

Das Haus, vor dem Soldaten standen, war sehr wahrscheinlich Campbells Hauptquartier, dachte William, und allmählich wurde ihm übel. Wahrscheinlich hatte Jenkins Jane vor irgendeinen ranghohen Offizier gezerrt, wenn nicht sogar vor Campbell selbst, um sie des Mordes an Harkness zu bezichtigen.

Würden sie sich überhaupt die Mühe machen, sie vor Gericht zu stellen? Er bezweifelte es. Die Stadt unterstand dem Kriegsrecht; die Armee – oder vielmehr Oberstleutnant Campbell – tat, was er für richtig hielt, und William bezweifelte sehr, dass Campbell bei einer Hure unter Mordverdacht die geringste Unschuldsvermutung gelten lassen würde.

»Wo ist sie jetzt?« Er zwang sich, weiter ruhig zu klingen, auch wenn er sich alles andere als ruhig fühlte.

Fanny schluckte und wischte sich abermals die Nase an ihrem Umhang ab. Es war zwar im Moment kaum von Bedeutung, doch er zog instinktiv sein Taschentuch aus dem Ärmel und reichte es ihr.

»S-sie haben sie in ein anderes Haus gebracht. Am Rand der S-Stadt. Mit einem großen Baum davor. Ich glaube, sie hängen sie, Wiyum.«

Das fürchtete William auch. Er schluckte den Speichel herunter, der sich in seinem Mund gesammelt hatte, und klopfte Fanny auf die Schulter.

»Ich gehe hin und schaue, was ich herausfinden kann. Hast du hier Freunde – jemanden, bei dem du bleiben kannst?« Er wies auf die Masse des Lagers, in dem jetzt kleine Feuer inmitten der heraufziehenden Schatten der Nacht zu glimmen begannen. Sie nickte und presste die Lippen aufeinander, damit sie nicht zitterten.

»Gut. Geh zu ihnen. Ich komme morgen früh – wenn es hell wird. Wir treffen uns da, wo ich dich gefunden habe, gut?«

»Gut«, flüsterte sie und legte ihm ihre kleine weiße Hand auf die Brust, genau über seinem Herzen. »Danke, Wiyum.«

SEINE EINZIGE CHANCE war es, mit Campbell zu sprechen. Fanny hatte ihm gesagt, das Haus, in das Jenkins Jane gebracht hätte, sei das große graue Haus an der Nordseite des Ellis Square; das war der beste Ausgangspunkt.

Er blieb auf der Straße stehen, um sich die schlimmsten Schlammkrusten und Pflanzenteile von seinem Rock zu streichen. Er war sich nur zu bewusst, dass er genauso aussah wie das, als was er sich in den letzten drei Monaten ausgegeben hatte: ein Arbeiter ohne Anstellung. Andererseits …

Da er kein Offizier mehr war, unterstand er auch nicht mehr Campbells Autorität. Und ganz gleich, wie er persönlich über seinen Titel dachte, vor dem Gesetz war er nach wie vor der seine. Der neunte Graf von Ellesmere richtete sich zu voller Größe auf, holte tief Luft und zog in den Krieg.

Sein Auftreten und seine Ausdrucksweise halfen ihm an den Wachtposten vor dem Eingang vorbei. Der Dienstbote, der ihm entgegenkam, um ihm den Umhang abzunehmen, starrte ihn zwar unverhohlen bestürzt an, hatte aber Angst, ihn hinauszuwerfen, und verschwand, um jemanden zu suchen, der ihm die Verantwortung abnehmen würde, sich mit ihm zu befassen.

Ein festliches Abendessen war in vollem Gange; er konnte das Klirren von Silber und Porzellan hören, das Gluckern der Flaschen und das gedämpfte Brummen der Gespräche, unterbrochen von Ausbrüchen höflichen Gelächters. Seine Hände waren verschwitzt; er wischte sie unauffällig an seiner Hose ab.

Was zum Teufel sollte er sagen? Er hatte unterwegs versucht, sich eine vernünftige Argumentationskette zurechtzulegen, doch alles schien auseinanderzufallen, sobald er daran dachte. Aber er würde irgendetwas sagen müssen …

Dann hörte er eine fragend erhobene Stimme, bei der ihm das Herz eine Sekunde stehen blieb. Onkel Hal! Er konnte sich nicht irren; sein Onkel und sein Vater hatten beide helle, aber durchdringende Stimmen, klar wie geschliffener Kristall – und scharf wie guter Toledostahl, wenn sie es wollten.

»Ihr da!« Er schritt durch den Flur und packte einen Dienstboten, der mit einer Platte voller Krebsschalen aus dem Esszimmer kam. »Gebt mir das«, befahl er und nahm dem Mann die Platte ab, »geht wieder hinein und sagt dem Herzog von Pardloe, dass sein Neffe ihn sprechen möchte.«

Der Mann glotzte ihn mit offenem Mund an, bewegte sich aber nicht. William wiederholte sein Anliegen und fügte ein »Bitte« hinzu, aber ebenso einen Blick, der andeutete, dass er dem Mann im Fall einer Weigerung die Platte über den Schädel schlagen würde. Das zeigte Wirkung, und der Mann machte kehrt wie ein Automat und marschierte zurück in das Esszimmer – aus welchem kurz darauf sein Onkel auftauchte, perfekt in Aufmachung und Auftreten, darunter jedoch sichtlich erregt.

»William! Was zum Teufel willst du denn damit?« Er nahm William die Platte ab und schob sie achtlos unter einen der vergoldeten Stühle, die an der Wand des Foyers aufgereiht standen. »Was ist passiert? Hast du Ben gefunden?«

Himmel, das hatte er gar nicht bedacht. Natürlich musste Onkel Hal davon ausgehen … er verzog das Gesicht und schüttelte den Kopf.

»Nein, Onkel Hal. Ich glaube, ich weiß, wo seine Frau ist, aber …«

Hals Gesicht vollführte eine Reihe blitzartiger Veränderungen, von der Erregung über Enttäuschung bis hin zu äußerlicher Ruhe.

»Gut. Wo wohnst du? John und ich kommen zu dir und …«

»Papa ist auch hier?«, entfuhr es William, und er kam sich vor wie ein Narr. Wenn er nicht so empfindlich gewesen wäre und daher jedem Armeemitglied aus dem Weg gegangen wäre, wäre ihm selbstverständlich nicht entgangen, dass das 46ste zu Campbells Streitmacht gehörte.

»Natürlich«, sagte Hal mit einem Hauch von Ungeduld. »Wo sollte er denn sonst sein?«

»Mit Dottie auf der Suche nach Bens Frau«, gab William schlagfertig zurück. »Ist Dottie etwa ebenfalls hier?«

»Nein.« Sein Onkel wirkte zwar verstimmt, aber nicht ausschließlich. »Sie hat festgestellt, dass sie schwanger ist. Also hat John sie korrekterweise zurück nach New York gebracht – und sie weniger korrekterweise ihrem Mann anvertraut. Vermutlich ist sie da, wo auch immer sich Washingtons Truppen im Moment befinden, es sei denn, dieser verflixte Quäker war so vernünftig, sich …«

»Oh, Pardloe.« Ein kräftiger Offizier in der Uniform eines Obersts und einer prachtvollen, doppelt gelockten Perücke stand mit etwas überraschter Miene in der Tür. »Dachte schon, Euch wäre schlecht geworden, so wie Ihr aus dem Zimmer gestürmt seid.« Trotz seiner Gelassenheit hatte die Stimme des Mannes einen Unterton, der William einen Nagel ins Rückgrat trieb. Dies war Archibald Campbell, und der frostigen Art nach, mit der er und Onkel Hal einander betrachteten, besaß Onkel Hal vielleicht doch nicht den Wert als Unterhändler, auf den William gehofft hätte.

Dennoch, Onkel Hal konnte ihn Campbell vorstellen – und tat dies auch –, so dass ihm zumindest die Sorge genommen war, sich angemessen ausweisen zu können.

»Euer Diener, Mylord«, sagte Campbell und betrachtete ihn argwöhnisch. Er sah sich um und ging zwei Bediensteten aus dem Weg, die einen massiven Weinkühler ins Esszimmer trugen. »Ich fürchte, das Essen ist fast vorbei, aber wenn Ihr möchtet, können Euch die Dienstboten in der Schreibstube eine Kleinigkeit auftragen.«

»Nein, Sir, danke«, sagte William mit einer Verneigung – obwohl ihm der Duft des Essens den Magen knurren ließ. »Ich war so frei, Euch aufzusuchen, um mit Euch über eine … äh … dringende Angelegenheit zu sprechen.«

»Ist das so?« Campbell versuchte erst gar nicht, seinen Missmut zu verbergen. »Kann das nicht bis morgen warten?«

»Ich glaube nicht, Sir.« Er hatte einen Blick auf die große Eiche am Stadtrand geworfen, von der er vermutete, dass es der Baum war, den Fanny gemeint hatte. Da Janes Leiche nicht daran baumelte, ging er davon aus, dass man sie noch in dem Haus daneben gefangen hielt. Doch das bedeutete keinesfalls, dass sie nicht vorhatten, sie im Morgengrauen zu hängen. Die Armee hängte ihre Gefangenen nämlich mit Vorliebe im Morgengrauen, so dass der Tag in der richtigen Stimmung begann …

Er zügelte seine dahinrasenden Gedanken und verneigte sich erneut.

»Es geht um eine junge Frau, Sir, die meines Wissens im Lauf des Tages festgenommen wurde, unter dem Verdacht einer … einer Tätlichkeit. Ich …«

»Tätlichkeit?« Campbells drahtige Augenbrauen fuhren zu den Stirnlöckchen seiner Perücke hoch. »Sie hat sechsundzwanzigmal auf einen Mann eingestochen und ihm dann kaltblütig die Kehle durchgeschnitten. Wenn das Eure Vorstellung von einer Tätlichkeit ist, möchte ich nicht erleben …«

»Wer ist denn diese junge Frau?«, meldete sich Onkel Hal zu Wort. Sein Ton war förmlich, sein Gesicht reglos.

»Ihr Name ist Jane«, begann William und hielt dann inne, weil er keine Ahnung hatte, wie ihr Nachname lautete. »Äh … Jane …«

»Pocock«, warf Campbell ein. »Sie ist eine Hure.«

»Eine …« Zu spät verkniff sich Hal den Ausruf. Er sah William scharf an.

»Sie steht … unter meinem Schutz«, sagte William, so entschlossen er konnte.

»Tatsächlich?«, sagte Campbell gedehnt. Er warf Onkel Hal einen Blick voll belustigter Verachtung zu, und Onkel Hal wurde weiß vor unterdrückter Wut – die er in dem Blick, den er nun auf William richtete, kaum unterdrückte.

»Ja. Tatsächlich«, sagte William, dem zwar bewusst war, dass das nicht brillant war, dem aber nichts Besseres einfiel. »Ich möchte Fürsprache für sie einlegen. Ihr einen Anwalt besorgen«, fügte er waghalsig hinzu. »Ich bin mir sicher, dass sie das Verbrechen, das man ihr vorwirft, nicht begangen hat.«

Jetzt lachte Campbell tatsächlich, und William spürte, wie ihm die Ohren brannten. Er hätte womöglich etwas Unkluges gesagt, wäre an diesem Punkt nicht Lord John aufgetaucht, ebenso makellos uniformiert wie sein Bruder, mit leicht fragender Miene.

»Ah, William«, sagte er, als hätte er ganz damit gerechnet, seinen Sohn hier zu sehen. Sein Blick huschte in Sekundenschnelle von Gesicht zu Gesicht, und er schloss auf den Tenor des Gesprächs, wenn er auch das Thema nicht kannte. Ohne in der Begrüßung innezuhalten, trat er vor und umarmte William herzlich.

»Du hier! Ich bin entzückt, dich zu sehen«, sagte er und lächelte zu William auf. »Ich habe erstaunliche Neuigkeiten! Würdet Ihr uns einen Moment entschuldigen, Sir?«, sagte er zu Campbell, und ohne eine Antwort abzuwarten, packte er William beim Ellbogen, riss die Eingangstür auf, zog ihn auf die ausladende Veranda und schloss die Tür fest hinter ihnen.

»Also schön. Erzähl mir, was los ist«, forderte Lord John mit leiser Stimme. »Und zwar schnell.«

»Himmel«, sagte er, als William mit seinem leicht verwirrten Bericht herausgeplatzt war. Er rieb sich langsam das Gesicht, während er nachdachte, und wiederholte: »Himmel.«

»Ja«, sagte William, immer noch bestürzt, aber gleichzeitig etwas getröstet durch die Gegenwart seines Vaters. »Ich hatte gedacht, ich spreche mit Campbell, aber als dann Onkel Hal hier war, habe ich gehofft … aber er und Campbell scheinen sich nicht …«

»Ja, ihr Verhältnis lässt sich am besten als aufrichtiger Hass beschreiben«, pflichtete Lord John ihm trocken bei. »Es ist höchst unwahrscheinlich, dass Archibald Campbell Hal einen Gefallen tut, es sei denn, dieser bestünde darin, ihn persönlich in die nächste Kutsche zur Hölle zu setzen.« Er atmete aus und schüttelte den Kopf, als wollte er die Dämpfe des Weins vertreiben.

»Ich weiß nicht, William, wirklich. Das Mädchen – sie *ist* eine Hure?«

»Ja.«

»Hat sie es getan?«

»Ja.«

»Oh Gott.« Er sah William einen Moment lang hilflos an, dann richtete er sich auf. »Also schön. Ich tue, was ich kann, aber ich verspreche dir nichts. Am Ellis Square ist ein Wirtshaus namens Tudy's. Geh dort hin und warte – ich glaube nicht, dass deine Gegenwart bei dem Gespräch, das ich jetzt führe, hilfreich sein wird.«

ES KAM IHM VOR wie eine Ewigkeit, musste aber weniger als eine Stunde gedauert haben, als Lord John schließlich bei Tudy's erschien. Ein einziger Blick in sein Gesicht verriet William, dass er keinen Erfolg gehabt hatte.

»Es tut mir leid«, sagte er ohne Umschweife und nahm William gegenüber Platz. Er war ohne seinen Hut gekommen und strich über die Regentropfen in seinem immer noch kurzen Haar. »Das Mädchen …«

»Ihr Name ist Jane«, unterbrach William. Es erschien ihm wichtig, darauf zu beharren, dass nicht jeder sie einfach als »die Hure« abtat.

»Miss Jane Eleonora Pocock«, stimmte sein Vater nickend zu. »Anscheinend hat sie das Verbrechen nicht nur begangen, sondern es auch gestanden. Ein schriftliches Geständnis, nicht weniger. Ich habe es gelesen.« Er rieb sich müde mit der Hand über das Gesicht. »Ihre einzige Beanstandung war die Behauptung, dass sie sechsundzwanzig Mal auf Harkness eingestochen und ihm die Kehle durchgeschnitten hat. Sie sagt, sie hat nur einmal zugestochen, ehe sie ihm die Kehle durchgeschnitten hat. Bei so etwas übertreiben die Leute gern.«

»Genauso hat sie es mir erzählt.« Williams Kehle war wie zugeschnürt. Sein Vater warf ihm einen Blick zu, zog es aber vor, nichts darauf zu erwidern. Doch was er dachte, war allzu klar.

»Sie hat versucht zu verhindern, dass der Mann ihre Schwester entjungfert«, verteidigte er sie drängend. »Und Harkness war ein perverser Mistkerl, der sie –

Jane, meine ich – widerlich missbraucht hat! Ich habe gehört, wie er davon erzählt hat. Es hätte dir den Magen umgedreht, ihn zu hören.«

»Das kann ich mir vorstellen«, sagte Lord John. »Gefährliche Freier gehören zu den Risiken dieses Berufs. Aber gab es denn keinen anderen Ausweg für sie als ein Tranchiermesser? Die meisten Bordelle, zu deren Kundschaft Soldaten gehören, haben doch Methoden, die Huren vor … exzessiven Aufdringlichkeiten zu bewahren. Und nach allem, was Oberst Campbell sagt, ist Jane … äh … ein …«

»Kostspieliges Ding. Das ist sie. War sie.«

William griff blindlings nach dem Bierkrug, den er bis jetzt nicht beachtet hatte, trank einen großen Schluck und hustete krampfhaft. Sein Vater beobachtete ihn nicht ohne Sympathie.

Schließlich holte William Luft und starrte seine Fäuste an, die geballt auf dem Tisch lagen.

»Sie hat ihn gehasst«, sagte er schließlich leise. »Und die Puffmutter hat sich geweigert, ihm ihre Schwester vorzuenthalten; er hatte schon für ihre Entjungferung bezahlt.« Lord John seufzte, legte die Hand auf eine von Williams Fäusten und drückte sie sanft.

»Liebst du die junge Frau, William?«, fragte er ganz leise. Es herrschte zwar nicht viel Betrieb, doch es waren zumindest genug Männer da, die etwas tranken. Aber niemand nahm Notiz von ihnen.

»Ich … habe versucht, sie zu beschützen. Ihr Harkness zu ersparen. Ich … ich habe sie für die ganze Nacht gekauft. Ich habe nicht darüber nachgedacht, dass er zurückkommen würde – aber natürlich hat er das getan«, sagte er bitter. »Wahrscheinlich habe ich alles für sie nur schlimmer gemacht.«

»Es hätte auch keine Möglichkeit gegeben, es ihr leichter zu machen, außer das Mädchen zu heiraten oder Harkness umzubringen«, fasste Lord John nüchtern zusammen. »Und einen Mord würde ich als Lösung für eine schwierige Situation sowieso nicht empfehlen. Das führt nur zu Komplikationen – wenn auch nicht zu annähernd so vielen wie eine Heirat.« Er stand auf, ging zur Theke und kam mit zwei dampfenden Bechern voll heißem Rumpunsch zurück.

»Trink das«, sagte er und schob William den einen hin. »Du siehst durchgefroren aus.«

Das war er tatsächlich; er hatte einen Tisch in einer entfernten Ecke gewählt, weit weg vom Feuer, und ein feiner, unkontrollierbarer Schauder durchlief ihn permanent, so dass der Punsch kleine Wellen schlug, als er die Hand um den Zinnbecher legte. Der Punsch war gut, mit kandierter Zitronenschale gemacht, süß, kräftig und heiß und war nicht nur mit Rum, sondern dazu mit ausgesprochen gutem Brandy. Er hatte seit Stunden nichts gegessen, und er wärmte ihm sofort angenehm den Magen.

Sie tranken schweigend – was gab es auch noch viel zu sagen? Es bestand keine Möglichkeit, Jane zu retten, es sei denn durch einen Überfall, und er konnte weder seinen Vater noch seinen Onkel um Mithilfe bei einem solch verzweifelten Vorhaben bitten. Er glaubte zwar fest an die Zuneigung, die sie für ihn empfanden, doch er wusste genau, dass sie es als ihre Pflicht ansehen würden, ihn vor einer Torheit zu bewahren, die sich gut als tödlich erweisen konnte.

»Es wird ja nicht ganz vergeblich gewesen sein«, sagte Lord John schließlich leise und trank den letzten Schluck Punsch. »Sie hat ihre Schwester gerettet.«

William nickte nur, denn ihm fehlten die Worte. Der Gedanke, Fanny am Morgen gegenüberzutreten, nur um ihr zu sagen … Und dann? Musste er neben ihr stehen und zusehen, wie man Jane hängte?

Ohne zu fragen, ging Lord John zur Theke und holte zwei neue Punsch. William richtete den Blick auf den sacht dampfenden Becher vor ihm, dann auf seinen Vater.

»Du meinst wirklich, du kennst mich, wie?«, sagte er, doch mit aufrichtiger Zuneigung in der Stimme.

»Ja, das meine ich«, sagte sein Vater in demselben Ton. »Trink aus.«

William lächelte. Er erhob sich und klopfte seinem Vater auf die Schulter.

»Vielleicht stimmt das ja wirklich. Bis morgen früh, Papa.«

133

LETZTER AUSWEG

Ich lag im Bett neben Jamie und fragte mich verschlafen, mit welcher Begründung ich Mrs. Weisenheimer wohl überreden konnte, ihren Urin für mich zu sammeln. Sie litt an Gallensteinen, und das wirksamste Mittel, das ich dagegen hatte, war die Bärentraube. Glücklicherweise hatte Mr. Binkley das getrocknete Kraut vorrätig. Doch man musste bei der Anwendung vorsichtig sein, weil es Arbutin enthielt, das sich durch Hydrolyse in Hydrochinon verwandelte – ein sehr wirksames Harn-Antiseptikum, das aber hochgiftig war. Andererseits war es bei äußerlicher Anwendung ein wunderbarer Hautaufheller.

Ich gähnte und beschloss, dass es die Mühe nicht wert war, Jamie zu bitten, in die Sprechstunde zu kommen und auf Deutsch mit Mrs. Weisenheimer zu sprechen. Er würde es zwar tun, wenn ich ihn darum bat, doch er würde mir endlos Vorhaltungen machen.

Ich verwarf die Idee und drehte mich auf die Seite, um mich an Jamie zu kuscheln, der wie immer friedlich auf dem Rücken schlief, bei meiner Berührung jedoch halb erwachte, mich tapsig liebkoste, seinen Arm um mich legte und augenblicklich wieder fest eingeschlafen war. Neunzig Sekunden später klopfte es an der Tür.

»*Ifrinn!*« Jamie schoss kerzengerade auf, rieb sich heftig das Gesicht und warf die Decke zurück. Ich folgte ihm stöhnend und weniger sportlich, indem ich aus dem Bett krabbelte und blind nach meinen Pantoffeln tastete.

»Lass mich gehen. Wahrscheinlich ist es ja für mich.« Um diese Nachtzeit war es wahrscheinlicher, dass jemand wegen eines medizinischen Notfalls an unsere Tür klopfte als wegen einer Ladung Fisch oder eines Pferdes. Angesichts der Militärbesatzung konnte man allerdings natürlich nie wissen …

Mit Sicherheit hatten wir beide nicht damit gerechnet, nachdem ich die Tür geöffnet hatte, William mit bleichem, wildem Gesicht davor stehen zu sehen.

»Ist Mr. Fraser zu Hause?«, fragte er angespannt. »Ich brauche seine Hilfe.«

FRASER HATTE SICH in Windeseile angekleidet, einen Gürtel mit einem Dolch in einer Scheide und einen Lederbeutel ergriffen und ihn ohne jede Rückfrage um seine Taille geschlungen. Er trug die Highlandtracht, wie William sah, ein abgetragenes, fadenscheiniges Plaid. Er zog sich ein Stück davon um die Schultern und wies kopfnickend zur Tür.

»Am besten gehen wir in das Sprechzimmer meiner Frau«, sagte er leise mit einem Blick auf die dünne Wand, unter deren Putz die Latten deutlich zu sehen waren. »Da kannst du mir sagen, was zu tun ist.«

William folgte ihm über die regennassen Straßen, das Wasser wie kalte Tränen in seinem Gesicht. In seinem Innern war er wie ausgetrocknet, zersprungenes Leder, das um einen Kern aus schierem Grauen gewickelt war. Unterwegs sprach Fraser nicht, packte ihn aber einmal am Ellbogen und schob ihn in einen schmalen Zwischenraum zwischen zwei Häusern, just als eine Armeepatrouille um die Ecke kam. Er drückte sich fest an die Wand, Schulter an Schulter mit Fraser, und empfand die kompakte Wärme des Mannes fast wie einen Schock.

In seinem Hinterkopf tauchte ungebeten die Erinnerung auf, wie er sich als kleiner Junge im Nebel auf den Hügeln im Lake District verlaufen hatte. Durchgefroren und verängstigt war er in eine Felsenmulde gefallen und erstarrt dort liegen geblieben, während er die Geister im Nebel hörte. Und danach die überwältigende Erleichterung, als ihn Mac gefunden hatte, der Stallknecht, der ihn in seine warmen Arme genommen hatte.

Zwar schob er die Erinnerung daran ungeduldig beiseite, doch ihm blieb ein Gefühl, das beinahe an Hoffnung grenzte, als die letzten Stiefel außer Hörweite getrampelt waren und Fraser aus dem Versteck glitt und ihm bedeutete, ihm zu folgen.

Es war kalt und dunkel in dem kleinen Sprechzimmer, und es roch nach Kräutern und Arzneien und altem Blut. Außerdem roch er etwas Süßliches, fremd und doch vertraut, und nach einem Moment der Orientierungslosigkeit begriff er, dass es Äther sein musste; er hatte den Geruch an Mutter Claire und Denzell Hunter gerochen, als sie seinen Vetter Henry operierten.

Fraser hatte jetzt die Tür hinter ihnen geschlossen und einen Kerzenhalter im Schrank gefunden. Er reichte ihn William, holte eine Zunderschachtel aus demselben Schrank und entzündete rasch die Kerze. Das flackernde Licht schien ihm ins Gesicht, und seine kühnen Züge tauchten aus dem Dunkel auf, die lange gerade Nase und die dichten Augenbrauen, die breiten Wangenknochen, die fein geformten Kiefer und Schläfen. Es war verdammt merkwürdig, die deutliche Ähnlichkeit so aus der Nähe zu sehen, doch im Moment empfand William sie als seltsamen Trost.

Fraser stellte den Kerzenhalter auf den Tisch, wies William mit einer Geste an, sich auf einen der beiden Hocker zu setzen, und nahm den anderen.

»Dann erzähl es mir«, sagte er ruhig. »Hier sind wir sicher; niemand wird uns hören. Ich vermute, es geht um etwas Gefährliches?«

»Lebensgefährlich«, sagte William, holte tief Luft und begann.

Fraser hörte ihm aufmerksam zu, und sein Blick war gebannt auf Williams Gesicht gerichtet, während er sprach. Als er fertig war, folgte ein Moment der Stille. Dann nickte Fraser wie zu sich selbst.

»Diese junge Frau«, sagte er. »Darf ich erfahren, was sie dir bedeutet?«

William zögerte, denn er wusste nicht, was er sagen sollte. Was bedeutete Jane ihm denn? Sie war weder Freundin noch Geliebte. Und doch …

»Sie … ich habe sie und ihre Schwester unter meinen Schutz genommen«, sagte er. »Als sie Philadelphia mit der Armee verlassen haben.«

Fraser nickte, als sei dies eine ganz und gar angemessene Erklärung der Situation.

»Weißt du, dass dein Vater und dein Onkel und sein Regiment zur Besatzungsarmee gehören? Dass er hier ist, meine ich?«

»Ja. Ich habe mit ihnen gesprochen. Sie können mir nicht helfen. Ich … habe mein Patent zurückgegeben«, informierte er ihn, weil er das Gefühl hatte, es zu müssen. »Das hat nichts damit zu tun, warum sie mir nicht helfen können. Es bedeutet nur, dass ich selbst keinem Militärkommando mehr unterstehe.«

»Aye, ich habe gesehen, dass du keine Uniform trägst«, sagte Fraser. Er trommelte kurz mit den Fingern der rechten Hand auf die Tischplatte, und William bemerkte überrascht, dass ihm der Ringfinger fehlte. Eine dicke Narbe zog sich über seinen Handrücken. Fraser merkte, wie es ihm auffiel.

»Saratoga«, sagte er mit einem Hauch von etwas, das unter anderen Umständen vielleicht ein Lächeln gewesen wäre.

William spürte einen kleinen Schock bei diesem Wort, denn er erinnerte sich plötzlich an einige Dinge, für die er damals keinen Sinn gehabt hatte. Daran, wie er selbst die ganze Nacht an Brigadier Simon Frasers Totenbett gekniet hatte und auf der anderen Seite ein hochgewachsener Mann mit einem weißen Verband an der Hand, der sich aus dem Schatten niederbeugte, um leise etwas in der schottischen Zunge zu dem Brigadier zu sagen, der ihm in derselben Sprache geantwortet hatte.

»Der Brigadier«, sagte er und hielt abrupt inne.

»Mein Verwandter«, erklärte Fraser. Er verzichtete zwar feinfühlig darauf hinzuzufügen: »Und der deine«, doch William stellte die Verbindung problemlos selber her. Er spürte sie wie ein fernes Echo der Trauer, einen Kiesel, den man ins Wasser warf, doch das konnte warten.

»Ist das Leben der jungen Frau das deine wert?«, fragte Fraser. »Denn ich vermute, diese Überlegung ist der Grund, warum dir deine Verwandten …«, sein Mundwinkel zuckte, obwohl William nicht sagen konnte, ob aus Humor oder Abneigung, » … ihre Hilfe versagen.«

William spürte, wie ihm das Blut ins Gesicht stieg, und Wut trat an die Stelle seiner Verzweiflung.

»Sie haben mir überhaupt nichts versagt. Sie konnten mir halt nicht helfen. Willst du mir jetzt beibringen, dass du mir auch nicht helfen wirst? Oder es nicht kannst? Hast du etwa Angst davor?«

Fraser warf ihm einen Blick zu, der dazu gedacht war, ihn zum Schweigen zu bringen; William registrierte ihn zwar, störte sich aber nicht daran. Er stand auf und ballte die Hände zu Fäusten.

»Dann mach dir keine Mühe. Ich tue es selbst.«

»Wenn du glauben würdest, dass du das kannst, wärst du doch nie zu mir gekommen, Junge«, stellte Fraser ungerührt fest.

»Nenn mich nicht so, du, du …« William schluckte die Beschimpfung herunter, nicht aus Klugheit, sondern weil er sich zwischen den Möglichkeiten, die ihm spontan in den Sinn kamen, nicht entscheiden konnte.

»Setz dich«, befahl Fraser, ohne die Stimme zu erheben, jedoch in derart gebieterischem Ton, dass es undenkbar – oder zumindest unangenehm – war, ihm nicht zu gehorchen. William funkelte ihn an. Seine Brust hob und senkte sich, und doch bekam er nicht genug Luft, um zu sprechen. Er setzte sich zwar nicht, doch er löste die Fäuste und stand still. Schließlich brachte er ein ruckartiges Nicken zuwege. Fraser holte tief Luft und atmete wieder aus, ein weißer Nebel in der Kühle des dunklen, kleinen Zimmers.

»Also schön. Sag mir, wo sie ist und was du über die Gegebenheiten weißt.« Er warf einen Blick auf die Fensterläden, zwischen deren Latten der eindringende Regen schwarz erschien. »Die Nacht ist nicht unendlich lang.«

SIE GINGEN ZU DEM LAGERHAUS am Fluss, wo Fraser arbeitete. Fraser ließ William draußen Wache halten, schloss eine kleine Seitentür auf und glitt lautlos hinein, um ein paar Minuten später mit einer einfachen Kniehose und einem Hemd wieder aufzutauchen, das ihm nicht passte. Er hatte einen kleinen Jutebeutel und zwei große schwarze Halstücher dabei. Eins davon reichte er William, das andere faltete er diagonal zusammen und band es sich vor das Gesicht, so dass es Nase und Mund bedeckte.

»Ist das wirklich nötig?« Auch William band sich das Tuch um, kam sich aber ein wenig lächerlich vor, als verkleidete er sich für eine bizarre Pantomime.

»Du kannst gerne ohne gehen, wenn du möchtest«, bot ihm Fraser unerschütterlich an, während er eine Strickmütze aus der Tasche holte, sein Haar hineinsteckte und sie sich dann tief in die Stirn zog. »Ich kann es nicht riskieren, dass man mich erkennt.«

»Wenn du glaubst, dass es zu riskant ist …«, begann William mit einem gereizten Unterton, doch Fraser schnitt ihm das Wort ab und packte seinen Arm.

»Du hast ein Recht auf meine Hilfe«, sagte er mit leiser, schroffer Stimme, »wann immer du glaubst, die Sache ist es wert. Aber ich habe eine Familie, die ein Recht auf meinen Schutz hat. Ich kann nicht zulassen, dass sie verhungern, nur weil man mich erwischt.«

William hatte keine Gelegenheit, darauf zu antworten; Fraser hatte die Tür schon wieder abgeschlossen und sich mit einem ungeduldigen Winken in Bewegung gesetzt. Doch er dachte darüber nach, während er dem Schotten durch den Nebel folgte, der kniehoch von den Straßen aufstieg; es hatte aufgehört zu regnen, zumindest das war gut für sie.

Wann immer du glaubst, die Sache ist es wert. Kein Wort darüber, dass Jane eine Hure war oder dass sie einen Mord gestanden hatte. Vielleicht lag es ja daran, dass Fraser selbst ein Verbrecher war und deshalb Mitgefühl für sie empfand.

Oder vielleicht ist er ja einfach bereit, mir zu glauben, dass ich es tun muss. Und bereit, ein verdammt hohes Risiko einzugehen, um mir zu helfen.

Doch solche Gedanken konnten jetzt nicht hilfreich sein, und er schob sie beiseite. Sie eilten auf leisen Sohlen gesichtslos über die leeren Plätze Savannahs, zu dem Haus bei dem Galgenbaum.

»ICH VERMUTE, du weißt nicht, in welchem Zimmer sie ist?«, flüsterte Jamie William zu. Sie warteten unter der großen Lebenseiche, verborgen nicht nur durch den Schatten des Baumes, sondern durch die langen Bärte aus spanischem Moos, die an seinen Ästen hingen, und durch den Nebel, der darunter hinwegwaberte.

»Nein.«

»Warte hier.« Fraser verschwand auf seine verstörende Katzenart. Allein gelassen und durch die Stille noch mehr verstört, kam William auf den Gedanken, den Inhalt des Beutels zu untersuchen, den Fraser auf dem Boden liegen gelassen hatte. Wie sich herausstellte, waren es mehrere Blätter Papier und eine verkorkte Flasche, deren Inhalt sich – nach dem Entkorken – als Melasse entpuppte.

Er wunderte sich immer noch, was das sollte, als Fraser genauso plötzlich zurück war, wie er verschwunden war.

»Es gibt nur den einen Wachtposten vor dem Haus«, sagte er und kam so dicht heran, dass er es William ins Ohr flüstern konnte. »Und die Fenster sind alle dunkel, bis auf eins im ersten Stock. Dort brennt eine Kerze; es muss das ihre sein.«

»Warum meinst du das?«, flüsterte William verblüfft zurück.

Fraser zögerte einen Moment, doch dann sagte er noch leiser: »Ich habe selbst schon einmal eine Nacht in der Erwartung verbracht, am nächsten Morgen gehängt zu werden. Ich hätte sie nicht im Dunklen verbracht, wenn man mir die Wahl gelassen hätte. Komm mit.«

Es war ein zweistöckiges Haus, das zwar ziemlich groß, aber einfach konstruiert war. In der ersten Etage hatte es zwei Zimmer an der Rückseite, zwei an der Vorderseite. Die Läden der oberen Fenster waren offen, und im rechten oberen Zimmer flackerte der Schein einer Kerze. Fraser bestand darauf, das Haus zu umrunden – indem er in sicherem Abstand von Busch zu Baum zu Busch huschte –, um ganz sicher zu sein, wo sich der Wachtposten befand. Der Mann, der mit einer über den Rücken geschlungenen Muskete bewaffnet war, stand auf der Veranda, die vor dem Haus entlanglief. Seiner Statur nach war er noch jung, wahrscheinlich jünger als William. Und seiner Haltung nach, die extrem achtlos war, rechnete er nicht mit Schwierigkeiten.

»Ich vermute, sie dachten nicht, dass eine Hure Freunde haben könnte«, murmelte er und bekam ein kurzes schottisches Grunzen zur Erwiderung. Fraser winkte und führte ihn zur Rückseite des Hauses.

Sie kamen an einem Fenster vorbei, das wahrscheinlich zur Küche gehörte; es hatte keine Vorhänge, und er konnte das schwache Licht der Glut eines Herdfeuers erkennen, das gerade eben durch die Läden drang. Doch es war ja möglich, dass einer oder mehrere Sklaven oder Dienstboten in der Küche schliefen – und er war froh zu sehen, dass auch Fraser davon auszugehen schien. Sie bogen so leise wie möglich um die nächste Hausecke.

Fraser hielt sein Ohr an die Läden eines großen Fensters, schien aber nichts zu hören. Er schob die Klinge seines stabilen Messers zwischen die Fensterläden, und mit kleinen Schwierigkeiten hob er den Riegel aus seiner Halterung. Er winkte William, zu ihm zu kommen und sich fest gegen den Fensterladen zu lehnen, damit der Riegel nicht plötzlich klappernd herunterfiel, und mit einem gemeinsamen Kraftakt, der aus Gebärdensprache und hektischen Gesten bestand – und wahrscheinlich jedem Unbeteiligten komisch erschienen wäre –, gelang es ihnen, die verflixten Läden zu öffnen, ohne allzu großen Lärm zu machen.

Das Fenster dahinter hatte Vorhänge – so weit, so gut –, doch es war ein Flügelfenster mit einem Schieberiegel, der sich weigerte, sich Jamies Messer zu ergeben. Der Schotte schwitzte; er zog sich kurz die Mütze ab, um sich über die Stirn zu wischen. Dann setzte er sie wieder auf, holte die Melasse aus seinem Beutel, zog den Korken aus der Flasche und goss sich ein wenig des klebrigen Sirups in die Hand. Dann schmierte er ihn auf eine Scheibe des Fensters, nahm ein Blatt Papier und klebte es auf das Glas.

William verstand nicht, wozu das gut sein sollte, doch Fraser holte mit dem Arm aus und versetzte der Scheibe einen scharfen Fausthieb. Sie zerbrach mit einem leisen Knacken, und die Scherben, die an dem Melassepapier klebten, ließen sich leicht entfernen.

»Wo hast du denn das gelernt?«, flüsterte William zutiefst beeindruckt und hörte ein leises zufriedenes Glucksen hinter Frasers Maske.

»Meine Tochter hat mir davon erzählt«, erwiderte er flüsternd und legte Glas und Papier auf den Boden. »Sie hat es in einem Buch gelesen.«

»Das ist ja …« William hielt abrupt inne, genauso wie sein Herz. »Deine … Tochter. Du meinst … ich habe eine Schwester?«

»Aye«, sagte Fraser kurz. »Du bist ihr schon begegnet. Also los.« Er griff durch das Loch in der Scheibe, öffnete den Riegel und zog an dem Fenster. Das Fenster schwang auf, und seine ungeschmierten Angeln quietschten laut.

»Mist!«, murmelte William hörbar.

Fraser sagte etwas, wovon William vermutete, dass es dasselbe auf Gälisch war, und verschwand mit einem gezischten »Warte hier!« in der Nacht.

William drückte sich flach an die Wand, und sein Herz hämmerte. Er konnte rasche Schritte auf der Holztreppe der Veranda poltern hören, dann gedämpftere Geräusche auf dem feuchten Boden.

»Wer ist da?«, rief der Wachtposten, als er um das Haus bog. Als er William erblickte, schulterte er seine Muskete und zielte. Wie ein wütender Geist tauchte in dem Moment Fraser aus dem dunklen Nebel auf, packte den Jungen an der Schulter und schlug ihn mit einem Stein zu Boden, den er ihm von hinten gegen den Schädel rammte.

»Schnell«, sagte er leise und wies mit einem Ruck seines Kinns auf das offene Fenster, während er den erschlafften Körper des Wachtpostens zu Boden sinken ließ. William verlor keine Zeit, sondern hievte sich ins Innere des Hauses, wand sich so über die Fensterbank, dass er beinahe lautlos landete, und hockte sich dann auf den Teppich eines Zimmers, das den verschwommenen Umrissen der Möbel nach ein Salon sein musste. Irgendwo in der Dunkelheit tickte anklagend eine unsichtbare Uhr.

Auch Fraser hievte sich in den offenen Fensterrahmen und hielt einen Moment inne, um zu lauschen. Doch im Haus war nichts zu hören außer dem Ticken der Uhr, und er hüpfte leichtfüßig ins Innere.

»Du weißt nicht, wessen Haus das ist?«, flüsterte er William zu und sah sich um. William schüttelte den Kopf. Schätzungsweise musste hier ein Offizier einquartiert sein, aber er hatte keine Ahnung, wer es sein könnte; wahrscheinlich der Major, der für Disziplinarmaßnahmen verantwortlich war. Vermutlich hatte Campbell Jane lieber hier untergebracht als im Lager. Sehr zuvorkommend von ihm.

Seine Augen hatten sich rasch an die neue Umgebung gewöhnt; ein Stück weiter sah er ein dunkles Rechteck – die Tür. Fraser sah sie auch; er legte William kurz die Hand auf den Rücken und schob ihn darauf zu.

In die Eingangstür war ein kleines Glasoval eingelassen, welches genug Licht hindurchließ, um ihnen den bemalten Leinenboden zu zeigen, der durch den Flur lief, sein Rautenmuster schwarz in der farblosen Nacht. Neben der Tür war der Fuß der Treppe in einem Schattenfleck verborgen, und innerhalb von Sekunden schlichen sie die Treppe hinauf, so schnell und so leise es zwei kräftigen Männern in Eile nur möglich war.

»Hier entlang.« William ging voraus; er winkte Fraser zu und wandte sich nach links. Das Blut pochte in seinem Kopf, und er konnte kaum atmen. Zu gern hätte er sich die stickige Maske abgerissen und nach Luft geschnappt, doch noch nicht … noch nicht.

Jane. Hatte sie den Ausruf des Wachtpostens gehört? Wenn sie wach war, musste sie sie auf der Treppe gehört haben.

Der obere Flur hatte kein Fenster, und es war sehr dunkel, doch unter Janes Tür drang schwacher Kerzenschein hervor. Er fuhr mit der Hand am Türrahmen entlang, spürte den Knauf, und seine Hand schloss sich darum. Natürlich war die Tür verschlossen. Aber als er den Knauf ausprobierte, streifte seine Daumenwurzel den Schlüssel, der zuvorkommenderweise im Schloss steckte.

Fraser war hinter ihm; er konnte den Mann atmen hören. Hinter der Tür des nächsten Zimmers schnarchte jemand auf beruhigend rhythmische Weise. Solange der Wachtposten ohnmächtig blieb …

»Jane«, flüsterte er, so laut er es wagte, indem er die Lippen auf den Spalt zwischen Tür und Türpfosten legte. »Jane! Ich bin's, William. Sei still!«

Er glaubte, ein rasches Einatmen auf der anderen Seite der Tür zu hören, obwohl es möglich war, dass es nur der Klang seines eigenen Blutes war, das ihm in den Ohren rauschte. Mit unendlicher Vorsicht drehte er den Schlüssel um und zog dann langsam die Tür auf.

Die Kerze stand auf einem kleinen Sekretär; ihre Flamme flackerte wild im Luftzug der offenen Tür. Es roch kräftig nach Bier; eine zerbrochene Flasche lag auf dem Boden, und das braune Glas glitzerte im unsteten Licht. Das Bett war zerwühlt, die Bettwäsche hing halb von der Matratze herunter … Wo war Jane? Er fuhr herum, halb in der Erwartung, sie in der Ecke kauern zu sehen, erschrocken über sein Eindringen.

Als Erstes sah er ihre Hand. Jane lag neben dem Bett auf dem Boden neben der zerbrochenen Flasche, die weiße Hand halb geöffnet und ausgebreitet wie zu einer flehenden Bitte.

»*A Dhia*«, flüsterte Fraser hinter ihm, und jetzt konnte er auch den Stahlgeruch des Blutes riechen, der sich mit dem Bier vermischte.

Er erinnerte sich nicht daran, auf die Knie gefallen zu sein oder sie in die Arme zu nehmen. Sie war schwer, schlaff und unbeweglich, ihre ganze Anmut und Hitze dahin und ihre Wange kalt in seiner Hand. Nur ihr Haar war immer noch Jane. Es schimmerte im Kerzenlicht, weich unter seinem Mund.

»Hier, *a bhailach*.« Eine Hand berührte seine Schulter, und er drehte sich um, ohne nachzudenken. Fraser hatte sich die Maske auf den Hals heruntergezogen, und seine Miene war ernst und konzentriert. »Wir haben nicht viel Zeit«, sagte er leise.

Sie sprachen nicht. Schweigend zogen sie die Bettwäsche gerade, legten einen Quilt über das schlimmste Blut und hoben sie hinauf. William feuchtete sein Taschentuch im Waschkrug an und wischte ihr die Blutspritzer von Gesicht und Händen. Er zögerte einen Moment, dann riss er sein dunkelfarbiges Taschentuch mit einem Ruck entzwei und verband ihr damit die zerfetzten Handgelenke. Danach legte er ihr die gekreuzten Hände auf die Brust.

Nun bemerkte er Jamie Fraser neben sich, und seine Messerklinge glänzte flüchtig auf.

»Für ihre Schwester«, sagte er. Er bückte sich und schnitt eine Locke des glänzenden Kastanienhaars ab. Er steckte sie in die Tasche seiner zerschlissenen Kniehose und ging hinaus. William hörte seine Schritte leise auf der Treppe ächzen und begriff, dass er allein gelassen worden war, um sich zu verabschieden.

Zum ersten und letzten Mal betrachtete er ihr Gesicht bei Kerzenschein. Er fühlte sich leer, ausgehöhlt wie ein ausgeweidetes Tier. Ohne die geringste Ahnung, was er sagen sollte, berührte er eine der schwarz verbundenen Hände und sagte die Wahrheit, so leise, dass es nur die Tote hören konnte.

»Ich wollte dich retten, Jane. Vergib mir.«

134

LETZTE RITEN

Jamie kam kurz vor Tagesanbruch nach Hause, kreidebleich und durchgefroren. Ich schlief nicht. Ich war nicht mehr eingeschlafen, nachdem er mit William aufgebrochen war. Als ich jetzt seine Schritte auf den knarzenden Stufen hörte, schöpfte ich Wasser aus dem ständig simmernden Kessel in den Holzbecher, den ich schon vorbereitet hatte, indem ich ihn zur Hälfte mit billigem Whisky und einem Löffel Honig gefüllt hatte. Ich war davon ausgegangen, dass er das brauchen würde, ich hatte nur keine Ahnung, wie viel.

»Die Kleine hatte sich mit einer zerbrochenen Flasche die Pulsadern aufgeschnitten«, berichtete er. Er saß vornübergebeugt auf einem Hocker am Feuer, einen Quilt um die Schultern gelegt und den warmen Becher in den Händen. Er konnte nicht aufhören zu zittern.

»Gott möge ihrer Seele Frieden schenken und ihr die Sünde der Verzweiflung verzeihen.« Er schloss die Augen und schüttelte heftig den Kopf, als wollte er die Erinnerung an das vertreiben, was er im Kerzenschein jenes Zimmers gesehen hatte. »Oh Himmel, mein armer Junge.«

Ich hatte ihn dazu gebracht, sich ins Bett zu legen, und kroch zu ihm, um ihn mit meinem Körper zu wärmen, aber auch dann hatte ich nicht geschlafen. Ich hatte kein Bedürfnis nach Schlaf. Es gab Dinge, die zu tun sein würden, wenn der Tag kam; ich konnte spüren, wie sie sich geduldig wartend aneinanderreihten. William. Das tote Mädchen. Und Jamie hatte irgendetwas über die jüngere Schwester des Mädchens gesagt … Im Moment jedoch verharrte die Zeit reglos und still auf dem Scheitel der Nacht. Ich lag neben Jamie und hörte ihm beim Atmen zu. Im Moment war das genug.

DOCH DIE SONNE ging auf, wie sie es immer tat.

Ich rührte gerade den Frühstücksporridge, als William erschien. Er hatte ein schlammverkrustetes Mädchen dabei, das aussah wie ein vom Blitz getroffener

Baum. William sah zwar auch nicht viel besser aus, machte aber weniger den Eindruck, als könnte er in Stücke fallen.

»Das ist Frances«, sagte er mit leiser, heiserer Stimme und legte ihr seine große Pfote auf die Schulter. »Das sind Mr. und Mrs. Fraser, Fanny.« Sie war so zierlich, dass ich halb erwartete, sie würde unter dem Gewicht seiner Hand in die Knie gehen – was sie aber nicht tat. Nach einem benommenen Moment registrierte sie die Vorstellung und nickte ruckartig mit dem Kopf.

»Setz dich, Schätzchen«, sagte ich und lächelte sie an. »Der Porridge ist fast fertig, und wir haben Toastbrot mit Honig.«

Sie starrte mich an und blinzelte dumpf. Ihre Augen waren rot und geschwollen, ihr Haar hing strähnig unter der zerschlissenen Haube. Ich hatte den Eindruck, dass sie so sehr vom Donner gerührt war, dass sie nicht imstande war, irgendetwas zu begreifen. William sah aus, als hätte ihm jemand einen Hieb vor den Schädel versetzt und ihn betäubt wie einen Ochsen vor der Schlachtung. Ich warf Jamie einen unsicheren Blick zu, weil ich nicht wusste, was ich für sie tun konnte. Er sah sie beide an, dann erhob er sich und nahm das Mädchen in die Arme.

»Hier, *a nighean*, bist du sicher«, sagte er leise und klopfte ihr sanft auf den Rücken. Sein Blick traf Williams Augen, und ich sah etwas zwischen ihnen hin- und hergehen – eine Frage und ihre Antwort. Jamie nickte. »Ich kümmere mich um sie«, versprach er.

»Danke. Sie … Jane«, brachte William schließlich unter Schwierigkeiten heraus. »Ich möchte … möchte sie beerdigen. Anständig. Aber ich glaube nicht, dass ich … Anspruch auf sie erheben kann.«

»Aye«, sagte Jamie. »Wir kümmern uns darum. Geh und tu, was du zu tun hast. Komm zurück, wenn du kannst.«

William blieb noch einen Moment stehen, die rot geränderten Augen auf den Rücken des Mädchens geheftet, dann verbeugte er sich abrupt vor mir und ging. Beim Klang seiner verhallenden Schritte stieß Frances ein leises, verzweifeltes Heulen aus wie ein verwaistes Hündchen. Jamie nahm sie fester in die Arme und hielt sie schützend an seine Brust.

»Jetzt wird alles gut, *a nighean*«, sagte er leise, obwohl sein Blick auf die Tür geheftet war, durch die William gegangen war. »Du bist jetzt zu Hause.«

ICH BEGRIFF ERST, dass Fanny einen Sprachfehler hatte, als ich mit ihr zu Oberst Campbell ging. Bis dahin hatte sie kein Wort gesagt und nur den Kopf geschüttelt oder genickt und kleine Gesten der Weigerung oder des Dankes gemacht.

»Du haft meine Schuefter umgebracht!«, sagte sie laut, als sich Campbell von seinem Schreibtisch erhob, um uns zu begrüßen. Er blinzelte und setzte sich wieder.

»Das glaube ich kaum«, widersprach er und betrachtete sie argwöhnisch. Sie weinte nicht, obwohl ihr Gesicht so fleckig und geschwollen war, als hätte man sie wiederholt geohrfeigt. Aber sie stand aufrecht da, die kleinen Hände zu Fäusten geballt, und funkelte ihn an. Er sah mich an. Ich zuckte leicht mit den Achseln.

»S-sie ift *tot*«, sagte Fanny. »Sie war deine Gefangene!«

Archibald faltete die Hände und räusperte sich.

»Darf ich fragen, wer du bist, Kind? Und wer deine Schwester ist?«

»Ihr Name ist Frances Pocock«, warf ich hastig ein. »Ihre Schwester war Jane Pocock, die meines Wissens … letzte Nacht gestorben ist, während sie bei Euch inhaftiert war. Sie würde gern die Leiche ihrer Schwester mitnehmen, um sie zu bestatten.«

Campbell warf mir einen trostlosen Blick zu.

»Wie ich sehe, verbreiten sich Neuigkeiten schnell. Und Ihr seid, Madam?«

»Eine Freundin der Familie«, sagte ich so entschlossen wie möglich. »Mein Name ist Mrs. James Fraser.«

Seine Miene veränderte sich ein wenig; er kannte den Namen. Das war wahrscheinlich nichts Gutes.

»Mrs. Fraser«, sagte er langsam. »Ich habe schon von Euch gehört. Ihr versorgt die Huren der Stadt mit Syphilismitteln, nicht wahr?«

»Unter … anderem, ja«, sagte ich unangenehm berührt von dieser Beschreibung meiner medizinischen Praxis. Andererseits schien ihm das eine logische Verbindung zwischen mir und Fanny zu liefern, denn er blickte von mir zu ihr und nickte vor sich hin.

»Nun«, sagte er langsam. »Ich weiß nicht, wohin man die … äh … die Tote gebracht …«

»Nenn meine Schuefter nicht ›die *Tote*‹!«, rief Fanny wütend. »Ihr Name ift Jane!«

Kommandeure sind es in der Regel nicht gewohnt, dass man sie anschreit, und Campbell schien da keine Ausnahme zu sein. Sein kantiges Gesicht lief rot an, und er legte die Hände flach auf den Tisch, um sich zu erheben. Doch noch ehe er sich mit der Sitzfläche seiner Hose von seinem Stuhl gelöst hatte, kam sein Adjutant herein und hüstelte diskret.

»Verzeihung, Sir; Oberstleutnant Lord John Grey wünscht, Euch zu sehen.«

»Tut er das?« Diese Nachricht schien Campbell nicht willkommen zu sein, mir aber schon.

»Ich sehe, dass Ihr beschäftigt seid«, sagte ich rasch und packte Fanny beim Arm. »Wir kommen später wieder.« Und ohne darauf zu warten, dass er uns entließ, zerrte ich sie mehr oder weniger aus der Amtsstube.

Und tatsächlich, John stand im Vorzimmer, in voller Uniform. Sein Gesicht war ruhig und freundlich, und ich sah, dass er sich im Diplomatenmodus befand, doch seine Miene veränderte sich in der Sekunde, als er mich sah.

»Was machst du denn hier?«, entfuhr es ihm. »Und …«, mit einem Blick in Fannys Richtung, » … wer zum Teufel ist das?«

»Weißt du von Jane?«, sagte ich und packte ihn am Ärmel. »Was letzte Nacht mit ihr passiert ist?«

»Ja, ich …«

»Wir möchten um die Herausgabe ihrer Leiche bitten, um sie zu beerdigen. Kannst du uns helfen?«

Er entfernte höflich meine Hand und strich sich über den Ärmel.

»Ja, das kann ich. Ich bin aus demselben Grund hier. Ich sage euch Bescheid …«

»Wir warten auf dich«, sagte ich hastig, weil ich merkte, dass der Adjutant stirnrunzelnd in meine Richtung blickte. »Draußen. Komm, Fanny!«

Draußen fanden wir einen guten Platz zum Warten auf einer Bank im gepflegten Vorgarten des Hauses. Auch im Winter war es hier schön. Mehrere Zwergpalmen ragten aus dem Gebüsch wie japanische Sonnenschirme, und selbst das Kommen und Gehen der Soldaten störte den anmutigen Frieden des Gartens nicht. Doch Fanny war nicht in der Stimmung für Frieden.

»Wer war *daf?*«, wollte sie wissen und drehte sich zum Haus um. »Waf will er mit Jane?«

»Äh … das ist Williams Vater«, antwortete ich vorsichtig. »Lord John Grey ist sein Name. Ich vermute, dass William ihn gebeten hat herzukommen, um zu helfen.«

Fanny blinzelte einen Moment, dann wandte sie ihre bemerkenswert durchdringenden Augen auf mich, rot gerändert und blutunterlaufen, aber unleugbar intelligent.

»Er s-sieht aber gar nicht *aus* wie Wiyum«, sagte sie. »Mifter Fuawer sieht aus wie Wiyum.«

Ich erwiderte ihren Blick.

»Tatsächlich?«, sagte ich. »Das ist mir noch gar nicht aufgefallen. Macht es dir etwas aus, einen Moment nichts zu sagen, Fanny? Ich muss nachdenken.«

JOHN KAM ETWA zehn Minuten später heraus. Er blieb auf der Eingangstreppe stehen, sah sich um und winkte. Er kam zu unserem Sitzplatz und verneigte sich sehr förmlich vor Fanny.

»Euer Diener, Miss Frances«, sagte er. »Oberst Campbell hat mir zu verstehen gegeben, dass Ihr Miss Pococks Schwester seid; bitte gestattet mir, Euch mein tiefstes Beileid auszudrücken.«

Er sprach sehr schlicht und aufrichtig, und Fanny stiegen die Tränen in die Augen.

»Kann ich s-sie haben?«, sagte sie leise. »Bitte?«

Ohne Rücksicht auf seine makellose Hose kniete er sich vor ihr auf den Boden und ergriff ihre Hand.

»Ja, Schätzchen«, sagte er ebenso leise. »Natürlich kannst du das.« Er tätschelte ihre Hand. »Würdest du hier warten, nur ganz kurz, während ich mit Mrs. Fraser spreche?« Er erhob sich, zog dabei ein großes, schneeweißes Taschentuch aus seinem Ärmel und reichte es ihr mit einer weiteren kleinen Verbeugung.

»Das arme Kind«, sagte er dann zu mir, als Frances uns nicht mehr hören konnte. Er nahm meine Hand und legte sie unter seinen angewinkelten Ellbogen. »Oder vielmehr Kinder – das andere Mädchen kann ja ebenfalls kaum älter als siebzehn gewesen sein.« Wir gingen ein paar Schritte über einen schmalen Ziegelpfad zwischen den leeren Blumenbeeten, bis wir zusätzlich außer Hörweite sowohl vom Haus als auch der Straße waren. »Wie ich höre, hat William Jamie um Hilfe gebeten. Ich hatte damit gerechnet, dass er das tun könnte, obwohl ich gehofft habe, dass er es nicht tun würde, um ihrer beider willen.«

Sein Gesicht war überschattet, und er hatte bläuliche Ränder unter den Augen; offenbar hatte auch er keine ungestörte Nacht gehabt.

»Wo *ist* William, weißt du das?«, fragte ich.

»Nein. Er hat gesagt, er hätte außerhalb der Stadt etwas zu erledigen, würde aber heute Abend zurückkommen.« Er blickte zurück zum Haus. »Ich habe dafür gesorgt, dass man sich … angemessen um … Jane kümmert. Sie kann natürlich nicht auf einem Kirchhof begraben werden …«

»Natürlich«, murmelte ich, und der Gedanke machte mich wütend. Es entging ihm nicht, doch er räusperte sich und fuhr fort:

»Ich kenne eine Familie mit einem kleinen privaten Friedhof. Ich glaube, ich kann ein Begräbnis in aller Stille arrangieren. Schnell natürlich; morgen in aller Frühe?«

»Das ist sehr gütig von dir«, sagte ich. Allmählich holten mich Sorge und Schlafmangel ein; alles schien merkwürdig dimensionslos zu sein, als wären die Bäume, Menschen und Gartenmöbel einfach nur auf einen gemalten Hintergrund geklebt. Ich schüttelte heftig den Kopf, um klar denken zu können, denn ich musste noch etwas sehr Wichtiges loswerden.

»Ich muss dir etwas erzählen«, sagte ich. »Ich wünschte, es wäre anders, aber es ist nun einmal so. Ezekiel Richardson ist vorgestern in meiner Praxis gewesen.«

»Das kann doch nicht wahr sein!« Beim Klang des Namens war John erstarrt. »Er ist doch wohl nicht mit der Armee hier? Das hätte ich in jedem Fall …«

»Doch, aber nicht mit *eurer* Armee.« So kurz es ging, berichtete ich ihm, was Richardson jetzt war – oder vielmehr, als was er sich jetzt entpuppt hatte. Nur der Himmel wusste, wie lange er schon für die Rebellen spionierte – und welche Absichten er gegenüber Hal und seiner Familie hegte.

John hörte mir ruhig und konzentriert zu, obwohl sein linker Mundwinkel zuckte, als ich ihm Richardsons Plan beschrieb, Einfluss auf Hals politische Aktivitäten zu nehmen.

»Ja, ich weiß«, sagte ich trocken, als ich das bemerkte. »Ich vermute, er kennt Hal nicht besonders gut. Aber vor allem …« Ich zögerte, aber *das* musste er unbedingt wissen.

»Er weiß von dir«, platzte ich unumwunden heraus. »Was du … bist. Ich meine, dass du …«

»Was ich bin«, wiederholte er ausdruckslos. Bis jetzt war sein Blick auf mein

Gesicht gerichtet gewesen; nun wandte er ihn ab. »Ich verstehe.« Er holte tief Luft und atmete langsam wieder aus.

John war ein distinguierter Soldat und Ehrenmann, Mitglied einer uralten Adelsfamilie. Außerdem war er homosexuell, in einer Zeit, als auf dieses spezielle Attribut die Todesstrafe stand. Dass dieses Wissen in den Händen eines Mannes lag, der ihm und seiner Familie nicht wohlgesonnen war … Ich machte mir keine Illusionen über das, was ich gerade getan hatte – mit drei Worten hatte ich ihm gezeigt, dass er auf einem dünnen Seil über einem tiefen Abgrund stand, und Richardson hielt das Ende des Seils.

»Es tut mir so leid, John«, sagte ich ganz leise. Ich berührte seinen Arm, und er legte kurz die Hand auf die meine, drückte sie sacht und lächelte.

»Danke.« Einen Moment sah er das Ziegelpflaster unter seinen Füßen an, dann hob er den Kopf. »Weißt du, wie er an diese … Information gelangt ist?« Er sprach zwar ruhig, doch unter seinem verletzten Auge zuckte kaum merklich ein Nerv. Ich hätte gern meinen Finger darauf gelegt, um ihn zur Ruhe zu bringen. Doch es gab nichts, was ich tun konnte.

»Nein.« Ich blickte auf die Bank zurück. Fanny war noch da, eine kleine, desolate Gestalt mit gesenktem Kopf. Ich richtete den Blick wieder auf John; seine Stirn war gerunzelt, und er überlegte.

»Eines noch. Hals Schwiegertochter, die junge Frau mit dem seltsamen Namen …«

»Amaranthus«, unterbrach er mich und lächelte ironisch. »Ja, was ist mit ihr? Sag jetzt nicht, dass Ezekiel Richardson sie einfach erfunden hat.«

»Zuzutrauen wäre es ihm, vermutlich aber nicht.« Ich informierte ihn, was ich von Mr. Jameson erfahren hatte.

»Das habe ich William ebenfalls bereits erzählt«, sagte ich. »Aber dann …« Ich machte eine Handbewegung, mit der ich Fanny, Jane, Campbell und noch einiges andere erfasste. »Ich glaube nicht, dass er schon dazu gekommen ist, nach Saperville zu gehen und sie zu suchen. Du denkst aber nicht, dass das die Erledigung ist, von der er gesprochen hat, oder?«, fragte ich, weil es mir plötzlich einfiel.

»Weiß der Himmel.« Er rieb sich das Gesicht, dann richtete er sich auf. »Ich muss gehen. Ich muss Hal ein paar Dinge sagen. Nicht … das, glaube ich«, sagte er, als er mein Gesicht sah. »Aber es gibt offensichtlich ein paar Dinge, die er erfahren muss, und zwar schnell. Gott segne dich, meine Liebe. Ich lasse euch eine Nachricht zukommen, was morgen betrifft.« Er nahm meine Hand, küsste sie sacht und ließ los.

Ich sah ihm nach. Er ging kerzengerade davon, und das Rot seines Rockes leuchtete wie Blut im blassen Grau und Grün des winterlichen Gartens.

WIR BEGRUBEN JANE am Morgen eines grauen, kalten Tages. Der Himmel hing voller Regenwolken, und ein heftiger Wind wehte vom Meer heran. Es war ein kleiner privater Friedhof, der zu einem großen Haus vor den Toren der Stadt gehörte.

Wir alle begleiteten Fanny, selbst die Mädchen und Germain. Ich sorgte mich ein wenig um sie; sie mussten sich ja an Henri-Christians Tod erinnern. Doch der Tod gehörte halt zum Leben, und sie standen zwar ernst und bleich unter den Erwachsenen, aber sie waren gefasst. Allerdings hatte ich den Eindruck, dass Fanny weniger gefasst war als vielmehr vollständig taub; sie hatte alle Tränen geweint, die ihr kleiner Körper hatte hergeben können, und sie war weiß und starr wie ein ausgebleichtes Stöckchen.

John kam in seiner Uniform (falls jemand neugierig wurde und uns zu stören versuchte, erklärte er mir leise). Der Sargbauer hatte nur Särge für Erwachsene gehabt; Janes verhüllte Leiche sah so sehr wie eine Insektenlarve aus, dass ich halb damit rechnete, es leise klappern zu hören, als die Männer sie aufhoben. Fanny hatte darauf verzichtet, ihrer Schwester ein letztes Mal ins Gesicht zu sehen, und ich hielt das auch für besser so.

Wir hatten keinen Priester oder Prediger; sie war eine Selbstmörderin, und dieser Boden war nur durch unseren Respekt geweiht. Als die letzte Erde in ihr Grab geschaufelt war, standen wir schweigend da und warteten, und der raue Wind ließ unser Haar und unsere Kleider wehen.

Jamie holte tief Luft und trat ans Kopfende des Grabes. Er sprach das gälische Gebet, das sie die Totenklage nannten, doch auf Englisch, um Fannys und Lord Johns willen.

»Du gehst heute Abend heim in dein Heim des Winters,
In dein Heim des Herbstes, des Frühjahrs und des Sommers;
Du gehst heute Abend heim in dein ewiges Heim,
In dein ewiges Bett, in deinen ewigen Schlummer.

Schlaf nur, schlaf, und fort mit deinem Leid,
Schlaf nur, schlaf, und fort mit deinem Leid,
Schlaf nur, schlaf, und fort mit deinem Leid,
Schlaf nur, Geliebte, in den Falten des Felsens.

Der Schatten des Todes liegt auf deinem Gesicht, Geliebte,
Doch der Jesus der Gnade hält seine Hand über dich,
Nah der Dreifaltigkeit enden deine Schmerzen,
Christus steht vor dir und hat Frieden im Sinn.«

Jenny, Ian, Fergus und Marsali murmelten die letzte Strophe mit ihm gemeinsam.

»Schlafe, oh schlaf in der Ruhe aller Ruhe,
Schlafe, oh schlaf im Schutz allen Schutzes,
Schlafe, oh schlaf in der Liebe aller Liebe,
Schlaf, oh Geliebte, im Herrn des Lebens,
Schlaf, oh Geliebte, im Gott des Lebens!«

Erst als wir uns zum Gehen wandten, sahen wir William. Er stand vor dem schmiedeeisernen Zaun, der die Grabstätte einfriedete, hochgewachsen und ernst in einem dunklen Umhang, und der Wind spielte in seinem dunklen Haarzopf. Er hielt eine kräftige Stute am Zügel, deren Rücken so breit war wie ein Scheunentor. Als ich mit Fanny an der Hand den Friedhof verließ, kam er auf uns zu, und das Pferd folgte ihm gehorsam.

»Das ist Miranda«, sagte er zu Fanny. Sein Gesicht war weiß und vom Schmerz gezeichnet, doch seine Stimme war ruhig. »Sie gehört jetzt dir. Du wirst sie brauchen.« Er nahm Fannys reglose Hand, drückte ihr die Zügel hinein und schloss ihre Finger darum. Dann sah er mich an, und der Wind peitschte ihm die Haarsträhne ins Gesicht. »Werdet ihr für sie sorgen, Mutter Claire?«

»Natürlich werden wir das«, sagte ich mit zugeschnürter Kehle. »Wohin gehst du, William?«

Da lächelte er ganz schwach.

»Das spielt keine Rolle«, sagte er und ging davon.

Fanny blickte völlig verständnislos zu Miranda auf. Ich nahm ihr sanft die Zügel ab, tätschelte das Pferd am Kopf und sah mich suchend nach Jamie um. Er unterhielt sich im Inneren der Einfriedung noch mit Marsali; die anderen waren schon draußen und standen frierend zusammen; Ian und Fergus unterhielten sich mit Lord John, während Jenny und Rachel die Kinder hüteten – deren Blicke allesamt auf Fanny gerichtet waren.

Jamie runzelte leicht die Stirn, doch schließlich nickte er, beugte sich vor und küsste Marsali auf die Stirn. Dann kam er heraus. Er zog eine Augenbraue hoch, als er Miranda sah, und ich erklärte ihm alles.

»Aye, nun ja«, sagte er mit einem Blick in Fannys Richtung. »Was ist schon eins mehr oder weniger?« Seine Stimme hatte einen seltsamen Unterton, und ich sah ihn fragend an.

»Marsali hat mich gefragt, ob wir Germain nehmen würden«, erklärte er und zog Fanny in seine schützende Umarmung, als sei dies ganz selbstverständlich.

»Tatsächlich?« Ich sah mich nach dem Rest der Familie um. »Warum denn?« Wir hatten gestern Abend alle ausführlich miteinander geredet und beschlossen, dass wir mit dem Aufbruch aus Savannah nicht bis zum Frühjahr warten würden. In der besetzten Stadt hatten Fergus und Marsali keine Chance, die Veröffentlichung ihrer Zeitung wieder aufzunehmen, und jetzt, da Oberst Richardson hinter den Kulissen lauerte, erschien uns die Stadt allmählich zu brisant.

Wir würden alle gemeinsam nach Charleston reisen, dafür sorgen, dass sich Fergus und Marsali dort häuslich niederlassen konnten, und schließlich würde der Rest nach Norden gehen, nach Wilmington, wo wir beginnen würden, uns für die Reise in die Berge auszurüsten, sobald im März die Schneeschmelze begann.

»Du hast es ihnen ja selbst gesagt, Sassenach«, sagte Jamie und kratzte Miranda mit der freien Hand am Schopf. »Wie der Krieg werden würde und wie lange er dauern würde. Germain ist jetzt in einem Alter, in dem er sich mitten ins Gemenge stürzen würde. Marsali hat Angst, dass ihm etwas zustoßen wird, wenn er in einer Stadt herumläuft, in der Dinge passieren, die im Krieg nun einmal *passieren*. In den Bergen ist es weiß Gott nicht unbedingt ungefährlicher«, sagte er und verzog das Gesicht, während er sich offensichtlich an einige Zwischenfälle erinnerte, die sich dort ereignet hatten, »doch im Großen und Ganzen ist er wahrscheinlich besser aufgehoben, wenn er nicht an einem Ort ist, wo er von der Miliz verpflichtet oder in den Dienst der britischen Marine gepresst werden könnte.«

Ich blickte auf den Kiesweg, der auf das Haus zuführte; Germain hatte sich von seiner Mutter, seiner Großmutter und seinen Schwestern entfernt und sich Ians und Fergus' Gespräch mit Lord John angeschlossen.

»Aye, er weiß, dass er ein Mann ist«, stellte Jamie trocken fest, als er meiner Blickrichtung folgte. »Komm mit, *a leannan*«, sagte er zu Fanny. »Höchste Zeit, dass wir alle frühstücken.«

135

AMARANTHUS

Saperville
15. Januar 1779

Saperville war zwar schwer zu finden, doch wenn man es einmal gefunden hatte, war es so klein, dass es sie nur drei Fragen kostete, den Aufenthaltsort einer Witwe namens Grey in Erfahrung zu bringen.

»Da.« Hal brachte sein Pferd zum Stehen und wies kopfnickend auf ein Haus, das hundert Meter von der Straße im Schatten einer enormen Magnolie stand. Sein Ton war zwar beiläufig, doch John konnte den Muskel sehen, der am Kinn seines Bruders zuckte.

»Nun … dann gehen wir wohl einfach hin und klopfen an die Tür.« Beide lenkten ihr Pferd auf den zerfurchten Weg, stiegen ab und banden die Zügel an einen Holzpfosten. John machte sich ein erstes Bild von der Umgebung, während er auf das Haus zuschritt. Es war ein ziemlich schäbiges Haus; die vordere Veranda war an einer Ecke eingesunken, weil das Fundament nachgegeben hatte, und die wenigen Fenster waren zur Hälfte mit Brettern vernagelt. Doch es war bewohnt; der Schornstein spuckte Rauch auf eine Weise, die davon zeugte, dass er schon länger nicht mehr gefegt worden war.

Eine heruntergekommene Frau öffnete ihnen die Tür. Es war eine Weiße, die einen fleckigen Morgenmantel und Filzpantoffeln trug, mit argwöhnischen Augen und säuerlich verzogenen Mundwinkeln, die vom Kautabak verfärbt waren.

»Ist Mrs. Grey zu Hause?«, erkundigte Hal sich höflich.

»Keiner hier, der so heißt«, blaffte die Frau und machte Anstalten, die Tür zu schließen, was Hal mit seinem Stiefel verhinderte.

»Man hat uns diese Adresse genannt, Madam«, sagte Hal, dessen Höflichkeit jetzt spürbar schwand. »Seid doch bitte so gut und teilt Mrs. Grey mit, dass sie Besuch hat.«

Die Frau kniff die Augen zusammen.

»Und wer zum Teufel seid Ihr, Mr. Dicke Hose?«

Die Frau hatte Nerven, das musste John ihr lassen, doch er hatte den Eindruck, dass es besser war, wenn er sich einmischte, ehe Hal zu keuchen begann.

»Das ist Seine Durchlaucht, der Herzog von Pardloe, Madam«, sagte er mit der größtmöglichen Höflichkeit. Ihr Gesicht veränderte sich augenblicklich, wenn auch nicht zum Guten. Ihr Mund verhärtete sich, doch ihre Augen nahmen einen räuberischen Glanz an.

»*Elle connaît ton nom*«, sagte er zu Hal. Sie kennt deinen Namen.

»Ich weiß«, gab sein Bruder zurück. »Madam …«

Was auch immer er sagen wollte, wurde durch das plötzliche Kreischen eines Babys unterbrochen, irgendwo im ersten Stock.

»Ich bitte um Verzeihung, Madam«, sagte Lord John höflich zu der schlampigen Frau, packte sie bei den Ellbogen, schob sie rückwärts ins Haus, drehte sie um und bugsierte sie in die Küche. Dort gab es eine Vorratskammer, und er schob sie hinein, knallte die Tür zu, nahm ein Brotmesser vom Tisch und benutzte es als improvisierten Riegel.

Hal war unterdessen oben verschwunden, wobei er mehr Lärm machte als eine ganze Kavalleriekompanie. John galoppierte ihm nach, und als er das obere Ende der Treppe erreichte, war sein Bruder schon aus Leibeskräften damit beschäftigt, die Tür einzutreten, hinter der das Sirenengeheul eines Babys ertönte und das noch lautere Geschrei einer Frau, die wahrscheinlich die Mutter des Babys war.

Es war eine solide Tür; Hal warf sich mit der Schulter dagegen und flog zurück, als wäre er aus Gummi. Unbeeindruckt hob er den Fuß und trat mit der Sohle gegen die Türfüllung, die zwar splitterte, aber nicht nach innen nachgab.

Er wischte sich mit dem Ärmel über das Gesicht, warf einen Blick auf die Tür, und als er durch die zersplitterte Füllung eine Bewegung sah, rief er: »Junge Dame! Wir sind hier, um Euch zu retten! Haltet Euch von der Tür fern!« Dann wandte er sich mit ausgestreckter Hand an John. »Pistole, bitte«, verlangte er.

»Ich mache das«, wehrte John resigniert ab. »Du hast doch überhaupt keine Erfahrung mit Türknäufen.«

Woraufhin er mit gespielter Beiläufigkeit die Pistole aus seinem Gürtel zog, sorgfältig zielte und den Türknauf in Stücke schoss. Anscheinend erschraken die Insassen des Zimmers beim Knall der Pistole, denn es wurde totenstill. Er schob den Stiel des zerschmetterten Türknaufs sacht durch die Tür; die Überreste des Knaufes fielen auf der anderen Seite der Tür zu Boden, und er drückte die Tür vorsichtig auf.

Hal bedankte sich mit einem Kopfnicken und trat durch die Rauchkringel vor.

Das Zimmer war klein und ziemlich verdreckt, und es war mit kaum mehr als einem Bett, einem Hocker und einem Waschtisch möbliert. Der Hocker war besonders bemerkenswert, weil er von einer wild dreinblickenden jungen Frau geschwungen wurde, die sich mit der anderen Hand ein Baby an die Brust klammerte.

Aus einem Korb in der Ecke kam Ammoniakgestank, denn dort stapelten sich schmutzige Windeln; ein zusammengefalteter Quilt in einer Schublade zeigte an, wo das Baby geschlafen hatte, und die junge Frau sah nicht so ordentlich aus, wie es ihrer Mutter wohl lieb gewesen wäre, denn ihre Haube saß schief, und ihre Schürze war fleckig. Hal ignorierte all diese äußeren Umstände und verbeugte sich vor ihr.

»Spreche ich mit Miss Amaranthus Cowden?«, sagte er höflich. »Oder ist es Mrs. Grey?«

John sah seinen Bruder unmerklich mit dem Kopf schüttelnd an und wandte sich mit einem herzlichen Lächeln an die junge Frau.

»*Gräfin* Grey«, sagte er mit einer tiefen Verbeugung. »Euer ergebenster Diener, Lady Grey.«

Die Frau blickte panisch von einem Mann zum anderen, den Hocker nach wie vor erhoben, unfähig, sich einen Reim auf diese Invasion zu machen, bis sie sich schließlich entschied, dass John die bessere – wenn auch immer noch zweifelhafte – Informationsquelle war.

»Wer *seid* Ihr?«, fragte sie und presste sich mit dem Rücken an die Wand. »Leise, Schätzchen.« Denn das Baby, das sich von seinem Schreck erholt hatte, hatte jetzt beschlossen zu quengeln.

»Nun … dies ist Herzog Harold von Pardloe, und ich bin sein Bruder, Lord John Grey. Falls unsere Informationen korrekt sind, sind wir, glaube ich, Euer Schwiegervater und Euer angeheirateter Onkel. Außerdem«, merkte er zu Hal gewandt an, »was glaubst du denn, wie viele Menschen namens Amaranthus Cowden es in den Kolonien geben kann?«

»Sie hat doch noch gar nicht gesagt, dass sie Amaranthus Cowden *ist*«, wandte Hal ein. Allerdings schenkte er der jungen Frau ein Lächeln, und sie reagierte so, wie es die meisten Frauen taten, indem sie ihn nämlich mit leicht geöffnetem Mund anstarrte.

»Darf ich?« Er streckte die Hand aus und nahm ihr den Hocker sanft aus der widerstandslosen Hand, stellte ihn auf den Boden und winkte ihr, Platz zu nehmen. »Was für ein Name ist denn Amaranthus, wenn ich fragen darf?« Sie schluckte, blinzelte und setzte sich mit dem Baby hin.

»Es ist eine Blume«, antwortete sie und klang ziemlich verdattert. »Mein Großvater ist Botaniker. Es hätte ja schlimmer sein können«, fügte sie etwas schärfer hinzu, als sie John lächeln sah. »Es hätte auch Ampelopsis oder Petunia sein können.«

»Amaranthus ist ein wunderschöner Name, meine Liebe – wenn ich Euch so nennen darf?«, sagte Hal höflich und ernst. Er winkte dem Baby, das aufgehört hatte zu quengeln und ihn argwöhnisch betrachtete, mit dem Zeigefinger. Hal zog sich die Offiziershalsberge über den Kopf und ließ den glänzenden Gegenstand so vor dem Baby baumeln, dass es danach fassen konnte, was es auch prompt tat.

»Er kann sich daran nicht verschlucken«, versicherte Hal Amaranthus. »Sein Vater – und die Brüder seines Vaters – haben sie alle beim Zahnen benutzt. Ich übrigens ebenso.« Er lächelte sie an. Sie war immer noch bleich, nickte ihm jedoch argwöhnisch zu.

»Wie heißt der Kleine denn, meine Liebe?«, fragte John.

»Trevor«, sagte sie und schloss die Arme fester um das Kind, das jetzt ganz darauf konzentriert war, sich die halbmondförmige Halsberge – halb so groß wie sein Kopf – in den Mund zu stecken. »Trevor Grey.« Sie ließ den Blick stirnrunzelnd zwischen den Gebrüdern Grey hin- und herwandern. Dann hob sie das Kinn und sagte klar und deutlich: »Trevor… *Wattiswade*… Grey. Eure Durchlaucht.«

»Dann seid Ihr also Bens Frau.« Hals Schultern verloren ein wenig von ihrer Anspannung. »Wisst Ihr, wo Ben ist, meine Liebe?«

Ihr Gesicht erstarrte, und sie umklammerte das Baby noch fester.

»Benjamin ist tot, Eure Durchlaucht«, sagte sie stockend. »Doch dies ist sein Sohn, und wenn es Euch nichts ausmacht… würden wir sehr gerne mit Euch kommen.«

136

WAS ZU SAGEN BLEIBT

William schob sich durch die Menge auf dem Marktplatz, ohne die Beschimpfungen der Passanten zu beachten, die er beiseiteschubste.

Er wusste, wohin er unterwegs war und was er vorhatte, wenn er dort war. Es war das Einzige, was noch zu tun war, ehe er Savannah verließ. Danach… war nichts mehr von Bedeutung.

Sein Kopf dröhnte wie ein entzündeter Abszess. Alles dröhnte. Seine Hand – wahrscheinlich hatte er sich etwas gebrochen, doch es war ihm gleichgültig. Sein Herz, das schmerzend in seiner Brust hämmerte. Er hatte nicht geschlafen, seit sie Jane beerdigt hatten; würde wahrscheinlich auch nie wieder schlafen, und es war ihm ebenfalls völlig gleichgültig.

Er wusste noch, wo das Lagerhaus war. Es war beinahe leer; zweifellos hatten die Soldaten alles mitgenommen, was der Besitzer nicht rechtzeitig hatte beiseiteschaffen können. An der hinteren Wand lungerten drei Männer herum; sie saßen auf den wenigen verbliebenen Fässern mit eingelegtem Fisch und rauchten ihre Pfeifen; er roch ihren Tabak, ein kleiner Trost in der kalten, fischgeschwängerten Leere des Gebäudes.

»James Fraser?«, sagte er zu einem der Männer, und der Mann zeigte mit dem Pfeifenstiel auf eine kleine Schreibstube, eine Art Schuppen, der an der Rückwand des Lagerhauses angebaut war.

Die Tür stand offen; Fraser saß an einem Tisch, der mit Papieren bedeckt war, und schrieb etwas im Licht, das durch ein kleines vergittertes Fenster in seinem Rücken fiel. Beim Klang von Williams Schritten blickte er auf, und als er ihn sah, legte er seinen Federkiel hin und erhob sich langsam. William trat vor und blickte ihn über den Tisch hinweg an.

»Ich bin hier, um mich zu verabschieden«, sagte William sehr förmlich. Seine Stimme klang weniger fest, als ihm lieb gewesen wäre, und er räusperte sich heftig.

»Aye? Wohin willst du denn gehen?« Fraser trug sein Plaid, dessen verblichene Farben in dem schwachen Licht noch gedämpfter erschienen, doch dasselbe bisschen Licht schlug plötzlich Funken in seinem Haar, als er den Kopf bewegte.

»Ich weiß es nicht«, sagte William schroff. »Es spielt auch keine Rolle.« Er holte tief Luft. »Ich … wollte dir danken. Für das, was du getan hast. Auch wenn …« Es schnürte ihm die Kehle zu; sosehr er es die ganze Zeit versucht hatte – er konnte Janes Hand nicht aus dem Kopf bekommen.

Fraser tat seinen Dank mit einer kleinen Handbewegung ab und sagte leise: »Möge Gott der armen Kleinen Frieden schenken.«

»So sei es«, sagte William und räusperte sich erneut. »Aber es gibt noch einen weiteren Gefallen, um den ich dich bitten wollte.«

Fraser hob den Kopf; er sah zwar überrascht aus, nickte aber.

»Aye, natürlich«, sagte er. »Wenn ich kann.«

William drehte sich um und zog die Tür zu, dann wandte er sich dem Mann wieder zu.

»Sag mir, wie ich entstanden bin.«

Frasers Augen blitzten erstaunt auf, dann kniff er sie zusammen.

»Ich will wissen, was geschehen ist«, sagte William. »Als du mit meiner Mutter geschlafen hast. Was ist in dieser Nacht geschehen? Wenn es denn Nacht *war*«, fügte er hinzu und kam sich sofort töricht vor.

Fraser betrachtete ihn einen Moment.

»Möchtest du *mir* erzählen, wie es war, als du das erste Mal mit einer Frau geschlafen hast?«

William spürte, wie ihm das Blut in den Kopf stieg, doch ehe er etwas sagen konnte, fuhr der Schotte fort:

»Aye, genau. Ein anständiger Mann spricht nicht von solchen Dingen. Deinen Freunden würdest du so etwas doch auch nicht erzählen, oder? Nein, natürlich nicht. Noch weniger würdest du es deinem … Vater erzählen, oder ein Vater seinem …« Das Zögern vor dem Wort »Vater« war zwar kurz, aber William hörte es ohne Schwierigkeiten. Doch Frasers Mund war entschlossen und sein Blick direkt.

»Ich würde es dir nicht erzählen, ganz gleich, wer du bist. Aber da du der bist, der du bist …«

»Da ich der bin, der ich bin, glaube ich, dass ich ein Anrecht habe, es zu erfahren!«

Einen Moment lang sah ihn Fraser ausdruckslos an. Er schloss die Augen und seufzte. Dann öffnete er sie wieder und richtete sich auf.

»Nein, das hast du nicht. Aber das ist es ja auch gar nicht, was du wissen *willst*«, sagte er. »Du willst wissen, ob ich deine Mutter gezwungen habe. Nein. Du willst wissen, ob ich deine Mutter geliebt habe. Nein.«

William ließ das einen Moment so stehen und atmete kontrolliert, bis er sich sicher war, dass seine Stimme ihn nicht im Stich lassen würde.

»Hat sie dich geliebt?« *Es wäre einfach gewesen, ihn zu lieben.* Der Gedanke kam ihm ungefragt – und unwillkommen –, doch mit ihm kam auch die Erinnerung an Mac, den Stallknecht. Etwas, das er mit seiner Mutter gemeinsam hatte.

Fraser hatte den Blick gesenkt; er beobachtete eine Ameisenstraße auf den zerkratzten Bodendielen.

»Sie war sehr jung«, sagte er leise. »Ich war doppelt so alt wie sie. Es war meine Schuld.«

Es folgte kurzes Schweigen, das nur durch ihren Atem unterbrochen wurde und die Rufe der Arbeiter am Fluss.

»Ich habe die Porträts gesehen«, sagte William abrupt. »Meines … des achten Grafen. Ihres Mannes. Du?«

Fraser verzog ein wenig den Mund, doch er schüttelte den Kopf.

»Aber du weißt es – hast es gewusst. Er war fünfzig Jahre älter als sie.«

Frasers verstümmelte Hand zuckte, und seine Finger klopften sacht auf seinen Oberschenkel. Ja, er hatte es gewusst. Wie hätte er es auch *nicht* wissen sollen? Er senkte den Kopf, nicht ganz ein Nicken.

»Ich bin nicht dumm, weißt du«, sagte William, lauter als beabsichtigt.

»Das habe ich auch nie angenommen«, murmelte Fraser, sah ihn aber nicht an.

»Ich kann rechnen«, fuhr William mit zusammengebissenen Zähnen fort. »Du bist kurz vor ihrer Hochzeit mit ihr zusammen gewesen. Oder war es kurz danach?«

Das saß; Frasers Kopf fuhr hoch, und dunkelblaue Wut blitzte auf.

»Ich würde nie einen verheirateten Mann betrügen. Das zumindest musst du mir glauben.«

Merkwürdigerweise tat er das. Und trotz der Wut, die er immer noch zu unterdrücken versuchte, kam ihm der Gedanke, dass er vielleicht verstand, wie es möglicherweise gewesen war.

»Sie war tollkühn.« Er sagte es als Feststellung, nicht als Frage, und sah Fraser aufblinzeln. Es war zwar kein Nicken, doch er glaubte, dass es Bestätigung war, und fuhr selbstbewusster fort:

»Das sagt jeder – jeder, der sie kannte. Sie war tollkühn, schön, achtlos … sie hat etwas riskiert …«

»Sie hatte Mut.« Die Worte klangen leise wie ins Wasser geworfene Kiesel, und die Wellen breiteten sich in der kleinen Stube aus. Fraser sah ihn immer noch unverwandt an. »Haben sie dir das ebenfalls erzählt? Ihre Familie, die Menschen, die sie gekannt haben?«

»Nein«, sagte William und spürte das Wort so scharf wie einen Stein in seiner Kehle. Eine Sekunde lang hatte er sie in diesen Worten gesehen. Er hatte sie *gesehen*, und das Wissen um die schiere Größe seines Verlustes schlug wie der Blitz mitten durch seine Wut. Er hämmerte mit der Faust auf den Tisch, einmal, zweimal, schlug darauf ein, bis das Holz bebte und die Tischbeine über den Boden hüpften, die Papiere flogen und das Tintenfass umfiel.

Er hörte genauso plötzlich auf, wie er angefangen hatte, und der Lärm verstummte.

»Tut es dir *leid*?«, fragte er und versuchte erst gar nicht zu verhindern, dass seine Stimme bebte. »Tut es dir leid, verdammt?«

Fraser hatte sich abgewandt; jetzt drehte er sich abrupt zu ihm um, sprach aber nicht sofort. Als er es dann tat, war seine Stimme leise und fest.

»Sie ist daran gestorben, und ich werde ihren Tod betrauern und Buße dafür tun, bis ich selber sterbe. Aber …« Er presste kurz die Lippen aufeinander, dann kam er um den Tisch herum, so schnell, dass William nicht zurückweichen konnte, hob die Hand und umfasste Williams Wange, die Berührung leicht und brennend zugleich.

»Nein«, flüsterte er. »Nein! Es tut mir nicht leid.« Dann fuhr er auf dem Absatz herum, stieß die Tür auf und verschwand mit wehendem Kilt.

NEUNTER TEIL

»THIG CRIOCH AIR AN T-SAOGHAL ACH MAIRIDH CEOL AGUS GAOL.«

DIE WELT MAG IRGENDWANN ENDEN, DOCH DIE LIEBE UND DIE MUSIK WERDEN BLEIBEN.

137

EINE HERBERGE IN DER WILDNIS

Ich konnte gar nicht aufhören zu atmen. Seit dem Moment, in dem wir die Salzmarschen Savannahs mit ihrem permanenten Dunst aus Reisfeldern, Schlamm und verwesenden Krustentieren hinter uns gelassen hatten, war die Luft zunehmend klarer geworden, die Gerüche sauberer – nun ja, abgesehen von Wilmington und seinem Wattenmeer, das nach den Erinnerungen an Krokodile und tote Piraten roch – und würziger. Als wir dann endlich den Gipfel des letzten Passes erreichten, hatte ich das Gefühl, ich könnte explodieren vor Freude am Spätfrühlingsgeruch der Wälder, einer berauschenden Mixtur aus Kiefer und Balsamfichte, aus frischem grünem Eichenlaub und dem Herbstgeruch der Eicheln am Boden und der nussigen Süße der Mastkastanien unter ihrer feuchten Laubschicht – so kräftig, dass es der Luft Auftrieb zu verleihen schien und sie mich mit sich trug. Ich konnte nicht genug davon in meine Lunge bekommen.

»Wenn du weiter so hechelst, Sassenach, fällst du noch in Ohnmacht«, sagte Jamie lächelnd, als er an meine Seite trat. »Wie ist denn das neue Messer?«

»Wunderbar! Sieh nur, ich habe eine riesige Ginsengwurzel gefunden und eine Birkengalle und …«

Er brachte mich mit einem Kuss zum Schweigen, und ich ließ den feuchten Leinenbeutel voller Pflanzen auf den Weg fallen und erwiderte den Kuss. Er hatte wilde Frühlingszwiebeln und Brunnenkresse gegessen, die er triefend nass aus einem Bach gepflückt hatte, und er roch nach seinem eigenen Körper, nach Kiefernharz und nach dem Blut der beiden toten Kaninchen, die an seinem Gürtel hingen; es war, als küsste man die Wildnis selbst, und es dauerte eine Weile, bis wir durch ein diskretes Hüsteln aus geringer Entfernung unterbrochen wurden.

Wir ließen einander augenblicklich los, und ich trat automatisch einen Schritt hinter Jamie, während er sich vor mich stellte, die Hand über seinem Dolch. Den Bruchteil einer Sekunde später war er einen Riesenschritt nach vorn gestürzt, und Mr. Wemyss war in seiner festen Umarmung verschwunden.

»Joseph! *A charaid! Ciamar a tha thu?*«

Mr. Wemyss, ein kleiner, schmächtiger, älterer Mann, verlor buchstäblich den Boden unter den Füßen; ich konnte sehen, wie ihm ein Schuh lose von den Zehen baumelte, bis er auf Strümpfen zappelnd Halt suchte. Ich lächelte und sah mich nach Rachel und Ian um. Sie waren noch nicht in Sicht, doch stattdessen erspähte ich einen kleinen Jungen mit einem runden Gesicht auf dem Weg. Er war ungefähr vier oder fünf und hatte langes blondes Haar.

»Äh… Rodney?«, riet ich hastig. Ich hatte ihn das letzte Mal gesehen, als er ungefähr zwei war, aber ich konnte mir nicht vorstellen, wer Mr. Wemyss sonst begleiten sollte.

Das Kind nickte und betrachtete mich emotionslos.

»Bist du die Heilerin?«, fragte es mit bemerkenswert tiefer Stimme.

»Ja«, sagte ich ziemlich überrascht über diese Anrede, aber noch überraschter darüber, wie richtig sich die Selbstverständlichkeit anfühlte, mit der ich sie auf mich bezog. In diesem Moment wurde mir klar, dass ich auf dem Weg bergauf Schritt für Schritt meine Identität wieder angenommen hatte. Während ich die Düfte des Hügels roch und seine Fülle erntete, hatte ich einige Schichten der jüngsten Vergangenheit abgelegt und war wieder das geworden, was ich an diesem Ort zuletzt gewesen war. Ich war zurück.

»Ja«, sagte ich erneut. »Ich bin Mrs. Fraser. Du kannst mich Oma Fraser nennen, wenn du möchtest.«

Er nickte nachdenklich, ließ meine Worte auf sich wirken, und seine Lippen formten ein- oder zweimal »Oma Fraser«, als wollte er die Worte schmecken. Dann richtete sich sein Blick auf Jamie, der Mr. Wemyss jetzt wieder komplett auf die Füße gestellt hatte und mit einer Freude auf ihn hinunterlächelte, die mein Herz in Wachs verwandelte.

»Ist das Ehrwürden?«, flüsterte Rodney nun beeindruckt und kam ein bisschen näher zu mir.

»Das ist Ehrwürden«, pflichtete ich ihm bei und nickte ernst.

»Aidan hat gesagt, er ist groß«, sagte Rodney nach weiterer kurzer Betrachtung.

»Meinst du, er ist groß genug?«, fragte ich und stellte ziemlich überrascht fest, dass ich nicht wollte, dass Rodneys erste Begegnung mit Ehrwürden eine Enttäuschung für ihn wurde.

Rodney legte den Kopf auf eine merkwürdige Weise schief, die mir außerordentlich vertraut war – seine Mutter Lizzie machte es so, wenn sie etwas beurteilte –, und sagte philosophisch: »Nun ja, auf jeden Fall ist er viel größer als ich.«

»Alles ist relativ«, pflichtete ich ihm bei, was mir einen leicht verständnislosen Blick eintrug. »Aber sag doch, wie geht es deiner Mutter? Und deinem… äh… Vater?«

Ich fragte mich, ob Lizzie wohl immer noch ihre unorthodoxe Ehe führte. Nachdem sie sich unabsichtlich in eineiige Zwillingsbrüder verliebt hatte, hatte sie es – mit einer List und Tücke, die niemand von einer bescheidenen neunzehnjährigen Leibeigenen erwartet hätte – eingefädelt, sie beide zu heiraten. Es war unmöglich zu sagen, ob Josiah oder Kezziah Beardsley Rodneys Vater war, aber ich fragte mich…

»Oh, Mami bekommt noch eins«, sagte Rodney beiläufig. »Sie sagt, sie wird Papa oder Pa oder alle beide kastrieren, wenn es sich nicht anders verhindern lässt.«

»Äh… ja, das wäre natürlich wirkungsvoll«, sagte ich ziemlich verblüfft.

»Wie viele Geschwister hast du denn?« Einer Schwester hatte ich vor unserer Abreise verholfen, auf die Welt zu kommen, aber …

»Eine Schwester und einen Bruder.« Ich fing eindeutig an, Rodney zu langweilen, und er stellte sich auf die Zehenspitzen, um hinter mir auf den Weg zu schauen. »Ist das Maria?«

»Was?« Ich drehte mich um und sah, wie Ian und Rachel ein Stück unter uns um eine Serpentine bogen und dann zwischen den Bäumen verschwanden.

»Du weißt schon, Maria und Josef auf der Flucht nach Ägypten«, sagte er, und plötzlich verstand ich und lachte. Rachel, deren Schwangerschaft nicht zu übersehen war, ritt Clarence. Und Ian, der sich während der letzten Monate nicht die Mühe gemacht hatte, sich zu rasieren, und einen Bart von wahrhaft biblischen Ausmaßen trug, ging neben ihr her. Jenny, die vermutlich irgendwo hinter ihnen kam, ritt die Stute und führte das Packmuli an der Hand.

»Das ist Rachel«, erklärte ich. »Und ihr Mann Ian. Ian ist Ehrwürdens Neffe. Du hast von Aidan gesprochen – geht es seiner Familie auch gut?« Jamie und Mr. Wemyss hatten sich vor uns wieder in Bewegung gesetzt und sich sogleich in ein angeregtes Gespräch über die Lage in Fraser's Ridge vertieft. Rodney nahm höflich meine Hand und nickte ihnen nach.

»Am besten gehen wir. Ich möchte es Mama als Erster erzählen, bevor Opa zu ihr geht.«

Der Pfad wand sich im Zickzack über den oberen Teil des Berghangs, und hier und da erhaschte ich einen verlockenden Blick auf die darunterliegende Siedlung: verstreute Hütten unter leuchtend blühendem Lorbeergebüsch, die frisch gewendete schwarze Erde der Gemüsegärten – ich berührte das Messer an meinem Gürtel und wäre plötzlich dafür gestorben, mit den Händen in der Erde zu graben, Unkraut zu jäten

»Oh, jetzt übertreibst du aber wirklich, Beauchamp«, murmelte ich bei dem Gedanken an ekstatisches Unkrautjäten, doch ich lächelte trotzdem.

Rodney war zwar keine Plaudertasche, doch wir unterhielten uns ab und zu nett miteinander, während wir weitergingen. Er erzählte, er und sein Opa wären während der letzten Woche jeden Tag bis zum Pass hinaufgestiegen, um sicherzugehen, dass sie uns nicht verpassten.

»Mama und Mrs. Higgins haben Euch einen Schinken zum Abendessen aufgehoben«, verriet er mir und leckte sich erwartungsvoll die Lippen. »Und es gibt Honig zu unserem Maiskuchen! Papa hat letzten Dienstag einen Baum mit Bienen gefunden, und ich habe ihm geholfen, sie auszuräuchern. Und …«

Ich antwortete ihm zwar, jedoch geistesabwesend, und nach einer Weile fielen wir beide in kameradschaftliches Schweigen. Ich bereitete mich auf den Anblick der Lichtung vor, auf der unser Haus gestanden hatte – und empfand einen kurzen, tiefen Schauder, als ich an das Feuer dachte.

Als ich das Haus das letzte Mal gesehen hatte, war es nur noch ein Haufen geschwärzter Balken gewesen. Jamie hatte schon eine Stelle für das neue Haus ausgewählt und die Bäume dafür gefällt und gelagert. Unsere Rückkehr mochte ja Trauer und Bedauern mit sich bringen – doch aus dieser verbrannten Erde sprossen die leuchtend grünen Keime der Vorfreude. Jamie hatte mir einen neuen Garten versprochen, ein neues Sprechzimmer, ein Bett, das groß genug war, um sich darin auszustrecken – und Glasfenster.

Kurz bevor wir die Stelle erreichten, an der der Pfad oberhalb der Lichtung endete, blieben Jamie und Mr. Wemyss stehen, um auf mich und Rodney zu warten. Mit einem schüchternen Lächeln küsste Mr. Wemyss mir die Hand zum Abschied und streckte den Arm nach Rodney aus. »Komm mit, Roddy, dann kannst du deiner Mama als Erster erzählen, dass Ehrwürden und seine Frau zurück sind!«

Jamie griff nach meiner Hand und drückte sie fest. Er war errötet vom Gehen und noch mehr vor Aufregung; die Farbe breitete sich bis in den offenen Halsausschnitt hinunter aus und verlieh seiner Haut einen wunderschönen, rosigen Bronzeton.

»Ich habe dich heimgebracht, Sassenach«, sagte er, und seine Stimme klang ein wenig heiser. »Es wird anders sein – und ich kann nicht sagen, wie es werden wird –, aber ich habe Wort gehalten.«

Meine Kehle war so zugeschnürt, dass ich kaum »danke« flüstern konnte. Ein paar Minuten standen wir reglos da, die Hände fest ineinander verschränkt, und nahmen unsere Kraft zusammen, um diese letzte Wegbiegung zu nehmen und uns anzusehen, was gewesen war und was werden konnte.

Etwas streifte meinen Rocksaum, und ich senkte den Blick, weil ich vermutete, dass ein verspäteter Zapfen von der großen Fichte gefallen war, unter der wir standen.

Eine große Katze sah mich mit ruhigen, jadegrünen Augen an und legte mir eine große, haarige, mausetote Waldratte vor die Füße.

»Oh Gott!«, sagte ich und brach in Tränen aus.

138

FANNYS FRENULUM

Jamie hatte uns angekündigt, und alles war für unsere Ankunft vorbereitet. Jamie und ich würden bei Bobby und Amy Higgins wohnen, Rachel und Ian bei den MacDonalds, einem jungen Ehepaar, das etwas höher auf dem Berg lebte, und Jenny würde mit Fanny und Germain vorerst bei der Witwe MacDowall unterkommen, die ein Bett übrig hatte.

Am ersten Abend gab es ein bescheidenes Fest zu unseren Ehren – und am Morgen standen wir auf und waren wieder Teil von Fraser's Ridge. Jamie verschwand im Wald, und als er bei Anbruch der Dunkelheit zurückkehrte, berichtete er, dass der Whiskyvorrat unbeschadet war, und brachte ein kleines Fass mit, das er als Tauschware für die Dinge benutzen konnte, die wir brauchen würden, um unseren Haushalt zu gründen, sobald wir wieder ein Haus hatten.

Was besagtes Haus betraf… Noch ehe wir Fraser's Ridge verließen, hatte er mit den Vorbereitungen für den Bau eines neuen Hauses begonnen und eine wunderschöne Stelle an der Oberkante der weiten Mulde ausgesucht, die sich just unter dem Bergkamm auftat. Das Grundstück war zwar hochgelegen, doch der Boden selbst war einigermaßen eben, und dank Bobby Higgins' fleißigem Einsatz war er gerodet, die Balken für das Gerüst des Hauses lagen aufgestapelt da, und sie hatten eine erstaunliche Menge großer Steine für das Fundament bergauf geschleppt und ebenfalls aufeinandergestapelt.

Der erste Punkt auf Jamies Tagesordnung war, sich davon zu überzeugen, dass sein Haus – oder zumindest die Anfänge – war, wie es sein sollte, und der zweite war es, jeden Haushalt in Fraser's Ridge zu besuchen, sich Neuigkeiten anzuhören oder sie selbst weiterzugeben, ein offenes Ohr für seine Pächter zu haben und seinen Platz als Gründer und Besitzer von Fraser's Ridge wieder einzunehmen.

Der erste Punkt auf meiner Tagesordnung war Fannys Frenulum. Ich verbrachte einen oder zwei Tage damit, die Dinge zu organisieren, die wir mitgebracht hatten, insbesondere meine medizinische Ausrüstung, und gleichzeitig die diversen Frauen zu empfangen, die die Hütte der Higgins aufsuchten – unsere erste Hütte, die Jamie und Ian gebaut hatten, als wir in Fraser's Ridge ankamen. Doch als das erledigt war, rief ich meine Truppen zusammen und zog in den Kampf.

»AM ENDE VERDIRBST du der armen Kleinen noch für immer den Geschmack am Whisky«, sagte Jamie vorwurfsvoll und warf einen besorgen Blick auf den Becher mit bernsteinfarbener Flüssigkeit, der auf dem Tablett neben meiner Handarbeitsschere stand. »Wäre es nicht leichter für sie, wenn du Äther nimmst?«

»Einerseits ja«, sagte ich und ließ die Schere mit der Spitze vorneweg in einen zweiten Becher gleiten, der mit klarem Alkohol gefüllt war. »Und wenn ich eine linguale Frenektomie vorhätte, müsste ich das tatsächlich. Andererseits ist Äther ja nicht ungefährlich, und damit meine ich nicht nur, dass das Haus abbrennen könnte. Außerdem wird es erst einmal nur eine Frenotomie. Das *ist* eine ganz einfache Operation; sie wird buchstäblich nicht länger als fünf Sekunden dauern. Im Übrigen sagt Fanny, sie möchte dabei nicht schlafen – vielleicht traut sie mir ja nicht.« Bei diesen Worten lächelte ich Fanny zu; sie saß auf der Eichenbank am Kamin und registrierte meine Vorbereitungen mit ernster Miene. Doch bei diesen Worten sah sie mich abrupt an, und ihre braunen Augen waren überrascht.

»Oh doch«, versicherte sie. »Ich tuaue dir. Ich uill es nur s-sehen.«

»Das kann ich dir nicht verübeln«, sagte ich zu ihr und reichte ihr den Whiskybecher. »Also gut, nimm einen ordentlichen Schluck davon und behalte ihn im Mund – und lass ihn unter deine Zunge laufen –, so lange du kannst.«

Ich hatte ein kleines Kautereisen, dessen Griff mit Wolle umwickelt war und das zum Erhitzen in Amys Pfanne lag. Vermutlich spielte es keine Rolle, wenn es nach Würstchen schmeckte. Zusätzlich hatte ich für alle Fälle eine dünne Nadel mit einem schwarzen Seidenfaden bereitliegen.

Das Frenulum ist ein dünnes Band aus elastischem Gewebe, das die Zunge am Boden des Kiefers festhält, und bei den meisten Menschen ist es genauso lang, wie es sein muss, um die komplexen Bewegungen zu vollführen, die zum Sprechen und Essen nötig sind, ohne dass sich die Zunge zwischen die Zähne verirren kann, durch deren Bewegungen sie schwer beschädigt werden könnte. Bei manchen Menschen – wie bei Fanny – war das Zungenbändchen zu lang, und da es die Zunge fast der Länge nach am Boden des Kiefers befestigte, schränkte es ihre Beweglichkeit ein. Obwohl sie sich jeden Abend die Zähne putzte, hatte sie oft Mundgeruch, denn sie konnte ihre Zunge nicht benutzen, um Essensreste zu lösen, die zwischen Wange und Zahnfleisch oder in den Höhlungen des Unterkiefers unter der Zunge klemmten.

Fanny schluckte hörbar, dann hustete sie krampfhaft.

»Daf ift aber … *kräftig*!«, keuchte sie, und ihre Augen tränten. Doch sie ließ sich nicht entmutigen, und auf mein Nicken hin trank sie noch einen Schluck und saß stoisch da, während der Whisky ihre Mundschleimhaut tränkte. Er würde das Zungenbändchen tatsächlich zumindest ein bisschen betäuben und es gleichzeitig desinfizieren.

Draußen hörte ich Aidan und Germain rufen; Jenny und Rachel waren für die Operation vom Berg gekommen.

»Ich glaube, wir machen das besser draußen«, sagte ich zu Jamie. »Sie passen niemals alle hier herein – nicht mit Oglethorpe.« Denn Rachels Bauch war in den letzten Wochen sprunghaft gewachsen und hatte eine Größe angenommen, die die Männer einen nervösen Bogen um sie schlagen ließ – es hätte ja sein können, dass er plötzlich wie eine Bombe losging und detonierte.

Wir trugen das Tablett mit den Instrumenten nach draußen und richteten unseren Operationssaal auf der Bank neben der Eingangstür ein. Amy, Aidan und der kleine Rob drängten sich hinter Jamie zusammen, der die Aufgabe hatte, den Spiegel zu halten – sowohl, um das Licht zu meiner Unterstützung direkt in Fannys Mund zu lenken, als auch, damit Fanny das Geschehen tatsächlich beobachten konnte.

Da jedoch Oglethorpe verhinderte, dass Rachel als Rückenlehne zum Einsatz kam, stellten wir das Personal ein wenig um, und am Ende hielt Jenny den Spiegel, und Jamie saß auf der Bank und hielt Fanny auf seinem Knie, die Arme tröstend um sie geschlungen. Germain stand ernst wie ein Messdiener mit einem Stapel sauberer Tücher daneben, und Rachel saß neben mir, das Tablett zwischen uns, so dass sie mir reichen konnte, was ich brauchte.

»In Ordnung, Schätzchen?«, fragte ich Fanny. Ihre Augen waren so groß wie die einer von der Sonne überraschten Eule, und ihr Mund hing ein wenig offen. Doch sie hörte mich und nickte. Ich nahm ihr den Becher aus der schlaffen

Hand – er war leer, und ich reichte ihn Rachel, die ihn unverzüglich wieder füllte.

»Spiegel bitte, Jenny?« Ich kniete mich vor der Bank ins Gras, und wir brauchten nicht lange zu experimentieren, bis wir einen Sonnenstrahl auf Fannys Mund gerichtet hatten. Ich nahm die Handarbeitsschere aus ihrem Whiskybad, wischte sie ab, ergriff Fannys Zunge mit einer Stoffkompresse und hob sie an.

Es dauerte nicht einmal drei Sekunden. Ich untersuchte sie mehrmals sorgfältig, bat sie, die Zunge zu bewegen, so weit sie konnte, dann wusste ich, wo ich den Befestigungspunkt wähnte. Zweimal schnipp, und es war vorbei.

Fanny stieß einen überraschten kleinen Laut aus und fuhr in Jamies Armen zusammen, schien aber keine akuten Schmerzen zu haben. Die Wunde jedoch blutete plötzlich und stark, und ich drückte ihr eilig den Kopf nach unten, damit ihr das Blut aus dem Mund auf den Boden laufen konnte und sie sich nicht daran verschluckte.

Ich hatte noch einen Stoffbausch bereitliegen; ich tauchte ihn schnell in den Whisky, nahm Fannys Kinn, hob ihren Kopf und steckte ihr die Kompresse unter die Zunge. *Das* entlockte ihr zwar ein unterdrücktes »*Aua!*«, doch ich umfasste ihr Kinn, schloss ihr den Mund und ermahnte sie streng, mit der Zunge auf die Kompresse zu drücken.

Alles wartete atemlos, während ich lautlos bis sechzig zählte. Wenn die Blutung keine Anzeichen an den Tag legte nachzulassen, würde ich die Wunde nähen müssen, was unschön sein würde, oder sie kauterisieren müssen, was mit Sicherheit weitaus schmerzhafter sein würde.

»… neunundfünfzig … sechzig!«, sagte ich laut. Ich blickte Fanny in den Mund und stellte fest, dass die Kompresse zwar mit Blut durchtränkt war, aber nicht überwältigend. Ich zog sie heraus, schob eine neue hinein und zählte lautlos von vorn. Diesmal war die Kompresse ein bisschen blutig, aber nicht mehr; die Blutung kam von selbst zum Erliegen.

»Halleluja!«, sagte ich, und alles jubelte los. Fannys Kopf wackelte ein wenig, und sie lächelte sowohl leicht angetrunken als auch schüchtern.

»Hier, Schätzchen«, sagte ich und reichte ihr den halb vollen Becher. »Trink das aus, wenn du kannst – aber trink langsam und lass es auf die Wunde laufen, wenn du kannst; ich weiß, dass es ein bisschen brennt.«

Sie tat es etwas zu hastig und blinzelte. Wenn es möglich gewesen wäre, im Sitzen in die Knie zu gehen, hätte sie das garantiert getan.

»Ich bringe die Kleine am besten ins Bett, aye?« Jamie stand auf und drückte sie sacht an seine Schulter.

»Ja. Ich komme gleich und sorge dafür, dass ihr Kopf aufrecht bleibt, nur falls es noch einmal blutet und ihr das Blut sonst in den Hals läuft.« Ich drehte mich, um meinen Helfern und Zuschauern zu danken, doch Fanny war schneller.

»Misses … Fraser?«, sagte sie schläfrig. »V-v-v-« Ihre Zungenspitze ragte aus ihrem Mund, und sie schielte sie erstaunt an. Sie hatte die Zunge noch nie herausstrecken können, und jetzt wand sie sie hin und her wie eine sehr vorsichtige

Schlange, die die Luft prüfte. »V-v.« Sie hielt inne, verzog die Stirn zu einer beängstigenden Miene der Konzentration und sagte: »V-ielen D-ANK!«

Mir stiegen die Tränen in die Augen, doch ich schaffte es, ihr den Kopf zu tätscheln und zu sagen: »Gern geschehen, Frances.« Da lächelte sie mich an, ein kleines, müdes Lächeln, und im nächsten Moment war sie eingeschlafen. Ihr Kopf lag auf Jamies Schulter, und ein kleines blutendes Rinnsal tröpfelte aus ihrem Mundwinkel auf sein Hemd.

139

EIN AUSFLUG ZUM HANDELSPOSTEN

Beardsley's Handelsposten mochte ja im Vergleich mit den Geschäften von Edinburgh oder Paris vielleicht nichts Besonderes sein – doch im Hinterland von Carolina war er ein seltener Außenposten der Zivilisation. Ursprünglich war er nicht viel mehr gewesen als ein heruntergekommenes Haus mit einer kleinen Scheune, doch im Lauf der Jahre war er gewachsen, und seine Betreiber hatten angebaut, teils an die eigentlichen Gebäude, teils in Form freistehender Nebengebäude. Werkzeuge, Pelze, lebende Tiere, Futtermais, Tabak und Fässer, deren Inhalt von eingelegtem Fisch bis hin zur Melasse reichte, waren in den Nebengebäuden zu finden; Esswaren und Kurzwaren hingegen im Hauptgebäude.

Die Leute kamen – buchstäblich – hundert Meilen weit aus allen Richtungen angereist. Cherokee aus den Snowbird-Dörfern, Deutschlutheraner aus Salem, die vielfältigen Bewohner von Brownsville und – natürlich – die Siedler aus Fraser's Ridge.

Der Handelsposten war in den acht Jahren, seit ich zuletzt dort gewesen war, erstaunlich gewachsen. Im Wald ringsum sah ich Lagerplätze, und neben dem eigentlichen Handelsposten war eine Art spontaner Flohmarkt entstanden, zu dem die Leute Kleinigkeiten mitbrachten, um direkt mit ihren Nachbarn zu handeln.

Der Verwalter des Handelspostens, ein hagerer, freundlicher Mann in den mittleren Jahren namens Herman Stoelers, war so klug gewesen, dieses Treiben willkommen zu heißen, weil ihm klar war, dass der gesamte Handelsposten umso attraktiver wurde, je mehr Menschen kamen und je größer die Auswahl war.

Und die Besitzerin von Beardsley's Handelsposten – ein achtjähriges Mulattenmädchen namens Alicia – umso wohlhabender wurde. Ich fragte mich, ob wohl irgendjemand außer Jamie und mir das Geheimnis ihrer Abstammung kannte. Doch selbst wenn Herman Stoelers dieselben Kenntnisse besaß wie wir, so hatte er klugerweise beschlossen, sie für sich zu behalten.

Es war ein langer Weg bis zum Handelsposten, vor allem, da wir nur Clarence hatten. Doch das Wetter war schön, und Jenny und ich konnten mit Germain und Ian zu Fuß gehen, und Clarence konnte Rachel und unsere Tauschwaren tragen. Fanny hatte ich bei Amy Higgins gelassen. Sie sprach immer noch nicht gern, wenn Leute dabei waren, und würde noch viel Übung brauchen, bis sie normal sprechen konnte. Jamie war mit Miranda nach Salem geritten, um alte Bekannte zu begrüßen und sich auch dort wieder als Vorsteher von Fraser's Ridge zu etablieren – und um ein halbes Dutzend gute Teller zu kaufen, da die Deutschlutheraner herrliche Keramik herstellten.

Selbst Jenny, die nach Brest, Philadelphia und Savannah ja nun deutlich weltgewandt war, zeigte sich von dem Handelsposten beeindruckt.

»Ich habe in meinem ganzen Leben noch nie so viele exotische Menschen gesehen«, sagte sie staunend und gab sich alle Mühe, nicht zu glotzen, als zwei Cherokeekrieger in voller Aufmachung auf den Handelsposten zugeritten kamen, gefolgt von mehreren Frauen, die zu Fuß gingen und eine Mixtur aus Wildleder und europäischen Hemden, Röcken, Kniehosen und Jacken trugen. Sie zogen ein Bündel Felle auf einer Schleppe hinter sich her oder trugen große Stoffbündel mit Kürbissen, Mais, getrocknetem Fisch und anderen Verkaufsgütern auf dem Kopf oder Rücken.

Ich war sofort hellwach, als ich die Verdickungen einiger Ginsengwurzeln aus dem Packen einer Frau ragen sah.

»Pass auf Germain auf«, sagte ich knapp, schob ihn hastig auf Jenny zu und stürzte mich ins Gewühl.

Zehn Minuten später kam ich mit einem Pfund Ginseng wieder zum Vorschein, das ich geschäftstüchtig gegen einen Beutel Rosinen eingetauscht hatte. Die Rosinen gehörten zwar Amy Higgins, doch ich würde ihr den Kalikostoff, den sie haben wollte, auch so besorgen können.

Jenny hob plötzlich den Kopf und spitzte die Ohren.

»Hast du gerade auch eine Ziege gehört?«

»Ich höre mehrere. Möchten wir denn eine Ziege?« Doch sie hatte sich bereits auf den Weg zu einem etwas abgelegenen Schuppen gemacht. Offenbar wollten wir tatsächlich eine Ziege.

Ich steckte meinen Ginseng in den Leinensack, den ich mitgebracht hatte, und folgte ihr eilig.

»DIE BRAUCHEN WIR wahrhaftig nicht«, sagte eine verächtliche Stimme. »Das ist doch wirklich nur etwas für den Müll.«

Ian blickte von dem Spiegel auf, den er gerade betrachtete, und blinzelte zwei junge Männer am anderen Ende des Ladens an, die mit einem Angestellten um eine Pistole feilschten. Sie kamen ihm zwar irgendwie bekannt vor, aber er war sich sicher, dass er ihnen noch nie begegnet war. Sie waren klein und drahtig, ihr gelbliches Haar kurz geschnitten, die Augen ständig in Bewegung, und sie erinnerten ihn an Hermeline; wachsam und tödlich.

Dann richtete sich der eine aus seiner gebeugten Haltung vor der Ladentheke auf, wandte den Kopf, und sein Blick fiel auf Ian. Der junge Mann erstarrte und stieß seinen Bruder an, der irritiert aufblickte und ihn dann ebenfalls sah.

»Was zum Teufel …? Heiliges Kanonenrohr!«, sagte der zweite junge Mann.

Offensichtlich kannten sie *ihn*; sie kamen jetzt Seite an Seite auf ihn zu, und ihre Augen glänzten neugierig. Und als er sie so zusammen sah, erkannte er sie plötzlich.

»*A Dhia*«, murmelte er, und Rachel blickte auf.

»Freunde von dir?«, fragte sie gelassen.

»So könnte man es ausdrücken.« Er stellte sich vor seine Frau und lächelte zu den … nun, er war sich gar nicht sicher, *was* sie jetzt waren, aber sie waren jedenfalls keine kleinen Mädchen mehr.

Als er ihnen das erste Mal begegnet war, hatte er gedacht, sie wären Jungen; zwei verwilderte holländische Waisen namens – so sagten sie – Herman und Vermin, und sie *glaubten*, dass ihr Familienname Kuykendall war. Tatsächlich stellte sich jedoch heraus, dass sie Hermione und Ermintrude waren. Er hatte sie zumindest vorerst gut unterbringen können, und zwar bei … oh Himmel.

»Gott, bitte nein!«, sagte er auf Gälisch, so dass ihn Rachel alarmiert ansah.

Sie konnten doch unmöglich immer noch bei … doch sie waren es. Drüben am Gurkenfass sah er einen sehr vertrauten Hinterkopf – und einen noch vertrauteren Hintern.

Er sah sich hastig um, doch es gab keinen Weg daran vorbei. Die Kuykendalls hatten der bewussten Lady rasch etwas zugezischt und näherten sich ihm nun schnell. Er holte tief Luft, vertraute dem Allmächtigen seine Seele an und richtete sich an seine Frau.

»Kannst du dich zufällig noch daran erinnern, dass du nicht von jeder Frau hören wolltest, mit der ich im Bett gewesen bin?«

»Ja«, sagte sie und sah ihn ausgesprochen ratlos an. »Warum?«

»Ah. Nun …« Er holte tief Luft und brachte es gerade noch rechtzeitig heraus. »Du hast aber gesagt, dass du *möchtest*, dass ich es dir sage, wenn wir jemandem begegnen, mit dem ich, äh …«

»Ian Murray?«, rief Mrs. Sylvie. Sie kam auf ihn zu, überholte dabei noch die Kuykendalls, und ihr einfaches, bebrilltes Gesicht leuchtete vor Freude.

»Sie«, sagte Ian hastig zu Rachel und zeigte mit dem Daumen in Mrs. Sylvies Richtung, ehe sie bei ihnen angelangt war und er sich der Dame zuwandte.

»Mrs. Sylvie!«, sagte er herzlich und nahm sie bei beiden Händen, falls sie versuchen sollte, ihn zu küssen, was sie zur Begrüßung schon öfter getan hatte. »Ich freue mich so, Euch zu sehen! Und es freut mich noch mehr, Euch meine … äh … Frau vorzustellen.« Die Worte kamen als leises Krächzen heraus, und er räusperte sich energisch. »Rachel. Rachel, das ist …«

»Freundin Sylvie«, sagte Rachel. »Ja, das habe ich mitbekommen. Es freut mich, dich kennenzulernen, Sylvie.« Ihre Wangen waren zwar ein wenig errötet, doch ihr Ton war bescheiden, und sie bot Mrs. Sylvie nach Quäkerart die Hand an, statt sich zu verneigen.

Mrs. Sylvie machte sich mit einem Blick ein Bild von Rachel – und Oglethorpe –, lächelte warm durch ihre stahlgeränderte Brille und schüttelte die angebotene Hand.

»Das Vergnügen ist ganz auf meiner Seite, das versichere ich Euch, Mrs. Murray.« Sie sah Ian von der Seite an, und ihr zuckender Mundwinkel sagte so deutlich wie Worte: »*Ihr?* Ihr *habt eine Quäkerin geheiratet?*«

»Er ist es wirklich! Hab's dir doch gesagt!« Die Kuykendalls umringten ihn – er wusste zwar nicht, wie sie das fertigbrachten, da sie ja nur zu zweit waren, aber er *fühlte* sich umringt. Zu seiner großen Überraschung packte ihn einer bei der Hand und schüttelte sie heftig.

»Herman Wurm«, sagte er – er? – stolz zu Ian. »Freut mich, Euch wiederzusehen, Sir!«

Rachel betrachtete sie fasziniert.

»Aye, Herman, schön zu sehen, dass es Euch so … äh … gut geht. Und Euch auch …« Er hielt der ehemaligen Ermintrude vorsichtig die Hand entgegen und bekam eine zwar etwas schrille, aber doch hörbar schroffe Antwort.

»Trask Wurm.« Derselbe kräftige Händedruck.

Mrs. Sylvie strahlte rot vor Belustigung. »Sie haben nie begriffen, wie man ›Kuykendall‹ buchstabiert, also haben wir es aufgegeben und uns auf etwas Einfacheres geeinigt. Und da Ihr ja keinen Zweifel daran gelassen hattet, dass sie auf keinen Fall Prostituierte werden sollten, sind wir zu einer nützlichen Absprache gekommen. Herman und Trask sind für die Sicherheit meines … Etablissements zuständig.« Sie richtete den Blick direkt auf Rachel, die zwar noch ein wenig röter wurde, aber lächelte.

»Wenn sich jemand an den Mädchen vergreift, bekommt er es mit uns zu tun«, versicherte der ältere Wurm Ian.

»Es ist ja nicht so schwer«, sagte der andere aufrichtig. »Man bricht einfach einem von den Kerlen mit dem Spatenstiel die Nase, dann benehmen sich die anderen schon.«

IN DEM SCHUPPEN gab es etwa ein Dutzend Milchziegen in unterschiedlichen Stadien der Trächtigkeit. Aber die Higgins hatten einen ordentlichen Widder, also brauchte ich mir deswegen keine Gedanken zu machen. Ich suchte mir zwei freundliche junge Weibchen aus, eines ganz braun, das andere braun-weiß mit einer merkwürdigen Markierung an der Flanke, die aussah wie die runde Verbindungsstelle zwischen zwei Puzzlestücken, eins braun, das andere weiß.

Ich zeigte sie dem jungen Mann, der für den Tierhandel zuständig war, und da Jenny noch damit beschäftigt war, ihre Wahl zu treffen, ging ich ins Freie, um einen Blick auf die Hühner zu werfen.

Ich hatte zwar gehofft, vielleicht ein Scots Dumpy zu erspähen, fand aber nur die üblichen Hofhühner. Sie sahen zwar gut aus, aber ich wartete wohl besser, bis Jamie dazu gekommen war, einen Hühnerstall zu bauen. Die Ziegen konnten wir zu Fuß nach Hause laufen lassen, aber ich hatte nicht vor, tagelang Hühner mit mir herumzuschleppen.

Ich verließ das Hühnergehege und sah mich etwas orientierungslos um. Das war der Moment, als ich ihn entdeckte.

Zunächst hatte ich keine Ahnung, wer er war. Nicht die geringste. Doch der Anblick des kräftigen Mannes mit den langsamen Bewegungen ließ mich sofort erstarren, und mein Magen verdrehte sich in Panik.

»*Nein*«, dachte ich. »*Nein. Er ist tot, sie sind alle tot.*«

Er legte keinen Wert auf seinen Körper, hatte hängende Schultern und einen Bauch, der ihm die Weste dehnte, doch er war groß. Groß. Wieder spürte ich diese plötzliche Furcht, spürte ich einen großen Schatten, der neben mir aus der Nacht kam, mich anstieß, sich auf mich wälzte wie eine Gewitterwolke und mich flach auf die Erde und die Kiefernnadeln drückte.

Martha.

Mir wurde kalt, obwohl ich im warmen Sonnenschein stand.

Martha, hatte er gesagt. Er hatte mich mit dem Namen seiner toten Frau angesprochen, und als er fertig war, hatte er in mein Haar geweint.

Martha. Ich musste mich irren. Das war mein erster bewusster Gedanke, den ich hartnäckig in Worte fasste, die ich in meinem Kopf laut vor mich hin sagte, sie aufeinanderstapelte wie einen kleinen Haufen Steine, das Fundament für ein Bollwerk. Du. Irrst. Dich.

Doch ich irrte mich nicht. Meine Haut wusste es. Sie erschauerte wie ein lebendiges Wesen, und ihre Härchen stellten sich auf, versuchten zurückzuweichen, denn was konnte die Haut schon tun, um so etwas von sich fernzuhalten?

Du. Irrst. Dich.

Doch ich irrte mich nicht. Meine Brüste wussten es. Sie kribbelten entrüstet, gegen ihren Willen angeschwollen, weil grobe Hände sie drückten und kniffen.

Meine Oberschenkel wussten es genauso; ihre Muskeln brannten bewegungsunfähig, so überanstrengt waren sie und voller Knoten, wo Hiebe und brutale Daumen Spuren hinterlassen hatten, die bis auf den Knochen reichten und empfindlich blieben, als die blauen Flecken längst verblasst waren.

»Du irrst dich«, sagte ich, flüsternd zwar, aber laut. »Du irrst.«

Doch ich irrte mich nicht. Die tiefe weiche Stelle zwischen meinen Beinen wusste es, schlüpfrig vom plötzlichen hilflosen Grauen der Erinnerung – und ich wusste es auch.

MINDESTENS ZWEI MINUTEN STAND ICH da und hyperventilierte, bis es mir bewusst wurde und ich mich zwang, damit aufzuhören. Der Mann ging zwischen den Stallungen hindurch; er blieb an einem Pferch mit Schweinen stehen und lehnte sich an den Zaun, um meditativ dem Auf und Ab ihrer Rücken zuzusehen. Ein anderer Mann, der sich die Zeit mit derselben Beschäftigung vertrieb, sprach ihn an, und er antwortete. Ich war zu weit entfernt, um zu hören, was er sagte, doch ich erkannte den Klang seiner Stimme.

Martha. Ich weiß, du willst nicht, Martha, aber du musst. Ich muss es dir zeigen.

Ich würde mich nicht übergeben, verdammt. Auf keinen Fall. Nach diesem Entschluss beruhigte ich mich ein wenig. Ich hatte damals auch nicht zugelassen, dass er oder seine Kameraden meiner Seele Schaden zufügten, warum sollte ich es jetzt tun?

Er ging von den Schweinen fort, und ich folgte ihm. Ich war mir zwar nicht sicher, *warum* ich ihm folgte, aber ich konnte es genauso wenig lassen. Ich hatte keine Angst vor ihm; es gab ja auch keinen logischen Grund dazu. Gleichzeitig spürte mein unlogischer Körper die Echos jener Nacht, seiner Haut und seiner Finger, und ich wäre am liebsten davongelaufen. Das kam jedoch keinesfalls infrage.

Ich folgte ihm von den Schweinen zu den Hühnern, wieder zurück zu den Schweinen – er schien sich für eine junge, schwarz-weiße Sau zu interessieren; er zeigte sie dem Schweinehirten und schien ihm Fragen zu stellen, doch dann schüttelte er niedergeschlagen den Kopf und ging davon. Zu teuer?

Ich konnte herausfinden, wer er war. Der Gedanke kam mir zwar, doch ich verwarf ihn mit überraschender Heftigkeit. Ich wollte seinen verdammten Namen gar nicht wissen.

Und doch … folgte ich ihm. Er betrat das Hauptgebäude und kaufte sich Tabak. Ich begriff, dass ich wusste, dass er rauchte; sein Atem hatte nach der sauren Asche gerochen. Er sprach mit dem Angestellten, der die Ware für ihn auswog, mit langsamer, schwerfälliger Stimme. Was auch immer er sagte, dauerte zu lange; der Verkäufer nahm ein ungeduldiges Aussehen an, und seine Miene sagte überdeutlich, *wir sind hier fertig; bitte geht.* Und volle fünf Minuten später war seine Erleichterung nicht zu übersehen, als sich der Mann abwandte, um die Fässer mit den Nägeln zu betrachten.

Ich hatte dem, was er damals zu mir gesagt hatte, entnommen, dass seine Frau tot war. Seinem Aussehen und der Art nach, wie er jeden langweilte, den er ansprach, vermutete ich, dass er keine neue gefunden hatte. Er war eindeutig arm; das war im Hinterland ja nicht ungewöhnlich. Aber er war auch schmutzig und schäbig, unrasiert und ungepflegt auf eine Weise, wie es ein Mann, der mit einer Frau zusammenlebt, normalerweise nicht ist.

Er kam nur einen Meter entfernt an mir vorbei, als er zur Tür ging, seinen in Papier eingewickelten Tabak und seinen Beutel mit Nägeln in der einen Hand, einen Gerstenmalzlutscher in der anderen. Er leckte mit seiner großen, feuchten Zunge daran, und sein Gesicht legte dabei ein dumpfes, leeres Vergnügen an den Tag. Er hatte einen kleinen Portweinfleck, einen Leberfleck, am Unterkiefer. Er war grob, dachte ich. Ein grober Klotz. Und dann fiel mir das Wort ein: ein Schwächling.

Himmel, dachte ich von leisem Ekel erfüllt, unter den sich unwillkürlich Mitleid mischte, das mich noch mehr anwiderte. Erst jetzt begriff ich, dass ich vage daran gedacht hatte, ihn anzusprechen; zu ihm zu gehen und ihn zu fragen, ob er mich kannte. Doch er hatte mich im Vorübergehen geradewegs angesehen, ohne das geringste Anzeichen, dass er mich erkannte. Vielleicht war es ja der Unterschied zwischen meinem jetzigen Aussehen, gewaschen, gekämmt und ordentlich gekleidet, und der Art, wie ich bei unserer letzten Begegnung ausgesehen hatte: verdreckt, zerzaust, halb nackt und geprügelt.

Vielleicht hatte er mich damals ja auch gar nicht richtig gesehen. Es war stockfinster gewesen, als er über mich gekommen war; ich war gefesselt gewesen und hatte nach Luft gerungen, weil ich versuchte, mit gebrochener Nase zu atmen. Ich hatte ihn ja auch nicht richtig gesehen.

Bist du sicher, dass er es wirklich ist? Ja, das war ich. Ich war mir schon sicher gewesen, als ich seine Stimme gehört hatte, und war es erst recht, nachdem ich ihn gesehen hatte, den Rhythmus seines dicklichen, watschelnden Körpers ekelerregend gespürt hatte.

Nein, ich wollte nicht mit ihm sprechen. Welchen Sinn sollte das auch haben? Und was wollte ich sagen? Eine Entschuldigung verlangen? Es war ja mehr als wahrscheinlich, dass er sich überhaupt nicht mehr daran erinnern konnte.

Bei diesem Gedanken prustete ich bitter belustigt.

»Was ist denn so lustig, *grand-mère*?« Germain war mit zwei Malzlutschern neben mir aufgetaucht.

»Ich musste nur an etwas denken«, sagte ich. »Nichts Wichtiges. Ist Oma Janet so weit, dass wir gehen können?«

»Aye, sie hat mich losgeschickt, um nach dir zu suchen. Möchtest du einen?« Er hielt mir großzügig einen der Lutscher hin. Mein Magen rebellierte, weil ich an die große rote Zunge des Mannes denken musste, die an so einer Süßigkeit leckte.

»Nein, danke«, sagte ich. »Warum nimmst du ihn nicht Fanny mit? Es wäre eine gute Übung für sie.« Ihr das Zungenbändchen zu durchtrennen hatte ihr weder wundersamerweise die Gabe der Rede verliehen noch sie in die Lage versetzt, ihr Essen hin und her zu schieben; es machte diese Dinge nur möglich – mit viel Übung. Germain verbrachte Stunden mit ihr zusammen, und sie streckten sich gegenseitig die Zungen heraus und wackelten kichernd in alle Richtungen damit.

»Oh, ich habe ein Dutzend davon für Fanny«, versicherte mir Germain. »Und einen für Aidan und einen für Rob.«

»Das ist aber großzügig von dir, Germain«, sagte ich etwas überrascht. »Äh … womit hast du sie denn *bezahlt*?«

»Mit einem Biberpelz«, erwiderte er stolz. »Mr. Kezzie Beardsley hat ihn mir gegeben, weil ich mit seinen Kleinen am Bach war und auf sie aufgepasst habe, während er und Mrs. Beardsley sich ein bisschen hingelegt haben.«

»Ein bisschen hingelegt«, wiederholte ich, und mein Mund zuckte, denn am liebsten hätte ich gelacht. »Ich verstehe. Also gut. Suchen wir Oma Janet.«

Es nahm nicht wenig Zeit in Anspruch, alles für den Rückweg nach Fraser's Ridge zu organisieren. Zu Pferd dauerte der Weg zwei Tage; zu Fuß und mit den Ziegen würden wir wahrscheinlich vier brauchen. Aber wir hatten Verpflegung und Decken, und das Wetter war schön. Niemand hatte es eilig – ganz gewiss nicht die Ziegen, die alle paar Meter anhielten, um ein Maul voll zu fressen.

Der Friede des Weges und die Gesellschaft meiner Begleiter taten einiges, um mich wieder zu beruhigen. Rachel, die beim Abendessen nachahmte, was für Gesichter Ian gezogen hatte, als er sich plötzlich Mrs. Sylvie und den Wurms gegenübersah, tat ein Übriges, und ich dämmerte in Sekunden am Feuer ein und schlief ohne beängstigende Träume.

140

LIEBSTE, LEGST DU DICH ZU MIR?

Ian konnte nicht sagen, ob Rachel belustigt, entsetzt, wütend oder alles zugleich war. Das machte ihn nervös. Normalerweise wusste er, was sie dachte, weil sie es ihm sagte. Sie war nicht die Sorte Frau – und er kannte ein paar –, die von einem Mann erwartete, dass er ihre Gedanken las, und sich dann aufregte, wenn er es nicht tat.

Doch über Mrs. Sylvie und die Wurms hatte sie kein Wort verloren. Sie hatten das Geschäftliche erledigt und zwei Flaschen Whisky gegen Salz, Zucker, Nadeln, Garn, eine Hacke und einen Ballen rosa Gingham eingetauscht, und er hatte ihr eine Dillgurke gekauft, die so lang war wie die Spanne seiner ausgestreckten Finger. Sie hatte sich dafür bedankt, doch sonst hatte sie auf dem Heimweg nicht viel gesagt. Im Moment leckte sie in Gedanken versunken an dem Gemüse, während sie sich von Clarence schaukeln ließ.

Es faszinierte ihn, ihr dabei zuzusehen, und er wäre dabei fast von einem steilen Felsvorsprung hinunterspaziert. Doch als er dann mit einem Aufschrei versuchte – und es auch schaffte –, den Halt nicht zu verlieren, drehte sie sich um und lächelte ihn an. Also störte sie sich vielleicht doch nicht so sehr an Sylvie.

»Hast du vor, das zu essen?«, erkundigte er sich und trat tief durchatmend an ihre Seite.

»Ja«, sagte sie ruhig, »aber alles zu seiner Zeit.« Sie leckte langsam mit der Zunge über die ganze Länge der warzigen grünen Gurke und saugte dann an ihrem Ende, ohne den Blick von ihm abzuwenden. Völlig fasziniert davon lief er geradewegs gegen einen elastischen Kiefernzweig, der ihn mit seinen Nadeln ohrfeigte.

Er fluchte und rieb sich die tränenden Augen. Nun lachte Rachel doch tatsächlich!

»Das hast du mit Absicht getan, Rachel Murray!«

»Beschuldigst du mich etwa, dich vor einen Baum gesteuert zu haben?«, erkundigte sie sich mit hochgezogener Augenbraue. »Du bist doch ein erfahrener Indianerkundschafter, zumindest wurde mir das zu verstehen gegeben. So jemand muss doch wohl sehen, wohin er geht?«

Sie hatte Clarence angehalten – Clarence hielt immer gern an, vor allem, wenn etwas Essbares in Sicht war – und saß da und lächelte ihn an wie ein vorwitziges, verspieltes Äffchen.

»Gib mir das, aye?« Sie reichte ihm die Gurke ohne Widerrede und wischte sich die feuchte Hand am Oberschenkel ab. Er nahm einen großen Bissen, und Knoblauch, Dill und Essig überfluteten seinen Mund. Dann stopfte er die Gurke in eine der Satteltaschen und streckte die Hand nach Rachel aus. »Komm da herunter.«

»Warum denn?«, fragte sie. Sie lächelte zwar immer noch, doch ihr Körper hatte sich in seine Richtung verlagert, ohne dass sie allerdings Anstalten machte abzusteigen. *Diese* Art von Unterhaltung verstand er. Er hob die Arme, umfasste das, was noch von ihrer Taille übrig war, und zog sie mit wehenden Röcken herunter. Er hielt kurz inne, um den Gurkenhappen herunterzuschlucken, dann küsste er sie gründlich, eine Hand auf ihrem Hintern. Ihr Haar roch nach Kiefernzapfen, Hühnerfedern und der cremigen Seife, die Tante Claire Shampoo nannte, und er konnte die deutsche Wurst, die sie zu Mittag gegessen hatten, unter den Gurkengewürzen schmecken.

Sie hatte ihm die Arme um den Hals gelegt; ihr Bauch war an ihn gepresst, und plötzlich spürte er an seinem eigenen Bauch einen kleinen, festen Stoß. Er blickte erstaunt hinunter, und Rachel kicherte. Ihm war gar nicht klar gewesen, dass sie kein Korsett trug; sie hatte sich die Brüste mit einem einfachen, breiten Tuch unter dem Hemd hochgebunden, aber ihr Bauch war einfach *da*, rund und fest wie ein Kürbis unter ihrem Kleid.

»Er – oder sie – ist wach«, sagte sie und legte eine Hand auf die Wölbung, die sich sacht bewegte, als sich in ihrem Inneren winzige Gliedmaßen versuchsweise hierhin und dorthin reckten. Das war zwar grundsätzlich faszinierend, aber Ian stand immer noch im Bann dessen, was sie mit der Gurke gemacht hatte.

»Ich wiege ihn für dich zurück in den Schlaf«, flüsterte er in ihr Ohr, bückte sich und hob sie auf. Fast am Ende des achten Monats war sie zwar schwer, doch er schaffte es mit einem kleinen Grunzen, achtete mit großer Vorsicht auf tief hängende Äste und lose Steine und trug sie in den Wald, während Clarence an einem saftigen Grasbüschel kaute.

»ICH HOFFE DOCH SEHR, dass es nicht die Begegnung mit deiner früheren Geliebten war, die diesen Ausbruch der Leidenschaft ausgelöst hat«, stellte Rachel etwas später fest und schnippte ihrem Mann eine wandernde Blattlaus vom Unterarm, der dicht neben ihrem Gesicht lag. Sie lagen auf der Seite auf Ians Plaid, nackt und aneinandergeschmiegt wie Löffel in einer Schachtel. Unter den

Bäumen war es zwar kühl, doch sie schien in diesen Tagen niemals zu frieren; das Kind war wie ein kleiner Heizofen – das hatte es zweifellos von seinem Vater, dachte sie. Ians Haut war eigentlich immer warm, doch für ihn war die Hitze der Leidenschaft keine bloße Metapher; er glühte, wenn sie beisammenlagen.

»Sie ist nicht meine Geliebte«, flüsterte Ian ihr ins Haar und küsste die Rückseite ihres Ohrs. »Es war rein geschäftlich.«

Das gefiel ihr nicht, und sie erstarrte ein wenig.

»Ich habe dir doch gesagt, dass ich mit Huren geschlafen habe.« Ians Stimme war zwar leise, aber sie konnte den schwachen Tadel darin hören. »Wäre es dir lieber, dass ich überall Verflossene hätte?«

Sie holte Luft, entspannte sich und reckte den Hals, um seinen sonnengebräunten Handrücken zu küssen.

»Nein, es stimmt – du hast es mir gesagt«, räumte sie ein. »Und ein kleiner Teil von mir wünscht sich zwar, du wärst unberührt zu mir gekommen … aber die Aufrichtigkeit zwingt mich, mich dankbar für das zu zeigen, was du von Mrs. Sylvie und ähnlichen Damen gelernt hast.« Sie hätte gern gefragt, ob er die Dinge, die er gerade mit ihr gemacht hatte, von Mrs. Sylvie hatte oder vielleicht von seiner Indianerfrau – doch sie wollte den Gedanken an Die-mit-den-Händen-arbeitet nicht zwischen sie beide bringen.

Seine Hand hob sich und umfasste ihre Brust, um ganz sacht mit ihrer Brustwarze zu spielen, und sie wand sich unwillkürlich – eine langsame, laszive Bewegung, die ihr Gesäß fest gegen ihn drückte. Ihre Brustwarzen waren jetzt sehr groß und so empfindlich, dass sie die Reibung des Korsetts nicht ertragen konnte. Sie wand sich noch einmal, und er lachte leise und drehte sie zu sich um und wand sich seinerseits abwärts, um ihre Brustwarze in den Mund zu nehmen.

»Mach nicht solche Geräusche«, murmelte er an ihrer Haut. »Die anderen kommen jeden Moment über den Pfad.«

»Was … werden sie denken, wenn sie Clarence allein sehen?«

»Falls uns später jemand fragt, sagen wir, wir waren Pilze sammeln.«

SIE KONNTEN NICHT länger bleiben, das wusste sie. Doch am liebsten wäre sie für immer so geblieben – oder wenigstens noch fünf Minuten. Ian lag nun wieder hinter ihr, warm und stark. Doch seine Hand ruhte jetzt auf ihrem Bauch und streichelte zärtlich über die rätselhafte Wölbung des Kindes darin.

Möglich, dass er dachte, dass sie schlief. Vielleicht machte es ihm ja auch nichts aus, dass sie ihn hörte. Doch er sprach *Gaidhlig*, und sie verstand zwar noch nicht genug von dieser Sprache, um alles auszumachen, was er sagte, doch sie wusste, dass es ein Gebet war. »*A Dhia*«, bedeutete »oh Gott«. Und natürlich wusste sie, was es war, worum er betete.

»Schon gut«, sagte sie leise zu ihm, als er verstummt war, und legte ihre Hand auf die seine.

»Was denn?«

»Dass du an dein erstes Kind – deine Kinder denkst. Ich weiß, dass du es tust. Und ich weiß, welche Angst du um dieses hier hast«, fügte sie noch leiser hinzu.

Er seufzte tief, und sein Atem, der immer noch nach Dill und Knoblauch roch, strich warm über ihren Hals.

»Du verwandelst mein Herz in Wasser, Rachel – und sollte dir oder dem kleinen Oggy etwas zustoßen, würde das ein Loch in mich schlagen, aus dem mein Leben herauslaufen würde.«

Sie hätte ihm gern gesagt, dass ihnen nichts zustoßen würde, dass sie es nicht zulassen würde. Doch das hätte bedeutet, ihm Dinge zu versprechen, die nicht in ihrer Macht lagen.

»Unser Leben liegt in Gottes Hand«, sagte sie und drückte die seine. »Und was auch geschieht, wir werden immer bei dir sein.«

WIEDER ANGEKLEIDET, einigermaßen anständig und mit den Fingern gekämmt, erreichten sie den Pfad, just als Claire und Jenny um die Biegung kamen. Sie waren mit Bündeln beladen, und jede führte zwei Milchziegen, freundliche Geschöpfe, die die beiden Fremden mit lautem Meckern begrüßten.

Rachel sah, wie Ians Mutter ihren Sohn scharf ansah und ihr dunkelblauer Blick dann zu Rachel hinüberwanderte, die schon wieder auf Clarence saß. Sie schenkte Rachel ein Lächeln, das so klar wie Worte sagte, dass sie genau wusste, was sie getan hatten, und dass sie es amüsant fand. Heißes Blut stieg Rachel in die Wangen, doch sie ließ sich nicht aus der Fassung bringen und neigte anmutig den Kopf in Jennys Richtung – obwohl sich ein Quäker normalerweise nur vor Gott verbeugte.

Immer noch rot, hatte sie auf Claire gar nicht geachtet, doch nachdem Rachel und Ian den älteren Frauen und den Ziegen so weit voraus waren, dass sie nicht gehört werden konnten, wies Ian mit dem Kinn hinter sich.

»Meinst du, mit Tante Claire stimmt etwas nicht?«

»Das ist mir nicht aufgefallen. Was meinst du damit?«

Ian zog die Schulter hoch und runzelte ein wenig die Stirn.

»Ich kann es nicht genau sagen. Heute Morgen war sie unterwegs noch ganz sie selbst, aber als sie zurückkam, nachdem sie die Ziegen erstanden hatte, hat sie … anders ausgesehen.« Er suchte nach Worten, um zu erklären, was er meinte.

»Nicht ganz so, wie man sagen würde, dass jemand aussieht, wenn er ein Gespenst gesehen hat; nicht verängstigt, meine ich. Aber … fassungslos vielleicht? Überrascht oder möglicherweise erschrocken. Als sie mich gesehen hat, hat sie versucht, so zu tun, als wäre alles in Ordnung. Ich wiederum war dann mit dem Gepäck beschäftigt und habe nicht mehr daran gedacht.«

Er sah sich noch einmal um, aber der Pfad hinter ihnen war leer. Ein leises *Mähhh* hallte zwischen den Bäumen hindurch, und er lächelte – doch in seinem Blick lag ein Hauch von Sorge.

»Tante Claire kann nämlich nichts besonders gut für sich behalten. Onkel

Jamie pflegt zu sagen, sie hat ein gläsernes Gesicht. Und das stimmt. Was auch immer sie dort gesehen hat … ich glaube, sie denkt nach wie vor daran.«

141

DIE TIEFSTEN GEFÜHLE ÄUSSERN SICH IM SCHWEIGEN

Es war irgendwann am Nachmittag des dritten Tages, als sich Jenny bedeutungsvoll räusperte. Wir hatten an einem Bach Halt gemacht, an dem das wilde Gras hoch und dicht wuchs, und ließen unsere müden Füße ins Wasser hängen, während wir zusahen, wie die an den Beinen gefesselten Ziegen in Ekstase verfielen. Eigentlich macht man sich nur selten die Mühe, eine Ziege festzubinden, da sie sich, wenn sie will, in Sekunden freikauen kann. Hier jedoch gab es so viel Futter für sie, dass sie keine Zeit damit verschwendeten, Stricke zu fressen, und die Beinfesseln würden sie in Sichtweite halten.

»Hast du etwas im Hals?«, erkundigte ich mich freundlich. »Zum Glück gibt es hier ja reichlich Wasser.«

Sie stieß einen schottischen Laut aus, der immerhin höfliche Anerkennung meiner versuchten Schlagfertigkeit andeutete, griff in ihre Tasche, holte ein zerbeultes Silberfläschchen heraus und öffnete es. Ich konnte den Alkohol bis zu mir riechen – ein Vorfahre des Bourbons, dachte ich.

»Hast du die aus Schottland mitgebracht?«, fragte ich und nahm die Flasche entgegen, die eine angedeutete Lilie auf der Seite trug.

»Aye, sie hat meinem Mann Ian gehört. Er hatte sie noch aus der Zeit, in der er und Jamie als Soldaten in Frankreich waren; hat sie mitgebracht, als er das Bein verloren hatte. Wir haben oft am Haus seines Vaters auf der Mauer gesessen und zusammen etwas getrunken, während er gesund wurde; er hatte es nötig, der arme Junge, nachdem ich ihn gezwungen habe, zehnmal am Tag die Straße auf und ab zu gehen, damit er sich an das Holzbein gewöhnte.« Sie lächelte, und rings um ihre Katzenaugen zeigten sich Fältchen, doch sie hatte einen sehnsüchtigen Zug um den Mund.

»Ich habe ihm gesagt, ich würde ihn nicht heiraten, aye? Es sei denn, er könnte auf zwei Beinen neben mir am Altar stehen und mich nach dem Jawort durch den Mittelgang führen.«

Ich lachte.

»Das ist nicht ganz das, was *er* mir erzählt hat.« Ich trank vorsichtig einen Schluck, doch die Flüssigkeit in der Flasche war erstaunlich gut, feurig, aber weich. »Woher hast du das?«

»Von einem Mann namens Gibbs aus Aberdeenshire. Man würde zwar nicht denken, dass sie dort etwas von der Whiskyherstellung verstehen, aber er hat es sicher irgendwo anders gelernt. Er lebt in einer Siedlung namens Hogue Corners, kennst du sie?«

»Nein, aber sie kann ja nicht so weit weg sein. Er macht ihn also selbst, ja? Das interessiert Jamie bestimmt.« Ich trank noch einen Schluck, reichte ihr die Flasche zurück und behielt den Whisky im Mund, um ihn auszukosten.

»Aye, das habe ich auch gedacht. Ich habe eine kleine Flasche für ihn in meinem Sack.« Sie nippte und nickte beifällig. »Wer war denn der fette Dreckskerl, der dir bei Beardsley's solche Angst gemacht hat?«

Ich verschluckte mich an dem Whisky und hätte mir in der Folge fast die Lunge aus dem Leib gehustet. Jenny stellte die Flasche beiseite, raffte ihre Röcke und watete in den Bach, um ihr Taschentuch anzufeuchten. Sie reichte es mir, schöpfte ein bisschen Wasser mit der Hand und ließ es mir in den Mund laufen.

»Zum Glück haben wir ja genug Wasser, wie du schon gesagt hast«, merkte sie an. »Hier, nimm noch etwas.« Ich nickte mit tränenden Augen, raffte aber meinerseits die Röcke, kniete mich hin und trank. Dabei hielt ich immer wieder inne, bis ich aufhörte zu keuchen.

»Ich habe es ja sowieso nicht bezweifelt«, sagte Jenny, während sie mich beobachtete. »Aber selbst wenn es so gewesen wäre, hätte ich jetzt Gewissheit. Wer ist er?«

»Ich weiß es nicht, verdammt«, zischte ich gereizt und kletterte wieder auf meinen Felsen. Doch Jenny ließ sich durch meinen Tonfall nicht beeindrucken und zog nur die Augenbraue hoch.

»Ich weiß es wirklich nicht«, erwiderte ich ein wenig ruhiger. »Ich … hatte ihn nur schon einmal gesehen. Aber ich habe keine Ahnung, wer er ist.«

Sie betrachtete mich wie ein Wissenschaftler, der einen neuen Mikroorganismus unter dem Mikroskop erwischt hat.

»Aye, aye. Und wo hattest du ihn schon einmal gesehen? Denn erkannt hast du ihn mit Sicherheit, du warst ja völlig fassungslos.«

»Wenn ich das Gefühl hätte, dass es auch nur den geringsten Zweck hätte, würde ich dir ja sagen, dass es dich nichts angeht«, sagte ich mit einem säuerlichen Blick. »Gib mir die Flasche, ja?«

Sie gab sie mir und sah geduldig zu, wie ich ein paar Mal daran nippte, während ich mir überlegte, was ich sagen sollte. Schließlich holte ich tief Luft und reichte ihr die Flasche zurück.

»Danke. Ich weiß nicht, ob Jamie dir erzählt hat, dass vor etwa fünf Jahren eine Gruppe von Banditen, die die Gegend terrorisiert haben, durch Fraser's Ridge gekommen ist? Sie haben unsere Mälzerei in Brand gesteckt – oder es zumindest versucht – und Marsali verletzt. Und sie haben mich … als Geisel mitgenommen.«

Jenny gab mir die Flasche zurück, wortlos, aber mit tiefem Mitgefühl in den dunkelblauen Augen.

»Jamie … hat mich zurückgeholt. Er hatte Männer dabei, und es gab einen schrecklichen Kampf. Die meisten Banditen sind ums Leben gekommen, aber ein paar sind offenbar in der Dunkelheit davongekommen. Dieser Mann war einer davon. Nein, schon gut, mehr brauche ich nicht.« Ich hatte die Flasche wie einen Talisman festgehalten, um mir Mut zu machen, während ich es ihr erzählte, doch jetzt gab ich sie ihr zurück. Sie nahm einen langen, meditativen Zug.

»Aber du hast nicht versucht, seinen Namen herauszufinden? Die Leute dort kannten ihn, das konnte ich sehen; sie hätten es dir doch gesagt.«

»Ich will es nicht wissen!«, sagte ich so laut, dass eine der Ziegen ein erschrockenes *Mäh-äh-äh!* ausstieß und über ein Grasbüschel hüpfte. Offenbar fühlte sie sich durch die Beinfesseln überhaupt nicht behindert.

»Es … es spielt keine Rolle«, sagte ich weniger laut, aber nicht weniger entschlossen. »Die … Rädelsführer … sind alle tot und die meisten anderen auch. Dieser Mann … äh … nun, man sieht es ihm doch an, oder? Wie hast du ihn genannt – fetter Dreckskerl? Genau das ist er. Er ist keine Gefahr für uns. Ich … will ihn einfach nur vergessen«, schloss ich lahm.

Sie nickte, stieß einen erstickten kleinen Rülpser aus, schien über das Geräusch verblüfft zu sein, schüttelte den Kopf, verkorkte die Flasche und steckte sie ein.

Eine Weile saßen wir schweigend da und lauschten dem Rauschen des Wassers und den Vögeln in den Bäumen hinter uns. Eine Nachtigall spulte ihr ausgedehntes Repertoire mit einer Stimme wie aus Messing ab.

Nach etwa zehn Minuten reckte sich Jenny und seufzte.

»Erinnerst du dich noch an meine Tochter Maggie?«, fragte sie.

»Ja«, sagte ich mit einem kleinen Lächeln. »Ich habe sie zur Welt gebracht. Oder vielmehr – ich habe sie aufgefangen. Die Arbeit hast du gemacht.«

»Oh, das stimmt«, sagte sie und plätscherte mit dem Fuß im Wasser. »Das hatte ich ganz vergessen.«

Ich sah sie scharf an. Wenn das stimmte, wäre es das erste Mal gewesen, dass sie je etwas vergessen hatte, zumindest meines Wissens. Und ich hatte nicht das Gefühl, dass sie schon alt genug war, um jetzt vergesslich zu werden.

»Sie ist vergewaltigt worden«, sagte sie, den Blick auf das Wasser gerichtet, die Stimme ganz ruhig. »Nicht schlimm – der Mann hat sie nicht verprügelt –, aber sie ist von ihm schwanger geworden.«

»Wie furchtbar«, sagte ich leise nach einer Pause. »Es … es war doch wohl kein Regierungssoldat?« Das war mein erster Gedanke gewesen – aber Maggie war in den Jahren des Aufstands und der anschließenden Säuberung der Highlands nicht mehr als ein Kind gewesen, als Cumberlands Rotröcke plündernd und … nun ja, vergewaltigend durch die Dörfer und Katstellen gezogen waren.

»Nein«, sagte Jenny nachdenklich. »Es war der Bruder ihres Mannes.«

»Oh Gott.«

»Aye, das habe ich auch gesagt, als sie es mir erzählt hat.« Sie verzog das Gesicht. »Das war aber das einzig Gute daran; Geordie – das war der Bruder – hatte dieselbe Haar- und Augenfarbe wie ihr Mann Paul, also konnte sie das Kind als das seine ausgeben.«

»Und hat sie das getan?«, fragte ich unwillkürlich.

Jenny stieß einen langen Seufzer aus, nickte, nahm die Füße aus dem Wasser und zog sie unter ihren Rock.

»Sie hat mich gefragt, was sie tun soll, die arme Kleine. Ich habe gebetet – Gott, habe ich gebetet!«, sagte sie mit plötzlicher Heftigkeit, dann prustete sie. »Und ich habe ihr gesagt, sie soll es ihm nicht erzählen – Paul, meine ich. Denn was wäre dabei herausgekommen? Einer von ihnen wäre am Ende tot gewesen – denn ein Highlandmann kann nicht in der Nähe eines Mannes leben, der seine Frau vergewaltigt hat, und das sollte er auch nicht –, und es hätte ja Paul sein können. Selbst wenn er Geordie nur verprügelt und davongejagt hätte, hätte doch jeder den Grund erfahren, und der arme kleine Edwin wäre als Bastard und als Spross einer Vergewaltigung gebrandmarkt gewesen, und was wäre dann aus ihm geworden?«

Sie beugte sich nieder, schöpfte eine Handvoll Wasser und spritzte es sich ins Gesicht. Sie legte den Kopf in den Nacken und ließ sich das Wasser mit geschlossenen Augen über die hohen, kantigen Wangenknochen laufen, dann schüttelte sie den Kopf.

»Und Pauls und Geordies Familie? So etwas hätte sie zerrissen – und sie gewiss gegen uns aufgebracht, denn sie hätten mit Sicherheit darauf beharrt, dass Maggie lügt, statt so etwas zu glauben. Alte Sturköpfe, die Carmichaels«, sagte sie völlig ungerührt. »Treu, aber stur wie die Felsbrocken.«

»Sagt eine Fraser«, stellte ich fest. »Die Carmichaels müssen ja etwas ganz Besonderes sein.«

Jenny prustete, erwiderte aber erst einmal nichts.

»Also«, sagte sie schließlich und sah mich an. »Also habe ich zu Maggie gesagt, ich hätte um eine Lösung gebetet, und ich wäre zu dem Schluss gekommen, dass sie, wenn sie es denn um ihres Mannes und ihrer Kinder willen ertragen könnte, lieber nichts sagen sollte. Dass sie versuchen sollte, Geordie zu vergeben, wenn sie es könnte, und wenn nicht, dass sie sich von ihm fernhalten sollte – aber dass sie nichts sagen sollte. Und das hat sie auch getan.«

»Wie … hat Geordie reagiert?«, fragte ich neugierig. »Hat er – weiß er, dass Edwin sein Sohn ist?«

Sie schüttelte den Kopf.

»Ich weiß es nicht. Er ist fortgegangen, einen Monat nach der Geburt – nach Kanada emigriert. Das hat niemanden überrascht; alle wussten ja, dass er verrückt nach Maggie und außer sich war, als sie sich für Paul entschieden hatte. Ich vermute, das hat alles einfacher gemacht.«

»Aus den Augen, aus dem Sinn? Ja, vermutlich«, sagte ich trocken. Vielleicht hätte ich das nicht fragen sollen, aber ich konnte es nicht lassen: »Hat Maggie es Paul je erzählt – nachdem Geordie fort war, meine ich?«

Sie schüttelte den Kopf, erhob sich ein wenig steif und schüttelte ihre Röcke aus.

»Ich weiß es nicht genau, aber ich glaube es nicht. Denn wie hätte er es denn aufgenommen, wenn sie es ihm erzählt hätte, nachdem sie so lange geschwiegen hatte? Und er hätte seinen Bruder natürlich ewig gehasst, vor allem, nachdem er ihn nicht mehr auf der Stelle umbringen konnte.«

Ihre blauen Augen, die Jamies Augen so ähnlich waren, sahen mich sowohl beziehungsreich als auch belustigt an. »Du kannst doch nicht so lange mit einem Highlandmann verheiratet sein, ohne zu wissen, wie abgrundtief er hassen kann. Komm – wir sollten die Tiere einsammeln, ehe sie platzen.« Und sie watete ins Gras davon, die Schuhe in der Hand, und rief auf *Gaidhlig* einen Spruch zum Sammeln des Viehs:

»Die drei, die oben in der Stadt der Glorie wohnen,
Bitte hütet meine Herde und mein Vieh,
Versorgt sie bei Hitze, Sturm und Kälte,
Treibt sie mit Eurem Segen
Von der Höhe hinunter ins Tal.«

ICH DACHTE DARÜBER NACH, nachdem sich abends alle in ihre Decken gerollt und zu schnarchen begonnen hatten. Das heißt … ich hatte gar nicht aufgehört, darüber nachzudenken, seit ich den Mann gesehen hatte. Aber angesichts dessen, was Jenny mir erzählt hatte, begannen sich meine Gedanken nun zu klären.

Der Gedanke, nichts zu sagen, war mir natürlich sofort gekommen, und das war auch nach wie vor meine Absicht. Die einzige Schwierigkeit war … Nun, eigentlich waren es zwei Schwierigkeiten, aber die erste konnte ich sowieso nicht abstellen. Sie bestand darin, dass ich nicht leugnen konnte, dass ich ein gläsernes Gesicht hatte, so irritierend es auch war, ständig darauf hingewiesen zu werden. Wenn ich mir über irgendetwas ernsthaft Gedanken machte, fingen die Menschen in meiner Umgebung automatisch an, mir Seitenblicke zuzuwerfen und mich übertrieben vorsichtig zu behandeln – oder in Jamies Fall, geradeheraus wissen zu wollen, was los war.

Jenny hatte in etwa das Gleiche getan, selbst wenn sie mich nicht gedrängt hatte, ihr Details zu erzählen. Doch sie hatte offenbar mehr oder weniger erraten, was passiert war, denn sonst hätte sie mir ja nicht von Maggie erzählt. Erst jetzt kam mir der Gedanke, mich zu fragen, ob ihr Jamie schon von Hodgepiles Überfall und den Folgen erzählt *hatte*.

Die zweite Schwierigkeit war halt meine eigene Reaktion auf den fetten Dreckskerl. Ich gluckste jedes Mal, wenn ich an diese Beschreibung dachte, doch es half tatsächlich. Er war ein Mensch, und zwar kein besonders sympathischer. Kein Monster. Er war die Aufregung absolut nicht *wert*. Weiß der Himmel, wie er in Hodgepiles Bande geraten war – vermutlich bestanden ja die meisten kriminellen Banden zum Großteil aus Idioten ohne Rückgrat.

Und … so ungern ich die Ereignisse noch einmal durchleben wollte … ich tat es dennoch. Er hatte nicht die geringste Absicht gehabt, mir Schmerzen zuzufügen, und hatte das auch nicht getan (was nicht hieß, dass er mich nicht mit seinem Gewicht zu Boden gedrückt, mir gewaltsam die Beine gespreizt und seinen Schwanz in mich hineingesteckt hatte …).

Ich löste meine Zähne voneinander, holte tief Luft und begann von vorn.

Er war über mich hergefallen, weil er die Gelegenheit dazu hatte – und es nötig hatte.

Martha, hatte er schluchzend gesagt, und seine Tränen und sein Rotz waren mir warm über den Hals gelaufen. *Martha, ich hatte dich so lieb.*

Konnte ich ihm aus diesen Gründen verzeihen? Die unangenehmen Aspekte dessen, was er mir angetan hatte, verdrängen und ihn nur als das bemitleidenswerte Geschöpf betrachten, das er war?

Wenn ich das konnte – würde er dann aufhören, in meinem Kopf zu wohnen, eine hartnäckige Klette unter der Decke meiner Gedanken?

Ich legte den Kopf zurück und blickte zum tiefschwarzen Himmel auf, der voller brennender Sterne war. Wenn man wusste, dass sie eigentlich Kugeln aus flammendem Gas waren, konnte man sie sich problemlos so vorstellen, wie van Gogh sie gesehen hatte … Und beim Blick in diese erleuchtete Leere verstand man außerdem, warum die Menschen immer schon zum Himmel geblickt haben, wenn sie mit Gott reden. Man muss etwas spüren, das viel, viel größer ist als man selbst. Und da oben ist es – unermesslich groß und stets zur Hand. Eine schützende Hülle.

Hilf mir, bat ich lautlos.

Ich hatte nie mit Jamie über Jack Randall gesprochen. Doch durch das Wenige, was er mir erzählt hatte – und die zusammenhanglosen Dinge, die er in seinen schlimmsten Träumen sagte –, wusste ich, dass dies der Weg war, den er gewählt hatte, um zu überleben. Er hatte Jack Randall vergeben. Wieder und wieder. Doch er war ein sturer Mensch; er konnte das. Tausendmal und immer noch einmal mehr.

»*Hilf mir*«, wisperte ich und spürte, wie mir die Tränen über die Schläfen in die Haare liefen. »*Bitte. Hilf mir.*«

142

ETWAS KOMMT ZUM VORSCHEIN

Es funktionierte. Nicht einfach so und oft auch nur für ein paar Minuten – doch der Schreck verblasste, und wieder zu Hause, umgeben vom Frieden des Bergs und der Liebe meiner Familie, spürte ich mein inneres Gleichgewicht zurückkehren. Ich betete, ich vergab, ich bewältigte.

Die Ablenkung half mir dabei sehr. Der Sommer ist die Zeit, in der in einer landwirtschaftlichen Gemeinschaft am meisten zu tun ist. Und wenn Männer mit Sensen und Hacken und Wagen und Tieren und Gewehren und Messern hantieren… verletzen sie sich. Bei den Frauen und Kindern sind es Verbrennungen und Haushaltsunfälle und Verstopfung und Durchfall und neue Zähne und… und Madenwürmer.

»Da, seht Ihr?«, sagte ich leise und hielt eine brennende Kerze dicht an die Pobacken des zweijährigen Tammas Wilson. Tammas, der daraus den durchaus nicht unvernünftigen Schluss zog, dass ich vorhatte, ihm die Kerze in den Hintern zu rammen, schrie los und trat um sich, um sich zu befreien. Doch seine Mutter nahm ihn fester in den Griff und schob seine Pobacken wieder auseinander, so dass das Gewimmel kleiner weißer Madenwurmweibchen rings um seinen alles andere als ideal gepflegten kleinen Anus sichtbar wurde.

»Der Herr bewahre uns vor allem Übel«, sagte Annie Wilson und ließ ihn mit einer Hand los, um sich zu bekreuzigen. Tammas versuchte entschlossen zu fliehen, und beinahe wäre es ihm gelungen, sich kopfüber ins Feuer zu stürzen. Doch ich erwischte ihn am Fuß und zog ihn zurück.

»Das sind die Weibchen«, erklärte ich. »Sie kommen nachts herausgekrochen und legen Eier auf der Haut. Das juckt, deshalb kratzt sich der Kleine so. Daher kommt die Röte und der Ausschlag. Aber dann überträgt er die Eier auf alles, was er anfasst…« Und da Tammas zwei war, fasste er an, was er in die Finger bekam. »Und darum ist wahrscheinlich Eure ganze Familie infiziert.«

Mrs. Wilson wand sich sacht auf ihrem Hocker, wobei ich nicht sagen konnte, ob es an den Würmern lag oder an ihrer Verlegenheit. Sie richtete Tammas zum Sitzen auf, und er zappelte sich prompt von ihrem Schoß und steuerte auf das Bett zu, in dem seine beiden älteren Schwestern schliefen, die vier und fünf waren. Ich packte ihn um die Taille und bugsierte ihn ans Feuer zurück.

»Bride rette uns, was soll ich dagegen tun?«, fragte Annie Wilson mit einem hilflosen Blick von den schlafenden Mädchen hinüber zu Mr. Wilson, der sich von seinem Tagewerk erschöpft in dem anderen Bett zusammengerollt hatte und schnarchte.

»Nun, für die größeren Kinder und die Erwachsenen benutzt Ihr das hier.« Ich holte ein Fläschchen aus meinem Korb und reichte es ihr mit spitzen Fingern. Das Mittel darin war zwar nicht explosiv, doch da ich seine Wirkung kannte, vermittelte es mir die Illusion.

»Es ist ein Tonikum aus Wolfsmilchblüten und Brechwurz. Es ist ein *sehr* starkes Laxativum – das heißt, Ihr müsst davon höllisch scheißen«, verbesserte ich mich, als ich ihr verständnisloses Gesicht sah, »aber ein paar Anwendungen werden die Madenwürmer vertreiben, vorausgesetzt, Ihr könnt verhindern, dass Tammas und die Mädchen sie aufs Neue verbreiten. Was die Kinder betrifft…« Ich reichte ihr ein Töpfchen Knoblauchpaste, die so stark war, dass Annie die Nase rümpfte, obwohl es verschlossen war. »Schmiert den Kindern einen ordentlichen Klecks davon um das Loch im Hintern – und, äh, hinein.«

»Aye«, sagte sie schicksalsergeben und nahm Töpfchen und Flasche entgegen. Es war ja wahrscheinlich nicht das Schlimmste, was sie als Mutter je getan hatte. Ich gab ihr Anweisungen, wie sie die Bettwäsche auskochen sollte, und riet ihr streng zu Seife und gewissenhafter Handwäsche, wünschte ihr alles Gute und ging. Dabei verspürte ich selbst ein starkes Bedürfnis, mich am Hintern zu kratzen.

Doch dies verging auf dem Weg zur Hütte der Higgins, und ich glitt mit dem friedlichen Gefühl, meine Sache gut gemacht zu haben, zu Jamie auf das Strohlager.

Er drehte sich verschlafen um und umarmte mich, dann zog er die Nase hoch.

»Was in Gottes Namen hast du gemacht, Sassenach?«

»Das erzähle ich dir besser nicht«, versicherte ich ihm. »Wonach rieche ich denn?« Wenn es nur Knoblauch war, würde ich nicht aufstehen. Aber wenn es Fäkalien waren …

»Knoblauch«, sagte er zum Glück. »Du riechst wie ein französischer *gigot d'agneau.*« Sein Magen knurrte bei diesem Gedanken, und ich lachte – leise.

»Ich schätze, zum Frühstück gibt es allerdings höchstens Porridge.«

»Das macht nichts«, murmelte er nun schon wieder fast eingeschlafen, »wir haben ja Honig dazu.«

DA ES AM FOLGENDEN Nachmittag keine dringenden Hausbesuche zu erledigen gab, stieg ich mit Jamie zu der Stelle für das neue Haus hinauf. Alles war übersät mit den schildförmigen grünen Blättern und den geschwungenen Stängeln der wilden Erdbeeren, die den Abhang mit kleinen, süßsauren roten Herzen bedeckten. Ich hatte einen kleinen Korb dabei – ich war im Frühjahr oder Sommer niemals ohne unterwegs –, und er war halb voll, als wir die Lichtung mit dem wunderbaren Ausblick auf die Mulde unterhalb des Bergkamms erreichten.

»Es kommt mir vor, als wäre es ein halbes Leben her, dass wir das letzte Mal hier waren«, sagte ich. Ich setzte mich auf einen der Stapel mit den halb behauenen Brettern und nahm den breitkrempigen Hut ab, um mir den Wind durch das Haar wehen zu lassen. »Weißt du noch, wie wir die Erdbeeren gefunden haben?« Ich hielt Jamie eine Handvoll Früchte hin.

»Eher zwei oder drei. Leben, meine ich. Aber aye, ich weiß es noch.« Er lächelte, setzte sich neben mich und nahm sich eine der kleinen Beeren von meiner Hand. Er zeigte auf den mehr oder weniger ebenen Grund vor uns, auf dem er mit Pflöcken und Schnüren einen groben Grundriss abgesteckt hatte.

»Du hättest dein Sprechzimmer doch gern wieder vorn, aye? So wie es war? So habe ich es zumindest vorgesehen, aber es ist leicht zu ändern, wenn du möchtest.«

»Ja, ich denke schon. Ich werde mich schließlich mehr dort aufhalten als irgendwo sonst; schön, wenn ich aus dem Fenster schauen und sehen kann, welche Katastrophe dann jeweils auf mich zukommt.«

Mein Ton war zwar völlig ernst gewesen, aber er lachte und nahm sich noch ein paar Erdbeeren.

»Wenigstens wird es die Leute ein bisschen bremsen, nachdem sie bergauf gehen müssen.« Er hatte die einfache Schreibplatte mitgebracht, die er sich geschreinert hatte, und legte sie jetzt auf sein Knie, um sie aufzuklappen und mir seine Pläne zu zeigen, die er ordentlich mit Bleistift und Lineal angefertigt hatte.

»Mein Besuchszimmer kommt gegenüber auf die andere Seite des Flurs, genau wie vorher – du wirst sehen, dass ich den Flur breiter gemacht habe wegen der Treppe –, und ich glaube, ich hätte gern ein kleines Wohnzimmer hier zwischen dem Besuchszimmer und der Küche. Aber die Küche … Meinst du, wir sollten vielleicht ein eigenes Küchenhaus haben, wie John Grey es in Philadelphia hatte?«

Ich dachte einen Moment darüber nach, und die sauren Beeren zogen mir den Mund zusammen. Es überraschte mich nicht, dass ihm dieser Gedanke gekommen war; jeder, der schon einmal einen Hausbrand erlebt hatte, geschweige denn zwei, war sich dieser Gefahr extrem bewusst.

»Oh, ich glaube nicht«, sagte ich schließlich. »Dort machen sie es ja nicht nur wegen der Brandgefahr, sondern auch wegen der Sommerhitze, und das ist hier glücklicherweise kein Problem. Wir müssen doch ohnehin Feuerstellen im Haus haben. Die Brandgefahr kann eigentlich nicht sehr viel größer sein, wenn wir eine davon zum Kochen benutzen.«

»Das kommt wohl ganz darauf an, wer kocht«, stellte Jamie fest und betrachtete mich mit hochgezogener Augenbraue.

»Wenn diese Bemerkung persönlich gemeint ist, kannst du sie gern wieder zurücknehmen«, sagte ich kühl. »Ich bin vielleicht nicht die beste Köchin der Welt, aber ich habe dir noch nie etwas Verkohltes aufgetischt.«

»Nun, du *bist* aber die Einzige, die das Haus je in Brand gesteckt hat, Sassenach. Das musst du zugeben.« Er lachte und hob beiläufig die Hand, um meinen gespielten Hieb abzuwehren. Seine Hand schloss sich um meine Faust, und er zog mich mühelos von meinem Sitz auf sein Knie.

Er legte den Arm um mich und stützte das Kinn auf meine Schulter, dann strich er mir mit der freien Hand das Haar aus dem Gesicht. Er war barfuß und trug nur ein Hemd und sein zerschlissenes grünbraunes Arbeitsplaid, das er bei einem Lumpenhändler in Savannah gekauft hatte. Es war ihm über den Oberschenkel gerutscht; ich zog eine Falte unter mir hervor und strich sie über den langen Muskel seines Beins.

»Amy sagt, in Cross Creek gibt es einen schottischen Weber. Wenn du das nächste Mal hinunterreitest, solltest du vielleicht ein neues Plaid in Auftrag geben – wenn es geht, sogar in deinem eigenen Tartan, wenn der Weber Fraserrotes Garn hat.«

»Aye, nun ja. Es gibt so viel anderes, wofür ich Geld ausgeben kann, Sassenach. Zum Jagen oder Fischen brauche ich mich nicht herauszuputzen – und auf dem Feld arbeite ich im Hemd.«

»Ich könnte genauso gut den ganzen Tag in einem löchrigen grauen Flanellunterrock herumlaufen, und es würde meine Arbeit nicht beeinflussen – aber das hättest du doch auch nicht gern, oder?«

Er stieß einen leisen schottischen Laut der Belustigung aus und verlagerte sein Gewicht, um mich fester hinzusetzen.

»Nein. Hin und wieder sehe ich dich gern in einem hübschen Kleid mit hochgestecktem Haar und deinem schönen Dekolleté. Außerdem«, fügte er hinzu, »beurteilt man einen Mann danach, wie gut er für seine Familie sorgt. Wenn ich dich in Lumpen herumlaufen ließe, würden die Leute mich entweder für geizig oder für unfähig halten.« Sein Ton ließ keinen Zweifel daran, welche dieser Sünden er für die schlimmere hielt.

»Oh, das würden sie nicht«, widersprach ich, jedoch mehr, um ihn zu necken. »Jeder in Fraser's Ridge weiß genau, dass du keins von beidem bist. Außerdem, meinst du denn, ich sehe *dich* nicht auch hin und wieder gern in voller Glorie?«

»Das ist aber sehr frivol von dir, Sassenach; so etwas hätte ich von Dr. C.E.B.R. Fraser nie erwartet.« Er lachte erneut, hielt aber abrupt inne, als er sich ein wenig umwandte.

»Sieh nur«, raunte er in mein Ohr und wies am Rand der Mulde entlang nach unten. »Dort drüben, rechts, wo der Bach aus dem Wald kommt. Siehst du sie?«

»Oh *nein*!«, sagte ich angesichts des weißen Flecks, der sich langsam über die grünen Matten aus Brunnenkresse und Wasserlinsen bewegte. »Das ist doch wohl nicht möglich?« Ohne meine Brille konnte ich auf diese Entfernung keine Einzelheiten ausmachen, doch der Art nach, wie es sich bewegte, war das fragliche Objekt mit ziemlicher Sicherheit ein Schwein. Ein großes Schwein. Ein großes *weißes* Schwein.

»Nun, wenn es nicht die weiße Sau ist, ist es eine Tochter, die genauso aussieht. Aber ich bin sicher, es ist das alte Weibsstück höchstpersönlich. Diesen arroganten Arsch würde ich immer erkennen.«

»Ja dann.« Ich lehnte mich mit einem kleinen zufriedenen Seufzer an ihn. »Jetzt *weiß* ich, dass wir zu Hause sind.«

»Du wirst noch vor Ablauf eines Monats unter deinem eigenen Dach schlafen, *a nighean*«, versprach er, und ich konnte das Lächeln in seiner Stimme hören. »Anfangs vielleicht nicht mehr als unter dem Dach eines Unterschlupfs – aber das Dach wird uns gehören. Bis zum Winter werde ich die Schornsteine fertig haben, die Wände werden dann stehen und ebenfalls ein Dach haben. Die Böden und die Türen kann ich auch einbauen, wenn Schnee liegt.«

Ich hob eine Hand an seine Wange, die warm war und mit kleinen Stoppeln überzogen. Ich gaukelte mir nicht vor, dass dies hier das Paradies war oder gar eine Zuflucht vor dem Krieg. Kriege blieben nämlich leider nicht an einem Ort, sondern bewegten sich umher, ähnlich wie Zyklone – und noch zerstörerischer, wenn sie den Boden berührten. Doch vorerst waren wir zu Hause, und es herrschte Frieden.

Eine Weile saßen wir schweigend da und beobachteten die Falken, die über der Lichtung kreisten, und die weiße Sau, die jetzt von einer Anzahl kleinerer Schweinchenkleckse begleitet wurde, zweifellos der Wurf dieses Frühjahrs. Am unteren Ende der Mulde kamen zwei Reiter von der Wagenstraße her in Sicht, und ich spürte, wie sich Jamies Aufmerksamkeit schärfte, um sich dann wieder zu entspannen.

»Hiram Crombie und der neue Wanderprediger«, sagte er. »Hiram hat gesagt, er wollte bis zur Straßenkreuzung reiten und den Mann abholen, damit er sich nicht verläuft.«

»Du meinst, damit sich Hiram davon überzeugen kann, ob der Mann auch griesgrämig genug ist«, sagte ich und lachte. »Dir ist doch klar, dass sie wahrscheinlich gar nicht mehr wissen, dass – oder ob – du ein Mensch bist, oder?« Hiram Crombie war der Anführer einer kleinen Siedlergruppe aus Thurso, die Jamie vor sechs Jahren aufgenommen hatte. Sie waren Presbyterianer von einer besonders verbohrten Sorte und neigten dazu, Papisten als zutiefst pervers, wenn nicht sogar als Satansbrut zu betrachten.

Jamie stieß einen kurzen Laut aus, der jedoch nur ein tolerantes Achselzucken ausdrückte.

»Sie werden sich schon wieder an mich gewöhnen«, sagte er. »Und ich würde eine Menge Geld dafür bezahlen, dabei zu sein, wenn sich Hiram mit Rachel unterhält. Warte, Sassenach, mein Bein ist eingeschlafen.« Er half mir von seinem Bein hinunter, stand auf und schüttelte sich den Kilt zurecht. So ausgeblichen er sein mochte, er stand ihm, und es wärmte mir das Herz, ihn so zu sehen, wie er sein sollte; hochgewachsen und breitschultrig, Haupt seines Haushalts, endlich wieder Herr über sein eigenes Land.

Er blickte noch einmal über die Mulde hinweg, seufzte tief und wandte sich mir zu.

»Apropos Katastrophen«, sagte er nachdenklich, »am besten sieht man sie tatsächlich kommen. Damit man sich darauf vorbereiten kann, aye?« Er sah mir direkt in die Augen. »Meinst du, jetzt wäre ein guter Zeitpunkt, mir zu sagen, was im Kommen ist?«

»Es ist nichts«, sagte ich wahrscheinlich zum zehnten Mal. Ich pickte an einem Rindenrest herum, der noch an dem Brett haftete, auf dem ich saß. »Alles ist gut. Wirklich.«

Jamie stand vor mir, die Mulde und den bewölkten Himmel hell in seinem Rücken, das Gesicht voller Schatten.

»Sassenach«, sagte er geduldig. »Ich bin um einiges sturer als du, das weißt du ganz genau. Also, ich weiß, dass dich etwas aus der Fassung gebracht hat, als du bei Beardsley's warst, und ich weiß, dass du es mir nicht erzählen willst. Manchmal weiß ich ja, dass du erst nachdenken musst, ehe du etwas sagst, aber dazu hast du jetzt mehr als reichlich Zeit gehabt. Und ich sehe, dass es – was auch immer es ist – schlimmer ist, als ich dachte, sonst hättest du es mir inzwischen erzählt.«

Ich zögerte und versuchte, mir etwas einfallen zu lassen, das ich ihm sagen konnte, das vielleicht nicht ganz … Ich blickte zu ihm auf und beschloss, nein, dass ich ihn nicht anlügen konnte – und zwar nicht nur, weil er sofort merken würde, dass ich log.

»Weißt du noch«, sagte ich langsam und sah ihn an, »in unserer Hochzeitsnacht? Du hast mir gesagt, du würdest nicht von mir verlangen, dir Dinge zu erzählen, die ich nicht erzählen kann. Du hast gesagt, in der Liebe gäbe es Raum für Geheimnisse, aber nicht für Lügen. Ich werde dich nicht anlügen, Jamie – aber ich möchte es dir wirklich nicht erzählen.«

Er trat von einem Bein auf das andere und seufzte.

»Wenn du glaubst, dass mich *das* erleichtert, Sassenach …«, sagte er und schüttelte den Kopf. »Außerdem habe ich das nicht gesagt. Ich erinnere mich noch an diesen Anlass – lebhaft …« Er lächelte mich ein wenig an. »Und was ich gesagt habe, war, dass es damals nichts zwischen uns gab als Respekt, und dass der Respekt vielleicht Raum für Geheimnisse hätte, aber nicht für Lügen.«

Er hielt einen Moment inne, dann fuhr er ganz sanft fort: »Meinst du denn nicht, dass zwischen uns jetzt mehr als nur Respekt herrscht, *mo chridhe*?«

Ich holte tief Luft. Mein Herz schlug hämmernd gegen mein Korsett, doch es war nur ganz normale Erregung, keine Panik.

»Doch«, sagte ich. »Jamie … bitte frag mich jetzt nicht danach. Ich glaube wirklich, dass alles gut ist; ich habe gebetet, und … und … ich glaube, es wird alles gut«, endete ich ziemlich lahm. Doch ich stand auf und nahm seine Hände. »Ich sage es dir, wenn ich glaube, dass ich es kann«, sagte ich. »Kannst du damit leben?«

Seine Lippen verspannten sich, während er überlegte. Er würde mir nicht leichtfertig antworten. Wenn er nicht damit leben konnte, würde er es mir sagen.

»Ist es etwas, worauf ich mich gefasst machen muss?«, fragte er ernst. »Ich meine, wenn es einen Kampf verursachen könnte, wäre ich gern dafür bereit.«

»Oh.« Ich atmete erleichtert auf. »Nein. Nein, so etwas ist es nicht. Eher eine Art moralischer Frage.«

Ich konnte sehen, dass ihn das nicht zufriedenstellte; er sah mir forschend ins Gesicht, und ich erkannte die Sorge in seinem Blick, doch schließlich nickte er langsam.

»Ich werde damit leben, *a nighean*«, sagte er leise und küsste mir die Stirn. »Vorerst.«

143

INTERRUPTUS

Die anderen Dinge, die im Sommer viel Aufmerksamkeit für sich beanspruchten, waren Schwangerschaft und Geburt. Ich betete täglich für Marsalis problemlose Entbindung. Es würde zwar wahrscheinlich Monate dauern, bis wir etwas von ihr hörten, aber ich hatte sie untersucht, ehe wir uns – unter Tränen – verabschiedeten, und alles schien normal zu sein.

»Meinst du, es könnte wieder so werden … wie Henri-Christian?« Sie sprach den Namen nur mit Schwierigkeiten aus und legte die Hand fest auf ihren gewölbten Bauch.

»Wahrscheinlich nicht«, sagte ich und sah, wie ihr die Gefühle über das Gesicht huschten wie der Wind über das Wasser. Angst, Bedauern … Erleichterung.

Ich bekreuzigte mich mit einem weiteren raschen Gebet und ging den Weg hinauf zur Hütte der MacDonalds, wo Rachel und Ian wohnten, bis Ian ihnen ein eigenes Haus bauen konnte. Rachel saß im Freien auf der Bank und schälte Erbsen in eine Schüssel, die sie sich bequem auf den Bauch gestellt hatte.

»*Madainn mhath!*«, sagte sie und lächelte froh, als sie mich sah. »Bist du nicht beeindruckt von meinen Sprachkünsten, Claire? Ich kann schon ›Guten Morgen‹, ›Gute Nacht‹, ›Wie geht es?‹ und ›Hau ab nach St. Kilda‹ sagen.«

»Herzlichen Glückwunsch«, sagte ich lachend und setzte mich neben sie. »Wie geht denn der letzte Satz?«

»*Rach a h-Irt*«, sagte sie mir. »Wobei ich vermute, dass ›St. Kilda‹ nur eine Redewendung für einen extrem abgelegenen Ort ist und nicht das eigentliche Ziel bezeichnet.«

»Das würde mich nicht überraschen. Versuchst du, die Regeln der Quäkersprache auf das Gälische zu übertragen, und geht das überhaupt?«

»Ich habe keine Ahnung«, gab sie offen zu. »Mutter Jenny hat vor, mir das Vaterunser auf *Gaidhlig* beizubringen. Vielleicht kann ich es dann sagen, denn vermutlich spricht man den Schöpfer ja auf ähnliche Weise an, wie wir es tun.«

»Oh.« Daran hatte ich nicht gedacht, aber es klang vernünftig. »Dann sprecht ihr Gott also so an wie jeden Menschen auch?«

»Natürlich. Wer könnte denn ein engerer Freund sein?«

»Wie interessant«, sagte ich. »Und wie geht es Oggy heute?«

»Er ist unruhig«, sagte sie und konnte die Schüssel gerade noch festhalten, weil ein heftiger Tritt sie hüpfen ließ, so dass die Erbsen umherflogen. »Ich auch«, fügte sie hinzu, während ich die Erbsen von ihrem Rock einsammelte und sie wieder in den Topf rollen ließ.

»Das kann ich mir vorstellen«, sagte ich lächelnd. »Eine Schwangerschaft dauert tatsächlich ewig – bis man plötzlich Wehen bekommt.«

»Ich kann es gar nicht abwarten«, sagte sie sehnsüchtig. »Und Ian auch nicht.«

»Gibt es da einen bestimmten Grund?«

Eine wunderhübsche Röte stieg ihr aus dem Halsausschnitt auf und färbte ihre Haut bis zum Haaransatz.

»Ich wecke ihn jede Nacht ein halbes Dutzend Mal, weil ich aufstehen und pinkeln muss«, sagte sie und wich meinem Blick aus. »Und Oggy tritt ihn fast genauso heftig wie mich.«

»Und?«, sagte ich einladend. Ihre Röte nahm noch ein wenig zu.

»Er sagt, er kann es gar nicht abwarten, äh, an mir zu saugen«, murmelte sie trotzig. Sie hüstelte, dann blickte sie auf, und die Röte verblasste ein wenig.

»Ernsthaft«, sagte sie. »Er hat Angst um das Kind. Du weißt ja von seinen Kindern mit der Mohawkfrau; er sagt, er hat es dir erzählt, während er sich Gedanken gemacht hat, ob es wohl richtig ist, dass er wieder heiratet.«

»Ah. Ja, das verstehe ich.« Ich legte ihr die Hand auf den Bauch und spürte den beruhigenden Druck eines tretenden Füßchens und die lange Kurve eines kleines Rückens. Das Baby hatte sich noch nicht gesenkt, aber zumindest lag Oggy mit dem Kopf nach unten. *Das* war eine große Erleichterung.

»Es wird alles gut werden«, sagte ich und drückte ihr die Hand. »Da bin ich mir sicher.«

»Ich habe ja gar keine Angst um mich«, sagte sie lächelnd und erwiderte den Händedruck. Das Lächeln verblasste ein wenig, als sie die Hand auf ihren Bauch legte. »Aber ich habe große Angst um die beiden.«

DA DAS WETTER schön war – und der kleinste Higgins einen Zahn bekam –, nahmen wir zwei Quilts mit und spazierten nach dem Abendessen zu unserem Grundstück hinauf, um das lange Zwielicht zu genießen. Und ein bisschen Zurückgezogenheit.

»Und du meinst nicht, dass wir von einem Bären oder irgendeinem anderen Wildtier gestört werden könnten?«, fragte ich, während ich mich aus dem groben Überkleid zwängte, das ich zum Pflanzensammeln trug.

»Nein. Ich habe mich gestern mit Jo Beardsley unterhalten; er sagt, der nächste Bär ist meilenweit entfernt. Im Sommer wandern sie ohnehin nicht weit, solange es da, wo sie sind, genug zu fressen gibt. Und Panther geben sich nicht mit Menschen ab, solange es leichtere Beute gibt. Aber ich mache uns ein kleines Feuer, nur zur Beruhigung und aus Prinzip.«

»Wie geht es Lizzie?«, fragte ich und faltete die Quilts auseinander, während ich zusah, wie geschickt er Feuer machte. »Hat Jo etwas gesagt?«

Jamie lächelte, ohne den Blick von seinem Tun abzuwenden.

»Ja, ausführlich. Die Kurzfassung ist, dass es ihr gut geht, dass sie sich aber am liebsten damit ablenkt, mit ihm und Kezzie zu schimpfen. Das war der Grund, warum Jo auf der Jagd war; Kezzie bleibt zu Hause, wenn sie miese Laune hat, weil er sie ja schlecht hören kann.« Die Beardsleys waren eineiige Zwillinge und sahen sich so ähnlich, dass man sie nur erkannte, wenn man mit ihnen redete. Denn Kezziah war durch eine Kinderkrankheit schwerhörig geworden.

»Das ist gut. Keine Malaria, meine ich.« Ich hatte Lizzie kurz nach unserer Ankunft besucht und sie und ihre Brut bei bester Gesundheit angetroffen. Allerdings hatte sie mir erzählt, sie hätte im letzten Jahr ein paar Fieberschübe gehabt, sicherlich auch, weil sie keine Chinarinde mehr hatte. Ich hatte ihr das meiste, was ich in Savannah gekauft hatte, dagelassen. Ich hätte daran denken sollen zu fragen, ob Chinarinde im Handelsposten vorrätig war, dachte ich – und verdrängte die Beklommenheit, die den Gedanken an diesen Ort begleitete, und dachte fest entschlossen: »Ich vergebe dir.«

Als das Feuer brannte, saßen wir da und schoben Stöckchen hinein, während wir dem Ende des Sonnenuntergangs zusahen, der hinter den Wipfeln des am weitesten entfernten Bergkamms in flammenden Bannern aus goldenen Wolken versank.

Und als dann der Schein des Feuers auf den Bretterstapeln und den Bergen der Fundamentsteine tanzte, genossen wir die Zurückgezogenheit unseres eigenen Heims, so rudimentär es auch im Moment noch sein mochte. Hinterher lagen wir friedlich zwischen unseren Quilts – es war zwar nicht kalt, doch so hoch oben verschwand die Tageshitze schnell aus der Luft – und sahen dem flackernden Schein der Kaminfunken und der erhellten Fenster zu, in den wenigen Häusern, die zwischen den Bäumen der Mulde zu sehen waren. Ehe die Lichter für die Nacht gelöscht wurden, schliefen wir.

Einige Zeit später erwachte ich aus einem erotischen Traum und wand mich genüsslich auf dem Quilt, die Gliedmaßen schwer vor Begehren. Dies schien zunehmend häufiger vorzukommen, je älter ich wurde. So als ob sich, wenn ich mit Jamie schlief, ein Feuer entzündete, das nicht ganz erlosch, sondern in der Nacht weiterglomm. Wenn ich nicht weit genug erwachte, um etwas daran zu tun, erwachte ich morgens benommen aus unerfüllten Träumen und unruhigem Schlaf.

Glücklicherweise war ich wach, und obwohl ich mich angenehm schläfrig fühlte, war ich ganz und gar in der Lage, etwas daran zu tun, was mir durch die Anwesenheit des großen, warmen, durchdringend riechenden Mannes an meiner Seite sehr erleichtert wurde. Er bewegte sich zwar sacht, als ich mich auf den Rücken drehte, um ein wenig Platz zwischen uns zu lassen, nahm jedoch sofort seine ebenmäßige Atmung wieder auf, und meine Hand schlich an mir abwärts und stieß auf feuchte Wärme. Es würde nicht lange dauern.

Ein paar Minuten später bewegte sich Jamie erneut, und meine Hand erstarrte zwischen meinen Beinen. Dann glitt seine Hand rasch unter den Quilt, und er berührte mich an derselben Stelle, so dass mir fast das Herz stehen blieb.

»Ich will dich ja nicht stören, Sassenach«, flüsterte er mir ins Ohr. »Aber hättest du dabei gern Hilfe?«

»Äh«, sagte ich schwach. »Äh ... woran hattest du denn gedacht?«

Als Antwort fuhr mir seine Zungenspitze ins Ohr, und ich stieß einen kleinen Aufschrei aus. Er prustete belustigt und legte mir die Hand zwischen die Beine, indem er meine eigenen, kraftlosen Finger löste. Ein großer Finger streichelte mich zärtlich, und ich bäumte mich auf.

»Oh, du bist ja schon gut vorbereitet«, murmelte er. »Du bist schlüpfrig wie eine Auster, Sassenach. Aber du warst noch nicht fertig?«

»Nein, ich – wie lange hast du mir *zugehört*?«

»Oh, lange genug«, versicherte er mir. Er unterbrach seine Beschäftigung einen Moment, ergriff meine freie Hand und legte sie fest um einen recht enthusiastischen Teil seiner eigenen Anatomie. »Mm?«

»Oh«, sagte ich. »Tja…« Meine Beine hatten die Situation deutlich schneller erfasst als ich, und das galt ebenso für Jamie. Er senkte den Kopf und küsste mich mit sanfter, drängender Gründlichkeit in der Dunkelheit. Dann beendete er den Kuss mit der Frage: »Wie lieben sich eigentlich Elefanten?«

Netterweise wartete er nicht auf eine Antwort, denn ich hatte auch keine. Er wälzte sich mit ein und derselben Bewegung auf mich und glitt hinein, und das Universum schrumpfte plötzlich auf einen einzigen, leuchtenden Punkt zusammen.

Ein paar Minuten später lagen wir schwer atmend unter den flammenden Sternen, die Decke von uns geworfen, und der Schlag unserer Herzen nahm allmählich sein normales Tempo wieder an.

»Wusstest du«, sagte ich, »dass das Herz im Augenblick der Klimax tatsächlich einen Moment stehen bleibt? Darum schlägt das Herz danach ein oder zwei Minuten langsamer; das sympathische Nervensystem hat all seine Synapsen abgefeuert und überlässt es dem Parasympathikus, das Herz anzutreiben, und der verringert die Herzfrequenz.«

»Dass es stehen bleibt, ist mir aufgefallen«, versicherte er mir. »Warum, ist mir eigentlich reichlich egal, solange es dann wieder anfängt.« Er hob die Arme über seinen Kopf und reckte sich genüsslich, um die Kühle auf seiner Haut zu genießen. »Eigentlich ist mir auch immer egal gewesen, ob es wieder anfängt.«

»Typisch Mann«, sagte ich duldsam. »Keine Voraussicht.«

»*Dazu* braucht man doch keine Voraussicht. Für das, was du getan hast, als ich dich unterbrochen habe, meine ich. Ich gebe ja zu, dass man an alles Mögliche denken muss, wenn eine Frau ins Spiel kommt, aber nicht dafür.« Er hielt einen Moment inne.

»Äh. Habe ich dich nicht… genug befriedigt, Sassenach?«, fragte er ein wenig schüchtern. »Ich hätte mir ja mehr Zeit gelassen, aber ich konnte nicht warten, und…«

»Nein, nein«, versicherte ich ihm. »Das war es nicht – ich meine, ich habe es einfach… so genossen, dass ich aufgewacht bin und mehr wollte.«

»Oh. Gut.«

Er entspannte sich mit einem tiefen, zufriedenen Seufzer und schloss die

Augen. Es herrschte zunehmender Mond, und ich konnte ihn deutlich sehen, obwohl das Mondlicht jede Farbe aus der Szenerie wusch und Jamie in eine Skulptur aus Schwarz und Weiß verwandelte. Ich fuhr ihm mit der Hand über die Brust und den immer noch flachen Bauch – harte körperliche Arbeit hatte zwar ihren Preis, aber auch ihre Vorteile – und umfasste seine Genitalien, warm und feucht in meiner Hand.

»*Tha ball-ratha sìnte ruit*«, sagte er und legte seine große Hand über die meine.

»Ein was?«, sagte ich. »Ein glückliches … Bein?«

»Nun, eigentlich ein Glied; Bein wäre dann doch sehr übertrieben. ›Ein glückliches Glied streckt sich an dir aus.‹ Es ist die erste Zeile eines Gedichts von Alasdair mac Mhaigistir Alasdair. Es heißt *›An einen exzellenten Penis‹.«*

»Er hatte wohl eine recht hohe Meinung von sich, dieser Alasdair?«

»Nun, er sagt nicht, dass es *seiner* ist – obwohl ich zugebe, dass das der Hintergedanke ist.« Er kniff die immer noch geschlossenen Augen ein wenig zusammen und deklamierte:

»Tha ball-ratha sìnte ruit
A choisinn mìle buaidh
Sàr-bodh iallach acfhainneach
Rinn-gheur sgaiteach cruaidh
Ùilleach faihteach feadanach
Làidir seasmhach buan
Beòdha treòrach togarroch
Nach diùltadh bog no cruaidh.«

»Was du nicht sagst«, meinte ich interessiert. »Bitte auf Englisch; ich glaube, ich habe ein paar Feinheiten nicht mitbekommen. Er hat doch wohl seinen Penis nicht mit einer Dudelsackpfeife verglichen?«

»Oh, aye, das hat er«, gluckste Jamie.

»Ein glückliches Glied streckt sich an dir aus,
Das schon Tausende erobert hat:
Ein exzellenter Penis, der ledrig ist und wohlausgestattet,
Scharf, durchdringend und fest,
Gut geschmiert, sehnig und wie eine Dudelsackpfeife,
Stark, langlebig, ausdauernd,
Energisch, kraftvoll, freudig,
Der weder den weichen noch den harten Körper im Stich lässt.«

»Ledrig, ja?«, sagte ich kichernd. »Kein Wunder, nach tausend Eroberungen. Aber was meint er denn mit ›wohlausgestattet‹?«

»Keine Ahnung. Ich habe ihn zwar wahrscheinlich ein- oder zweimal gesehen – beim Pinkeln am Straßenrand, meine ich –, aber falls ja, dann hat er mich nicht sonderlich beeindruckt.«

»Du *kanntest* diesen Alasdair?« Ich drehte mich auf die Seite und stützte mich mit dem Kopf auf meinen Arm.

»Oh, aye. Du auch, obwohl du damals sicher keine Ahnung davon hattest, dass er Gedichte schrieb. Zu dem Zeitpunkt konntest du ja noch nicht viel *Gaidhlig*.«

Ich konnte zwar immer noch nicht viel, doch jetzt, da wir wieder unter *Gaidhlig*-sprechenden Menschen waren, fiel mir etliches allmählich wieder ein.

»Wo und wann kannten wir ihn denn? Während des Aufstands?«

»Aye. Er hat viele Gedichte über die Sache der Stuarts geschrieben.« Und jetzt, da er es mir ins Gedächtnis rief, glaubte ich, mich vielleicht doch an ihn zu erinnern; einen jungen Mann, der im Feuerschein sang, langhaarig und glatt rasiert mit einer tiefen Furche im Kinn. Ich hatte mich immer gefragt, wie es ihm gelang, sich mit einem Rasiermesser so ordentlich und ohne eine Verletzung zu rasieren.

»Hmm.« Meine Gefühle über Menschen wie Alasdair waren sehr gemischt. Einerseits war es gut möglich, dass die Sache der Stuarts lange vor Culloden im Sande verlaufen wäre, wenn nicht Leute wie er sie angefacht und diese irrationale Romantik auf den Plan gerufen hätten. Andererseits … war es ihnen zu verdanken, dass man sich an die Schlachtfelder erinnerte und an die, die dort gefallen waren.

Doch ehe ich mich zu sehr in dieses Thema vertiefen konnte, unterbrach mich Jamie, indem er seinen Penis beiläufig zur Seite strich.

»In der Schule wurde ich zwar gezwungen, mit der rechten Hand zu schreiben«, sagte er, »aber zum Glück ist niemand auf die Idee gekommen, mich zu zwingen, auch mit rechts zu masturbieren.«

»*Stark, langlebig, ausdauernd*«, zitierte ich und strich sacht über das fragliche Objekt. »Womöglich hat Alasdair ja so etwas wie Handschuhleder gemeint?«

»Er mag energisch und kraftvoll sein, Sassenach, und gewiss auch freudig – aber ich sage dir, dreimal in einer Nacht macht meiner nicht mehr mit. Nicht in seinem Alter.« Er nahm meine Hand weg, schmiegte sich an meinen Rücken, und in weniger als einer Minute war er tief und fest eingeschlafen.

Als ich am Morgen erwachte, war er fort.

144

EIN BESUCH IM GEISTERGARTEN

Ich wusste es genau. In der Sekunde, in der mich die Vögel weckten und ich den kalten Quilt an meiner Seite spürte, wusste ich, wohin er gegangen war. Jamie stand oft schon vor dem Morgengrauen auf, um zu jagen, zu fischen oder wenn er einen langen Weg vor sich hatte. Doch er berührte mich stets, bevor er ging, und verabschiedete sich mit einem Wort oder einem Kuss. Wir lebten beide schon lange genug, um zu wissen, wie der Zufall spielen konnte und wie schnell Menschen für immer voneinander getrennt werden konnten. Wir hatten zwar nie darüber gesprochen oder es uns ausdrücklich zur Regel gemacht, aber wir verabschiedeten uns so gut wie nie ohne ein kurzes Zeichen unserer Zuneigung.

Und jetzt war er in der Dunkelheit davongegangen ohne ein Wort.

»Du verdammter, verdammter *Mann*!«, sagte ich und hieb frustriert mit der Faust auf den Boden ein.

Kochend vor Wut stieg ich den Berg hinunter, die zusammengefalteten Quilts unter dem Arm. Jenny. Er hatte Jenny darauf angesprochen. Natürlich hatte er das, warum hatte ich es nicht vorausgesehen?

Er hatte sich einverstanden erklärt, mich nicht zu fragen. Er hatte nicht gesagt, dass er niemand anderen fragen würde. Und es war zwar klar, dass Jenny mich liebte, doch in Bezug auf ihre wahre Loyalität hatte ich mir nie etwas vorgemacht. Sie hätte mein Geheimnis nie von sich aus preisgegeben, aber wenn ihr Bruder sie mit vorgehaltener Pistole gefragt hatte, hatte sie es ihm mit Sicherheit erzählt.

Die Sonne breitete ihre Wärme wie Honig über den Morgen, doch nichts davon drang zu meinen kalten Knochen vor.

Er wusste es. Und er war auf die Jagd gegangen.

ICH BRAUCHTE ZWAR nicht nachzusehen, doch ich tat es trotzdem. Jamies Gewehr war von seinem Platz hinter der Tür verschwunden.

»Er war ganz früh hier«, sagte Amy Higgins zu mir, während sie mir Porridge in meine Schüssel löffelte. »Wir waren alle noch im Bett, aber er hat leise gerufen, und Bobby ist aufgestanden und hat die Tür entriegelt. Ich hätte ihm etwas zu essen gemacht, aber er hat gesagt, er wäre gut versorgt, und dann ist er aufgebrochen. Zur Jagd, hat er gesagt.«

»Natürlich«, sagte ich. Die Schüssel wärmte mir die Hände, und trotz der Geschehnisse verlockte mich der kräftige Getreidegeruch zum Essen. Und es gab Honig und ein bisschen Sahne, die noch vom Buttermachen übrig war. Aus Rücksicht auf Bobbys verwöhnten Engländergeschmack ließ Amy so etwas zu, obwohl sie selbst beim tugendhaften schottischen Salz auf ihrem Porridge blieb.

Das Essen beruhigte mich ein wenig. Die nackte Tatsache war nun einmal die, dass es absolut nichts gab, was ich tun konnte. Ich kannte weder den Namen des Drecksacks noch wusste ich, wo er wohnte. Jamie vielleicht schon. Wenn er sofort mit Jenny gesprochen hatte, war es gut möglich, dass er eine Nachricht zum Handelsposten geschickt und sich erkundigt hatte, wer der Mann mit dem Portweinfleck im Gesicht war. Und selbst wenn er es noch nicht wusste und unterwegs war, um es herauszufinden, war es mir nicht möglich, ihn einzuholen – geschweige denn, ihn aufzuhalten.

»*Ein Highlandmann kann nicht in der Nähe eines Mannes leben, der seine Frau vergewaltigt hat, und das sollte er auch nicht.*« Das war es, was Jenny zu mir gesagt hatte. Als Warnung, wie ich jetzt begriff.

»Gak!« Es war der kleine Rob, der durch das Zimmer tapste und sich mit beiden Händen an meinem Rock festhielt. Er lächelte mich an und zeigte mir die Zähne – alle vier. »Hunga!«

»Hallo«, erwiderte ich, und trotz meiner Unruhe erwiderte ich sein Lächeln. »Hunger, sagst du?« Ich hielt einen kleinen Löffel Porridge mit Honig in seine Richtung, und er stürzte sich wie ein hungriger Piranha darauf. Kameradschaftlich schweigend teilten wir uns den Rest der Schüssel – Rob war nicht sehr redselig –, und ich beschloss, dass ich heute im Garten arbeiten würde. Ich wollte mich nicht zu weit entfernen, weil es so aussah, als ob bei Rachel jeden Moment die Wehen einsetzen konnten. Und ein Moment der Einsamkeit in der tröstenden Gesellschaft der Pflanzenwelt würde mir vielleicht ein bisschen dringend benötigte Ruhe spenden.

Außerdem, so dachte ich, kam ich so aus dem Haus, denn nachdem Rob die Schüssel ausgeleckt und sie mir zurückgegeben hatte, war er durch die Hütte geholpert, hatte sein Kleidchen gehoben und in den Kamin gepinkelt.

AN UNSEREM HAUS würde es selbstverständlich auch einen von mir heiß ersehnten neuen Küchengarten geben. Er war schon ausgemessen, geplant und umgegraben, und wir hatten angefangen, die Pfosten für den Wildzaun zusammenzutragen. Doch es hatte nur wenig Zweck, jeden Tag derart weit zu laufen, um einen Garten zu pflegen, zu dem es noch kein Haus gab. In der Zwischenzeit kümmerte ich mich also um Amys Garten und mogelte ihr den einen oder anderen Setzling oder Samen unter die Kohlköpfe und Rüben. Aber heute hatte ich vor, dem alten Garten einen Besuch abzustatten. So nannten ihn die Menschen in Fraser's Ridge, und sie hielten sich von ihm fern. Insgeheim nannte ich ihn Malvas Garten, vor dem ich wohl als Einzige keine Scheu kannte.

Er befand sich auf einer kleinen Anhöhe hinter der Stelle, an der unser Haus gestanden hatte. Da ich bereits das neue Haus vor meinem inneren Auge hatte, ging ich ohne jede Beklommenheit an der kahlen Stelle vorbei, an der sich das alte Haus befunden hatte. Ich hatte ganz andere Sorgen, dachte ich.

Der Wildzaun war verwittert und umgefallen, und natürlich hatte das Rotwild die Einladung dankend angenommen. Die meisten Zwiebeln waren ausgebuddelt und gefressen worden, und einige der weicheren Pflanzen wie grüner Salat oder Radieschen hatten zwar lange genug überlebt, um sich auszusäen, aber die heranwachsenden Pflanzen waren bis auf die traurigen weißen Stiele abgenagt. Doch in einer Ecke wucherte eine sehr stachelige Kletterrose, Gurkenranken krochen über den Boden, und eine gigantische Kürbispflanze wand sich über ein eingestürztes Stück des Zauns hinweg, übersät mit knospenden Früchten.

Eine monströse Kermesbeere erhob sich fast drei Meter hoch in der Mitte dieses Beetes, und ihr dicker roter Stamm trug lange grüne Blätter im Überfluss und Hunderte rötlicher Blütenstände. Die Bäume ringsum waren so gewachsen, dass sie dem Garten Schatten spendeten, und in ihrem diffusen grünen Licht sahen die langen genoppten Stängel aus wie bunte Seeschnecken, nur dass sie sacht im Luftstrom schwankten, nicht im Wasser. Ich berührte sie respektvoll im Vorübergehen; sie strömte einen seltsam medizinischen Geruch aus, den sie auch verdiente. Es gab eine ganze Reihe von nützlichen Dingen, die man mit der Kermesbeere anstellen konnte, nur der Verzehr gehörte nicht dazu. Das hieß, hin und wieder *aßen* die Leute die Blätter, doch die Gefahr einer unabsichtlichen Vergiftung war die Mühe der Zubereitung nicht wert, es sei denn, es gab wirklich nichts anderes zu essen.

Ich wusste nicht mehr genau, an welcher Stelle sie gestorben war. Dort, wo die Kermesbeere wuchs? Das wäre zwar durchaus passend gewesen, vielleicht aber doch zu poetisch.

Malva Christie. Eine seltsame, nicht ganz zurechnungsfähige junge Frau – die ich jedoch geliebt hatte. Die mich möglicherweise ebenfalls geliebt hatte, soweit sie das konnte. Sie war schwanger gewesen, und ihre Geburt stand kurz bevor, als ihr Bruder – der Vater des Kindes – ihr hier im Garten die Kehle durchgeschnitten hatte.

Ich hatte sie nur Sekunden später gefunden und versucht, das Kind durch einen Notkaiserschnitt mit meinem Gartenmesser zu retten. Es hatte gelebt, als ich es aus dem Mutterleib zog, doch es war sofort gestorben, die kurze Flamme seines Lebens ein flüchtiger blauer Schimmer in meinen Händen.

Hat ihm eigentlich jemand einen Namen gegeben?, fragte ich mich plötzlich. Sie hatten das Baby zusammen mit Malva beerdigt, doch ich erinnerte mich nicht daran, dass jemand seinen Namen erwähnt hatte.

Adso kam durch das Gras geschlichen, den Blick gebannt auf ein fettes Rotkehlchen gerichtet, das in der Ecke geschäftig nach Würmern suchte. Ich beobachtete ihn reglos und bewunderte die Geschmeidigkeit, mit der er unmerklich flacher wurde, während er sich immer langsamer näherte, das letzte Stück auf dem Bauch kroch, innehielt, sich bewegte, erneut innehielt, eine nervenzehrende Sekunde lang, in der nur seine Schwanzspitze zuckte.

Und dann bewegte er sich, zu schnell für das menschliche Auge, und mit einer blitzartigen, geräuschlosen Federexplosion war es vorbei.

»Gut gemacht, Kater«, lobte ich, obwohl mich der plötzliche Gewaltausbruch ein wenig erschreckt hatte. Er beachtete mich nicht, sondern sprang an einer niedrigen Stelle über den Zaun, seine Beute im Maul, und verschwand, um seine Mahlzeit zu genießen.

Ich stand einen Moment still. Ich hielt nicht nach Malva Ausschau; in Fraser's Ridge erzählte man sich, dass ihr Geist den Garten heimsuchte und um ihr Kind jammerte. Ja, so waren die Leute, dachte ich unfreundlich. Ich hoffte, dass Malvas Geist entflohen war und seinen Frieden gefunden hatte. Aber ich konnte nicht verhindern, dass mir Rachel einfiel, eine völlig andere Seele, aber ebenfalls eine junge Mutter, so kurz vor der Geburt und so dicht in der Nähe.

Mein altes Gartenmesser war schon lange irgendwohin verschwunden. Aber Jamie hatte mir an den Winterabenden in Savannah ein neues gemacht, den Griff aus Walbein geschnitzt und genau wie beim letzten Mal so geformt, dass er in meine Hand passte. Ich zog das Messer aus der Scheide in meiner Tasche und ritzte mir ins Handgelenk, ehe ich nachdenken konnte.

Die weiße Narbe an meiner Daumenwurzel war zu einer feinen Linie verblichen, die in den vielen anderen Linien meiner Handfläche beinahe unterging. Doch sie war immer noch lesbar, wenn man richtig hinsah: der Buchstabe »J«, den er mir unmittelbar vor Culloden in die Haut geritzt hatte. Um mir sein Zeichen einzuprägen.

Ich massierte die Haut neben dem Schnitt, bis mir ein kompletter roter Tropfen über das Handgelenk lief und am Fuß der Kermesbeere auf den Boden fiel.

»Blut für Blut«, sagte ich, und die Worte selbst waren zwar leise, doch sie schienen im Rauschen der Blätter ringsum aufzugehen. »Ruhe in Frieden, Kind – und tue nichts Böses.«

TUE NICHTS BÖSES. Nun, man versuchte es. Als Ärztin, als Geliebte, als Mutter und als Ehefrau. Ich nahm schweigend Abschied von dem Garten und stieg den Hügel hinauf zur Hütte der MacDonalds.

Wie würde Jamie es machen?, fragte ich mich und war überrascht über die Feststellung, dass ich mich das fragte und es auf so völlig unbeteiligte Weise tat. Er hatte das Gewehr dabei. Würde er den Mann aus der Entfernung abschießen wie ein Reh am Wasser? Ein sauberer Schuss, der Mann tot, ohne etwas zu merken.

Oder würde er glauben, den Mann konfrontieren zu müssen, ihm zu sagen, warum er dem Tod geweiht war – ihm die Chance zu lassen, um sein Leben zu kämpfen? Oder einfach nur voll kalter Rachlust vor ihn hintreten, nichts sagen und den Mann mit bloßer Hand umbringen.

»Du kannst doch nicht so lange mit einem Highlandmann verheiratet sein, ohne zu wissen, wie abgrundtief er hassen kann.«

Ich wollte es gar nicht wissen.

Ian hatte Allan Christie mit einem Pfeil erschossen, so wie man einen tollwütigen Hund erlegen würde und aus exakt denselben Gründen.

Ich hatte Jamies Hass aufflammen sehen, als er mich in jener Nacht gerettet und zu seinen Männern gesagt hatte: »Tötet sie alle.«

Wie war es wohl jetzt für ihn? Wenn der Mann in dieser Nacht gefunden worden wäre, hätte es keine Frage gegeben, wie er sterben würde. Sollte das nun anders sein, nur weil Zeit verstrichen war?

Ich war zwar wieder in der Sonne, doch mir war immer noch kalt; die Schatten aus Malvas Garten begleiteten mich. Die Sache lag nicht mehr in meiner Hand; sie war nicht mehr meine Angelegenheit, sondern Jamies.

AUF DEM PFAD traf ich Jenny, die eilig von unten kam, einen Korb am Arm, das Gesicht leuchtend vor Aufregung.

»Jetzt schon?«, rief ich wissend aus.

»Aye, Matthew MacDonald ist vor einer halben Stunde nach unten gekommen, um Bescheid zu sagen, dass ihre Fruchtblase geplatzt ist. Er sucht jetzt nach Ian.«

Er hatte Ian gefunden; wir trafen die beiden jungen Männer vor der Hütte an, Matthew leuchtend rot vor Aufregung, Ian leichenblass unter seiner Sonnenbräune. Die Tür der Hütte stand offen; im Inneren konnte ich Frauenstimmen murmeln hören.

»Mama«, sagte Ian heiser, als er Jenny sah. Seine vor Grauen erstarrten Schultern entspannten sich ein wenig.

»Mach dir keine Sorgen, *a bhailach*«, sagte sie gelassen und lächelte ihn mitfühlend an. »Deine Tante und ich haben das schon ein paar Mal gemacht. Es wird alles gut.«

»Omi! Omi!« Ich drehte mich um und sah Germain und Fanny, beide voller Erde, die Haare voller Stöckchen und Blätter, die Gesichter ebenfalls leuchtend vor Aufregung. »Ist es wahr? Bekommt Rachel ihr Baby? Können wir zusehen?«

Wie funktionierte das nur?, fragte ich mich. In den Bergen schienen sich Neuigkeiten durch die Luft zu verbreiten.

»Zusehen, also wirklich!«, rief Jenny schockiert. »Eine Geburt ist doch kein Platz für Männer. Ab mit dir, aber sofort!«

Germains Miene war hin- und hergerissen zwischen Enttäuschung und der Freude darüber, dass man ihn als Mann bezeichnete. Fannys Miene war hoffnungsvoll.

»Ich bin k-kein Mann«, sagte sie.

Jenny und ich sahen erst sie skeptisch an, dann einander.

»Nun, eine richtige Frau bist du aber auch noch nicht, oder?«, sagte Jenny zu ihr. Wenn nicht, so fehlte aber nicht mehr viel. Kleine Brüste wurden allmählich sichtbar, wenn sie im Hemd war, und wenn sie ihre Tage noch nicht gehabt hatte, so konnte es nicht mehr lange dauern.

»Ich habe es schon öfter ges-sehen.« Es war eine simple Feststellung, und Jenny nickte langsam.

»Aye. Also gut.« Fanny strahlte.

»Und was tun *wir*?«, wollte Germain bestürzt wissen. »Wir Männer?«

Ich lächelte, und Jenny stieß ein Glucksen aus, das älter war als die Zeit. Ian und Matthew sahen sie verblüfft an, Germain verwirrt.

»Dein Onkel hat seinen Beitrag vor neun Monaten geleistet, Junge, genau wie du es tun wirst, wenn die Zeit gekommen ist. Du und Matthew, ihr nehmt jetzt deinen Onkel mit und seht zu, dass er sich betrinkt, aye?«

Germain nickte ernst und wandte sich Ian zu.

»Willst du Amys Wein, Ian, oder meinst du, wir sollen Opas guten Whisky nehmen?«

Ians langes Gesicht zuckte, und er warf einen Blick zur offenen Tür der Hütte. Ein tiefes Grunzen, nicht ganz ein Stöhnen, kam heraus, und er wandte den Blick ab und erbleichte noch mehr. Er schluckte und tastete in der Ledertasche umher, die er an der Taille trug. Er holte etwas heraus, das aussah wie ein zusammengerolltes Tierfell, und gab es mir.

»Falls …«, begann er, dann hielt er inne, um sich zu sammeln, und setzte neu an. »Wenn das Baby da ist, würdet ihr es hier hineinwickeln?«

Es war ein kleines Fell, weich und nachgiebig, mit dichtem, feinem Pelz in grauen und weißen Tönen. Ein Wolf, dachte ich überrascht. Das Fell eines ungeborenen Wolfswelpen.

»Natürlich, Ian«, sagte ich und drückte ihm den Arm. »Keine Sorge. Es wird alles gut.«

Jenny warf einen Blick auf das weiche Fellchen und schüttelte den Kopf.

»Ich glaube nicht, Junge, dass es auch nur halb für dein Kind reichen wird. Hast du in letzter Zeit keinen Blick mehr auf den Bauch deiner Frau geworfen?«

145

UND DAS WEISST DU AUCH

Jamie kam drei Tage später heim und hatte einen großen Rehbock über Mirandas Sattel gebunden. Das Pferd schien davon zwar nicht begeistert zu sein, duldete es aber, und es schnaubte und schüttelte sich, als er den Kadaver herunterzog und ihn zu Boden fallen ließ.

»Aye, braves Mädchen«, sagte er und klopfte ihr auf die Schulter. »Ist Ian in der Nähe, *a nighean*?« Er hielt inne, um mich kurz zu küssen, und blickte zur Hütte der MacDonalds hinauf. »Ich könnte hier ein bisschen Hilfe brauchen.«

»Oh, er ist hier«, sagte ich und lächelte. »Ich weiß aber nicht, ob er dein Reh für dich häuten möchte. Er hat einen kleinen Sohn und lässt das Baby nicht aus den Augen.«

Ein Grinsen breitete sich über Jamies müdes, erschöpftes Gesicht.

»Ein Sohn? Mögen ihn Bride und Michael segnen! Ein kräftiger Junge?«

»Sehr«, versicherte ich ihm. »Ich glaube, er muss fast neun Pfund wiegen.«

»Das arme Mädchen«, sagte er und verzog das Gesicht zu einer mitfühlenden Grimasse. »Und dann auch noch beim ersten. Aber Rachel geht es gut?«

»Sie ist sehr müde und wund, aber bei bester Gesundheit«, sagte ich. »Soll ich dir einen Schluck Bier holen, während du dich um das Pferd kümmerst?«

»Eine tugendhafte Frau ist mehr wert als Rubine«, sagte er und lächelte. »Komm zu mir, *mo nighean donn.*« Er streckte seinen langen Arm aus, zog mich an sich und hielt mich fest. Ich legte die Arme um ihn und spürte das Beben seiner erschöpften Muskeln und die schiere Kraft, die er immer noch in sich trug; sie würde ihn auf den Beinen halten, ganz gleich, wie müde er war. Eine Weile standen wir ganz still, meine Wange an seiner Brust und seine Wange an meinem Haar, und wir schenkten uns gegenseitig Kraft für das, was kommen würde. Waren ein Ehepaar.

IN DER ALLGEMEINEN FREUDE und Aufregung über das Baby – das immer noch Oggy genannt wurde, weil sich seine Eltern nicht für einen Namen entscheiden konnten – und nach dem Zerteilen des Rehs und dem folgenden Fest, das bis mitten in die Nacht dauerte, wurde es später Vormittag des nächsten Tages, ehe wir wieder allein waren.

»Das Einzige, was gestern Abend gefehlt hat, war Kirschlikör«, stellte ich fest. »Ich habe noch nie so viele Menschen gesehen, die solche Mengen von solch unterschiedlichen Dingen getrunken haben.« Wir waren – langsam – auf den Weg zu unserem Grundstück und hatten mehrere Beutel mit Nägeln, eine ziemlich teure kleine Säge und einen Hobel dabei; Dinge, die Jamie außer dem Reh auch noch mitgebracht hatte.

»Meinst du, es sollte vielleicht eine zweite Etage bekommen?«, fragte er. »Die Wände wären auf jeden Fall tragfähig genug. Nur bei den Schornsteinen müssten wir aufpassen. Dass sie ordentlich ziehen, meine ich.«

»Brauchen wir denn so viel Platz?«, fragte ich skeptisch. Gewiss hatte es Zeiten gegeben, zu denen ich mir gewünscht hatte, wir *hätten* im alten Haus so viel Platz gehabt; Besucheranstürme, neue Emigranten oder Flüchtlinge hatten das Haus oft fast bis zur Explosion gefüllt – meiner Explosion. »Zusätzlicher Platz wirkt am Ende nur einladend.«

»Das klingt ja, als wären Gäste für dich wie weiße Ameisen, Sassenach.«

»Weiße … oh, Termiten. Nun, auf den ersten Blick gibt es deutliche Ähnlichkeiten.«

Auf der Lichtung angekommen, stellte ich die Nägel an geeigneter Stelle ab und ging zu der kleinen Quelle, die etwas weiter bergauf aus den Felsen entsprang, um mir Gesicht und Hände zu waschen. Als ich zurückkam, hatte sich Jamie das Hemd ausgezogen und war dabei, ein paar einfache Sägeböcke zusammenzuzimmern. Ich hatte ihn schon lange nicht mehr ohne Hemd gesehen und hielt inne, um die Aussicht zu genießen. Weit hinaus über das simple Vergnügen zu beobachten, wie sich sein Körper anspannte und bewegte und sich seine elastischen Muskeln mühelos unter der Haut bewegten, freute es mich zu wissen, dass er sich hier sicher fühlte und seine Narben vergessen konnte.

Ich setzte mich auf einen umgestülpten Eimer und sah ihm eine Weile zu. Seine Hammerschläge brachten die Vögel vorübergehend zum Schweigen, und als er innehielt und den Sägebock auf seine Füße stellte, klang die Luft in meinen Ohren leer.

»Ich wünschte, du hättest nicht das Gefühl gehabt, du müsstest es tun«, sagte ich leise.

Er antwortete nicht sofort, sondern spitzte die Lippen, während er sich auf den Boden hockte und ein paar Nägel auflas. »Bei unserer Hochzeit«, sagte er, ohne mich anzusehen, »bei unserer Hochzeit habe ich zu dir gesagt, dass ich dir den Schutz meines Namens, meines Clans – und meines Körpers verspreche.« Dann stand er auf und blickte ernst auf mich hinunter. »Möchtest du mir sagen, dass du das nicht mehr willst?«

»Ich – nein«, wehrte ich vehement ab. »Ich – ich wünschte nur, du hättest ihn nicht umgebracht, das ist alles. Ich – hatte es geschafft, ihm zu vergeben. Es war nicht einfach, aber ich habe es getan. Nicht für immer, aber ich dachte, auch das würde mir irgendwann gelingen.«

Sein Mund zuckte ein wenig.

»Und wenn du ihm vergeben konntest, brauchte er nicht zu sterben, willst du das damit sagen? Das ist ja so, als würde ein Richter einen Mörder ungestraft laufen lassen, weil ihm die Familie des Opfers vergeben hat. Oder als würde man einen feindlichen Soldaten mit all seinen Waffen davonziehen lassen.«

»Ich bin aber kein Staat im Krieg, und du bist nicht meine Armee!«

Er wollte etwas sagen, hielt aber abrupt inne und sah mir suchend ins Gesicht.

»Nicht?«, sagte er leise.

Ich öffnete den Mund, um zu antworten, stellte aber fest, dass ich es nicht konnte. Die Vögel waren wieder da, und ein Schwarm Zwergdrosseln zwitscherte am Fuß einer großen Fichte, die am Rand der Lichtung wuchs.

»Doch«, sagte ich widerstrebend. Dann stand ich auf und legte die Arme um ihn. Er war warm von der Arbeit, und die Narben auf seinem Rücken waren fein wie Garn unter meinen Fingern. »Ich wünschte nur, du müsstest es nicht sein.«

»Aye, nun ja«, sagte er und hielt mich fest. Nach einer Weile gingen wir Hand in Hand zum größten Holzstapel hinüber und setzten uns. Ich konnte spüren, wie er seine Gedanken ordnete, doch ich wartete bereitwillig ab, bis er sich seine Worte zurechtgelegt hatte. Er brauchte nicht lange. Er wandte sich mir zu und nahm meine Hände, förmlich wie ein Mann, der im Begriff ist, seinen Eheschwur zu sprechen.

»Du hast deine Eltern früh verloren, *mo nighean donn*, und bist dann ohne Wurzeln durch die Welt gewandert. Du hast Frank geliebt …«, sein Mund verzog sich kurz, doch ich glaubte nicht, dass ihm das bewusst war, »und natürlich liebst du Brianna und Roger Mac und die Kinder … aber, Sassenach – ich bin dein wahres Zuhause, und das weißt du auch.«

Er hob meine Hände an seinen Mund und küsste meine Handflächen, erst eine, dann die andere; sein Atem war warm und seine Bartstoppeln sanft auf meinen Fingern.

»Ich habe andere geliebt, und ich liebe viele Menschen, Sassenach – aber du allein hältst mein ganzes Herz in deinen Händen«, sagte er leise. »Und das weißt du ebenfalls.«

DEN REST DES TAGES arbeiteten wir. Jamie fügte Steine für das Fundament zusammen; ich grub den neuen Garten um und ging in den Wald, von wo ich Doldiges Wintergrün, Silberkerzen, Minze und wilden Ingwer zum Einpflanzen mitbrachte.

Am späten Nachmittag legten wir eine Essenspause ein; ich hatte Käse, Brot und die ersten Äpfel in meinem Korb mitgebracht, und ich hatte zwei Steingutflaschen mit Ale zum Kühlen in die Quelle gestellt. Wir setzten uns ins Gras und lehnten uns an einen Bretterstapel im Schatten der großen Fichte. Wir schwiegen kameradschaftlich und aßen müde.

»Ian sagt, er und Rachel kommen morgen mit, um zu helfen«, sagte Jamie schließlich und aß sparsam sein Kerngehäuse. »Isst du deins nicht, Sassenach?«

»Nein«, sagte ich und reichte es ihm. »Apfelkerne enthalten Zyanid.«

»Wird mich das umbringen?«

»Bis jetzt hat es das eindeutig nicht getan.«

»Gut.« Er zog den Stiel heraus und aß das Kerngehäuse. »Haben sie sich inzwischen für einen Namen entschieden?«

Ich schloss die Augen, lehnte mich in den Schatten der Fichte zurück und weidete mich an ihrem scharfen, sonnengewärmten Duft.

»Hmm. Das Letzte, was ich gehört habe, war, dass Rachel den Namen Fox vorgeschlagen hat – nach George Fox; er war der Gründer der Quäkergemeinschaft, aber sie würden das Baby natürlich nicht George nennen, des Königs wegen. Ian sagt, er hält nicht viel von Füchsen, wie es stattdessen mit Wolf wäre?«

Jamie stieß einen summenden schottischen Laut aus.

»Aye, das ist doch nicht schlecht. Wenigstens will er den Kleinen nicht Rollo nennen.«

Ich lachte und öffnete die Augen.

»Meinst du wirklich, dass er daran denkt? Ich kenne ja Leute, die ihre Kinder nach verstorbenen Verwandten benennen, aber nach einem verstorbenen Hund …«

»Aye, nun ja«, sagte Jamie in aller Logik. »Er war ein *guter* Hund.«

»Ja, aber …« Mir fiel eine Bewegung am anderen Ende der Mulde ins Auge. Leute, die von der Wagenstraße heraufkamen. »Sieh nur, wer ist das denn?« Es waren vier kleine bewegte Punkte, doch mehr konnte ich auf diese Entfernung ohne meine Brille nicht erkennen.

Jamie hielt sich eine Hand über die Augen.

»Niemand, den ich kenne«, sagte er ohne großes Interesse. »Es sieht aber nach einer Familie aus – sie haben Kinder dabei. Vielleicht Neuankömmlinge, die sich hier niederlassen möchten. Sie haben aber nicht viel Gepäck.«

Ich kniff die Augen zusammen; sie waren jetzt näher gekommen, und ich konnte den Größenunterschied sehen. Ja, ein Mann und eine Frau, beide mit breitkrempigen Hüten, und ein Junge und ein Mädchen.

»Sieh nur, der Junge hat rote Haare«, sagte Jamie lächelnd und wies mit dem Kinn bergab. »Er erinnert mich an Jem.«

»Das stimmt.« Jetzt wurde ich doch neugierig. Ich stand auf und kramte in meinem Korb nach dem Seidenläppchen, in dem ich meine Brille aufbewahrte, wenn ich sie nicht trug. Ich setzte sie auf und drehte mich um, wie immer froh, plötzlich all die kleinen Details zu sehen. Etwas weniger froh war ich über die Feststellung, dass das, was ich für einen Rindenrest auf dem Brett gehalten hatte, neben dem ich saß, in Wahrheit ein enormer Tausendfüßler war, der den Schatten genoss.

Doch ich richtete mein Augenmerk wieder auf die Neuankömmlinge; sie waren stehen geblieben – das kleine Mädchen hatte etwas fallen gelassen. Ein Püppchen – ich konnte das Haar der Puppe sehen, ein Farbklecks auf dem Boden, noch röter als das Haar des Jungen. Der Mann trug einen Rucksack, und die Frau hatte eine große Tasche auf der Schulter hängen, die sie jetzt absetzte, um sich nach der Puppe zu bücken. Sie strich sie sauber und gab sie ihrer Tochter zurück.

Dann drehte sich die Frau, um etwas zu ihrem Mann zu sagen, und streckte den Arm aus, um auf etwas zu zeigen – die Hütte der Higgins, dachte ich. Der Mann hielt sich beide Hände an den Mund und rief etwas, und der Wind trug seine Worte zu uns hinauf, schwach, aber deutlich zu hören, mit kräftiger, kratziger Stimme.

»Hallo, im Haus!«

Ich war schon auf den Beinen, und Jamie stellte sich hin und packte meine Hand, so fest, dass er mir die Finger quetschte.

Bewegung an der Tür der Hütte, eine kleine Gestalt, in der ich Amy Higgins erkannte. Die hochgewachsene Frau zog ihren Hut ab und winkte damit, und ihr langes rotes Haar wehte im Wind wie ein Banner.

»Hallo, im Haus!«, rief sie und lachte.

Dann rannte ich den Berg hinunter, Jamie vor mir her, die Arme ausgebreitet, und derselbe Wind trug uns gemeinsam auf seinen Flügeln.

DANKSAGUNG

Ich benötige etwa vier Jahre, um einen der großen Romane zu schreiben, weil ich dafür recherchieren muss, weil ich viel unterwegs bin und weil … es nun einmal dicke Bücher sind. Im Lauf dieser Zeit sprechen mich JEDE MENGE Leute an und sind so nett, mir Ratschläge in Bezug auf alles Mögliche anzubieten. Angefangen damit, wie man einen Augapfel wieder einsetzt, bis dahin, was für eine Sauerei es ist, Stoffe mit Indigo zu färben, dazu unterhaltsame Kleinigkeiten (zum Beispiel, dass Kühe keine Gänseblümchen mögen – wer hätte das gedacht?) und schließlich logistische Unterstützung (meistens, weil sie noch wissen, wann die Leute in meinen Büchern zur Welt gekommen sind und wie weit es von A nach B ist und in welche Richtung überhaupt. Ich war auf einer katholischen Schule, in der es ab dem fünften Schuljahr keinen Geografieunterricht mehr gab; Erdkunde zählt also nicht zu meinen Stärken, und was die Chronologie der Figuren angeht, so ist es mir schlicht egal, ob eine Romanfigur nun neunzehn oder zwanzig ist, aber vielen Leuten ist es anscheinend nicht egal – nur zu!).

Jedenfalls bin ich sicher, dass ich Dutzende freundlicher Seelen weggelassen habe, die mir in den letzten vier Jahren mit Rat und Tat zur Seite gestanden haben, und ich entschuldige mich dafür, dass ich mir ihre Namen nicht sofort aufgeschrieben habe – aber ich weiß besagten Rat und die Hilfsbereitschaft auf jeden Fall zu schätzen!

Die folgenden Namen *habe* ich mir aufgeschrieben und möchte mich bedanken bei …

… meinen literarischen Agenten Russell Galen und Danny Baror, ohne die meine Bücher nicht so erfolgreich und weit verbreitet wären, wie sie es sind, so dass ich auf das erhellende Erlebnis verzichten müsste, Kartons voller litauischer Bücher mit meinem Namen auf dem Umschlag zu öffnen – ganz zu schweigen von der koreanischen Ausgabe von *Feuer und Stein* mit den rosa Wasserbläschen auf dem Titel.

… Sharon Biggs Waller für Wissenswertes über das Scots Dumpy und dafür, dass sie mich auf dieses liebenswerte Huhn aufmerksam gemacht hat.

… Marte Brengle, die mir erzählt hat, wie man George Washingtons Gesicht forensisch rekonstruiert hat, und Dr. Merih O'Donoghue für die Anmerkungen zur katastrophalen Historie seiner Zähne.

… Dr. Merih O'Donoghue und ihrer Freundin, einer Ophtalmologin, für technische Anmerkungen und nützliche gruselige Details zu Lord Johns Auge. Außerdem für das Lehrmodell eines Augapfels, welches mein Bücherregal ziert und bei dessen Anblick jeder Interviewer, der mein Büro betritt, erst einmal die Krise bekommt.

… Carol und Tracey von MyOutlanderPurgatory für ihre schönen Fotos des Schlachtfelds von Paoli, die mich auf den Rebellen-Schlachtruf »Vergesst Paoli nicht!« aufmerksam gemacht haben und an der Entdeckung von Lord Johns unpopulärem Vetter schuld sind.

… Tamara Burke für Nützliches aus dem Alltag eines Siedlers und Farmers und vor allem ihre lebhafte Beschreibung eines Hahns, der ritterlich seine Hennen verteidigt.

… Tamara Burke, Joanna Bourne und Beth und Matthew Shope für hilfreiche Auskünfte über die Heiratsgebräuche der Quäker und für faszinierende Diskussionen über die Geschichte und die Philosophie der Quäker. Ich beeile mich hinzuzufügen, dass jeder Irrtum oder jede freiere Auslegung von mir stammt.

… Catherine MacGregor (Gälisch und Französisch, einschließlich grausamer Schlaflieder über geköpfte Geliebte), Catherine-Ann MacPhee (gälische Ausdrücke, von ihr habe ich außerdem das gälische Gedicht »An einen exzellenten Penis«, s. u.) und Adhamh Ò Broin, dem Gälischexperten der *Outlander*-TV-Serie, für seine spontane Hilfe bei den gälischen Ausdrücken. Barbara Schnell für die deutschen und hin und wieder auch lateinischen Ausdrücke (falls Sie wissen möchten, wie man auf Lateinisch »Scheiße!« sagt, es heißt »_Stercus_!«).

… Michael Newton für die Erlaubnis, im Englischen seine entzückende Übersetzung von »An einen exzellenten Penis« zu benutzen. Sie stammt aus seinem Buch *The Naughty Little Book of Gaelic* (das ich aus diversen Gründen nur empfehlen kann).

… Sandra Harrison, die mich vor einem schrecklichen Fehler bewahrt hat, indem sie mir mitteilte, dass britische Polizeiautos nur Blaulicht haben, kein rotes.

… den (geschätzten) 3247 französischsprachigen Lesern, die mich davon in Kenntnis gesetzt haben, dass ich in einem auf Facebook geposteten Auszug aus diesem Buch *n'est-ce pas* falsch geschrieben hatte.

… James Fenimore Cooper, bei dem ich mir Natty Bumppo ausgeborgt habe, dessen Schilderungen, wie man ein anständiges Massaker veranstaltet, Lord John den Weg in die Gefangenschaft beträchtlich versüßen.

… Sandy Parker für das akribische Archivieren der *#DailyLines* (das sind kleine Schnipsel des Textes, an dem ich gerade arbeite, die ich täglich auf Facebook und Twitter poste, um den Leuten die Zeit zu verkürzen, die ich benötige, um ein Buch fertig zu bekommen).

… dem Kader der detailversessenen Ahnenforscher – Sandy Parker, Vicki Pack, Mandy Tidwell, Rita Meistrell und in der deutschen Fassung Karen Henry –, die für den hohen Grad der Korrektheit des Stammbaums im amerikanischen Originalumschlag verantwortlich sind.

… Karen I. Henry für das Hüten der Hummeln und für die Friday Fun Facts, die sie wöchentlich in ihrem Blog *Outlandish Observations* veröffentlicht. (Die FFF sind eine liebevoll aufbereitete Sammlung von faszinierendem Trivialwissen rund um die Bücher.)

… Michelle Moore für Twitter-Hintergrundbilder, amüsante Teebecher und vieles andere, das man am besten taktvoll unter dem Begriff »kreatives Design« zusammenfasst.

… Loretta Moore, der ebenso getreuen wie schnellen Herrin meiner offiziellen Website. Die deutsche Fassung, die von Barbara Schnell betreut wird, finden Sie unter www.dgabaldon.de.

… Nikki und Caitlin Rowe, die mir einen YouTube Channel eingerichtet haben und ihn betreuen (ich hätte zwar nie gedacht, dass ich so etwas brauchen würde, aber es ist schon eine praktische Sache).

… Kristin Maherly, der schnellsten Website-Konstrukteurin, die ich je gesehen habe, für ihren »Random Quote Generator«.

… meiner Assistentin Susan Butler, ohne die nie etwas zur Post käme, tausend Notwendigkeiten liegen bleiben würden und ich nie bei meinen Terminen erscheinen würde.

… Janice Milford, Sherpa und Lawinenbezwingerin auf dem Everest der E-Mail.

… Richard Purdy Wilbur für die Überschrift des dreizehnten Kapitels. »Morgenlüfte voller Engel« stammt aus seinem Gedicht »Love Calls Us to the Things of this World«.

… Pontius Pilatus für Kapitel 123: »Quod Scripsi, Scripsi«.

… Joey McGarvey, Kristin Fassler, Ashley Woodfolk, Lisa Barnes und einer ganzen Heerschar weiterer höchst kompetenter und unermüdlicher Menschen bei Random House.

… Beatrice Lampe, Andrea Vetterle, Petra Zimmermann und einer ähnlichen Heerschar hilfreicher Mitarbeiter bei Blanvalet, dem deutschen Verlag.

… wie immer gilt mein Dank denen, die die augenbetäubende Kleinkramsuche auf sich genommen haben und mit großem Zeitaufwand und viel Hingabe zu einem viel besseren Buch beigetragen haben, als es das ohne sie geworden wäre: Catherine MacGregor, Allene Edwards, Karen Henry, Janet McConnaughey, Susan Butler und ganz besonders Barbara Schnell (meiner unersetzlichen deutschen Übersetzerin) und Kathleen Lord, Redakteurin und unbesungene Heldin des Kommas und der Kontinuität, die beide immer wissen, wie weit es von A nach B ist, selbst wenn ich das lieber gar nicht herausfinden würde.

… und meinem Mann, Doug Watkins, der meine Stütze ist.

ANMERKUNGEN DER AUTORIN

DÄMME UND TUNNEL

In den Fünfzigerjahren wurde ein gewaltiges hydroelektrisches Projekt zur Stromversorgung in den Highlands ins Leben gerufen; dabei wurden zahlreiche Wasserkraftwerke gebaut. Während der Konstruktion der Staudämme wurden Tunnel gegraben, viele davon so lang, dass man einen kleinen elektrischen Triebwagen brauchte, um Menschen und Material von einem Ende zum anderen zu transportieren.

Loch Errochty gibt es tatsächlich, und es hat auch einen Staudamm. Ich weiß nicht, ob es dort so einen Tunnel wie den im Buch gibt, aber falls es ihn gäbe – würde er genauso aussehen; Tunnel und Zug sind diversen Beschreibungen der hydroelektrischen Anlagen in den Highlands entnommen. Meine Beschreibungen des Staudamms, der Überlaufrinne und des Turbinenraums basieren auf dem Staudamm in Pitlochry.

BANASTRE TARLETON UND DIE BRITISCHE LEGION

Wahrscheinlich wird es einige Beschwerden geben, weil ich Banastre Tarleton bei der Schlacht von Monmouth auftauchen lasse, nachdem die Britische Legion, in der er als Kommandeur diente (ein gemischtes Kavallerie- und Artillerieregiment), theoretisch erst gegründet wurde, als General Clinton nach der Schlacht nach New York zurückkehrte. Nun setzte sie sich aber aus zwei separaten Teilen zusammen: der Kavallerie unter Banastre Tarleton sowie der Artillerie. Und die beiden Teile wurden separat ins Leben gerufen. Die Kavallerieeinheit schien sich schon Anfang Juni 1778, also vor der Schlacht, zu organisieren, während die Artillerieeinheit (verständlicherweise, wenn man die Probleme der Ausrüstung und Ausbildung bedenkt) erst Ende Juli nach Clintons Rückkehr Formen annahm.

Nun kann ich nichts Definitives darüber finden, wo sich Oberst Tarleton im Juni 1778 aufgehalten hat. Weder er noch die Britische Legion finden sich in der offiziellen Schlachtordnung aufgelistet, doch jede Quelle, die ich finden konnte, attestiert dieser Liste, dass sie verworren und lückenhaft ist. Dank der großen Anzahl teilnehmender Milizgruppen und des irregulären Charakters der Schlacht (gemessen am Standard des achtzehnten Jahrhunderts) waren diverse kleine Trupps zwar bekanntermaßen dort, wurden aber nicht dokumentiert, während andere unter verwirrenden Umständen teilgenommen haben (anscheinend hat zum Beispiel ein Teil von Morgans Scharfschützen an der Schlacht teilgenommen, Morgan selbst aber nicht. Ich weiß nicht, ob eine Erkrankung, ein Unfall oder ein Streit die Ursache für seine Abwesenheit war, doch allem Anschein nach war er nicht da, obwohl er es eindeutig vorgehabt hatte).

Wenn *ich* nun also General Clinton in den letzten Zügen der Vorbereitungen auf den Abzug aus Philadelphia wäre – und mehr oder minder mit einem Angriff durch Washingtons Rebellen rechnen müsste – *und* ich in New York diese schöne neue Kavallerieeinheit hätte, würde ich Oberst Tarleton nicht mitteilen lassen, dass er mit seinen Männern kommen sollte, um bei der Evakuierung zu helfen und dabei ein bisschen praktische Erfahrung zu sammeln, die sie zusammenschweißen würde? Ich würde das tun, und ich kann mir nicht vorstellen, dass General Clinton weniger soldatisch gedacht hat als ich.

(Außerdem verfügen Romanautoren über dieses interessante Mittel, das sich dichterische Freiheit nennt. Ich habe mir das schriftlich geben lassen und eingerahmt.)

DIE SCHLACHT VON MONMOUTH

Die Schlacht begann vor Tagesanbruch und dauerte bis in die Nacht: die längste Schlacht der Revolution. Außerdem war es bei Weitem die chaotischste Schlacht der Revolution.

Dank der Umstände – Washingtons Armee versuchte, einen Feind zu erwischen, der in drei weit voneinander getrennten Divisionen flüchtete – konnte sich keine der beiden Seiten das Gelände aussuchen. Und die Gegend, in der gekämpft wurde, war so zerklüftet und so mit Farmen, Wasserläufen und Wäldern übersät, dass sie weder auf die übliche Art und Weise kämpfen – indem sie sich in Linienform gegenübertraten – noch den Gegner wirksam flankieren konnten. Daher war es weniger eine klassische Schlacht des achtzehnten Jahrhunderts als vielmehr eine sehr lange Abfolge blutiger Scharmützel zwischen kleinen Gruppen, die zum Großteil keine Ahnung hatten, was anderswo im Gange war. Und am Ende war es eine dieser unentschiedenen Schlachten, die keiner gewinnt und an deren Ende erst einmal niemand genau weiß, was sie denn nun bewirkt hat.

Aus zweihundert Jahren historischer Perspektive betrachtet, lautet die heutige Lehrmeinung über die Schlacht von Monmouth, dass sie wichtig ist. Nicht, weil die Amerikaner sie gewonnen haben, sondern weil sie sie nicht verloren haben.

Washington und seine Truppen hatten den vorhergehenden Winter in Valley Forge verbracht, wo er all seine Männer und Ressourcen gesammelt und zu einer richtigen Armee (hofften sie) geschmiedet hatte, und zwar mit Hilfe des

Barons von Steuben (der zwar eigentlich gar kein Baron war, aber glaubte, dass es besser klang) und anderer europäischer Offiziere, die ihm ihre Dienste entweder aus Idealismus anboten (siehe den Marquis de La Fayette) oder aus persönlichem Ehrgeiz oder Abenteuerlust. (Da es der Kontinentalarmee ein wenig an Geld mangelte, lockte sie erfahrene Offiziere mit sofortiger Beförderung; ein bloßer Hauptmann eines britischen oder deutschen Regiments konnte in der Kontinentalarmee Oberst – oder manchmal sogar General – werden, ohne dass es jemand hinterfragte.)

In der Folge juckte es Washington in den Fingern, die neue Armee auf die Probe zu stellen, und General Clinton lieferte ihm eine exzellente Gelegenheit dazu. Die Tatsache, dass sich die neue Armee tatsächlich tapfer schlug (abgesehen von gelegentlichen Pannen wie Lees stümperhaftem Einkreisungsmanöver und seinem irrtümlichen Rückzug), verlieh sowohl der Rebellenarmee als auch den Partisanen neuen Auftrieb.

Dennoch war die Schlacht in Bezug auf ihre Logistik und das Resultat ein einziger Schlamassel. Es gibt zwar massenweise Material über die Schlacht und viele Augenzeugenberichte, jedoch verhinderte die bruchstückhafte Natur dieses Zusammenstoßes, dass irgendjemand während der Schlacht ein klares Bild vom allgemeinen Stand der Dinge hatte, und das überhastete Eintreffen so vieler Milizkompanien aus Pennsylvania und New Jersey führte dazu, dass manche von ihnen nicht erfasst wurden, obwohl sie dort waren. (Die Quellen erwähnen zum Beispiel »mehrere unidentifizierte Milizkompanien aus New Jersey«. Das sind natürlich die von General Fraser befehligten Kompanien.)

Historisch gesehen ist die Schlacht von Monmouth außerdem interessant, weil so viele berühmte Figuren der Revolution daran teilgenommen haben, von George Washington selbst bis hin zum Marquis de La Fayette, Nathanael Greene, Anthony Wayne und dem Baron von Steuben.

Wenn man nun real existierende Menschen in einem historischen Roman verwendet, gilt es, sie einerseits (soweit das möglich ist) realistisch zu porträtieren, während man andererseits nicht vergisst, dass der Roman nur selten *von* diesen Menschen handelt. Also sehen wir zwar die meisten dieser Personen (und was wir von ihnen sehen, basiert auf hinreichend verlässlichem biografischem Material*), doch wir sehen sie nur im Vorübergehen und nur in Situationen, die die Menschen betreffen, die der eigentliche Kern des Romans sind.

Was die bereits erwähnte dichterische Freiheit betrifft: Ein Sonderstempel (ausgestellt von der Temporalbehörde) gestattet es mir, nötigenfalls die Zeit zu verdichten. Echten Schlachten-Freaks (oder jenen obsessiven Seelen, die den Drang verspüren, Zeitskalen zu konstruieren und dann darüber zu brüten) wird nicht entgehen, dass Jamie und Claire in Coryell's Ferry mit Washington und

* Nathanel Greenes Ansichten über die Quäker stammen zum Beispiel aus seinen Briefen, ebenso wie seine Bemerkung über seinen Vater, der gegen das Lesen war, weil es den Menschen »von Gott trennt«.

einigen anderen ranghohen Offizieren zusammentreffen. Etwa fünf Tage später treffen wir sie bei ihren Vorbereitungen für die Schlacht an; was sie in der Zwischenzeit getan haben, wird kaum erwähnt. Das liegt daran, dass in diesen Tagen zwar ein einziges Kommen und Gehen herrschte, jedoch nichts dramatisch Erwähnenswertes geschah.

Ich bin zwar um historische Genauigkeit bemüht, weiß aber auch, dass a) die Geschichtsschreibung oft nicht sehr genau ist und b) die meisten Menschen, die sich minutiös für die logistischen Einzelheiten einer Schlacht interessieren, entweder Fachbücher lesen oder das Protokoll des Gerichtsverfahrens gegen Charles Lee, bestimmt aber keine Romane.

Ergo: Die erwähnten Offiziere haben sich zwar alle in Washingtons Armee befunden, haben aber nicht alle gemeinsam zu Abend gegessen. Die Kommandeure (und ihre Truppen) sind aus diversen Richtungen zu Washington gestoßen, und zwar im Lauf der neun Tage zwischen Clintons Exodus aus Philadelphia und dem Moment, als Washington ihn in der Nähe von Monmouth Courthouse erwischt hat. Das Verhältnis dieser Offiziere untereinander war jedoch so, wie es im Lauf dieses Abendessens dargestellt wird.

Genauso unnötig fand ich es, den Alltag jener fünf Tage voller Truppenbewegungen und militärischer Beratungen zu beschreiben, nur um auch dem Letzten zu beweisen, dass tatsächlich fünf Tage verstrichen waren. Also habe ich es gelassen.

DAS KRIEGSGERICHTSVERFAHREN GEGEN GENERAL CHARLES LEE

Lees Mangel an Recherche, Kommunikationsbereitschaft und Führungsstil führte zu jenem massenhaften Rückzug, der den amerikanischen Angriff um ein Haar zum Erliegen gebracht hätte – ehe er dadurch wieder angefacht wurde, dass Washington persönlich die abmarschierenden Männer wieder zusammentrommelte. In der Folge wurde General Lee vor ein Kriegsgericht gestellt. Das gehörte in Philadelphia mit Sicherheit zum Tagesgespräch. Vor allem im Haushalt eines Druckers, der regelmäßig eine Zeitung herausgab. Allerdings hatten die Frasers zu diesem Zeitpunkt andere Sorgen, daher war davon nie die Rede.

Diana Gabaldon

FEUER UND STEIN

Roman. 799 Seiten.

Eine geheimnisvolle Reise ins schottische Hochland des 18. Jahrhunderts. Und eine Liebe, wildromantisch und stärker als Zeit und Raum.

Bereits mit ihrem Debütroman *Feuer und Stein*, dem ersten, in sich abgeschlossenen Band der großen Highland-Saga, riss Diana Gabaldon Leser und Kritiker zu Begeisterungsstürmen hin. »Fesselnd und herzerwärmend! Dieser großartige Roman erweckt Schottland und seine Geschichte auf atemberaubende Weise zu neuem Leben.«

(*Publishers Weekly*)

blanvalet

www.blanvalet.de

DIANA GABALDON

DIE GELIEHENE ZEIT

Roman. 979 Seiten.

Zwanzig Jahre lang hat Claire Randall ihr Geheimnis bewahrt. Doch nun kehrt sie mit ihrer Tochter Brianna nach Schottland zurück. Und mitten in den Highlands, auf einem geheimnisvollen alten Friedhof, schlägt für sie die Stunde der Wahrheit …

***Die geliehene Zeit* – der zweite Band aus Diana Gabaldons großer historischer Highland-Saga – wurde von Lesern und Kritikern wiederum enthusiastisch gefeiert.**
»Prall, üppig, lustvoll, kühn – und absolut süchtigmachend!«

(*Berliner Zeitung*)

Diana Gabaldon

Ferne Ufer

Roman. 1088 Seiten.

Ihre Liebe war stärker als Zeit und Raum – damals.
Werden sie jetzt das Feuer neu entfachen können?
Auf der Suche nach James Fraser, dem rebellischen
Clanführer, kehrt Claire Randall zurück ins schottische
Hochland des 18. Jahrhunderts. Und stets sind
Hoffnung, Mut und unerschütterlicher Humor ihre
Wegweiser beim Aufbruch zu ungewissen,
fernen Ufern …

Auch mit *Ferne Ufer*, dem dritten Roman der großen historischen Highland-Saga, riss Diana Gabaldon Leser und Kritiker zu Begeisterungsstürmen hin.
»Ein opulenter Roman wie ein kunstvolles Mosaik. Und eine ungewöhnliche und packende Liebesgeschichte!«
(Library Journal)

Diana Gabaldon

Der Ruf der Trommel

Roman. 1200 Seiten.

Nach einer langen, abenteuerlichen Reise landen Claire Randall und James Fraser in den amerikanischen Kolonien des achtzehnten Jahrhunderts. Doch der Atem der Vergangenheit reicht weit. Denn auch ihre Tochter Brianna ist dem Ruf der Trommel gefolgt – nicht nur auf der Suche nach der Vergangenheit und nach dem Vater, den sie nie gesehen hat, sondern auch aus Angst vor einer Zukunft, die nur sie allein kennt …

Mit dem vierten Roman der großen historischen Highland-Saga stürmte Diana Gabaldon die SPIEGEL-Bestsellerliste!

»Unterhaltsam, humorvoll und farbenprächtig. Ein Lesevergnügen ganz besonderer Art!«

(Norddeutscher Rundfunk)

»Dressed to Kilt – ›Der Ruf der Trommel‹ liest sich wunderbar!«

(Norddeutscher Rundfunk)

Diana Gabaldon

Das flammende Kreuz

Roman. 1280 Seiten.

Millionen Leser haben das Erscheinen dieses fünften Romans von Diana Gabaldon sehnlichst erwartet! Kein Wunder: Die großartige, farbenprächtige Highland-Saga ist »absolut süchtigmachend!«

(Berliner Zeitung)

»Gabaldons Bücher, oft über tausend Seiten lang, sind monumentale Schmöker … voller historisch gut recherchierter Details, sodass die Leser auf lustvolle Weise in eine vergangene Welt eintauchen können. Inzwischen werden Gabaldons Werke von China bis Schweden verschlungen und haben zu einem Pilgerstrom ihrer Fans ins schottische Hochland geführt.«

(Der Spiegel)

Diana Gabaldon

Ein Hauch von Schnee und Asche

Roman. 1310 Seiten.

Man schreibt das Jahr 1772, und in den Städten und Siedlungen der Neuen Welt glimmt bereits die Zündschnur der Rebellion. In Boston liegen Tote auf der Straße, im dünn besiedelten North Carolina gehen Blockhäuser in Flammen auf. Auch über dem Haus am Berghang von Fraser's Ridge liegt ein dunkler Schatten, denn angeblich sollen James Fraser, seine Frau Claire und die ganze Familie 1776 einem Brand zum Opfer fallen …

***Ein Hauch von Schnee und Asche* – von null auf Platz eins der SPIEGEL-Bestsellerliste!**
»Diana Gabaldon hat sich mit dem sechsten Teil ihrer Highland-Saga wieder einmal selbst übertroffen.«

(BILD am Sonntag)

Bei Blanvalet von Diana Gabaldon
bereits erschienen:

DIE HIGHLAND-SAGA:

Feuer und Stein (36105)
Die geliehene Zeit (36106)
Ferne Ufer (36107)
Der Ruf der Trommel (36108)
Das flammende Kreuz (36059)
Ein Hauch von Schnee und Asche (36731)
Echo der Hoffnung (37213)
Ein Schatten von Verrat und Liebe (0097)

DIE LORD-JOHN-ROMANE:

Das Meer der Lügen (36264)
Die Sünde der Brüder (37135)
Die Fackeln der Freiheit (38266)
Die Hand des Teufels (36561)

Zeit der Stürme.
Vier Highland-Kurzromane
(38001)

Der magische Steinkreis.
Das große Begleitbuch zur Highland-Saga.
(37314)

Feuer und Stein –
eine Liebe in den Highlands, Graphic Novel
(0422)